所有的不期而遇，
都像命中注定。
所有的狭路相逢，
都需斗智斗勇。

一斛珠

.1 [上]

尼卡 著

爱要多用力，
才会不朽。

Veronim

北京燕山出版社

图书在版编目（CIP）数据

一斛珠．1 / 尼卡著． -- 北京 ： 北京燕山出版社，
2023.5
ISBN 978-7-5402-6820-6

Ⅰ．①一… Ⅱ．①尼… Ⅲ．①长篇小说－中国－当代
Ⅳ．① I247.5

中国国家版本馆 CIP 数据核字（2023）第 024497 号

一斛珠．1

作　　者：尼　卡
出 品 人：余　言
责任编辑：李　涛
特约编辑：陈泽仪
封面设计：小　羊
出版发行：北京燕山出版社有限公司
地　　址：北京市西城区椿树街道琉璃厂西街 20 号
邮政编码：100052
电　　话：（010）65240430
印　　刷：长沙鸿发印务实业有限公司
开　　本：710 mm×1000 mm　1/16
印　　张：43.5
字　　数：780 千字
版　　次：2023 年 5 月第 1 版
印　　次：2023 年 5 月第 1 次印刷
书　　号：ISBN 978-7-5402-6820-6
定　　价：78.00 元

目录
CONTENTS

目录
CONTENTS

爱要多用力，才会不朽？
它仿佛天上掠过的星星，
总在沉落的时候最为光明。

/ 楔 子 /

夜深了，没有一丝风。

董亚宁站在窗前，看着寂静的庭院。

南墙边一排光秃秃的大树，每一棵都有合抱粗。树荫里的秋千，静静的，一动不动。

突然，一道闪电滑过夜空，庭院瞬间一片银白，树影舞动着，像妖怪似的飞起来，扑到秋千上……四周又恢复了黑暗，只一会儿，隆隆的雷声由远及近。

董亚宁纹丝不动。

雷声那么近，像是炸弹落在头顶。

过了一会儿，他才回了下身。

这是今春第一声惊雷，来得也未免太早了些。

他慢慢地踱着步子，手里捏着一个旧网球。因为旧了，网球表面的绒毛有点儿发硬板结。狮子般的大狗伏在地上，毛蓬蓬的脑袋一动不动，亮晶晶的眼珠却跟着他的动作慢慢转动。

叮的一声，他停下来，看了眼电脑屏幕，页面弹出了一个对话框，附上一张图片。

"恭喜您。"

他的眉舒展开，将球抛了出去。大狗灵活而轻捷地弹跳起来，一口叼住。他坐下来，仔细看着页面上的文字。日文对应英文，内容详细、全面。核对无误后，他点了确认，才返回去再看一遍图片。

图中的宋人书法品相极佳。他等了很久，才等到它面世。拍卖的过程漫长而艰苦，他始终没有放弃。过不了多久，它就会回到故土，来到他手上。

这一天，他等了太久。他似乎已经闻到那跨越近千年历史的故纸和陈墨散发出来的迷人香气。

大狗叼着网球来到他身边，将下巴搁在他腿上。他摸了摸它的头，将网球又丢了出去，微笑地看着它像屋外的闪电般跑开了。

邮箱提示有新邮件。他打开来看，是英格兰的地产经纪人给他发来的。他迅速浏览，两宗正在进行的房产交易十分顺利。他回复了邮件，坐在那里，将附件里的文字资料和图片细细地看了一遍。海德公园的公寓没什么特别，位于小镇的村屋却可爱至极。

他看着屋后那平整的草地、石块堆砌的院墙，渐渐地出了神……外面下起了雨。他起了身，走到窗边，向外看了看。

起风了，秋千轻轻晃起来。

雨滴打在窗上，细细碎碎的，像秋千下的喁喁细语……像被谁推了一把，他不自觉地向前走了一步，待看清那不过是晃动的树影，并没有人时，心脏又像是被那只手给握住了。

好一会儿，他才深吸了口气。

他看了下手表——北京时间午夜一点，伦敦时间下午五点。

那边，天还亮。

而此时，他仍毫无睡意。

他坐下来，随手拿过一支绘图笔，在图纸上勾勒着。

夜深了，笔尖摩擦纸面的声响十分清晰。

画好了，他又提笔在纸上做了标记，写下说明。字很潦草，可是没关系，看的人会懂……就是不懂也没有什么。只是此时此刻，他必须这么做，否则，会有一只手不住地捏弄他的心脏。

老式的写字台上，墨绿的羊毛毡托着透明玻璃板，这种旧式的装置，在这套老公寓里处处可见。旧照片被压在玻璃下，有黑白的，有彩色的……不过，彩色的其实只有一张，因为受过潮，照片上人影模糊。可它仍然被放在这里。他盯着这张几乎看不出原样的照片，手指轻轻在玻璃板上移动着。

这是谁，那又是谁……指尖触到白色的裙角，轻轻点了点。这裙角似乎飞了起来，拂到他的腿上。

她穿白裙子时是什么样子的，此时，在他的脑海里竟也是模糊的。

他怎么想，都想不起来了。

白裙领口处那只胸针却仍清清楚楚地印在脑海，奇怪，周围越模糊，它就越清楚……他闭了下眼睛。

耳边有歌声，他伸出手，似乎有一只柔软的手握住了他的。

那是什么歌，此时，他竟也记不得了……如潮水般的笑声和叫声、篝火与海浪，一道将他们推到一起。

"董亚宁，来一个！邱湘湘，来一个！你们俩，来一个！"

他身子一震，睁开眼。

玻璃板下仍是模糊成一片的彩照。

他将图纸拎到传真机前，拿过手机拨了电话。他拨了几通，对面才有人接听，他看着文件传输成功的提示，开了口。

"喂，去古董街帮我找样东西吧，图样我传真给你了。我马上就要。对，马上！"
他说着，语气是不容置疑和推拒的。

旧网球又被大狗叼了过来，放到了他的膝上。他伸手接住，看着大狗那亮晶晶的眼睛——新玩具有那么多，新网球也有一箩筐，它唯独对这个情有独钟……

他挂断电话，将球嗖地一下扔了出去，看着大狗飞奔而去……

手机响了两声，是付款成功的提示。

那幅小字到手了。

他会亲自把它带回国的，回来后的第一件事，就是送给师傅鉴赏。

师傅的寿辰就要到了。他最惦记的那个人，今年会不会出现？

董亚宁盯着玻璃板。

他不知道。

他只知道，今晚又是一个不眠夜。

而且，他错了，那只手仍然在捏弄他的心脏……他抓起手边的纸和笔扔了出去。

什么东西碎了。

他不在乎。

第一章　没有季节的都会

流光溢彩的都会里，年华流转，岁月更迭，只有她懂得她的起落冷暖。

——题记

二月底的纽约，寒冷的夜晚。叶崇磐手里拿着一张图纸，走在这条古董街上。沿街的店铺一家挨一家，他已走了八成，还没找到图纸里的东西。

"……你就给我这么点儿时间，上哪儿能'一定'找到这么个玩意儿？"叶崇磐站在灯柱下，呼出的白气像云朵。

电话那头的人在笑。

叶崇磐抽了下颈上柔软的开司米围巾，说："……你真当我是拿着铁杆儿庄稼，没事儿就逛琉璃厂解闷儿的八旗子弟啊？"

那笑声越发放肆，他听着，心头那点儿烦躁忽地烟消云散，忍不住笑骂一句："最后一间店，再找不着，我就打道回府——你不像是喜欢这种东西的人。这是要送给谁的，你这么上心？"并不等着对方回答，他又说，"得！瞧在我在这天气、这时候还在街上扮孤魂野鬼的分儿上，你也千万别真和我说了……我缺你那顿饭……放心，找到了就让人发给你。"

他挂了电话，抬眼看看面前这家店面，不由自主地叹口气。呼出的"云朵"让他觉得更冷了几分，这鬼天气……也就是董亚宁开口吧。

那会儿他正在会上，秘书Sophie进来说董先生有急事找他。他扔下一屋子人匆匆出了会议室接起电话，却不料是这么一件"急事"。

董亚宁在电话里说："你千万替我寻了来，算我欠你一个大大的人情。"

这人一旦疯起来可是不得了——北京时间凌晨两三点，一个劲儿地打国际长途电话，就为了这么一个小物件儿？还立时就要。指明了是维多利亚时代的风格，必须包浆漂亮，最好带着牙雕独特的细纹。

他想这不过又是董亚宁的一次心血来潮，于是在电话里问："多大点儿事儿，就不能让你分公司的人替你办？"

董亚宁恬不知耻地说："那些人懂什么，我就信你的眼光。"

信他的眼光。董亚宁那张嘴，只管先给他灌迷魂汤……他挂断电话，回去继续开会。散会时，他让Sophie给他取消晚上的行程。

Sophie提醒他："叶先生，今晚有个晚宴，您一定得去。"

他考虑了一下，说："我会准时到。"

Sophie 送他出来的时候给了他一张图纸，说是董先生传真过来的……纸上似乎印着董亚宁那执拗的表情。

叶崇馨笑了笑。

他来纽约后，整日被会议和宴席缠绕，几乎没有私人时间，被董亚宁这一搅和，倒意外得了些闲暇。想到这儿，他倒颇有些后悔刚刚在电话里对董亚宁的态度。

他站在路边吸了根香烟。冷风灌到颈间，寒意顿时更深，仿佛要刺进肌骨中去。他掐灭了烟。手套上沾了一点儿烟灰，他轻轻一弹。那一点儿青灰随着风扑到大衣上，他看一眼，索性由它去了……他仍是逐一推开店门走进去又出来。一间间铺子看下来，他也不是没有发现风格类似的胸针，有些也漂亮到令人不忍释手，但都不是董亚宁要的那一款。

他再仔细看看手里的图纸。

董亚宁的绘画功底真是好，笔调简约，却连维多利亚女王颊上的阴影都刻画得精细。他常想，董亚宁其实很适合做个画家，而且肯定能做得很好，成绩斐然的那种。不过董亚宁说过，做画家多半清贫一世，还得等着高山流水遇知音，运气好了，死后几十年会成名——到那时黄花菜都凉了，不如及时行乐。高兴了，给我公司的项目画一些假山、一些小溪画不好吗……

叶崇馨想着，笑了笑。董亚宁的这些话，未必没有道理。他看看手表，推开了一家门面窄小的铺子，心想这真的就是最后一家了。

铺面并不起眼，他进门时已觉得它比别家更为幽暗些。门上的铜铃丁零丁零响着，等他站定，那悦耳的声音都没停下来。

没有人出来招呼他。

他自顾自地踱着步子，打量店里的陈设品。货架都是半人高，绝大多数是精巧的饰物。金丝编就的首饰盒、珍珠宝石串成的晚装包……有些年代并不算久远，二十世纪初的物什而已，带着这个时代特有的文雅。

他站在那里，看着一款镶有七八种宝石的女式款烟盒。暖光下，烟盒上的宝石散着柔和的光，仿佛让烟盒蒙了一层彩色的雾霭……

"有什么能帮你的？"一个温柔而带着几丝倦怠的声音在他身后不远处响起。

叶崇馨回头，浓重的阴影里站着一位身量娇小的老太太，穿着闪光缎的旗袍，披着厚厚的羊毛披肩。

叶崇馨客气地说明来意，将手上的图纸递过去。

"您好，不知道您这儿有没有类似的东西？"叶崇馨微笑。

"你好。"老太太接过图，把挂在颈间的老花镜戴上，细细一看，脸上的神情瞬间有了微妙的变化。

叶崇磐微笑。图纸上有几个繁体字，是董亚宁极漂亮的行草。比起他的画，他的字更夺目……老太太是识货的。

老太太打量了一番叶崇磐，说："请随我来。"

叶崇磐随之移步至一个依壁而设的柜子前。将这种柜子放在古董店里真是少见，那一格一格的小抽屉，分明是早前中药店药柜的样式。他嗅了嗅，似乎真的闻到一股草药香。

老太太说："早前唐人街一家中药铺歇业，我瞧着这柜子材质好，便接了过来。"

"金丝楠木。"叶崇磐看了看说道。此处光线更暗些，但金丝楠木那细腻的纹理，柔润的光泽，很好认。

老太太点头道："难为当年漂洋过海带来的，更难为一心一意做足了药铺的款儿。在此地撑了这些年，也不易。"她倒不惊叹叶崇磐只一眼便能辨出木材，古董商人到底是见多识广的——她拉开一个抽屉。

"段施清大夫？"叶崇磐问。

老太太笑笑，点头。

叶崇磐也点头，回国几年，他倒不知道段大夫的中药铺已经歇业了。

不一会儿，老太太拿出一枚小巧的椭圆形胸针来："来，瞧瞧可是这个？"她说着话，走到店中央一张八仙桌改制的展示台前，将胸针放在了天鹅绒的托盘上，并把图纸展开来，铺在旁边，移了灯来。

店门上迎客的铃声清脆悦耳，应该是有新的客人来了。

叶崇磐只管低头去看——精致的牙雕，因为日久而有极小的裂纹，像小小的鳞片，这是象牙制品不可避免的岁月痕迹。紫金的底托，因氧化而带着特有的亚光效果，再被乌蓝的天鹅绒衬托着，更有一种美感。

美还在其次，最让叶崇磐满意的，是眼下这款连细节都与董亚宁要求的没有明显出入。他知道，今晚是不虚此行了。

忽觉有人走近，他抬起头来。

"象牙胸针寻常，不寻常的是这雕刻技法。"一股淡淡的香气随着这轻缓的话语飘然而至，倒像是把刚刚那药柜子中的草药味道给携带了过来。

叶崇磐微微侧了脸——身旁不远处站了个女子。她立于灯影之中，身形并不十分清楚。她厚厚的围脖一直遮到了鼻尖，面目被隐去了大半，只是一对眸子闪闪烁烁，倒真是清亮得很……

他没出声，心里觉得此女子大胆而冒昧，不禁又看她一眼。

女子并不看他，眉眼含笑，对店主道："陈太，又有压箱底的好货要出手了？"

叶崇磬收回目光，将胸针放回托盘。

这女子的口音带一点儿英伦腔调，让人想起剑城秋季那满地的黄叶。

"难得这位先生的眼缘，还在端详。"陈太微笑。

"啊，还未询价？那太好了，不如便宜了我……"女子戴着薄薄的棉手套，托了胸针在手心，还像模像样地拿起了放大镜。

叶崇磬想，这位应该是老板的熟客。

"你喜欢，可以和这位先生商议。"陈太笑眯眯的。

女子只轻笑道："这么说，我可就要横刀夺爱了。"

叶崇磬不动声色，心里多少有些不快，因为她那句"横刀夺爱"。

他望着陈太，开口询价。他没有多少时间耗在这里，既然寻到了，就一定要拿到。

许是看出了他的意图，陈太笑答："在我店里寻东西，那可是要看缘分的。"

叶崇磬眉头一舒，道："头回见您这样的卖家。"

陈太微笑："先生贵姓？"

"免贵姓叶。"

"叶先生，古玩是有灵魂的。不是你的，你带不走。"

店里静静的。

一声轻笑打破沉静。

"瞧你们顾左右而言他的，"站在二人中间的女子把胸针放回了托盘上，轻声说，"苏富比有一季专拍维多利亚时代的小饰品，有一款相似的胸针，成交价格是七万三千美元。"

"那是，"叶崇磬看向她，"哪一年？"他淡声问道。她的面孔几乎全露了出来，这一看，眼睛更是清亮。

女子的大拇指在手机屏幕上滑了几下，将手机托在掌上，给叶崇磬看。

"在这儿呢……是 2009 年 9 月。要说到品相，眼下这个虽尺寸略小，但雕工更好一些呢。"

那药香飘过来，淡淡的。

叶崇磬略沉吟，转向陈太，报了一个数字。

那女子摊了一下手，将手机放回口袋里，双手也插在外套口袋中，悠闲地晃着身子："算你识货。"下巴仍埋在围脖，大大的眼睛露在外面。

叶崇磬只等陈太的回话。

陈太没有还价，接着问："用这个装起来好不好？"她从八仙桌的抽屉里拿出来的是一个花纹古旧的首饰盒。

叶崇磬点头，从皮夹里拿出卡片。

胸针固然价值不菲，首饰盒也绝非市卖的寻常货，搭起来，仿佛簪花小楷写在薛涛笺上，美极了。

他也不是不识货的人。

听见身旁的女子轻轻喷了一声，他笑。

"您要早拿出这个首饰盒，我可能就做出买椟还珠的事来了。"他说。

"其他还有没有合心意的？"陈太微笑着问。胸针被她稳妥地放进首饰盒中，另取了细纹纸包好，放进一个样式亦十分古典的袋子中。

叶崇磐想起刚刚看到的那个烟盒，这回讨价还价也并没有费力，他随后一并付了款。

陈太送他至门边，他回身道别，看了一眼仍在店内的女子。那女子背对着他，在深重的色彩下，像个影子。

门在他身后合上，他快步上了车。

Sophie 的电话打进来，说："叶先生，粟小姐刚下飞机……"

叶崇磐抚了下方向盘，说："告诉她，我得先去参加宴会。"

"是这样的，叶先生。"Sophie 顿了下，"粟小姐刚刚说她马上要去洛杉矶，但随后会过来看时装展，到时候再跟您见面。刚刚您的电话打不通，粟小姐说她晚些时候再打。"

叶崇磐沉吟片刻，说："好。若她有什么需要，你先安排。"

Sophie 答应。

叶崇磐刚启动车子，粟茂茂的电话就追来了。她甜脆脆的声音听起来和她甜美的模样一般让人舒服，此时她的心情应该也特别好。

叶崇磐听着、应着。

"叶崇磐，这次回去之后，我去你们银行上班好不好？"粟茂茂忽然问。

她总是没大没小的，张口就连名带姓地叫他。

叶崇磐笑了笑："在你父亲那里不好吗？"

茂茂初来纽约念大学的时候，她的家人曾郑重地拜托他照顾。转眼，她毕业回国已经快一年，说是跟在她父亲身边学习，倒没见她认真上过一天班。

叶崇磐忽然觉得店中那草药香似乎跟随他上了车，此刻惊觉，竟更显得浓郁了些……他按了一下车上的红色键，想换一下空气，就听粟茂茂哼了一声，说："好。好是好啊，可这样混日子总归是不像话。唉，还有，我想离你近一点儿嘛……"

叶崇磐眼看着前面的红灯亮了，嘎地一下刹了车——前面一辆白色的车子被粉色的玫瑰、丝带和气球装饰得花里胡哨，一行"Just Married"挂在车尾，耀武扬威……

陈太目送叶崇磐走远，待他驱车离去，才转回身来，笑眯眯地问："这个时候你怎么有空来？"

郗屹湘已脱了外套，颈间却仍绕着厚厚的围巾，整个人看上去头重脚轻。

"不想你生日这天还一个人对着这些旧东西。"她说。

"难为你记得。"陈太裹紧了一下披肩，从里面那间小厨房里端出一个托盘，将香茶细点放下。

屹湘笑道："我一想起你，就有点儿不放心。"

"怎样不放心？"陈太微笑。

"人家过生日这天都收礼物，只有你，送礼物。"

陈太晓得她指的是刚才那桩生意，并不辩驳，示意她喝茶，说："今天来的都是有缘人。"

"话是这么说，可不能太离谱。人家不明内情，以为你是外行做生意，欺负你怎么办？"屹湘皱眉。

陈太脸上的笑意加深，虽然被屹湘抱怨，却没有不快。

"所以啊，幸亏我来得及时，不然更要白白便宜了那人。"屹湘端起茶杯，嗅了嗅，露出享受的神情来。

"还敢说，你竟然拿那个价格唬人家。"陈太嗔怪。

"哪有！"屹湘摊开手，"我照实说的啊，那价格是他自己报的，公平交易，对不对？再说，这几年古董的价格都飙升到什么程度了？这条街上的生意人，哪个不是赚得盆满钵满，只有你老实。"

"有些价格，确实虚高了。"陈太看屹湘认真的模样，笑道。不过，她也承认屹湘说的是实情。

"既然市场就是如此，能多赚点儿不是挺好？"屹湘掰着手指数，"现在不管是什么不入流的东西，价格都涨了起来，全赖那些新贵的投机。真正的藏家、赏家，根本抢不过他们，就比方说刚刚那位。"

国内的新贵如潮水一般涌向大都会，满世界都在为他们的新钱疯狂。

"嗯，刚刚那位看起来倒没有新贵的味道。"陈太想着那位客人通身的气派。

"他那个年纪，会是老钱？"屹湘不以为然，啜一口茶。热乎乎的红茶，让她的胃十分受用。胃一熨帖，整个人都舒服了。

"那倒也不见得。"陈太笑着说，"鬼丫头，我记得你说过喜欢那枚胸针。该不是人家抢了你的心头好，你故意埋汰人家吧？"

"我是那么小器的人吗？再说，我只喜欢那一枚胸针？"屹湘一只手端了茶，一只手指着这间屋子，绕了一周，说，"这些我都喜欢！"

陈太笑了："有没有给我准备生日礼物？"

"帮你赚到一大笔钱，还不算礼物？"屹湘捧着茶杯，笑眯眯的。她拉拉围巾，下巴露出来。陈太看一眼，抬手过来，指肚一撇，替她擦了下，是油彩。

屹湘转头朝镜子瞥了一眼，不在乎地搓了一搓，油彩的痕迹还在。

"好吧，算是一份好礼物——若是那位先生明天不回来找我算账的话。"陈太笑着说，"我看他的样子，晓得我们在演双簧。"

"所以我说，他是不在乎钱的。"屹湘撇嘴，柔润粉嫩的唇变换了个优美的弧度，很是俏皮。

陈太笑着，她是生意人，自然会遇到形形色色的人。这几年她确实见多了屹湘口中那些烧钱的主儿，但刚刚那位，给她的印象还是好的。屹湘对这类人毫无好感。屹湘有时会帮忙看店，凡是遇到这类客人，必然设法狠狠地敲一笔。真的，再好的皮囊、再雍容的气质，也无法轻易打动她……这孩子是有点儿特别。

陈太有些感慨，问："最近很忙不是？扔下工作没问题？"

"没问题，我来请你吃饭。"屹湘笑。

"去哪儿？"陈太并不客套。

"汤记好不好？"屹湘眼睛亮亮的。

"好。"陈太笑着答应，起身穿好外衣。

屹湘细心地给她整理好围巾。围巾质地极柔软，那暖融融的穗子更是让人的心瞬间变得柔软……

屹湘看着温和慈祥的陈太，心里轻轻一叹。她们不过是房东和房客的关系，可相处日久，最近她偶尔会生出些与她相依为命的感觉。

屹湘轻轻晃了下脑袋，甩开这个念头。

"怎么？冷吗？"陈太察觉，锁好店门，握了屹湘的手。

细雪微扬，扑在脸上，一片清凉。

屹湘摇头："这周末我该去庄园了。"

陈太在城外有一处庄园，当初屹湘住进陈家的条件之一，就是每两周要抽两天时间去那里处理一些杂务，房租自然也就做了相应的减免。

"也许会有信来。"陈太说。

屹湘点头。陈先生生前是位作家，虽然过世多年，但仍不时会收到读者来信，陈太都会替他回复。

"还有，阁楼是不是该打扫一下了？有些旧书可以拿来店里摆一摆。啊，还有车库里那辆老卡车记得检查一下，带它出去兜兜风；那辆古董自行车，也该保养了……"

"你有没有见过我这么好说话的房客？"屹湘歪了头，问。

陈太也歪了头，学着屹湘的腔调，问："你有没有见过我这么好说话的房东？"

"没有。"屹湘老实地回答。

"我也没有。"陈太眨眨眼。

两个人同时笑起来，开心得像两朵飞舞的雪花。

等出租车的工夫，屹湘习惯性地往旁边店铺的橱窗里看了一眼，远处似有个影子迅速飘过。她怔了怔，心猛地缩了一下，警惕地后退一步，左右看了看。

恰巧一辆明黄色的出租车驶过来，屹湘招手拦车，让陈太先上车。

她坐进去，眼睛盯着后视镜，还好，没有异常。

应该是她看错了……

"怎么了？"陈太问。

"没事啊。"屹湘笑笑，手却握紧了胸前的安全带……

夜晚的唐人街灯火辉煌，汤记的位置绝佳，每天都顾客盈门，可今晚并不见平日里生意火爆的样子，陈太有点儿诧异。

屹湘上前按门铃，来开门的竟是汤记的老板娘。

寒暄过后，陈太才知道其实汤记今晚只有她们两位客人。她看向屹湘，屹湘若无其事地走在她身旁，悄悄地跟她说："我家老太太的名字，也就这时候好些。汤先生在长沙开第一家饭馆子的时候，她就吃得服气了。汤记开到哪儿，她吃到哪儿。"

陈太笑出来："鬼丫头。"

"你说的嘛，想吃湘菜。"

"是啊，我说的。"陈太低声道。走在狭窄的楼梯间里，闻着湘菜那特别的味道，只是瞬间，她有些动容……她坐下来，听女服务员用地道的湘音替她们介绍菜品。屹湘早脱了外套，黑色的堆领薄衫贴在她纤细单薄的身上，红通通的光线中有种异于平日的沉稳的美。

屹湘让陈太做主点菜。陈太点了汤记最出名的发丝牛百叶、剁椒鱼头、酱香四方肉和东安子鸡。

屹湘托着腮，笑问："怎么可以没有臭豆腐？"

"还要糖油粑粑。"陈太笑道。

女服务员确认了菜品，走了。

陈太看屹湘："吃得来臭豆腐？"

屹湘的手指在腮边弹了两下，说："我出生于湖南，上小学以前都在长沙。"

"啊。"陈太点头，"所以你的名字里带一个'湘'字。我的故乡在湘西，但我从来没有回去过。"

"湘西很美。"

"我知道啊。以前，我们在家里，也偷偷看过你们拍的电影。"陈太微笑，"我母亲说，那就是她记忆中家乡的模样……"

屹湘的手机响了，她拿起来看看，和陈太说句"抱歉"，走出去才接听。

陈太喝着清水，听到屹湘压低了声音在说着什么。只一会儿，她便脚步匆匆地转回来，脸上有一层红晕。

陈太笑了，说："这回是真有事？"

屹湘双手一合，道："公司有急事，叫我回去。"

"快去。"陈太毫不犹豫。

"可是……"她满脸歉意。

"舍不得那臭豆腐？我会嘱咐他们打包。"陈太开着玩笑，"公事要紧。"

屹湘抓起自己的背包，从包里拿出一个细纹纸包给陈太，说："生日快乐。"她停了一下，手扶在陈太的肩膀上，面颊贴了一下陈太那微凉的脸。

陈太笑着说谢谢，又嘱咐道："不要太晚。"

屹湘摇了摇包上的钥匙袋，匆匆走了。

陈太听到屹湘噔噔噔下楼的同时手机又在响，她用"很凶"的声音在讲："我在赶回去了！"

陈太笑了，接着又叹口气，打开礼物——是一幅肖像画，画中正是她本人。她把油画摆在一边，歪头端详——忽然意识到自己现在的姿势，就是画中的样子，便无声地笑了。

这个孩子，算是她的奇遇吧……

屹湘从汤记出来，一路小跑到大道上，招手拦车，好久才有空车经过肯搭载她。

她钻进车子，报了地址，司机从后视镜里看了她一眼。她察觉，立刻转开了脸。

她看着窗外快速掠过的建筑——这个她已经生活了几年的城市，仍然让她觉得每看一眼都好像是新的……

她瞄一眼腕表，从 Mottstreet 到公司所在的中城，还有相当长一段距离。

"小姐。"她听到司机开口，抬头看去。

司机道歉，小声问："你在 LW 工作？"

她看着后视镜，司机年轻的脸上的笑略带羞涩，她点了下头。

"我想请问……今年 LW 还会不会办'五月新娘日'？Twitter 上有人说，今年经济很不景气，LW 会取消这项活动。"

"原来是要问这个。"屹湘心想。她供职的 LW 是靠高级礼服定制起家的，最著名的就是婚纱。公司自成立以来便有一个活动，在五月的最后一个周日，开放位于麦迪逊大道上的独立婚纱店，出售的部分婚纱低至一折。LW 昂贵的婚纱一年中只有这一天会有一个相对亲民的价格，这令成千上万的年轻女子趋之若鹜。

"五月新娘日"是一个节日。

"我没有听说这个消息。"屹湘说，想一想，又补了一句，"经济再不景气，该结婚的人，总是要结婚的。"

只要有婚礼，就必然有 LW 婚纱的市场。

"那就太棒了！"司机笑起来，"我的未婚妻从圣诞节就在盼望这一天，我们会在六月举行婚礼。"

他的语气是那么快乐，屹湘也不禁莞尔。

拥有一件 LW 的婚纱，通常并不仅仅意味着拥有一件衣服，无论它价值几何，被什么身份地位的新娘穿着，都将开启一段新的生活……就像眼下这名快活的准新郎正在描述的婚礼——俏丽的新娘、夏威夷的沙滩、美味的食物、可爱的亲友……当然还有一袭像幸运物一样的婚纱。如果没有这件期冀中的婚纱，婚礼将会怎样？

想来会有那么一点儿遗憾吧……

屹湘平时极少与陌生人聊天，此时却没有打断他的喋喋不休。

下车时，她迅速付了钱，没让他找零。

不知道什么时候雪已经变成了雨，矗立在冷雨中的灰色大厦显得格外雄伟。屹湘仰头看了看大厦正门上银色的徽标——Laura Wong, est.1984。创立仅二十七年，却已经有数十个副品牌、占领诸多领域的 LW，是时尚界的传奇。

屹湘拿起随身的大包包遮在头顶，跑进大厦。公司的保安保罗大叔看到她，露出憨厚的笑容，低头继续喝咖啡、看报纸。

晚上八点，公司里仍灯火通明。屹湘走进电梯，手机铃声又响起。她以为是 Michael 又在催她，拿起来一看——却不是。

"喂，崇碧啊……"她身子往后一靠，倚在了电梯壁上。

电话里除了崇碧那好听的女中音，还有音乐、低低的交谈和偶尔水晶杯的碰撞声……她揉了下眉心。

崇碧问她最近好不好，有没有时间过去参加 party。

"……都是在这边的熟人，知道我不久就要回国了，一起聚一聚。好久没见你了……今天打过几个电话，都没找到你，湘湘？"电梯里信号不太好，崇碧的话断断续续的。

屹湘默默地听着，叶崇碧那美丽的面孔如同茶杯中浮着的清亮的白菊花……她的食指摩挲着颈间的红线。

"我在公司加班。"她说。

崇碧又问："明天中午有时间一起吃饭吗？我有事跟你说。"

"好。"屹湘答应了，电梯里只剩下她一个人，红色的箭头一闪一闪的，马上就要到了，"老地方？"

"行，明天中午见。"崇碧说。

屹湘挂断电话，电梯恰好停了。她从电梯出来，深吸了口气，就看见 Michael 冲她一个劲儿地招手。她快步走过去，推开办公室的玻璃门。

"你可回来了！大家等你等得要发疯了。" Michael 跳了一下，带着闪光金片的毛衣闪得人睁不开眼。

旁边正在忙着的 Joanna 也滑着椅子过来，催促道："快去 Vincent 的办公室。"

"到底出了什么事？" 屹湘把包丢在桌上，皱眉问道。

"我们也不清楚，Vincent 那边只通知我们找你回来。不过，最新消息，Laura 五分钟前刚到，看来不是小事。" Michael 说。

"哪个 Laura？" 屹湘挽了一下袖子。

Joanna 白她一眼，说："还有哪个 Laura？当然是大老板 Laura Wong！"

屹湘双手扶在了颈后。

Laura Wong——LW 的创始人汪陶生，并不常出现在这里。但凡出现，定有要事，何况是这个时间，看来 Michael 没有夸张。

屹湘皱皱眉。

"他们现在在 Vincent 的办公室开闭门会议。Laura 到达之前，Vincent 大光其火，差点儿把大楼给引爆了。" Michael 说。

电话铃响，Joanna 一把抓起听筒，示意屹湘他们安静。

"……是，她在……" Joanna 握住听筒的一端递给屹湘，小声说，"Susan。"

Susan 是设计总监 Vincent Westwood 的秘书。

屹湘接过听筒，Susan 那急促的语声便传了过来。停了几秒，她说："我马上来。"

Joanna 拿着铅笔，朝她做了个折断的动作。

屹湘夺过铅笔，敲了 Joanna 的脑袋一下，转身就走。

她很快来到 Vincent 的办公室外，Susan 看见她，立即从位子上站起来替她开门，向内通报一声。

办公室里瞬时安静了下来，屹湘走了进去。

除了 Vincent，在座的多是生面孔，而端坐在高背椅上的正是 LW 女王——Laura。

屹湘一站定，所有人的目光都汇聚到她的身上。她从容地打了个招呼，看向 Vincent。

"Vanessa，急着找你来，有两件事情。" Vincent 慢吞吞地说。

屹湘点头，她从未听过 Vincent 以这么"慢"的语速说话。因此，她直觉接下来的事情，恐怕也是前所未有的"紧急"。

"有一小部分将在两天后的秋冬季时装周展出的礼服今天下午从巴黎运抵，抵达 JFK 之后，有一箱礼服被盗。案件迅速告破，但是，因为小偷想要的是礼服上的昂贵饰品，所以这一箱礼服遭到了不同程度的毁坏。"Vincent 眼中没有一丝情绪显露，但短短的几句话，不啻风暴。

"是……"

"是'桂冠'。"Vincent 看着屹湘，慢慢吐出这句话。

屹湘张了张嘴，但没出声。

那毛贼想必是做足了功课。

Josephina Wong 的"桂冠"系列，对 LW 而言，是这次发布会上婚纱压轴秀的作品，而对外行人来说，单是钉在上面的钻石，就已经价值不菲……

屹湘额头冒汗。

Josephina 与 Vincent 堪称 LW 的双子星，这些年，她的设计在 LW 举足轻重。她在礼服，尤其是婚纱设计领域声名赫赫，近乎完美地演绎和引领了一个时代。以她自己的名字创立的 LW 副线——JW 近两年在高端礼服定制领域更是时有亮眼表现。

屹湘在内部展示会议上曾经看过"桂冠"的设计稿。本季 Josephina 将她对蕾丝和羽毛的偏爱发挥到了极致，也将奢华与精致发挥到了顶点。也就是在那之后，屹湘同样以蕾丝装饰为主的复古风格设计被拿下了。

屹湘此刻有些明白 Vincent 为什么会想到她了。

Vincent 继续道："幸运的是，'桂冠'系列的其他礼服未受大的影响，那么我们只要在最短的时间内修复这件受损的礼服就可以了。我们已经紧急联络欧洲总部，调集人手重新编织和钉蕾丝。但是，负责的技师没办法第一时间赶到纽约。为了争取时间，我想到了你，我知道你精通古典蕾丝编织。"

屹湘没出声，她粗粗一想，也知道这个任务的难度。

Vincent 并不理会屹湘的沉默，径自说道："所以，我现在需要你全力以赴。如果你不能在规定的时间内完工，我还需要你的一组礼服替补出场。"

屹湘轻声说："我现在没有办法做出任何保证，我……"

"不。"突然有人开了口，"你必须把它修补好。"

原本便安静的会议室，此刻更是鸦雀无声。

说话的是汪陶生，屹湘转向她。

"Laura，"屹湘静静地开口，"我不能盲目保证什么。"

"这是公司的决定，你只需要执行。你还有——"汪陶生抬了下手腕，"不到四十八小时。"

"Laura。"Vincent 也转过身。

汪陶生摆了下手。

"就这么定了。"她起身，几步便走到屹湘面前，"Vanessa，我想，有句老话，你一定听过，叫作'特事特办'。"

汪陶生字字咬得清楚。

屹湘下意识挺直了后背。

"不管你用什么样的办法，我只要一个结果，那就是——'桂冠'如期出现在T台上。在这个前提下，你有权不经任何人同意做出你认为适当的决定，明白？"汪陶生问。她略带沙哑的嗓音，很有力量，而她犀利的目光也同样很有力量。

在如此强大的压力之下，屹湘点了点头。

"看你的了。"汪陶生这才低声跟Vincent交代几句，带着随行人员出了办公室。

屹湘看向Vincent。

"抓紧时间去做，也准备好你的设计替补出场。"

屹湘微皱眉头。

"你这是做了什么打算？"她直言。

Laura刚刚明明说，她一定要"桂冠"出现在T台上，也就排除了让替补出场的可能性。

"你也知道，这几年Josephina的设计一直是公司发布会的压轴大戏。而年中的高级成衣定制季，她的小组也举足轻重。"Vincent坐下来。

"是。"屹湘只应声。

"Josephina当然是当下最好的，但同时我希望给别人更多的机会。"Vincent沉默片刻，才说，"那堆垃圾在七号仓库。现在他们都在等你，需要什么样的支援，你尽管开口。"

"好。"屹湘刚要转身，Vincent又叫住了她。

"Vanessa，"Vincent深蓝色的眼睛在此时看起来颜色更深，"我对你有信心。"

屹湘一句"谢谢"不知道该不该出口。

"还发愣？你还有多少时间浪费？"Vincent大声道。

屹湘退出来，Susan正好把咖啡端来了，她接过来喝一口。

Vincent办公室的门虚掩着，她们能听到他正在电话里大骂巴黎总部的负责人……屹湘看向Susan，Susan面无表情。

Vincent Westwood这个妖孽，在他手下工作要承受特别大的压力。可尽管如此，总有人前赴后继，只因他那点石成金的高超手段。其实，Vincent有很多机会可以另谋高就，甚至单飞创建自己的品牌和公司，但他都没有。在他入行二十五周年的party上，汪陶生致辞时说过，Vincent是LW能得到的最好的礼物，Vincent是殿堂级的，Vincent在LW是不可替代的。

是的，Vincent是传奇的LW皇冠上的蓝宝石，汪陶生在Vincent落魄的时候给他机会，并且在二十五年中，始终相信 Vincent。而 Vincent 对她的回报，就是忠诚，还有年复一年的辉煌业绩。

但是，这两年公司的派系斗争越来越激烈，Vincent 与汪陶生的妹妹 Josephina 几乎水火不容……

屹湘默默地叹口气，一口气将咖啡喝光。

Susan 从桌子上拿起一把车钥匙和一个大大的袋子递给屹湘，说："Vincent 说你用得到。"

屹湘接住，急匆匆走了。

Susan 回身，看到 Vincent 抄着手站在自己身后，脸上透着一丝疲惫，眼中却有怒火的余烬。明知道这个时候不能触他霉头，但她仍然问道："她做得到吗？"

此时郗屹湘正在按电梯键，走廊空阔，显得她越发纤细而柔弱，也就更微不足道。

Vincent 摸了一下光光的下巴，只说："四十八小时后见分晓。"

屹湘回去拿了自己的工具箱，直奔第五街的 LW 中心大厦。这里不但有 LW 的仓库，还有 LW 在北美最大的精品店，而两天后的 2011 年 LW 秋冬时装发布会，也会在这里的会场内举行。负责布展的，则是她的老同学苗得雨。

从公司赶过来，不过五六分钟，得雨却已经打过两个电话来催促，还提醒她一定要走后门。

"我干吗要走后门？"她下车，不耐烦地问。

得雨说正门有人示威，示威的组织者是北美有名的动物保护极端分子，这两天已经有两家店被泼了血浆……屹湘一听，果断绕道，往大厦的后门方向去了。她隐约听到喧闹的人声，想必这示威的规模不小。每年秋冬时装发布会进行的时候，反对使用动物皮毛的示威者总要在各大时装品牌公司前集会。这两年，游行常有失控的情况发生。她脚步匆匆，赶到后门，没想到这里也聚集了一小群示威者。

屹湘略有点儿不安。

"屹湘！"

她抬头，得雨出来接她了。得雨冲出人群，过来给她打了伞。两人避开人群，进了大厦。

"情况有多糟？"一进电梯，屹湘就问。

得雨只说："你见了就知道。"

电梯一路上行，直达七号仓库。这里还有几位同事在等候，见她来，默默点头打招呼。待得雨发话，他们分别用自己掌握的密钥开了仓库的门。一共四道程序，苗得雨是第二个输入密钥的。但进门的时候，他们让得雨先进，得雨却郑重地请屹湘走在前面。

照规矩，即将展出的服装必须被运送到指定的仓库中保存起来，在正式展出之前，只有少数几个人能接触到这些服装。按说，LW 的安保系统已经相当严密，这次出事的"桂冠"特别不走运，是在机场交接的时候出的纰漏。

屹湘来不及想太多，直接面对了被放置在仓库中央的那件被毁的礼服。

这无疑是条极漂亮的裙子——长长的纱裙，如云似雾，几乎要腾了起来；从胸线往下，一层精美的蕾丝罩着那云雾，像是张开双手捧住了云……屹湘绕着纱裙慢慢走到其后方，这才看清损毁的程度——后腰处垂下一簇蕾丝被生生扯断，长达十几米的蕾丝，乱成一团。原先像星星洒在夜空中的小小碎钻，无影无踪。

Vincent 说得对，这件礼服现在是垃圾，昂贵的垃圾。

"怎么样？"得雨忧心忡忡地问。

屹湘摇头，说："来不及的，这种手工蕾丝，单是钉上去就已经很麻烦。重新编？就这种用量，至少得提前一年开始准备，现在靠我一个人，根本不成。"

"那你要怎么办？"

"没办法。"

"你敢说你没办法！"得雨叫起来。她又高又壮，声音一大起来，宛若洪钟。

"别说我没办法，就是现在有十个八个老裁缝排排坐在这里，这件裙子照样赶不及后天上场。更何况现在会编这种蕾丝的能有几个？"屹湘伸出一只手，"算上老得不肯坐飞机的，五个都不到！"

得雨看着她的手，伸手拍开。

"我不管你用什么招儿！"得雨从同事手里一把抓过那个装满了钻石的深蓝色天鹅绒袋子，扯开金色丝绦，抓了一把钻石出来，"你要是想不出办法，我就把这些塞进你嘴里！"

"你就是塞进我肚子里，我也还是没办法。"屹湘揉揉被得雨打得红红的手背。

"郗屹湘！"得雨跺脚，"你人都来了，总不能眼睁睁地看着吧？上面的彩排一场接一场，修补不好，到时候让模特光着身子上啊？"

"怎么可能！都有 Plan B……"

"废话！现在不是讨论 Plan B 的时候，而是一定要成功。"

屹湘当然知道，如果不能尽快修复这件礼服，今年的发布怕是"不得善终"。她看着礼服，深吸一口气，干脆就地一坐，仿佛这样能让她尽快想出好法子。

得雨盯着屹湘，听到身后的同事窃窃私语，心急如焚。

时间在一秒一秒地过去。

突然，屹湘一撑手臂爬了起来。

得雨精神一振："怎样？"

"豁出去了。"屹湘说着，拿出工具包，抽出一把剪刀拿在手里。剪刀嚓嚓作响，打破了几乎凝结的空气。

得雨眼看屹湘拿剪刀向礼服劈杀过去，一把抓住了她的手腕。

"你要动剪刀？"得雨一开口，语调都变了，"这是Josephina的设计，只能修复！"

"得雨，这东西现在已经是垃圾了。"屹湘说。

得雨的脸色很不好看。

屹湘动下手指头，剪刀在她指间又嚓嚓响了两声。

得雨松了手，只见屹湘走到礼服前，上下打量了一会儿，一拃一拃地测着尺寸，连尺子都不带用的。她又急又慌，又不明就里，还不知道该不该任由屹湘行动，冷汗都不自觉地冒了出来……

屹湘却完全不理其他，她沉住气，行动起来，手腕翻飞，不消片刻，大片蕾丝落地……很快便如同暴雪降临，四周落了厚厚的一层雪白。

得雨眼见屹湘手起剪落，不但被毁损的蕾丝大片掉落，完好的部分也在不停地削减……虽然明白屹湘是有了主意，在朝着那个目标前进，她还是禁不住口干舌燥……作孽啊！

她实在不忍心再看下去，心一横，转身朝其他同事挥手示意清场。

屹湘集中精神修剪蕾丝，对周遭的一切置若罔闻。

仓库门合拢，得雨仍站在那里，良久不动。她咬牙一回身，便愣住了——Vincent就站在她身后不远处。她不知他何时到的，方才同事们进进出出，也没有人出声，想必都不想惊扰在里面大展拳脚的屹湘。

得雨同Vincent点点头算是打招呼了，Vincent一副黑超遮住半张脸，让人看不清他的眼神，但他一定是盯着屹湘的。

仓库里，屹湘的动作慢了下来。她沿着蕾丝钉缀的纹路，修修剪剪。细碎的蕾丝不时在剪刃绞合的瞬间崩开来，落在她的手背上，有些还落到她的睫毛上，痒痒的。她眨眨眼，抖落蕾丝屑，像是抖落片片雪花。

每一剪下去，她都觉得是剪到了谁的皮肉，得额外小心。

终于将蕾丝剪出了形状，她端详片刻，放下剪刀，开始飞针走线……也不知道过了多久，脖子酸麻到疼痛，她才抬起头来活动下。她看看时间，已经清晨六点多。仓库密闭，任外头昼夜更替，里面都灯火通明。身边的操作台上有食物，银色的保温罩上贴了便利贴。见到食物，她才觉得饥肠辘辘。她起身走过去，把便利贴撕下来丢在一边，抽了湿纸巾擦手。

餐盘里是她喜欢的芙蓉蛋卷儿。她拿了蛋卷儿，倚在空置的衣架上，边吃边休息。她身后是价值不知几何的各色礼服，眼睛却只盯着正在被她改造的这件"残次品"，她要将它变废为宝。

听到门锁嘀嘀作响，巨大厚重的闸门缓缓移开，屹湘转头看过去，见得雨走进来。

得雨见屹湘正在休息，问："怎么样了？"

屹湘朝礼服一抬下巴，把最后一块蛋皮塞进嘴里。她去洗过手，回来继续工作。见得雨站在架子前，盯着面前这件正在被修复、已经有了雏形的礼服，目光中有毫不掩饰的欣赏，她不禁动了动嘴角。

"对不起，昨晚我态度不好。"得雨赧然。

屹湘没出声，得雨过来看她钉缀蕾丝。每隔一英寸，就要编织几针，再钉缀……针脚极细密，工序极烦琐，真是需要十二分的耐心。

过了一会儿，屹湘才说："别光看，给我纫针。"

得雨学屹湘席地而坐。

屹湘仔细看着刚刚钉缀好的蕾丝，手指抚弄一下，脸上露出满意的表情来。

得雨见屹湘那根线用完了，递过去一根穿好的，问道："最近还好？"

"不能再好了。"得雨给她把伸展灯拉近些，看着她凝神专心地对付那一朵蕾丝花——针走得飞快，一深一浅，走一圈，抽紧……她的手指纤长，十分美。

屹湘问："Josephina 还不知道吧？"

"只告诉她礼服出了问题。她原本今天应该赶到的，临时有事改了行程。"得雨以为屹湘是在担心 Josephina 的反应，说，"你放心，Josephina 是讲道理的人。"她在 Josephina 身边工作过，深知 Josephina 的性格。

屹湘说："苗得雨，你要是说废话，就哪儿凉快，哪儿待着去。"

她岂是怕事的人。

得雨笑笑，她有很久没有听屹湘用正经的京腔儿"骂"她了——她的普通话水平，还是亏了那几年跟屹湘同窗，才有机会"普通"起来。

得雨过了一会儿才问："你还记得那年暑假我们去旅行？一群人都玩癫了，只有你总独自窝在房间里画图，跟我说要寄出去参赛。我们都当你是心血来潮，谁知道九月里你就获了大奖。你还说，有机会就去 Hawkshead 定居，那是你的福地。Fanny 说那儿只适合养老，你却说，Hawkshead 让你心里安宁，很少有地方让你真正觉得安宁。"

"都多少年了，你还记着呢。"屹湘淡淡地说。

"你忘了？"得雨问。

"没忘。"屹湘笑了下，便是记得，也……也没什么。

"就算别的忘了，你拿 Nicolas Brown 设计大奖的事，我也不会忘啊！那是谁都随便能拿的？"得雨怪叫。

屹湘扑哧一声笑出来。

"你笑什么笑？我哪里说得好笑了？Nicolas Brown Prize 那是什么，时尚界的普利策啊！十九岁零五个月，这个最年轻获奖者的纪录，一直是你保持的呀！我说，你还敢笑……老师们都说你是我们当中最有灵性的！"

屹湘笑。

——是啊，那时候真年轻，也真不懂事。拿到大奖，竟然就很酷地回信给组委会，表示自己要上课，不能去领奖。

"哪里有这么了不起，我会经常忘记自己拿过它。不过，你可以继续夸，我都笑纳。"屹湘拖长了音，笑道。

她下巴右侧有一颗蓝色的痣，会随着微笑轻轻颤动，就好像一朵闲花飘摇在风中，似落非落，牵得人的心忽左忽右、忽上忽下……

得雨不禁看得发了呆。

"湘湘啊……"她是女人，也觉得不能久看屹湘，但就是忍不住，一眼接一眼地看下去……

"嗯？"屹湘的头低下去，那颗蓝痣被遮住了，得雨的眼睛这才得了闲。

"你母亲怎么容得下你一而再地……"得雨停住，印象中屹湘那位资深外交官母亲，对她的要求极严格，甚至到了苛刻的地步。同窗很久后，她才在一次偶然的机会中，窥见了屹湘的家世一斑。除了良好的家庭教养，屹湘本性也极其低调，并不像其他出身显赫的人那么招摇。

"自甘堕落？"一针扎在了指尖，初时屹湘并不觉得痛，但刺得深，沿着那针痕，终凝成一颗绿豆大的血珠子。她吮了一下，嘴里顿时溢满血腥味。她按住伤口，等血凝固……她盯着白色的蕾丝，心想幸好发现得及时，不然，弄脏了礼服可不是开玩笑的。

得雨叹口气，好半晌才小声说："我只是觉得可惜。"

"这次我若是过劳死，你再可惜也不迟。"屹湘说。

"胡说。"得雨把针线递到屹湘手边，"我不是来给你送午饭了？都是你爱吃的……"

"哎呀，糟了！"屹湘忽然叫道。

得雨被吓一跳，说："姑奶奶，你千万别弄坏了……"

屹湘将针线往腕上一别，胡乱地从自己的包里摸出手机，给崇碧打电话，却打不通，担心这会儿她在庭上，便只留了言，又打电话给餐厅留了口信。

得雨问："跟谁的约会，你这么紧张。"

"我哪儿有紧张。"屹湘重新拾起针线。

"还是有一点儿的。"得雨微笑。

"我未来嫂子。"屹湘直说了，不想让得雨猜。

"你哥哥终于要结婚了？"得雨拍手，"我还记得他的样子……"

得雨絮絮地说起了往事，屹湘听着，只觉得那些真是遥远，远到她几乎要忘记了……

餐厅的领班过来向叶崇磬转达屺湘不能赴约的信息时，叶崇碧也还没有到。叶崇磬听后，微笑着点头道谢，继续翻着杂志。

餐厅里满堂食客，却甚是安静，连音乐声都没有。这点让叶崇磬格外满意，他顶讨厌嘈杂。他是到了哪里都爱捧中餐的场的，见客户、约朋友，乐得图个熟悉自在。纽约不难寻到豪华的中餐厅，却也再难得有这样好的，偏偏又是美国佬经营的，这就不能不说人家功夫用到了实处。

餐厅的主人菲尔·苏亚雷斯听说他来了，特地过来同他寒暄。他笑，说他们在沪上的餐厅，他最近经常去。

菲尔微笑着说他有听分店经理提起，还得多谢叶先生捧场，强调了一下："叶先生是'老饕'，麻烦多给意见。"

"菲尔，你最会讲话。"听见是清脆的女声，叶崇磬不用看也知道这是谁来了，他抬眼看看翩然而至的叶崇碧。

菲尔侧身笑着招呼，替崇碧移开座椅，寒暄数语，适时离开了。

"最近不是很忙吗？"叶崇磬将杂志推到一边，"我约你，你推三阻四的，人家一句'可以'，你就立刻抽出午餐时间。"

"什么啊，你自己也忙得要死，我有时间见你，你都未必有时间出来。"崇碧腮上梨涡微沉。

"强词夺理。"

"本来就是嘛。"崇碧抱怨过了，看看哥哥。

叶崇磬也打量妹妹，崇碧虽不是倾城佳人，但五官精致、落落大方，更胜在气质雍容。尤其是那双大大的眼睛和红润的嘴唇，让她的脸显得明丽生动。所谓见之忘俗，便是这样的一副模样了。和他不同，崇碧长得更像他们的母亲。母亲总有一股坚定、沉着的气质，崇碧像个十成十。只是崇碧在自己的哥哥面前，未免多几分在外人面前未必肯露出来的咄咄逼人。

叶崇磬告诉妹妹她要见的那位有急事不能来了，她两道英气十足的眉向上一扬，颇有些无可奈何，但没说什么，顿了顿，就拨电话给事务所讲公事了。

崇磬见她如此，索性招手叫侍应过来。

崇碧只顾着打电话，他便做主点了菜。

等菜上桌，他催促，崇碧才放下手机，兀自心有不甘的样子。

"我特地从高等法院赶过来的呢。"她微微嘟了嘴巴。

"吃吧。"崇磬拿起筷子，示意崇碧，他按照她的口味，给她点了清蒸石斑，"人家不来，咱们吃顿清淡的。"

"是，这下可合了你心意。"崇碧打开餐巾，笑着叹气。

"你打算什么时候回国？"叶崇磬问，他对见邱家的人确实没有很大兴趣，但也不想直接承认。

崇碧笑了下，说："我以为，你开口就要问我，是不是真的想清楚了。"

"所以一直躲着不见我啊？"叶崇磬问。

"哥，我做的决定，从来没后悔过。"

叶崇磬忍了又忍，还是开口："碧儿，即便你有那个能力复制母亲的成功，他也未必是那块复制父亲的料。"

"哥，"叶崇碧看着哥哥，"复制这个词，你用得不恰当。我从未想过复制，他也绝不会为了这个而跟我在一起。"

叶崇磬眉头微蹙。

崇碧的筷子，伸向石斑的头部，将紫苏叶拨到一边，夹起了鱼眼睛，放到面前的盘子里。她轻声淡语地道："就譬如吃鱼这回事，轮到他下箸，定是对准了鱼眼睛，可是他并不吃。哥，我要做的，不是改变他的习惯，也不问他为什么那么做——但假如他得到了一只，我会帮他拿到另一只。"

叶崇磬看着那鱼眼睛，忽然间胃口大失。

崇碧又笑起来，道："你接下来别那么老土，劝我'努力'爱上他哦。"

叶崇磬不言语，也没否认。

"哥，我不需要'努力'爱上他，我爱他。"叶崇碧微笑，石斑鲜嫩，入口即化，她赞不绝口，"可惜湘湘不能来。"

崇磬面上淡淡的，心里却想有什么可惜的……当然，自从叶、邱两家有了联姻的想法，他来纽约数次，崇碧多半会邀请"湘湘"加入兄妹俩的聚餐，但每次都有这样那样的意外发生，导致他们至今未能见面。听崇碧那话，平常她也很难约"湘湘"出来见一面，可见其待人未免过于疏离了些。这样看来，邱家兄妹竟是两个样子的，潇潇那么周到通透，是明面上完全让人挑不出错来的人，妹子却是另一个模样——单是不守约这一点，就让人不舒服。难怪别人但凡提起邱家的孩子，都只说潇潇。

"你这几天没休息好吧？要不去我那儿，方便些。"崇碧问。哥哥对邱家人颇多挑剔，她心里不免有些难受，但想想这是哥哥关心她的缘故，便也释然。来日方长，总有一日，他会知道她没选错。

"习惯了。"崇磬说，"偏偏又赶上国内最近事情多些。"

"那你还住在城外？"崇碧问。

叶崇磬"嗯"了一声，好像崇碧多此一问似的。

"你不考虑把那间屋子处理掉？何苦呢……妈那天给我打电话又说起来，说你人回去了，心没回去。"崇碧看着哥哥的脸色，斟酌着词句。

只要在纽约逗留超过三天，哥哥必定会去他郊外的老房子住。他不在纽约的时候，那房子便空着，只有两个工人打理。她早前也曾建议过他，若实在喜欢郊外的幽静，换个处所也好，反正现在世道不佳，很多上好的房产放盘，想要什么样的没有？他想都没想就给否了。

她这大哥，唉……

叶崇磐似未听见崇碧的话。

见他不接茬儿，崇碧只好说："我过几天用一下 Aurora。离开前，有几个朋友一起聚一聚。"

"让 JK 安排。"

"好。Aurora 你也不带回去？"崇碧问。崇磐曾跟她说过，有阵子他得在 Aurora 的床上才睡得着。

"不。前年亚宁来，说喜欢 Aurora 的款式，想要艘一样的。图纸出来以后，他拿给我看。我瞧着不错，跟他一起另外订了。"

"你们俩能看上同款的东西，难得。"崇碧笑出声来。

"你这是夸他，还是损我？"叶崇磐笑吟吟的。

崇碧轻笑，摆手道："这时候也该交货了吧？"

"前阵子交的，我也只是用了一两次。新东西，比不得 Aurora 用起来顺手。"

崇碧笑笑，心里有点儿异样。Aurora，那岂是"顺手"而已？

崇碧又问："我听说国内低空飞行的限制要取消？"

崇磐点头，说："你的消息还挺快。也是最近才松动了些，具体时间说不准。你的执照还没过期？"

"早着呢。"崇碧笑着说，"我是担心你，怕你玩游艇，哪天会游出去不回来。"

"那我要是飞，也有可能飞上去就不下来。"叶崇磐笑着，喝了口水。

"哥！"崇碧叫起来。

叶崇磐笑，爽朗而愉悦，他伸手拨乱崇碧的额发，说："傻瓜。"

崇碧看着哥哥的笑容，叫道："哥……"

"吃你的鱼眼睛吧！以后有你受的——等你嫁给了邱潇潇，还想明目张胆地上天入地出海？想得美！"叶崇磐不客气地说。

连续工作四十多个小时之后，郗屹湘终于赶上在最后时刻交差。这还多亏了从意大利赶来的两位技师给她打下手，才加快了礼服修复的进程。

在外面等候很久、急得如热锅上的蚂蚁的同事们，只等她一个手势，便迫不及待地推着一个高挑瘦削的模特过来，原本安静极了的仓库里，立时热闹起来。

那模特站在礼服前，皱眉。

这位波兰裔的女模个子并不算很高，单薄而瘦削，脸上又特地营造出一种苍白，令她显得柔软。用这种柔软乃至柔弱去衬托这件华美到极致、纯洁到令人感到忧伤的礼服，相得益彰。

屹湘向模特示意，模特抬手抽了一下腰间的带子，外袍从身上抖落，在几个助手的帮助下，以最快的速度、小心翼翼地穿上礼服……周围安静了。

屹湘走近些。

礼服如水膜一般贴在模特身上，身体与衣物之间，没有一丝缝隙。

屹湘蹲下去整理着礼服的下摆，蕾丝细密，曳地三尺；拖尾头纱从肩头泻下，最终与礼服下摆交汇在一处……她微微仰头，正好碰上模特低垂的目光——那目光清透而冰冷。

她点点头，站起来，借着四面八方的巨大镜面查看着，直到确定一切都完美无瑕。她低声对模特说："我希望你在台上的表现配得上她。"

模特的目光中多了丝惊讶。眼前这位设计师竟对一件礼服用了"她"这个单词。

屹湘向她点点头，松开了握住拖尾头纱的手。模特高昂着头，抬着尖削的下巴，疾步离开，身后有专人替她托起裙摆。那裙摆原本应该足足有十米长，如此修复，简化了不止一点。屹湘自问算是遵循了 Josephina 的思路，力求修整如昔。不过，一经模特展示，行动起来，仿佛立即被赋予了生命，她觉得这件礼服完全是另一个样子了……她不禁揉了下酸涩的眼睛。

不过眨眼的工夫，仓库里的人差不多走光了。她长出一口气，慢慢收拾起自己的工具来。工具散了一地，她一样样捡起、仔细擦拭……这些工具都是她用了很多年的，锃亮、锋利，平日里不用时就藏在皮袋里，像隐身刀客揣在身上的利器，也像老朋友，彼此熟悉。她轻轻在剪刀上抹了一下，看了眼柄上烙的字母。

她发了会儿呆，忽然觉得背上一阵疼痛，像携着利刺的风刮过，刮开了皮肉……她微微闭了下眼，将工具迅速包裹起来。

"郗小姐？"仓库门口有管理员还在等候，"您不上去看看吗？"

屹湘点点头，背起背包走了出去。经过层层安检，她从专用通道进了发布会现场。

此时发布会已经进入尾声，她本想找一个角落待着，安静地看完这场秀，不料一进来就被眼观六路的总指挥苗得雨逮到了。

"你的位子在那里。"她指向台边预留的几个空位，"Vincent 特别交代的。"

屹湘看过去，那是什么位置啊……看，左边是 Vincent，再左边是汪陶生，两人身后的位子上全是公司高层，周边更是星光闪耀。她往那里一坐，不但不搭调，而且立时三刻就会出现在各路时尚报道里。

她说："这里就很好。"

——离得近，且从背后看，看得更清楚，也看得到更多不容易发现的细节。

得雨笑了，她拿着对讲机，耳麦挂得牢牢的，眼睛紧盯场内，随时准备应付突发状况。

"……还有一组，就是'桂冠'了……刚刚 Vincent 看到你完成工作了。"

"嗯。"屹湘应着，心里还是有点儿紧张，Vincent 经常一句话就"枪毙"了人。

得雨正要说什么，就听耳麦中有人呼叫。音乐声大，她只得按住耳麦去听。

屹湘打量着场内，会场中光线很暗，只有展台是明亮的，所有的灯光汇聚在那里。音乐声悠扬，是苏格兰风笛……屹湘立即抬手捂了一下耳朵，使劲儿在耳上按了按。过了一会儿，耳膜的疼痛缓解，她才继续看着场内的布置。

这里是专门为发布会而建的，本季打造了一个全黑的空间。顶棚像是一把黑色的巨伞，笼罩下来。展台并没有采取常规的 T 型，而是蜿蜒曲折的，取意"曲水流觞"。因此，特地在场地上设置了四个巨大的人工喷泉，灰色的岩石、雪白的细沙，令这里看上去像一个规模宏大的花园。喷泉随着音乐声变换着姿态，穿着婚纱的模特缓慢行走其中，将每一分、每一寸的美丽，还有 LW 传统的简洁、优雅、精致、奢华，展示给现场的观众。

屹湘盯住离自己最近的这位模特，她身着一件缀满水晶的婚纱，亮晶晶、光闪闪，像是旁边飞舞的水滴蒙在了纱上，随着脚步的移动，升腾起来……美得如梦似幻。

屹湘习惯性地打开随身携带的素描本画着，光线暗，但不影响她的手感。

"湘湘，你看，那是不是 Jessica Chen……"得雨碰了碰屹湘。

手上的炭笔在纸上画出一条粗线，屹湘气恼地说："有什么稀罕的……你说你怎么就改不了这脾气，成日什么级别的明星见不着？哪里？"

"她很少看秀嘛。我是想让你看看她的着装……她穿 Josephina 的设计应该很出彩。"得雨笑着说，"十一点钟方向。"

她们俩正站在会场的东北角，屹湘看到在西侧靠近展示台的位置，一个穿着嫩黄色 tube dress 的女子，正微笑着看着台上……是，那正是著名华人女星 Jessica Chen——陈月皓。这两年，她在好莱坞混得风生水起，号称是几十年才出一个的天才女演员。

屹湘看着陈月皓。

陈月皓真的如同一轮皓月，在人群中光芒也是遮不住的。此时她正在微笑着同身边的人交谈，温柔的目光完全落在眼前的人身上。那人背对这边，姿态看上去甚是放松和随意。屹湘瞥了那背影一眼，心一顿。

恰在此时，那人转了一下头……屹湘闪电般后退了两步，退到了得雨身后。

呼吸骤然间急促起来，尖细的风笛声折磨着她的耳膜，疼痛难忍。

"是她没错吧？"得雨并没发现屹湘的异状，"……Josephina 和她私交不错。她这两年在重大场合穿的全是 Josephina 给她量身打造的服装，现在她身上那件也是。都说 Jessica 的衣着品位这几年直线上升，出入国际大舞台也口碑极好，从不穿错。这不是她厉害，而是 Josephina 厉害……欸，她旁边坐着的是谁？好有型的男人。"得雨这倒吸凉气的语气，多多少少是有些夸张了。

屹湘紧攥着笔，在速写本上勾画着，说："连你都不认得，我会知道？"

"也是。"得雨笑，"这男人真好看。不，不单好看……还有点儿眼熟呢，是不是明星啊？不过明星可没有这种气质……"

男明星……不，不是的。

屹湘目光低垂，素描本上的线条似乎扭曲到了一起……

苗得雨回头看看后台，朝等候上场的模特做了个"稳住"的手势，对着耳麦说："把握好节奏，前面走快了两秒。"她又回过头来，在屹湘耳边道，"今天这场，最出彩的就是几位华裔模特。前两年还觉得她们上了 T 台动作夸张、姿势粗糙，但你看看如今，担大梁都完全没问题……"

屹湘点头，仍是不语。

发布会接近尾声，场内的气氛近乎沸腾，得雨终于也跟着兴奋起来，不住地说这说那，眉飞色舞的。抽空看一眼屹湘画的图，她又忍不住大笑，道："我说，也难怪你那些 idea 总是被斩，你看看……Josephina 的设计，你都要改两笔，这不是讨打是什么……湘湘，Josephina 的设计是最轻灵的。"

"这次，够轻，但，不灵。"

得雨意外地看着屹湘，说："你这个批评很严重了。"

屹湘合上素描本，说："我先回去了。"彻夜工作的缘故吧，她头重脚轻的。

"你怎么能现在就走？你得等着看看……喂，你修复的压轴大作还没有出场……马上就出场……我还有事要跟你说……喂！等下还有庆功会！"得雨一连叫了屹湘好几声。

屹湘从拥挤的人群中穿过，头也不回。

得雨仰头，朝黑暗的天幕叹口气——这个郁屹湘！

得雨的视线转回展示台，优雅的模特缓步绕台行走……她摸了摸自己的下巴，回想着屹湘刚刚的评价。Josephina 成名二十多年了，的确有些……故步自封。屹湘的眼还是很毒的——能说出这种话来，她的锐气还在。

万幸。

得雨不由得笑出来，转身退后。她得去后台看看，"桂冠"上的那颗钻石，即将出场。

屹湘出了会场，那要穿透耳膜的风笛声终于弱了些。她站在楼梯间，一动不动，良久才迈步下楼。

示威的人群还没有散去，吵嚷嘈杂，群情激昂，其状令她愈加心烦。公司保安护送她上了出租车，她说出目的地，请司机尽量快些。此时她急切地想要回到住处，一刻也不想耽搁。

从出租车下来，她整个人已经如同虚脱，进门时只跟陈太打了个招呼，上楼便一头栽到床上去了。她累极而眠，这一觉睡得却算不上好，恍惚间是有什么人在床边走来走去，手机铃声响得七零八落，耳边又有忽高忽低的细碎话语声……衣服和被子都缠在身上，潮湿黏腻又沉重，让她愈加烦躁难安。

朦胧间，她从床头柜上抓了药盒过来，吞了两粒下去。不久，那些声音全都消失了……

待到万籁俱寂，她做了一个梦。

梦里的她很小，还是在外公的深宅大院里玩捉迷藏的年纪。应该是在西厢，外公的书房。外公的书房很大很大，她跟小伙伴们玩捉迷藏，走投无路的时候最爱藏到外公的书房里。在那里，她总能找到最合适的位置，把自己藏得很好，比如藏在外公的椅子后面。外公的圈椅上有一张大大的熊皮，垂下去，落在地毯上。她藏在那里，安安静静的，屏住呼吸，还听得到小伙伴来寻她，听得到外公乐呵呵地说："没有，我没有看到湘湘，你们去别处找吧。"

外公这样一讲，他们果真就去别处了，她就安全了。藏在那里，她的身子缩成小小一团，面颊蹭着柔软的熊皮。熊爪的指甲被打磨得平平的，牙齿还在，弯弯的……她是有一点儿害怕，不敢去看熊眼——仍是像宝石一样亮晶晶。

她窝在那个温暖黑暗的小角落，快睡着的时候，外公就会用手里那卷书轻轻地敲一敲椅子，说："湘湘丫头，出来吃烤红薯了。"

她睁眼便看到外公脚上那精致的圆口布鞋。内联升老师傅的手工，千层底，鞋口上针脚细密，打了一个结实的结。她看着，忍不住想伸手摸摸……外公又叫她，她轻巧地钻出来，像只小猕猴一样，爬到外公膝上，伸手去抓案上白瓷盘子里的烤红薯。细细长长的烤红薯，剥开，金黄的红薯肉，热气腾腾的，带着一股子焦香，让人直流口水……

"外公，您吃一口？"

"湘湘乖，外公这里还有。"

她一个接一个地吃，手指上沾了黏黏的红薯汁，来不及拿盘子里的毛巾擦，伸手便摁在宣纸上，卷起一面，团成一团，脏兮兮的……外公素来好洁，却从来不恼她这个捣蛋鬼把他的书房弄得一团糟，还会亲自拿了毛巾给她擦干净。做这些的时候，他总是笑眯眯的。

外公的书房里有张大大的画桌，她趴在地上玩玻璃弹珠，东一颗、西一颗，把弹珠放在地毯上，每一朵花蕊放一颗弹珠……她在画桌下钻来钻去，额头时常碰到桌腿，于是总嫌画桌笨拙，推不动，也踢不动，无可奈何。有一次，她拿了外公的开信刀在桌腿上乱刻，被外公的秘书看到，心疼得直吸凉气，说"郗老，这个、这个……"他不只替外公打理那些文案，还替外公心疼画桌，也替外公心疼那些好不容易淘来的古宣纸。他看着她扮鬼脸也没办法，因为知道她是外公最宠爱的外孙女……外公看了却一笑，指着那张画桌说："湘湘，以后你出嫁，外公什么都不给你，就给你这个。"

什么是出嫁？

她哪儿懂什么是出嫁呢……

"湘湘，我是司令，你来扮司令太太。我娶你！"

"胡说！董亚宁，你明明是土匪。湘湘，别答应他，答应了就只能做压寨夫人。"

"谁说的？难道土匪就不能是司令？"

"土匪只能是土包子司令，简称土司令。"

"土就土，反正湘湘是我的！我要她嫁给我！"

"你说是就是啊……看谁先找到……"

…………

"湘湘，我逮到你了！"

一对极漂亮的带着稚气的眼睛出现了……

屹湘一个激灵，睁开眼睛。

眼前的一切都是倾斜的——不知什么时候，她又蜷缩到了床角。窗帘掩着，一点儿灰蒙蒙的光从缝隙中穿进来，天已经亮了。雨还在下，雨点打在窗子上，噼啪作响。这春雨，竟然带了一些秋雨的缠绵悱恻。

她缓缓坐直，后背抵在密密排列的书脊上，发起呆来。

湘湘，我逮到你了……

原来不是梦，而是记忆。这些东西总是不小心就钻出来，也不知道原先都藏在哪儿……那场景、那物事、那人、那笑，历历在目。连圈椅上那张熊皮，亮晶晶的眼睛，也清楚得不得了，活生生的，似乎在盯着她，下一秒，就会滴出血来——她的喉咙紧了一下。

柔软的发丝黏在颈间，睡梦中出了很多汗，她抬起手来抚摸着汗湿的额头，粗糙的指尖弄得额上的皮肤有点儿疼，她抬手看看。

手指尖的针痕明显，因为太过疲劳，关节又酸痛不堪，连带着手臂都酥软无力。

她爬起来，看到床头柜上倒了的药盒，又翻出另外一个，抠出白色的药片来。水杯里已经没了清水，她索性将药压到舌根处，吞咽了好几次，药片反而粘在喉间，说不出的苦涩蔓延开来，苦得她全身发颤……

笃笃两声，像敲在她的额上。

"屹湘醒了没有？"陈太问。

屹湘咬了下牙，裹着被子跳下床去开门。陈太端着一个托盘站在门外。屹湘毫不犹豫地拿起盘中的水杯，咕嘟咕嘟喝下去。她喝光了水，又喝果汁。

"渴死我啦！"她拿着两只空杯子晃了晃。

"只是渴吗？饿不饿？"陈太看着她，"你昨天回来的时候脸色太差了，我上来想叫你吃东西，怎么也叫不醒。"

屹湘甩开被子，接过托盘，笑嘻嘻地说："累嘛。"

她也顾不得自己手脏，不客气地伸手拿了盘中的牛角包，撕开来，蘸了果酱吃。果酱是陈太自己做的。郊外农庄里有很多苹果树，家里就一年四季有吃不完的苹果酱。

陈太笑。去年秋天苹果丰收，她特地把古董店歇业几日，空出时间来做了好多果酱。她跟屹湘一起，开了轻型卡车沿着哈德逊河叫卖果酱，还跑到哥伦比亚大学的中心广场摆摊，竟然大受欢迎，她们也玩得不亦乐乎。

屹湘说今年还要这么干，索性多做点儿，可以网上开店，弄不好比古董店赚得还多些……陈太掰开一个牛角包，拿了餐刀抹了果酱给屹湘递过去，说："慢慢吃。"

屹湘脸上青青白白的，额头、鼻尖都有汗珠，看样子并没有休息好。

陈太扫了一眼屹湘那乱糟糟的床头柜，看到药盒，眉头微微一皱，说："昨晚有电话找你。我来敲门，你没应，就告诉她晚些时候再打来……是不是手机没电了？"

"嗯，谁打来的？"屹湘吮了下手指，她极少把这里的电话号码告诉别人。

"是位姓邱的女士，她说没有什么急事，只是你的手机打不通。"陈太说。

"哦。"屹湘点头，果酱的甜味暂时压住了舌根的那份苦涩，但艰涩感仍在。

她靠在沙发上，看着陈太，解释说："我姑妈。"

"波士顿那位？"陈太微笑着问。她虽没见过，但也知道屹湘有位在波士顿著名大学里任教的姑母，屹湘偶尔会去探望。但不知为何每次回来后，屹湘的情绪都会低落很久。

"嗯。"屹湘看着半透明的赭色果酱，"姑妈很喜欢我上回带过去的果酱，她不会做。"姑妈不但不会做果酱，而且实际上厨艺根本约等于无。她脾气差，耐性也没有，偏偏又爱说自己崇尚自然。她农场里的苹果成熟了，也都任其挂在树上不摘，树下又没有牛顿等着被砸，还不都腐烂成了肥料？整个农场弥漫着烂水果的酸气，发酵后又像是打翻了酒桶，最后演变成垃圾场味……还要被邻居告，闹上法庭，说她虐待果树。还好姑妈是个教法律的终身教授，尚应付得来；她又爱跟人打这等官司。打完官司，她和人家照样做好邻居，邻居有事，她也肯帮忙。

屹湘说："我是搞不懂姑姑的生活逻辑。"

陈太点头，笑笑，又说："昨天的晚间新闻里有报道你们公司的发布会，那些礼服真美丽。"

"那当然啦。"屹湘托着果酱罐子，猫一样伸着舌尖去舔一点儿。她想到发布会，一顿，刚刚吃下去的药应该见效了，身上的痛楚减轻了……心脏也不疼。

好，真好。

"美吧？"她问。

"美，美得我都想穿一穿。"陈太笑着说，"我跟陈先生结婚的时候，正流行那种蓬蓬袖的结婚礼服呢，就是这样的……"陈太的手在肩头比了比。

"嗯，那是 60 年代中期典型的风格，很典雅。"屹湘也比画着。

"一件婚纱，我穿了，收好，后来改一下，妹妹又穿。"陈太想起往事，笑着，甜蜜而幸福，只是不一会儿，脸上便有了些忧伤和落寞。

屹湘看着她，她是美人，想必妹妹也是美人……美人念及从前的岁月，总是多一些感慨。

"没留下来？可以传给下一代。"屹湘问。

"哦，我母亲生前替我们收拾的，现在不知丢到哪里去了，害得我到现在还在想念。也就是想念吧，我没有孩子，妹妹没有女儿。"陈太叹了口气，"不耽误你了，看看都几点了——今天可以不用上班？"

"要上班的。"屹湘用手背抹了下嘴角，咂吧咂吧嘴，见罐子里还有一点儿果酱，索性再拿一个牛角包，沿着罐子擦一下。

"不能浪费。"她笑道。

陈太笑着出去了。

想到上班，屹湘便精神抖擞起来。转身经过茶几，她弯下身，顺手按了下遥控器，开了电视机，华语电视台正好在播晨间新闻。她看向屏幕，只一眼，便忍不住挑剔女主播今天的穿着——波点衬衫、蝴蝶结……她有种将手伸进屏幕替她脱了的想法。

她进了卫生间，注意力迅速被正在播报的一则新闻抓住了。

"……该帖著录极多，被历代藏家追捧，一再被刻入各种丛帖当中，元代以后的公私藏印及流传历历可考与可靠，其珍贵性不言而喻……"

屹湘走出来，此时画面上出现的是资料图片，作品上那些暗红的印鉴层层叠叠的。她按了下眼眶，再仔细看新闻标题，不禁咬紧了牙。

很久没关注这些了，她记得这幅字一直被藏于日本有邻馆。

幼年学书法，她常跟书画大家的师傅去博物馆参观，尤其有珍贵的书画展，必然捧场。他们最常去的就是故宫珍宝馆。她记得有一次师傅指着一张照片说："我们有多少好东西流落海外啊。"

他们几个七嘴八舌地出主意，她说："我们可以去海外博物馆参观临摹。"潇潇说："我们可以去谈判，把属于我们的宝贝争取回来。"菁菁说："我们可以买回来啊。"董亚宁说："买什么买？要是被抢走的，我们就抢回来。"

………………

当初看起来遥不可及的藏品，如今竟被拿出来拍卖了。

"……但神秘场外买家并未现身，具体身份至今不明……"

牙齿咬合的地方，有些泛酸，她待了一会儿，回头继续洗脸。

她简单拾掇了一下自己的脸，打开衣柜，抽了一件白色的旧衬衫出来。衬衫的领口有细碎的蕾丝，蕾丝还是老裁缝珍妮·巴特勒亲手织出来的，再一针一线钉在衬衫上，这还是她在英国时的事了。老珍妮送给她的银顶针，她一直放在近身的地方……跟老珍妮学编织蕾丝的时候，她也只是喜欢而已，并没想到日后自己不但设计上偏好这一元素，还能在关键时刻"救火"。嗯，看陈太的反应，昨日的秀算是顶成功的吧，她略略安了心。

她在衬衫外罩了一件薄薄的绒衫，又取了一条扎染的围巾，挂在颈上。齐肩的发被她简单拢上去，在脑后拧两下，便成一个髻，再抓松一些。她的头发细软、顺直，额前的刘海儿熨帖，伸手一拨，便乖乖地从右边顺到左边。

她穿上外套，关了房门便往楼下跑。

陈太在起居室读报，听到楼梯处的响声，直喊她"慢一点儿"。

"要迟到啦！"

她急急忙忙从门边的伞桶里抽出一把伞来，蹬上靴子便开门跑了出去。她一路跑到地铁口，在报摊上买了本新鲜出炉的时尚杂志《Gossip Fashion》，便随着人潮涌进了地铁车厢。

车厢里拥挤，她站在角落里，拿出杂志。这一期的主要内容是评点过去一周各大公司集中推出的重磅发布会。封面上便有很醒目的标题，内里的评论报道一篇比一篇犀利，而最重要的文字必定是在最后。这就是《Gossip Fashion》那个毒舌总编的排版特色——大概所有的设计师都希望这个笔名为"垃圾仔"的总编辑会提到自己的名字，同时又希望不要在杂志的最后一页。

屹湘喜欢这本杂志，期期都买，也会想着有一天若是她也能被《Gossip Fashion》总编选中，哪怕是被狗血淋头地骂上一通，起码在纽约时尚圈，也算是扬名立万了——想到这儿，她就微笑起来，她还有这么点儿"小小的"追求啊。

她习惯性拿着杂志先从最后一页翻起，轻轻地"啊"了一声。

果然不出她所料，LW的发布会占据了这个版面。她的心怦怦地跳，迅速浏览着文章内容，越看，心跳得越急——"垃圾仔"大骂 LW 推出的礼服整体风格保守陈旧，"懒惰而毫无创新精神、充满腐败"，已经彻底沦为上流社会豪华婚礼的点缀。

看到这里，屹湘未免心里来气。对，没错，是没有多少创新，但裙摆缩短或者延长哪怕一英寸，也可能是革命性的改变。她虽然批评过 Josephina 本季的设计不够好，但也不意味着 LW 整体水准的降低和整场发布会的失败。

她忍了忍，继续往下看。

"……近三十年来，LW 所树立的，让每个女孩都想拥有、都能拥有一件 LW 婚纱的梦想，在这一季中被彻底磨灭。经济危机吗？是经济危机导致 LW 放弃了为穷女孩提供婚纱、生产梦想，还是躺在金钱上的设计师已经无法，也不愿接触真实的人、了解她们真正的需求？或者……"

"或者"之后，她还没来得及看，已经听到报站。到站了，她只好先把杂志放进自己那个大大的羊皮包里。

出了地铁站，雨愈加大了，她把装着设计稿的皮筒抱得更紧些……腕表上显示八点三十八分了，她得快些走。

街上的人都脚步急促。

有些冷，她缩了一下。不远处就是公司大厦了。

"Vanessa！"身后有人叫她。

屹湘回身，黑绸伞旋转，甩出一串水珠。

Joanna 没能躲开，"哟"了一声。

屹湘忙说："抱歉、抱歉，早、早。"

Joanna 笑着说："没关系，我们走那边吧，避开示威的人群。Michael 千辛万苦才进得了门，要我们小心一些。昨天发布会结束之后，现场就被示威者冲击了……你不知道？"

屹湘摇头，她掏出手机，果然有两个未接来电和一条短信，都来自 Micheal。

两人一起往前走，Joanna 跟屹湘说起发布会后的险情，走了没多远，就听到了喧哗。那声音一顿一顿的，有着清晰的节奏，像有很多人聚在一起喊口号。

屹湘听得心惊，莫名就开始不安。雨滴落在伞布上，砰砰作响，这烦扰加剧了她的不安。

转过街角，屹湘抬头看去。公司门前确实聚集了大批示威者，比她昨天离开的时候人数更多了。事态显然升级了，她有种头皮发麻的感觉。

她看了看地形，示威人群堵塞了一部分街道。这里是交通要道，往来车辆众多，显得很拥挤，但在警察的指挥下，放慢速度通行，仍算有条不紊。行人则自动选择避开这一路段——她回头看，Joanna 示意她右转——那里是公司侧门所在的方向……但那里也有示威者，走侧门也不是一个很好的选择。

即便那是个好的选择，此时她也不想刻意回避。

Joanna看出她的心思，说："走吧。"

陆续有公司的同事经过，催促她们快一些，语气都有些紧张。

屹湘倒并不害怕，她细心地观察周围的环境，此时，除了示威者，还有警察和公司保安在现场。穿蓝色制服和白色制服的分列两边，各司其职。她回头看看Joanna，轻声提醒对方小心。

她们离那群人越来越近了。他们手里拿着牌子，上面有血红的字迹，像是伤口破了，血液喷溅了一地，同时高喊着口号——

"没有买卖，便没有杀戮！"

"反对皮毛制品！"

有一个人站在一辆"牧马人"顶上，裸露着上半身，青白的皮肤上，粘贴着血色的字体—— No fur。他的演讲十分有煽动性，瓢泼大雨也不能浇灭他的热情。在他激愤情绪的煽动下，人群开始骚动。

前面的通道非常狭窄，示威的人群、警察和公司安保人员及灰色的大厦之间，屹湘本能地靠边行走，躲避如浪潮一般扑过来、大有冲进大厦势头的人群。

不时有人朝她们比中指，挥舞着的手臂和标语上涂着血浆……屹湘镇定地屏住呼吸，回手拉了一把Joanna。还有几步远，她们就能越过警察形成的人墙，进入公司的大门了……她加快了脚步。这时，不知道谁喊："她们是LW的设计师！看她们身上的皮革制品！"

屹湘突然觉得一股冰冷的液体迎头罩下来，眼前一片暗红，黏黏糊糊的，还伴着一股腥臭味。她脑中顿时空白一片，四周的一切似乎都静止了，她低头只见水泥地面上，鲜血在雨水里迅速洇散开来。

她用手背抹了一下口鼻，好让自己呼吸顺畅，可是刚抹开，头顶又有鲜血流下来……她抬头瞪着前方那个朝她泼血浆的人，往前迈一步，那人便后退一步，而她每迈一步，地上便会多出一摊血来。

"你们戕害生命……你们是刽子手……"人群向她挤压过来，像是要把她吞噬。

穿蓝色和白色制服的人迅速形成人墙。她紧紧地咬着牙，抱紧了包和皮筒。皮筒里有她的设计稿，这是她最重要的东西。不停有人推搡着她，手臂、后背不住地被什么击中，疼痛难忍。突然，有人猛地抓住了她的皮筒，她迅速反手扯住了带子，毫不示弱地盯着眼前的这个男人。

"你给我放开！"她刚一张嘴，脸上的鲜血便流进了嘴里。

"刽子手！"这个男人有着一张"瘾君子"的脸，还龇着黄黄的牙，看得屹湘直想作呕。

"放开！"屹湘一掌推在了"瘾君子"的肩上。

她奋力夺着皮筒，可她只是个瘦弱的女子，根本没被放在眼里。

男人推开她，高高举起了皮筒，人群中立刻有人吹起了口哨，接着疯狂地叫喊起来，兴奋得像是吸到了血的魔鬼。

"浑蛋！"屹湘开骂了。

"郗小姐！"

"Vanessa！"

有人在喊她，她根本顾不上理会，只看着"瘾君子"将皮筒丢在地上兴奋地踩踏着，她的脑中像有两条火龙在飞舞。突然，她用尽全力上前推了男人一把，迅速蹲下身去，想抢回皮筒，一只脚趾机踩到了她的手上。钻心的疼痛让她积攒的骂人的英文词汇瞬间都冲出了口。她抓住伞，朝男人的要害部位捅去，随着一声惨叫，她的手被松开了，她趁机挣扎着爬了起来。

她站在人群里，从头到脚像是沾了上百个人的血，看不清眉眼、口鼻，她的反击让人群的情绪更激动。Joanna 被人推搡着撞到了她的身上，她一把将 Joanna 护到了自己的身后。人群不住地挤压过来，她的头发被人抓住。她忍住痛，一把扣住了那人的手腕，另一只手拿着钢骨伞朝着身边的人乱戳起来，像个疯子一样。她护住自己和 Joanna，打得毫无章法，抓住什么打什么，逮住什么踢什么……风声、雨声、汽车鸣笛声、警哨声、警笛声……各种呼喊声全都朝她涌来，但都敌不过她耳边那个疯狂的喊声。

有一名警察想要把屹湘从混乱的人群中解救出来，可他刚抓到她的肩膀，她便大声尖叫起来，然后拳脚相加，根本不管对方是谁。这名警察反应也快，紧接着来抓她的手臂，她头一低，竟毫不犹豫地朝着这名警察的手狠狠地咬了下去……

"住手！住口！"警察冲着她大喊。

她一时停不下来，也不想停。

她终于被两名身强力壮的警察按住了，手腕上一阵冰凉。她低下头，模糊的红色视线中，看清了手腕上多出来的一个亮晶晶的东西——手铐。

她喘着粗气，雨水带着血污流进嘴里，她猛烈地咳嗽起来，咳得心肝脾肺都在胡乱颤动、发疼……

第二章　没有月亮的夜晚

那些不能碰触的过往，有时淹没在一杯茶里，有时隐藏在一瓶酒中，有时，就躺在一道伤疤内……

——题记

叶崇碧接了事务所的来电，马上准备出门。

叶崇磬刚跑步回来，问："不是说中午才去工作？"说着，他把报纸丢在桌上。

崇碧解释说有急事要赶去警察局。

叶崇磬笑笑，说："现在的日子是多么紧张刺激啊！怎么舍得就这么回归家庭，洗手作羹汤呢？"

崇碧闻言，笑道："一会儿 Mia 会来做早饭，等不及，你就自己弄饭吃。对了，别忘了晚上去参加米尔森府上的舞会。你上回来就答应去，人家巴巴地下了帖子给你，偏偏你又不去，多失礼。"

崇碧一回身便开门走了，屋子里静下来。

叶崇磬在厅里站了一会儿，往餐厅走去，自己弄饭吃好像难得到他似的。

崇碧的厨房极大，处处都是典型的美国式样的"极大"，物资储备也"极大"，可就是除了牛奶、水果，食材全是生的。

叶崇磬打开橱柜，看着琳琅满目的精美盒子，琢磨着他要怎么凑合出一些吃的来……崇碧完全没有时间，也没有意愿亲手做什么食物。

偶尔他在这儿留宿，崇碧也从不伸手，别说是煮道像样的菜，就是拌一个蔬菜沙拉，她都嫌占用时间，就会说可以等 Mia 上门来的时候，请 Mia 做。

当然，这不是问题。可崇碧这位钟点女佣的手艺，实在是叫人无法恭维。他这个味蕾不算灵敏的人都觉得偶尔吃一顿已经算是遭罪，何况客房里还有一个嘴刁得一塌糊涂的浑蛋呢？

叶崇磬想到董亚宁，马上往客房走。砰砰对着门一顿敲打，室内一点儿反应都没有。

"董亚宁！"他叫道。

半晌，他也只是听到自己的呼吸声。他推门一看，室内空空如也。床上的被子叠得整整齐齐的，枕头上都没有皱褶，像根本没有人睡过。床头的烟灰缸里存了一点儿烟灰，几根烟都只烧到半截，横七竖八地躺在里面，跟整洁的床铺形成鲜明的对比。他走进去，发现落地窗开了一半，风夹着湿气，吹拂着白纱，翩然起舞，地板上有一点儿水汽。

　　叶崇磬来到窗边，将落地窗完全推开，下了很久的雨，平台上像是被水冲刷过，极为干净。他走出去，从平台上往下看：街边的槭树下，董亚宁的车子已经不见了……他回身关了窗，在屋子里站了一会儿，这才闻到一点儿残存的酒气。

　　昨晚他们都喝了不少酒……

　　他在公司加班开会到很晚，会议结束之后，Sophie才跟他说，董先生在公司对面的皇家饭店等他。

　　认识这么多姓董的先生，随时会给他意外状况的也就这一个。

　　他从公司出来，过了马路就去皇家饭店——名为皇家饭店，其实就是个规模不大、档次不低、东西死贵且味道一般的意大利餐馆。若不是靠近公司、比较方便，他才不肯常来。进门，他一眼便看到了董亚宁。

　　董亚宁安静地坐在那里喝酒。左右的位子都空着，让他的身影看上去有些落寞。

　　餐馆里放的是披头士的一首老歌，低沉回转。

　　他过去坐下来。

　　董亚宁眯着眼睛，转过头来，朝他喷了口烟。他就料到亚宁会来这么一招，早早拿起一个小杯垫，扑了一下。

　　不想董亚宁嘴巴一张，青色的烟雾一丝不乱地被他又吞了回去。

　　看着那无赖的样子，他笑了，问亚宁什么时候到的。

　　"早上。"董亚宁回答。

　　他朝熟识的酒保示意下，指指董亚宁面前的酒——看看那都是什么酒，竟然是茅台。见他瞪眼，董亚宁笑，说："你别瞪眼了，我刚一提你的名字，人家就很痛快地让我在这儿喝了，还尝了两杯，说不错呢……在这儿买茅台可是比国内还便宜，我恨不得囤货。"

　　"你行。"叶崇磬懒得说董亚宁。茅台配起司条、酸黄瓜，亏他想得出来。

　　酒保拿了一个酒杯给叶崇磬，他拿起酒瓶来斟上。

　　"我今儿见着粟茂茂还说了一车话，她没和你说？"

　　"没和我说。"

　　"也是。我怕是还轮不到做你们俩的话题。"董亚宁似笑非笑，黑而亮的两道浓眉，飞入鬓角。

　　叶崇磬不想多说，呷了口酒，问董亚宁能待多久。

　　亚宁总是来去匆匆的。

　　"明儿就回。我来是为了工作，顺便放松下。"董亚宁说。

　　叶崇磬不知道自己到的时候，亚宁喝下多少酒了，那会儿脸已经红了。

　　他仔细看了看亚宁——他容长脸、白面皮、高鼻梁，唇形极美，眸子很黑，眼又是恰到好处的水润，显得黑白分明，尤其在笑起来的时候，丝毫不见锋芒，让人毫无戒备……模样生得这么好看，也难怪女人们都喜欢。

叶崇磐脸上笑意渐深，说："哦，来工作的，顺便玩……"

董亚宁睨他一眼，左边眉毛一抬。

一支烟恰好抽完，董亚宁将烟戳在玻璃烟灰缸里。跟他的身材比起来，他的手倒是不大，很灵巧，指关节有点儿发黄，还有茧子。他习惯性缩着手指，搓了一下那茧子。

"怪不得急三火四地让我去寻胸针。"叶崇磐捻了条法式酸黄瓜，想起那枚胸针，他抽了下鼻子，说，"可惜我秘书办事效率实在是高，东西这会儿恐怕已经在你家桌上摆着了。"

董亚宁似乎一时没反应过来他在说什么，好一会儿，才道："哦，那个啊。"

"怎么，忘了？"他倒是有点儿意外，按那日董亚宁在电话里的模样，恨不得立时三刻就拿到那枚胸针。

"没有。怎么会。"董亚宁笑了笑，"那个，那个不送人。"声音沉沉的，一杯酒紧接着喝了下去。

听说不是送人的，叶崇磐笑笑，想起某天听到的八卦，有心拿出来开开玩笑，看亚宁坐在那里出了神，便没有讲。

再过一会儿，他看时间已经不早，提议离开，说："我明儿一早还得上班，今儿为了省时间，干脆去碧儿那里借宿一晚——也不知道这是什么日子，两头竟然都忙，忙得我脚不沾地都快不成了。"

董亚宁嗤笑了一声，说："好像谁不是一样的！"

"我是真忙，不比你，还有空万里迢迢地赶来，只为了博佳人一笑。"他打趣亚宁。

董亚宁听了，仰头大笑一阵，说："这都哪儿跟哪儿啊！我来真的是为了公事。"

"怎么，真有心接手那倒霉的 IEM 啊？"叶崇磐的反应还是很快的，马上就知道了亚宁的来意，也只有这样的大案子，才值得他亲自来。

"怎么着？我可是看 IEM 制作的电影长大的。眼瞅着它垮了，心里多不落忍啊。我得救救它。哪怕是当作给自己的少年时代正经地画个句号，不行啊？"董亚宁半真半假地笑道。

"行，太行了呀！而且，崇碧前阵子还提了一嘴，说他们事务所在给你公司做咨询。我以为是平常的业务，没仔细打听。"他看看亚宁，这么大的投资案，涉及方方面面，仅是法律事务就已经相当庞杂琐碎，若不是有把握拿下，想必亚宁是不会透口风的，"你确实可以啊。"

董亚宁的公司，这些年一直在影视制作上有所涉猎。表面上看起来他是交一个娱乐圈的女朋友就投资一部戏的玩儿法，可投一部赚一部，也不是谁都能玩儿得这么好的。

他们偶尔聊起来，亚宁总说不过是玩票，这等烧钱捧戏子的事情，从前纨绔子弟不是常做，有什么稀罕？不过是方便给哥们儿介绍女朋友，还不用"潜规则"那套的低级手段——现在看来，他绝不只是玩玩而已，投资 IEM 这样的大公司，可不是一般的举动。

叶崇磬心里明白了几分。亚宁是爱玩的，但谈到正事，从不含糊，找他喝酒，怕是前奏……

董亚宁瞅他一眼，似是了解他在想什么，说："我是可以，不过这事儿成不成，还得看你可不可以。"

叶崇磬听了这话，酒杯在手中转了几下，说："下班了，不谈公事。"

"臭贱。你要是不可以，我就去问问粟茂茂的老爹可不可以了啊。"董亚宁一对狭长的凤目，说这话的时候，含着笑，有股子说不出的邪劲儿。

叶崇磬一笑，推了推杯子。董亚宁又给他倒上酒，笑着说起了别的。

两个人也有阵子没见了，聊起来，不知不觉夜就深了。后来他们原本要在餐馆外面就分手，偏偏崇碧打电话来问他不是说好了今天晚上住她那边，怎么还不过去。听说他和董亚宁一起喝酒了，崇碧就问要不要一起上来，正好也很久没见面了，再一起喝一杯。亚宁这个人来疯，果然没客气，于是两人一起到了崇碧的住处。

崇碧早把酒杯、食物都准备好了，说正好有开心的事——她白天有个案子赢得极其漂亮。

"足以写进教科书。"崇碧很得意。

她一下子开了几瓶好酒，拦都拦不住。看妹妹开心，叶崇磬也觉得高兴，碰了下妹妹的杯子以示褒奖，但没夸她。

崇碧读书认真、做事尽责，所以年纪轻轻就叱咤风云、功成名就根本不足为奇。只是，原本经营得很好的事业，她为了婚姻，说放下就放下了。作为兄长，他能理解她的选择，但谈不上支持。

董亚宁很懂叶崇磬的心思，也瞧出他有些话不愿讲，于是故意对崇碧说："你呀，也就是潇潇敢娶你——回头他连跟女秘书、小下属玩儿个小暧昧恐怕都逃不过你的火眼金睛加五指山。可叹我们潇潇一世英雄，就要栽在你这儿了。"

叶崇磬听亚宁说得不像话，瞪了一眼。亚宁一笑，碰一下他的杯子。

"他就是一世英雄，才懂得娶我做媳妇儿呢。"崇碧倒不以为意，笑着说。

董亚宁哈哈大笑，眉梢眼角都在微微颤动，杯中酒液波涛汹涌。

"得，你们俩是棋逢对手、将遇良才、门当户对、珠联璧合，行吧？"他轻咳一声。

崇碧笑着说："董哥，你要再这么损我们，我就坚决反对你给潇潇做伴郎啊，有你这样敲破锣的吗？"

"哟，你们俩要是敲破锣就能敲得分手了，我可劲儿地敲！哈哈哈……"董亚宁笑着摆手，"不说这个了……对了，我听说这拨晋升有五叔？"说着，他在肩上比画了一下。

叶崇磐点头，说："好像有这么句话——这拨名额少，争得还挺凶。这还得一阵子才颁晋升令呢。按说去年就该五叔了，不知道怎么后来没了下文，愣是拖到了现在——爷爷直说他不上进。五叔一整年都躲着爷爷，轻易不露面。"

"五叔就是懒得钻营。"董亚宁笑道。

"他就是还有那点儿劲头，但按资历来的话，轮也该轮到他了。"

崇碧接了句："轮到就能拿到？别扯了。为了点儿蝇头小利还争得头破血流呢，何况这个，牵涉范围这么大？"

三人一笑。

聊得差不多了，酒也喝光了，董亚宁毫不客气地进了客房。

崇碧等董亚宁关了房门，开了句玩笑："正该是温柔乡里皓月当空呢，怎么到咱们这儿喝酒扯闲篇来了？"

他也笑，说句"随他吧"，斜崇碧一眼，说："我说，你回去之后头一件事，改改你这口无遮拦的毛病，北京不是纽约。"

崇碧笑："这里不是没外人嘛。"

他看着妹妹，心里有很多话，最后也只变成了一句"且容你放纵几日"。

兄妹俩又喝了一会儿酒才散了，不知是不是预料到将来像这样的机会只会越来越难得，气氛竟又和谐又温暖。

一夜风雪，到早上变成了雨，还越下越大。纽约的天气，这时节如此变幻莫测，也是罕见，他在此地生活多年，还从未遇见过。

叶崇磐将窗子关好，董亚宁打电话来了。他说一早被电话吵醒，得赶最早的班机去多伦多，太早了就没吵他们，还说过两天还回来，到时候再见面详谈。

叶崇磐这才放心——米尔森家的酒会也请了董亚宁，昨晚他们说起过。

董亚宁挂电话前又问了句："昨天晚上喝糊涂了，没说什么不该说的吧？"

叶崇磐笑骂："你小子趁早滚，还来试探我。"

董亚宁哈哈一笑，说："我只是想问一下，我没跟崇碧说什么不该说的吧？万一得罪她，回头她跟潇潇告状，我那伴郎的差事就飞了。别的，你全当我放屁好了。"

叶崇磐挂掉电话还在想，董亚宁吗？哪句是他不该说的？

叶崇磐拨了电话给秘书："Sophie，搜集 IEM 的资料，越全面越好，明天之前交给我。"他踱着步子，听 Sophie 报了下今天的安排，随手拿过桌上的便笺本来。

他看见崇碧随手写下的两行字：Vanessa Xi，纽约警察局，伤人。他眉头皱起来。

屹湘生平头一次被关在了铁笼里。

拘捕她并且也是被她差点儿咬掉一块肉的大胖子警察说，整个示威人群造成的拥堵，都没有她施展那几下子拳脚来得厉害。当时几乎所有路过的车子都停下来，有人还钻出来站上车顶观看……据说她那几下子，很像是传说中的"功夫"。

谁知道看上去弱不禁风的娇小女子，愤怒起来跟尼亚加拉大瀑布似的万马奔腾……

屹湘懒得开口辩解，手指头此时肿得跟胡萝卜似的。她被带回警察局后，有医生给她处理了伤口，清洗、包扎、注射，单问她有没有什么药物过敏就好像问了几十个问题……她就在这一长串问题里完全冷静了下来。

之后她被关进来听候发落了。

铁笼里是木地板，只有一张窄窄的像是平衡木似的长条凳子，她干脆坐在地板上。她所有的东西都不知去向，包括她"誓死"保卫的设计图。她一身的臭味，像好几个月没洗澡的狗似的……有位好心的女警给了她一条湿毛巾，让她擦擦脸，见她全身上下，像是被剥了皮的猫一样血淋淋的，又给了她一条薄毯子——她就勉强又算是一只有皮毛的猫了。

此时她裹着薄毯，只露了脸在外面，像个被遗弃的婴儿。她打了个寒战，将薄毯裹得更紧，似乎这样就能令她更安全。其实并不会，她知道。

她抬起头来，看看这个铁笼子——有一个人跟她关在一起。那人也坐在地上，抱着手臂闭目养神。两个人的位置恰好成了一个对角。她托着腮，研究着那人的身形。他一身灰，灰色连帽衫，帽子遮住了脸，只露出下巴，但看他的腿型，小腿跟大腿的比例，具备典型的亚洲人种特征——她稍稍低了头，想看到他的脸，验证一下自己的判断……那人一抬头。

屹湘吓了一跳，后脑勺砰地一下磕在铁栏杆上。

"什么事？"那人问。

"请问，你有没有纸和笔？"她脱口便问。

那人停了一会儿，从衣袋里掏出一个小本子扔过来。

"笔在里面。"他说。

"谢谢。"屹湘从薄毯下伸出手，在毯子上蹭了蹭，才把本子拿在手里。手感真好，她翻过来看，不出所料，在背面的右下角看到了制作师傅的名字和物品编码。东西中规中矩的，也有主人的名字缩写——B.W.。屹湘打开本子，夹层里有一支铅笔。她翻开新的一页，开始画图。

"Vanessa Xi，出来。"那位好心的女警站在铁栏杆外。屹湘抓紧时间多画了几笔，将那张纸从本子上撕下来，将本子还给那个人。

"谢谢。"她说，跟人保持着合适的距离，怕自己的模样和味道吓到人。

那人接过来,没出声。屹湘看着他晒成古铜色的手臂,那张脸隐在帽子下,看不清楚。

"快些,你的律师在等你了。"女警催促她。

"来了。"屹湘走了过去,女警给她开了门。

屹湘发现女警已经换了便装,散着长发,雪白的皮肤上,有点儿雀斑,很可爱。见屹湘不走,她指着旁边的通道,说:"他们在外面等你。"

屹湘跟着她走出去,才发现"他们"指的是 Vincent 和叶崇碧——想到崇碧的职业,她知道这就是刚刚警察说的律师了,这倒完全是意料之外。

屹湘哑着喉咙"嘿"了一声,Vincent 板着脸,瞪了她一眼。崇碧正在跟警方交涉,见她出来,从警察手里接过一摞黄色的文件夹,走过来先问:"伤怎么样?"

屹湘说:"还好。"

崇碧脸上的表情虽不算严肃,但此时身处警局,一身职业女性的打扮,脸上的神情让人难以感受到一丝亲近。屹湘看着她,不禁暗叹,她知道崇碧优秀,亲眼看见崇碧的工作状态,感受还是不太一样。只是早前她可没有想过会让崇碧在自己这里用到专业知识……

崇碧把文件放在屹湘面前,递上一支圆珠笔,说:"在这里……这里,还有这里,签字……你跟 Vincent 先出去,剩下的交给我。"

屹湘痛快地签了字。两名警察将她的东西拿过来,都放在桌子上,当着她的面对照表格上的物品一一核对完毕,又让她签了字。

屹湘的手不方便,女警经她同意,替她把所有物品装进了包里。

Vincent 默默接过了包,变戏法一样从随身的包里拿出一顶大帽子来,轻轻一甩就扣在了屹湘的头顶,扯着毛毯一角牵着她往外走。

"回去再跟你算账!"他恶狠狠地说。

屹湘抽了抽鼻子,听到脚步声,回头看了一眼,原来是那位女警也走了出来。屹湘叫住她,从口袋里掏出一张纸来,递给她,说:"这是我不要的废稿,可不可以麻烦你帮我扔掉?"

女警打开纸,竟是一张婚纱草图——裹胸长纱,头顶的拖纱缀了一小圈蔷薇:"啊!"

"开玩笑的,这个送给你。我给你一点儿意见——你的脖子和肩膀很美,不露出来实在可惜。"屹湘笑着说,"你只需要找个好裁缝。"

"谢谢。"女警脸上有两团绯红色。

屹湘顿时觉得开心,跟女警道了别,紧跟在 Vincent 身后往外走。

Vincent 撇了下嘴,说:"什么找个好裁缝?你不就是好裁缝?"

屹湘小声说:"我是想谢谢人家给我一条毯子,我听他们聊天,她马上要结婚了。可是……"

Vincent 那只戴金顶针的手弯起两个指关节对准屹湘的头顶就敲，骂道："笨蛋！你脑子里都装了些什么？对设计师来说，创意是金子、金子！你懂不懂？懂不懂？你把金子四处乱丢、乱丢，还不要了的废稿……废稿！"

他们正站在警察局门口宽阔的平台上，Vincent 才不管这里人来人往，直嚷起来，引人侧目。屹湘作势左躲右闪，避着他嘴巴里射出的毒箭，突然被人撞了一下。

"嘿！看着点儿！"Vincent 一把拉过屹湘，朝那人大吼。

那人急忙道歉，屹湘看清他同是黄皮肤、黑头发，一身黑色西装，看上去很有些派头，摆摆手表示不介意了，推着 Vincent 赶紧走。

上了车，Vincent 依旧火冒三丈，她转头看向窗外，故意问："怎么没有记者来？"

Vincent 冷冷地说："着什么急？得等着你出来才能大张旗鼓开记者会呢！"

屹湘笑。

崇碧拉开车门，屹湘看了眼她身后。刚刚撞他的那个人仍站在原地，此时往这边扫了一眼——那眼神像是很随意，稍稍一停，便显出几分锐利。

屹湘一顿，再看崇碧，崇碧是很引人注目的女士……

"别看了，还顾得上看人家。"Vincent 皱眉。

"开车吧，路上说。"崇碧坐在屹湘旁边，这才拥抱她，一点儿也不介意自己这身昂贵的开司米套装会沾了污秽。

"不好意思，麻烦你了。"屹湘说。

"你没事就好，哪里谈得上什么麻烦，何况我是要向你公司拿钱的。"崇碧微笑。

"我当然没事。"屹湘说。

车子一启动，她下意识又回头看一眼——那人身边出现了一个灰色的身影。

是他……

穿黑色西装的男人眼看着屹湘一行人离开，刚要挪步，就听到有人在问："怎么才来？"

他急忙回身，说："对不起，邬先生。"

那位"邬先生"双手插在裤袋里，脚步未停，走出了警察局大门。司机候在车边，见他走近，忙替他开了门。

"先送我回公司。"他上了车。

车子超过前面那辆黑色的 Binley，他侧脸看了一眼车内，旋即低下头，继续浏览网页。看了一会儿，他从口袋里拿出那本小小的素描本，轻轻地放在膝盖上，用铅笔在画纸上擦出大片的阴影，留在上面的痕迹便显了出来。

他嘴角微微一沉，将素描本合上……

屹湘坐在车里，盯着车窗好久没有动。

Vincent 跟崇碧在讨论什么，她都没有听，眼前那个灰色的身影固执地不停摇来晃去——奇怪，明明只是一瞥，那身影也很浅，为何她这么在意……她轻轻摇了下头。

车子在街上穿行，刚下过雨的街道显得湿润而且格外洁净。一贯灰蒙蒙的色调，都有了温情脉脉的感觉。屹湘诧异于自己的感受，也许这就类似于……出笼的小鸟。

崇碧和 Vincent 停止讨论，不约而同地看向沉默的屹湘。

崇碧说："去我那儿吧。"

屹湘马上摇头。

"总跟我这么见外，咱俩的住处只隔了三个街区，你竟然能一整年不见我一面。"崇碧笑着说。

她等了片刻，见屹湘没有改变主意的意思，就替屹湘报了地址："Vincent，我跟Vanessa 一起下车。"

她没跟屹湘商量，摆明了不给屹湘拒绝的机会，屹湘也没反对。

下车时，Vincent 嘱咐屹湘回去好好休息，又强调让她明日一早务必准时到公司，有重要的事情。

Vincent 的车子一走，崇碧挽住屹湘，抬头看看她寄居的住所——这里在纽约上东也算是高级住宅区了。面前这所房子是常见的三层木结构，院子里细沙垫卵石铺路，两边绿草茵茵，好看得很。

"你找了个好地方。"崇碧说。

屹湘挠了下腮边，抬头看看。客厅的白纱正巧被拉开了，陈太的身影出现在窗后。她的动作停了一下，随即抬了抬眼镜，往玻璃靠过去，动作之快，几乎是迎面撞了上去。屹湘见一向优雅沉稳的陈太这般失态，轻声说："这下才真是糟了。"

崇碧听屹湘这么说，按门铃的动作缓了一下，就见一位穿着黑色居家套装的老太太从屋里出来，失声叫道："屹湘吗？你是怎么了？"紧接着，她便小步跑下了楼梯。年约六旬的妇人了，穿着高跟皮鞋就跑起来。

崇碧吃惊地看着她，关心和紧张是装不出来的，她没想到房东对屹湘这么看重。她看着屹湘，屹湘镇定地给她们相互介绍。

陈太跟崇碧略一点头，拉着屹湘就往屋里走，说："你快去洗个热水澡，我来照顾叶小姐。"

屹湘上楼便进了浴室，陈太请崇碧坐，下去泡茶。崇碧坐在屹湘的房间里，打量着屋子里的陈设。

这是她第一次到屹湘住的地方来——乱得很，最整齐的算是床边那一整墙的书，大多数书籍是烫金皮面的。屋子的一角靠窗的位置有张大写字台，旁边立着一个画架，架子上有一幅没画完的画。

崇碧站到画架前看着，画的是从这窗口望出去的景色。画面虽未完成，看一眼，似能感觉到春寒料峭，再看，也有一些萧瑟……崇碧记得潇潇说过，湘湘就爱画画。湘湘在家里的画室里还有很多她从小的涂鸦。

只不过湘湘不在家，画室便落了锁，除了母亲偶尔去收拾下，旁人是不让进的。

她也记得屹湘说过，潇潇是个"差劲儿"的哥哥。

屹湘说这话的时候，嘴角有抑制不住的笑意——她跟潇潇比起来，更不擅长掩饰自己的情绪。这对双胞胎兄妹的性格，不说是南辕北辙，至少也是大相径庭……

崇碧微笑。

浴室里隐隐约约传出水流声，崇碧惦记着屹湘手上的伤，正要过去问问，突然听到里面一声惊呼，片刻后，屹湘浑身湿淋淋地冲了出来。

"怎么了？"崇碧急忙问。

"我的玉不见了！"屹湘左右看看，一时不知该从哪里找起。水珠顺着发梢往下滴，急雨似的。她抓过皮包，打开，把里面所有的东西倒出来，扒拉着，没有，又把夹层都拉开检查，还是没有。

屹湘只觉得一阵眩晕。

崇碧连忙从毛巾架上抽了条毛巾过来，先帮屹湘把头发拢起来，说："先好好想想，你确定戴在身上了？最后看到是什么时候？"

屹湘的手按在锁骨处，摇头。

那玉是从不离身的。

最后……最后……这几天她昼夜不停地赶工，根本顾不得其他的事，最后什么时候见到过，哪里想得起来……

"是什么样的玉？"崇碧见屹湘发愣，追问。

什么样？

屹湘一时形容不出，像是长在她身上的胎记。她知道那东西在那儿，天长日久了，忽然要她去描述，竟不是件容易的事——锁骨处被她按得发疼、发热。

"……是块老玉，很老的玉。"她说。

习惯了精准表达的崇碧，看了屹湘，说："先坐下，缓一缓再说。"

屹湘的脸色一瞬间便灰了，让她心疼。

屹湘扶着小圆桌蹲了下去。

崇碧回身在浴室里搜罗了一圈，连防滑垫都掀开来查看，仍是一无所获。

"很贵重的？是不是早上那阵子混乱，被人趁乱抢走了？"崇碧想起来，"我们可以报警。"

屹湘苦笑，如果是这样，那她为这场混乱付出的代价可就大了……她打了个寒战，身上湿淋淋的，越发觉得冷。她裹了裹浴巾，说："我再找找。如果实在找不回来……也只能罢了。"

崇碧看看屹湘，心知就这反应来看，可不是说罢了就罢了的模样，安慰道："别急，是什么样子的，你和我说说。就是实在没了，依葫芦画瓢，我准能给你捯饬一个八九不离十的来，好不好？你先进去把澡洗完，回头感冒了，东西再金贵，也还是东西，人生病了可不得了……"

屹湘点头，缓缓站起来。

陈太敲门进来，看见屹湘的模样，叹了口气道："屹湘啊，你今天能不能不要再吓我了？你这孩子，从昨天就不对劲儿，我是不是要去唐人街谢半仙那里替你求个符回来啊？"

"要！去的时候顺便问问我把东西丢在哪儿了！"屹湘说。看着陈太和崇碧，她极力让自己表现得正常些，免得她们担心。

陈太果然被逗笑了："快去洗澡。我准备了午餐，你跟叶小姐下来吃。"

"这么打扰，太不好意思了。"崇碧想要拒绝。

"你还是别不好意思吧——等下你就知道了。"屹湘做了个鬼脸，把浴室门关上。

"那我就不跟您客气了。"崇碧微笑。

"到这里来，哪里用客气呢。"陈太笑着请崇碧喝茶，"屹湘难得请朋友回来。我想你对她来说，应该是很特别的。"

崇碧的心一动，说："湘湘，我是说屹湘，在您这里住多久了？"

"有两年多了呢。我下去准备午饭，很快就好。"陈太微笑着离开了。

崇碧坐下来，喝着陈太特地冲泡的乌龙茶。

两年多？差不多就是在那个时候，她在哥伦比亚大学的广场上，遇到了多年未见的屹湘。那场相遇大概是冥冥中注定的，是她跟这一家人缘分重续的开始。

崇碧从包里拿出自己的平板电脑来，她还有一大堆工作，其实不该留下来。可谁让屹湘是湘湘呢？

手指在屏幕上滑动，打开文件之前，她忍不住先打开了图片。这里有一张潇潇的照片，照片里的他在天山上。她跟他要了好久的生活照，他才翻出几张来发给她。这一张并不是特意拍的，也正因为不是特意拍的，效果倒格外好。傍晚，余晖，侧脸……他的肩很宽，侧脸很好看，当然，正面更好看。只可惜他少有耐心对着镜头微笑拍照的时候，除了应付差事的时候。

崇碧晃了下头，手机里他最近一个打来的电话，还是一周之前了……

屹湘好不容易把自己弄利索，擦着头发看崇碧在那里敲键盘。

崇碧看她一眼。她洗过澡，看起来已经平静多了。崇碧拍拍身边的位子，说："你过来。"

屹湘盘腿坐上了沙发，歪着身子靠近崇碧。

崇碧问："你用的什么香精？"

——初时闻起来是一种清香，散开来却是浓郁的药香，有种说不出的感觉。

"难闻？"屹湘嗅了下。用了太久，她自己已经适应了。

"不。就是很特别。"崇碧把电脑往屹湘那边挪了一下。

"LW 设计师与动物保护主义者起冲突——今晨的报纸，有几家大报的头条都是这个，更不用说 Facebook、Youtube、Twitter 等这些社交网络平台上的视频和消息了，阅读数和浏览数很恐怖。湘湘，你们都成网络红人了。"

屹湘看着画面，崇碧看着屹湘。

屹湘读懂崇碧眼神里的含义，头皮一麻。

"昨天早上就有极端动物保护主义者冲击 LW 的卖场，警方逮捕了一些人，我的同事在跟进。今天她出差去了旧金山，临时由我代办。但是，湘湘，这次 LW 数人卷进互殴，你是受伤最严重的一个。"

"对方呢？"屹湘问。

"他们当然也有多人被捕。"

"我会被提告吗？"屹湘看着崇碧。

"被你差点儿咬掉一块肉的那位警察不准备告你。不过，如果 LW 与对方不能达成和解，你免不了要出庭做证。整个事件，警方还在调查。我晚点儿会去见对方的律师。"崇碧说。

屹湘舔了一下唇。

"湘湘，今天你真的是冲动了。"

"他们已经脱离了和平表达诉求的范围。如果被攻击，你会束手就擒？"屹湘不服气。

崇碧看着屹湘亮亮的瞳。

"不会。"崇碧坦白地说。

"你看。"

"你看。"崇碧给她看视频。

画面十分清晰，镜头几乎没有抖动。屹湘看着视频中那个陷入群殴的血人，几乎不相信那是自己，像个疯子一样乱踢乱吼，还尖叫着骂人——可就凭那糊得满脸满身的血浆，任谁看到了，能认出那是郁屹湘？

对，没有人能认出。

"还要看吗？还有很多。"

沉默片刻后，屹湘问："这会作为控方证据吗？"

"也许。但单从这段视频来看，效力不大。"崇碧说。

屹湘却在想另外的问题。

崇碧见她沉默，关了电脑，说："放心啦，有我在啊。我刚刚那么说，只是担心你。以后遇到这种事情，千万要冷静些，再这么冲动，怕你吃亏。"

"我知道，谢谢。"屹湘笑笑，"你还真的有点儿像我嫂子了。"

"我是你的朋友也该这么'关照'你啊！"崇碧伸手过来，捏住了屹湘的腮，轻轻地拧着。

屹湘被她这个动作弄得一愣。

崇碧笑，说："你哥对付你的招牌动作，是不是？"她松了手，开始收拾东西，眉梢眼角都是笑。

"可不是吗！你好的不学，学这招……"屹湘拍拍自己的脸，"我哥下手才狠呢。"她噘嘴。她哥下手稳狠准，每次都让她的脸红半天，还愣说这能捏出梨涡来——见鬼哟，哥哥那张嘴。

她看看崇碧，崇碧笑起来，腮上就有梨涡。

屹湘的心不由得一顿。

"他说你小时候可胖了，看到就想使劲儿捏。"崇碧忍着笑。

"我胖？他才胖好不好——等我回去收拾他。"

"好，回去收拾他。"崇碧笑，"湘湘，我已经决定结束在这边的工作回北京了。我大哥这几天也在纽约，本来想咱们见见面、吃顿饭，没想到这么不凑巧。"

"什么时候走？"屹湘问。崇碧总能想出些理由来约她见面，其中崇碧那位像候鸟一样的大哥来纽约了是出现频率最高的。可她总没有见到，她也有无数的合理借口推托。

"最快下个月中。"

"你真……"屹湘明白崇碧在这里取得的成绩有多不容易，"说回去就回去？"

"嗯。"崇碧平静地说，"就当休息一阵子，筹备婚礼也有好多杂事。毕竟是我们自己的事，不好全都推给别人包办。放心，我不会做家庭主妇，潇潇也不鼓励我这样。"

"像我哥的态度。"屹湘像骨梳一样的手指，梳理着半干的头发，看着崇碧，笑问，"不过，会不会觉得失望？就算是希望有自己的生活和事业，大概也想男人说出那句话——钱我来赚，你只管花。"

崇碧"扑哧"一笑，说："就潇潇的职业来讲，说这句话很危险，我会担心的。"

屹湘也笑，她认真打量着崇碧。她要承认，自己几乎从来没有这么认真地看过崇碧，她忽然发现崇碧竟有点儿像自己的母亲。

"反过来倒是可以，我赚钱养家也不错，对吧？"崇碧微笑道。

屹湘点头。

"我们下去吃饭。"屹湘起身。刚出门便听到屋内手机响，她忙回身去接听。

崇碧站在楼梯上等她。

屹湘没有关门，崇碧听到她"喂"了一声之后便陷入了沉默，有两三分钟，一声没出。

崇碧看看表，已经是午后一点，她正盘算着是不是该下楼去等，屹湘就从房里出来了，眼眶有点儿发红，她只好装作没有看到。

崇碧没问，屹湘也当没事发生，拉着她下楼到陈太的餐厅里坐下，享用了一顿丰盛的午餐。

崇碧很快告辞，陈太特地给她拿了两盒凤梨酥，说："只比唐人街那些糊弄人的好些。"

盛情难却，崇碧带上了。

屹湘陪崇碧在街边等车，崇碧忽然想起来，说："最重要的一件事儿我忘了问。"

屹湘眨眼，问："是要问我能不能拿到我们公司本季推出的最漂亮的那件婚纱？"

崇碧瞪她，说："这事晚些时候说——你能回去做我的伴娘吗？"

屹湘没想到崇碧会跟她提这个要求。

崇碧叹口气，说："结婚结得晚就是这点不好，在国内的都结婚了，散在外面的不一定方便回去——我又不想随便找一个不熟悉的。潇潇说他只要一个伴郎就行，我看九成九是董亚宁了……对了，董亚宁这两天也在纽约。他和我哥昨晚在我那儿住的，说是要做伴郎……"

屹湘还没说话，出租车就到了。崇碧赶着上车，挥手道："你考虑下给我答复啊，我先走了，回见。"

"回见。"屹湘站在路边，看着车子远去，半晌没挪动。

良久，她抬手摸了摸颈下，指尖扑了个空，她才想起——已经弄丢了……

屹湘仰头看了看天色，阴沉得厉害，也许接下来仍是雨雪天。冷风携着雨扑到身上，她竟由内而外地觉得冷，忍不住发起抖来……

"屹湘！"陈太推开窗户，喊了屹湘一声，示意她有电话打进来。

她赶快进了门。屋内极暖，然而她竟抖得更厉害了。

陈太把话筒递给她，说："波士顿的邱博士找你。"

"谢谢。"屹湘握住话筒，极力抑制住身体的颤抖。陈太发觉，随手拎起一条羊毛披肩，给她披在了肩上，悄悄走开了。

屹湘狠狠地打了个喷嚏，吸了吸鼻子，才开口："姑姑？"

她坐到圈椅上，旁边圆几上一个圆肚敞口瓶里插着一把洁白的马蹄莲，她伸手碰了下花瓣。

听筒里静了片刻，说话的却不是姑姑。

她收起腿来，轻声说："哦，Allen啊……没有……没有很严重……"

那稚嫩的细语传进耳中，她听着，微微笑着。

不一会儿，那边换了个人来同她讲电话。

"姑姑，Allen感冒了吗？我听他的声音有点儿不对……那就好……是，我倒是有点儿……没关系的。我很好……对，刚刚打给我了……"屹湘的鼻子塞得厉害，讲话开始断断续续。

雪粒噼里啪啦地打在玻璃窗上，屹湘转头看着窗外，这么一会儿工夫，外面已经细雪飞扬，白蒙蒙一片，树上的秋千随着风雪晃动着，晃得人心烦意乱。

"姑姑，您别劝我了，我不想回去……是，我刚在电话里就是这么说的……您别替我操心，我过得很好。有时间我会去看您……再见。"

她按了挂断键，话筒滑下来，搭在肩头，好久，她都没动。

"屹湘。"陈太站在她身后。

屹湘缓了一下，回头。

"伤口裂了。"陈太手里有一个急救包，示意屹湘，"我给你包扎一下。"

屹湘右手的中指和无名指上的伤口又在渗血了。

鼻尖一痒，她侧过脸，狠狠地连续打了几个喷嚏，终于，涕泗横流……伤口处涂上了药，钻心地疼。

夜幕初降，叶崇磬站在办公室俯瞰曼哈顿。雪下得很大，已经好几日没有看到月亮，灯火辉煌也是模糊的。

Sophie进来问："叶先生，您还不下班？"

叶崇磬挠了下眉心，今晚没有任何安排，照理说他可以离开办公室了。来纽约这么多天，这好像是第一次，他竟然有些不太适应。

"我再待一会儿，你先下班吧。"他温和地说，"等一下。"

Sophie后退的步子停住。

"我今天听安德森说了一嘴，永昌建设那边出什么事了吗？"叶崇磬问。永昌建设是董亚宁的公司。

"您是说，今天下午的事吗？"Sophie想了想，说，"具体的，我也不是十分清楚。安德森说，永昌建设在青海的一个项目出了点儿问题。他听永昌的人说，董先生已经赶过去了。安德森还说，永昌现在在青海就那一个项目，还是援建，估计问题不会太大。比较起来，他倒是更重视永昌现在参与的一个竞标。照他的说法，董先生志在必得的这个标，风险还是挺大的。大概就这些。"

叶崇磬点头，难怪董亚宁要提前走。他挥了挥手，Sophie 退出去了。

他坐下来，桌子上放着 Sophie 给他准备好的 IEM 公司的资料，厚厚的一沓。Sophie 细心地将资料归类整理，关于 IEM 主要股东、有意入主 IEM 的公司的资料也搜集得尽可能详尽。

叶崇磬随手拿起一本来翻看，原来百达集团也有意参与竞争。这个有着悠久历史和传统的公司，背后是一个没落的皇族，从来低调。百达的掌舵人几十年来没有在公众面前露过面，而关于他的传闻，最多的就是他娶了一位东方太太。虽然他们经常大刀阔斧地参与商业活动，但购买 IEM 这样引人注目的公司不太像他们的作风。叶崇磬扫了一眼资料中关于百达的一段，不出所料，只字未提这对神秘的伉俪。

对手如此强劲，董亚宁要真想成事，不易。

叶崇磬把资料放下，拍了拍，锁进抽屉里，才起身走出了办公室。守门的保安送他到门边，待他出门之后，落了锁。

叶崇磬这才确定自己真的是这栋大厦里最后一个下班的人了。他站在门前，有些犹豫不决——时间如此充裕，不如去城外过夜？可雪还在飘，出城的话，路会不会不太好走？

"叶先生？"司机见他站在那里，不上车，也不说话，小声问。

"去老橡树吧。"他说，既然没有别的安排，还是回他的老巢。

突然，前方传来刺耳的刹车声，一辆银色的跑车停在了路边。

"叶崇磬！"从天窗钻出一个装扮得似白色雪绒花的年轻女孩子，朝他挥舞双臂，"这里！叶崇磬！看这边、看这边！"

叶崇磬脸上挂了一丝笑，示意司机先上车，他往跑车那边走去。车上的女子已经跳下来，蹦跳着走过来，张着手臂，叫道："哎呀，我就知道你不接电话准是还在公司，可让我逮着你了！"

她大笑着，抱住叶崇磬的肩，狠狠地搂了一下，在他的胸口蹭了蹭。

"这种天气还过来？"叶崇磬微笑着，不着痕迹地扶了她一下，两人间拉开了一点儿距离。

粟茂茂跺脚，高跟鞋踩在雪地上，立即现出了两个清晰的脚印。她拂去睫毛上沾的雪花，瞪着叶崇磬，说："那当然要来……找你讨债。"

"嗯？"

"一个提示：去年圣诞节。"戴着雪白的小羊皮手套的手指，伸出一个。

"嗯。"

"再一个提示：中央公园。"手指变成两根。

"嗯……"叶崇磬仍是微笑。

"还没想起来？"手变成了拳。

"想起来了，我当时就没答应你。"叶崇磬看了看天色，"走吧。"

"什么没答应？我提议，你没反对，不是答应，那是什么？"粟茂茂两拳相撞。

"找个地方吃东西，去不去？"叶崇磬问。

雪簌簌地落下，他身上的黑色大衣落了一层雪粒子，黑白分明的。

粟茂茂看着他，说："那好吧，不过——"

"嗯？"叶崇磬走到她的车边，替她拉开车门。

"这事儿没完。"粟茂茂上了车，跨到副驾驶座上，"你来开车。"

叶崇磬上了车，说："说真的，小猫，这样的天气，又这么晚了，出来不安全。"

"又叫我小猫！"粟茂茂摘下帽子，露出一头齐耳短发。

她抖着帽子上的雪，说："我也想早点儿啊，可是你看，又是雨又是雪的。"

"没有雨没有雪的天气多的是，何必找罪受。"

"可是，那样的天气，你又未必在纽约，我即便想找罪受，也见不到你。"粟茂茂说。

叶崇磬看她一眼。

"所以，我想去你那里上班啊！"

"你吃不来朝九晚五的苦，我的员工不习惯伺候公主，你趁早打消这个念头。"叶崇磬很不客气。

粟茂茂笑起来，说："你跟我爸简直一个口气，不过他骂我可凶多了，整天说我这儿不对、那儿不好的，以后难担大任。"

"还不是为你好。"叶崇磬说。茂茂是独生女，粟家这一辈里，偏又只剩下她一个。粟家日后是要靠她的，也难怪她父亲着急。

"我又不是那块材料，骂我也骂不出个银行家啊！"粟茂茂做出一副委屈状，"气狠了，他就说他怎么那么想不开，应该跟谁谁似的，也给自己弄个私生子、私生女的，也好有个备胎，不至于现在看着不成才的我，就一副'华山一条路'的感觉……我就说，别着急，我不成，我给他找个成的不就行了？"她好像被自己的主意逗乐了，笑起来，没心没肺的。

叶崇磬想起上次在电话中，粟茂茂说过一次，只是那回也是半开玩笑。玩笑话一而再地讲，便不能当玩笑话听了……

车子里很暖和，有新车的味道。

"新买的？这车至少得提前半年下单。"他换了话题。

"我就说，我的事儿啊，跟你说上千遍，你也记不住——我新买的？"粟茂茂弯了身子，脸几乎贴到膝上，将安全带拉得老长，看着叶崇磬，一脸不乐意，"难道是抢的？

这是我今年的生日礼物啊！不是跟你念叨过？这还不是多亏了你跟我说，科尔维特新出的这款性能多好，同级别的车子里，这款性能最优、价格最实惠……其他都只是个花花架子，在美国的公路上，科尔维特才真正有王者之风。您就是科尔维特的托儿！合着我买了，您忘了！"

叶崇磬开着车子在路口右转，说："我还跟你说过这个？这我真不记得了。你生日是哪天来着？"

"我算是明白了，得，您是大忙人。这样的小事儿哪儿至于麻烦您费劲儿记得？别说你了，就我爸、我妈，他们记得，也不过是有人帮忙——谁稀罕。"她轻轻哼了一声，转开了脸，沉默了。

叶崇磬有点儿抱歉，说："明年记得给你过。"

"明年让你秘书记得提醒你？这是哪儿？"粟茂茂直起身子看外面，"啊？真的来中央公园？"

"亏你在纽约念了四年书，非要走到这儿才认出来。"叶崇磬微笑，四下里看看，寻找着停车位。

粟茂茂把帽子戴上，说："不是你说的，念书的时候把心思用在念书上？我只念书去了，没仔细研究纽约地图。"

叶崇磬停了车，说："我教训你的话，你都记得？"

"你跟我说过几句不是教训我的话啊？"粟茂茂叹气。

"你真听得进去就好了，下车吧。"叶崇磬先下车，等着粟茂茂从另一边钻出来。

茂茂不是那种纤弱的女孩子，全身上下都是白色，视觉上更有适度的扩张，显得很健康。她总是精神饱满且充满新鲜气息，活泼、有活力，真难让人不喜欢。

茂茂下车，走在叶崇磬的身后，沉默了。

积雨上覆盖着新雪，走上去咕叽咕叽轻声响。行人极少，偶尔有路过的车子，金黄的灯柱缓慢地移去。

粟茂茂脚下打滑，伸手抓住叶崇磬的手臂。

叶崇磬放慢了脚步。

前面有一个小食摊，是卖热狗的。湿冷的夜晚，热狗摊小小的一簇灯光让人觉得温暖。经过小食摊，叶崇磬买了两根热狗，又跟那位瘦瘦的大叔聊了两句。粟茂茂默默地站在他身边，听他问大叔生意好不好、是不是还每天都来……她转开了脸。

过一条街，就是中央公园。虽然没有圣诞节和新年的火树银花，但公园里的灯还是明亮的。可能因为今天天气不好，罕有人至。也是，此时最适合做的事情，应该是围炉而坐，来一杯香浓的咖啡或者美酒……

"发什么呆？"叶崇磬一只手拿着一根热狗，笑眯眯的。

粟茂茂双手一并，举到叶崇磐面前，说："谢谢啦！"

叶崇磐放一根热狗在她的手上，说："很久没吃了，不知道他的手艺是不是还那么好。"他示意茂茂跟上他。

"我知道。"她小声说，声音低得自己都几乎听不到，叶崇磐自然就更没听到了。

两人选了一个干净的地方，粟茂茂拿出一条羊毛围巾来，铺在台阶上。叶崇磐笑，等茂茂坐了，他脱了大衣，盖在她的腿上。

粟茂茂拍了拍带着他体温的大衣，分了一半过去，狠狠地咬了一口热狗。

"嗯，好吃。"

叶崇磐摇了摇自己手里的："这儿还有一根。"

"你不吃吗？"

"不饿。"他说。

公园的空地上，有几对情侣在散步。天冷的时候，会有人溜冰。满场的欢声笑语，是冬日里最动人的曲调。

叶崇磐默默地看着，粟茂茂叫他，他才"嗯"了一声。

"你为什么还是带我来这儿了啊？"粟茂茂问。

"圣诞节，中央公园。"叶崇磐说，"你说的，还少了一样吧——山姆大叔的热狗。"

粟茂茂低头。

"茂茂，我再也不会在圣诞节那一天，跟谁在这里溜冰、看灯。"叶崇磐的语气比清雪还凉，但语调很温和，温和中带着些无奈。

"叶崇磐，菁菁走了很久了。"粟茂茂抬起头来。

叶崇磐沉默了好一会儿，才说："我比任何人都清楚，她走了多久。"

粟茂茂看着他，灯光下他的脸，有种沉静的毅然。

"叶崇磐，"茂茂吸了口气，缓缓地说，"那我，要跟你宣布一件事情。"

"茂茂。"叶崇磐似乎知道她接下来要说什么，"我暂时没打算再进入一段稳定的关系。"

"那就好。"粟茂茂一拍手。

叶崇磐皱眉。

粟茂茂继续吃热狗，她吃得很快，样子一点儿也不斯文。

"菁菁说，山姆大叔做的热狗，全纽约最好吃——我同意。"她咂了下嘴巴，"情人眼里不止出西施，情人嘴里还出美食。山姆大叔的热狗也没有什么特别的，纽约大街上到处都是。菁菁之所以觉得好吃，那是因为跟你一起来吃的。"

叶崇磐沉默。

"当初我来纽约读书就是为了离你近些。你让我好好读书，我就好好读书。现在要工作了，你让我用心工作，我就用心工作。我会做出成绩来的，我想让你看到我的时候，不当我是小孩子，而是成年女人。还有，叶崇磬，这世上所有的女人，只有一位站在你身边，不会让我嫉妒，那就是粟菁菁。"粟茂茂站起来，将叶崇磬的大衣抖了抖，给他披在身上。

她弯腰，微笑着直视他的眼睛："现在，我希望自己是下一个站在你身边的女人。"

"茂茂，你没懂我的意思。"

"我已经二十三岁，智商中等偏上，虽然算不得很聪明，可你话里要是没有九曲十八弯，除了我装听不懂，差不多都能懂——别跟我说你比我大太多，都是借口——我没嫌你老，你还嫌我小，这是笑话不？"粟茂茂跳起来，跑了两步，突然站定，冲广场喊了起来，"粟菁菁！粟菁菁！我……"

叶崇磬猛地站了起来，一把拉住了茂茂。她被他拉得一个趔趄，顺势回身紧紧抱住了他。

"我爱你，叶崇磬。"

屹湘半夜里被疼醒了几次。好不容易熬到了天亮，她的头沉得像绑了个沙袋，几乎爬不起床。她盯着手机想了半天，特别想打电话给公司，说自己今天不去上班了。可想想 Vincent 昨天临走时候的语气……她把头埋在枕头上。

昨天要是不闯祸，她今天一定可以理直气壮地请病假。

郗屹湘，你这头猪……她踢开被子。

今天她到公司反而比平时略早，办公区还有些冷清。同事们见到她来上班了，都来关心她的伤势——她手上的伤口早上又被陈太"精心"护理过，这回换上了漂亮的胶布，看上去没有那么夸张了，但下巴、腮边、额头上的瘀青仍极为显眼。

屹湘拨了拨额前的刘海儿，自从进了 LW，她还从来没有试过在同事里有这么高的人气。她也不是看不出来此时每个人看向她的眼神里，都有点儿福祸未知的复杂意思。但不管是什么，她暂且照单全收。有什么好怕的，大不了重新找份工作。再大不了，依旧上街给人画像去。再大不了，在陈太那间古董店里打工总是可以的吧……她拿着杯子往茶水间去。

她习惯在每天上班后来一杯咖啡。今天陈太特地警告她，身上有伤，暂时不要喝咖啡——还好在公司存了些上次崇碧给她的茶。

崇碧待她可谓不薄，有什么好东西，总想着她。不管送什么，崇碧从不强调价值，但这回例外，特意别看茶的包装不怎么样，是真的好。这是崇碧的哥哥特地给崇碧留的，叶家大哥在湘西有茶场，已经经营多年。

屹湘在家里试茶，陈太也说好。她原本并不怎么喜欢喝茶，只是这茶的味道淡淡的，却有股子说不出的香。它的包装确实简单，联邦快递的纸盒子一打开，竟然就是两个锡纸包。

她后来跟崇碧道谢，说可惜她每天在公司，没有好茶具可以匹配，亏待了好茶。她还开玩笑说，房东太太听说她用玻璃杯泡茶，形容她是牛嚼牡丹。

崇碧大笑，说："你知道吗，我那个大哥，说其实鉴赏美茶最简单、最直接的方式，就是用玻璃杯。"

崇碧开玩笑说这些年哥哥什么建树都没有，跟人合伙建茶场吧，出产的茶还不够自己人瓜分的，哥哥年年记得先留一些她喜欢的茶给她……

屹湘听了觉得羡慕。她握着杯子发了会儿呆，又觉得自己不该这么想，潇潇是她能遇到的最好的哥哥了，她笑了下。

她来到茶水间的门外，听见里面有人聊天，其中一个是 Joanna，她熟悉 Joanna 那德克萨斯口音。

"……太勇敢了。我就是没想到啊，她只有我二分之一大小吧，居然能把我推到身后，自己冲上前。"

"她当时像个血人。"这个声音较为陌生。

"不知道是什么血，如果是狗血……我发誓以后见到那帮人一次，就打一次！"Joanna 说着，有点儿激动。

屹湘听到，笑了。Joanna 是极端爱狗主义者，谁跟狗过不去，她就跟谁过不去。

"算了吧，你一定是跑得最快的，你看这次 Vanessa 被警察拘捕，你都毫发无伤……Vanessa 今天来上班吗？"又有人问。

"应该会来。"Joanna 语气笃定。

"不是说伤得挺重？"

"Laura 因为这件事情取消了接下来一周的行程，可见事情有多严重。你觉得她不回公司能行吗？"

"那又不全是她的错。"

"现在的重点是谁对谁错？这个事件对公司声誉的影响太大了。"

"那你是说我们就活该被打？"Joanna 忽然高声，且充满了火药味。

茶水间里瞬间安静。

屹湘清了清喉咙，走进茶水间，里面的三个人同时对着她微笑。她先看 Joanna，果然一张脸也是肿着的，她忍不住笑出声来。另两位识趣地离开，她看看 Joanna，问："很疼吧？"

Joanna 耸耸肩，说："我就只挨了两个耳光而已，你看。"她下巴转过来。

屹湘看那伤，从柜子里拿出一个贴着自己名字标签的小玻璃罐，示意 Joanna。

Joanna 摆手说："享受不了你那中国式的清淡。"

屹湘取了一些茶叶放在杯中，注水，听到 Joanna 问她："你的伤怎样？"

她便挥了下自己的右手："就这样。"

Joanna 沉默片刻，说："你为那几张设计图真的跟他们拼命，吓坏我了。"

看到过她如护崽子的母狮子的样子，再想不到她平日里就像杯温暾的水，万事波澜不惊。

"一个设计师，怎么可以连设计图都不保护。"

"我们刚才说的，你听到没？"

屹湘坦白地说："听到一点儿。"

"那你会不会背黑锅？Vincent 有没有跟你说什么？"Joanna 也坦白问。

"就说让我今天回来听候发落。"屹湘喝了口热茶。

Joanna 见她这副样子，又说："对了，对了，那天庆功会上，Vincent 和 Josephina 说起你来着。"

屹湘一顿，问："Josephina 在现场？"

"嗯，还挺高兴的。庆功会后的新闻发布会，她就没有去了，之后也没有再出现。发布会那么成功，Josephina 开心是应该的。"

屹湘不出声，Joanna 点醒她的用意，她当然明白。她更关心的是——"桂冠"展出，Josephina 很可能在现场观看了礼服修复后的模样。"垃圾仔"对 Josephina 血淋淋的批评，其中自然也有她的部分贡献。她再不了解 Josephina，也知道她的心高气傲……什么，Vincent 还跟 Josephina 提她的名字？

她额上微微冒汗。

"不过，也不是所有的人都说她的设计好。你有没有看最新的《Gossip Fashion》杂志？"Joanna 又问。

屹湘慢慢地点了点头。

"《Gossip Fashion》那个烂嘴巴的总编，他不光骂 Josephina 的设计是垃圾，还把咱们这一季的设计全都骂进去了，真不愧是'垃圾仔'，什么都批评成垃圾……你说那杂志怎么能活命？若我成了被他骂的大牌设计师，一定放狗去咬他！"Joanna 跟屹湘一起走出茶水间。

屹湘开玩笑道："会有这么一天？"

Joanna 绿色的眼珠子翻了两翻，说："小看我！不过垃圾仔说得倒也不是一点儿道理没有——他说 Josephina 的'桂冠'，压轴出场的那件，的确是她这几年以来最好的一件作品了……我也是这么认为，要不是有那件礼服压阵，整个系列顶多只能算无功无过。"

屹湘急忙咽下茶水："啊？"

Joanna耸一下肩膀，说："垃圾仔说，要是没有这件'回光返照'的作品，Josephina真该卷铺盖回家养老去了。反正她年过半百，成名已久，雇用年轻优秀的设计师给她做设计，也足以让她自创的独立品牌继续在富人圈子里大赚特赚了。"

回光返照……屹湘摇了下头，这评语真够狠的。菩萨保佑，至少今天不要让她在公司见到汪笃生。她也还没准备好，这就"回光返照"呢……

回了工作间，屹湘正准备坐下，桌上的电话就响了，不出所料是Vincent办公室打来的。

Vincent要屹湘跟他去见Laura，工作间里其他几位同事都一脸同情地看着她。她收拾了下东西，走了出去。

Vincent在电梯处等她。见了她，Vincent并没有说什么，看样子反比平时要放松些。

屹湘也不出声，并不向他打听什么。

上到Laura办公楼层，Vincent才回头看了她一眼，嘱咐道："等下有话好好讲。"

屹湘点头。

Vincent一向狂傲，在Laura面前却总是谦恭有加。

此时Laura正坐在办公桌后打电话。见两人进来，她并未中断通话，只示意他们先坐。屹湘在Vincent之后坐下，距离Laura的位置稍远些。

屹湘是第一次进这间办公室。与外面的风格迥异，办公室内色调沉稳而厚重。办公室的一侧用一个巨大的屏风做了隔断，紫檀百宝嵌，十二扇，古色古香，美丽且贵重。她忍不住多看了一眼，忽然闻到淡淡的檀香味……

她意外，难道Laura在办公室里焚香？

她细细分辨着香气，不知怎的突然想到了Laura那个特别的中文名字——汪陶生。陶生……谐音"逃生"。她记得有一次Laura在访问中说，不知道是不是因为这样的谐音，自己每次都能化险为夷。

此时，汪陶生在用意大利语讲电话，嗓音低沉而富有磁性。在这样的环境里听她的声音，有那么一会儿，屹湘甚至有点儿恍惚，不确定办公桌后坐着的这个女人是不是Laura……

Laura办公桌上有个黑檀相框，从屹湘的角度，只能看到背面。她有点儿好奇那是一张什么样的照片。这个单身的时尚女皇，连绯闻都没有一条，这一点，与她的妹妹Josephina一模一样。

汪陶生放下听筒说了句抱歉，这么客气的开场白，也让屹湘有点儿意外。

汪陶生看着屹湘，说："Vanessa，公司因为你蒙受巨大的声誉损失。"

屹湘不出声，汪陶生靠在椅子上，十指相扣。她的目光在屹湘周身走了一圈，最终停在屹湘的脸上。

"我个人能理解你在当时那种情况下的反应，如今媒体过度解读，负面影响太大。Vanessa，公司经营多年，声誉和形象自来上佳，从未有今日之危机。公关部已经尽力在处理，但我们已不容再次有失。"

"Laura，"Vincent待汪陶生停下来，适时插话，"事已至此，我想，我们首要的还是想办法补救。"他看屹湘一眼。

屹湘仍是不出声。

汪陶生微笑了一下。

Vincent接着说："我们早已开始研发和使用其他材料、制品替代动物皮毛，正好这几天媒体对我们的关注度极高，借这个机会加大推广宣传力度，扭转局面，并非不可能。"

汪陶生不置可否。

屹湘在心里叹了一口气——替代品？别鬼扯了。LW最有价值的品牌之一就是皮具制造。只要热爱奢侈品的人存在一日，这买卖就会有生命力。

动物保护主义者？就算是那个最极端的，脚上不也穿着皮靴？

屹湘攥了下拳，手指疼。

Vincent转向屹湘，说："Vanessa，配合公司的策略吧，晚点儿会有同事安排你接受媒体采访。"

屹湘看着Vincent，也就是说，接下来该说什么、不该说什么，会有人教她。为了避免出错，也许会安排一场演练……

可是，面对媒体吗？让自己这张素白的脸，取代那个留在公众印象里的血色身影？真的会有用吗？

"Vanessa，你责无旁贷。"Vincent见屹湘始终不开口，微微皱眉。

屹湘沉吟片刻，点了点头。

她已经有了决定。

她缓慢地说："Laura、Vincent，我进公司已经近三年。我喜欢LW。"

"Vanessa，这一点我们都知道。"Vincent说。

"给公司带来这么大的麻烦，我始料未及，我愿意承担后果。"屹湘再次放慢语速，"我不会对暴行低头，也不会公开讨论这件事，请原谅。为了不给公司带来更大的损失，我这就递辞职信。"她站起来，深鞠一躬，"我先出去。"

Vincent要说什么，汪陶生单手做了个制止他的手势，他只好看着屹湘走了。

"安排合适的人替她应付媒体。记得万事谨慎，你这张嘴也是个能惹事的。"屹湘离去，Laura并未动怒，说完，若有所思。

"Laura，Vanessa 是个很有个性的设计师，放她走才是公司的损失。"Vincent 说。

Laura 微笑，说："我看过她的资料，她在公司近三年，没有特别突出的表现。"

"十年磨一剑。"

"这一行，三天改朝，七日换代，创新和速度意味着一切，谁等她磨剑十年？"Laura 问。

"我等。Laura，你也该等。她十九岁多就拿下 Nicolas Brown Prize……"

"那也只能证明她曾经是个天才少女。"

Vincent 忽然来气，说："Laura，你怎么也这般急功近利了？这一行更新换代极快没错，我们也的确见过太多一夜成名的设计师，可之后呢？我们看重的是才华，也看重努力，培养的是能走得远、走得长久的设计师。"

"我的公司可不养闲人。"

"Vanessa 绝不是闲人。Laura，你这么说对她不公平。比如说这次的发布会，如果没有 Vanessa，我们现在还能坐在这儿讨论什么名誉不名誉？功过相抵，也该留下她。你如果放她走，我马上辞职。"Vincent 说。

Laura 笑，说："Vincent，我最喜欢你这样感情用事。"

"到底怎样？"Vincent 追问。

"我考虑下。"Laura 桌上的电话又响了，她的手搭上去，"Vanessa 既然不想面对公众，那就不勉强。照你说的，先将坏事变成好事。"说完，她拿起听筒来。

Vincent 出去了。

汪陶生打完电话，独坐片刻，站起来，绕过屏风。

"今天好忙。"她坐下来，对着沙发上的人说，"闷不闷？等下我就可以走，陪你吃午饭去。对不起，耽搁了这么久，这两个刺儿头，哪一个都不容易摆平。"

"那位设计师有原则。"沙发上坐着一位美妇人，手里正翻着一本画册。

"嗯。"汪陶生笑了笑，"可不。"

"也许应该鼓励。设计师是艺术家，保护她的个性更重要。"

"你都说了不插手公司的事。"汪陶生开玩笑。

她忽然顿了顿：大概是看多了几次，屹湘的模样令她无端地多生出几分亲切感。就连她下巴上那颗小小的痣，都觉得俏皮可爱——不过，在她倔起来的时候，那颗小痣竟然也一副倔强而不服输的样子……她抬手摸了一下自己的下巴。她的母亲在同样的位置也有一颗痣。也许恰是因为如此，屹湘刚刚那副不肯配合的倔强模样，并不令她反感，甚至此时想起来还觉得蛮有趣的。

"我只是听到，问一句。"

汪陶生笑了，说："能引起你的注意，算她有本事。"

"陶生。"美妇人眼波流转，合上画册。

"是。"汪陶生正经起来。在大姐瓷生面前，她总是恭敬得多。

"这几年，你花了很大力气在大中华区部署。"汪瓷生若有所思。

"是，那是亚太区的重要一隅。"汪陶生明白大姐这是有备而来。

"真的是因为这个？"

汪陶生沉默。

"我以为我们一直有默契。"

"起码我们不能放弃那个市场。"

"我不希望你这样。"

"大姐，那是你从来不看我们的业务增长报告。为了公司的未来，进入新生市场绝对不能落后。"汪陶生认真地说，"筠生做得很好。在中国内地的业务虽说目前只是初具规模，但也很可观了。我们有信心，日后会更好——筠生这次没有早早赶过来，就是因为上海和长沙都有分店正处于筹备阶段，她要求又高，又恨不得事事亲为……大姐，这个决策也不是我一个人决定的，为了公司的前景，进入新生市场绝对不能落后。何况对咱们来说，起码不存在文化障碍。"

短暂的静默后，汪瓷生将画册放在手边。

"既然你们都这么看好那边的市场前景，我就不乱发表意见了，但是——"汪瓷生稍微停了一下，"筠生狂傲急躁，时常目中无人。她做设计，才华绰绰有余；做运营，你还是另选其人吧——你刚刚提到长沙，我认为对LW来说，那并不是非常合适的地方。"

"大姐。"汪陶生微笑，"叶落归根，母亲说的。我想她会乐见咱们姐妹的版图上，有一颗棋子在长沙。"

"你的意思，我懂了。"汪瓷生长长地叹一口气，"陪我去一趟大都会，今日是陈先生画展的最后一日。"

"好。"

"刚刚那个女孩子……"汪瓷生慢慢起身，"陶生啊。"

"怎么？"

"你真的同意她辞职？"

汪陶生笑着说："大姐，为了她，我的两大干将都跟我发飙。一个说我助纣为虐，一个说我急功近利。换作姐姐你，会留着她吗？"

"被你说得那孩子像是个祸根。筠生呢？"

"她庆功会之后就没露过面。"汪陶生说起来，颇有点儿无奈。

"几十岁的人了，脾气始终不改。"

"母亲在时，她被宠坏了。母亲不在了，你更宠她。宠出这么个脾气，到头来只累了我。"汪陶生开了一道隐形门，这里有一部电梯直达地下停车场，她请姐姐先进。

汪瓷生拍了拍妹妹的手，说："谁让你是姐姐呢？"

"我时常情愿换过来呢。"

姐妹俩都笑。

"大姐，你说，我想个法子让筼生难受一下好不好？这些年真是受够了她的脾气了。"

汪瓷生看她。

两人相视而笑，像一对计划好搞恶作剧的小姐妹。

·············

屹湘回到自己的座位上，花了几分钟打好辞职信去交给 Vincent。

她以为 Vincent 又会发狮吼功，可他只是安静地仔细阅读了这封辞职信。末了，他把信展开放在桌上，说："辞职信我先收下，你先回去休息几天。"

屹湘没有多说，收拾好背包走出 LW 大厦。当她站在大厦前，看着灰色的、齐整的、川流不息的街道，四周密集的、高耸入云的水泥玻璃森林将她围在中间，只能看到被建筑物边缘切割成形状不规则的天空……这明明是很能给人压迫感的景象，却让她有种奇怪的轻松感。她慢慢地走开，忽然意识到这是她第一次在上午十点半走在这条街上，还有空闲东张西望。她回头看了眼公司大厦，就这样，她又成了无业游民……

屹湘拍拍手，最要紧的是先回去好好地睡一觉。

叶崇磬睁开眼，视野由模糊逐渐变得清晰——眼前是漂着浮冰的湖面，像破碎的镜子。他动了动，大衣盖在身上，领结散开半边，围巾堆在胸口……他昨晚回来得太晚，一瓶酒，一个杯子，陪着他，就这么天亮了。

他伸了个懒腰，眯了眼睛看着面前的湖水。真好，耳畔的松风里，有呦呦鹿鸣……

屋内电话在响，他不想动。

铃声停了，片刻之后，又响起来。

他望着通往湖对岸的那座木色陈旧的桥，好一会儿才起身。看到一旁的躺椅上搭着的羊绒围巾和领结，他怔了下，认出是董亚宁的东西。

电话铃声停歇，片刻，传真机便响了。他踱着步子，慢慢活动着，好让自己全身的骨骼和肌肉都苏醒过来。他推开厚重的玻璃门，进入室内，传真机上的文件刚刚吐完。

他穿过大厅，往厨房走，倒了一杯清水喝光。窗外是幽静而深邃的松林。北美的水土丰沛而富饶，取之不竭、用之不尽似的养出了这般长相狂妄而骄傲高大的树，看了却让人心里觉得有些欢喜，莫名的欢喜，即便是在这宿醉初醒的混沌的早晨。

窗台上有一个藤编的褐色篮子，装着苹果、碎面包和冷肉……这是苏珊放的吧。

叶崇磐做了两个后仰的动作，到底睡得不够舒坦，脖子有些僵直、酸痛。

他忽然听到一阵声响，一只棕黑色的爪子伸到了窗台上。

是一只浣熊。

叶崇磐眼看着浣熊越过了冷肉，拿了苹果，忍不住想笑，又担心笑声惊吓了它，屏住呼吸，看看表，准备去看传真。他蹑手蹑脚地顺着橱柜的边缘走了出去。不料，他越小心，越出状况，回身便撞在门框上。砰的一声，他摸着肩膀，回头看，那胖胖的家伙早溜得无影无踪了……他这才笑出了声。

他进了书房，从传真机上拿起文件来看，边看边踱着步子。电话铃声再次响起，他接了，轻轻地"喂"了一声。这是国内打来的电话，对方语气轻缓，讲话条理清楚，恰似这清晨的光线和他此刻的心情。

"……就这么办吧。"他说。

那边又问了句什么，他已将听筒移开了，说了句"不用"，便挂断电话。

水还剩下半杯，他慢慢喝着。走到落地窗前，太阳又升高了些，湖面上满是金红的光，波光粼粼，像是鲤鱼的细鳞……眼前的景色似乎是静止的，除了湖面越来越明亮，光影越来越清晰。他默默地看着，刚要转身，忽然定住了。

桥上有人。

在桥头巨大的平台上，有一个瘦小的身影。那人坐在桥头，双腿悬空，身旁是一辆单车。他远远地望着这个闯入者，在这个四周深绿的灌木丛、碧蓝中点缀着雪白的湖水和火红的晨光照射下安静至极的环境里，能融进这环境里的身影……他看得入了神。

忽然响起的电话铃声让他回神，他转身接起来，语气难免有点儿被打扰的不快。Sophie 很习惯他的做派了，处变不惊，照常跟他汇报。他听着，偶尔"嗯"一声，转回身去，桥头的身影已经消失了——好像倏忽之间而来，又倏忽之间而去，比浣熊的动作还快。

叶崇磐放下听筒，推开门走了出去，扶着木栅栏，深深吸了口气，带着松香的清新空气让他又清醒了几分。水面仍静而无波，更显得刚才那个画面只是他的幻觉。

他站了片刻，转身沿着木栅栏慢慢走，突然，从树林里蹿出一辆自行车，风驰电掣般往这边来了。他微笑，继续往前走。自行车在木栈道上闪电般地前行，到了他身前才猛地刹住车。

董亚宁脚尖点地，一抬手摘下安全帽，撸了把湿乎乎的头发，把自行车一提一放，拍了拍，夸一声"好车"。

叶崇磐笑着看亚宁，说："是崇碧的。她来这儿，就喜欢骑车四处转转。"

"你这地方，要转也得开车转，骑自行车忒累，我刚在林子里差点儿迷路。"董亚宁扛起自行车往回走。

叶崇磬给他推开门。

"对了，你刚才有没有看见什么人？"董亚宁边问，边转身，车轱辘差点儿招呼到叶崇磬的身上。

叶崇磬连忙躲开，董亚宁笑了。

"你也看见了啊？"叶崇磬问。

"看见了啊，我还追呢。那人跑得还挺快，一会儿就不见了。这附近有狐狸，别是狐狸精吧？"董亚宁边说边笑，扛着自行车往地下室走。

叶崇磬想了想，说："说不定是个孩子，看那背影单薄又瘦小的。"

"是个女人。"董亚宁在下面说。

"你怎么知道？"叶崇磬倚在楼梯栏杆上问。

董亚宁已经进了地下室，还在说着什么，可是听不太清，于是叶崇磬又问："你说什么？"

从地下室只传出来模糊的回音，叶崇磬干脆在原地活动着腿脚等着。

过了一会儿，董亚宁走了上来，手里拎着两瓶酒，说："这酒你就随便扔外头？咱就喝了呗，省得坏了。"

"你昨晚还没喝够？"叶崇磬笑着问，看样子亚宁已经忘了刚才那茬儿。

亚宁真是海量，昨晚在米尔森家的聚会上，他左右逢源没少喝酒，回来的时候也是醉意朦胧的，可他身体里酒精消解的速度好像别人要快些，才睡了一觉，早上就生龙活虎了。

"那点儿酒！"董亚宁哈哈一笑。

叶崇磬转身上楼，说："等下一起吃早饭，我看苏珊准备了烟熏肉。"

董亚宁却说："不了。李晋过会儿来接我进城，早上有个约。"

叶崇磬说了声"好"，一转弯进了房。

董亚宁也走上楼去，换衣服准备洗澡的工夫，他推开卧室的窗户往外看了看。外面的红松林高大茂密，从这里看不到林间小径，但方向是没错的。早上，他就是骑车在那条小径上穿行。森林里空气极好，跑一趟，像是能把身体内外的阴霾全都稀释掉。他想起桥头的那个人影，看上去身材瘦小，除此之外，应该没有什么特别之处。但不知为什么，那个身影好像直直地扎进了他的眼睛里。

他出了一会儿神，关好了窗。

洗澡前，他看了眼从地下室拿上来的那两瓶酒，顺手放进了酒柜里。这个年份的酒并不好，但他知道叶崇磬留着的原因。算起来，叶崇磬和菁菁应该是在那一年订婚的。

叶崇磬在南加州有一座酒庄，那年的酒都不会出售，因为要留作婚礼用。只是后来……婚礼当然是没有了，酒却存了下来，长久不曾开封。

董亚宁拧开花洒，冰凉的水喷下来，激得他全身上下每一个毛孔都猛然收缩。每个人心里都有个碰不得的过往，叶崇礐就是那个年份。

董亚宁侧了下脸，从镜子里看到了自己下巴上的伤疤。

他抬手抹了一把水雾，转开了脸。

…………

郗屹湘猛踩自行车，车轮急速旋转，发出嗡嗡声。车子载着她在林地里穿行，好一会儿才上了私家公路。平整的公路静悄悄的，不见车，更不见人，她松口气。

她一早骑车从庄园跑出来，信步由缰便来到了这里。她本想在桥头多休息一会儿，突然听到电话铃响，屋子里人影晃动，立时就有了闯入者的自觉——这样打搅主人的清晨是极不礼貌的……

这水边的房子，没有围墙，界标也不太明显，只有隐在路边密林中的一块掉了漆的木牌，写着"Old Oak Park"。这里与陈太的庄园距离不太远，偶尔她骑车跑得远一些，就会来这里。

她太喜欢那一汪碧水，也喜欢水边的屋子。木石混搭，很古旧的味道。看铭文，建成不过五十余年，却像是一座藏在深山里的城堡一般，安宁而有古老韵味。从春到秋，从夏到冬，那里的景色四季不同，季季皆美，让她想到Hawshead。主人似乎不常来住，倒是动物们经常露面，看起来是片丰饶的土地，生活在其中的动物自由自在……只有一个早上，她在水边遇到一个中年妇人，提着一篮鲜果从屋子里出来。她开口打招呼，才知道妇人只是屋主的雇工，很有礼貌。雇工得知她就住在附近的庄园，欢迎她来参观。

她猜想屋的主人应该是个有点儿年纪的人了，很有点儿欧洲老庄园主的做派，连湖上停泊的那两艘游艇，都是复古风格的……

屹湘猛踩两下单车，她扰人清梦，说不定等下就有个挂着拐杖的老伯出来要敲她的脑壳呢。

单车铰链处咔咔作响，屹湘拍着车把，叫道："拜托，千万不要在这个时候掉链子啊……"

这辆单车有点儿年头了，没有大毛病，就是时常闹闹小脾气，偶尔把她扔在半路上，前不着村，后不着店的，她还得把它扛回去。这两年，多亏了它，她修自行车的技术倒是提高了不少。

屹湘回头看了一眼，没有追兵，这才放心从车上跳下来，将车子支起来，摇着脚蹬，车轮子飞快地转起来……不一会儿，咔咔的响声终于消失了。她微笑，看来今天的运气不算坏。

她重新骑上车子，悠闲地往回走。前面是一个陡坡，她忽然玩心大起，在坡顶松开车把，张开双臂，俯冲下去。林间的冷风刮在脸上，有种痛苦又痛快的感觉。她忍不住大喊起来，声音传出去好远……

回到庄园，屹湘把自行车靠在绿篱上，先跑去打开信箱看了一眼，信箱空空如也。她锁好信箱进了大门，手机在口袋里唱起了歌。她连手机带钥匙一起从口袋里捞出来，边开门边看了眼屏幕——电话是苗得雨打来的。

得雨一听到她准备辞职的事，就打来电话臭骂了她一顿，怪她冲动，说没有什么大不了的，不过是配合公司的公关策略走一些过场，以后的路还长着呢，何必在意眼下这些不顺利……她没有跟得雨解释什么。

得雨这回打电话来是告诉她，今晚在纽约的几个老同学餐聚，问她能不能参加。她往楼上走，毫不犹豫地对得雨说："不去。我一刚失业的落魄鬼，恨不得现在钻进地洞里藏着，才不要出去见人呢。"

得雨在电话里笑骂，说："你这个懒鬼。什么失业？这还成了你现成的借口了，你没失业的时候，你连借口都懒得找。"

两个人又闲扯了几句，得雨总算是放过了她。

屹湘收了线，倒在阁楼沙发上发了好一会儿呆。

得雨知道她懒于应酬，通常不会硬邀请她参与聚会。这一回大概也知道她的确遇到了一点儿危机，想拉她散散心。

得雨是好意，然而她此时需要的不是散心，而是独处。

现代通信工具让整个世界像被一张网罩住了，人显得极其微小，无力摆脱。鸿雁传书，真正成了古时候的浪漫。母亲曾说过，跟父亲分居两地时，每周收到他用毛笔写的信，偶尔打一个越洋电话，还要算准了时间，那种幸福难以用语言描述……

屹湘发了一会儿呆，坐起来，甩了下头发。这样的幸福，实在遥不可及了……

她拨弄着手机，看了眼屏幕。崇碧发来消息，问她这两天还好吗。

她回复道："还好。已经递了辞职信，暂时休息几天。谢谢你。"

"OK。那你就安心休息，其他的事不要放在心上。有空一起吃饭。"崇碧说。

屹湘微笑，继续跟崇碧聊了几句。

此时崇碧正在办公室里。她将听筒夹在耳朵和肩膀之间，在跟叶崇磬通话，一心两用，同时拿了手机跟屹湘通信。她听大哥说刚才在湖边看到陌生人闯入，放下手机，听他又说可能是邻居，便笑着说："别逗了，附近哪位邻居家里没有水塘，巴巴地跑来你这里看……"

同事敲门进来，她微笑点头，接了文件。等同事出去，她笑道："一定是你们昨晚喝多了，一起产生了幻觉。还好想象出来的是个女人，说明你还是个正常人……对了，哥，我听说茂茂一直没走，是不是等着你一起回国……"

那边沉默片刻，说自己要去开会。

崇碧笑，说："等等！提到女人，换话题的本事一流。躲，你躲我容易，我又不想嫁给你……哎呀，我真有事儿，正经事。"

叶崇磬催她快说。

"你手上有没有好一点儿的玉饰？不要很大的那种，就是随身戴的……对了，还要古一点儿的……你那儿没有的话，就帮我留意，好吧？价钱你看着，估摸着我负担得了的。"崇碧笑，听叶崇磬追问她用来做什么，她不肯回答，"得了，你去开会吧。还有，明儿我上庭，不能去送你啊……是，我知道，没什么不放心的。当然工作为重……再见。"

她放下听筒，出了会儿神，才站起来。

窗外便是银灰的纽约，此时有淡淡的雾气，飘飘袅袅，很是美丽。

哥哥这一趟回京，公务机上塞的基本上都是她的物品。尽管她不必搬家，也还是有一些必需品要带回国……她已经在这里生活了很久很久，要离开，决定的确不是那么容易下的。昨晚的宴会上，事务所合伙人用带着惋惜又有些跃跃欲试的口吻，说："Clare，你在这里的成绩有目共睹。你要离开，我们觉得非常遗憾。但，我想我们该期待未来的合作。"

未来的合作？崇碧微笑，未来，尚未可知。

人生就是这么不可思议，换作三个月前，她不能想象湘湘会成为她的小姑子。不过，这确实是真的。

崇碧看看时间，距离下一个客户上来还有几分钟，有空喝杯茶……她坐回办公桌前，翻看了一会儿客户的资料，抬头看着外面脚步匆匆的同事，忽然有些舍不得这种格外忙碌、仿佛每一分每一秒都不属于自己的日子。

屹湘把从庄园带回的一箱旧书放在古董店的茶几上，让陈太过目。

"我有点儿事情要去银行。"陈太看着这些旧书，抚摸了下。

屹湘举手说："我来看店。"

陈太笑着点头道："那还能托付给谁？"

"这回卖出东西，给我提成吧？"屹湘眨眼。

"你这孩子，到底是学设计的还是念商科的？"陈太笑着说，"我从银行直接回家。你早些关店，回来吃晚饭。"

屹湘笑着答应，陈太就放心地走了。

屹湘坐下来，向后一倒，整个人埋在柔软的沙发上。温暖的阳光、古旧的味道，都让她觉得舒服极了。

不过，整整一下午，都没有客人上门。屹湘坐在沙发上，看书看得直打瞌睡。

叶崇磬看着这个坐在沙发上的小女子。因为沙发宽大，她蜷在一角，就更显得娇小了。在睡过去之前，她显然是在看书。他略侧了下头，书脊上是烫金花体字，原来是在看《双城记》。这么热闹的故事，她都能看得睡着了。

"嘿！"他轻声道。

见她没反应，叶崇磬直起身，四下里再看看，确认店里确实没有其他人。他刚刚进来的时候，门上的铜铃分明是响过的……他皱了下眉，又弯下身，靠近她一些，仔细看看。她鼻翼微微颤动。嗯，没事，不是昏过去了。

"嘿！"他声音大了些。

屹湘被这一声惊醒，睁开眼，直勾勾地瞪了负手而立的叶崇磬大约有三秒钟，猛地从沙发上蹦了起来，慌乱间抹了抹嘴巴，问："什么事？"

叶崇磬从上到下打量着屹湘——穿着普通巧克力色雪地靴，站在搭着昂贵的羊毛毯子的沙发上，瞪着一对睡意蒙眬的大眼睛，抹着嘴角那并不存在的口水——鼻音重重地问："什么事？"

他还真被她问着了。

"请问，陈太在吗？"叶崇磬问。他立即注意到屹湘脸上的瘀青，像是被人打过似的。他移开视线，避免直视她的面孔，免得失礼。

"不在。"屹湘立即回答。她已经认出叶崇磬就是上次来买胸针的人。她站在沙发上，才勉强能和他平视。

为了保持这种暂时的平等和平衡，她不想从沙发上下来。

"我可以做主。"她说这话时很豪气。

叶崇磬看屹湘这样子，心想这怕不是能做主，而是能"坐住"吧。明明是要看店的，却堂而皇之地打瞌睡，陈太这不是所托非人吗？

"请问有什么需要？"屹湘问。眼前这人看起来根本不信任她，这让她有点儿恼。

"上回在店里买到的烟盒，应该有一款同样设计的手袋？我在店里的展示柜里见到过。"叶崇磬拿出手机，示意屹湘。

屹湘看看手机里的图片，说："那个手袋啊，我记得，香奈儿1917年出品的。"她想了想，眼睛一亮，忘了保持平等这回事，从沙发上跨下来，行动便带着风。

叶崇磬又闻到那淡淡的药香。

"1917年，民国……多少年来着？"屹湘自言自语。

"民国六年。"叶崇磬说。

"我知道。"屹湘说着，把桌子上的笔记本电脑打开，从《香奈儿（民国六年）》的文件夹里扫了一圈，抬眼看看等在面前的叶崇磬，又看回屏幕，说，"真不巧，店里原先确实有，就陈列在A12的位置，不过昨天已经售出了……不然，您看看其他款式的？相似的设计也还是有的。啊……店里还有一个同……"她顺手关了文件夹。

"我就是想要那一个。"叶崇磐说。他看了眼标号为 A12 的玻璃柜，原先放手袋和烟盒的位置，换上了一套化妆品盒。

屹湘听到叶崇磐这么说，便道："那真的很遗憾。不过，陈太经常会收购这类古董。这样吧，请您留个联系方式，也许过几天就有了，到时再联络您？"

"这位小姐。"叶崇磐看着屹湘清亮的眸子。

这女子从第一次见他，就故意为难他，他道："我是很有诚意地来的。"

"我毫不怀疑您的诚意。"屹湘说。

"与陈太的合作很愉快，才来第二回。"叶崇磐说。

屹湘没出声，心里有了点儿气——这人，以为还有上次的便宜不成？

叶崇磐看了下手表，很有耐心地说："你看，上回我买胸针，你也帮了我一个小忙，让交易进行得很顺利。"

屹湘瞅着叶崇磐手里的那副手套。这种只用高级定制货的人啊……她把笔记本电脑合上，笑了笑，说："这类藏品的价格大约比去年同期上浮至少八成——那烟盒，陈太实在是给了很好的折扣。"

"是。可那胸针，我可没占便宜。"叶崇磐说。

"物有所值。"屹湘针锋相对。

"我妹妹很快要结婚了，她没有什么特别的喜好，偏爱收集手袋。我本来想，买来作为结婚礼物送给她。"

"是这样啊。"屹湘抬手，揉了下耳垂。

"是啊，千金难买心头好，你说是不是？"叶崇磐微笑。

"这样的话……"屹湘沉吟，"我再帮你找找。"

"谢谢。"叶崇磐把大衣搭在身边的椅背上。

屹湘看了眼那件大衣，顺口说："右边袖口的扣子快掉了。"

叶崇磐拎起袖子，果然，那颗扣子摇摇欲坠。

"谢谢。"

屹湘从桌上拿了剪刀，倒过来将柄递给他，说："剪下来吧，别掉在路上。不然，为了这么个扣子寄来寄去的，多麻烦。"

叶崇磐心一动，细看她一眼，接了剪刀将扣子剪下来。这会儿工夫，他就听屹湘说："A13 柜子里有一个手袋，同款但是品相比昨天售出的那个要好很多，也就贵了很多。"

他抬起头："你不早说？"

屹湘眨眼："我说了啊！可你没等我说完，就说只要那一个。"

叶崇磐一只手攥着剪刀，一只手攥着扣子："在哪儿？"

屹湘指了指他身后的展示柜。

叶崇磬转身。A13 展示柜上面，摆了一幅紫檀框湘绣牡丹图。屹湘走了过来，戴上手套，将镜框小心地竖起来，露出柜面。

展示柜上有一层薄尘，屹湘拿了一块麂皮擦拭一下。

"看看，是这个吗？"屹湘问。

叶崇磬不语。

金丝编的手袋上，缀着红宝石，从不同的角度看，会呈现不同的颜色。屹湘将手袋放置于照明灯下，宝石反射灯光，手袋七彩璀璨。

"这个品相的确更好，当然价格嘛……"屹湘看看叶崇磬，报了个数字。

"我说，这位小姐。"叶崇磬依旧是一只手攥着剪刀，一只手攥着纽扣。

"嗯，这位先生。"屹湘点头。

"你这是漫天要价。"

"你可以就地还钱。"

"减两成。"叶崇磬说。

"太过分了。你看看，这东西到现在都快一百岁了，除了天然氧化的痕迹外，一点儿损伤都没有。你再看看这宝石……这不是现在的宝石，全靠高科技切割技术，有瑕疵也能想法子做到璀璨夺目。这手袋上采用的宝石，颗颗天生完美。你完全可以找专业机构另做鉴定。"她取出一串钥匙，打开一个抽屉，照编号拿出文件夹，将藏品附带的证书都给叶崇磬看，"这是它的资料，从出身到流转，非常清晰。"

"减两成。"叶崇磬看完资料，还是没让步。

两人你来我往地争论了一会儿这个手袋的优缺点，叶崇磬才说自己可以让一点儿，说："减一成八。"

"最多减一成。"屹湘摆手。

"一成七。"叶崇磬把剪刀放在桌上。

"一成七……让我看看。"屹湘的手指噼里啪啦在计算器上一打，把数额亮给叶崇磬看，"好吧，看在你是送给妹妹当礼物的分上，就这个价吧。"她拍了板，将计算器放在桌上，对着叶崇磬。

"零头抹掉吧。"叶崇磬说。

"零头抹掉怎么可以，已经让了那么多。"屹湘又摆手，"这不是小零头，三块五块的。"

"铁算盘。"

"电子的！"

叶崇磬微微一笑，说："替我包好。"

"现在就带走，还是晚点儿送到您府上去？"屹湘问。她早就看出叶崇磬是一定要这件小东西了。这男人毫不掩饰他对猎物的渴望。

叶崇磬掏出支票本子来，说："这就带走。"

屹湘输入密码解锁，将托盘取出来，让叶崇磬验过货，把手袋放进专用的袋子里包好了，然后放进一个精美的盒子里，又将藏品的资料也放进去……她手上有伤，但做这些仍很熟练。

叶崇磬撕下支票，两人一手交钱一手交货。

屹湘接过支票，看着那龙飞凤舞的签名。

"叶……崇……磬？"她一字一顿，吐字清晰。

叶崇磬看着她，她把这三个字念得很好听。

"叶崇磬？"她捏着支票，重复了一遍。

他的心却又莫名一动。

"这个字是念'磬'没错。"他说。常遇到人念不出或干脆念错他的名字，他习以为常。但不知为何，她不但没有读错，看起来，目光里也有些什么东西一闪而过……起码跟和他做交易的时候有些不一样了，这反而让他觉得有些异样，"有什么问题吗？"

"没有问题。"屹湘对着光查看支票上的水印。在她的视野中，最清晰的还是那三个字——叶崇磬。笔画这么多的字，他写得潇洒利落，别具一格。

她抖一抖，支票发出清脆而好听的声音。

"国内银行业务的发展速度真快，这两年贵行的分支机构在北美很常见了。"屹湘说。她看着那个银行的标志，心想，叶崇磬，他不用这家银行的支票，用哪家的？她多少有点儿紧张，又不想被他看穿，忙将支票收好。

叶崇磬这个人，目光甚是锐利，虽然看起来儒雅温和，但并不是好糊弄和易相处的人……况且……

"敝行的业务范围还会进一步扩大的，欢迎您和陈太成为敝行客户。"叶崇磬穿好大衣，拎起袋子。

屹湘脸上挂着微笑，心想这人真有点儿可恶……当然，提起自己服务的公司，又是这样有名的机构，他骄傲甚至自大一些，也无可厚非吧。

一念至此，屹湘脸上的笑意加深。她更加像个店员的样子，礼貌地把叶崇磬送出店门。

叶崇磬说"再见"的时候，她微笑点头。关了店门，她回来将支票收好。再见……虽然难以预料是何时何地，但他们应该还会再见的。她想着支票上那三个字，不禁出了一会儿神。

叶崇磬上了车，司机从后视镜里看看他，跟着微笑起来。

叶崇磐恰好抬头，问："怎么？"

"您看起来心情很好。"司机笑道。叶先生平时严肃惯了，不大会这样自顾自地笑起来。

叶崇磐看着手边的袋子，说："明明上了一当，还莫名其妙地觉得有意思，你说怪不怪。"

"嗯？上当？"

"当然，不完全是。"叶崇磐又笑了笑，把手套放到袋子上。

车子启动，他转头看了眼古董店那琳琅满目的橱窗——在这条长长的、满是小古董店的街上，这家店毫不起眼。但，那可真是个奇怪又有趣的女人。

屹湘关了店门回到家，餐桌上已经摆满了食物，陈太还在忙着做晚餐。

"……不能算我骗人啊！我要的那个价钱又不贵，他走了以后，我又上网查了好久资料。同类的手袋，网络上的要价哪一个都比这个的成交价高。"屹湘进门就跟陈太汇报今天的"战果"。

陈太将汤罐放到竹垫上，看着屹湘。

屹湘有点儿心虚，说："又不是我逼他成交的……好吧，我是耍了一点儿小花招，谁让他上回讨那么大一便宜？"

"屹湘，那位叶先生是位挺实在的客人。"

屹湘想着叶崇磐那对深沉而又犀利的眸子。

实在，叶崇磐？

"您会不会对他印象太好了。"她还没敢说，自己这应该算是"杀熟"呢。得了人家崇碧那么多好处，其中还有叶崇磐的好茶……

"他哪儿有那么笨真的被我宰一刀，还不是那只手袋真的很值啊？"

陈太不再说什么，给屹湘盛汤。

屹湘这才留意到桌子上多摆了一副碗筷，问："还有客人要来？"

陈太去盛米饭："下午家本来过，本来要留下来吃饭，临时有事情走了。"

"难怪今天的饭菜这么丰盛。"屹湘笑着，"错过这么一顿晚饭，太可惜了。"

"可不是。"陈太放下碗，叹气，"能怎么忙？连一起吃顿饭的三十分钟都没有。"

门铃响起。

陈太问："这个时间会是谁？"

"我去开门。"屹湘起身，"也许是他又回来了呢……"

她趿拉着拖鞋，一把将门拉开。

"Hi……"她脸上还挂着微笑，看到门前站着的黑衣男子，顿时吃了一惊，笑容瞬时便凝固了。

男子向她点点头，往旁边侧了下身。台阶下方站着一个精干而警惕的黑衣女子，这时也闪了下身。她往外走了半步，背面而立的一个身姿挺拔的中年女子回过身来。

屹湘看清那面容，心跳骤然加速。

"妈妈。"她看着突然出现的母亲，一时间有些不知所措，"您……怎么来了？"

"我经过，抽空来看看你。"郗广舒说，"还是不太放心你的伤。"

屹湘听到里面有动静，跟母亲说了句"您稍等"。她转身进屋，随手关门，从衣架上拿了外套。

陈太从餐厅出来，屹湘只说："我得出去一会儿。"

陈太点头，目送屹湘出了门，走到客厅里，推了下纱帘看向院子里——屹湘低着头走在一个中年女子身侧，正穿过院子。她们没有说话，那气氛看起来有点儿冷……

陈太再看看远处——大门前停了两辆陌生的车子，再远处还有一辆。附近零星有几个人影，不即不离地跟随着屹湘她们。

陈太轻轻放下纱帘……

郗广舒回头看了一眼那栋漂亮的住宅，说："房东看起来很关心你。我本来想进去打个招呼的。"

"妈。"屹湘拨了下刘海儿，手上的绷带很触目，"她就是一个普通的老太太。"

郗广舒沉默。

屹湘把手藏进口袋里，说："外面好冷……妈妈，上车说吧。"

"一起走走吧。"郗广舒将女儿揽了过来，看她脸上的瘀青，"还疼吗？"

"早就不疼了。"屹湘按着伤处。

伤口仍隐隐作痛。她笑着："您别担心。"

她没有母亲个子高，又穿着平底靴子，这样站在母亲身边，仍像个小孩子……虽然如此，但她也知道，不管是在母亲面前，还是任何人面前，她都不再会是小孩子了。她这么想着，不知不觉便挺直了身子。

"妈……"

郗广舒摘下手套，握住了女儿的手，温暖而轻柔，说："爸爸知道了。"

屹湘一脚踩在石砖的缝隙上。暗色的分割线，灰黄色的石砖，齐整分明。

"他惦记你的伤势，让我来看看。"郗广舒说着，看屹湘的反应，"他人在华盛顿，走不开。"

"嗯，我明白。爸身体还好吗？"屹湘抽了下鼻子。

郗广舒站定："湘湘。"

"嗯，妈妈。"屹湘又抽了一下鼻子。

"爸爸还好。他也希望你能回去参加潇潇的婚礼。"

"妈！"一阵冷风吹过来，屹湘的刘海儿乱了。

郗广舒看着女儿露出的额角，沉默片刻，问："听说你向公司递了辞呈？"

"是。"屹湘点头——什么也瞒不过母亲。

"正好，趁这段时间休息一下。湘湘，"郗广舒温和地说，"我们一家人有多久没团聚了？你还记得吗？"

屹湘摇头，想不起来，也不能想。

"回去吧，妈妈跟你保证……"

"妈，您别跟我保证。您知道的，您什么也保证不了。"屹湘吸气，抑制着情绪，"妈妈，我不想说让您伤心和失望的话，您也别逼我……做我做不到的事情。我，不回去，也回不去了。"

郗广舒定定地看着女儿。

"外公去世的时候，那么、那么难过，我都……"屹湘忽然觉得五脏六腑都在疼，手掌心攥出了冷汗，她转过脸，强忍着不让眼泪流出来，"那时我都没回去，现在回？这些年，我一想起外公就觉得对不起他……"

郗广舒看到女儿眼睛里已经有泪水在打转，她转过身，慢慢地走着，说："湘湘，外公不会怪你的。"

"会的。"屹湘按了一下眼角，她知道会，"一定会。"

"不会。要怪，也只会怪我。"郗广舒脚步越来越慢，终于再次站定，"湘湘，我们先不说这个。有件事，我们一直没有告诉你——你爸爸一度病得很重。"

"什么……什么病？"屹湘耳边嗡地一下。

"胃癌。"

"怎么会，爸爸很健康的！"屹湘脑中飞快地闪过爸爸那总是微笑着的脸，红光满面、精气十足的。不，是有那么一段时间，他没有出现在公众面前，只有文字新闻，没有图片和视频。她当时已察觉异样，问起姑姑，姑姑却说没什么。

"这几年，他的身体坏得很厉害。病情最严重的时候，他除了潇潇，谁都没有留在身边。你还记得前年我忽然来看你？"

"记得。可是……"屹湘突然心乱如麻。

"就是那时候。刚刚检查出来，他就果断做了动手术的决定。但那么大的事儿，谁敢自己做主瞒着我？还是潇潇，说为了让爸爸安心，我就该装着不知道，我想也是。等我回北京，你爸爸才告诉我，在我来看你之前，他特地写了两封信放在我行李箱的夹层里。万一情况变成最糟糕的样子，就一封给你，一封给我。"

"什么信？"屹湘的心扑通扑通地乱跳。

"他早就收回去了，说既然人没死成，那些话就留着以后再说。"郗广舒叹了口气。

"妈……怎么不跟我说？"屹湘哽住了。

"湘湘，有些事妈妈能承担的，就不必告诉你，包括潇潇。"

"哥他……"

"都说他懂事，可他由着性子胡来的时候，还不是照样把爸爸气得进了医院。"

"……"

"现在呢？爸爸现在怎么样？"

"本来恢复得还不错，但最近有点儿反复。"

屹湘愣愣地看着母亲。

"湘湘，当初不告诉你，是爸爸做的决定。我也觉得不到万不得已，没必要让你也守在身边。如果这一次你不是恰好离职，妈妈也不会跟你提这样的要求。何况，潇潇结婚是喜事，也是大事。"

屹湘终于明白母亲的意思，恐怕这最后一句话才是今天对话的重点。

"哥的婚礼……按道理来说，我不出现，是不是更合适？"屹湘问。

郗广舒皱了眉。

"以前我的事影响那么坏，在人家眼里，我……现在呢，我就连做份工作都有负面消息见报。这些年我除了给邱家丢脸，没有添过一分彩——是不是我不出现更好？妈？"

"湘湘。"郗广舒的声量依旧不大不小。

屹湘咬住了牙关。

料峭的寒风吹着，吹乱了她的刘海儿，也吹松了母亲鬓边的发。

屹湘呆呆地看着，从不染发的母亲，每一点儿衰老的迹象都清楚地展现在她的发间……

"不准在我面前说这样的话。"郗广舒向要过来催她离开的秘书一摆手，"我来看看你，回去可以跟爸爸说，你还好。可湘湘你是不是真的好，爸爸也是知道的。你要振作起来，不然爸爸会难过。"

"妈！"母亲那几丝灰发像疯长的藤萝，看得屹湘心里发疼。

母女俩沉默相对良久。

"我得回去了，湘湘。"郗广舒过来，将屹湘抱在怀里，"你知道吗，妈妈最近做梦的时候老梦到你，你却总是那么一点儿大，好像你刚出生的时候，护士把你抱给我的样子。"

"妈……"

"记得好好吃饭。我让人把那些补品都送进去了。少了什么尽管说，出入注意安全，我真得走了。"郗广舒松开女儿，车已开过来，随员都在等候她上车。

屹湘点头。

"回去吧，我看你进去再走。"郗广舒拍拍屹湘。

"您离开，我再回去。"屹湘坚持。

"那好吧。"

屹湘站在路边，看着母亲稳稳地迈着步子走向车子。印象里母亲的背总是挺得直直的，究竟从什么时候开始，她的肩竟然没有那么平了……屹湘咬了下唇。

车子那暗色的玻璃后，母亲一定在看着她。

她微笑，用她没有受伤的手，使劲儿挥了挥……

第三章　没有风景的房间

　　依然有坚定的信仰，依然会在黑暗中寻找光明，即便突然间坠入深渊，也会仰起头欣赏风景。

——题记

　　在古董店混日子没超过三天，屹湘就又奔向了大都会美术馆，每日早出晚归。

　　当陈太得知她每天不是去参观或者临摹，而是在广场上数鸽子、看人、发呆时，神情中略有些担心。今早出门前，陈太特意叮嘱她晚上早点儿回来。

　　此时，屹湘坐在大都会门前的台阶上，身边人来人往，她留心观察他们的穿着。她随身带有卡片机，看到感兴趣的东西，就按一下快门，偶尔在速写本上画一下。她的手指还不灵便，人也懒懒的，往常出来一趟，能消耗掉大半本速写纸，但这几天来这儿一坐一整天，也没画多少。

　　一群鸽子扑棱着翅膀落下来，探头探脑地往这边走了几步，瞅了她一眼，又走开了……广场上的鸽子都很精明，反而显得人类呆头呆脑，比如她。

　　发够了呆，她又盘算自己还有多少存款，如果暂时不出去工作，能撑多久。结论是，她撑不了多久……虽然陈太照顾她很周到，她也会用部分劳动抵偿租金，可她的住处租金确实并不便宜。这几年她付出去的租金差不多可以买下一栋位置稍差一点儿的小型公寓或者House了。她还得盘算一下，在与LW正式解约之后，要怎么再找一份工作，像在LW那样，让她喜欢，又让她觉得自在……

　　这样的离职，会有一段相当长的时间让她在业内受到质疑吧。崇碧说："不要担心那些，又不是没能力，大不了你去做独立设计师。你若创业，我就投资，无论是纽约还是北京都可以，怕什么呀？"

　　北京吗？

　　屹湘看着一只慢慢走近她的肥鸽，因为肥，显得有点儿憨厚——雪白的羽毛，黑色的眼睛，步态优雅，气度雍容……她把手边半个没吃完的面包拿起来搓碎了，撒在面前的空地上。不料它却扇了扇翅膀，飞走了。

　　她出神地看着地上的面包屑，抓抓头发——生计啊，生计。

　　她不知不觉手上用了劲儿，将剩下的面包狠狠撕碎，塞进嘴里，晃了晃剩下的那点儿咖啡，一口喝掉，起身把杯子扔进了垃圾箱。街对面有一间咖啡馆，店虽小，却很著名。咖啡很好喝，甜甜圈很好吃，是附近艺术家们的最爱。

　　不出所料，店里满座，屹湘排了一会儿队才买到咖啡。

店里从温度到气氛都暖融融的，让人流连。她没有立即走，端了咖啡站在角落里看墙上的涂鸦。四周挤满了艺术家，环境并不像多数咖啡馆那样安静而有秩序。随意走两步，满耳都是争论甚至是争吵，她心里有种久违的感动。就好像很多年前，她一头乱发、一身油彩，和得雨他们在学院外的咖啡馆里，从一幅画是前拉斐尔还是后拉斐尔派引发更深的讨论，因为无法说服对方，能揪住对方的头发打起来……打够了，碰一下杯，继续讨论、继续争吵。那些因为观点不同而据理力争的日子啊……学生气十足，可多么珍贵。她靠在墙角，看着窗外，忆及往事，嘴角挂上一丝微笑，渐渐出了神。

前面有几个人背对着她正在聊天，离她最近的那位回头看了她一眼，低声提醒她手机响了。

屹湘回身，果然手机在包里震动叫嚣，也不知已经叫了多久，想来身边的人已经被扰得不耐烦了……

她轻声说抱歉，单手去找手机，一时拉不开拉链，她有些懊恼。一只手适时将她左手拿着的咖啡接过去，她以为是侍应，说声谢谢，只顾拿出手机。是个陌生号码打来的电话，接听后发现对方竟然是推销员，她一时有些发愣，照常应付了几句。

屹湘说："我正在失业中呢，马上吃饭都成问题了，没有闲钱做其他的。麻烦你最近就别再打来了。"推销员倒是和气，问她是不是晚一阵子可以试试。她笑出声来，说："好吧，那一个月以后再说。"

挂断电话，屹湘一转眼，看到自己的咖啡杯被一只手托着停在她最方便取回的位置上。她忍不住盯着这只手看——这只手可太漂亮了，而且无名指上戴了一只造型独特的戒指，而中指第二关节处，是一枚纤薄精巧的顶针。

屹湘一惊，忙接回咖啡杯，说："谢谢。"

那人随口说不客气，转头看她。

四目相对，两人不约而同地沉默了。

屹湘看着眼前的男人。浅茶色的飞行员款眼镜架在挺直的鼻梁上，灰色的粗布面料缝制的飞行员夹克，让他的气质显得十分出挑而硬朗，羔羊皮的毛领子，一半竖着，一半翻下来，又有几分随性、柔和。

屹湘眨了下眼，他也眨了眨眼。屹湘拎了一下自己的衣领，软软的羔羊皮贴住下颔。

旁边的人笑起来，说："你们两位竟然穿了同款！Benson，我们请这位小姐一起坐如何？那边有空位了……"

屹湘跟着看了过去——店里座位不太多，空出来的那张桌子最大，还临窗，能看到的风景也是最美的……侍应生收拾好桌面，示意他们入座。

屹湘转回脸来。

"可以吗？"茶色镜片在闪闪发光。

屹湘立即注意到镜片后的这对眼睛里射出的锐利目光落在了她的领口和腰身处。她马上退了半步，说："不了，我该走了，刚刚谢谢你。"

她说完转身便走，脚步极快，像一条狡猾而灵活的泥鳅，在拥挤的人群里寻找着可以挤出去的缝隙，很快便来到了店门口。

"请等一下！"

嘈杂的人声里，这一喊仍非常清晰，大约是在叫她，但不管是不是，她都不准备再停留。她推开店门，冷风迎面而来，驱走了周身的暖意，她连忙戴上毛线帽子。

太阳快落山了，好冷。

屹湘往自己的车边走去，上车前回头看了一眼——那几位男士在桌边坐了下来，还在看着她。见她回头，几个人不约而同地露出微笑……尽管距离有些远，她还是注意到那个戴茶色眼镜的男士没有笑。

Benson 是吗？屹湘想到他手上的戒指和顶针，眉尖动了动……

咖啡馆里，Benson 也坐了下来，朋友们还在议论刚才那个"漂亮妞儿""有点儿火辣"……他没出声，再看一眼——她走向了一辆暗粉色甲壳虫。帽子上垂下来的彩色绒毛球蹦来跳去，轻快得就像她的脚步；长度齐着脚踝的彩虹裙随着她的步子飘摇，风摆荷叶一般……那背影是说不出的潇洒。他看着，轻轻按了下桌角。

屹湘拿着咖啡上了车，她不准备再喝咖啡了，但刚才离开得急促，就这么拿了出来。可怜这老爷车里连个杯架都没有，她只好把杯子放在副驾驶座上。外套袖口不知何时蹭到了灰，她赶忙拍去灰尘。

这件外套是她在 51woo 男装店里淘来的，很难得有什么衣服让她第一眼看到就很有好感。她要了最小号的，穿上还嫌大。拿回来之后，她按自己的想法又进行了改造。去年冬天羔羊皮单品大行其道，她特别喜欢。一个冬天她淘了很多这种材质的外衣，换来换去还是最爱穿这件，实用又舒服，再配上长裙，见到的人都说这么搭配是刚柔并济、独具一格呢——这么一想，今日撞衫，应该算她赢。

不过，那人的眼神，真是讨厌。虽然讨厌，但那可是个拥有 Nicolas Brown Prize 获得者戒指的男人呢……

前方红灯，她停下了车，后面一辆车也停了下来。她看了眼后视镜，那是辆很常见的黑色跑车。她起初并没有在意，只是下一个红灯时，它仍然跟在后面；再下一个红灯时，它还在……天色已有些暗，她看不清楚车内是什么人，心里略有点儿不安，越加留意和小心。

从繁华拥挤的街区来到安静宽敞的住宅区，那车子始终不疾不徐地跟随。距离下一个十字路口还有三四十米的时候，屹湘突然加速，在路口右转。那辆车子直行，没有跟过来。开出好远，她才减速，转弯绕道往回走。

进了大门，她把车停在宅前宽敞的车道边。她正准备进屋，忽然听到车响。那辆黑色的跑车像幽灵似的出现在院外的公路边……她一怔，立即认出从车上下来的正是咖啡馆里戴茶色眼镜的男人 Benson。他锁了车子，往这边一望，转身快步走来。

屹湘汗毛都竖起来了。

"站住！"她指着 Benson。

虽然布朗戒指表明这个人非同一般，但他从咖啡馆跟到家门口，足以令她毛骨悚然。

Benson 恰好走进院门。他被屹湘的大喝弄得一愣，但没有停下，反而朝她示意一下，走得更快。

"再不站住，我要按警铃了！站住！"屹湘眼见着他已经到了安全距离之内，毫不犹豫地将手中那半杯咖啡扔了过去，接着操起了一把铁铲。

Benson 躲了一下，没有成功，半杯咖啡尽数倒在了外套上，他终于停下来。咖啡顺着肩膀滴滴答答流下来，他看看自己身上，无奈地摊开手，道："你倒是听我说啊，我是……"他拂了一下身上的液体。

"不管你是谁，立即离开这里！"屹湘把铁铲往身前一戳。

Benson 看着屹湘，慢慢地转身。屹湘伸手够到门铃，按了一下。

"我没有恶意。"背对着她，Benson 无奈地说，"我来，是因为……"

"闭嘴！没恶意，你跟踪我干什么？我又不认得你！"

"你不用这么紧张，如果我是坏人，你这会儿还能站在这里跟我吼？"他的语气里竟有了笑意。

门开了，屹湘立即说："阿姨，快报警！"

"出了什么事？"陈太吃惊。

"这个人跟踪我！"屹湘说。

"阿姨。"

"家本？"

陈太和 Benson 几乎同时出声。

屹湘按在报警铃上的手像被烫了一下："阿姨？！"

"……你们这是……屹湘，这是我外甥邬家本，家本……这是……"陈太身上系着围裙，手上沾着面粉，一脸吃惊和诧异。她看看屹湘，又看看有点儿狼狈的外甥。

邬家本摘下眼镜，说："这就是阿姨跟我提过的屹湘小姐吧？我们已经见过了。"他走了过来。

屹湘打量着邬家本，脸色没有立即缓和。

邬家本先笑了出来，说："你给我的见面礼还真是特别。"

陈太不明就里，邬家本也不解释，指着自己的外套跟姨母说："能不能让我先进去？"他说着迈步上台阶，带着一股子冷咖啡的味道走到屹湘面前。

屹湘让开些，邬家本看到她不自在地拧了眉，又一笑，进了门。

"怎么回事？"陈太悄悄问屹湘。

屹湘挠挠额角，不出声。

陈太见状，笑了："不知道你们这是闹的哪一出……家本你怎么到得这么早？"

陈太说着也进了门，示意屹湘快些，说外面冷。

屹湘慢吞吞地将铁铲放回原处，听着门内两人快活地说着话，走进来换了鞋。

邬家本脱下来的鞋子被放在一边，鞋面上也沾了几滴咖啡。屹湘留意到，又挠挠额角——鞋子尚且如此，不知道那外套怎么样了……她抬头，邬家本正好走了过来。他已经脱下外套，只穿了衬衫，拿了条毛巾在擦手。摘掉眼镜的他，清秀而俊朗，皮肤应该美黑过，是好看的古铜色。

她清了下喉咙。

陈太看看他们，说自己厨房里还炖着东西，道："家本，你自己管自己……屹湘，上去洗洗，快下来，马上可以吃饭了。"

邬家本叠着毛巾，看着屹湘笑，屹湘逃跑似的上楼。

姨甥俩又不知说起了什么，隔一会儿就发笑……家里好久不曾有人来访，更不曾这么热闹，屹湘听来颇有点儿不适，更有点儿别扭。

平常她换衣服总是很快，这会儿简直像只蜗牛。听见陈太在楼梯口喊她快些下楼，她应一声，却恨不得从窗子里跳出去逃跑——这怎么好下楼呢……邬家本，Benson……脑海中的资讯像两个原本孤零零的印子对到了一起。原来陈太整天挂在嘴边的外甥便是邬家本，51Woo 的创始人 Benson Woo。她怎么知道陈太的这个外甥来头这么大？咖啡馆里那一面之缘留给她的有些惊艳的印象，也不过是她被那枚戒指给吸引。

同样的戒指，她也有一枚，只不过从来不戴。获得过 Nicolas Brown Prize 的人，就该是邬家本这样，一路风生水起，成就斐然，才好把戒指戴出来——那叫锦上添花，而不是贻笑大方。原本也不必到这种尴尬的境地……这要怪她草木皆兵，疑神疑鬼。虽然是有理由这么谨慎小心，可最近她像是越来越严重了，总觉得有人在暗处盯着她似的。她知道这是长期想让自己隐秘地生活带来的影响。当然，她还是应该小心，再小心。想起刚刚那惊魂的时刻，她的心还怦怦乱跳……她站在窗边，望着外面漆黑的街道。

过了好一会儿，屹湘才回身把换下的衣服挂到衣柜里。看着外套，她心想难怪邬家本在咖啡馆会用那样的眼神看她。这是他自己的设计，自然对哪几处被改动过最敏感……

陈太又在催促她，她开门应声，赶紧下了楼。邬家本正在帮姨母端盘子，抬头看了她一眼——目光清湛，淡淡无波。

屹湘若无其事地坐了下来。

晚餐是饺子，这不是陈太的拿手菜……想必是考虑到她的口味，尝试来做的。念及此，她抬头，陈太一脸笑意，示意她尝一下。

"上次家本没有留下来吃饭，你还替他抱屈不是？这回咱们吃饺子，总算没落下他。"陈太微笑道。

邬家本也笑，他夹了饺子放到碗里，一口咬下去，就对姨母的手艺赞不绝口。陈太笑得越发开心了。屹湘不语，低头吃饭。牛肉馅的饺子，咬一口尝到馅儿，咸得人舌尖发麻。她看邬家本一眼——他一个接一个吃得越发起劲儿了……她不由得微笑，也不作声。

陈太见两个年轻人都不怎么出声，就一会儿问屹湘在哪儿读的书，一会儿问家本最近在忙什么……两个年轻人都很乖巧，一一作答，虽然生疏客气，但也算和谐。待到吃完饭，收拾好饭桌，三人转移到客厅里继续喝茶聊天。屹湘已经有所察觉，陈太是想让她和邬家本相互间多了解一些，便有意回避。

邬家本似乎也是同样的心思，可就算有一两个话题被扯开，陈太总能不着痕迹地扯回来……

屹湘有点儿心不在焉，忽然听邬家本说，下个月就要去北京，于是抬眼看了他。

"51Woo 在北京有场纪念秀，庆祝进军中国大陆市场五周年。"邬家本解释，他自打坐下来，手中的茶杯就没有放下。

屹湘见他一杯茶又喝光了，替他添上，他也没客气。她憋住笑，听他问陈太："要不要一起去？"

五年并不算久，这也只是个商业噱头。像 51Woo 这种年轻品牌闯荡新兴市场，势必需要更多的噱头抢滩。

屹湘知道，自己面前的这位在家里就会穿着条纹衬衫牛仔裤、看起来跟普通青年并无太大差别的 Benson Woo，是新生代华裔设计师里最有政治手腕的一位。传说他曾经拎着自己设计的礼服亲自上门拜访总统候选人的夫人，因押宝押得准，此后的事情顺理成章。

从总统就职典礼开始，邬家本正式成为御用设计师，声名大噪，51Woo 一度被誉为"红毯新战袍"。随着曝光率的提升，各种争议也随之而来。但不管有多少争议，Benson Woo 总是保持沉默，因此在各种场合，他给人们留下的往往仅有一个华丽的背影。因为他的才华和勃勃野心，Vincent 在他崭露头角时就说过此人以后会是 LW 的强劲对手……

屹湘也研究过 51Woo 的出品。不像寻常的华裔设计师，Benson Woo 的设计中丝毫不见华人元素。不过，那深深植根于华人传统文化中的文雅悠游，神采气韵，随处可见。

屹湘只管想自己的，半晌没出声，忽然听邬家本跟陈太说，到现在为止，他的店铺已经超过千家，她多少有些心惊，不禁重新打量他。她也曾有过这样的梦想，不，作为设计师，这也许是人人都有的梦想——有朝一日能拥有自己开创的品牌，再拥有只展示自己设计的店。在他这个年纪，他都拥有了，难怪很多人把他称为"鬼才"。

"屹湘。"陈太叫她。

"嗯？"屹湘答应。

邬家本喝了口茶，看她。冲泡超过三次，茶已经淡了，就像屹湘淡淡的语气和神情——从他进门，她始终离他远远的。

"家本，屹湘正想换份工作呢。"陈太说到这里，看看茶壶，说了声，"哎哟，我换下茶。"于是，她起身出去，"你们俩聊。"

客厅里暂时就剩下屹湘和家本，两人面面相觑。沉默片刻，还是邬家本先笑了笑，屹湘说："刚刚，对不起。"

"没关系，是我莽撞，该一早就表明身份。阿姨说你想换工作，是不是还有意做设计？"邬家本将杯中淡而无味的茶水喝光，问。

屹湘点头道："我也只会做这个。"

邬家本拎过背包，从里面拿出一沓卡片，拿支笔又添上一组号码，递给屹湘，说："这是我的私人号码，可以随时打给我。"

"谢谢。"屹湘接过卡片，微笑着说，"我得准备详细的简历和设计稿……"

"我说你可以随时打给我，意思是，51Woo随时欢迎你加入。"邬家本说。

卡片在手心里转了一圈，屹湘看着家本，问："你对我了解多少？"

"一起吃过这顿饭，喝了这么多茶……足够我判断你是不是适合我们公司风格的设计师了，不是吗？"家本微笑，指着身旁那件被咖啡弄脏了的外套，又在自己身上比了个从头到脚的手势，"设计师身上，处处都体现个人风格。当然，仅凭你对外套做出的修改，也足以通过面试。以你的实力，我只怕请不到。"

"这样……原来你已经在我不知不觉之间面试我了。我还以为你趁着我上楼，搜索过我的资料呢。"屹湘开玩笑。邬家本观察能力之强，让她印象深刻。但不知为何，她倒觉得有些不安，她直觉他对她不陌生。

邬家本笑了。

"我是不是在哪儿见过你？"屹湘问，想了想，确定自己没有印象，"你好像很少上媒体。"他并不像Vincent，习惯在任何状态下一回身就在焦点，各路记者随便拋出一个问题，他都能准确地给出最好的答案。那也是很好的，但若给她这样几乎没有隐私的生活，她大概一天也受不了。

"一年里也总有那么一两次吧。我是设计师，应该用设计说话，而不是只用嘴巴。"

邬家本说得认真。

屹湘没料到自己只是一问，邬家本会答得这么严肃。她于是笑笑，看着外套上的咖啡渍，问："你把外套留下来，我想办法处理好再还给你，好不好？要不然，我把钱赔给你？"她把卡片装进衣袋里。

"没关系的。"

"高支棉不好清洁，我担心这件衣服……"她看着邬家本裤腿上的咖啡渍。

这件衣服恐怕是完了。

"你要是实在觉得对不住我，下次请我吃饭好了。"邬家本笑着说，他的笑容有点儿像陈太。

屹湘看着，只觉得姨甥二人眉梢眼角有几分相似。

"好。我叫上陈太。"她说。

"我想，我们俩单独去，她会更开心。"

邬家本看了看厨房的方向，见屹湘沉默，笑道："她跟我说了好几次，她认识的一个女孩子有多好多好，是我满世界提着灯笼也难找的好。我希望我讲得这么直接不会吓到你。"

"不会。"屹湘轻声说，"不过，我看我们是没办法满足她的愿望的。"

难怪近日来陈太总是在她面前"家本""家本"地说着，好不亲热。既然邬家本这么直接，她也不妨直接些。家本看着她，微微一笑。

"家本、屹湘，你们要不要吃萝卜糕？"陈太在厨房里问。

"不要了，阿姨。我好饱。"邬家本笑道，"屹湘小姐吃一块吧，阿姨的萝卜糕还是很不错的。"

"难道今晚的饺子不好吃？"陈太笑着问。

邬家本笑道："好吃，就是太咸。外婆以前常说'好厨子，一把盐'……"

"很咸吗？"陈太给屹湘递了萝卜糕，笑嘻嘻地说，"那也来不及了，吃都吃了。"

屹湘只顾吃，不发表意见。

陈太坐下来，说："家本，外婆以前还总讲，吃相好的女孩子有福气。"

屹湘吃了一口萝卜糕，听见这话，还是不方便发表意见，就听邬家本说："是呢，阿姨，我记得，而且谨遵教诲。我该走了，晚点儿我得搭飞机去洛杉矶。"

陈太着急地进厨房给他打包萝卜糕，屹湘也出来送他。

邬家本蹲下身系鞋带，抬眼看到门厅里那个巨大的粉彩瓷瓶已经被用作伞桶，哑然失笑。他站起来抽出一把黑绸钢骨伞，抖一下，说："当年外公跟外婆背井离乡，除了一对小女儿，傍身的就只有做伞的技术。"

他摸着伞上的竹柄，屹湘心说难怪，51Woo 的专卖店里，永远有一个角落，陈列着自家设计制作的高档雨伞，原来是家族传承。

"这是什么？"邬家本问。

"什么？"屹湘见家本弯腰，伸手摸到瓷瓶底座下方，很快拎出一条细细的红线来，红线的底端，是一块玉坠子——不大，呈半圆形，晶莹剔透。

屹湘愣了一下，猛地伸手握住。邬家本静默地看着她手里的玉坠，再看看她。

"我以为丢了。"半晌，屹湘才说。

"也许该配一条链子，红线最容易松动。"邬家本穿上外套。

"是，我这就去定制，谢谢你。"屹湘说。

家本摇了下头。

陈太出来，把食盒给家本，嘱咐他路上小心，强调有时间要常过来。

邬家本出了门，听着屹湘在跟姨母说玉找到了，竟然不小心丢在了门口的旮旯里……外面很冷，他挥手让她们进去。他上了车，她们还站在院门口，他看着姨母替屹湘比画着该怎么给红线打结才能更结实。深深的夜色里，那个女子脸上有玉一样的淡淡光彩。

他又戴上了眼镜，跑车嘀嘀两声，开走了。

陈太跟屹湘往回走，问："跟家本谈得怎样？"

"他说也许我可以去他的公司工作。"屹湘握着玉，搓了两下。古玉莹润温和，让她内心安宁。

"别的呢？"陈太笑着问。

屹湘进门换上拖鞋，说："你整天说家本，我不知道原来是邬家本。"

"告诉你是邬家本，怕你对他有成见。"陈太依旧笑着，"你看，Benson Woo 也不过和你我一样，吃了咸东西也要多喝水。"

屹湘笑着说："原来你一早就心里有数！"

"做了这么多年饭，怎么会没数呢？"陈太也笑，她看了屹湘一眼，"这些年，家本一门心思在工作上，虽然他算有些天赋和才华，但一路至此也吃过很多苦……"

"金阿姨。"屹湘看向陈太。她自认识陈太起，两人就像朋友一样相处，甚少郑重其事地把陈太当作长辈。此时她忽然这么称呼起来，陈金素梅也有些发愣。

"这么一称呼，太正经了，吓我一跳呢。"陈太笑着，心里却也明白了几分。

"谢谢您一直照顾我，这么关心我，我很开心。"屹湘说。

陈太拍拍她的肩膀，等她上楼，追问了一句："家本人还是很不错的吧？"

屹湘笑着摆手，进房关了门。

一缕旧红线缠在手指上，她坐下来，松了手。那玉沉沉的，轻轻晃动。红线勒着她的手指，玉的脉搏和她的心跳渐渐一致起来……突然，似乎有一股灼热的气流在颈间耳后吹拂……她倏地将玉抓在了手中。

明天第一件事，要去配一条链子，从此把它焊死在颈上。

第二天一早，屺湘起床后就出门了。

她握着玉的手一直揣在外套口袋里，一路走得小心翼翼。她推开一家珠宝店的门，双脚齐齐站在店中，听见站在门边的男店员轻声问候，却忽然发了怔——这一条街上有好几家声誉极佳的珠宝店，为什么偏偏走进了这一家？

她看着这熟悉的珠光宝气的环境，一恍惚，时光像是倒流了：那一日，也是她，发着脾气一把推开了面前的托盘，盘中的裸钻滚了一地，光芒仿佛乱箭齐发，向她射过来……她猛然清醒，只见眼前一条钻石项链在射灯下散发出七彩光芒，亮得灼眼。

她双目微痛，轻轻闭了闭眼。疼痛却慢慢走下去，伏在胸口。

已经过去很久了，这疼痛却总像是能够穿越时空重复出现。

男店员殷勤地备询，等候片刻，再次问候她，依然职业而谦恭，尽管她从头到脚绝看不出一丝拥有买下店中任何一件昂贵珠宝的能力。

"我需要一条链子。"屺湘定定神，把玉拿出来。

店员从同事手中接过一个墨色丝绒小托盘，托了那块沁色极佳的玉，放在柜台上。半圆形的玉佩晶莹剔透，雕的是竹与梅；顶端的梅花蕊心，是一个小小的穿孔。

屺湘不想在此地多耗时间，只要求在玉佩上装一个小圆环。链子就选现成的，最要紧是结实耐用。

店员很谨慎，请出设计师。确定了方案，设计师告诉屺湘大约要等两个小时。如果不急的话，那就过些日子再来取，或者店中会派人送到府上去……

屺湘希望马上就拿走，店员却露出了一点儿难色。

"我记得以前这种小配件，伦敦店里的师傅是可以先赶出来的。我可以支付加急费用，店里或许还留有我的客户资料。"屺湘不动声色地说。

见她坚持，店员也不再表示异议。

屺湘亲眼看着店员将玉交给设计师，目送设计师入闸。不一会儿，店员拿了张表格来请她填写。她扫了一眼，说："输入 Vanessa Xi，如果资料还在，就省些工夫，不在也没关系，我不过是买一条细链。"

店员答应，跟她确认姓名的拼写，交代同事去核对。很快，另一名店员调出了她的客户资料，与她交谈时便更显得礼貌了几分。她看看时间还早，不准备在店里耗费时间。过几日是姑妈的生日，她应该去选一件像样些的礼物。

屺湘托了托鼻梁上这副淡色遮面眼镜，离开珠宝店，径直走进隔壁 Gautier 店。店员客气地接待她，她指着橱窗里模特肩上的披肩，说："我记得这一季本款应该有四种颜色，对不对？请拿给我看一看。谢谢。"

漂亮的女店员微笑着点头，给她端了一杯热茶过来，请她稍候。

她在靠窗的沙发上坐下来，晒着太阳，喝茶。Gautier 的设计从来出位，对色彩的运用又总是很大胆，奢侈优雅中总有相当程度的对潮流的叛逆。姑妈喜欢 Gautier，虽然并不总能把 Gautier 穿得特别出彩。比如，某年姑妈特意回国参加老姐妹儿子的婚礼，一套翠绿的礼服穿出来，立即被潇潇形容成"虎皮尖椒"……屹湘想起姑妈猛拍潇潇额头的凶劲儿，忍不住笑起来。

手机铃声悄悄地响了，是 Vincent。他开口便问："你还要休息多久？一大堆事情等着你做呢！"

"Vincent？我是 Vanessa。"

"你以为我不知道自己在给谁打电话？"Vincent 话里的火星子乱蹦，"你立刻回公司——Josephina 决定不代表公司参加下周的东京慈善秀。"

"什么！"屹湘一惊。今年由 Josephina 的设计代表 LW 去参展是老早就定下来的，耗费了许多人力物力去准备，这个时候撤出？

"这怎么行！"

"还不都赖你！谁让你乱改她的设计？你快回来，把你那堆垃圾剪剪毛、修修草，好去东京。"

"Vincent，我已经辞职了……"屹湘说。要她救场时就说"将在外，君命有所不受"，出了事却又怪她自作主张，道理都是 Vincent 这老妖怪的。

"谁批准了？"

"……"屹湘没出声。

眼前的玻璃窗清透明净，街景一览无余，一辆乳白色的保姆车停在了路边。车门一开，先下来几个保镖样子的壮汉，随后下来一个女子，迅速往店中走来。她立即认出那个小巧玲珑的女子是陈月皓。她怔了下，忘了回应 Vincent。

"马上回公司！"Vincent 也不等回话，丢下这么一句话便挂了。

挂断电话的声音很尖细，屹湘按了一下耳朵。

陈月皓款步走上台阶，保镖替她开门后便站在玻璃门外。一个一身黑衣、看穿着打扮便不是善类的男子跟着她进了店。

陈月皓虽然戴着墨镜，但也遮不住脸上的不快，那男子更是凶相毕露……屹湘瞥了他们一眼，倒无意探究这些。她端坐着未动，把刚才跟 Vincent 的对话在脑海中过了个来回，确信无疑 Vincent 是让她赶紧回公司继续工作——东京慈善秀是每年东京服装周里各大品牌非常重视的展示会，目的不在于推新，而在于展示，更在于慈善。如果 Vincent 说得不假，那么 Josephina 此举除了任性，其愤怒可见一斑。

她必须马上回趟公司。

"你快点儿！"

听见这声暴喝，屹湘皱眉，抬头朝声音传来的方向看去。四周没有其他人，大概也恰是因为如此，那黑衣男子才无所顾忌。他一根手指几乎指到陈月皓的鼻尖，继续说："别磨磨蹭蹭的！我告诉你，你去也得去，不去也得去，少给我摆这张臭脸……别以为你现在怎么着了！"

陈月皓把墨镜摘了下来，目光轻飘飘地扫过那男子的脸。

屹湘端起茶来，看着陈月皓。与上次在秀场见到的那个光鲜亮丽的 Jessica Chen 不同，今天她仅在唇上点了一点儿唇膏，一张脸几乎是透明的。进了门，她便将身上的裘皮大衣脱下来交给随行的助理。眼镜腿在唇上轻轻一点，一对大眼睛只顾看店内的陈列品，那男人在耳边碎碎念，她只当耳边风……看起来她更像是个逃学的少女，有点儿叛逆，也有点儿单纯和顽皮。

看到同在店内的屹湘，陈月皓的目光在她的脸上停了十分之一秒。

隔着淡茶色的镜片，屹湘与陈月皓也就有了十分之一秒的目光接触。她看出陈月皓此时的确是在生气，但看起来并不像是在生眼前这个黑衣人的气。这时店员取了些礼服过来。

屹湘看看，虽然礼服都不错，但其实只能算普通款式。店员也没有请陈月皓进单独的包间，也许是因为未提前预约，但更可能是陈月皓在这里算不得顶级 VIP 客户。

陈月皓踱着步子，令店员左手拿一件衣服，右手拿一件衣服，却正眼都不肯看。

"……Jessica，你脑筋清楚一点儿好不好？你什么身份，要去管他？再说，你总不能不顾这边的工作，为了一条捕风捉影的消息就回北京吧？你不是不知道他的脾气，惹恼了，你一点儿挽回的余地都没有……"那男子压住了声音，下面的话不知道是没说还是说的声音太低，屹湘听不见了。

屹湘的背完全贴在了沙发上。

陈月皓背对着她，纹丝不动地站着。她穿了件裸背连衣裙，大片的蜜色肌肤暴露在外，背部线条美妙极了。

屹湘认出来，这连衣裙是 Josephina 的手笔。

"听话，赶快选好礼服，我们这就去洛杉矶。你必须去，如果不去，后果自负。"男子软硬兼施。

店员捧着他选定的白色礼服站在陈月皓面前，姿势保持得已经有些僵硬。

屹湘听到了陈月皓的一声叹息。不知道为何，这声叹息让她心弦颤动……

陈月皓进去试穿礼服了，那男子似是松了一口气，拿起手机刚要拨号，扫了屹湘一眼，转身走开了。他边走边拨电话，推开店门，屹湘听到他说了一句："照原计划……

你马上去选一样礼物，就说是董先生……"门关上了。

屹湘喝了口茶，这应该是陈月皓的经纪人。

看店员向自己走来，屹湘将茶杯放回去。店员走得又快又稳，手臂上搭着两条披肩，一条孔雀蓝色，一条玫红色。

屹湘看着这两种美艳的色泽，想象了下姑妈把哪一条披肩围在肩头，独坐在炉前翻书会更好看，随后指了指玫红色的那条，说："麻烦替我包起来吧。"

等候店员刷卡的工夫，屹湘静立在一侧。披肩极轻盈，被装在纸袋中，拎在手上好像只有袋子的重量。她轻轻晃着袋子，一抬眼，恰好看见陈月皓从围帘后走了出来。她接过店员递回来的卡，看着陈月皓的新装束，一时没有动。

陈月皓穿上了那件裸肩修身小礼服，长度仅仅及膝，脚上仍穿着她进店时穿的那双三寸跟的 Channel 的皮毛短靴，也是雪白的。

屹湘眉头微皱，她的职业病要发作了。

站在陈月皓身边的是本店女装部的经理，她很专业，很明显已经看出不合适，婉转地请陈月皓试穿另一款礼服。

刚从外面回来的经纪人看了之后也附和，要她赶快换一件，不料她犯了倔。

"不是着急走吗？再试还得费时，我就穿这一件，不然我就不去了。"她说着，脸上红红的。

经纪人比她的脸更红，那气愤的样子，真不知道若是这里没有别人，他会不会一巴掌挥过去。但在这里，他当然不敢。

"若是穿这件，还不如干脆不要换掉刚刚那件。"屹湘开口了。

店中人的目光唰唰地转了过来。

"有你什么事儿啊？"经纪人一点儿不客气。

陈月皓拦了他一下，说："是吗？我倒觉得这件挺好。"

"是挺好。礼服挺好，你也挺好，就是凑在一处，惨不忍睹。你非要穿身上这一件，恕我直言，这次影展的红毯一亮相，你不但会把 Josephina 这几年为你塑造的形象一举毁掉，Gautier 也会被你连累。"屹湘扫一眼陈月皓脚上那双鞋，"你的经纪人倒是没选错，这家店里，也就是这件小礼服不会让你看上去老十岁——才老了五岁，不多吧？"

经理和店员都绷着脸，经纪人显然因为她的直言极其不悦，几乎张嘴就要骂了，但他看着屹湘，硬是刹住了。这女子看着小小的，气场好大。

"那你有什么建议？"陈月皓转头看看镜中自己的身影，问道。

"换回你原来的裙子，但要穿 Josephina 给那条连衣裙配的鞋子。那双鞋子非常华丽，配线条简单的小礼服正合适。而且世上仅有两双，一双被私人收藏，另一双尚在店中陈列——它们至今为止除了拍过硬照，还没有在特别重大的场合露过面。只要你速度够快，你的装束就会是独一无二的。"

陈月皓点头，竟然笑了，说："谢谢你的建议。"

"不用。作品被穿坏是设计师的灾难。"屹湘说完，拿好她的东西便走出了店门。

外面阳光正好，她回珠宝店取了自己的玉，匆匆往公司赶去。

刚刚进了地铁站，屹湘便接到崇碧的电话。崇碧告诉她，此时自己正在肯尼迪机场。她意外，问："去哪里？你要提前回国了？"

她随着人流进了车厢。

"是。我临时改了行程，提前回去。"崇碧说，素来沉稳的她声音听起来竟然有些焦躁。

"你不是还有很多事要处理吗？提前这么多天回去，没关系吗？"

"没关系。我手上的案子能完结的都已经完结，余下要打持久战的，都已经做好交接。公事办妥，余下的私事倒也没有关系。"

"那就好。可是，怎么了？你不像是无缘无故会打乱计划的人。"屹湘说。

"潇潇病了。"崇碧说。

地铁启动，受到干扰的屹湘没有听清崇碧说谁病了，心咚地一跳，靠在车门上的身子顿时立直了。

"你说谁病了？"屹湘问出这句来，人就慌了。

"崇碧？谁病了？"她追问。

崇碧好像被她的反应吓了一跳，忙说："是潇潇，潇潇病了。那边最近暴雪成灾，他下基层，重感冒，烧得特别厉害，昨天被送进医院了……我着急，反正心里惦记着他，我也没法子专心做事，干脆提早走。"

屹湘"哦"了一声，半晌没回应。

"湘湘？你还在听吗？"崇碧问。

"在，我在。严重吗？"屹湘抹了一下额头上的冷汗。

"住院两天了，潇潇怕你担心，不让我跟你说实情，他也还不知道我提早回去。"崇碧说，"我先飞北京，然后直接去乌鲁木齐。要命，他人还在霍尔果斯……我还不知道怎么去呢，不过我一定能顺利到那儿……"

车停了，屹湘走出车厢。

"我打电话给你是想跟你说，我要穿的礼服，都是小姑给淘的古董礼服，我只看了照片。我本来想等礼服寄到了一起给你看，现在不成了……我把照片发给你吧？你先看看，给我点儿意见？看看哪几款适合我……回头我让哥哥寄给你？拜托你了……我想来想去还是找你比较合适，交给别人，我不放心。"

屹湘叹了口气，不放心？叶大小姐钩钩手指，什么级别的裁缝不是抢着为她服务？

"就这么说定了啊……还有我上次跟你讲,回去给我做伴娘,你考虑得怎么样了?"崇碧问。

停了一会儿,没得到屹湘的回应,她倒笑了,说:"那你继续考虑,我该进去了,到了给你电话。Bye!"

"一路平安。"屹湘没来得及说完,那边已经收线了。

虽然不太应该,但她还是略安心了些——原来是潇潇病了。她这个哥哥从小体壮如牛。外公常说哥哥是小牛犊子,不像她,她从小体弱多病。连哥哥有时候也会说,真奇怪了,一样是妈妈十月怀胎生下来的,怎么就能差那么多?难道营养都让他抢到了?他就是最会欺负她了,老是嫌她又笨又弱……看看,他现在,也不过如此吧?风吹吹就倒了?

还有崇碧,那样强势的女子,遇到潇潇,竟顿时化作了春水。就冲着她待潇潇的这份心,自己也得仔细给她把礼服收拾好了……

很快,屹湘到了公司。看见玻璃门后保罗大叔那和蔼的微笑,屹湘顿时心里一暖。她对这家公司的感情,远比她认识到的,要深厚得多……

董亚宁将黄澄澄的子弹抬起来,看一眼,塞进弹膛。

枪在桌上轻轻一顿,手垂下去,放在体侧。他双脚岔开,站稳,晃了晃脖子,肩膀处的肌肉一松一紧,手臂缓缓地端了起来,稍作调整,瞄准。

当当当……数弹连发。

后坐力震得他身躯微微发颤,他稳住,将枪口磕在桌上。枪声消弭,靶子向他飞移过来,他面无表情地扫了一眼弹痕。

啪啪啪!身后有人鼓掌。

董亚宁头都没回,左手扯下耳塞,右手托枪,往身后一送,问:"来不来?"

"来!"来人将董亚宁手上的枪接了过去,咔嗒一下卸开保险栓,检查一下,又咔嗒一下恢复原状。那人看着枪体上雕刻的繁复花纹,说:"好好的一把M1,非得弄出些花样来。"

"能寻着就不错了,还挑剔那些。"董亚宁撤到后面,闲闲地说。

"也是。这回赌什么?"

"有备而来啊,老叶。"董亚宁看着叶崇磬那娴熟的动作,说。

"不然我大老远跑这儿来跟你磨牙?"叶崇磬笑,左手持枪,瞄了一下靶位。

"先试试水吧。"董亚宁仍是闲闲的,他将身体靠在隔离板上,手里托着耳塞,摇来晃去,整个人看上去非常松弛。

"嗯?"叶崇磬扫了他一眼,戴好眼罩和耳塞。

"想你许久没摸过枪了，不好占你便宜。"董亚宁看叶崇磐站到台前，从子弹盒里抠出一颗子弹，熟练地塞进枪膛，动作一气呵成，他嘴角一翘。

"不错嘛，架势还在。"董亚宁懒洋洋地朝控制室方向打了个手势，靶单飞起，迅速后撤，换了新的，"老规矩哈。"

叶崇磐稳稳地站好，瞄准，扣动扳机。子弹飞了出去，五十米远的地方，砰的一声，子弹穿透标靶。

他把枪还给董亚宁，让了地儿，董亚宁站了过来。

两人往一处站齐了，叶崇磐比他还要高两英寸。

董亚宁看了叶崇磐一眼，道："合着你们这拨 Eton 小子，青春期什么事儿也没做，净琢磨着怎么能增高了吧？"

"你这话说的，我可是史岱文森的。"叶崇磐的语调里有几分戏谑，董亚宁毕业于 T 大建筑系，这些年在建筑地产行业跟留洋派的竞争呈白热化。他总是不放过任何一个机会讽刺那拨"Eton 小子"，以与他们斗法为乐，还特乐此不疲。

"都一样。"董亚宁话音未落，手指扣动扳机，子弹噌地一下飞了出去。

"性子急。"叶崇磐说。

"瞧瞧！"董亚宁将防护镜摘了，靶单飞过来，两人一看，不约而同地笑了——弹孔重合。

"这少见。"董亚宁说。

"继续？"叶崇磐问。

"当然。"董亚宁答，"今天必须分出胜负。"

"你就是这脾气。"

"文无第一，武无第二。不是脾气，而是道理。"董亚宁晃了晃脖子，"下注。"

叶崇磐拈颗子弹在手心里，看着。红铜的底缘上，刻着极其细小的英文和数字编码，他慢慢地说："前几天我可得了幅字啊。"

"听说了。"董亚宁也拿了一颗子弹，"怎样？"

"日本藏家拿出来的东西，价格没国内的炒得那么离谱。"

董亚宁眯着眼睛，乌溜溜的眸子藏在密而长的睫毛后面，说："听着是靠谱的。"

"今儿若是你赢，字归你。"

"若是你赢呢？"董亚宁咬着字眼儿。

"字还归你。"

"你这笔买卖不划算啊。"董亚宁的拇指蹭着枪体上雕刻的花纹，说着，眼睛半睁着，不眨。

"等我把话说完。"

"说。"

"N37 的竞标，撤了吧。"

董亚宁将子弹拿到眼前来，吹了口气，用麂皮擦着，并不看叶崇磬，问道："佟老二撤了没？"

"这个项目，他早就说了，无可无不可，他就没打真谱。"叶崇磬好整以暇。

"精。"董亚宁满意地看着亮晶晶的子弹，塞进弹膛。

"那叫通透。"叶崇磬看着董亚宁，"蛋糕这么大，谁都能吃到撑，你没事儿老盯他一眼干吗？再说了，N37 这个，你是真看不明白，还是假装看不明白？"

董亚宁眯眯眼，瞄准靶心。

"亚宁，"叶崇磬叫他，静寂的靶场内，二人每说出一个字，声音都立刻给吸走消化了，"没必要。"

"难为你。"董亚宁沉默片刻，说，"一言为定。"

"一言为定。"

当下一人一发子弹出去，控制室开始报数。叶崇磬九点七环，董亚宁九点八环。

"差了零点一环，输得冤啊。"董亚宁皱眉。

叶崇磬瞅着董亚宁——这矫情劲儿！亚宁在口舌上是向来不肯饶人的，他忍了忍，跟着来了一句："你呀！"

"愿赌服输。"董亚宁打了个榧子。

"那是自然。"叶崇磬倒笑了出来，"一会儿哪儿吃去？我请。"

董亚宁慢条斯理地收拾着枪械，说："还真让你给问住了，这年月最讨厌的就是，到了饭点儿愁吃什么，你说是不是吧——前几天我在家说了一句，就惹得我们老太爷不乐意，说我从生活到思想一味地腐化堕落了……"他拎起那个皮制小提箱，笑吟吟的，"所以，最近我改吃素。"

"你？食素？"

"不信？金戈刚给我推荐的一家私房菜，真不错。你要是也有兴趣就去试试。"

"成。"叶崇磬正说着，手机响了。他跟亚宁示意一下，接听了，就站在原地，没有刻意避开。

董亚宁扫了叶崇磬一眼：这叶崇磬白皙的面皮，浓眉大眼，闲散时会故意留一点儿粗粗的胡楂，显得甚是硬朗、粗糙。不过，叶家到底也算是读书的人家，人人骨子里都透出几分文气。看这会儿老叶白衬衫、卡其裤、一双板鞋，就是他外出的行头了——董亚宁笑了下，史岱文森小子就是比 Eton 小子随性些。留英的那帮人凑在一处，连打个马球、玩个桥牌，都收拾得衣冠楚楚跟兔儿爷似的。想到这儿，他哼了一声，先走了出去。

叶崇磐收了线，见亚宁避开了，一笑，也出了枪房。

亚宁看着他，似笑非笑地问道："得了，看这意思，你是刚落地就来找我了吧？"

叶崇磐没否认。

"目的达到了就回吧，我知道该怎么办。"亚宁很痛快地说。

"走吧。"叶崇磐也不多说，"我这忙得连时差都没空闲倒。"

"你都养了些什么废物点心啊，要你忙成这样！"董亚宁乐了，"崇碧到底什么时候回来？我琢磨个好地方给她接风呢。"

"不知道，你问邱潇潇去。"叶崇磐干脆地说。

"哟！听听，这醋吃的。人家就算是嫁给威廉王子，那不也还是您亲妹妹吗？"

叶崇磐吸了口气，咥了一声。

"对，潇潇是该知道。可你怎么当人家哥的呀？"董亚宁笑了。

叶崇磐微笑，说："你这个哥哥做得好，你来给我报报你们芳菲的日程？"

听他提起芳菲，董亚宁哈哈一笑，说："都是不让人省心的丫头。那死潇潇也是，半个月飞回来三次，都不露面，回头我看他好意思——事儿都定了，也不说跟哥儿几个交代交代。说笑归说笑，这两人搭得还真是有趣。"

叶崇磐没有立即搭话，董亚宁晓得他心里不太痛快，把枪械交回去，和他一道出了俱乐部。

看了看叶崇磐车上的格子旗标志，董亚宁还没开口，叶崇磐就说："你少拿我的车说事儿啊，有新鲜的没？"

"不说你这破老爷车？行啊，我说你那银行，快倒闭了？堂堂一董事总经理，开一辆十几年的旧车，你寒碜不寒碜？"董亚宁过来对着叶崇磐的车轮子就一脚，"说到车，你还支持杜伟堂海外并购，生生糟践人家百余年的牌子，真好意思！"

"我有什么不好意思的？"叶崇磐说。

"你给我透个底，你是真看好那并购前景呢，还是被压得实在没办法，不能不支持？"

叶崇磐一本正经地说："真看好。"

"看好！看好他们准能砸了人家的牌子吧？看好……我可听说杜老胖回来特地送了你一辆他们公司研发的玩具车呢。要不你回头开那个上路吧，准保你上微博头条！"

"怎么就没你不知道的？"叶崇磐开了车门。

"那人不是你，学不来低调，有点儿噱头巴不得大昭寺里那喇嘛养的看门獒犬都知道呢……记得快点儿把字给我送来。"董亚宁对着他笑意盈盈。

"那你最近宿在哪一窟啊？"叶崇磐坐进车里，问。

"得！也不敢十分地劳动您——我让人上门取吧。"董亚宁心情很好。

叶崇磐点了点头，敞篷缓缓合上，先开走车。他拍着方向盘，一时有电话进来，他看了眼来电显示，把耳机戴上。

"妥了。"他说完这两个字，没有再啰唆，迅速挂断电话。

只是刚取下耳机，手机又响了，他看了一眼，笑眯眯地接听了，问："又想起什么来了？才几天没见，你怎么这么碎嘴了！"

董亚宁跟他说他回头让人去取字的时候，顺便给他送点儿东西过去："保你喜欢。"

叶崇磐懒懒的，说："你能送什么好物来。"

董亚宁笑着说："到时候你就知道了。"

他说完这句，电话也就挂断了。

叶崇磐想着董亚宁刚刚那副嘴脸，也笑了笑，慢吞吞地说："越来越浑蛋了。"脚下油门一踩，加速只用几秒钟，叶崇磐从后视镜里看了一眼，董亚宁的车子并没有跟上来。亚宁今天没有自己开车，不然，回程他们倒可以赛赛车……

那边董亚宁上了车，兀自大笑。他敲了下前排车座，坐在副驾驶座上的李晋将一个文件夹递给他。

"如您所料。"李晋轻声说。

董亚宁的手指轻弹了一下文件，"嗯"了一声。

"叶先生那里……"李晋看着董亚宁的脸色。

"他的面子，当然要给。"董亚宁微笑，"也不能白拿人一幅字，是吧？"

"那……"

"地，可以不要。可我最烦人家拿大头压我。"董亚宁将文件丢在一边。

李晋转回身去，坐直了，听到董亚宁在后面拨通了电话，声音很低，语气不急不躁——跟在董先生身边日子久了就知道，他越是这样子说话，才越是要命——

"杨东方，听着，若是他们家拿到N37那地的价格低于咱家标底，你今年的年终奖就没了啊。"

李晋抬手擦了一下鼻尖。

"李晋。"

"是。"

"伦敦天气如何？"董亚宁看着车窗外迅速向后退去的白杨树，问。

"大雨。"

"又下雨了。"董亚宁咕哝一声，跟着伸了个懒腰，"北京什么时候也下一场好雨哟！"

"这时节，要下也该是下雪呢。"李晋说。前阵子突然又打雷又落了几滴雨，董先生还说今年这气候怎么这么怪，是不是天相有异，这会儿却又念着伦敦的雨了……

"是哦。"董亚宁倚在靠背上，揉了揉胃部，"我有点儿想吃蟹了，这素还真不能久吃。"

"那让人送点儿大闸蟹上来？尖的还是团的？"李晋问。董先生有时候古怪得很，他得事先问明白了。

遇到董先生找碴儿，上了团脐要尖脐，上了尖脐要团脐，尖的团的都上了，他又能挑出别的毛病来——有一回明明说好了要团脐，可等螃蟹上桌，他看了一眼，一句话都没说，站起来就走，说是太丑。这老板什么都好，就这个喜怒无常的性格可真是要人命。

"送点儿也行……别给我了，送家里去。老太爷好这口。"亚宁说。他的声音更慵懒了些，一副无可无不可的样子。

李晋应了一声，董先生口里的"老太爷"是他的外祖父资景行。

"最近老家那边有什么动静？"董亚宁接下来又问了一句。

"还是那事儿，三叔来了几次电话。"李晋从后视镜看了董亚宁一眼。多数时候，若董家老家那边有事儿来电话，都是先打给李晋的。他能办就办，不能办再请示董先生，同时也能拦就拦，不能拦再汇报。这跟董先生在其父亲董其昌那里的处事原则大体一致。

董亚宁的手掌翻了一下，摸着手上的薄茧。

"你给他办了？"他淡声问。

"您不松口……"李晋说。

董亚宁抓起手边的文件，咣地一下朝李晋掷过去。

纸边飞起，像刀锋，擦着李晋的腮帮子，砸在了前挡风玻璃上。一沓纸散落下来，纷纷扬扬的。

李晋纹丝不动，腮上出现一条白线，渗了点儿红。

"我不松口？！"董亚宁脸色阴沉，"你知道规矩，我从不惯那毛病，不管是谁。"

"是。"

"我怎么说的来着？不该动的，再有富余，也别伸那个手。"

"是。"

"这话再让我说一遍，你立马给我卷铺盖滚去睡工地！"

车厢里静得发死。

"我从东京回来之前，你把这事儿给处理干净了。"

"是。"李晋回答。

片刻，李晋将一个蓝色丝绒盒子递给董亚宁。

"叶先生让人送过来的，好几天了。"他说。

董亚宁接了，将盒子放在面前的搁板上，过了好一会儿才打开。盒子里静静地躺着那枚他要的胸针。胸针上那张女王脸精致、优雅，下巴上似也有一颗蓝色的痣……

啪地一下，他将盒子盖上了。

叶崇磬在枪场跟董亚宁分手后就去了公司，连开了几场会，晚上才回家。他刚把车子停下，就见家里的钟点工方大姐从门内出来，老远就叫他："叶先生。"

叶崇磬推开车门，问："还没有下班？"按道理，方大姐这个时间早就收工了。

"叶先生，董先生给您送来一样礼物。"

叶崇磬点头，董亚宁说的想必就是这个了。

"怎么？"他发现方大姐神色不太对。

他往院子里走，扫一眼夹道两边的玫瑰丛，还没有冒出新芽，看上去还是一副死气沉沉的模样。搬进来的时候，玫瑰花开得正盛，非常美。可不知道当初这景观设计是怎么弄的，弄成红白相间的。他这边恰好是白色，董亚宁从楼上看到，说奇怪了，远看就跟金色大厅似的，近了单看他这里，却跟出殡一样……这狗嘴里吐不出象牙的东西。

董亚宁的话虽说得难听，但也不是没道理。偶尔叶崇磬自己看着，也觉得不像那么回事。偏偏左邻右舍的玫瑰花养护得都好，就他这儿，好好的花长得旁逸斜出，长势委顿的枝条瑟瑟缩缩，长势旺盛的枝条能有两米高，走在窄窄的通道上，不小心都能被划到衣裳。Sophie有次来给他送文件，一条丝巾进来的时候还是丝巾，出去的时候就成了丝……隔几天，Sophie实在忍不住就建议他：叶先生要不要另外雇个花匠专门护理下那边的玫瑰……他也不管，说就自然生长吧，小区里有现成的花匠，他都不让碰。

此时那伸出来的枝条又打在他身上，带着刺儿，划了下他的皮衣。他没在意，慢慢地走着，回身看看方大姐，等她开口。

方大姐说："叶先生，您进去看看就知道了。"

门虚掩着，叶崇磬还没推门，就听到了一声呜咽。他砰地一下把门拉开。门厅里，赫然有一个正方形的不锈钢管焊成的笼子，笼子里一团黑乎乎的东西正在蠕动，他的眉头立刻就皱了起来。

"下午董先生让人送来的，一起送来的还有那些东西，说都是日常用的，血统证书和注意事项都在。户口暂时拿不到，让您自己想办法。"方大姐站得比较远，"董先生还说……"

叶崇磬看着那个一动不动的、黑乎乎的东西，问："还说什么？"

"还说这小子可能晕机了，已经两天没怎么吃东西，让您照着手册注意事项观察。而且，换了新环境，它这几天晚上可能会哼哼唧唧的，要您耐心点儿，不成就赶紧给他打电话，他这几天晚上都在家。"方大姐说着，看看叶崇磬，"叶先生？"

叶崇磐沉吟片刻，道："知道了，你先下班吧。"

"好的，叶先生。"方大姐从门边拿了自己的包，"叶先生，如果您决定养狗，我就不能继续给您工作了。"

"哦？"叶崇磐回身。他眼波一泛，看着自己的雇工。

方大姐只见自己这位英俊斯文的雇主认真地看着自己，不由得在心里叹了一句，虽然有点儿犹豫，但还是态度坚决地说："不好意思，叶先生，我怕狗。叶先生，您这儿薪资高，活儿又轻，我做这么久，经常觉得这工作太好了，可是我……怕狗是没法克服的困难，只能辞职了。"

"今天先这么着吧。如果我决定养，会给你介绍别的雇主。"叶崇磐说。

"多谢叶先生。"方大姐微笑着说。

叶崇磐点头。方大姐关了门，悄悄离开了。他往笼子边走了几步，那黑乎乎的东西还是不动，只一对乌溜溜的眸子随着他的脚步稍稍转动。他蹲下来，眸子对上那对乌溜溜的眸子。看了一会儿，他才发现，这小东西的爪子是黄褐色的，压在身下，只露出一点儿。面对着自己这个"庞然大物"，它居然一点儿胆怯的神情都没露出来。

叶崇磐觉得有趣。笼子锁着，他拿钥匙开锁。门打开，这个小东西还是不动，眼睛却翻了一下，露了一点儿眼白。不知为何，他觉得它好像是个在使性子的小姑娘——崇碧小时候就特爱这样朝他翻白眼。他想着，拿了那个专用的水碗进厨房。他看看水碗，翻过来露出底部的标记，果然是凯奇薇阁的。他轻笑，自言自语道："董亚宁这个死东西。"居然给獒犬专门定制银器，还配了黑陶的底座，难怪这么沉。

他回来把水碗放在笼子外面的空地上，见小家伙眼巴巴地瞅着水碗，还是不动。他拿起那几本薄薄的小册子去沙发上坐下来，翻开一看，"嗯"了一声："毛球……雄性啊。"

看出生日期，才两个月过五天，已经长得老大不小了。听到呱呱的声响，他抬眼看过去，那通体乌黑的小东西已经从笼子里爬了出来，正埋头喝水。喝了几口，它抬头，乌溜溜的眸子，流光溢彩。

叶崇磐钩钩手，那黑乎乎的小东西却不过来，反而一屁股坐在地板上。他只好走过去，蹲下来。它仰起小脸瞅他，他不知道这样做合不合适，不过仍然伸出手去，在小家伙的头顶摸了摸——毛极厚，又柔软，像要把他的手给埋住似的——没有拒绝他的善意。

叶崇磐得寸进尺，伸手过去，将小家伙擎了起来。这家伙还真沉，比两个月的婴儿还要沉。他放下它，去换过衣服，洗了手准备晚饭，方大姐已经给他配好了菜。

没有别的事时，他偏爱自己动手做点儿吃的。做饭的过程里，他心无旁骛，像是某种净化，让他身心轻松。今天还有点儿不一样，他偶尔回头看一眼——小毛球蹲在厨房门口，亮晶晶的小眼睛只顾着看他，似乎对他很好奇，却没有要靠近他的意思，看来要建立彼此间的信任还需要很长时间……

他正忙着，门咣咣地响起，有人捶门。

叶崇磬也想不出除了董亚宁还有谁老放着门铃不用，偏爱用拳头砸门的。过去开了门，他看着董亚宁身旁的庞然大物皱眉，说："你能不能别到哪儿都带着你儿子？"

董亚宁才不理他，扯了下手里那大拇指般粗细的皮绳，说："旺财，进。叶伯伯跟你开玩笑呢。"

董亚宁的藏獒旺财抬起屁股款款地走进了门，直奔客厅里那张巨大的单人座沙发而去——自从第一次上门，董亚宁指给它那个位置，它每次来都只认那儿。

叶崇磬看着这一人一狗如入无人之境。

董亚宁趿拉着拖鞋，熟门熟路地直奔厨房，问："有什么能吃的？"待看到厨房门口的毛球，笑道，"这个小家伙长得不错哈？给起名字了？"他嘴上说着，脚也没停下，进厨房巡视去了。

"不是叫毛球吗？本子上写着呢。"叶崇磬看着毛球。毛球早发现了旺财。它对旺财的兴趣可比人类大多了，怯生生地看了看，屁颠屁颠地往旺财那里跑去。旺财懒洋洋的，不理睬它。

叶崇磬笑。锅里的水已经滚了，他将意大利面放进锅里。

董亚宁靠在操作台上，看着叶崇磬很有架势地做着饭："喝什么酒？"

"自己去挑。"叶崇磬头都没有回。

董亚宁走到酒柜前，说："这两天喝伤了，少来点儿吧，不另开了……"他从架子上拿了两只水晶杯，打开酒瓶，浅浅地倒了两杯。

"你上高原了？"叶崇磬把餐盘摆好，示意亚宁坐。

"不然哪儿来的獒？"董亚宁晃了晃头，说，"这几年也经常上去，都没有什么特别不适应的。不晓得这次是怎么了，居然一直不舒服。回来两天了，还醉氧。"

叶崇磬笑笑，毛球已经跑回来了，蹲在他的脚边，靠着他。

董亚宁看到，说："不错嘛，这么快就认主了。"

叶崇磬举杯，碰了下董亚宁的杯子："我看你脸色不太好。"

董亚宁呷口酒，脸色的确有点儿阴郁。

叶崇磬转着手里的叉子："我听说你在那儿动了点儿气。"

"没动气，真没动气。我飞了上万公里赶过去，人家等着我，摆了那么大的阵仗，且打算舰着脸给我表功呢，我动什么气？"董亚宁笑了。

叶崇磬拿起酒杯，抿一口，听亚宁的语气，接下来要发脾气了。

"那楼抢着盖成那样，等着下次地震死更多人啊？"董亚宁把酒喝光，"在现场还睁着眼跟我说瞎话，还说什么马上就一周年……一周年怎么了？不是周年祭是周年庆吗？我没多的话，就一个字——炸。费用我担了，就当我打牌连输一个礼拜。谁有话让他来跟我说——盖狗窝都不能给我搞豆腐渣工程！我看谁敢再这么糊弄！"

叶崇磬给董亚宁添了酒。

"死瞧不上他们那副猥琐样子，这种钱都贪，这种屋子都敢给我偷工减料。真想给他们一记窝心脚，看看是不是脏心烂肺。"董亚宁搁下酒杯，拿起叉子，在意大利面上搅着，"算了，不说这些恶心人的事，说说喜事。"

"喜事？哪家的？"叶崇磬动了一下脚，那团毛球跟着换了下姿势。他低头，看一眼毛球，小家伙四肢肥短，跟带毛的肉球似的。

董亚宁笑了，说："你有时候真是让人讨厌。不开玩笑，真的，都到这份上了，你反对有意思吗？再反对倒让崇碧难做了。"

"那也是她自找的。"

"你这是怎么了？难不成跟我妈说的似的，不乐意自己家养的宝贝，换回来的是破烂？潇潇要算是破烂，咱们该被拎去填海了。"

"你收他什么好处了？"

"这就不讲理了啊，我有什么好处！我说的都是客观事实。"董亚宁皱眉，"你到底嫌他什么？嫌他像你啊？"

叶崇磬推了下杯子，说："我好了，你随意。"他把盘子里的意大利面吃掉。

半晌，两个人都不说话，董亚宁知道是自己一句话说到叶崇磬的心里去了。他喝光那瓶酒，又去拿出半瓶酒来，省了醒酒那一步，直接倒了就喝。

"不是说醉氧？醉死你算了。"叶崇磬没好气，亚宁也不生气。

两人换了个地方坐。

"嘴这么毒！不就喝你半瓶酒？"董亚宁跷着腿，一只手端着酒杯，一只手搓着旺财庞大身躯上的背毛，又一副吊儿郎当的架势了，"你说你过得有什么意思啊，这屋子里里外外，静得跟古墓似的——什么时候能来个小龙女掌掌门？对了，Miss Zhang 这回推介的海德公园的公寓，给我留了两套，你要不要？要的话，我匀你一套。"

那团毛球扑上去，啃着旺财的毛。旺财被毛球弄得不耐烦，大爪子一起，将毛球甩出去老远，毛球呜咽。叶崇磬和董亚宁看得大笑起来，叶崇磬拍了拍毛球的头安慰它，说："你自个儿留着吧，我没兴趣。"

"真难找到你感兴趣的事儿。"董亚宁笑着说。

"跟你似的，一边骂人家那拨 Eton 小子，一边比人家还热心地在英格兰置业，你难不成还准备去那里落地生根？"叶崇磬问。董亚宁的海外布局老早就开始了，今年许是因为他父亲退下来，看这样子，动作愈发大了些。

"我乐意不行啊？"董亚宁笑笑，"说到这儿了，潇潇和崇碧，他们俩准备怎么住？单过还是怎么着？别的咱没有，哥们儿手上就有几套闲置的……"

"你操这些闲心干吗？让邱潇潇看着办呗。"

"是，他就是爱去住他们那五六十平方米的宿舍，只要崇碧乐意将就，谁还管得了那么多，是吧？你是这个意思吧？"董亚宁笑。

"是。"叶崇磬忽然又觉得气不顺，"你说这叶崇碧是怎么回事？"

"什么？"

"连潇潇的妹子都要讨好。"叶崇磬说。想起在纽约那几日崇碧的表现，他心里格外不舒服，人家领情倒还好。

董亚宁沉默。过一会儿，他拿过酒瓶，啵地一下，把瓶塞拔开。酒液咕嘟咕嘟倒进玻璃杯，有点儿猛，险些溢出来。

叶崇磬看着，说："你慢点儿，我这儿别的没有，酒管够。"

董亚宁盯着手里满满的一杯葡萄酒，不知道哪个角度不对，酒面的光点刺眼。他左边眉微微一抬，道："湘……"

毛球恰在此时发出呜呜的声音，叶崇磬低头看它："它怎么了？"

"抱抱它吧。小奶狗，正是黏人的时候。"董亚宁说，似乎是叹了口气。

叶崇磬没伸手，看着毛球，问："你干吗送我条狗？"

"我看不得你日子过得太舒服。"董亚宁看了眼落地钟，已经九点半了。

"要走啊？"叶崇磬问。

董亚宁站起来，手插在裤袋里，晃了晃身子。旺财抬头看着主人，跟着便从沙发上跳下来，抖了抖身上的毛。叶崇磬看着旺财在灯光下如软绸子似的毛，庞大的身躯和硕大的头颅，威武健壮。他好像看到了脚下这团毛球的将来，还有自己家这洁净的环境里飞扬的狗毛……

"我不能留着毛球。"

董亚宁听他这句话，嗤笑了一声，说："名字都叫得这么顺嘴了，不留着？"

叶崇磬没话了。

董亚宁带着旺财出了门，站在门口，听到一阵门铃响。叶崇磬看电梯标记，是停在了董亚宁那一层。董亚宁按了下电梯键，懒洋洋地松着筋骨，并不着急上去。

"别那么看着我，是董芳菲又发神经了。不知道又受了哪个臭男人的气，跑我这儿来撒野。我上辈子一定是龟公，这辈子专门还债来了，活该被女人烦。对了，你手上要有合适的人给她介绍介绍，能早点儿嫁出去就嫁出去祸害别人家，我是受够了。"

叶崇磬笑着说了句"滚蛋"，听到电话铃响，示意下，回身进了门。

董亚宁倒在门口站了一会儿，电梯来了，他还盯着叶崇磬那银白色的大门发愣……

叶崇磬进门接了电话，是母亲打来的，告诉他崇碧让他把她的婚纱和礼服寄到纽约去给湘湘帮忙修改，他当即就皱了眉。

"另外找不到合适的人改吗？"

母亲解释说，都是古董衣。如果寄到欧洲去，也要排期修改制作，时间上恐怕赶不及。既然湘湘是专业的，又肯帮忙，就别舍近求远了。

晚一年结婚，不就不用这么仓促了？叶崇磬心里这么想。

虽是如此，母亲开口，崇碧交代，他也只好应承下来。记了电话号码，他看看时间，纽约那边应该是早上了。但时间还早，他决定过一会儿再打电话。

毛球守在他身边，下巴又搁在了他的脚面上。他犹豫了下，伸手把它抱了起来。

好半天，他就靠在沙发上，抱着这团沉重的温暖。也许是胸口被压得太实在，导致他呼吸不畅，大脑竟然没有半刻在转动。时间也好像完全静止了，却并不是让人不舒服的。这让他有些明白为什么董亚宁会送他这只小狗了。

叶崇磬想，他大概得给方大姐介绍新的工作了。

他仍旧把毛球搁进笼子里，随后拨了邱湘湘的电话号码。

屹湘正缩在被窝里蒙头大睡，被电话吵醒，开头的几句因为头脑混沌还没听清楚，于是她问："哪位？"

待对方报上姓名、再次确认她是不是"邱湘湘"时，她微怔。已经好久没有人这样称呼她了……听对方重复了一遍"我是崇碧的哥哥叶崇磬"，语气中已经有些不耐烦，她忙说："是的，我就是。"

叶崇磬的声音在电话里跟他本人怎么不太一样，显得更刻板严肃了些……她赶紧打起精神来。

叶崇磬完全不啰嗦。两个人在电话里说一是一、说二是二，很快就敲定了邮寄礼服的日期、电话号码和地址。

叶崇磬最后说："麻烦你了，你多费心。"

屹湘则说："应该的，不客气。"

两人没有额外的话题，于是气氛友好而生疏地挂了电话。

屹湘有些不安，不知道崇碧现在到了哪儿、潇潇又怎么样了……叶崇磬那一板一眼的口气，让她觉得难以亲近，又不好直接就问。

崇碧说她没告诉潇潇她提前回国，万一她连家人都没告诉呢？

屹湘看着窗外，理智惯了的崇碧做事一出格，显得更疯狂——那样的执拗与执着，那样的不管不顾，眼里只有一个他……

闹钟嘀嘀嘀响起来，屹湘急忙下床收拾东西，今天她就得启程飞去东京。昨日回到公司，Vincent 二话没说就扔给了她一沓文件。她接过来一看：有她递上的辞呈，还有机票。她看清机票上的目的地，才知道之前电话里Vincent下达的根本就是工作指令。

"……'桂冠'退出的空当必须有人补上，目前来看，也只有你那堆破烂儿的风格勉强能补这个大窟窿。虽然是勉为其难的水准，但总比开天窗好。"Vincent说这话时，歪在他办公室宽大的沙发上，晃着二郎腿，还捋着他才蓄起来的两撇小胡子。

她注意到Vincent穿了双豹纹加铆钉的船鞋，那正是她的设计。Vincent经常骂她是"万金油"，派到哪个组都能用，在哪个位置上也不是不可或缺——这双鞋子就是现成的例子。当时主管公司旗下一个男装品牌的设计师忽然离职，Vincent一脚把她踢去协助新任的主管设计师……看到那鞋子难免勾起她的"新仇旧恨"——她在LW经历的每一次动荡，都是被Vincent陷害的。

也不是，他是大头目，她是小喽啰，对他用"陷害"这个词绝不恰当，但千真万确的，每一次考验都是他给她施加的。还好她每次都有惊无险，安然地渡过难关。

她捏了机票问Vincent，Josephina究竟怎么说的。

Vincent晃着脚丫子，金色的铆钉闪闪发光，他捋着八字胡问她真的想听吗。

她不难发现Vincent目光中的狡黠。

Vincent说，其实Josephina说了什么并不重要，重要的是，东京时装周的慈善秀，你知道它的意义。

屹湘明白Vincent的意思。是的，每年参与慈善秀的，都是各大公司最拿得出手的设计，说她不动心，那是骗人的。但是……

"而且更重要的是，Josephina的'桂冠'一撤出，Laura就钦点你的设计替补出场。"Vincent告诉她。电光石火之间，她嗅出了不寻常的味道：事情不太妙。

她想起那日在Laura办公室里，那有些诡异的气氛。

是的，Laura从头到尾也没同意她这个惹事精离职。以Laura平日里对Josephina的宽容和纵容，这个决定就越发显得不同寻常。

Vincent见她半晌不语，问她："难道你不想最后一个出场，接受全场的掌声和鲜花？"

"我没有那么高的理想。"她嘴硬。

可是，没想过吗？那是胡扯的……她当然想过的，但是她不能就那么站在光环的中央，耀眼闪光。

她也知道没有时间给她拖延了，当机立断，告诉Vincent她可以带上自己的设计启程去东京。前番造成的混乱，她难辞其咎，辞职一走了之，是负气而已。在短短数日中，离去归来之间，她已明白自己对这家公司是存了什么样的心思。她也很清楚，想必暂时也不会有第二个地方，环境宽松到能容得下她的恣意妄为、她的韬光养晦。"万金油"固然不是什么好名声，脾气差也不是什么优点，可她在LW是有机会的，她也热爱在这里的工作。不管 Vincent，也不管汪氏姐妹怎么想的，她知道此时自己不愿意离开。

听她那么说，Vincent 不晃腿了，他问："然后呢？"

她盯着 Vincent——他瘦瘦的裤管银光闪闪，一双健壮的小腿轮廓分明……她说："我只保证我的'孩子们'完美无缺地上 T 台，其余的，我不关心，也不会理睬，所有会对慈善秀造成干扰的因素，都由你负责摆平。"

Vincent 嘴巴一撇，嗤笑了一声。

"能力三流，架子却是超一流。"他说。

她知道这是同意的意思了，于是说："那我去准备。"

"等等。"Vincent 坐直了身子。

屹湘站下，等他说。

"原定与'桂冠'搭配出场的是 Cindy Chao 的首饰。" Vincent 眨着他的蓝眼。

她一听便明白了，"CC 决定同时撤下？"

Cindy 是 Joshpina 至交，多年来互相帮衬，自然要与 Josephina 共进退，再者以 Cindy 的地位，轻易不会与她这个无名小辈合作。

她想了想，说："无须担心，我的设计原也搭配不起她的胖蝴蝶，根本不是一路的风格。"

LW 自家就拥有不止一个珠宝品牌，她大可以从它们当中选择。她与 Vincent 又商议了几点对策，选定一支合适的品牌。她出门前让 Vincent 换下他腿上的那条裤子，告诉他架子上那款黑色哈伦裤配脚上那鞋子就正合适。

"别乱穿，穿坏了我的东西。"她扔了一句话给 Vincent，随后出门直奔八号仓。

Vincent 一早嘱咐 Susan 替她安排了助理帮忙准备——就是她同组的同事 Michael 和 Joanna。忙了几天，成就卓著，她很有信心地准备启程去东京了……

屹湘梳洗好，只提了一个拎袋便准备出门。

出发前，她跟陈太交代一声，这回出差大约是要去东京一星期，从北京寄到这里的包裹需要陈太帮忙签收。

她想想叶家的架势，说不准是让人亲自送上门来。这种状况，按说她该跟陈太提前报备，免得陈太诧异。但再一想，以陈太的修养，向来处变不惊的，她大可不必费这口舌——头一个她母亲大人已经上门叨扰过，第二个有邬家本那样的外甥……想到邬家本，她就需要跟陈太解释一番了。

陈太听说屹湘替原公司出差已经明白了几分，只是她的目的并不在于屹湘一定能去家本那里工作。只要屹湘做事开心，家本能跟屹湘认识，她已经心满意足，因此并无不快。

当下陈太送屹湘上了出租车，让她到了东京及时打电话过来报平安。

　　屹湘坐在出租车里，想着刚才陈太百般叮嘱，不禁回头看一眼——陈太恰好转身走进大门……这几年，她但凡出差，抵达目的地后，往往只有一个报平安的电话，竟是拨给陈太的……她发了一会儿怔，再看，陈太的身影已经消失。

　　车子驶离她们所住的街区，空荡荡的街道寂静无声。

　　屹湘低了头在平板电脑上检查她的作品，这不是她第一次做发布会的准备工作，却是她第一次将自己的作品在这么重要的发布会上亲手推向前台。昨日在八号仓库，她眼看着工作人员将她的作品一一从挂架上取下来，小心地放在她面前。那一刻她告诉自己，这一次的发布会，一定要成功。

　　Michael 的电话打进来，告诉她，自家珠宝品牌 1.line 的执行官也表示不能在这么短的时间内完成配合展出的任务。Michael 有些着急，问这下怎么办。

　　屹湘沉吟。

　　果然被她料中。这明摆着是 Josephina 耍脾气，全公司上下都得看她三分颜色。

　　她想了想，说："Michael，我们取消首饰，强调妆容。化妆师那里你去敲定，裸妆调子得改一改……妆容加金色进去，我要金属裸色妆……"她的手指迅速地在平板电脑上滑动，调出资料来，一边跟 Michael 商议细节，一边修改着原先的文案。

　　屹湘这通电话还没有结束，又有电话进来。到了机场，出租车司机将她放在了入口处。她下了车，匆忙去与 Vincent 他们会合。好在就算空港繁忙，他们这一拨打扮奇怪的人，还是很好认。Michael 和 Joanna 排在队伍前端，挥手叫她，她顾及大家都在有秩序地排队，站在了队尾，Joanna 就笑。

　　屹湘看看前面，Vincent 竟然还是那日的着装，根本懒得理她……她皱了下眉，心想有空一定要逼 Vincent 就范——鞋子和裤子，他必须放弃一样。

　　屹湘的座位在头等舱，Vincent 的旁边。在空乘提示关手机的时候，她才结束通话状态。飞机起飞后，她又开始用座位上的电话跟地面沟通。主秀模特在她上飞机前才定下来，资料也才准备齐全发送过来，她下飞机就需要马上开始工作。

　　屹湘仔细端详着资料中的模特照片，发现原来主秀模特竟然又是那位波兰裔模特……

　　Vincent 拿出耳机，问："你是不是还要打很多电话？"

　　屹湘看他，他说："你要是一直打电话，我就趁现在吃颗镇静药，好一觉到东京。"

　　屹湘四下看了看："Michael 他们呢？不然我跟他们中的谁换一下座位……"

　　这里除了 Vincent、她以及几位高级主管外，并没有其他同事。

　　"座位等级跟对公司的贡献成正比，你以为谁都有资格让公司买头等舱的票？"Vincent 懒洋洋的。

　　"我这个座位原本是给 Josephina 的？"屹湘问。

Vincent 笑道："连我这个都是。"

屹湘张嘴，道："开玩笑吧？"

Vincent 打开了手里的杂志，淡淡地说："Josephina 不喜欢人家坐在她旁边，打扰她休息——你不如去跟苗得雨讨教一下，怎么能贴身服侍 Josephina 三年还能活下来？像你这样的笨蛋，日后去跟 Josephina 共事，怕你熬不出癌症，也要熬出心脏病……"

屹湘心想：我还要去伺候 Josephina？在你 Vincent Westwood 手底下讨生活已经很要命了，哪有那个命去……等等。

"什么跟 Josephina 共事？"她总算抓住了重点。

"Laura 提议你出任 LW 大中华区设计总监，好让 Josephina 更加专心地负责 LW 运营。"Vincent 翻着杂志，闲闲地说。

屹湘沉默，该死的 Vincent，这才是 Josephina 为什么会撤出慈善秀的真正原因吧？大中华区设计总监一直由 Josephina 兼任，空降一个跟她设计理念不同甚至相悖的人去顶替她的位置，以她的性格，她当然会不痛快。

"不过 Laura 也说，Vanessa 很有想法，这次的人事变动，应该先与 Vanessa 做个沟通。那，我来跟你沟通一下，你意下如何？"Vincent 拂了一下杂志上的灰尘。

"如果我不想去呢？"屹湘问问。

沟通……这算哪门子沟通？沟通要不要自己送上门去被 Josephina 吃掉吗？Vincent 和 Laura 真的不是在计划送羊入虎口？

"法国分公司也需要人手。"Vincent 似乎预料到她一定会是这个反应，立刻给了备选答案。

"我更倾向于巴黎。"屹湘老实地回答，"容我考虑下，眼下先顾发布会。"

虽然巴黎同样是个火坑，但比起常驻北京，屹湘宁可跳火坑。

屹湘的冷静让 Vincent 有些许意外。这家伙脾气火暴、讲话直接，甚少忍耐。过了一会儿，他问正在忙碌的屹湘："这还需要考虑？怎么一提北京你如此排斥？眼下被派去北京，以其市场前景来看，意味着可能获取不可预料的成功。"

"铩羽而归的大牌设计师不在少数。"屹湘说。

"那都是水土不服的，LW 不存在这个问题。"Vincent 说。

屹湘点头。也是，汪氏姐妹根本是落叶归根。Josephina 在那里深耕多年，基础也打得牢靠了。

"而且目前 LW 在那边已经进入客户群体培养期，消费主体的文化和品位，会决定这部分业务的成长，懂得他们是很重要的。懂得才能融入，融入才能引领。"

屹湘不禁想到了邬家本，不知道他是否也有水土不服的问题？

Vincent 看出屹湘分心了，敲敲搁板。

"都是新兴市场，我倒不介意去新德里做拓荒者——不好意思，失陪一下。"她合上电脑，站起来便往外走。

下了楼梯，就是吧台。屹湘排在两位男乘客之后，吧台上有两杯鸡尾酒，颜色漂亮，味道迷人，她有抓过来就饮的冲动。她到底还是克制住，对空少说来一杯柠檬水。她已经有很久没有碰含有酒精的东西了……空少微笑着将杯子放到她手边，她拿起来一饮而尽，站在吧台边，半晌没动。

Vincent 描述的愿景看起来充满诱惑，可实际上是怎么回事，不难懂——以 Josephina 的立场，她未必愿意有人分担这份功劳。

对屹湘自己而言，她也不是不明白其中的难处。难道日后会是军功章有你的一半也有我的一半？从来"狡兔死，走狗烹"，她又不是真的不读书，不晓得这个道理。

屹湘示意空少再来一杯柠檬水，听见轻轻的一声"哦咦"，像是被什么触动了心弦。她正要转身，有人轻轻碰了她一下。她看过去，原来是个抱着婴儿的年轻妈妈。

年轻妈妈身上背了一个大大的育儿袋，身前挂着一个背带，婴儿坐在她怀里，这让她显得臃肿、笨拙。见屹湘回头，她忙说"对不起"。屹湘看着她和那个白胖的婴儿，被碰到的位置突然产生了灼痛感。

屹湘轻轻点了下头，尽管她什么都没说，但她的沉默令她的面容看上去有些冷峻。年轻的妈妈一再道歉，更有点儿手忙脚乱。

屹湘示意她没关系，给他们让出足够的空间。

年轻妈妈抱着婴儿往母婴室走去。屹湘看看时间，准备用一下卫生间。她走在他们身后，保持着适当的距离。婴儿咿咿呀呀，不住地踢腾摇摆。年轻妈妈把他放在搁板上，他快活地蹬着腿。

屹湘从他们身边经过，进了卫生间。卫生间宽敞明亮，她在里面多待了一会儿才出来。洗手的工夫，她看了眼母婴室的方向，那对母子仍然在。

看到她，年轻的妈妈微笑。

屹湘没笑，仍只是点了下头。她走过去，本不想看那婴儿，但日常见多了金发碧眼的婴孩，此时看着这个被放在搁板上的黄皮肤、黑头发的宝贝，倒觉得很是顺眼。只是那软软的一团、嫩眉嫩眼都皱到一处的模样，着实令她全身颤抖……恨不得立刻躲开。

偏偏年轻的妈妈这时向她求助："请问能不能帮我照看他？我想去一下卫生间……空乘还在忙……我只要两分钟就好。"

屹湘本想直接拒绝，但看她那一头汗，忽然觉得不忍，立刻说："我再帮你催一下空乘。"偏偏附近没有空乘。

"我已经催过了……真的就只要两分钟……"

"这个……好吧。"屹湘一答应，手里立即被塞进了一个会动的活物。年轻妈妈连声道谢，急忙开了卫生间的门进去了。

屹湘伸着手臂，手撑在婴孩的腋下。婴孩踢着小胖腿，咯咯地笑。她却跟上刑似的，汗出如浆。如果此刻有镜子，必定能照出她超级狼狈的模样。

"我来搭把手，好不好？"从楼梯上下来一位夫人，向屹湘微笑道。

这位夫人来到近前，逗弄了婴孩一会儿便接过去抱在怀里。婴孩憨憨的，似乎根本没有意识到抱着他的又是另一个完全陌生的人，仍在咯咯笑，嘴角吐着泡泡。

屹湘看得发呆。

"不懂得应付小孩吧？"这位夫人微笑着问道。

屹湘赧然，何止不懂得应付，简直是恐慌极了。

"每个小孩子都是天使。"夫人含笑看屹湘一眼。

此时她距离屹湘不过两步之遥，屹湘只觉得她这一眼望过来，一瞬间好似墨黑的天幕上流星闪耀，一种无法形容的光彩顿时呈现，这是一双让人惊异的眼睛……屹湘顿时耳热且心跳加速，小吸一口冷气，有一股淡淡的檀香味，似曾相识。

她忘了礼貌回应，看着面前的这位夫人发了呆——论年纪，其应与她母亲及陈太相仿，但自然流露出来的气韵与气度，让人禁不住为之气夺。尤其是全部精神都在怀中婴孩身上，那种慈爱乃至慈祥的怜惜，着实令人心动。

婴孩的口水抹在夫人的灰色披肩上，莲藕般的胖手更是抓住她颈上一条珠子颗颗若拇指般大小的链子玩耍，她也不在意。

屹湘叹为观止。

婴孩的妈妈从卫生间出来，道过谢，伸手接过婴孩，哪儿料到婴孩未肯松手，小小的一只手，劲儿却不小，生生将一串珠链扯断。

珠子落在深灰的地毯上，煞是好看，屹湘一时竟站着没动。可周围的人接连发出惊呼，急忙蹲下身去帮忙捡起。屹湘看着，反倒觉得有点儿遗憾。她抬起眼来，正好遇上那双令人惊异的美丽眼睛，那里有了然的神色，似完全能了解她此时的想法，而面上笑意盈盈，丝毫不以为意。

屹湘低了头。

婴孩的妈妈急忙鞠躬致歉，试着蹲下来帮忙捡珠子。屹湘阻止她，让她照顾小孩就好，自己蹲下身去。

好在珠子沉重，脱落后并不曾散得太远，屹湘手脚麻利，又有一位空乘和男乘客及时过来帮忙，很快每人捡到了一小撮珍珠。空乘找来一条白色棉丝巾，将珠子裹了起来。

这位夫人始终含笑而立，不慌不忙。她接过空乘递过来的珠子，向大家道谢，并没打开看。屹湘见她准备离开的样子，忍不住提醒："您要不要数一下？"丢掉一颗，价值不菲倒在其次，怕是再也变不回那完美无缺的样子。

"没关系。"夫人向婴孩的妈妈摆手，"老式的串珠就是这点不好，他们总叫我重新串，换成高科技的东西，说是结实到就算珠子化了灰也不会断开呢。"

"不会断开，那自然好。可珠链不就这点儿魅力，让人心里存了点儿战战兢兢，从而格外珍重其美？"屹湘说。

那美丽的眼中似闪过一道流星，屹湘立时觉察自己多话，欠身离去。上楼梯时，她发现那位夫人仍在看她，于是又微笑致意。

回到座位上坐下来，良久，她的心竟不能平静。旁边的座位上，Vincent已经躺倒，鼾声如雷。

屹湘有点儿头疼，轻轻捏着眉心。按理说，她应该趁这会儿工夫休息一下，一旦抵达目的地，必定是要忙个天昏地暗的，可这会儿怎么也睡不着……她也需要镇静剂，Vincent没吞下去的药丸放在哪儿了？

她四下里看了看，忍住没有去翻找，此时目之所及，就有几位设计界的名人，老中青三代的代表人物都有，意大利白头翁、刚出柜的妖孽男，还有新上位的传奇女……安静地各忙各的。

屹湘想，至少在这一趟航班上，她跟这些人的距离不但不遥远，而且方向一致。有些东西，也并不是那么难以企及，对吧？

她按铃叫空乘送报纸过来，指明了要机上最新的《读卖新闻》。不一会儿，报纸来了，一杯蜂蜜柚子水也被放在了她手边。

屹湘抬头，对上空乘明媚的笑容，日式的小虎牙配薄薄的妆，极是俏丽。空乘指了指最前方的座位，说："那位夫人说，你可能需要一杯饮料。"

屹湘看过去，并不见人，只那一角珠灰色的披肩拖了地，看上去又温柔又闲适……她心头一暖，难得遇到的陌生人有这样的细心和善意。她道了谢，过了一会儿，才将杯子端起来，慢饮。柚子水本是很普通的饮品，她此时一喝，却不知为何像是能够抚慰她的心……她轻轻将报纸打开，舒了口气。

头版右上角，有当日的天气。三月初的日本列岛，还在寒冷的时候，不过樱花就快要从最南端一路向北蔓延开来了……

她想着那次第开放的绚烂的花，身上竟有些微战栗。她将报纸合上，放在了一旁。

下飞机之前，Vincent才醒过来，听到飞机广播报告地面的温度和湿度，说了句"还好不是樱花开放的季节，不然一下飞机恐怕就要进医院"。

屹湘看Vincent一眼，Vincent悻悻然，说："难道没见过人花粉过敏无法行动？"

屹湘不语，见过的……

她转头看着舷窗外,天空澄明,能见度很高,地面灰色和蓝色的地带交织着,干净而整齐。就这么看着,她心头就有些莫名的悲伤,只是说不出来。

下了飞机,他们从贵宾通道出去。屹湘走在 Vincent 身后两三步远,Vincent 不断遇到熟人,喜笑颜开地应付着那些素日里恨不得你死我亡的对手,游刃有余。屹湘感叹,Vincent 虽然有着艺术家的狂妄和自大,但交际场上如琉璃珠一般的通透练达,也是事实。此等人才,的确是不世出的;与他相比较,Josephina……

她正想着,突然发现前方出口处挤满了人,即便隔了这么远的距离,那不停闪烁的闪光灯仍令她眼睛不太舒服。看样子,有大批记者在场,应该有重要人物同时抵达了。她一念未己,只见一队人马呼啦啦地从眼前经过,当中主力是机场保安。

"好大的排场。"屹湘咕哝一句,她朝人群瞟一眼,看不出究竟。

"所以做明星有明星的好。你看,一样走贵宾通道,还是分三六九等。"Vincent 笑言。

屹湘笑笑,接触多了就知道,Vincent 私底下真是个挺可爱的人。她这么想,看 Vincent 的眼神就柔和很多。

Vincent 蓝眸转了转,说:"喜欢上我是很危险的事情哦。"他的语气忽然轻佻戏谑,又换了一张面具。屹湘暗骂他一句,笑了笑,跟着出了闸。

先前那队人马举步维艰,人群拥挤不堪,人声鼎沸且尖叫不断,蔚为壮观。保安人员手拉手形成人墙维持秩序,以免人太多出了危险……屹湘看到这场面多少有些心有余悸。

Michael 挥着手叫:"Vanessa、Vincent,这儿!Vanessa!"

屹湘忙答应。

Vincent 护着屹湘往前走。好不容易从人群中突围,一行人都被挤得有点儿狼狈。

"东京分公司的同事已经到了,在外面等候。"Joanna 笑着解释,"这个场面,要害他们多等一会儿了。"

"怎么回事啊?"

"英国最红的乐队 Bing Band 来东京演出,刚刚出闸的就是他们。"Michael 兴奋地说。

屹湘微微一怔。

"Bing Band 吗?"Vincent 也很意外,"早知道是他们,拦住合影。"

"哪儿挤得进去!Vincent,你门路多,应该不难见到他们。"

"他们很少出席非音乐场合的。经纪人也很严格地让他们走纯摇滚乐队的路线。"

"东京演唱会三年前就开始筹备,规模空前,票也一早就卖光了。"

"你这是想买高价票吗?"

"可惜 BB 的演唱会跟我们的发布会撞期，不然我真的会那么做。"

几个人忽然因为 BB 而有了共同话题，说笑着一同往外走。

Joanna 见屹湘始终低头不语，问："Vanessa 不爱摇滚乐吧？"

屹湘还没有回答，只听身后有人大叫"Vanessa"——前方东京的同事在招手，四周略显喧闹，她没理会那一声，身边也没有人在意。

Vincent 走在最前面，自然要上那辆宽敞的大房车，屹湘则自觉地跟 Joanna 等着后面的车子过来。

"Vanessa Xi！"这一声不但更清晰，而且近了。

"湘湘！"

屹湘终于停下脚步，虽然这一声"湘湘"，听起来像"星星"。

"Vanessa，你快看！"Joanna 指着屹湘身后，脸上的表情是不可思议。

屹湘回头，眼见着一个戴着帽子，穿着一身球衣、普通板鞋的高大男子，穿越人群往她们所在的方向跑过来。

他手一撑，越过金属围栏，冲过来二话没说就将屹湘抱在怀里。有那么一瞬间，她下意识地想要挣脱，然而这熟悉的气息和嗓音，让她一秒回魂，知道自己是安全的。几秒钟的工夫，她已经从这个怀里被转移到那个怀里。

"Vanessa，真的是你！"大胡子肌肉男大力地拍打屹湘的后背，"真的是你！Bernie 说是你，我还不信。"

屹湘站定，一拳打过去，正中大胡子的胸口。

"该死的 Nick，一辈子改不掉用女用香水的毛病了！"她骂的是 BB 的主唱 Nick。

Bernie、Ian、Nick、Gilbert——Bing Band 四兄弟。

Nick 被骂了，还是抱住屹湘不肯松手，大胡子肌肉男顿时变得跟考拉似的可爱。屹湘忍不住笑，四周闪光灯频频闪动，眼睛几乎要睁不开了。Nick 摘了自己的针织帽，给屹湘套在头上，拉低帽檐。

Bernie 转过身去对追随而至的记者和歌迷说，"抱歉，我们的朋友不是公众人士，请保护她的隐私，不要拍照"，并请随行的日语翻译跟大家解释。

事情发生得太突然，屹湘有点儿晕头转向。Gilbert 从包里扯出纸片来，可一时半会儿找不到笔。Joanna 连忙递上一支，他接了便写电话号码和地址，说："我们下榻的酒店……"

他还没有啰唆完，屹湘手里被塞进了一部手机，是 Ian。他沉着地说："拿着，我们会打电话给你。"他说着，又狠狠地抱一下屹湘，隔着帽子亲吻她的额头，然后放开她，转身招呼哥儿几个赶紧离开。

此时已经有记者不听告诫接近屹湘，试图拍到她的正脸。已在车内的 Michael 下来一把将她拉上车。Bing Band 往自己车子的方向走去，人流随着他们离开。短暂的混乱引起的拥堵还在持续。

屹湘松口气，伸手去关车门，只是一瞬，她的动作停住了。一个高瘦挺拔的身影，出现在她的视野内。那黑漆漆的眸子，寒光四射，盯住她。她看着那个身影，整个人像是被他身上散发出来的寒气逼成了冰柱，动也不动。

Michael 过来，伸手替她关了车门。茶色的玻璃，将两个人胶着的视线切断了。屹湘还是没有动，仍看着前方那孤立的身影。有那么一瞬，她几乎以为他要走过来，用他向来矫健而毫不犹豫的步子，走到她跟前来，但直到车子启动，他仍停在原地，也像一根冰柱。

屹湘的手指抠住了座椅扶手，她看到他的身边出现了几个人，在跟他说着什么，请他移步。

他终于转了身……

她仍然保持着那个姿势，直到 Michael 叫她。

"这是真的吗？" Michael 问。

一车子的人，此时都安静地看着这个帽檐卡到眉毛的小女子。

真的吗？屹湘也问自己，胸口处疼得那么真切。

但，是真的。是真的。是真的。

她摘下帽子，帽檐掀起了刘海，盯着她的那些眼睛，都看到了刘海下隐藏着的一道深深的伤疤……她从容地把刘海拨回去，把手机和纸片都放在帽子上。

"是真的。"她说。

Michael 和 Joanna 先欢呼起来，两人叽叽喳喳地叫起来，不断地冒出新念头，一会儿要屹湘带他们去演唱会后台，一会儿要屹湘给他们要签名唱片，一会儿要屹湘跟他们见面的时候带上自己……

屹湘靠在车窗上，看着窗外。每一辆加速超车的车子，都让车窗发出微微的震动，恰如她的心。她终于闭上眼睛，对她来说，长途飞行的疲劳更真切。这帽子柔软极了，手藏在里面，渐渐生出暖意来，好像被一双温暖的手握住了……

她总爱团了雪玩，打雪仗的时候最疯，头发丝都凝了霜，手指冻得通红也乐此不疲。满山满野雪白苍翠，满山满野都是她的笑……忽然一小团雪顺着衣领被丢进来，冰得她尖叫起来……

颈后一凉，屹湘惊醒，只见一辆银色的房车闪电一般开了过去。

第四章　没有云彩的天空

　　没有人能预知灭顶之灾何时到来，身遇险境又能否峰回路转，但人生这条路，还是要鼓足勇气好好走下去。

——题记

　　Vincent甫一抵达酒店就以身体不适为由把工作计划都交代给屹湘，要她全权处理。她短暂休息后，立即投入了工作。

　　面对凌乱而嘈杂的发布会现场，屹湘不禁想起苗得雨那个大块头。不管有什么状况发生，得雨在现场总是指挥自如，实在有大将之风，轮到她，只好硬着头皮去应付。幸好有Michael和Joanna帮忙，她才不至于手忙脚乱。尽管Michael声称自己这么狗腿地鞍前马后，全是为了屹湘能忽然大发善心，带他去见BB。

　　可见到大家为同一个任务齐心合力，屹湘还是觉得庆幸。

　　她站在T台中央，灯光打在后背上，热得她满头大汗，不停督促模特们走好。上百名高挑美丽、纤瘦俊俏的名模迈着猫步从她身旁走过，一遍又一遍，不断趋向完美，她不禁开始想象着晚间带妆彩排，会是多么壮观……

　　彩排间隙，模特们可以休息，她还要继续工作。她在后台忙碌时，也会有男模借故来搭讪。年轻英俊的少年，T恤衫下是坚硬的肌肉，鲜活漂亮到不可思议。

　　屹湘一心都在做事上，对此视若无睹。

　　Joanna笑着说："虽说是习以为常，可是今天格外秀色可餐，你倒是多看一眼。"

　　屹湘笑了笑，不理睬，只顾着查看刚刚拍摄的彩排录像，不住地快进、后退，找出问题来，以便下一次彩排时进行调整。Michael在一旁仔细记录。

　　她说得极认真，Joanna笑着说人家工作时的样子会吸引目光，而Vanessa会吓退爱慕者。

　　听Joanna调侃屹湘，Michael也笑，说："Vanessa对男人没兴趣……谁说漂亮的人物大多空有皮囊、头脑简单？才不会！他们的消息也灵通，知道谁是明日之星。"

　　"而且Vanessa很火辣啊……"Joanna笑嘻嘻地说。

　　"主秀模特还没有到？"屹湘瞪她一眼，问到了重点，其他模特都已经集结到位，唯独不见这一位。

　　"没有。不过，"Joanna稍皱眉头，"她的经纪人保证她马上会到——晚上带妆彩排是约定的最后期限。"Joanna抬抬下巴，指向不远处正在给几位超模授意的金发男子，那是位有名的经纪人。

屹湘抿唇，说："如果她无法按时到达，或状态不好，立即换人。"

Michael 摇头，说："莎娜还是不要轻易换掉吧，她的表现力是首屈一指的。"

屹湘不出声了。

是的，莎娜上次展示"桂冠"给她留下了深刻印象，她看到出场名单的时候没有异议。可莎娜竟如此不守时，令人不快。

她看看时间，当真是自己做事才知其中不易。以前她只管听差，事后见到 T 台上的富丽堂皇便视为理所当然。从头至尾掌控一场秀，亲手处理背后这些琐碎，就是有再好的耐性，也能被消磨了。她翻看了下替补莎娜的模特名单和资料，都是很优秀的专业模特，看着她们华丽的走台经历，她很安心。

准备工作必须做到万无一失，Joanna 拍拍屹湘的肩膀，安慰她一下。

Michael 倒还是那副天塌下来一肩扛的架势，一边忙着，一边还不忘让屹湘记得 BB 的事情。

"咱们住同一家酒店呢！"Michael 低声说。

"是，是住同一家酒店。人家总统套间二十四小时安保，贴身管家、私人保姆从他们睁眼开始伺候到闭眼……咱们呢？"Joanna 笑着说。

屹湘笑，她其实想象不出那几个人现在会过这种日子……大家毕竟相逢于微时，那时，他们还没有成名。

"好啦，把 Nick 的帽子送你好不好？"屹湘说。

Michael 老早就做出对那帽子垂涎三尺的模样来，让人看了好笑。

Michael 得寸进尺，说："带我们去看他们彩排。"

屹湘瞪眼，Ian 塞给她的手机一直没响过。BB 全队在本地都极受欢迎，她没空管那些新闻，但 Michael 一早来了就跟她八卦，说不仅在互联网上，连今天的报纸有很多版面都在报道 BB 机场制造的混乱，还有小风波里神秘的女子……媒体上这么热闹，不知他们会不会被打扰。他们演唱会前总习惯闭门练习的，即便当年在地下酒吧里驻唱，他们也从不应付这些热闹。也许就是因为这一点，那时候她就相信他们一定会成功……她出了神。

"Vanessa，你怎么认识的他们？"Joanna 终于也按捺不住好奇心，"你会跟他们见面吧？"

屹湘不出声，怎么认识的他们？这是个很长的故事，说普通也普通，说传奇也传奇。但人们有耐性听，她未必肯说给人当谈资。

跟他们见面？他们此时是公众人物，行动自然受很多限制。见或不见，恐怕也不是他们完全能说了算的。否则，电话何至于这么久都不响？可几个大男人，翻过围栏、推开人群，不管不顾地冲过来拥抱她的真挚，足以让她动容……这些年，很多事情变了，很多人变了，她自己也变了，她以为他们也是，但终究没有。

　　她这是扣动了哪一处扳机，静悄悄的，过往又掀开了一角面纱？她忽然有点儿心慌气短，坐了下来。

　　Joanna碰了屹湘一下，问："我问你会不会见他们，你发什么呆啊？"

　　"欸欸，莎娜来了。"Michael说。

　　屹湘抬头，一身黑衣纤瘦无比的莎娜走了进来。屹湘看见她，精神一振。

　　莎娜走过来说抱歉来晚了，边说边摘下了遮面眼镜。

　　屹湘仔细一看：这张脸比上次见起码多了一磅的肉。还好只是浮肿，应该来得及补救。单这一项，又令她不满，一个爱护自己事业的模特，应该严格管理自己的身体，在走秀前将状态调整到最佳。

　　莎娜低声说："保证在上场前恢复到你要的水准。"

　　"去试妆，只等你一个了。"屹湘说。

　　Michael立即起身，喊了一名工作人员过来带莎娜去化妆间。

　　Joanna等她们走开，轻轻摇了摇头，无声地冲屹湘吐出几个单词。

　　屹湘也摇了下头，看着莎娜的背影，她心一动，转身往外走去，听到一声严厉的斥责，加快了脚步。穿过拥挤繁忙的化妆间，她见前方出口处几名模特正挤在那里向外张望，上前分开众人走了出去，恰好看见莎娜那身形高大的经纪人将她狠狠地推了一把，抬手就挥了过去，莎娜下意识地护头……

　　屹湘一看不妙，紧走几步，抢在经纪人将巴掌挥到莎娜脸上之前抬手一挡，硬生生接了这势大力沉的一击。这家伙手臂像铁铸的，她手臂一阵剧痛。

　　经纪人愣了下，一看是屹湘，收回了手。

　　屹湘站到莎娜身前，说："莎娜，你去试妆。"莎娜听话地离开了。

　　"你要是搞砸了这场演出，看我会对你怎么样！"经纪人大声说。

　　屹湘转身盯着他，说："她是我的模特，在这段时间里，她的一切都是属于我的，绝对不准你动她一下。"

　　经纪人脸上露出无奈的神情，说："你又知道些什么！"

　　"我只知道你不能随便伤害她。警告你，再轻举妄动，我一定会报警。"屹湘语速极快。经纪人脸色不太好，但没有再反驳。

　　屹湘看见站在化妆间门口的Michael，示意他盯着那边。

　　Michael一点头，便守在了那里。

　　屹湘按了按额头，觉得有必要喝点什么定定神。她走到自动贩卖机旁，摸遍口袋，分文没有。她轻轻碰了下贩卖机，要是再年轻几岁，她怕是会马上踢两脚试试看能不能让贩卖机吐出点儿什么来……

这时，身后有人问道："要喝什么？咖啡吗？"

屹湘肩膀一放松，回过头来。邬家本就站在她身后两步远，依旧是牛仔裤、白衬衫，清清爽爽的样子，略有不同的是，他鼻梁上架了一副装饰镜架，玳瑁边，斯文中透出一点儿俏皮。他微笑着看着她，伸手过来，手心里放了好几枚硬币，他示意她自取。

屹湘豪不客气地取了一枚最大面值的，投币取了一杯热可可。几口下去，她才问："这么巧？"

"是呀，我们是今晚八点的秀。一早来了就准备得焦头烂额，想下来喝杯水，没想到会遇到你。"邬家本一杯清水在手，轻轻摇晃着，却不像要喝的样子，只是看着屹湘。刚刚她小小一个人，挡在两个高大的洋人之间，那样子令他想起她拿着铁锹站在姨母家门前的时候，那种面对未知的危险毫不畏惧、勇气十足的样子，与她娇小的身量完全相反。这样一对比，她竟分外惹人怜爱。

屹湘也打量邬家本，看他轻松自在的，绝不像他形容的"焦头烂额"。焦头烂额是她这只毛脚鸡好不好……她笑了，靠在栏杆上歇息，给眼睛吃冰激凌——看高大俊俏的模特如云一般从面前经过。

"有时候也难免会想，哪儿来的这么多天使面孔的人。"屹湘说。

"都经历过魔鬼程序的筛选，这一行竞争惨烈至极，就算辛苦熬到成名，也不过昙花一现。"邬家本淡淡地道。

"现在很多超模都懂得替自己的将来打算。"屹湘看他，目测他的身高体型。

"我做过平面广告模特。"他立即懂得她的意思，说，"念书的时候，钱不够用，就会想办法试试各种出路。"

"什么样的广告？"屹湘不欲了解他更多私人信息，索性抓住听起来无关紧要的话题。

"第一则广告是蚵仔煎。啊，有机会到台北，我请你吃最好吃的蚵仔煎。"邬家本笑。

屹湘忽然想到，某天早上刚刚起床，潇潇给她打电话，让她猜猜他在哪里。背景嘈杂，她也不知道为什么，一下子就猜到他在台北。

潇潇兴致勃勃地说正在逛士林夜市……她问潇潇觉得台北什么东西最好吃，他说有好多啊，但尝了蚵仔煎，就觉得蚵仔煎最好……她听得开心。有时听潇潇说笑，她会多问几句，确定话里的真实含义。潇潇有点像外公，很爱正话反说，反话正说，常让人弄不清他的话是真还是假。不过蚵仔煎好吃，这是真的……可是从那次聊天算起，兄妹俩说好的一起去逛士林夜市享用美食，至今也未实现。

见屹湘笑而不语，邬家本便说："有没有兴趣一起吃饭？我知道附近有好多家特色馆子。"

"我不喜和食。"屹湘说。她倒是没撒谎，对以生冷为主的和食，有些排斥。况且，口味上总有些合不来，她吃也是吃的，只是勉强。

邬家本便说："东京又不是只有和食，这里吃得到全世界的顶尖美食，你欠我的饭是逃不掉的。"

屹湘一伸手，从邬家本手里再拿一枚硬币。

邬家本笑道："晚上我们的秀，要不要来看？我给你留最好的位置。"

"你是不是该避嫌？我老板会误会你挖墙脚。"

"我们循例延请所有了东京的名设计师到场。"邬家本说。

"这是恭维了。"

"不算。再说，没人挖墙脚的不算好汉，真是这样，你该得意。"邬家本微笑。

屹湘笑，她有点儿了解为什么邬家本会这么快成功了。此人有野心，且相当不择手段，可又不令人讨厌。

"工作结束之后有没有时间逛逛？"邬家本又问，"我带你游东京。"

"你对这里很熟？"她的确有想去的地方，但不在东京。

"以假乱真东京人。"邬家本说。

"这几天的天气似乎不是很好，我该回去工作了。"屹湘把纸杯丢进垃圾桶，"如果在东京抽不出时间，回纽约请你吃饭。"她说完，先离开了。

邬家本将手里的空纸杯捏扁熨平，听到有人着急地叫"Vanessa，这里，你快来看看"。见她跑起来，他笑了一下。窗外，东京塔近在咫尺，天色灰蒙蒙的。她说得对，这几天的天气似乎不是很好，总让人心头有些压抑，而压抑中又有些躁动不安。他将纸杯捏成团，使劲儿丢进了垃圾桶。

又是一个工作到深夜的日子。凌晨，屹湘和同事们才回到酒店。Michael 他们还有精力兴致勃勃地谈论 51Woo 发布会的精彩桥段，她有点儿累，提不起精神来参与。51Woo 果真如邬家本所说的广发请柬，发布会采取完全开放的形式，态度亲民而且亲切。听起来，今日发布会的效果格外好。

一拨人进了酒店，穿过大堂，呼啦啦一起涌到电梯前，恰好电梯到了。屹湘见自己人都走进轿厢后，已经满满当当，担心超载，就停了一下。Michael 一伸手将她拉了进来，笑道："来吧，再加两个你也不会导致超载的。"

屹湘笑笑。轿厢里有些拥挤，她站在最外侧，虽然还有点儿空间，可电梯门合拢之后，仍觉得胸口发闷。密闭的空间总让她感觉不安，此时背后犹如针刺。

Vincent 的电话进来，她接听了。电梯在十九层停下，她跟着同事们走了出去，一回身又进了轿厢，说 Vincent 要见她。

Joanna 开玩笑说："Vincent 真是一分钟都离不开你。对了，你记得去见 BB ！"

"好。"屹湘答应。

电梯员问："对不起，女士，要等您吗？"

"抱歉。"屹湘向轿厢内的众人致歉。

离她最近的那位清俊的年轻男子微笑道："没关系。"他说着稍稍往后退了退，给她留出了充裕的空间。

屹湘向他点头致意，匆匆一瞥，心里像有根标尺，立即把他划分到"周正端庄"那一组。她没有细看这个陌生人，站定了，低头查看邮件，确保所有的工作邮件已经回复，今天该完成的项目都完成了。Vincent 在这个时间找她，一定是有重要的事，她得做好充分的准备。

电梯渐渐上行，轿厢里极安静，同行的这些人竟无一人出声……她抬头看着电梯上的黄色数字。Vincent 有一个习惯，从不跟同事混在一起住，这一回尤其夸张，竟然隔了十个楼层。她也累了，禁不住打了个哈欠。

到达二十八楼，电梯停了下来。听见身后有人低声说抱歉，她稍稍侧身。电梯门一开，一干人鱼贯而出，候在门边。

屹湘扫了他们一眼——这排场倒也算不上很大，可眼前这几位身材高大而气度从容，面貌神情都有些相似之处。他们站在一处，显得齐齐整整，夺人眼球……她不禁多打量了他们一眼，立即发现他们的西装左边领上都戴着一枚相同的金色徽章。

看清徽章上的标记，她的心咯噔一下，就听那清俊男子轻声说："董先生，请。"

站在电梯最里面的那个人，这才移动脚步。轿厢不大，横不过五步、纵不过八步，屹湘听着七八只脚踩在地毯上的声音，铮铮然似有金石声……她没动，待电梯门合拢，那几个黑灰色的西装身影都被隔在另一个空间里，她轻声对电梯员说："二十九层。"

电梯员训练有素的笑容掩饰不住眼神里的一丝诧异。

对的，屹湘知道自己刚刚讲过一次了。但那又怎样？

出了电梯，她往 2906 方向走，门铃按了好一会儿，Vincent 才睡眼惺忪地来开门。他穿着睡衣靠在门上，请她进去。

屹湘说："你换过衣服，我再进，不然我们就在那边谈。"她指着走廊尽头的小厅。

Vincent 看看她的神情，问："你是不是不舒服？"

屹湘不语。

她站在门口不动，Vincent 于是请她稍等。他进去换过衣服，正经八百地回来请她进门，征求过她的意见，才关好房门。

气氛有点儿诡异，屹湘懒得多想，先说："找我来什么事？工作进程我都嘱咐 Michael 同步发送给你和助理了。有什么意见，尽管提，我也好修改……"

Vincent 给她倒了一杯水。她接过来，竟然烫手，于是瞪他。

"我找你是私人的事情。"Vincent深蓝的眼睛里沉进一点儿忧郁。

屹湘怔了怔，叹口气，说："Vincent，你老这么逃避，实在也不是办法。"

这下轮到Vincent瞪眼了，说："说到逃避，你最懂。"

"这怎么能一样？"屹湘的心一沉。

Vincent沉默。

屹湘双手围拢住玻璃杯，按在左胸处，让这高温驱赶一下那里的酸痛。可那脚步声踢踏作响，似仍在耳边，怎么也驱散不了……

她叹口气，说："你说吧，看我这次能不能帮到你。"

…………

董亚宁走在最前面，听李晋跟同伴低声聊天。

李晋笑着说："……是啊，美人，难得素颜还这么美……啧，如果头发再长一点儿就好了，我喜欢长发……"

董亚宁站住了。李晋机灵地快走几步，走到2808门口，刷过房卡，请他进去。

董亚宁走到李晋身边，却不着急进门。

"董先生？"李晋看着董亚宁。老板在东京这几日，清减许多，昨晚开始角膜发炎，滴了眼药水也没见大好，便戴了一副黑边眼镜去谈判。他谈了一整天，不得休息，症状更严重了……

这会儿老板用发红的眼睛盯着李晋，李晋有点儿发怵。

"跟我来。"董亚宁进门直奔吧台。李晋随手带门，门外的同事站在那里，有人给他做了个杀鸡抹脖的手势。他手一摆，示意他们散了，回身往里走，跟着老板的步子站在了客厅中央，看老板坐在沙发上，扯开领带。他没出声，静静地站在那里。

客厅不算太大，老板住的是相对普通的商务套房，跟他们这些随行人员一样。出门在外的这些小排场，老板倒一向不是很讲究。做事讲究实用和效率，这是老板的口头禅。按说，这趟来，谈的项目都还算挺顺利的，老板不该一直黑着脸啊。他们经常来东京，往日公事之外，老板都让他们自由活动，有时候也跟他们一起去玩……这一次固然是工作行程密集，没有安排其他的活动，可老板周身的气压实在有点儿太低了，让人看他一眼便有些喘不过气来。

也许是过敏的缘故……

李晋等着，这一阵屋子里太静，等得有点儿晃神。他意识到的时候，忙向前看了看，发现老板已将半瓶白兰地喝下肚，仍没吭声。

怪，老板这火暴脾气……

"李晋。"董亚宁一只手臂搭在沙发靠背上。

"是。"李晋站直了。

"替我去查查这个公司的背景。"董亚宁倒转酒杯,酒液滴在茶几上,他伸手沾酒,写了两个字母。

李晋点头,原来是这样的小事。随即他便有点儿奇怪,据他所知,老板的衣服主要来自LW定制,而且他本人同LW的汪笃生私交也不错,现在要查LW……对LW,他当然不陌生,但要查起来还真挺费工夫的,主要是这么大的公司,用"包罗万象"来形容一点儿不夸张。

"董先生,主要查哪方面?"李晋跟了董亚宁很久,晓得有问题应该直接问。

"LW这几年的主要人事变动,还有这次来东京参展的主要设计师的背景资料。"董亚宁解着袖钮。他下手有点儿狠,噗地一下,袖钮从他手上脱落,弹了出去。

李晋弯身替他捡起来,放在茶几上,他又看了一眼那两个字母。

"明天合约一签,放你们两天假。这几天辛苦了,好好去放松下。"董亚宁交代。

"好。"李晋心一动,这两天假,可是不在计划内的。

"没事了,你去吧。"董亚宁盯着那颗脱落的袖钮,说。

李晋退出来,舒了口气,立即掏出手机记下老板交代的事情,准备等下回房就开始工作……脚步还没挪动,他分明听到门内一声脆响,紧接着,又一声。

得,结账的时候又得赔人家酒店家什了。

屹湘顶着一对兔子眼趴在T台边看模特走的路线,这个招数是苗得雨教她的。说这是最便捷的方式,可以看出模特们行走的路线是不是与他们的设计分毫不差。

还有两个小时就开场,这是最后一遍彩排。

"莎娜!表情!"她突然发现莎娜完全不在状态。

她喊了几声,莎娜照旧。

"停!"屹湘大喝一声。

Michael急忙下指令。乐声骤停,模特们都停在原地。

屹湘走上T台,拍拍手说:"最后一次彩排就到这里。再次提醒大家,一定要注意走台的节奏。Joanna是总控,临时有变全听她的。现在去休息吧,辛苦大家。莎娜请稍等。"

其他模特都散去了,屹湘看了眼莎娜,走到她面前。

莎娜一双紫罗兰色的眼睛嵌在桃心状的脸上,好看。屹湘此时却无心欣赏这份美丽,她压低声音,开门见山地问:"莎娜,我接下来要问你几个问题,你可以拒绝回答。但是,假如你现在的状态会影响到两小时后的走秀,请你负责任地即刻退出,你明白我的意思?"

莎娜点头。

"你在坚持治疗吗？"屹湘问。

莎娜又点头。

"可有按时服用药物？今天什么时间服用过？"屹湘追问。

"有，半小时前。"莎娜看着眼前的小个子女人——她沉着而坚定。

屹湘看着她的眼睛，知道她没撒谎，放心了些。她拿起对讲机用力按住额角，太阳穴要炸开了……莎娜的脸极苍白，屹湘此时才知道以往在莎娜身上看到过的那种苍白憔悴，她认为是刻意营造出来的颓废和忧伤，其实是莎娜的本色……她又算了下时间，问："你现在有何不适？"

"有轻微的恶心和头晕。"莎娜说。

屹湘盯着她纤薄的锁骨，问："莎娜，我再问一次，你能不能控制你自己？"

"能。"莎娜说着，转了个身。她甩开细长的腿，踏着优雅的猫步，在屹湘面前走动，稳妥而精确地踏准了步点，一扫颓势。

屹湘示意莎娜停下。

莎娜靠近屹湘，说："听说你把模特都当成活动衣架。对你来说，我也是个活动衣架而已吗？"

屹湘把对讲机挂在腰间，空出手来拍着莎娜的脸蛋。

莎娜的脸颊很凉，屹湘提拉着她面部薄薄的肌肉，说："是的，对我来说你也是，但你得是个有生命、有感情的活动衣架——动一下你的嘴角，上扬大约十五度……对，很好，就是这个表情，上场的时候，就是这个样子，那件白纱需要的是这个表情。"

莎娜保持着微笑，屹湘轻轻摇了下头。

"我没有在开玩笑，你必须尽力。"屹湘说。对讲机里沙沙作响，Michael 在呼叫她。

她摘下对讲机，说："Michael，通知服装组，'蝴蝶'调整到第一次序出场。"

Michael 惊叫一声，问为什么。

"别问为什么，马上准备。"屹湘切换到 Joanna 的频道，Joanna 倒是没有大惊小怪，只说知道了，马上配合做出调整，让她放心。

屹湘把对讲机放回去，拿出草图来勾画几下。展示顺序一调整，场内各个环节都要做出相应的调整……

听到莎娜问她"'蝴蝶'不是你的设计吗"，她说："对，是我的孩子们。所以，你们谁敢把演出搞砸了，我就把你们砸了——去化妆，告诉你的化妆师，就说是我说的，你的眼角那里要格外画重一些。"

"但最后出场的效果是最好的。"

"但我不能冒险。若你控制不了自己，穿着'蝴蝶 12 号'在台上乱动，不出五分钟就会成为热播视频，那我就跟着你出名了。我想红，但不想以这种方式走红。"屹湘挥手让她离开，继续画着草图，"现在去做准备，让我看看你有多专业。"

莎娜转身离去，屹湘将草图一叠，塞进腰包里，环视四周。工作人员仍在做最后的准备，场地内的座椅都套上了印有 LW 标志的浅蓝色真丝椅套，华美而高贵。再过九十分钟，这些座椅都会被坐满，那些名牌上金光闪闪的名字，会被它们代表的真人替代……屹湘在 T 台上踱着步子。

灯光一道一道收了起来，场内渐渐暗下来。当她走到 T 台的最前端时，四周完全暗了。她站在黑暗中，听着那些嘈杂的声响……慢慢闭上眼睛，深深呼吸着，寻找着自己此刻最真实的感受。

她的"蝴蝶"，即将破茧而出。

如果说她不期待、不激动、不骄傲，那可真是骗人的了……

"有没有改变想法？"Vincent 站在屹湘身后，问。

"没有。"屹湘轻声说，她随手关了对讲机。从场地入口处逐渐亮起了灯光，引导员已经在引领最早到达的嘉宾入场。场外的招待会现场想必此时衣香鬓影、热闹喧嚣……Vincent 应该在那里接待贵宾的。

她看看 Vincent。

Vincent 说："那篇采访稿，我已经发到你邮箱，你抽时间看一下，没有问题，我再交代人发布。"

"不用看了，我相信你。"

Vincent 沉默。

"我去后台。已经交代好，终场给你的花经过花粉处理了，不用担心。"她说着便走开了。

"什么花？是我喜欢的吗？"Vincent 问。

屹湘边走边回头，暗影里 Vincent 被光圈围住——身穿简单素净的白亚麻衫裤，脚上还是那款豹纹铆钉船鞋，竟比平常显得灵巧、可爱。

"是我喜欢的！"屹湘笑着比画了一下，钻进了热浪翻滚的后台……

她后来一直觉得热，像喝了酒之后发汗，薄薄的头发变得潮湿。她抽了一条细麻布手帕围在额头，不一会儿也被汗水浸透，就再加一条……她穿梭在乱中有序的后台，满鼻子都是各种香气。站在衣架前瘦得犹如鬼魅的名模，随便一脚可能就踩到了谁的裙摆，互相叫嚷着抢先化妆，一言不合就冒出"三字经"来……她忙进忙出，像个停不下来的陀螺，精神高度集中，每一个角落都在她的视野中。

她看到莎娜静静地坐在角落里的一块毛毡上，塞着耳机，盘腿打坐，脸上已经化好了她强调过的金属感裸妆，身后便是莎娜将穿着上场的白纱礼服，莎娜平静得像安琪儿。

　　屹湘停下来，看了莎娜一会儿。耳机中传出 Joanna 的声音，通报还有三十分钟开场。她叫醒莎娜，亲手帮莎娜穿起那件礼服。礼服上细密的蕾丝垂垂缀缀，配着半透明的纱层层叠叠，胸下一条丝带打成简单的蝴蝶结，动起来宛若仙子手中的丝带。

　　屹湘手里拿着头纱，等着莎娜伸脚穿进那双米白色缎面坡跟鞋子。

　　莎娜稍稍蹲下身，笑着对屹湘说："亲爱的东方小女巫，请赐予我爱与力量，我将带着'十五度角'的微笑，翩然飞过温暖的泉，停在最美的花朵上。"

　　屹湘笑了，这一刻，莎娜像等待加冕的女皇。

　　屹湘轻轻吸了口气，将头纱戴在莎娜头上。头纱垂至腰际，仿佛一团轻盈的雾，把莎娜隐藏其中……

　　屹湘接过捧花放到莎娜手中，替她整理了下礼服下摆，再看，便点了点头。

　　莎娜轻轻拥抱屹湘，说："我会珍惜她的。"她还记得之前屹湘对礼服的称呼，不是"它"，而是"她"。

　　屹湘低声道："更该珍惜你自己。"她放开莎娜，转身朝另外十一位模特喊道，"请各位上场前大声念三遍——每个女孩都是公主。Joanna 说了，不念出声的，不准出场！"

　　大家都笑起来，正巧 Joanna 探头进来，问："准备好了吗？还有十分钟……"她手拍门框，砰砰作响，笑声更大了。

　　Joanna 诧异，待看见屋中央玉立的莎娜，"哇"一声，朝屹湘竖起了大拇指……

　　屹湘并没有看着她的"蝴蝶"在清泉般淡淡的音乐中一只一只飞上舞台，她站在走廊上，听着那如潮的掌声，听着模特和同事们在后台的欢呼……这个亮相是合格的，她知道。但此刻她丝毫没有如释重负的感觉，整场发布会，才刚刚开始，她必须精神抖擞，盯紧接下来的每一个环节。

　　屹湘深吸一口气，准备回到后台。腰包里传出响声，她打开来，两部手机都响了——她先拿起 Ian 给的那部手机。这部手机仅存了四个人的号码，现在拨进来的是"John"。

　　屹湘接通电话，那边确认她的身份之后说："我是 BB 的经纪人 John Milton。Vanessa，请不要挂断电话，只要几分钟就好。"

　　"OK。"屹湘紧握手机，将听筒放在耳边。

　　今晚 BB 举行演唱会，她是无法到场的了。这位经纪人非常著名，而经纪人有多了不起，对艺人来说又是多么重要，她很清楚。她以为接下来会听到些不太入耳的话，不想好一会儿只有嗡嗡嗡的细小声音，间或几声尖叫，传得很远，如空谷回音一般。她略怔一下，手抓住了身前的不锈钢栏杆……

　　"……接下来的这首歌，是我们特别为一个女孩子创作的。我们推出过很多专辑，但都没有把它收录进去，原因是，这首歌，我们只想当面唱给她听……有人说这首歌是 Bing 会唱的唯一的情歌，是的，说得对。"是 Nick，他的声音中带着笑意，尖叫声此起彼伏，他略停了停，继续说，"Vanessa，我们很想念你，非常希望此刻你在这里，你在听，记住我们永远爱你。"

屹湘闭了下眼睛，乐声轻缓而欢快。

"有一个女孩，她叫 Vanessa。

她很爱笑，她也很吵。

像一团花火，像一颗星，

宝石的光芒也赶不上她笑容的闪耀……"

屹湘笑了，她手扶栏杆，脚下是东京的夜景，繁华而美丽，让她仿佛置身于银河，满眼都是璀璨的星星……歌声牵着她一直往前走，时间却仿佛倒流，出现在她眼前的不是那几个年过三旬的老男孩……没有金碧辉煌的舞台，没有在众人仰视的高光下，而是留着长发、穿着破衫、背一把贴满了胶布的旧吉他，会笑着说"Vanessa，你来听听这首歌，来听听那首歌"……穷得没有面包了，他们宁可死也不卖掉旧吉他。他们在地铁站口打开琴盒等待偶尔丢下的硬币，会说"即使低到尘埃里，歌手还是有歌手的自尊心"……那时的他们，都籍籍无名，却是那么可爱。

屹湘揉了揉眼角。

乐声停歇，良久，听筒里寂静无声，随即是此起彼伏、山呼海啸般的欢呼。

John 叹息道："Vanessa，BB 曾说过你是上帝派来的天使。今晚，我极不赞同他们用这种方式向你表达善意，但我尊重他们的决定。BB 希望能跟你见一面，我们盼望你拨冗会见。若在东京实在不便，请你约定时间和地点……"

屹湘轻声说："米尔顿先生，请转告 BB。过去的事情，我已经忘了，也请他们忘了吧。Ian 的手机，我会放在酒店前台，请您代我致谢，同时致歉。告诉他们，我祝福他们，在我心里……宝石的光芒也赶不上他们笑容的闪耀。"

她收线，关机。

她站在后台出场的地方，解下头巾，擦一擦额上的汗，仿佛跋山涉水走过了一段险境，在继续往下行走之前，必须休息片刻……耳边仍然是那首动人的歌曲，她不住地擦着额头，似乎希望能擦去什么。

Joanna 来找她，招手喊她过去。她站到 Joanna 身边，看着从 T 台上下来的模特——神采奕奕，美丽极了……这让她心生欢喜。

Joanna 看看她，轻声问："不舒服吗？"

屹湘摇摇头，看看身边等候出场的模特——她身上这件短款礼服，正是二十世纪八十年代 LW 的婚纱代表作，虽然过了二十多年，但无论是材质还是款式，仍无可挑剔……她不禁感慨。

"有时光倒流的感觉吧？"Joanna 问。

是的，二十年前，她们还都是少不更事的小女孩呢。

屹湘微笑着点头，她还记得即将出嫁的表姐特地去香港选购婚纱，去了两趟仍不能决定买哪件，但收集了好些资料。在回北京的飞机上，表姐跟妈妈和舅妈研究选哪家的礼服合适。她坐在机舱的地毯上，嚼着泡泡糖，撕了杂志插页叠纸飞机。表姐皱眉，说湘湘最顽皮，吓唬她，让她乖一点儿，不要捣乱，还说顽皮鬼将来会嫁不出去。她展开一张纸片，看那上面的折痕将礼服彩照弄得变了形，即便如此，仍是很美丽……她不服气，谁说顽皮的女孩子就嫁不出去？她同表姐理论，表姐又嫌她顶嘴，没收了她的玩具和书。她气急了，趁表姐睡觉，将泡泡糖粘在她的头发上。表姐醒来惊叫，费了好多工夫清洗，还是不行，要剪掉一缕一缕的长发，表姐大哭……

后来大美人表姐一赌气剪了短发，更赌气到差点儿不要"潇湘兄妹"做花童。短发的表姐只得改了造型，她穿着短款的礼服走在红毯上的样子，委实美丽。那样大胆独特的装扮，凑巧引领了潮流，几年间都是别人的谈资，却没有几个人知道她是迫不得已的。

表姐有很长一段时间都不肯原谅屹湘，见了总穿着球鞋、T恤衫在画室埋头画画的她，也总是没好气，还会说一句："不知怎的这样不讲究，怎么教都教不会优雅——难道穿婚纱那天也配球鞋？倒是好，跑得快。"

表姐真刻薄，恨得她牙痒，只恶狠狠地回一句："就穿球鞋出嫁，怎样？我还要穿着自己设计的裙子呢。"

潇潇使坏，问："你能设计出什么裙子？一块白布剪个洞套在头上？"

她气得追着潇潇打他，"球鞋新娘"一时成为笑谈……

屹湘再擦擦额头的汗，听 Joanna 说："这件短款，当年没有几个人有勇气在自己婚礼上穿，根本就是加长版比基尼。"

她笑笑，可不是。

表姐去年梅开二度，母亲电话中提及，说表姐还记得自己当年的气急败坏，也记得自己一句一句骂小湘湘，并不是故意，只是年少气盛、口不择言而已，如今想来十分后悔。

母亲语气淡淡的，说："我同你表姐讲，我们湘湘才不会介意，我们湘湘一定会穿着球鞋、披上自己设计的婚纱……是不是呢，湘湘？"

母亲的话犹在耳边，她至今仍记得自己当时的沉默——像这样的无言以对，是母女间最尴尬的时候。

屹湘默默地看着 T 台上，这么多件作品，她闭上眼睛，都能将它们的细节描摹得不差分毫，然而她完全不会去想象自己穿上它们的样子……

"Vanessa，现在风评最好的，不是莎娜穿出去的那件——十二号……"Joanna 百忙中不忘翻看社交媒体。

屹湘看向她。

"是那只菜鸟穿的蝴蝶系列三号。"Joanna 笑。

哦，是那件——象牙色，上半身刺绣，下半身是手工蕾丝拖裙，简单的蕾丝头纱，从头顶垂至脚踝，与拖裙浑然一体。被 Joanna 称为菜鸟的模特，是德日混血儿，恬静中带有几分野性，刚刚十七岁，这是她第一次上大型秀。

屹湘莞尔，别看她们现在是菜鸟，迟早会变成像莎娜那样的老油条，懂得在上场前打坐静心，懂得如何讨好甚至调戏设计师。

Joanna 看看手表，时间差不多了。她挥挥手，模特们静静地集结。

屹湘回头一望，乌泱泱一片婚纱的海洋，场面非常壮观。Vincent 出现在她们对面的出场口。

"花束确定都处理过了吧？Vincent 有花粉过敏症，很严重。"屹湘又想起来。

"记得的。我虽然恨他，但还不想他这么早死。"Joanna 笑。

"是他喜欢的红睡莲？"

Joanna 说了句什么，屹湘还没听清楚，就见 Vincent 突然向她招手。此时场内模特们都站好了位置，后台的模特们也自动站成两排，准备跟随设计师再度出场谢幕。背景音乐已经由舒缓变成轻快，只待人踏准节奏上台了。

见 Vincent 还是不动，屹湘跑过去，催促他："快出场啊！"

Vincent 的双手突然搭在她的肩膀上，大力向前一推，准确地把她推到了出场口的中央位置，说："去尽情享受属于你的时刻吧！"

屹湘趔趄了一下，极力使自己保持平衡。灯光师终于捕捉到人影，三束灯光同时跟到，她眼前顿时白花花一片，跟着头脑便有瞬时的空白，但心里还算清楚——中招了。

她站在那里一时没动，耳朵只听到 Vincent 和 Joanna 一起喊："Vanessa，快走！走啊！"掌声就在此时响了起来，也在催促她上场。

屹湘攥了下手，除了面前这条宽三米、总长近百米且横生出"枝节"的 T 台，她根本没有别的路……她几乎能听见自己的呼吸声，这么清晰，又这么急促……她再也顾不得多想，迈步走了出去，掌声更是如潮水般涌来。

也不知道还有没有比她出场得更仓促的设计师了，总之，她一件茶叶末绿色的衬衫、灰色开司米长开衫，黑色亚麻布的长裤拖到脚面，为了舒服，穿的还是土黄色的旧僧鞋，看起来既不起眼，又相当敷衍，甚至还很邋遢。好在这就是个人人都特立独行的行业，倒也不必太在意……她握着空拳走在 T 台上，不时向左右两侧的嘉宾点头致意。

亚克力的台面被地下的灯管炙烤，温度不低，令她更加汗出如浆，像处在一个压力锅中，越来越热。除了音乐声和轰鸣的掌声，她听不到别的。明知身后有很多人在跟随，热浪烘托下本该是香风阵阵，却空荡荡的，好似只有她一人在行走。她终于站在 T 台的尽头，有人送来大束的鲜花。一束接一束，她应接不暇。她接下花束后交到身后的模特手上，对前方的观众深深鞠躬，良久不起。

嵌入式的 T 台设计，观众近在咫尺。面对一场如此奢华的视觉盛宴，观众并不吝惜掌声和赞美。她一再鞠躬致谢，慢慢后退。待要转身退场，小小的一束茉莉花被捧到了她面前。小巧的花束，不盈一握，然而香气扑鼻，令人怦然心动。

"祝贺你。"

屺湘接过花束，看着面前这个年轻的女子——模样普通，但笑容明亮。她穿着深灰色蕾丝嵌纱小礼服，左胸口贴了蓝色底子的贴纸，是特邀嘉宾。她见屺湘没有即刻离去，趁机执了屺湘的手，小声说："稍后的拍卖会上，我会竞拍'蝴蝶六号'。那件婚纱好美，我志在必得。"她眸子中有异彩，那是看到心爱之物的渴望。

"祝你成功。"屺湘匆忙说了声"谢谢"，这才转身往回走。

"蝴蝶六号"是一件奶油色露肩短款婚纱，清新俏丽，恰恰配这爽朗可爱的女郎——她有眼光，知道什么适合自己。

屺湘深吸口气，手中这束茉莉，香气越来越浓郁。

T 台的尽头，美丽的超模们形成人墙，隐约可见那几位好同事，踮起脚来向她挥手，特别开心的样子……她微笑，再次向来宾鞠躬致谢，直起身来，突然拨开人墙钻出去，把 Joanna 和 Michael 拖到前面来。

那两人的模样比她还要狼狈，站在 LW 的背景板下，她将二人的手高高举起，使劲儿摇晃。

砰的一声轻响，头顶的巨大彩球爆开，淡蓝色的玫瑰花瓣纷纷扬扬撒下来……

屺湘笑着，看着花雨中一张张美丽的笑脸。此刻，她很难不激动，也很难不骄傲。她的余光瞥见莎娜，明亮的莎娜站在最明亮的位置，优雅而动人。

屺湘向莎娜点了点头，回头寻找 Vincent，却不见他的人。她心里有数，悄悄离开欢庆的人群，往后台退去。

所有人都在说"祝贺你"，她笑着回应。

Joanna 追上来，提醒她赶紧换礼服去拍卖会场。她忽然想起那束茉莉，问："这场拍卖会邀请的嘉宾里，有没有……"

Joanna 看看她，以为她是对某位受邀嘉宾感兴趣，微笑道："程序上，早两个月发出邀请函，提前一周再次确认是否到场。想要找哪位嘉宾，让公关部的同事查一查即可。"

屺湘摇摇头，她倒也并非一定要知道人家的确切身份……她换好衣裙，整理了下——黑色樽领毛衫配灰色纱裙，一点儿其他配饰也无，简单也是简单极了，在衣香鬓影中毫不起眼。不过这也是她需要的。

Joanna 从镜中看她，说："人美丽是很占便宜的，什么姿态都是好的。"

屹湘正拿了一管唇膏往嘴唇上涂，听了这话，嘴巴一嘟，像颗樱桃。

"还说我。"她按住 Joanna，三两下给 Joanna 画了眉毛和睫毛，好令这对绿色的大眼更加美丽、突出。

Joanna 动弹不得，还不忘问："你有没有觉得 Vincent 怪怪的？"

屹湘收了睫毛膏："哪里怪？"

"说不上。总觉得他这次来东京，人好像完全不在状态……"Joanna 住了嘴，门口有人走动。

"谁没有一两天状态不好的时候。"屹湘淡淡地说，她将那一束小小的茉莉花，塞进宽大的包里，"走吧——他普通感冒，休息下就好。"

Joanna 耸耸肩，说："也是……不过 Vanessa 你一定知道什么。"

"对，我知道。我知道 Vincent 得了绝症，在巴黎养着一个将上大学的私生女，他正准备跳槽去别家公司。"屹湘说，抓着包，问，"还不走？"

Joanna 笑得前俯后合，说："你真是个怪物，怪不得 Vincent 那么欣赏你。对了，你知道吗，今晚 Laura 也来了，就坐在贵宾席的中央。"

屹湘意外，短短十分钟，眼前几乎白花花一片，天皇驾临也不过是一个白色的影子，她哪儿顾得了这么多。不过，照原计划，Laura 是不会出席的……

"Vincent 说，可能 Laura 是不想自己私人收藏的礼服落入别人手里，正好也是做善事。"Joanna 笑道。

屹湘沉吟，做善事哪里一定要亲力亲为？Laura 才不会无缘无故走这一趟。

走进拍卖会场，屹湘第一眼就看到了站在离入场口很近的位置同嘉宾寒暄的汪陶生。Vincent 站在她身旁，两人都很有主人的架势。

Joanna 端了两杯香槟，分给屹湘一杯，轻声说："不亲眼看看，谁敢相信如今油价高涨、市场萧条的时候，这些人还乐得乘私人飞机满世界跑着做慈善？真荒谬。"

"肯做慈善总是好的。"屹湘端起酒杯，一嗅，"这可是下了血本招待客人？刚才还心疼油钱，怎么不心疼酒钱？"

"放心，这酒也是捐赠的。"Joanna 开玩笑。

有人从背后拍屹湘的肩膀，轻声问："Vanessa，真的是你？"

屹湘心里叹口气，终是有人认出了她。她回过头去，已经是笑盈盈的。待看清眼前的人，她心里还是有些感慨，没想到不来便罢了，一来就遇到这么多位同行和从前的同学……她一一握手寒暄，得体地应对，回答一些意料之中的问题。稍知她行踪的会说"这几年你竟不出来走动"；对她的近况一无所知的会说"原来你在 LW 高就"；

客气一些的会说"看你的设计再度惊为天人";热情一点儿的会说"Vanessa,这是我的新号码";再进一步的就说"下次有机会合作如何,我如今负责一个小组"……她渐渐觉得身上那种湿漉漉、黏糊糊的感觉越来越轻。

他们原本跟她在一条起跑线上,是同一个世界的人。她在他们面前根本无须藏匿,本色出场就好。她松了口气,累是累,但不觉得难过。

她说了这么多话,碰过这么多次杯,香槟却没有喝下一滴。杯上的水珠滑下来,落在手背上,渐渐蒸发掉,气泡终于也没有了,只剩下一点儿无生命的淡黄的液体。

有人说:"Vanessa,你从前嗜酒。"

她笑而不语。

Joanna 碰碰她,说:"Vincent 叫我们过去。"

她同旧相识们告辞,转身说:"谢谢。"

Joanna 把她手里的杯子接过来,一饮而尽,说:"帮你解围是我的责任……快去。Vincent 回过好几次头了,你再没反应,他要亲自过来叫你了。"

屹湘笑了,抬眼看去。这次不是 Vincent,而是 Laura 向她轻轻点了下头,示意她过去。

Joanna 又塞了一杯香槟给屹湘,自己倒没跟过去,只看着屹湘走到老板身边稳稳站定,由老板介绍给面前的本国政要。

屹湘不卑不亢,表情刚刚好,就好像她只是走开片刻,马上会转身回来继续上一个话题,没有尴尬,不见拘谨。

Joanna 微笑——Vanessa,真有你的……一个老朋友、老同学名单里几乎囊括各大品牌新生代名设计师的"小喽啰"?她呷一口香槟,眉眼顿开……

那边,屹湘确实如同她外表看起来那样镇定自若。她站在 Laura 身边,绝大多数时间做聆听状。Laura 谈兴正浓,面前这位政要看起来对谈话内容极有兴趣,听得很认真,只是眼神不时地照顾到屹湘。与 Laura 谈话告一段落,他才礼貌地转向屹湘,问:"你来自北京?"

屹湘点头称是。

他微笑道:"二十多年前有幸访问贵国,在宴会上曾见过一个小女孩,你长得很像她。对不起,也许是我用词不当,是她非常像你……这里有一颗漂亮的痣。"说着话,他的手指在下巴处一点,微微转向身旁的夫人。夫人点头,表示同意,两人都笑了起来。

屹湘也笑了。她看着面前这位老者。他头发花白,回忆起多年前的事情,清癯的面上有着与身份地位不符的稚气的笑,像自己对面站着的,不是陌生的美丽女子,而是仍在稚龄的孩童。夫人的神情、态度也是相似的,只是站立一旁,并不多话。

屹湘微笑不语。

Laura 看看屹湘，微笑道："Vanessa 也有令人过目难忘的模样。"她的语气是半开玩笑的，在这种非官方的场合，这种程度的玩笑无伤大雅。

老者点头，笑着说更令人印象深刻的还是天赋和才华，刚才看到了她的作品，非常好。

屹湘适当地表示了感谢，并不过分，免得显出受宠若惊的样子，不够得体。

老者看向屹湘的目光里多了层深邃，稍稍一顿，才说："欢迎你来到鄙国，祝你此行一切顺利。有什么需要的，请尽管与我联系。"他说完，身后的秘书双手递上一张白色的名片。

屹湘也双手接了，郑重地致谢。出于礼貌，她从手袋中抽出一张卡片，写上了自己的电话号码。

老者这才携眷属离开。

屹湘老老实实地把名片收好，见 Laura 与 Vincent 都看着她，轻声提醒："拍卖会马上就开始了。"

果然，一阵清脆的铃声响起，主持人宣布拍卖会马上开始。很快，拍卖师走上前去，宣布完本场拍卖的规则，请大家关注第一件拍品……

屹湘听着拍卖师那富有磁性的嗓音，环视场内——这并不是严格意义的拍卖会，到场嘉宾们除了手中的号码牌，没有固定的位子，与普通的 party 无异。

Vincent 笑着说："Laura 对这件拍品志在必得，她当年发誓要穿它出嫁的。"

Laura 毫不介意 Vincent 当着屹湘的面揭她老底，拍卖开始，开开心心地举牌竞价。

屹湘拉了 Vincent 一下，低声说："我的任务圆满完成了。"

Vincent 的目光在场内不住地跑来跑去，拍卖师指向哪里，他就看向哪里——有两位竞价者在与 Laura 竞争，价格上升得很快，气氛紧张而有趣——

"什么圆满，勉强及格而已，怎么？"

"我不随大部队回纽约。你答应我的，给我时间考虑去留。"屹湘说。

"你要在这里考虑？"

屹湘看着 Laura，她高举号码牌，手腕上一串金色大溪地珍珠明晃晃的，仿佛在哪儿见过相同的款式……婚纱的价格在不住地攀升，已经远超一件礼服所值，可以预见成交价格必然高得离谱。即便是做慈善活动，这样的富贵逼人，也实在是令人叹为观止。

她实在没有兴趣再耽搁下去，说："我也有私人理由，想在这里多逗留两日。也许找个足够清静的地方睡两天。最近我睡眠严重不足，已经要影响判断力了。"

Vincent 这才转头看她，问："想去哪里？要离开东京？"

"是。"屹湘说。

"那凡事多加小心，有状况先联络阿部先生。"Vincent 开玩笑。

"喂！"

"好，有状况先联络美国大使馆。"他说。

"我是中国人。"屹湘不乐意了。

"真的？"Vincent 故作惊讶，"我以为你已经加入美籍，赚美金交税，名正言顺不再回国……"

屹湘气结。

"好了，不开玩笑了，去吧。我知道肯耽搁到这时已经是你的极限。"Vincent 说笑，"你真是有艺术家气质，柴米油盐必须有人替你打点好才是，绝不肯为了营销放下身段去应酬。"

"你说的那是 Josephina。"屹湘也不管前面就站着人家的姐姐——人家的姐姐这时已经把那件婚纱推到了一个令人咂舌的高价——

"老土。"屹湘故意说，知道那是 Vincent 初入 LW 时的设计。

Vincent 反唇相讥："过不了两季，你的设计也是文物。"

"不，我的设计永不过时。"屹湘的目光搜寻着那个"茉莉女郎"，果然看到她站在离拍卖师最近的位置，身边陪着两位年长的女士，与她一样紧张。她微笑，待嫁新娘对中意的礼服分外执着。

"永不说永不。"Vincent 笑道，他知道她连日的辛苦，伸手示意她过来一点儿，拥抱她，说，"注意安全。"

屹湘点头，不想再惊动他人，悄然离去。她边走边发信息给 Joanna 和 Michael，告诉他们自己先行离场，然后会在此做短途旅行，之后纽约见。听见有人叫"屹湘"，她抬头，迎面走来了邬家本。

"怎么这么快就走？"邬家本身穿挺括的灰色燕尾服，打着领结，十分庄重。屹湘险些以为自己看到的是站在神坛前要宣誓照顾谁一生一世的新郎。她一时没有出声。

"屹湘？"邬家本叫她。

屹湘点头，说："我另有行程。"

"那我送你回酒店，你一个人走不安全。你饿不饿？"

"不了。"屹湘有些别扭地说，不习惯被人照顾了。尤其是被男人照顾，她不习惯了，虽然此时她饥肠辘辘，连香槟也没顾得喝一口……刚刚会场内有无数的美食，只可惜她完全没机会享用。

邬家本笑着问："有没有人跟你说过，你不会撒谎？"

屹湘叹气，问："那女孩子是谁？"

"哪个女孩子？"邬家本反问。

"刚刚有位小姐送我花，是替你送的吧？你怎么知道我喜欢茉莉花？"

"我第一次见到你，闻到茉莉花香。不知道为什么，我觉得你像一朵茉莉花。"邬家本微笑，"那是我堂妹邬家齐，她秋天举行婚礼，我自告奋勇替她制作礼服，可她偏偏喜欢 LW 的出品。"

原来如此，屹湘微笑。

"你怎么猜到跟我有关？"邬家本问。

"以假乱真东京人，往仙台去，新干线还是飞机更快？"屹湘不想回答他的问题，也开始反问。

"你想去仙台？"家本陪她走出酒店。

屹湘点头。

"若不是我今晚就得返回纽约，便可以陪你走一趟。仙台有最美的森林和海景，只是现在天气还冷，不算是好时节。你怎么会想到要去那里？"

"那里有藤野先生。"屹湘照旧不打算正面回答他的问题。

"OK。"邬家本笑了，"从羽田机场乘飞机到仙台机场很便捷，如果你是第一次来日本，可以搭乘新干线，欣赏下沿途的风景也不错，时间上差不多。"

"谢谢你。"屹湘微笑，"我决定乘飞机。"

邬家本明白她并不是真的需要他的建议，只说："屹湘，多加小心。"

"我会。"屹湘点头，"谢谢你的花。"

有出租车停了下来，邬家本替她开了车门。

屹湘拦住他，道："送到这里就可以了，谢谢你。"

邬家本默默地看了她一会儿，点头，目送她上车离开。

屹湘回到酒店，直奔前台。她跟服务员要了信封，想一想，到底写了一张字条随同 Ian 的手机一同封了进去。最近很少有机会提笔写字，有点儿生疏，但她很认真地写了。

"你的字写得还真漂亮。"是一口漂亮的美音，她听过的。

将句号重重地写下，她转头看了一眼身边的清俊男子，才从容地将信封交给服务员。那人见她面无表情，知道自己唐突，笑着致歉："我没有别的意思，只是刚才无意中瞥了一眼，很欣赏您的字。"

这时他身后有人笑着说："李晋，你先办正经事，不然董先生又该发火了，到时我们统统惨了。"

李晋也笑，彬彬有礼的服务员将一张表格交给他，说："请您填妥。"

他仔细核对内容，说："给你们添麻烦了。"随后他签了单子。

屹湘看到那表格的抬头，知道是很郑重的投诉书。

"我们保证按时交给客人，那么，回函怎么交给您？"负责她的服务生微笑着问。

"不需要回函，谢谢。"屹湘收了笔。

　　一旁的几个人还没有办完事情，见她离开，客气地点点头。她没有理会，径直离开，去等电梯了。

　　酒店电梯前的景观很是独特，她每天出入，在这里逗留的时间都显得很美好——三面巨大的水墙，将等候区围成一个安静又明亮的空间。客人在这里等候，仿佛置身于海底世界。水墙里只有一种鱼，是可爱的小丑鱼。这种热带咸水鱼，在店中随处可见。数量多，品种也多，许多独特的花色，看上去赏心悦目。

　　屹湘看得出神。

　　这些自由自在地游来游去的小丑鱼，一会儿游到这里，一会儿又游到那里，她只要抬起手来轻轻一碰玻璃，就有好奇心特别重的小丑鱼游过来。

　　"红双带、番茄……黑豹……"她辨认着种类，她应该还能多认出几种的，但这会儿怎么也想不起来。

　　身旁有人站了过来，保持了适当的距离。她余光一瞥，知道是那位偶遇过两次的清俊男子。

　　"那条是黑双带……这条是咖啡小丑……"李晋看着水墙内的鱼群，微笑道，"很漂亮，是不是？"

　　是很漂亮，屹湘同意。但她没出声，移开半步，又拉开些距离。水墙玻璃明亮，映着他们的身影。

　　"这间酒店真有趣，这么多鱼，每日单单养护都是一笔不小的开销——每个房间里都有鱼缸，品种还不一样。"李晋说。

　　屹湘想着自己房间里的那一缸鱼——除了住进来那日，她还真没有再特别注意过它们。她每天回到酒店都很晚了，还有做不完的事，通不完的电话……当然即便注意到了，此刻她也没有要跟这位陌生人聊天的意思。

　　仿佛也没有期待她会接茬儿，李晋笑道："我们那一层客房的鱼缸里，差不多都是公子。"

　　恰好一条红白相间的公子小丑鱼游了过来，屹湘食指轻叩玻璃，小家伙停了一下，甩尾离开。

　　"整个酒店养了这么多，不都活得好好的？"有人说，"偏偏咱们那儿的，突然死了半缸。我一看，头皮都麻了，难怪董先生生气。"

　　"他又喜欢这个，不气才怪。"另一个人低声道，"要是有个什么原因还好说……鱼无缘无故会集体自杀还是怎么着？不查出原因来，下回不能订这个酒店了。"

　　李晋手里拿着投诉书的副本，此时瞟了一眼。他想起那触目惊心的鱼缸，略皱眉头，看了同事一眼，那人马上换了中文说："我心里扑通扑通的，老觉得不是什么好兆头。怪了，我从来不迷信的。"

"别乱讲。"李晋低声说。

电梯来了，屹湘先走进去。到十九楼的时候，站在外侧的李晋提早空出位置，方便她出去。

李晋等电梯门合拢，才轻声说："等下别多话啊。"

"哪儿敢哟。"

李晋沉默一会儿，问："刚刚出去那位，你有没有觉得眼熟？"

"有，那天在电梯里就碰到过。"同事笑了，想一想，说，"别说，有点儿像陈小姐。"

"陈小姐哪有这种气质。"李晋不假思索。

同事眉毛一扬，似不赞同。李晋也懒得多说，本来就是，各花入各眼。没错，陈小姐出了名的美丽，可就是没有这个女子身上那种……说不上来的味道。

——似有菊花的清香，眼神干净，面孔更是漂亮得不像真人，让人过目难忘。

电梯门开了，李晋却不动。

"走啦……李晋？你中邪了？"同事推他一把，他回神，同事小声说，"你自己去见董先生，我先回房间休息了。"话说完，同事像躲事一样跑掉了。

李晋只好自己去敲门，里面的人说了声"进来"。

屋子里温度有些低，李晋进门就不禁打了个寒战。他看看鱼缸，只剩下一缸清水，死鱼早就被清理掉了。

董亚宁靠在沙发上，一只手在翻文件，一只手拿了冰袋敷在左眼上。

李晋把投诉书副本放在董亚宁面前那沓文件上，说："酒店方面说，二十四小时之内会做出处理，结果会当面……"

"IEM那边有什么新进展？"董亚宁揉着冰袋。

"暂时没有。刚刚与杨总通过电话，杨总说百达那边也没有新动作，现在就看IEM董事会投票的结果了。百达前阵子派出游说小组分头做IEM董事的工作，收效如何，难以预料。"李晋轻声说。公司董事总经理杨东方曾经主张采取与百达集团同样的策略——游说各位大股东，但被董亚宁果断否决。董亚宁对在国外的投资案向来更为谨慎小心，一举一动都要经过精心策划和深思熟虑。反而在国内，他的方式方法有时更简单直接。

"这个才是二十四小时之内会有结果的。"董亚宁把冰袋换了一边，他的角膜炎症状轻多了，可是眼皮跳得太厉害。左眼跳完，右眼跳，跳得他这个从来不在办公室外看文件的人，敷着冰袋看了一晚上文件，却丝毫不见减轻。

李晋见没有其他的事情，先告辞离开。

眼皮仍然跳，董亚宁却已经看不进去文件了，索性丢了冰袋，踱到阳台上，点了一支烟。窗子只能打开一道十厘米宽的缝隙，吹进来的风有着三月里特有的寒冷，也有这时节特别的气息。

这对他来说并不陌生。

他已经记不清这些年过这个国家多少次了。像东京和京都，他都已极为熟悉。但他还记得第一次来时，满城樱花开得正盛，他得大把大把地吃抗过敏药，把自己弄成一个药罐子，还肿得一张脸见不得人……似有一只冰凉的手抚在了他的面颊上。

他猛然一醒。

不是的。

是他不知不觉间，靠在了窗子上。手里的烟已经燃了一半，烟灰摇摇欲坠，他往旁边的烟灰缸里弹了一下。

喉咙疼，抽烟也不是一个好主意。

他把烟掐灭。

从这里看下去，下面行走的人都像蚂蚁般大小。迷蒙的青雾间，他看到一个黑色的、瘦瘦小小的影子，钻进了白色的出租车……

上车坐稳，屹湘跟司机说羽田机场。

寄存行李的时候，酒店服务员贴心地给她准备了一叠资料——关于仙台、国内航班、新干线的小册子，分别用几种语言进行说明，还附有一张精美的樱花开放预报图。以日本地图为基础，从南到北，标明了今年樱花开放的时间，从三月中的最南端，到五月中的最北端，漫长的樱花季。

屹湘把资料都收好，她随身只带了一个背包，护照、信用卡和数量不多的美金、日元。手机是必须随身带的，相机却没有。一来沉重，二来……她摸着颈间细细的链子。

她并不是去旅行的。

在 VIP 候机厅等候登机时，她请航空公司职员找来一只小花瓶，注满水，茶几上有方糖，她掰了半粒放进去。

她从包里拿出那一束小茉莉，因为被保护得很好，花瓣没有脱落，翠色的叶子依旧鲜艳欲滴，只是这样的鲜活想必并不长久。她抚摸着这薄薄的、表面有点儿毛茸茸的叶片，仿佛抚摸到一段最好的时光——花盆里的茉莉，生机勃勃的，今日开了，明日照旧开。

她看得出神。

她很少买花，可是，曾经的宿舍里也有不少花花草草，但那些不是房东留在屋子里的，就是别人顺手乱丢过来的，有些甚至是被丢弃在路边的。

那盆茉莉则是礼物，她养了很久。她喜欢茉莉，他知道。今晚有那么一瞬间，她以为送来茉莉的是他，但绝不会的。他不会再送她礼物，更重要的是，这不是他的习惯做法。

董亚宁，他不喜欢送人没有生命的东西。

叶片黏在手指尖，又好像长出了刺来……

广播里在播报，请去往仙台的乘客登机。她站起来，不再回头看那束小小的茉莉花。衣袂间仿佛存有茉莉的香气，久久不肯散去……

到达仙台已经是凌晨三点，从机场往住处去，还有很长一段距离。开车的是位中年女出租车司机，司机少言寡语，只问了她的去处，告诉她大约多久之后就会到达。要说司机哪句话算多余，就是"那里很美呢"。

她便因为这句话有了点儿期待，虽然对在东京期间的行程并不十拿九稳，但她在纽约的时候便预订了住处。那是位于青叶山下的一处古老房屋，从页面上登载的图片来看，应该是很美的。

她记得陈太说过，去日本旅行，也最好住民宿，会有一些意想不到的情趣和收获，也好体验一下风土人情。除了念书的时候做背包族去穷游，这些年，她但凡外出总是住酒店，这一次便特意找了民宿。她一下就被这古屋吸引了目光。古屋外一排排高大的榉树，红褐色的树叶挂满枝头，异常美丽。其实那是秋季的景色，这时节去是见不着的，但不知为何，她一眼就中意这个住处。尽管住在这里，出入需要在路上多花费一点儿时间，但她并不介意。预订房间的手续也意外地简洁而且顺利，谷歌地图把古屋的位置具体到让她连门前榉树的间距都能推算出来。

此时往青叶山去的路，越来越宁静。穿行在森林之间的车子，在这漆黑的夜里，显得非常渺小。车子里的人，就更不必说了……

距离古屋还有一段路，便能隐约看到门前树下有两个提灯的人。出租车司机叫屹湘，说："有人出来迎接您了。"

屹湘付钱下车，替她开车门的是位身着褐色和服的笑眯眯的老太太，身后站着一个二十岁左右的年轻女子，两人同时对她鞠躬说欢迎光临。

屹湘的日语也仅限于能听懂"初次见面，请多关照"，除了回礼，做不了其他。幸好年轻女子懂得讲英文，虽然马马虎虎，但也介绍清楚了：老太太是此处的管家，她是这家的家务助理雅代，有客人来住宿的时候，她们集体变为服务员。

屹湘看她们热情欢快的态度，完全不似等客人到凌晨时分的模样，不禁也有了些精神。她这几日没能休息好，到这里来像是消耗掉了她身上仅剩的力气。

一踏进院门，屹湘就知道这是一处她心目中典型的日式古建筑，她所谓的典型就是很容易从飞檐和廊柱中辨认出唐宋时期中国建筑的风格来。木地板被老管家的木屐踏得吱吱作响，奇怪的是，声音这么响，却不显得突兀。似乎这么古老的地方，就该有吱吱作响的声音。

门口处有新式的拖鞋，也有木屐。那两人看着屹湘微笑，示意她随意。

屹湘毫不犹豫地脱掉鞋袜，穿上木屐。她有些担心此处还有别的住客，故而下脚尽量轻缓。雅代看出来，连忙说："您是唯一的客人呢。"

屹湘放下心来，但仍然轻手轻脚。

庭院里的灯光并不算明亮，寂静到显得沉闷，甚至有些阴郁。但一想到这寂静的院落、古老的建筑、热心的管家，为了接待她这唯一的客人而等至深夜，热情相待，她心里泛起一点涟漪，近乎感动。

她跟在雅代身后，走进宅子里。

静静的走廊里有淡淡的清香，不知是什么植物散发出来的天然的味道，偶尔雅代轻声说"请这边来"，她轻声应着，跟随她们慢慢向前走，也忍不住回头看看：除了自己的影子，此时果然是没有别人的了……

来到客房门口，她们请屹湘进去。

屹湘脱了木屐，摆在门边。榻榻米温暖而洁净，被褥已经铺好。枕边有一盏矮矮的素纸灯，描着几笔疏懒梅花。

屹湘坐下来，她坐姿很标准，老太太莞尔。雅代进来，将托盘轻轻放下，推过来，请她喝茶。

屹湘端着茶杯道谢，只轻轻抿一口。

两人客气地问她有没有什么需要，简单介绍了下房间在住宅里的位置，给她看了卫生间与浴室，确定没有疏漏之处，道过晚安，请她休息。

她们一走，随着脚步声淡去，卧室里完全静了下来。

屹湘将茶喝光，静静坐了片刻，起身走到房间的另一边，推开了门。外面是一方小小的天井，她坐下来，仰头看看天空，没有月，但已是这个时间，沉沉的天色中透着蓝，真美，美得令人立时三刻便沉下气来，只是很冷，黎明前的黑暗和寒冷总是有些难熬的。

她关上门，拿起放在枕边的藏青色睡衣，抖了抖，终于还是扔在一边，整个人倒在被褥上，来不及翻身就已经坠入了梦乡……

不知睡了多久，朦胧中，屹湘听到鸟鸣。那踢踢踏踏的脚步声由远及近，有人在叫她——湘湘、湘湘……温柔而含着笑意，像樱花开放的季节里扑面而来的那股春风，亲吻着她的面颊，令她沉醉。

她四肢酸软，费了点儿劲儿总算翻了身。榻榻米的温度在上升，她身上热，抬手拉扯着领子。领口里滑出的玉，搭在她的下巴处，比她的面孔都要热，热得烫人。

"湘湘、湘湘醒醒……"耳边又有一个声音在叫她。

"妈妈……"她觉得应该是母亲，可嗓音有点儿陌生。

"湘湘醒醒……"那声音竟越来越远。

"妈妈！"她大叫一声，随即睁开了眼睛。

屋子里已经亮了，她静静地躺了片刻，又翻了个身，透过纸扇门上窄小的玻璃窗——后院天井里，树梢探到廊下，像镶了金边一样——夜里只见院中树木葱茏，倒不曾看到这样的景象。她爬起来，看见树枝上挂了一只鸟笼，一只画眉鸟在笼中蹦蹦跳跳……刚刚唱歌的就是它吧。

屹湘披上一件外衣，推开门走了出去。天井里还有积雪，清晨的空气很冷冽清新。她站在屋檐下，伸展着四肢，画眉鸟叫得更欢快了。

远处重峦叠嶂，云雾缭绕……

"那是青叶山吧？"出去用早点的时候，她问老管家。她问出来，才想起对方也许不会讲英文，不想老管家含笑点头。

"松子太太是战前出生的一代，英文会听，不会讲。"雅代笑着说，"您今天是要去瑞严寺？"

"是的。"屹湘说。她还很想去爬爬青叶山，不知道时间来不来得及。

从这里看出去，那山像是会招手唤她，她道："山景真美。"

"明天早上，我来带路，我们去爬山。"雅代说。

她看看时间，请屹湘用餐："车已经在外面等您，我们会准备午餐等您回来。"

屹湘道谢，午饭后，她还需要一场好眠。这里环境安静又舒适，太适合休养生息了……她吃着早餐，想着等下要去的地方，心情却没有那么轻松。

车子还是昨晚那辆出租车，女司机照旧彬彬有礼且不多话，车子开得又平又稳。车子在镇口转弯时被一辆香槟色宾利超过，她也不着急，仍旧把车开得稳稳的，屹湘更不着急。

一路无事，司机将屹湘送到瑞严寺门口停下车，告诉她自己会在这里的停车场等她，还给了她一张联络卡。

屹湘把卡片收好，往寺院走去。

也许不是旅游季节的缘故，入口处没有几位游客。屹湘从皮夹中抽出一张纸币，去自动贩票机上买票。时间还早，足够她慢慢来。参道因为两边遮天蔽日的水杉林而显得略微狭窄，水杉的嫩芽冒出来，毛茸茸的，青黄相接，令人觉得尤为春意盎然。

走在她前方的是几位老者，穿着黑的、灰的和服，腰间白色的扣绊处垂下短短的丝缘。屹湘并不欲超过步速极慢的他们，她静静地听着木屐敲在薄薄的石板路上的声音，看着这传统的服饰、苍老的风度、优雅的步子。从前修习服装史，她曾花费大量时间研究和服，单是画的草图就有一大盒，眼下也不知都被丢到哪儿去了……前方老者似觉察有人远远地跟随，回头一望。

屹湘微笑，对方竟微微鞠躬还礼。此时已近山门，有迎客的僧人候在门口处，将几位老者迎入。屹湘跨过小小的山门，像她这样当普通游客自然没有人专门招待，自便罢了。这对于她来说，倒是求之不得的，她独自悠闲地往寺内走去。

这所当年仙台藩主伊达政宗花费大量人力物力整整用了四年时间改建的寺院，在五百多年之后，保存甚为完好。屹湘站立在庭院中央的位置，观察瑞严寺主建筑群的全貌。

坐北朝南的本堂是座单层重檐建筑，高大而厚重。堂前的空地上有两棵极粗壮古老的水杉矗立。屹湘走到树下，手臂伸过去，一人无法抱住它的"腰"。她靠在树上，拍了拍树干。往本堂去的石阶边立着一块白色的板子，上面有毛笔书写的潇洒文字。大体的意思让人猜得到：此时本堂内正在举行法会，暂停参观一小时，请游客止步。

走了这许久，屹湘正有些疲惫，索性脱了鞋子上台阶，就在殿前的木板地上坐着歇息。本堂内一阵喧闹后，传出了朗朗的诵经声……她靠在深褐色的廊柱上，看着面前这两棵枝繁叶茂的古老梅树。梅树下立着木牌，看了名字才知道这就是寺中有名的"卧龙梅"。一棵深粉，一棵乳白，微风拂动，梅花的清香与殿中的线香混合在了一起，让这所有的一切有了如梦似幻的味道……她闭上眼睛。

耳边只有诵经声，阳光暖暖地照在身上，像极了温柔的拥抱。

她抬手按在胸口处。良久，她一动不动，似已忘了自己此时身在何处……渐渐眼角有了些泪意，胸口也闷痛起来，她抬手遮住双眼。

再睁开眼，视野中一片明亮，她已经恢复了清醒和镇定。殿中诵经声仍绵延不断，她一句也听不懂，可那闷痛感渐渐消失了。她这才慢慢起身，尽量不发出声响。

她从来不是有慧根的人，也不曾皈依任何宗教，然而所到之处，必须尊重他人的信仰，这是理所应当的。见殿门前有人跪坐，她轻手轻脚走过去，在稍后面的位置停住，依样跪坐下来，双手合十。

此处正对殿门，香气浓郁，她忍不住打了个喷嚏。她忙低头翻包，前面有人回头看了她一眼，递上一方手帕。

屹湘看到这人手腕上那串淡金色的珍珠，心跳几乎漏了一拍，马上抬起头来。

"Laura？"她忘了接手帕，瞪大眼看着面前这位一身黑衣、面上只化了淡妆的女子。

"嘘！"汪陶生比了一个噤声的手势，示意她移步。

屹湘接过手帕，擦擦鼻子，起身随汪陶生穿过走廊。

汪陶生径直带屹湘走进偏殿，屹湘进了门，看到等候在这里的是两个陌生的面孔。见她们俩进门，陌生人忙倒上热茶，看衣着和神态，倒像是跟在身边的佣仆。

屹湘打量着屋内橘扇，土黄色的底子上金碧辉煌的日式绘画，精细华美。她看得入神，只听汪陶生在一旁与人低语，她尽量忽略，但还是有一两句飘进了耳中。

"……还要一会儿才结束……今天看起来还好……"

她轻轻往一旁挪了挪，看着面前的茶杯，不动了。

汪陶生回头见屹湘只是坐着，说："你在殿前吹了这半日冷风，可不要感冒了，喝点儿热茶暖暖。"

屹湘这才知道刚才自己那副样子都被汪陶生看到了，她倒不觉得难为情，大大方方地道过谢，端起茶杯来喝了一口。极品冻顶乌龙，她差点儿要赞一句，忙又忍住。

"你住在井村家？"汪陶生问。

屹湘愣了下，忽然想起路上超过去的那辆香槟色的宾利……她点了点头。

"我果然没看错，来的路上，我看到旁边经过的车里有人，只看了侧脸，觉得像你。这边居民少，镇上几户人家，只有井村家的古屋做了民宿，好像生意还不错。"汪陶生说。

屹湘有些不安，汪陶生看看她的表情，淡淡一笑，说："我来这里也是私人行程。放心，我只是请你喝杯茶，不会跟你聊工作。"

被看穿心思，屹湘有点儿尴尬。她咳了一下，再喝一口茶，喉咙还是有点儿紧。

汪陶生回头看了随从仆妇，问："夫人常用的枇杷膏带了没？"妇人应一声，回身从一个小包裹里拿出一瓶枇杷膏，放到屹湘面前。

屹湘推辞。

"家里自制的，每次出来我都随身都带几瓶的。"汪陶生亲手把枇杷膏塞到屹湘的手心里。

屹湘只觉得心里一暖。她拧开瓶盖喝了一小口，清甜之后是微苦，过一会儿，喉咙里才发甜。她就知道这是好东西了，不禁露出微笑来。

汪陶生见她的表情变化这般丰富，打心眼儿里觉得欢喜，笑得眉眼都弯了，只说："你听我的，把这瓶枇杷膏带上。家姐别的不精通，在养生保命方面是一流的。她也常常在春天犯喉疾病……"

"陶生？这是跟谁，就这么说起来，也不怕人笑话？"嗓音略有沙哑，似是教训，但听得出语气里的宠溺。

屹湘一怔，见屋子里的人同时从坐姿换成站姿，她也跟着站了起来，就见从门外进来一位同样穿着黑色套装的夫人。

这位夫人比起汪陶生略矮些，也更瘦一些，面上戴着墨镜，手中捏着竹柄手袋，还有一条卷得皱巴巴的手帕。

即使隔着墨镜，屹湘仍能感受到这位夫人锐利的目光在自己身上兜了一圈，锐利，但并不冷。

"时候不早，我们该回去了。"汪瓷生的目光在屹湘身上逗留了片刻，看向妹妹。

"不是说……"

"必须马上返程。"汪瓷生说着已经转了身。

汪陶生显然很意外，但她也没有再问。她跟着大姐走出去，见大姐行动相当快，已到阶下换了鞋子，知道大姐的确心急。

她心里有数，从榻榻米上拿起自己的手袋。

仆妇们也利落地收拾好东西，马上跟了出去。

汪陶生回身看了屹湘："带你一程？顺路的。"

屹湘忙说自己搭出租车回去，继续说："我想再逗留一阵子。您慢走。"

汪陶生点点头，追随大姐而去。

屹湘站在原地，看着她们一行人渐渐走远。也许是卧龙梅衬得她们的身影格外有韵味，她看得发呆。

她转回身，在偏殿里坐下来，发现她们离开时并没有带走茶杯——这茶杯非常漂亮。

她在手心里握了半响，把茶喝光，停了下，看了一眼杯底的款识——

小小的一枚红印——"汪瓷"。

她长久地看着这两个字，心里竟有些说不出的感觉，不知是感动，还是难过……她舒了口气，将Laura给她的手帕叠好，托了茶杯。她走出偏殿，恰好遇见寺内的僧人，很礼貌地同她打招呼。她犹豫了下，将茶杯包裹好，放进包里，准备离开。

回了井村家，松子太太和雅代果真替她准备好了午餐。因为事先了解过她的饮食习惯，主食准备了一碗用料十足的拉面，还有当地出名的鲫鱼寿司。

屹湘知道这种鲫鱼寿司的做法十分烦琐，也只有招待亲厚的客人，才会拿出来。

只是这味道实在太特别……她笑了。

松子和雅代也笑了，说："没关系的，你尽管皱眉头。即使是本国人，也有很多人吃不惯鲫鱼寿司。"

屹湘赶快喝一大口面汤："早说嘛！"

雅代的笑声如银铃一般，松子拍着手，笑道："郗桑很可爱哦。"

啊，已经很久没有人对她用这个形容词了……她大口吃面，毫不吝惜自己的赞美，逗得身兼主厨的松子非常开心，一餐饭吃得很尽兴。

饭后，她们继续聊了会儿天，屹湘想起来，向雅代打听镇上的居民。

"这里是不是有一位……"屹湘开了口，发现自己很难形容汪陶生那位气势逼人的"大姐"。那位夫人身上有种令她觉得熟悉的气息，也让她对其充满了好奇。

突然，她"啊"了一声，檀香味，那股子檀香味……原来她们已经见过面了。

"……是山脚下那户人家吧？那一定是阿部家。阿部家的主人每年只有春天来住几日。青叶山环境好，而且镇上的古樱花树在附近一带是有名的……"雅代把她知道的都告诉屹湘。

屹湘点头，其实也打听不到什么有用的信息。她转念一想，自己这是在做什么？

汪氏姐妹的生活，到底跟她有什么关系呢？她于是另起了话题，问起雅代即将在四月举行的婚礼。雅代跟所有的待嫁新娘一样，提起婚礼又兴奋又忐忑还有点儿害羞。她说自己家在仙台市中心，未婚夫的家人都是基督教徒，希望举行教堂婚礼。

"……可我的家人希望举行传统婚礼，我也喜欢传统礼服……郗桑，你有电话。"

屹湘道歉，取了手机一看，屏幕上显示的陌生号码来自中国。她停了下，还是接听了，同时起身往卧室走去。

"郗屹湘，猜猜我是谁？"对方一开口，鼻音好重，听起来怪异得很。

屹湘已经走回房内，笑着说："邱潇潇，你都多大了，还这么玩！听听你这破锣嗓子……你这是网络和通信又恢复正常了？什么时候正常的？"

潇潇只在那边笑。他一贯不回答这些问题，她也习惯了，倒是记挂他的身体，问："好些了没有？崇碧呢？还在你那儿？"

"在的。"潇潇说着，咳嗽了一声，"去洗脸了。她不太适应这儿的气候……我们正准备回北京。如果航班能正常起落，晚上就到了。"

"那好啊，你也该回去了。"屹湘靠在墙上，她有预感接下来潇潇会说什么。

她看着静静的庭院，等着潇潇开口。

潇潇沉默片刻，问："你呢？"

她装糊涂，反问："我什么我？你未婚妻叶大小姐给我的活儿，我还得回纽约去尽快给她收拾利落——你们俩结婚，我还得做苦力。我跟你说啊，我这回出的苦力，以后连本带利都得讨回来。你告诉叶崇碧，等嫁过来，有她吃我这个小姑子苦头的时候……"

"你回来再说呗，不信崇碧对付不了你。"潇潇淡笑，"回纽约？你现在在哪儿？"

"你管我，快回去做你的正经事吧。崇碧在呢，你不要老打电话，也多陪陪她。"屹湘笑道。

"到底在哪儿？"潇潇追问。

屹湘叹口气，说："我说，咱俩号称是双胞胎，你什么时候也上演点儿万里之外感应到我有危险的戏码……"

"别胡说。"潇潇打断她。

屹湘转身，将门推开些。午后的阳光照进来，温暖极了。她说："我来日本出差，过两天就回去了。"

潇潇又沉默片刻，欲言又止，末了，只嘱咐她凡事小心，收线之前说了句："我等你给我送大礼回来，这可是你当年信誓旦旦给我保证过的。你也说咱们俩是双胞胎，你好意思不回来参加我的婚礼？"

屹湘看着那只在笼子里梳理羽毛的画眉鸟，胸口有说不出的闷痛在慢慢加重。她握着手机，只是听着，不应。

潇潇无奈，又叮嘱几句才收了线。

屹湘站在那里，一动不动。只一会儿，手机又响，她看都没看就接听了。

"喂？你可真啰唆。"她笑了，到底是哥哥，"知道了！回不回去，我过阵子都给你准信儿……喂？潇潇？"听筒里没有声音。

屹湘又"喂"了一声，对方还是没有出声。她意识到了什么，静静地等着，胸口那股闷闷的痛感，越来越清楚，越来越尖锐……她想开口问什么，却开不了口，手渐渐发颤。

突然，她的身体仿佛被一只大手猛地拽住大力摇晃起来，手机砰地一下脱了手。她下意识要抓回手机，可四周所有的一切都在剧烈震动，她整个人被震得从榻榻米上弹了起来。

电光石火间，她意识到发生地震了。

她眼看着自己的手机落在榻榻米上，想抓过来，可随着忽上忽下的震动，她和手机都像在竹篓中翻炒的茶叶，轻飘飘地颠来颠去。她努力想要稳住身子，根本不由自主，随着颠簸的加剧，头晕得更厉害了。

她心里倒还没有慌，这个国家地震高发，她也不是没有经历过，知道这一阵过去之后会好的，但她必须找到安全的位置避震。她听见雅代在喊："郗桑跑到院子里！郗桑跑到院子里！注意躲避！"

她大喊一声"知道了"。剧烈的上下震动之后，是疯狂的左右摇摆。

屹湘头晕目眩，尽力往庭院的方向爬。震动丝毫没有减弱的迹象，她心底这时突然生出一阵恐惧来，有那么一瞬间，头脑中一片空白……她极力让自己镇定，眼睛一闭，猛地撑起手臂，腿脚用力蹬地，冲出了房间，跑到了庭院里。

屹湘跌倒在空地上，院中的树木哗啦啦疯狂摇摆，已经完全没有了之前闲适、宁静的样子。屋顶的黑瓦如同急雨一般掉落，她甚至看到屋顶与墙体都在往不同的方向移动，那巨大的缝隙，像是地狱之门。

身下的泥土会不会裂开？

她会不会被埋葬在这里？

头顶的天空照旧蓝得没有一丝云，怎样也不像是世界末日……忽然一个巨大的黑影从天而降，蒙在了她的面门上。她短暂地失去了一下意识。只是短短一瞬，额头剧痛起来的同时，她感觉到地面停止了晃动。

几秒后，两个黄色的身影从屋子里冲出来。

"郗桑！"她们大声叫她。

屹湘抬眼看着她们，抹了一下眉眼。睫毛上似是沾了什么东西，她揉揉，眼前顿时红了……她看了一下落在身边的黑瓦，知道自己是被击中了。

"郗桑，你受伤了，我们得离开这儿。"松子镇定地说。

地面却再次震动起来，松子和雅代一边一个撑起她，说："离开这里，太危险。"

屹湘想说，她有东西在屋子里，但眼下也知道，她就算是过了八辈子，也赶不上这二位丰富的抗震经验，这时候必须听她们的。她们俩半撑半抱带着她，三个人从一片狼藉的庭院穿过去，刚刚走出大门，就听到哗啦一下，院墙倒塌了。

屹湘跟院墙几乎同时栽倒在地，失去了知觉。

已经六点多了，广播里还在滚动播出日本地震海啸的灾情。叶崇磬见有电话进来，把广播的声音调低些。

下午在公司收到消息，开了个紧急会议应对突发状况。震后曾经有过短暂的通信畅通，可这段时间内他们得到的有效信息很少，随后通信和网络便都中断了，一直到现在都未恢复。会议讨论专门成立了一个小组负责与在日分支机构联络，有情况会随时通报给他。会议讨论的议题尽可能周详了，但散了会，他还是有些不放心。灾难造成的影响在短期内不会消除，他得做足准备应对。

离开办公室时，Sophie还补了一份文件给他，是关于IEM的。他看了资料，立即联系董亚宁，电话却无法接通。按说，他昨天就应该从东京回来了，而且IEM那里有这么大的进展，他还不得敲锣打鼓地跟他说一声，好套他们的钱，怎么这么安静？

怪事。

叶崇磬把车停在家门口，只从车子上拿下一个小袋子。刷卡验明正身后，他顺便跟值班人员聊了几句。他也有好久没回来了，这批人是去年新换的，人家认得他，他不认得人家。

他一路进到内院，遇到的工作人员都屏声静气的，他就知道父亲大概在家办公。果然，他走到父亲的办公室外，门就开了。父亲的秘书陈志英出来，看见他便微笑点头。

"忙着呢？"崇磬打过招呼，看了眼办公室的方向，问。

"嗯，今天格外忙些。"陈秘书回答。

叶崇磬看他的样子，知道他必然是有事情要马上去办，便压低了声音说："我看我还是等会儿再过来吧。"

"进去打个招呼吧，刚还问起你呢。"陈秘书提了一句，先走了。

"是崇磬回来了吗？"里面传来一声。

叶崇磬听到，忙应声："是。父亲，是我。"他推门进去，叶居贤从办公室里踱出来。

崇磬微笑着问了父亲好，叶居贤点头。他穿着灰色的长裤、白色的衬衫、灰色开司米毛背心，整齐而简单，头发是自然的花白，从来不过度修饰渲染，倒更显得风度翩翩，威严中添两分儒雅。

崇磬看看父亲，说："妈妈没说您今儿在家。"

叶居贤笑着说："我也刚进门，再不回家吃两顿饭，你妈妈要把我扫地出门了。"

叶崇磬笑。

"可她比我还忙，我倒要怀疑她是不是有这个时间。"叶居贤指了指沙发。叶崇磬坐下，把随身带的袋子放在茶几上。

叶居贤便问："这是什么？"他竟然显得很好奇。

"我在神农架的那个小茶场新摘的雨前茶。妈妈嘱咐我说今年的雨前要记得给她弄一点儿尝尝。若是能入口，她要送几个朋友的。"叶崇磬说。

叶居贤听了，笑道："你就偏爱弄这些玩意儿——等下我也尝尝。"

崇磬微笑，听到外面有脚步声，他回头见是母亲来了，叫了声"妈妈"，就站了起来。叶夫人刘迎霞在外面应声，片刻出现在门口，往里一瞅，笑道："哟，见了儿子露出笑脸了？"

叶居贤只是微笑。

叶夫人笑着进来，对崇磬说："你不知道，刚刚你父亲吼得半个C区都听见了。我在后面捡石头，那石头上的灰都呼啦啦往下落——被震的。"

叶居贤父子俩都笑。

叶夫人坐下，看看丈夫，说："我让做了你爱吃的菜，好讨你一个笑脸，不然等下有话都不敢说出口。"她说着又看向崇磬，问，"你跟碧儿联系过没有？我打电话都找不到她。"

"没呢，我也刚回来。她这几天应该很忙，回我一封邮件都说得乱七八糟的。"叶崇磬说着从袋子里拿出两个瓷罐，摆在茶几上，"这是上回跟您提的茶。"

叶夫人拿起一个瓷罐，上好的青瓷，小巧玲珑。她看看底款，笑道："偏偏连这个都做得精致。这个呀，一看就是你的品位。"她轻轻打开瓷罐，嗅了一下。

"嗯。"她没有具体评语。

叶崇磬笑了。

"瓷罐弄得这样漂亮，不怕人买椟还珠？"叶居贤笑问。叶夫人听了，不由得微微瞪了丈夫一眼。

叶崇磬笑道："这茶总共就没有多少产出，十几道工序精选下来，所剩无几，我就预备着送人的。这瓷罐就是配着好看些，不是什么值钱的玩意儿。"

叶居贤点着崇磬，说："偏偏能在这些地方用心。"

崇磬笑着说："永远要让客户觉得得到的是独一无二的。"

"难怪爷爷说你越来越像个生意人。"叶居贤说出此话，摇了下头，语气里没有褒贬，神态却有些不以为然。

"不像的话，父亲又要批评崇磬不用心了。"叶夫人合上瓷罐，嘱咐崇磬，"记得给爷爷送点儿去。爷爷且说如今的茶一年不如一年。"

"是。"崇磬点头。

"吃饭吧。"叶夫人说。

用饭期间，叶夫人就只提了一件事情，便是崇碧的婚事。崇磬只是听着，不发表意见。饭吃到中途，父亲就被叫走接电话去了，母子俩边吃边等，不久他却让人来说他继续去办公了，没有再回到饭桌上。

吃完饭，他陪母亲去了后院母亲的工作室，看那些奇形怪状的石头——曾是地质专家的母亲，对石头情有独钟。

"这个好。"崇磬摸着一块看上去普通的石头。

叶夫人笑，她进来便套上了罩衫，戴上手套，颈子上挂着老花镜。叶崇磬看着母亲的模样，大概没人知道私底下母亲会是这样一副打扮。

有一次董亚宁就说："叶伯母为什么总是那副不食人间烟火的清贵姿态，害得我在她面前做个动作、说句话都要小心。"

叶崇磬忍不住笑起来。

"笑什么？"叶夫人看了崇磬一眼。

崇磬微笑，只说："这块石头不错，昆仑的？"

叶夫人敲了敲那石头，说："你的眼光如今精进多了。"

"切开来看看？"崇磬笑着问，母亲的肯定让他窃喜。

"这样原封不动不也很好？"叶夫人含笑。

崇磬点头，也是。

母亲只是爱好收集这些，她自己收集的石头，从来不去验证。偶尔有特别好的朋友请她出手看看石头，她也出手。

印象里，母亲从来没有走眼过。有一次现场切石头，价值数百万的石头，看起来毫不起眼，石头的主人担心买到假的。

母亲说不会，这石头价值连城。

切石头的那日，他也在。第一刀切下去，横断面就是灰白的。石头主人的脸色便和石头一样灰白了。

母亲镇定如常，让人换个角度切，石头的主人担心得已经离席了。但真的再切下去，就露出绝佳的翡翠来——五颜六色的，有翡有翠，让在场的人叹为观止。数百万的原石，价值顿时不可估量。

后来他问母亲："怎么就那么确定？"

母亲说："经验而已。"

他后来也爱玩，偶尔赌石。起初买到打眼货居多，母亲知道了，总是一笑置之。她偶尔指点他，却又说，都是吃的亏多了才学会乖，失败的经验更是宝贵。他很用心学习，后来又吃过很多次亏，渐渐才摸出门路来。

母亲又告诫他千万不可玩物丧志，还强调石头也有生命，而任何生命，都要尊重。

"石头总不会骗你。"母亲说过。

他有时候觉得母亲对着石头的时候，反而会显得更加温情脉脉……

叶崇磬看着母亲这间工作室。这屋子是保护单位，不能改造，好在原本就是间仓库，收拾出来就能用。这里空间倒是足够，放进来一个又一个巨大的架子，地上、架子上，都摆得满满的，也不显得局促。只是，如今石头越攒越多了，眼看就不够用了。母亲在这里消磨的闲暇时间多，为了舒适，他问过母亲要不要换个仓库，他来安排合适的地方。

母亲笑着说不用，这些石头这会儿看起来数量不少，可以后搬出去的时候，自然只拣最喜欢的留着。她说，能从这里带出去的，其实很少，没有必要再费周折。见母亲是这个态度，他也就暂且不提了。母亲拾掇这些石头很是用心，最近她工作很忙，加上崇碧的婚事，要操心的事就更多了。

叶崇磬想到这儿，问："妈妈，崇碧的事，就这么定了？"

叶夫人拿着放大镜在石头上细细看了半晌，用彩笔画了个小小的十字，回身在笔记本上做了记录，才瞅了儿子一眼，问："怎么？"

"我还是觉得仓促了。"叶崇磬斟酌词句。

"崇碧不是小孩子了。"叶夫人轻声说。

崇磬点头，崇碧也这么跟他说的。

"妈妈，我得走了。"

叶夫人点头，嘱咐道："开车小心。"她说罢，低头继续工作。

叶崇磬跟母亲道别，替她关了门。隔着玻璃，他看了一会儿母亲工作的样子。他正要走，就听见母亲叹了口气，说："怪不得人们都说，儿大不由爷哦。"

"妈，您又想说什么呀？"叶崇磬笑着接口问。

叶夫人不料他没走远，也笑起来。

"我说你呀，还有碧儿，什么时候肯听我的话了？不管什么事，你们哪个不是自己拿主意？"

叶崇磬不知道该怎么回应母亲，只好笑着。突然，从外面传来一阵急促的脚步声，他皱了下眉。极安静的地方，再急的事，也不会闹出这样异常的动静来，这是谁这么没规矩……但他仔细一听，回身看时，廊子上出现了一个高瘦的身影。

"崇碧吗？"叶崇磬问。

"是，大哥，是我。"崇碧马上答应。

"你怎么回来了？"叶崇磬惊讶。他推开门，向里面道："妈妈，碧儿回来了。"

等叶夫人从里面出来，叶崇碧也走到了近前。叶崇磬一看妹妹的打扮，眉头顿时皱得更紧，问："你这是遭劫了吧？"只见崇碧牛仔裤船鞋、樽领毛衣外加一条五颜六色的伊斯兰风格披肩——有一大半拖在了地上……这何止一个邋遢可以形容！这还是他那永远一副精英范儿的妹妹吗？

崇碧却不在意，越过他跑去拥抱叶夫人了，嚷道："妈妈，我可想死你了。"

叶崇磬把妹妹拖在地上的披肩捡起来给她摆到肩上，不咸不淡地说了一句："你是想咱妈了，还是怎的？"

叶崇碧攀着叶夫人的肩膀说："妈，您看我哥，见了我连个笑模样都不给。"

叶夫人笑着问："你倒是说说，怎么就突然回来了？你哥刚刚给你把礼服邮到了纽约呢。"

崇碧还没答话，崇磬就说："我看，她这会儿就回来，没别的——你说，回来先去了哪儿？不先回家见爸妈！"

崇碧拿眼剜他，他在妹妹面前向来还是有点儿威严的，见她这神情便知有异，皱着眉往身后看了看，果然看到了邱潇潇。

"叶伯母，叶大哥。"潇潇走过来，微笑着问候，鼻音浓重。

叶崇磬看出他是生病的样子，就只点了点头。

叶夫人看了崇碧，有嗔怪的意思，道："怎么不先说潇潇来了？"

崇碧笑着说："要说的呀，没来得及——我们进来时，爸爸刚好要出去，看到了，扯住他说个没完。我着急想见您，先跑进来了……"

叶崇磬一半脸在阴影里，脸色比阴影还要黑。崇碧是女儿，最得父母宠爱，这样一撒娇，母亲十分受用，看样子根本不会计较她不打招呼就回国，还直奔了邱潇潇的驻地。他转头打量着站在他身前的邱潇潇，他们还是在一个月前匆匆见过一次。那回潇潇回京，他们恰好遇到。潇潇比那次见面时黑了，也瘦了，只一对眼睛仍是亮闪闪，极有神采。此时听着母亲问这问那，潇潇一一作答，又温和又亲近，看起来，已然是一家人的样子了。

叶崇磬忽然有点儿气闷。

叶夫人知道潇潇刚刚出院，未免着急，引着他们往前面去。潇潇跟母亲的对话既亲切又熟稔。叶崇磬跟在后面，听着潇潇跟母亲解释自己患重感冒的前因后果，惹得母亲直叹气——听得出，潇潇隐去了很多凶险，母亲多少有些夸张的心疼，她何时对他们兄妹这么关心来着……他侧脸看崇碧，只有这个丫头是真的担惊受怕，可担惊受怕到居然私自改了行程，过家门不入直接奔了霍尔果斯，还真是让人气愤。

崇碧看看他的脸色，过来挽了他的手臂，踮起脚来在他的腮上亲了一下："我着急嘛。"

叶崇磬五味杂陈，见崇碧撒娇，也无奈，故意说："你这种表现，从今往后，在邱家休想抬起头来做人。"

"咦……"崇碧不乐意，叶崇磬瞪了她一眼。

"崇磬，你开车来的吧？送潇潇回家休息吧。"叶夫人对儿子说。

叶崇磬看看母亲又看看妹妹，笑着问："那你们怎么回来的？没叫车去接？"

"打车呀，那么方便，干吗非让人接？就是车开不进来，我们俩走了一段。不过，巧了，在外面遇到茂茂，她特意送我们进来的。"崇碧眨眼。

叶崇磬眉抬了下，崇碧就笑了。

"怎么没请茂茂进来？"叶夫人笑着问。

"她说另外还有事情，今天就不进来了，改日再来拜访叶伯伯和叶伯母。"崇碧学着粟茂茂的口吻，娇俏活泼。

叶夫人笑了，看叶崇磬脸上木木的，笑着问："潇潇是回家吧？"

邱潇潇笑着点头，说："不用送，我走几步就到了。"两家的确是住得近，只隔了两个巷口，他这么说就是婉转地推辞。

叶崇磬于是笑笑，说："顺路的。"

他们出门上了车，崇碧又跟过来嘱咐："回家要多喝水，照医生说的早点儿休息，明早我去看你……"

叶崇磬不等妹妹说完，一踩油门，车子便弹了出去。从后视镜里看到妹妹挥着大披肩，他笑了笑。

车里的音响一直没关，仍是处在新闻频道。从广播里实时播送的数据来分析，地震海啸造成的伤亡和后果比之前预计的要严重得多，这会儿更是增加了核泄漏的危险……他听得皱眉，忽然发现潇潇从上车开始便没出声，于是看一眼，说："碧儿有时候很啰唆。"

潇潇上车就在听新闻里的内容，面色有些凝重。

听叶崇磬这么说，潇潇说："本来不该今天回来，但那边的条件一般，什么都不太方便，让她先回又不肯，才两天，人就瘦了一大圈，倒像她是病人了。"

"碧儿倒不至于那么娇气，初到那边有点儿水土不服是真的。不过碧儿也是，想做什么，立时三刻就要办到。你是回来开会？"崇磬问着，过了一个巷口。

"是。"潇潇看了下外面，一片旧宅子只有门前灯光，落了锁，黑漆漆的，"董家搬了？"

"搬走有半个月了吧。"叶崇磬也看了一眼。董其昌最近才正式搬离。按说他继续住在这里也是合情合理的，不知道为什么毫不留恋，据亚宁说他父亲更爱外面的清静。

"也好。"潇潇说。

叶崇磬看看潇潇，潇潇若有所思，不知在想什么。

"也好。"……潇潇跟亚宁的关系还是不错的。

两人淡淡地聊了几句，忽然潇潇的手机响起。叶崇磬放慢车速，就听潇潇"喂"了一声。

沉默片刻，潇潇又问："还没有消息？您不要担心，湘湘能联络我们，一定会先报平安的……那边恢复通信需要时间……"

叶崇磬的心一顿。

哦，湘湘，湘湘是去了东京出差？

"……我马上就到了，回来再说。"邱潇潇在这种时候，语气还是一如往常的稳妥。

叶崇磬把车子停在了邱家大门口。

"进去坐？"潇潇问。

"我还有事，改日吧，替我问候。"叶崇磬自然知道这时候不方便进去打扰。

潇潇也没有客套，点头下了车。他等叶崇磬掉转车头离开，转身噔噔噔地上了台阶，抬手跟门前值班人员打了个招呼，进门去了。

叶崇磬在车上看到，那姿势……他嘴角一沉，心想难怪都看好邱家的潇潇，虽然平常绝不显山露水，可真是要架势有架势、要派头有派头……

叶崇磬伸手调大音量，立体声震得座椅都有点儿发颤。

车子开到巷口停下检查，他取回证件把车子暂停路边，拨打董亚宁的手机，仍无法接通。他皱了下眉，拨电话给 Sophie。

Sophie 汇报说，车研究员等人早半天便从东京搭机去香港，此时一行六人均无安全之忧；日本分公司的雇员暂时没有人员伤亡报告，已经联络驻日使馆并且提供了在日员工名单；到目前为止通信未恢复，网络时断时续；余震不断，隔几分钟一次；位于地震海啸中心城市的两个办事处联络不上，据东京总办了解到的状况，恐怕处境堪忧……

叶崇磬沉吟片刻，说："让杜云泽准备，如有需要，马上去东京协助善后，第一要务确保在日分支机构人员安全。"

Sophie 应声收线。

叶崇磬随意点开一个网站的首页，图片内容已足够触目惊心。

他再拨打董亚宁的电话，仍是无法接通的状态。他有些担心，查查电话簿，拨打了董芳菲的手机，对方占线。看来董家现在也在着急呢……他正琢磨着要不要给芳菲先留个口信，佟金戈的电话就进来了，说找他有事，给他报了个地儿。

叶崇磬答应了。

车子出了长安街，东往西的方向在管制通行，他得绕道。这本是寻常事，这会儿却无端让人生出些心烦来。

他回国两年，始终难以真正适应这个与他休戚相关的环境。

屹湘摸着自己被包扎得严严实实的头顶，照着雅代给她的小镜子，还没等着看清楚整张脸，又感受到一阵震动，面孔在镜子里晃得重了影……她摸着鼻子，眨眨眼，情绪稳定。

坐在她对面的雅代整理着急救包，看看她，轻声说："郏桑很镇定啊。"

屹湘心想：都到这个地步了，不镇定又能怎样？

强烈的地震过后，她跟松子和雅代坐在路中央，看着周围歪斜的榉树、倒塌的墙壁，还有此时已经恢复原状的古屋，心里有种说不出的冷意。

雅代和松子分给她一个急救包，里面有压缩饼干、矿泉水、常用药物、手电筒和雨衣。知道她惦记自己的物品，雅代坚持不让她再回古屋，却趁着平静的间隙回到屋子里取了一点儿必需品，顺便把她的包和手机都找了出来。皮包破了，包里的平板电脑屏幕碎了；手机完好，只是电量剩余不多。没有信号，手机变成了会计时的"电子砖头"。这电子砖头的小屏幕上，显示有一个未接来电……她看着这个号码，关了机。

松子忧心忡忡地说这次地震恐怕非常严重。屹湘没有多少应付地震的经验，但刚刚过去的那可怕的几分钟，的确让她有种生死只在一线之间的感觉……但又像是在荡秋千，好像多年前在院子里荡得高高的、一伸手便能摸到天际似的游戏。只是那时候总觉得荡得再高，也会有一双手在她即将落地的时候扶住她的后背……她摁住额头。

雅代关心地问她怎么样了，是不是很疼。她说没事的，这点儿小伤，说得好像出生入死在她看来是寻常事一般……

她们随后便往避难场所集结，路上遇到了小镇上的其他住户，大家互相问候和安慰，询问彼此的情况。大家表情沉重，但都算镇定。屹湘走在人群之中，偶尔抬眼看看，四周满是骇人的景象。她明明是在往前走，心里却空荡荡的，好像在这刚刚遭遇灾难的地方，不知道还会有多少意外发生，可是也只能继续走下去。

他们到达紧急避难场所，已经是半个小时后了。这个紧急避难场所设在一所小学内，志愿者在他们到达之后给每个人做了登记，分配了应急用品。等安顿下来，天已经黑了。

屹湘不时听到有人在拨打电话，信号偶尔好一点儿，电话能接通，但也只能持续几秒，然后又是长久的等待。她握着手机，还没有拨出一个电话。说出去可能没有人信，天崩地裂的时候也没有怕，她却怕给家人报平安。

旁边有人拨通了不知是谁的号码，"莫西莫西"之后，竟是低呜。

屹湘发了会儿呆，按住电源键。信号只有微弱的两格，又忽然变为一格……她打给Vincent，不通；打给姑妈，对面无人接听；打给Joanna，无法接通；打给陈太，占线……信号时断时续，有时电话进来，还没等开口便断掉了。她只好反复拨打，希望有机会接通，哪怕说一句话，就能把自己平安的消息送出去。

她忽然听到"喂"的一声，对方大叫一声"湘湘是你吗"，她只来得及说出"姑姑，我在仙台，平安"，电话又倏地断掉了。

有人从外面走进来，呼呼的冷风跟了进来，屹湘搓了搓手。也许是紧张的缘故，或许还有些别的什么原因，她的手冰冷僵硬。

雅代小声说："下雪了，不知外面究竟怎么样了。地震后又发生了两次海啸，状况非常惨。"

屹湘发了呆，将手机放在地板上，她盯着屏幕，信号那一处是空白。

屏幕忽然亮起来，是Vincent打来的电话。屹湘赶忙接起来，说话间略微调整情绪，尽量语气轻松，Vincent的音量却大得像是狮吼。

屹湘突然有点儿好笑，就在这时，又有一阵剧烈的摇晃，持续了十几秒钟，身体随之晃动，让她的声音颤抖得厉害。她以为信号必然又会断，可余震消失，听筒里Vincent那狮子吼丝毫没有减弱，还听得到他身边那些人的大呼小叫——大家仿佛都疯了一样在喊"Vanessa、Vanessa还活着"……

她急忙说："Vincent，你替我转告大家——我平安。"

Vincent说："Vanessa，我们等你一起回纽约，你这个笨蛋，只要你平安回来，你就老死在纽约吧，我们哪儿都不派你去了……"

她说："好的，Vincent，好的。等我回去。"信号竟然持续到她收了线，她揉着眼睛，笑了。

雅代看她笑，叹口气，说："你怎么办呢，听说仙台空港都被海水浸了。"

"不怕的，我们一定会熬过去。"屹湘握住了雅代的手，也握住松子的手。

松子点头，她仍然平静而优雅。

屹湘心里却一阵难过，雅代告诉她，松子的家人都在海边……

"会平安的。"她说。

"灾难来的时候，才知道什么都比不过家人平安。"雅代轻声。

屹湘靠在墙上，头顶剧痛。她出了会儿神，跟雅代轻声说了句"我有个电话要打"，转身走到了门边。手机提示电量即将用尽。她看着外面漆黑的夜色，雪随着风吹的方向飘，呜呜的声响像是呜咽……她眼中含泪，正要拨号，屏幕上出现一串数字，有电话进来了。

她看出是日本国内的电话，接通，对方是一个陌生的男声，问她："请问是不是郗屹湘小姐？"对方显然笃定她的身份，直接用了中文提问，她猜得到这时候打来电话的会是什么人。

"我是。"她也用中文。他报上自己的名字和头衔，证实了她的判断。

"终于联络到你，请你告诉我……"

屹湘平静地打断他，说："辛苦你了。我目前很安全，不需要特别关照。我马上会跟家里联系。再见。"

她挂断电话，推开门走出去。外面细雪飞扬，吹到她脸上，刀割似的疼。奇迹般的，此时信号竟然接近满格。她将手揣在怀里暖了片刻，便不再犹豫，拨打了号码。

听筒里传出一声："您好，请问要哪里？"

她条件反射似的报了数字。

"请稍等。"

只响了两下，话筒被拿了起来，叮的一声。

是的，是父亲桌子上那架老式的电话，接起来会有叮的一声，挂断会有咚的一声，她在叮咚之间过了很多年……她忽然哽咽。

"我是邱亚非，哪里？"是父亲浑厚的男中音。

她说不出话，甚至发不出声，呼吸越来越粗重……她一把捂住了嘴。

"湘湘吗？"邱亚非的声音忽然提高，"是不是湘湘？湘湘？"

屹湘蹲下身，大口地吸着气。

"湘湘说话！湘湘？"邱亚非急切起来。

"是湘湘，是湘湘……爸爸。"屹湘一只手撑住湿乎乎的冰冷的地面，大地在震颤，她觉得头晕，可仍然坚持重复着，"是湘湘，爸爸，是湘湘……"

"湘湘……爸爸、妈妈、哥哥都在这里……湘湘平安就好……我们等你回来……"

电话又断了，屹湘把手机按在地上，整个人缩成一小团。冷风和细雪绕着她打转，似乎想把她打散，切成碎片，然后一吹而散。她小口吸着气，细细碎碎的，让自己能获得足够的氧气和力量。

爸爸、妈妈、哥哥……我还活着。我终于能亲口告诉你们，我还活着，倔强地活着。

通话中断了，邱亚非照着玻璃板上贴着的纸条上写着的号码拨出去，电话已经打不通。这串号码，从下午至午夜，他坐在这里不知拨打过多少次，已经烂熟于心，但每次拨，还是要核对清楚，生怕一个数字拨错，错过了机会。

他靠在椅背上，能听到女儿的声音，已经是安慰。他抬起头来，看着站在一旁的潇潇，轻轻点了点头。潇潇担心父亲的身体，说："爸，您别着急……"

湘湘打电话回来之前，他们已经收到消息，那边使馆的工作人员已经联络到了她，确认平安，父亲的情绪就比下午好多了。

"我怎么能不着急！"邱亚非的脸色相当差，他看了儿子一眼，说，"快去告诉你妈妈，让她放心些。"潇潇等父亲慢慢地缓过这口气来，才出了书房，在走廊上迎面碰见母亲，立刻把这个消息告诉她。

"妈，湘湘打电话回来了。爸爸接的。"他看着母亲的脸色，"没说几句话，只是报了平安。"

郗广舒手里握着茶盅，愣了好一会儿，才问："确定是湘湘？"

潇潇点头。

"我知道了。"郗广舒说，看看潇潇，"你回房去休息下吧，有她的消息就好，我们也可以暂时放心。"她转身进了屋子。

潇潇站在门口，母亲发红的眼睛，看在他眼里，跟父亲难看的面色一样，今天都令他格外难受。湘湘说，他这个哥哥总是感应不到她有危险……其实不是的。包括今天，以往湘湘有些不对，他都能感觉到。可比起其他人的哥哥，他是远远算不上合格的……那么，湘湘，你又能不能感应到家里人心里的难过呢？

他慢慢地踱到了东厢房。

房前的葡萄架，老藤缠绕，密密实实的。他总记得盛夏时节，那葡萄架下的欢声笑语……然而如今葡萄架还在，欢声笑语却都远去了。不知道还有没有那么一天，他们会重聚在这里……

他出了会儿神，进屋走到电话机旁，拿起听筒来。书桌有点儿乱，他推开一堆书，抽了纸和笔过来。电话还没转出去，他看着灯光下那小小的相框——那是一家四口在北戴河度假时拍的，兄妹俩都还是细细瘦瘦的少年，湘湘笑得极好。已经很多年了，他没有再看到妹妹笑得这样好过……

外面的风停了。

屹湘蜷缩在睡袋里的身体舒展了一下，比起隔一会儿便来一下的余震，头顶持续性的疼痛让她更为痛苦。一整夜辗转反侧，天蒙蒙亮，她才睡了一会儿。

"郗桑、郗桑。"雅代过来，轻轻推她。

屹湘睁眼，雅代告诉她，救援人员送来一批物资，而且可以带走几个人。

"郗桑，回到仙台市中心，你再想办法回东京。我们担心你的伤势，回到东京以后，请好好接受治疗。"

屹湘踌躇片刻，明白这是势在必行的。她是要走的，而这里的人则要花费长久的时间来应对这天灾造成的后果。

"你们呢？"她问。

松子不出声，只是看着屹湘，目光温暖。雅代扶着松子的肩膀，微笑着说："我和松子在一起，不要担心我们。"

屹湘从睡袋里钻出来，她把自己的东西留给雅代和松子。想了想，趁松子不在，她把钱包里所有的现金抽出来，塞进了松子的睡袋里——回头看到雅代，她脸上顿时热了，但此时她只能用这样的方式安慰可能失去至亲的老太太了……

雅代点头，轻声说谢谢。

她们送屹湘上车，临出发，屹湘与她们久久拥抱。

她说："我还会回来看你们的。"

雅代和松子点头，轻声说："我们还给你做好吃的拉面。"

屹湘微笑，上了车，坐到最后一排。车子开动了，她看着那两个瘦小的身影慢慢远去……是的，她一定会再回来的。她从车窗里看着静静伫立、岿然不动的青叶山，虽然很确定她一定会再来，但不知那会是何年何月的事了……回程漫长而充满未知的危险，她也不知是否能顺利抵达目的地。车子里都是陌生人，沉默而忧郁。

屹湘整理着随身携带的背包，包里的东西胡乱地裹在一起，最细小的东西也没有遗失，连在瑞严寺买的门票、Laura 留下的手帕和茶杯也完好无损。她出神地看了会儿那小小的门票，长出了口气。如果不是为了走这一趟，人留在东京或者已经在返回纽约的途中，怎么会遇险呢？然而有些遭遇就像命中注定，无法避免。

她将门票放到钱包里，塞回皮包，指尖碰到手机，顿了顿，轻轻往里推了推……

往仙台去的路上不断遇到阻碍，车子走走停停，速度很慢。车子于中途停下来加油，路边的加油站排了长队。等候时，屹湘下了车。她抬头看看路边的指示牌，标明往东京方向还有多少公里。听到身后有人在用汉语争论这样去东京究竟要花多少时间，她急忙回头。就在她乘坐的救援车前面，一辆斯巴鲁车边站着两男一女共三个学生样子的人，她果断地向他们走去。

来的路上得知仙台空港暂时封闭，新干线也已经停运，她到达仙台也只能等候。此时她要尽快赶回东京，只有乘车一个选择。也许是她的态度足够诚恳，当然最重要的是她的护照证明了她的身份是如假包换的中国人，所以他们带上了她。

这一路的行走远比想象中的要艰难得多，待他们到达屹湘下榻的酒店时，已经是十三日的午夜时分。告别时，屹湘告诉这几位要去使馆求助的年轻人去找一位名叫阮尧的人，提"郗屹湘"的名字，请他为他们尽快回国提供一点儿力所能及的帮助。他们开开心心地走了，似乎也并不在意这个"阮尧"和"方便"。

屹湘目送他们的车子离开，裹了裹身上脏兮兮的外套。午夜风很冷，空气里有着异乎寻常的安静和紧张。

突然感觉到背上一阵酥麻，她回过身来。

她立即看到了站在大堂里的董亚宁。

他定定地站在那里，分明是望着她的方向，目光却好像穿透了她的身体，去了另外的地方……她也不确定他是不是真的看到了她。

虽然有些艰难，但她还是慢慢地移动了脚步。她穿过旋转门，走进大堂，脚下如步步生莲花那般从容镇定。其实长时间乘车，她的膝盖酸痛至极，像是已经扭曲变形似的。还有……幸亏她戴着头盔——这样的她，就算狼狈一些，也总不至于十分不堪。

他没有动，而她，一步一步地接近他。

他忽然拿出了手机，她甚至没有听到什么声响——是了，她全副身心都在控制自己的步子，怎么会听到声响。

"喂……是的，我现在就要去机场……到了再说……"他经过她身边。

他再次地经过了她身边……真的过去了吗？

她几乎感受不到自己的心跳了。

"喂！"是他的声音。

她转身。

不，不是叫她。

"你的东西掉了。"他的手机还贴在耳边，手里拿着一条黑色丝巾，递给一位年轻的女子。

"董先生，车子来了。"李晋从外面进来，他抬眼一看，看见了她，目光一顿，迅速看向董亚宁。

董亚宁摆手示意知道了，对那年轻女子一笑，疾步离开。

"Vanessa！"

这一声惊呼带着无尽的喜悦，她总算可以确定这是在喊她了。

屹湘急忙回头，是 Vincent。她看着 Vincent 那惊喜交加的神情，牵了下嘴角。Vincent 扔下手里的包，快步过来，一把将她抱了起来。

"你终于活着回来了！"他将屹湘抱起来，拼命地左摇右晃。

屹湘觉得自己脑袋里有什么东西就要被晃出来了……头疼，胸口也疼。她疼得剧烈，几乎掩盖住了其他的感官。而如此剧烈的疼痛，她已经很久没有过了。

然而，她还是笑了……

好，疼得好。

他做到了。

她也做到了。

…………

董亚宁上了车。

那对男女拥抱在一起的亲昵样子，清晰地印在了他的眼底。他转开眼，靠在座椅上。

李晋小声提醒他该吃药了。他抓过药片，全都扔进水杯里。药片溶解了，他的手一晃，一杯水变得浑浊不堪……他盯着这混沌的药水，半晌不动。

李晋默默地又递过一杯清水和药片，董亚宁没有理会，大口喝着这浑浊的水。

苦的。

最后一次。

这是最后一次……

他猛地咳嗽起来，掏出手帕按住嘴巴。鼻塞，胸闷，这一咳又有些细微的疼，渐渐地，他的额头冒了汗，连呼吸都带着疼痛……

车子驶离酒店，在前方的路口处遇到红灯停下来。李晋看了看外面，犹豫了片刻，低声问："董先生，我们是不是要改道？"

董亚宁将杯中水喝光，湿透了的药片，泥土一般铺在舌上，苦味直逼心头。他咽了药片，没回答。

李晋看着他的脸色，自作主张，回身敲了敲隔板，跟坐在前面的翻译说了句："告诉司机在市内兜一圈，不说停就继续兜。"翻译点头，隔板升起，很快，车子在前方十字路口左转。平日灯火辉煌的东京，地震后两三日内，用电骤然紧张，开始计划用电。故而此时夜色阑珊，显得比以往落寞多了，甚至看着这样的夜色，会生出些悲伤……

李晋膝上有一个文件袋，装了LW的资料，厚厚一沓，足有两厘米。如今满世界都是LW的出品，短时间内能获得的资料很多。但经过这两天，加上对海量信息的分析处理，他已经明白老板到底要什么，故而将郗屹湘的资料单独列了出来——有关她的信息实在少得可怜，文字资料只有短短的几行，照片也不多，大部分还是几天前慈善秀的。

在优秀设计师云集的LW，她像一张简单的白纸。这让人很难相信，她可以主持发布那样重要的慈善秀。看她向观众席鞠躬的姿势，像是习惯了随时向人低头行礼。可她的作品……她的作品，骄傲得令人不得不仰视。

这是他看了那组"蝴蝶"之后唯一的想法。

蝴蝶。她的英文名字，就是蝴蝶的意思……

李晋把资料放在董亚宁面前，董亚宁转头看着窗外。

车子平稳地行驶，经过东京塔、御苑……路灯下的樱树，已经能看到一层细细的深粉色花蕾，只待春日见暖、微风吹拂，满树雪白嫩粉，指日可待。

"告诉他们，往机场集结，我们这就回去。"他淡淡地说。

"现在去了机场也是等，不如……"李晋说着，看董亚宁唇上起了一丝细纹，忙刹住话头，应了声"是"。

他跟翻译说马上去机场，接着打电话通知其他同事，收了线，跟董亚宁说："羽田机场的秩序已经恢复正常，就是疏散乘客还需要时间；国内那边已经准备好，我们落地之后直接回公司；去纽约的飞机已经申请了航线，随时可以起飞。"

董亚宁点点头，如果不是大地震，想必此时，他们已经把合约都签好了。与 IEM 的合作峰回路转，只欠最后敲定细节。

"让杨东方去吧。"他说。

李晋点点头，意料之中。

"百达为什么最后关头撤出？"

"最新消息，百达在两小时前宣布全面收购日本最大的映画株式会社。"李晋说。

"乘人之危。"

"也可能是声东击西，这次天灾给了他们一个绝佳的落井下石的机会。"

"好狠。"董亚宁的精神似乎都集中到公事上去了。这种意外之至的"成全"固然让人松一口气，可也缺少了巅峰对决之后的痛快淋漓。得到消息的那一刻，他反而怅然若失。

叶崇磐听他抱怨的时候，骂他贱骨头，他说："亚宁，你用我们大哥的行话来说，就是那句'不疯魔不成活'，办事儿悠着点儿成吧？能轻松些达成合作目的，何必险中求胜。"

他笑了一下，说："回去头一件事，是跟老叶好好喝一杯，给我压压惊。"这一震，他自己倒没觉得怎样，他们跟着受惊不小。他是个祸害，都说祸害留千载，他才没这么容易出事。

李晋的手机又响了，董亚宁皱了下眉，已经觉得有点儿心烦。李晋应该是察觉了他的不耐烦，看一眼先跟他表明是"董小姐"，接听前关掉了铃音，但接通马上就握住话筒，说："董小姐请您接电话。"

"说我死了。"董亚宁说。

李晋笑着把手机递给他，就听里面叫道："董亚宁，你真死了还好了呢，我们也好正儿八经地办丧事！你活不见人、死不见尸的，弄得家里三四天鸡飞狗跳，姥爷和爷爷都魔怔了……"

董亚宁似乎看见董芳菲那眉毛直竖、气急败坏的样子，淡淡地说："我又不是成心的……"

"你不是成心的才怪！你还是人吗？有本事，你真死在外面……我告诉你，你回来立马回家磕头！你又不是不知道，你要出点儿事，姥爷和妈能跟着你去！我算是看透了，赶明儿我就改了姓，倒霉催的才跟着投胎来给你做妹子，这一家子就你是命根子……"董芳菲一着急起来就口不择言。

董亚宁听着妹妹怒吼，脸色却越来越平和，小声哄她："又来了……我等会儿让人去给你买你爱吃的松井茶饼带回去……喂喂、喂喂……信号不太好吧，喂？芳菲？你说什么，我听不清……"

"董亚宁，你少来这招！这招不灵……"

董亚宁挂断电话，把手机扔还给李晋。

"家人是什么？家人就是麻烦。"他哼了一声，闭上眼睛，"到了叫我一声。"

抗过敏药一吃好多天，总让他犯迷糊。迷糊点儿也好，起码在今天是这样的。

李晋细心地把遮光帘都放下来，往羽田机场去，至少还有一个小时。这几天，老板几乎没有睡过……

董亚宁闭目养神。片刻后，他突然睁开了眼。搁板上放着那沓资料，他抽出来。第一张就有她的照片，这不过是一张抓拍的资料图，那一瞬间，她正回眸，没有笑，像是被什么惊到，睁大了双眼。

车厢内光线不好，李晋要开灯，被他阻止了。

资料丢回搁板上，他仍旧闭目养神。车子悠悠一晃，他的心跟着一晃。

啊，他想起来了，照片上的背景是 LW 大厦。那么多的人聚集在 LW 大厦前，应该是那几日的示威活动现场了……

屹湘在前台取了行李出来，发现同事们都聚集到了她身后。她惊讶得几乎说不出话来，接收着他们的拥抱和安慰。

"你们怎么都在这里？"她问。

Joanna 没好气地说："还用问，当然是地震。出不去，走不了。"

屹湘笑，Vincent 告诉她，Laura 在前一天特别指示他，说 Vanessa 人在仙台，务必确保她的人身安全。他本打算自己留下来等消息，可全组的同事都主动留了下来。

"这么危险的时候，怎么能把你一个人留下？若真的是风和日丽，你周游日本列岛，我们都不管你。"Joanna 说。

Michael 却笑道："等等，你看这是什么？"他翻开包，抽出一件灰色的棉衫来抖开。屹湘马上认出这件棉衫是 Michael 在发布会当天穿着的，但棉衫衣襟上，有几个龙飞凤舞的签名。

"哇！你们拿到 BB 的签名啦？"

"我们都有。"Joanna 说，"Vincent 最不要脸，当场要 Nick 脱下 T 恤送给他。"

屹湘笑眯眯地看着 Vincent，Vincent 忽然打开风衣前襟，没等屹湘看清楚，又裹好。但没错，就是 Guilty 那个邪恶的味道。她故意皱了眉，问："你们背着我，到底敲诈了 BB 多少好处？"

"他们可是很乐意被你的朋友敲诈。"Michael 说，"下个月中他们在北美有两场巡演，答应了给我们贵宾票。"

"我哪儿来的这么多朋友？"屹湘笑。

Joanna 大笑，从包里摸出一个信封来，说："BB 给你的。"

屹湘拿在手里，并不急着打开看。

酒店经理请他们上车，车子已经在外面等，准备送他们一行人去机场。上了车，有人问起她这几天的经历，她缩在座椅上，只淡淡的几句话带过。大家体谅她辛苦，见她一副精神不济的样子，都不出声了……她长长地舒了口气。

午夜的机场仍滞留着大批旅客，他们抵达之后，也被告知需要等待。人太多，他们各自找位置安放自己。

屹湘和 Joanna 干脆席地而坐，Joanna 拿出她的平板电脑来，说："《Gossip Fashion》电子版昨天抢鲜出炉，想不想知道怎么说你的？"

"怎么说？"屹湘揉着头顶。

"我读给你听听……'LW 这垃圾堆里终于开出了一朵勉强像样的花，但这花脆弱得就像温室里的盆栽，充满了做作的美丽'——垃圾堆、盆栽、做作……不过，你别介意，别家被骂得更凶，Cindy Chao 不是临时改成跟别家搭配出场吗，被批驴唇对马嘴……瞧这词用的。"Joanna 幸灾乐祸。

"他还蛮会形容的。"屹湘笑出声来。

见 Joanna 读着文章，像是入了神，她问："又有好看的八卦？"

"《Gossip Fashion》说，Vincent 是没出柜的同志。"Joanna 歪着头，手指在屏幕上滑动，语气平淡而低沉。

"他的性取向被猜了二十年。"屹湘淡淡地说。她的心还是一沉，有种不好的预感。

果然，Joanna 接下来说："……这并没有什么，但说他患了艾滋病，并且隐瞒病情交往多名男友，就有些过分了。"

屹湘摊了一下手，说："《Gossip Fashion》终于让自己有资格成被告了。"

Joanna 的视线从屏幕上转到她的脸上，问："你真这么想？"

"这本杂志叫《八卦风尚志》，你信它还是信 Vincent？"屹湘从 Joanna 手里抽过电脑，"借我玩一会儿。"她关了《Gossip Fashion》，打开另外一本杂志，那里面刊登了 Vincent 的最新专访。

Joanna 轻声说："虽然这是 Vincent 的私生活，但如果都是真的，也够糟糕的。设计师不该以这些出名……"屹湘没有出声。

不一会儿，Joanna 就打起了鼾。

屹湘仔细读了专访，心情多少有点儿沉重。Vincent 过来，坐在她身边。她轻声问："都看到了？"

他叹口气。

"时机掐得这么准，很难让人不产生联想。若知道谁是《Gossip Fashion》的幕后老板，该抓出来碎尸万段。"她微笑，索性靠在他的肩膀上休息。

Vincent 被她的话逗笑了："恐怕事情要比想象中的更复杂，摸不清楚这是单单针对我，还是针对 LW。"

"Laura 什么意见？"屹湘问。

"她说，静观其变。"

屹湘点头。

果然是见过大风大浪的汪陶生。有这样的老板在，还真安心。

Vincent 见她满脸疲惫之色，伸手揽住她，低声说："谢谢你。"

"不客气。麻烦你多出点儿好作品，Joanna 说得对极了，设计师还是该靠作品说话。"

"那你呢？"Vincent 的情绪好些了。

屹湘抬手堵住耳朵，Vincent 笑起来。

屹湘轻轻揉着额头，想要减缓头痛。

她想起了自己地震后走在通往避难所路上时看到的景象——路上的人很多，大家都不说话，那种安静让人心生恐慌。是的，虽然他们都活下来了，可没人知道海啸或地震或其他什么灭顶之灾什么时候会再来。但是，毕竟活下来了，人生这条路，还是要好好地走下去的。

"Vincent，我决定接受公司安排，我要回北京。"她说。

过了一会儿，Vincent 转头在她的额头上轻吻一下，说："我爱你，Vanessa！你很勇敢。"

屹湘微笑着闭上了眼睛，这一刻，她很平静。

她不知道，隔了一道玻璃墙，有一束目光锁定她，已经很久了……

第五章　没有城堡的公主

所有的不期而遇，都像命中注定。所有的狭路相逢，都需斗智斗勇。

——题记

回国的决定如此突然，屹湘回了纽约，此后的几天里仍觉得有些云里雾里。直到打电话回家，她跟接电话的潇潇说了这个决定、听到他故意压着喜悦平静地说"知道了，等定了行程，打个电话回来，到时候我去接你"，就像很久以前她解不出题目，他瞅一眼就说"知道了，等下我给你讲讲"，那语气又自然又理所当然，她的心终于再次安稳下来。

潇潇说他会转告爸爸妈妈，不用亲口告诉爸爸妈妈这个决定，这又让她松了一口气，只觉得最难的一关已经过去了，第二道难关是告诉姑妈。

姑妈得知她的决定后，在电话里沉默良久。

她很忐忑，不知姑妈接下来会说什么。姑妈说："做决定是最难的，湘湘，你最难的一关已经过了。这一次回国工作，就当是旅行，如果不适应国内的生活了，你再回来。这世界这么大，总有一个让你既能安身又能安心的地方……"

她也沉默良久，才问姑妈收到生日礼物没有。

姑妈说收到了，很喜欢，可以披挂上阵奔赴比利时。然后，姑妈又跟她说："今年你就不用特地过来给我庆生了，你要准备回国，事情很多，就是来，我也不在家。我马上带 Allen 去安特卫普参加一个学术会议，之后痛快地玩两周。我们母子俩好好过一个二人世界，不要任何人打扰。"

她细问了姑妈的日程安排，脑海中出现了一张地图，能马上想象到姑妈和 Allen 高高兴兴游玩的情形——那么多美丽的风景……姑妈说起这趟旅行很期待。算起来，姑妈有段时间没带 Allen 去旅行了……她又问姑妈打算什么时间回国，潇潇的婚礼就在眼前了，能回去吗？

姑妈丢给她一句"到时候再说"，便挂了电话，她反而拿着听筒发了好一会儿呆。

隔天，她办理完在公司的退职手续，开始休一个短假。她总算可以边收拾行李、边给崇碧修改礼服。崇碧得知她要回去，开心得不得了，打电话来跟她一讲讲半天，说这下好了，礼服解决了，伴娘也解决了……崇碧又特地嘱咐她不用着急，赶得及婚礼就行。

只隔一天，崇碧却又问她："订婚的时候，你就回来了吧？到时候我穿什么合适？

那件雪青色的能先赶出来吗？"

那不自信的语气，可爱极了。

屹湘果真先从这件雪青色的小礼服开始动手，不知道叶家姑姑是怎么想法子给侄女淘到这几件古董衣的。这几件当年都是设计师的杰出作品，有着很高的艺术价值，不会轻易出售的。最难得的是都极符合崇碧的形象和气质。雪青色小礼服是二十世纪三十年代出品，八十年的岁月和风尘令原本娇嫩的色泽像熏染了一层均匀的膜，看上去格外沉稳。

她自作主张将裙摆收上去两寸，从数据表格里看，崇碧有非常优美的小腿，不露出来就太可惜了……而露一点儿，又比露全部更美一些。

屹湘微笑，工作总能令她愉快。

她在家里埋头工作的这几天，陈太偶尔会坐在她身边看她忙碌，也称赞她精神好了很多："到底是要回家去。"语气里有一点儿落寞。

"你不要舍不得我，我的工作就是满世界跑，会经常回来的。"她安慰陈太。别的不说，她的租约还到年底呢。这次回去，房里的东西除却必需品，她什么都不带。

陈太看看她收拾好的那两个不大的行李袋，也不禁失笑："跟你住进来的时候一模一样。"

那时，一个女孩子，靠着登在报纸上的一则小广告打电话进来，只凭电话里她的描述，三言两语间便商定了，条件就是能够立时入住。那时是早上九点半，立时入住是一小时以后。

陈太因为女孩子淡淡的柔和的嗓音而喜欢，最令她喜欢的当然还有干脆利落的态度，没见面，印象已经不错。果然，一小时以后屹湘上门来揿门铃。

站在门前的女孩子美丽文雅，拎了两个不大的行李袋。

她对屹湘说："楼上的房间，你随便选一间吧。"

虽然不是事先讲好的阁楼，但屹湘也没有觉得特别意外的样子——这个女孩子，总是一副泰然自若的神气，好像没有什么事情会出乎她的意料。

陈太承认自己就是喜欢这样子的从容。

屹湘打开第一间房门，便站在那里对她说："如果您不介意，我想住这间房。"那房间四面墙壁，有三面半都是书，放得满满的，比起隔壁那几间，显得狭小；床头紧靠窗户，也小小的，但阳光好的时候，那一束光能铺满整张床。

她问屹湘："要不要再看看其他的房间？"

屹湘只是问："躺在床上，不会被掉下来的书砸到吧？"

屹湘问得认真，应该不是在讲笑话。从眼神里看得出来，她确实喜欢那间房。

她又问屹湘："其他的行李什么时候送来？"

屹湘说："所有的行李都已经带上来了。"

她有点儿惊讶，没想到这女孩子这么利落。此后几年相处下来，屹湘果然如她第一次见面时的印象，是个从容的、干脆的、又可爱又有义气的女孩子。

后来她见屹湘确实不会改主意了，便请屹湘进去休息，顺手替屹湘关了房门。再后来，她便没有再寻找其他的住客。

整栋屋子，长久以来就只有这个会选那间卧室的屹湘，还有她自己，再加一只折耳猫墨菲……已经十七岁了的墨菲。其实对她来说，墨菲就是家人。而和她一起住了很久的屹湘，应该也算是……半个家人吧……

听陈太叹了口气，屹湘鼻子发酸，说："你这个老太太可真讨厌，婆婆妈妈的。"

陈太戳她的额角，她伸伸腿，伏在她脚边的墨菲伸了个懒腰——连墨菲似乎都感受到了离别，这几天颇黏着她——她的鼻尖那点儿酸意有些严重了。她咳一下，粗声粗气地说："等我安顿好了，你，来，我带你到处去转转——你不是总想回湘西？"

陈太微笑，道："听家本说，他下个月也要去北京。"

"嗯。"屹湘把墨菲抱在怀里，"那不如就那个时候去？路上有他照顾你也好。"

陈太想想，说："好。"

屹湘不难看出陈太这么痛快地答应她的邀请，除了想要寻根的那份心意，还有更深的善意。但她几乎可以肯定，这善意是一定会落空的，或者她该让陈太去看看那则新鲜出炉的绯闻：LW新晋设计师与时尚教父 Vincent Westwood 过往的罗曼史……因为这个绯闻，一时风言风语，说她借 Vincent 向上爬的不在少数。

陈太这样正直善良的人，看了这种传言，想必多少会有点儿想法吧，说不定也就打消了撮合她跟外甥的念头。

邬家本在她回到纽约之后马上联络她，他也听说了那些传言，用开玩笑的语气说幸亏是"过去式"，不然要跟 Vincent 这样的人物竞争，压力还真是够大的。

她笑而不应。

邬家本说过段时间北京见。

她也说："好吧，北京见。"

他们是同行，以后再见的机会当然不会少。但，她和家本之间又会有什么故事呢？在她一早表明态度不接受追求，却还懂得这样跟她说句笑话的人，聪慧通透得让人轻松。当然，邬家本未必不是以退为进，这个可能性虽多多少少会令她不安，但暂时不构成烦恼。

她还是为现实问题烦恼来得实际些，比如苗得雨在公司的送别会之外，又替她另外筹备了一个小型的私人送别会。实在不忍拂了得雨的好意，况且也确实想在离开前与得雨有时间聊一聊，她正正经经地打扮好去走了一遭。

她特地选了一顶蕾丝帽，搭配她那身优雅内敛的晚装刚刚好，当然主要目的还是遮住头顶的新伤。

得雨提前打过招呼，说虽是私人聚会，但会有一两名专栏作家到场，言下之意是提醒她留意——满城都是 Vincent 新鲜热辣的秘闻，相关人士怎么可以不小心。得雨的体贴和温柔真是没的说，她很领情，也觉得 Vincent 那句玩笑话不无道理。得雨能跟在 Josephina 身边工作三年却毫发无损，这"能力"值得讨教。

那晚七七八八的朋友来了很多，过半的人，她都不算"认得"，却又多是这个圈子里的重量级人物。那济济一堂的热闹，令她暗暗吃惊，得雨的人脉不知不觉竟如此之广了吗？

她端了酒杯跟得雨在阳台上聊天，屋内觥筹交错，屋外是曼哈顿的雨夜，美得令人叹息。她说："苗得雨，你面子可真大。当真是要风得风，要雨得雨了。"

得雨闷笑一声说："这算什么？你的成就比我大得多，这些人不在你眼里才对。"

她拍了拍得雨的肩膀。

得雨说："你的'蝴蝶'惊艳四座，多少人因为这 party 是给你送行才肯来，我数给你听？今晚如果不是我精挑细选，来这个送别会的人起码要多出三四倍。郗屹湘，你有才华、有天赋，已经浪费了很久。这一次，你出生入死，再世为人，要是再不努力，我会瞧不起你的。"

她不语。

得雨在纽约时尚界，无疑是如鱼得水的，但还远未到志得意满，日后她必然还得力争上游，不是不辛苦的，只是乐在其中。

得雨笑着说："老早我就知道自己在设计上没有太大前途，不如专心做营销推广。你看我如今算是一流的推广人，但一流不是我的追求，首屈一指才是。"

她终于笑出来，好像一瞬间回到了在宿舍里吹牛不上税的夜晚，那种让梦想在笑声里恣意飞扬的日子，没想到还能随时回来……她内心倒是一动，嘴上却说："得雨，你精明得可以了，到底想说什么？"

"我有我的私心，立志在 LW 做三朝元老呢。"得雨举起杯子来，碰了碰她手里的那个杯子，"祝你在北京一切顺利。"得雨自顾自喝了一杯，扔下她，去对付两个专栏作家刁钻的提问了。

此时想起来，屹湘最感慨的居然是得雨那干杯的姿势——豪爽，不拘礼，微醺之际，开怀大笑，相当恣意，居然能让她捏着高脚杯的手有些微发颤。她知道自己内心深处的某种渴望在复苏，这是相当危险的情绪……

离开纽约的前夜，屹湘整晚没睡。

天蒙蒙亮，终于赶得及把崇碧的四件礼服都整出了形状，屹湘小心翼翼地封进盒子里。她带着行李下楼，做了一顿简单的早餐。时间到了，出租车停在了大门外。她想敲开陈太的房门道个别，站了好一会儿，还是决定留下字条锁门出去。

上了车，她看到陈太房间的灯亮了……

登上飞机，她便开始犯困。脱掉鞋子系上安全带，还没有起飞，她已经睡了一觉。空乘过来摇醒她，提醒她关掉电子设备，她模糊间胡乱扒拉了一下自己那个在地震中勉强留了全尸的皮包，看一眼手机里陈太发来的信息，又睡过去。

漫长的旅途中，她有几次被叫醒，都是空乘不放心她。她困得要命，连不耐烦都没力气表现出来。一直睡到自然醒来，她看一下腕表，伸手打开了遮阳板。

光线透过舷窗进来，她看出去，云上淡淡的，似涂了一层清亮的胭脂。

她看得有些出神。

广播里在说，飞机准备降落。

她坐起来，穿好靴子。

就这么会儿工夫，天气已经起了变化。

她闭了闭眼睛。

飞机重重落地，硕大的雨点打在舷窗上，没有声音。她似乎看到大片的水花扑面而来，令脸上清凉一片……

飞机停稳之后，她有好半天都没有睁开眼，身旁的乘客忍不住开她的玩笑："这位姑娘，别睡了，掐自个儿一下，到家了。"是干脆的京片子。

屹湘笑。

是啊，到家了！

下了飞机，她一路走着下去取行李。周遭猛然间八成以上的语言都成了中文，她有些发蒙。幸亏她推了一辆行李车，这沉重的车子成了个依靠，不至于让她轻飘飘的，没着没落。

她取了行李出了闸就看到了潇潇和崇碧，漂亮的潇潇和更漂亮的崇碧，真是一对璧人。

屹湘故意走慢几步，远远地看着他们——崇碧看上去比潇潇要着急点儿，不时张望，生怕错过她出闸……果然是崇碧先发现了她。

"湘湘！"崇碧叫她。

屹湘推起行李车跑起来，来到两人面前。

"你怎么走在最后面了？"崇碧拥抱屹湘，"这趟航班的人都出来了。"

屹湘微笑。

潇潇皱了皱眉，目光落在她的面颊上，从眉眼到下巴处，有一片浅红的印子。

"又睡了一路吧？"他的语气很笃定。

屹湘回身哗地一下把行李车推给潇潇，挽了崇碧走在前面。崇碧笑着回头看潇潇一眼。潇潇已经推起了行李车。

崇碧笑问屹湘："路上怎么样，真的睡了一路？"

屹湘摸着脸上的红印子，说："糟糕，证据都在。"

潇潇在后面笑出声来，屹湘瞪了哥哥一眼，终于也笑了。

潇潇是开车来的，屹湘坐在后排座上，看潇潇见缝插针地上了高速公路，说："你这车技精进不少。"

潇潇还没说话，崇碧接着说："你还没见他在乌市开得那个彪悍劲儿呢。"

雨下得越发大，车窗上都蒙了一层膜，让人看不到外面。

屹湘斜靠在车门上，说："又欠爸拿皮带抽你了。"

崇碧夸张地说："我还想跟爸爸告状……真的会抽呀？我看爸爸很和气呢。"

屹湘听崇碧已经换了称呼，莞尔。

潇潇看崇碧一眼，说："你敢告状试试，要是害我挨揍，看我怎么治你……"

"开快车，你有理了呀？"

"咱们可以讲道理，但你不能告状。等会儿——湘，爸这几天不在家，妈今天有活动，得晚上才回来，你到家可以先睡一觉。"

屹湘"嗯"了一声，说："我不住家里，公司安排了住处。"

崇碧正掏出手机来，听到屹湘这句话，看看潇潇，继续低头查看信息。

潇潇淡淡地说："先回家再说。"

一时间，车里的气氛有点儿僵，过了好一会儿，还是崇碧先开口问："湘湘，你累不累？到家还早着呢，你再睡会儿。"

屹湘应了一声，接过崇碧递来的披肩，蜷在后排座上，闭上了眼睛。潇潇把车速降了下来，也稳多了。直到把车停在了家门口，他们都没说话。

下车后，三个人往院内走来，潇潇牵着崇碧的手走得快些，屹湘落在了后头。

雨下得很大，顺着瓦当流下来的水柱落下来，屹湘站在垂花门内看着院中。这里同她离开的时候几乎一模一样……也只有这样的时刻，这样的丝毫不差，才更能提醒她，哪里不一样了。

那边崇碧进了花厅，拿了两条干毛巾给潇潇，示意他拿给站在廊下看雨的屹湘。

潇潇将毛巾接在手里，却不急着过去。崇碧推了推他，说："我去泡茶。一下雨就变得好冷，喝杯茶驱驱寒。"

潇潇叫了屹湘一声，屹湘这才进来。虽然没淋雨，但她像是很冷，脸色有点儿苍白。

潇潇看着她，一时没出声。

屹湘问他："崇碧呢？"

他才回神，说："泡茶去了。"

屹湘的脸上露出一丝惊奇和不满，说："这是咱们家，又不是没人做事，你让崇碧动手？"

"今天特别。"潇潇忙说。

屹湘瞪了他一眼，说："人家的女儿都矜贵。"

"知道。"潇潇微笑，这时候，湘湘像姐姐。

"没想到忽然下这么大的雨。"屹湘说着，将毛巾放在一边，凑到花架子上去看那几盆兰花，"洪阿姨都不在咱们家了，谁把兰花照顾得这么好的？"

"爸爸。"潇潇把毛巾打开，递给妹妹。

屹湘擦着手上的水珠，米白色的兰花香气沁人心脾，仍是家里多年养的品种。她看了哥哥一眼，见他转身走开，顿了顿，才问："爸最近身体怎样？"

潇潇脱了外套，搭在椅背上。听到外面的脚步声，他走过去帮忙撩开了帘子，看崇碧端了一只托盘进来，忙接了，说声谢谢，屹湘也忙道谢。

"……我刚接一电话，亚宁说明儿请我们吃饭。"崇碧坐下来，提起紫砂壶来斟茶，"我回来以后，他一直说要给我接风洗尘，当然，要等你一起，结果不是我们没时间就是他没时间。他说明儿没外人，只叫上我哥和金戈。他们没空的话，就咱们三个，吃顿清静的。"

"也好。"潇潇点头，看屹湘一眼。

"我想也是，再推就不合适了。刚才他问我干吗去了，今儿一直不接电话，我就告诉他，我们去接湘湘了。"崇碧看向屹湘，"董亚宁说，要是湘湘有时间，就一起。我没答应，只说你刚回来，挺累的，得休息几天，他也没坚持。"

屹湘捧了茶杯，茶水温热，捧在手里，却越发觉得身上冷，于是伸手拉了下披肩。

"能去吗？"崇碧问。

"我想想啊……你看，我是去赴宴好呢，还是把你的礼服快点儿完工好？"屹湘喝了口茶，问。

崇碧笑起来，说："哎哟……那你也不能牺牲休息和娱乐时间啊。快弄妥了？"

"差不多了，回头你挨件试试，我好再收收尾，也就成了。"屹湘说着，侧脸打了个喷嚏。

"着凉了吧？你去泡个热水澡。"崇碧伸手过来，摸摸屹湘的额头，"没发热……你受伤了？"她心细，立刻发现屹湘头顶有伤。

"嗯，地震时被瓦片砸的。"屹湘头一低，拨开头发，露出一块刚刚愈合的新伤，说，"怎么办，本来头发就少，这下又多一块不长毛的……"

潇潇一巴掌推开她的头，说："伤疤在头发里藏着，谁看得见？"

屹湘护住头，忽然叫道："我脑震荡还没好呢……哎哟，我又困了，我头疼……"

崇碧吓一跳，问："怎样？"

潇潇撇嘴，说："你信她呢！"

"邱潇潇，你坏死了。"屹湘咬牙，揉着头顶瞪了潇潇一眼，"我去泡澡，你们聊。"

崇碧笑，看看时间，说："我也该走了。湘湘，你要不要什么东西，列个单子，我买给你？我发现回来以后不太适应，得慢慢找回节奏。"

"我想想。"屹湘送崇碧到花厅门口，崇碧摆手不让他们出来，说开了车来的。崇碧说着就走了出去。

屹湘见潇潇也只是走到廊下，目送崇碧走出去，有点儿诧异："喂，邱潇潇。"

"嗯？"潇潇站在屹湘旁边，转脸看她。

屹湘才到他的肩膀，跟他说话得仰着头——这丫头，上高一之后身高就没有再增加过……他揽了她的肩膀，闷声说："回你房里去睡大觉吧，不是说脑震荡？脑震荡就多睡觉。"

屹湘被他拉着，脚步不得不加快些。潇潇见状，干脆收了手臂，把她夹在腋下。

"邱潇潇！"屹湘双脚离地，大叫起来。

她一回家就被哥哥打回原形，连大人都不像了，这可怎么好："我自己会走啦！"

潇潇顺着廊子一路疾行，拐到厢房门口，推开门进去就将屹湘"扔"到了沙发上，说："小猪，又脏又臭，快洗洗干净。"

屹湘的脸朝下，栽在了沙发的角落里。沙发是软绸面的，靠垫上绣着一团芙蓉。芙蓉是水红色，也许是长久没有人碰过，有一股尘香。她俯身在这柔软的角落里，半晌动弹不得。

有一只手抚摸着她的头顶。

"还疼吗？"潇潇问。

屹湘肩膀一颤，翻身坐起来，一巴掌拍掉潇潇的手。

"早就不疼了。"她将脚搭在茶几上，一抬下巴。

潇潇也将脚搭在茶几上，他身高腿长，一搭就搭到了茶几中央。她笑，靠在哥哥的肩膀上："妈妈看见咱俩这做派该骂了。"

"妈妈等这一天不知道等了多久。"潇潇说。

屹湘歪歪头，哥哥的肩膀很坚实。她的脸贴在哥哥的肩膀上，热乎乎的。

"哥。"她拉住潇潇的手。

"湘，"潇潇似乎知道妹妹要说什么，"你在日本音信全无的时候，爸妈担心得几天都没睡好，尤其是爸。我虽然也担心，可那程度跟他们是比不了的。到如今吧，我也还是觉得，只要你人是好好的，在哪儿生活和工作，是无所谓的。不过，你毕竟是爸妈的心肝宝贝，所以，你能回来，他们特别安慰。有你在他们身边，我也放心，知道了？"

"嗯。"屹湘闭上眼。

"我看你这个澡是不用洗了，瞧这哈喇子流的。"潇潇忽然笑道，"一辈子改不了这毛病，走到哪儿，都能沾枕头就睡着——老这么着可怎么得了？"

屹湘擦了下下巴。

潇潇笑着，看着妹妹小小的一张脸，心里自有一股子说不出的暖意在流动，脸上倒还是淡淡的，说："去睡吧——试试你的床铺舒不舒服。从知道你要回来，妈妈就交代阿姨只要天气好便晒晒被子，每天都除尘消毒……这两天厨房里预备了一堆你爱吃的东西，睡醒了一准儿有得吃了。"

屹湘站起来，她卧室的门开着，能看到床上叠得整整齐齐的被子。她似乎已经感受到了那熟悉的刚刚晒过的被子贴在皮肤上的温暖和轻柔……她站了片刻，才抬脚进门，回手关门时，看到哥哥站起来去对面书房找书了——她恍惚记得，很多年前，两个人偷偷跑到外公书房里去翻书，她踩着哥哥的肩膀，去够那被放在顶上的禁书，听到外公一声咳嗽，吓得她整个人掉下来，还带落了好些书……

哥哥在她落地前护住了她，急着问她摔没、疼不疼，全然不顾落下来的书那么沉、那么多，全都砸在他的背上。灰头土脸的两人狼狈地看着对方，又忍不住笑，被灰尘呛到，咳嗽个不停。她拍着哥哥的背，哥哥拍着她的背，被大人们拉出来教训，又是他挡在前面……

哥哥是无所不能的哥哥，自小很会欺负她，也很会保护她。不知道是不是因为这样，她每看到他一次，就觉得他又长高了些。可那么高，她即便是在仰视他的时候，也总会觉得有一点儿点儿的心酸加一点儿点儿的心疼。

"还不去睡？"他的背后像长了眼睛，声音里含着笑。

屹湘悄悄掩上房门，轻手轻脚地走到床边去了。

屋子里暖气很足，她抱着干燥温暖的被子，翻了个身，听到潇潇的脚步声，从这边到那边，接着，便只剩下了雨声。她看着后窗，雨水像是一挂珠帘，哗啦啦地响。

她终于是回到了家……

叶崇磐一进董亚宁家门就把沾了湿气的外套脱下来挂在衣架上，对坐在麻将桌边的佟金戈和董亚宁说："这雨下得没完没了了！"

佟金戈笑了笑，起身给他让了座，自己坐到一旁。

叶崇磐还没坐下就问："有烟吗？"雨下得他心烦。

董亚宁正在打电话，一心二用，听到叶崇磐问话，抬眼一瞟，点点头，把自己面前那个小盒子推了过去，示意他。

叶崇磬看一眼，封条都还没有拆。董亚宁手一翻，扔给他一把雪茄刀。他接了，轻轻划开封条，打开盒子，陈年雪茄那独特的味道立时散了出来。

叶崇磬抽出一根来，在鼻端一嗅，微笑。

"好东西呀？"佟金戈笑着问，"我是不爱这个。就瞅着你们好这口，也挺欢乐的。"

"怎样？"董亚宁把电话扔在一边，问。

"宝贝啊。"崇磬说。

"Victoria 退出江湖前最后手笔，真正的'抽一支就少一支'了。"董亚宁得意。

崇磬将盒子照旧封好，点点头。当代大师里，Victoria 以细腻优雅享誉。

"匀你半盒。"董亚宁说。

"才半盒？"叶崇磬笑。

"你别太贪了啊，我好歹也得给自己留点儿。"董亚宁翻翻眼皮。

叶崇磬挥挥手："你在哈瓦那那几年真没白待。"

董亚宁喝了口酒，沉吟半晌，说："是没白待。"

他身子往后倒，靠在沙发靠背上，这辈子最黑暗的一段时间都搁在那儿了。

叶崇磬看看他，笑着问："你到底犯了什么事儿，至于被发配边疆？"

金戈清了下喉咙，叶崇磬也看他一眼。

金戈老神在在的，继续摸着桌上的骨牌，仿佛发出刚才那一声的不是他，然而叶崇磬的心还是一动。

他隐约听说过，董亚宁是因为触怒了自己的父亲，被其一怒之下发配去了古巴——几个项目做下来，两年半过去了。老爷子气消了，董亚宁也消停了，他猜测大约是跟女人有关系。他向来不追问别人的私事，即便是亲近的人，也知道董亚宁虽然豪爽，却也不是什么话都说的。

对于这段往事，不但他本人，而且其他人包括金戈也讳莫如深，想来一定有些隐情，但以董亚宁私生活之绚烂多彩……照崇碧的话说，就是"有其父必有其子"。不过，这话，就不好拿上来说了。

董亚宁拍着旺财的大头，听他这么一问，倒像是认真回想了下被发配的原因，脸上的神情没有什么变化，只是原本便白净的面皮似乎更白了些……

"不提了。"董亚宁说。

叶崇磬给他倒了半杯酒，说："揭人家短处的时候，你可是从来很痛快的。"

"这辈子不会再犯的事儿，还提它干什么？"董亚宁笑，"因祸得福，这话总有点儿道理，那几年收获当真不小。开始啊，我哪儿都不想去，就跑工地。反正工程多，工地也多，想跑的话，怎么都跑不完的……后来，一没事儿了吧，我就爱去看他们搓雪茄。

一来二去的，有几位师傅也跟我成了朋友。很有意思，人家虽不传你手艺，但是也不拦着你偷师——要是这会儿给我烟叶子，我就能给你来一条——你等我回头让人弄点儿正宗的烟叶子来，我自己搓。自己搓得不见得最好，可是那味道，只有自己知道。就我前儿还问潇潇——结婚要我送什么合适啊？"

"他怎么说？"叶崇磐拿着雪茄剪，咔嚓一下，剪了烟头。

"他说——你自己搓的雪茄，送我一盒呗，别的什么也不要。"董亚宁说。

佟金戈跟叶崇磐同时笑出来，说："这比问你要二两金子还难。"

"你这个妹夫。"董亚宁笑着说，"在刁难人这方面，那是一等一的。你且别有话把儿给他接住了，不然怎么来的怎么去，还得把你挤对得心服口服。我这不就得着急忙慌地让人给我弄烟叶子吗？"

叶崇磐笑着说："这回我赞成他，怎么也能跟着沾光吧。"他点了烟，吸一口，笑眯眯的。

"要说还真就是'不是一家人，不进一家门'。"董亚宁哼了一声，抬手拍了旺财一下，"对了，我跟崇碧、潇潇定了明天晚上在小巷吃饭。总算这二位能空出时间来，我先抓住他们，再约你们，你们有空吗？明天一起。"

佟金戈说："我没问题。"

"我不去了，明天晚上有工作餐。"叶崇磐回绝。

"你能让你那工作绑死！"董亚宁嗤之以鼻，又拍拍旺财，"是不是，旺财，你说呢……对了，毛球怎么样了？"

叶崇磐有电话进来，接通前说了句"好着呢"，站起来往阳台那边去了。

佟金戈翻了张牌，看着那红火火的字，回头看了眼叶崇磐，见他走得足够远了，才轻声问："明天就咱们几个？"

董亚宁搓着旺财颈间的厚毛，没吭声。

"我可听说，湘湘要回来。"佟金戈洗着牌，像说着闲话。

"已经回来了。"董亚宁平静地说。

佟金戈看他一眼，问："你要怎么样？"面前的牌码得整整齐齐的，他拿起两颗骰子在手心里晃着……细细碎碎的声响撩拨着人的神经，让人有点儿紧张，也有点儿急躁。

"该怎样，就怎样。"董亚宁冷冷淡淡的。

金戈没再继续问下去，将两颗骰子掷到桌上，骨碌碌地转着……

董亚宁伸手，啪地一把按住了。

"你跟老叶提了那个投资计划？"他问，把骰子攥在手心里。

"他说要考虑。"佟金戈笑笑，"美日的技术壁垒都相当严苛。我明天见了崇碧也聊聊这个话题。也奇了，我怎么一抽风就想投资这个了呢？"

董亚宁微微笑，说："我当初瞅着你看他家那台机器人的眼神就觉得不妙。"

"是吧？"

"机器人，技术再进步，也是没有心的。"董亚宁转头看过去，叶崇磬站在阳台纱帘前，这个电话打得有点儿久了。

"叶哥不一定会看好。"金戈说。

"毕竟是财神爷啊。"董亚宁冒出了这么个词，"让他真金白银的支持，计划得过硬，你好好准备。"

叶崇磬过来，问："说我什么呢？"

"金戈爱上你家雅美了呗。"董亚宁笑得歪在一边。

叶崇磬问："所以才想参与高端机器人开发项目？人工智能确实是趋势，但这可是烧钱的买卖，真的有兴趣？"

佟金戈哭笑不得地看着董亚宁，说："什么话到你嘴里，不走了形，也变了味。我有兴趣，而且我是真的觉得挺有意义的。"

"你们俩都是有钱没地花了，开始玩高尚的。我躲远些，省得我的铜臭气污了你们。"董亚宁摇着手，笑嘻嘻的，骰子在手心里发出细细的脆响。

叶崇磬哼了一声，问："不是说请吃饭，饭呢？"

董亚宁把骰子噌地一下丢出去，做了个"请"的手势。佟、叶二人还没动，旺财先起来打了头阵。叶崇磬看旺财屁颠屁颠地跑下楼，震得那玻璃楼梯铮铮作响，顿时有点儿头疼。再温驯的獒也是獒，家里那毛球小小的一点儿已经知道跟帮佣大姐对峙，以后有他犯难的时候……

吃完饭，叶崇磬先回了家。他打开答录机就去换衣服。留言不多，只有崇碧曾打来问明晚他去不去亚宁设的接风宴。他听完留言，给崇碧回了电话，说自己不去了。

崇碧听起来心情不错，不知要忙什么，匆匆挂断了电话。

他裸着上半身走在房间里，温度、湿度控制得很好，让人感觉非常舒适。

他舒展一下筋骨，回身看到摆在墙角的那个洁白的机器人雅美。也难怪佟金戈见了雅美之后连说惊艳。作为机器人，雅美不管是在功能，还是在外形方面，都担得起它的名字。

雅美圆圆的脑袋，圆圆的身子，虽然没有具体的五官，体积也很小，可看上去就像个可爱的胖娃娃。

而且，雅美可以做很多日常的工作，曾让方大姐大大惊讶，跟他说："叶先生，雅美顶得上真人呢，还不用休息，只需要晒晒太阳就好，羡慕死人了。"

叶崇磬只对方大姐说："就算是这样，可雅美不会说话，不会思考，也没有情感，一撮茶要一克、三克还是五克，得预先给它设定。

雅美是他的师弟小车那一组的实验室作品，靠他的资金支持，小车在研究所做出了成果，跟日本最大的电脑和机械公司合作产出高端机器人，成就斐然。

他只在初创期去过小车实验室一次。后来他想，如果有的选，他也宁可去做一个研究员，那样可能快乐得多。如今他的数学专业知识，最多就发挥在看公司报表上……

他叹口气，过去拍了拍雅美的头。毛球对着雅美呜呜低吼，他又弯身拍拍毛球的头。

"你再不听话，就让雅美给你喂食了。"

毛球歪着头看他，他笑了笑。自从毛球来了，他一个人在家的时候，话都多了起来。

他想着，若是方大姐真的因为毛球不做了，他会找个不怕狗的帮佣。起码用机器人做家务助理，跟此处十八世纪的装修风格也不搭调……雅美是后现代的，他在这里暂时还是做个老式的人好了。

听到车响，他把毛球拎起来抱在怀里，从窗口往下一看，董亚宁和佟金戈的车子一前一后飘了出去，溅起一串水花。不用说，这两人晚上另有节目。

叶崇磐转回身，随便拎起一本书来，把毛球放下，坐在沙发上读了起来。很快，毛球在他脚下打了呼噜……手机响起来时，他正觉得惬意舒适，动都不想动。但那铃声锲而不舍，他只好放下书去接电话。他看看来电显示，眉头微微一皱。电话接通了，粟茂茂的声音传过来。

"叶崇磐，你快来救我啊！"

屹湘睡了一大觉，醒来时雨停了，天也黑了。外面的灯光透过门上的玻璃洒进来，门上的雕花映在青砖地上，美极了……这久违的美，目之所及，随处可见。

她隐约听到外面有人在说话，伴随着沉稳的脚步声。那声音由远及近，到了厢房门外，便停了一下，随即门被推开。

很快，有人穿过正屋来敲她的卧室门，轻声问："湘湘，醒了没有？"

屹湘起床开门，门外的母亲显然是刚到家，整齐的套装，精细的妆容，精神抖擞，一丝疲态也无。

母亲目光炯炯地望着她，脸上满是喜悦。

屹湘一身暖意，只觉得身子也柔软了下来。

"来。"郗广舒拍了一下手。

屹湘一笑，很小的时候，母亲工作忙，久不归家，母女俩一见面，母亲便会做出这个动作，示意屹湘快点儿过去给她抱一抱……

屹湘果真如小时候一样，扑到母亲的怀里。

"今儿可真把我给急坏了，老想着活动怎么还不结束，我得尽快回家见我闺女……"

郜广舒抚着屹湘的头发，笑吟吟地替她擦了一下额头，"瞧睡得这一脸汗。来，快让妈妈看看，伤在哪儿了？"

"没有。"屹湘笑。

郜广舒准确地找到了女儿头顶的新伤，惊呼："伤得这么重！不行，你还得去医院检查一下……还疼不疼？"

屹湘把母亲的手拉下来，握在手里，说："妈。"

郜广舒看着屹湘的眼睛。

"对不起，这次让你们担心了。"屹湘用她温暖的手紧握着母亲微凉的指尖。郜广舒看着女儿，轻轻抚摸着她的额头。

郜广舒没有说话，只将屹湘搂在怀里。

外面响起敲门声，屹湘放开母亲。

郜广舒带着女儿走了出去，边走边说："我去换衣服，马上开饭——潇潇没吃饭，一直在等你醒来，刚才已经嚷着说饿得腿软了……湘湘，这是小高，以后有急事找不到我，找小高。"她拍了拍屹湘的脸蛋，微笑着给女儿介绍自己的秘书。

屹湘向那位中年女士"小高"微笑点头，同她握了握手。

屹湘知道高秘书过来敲门一定是有事的，于是跟母亲说自己要洗把脸。

郜广舒点头，跟高秘书离开了。

屹湘目送她们走远。她从进了门就发现，家里的工作人员，已经一个不认识了……这分明是她的家，可又早已不是她熟悉的那个家。

她去洗了把脸，公事电话追到，是公司派给她的助理打来的。饭桌上，她就跟妈妈和哥哥提出来，吃过晚饭，她就去酒店休息，明天要去公司报到，还有些东西要准备一下，就不在家里过夜了。

"这么快？"郜广舒愣了一下，夹给屹湘的笋丝在空中稍有停滞，"我以为你能在家休息几天再出去工作。"

屹湘低头吃饭，说："早点儿开始工作也好，都需要适应。"

"等下我送你。"潇潇说着，看了母亲一眼。屹湘知道在不动声色之间，母亲和哥哥已经交换了意见。

"公司会有人来接我。"屹湘说。

"他们又进不来。"潇潇简单的六个字堵住了妹妹的嘴。

屹湘没再拒绝，一桌子都是她爱吃的东西，她得多吃些。

晚饭后，郜广舒送女儿出门，给她带了些吃的、用的以及准备好用作消夜的食物。

潇潇把东西放进后备厢，郜广舒马上发现屹湘的行李根本就没有从潇潇的车子里拿出来……她看着潇潇的车子走得没影了，又站了好一会儿，才转身。

"我让他们在劈柴胡同口那儿等我了。"屹湘说，见潇潇沉了脸，她又补充，"你不是很快就得回去吗？少在我的事儿上耽误工夫……你有这时间，不如跟崇碧多聊聊天。你什么时候再回来？订婚前一天？"

"再说。"潇潇兜着圈子找着屹湘描述的车子，"是不是那辆？"

胡同口的路灯下，一辆奶油色保姆车停靠在路边。站在车边拿着手机的年轻女子看到他们，将车子停下，急忙迎上来，问是不是郗屹湘小姐。

得到肯定的答复，她介绍自己叫冯程程。

潇潇一听这名字，差点儿笑出来，见屹湘绷着脸，他也只好忍住。

冯程程说："郗小姐，请上车。"

潇潇等行李都被司机拿上了保姆车，才和妹妹说："人都回来了，争取每天回家吃饭啊。我不在家，爸妈就你多费心。还有，我的车就在家搁着，你要用车就开。"说完，他比了个打电话的手势，先走了。

屹湘上了车，冯程程回身笑着问候屹湘，简单地给她介绍了一下自己。

冯程程好像知道屹湘兄妹俩觉得她的名字好笑，特别解释了一下名字的由来，说："我妈妈当年迷《上海滩》迷得要命，觉得天底下最美的女人就是冯程程。后来跟姓冯的我爸结婚，又生了女儿，赶紧取名叫程程。"

屹湘莞尔。

"这名字很可爱。"她说。

"可爱是可爱，可他们也总爱开我名字的玩笑——冯程程，你的许文强在哪里？"冯程程笑眯眯的，"再过几年，知道这个剧的人少了，应该会好些吧。"

屹湘知道，以后工作起来，绝不会闷了。

车子走走停停，花了比预想更久的时间才到酒店。门童过来打开车门，冯程程先下了车。

屹湘刚刚解开安全带站起来，只听一阵尖锐的轮胎摩擦地面的声响，心里有个不好的念头还没闪过去，就听砰的一声响，车子猛地一晃，她摔倒在车里。

冯程程惊叫，赶快上前扶她，问："郗小姐，您怎么样？"

司机也急忙回头，屹湘爬起来，说："还好。"

这一下确实撞得不轻，她头上的伤还没有完全好，剧烈晃动引起了头晕耳鸣，好一会儿才缓解。她抬手揉着伤处，说："没什么大问题。"

冯程程转头看看，发现是一辆银色的跑车撞上了他们的车尾。

屹湘跟着下了车。

冯程程见跑车里的人纹丝不动，气得直冲了过去，上来便一巴掌拍到跑车顶上，喊道："喂，你下来！怎么开的？下来！"

"冯程程！"屹湘叫了一声，她扶住车门先站稳，"小李拦住程程，有事报警。"

司机小李答应着过去。

冯程程站在副驾驶座这一侧，她一拍车顶，这一侧的跑车门似是从里面被一脚踹开，弹过来的力量极大。

冯程程灵活，往后一退，并没有被车门撞到。就这几秒钟，里面出来一个穿着火红衫子的年轻女孩子，二话没说，对着冯程程就一巴掌挥过来。

"你还敢砸车？！"年轻女孩又凶又狠。

冯程程火了，反手卡住那女孩子的手腕："你还敢动手？"

小李忙挡住程程，说："郗小姐让报警，别起冲突。"

"不就撞了一下吗，赔你就是了。多大点儿事儿，你嚷嚷什么？"红衫女孩子甩开冯程程的手，推了她一把，"滚开！"

程程被她推开，火气更是一冒三丈高，待要还手，小李用力拉住了。

红衫女孩斜了他们一眼，回身朝车里挥了挥手："我先上去了啊。"

这么近的距离，冯程程和小李都能闻到她的一身酒气。看她转身要走，冯程程立马喝道："你给我站住！"

红衫女孩故意趔趄了下，挑衅般地看她一眼，慢慢往后退。

酒店的保安跟经理早已出来了，不知为何只在外围维持秩序，没有贸然上前。

屹湘冷眼看着正在车内打电话的跑车司机，这时候开了口："小李，报警。她们涉嫌酒驾，寻衅滋事，恶意伤人。"

"是，郗小姐。"小李掏出手机来。

那红衫女孩听见这话，猛地一个转身，扫视着眼前这些人。

"谁酒驾？谁伤人？你胡说什么？"她踩着三寸高的鞋子，颤巍巍地走回来，"报警？我看你们谁敢报警！谁敢？！"她挥舞着手里的坤包，金光四射。

屹湘看着她，见她醉得人都站不稳了，嘴巴却还不饶人，真是嚣张跋扈。她抬手轻轻摸着脖子，晃了晃头。

红衫女孩胡乱指点着，像端着机枪扫射，终于点到了屹湘，坤包几乎碰到了屹湘的鼻尖。

屹湘不动。

红衫女孩微红的眼睛盯着她，气势汹汹的，但她没有什么反应——这女孩子看上去醉得厉害，可没醉糊涂。

屹湘的眉尖轻轻蹙了蹙，舒展开来。她脸上的神情非常平静，一副很轻易就能看穿眼前这个小女孩的伎俩的样子。

红衫女孩碰到她冰冷的目光，也知道眼前这个瘦小的女子像是根钢钉，踩上去是真的会受伤的。她转而一屁股坐在了跑车前盖上，这一来一去间酒气上涌，她真有点儿难受。她一只手按着胸口，一只手拍着车前窗，问："粟茂茂，打电话了没？怎么还没来？"

屹湘听到她叫出来的这个名字，心莫名一动，重新打量车里车外这两个年轻的女孩子。车里那个女孩子看上去斯文些，不知在给谁打电话，脸色倒是镇定的。屹湘没出声，眼神示意小李和程程。两人会意，一人拿了手机，一人去取了相机，先拍照取证。

红衫女子看了，神经质般大笑起来。

"今儿晚上真是太刺激了……喂，喂喂……大不了就赔你们几个钱，报警还会有你什么好果子吃啊？真是……一群傻帽……瞎……耽误工夫……"

屹湘眯了眼。

酒店大门前几辆车排起了队，经理急了。

"几位、几位，等下有外宾的车队来，我们得提前准备……"酒店经理过来，赔着笑脸，先挡了一下小李拿手机的手，"都消消气，先消消气……"

小李躲开他，看屹湘。

那经理见屹湘的表情不善，拉着小李低声不知说了几句什么。冯程程站在屹湘身前，自然听见了经理的话，脸上的神情变得又气愤又着急。她回头看看屹湘，说："郗小姐，我看我是给您惹麻烦了……"

屹湘摆手。

"没关系，我来处理。"她说。

经理赔着笑脸，又去跟红衫女孩说："滕小姐，您也冷静下。我们已经给董先生打过电话了，他马上下来。"

红衫女孩冷冷地哼了一声，说："好啊，告诉董亚宁，让他快点儿，有人要送我进号子了，让他准备好了去捞我！"她的口齿并不算很清楚，可"董亚宁"三个字，屹湘是听清了。

屹湘稍稍转了下脸，就见酒店大堂里出现了一个颀长的身影。那人大步流星地走了出来，穿过玻璃门，直奔红衫女孩。走到跟前后，他二话没说，一巴掌便扇了上去。

啪的一声响，雷鸣一般。

"亚宁哥！"跑车司机终于从车上下来，惊叫。

红衫女孩被打得歪在一边，甩了下头发，恶狠狠地瞪回来。她毫不示弱，抬脚就踢。董亚宁拽着她的衣领将她按到车顶，又甩了一巴掌过去。他回手把她拖过来，指着她的鼻尖，点了一下。

"你给我老实待着。"他手上的力道很大，女孩子的手臂动弹不得，脚下仍不客气，对准了他的小腿开始踹，一下、两下……无奈她醉得太厉害，身体很难保持平衡，但醉酒的人是有那么一股子蛮力的，每踢一下、每挣扎一下，都像是困兽般可怕。

董亚宁忍耐着，箍紧了她的手臂。他俊美的脸上，表情冷峻极了，那女孩子挣扎间碰到他的眼神，不由得稍稍愣了一下，再下脚又狠了些。董亚宁根本不躲，大概是省得让场面更难看。

粟茂茂跑过来，拉住那个女孩，着急地叫着："洛尔，够了啊，别闹了……亚宁哥，她喝多了，别跟她计较……今儿是我的错，别怪她……"

董亚宁把滕洛尔推进茂茂怀里，说："看着她点儿。"

"我要谁看着！啊？"滕洛尔又是一脚踹过来，"你不就是看着我的吗……董亚宁，你这个浑蛋！"

董亚宁岿然不动。

酒店经理站得离董亚宁很近，此时着急地跟他说："董先生，不是情况紧急，也不麻烦您亲自来……我们马上要接待外宾，十五分钟后，这一区就要开始管制，您看现在这……"

董亚宁看他一眼，眼色淡淡的，不慌不忙地点了点头。

"那边坚持报警。"经理已经交代下属疏导门前的车流，可这两辆豪车堵在这里不移开，等下外宾车队来了，难办的还是他。

"让他们报警！"滕洛尔被粟茂茂按在车座上，嘴里仍不服气。董亚宁刚刚两巴掌都甩在她的后脑勺上，她的头跟撞在水泥地上似的疼，疼得越发烦躁、狂乱。

"闭嘴！"董亚宁的声音并不高，他看粟茂茂一眼。

粟茂茂被他眼神里的冷意吓到，急忙说："车确实是我开的。"

董亚宁也指了她一下，说："你们俩都给我等着！"

他沉下一口气来。一转身，他看到了只有几步之遥的屹湘。

眼前三个人站成一个品字形，她站得最靠前，然而脸色也最平静，像看戏一样看着这边，他毫不犹豫地在心里骂了句粗口。

屹湘看着他，一瞬间，她像是听到了那句粗口。她仍站在那里一动不动，并不着急进行下一步，就看着董亚宁和那两个飞扬跋扈的年轻女孩子——年轻、骄纵、不可一世。遇到这种事情，她应该是很生气的，以她的脾气，应该是很生气的。但没有，到目前为止，她很平静。

她看着董亚宁。他用眼神询问过酒店经理，然后才朝她走来。她见过无数次他盛怒之下的模样……眼下这个表情，可以说已经是将自己的情绪控制得很好了，尤其是在这么短的时间内。

这些年，他也变了很多。

她看着他，隔了千山万水，望前世今生一般，看着他。

他只穿了一件浅色的衬衫，还敞着领口。此处风大，雨丝飘飘，寒意逼人，他身上却像散发着无穷的热量。在向她走来的时候，他还从容地抬手将袖口领口的扣子都扣整齐。

在女人面前，他还是有一些风度的……

"郗小姐……"冯程程低声叫道。

听得出来程程此时心急又慌张，屹湘却仍不动声色。

冯程程咬了下嘴唇，将想要说的话再次咽了回去，明明该是理直气壮的一方，她不知为何先矮了一截，心也忍不住咚咚跳得急。董亚宁……真是糟糕，她还没有跟新上司共事，就已经给其惹了事。

董亚宁可是公司极为重视的客户，重要极了。今日息事宁人，日后才好相见……

冯程程手足无措，酒店经理更是满头大汗。

董亚宁终于站到了屹湘面前。

他看着她，像看任何一个陌生人一样，用一种想要了解且并不使人觉得受到轻薄和冒犯的，又是董亚宁式的、带着一点儿说不出的诱惑人心的眼神。

屹湘抬手将灰色开司米大衣的帽子扶上来，这样挡一点儿冷风，她的脸上就没有那么麻木。她细瘦的手腕子搭在手臂上，手腕上还戴着那只旧表，绕了三圈的表带，蛇皮的，恰如守护神一样护住那只手腕。她单薄如纸，定定地站在他眼前，与高大的他形成鲜明的对比，一挥手就好像能随着掌风飞走，再次消失不见……

两人沉默着望住对方的眼睛。

董亚宁先开了口："我直接讲重点，希望不至于闹到公安局去。"

郗屹湘抱了手臂，听了这句话，抬手蹭了一下她的小下巴。

"董先生，酒驾、意图伤人，不是小事情。"她的声音并不大，但每个字都准确而清晰地送入董亚宁的耳朵里，"不是我们希不希望闹到公安局去……"她停了下，示意董亚宁，她身后还有二位，"今天若换了是你，会不会让你的人、财产、生命都受到威胁？"

董亚宁沉默。

她伶牙俐齿，他知道。她总能用几句话就激起他的怒火，他也知道。他更知道的是，眼下，他才是被动的那一个。也许他刚刚不往前迈那第一步，事情会更好办。但他看到她的那一刻，就已经注定，这一幕必然上演。

"现在你想怎样？"他问。

"董先生，这句话是不是该我问你？咄咄逼人的是你们吧？照程序走是很简单的事情。"她摊了手。

董亚宁盯着她。

"还是，你想要告诉我的其实是——即使警察来了，我们能得到的，无非也就是现在你们愿意提供的——赔偿？"

"加道歉。"董亚宁补充。

四周静默，其他人都在看着这两个人同样的绵里藏针，又几乎同样的都带着一种近乎执拗的表情和说不出的情绪。似有一种张力，在两人之间拉锯，让人看了，只觉得有股子莫名的紧张。

屹湘看了董亚宁一会儿，回头看着已经听得发怔的冯程程，问："董先生的话，听到了？"

"听到了。"冯程程回答。

"刚刚有没有受伤？"屹湘又问。

冯程程赶紧摇头加摆手，小李一直愣着，这会儿也忙摇头。

"董先生的提议，你们能接受吗？"屹湘再问，"董先生说，肇事者会郑重道歉。"

冯程程看小李一眼，两人的目光一交流，才回答："能。"

"那好。"屹湘伸手问小李要了他的手机，绕过董亚宁，朝粟茂茂走去。

粟茂茂正全神贯注地盯着这边的进展，她虽听不清屹湘跟董亚宁的对话，但见董亚宁笔直地站着跟屹湘讲话的姿态，直觉这个女人很不好对付。此时见屹湘过来，她站直了。

"粟小姐，我是郗屹湘。"屹湘伸手过来。

粟茂茂握住她的手，轻轻一下。不知道为什么，这个"郗屹湘"让她莫名觉得有一点儿点儿紧张。她分明应该在哪儿见过这个娇小的女子，一时却想不起来——她下巴处那颗痣……

"请问，我们是不是见过？"她终于忍不住问。

"既然车子……"屹湘没有理会粟茂茂的犹疑，她看了车内的滕洛尔一眼。

滕洛尔扶着额头，见屹湘看自己，张口便道："看什么看？"

粟茂茂见状，往旁边挪了一步，挡住洛尔，抱歉地对屹湘一笑。

屹湘于是继续说："粟小姐，既然车子是你开的，事故就是你负全责，请把你的电话号码告诉我。"

粟茂茂报上了自己的姓名和电话，道："很对不起，我失误了。"

屹湘拨了号码，粟茂茂的手机响了起来。屹湘握着手机淡淡地说："我们都知道，该道歉的不是你。"

滕洛尔噌地一下从车子里钻出来："喂！"

粟茂茂急忙摁住她。

屹湘冷冷地看了滕洛尔一眼，对茂茂说："没有诚意的道歉，那就不必了；我们也不接受——今天已经晚了，不要再在这里制造混乱，给无辜的人添麻烦。明天我的同事会和你联系，处理善后。我相信你也想早点儿把事情解决好，当然，如果解决不好，我们还可以再请教……董先生。"

她说完，转回了身，面对着董亚宁，却不看他，把手机还给小李，说："小李去把车子移开吧。"

小李答应着走开了，不一会儿，车子发动起来。

屹湘拍了一下粟茂茂这辆银色车子的顶盖，看着滕洛尔那对火星四射的眸子，低声说："今天放你一马。你记住，逃得过这一次，不代表逃得过下一次——谁敢报警？你以为你是谁？就算有护身符，保得了次次平安？你倒是该好好谢谢你的这位朋友。她有个好姓，偏偏我又买这个姓的账。"

像戳了马蜂窝，滕洛尔立时叫嚷起来。屹湘不理会她的张牙舞爪，也当没看见粟茂茂的疑惑，跟冯程程招手，说："程程，送我上去。"她没有说再见，也没有再看任何人，转身便走。

门童看见她过来，急忙替她开门。酒店经理如蒙大赦，向董亚宁一再表示感谢。

董亚宁面无表情，看了粟茂茂和滕洛尔一眼。粟茂茂见前面的车子移走了，也赶紧去移车。

酒店门前只一会儿便恢复了正常秩序。不久，穿着黑色便服的人成双成对地出现在四周，开始了警戒……

董亚宁此时冷静得出奇，他看着站在那里都打晃儿的滕洛尔，手又抬了起来。滕洛尔的坤包挥过来，被他一把抓住，对准了她的额头又来了一记。

"你又哪根筋不对了？老想找死是不是？站住！"

滕洛尔根本不听他的，兜兜转转往酒店大堂里走。她脚下黏滞，走一步退两步，好不容易才进了门。大厅里面暖和，只穿了薄薄的超短裙的她，却裹紧了裘皮大衣。

董亚宁跟着进来。

滕洛尔走得像只断腿的蚂蚱，仿佛随时会跌断脖子……他丝毫没有想要伸手帮她一把的念头。

余光一扫，他发现屹湘已经进了电梯。

滕洛尔白皙的手指戳到董亚宁的面前来，说："谁让你又停了我的卡？"

董亚宁阴沉的脸上黑云密布。

"我让人送你回去。"他一抬手。等在大堂里的随从看到，连忙过来。

"就会叫你的打手来抓我！干吗？又要把我关起来？关得住？你确定？"滕洛尔眼睛瞅着董亚宁，把裘皮大衣脱了下来。她里面只穿了一件几乎是透明的蕾丝薄衫，人一动，曲线分明。她步履蹒跚地晃了两下，一只纤纤素手往那随从的肩上搭去。随从急忙后退一步，身子虽然后撤，但手臂仍做出了保护的姿势。

董亚宁克制着，喝道："滕洛尔！"

"对，我姓滕，不姓董，让我服你管，你也得等额交换，对不对？"滕洛尔咯咯地笑起来，手臂在空中一转弯，搂住了董亚宁的脖子，"对不对，哥？"

她这一声"哥"叫出来，董亚宁真是又气又恨，一抬手捏了她的小细脖子，猛地一掼，把她掼倒在沙发上。

"你有点儿分寸！"

"分寸是什么？哈哈哈……分寸是……你不让我痛快，我也不让你痛快！你捅我一刀，我回你一刀……要不我就去找……"

就算这是在大庭广众之下，董亚宁也知道自己瞬间是起了杀心的。从刚才便积聚起来的说不出来的郁闷和烦躁通通涌了上来，他指着滕洛尔，刚要开骂，就听到有人叫他。

"亚宁！"

"干吗！"他叉着腰，转了下脸。

是叶崇磐，身后跟着低头耷脑的粟茂茂。

董亚宁看着这两人，气又不打一处来："粟茂茂，你就跟着她这个不成器的东西疯吧！我现在要是有棍子，一人一记把你们俩都交待了……"

"叶哥已经骂过我了。"粟茂茂躲在叶崇磐身后，朝董亚宁吐了吐舌，又朝滕洛尔眨眨眼。滕洛尔一双长腿缩到宽大的沙发上，大笑。

董亚宁飞起一脚踢过去，骂道："坐端正了，这像什么样子！"

叶崇磐微微皱眉头。

"公共场合，都正经点儿吧。"他不轻易开口教训人。

这句话说出来，滕洛尔也不得不坐直了。

叶崇磐看向董亚宁，说："我送她们俩回去吧。我们得赶紧走，这条街马上要交通管制。"

董亚宁说："这一个你不用管，把茂茂安全送回家就好了。"

叶崇磐听他这么说，也不坚持，示意茂茂。

茂茂朝洛尔挥挥手说了声"电话联系"，跟着便往外走。

叶崇磐转身，只觉得有什么在眼前一晃。

他站住了，电梯里一前一后走出来两个女子，走在前面的那个娇小玲珑，他脑中电光石火间闪过了一个影子，是她。

她低着头，正和身边的人说着什么。从外面进来一个年轻的男子，三个人会合，往咖啡厅去了。也许是因为大堂的灯光太明亮，让她的背影看起来也亮了很多，不太像在古董店里的模样了。

虽然距离也远了些，他并没有看清楚她的面容，但他完全可以肯定，就是她……他有种要叫住她的想法，但没有出声。

他并不知道她的名字，也没有想到自己还会再见到她，而且能够一眼认出她……

"在看什么？"粟茂茂小声问。

"没什么。"叶崇磬突然一醒，说着话便回过头来，看一眼董亚宁。

他也恰好在看咖啡厅的方向。

崇磬点了点头，说了声"我们先走一步"。

董亚宁没出声，似有点儿心不在焉。

叶崇磬一走，腿长步阔，粟茂茂只好加快脚步。

粟茂茂知道自己理亏，坐上车了，看看叶崇磬的脸色，小声说："我以后都不敢了……拜托，拜托千万别告诉我爸……还有，以后我也不跟洛尔胡闹了，她这次回来，心情一直很差，我也想开解开解她的。今儿晚上她让我过去，我到了，她已经喝了不少，我怕她惹出事来，才送她过来的。谁知道……"

"系好安全带。"叶崇磬发动车子。

粟茂茂连忙照着做了。

"我不告诉你父亲，也会有人告诉他。"叶崇磬说，前方有车队，他的车子暂且靠边。等着前面的车子徐徐开走，一辆又一辆加了暗膜的车子平稳行驶。

"茂茂，以后开车出门，千万当心。"

"我保证！"粟茂茂立即说，"那个，叶崇磬……"

她看着叶崇磬放在方向盘上的手，至少，他手指上没有那枚戒指了……她心里一阵酸楚，转开脸，强迫自己转移注意力。

她猛地坐直了，轻轻"啊"了一声。叶崇磬仍直视前方，并没有在意她的一惊一乍，不知道他在全神贯注地开车，还是在全神贯注地忽略她……

粟茂茂按捺着心头的一点儿波动，是了，她想起那是谁了，但她暂时不打算跟叶崇磬提。

此时酒店大堂里，良久一言未发的董亚宁看了一下表。

滕洛尔忽然说："我想喝杯热茶。"

董亚宁看着这个一团火似的女孩子，说"我想喝杯热茶"，带着"你不答应，我就撒泼给你看"的蛮横。他静静地看了她几秒，说："上去醒醒酒。"

滕洛尔醉意朦胧的面孔上，带着讥诮："不敢跟我坐在一起？"

董亚宁的手轻拍了一下她的后脑勺："把衣服穿好，你看看你像什么样子。"

"我不乐意上去，谁知道上面有什么人在等你啊。"滕洛尔把衣服都拥在臂弯间，

"我真想喝茶,也想跟你谈谈。"说最后一句话时,她的声音低下去。

董亚宁走在前面,咖啡厅里客人并不多,他进去便往最常坐的位子走去。滕洛尔跟在他身后,坐下来,任他给她点了薄荷茶、枫糖蛋糕。

董亚宁扫她一眼,她把衬衫乖乖地穿回去,裘皮大衣搁在旁边的椅子上,一对纤长的腿斜放着。

董亚宁看着平静下来的滕洛尔,这会儿是正常多了,也文静一些,因此看上去就更像芳菲了。他抬手拍了拍自己的裤管,并没有灰印子。但刚刚,他被滕洛尔那尖尖的鞋头狠巴巴地踢着,也不是不疼的。

滕洛尔看着他的动作,咬了下嘴唇:这个董亚宁,很会玩心理战术,她得提防些。

"今儿发这顿疯,就是因为我停你的卡?"董亚宁托着下巴,懒洋洋地问。他斜靠在高背沙发上,大半个人陷在阴影里。

洛尔不出声,端起茶杯来。他看着洛尔浅浅地喝着薄荷茶,不一会儿额上冒汗,从坤包里抽了几张棉纸来擦,不小心沾了一点儿在额头上……心里对她的那点儿嫌恶顿时散去一些。

"不是,谁稀罕你的臭钱。"滕洛尔的眼神有些空洞。

"那是怎么?"董亚宁的手指弹着沙发扶手。

"我妈想回来。"

"你知道那是不可能的。"

"她病了。"她吸着鼻子,又猛地抓起茶杯来喝,也不知道咽下去的是茶还是泪,"是不是非得她死了,化成灰才能回来?我告诉你,她这次要是熬不过去,他休想平静地过完余生!"

她说话一贯软糯糯的,却带着锋利的刺儿。她瞪着眼睛看着亚宁,那眼几乎跟她的衣领一样红。

董亚宁又陷在阴影里了。

滕洛尔看不清阴影里董亚宁的表情,她的手开始抖,拽过坤包,从里面翻找着东西。突然,她的手停下,又一把拿起裘皮大衣来:"我得走了。"

"坐好。"董亚宁沉声道。

滕洛尔没动。

"给我。"

长久的沉默。

滕洛尔从坤包里摸出一个小巧的银色酒壶来,放了茶几上,她的手仍然在抖。

"车子在外面等你。"董亚宁说。

"我恨死你了。"滕洛尔抓起自己的东西,"冷血、残忍……你们都一样!"

"那你千万别变成我这样——酒喝多了不好。要日子实在难熬，找个好男人，谈恋爱，结婚去。生个孩子，好好养，养得跟我们不一样。"

"你说的是人话吗！"滕洛尔死盯着董亚宁。

董亚宁没有再多说话，看着滕洛尔充满怨毒的眼神，他伸手过去，将她额头上那点儿白棉纸拈下来。

"董亚宁，你浑蛋！"滕洛尔低沉而凶狠地骂了一声，裘皮大衣掠过茶几，茶杯滚落在地上。地毯厚重，杯碟相撞，不过是轻响。

她甩手离开，像一抹艳红跳跃的火焰似的，跳开了。

董亚宁拿起茶几上的小酒壶，打开，嗅了嗅。伏特加，这液体是世上最美的存在之一，但人不该被它控制。他把酒壶倒转过来，将酒倒入面前的薄荷茶里。

隔着玻璃墙，他看到滕洛尔上了车，车子很快驶离酒店，终于浅浅地舒了口气。

他站起来，带着一股淡淡的薄荷香，走过仅剩的那桌茶客旁边……

冯程程等董亚宁走出了咖啡厅，松口气道："名不虚传……这位小董先生，啧啧，就没看见他跟相同的女伴来过店里……我是说，除了他自己来店里的时候，嗯，也不是经常来，他是 VVVV……N 个 V 的 VIP……享受上门服务的。"

郗屹湘按摩着酸麻的虎口，让程程和小李下来一坐，是她的主意。初次见面就经历这样的惊魂一幕，至少他们该一起坐着喝杯热茶压压惊……她没想到又遇到董亚宁。即便不想，她心里也清楚，从今往后，这样的狭路相逢，只会越来越多罢了。

小李和程程性格都很活泼，三个人坐下来喝茶，一点儿都不无聊。见她脸色如常，冯程程说出了刚才就想说的话："郗小姐，对不起，其实我看到车牌就该警惕的。以前听人说，进了京城才知道官小。如今是撞上官二代才知道有身份证的远不如有身份的，正常的程序都变成不正常了，不好意思，给您添麻烦了。"

"不要放在心上，这对我来说算不上什么麻烦。"屹湘温和地说。

"但是，董先生……跟汪小姐私交不错。汪小姐真心奉承的客人很少，他是其中之一。"

小李看了程程一眼，转而盯着自己面前那杯茶。

屹湘笑了笑，说："是吗？那挺好。这次我们人没伤到就好……且说着呢，公司也太贴心了。若是总用保姆车代步，太过舒服了，我恐怕都想住在里头。"她换了话题。

小李说："本来是汪小姐的专用车子，平时不太常开出来，偶尔有重要客人，接送一下。"

屹湘点头，偶尔有重要客人，比如陈月皓吗？

也许是，也许不是。但免不了的，她日后总要跟这类重要的客人扯上点儿什么关联……

他们聊起了别的轻松的、有趣的话题。后来她才觉得，这一整晚，话多得过分了。

想必是那惊魂一撞，把她的灵魂撞出了窍，出来欢实地绕了一周。

她差点儿被自己的想法逗乐。

郗屹湘，你越来越懂得自我安慰。

送走小李和程程，她回到房间，坐在了沙发上。良久，才感觉到腿一寸一寸地酥麻起来，她按摩着自己的腿脚。

不抖，不抖，你表现得很好……

门铃响，她去开门，是她叫的客房服务。

远处不知是哪间客房，房门开关之间，传出一段高亢的西皮。

她微怔。走廊寂静，因此声音格外清晰，是《坐宫》。

她在门边等着服务生将食物送进去，只听那"铁镜公主"唱道："……咱与你隔南北千里姻缘。因何故终日里愁眉不展，有什么心腹事，你只管明言……"

短短几句，缓缓脆脆。她想着，倒不像是在放唱片，真真切切的，似有人在唱给谁听……

她跟服务生道谢，顺手给了小费。之后开着门，她站了一会儿，走廊上仍静静的，没有一点儿声音，刚刚那段唱腔好像只是她的幻觉。她再看了看廊内，隔了两道门，那个房间的门口，穿着洁白制服的服务生正在收拾推车上的空酒杯。

她回了身，关上房门。

她要来的只是一杯热牛奶，原来是怕自己难以入眠，不料入睡并没有那么困难。但她睡得并不安稳，在梦里翻来覆去地上演《四郎探母》，云板急敲，出将入相……该她唱的时候，她却连一句"适才叫我盟誓愿"也唱不出，硬是折腾了她一宿，苦不堪言。

第二天一早，屹湘提前五分钟下楼，小李已经在大堂等她。

车子还是昨天那辆，屹湘上车前特地看了眼被撞的车尾。上了车，她看到里面的车座上有一杯咖啡和一盒蛋糕，都有酒店的标记。

"谢谢。"屹湘说，但并没立刻吃。

小李从后视镜里看看她，说："早上粟茂茂小姐打电话来说上午约齐了去办手续。"

屹湘正翻着今天的报纸，听小李这么说，抬头。

"她有问起我？"她问。

"问到公司什么的，自然问到您，我没说什么。"小李看着前面。

"谢谢。"屹湘低了头，继续翻报纸——这个粟茂茂。

"郗小姐，"小李回过头来，"要不要试试油条和豆浆？"

屹湘哗地一下合上报纸，小李递过来的油纸包里有两根油条，豆浆则是盛在纸杯里的。她接过来，先闻了闻味道，对着油条一口咬下去。油条表皮焦脆，内心柔软，豆浆更是香滑可口，她顿时觉得肠胃接了地气。

"太香了，现在还有店里用油纸包油条？"

"好像只有我家胡同口那家还用。"小李微笑。

屹湘又咬一口油条，说："这不是你的早点吧？就算是，我也不打算跟你闹这虚礼了。"

"不是，我只是多买了一份早点。昨晚我跟小冯从酒店出来，打赌您早上想吃什么——她说您恐怕吃不惯中式早点。"

"这样算谁赢了？"油条已经被她吃掉一根，正在消灭第二根。

"让小冯赢好了呀。"小李挠挠鬓角，憨厚地笑了，"最重要的是您吃这一口觉得舒坦，对不？"

"对，谢谢。"屹湘把剩下的豆浆喝光。

"您甭跟我客气，您改日还想吃，我照旧给您带一份，您不嫌弃是小店里的东西就好。"小李把车子开得稳稳的，心情很愉快。

屹湘把油纸包叠好，放到脚边那个小垃圾收集盒里。她从来不介意吃街边的小吃摊，从前念中学的时候，大冷天能为了一盘爆肚半夜专门跑出来……她看着窗外，夜幕降临时候的四九城，是她魂牵梦绕的地方。

车子停到公司门口，恰好九点半。屹湘下了车，抬头打量着四周的环境。西边是卖钻石的，东边是卖瓷器的，都是闻名遐迩的欧洲老牌子。这样看过去，橱窗里那袭白纱，跟左邻右舍搭起来，简直完美。

"Josephina 每天十点半会上来办公，我先带您在店里看看。"早等在那里的冯程程笑着说。

屹湘点头，才抬起脚来想进店，就听有人大喊一声"邱湘湘"。

屹湘听见，并没有立刻转身。这个嗓音，她极熟悉，熟悉到那就像一面镜子，听到便立刻能"映"出模样来。

冯程程走在前面，听到这一声并没在意，见店门已经被等在那里的职员打开了，回头招呼屹湘进去，才发现她已经回了身。

"郗小姐……"冯程程见她掉头往回走，不明就里，然而接着就看到她示意自己稍等，朝站在一辆黛色车子边的高挑美丽的女子挥了挥手。

看清那车子和人，冯程程一怔，这是隔壁门店的老板董芳菲。

"芳菲。"屹湘微笑。她这一笑，倒让芳菲发了愣。

芳菲迟疑地看着屹湘：利落的发型、整齐的刘海、中规中矩的套装、严丝合缝地搭配着衣装的鞋包……她险些要张口问一句"邱湘湘，这真是你吗"，但见屹湘站在

LW 店前的架势，便忍住了。

她几步来到屹湘面前，脸上带着生气的颜色，一双眼睛亮晶晶的，仿佛要看到屹湘的眸子里去，道："你还认得我这张老脸？"

屹湘看着芳菲，怎么会不认得？那漂亮的眉眼，会冒出火星子的眸子，爽朗响亮的大笑，都是芳菲。

董芳菲看见屹湘的眼睛，心不由得一顿。她指指屹湘，那只手小巧白嫩，涂了肉色蔻丹的指甲显得手更加柔丽。她说："我还是昨儿给崇碧打电话，问起来，她才说你已经回来了……我现在就只配以这样的方式获得你的消息是不是？啊？"

屹湘伸手捏住董芳菲的手指，说："不是的。"她的手心很热。

芳菲叹了口气，一把将屹湘搂住，又笑出来，说："我真怕连我叫你都不应声。"

屹湘拍拍她的肩膀。

这样拥抱着老友，屹湘心里禁不住涌动着不可名状的酸楚，低声说："别让我在同事面前丢脸啊，把我惹哭了，你看我回头怎么收拾你。"

芳菲笑，到底还是松开手，站着打量了屹湘一圈："崇碧跟我说了点儿你的情况，不过，我还是想听你自己说。"

屹湘只是微笑，若能拒绝，她永不会说自己。

芳菲看出来，说："你知道我，只要被我逮着，想要甩掉我，除非你有上天入地的本事。"

"你怎么到这儿来了？"屹湘抬了下手腕子，示意自己得进去了，本来这个时候她得一本正经地走进去看看新工作环境。

芳菲抬手指着东边那家瓷器店，说："这个，我的。"

屹湘惊讶："你？"

"士别三日，当刮目相看。"芳菲小得意。

屹湘看着她，可不是刮目相看，这个有一阵子中文都说不利索的家伙，居然会抖古文……

"这下知道该怎么找我了？"芳菲挽着手袋，正经起来的样子，确实带着一股子事业女性的架子和味道。

屹湘点头说："出门左转，进去喊'董小姐'就是了。"

芳菲满意地放她走，看着她拾级而上，进了店门。

隔着橱窗，芳菲看到屹湘站在里面，指着橱窗里那件最新款的婚纱说着什么。那脸上的笑轻浅而克制，眼神温暖而稳妥。那是湘湘，没错，可还是不是那个会穿着沾满油彩的衬衫、磨白了的牛仔裤推开她家的门就跳上床去打滚、进了她的公寓直奔厨房捞起洋葱圈就塞满嘴的湘湘呢？

此刻，她不敢断言。她拿出手机来，又看了一会儿，才打电话过去，开口便问："你晚上定在哪儿请崇碧和潇潇吃饭来着？"边问，她边往自己的店中走去。

屹湘往外看了一眼，芳菲走了。她转过身，站在宽阔通透的店里，继续听冯程程介绍眼前这件上周刚到的展示品："……一到货就有好多人打电话来问可不可以出售，或者可不可以定制这一款，也有问能不能出借的……Josephina说，这一款是非卖品。"

屹湘走近些，原来Josephina将展品撤出东京慈善秀之后，特地挑了这件送来北京……她细看这件礼服——在亲手将其修复完成，穿到模特身上之后，她再也没能近距离见过。虽然那天的发布会之后，作为压轴作品，这件令人惊艳的婚纱的图片就随处可见，可那不是她关注的重点，她想知道Josephina单独把这件礼服带过来展示的用意。

"我们都开玩笑，说这款婚纱大概是被某位公主定下来了，自己不穿，也不让别人穿……谁配得上这件婚纱呢？瞧瞧，多美丽，会有人为了它付出一切的。"冯程程微笑着，说起这件礼服的语气，就像在谈论一件艺术品。

"但是，想穿这件礼服的新娘，可真是得等得起。"屹湘微笑。

"现在花一两年筹备婚礼的准新娘非常多，为了这份完美，她们愿意等。"程程笑着说。

"我们也希望她们都愿意等。"屹湘转身。

店内空间大，而且不同功能的区间切割利用得很合理，虽然陈设不多，但都是精品，装修方面也并没有沿用LW一贯喜用的银灰色与天蓝色的装饰，而是用了暗红色调，因此并不显得空旷，走进来有种淡淡的喜庆和庄重感。

屹湘想想，可不是，中国人的传统，婚事最好还是跟红色沾边，Josephina深谙此道。

"公司一贯公平，虽然国内市场还比不得外面成熟，倒也季季都把最新的样式送过来展示。不过，这么快展示最新品，也不多见。"冯程程微笑道。

屹湘心知肚明，若不是她这个新设计总监空降来上任，Josephina何苦要费劲儿把这件礼服先单独运来搁在这里……她摸不透Josephina真正的想法，但这个梁子结下来了可是证据确凿。

屹湘看看时间，十点钟刚过，听到外面车子响，冯程程接着说了句"是汪小姐的车子"。

不一会儿，店门一开，那中等身材、面容精致的中年女子走了进来，抬眼一见到屹湘，眉尖一挑，道："Vanessa，你已经到了！"

屹湘朝Josephina走去，伸出了手。不料Josephina早张开双臂，给了她一个大大的拥抱。

屹湘的下巴蹭到她的披肩，被香气和绒毛弄得鼻子发痒，差点儿打出喷嚏来，但是急忙忍住了。

Josephina 放开她，问："我想你已经看过这里了？"

屹湘点头说："是，这里很美。"

Josephina 微笑，汪氏姐妹都有一对漂亮的眼睛，但 Josephina 的长相跟她的姐姐完全是不同的类型。这么一想，她们三姐妹，真是太不一样了。

"来，先上去，我介绍你给同事们认识。" Josephina 说着走在了前面。

一路上，Josephina 只问了几句旅途是否顺利之类的。

在走进设计部之前，她倒是问了一下："啊，昨晚你受惊了。小冯汇报的时候，时间已经很晚，我就没有贸然打扰你，没有受伤吧？"

"没有，还好。"屹湘回答。

"万幸。"Josephina 推开了门。设计师们都在忙着自己的事情，一时没有发现她们。

Josephina 看着他们，轻声说："看他们工作时候的样子，会爱上他们的。"

屹湘微笑，可不是，他们如此投入。

跟纽约的办公室不同，这里并不是一个一个隔断的空间，相对来说，私密性欠缺。也许是看出屹湘的意思，Josephina 说："我喜欢大家一抬头就能看到别人绘图、打版、钉扣子……"

屹湘点头，可以理解，每个话事人的风格都不同。

Josephina 拍了一下手，听到这声脆响，终于有人先抬起头来，随即一屋子人都暂停手里的工作。Josephina 说："给大家介绍一下新任设计总监郗屹湘小姐——郗小姐在纽约总部担任资深设计师数年，做出重大贡献。两周前在东京的慈善秀上，公司主推的'蝴蝶'系列，就是出自郗小姐之手。我们欢迎郗小姐……谢谢她的到来，让我们这个分公司有了新鲜的血液——欢迎她！"

办公室里十几个年轻人，忽然爆发出来的掌声和欢呼声也是高分贝的。

屹湘笑着，跟大家简单地说："很高兴和你们一起工作。

"叫我 Vanessa 好了。"她补充。

"啊，蝴蝶。"有位棕色头发、蓝色眼睛的年轻设计师笑道，耳朵上夹着一支红色的笔，看起来很俏皮，"安德烈·费尔南德斯。"

屹湘对他点头。

设计师们一一过来跟她握手。

"大家继续工作，我们有时间互相认识。"屹湘退出来前笑着说。

Josephina 带她上楼去办公室。

"这是你的。"Josephina 指了指门上那个金色的名牌，请她进门。

屹湘看到，上面已经刻上了她的中英文姓名，出奇地好看。办公室并不算大，她在纽约的那个小座位，放到这里来，都恐怕要占掉半间屋子。但从窗口看出去是一个花园，园内假山、流水、竹木、花草一样都不缺。宽大的桌子上，新的电脑、新的色板、画笔……也样样齐全，最新的时尚杂志都在杂志架子上了。

"谢谢。"她回头，看到 Josephina 正在用一种淡淡的目光审视她，见她回头也没有掩饰这种坦然呈现的审视，她不由得心头一凛，"我很喜欢这间办公室。"

"应该的，这是小冯的功劳。来，请你到我办公室坐坐。"Josephina 转身先出去。

屹湘提了一口气，跟着 Josephina 去了她设在走廊尽头的办公室。

Josephina 的秘书替她们开了门，介绍自己之后，问屹湘要喝什么，屹湘说："咖啡就好。"

Josephina 请她坐。她在这间整齐、规范得出奇的办公室里找到了一个合适的位置坐下。Josephina 的办公室简直像一间诊室——这是喜欢看到下属"一锅粥"的工作的 Josephina？

Josephina 把窗纱推开，对屹湘说："教你一招，工作累了的时候，将椅子转过去，看一会儿风景，会舒服很多——这里工作的压力也不比在纽约巴黎小，不过我相信你会很快适应。"

明亮的光线，让 Josephina 脸上的纹路一一呈现。她有很深刻的法令纹，这让她看上去有些严苛。这是屹湘第一次与 Josephina 有如此近的接触，虽然她并不紧张，对 Josephina 事实上也没有什么成见，但 Josephina 的确给她一种很强的距离感，或者说，Josephina 正在让她产生这种距离感，而她很敏感地捕捉到了。

"有什么意见，随时可以来跟我讨论。在你权限范围内的事情，尽管去做。"Josephina 看着屹湘，端起秘书送来的红茶。

"我会。"屹湘简洁地说。

"住在酒店习不习惯？"Josephina 问。

"习惯。"

"时间比较仓促，只能委屈你先住酒店了。我已经交代小冯替你找合适的公寓，有什么特别的要求，可以跟她讲。"

屹湘啜了口咖啡——最普通的速溶咖啡。

"我会跟小冯沟通。"她说。

接下来，Josephina 简单交代了些工作上的流程："资料我都已经交代秘书给你送过去了。晚上有没有时间？我来选地方，跟大家一起聚一聚，算欢迎晚宴。"

屹湘答应，说："那我出去做事。"

Josephina 点头。

屹湘起身前问："Josephina，我听说，橱窗里那款'桂冠'，不准备接受定制，也不准备出售？"

Josephina 看她："你有不同意见？"

"也许可以看看市场反应？"屹湘说，"或者也可以试着将钻石钉缀回去。"

"我是打算测试市场反应的。"Josephina 说。

屹湘微笑着点头。

她回到办公室，冯程程敲门进来送了两部手机，跟她说已经办好了手续，按照她交代的，公私分明。

她接了，将手机收好，想到在 Josephina 办公室里喝到的那杯速溶咖啡，就让小冯带路，先去看了这一层的茶水间。

茶水间看起来有点儿简陋，虽然饮水机和杯具、茶点一应俱全，可丝毫没有让人能够获得片刻放松的感觉，也完全不会让人产生在这里喝杯茶闲聊几句充充电、补补能量的想法……她左看右看，轻轻摇了下头。

小冯跟着她走进来，看她伸手摸摸台面，打开柜子看看，又推开窗户往外瞄一瞄，很仔细的样子，轻声地说："是有点儿简单哦？公司的茶水间，要数下面设计部的茶水间最好。我们这一层，行政人员多，很忙的……虽然公司按规矩是有茶歇，可是忙起来谁又顾得这些……不过基本的东西都有的！只是您需要什么特别的，您就指定品牌，会去采购……"

屹湘站在窗口，听见这话，回头笑了笑，说："我先关心下咱们的咖啡好了，没有好东西提提神，怎么能有灵感……"

冯程程眼睛一亮，待要说什么，恰好有人进来泡茶。她们见是 Josephina 的秘书，微笑着打了招呼，先走了出去，接着将楼上楼下的茶水间都走了一遍，了解下情况。

屹湘回到办公室坐下，果然先花了一点儿点儿时间列了张清单，写了邮件发给 Josephina。她以为 Josephina 不会很快回复，不想 Josephina 十分钟后就发来意见，将邮件转发给总务和财务部门，安排执行了。

小冯听说要改造茶水间，特别兴奋，借着送文件跑进来跟屹湘说："这可太好了，真的，公司什么都好，就是茶水间完全与江湖地位不匹配……郗小姐是不是受不了喝速溶咖啡？"她狡黠地问。

屹湘笑笑，摆摆手，让她出去做事。当然不是没有这方面的原因，但是，她才不管人家是不是觉得她来了公司报到第一件事竟然是做这样鸡毛蒜皮的小事。虽然不是行军打仗，讲究兵马未动，粮草先行，但对一群经常要加班的人来说，有个显得富足的茶水间可太重要了……她伸出手臂，将桌上的文件拿过来，一样样开始看。

她整天都没有出过办公室。下午茶时间，她正埋头研究资料之际，冯程程进来说，有人外送茶点，说是郗小姐请大家下午茶。

冯程程看着她笑，递给她一张卡片。

屹湘拍脑袋，偏偏把这一样给忘了……

"Josephina 的秘书过来问您饮食上有没有什么禁忌？"冯程程说。

屹湘摇头，等程程退出去，打开卡片一看，用自己的私人手机照着上面的号码拨回去，果然是董芳菲接的。

芳菲一听她的声音就说："我算着你也该打给我了——我就知道你这个马大哈一定不记得请新同事喝茶。"

屹湘嘴上不承认："你当哪儿都有下午茶的规矩？"想到早上自己亲眼所见的茶水间，她有点儿想笑。

"别的公司可能入乡随俗而没有，但你们尊贵的 LW 肯定有。我跟老妖婆做邻居这么久了，还能不知道这个？"芳菲在电话里笑。

屹湘听她叫 Josephina "老妖婆"，叹口气说"嘴巴还那么毒"，道了谢。

芳菲不肯就此放过她，问她晚上有没有时间，要是没约人，那就一起吃饭去。

屹湘笑着说："改日吧，改日我请你，今晚 Josephina 定了公司聚餐，欢迎宴。"

听芳菲说了句一言为定，她挂断电话，心想：芳菲还说她是马大哈，芳菲也是长年累月的学不来跟朋友迂回婉转。也可能是太了解彼此了，来两小节前奏就知道下面曲子的高潮会在哪儿——幸亏有货真价实的聚会摆在那里，不然等下会被芳菲带到哪儿去，谁知道呢。她可不想在辛苦了一天之后，还要吃一顿辛苦的晚饭。

下了班，同事们都留了下来。Josephina 的车子在前面带路，带着大家兜兜转转去了一间位置僻静的饭店。屹湘下了车，站在窄窄的胡同里，抬头一看，周围的建筑高耸，就连高大的杨树也免不了被衬得矮小起来，顿觉有些压抑。

门口守门的石狮子已经被摸得头顶光滑，屹湘进门时也忍不住摸了一把，同时看到了挂在门边的木牌上几个墨绿的字：缘缘斋。没有落款，但这字写得极漂亮。

屹湘看着那字，脚步便停了停。程程也停下来等她。

她发觉，于是迈步往里走，此时其他人都已经绕过了垂花门。包间在东厢房。Josephina 应是这里的熟客，一坐好，老板便亲自来招呼。

屹湘坐在 Josephina 的旁边，听他们聊天，老板笑着说："上房里叶先生宴客，是老早定下来的，不然上房那一厅该给汪小姐留着……"

屹湘的心一动，叶先生？她倒也认识那么一位叶先生。从这餐厅的地段、气派来看，那位"叶先生"在此地十分有面子了……

屹湘将面前的筷子摆成对，湘妃竹筷子，包了银。筷身上面雕的标志也有"缘缘"二字。她再看，还是觉得写得好极了。她几乎能看到那运笔如风、潇潇洒洒的架势……

Josephina 把菜单推出来，让大家轮流点菜。自然大家让屹湘先来，她见当日的菜单上有一道爆肚丝，刚要下手，老板这时却说这道菜没有了，但有两样可替换的，问他们的意见。屹湘无可无不可，也就罢了。

席面精致，菜式却覆盖了从南到北绝大多数菜系。屹湘只觉得这桌佳肴恰似在座的各位，从肤色到背景，各式各样，虽然不单纯，难以一言概之是什么风格，可混搭得也怪有趣的。

也许是因为有她这个新加入的在场，起初大家都有点儿拘谨。但一开始上菜，气氛便开始松动。

讲到吃的，屹湘是见过世面的，每道菜都能说出来历和典故，这可真是聊天最好的切入点，很快她就跟在座的同事们从美食聊到了其他，气氛便又热络了几分。

屹湘渐渐松了口气。

Josephina 点了店里自酿的酒。

屹湘不喝酒，Josephina 并不劝酒，只给她斟了一杯放在面前。

竟是上好的桂花酿，即便不饮，看看这淡淡的金黄色，闻着花香，也有些醺然欲醉的意思。席间的外国佬们却多数不喜欢这种酒，Josephina 也不勉强他们，自斟自饮，酒喝得也大有意趣。

屹湘想，Josephina 也是个有点儿意思的人……

屹湘中途离席，出去给家里人打了个电话。潇潇嘱咐她每天回家吃饭，照例她不回家，还是要通报一声的。

电话接通的那一刻，她立刻觉察，电话那头的母亲一直在等她。她心一紧，急忙道歉。母亲却显得很愉快，说没关系，又嘱咐她在外面也要吃好，还问她回不回去吃夜宵，家里煮了她爱吃的冰糖红薯。

冰糖红薯，家里做得特别好吃，在别处难得吃得到……这一诱惑不可谓不大。屹湘低头在廊上踱了两步，问："爸爸什么时候回来？"听到说是明天，她便说，明天不出意外就回家吃晚饭，然后说，"以后我不回家吃饭会提早打电话的。"

她分明听到电话里有一点儿点儿异样的动静，然后才是母亲说的"好"。其实一家人能聚在一起吃饭，哪儿是那么容易的事情。她有空回家，父亲或母亲说不定都没空吃饭，但她知道母亲是在等她这句话……

挂了电话，屹湘站在屋檐下，定了定神。风吹过来，带着一丝湿意，她才发觉是下起了雨。院子里的砖石地都还没湿……她伸手出去试了一下，春雨似雾，虽然是尚不能濡湿衣服的程度，但能让肌肤滋润。北京的春天干燥，不想她回来才没两日，竟下了雨。

她仰起脸来，深吸一口气。春雨的味道，寒凉中会有一点儿青草香……一点儿……烟草味？

她咳了一下，转头瞧了瞧。上房的门上挂着竹布蓝帘子，屋里暖黄色的光透出来，成了一片暗影。房里面谈笑风生，就在这暗影中，有一个更暗的身影……她后退了半步，碰到了放在石栏上的什么东西，指尖刺痛。

"小心。"那人出声。

廊顶的灯亮了，随后有人叫道："叶先生。"

屹湘甩甩手，原来低矮的石栏上摆着一溜儿花盆，她碰到的那盆，恰好是"银狐"。她听到那人说："你们老板专门爱这盆，还专门摆在这儿害人。"

那人不愠不火的，声音有些耳熟，屹湘却没有立即抬眼去看，但她知道有那么一道目光在她的脸上轻轻扫了过去的。

"是、是、是，我们老板爱惜着呢！这不下雨了，刚说让我们都搬进屋里去……这位客人，对不住您。"店里的白衣侍应，微笑着上前，似是真的要搬走花盆。

"别介，是我不小心。"屹湘说着，揉着手指头——吹一下，真的不疼了。素日被针扎也是寻常事，这点儿刺痛不在话下。

那侍应笑了，说："您要这么说，那我可就后面忙去了。"

"店大欺客。"站在暗影中的叶崇磬低声说。

侍应笑着说："叶先生，您就损我们吧……"说话间，人已经绕到后堂去了。

廊下就只剩下相对而立的郗屹湘和叶崇磬。屹湘固然是没有料到"此叶先生"竟真的是"彼叶先生"。叶崇磬也没有想到自己出来抽支烟的工夫，竟然就遇到了"故人"——两个人彼此看了几秒钟，不约而同地点了下头，心里也不约而同地说了句"这么巧"。

叶崇磬掐灭了刚刚点燃的烟，烟草味却未散，竟给清冷的雨夜添了一丝暖意。屹湘打量叶崇磬——西装领带都是深色系，浑身上下都有些全副武装的紧绷感，着实严肃得可以。但也许是背景换了，叶崇磬跟前两次相见时，哪里有些不一样……她踌躇了片刻，还是觉得自己现在贸然说句"我是你妹妹未婚夫的妹妹"不妥，实在不妥……她搓了一下手指。况且，这位叶先生，从上次通电话时她多问了几句，他便有点儿不耐烦来判断，应该也不是个太好相处的角色……真糟糕，潇潇以后要对付这么个大舅子呢。

她只顾打量叶崇磬兼胡思乱想，却没在意他也在打量她，而且发现了此刻她的那颗七窍玲珑心正在乱转。

叶崇磬也不知道自己为什么忽然就想笑。

此时东厢有人推门出来，叫："郗小姐，快回来，菜都凉了……"

屹湘看是冯程程，答应一声。她向叶崇磬点了点头，说声"抱歉"，从他身后疾步走过，烟草味被微凉的药香刺破。

叶崇磐待这位"西小姐"回了东厢房，又划了一根火柴。嗤啦一声细响，火柴被划着，一小簇火苗照亮了一团空气，他重新点着了香烟。

…………

晚餐之后，同事们七嘴八舌地提议转场子继续玩。有人说去"苏丝黄"，有人说去钱柜，还有人说干脆苏丝黄和钱柜都去……Josephina走到缘缘斋大门口说了一句"我老人家可不能陪你们年轻人疯了"，惹得大家一阵笑，有人就趁机说："散了吧，周末再聚好了。"

当下Josephina先走，大家便互道晚安，很快三三两两地散去了。

屹湘直接回酒店，小李开车送她。这一天下来有点儿辛苦，她上了车便闭目养神，可没多久，肚子痛起来。她忍了忍，没有催小李快点儿开车。还好很快就到了酒店，她打发小李走了，赶忙回房间去。

恰好来了电梯，她急忙跑进轿厢。这时手机响了，她看看，接起来就说："崇碧，我晚点儿打给你……哦，没什么，就是肚子痛……"她说着跺了跺脚，伸手揉着肚子，只盼着电梯能跟火箭似的，嗖地一下子就到了她住的那一层。

人要是不舒服起来，对什么都是敏感的。轿厢里有多少人，她倒不在意，只是旁边的人一身的烟酒气，让她更不舒服。

她余光一扫，知道这是个身形高大的白人，看穿着倒是整齐，气质也属上乘。但此刻除了烟酒气，身上还带了浓烈的古龙水味，偏偏脸上被酒精烧得通红，加上眼睛、眉毛堆在一处，就像一只醉醺醺的白猩猩……她避到轿厢的一角，还是不够远，这股子浓烈的味道一阵一阵地袭过来，令人作呕。

她极讨厌这种烟酒气混起来的味道，尤其在这狭窄的空间里，那热烘烘的气息似是带了刺，刺得她背上起疙瘩。如果不是腹中绞痛，她真应马上出去另搭一班电梯。

她烦躁不堪，也就没能察觉到自从她一脚踏进轿厢，里面人的目光便都粘在了她的身上。她那微微不安的神态、轻颤的小腿，都显得格外美丽和性感，挑逗着人的神经。轿厢里的温度慢慢开始升高，只有她浑然不觉。

她只愿电梯门一开就是卫生间。

"这位漂亮的小姐。"白猩猩终于忍不住过来搭讪，"有没有荣幸认识你？"

一听是法文，屹湘装作听不懂，侧了下身，再次避开，只顾盯着上行的数字，呼吸都差点儿停止了。她拒绝的姿态是如此明显，可惜这个法国人已醉得不懂识趣。他又靠近些，手臂撑在她身侧的轿厢扶手上，眼神贪恋地盯着她的脸，说："我很想认识你……"

屹湘这才转头瞅了瞅这张若放在平时称得上英俊的面孔，轻声说："我对认识您没兴趣，先生。"

电梯终于在十八层停稳，门一开，屹湘刚要出去，手臂却被人拽住，随即一张卡片递了过来，说："随时打给我。"

屹湘肚子不舒服，正焦急恼火，抽出手就想回击。不料，她还没出手，从后面走上来一个人，毫不费力地将法国人的手从她的手臂上拍开，顺势也将她推出了轿厢。法国人站立不稳，倒在了地上。随着电梯门关上，失态的法国人的高声咒骂也消失不见了。

屹湘被冷不丁地一推，险些跌倒。推她的人见状，伸手揽了她的腰将她带到身边，待她站稳，立即松了手。

屹湘看清自己面前的这个人，愣了一下，一时忘了腹痛，冷汗却冒出来了。

她不由自主地后退了两步，盯着他的脸。

董亚宁走过来，手指夹了那张卡片，在她身前站住，轻飘飘地将卡片插进她的大衣口袋里。

屹湘看着他的动作，心狂跳。

他身上有淡淡的酒气，还有淡淡的寒气，白皙的脸上有一层润润的粉色，是他喝了酒之后特别的样子。那润润的粉色一直蔓延到脖子上，他领口微敞，以她的高度，抬眼恰好看到那里……她绷直了背。

"应该合你的口味啊，怎么变得这么不大方呢？"他漂亮的嘴角弯了一弯，黑黑的眸子里闪过一丝讥诮，又仿佛带着冰。

屹湘的脸顿时白了，藏在大衣里的手，只差一点儿就要抽出来，撕了那张卡片扔到他的俊脸上去……手指尖在簌簌发抖，她握紧手，将手指锁在一处，鬓角的冷汗似乎马上就要顺着发丝滴下来……她舔了一下嘴唇，轻轻地哼了一声，说："没错。"

屹湘将那张卡片抽出来，拿到眼前，细看一眼："可也得看我有没有那个心情，是不是？"她瞟了他一眼，迈开步子往自己房间走去。

董亚宁看着她。她走得极快，也很稳。

他的脚步顿了顿，往同一个方向走去。他的步子不快，但始终跟她保持了一定的距离，没有拉长，也没有缩短。他没有特意看她，但她就走在前方，整个人的身影始终映在他的眼中。她纤细玲珑的小腿在一步裙下急速摆动，裸色的高跟鞋，也没能让她身形高挑起来，真像翩翩起舞的蝴蝶，轻盈得恨不得让人伸手托起来……

他经过她房间的时候，门已经关好了。

空气里若有若无的淡淡香气，似是药香。他屏住呼吸，可这气息固执地停在他的鼻腔里，不肯轻易离去。

刚刚她瞟他的那一眼，冒着火星，带着钩子，像是能撩起他心底的火来。

这个该死的女人……

屹湘进了门，三两下踢开脚上的鞋子，直奔卫生间。肚子里翻江倒海，有一种虚软从脚底往四肢百骸扩散。好久好久，她都不肯抬头，两只手臂紧紧地抱着自己的身子，箍得发闷，箍得发酸……

卫生间里是惨白色，曾经有一度她最讨厌白色，看到就想吐——干净是干净到极点，可也觉得肮脏也是肮脏到了极点。

她也不知道自己在卫生间里待了多久，听到门铃响，她扶着墙去开门。惨白的脸令门外的服务生吃了一惊，忙问她需不需要帮助。她摆手，不待他将餐车推进来，就拎起罩子，把牛奶杯拿在手里，一口气喝光，并将空杯子放回去，关了房门。

她很不舒服，翻出药盒来找药吃。手哆哆嗦嗦的，几乎拿不住药丸。好半晌，她才意识到原来自己是控制不住心情了……他黑沉沉的眸子里那一丝讥诮，比给她一个耳光打过来还要让她难过。在他心里，她真的是一文不值了吧……

走廊上有女人的笑声，那笑声恣意张狂，但很快就消失了，外面又是永恒的沉寂。她忽然有些害怕，怕这样的沉寂，只好另取了一颗药，吃下去。

也不知过了多久，她才活动自如。

整理衣服的时候，她摸出那张惹事的卡片来。她刚才慌乱，没看清卡片上的名字和头衔——竟还是著名的建筑师，喝醉了乱跟人搭讪，品性就不见得好。她两下把卡片撕了，扔进垃圾桶。

鼻端似乎仍能闻到董亚宁身上那冷冽的味道。他从来不爱用香，带味道的东西都讨厌，总说男人身上香喷喷的像什么话，好像任何雄性就该是臭臭的、丑丑的、好斗的，甚至毛毛躁躁的。他又极厌恶爱打扮的男性，所以也就从来看不上时尚圈子里那些男人，说是跟女人混在一起的做女人生意让女人掏腰包花钱的家伙，怎么看都不像是正经货色……

她倒在床上，肚子又开始疼。今儿这药迟迟不见效，渐渐疼得人意识模糊起来……

恍惚间是有谁在说："女孩子就是事多，动不动就肚子痛……我也肚子痛，可以不用上课了？"

那口音真难听，还是那人坐在师傅家里的藤椅上，握着毛笔吊儿郎当地说出口的。那时节，他的字写得跟螃蟹爬似的，还一副"二大爷"的架势摆谱呢，好意思开口说人家粟菁菁不来上课是逃课偷懒。她坐在一边瞪他一眼，奇怪死了，菁菁来不来上课，关他什么事，他这个讨厌的插班生……

说起来一肚子怨气，插班生不仅在学校和她同班，连她课余最爱的书法和绘画课，也愣是插了进来。师傅本来就教她和潇潇还有菁菁三个，不想再多带学生了，说是上年纪了，精力不够。她知道师傅说的是托词，师傅是不喜欢"他们"的做派。

有一天菁菁和潇潇没能来上课，她一个人坐在师傅的书房里练字。恰巧有个人带着便条来拜访师傅，说是求一幅字。她抬眼看看就觉得这人真没礼貌，既是求字，头都不带低半分的？她要退下去，师傅开口说"好好练字，不得分心"，她只得坐在那里继续练字。可哪儿能不分心呢？她没那定力。她趁机瞅一眼师傅手里那张便条，看清楚了落款，心也一顿。她年纪虽小，见识倒也足够她明白为什么来人这么傲慢。

可师傅狷介，向来遇到不顺自己意的人，一点一横都不愿赏脸。师傅当即回绝，斩钉截铁。

那人有些恼，师傅便说："你们总不至于派飞机大炮来轰炸我吧，不值当的吧？"

送了客，师傅回来照旧看她写的字，沉吟片刻便说：小湘湘，气不定。师傅拍拍她的头，破例提早让她下课。

那日回家后，外公正好有空闲，问起她的功课，她老老实实作答。末了，她跟外公提起这件事情，说出字条上的落款来。

外公听后笑而不语，只说："小孩子，练好你的字就是了，大人的事不要管，这事也不要往外说。"

她答应，可后来分明听到外公打电话给师傅，开头就说："墨存公，你又何必跟一介武夫置气呢？字可以不题，学生嘛，多收一个又何妨……"

外公后面究竟又说了什么，她就不清楚了，也没言语。那会儿潇潇正在里间做功课，生气地说那人敢给师傅甩脸子，反了他了，狐假虎威。

潇潇从小敢想就敢说，敢做就敢当，外公听见了，却少不了对他一顿训斥。

外公对潇潇甚为严格，对她则甚是疼爱、娇宠。

很快她就把这事儿抛到了脑后，不过隔周再去上写字课，屋子里就多了个黑小子。师傅温和地介绍，说："以后你们就一起上课了，来认识下，这是董亚宁，也是很有天分的孩子，你们以后要互相督促，好好学习。"

说是有天分，可他一提笔就露馅了。粟菁菁说："这简直是乱来，你怎么可能跟我们同班呢，完全不是在同一个水平啊！"

也许因为菁菁是女孩子，黑小子没跟她计较；潇潇那时候嘴巴更缺德，师傅一出书房，潇潇便说"写成这样，日后保准不能跟你外公似的四处题字去了"……话音未落，他就被掐住了脖子，两个男孩子扭打在一起，互不相让。

黑小子打架显然比他写毛笔字要在行得多，潇潇虽然灵活，但是被先下手为强就落了下风。

菁菁只顾乱叫，喊师傅快点儿来，湘湘心里也乱着急，却不喊外援。

那天后来能记住的，就是她一边叫着"不准你打我哥"，一边顺手拿了师傅的砚台对着董亚宁的后背就砸了过去。她的胳力气虽不大，但被砸中也够她疼的，董亚宁回手推她，推得她连人带砚台滚在地上。师傅用了多年的洮砚啊，被碰得留了个缺口。

更要命的是，书房里一片狼藉。

惊动师傅，四个人无一例外被罚，还被拿戒尺抽手掌心，简直是空前绝后的。

恨死黑小子了……可讨厌的是，黑小子阴魂不散。那个暑假结束再开学，黑小子竟然跟她同班。

她从来没见过这样的男生，黑乎乎的，像一块炭，站在班主任的身边，倒比班主任高了些，成绩也不好——不是不聪明，只是不爱念书。偏偏他趾高气扬，也不知道在神气些什么。

她认为有资格神气的男生，是哥哥潇潇。她便跟在另一所学校念书的潇潇抱怨，说："明明比我们大两岁，干吗还跟我们同班？"

潇潇说，他笨嘛。

其实那时候潇潇跟他打了几次架之后已经成了朋友，两个人经常凑在一起嘀嘀咕咕，不知道又计划着干什么坏事，偶尔还要她帮忙遮掩……她才懒得理他们呢，连带着对潇潇也有气，他有那么多发小还不够，偏偏跟黑小子混一起。

潇潇说："你看，跟咱们差不多年纪的基本上都出国了，有几个舍不得放出去的，也都跟金苗苗、雪娃娃似的，自己想随意出个门都难……有几个能合得来，跟我一块儿游泳、打拳、射击、摸鱼的？"

潇潇说得有道理，可她就说不清楚自己怎么就那么讨厌那个黑小子。就算他后来渐渐退了那层在海边风吹日晒产生的黑色素，偶尔看一眼也算得上是白净……她还是讨厌他。他也总找她的碴，两人相互看不顺眼，逮住机会就掐架，没完没了。

不知过了多久，菁菁有一回突然和她说董亚宁其实长得很好看。嗯，菁菁上了五年级就是八百度的近视了，他们家门口的石狮子都能看成帅气的卫兵，就那眼神！

菁菁美丽，娇弱……湘湘很照顾菁菁的，菁菁这么说了，她也不反驳。因为身体弱，菁菁上课不像她那么勤。她不轻易缺课，菁菁逃课的借口多了去了，最常用的就是"肚子疼"，偏偏师傅一听说"肚子疼"就一句话不说，让菁菁不用来了，来了也准其早退……她还不知道为什么菁菁就总是会肚子疼，但就是不喜欢黑小子用那种语气说话。

听他说菁菁的不好，她就瞪他，气鼓鼓地自己临帖，能离他远些就远些。他还说菁菁呢，最能偷懒的就是他。师傅打盹，他也打盹，还跟着师傅一起打呼噜……师傅渐渐喜欢起他来，常夸他有天分。是，来上课的第一天，师傅就这么说了。可他写的字仍然像螃蟹爬……她觉得师傅是偏爱他的，对他要求很严格，这让她多少有点儿嫉妒。

师傅说过，若只论习字一项，只怕日后亚宁成就会最高。他虽然不着调，但对师傅总算是尊敬，后来，也很孝顺。师傅喜欢，她再不喜欢他也不能造次，就是一别扭，便别扭了好几年——直到变得更别扭之前，都是别扭的……

粟菁菁的身体一直不算好，童年至少年，他们一路走过来的，菁菁没少得些奇奇怪怪的病症，师母说，菁菁啊，"风吹吹就倒了"……她后来也越来越习惯照顾菁菁，不管在哪里。

有一天在学校里正集会呢，站在她身旁的菁菁忽然扶着她的肩膀，说了句"可疼死我了"，人就瘫软了下去。她抓住菁菁的肩膀，吓得叫起来："快来人！"

话音未落，一个微蓝的影子冲过来，将粟菁菁一下子背了起来。她看清楚，是董亚宁，别人也没他那么利落的身手。

他背上菁菁，喊了几个男生一起护送着去了医务室。她也跟着去了，一路上跑得气喘吁吁的。他背着人跑得还那么快，真是厉害啊……她像是头一次对他的能力有了正面评价。

后来在医务室，她陪着菁菁。菁菁醒过来，算是很镇定，年轻的女校医问了菁菁些问题，然后说："痛经。"

她听了就蒙了，这才知道菁菁每隔一段时间就请假一二日去做全身的针灸是因为这个。

她出来借医务室的电话打去粟伯伯家，对方说很快让人来接。她回身看到等在医务室外面的几个男生，见到她，纷纷问粟菁菁怎样了。她含糊地说没事。男生又追问："没事是怎么回事，人都晕过去了……"

董亚宁踢了哥儿几个一脚就说："都说没事了，还不回去上课？"

打发走了他们，他留了下来。两个人面面相觑，像是突然都不知道说什么合适。

他穿着一双橙色的球鞋，薄薄的底子是孔雀蓝色的，清早的阳光透过窗子，恰好落在他的脚上。他略踮踮脚，头顶便几乎蹭到门框。不晓得他什么时候就变得那么高了，比她高太多，她索性离他再远些。

他发现，皱皱眉，似乎想要开口说什么，恰好女校医出来，见他也在，一笑，听到他问好，称呼一声常医生，脸上立刻染了一抹红——她觉得惊奇。后来她才知道，那时候在她眼里模样还很平常的董亚宁，就已经有了这个自然而然便会让女生脸红心跳的本事——常医生显然跟时常因为运动有点儿小伤来处理的董亚宁比较熟。他笑着跟常医生解释说在这儿等人来接菁菁呢。

常医生笑笑说"真热心"，倒有耐心跟他闲聊了几句。

粟家的车来了，他们俩送菁菁上了车，一起回教室，他一直走在她前面。医务室在旧楼，要穿过一条幽静的小径才到他们上课的新教学楼。两边都是高大的银杏树，树冠相接，映得地上光影斑驳。她低头看着前面这双颜色好看又别致的鞋子，教室里传出朗诵声，遥远得好像是来自另一个世界。

他忽然停下来，又像是有话要说的模样。她奇怪地看他一眼，从他身边走过去，就听到他一本正经地说："你要是也不舒服，就在家休息呗，念书有那么好吗，风雨无阻的，又没人给发全勤奖……"

她听清楚他说的话，骇异得差点儿跌下台阶去。结果还是她接着说出来的话更让她自己骇异。

"我倒也想这么着呢。"这都叫什么话哦……

他瞧她一会儿，才说："难怪怎么瞅你都不像女孩子。"

她那时候个子小小的，人瘦瘦的，总一头短发，上场踢球，下水游泳，都是跟男生们一起疯玩。跟女孩子呢，虽然都相处得不错，但能那么玩的玩伴少，所以，她确实不太像女孩子。她从来不觉得这是什么问题。但话从他嘴里说出来，就怎么听都觉得有问题了呢？

她狠狠一脚踹过去，他灵巧地躲开，笑出声来。教学楼安静的大厅里，笑声那么突兀。她吓一跳，他也没有收敛的意思，距离最近的一间教室门突然打开，一位老教师走出来，指着他们就问"哪个班的，这是干什么呢"，吓得她呆住。

他反应快，猛地拉起她就往楼上的教室跑。他们的教室在四楼，跑到门口的时候，她气都快断了，心几乎要跳出了胸腔……她喘着粗气，趁他不注意，到底狠狠地踹了他一脚，只踹得他眉峰一蹙，她的脚尖反而钻心地疼，想起来就更气。

放学到家，她先给菁菁打电话，白天那一肚子的气早就消得差不多了。倒是菁菁说："想不到董亚宁大大咧咧，能说出那样的话来，他是关心你吧。"

关心？鬼才信。

她十六岁，马上就满十七岁，被他这么奚落，还是因为自己先说错话，这仇就记了很久。

师傅画过一幅画，夸张的写意，一只耀武扬威、毛色鲜亮的大公鸡和一只精灵活泼的小母鸡，在芭蕉叶下，抢虫吃。

那日看师傅作画，潇潇就在一边笑到打跌，说："艺术果真来源于生活。"

后来那幅画呢？她不知道，很多东西都扔了，不在乎这一样，想起来，不过陡增疼痛……那是连止痛药都阻挡不住的。

止痛药还是见了效，屹湘终于昏睡了过去……

Morning call 响起之前，屹湘就醒了。药效似乎还没过去，她有点儿麻木。在床头坐了良久，她看了一下床头的日历——没有几天就是清明节了。

她拿了今天的报纸，去餐厅吃饭，老老实实地拿了热橘子汁跟青瓜三明治，连稍微油腻的起司蛋糕都没敢试，她可不想再肚子痛了。起床洗漱时，她从镜子里看到自己一张白得跟鬼一样的脸，下巴都尖了……母亲看到的话，怕是要强制她回家住了。

小李打电话来说车子堵在了路上，要比原定的时间晚十五分钟到。她打开报纸看起来，娱乐版的头条是《国际巨星低调返京，档期空白专陪绯闻男友》。配图老大一张，用的是洛杉矶影展的红毯照，还有一组模糊的小照片，看样子是偷拍的，照图片文字说明的意思，是大明星携神秘男子夜返香闺……

屹湘看着那幅红毯照，心想陈月皓果然聪明，知道自己适合什么造型，果然接受了她的建议。

屹湘放下报纸，把杯里的橘子汁喝光。听到有人迟疑地对她说"打扰"，她转头，正是昨晚电梯里的那只"白猩猩"。哦，是法籍建筑师皮埃尔。清醒过来的皮埃尔看上去白净斯文，气味也清爽，与昨晚判若两人。

皮埃尔在她冷静的眼神中不由得结巴起来，翻来覆去几句话，大意是对昨晚的行为表示歉意："实在是醉得不成样子，冒犯之处请原谅。"

屹湘拿起手袋来。

皮埃尔又郑重地说："我想认识你。认真的。"

屹湘站起来，用法文说："绅士，请适可而止。我对你没有兴趣。"

皮埃尔似不甘心，其同伴束手而立，在一边只管助阵。

"小姐，我是正经人。"皮埃尔着急。

"那么，正经人先生，请让开，不要再妨碍我。"屹湘微笑着说。

皮埃尔无奈地让路，看着这个小巧的女子翩然离去，他对同伴说："我还有机会追求她吗？"

同伴摇头，说："那位女士相当高傲，你酒后失态，已经没了机会。"

那法国人终于回去坐下，但仍喋喋不休，听起来并不气馁。旁边的餐桌上有两位客人正在用餐，其中一位看了看他们，低声对正在看报的另一位说："这自信，也不知是打哪儿来的。"

董亚宁照旧看报。

李晋说："他们是 T&J 建筑事务所驻京的两位建筑师。N37 那块地，听说那边拿下之后，就是由他们负责设计……咦，郗小姐法文也好。"

董亚宁合上报纸，不置一词。李晋又说了几句，也就收了声，替他收拾了一下报纸和杂志。

董亚宁小口啜着咖啡。

她的法文能不好吗？芳菲就说过，像"她们"这样的美人，去法国前学会的第一句法语，就应该是"先生，请适可而止"……这么多年过去了，这句法文，她说得越来越顺溜了。

他将喝剩大半杯的咖啡放下，扔下餐巾就走。

第六章　没有黄昏的阁楼

过往的美好堆积得太深太重，就很难迈开轻盈的脚步，将那道看不见的门槛，跨越。

——题记

冯程程把一摞资料放在屹湘的桌上，告诉屹湘这是她刚刚从 Josephina 办公室搬过来的。

"四月的独立发布会跟五月时装周的前期筹备资料都在这里了，汪小姐让我把这些都交给您看看。另外她手头几个重要客户的资料也都转到您这边。汪小姐今天启程去上海，随后会去长沙主持分店开张，大约一周后回来。"

屹湘翻了翻，最上面的一位是陈月皓。

"陈小姐预约下周一下午来店里试礼服，下周她的电影首映式，还有一个慈善晚宴要出席。"冯程程说着，看看屹湘的反应，"陈小姐嘱咐助理一早把首映式的贵宾票送来了。"

"OK，记得道谢。"屹湘翻到第二份资料，看着照片里的人，沉吟。

冯程程小声说："这位恐怕您得多费点儿心思照顾，特别又特别的人物。"

屹湘点头，合上文件夹，问："住处找得有眉目了吗？"

"选定了两处，回头您亲自去看看吧？比住在酒店大概缩短十五分钟通勤时间。一处是高层建筑，两居室，小区安静，多数是像您这样的海归，容易交到朋友……"

屹湘敲了下桌子，程程笑了，接着说："另一处是一四合院的三间厢房，在闹中取静的地方。屋主出国了，四合院整体出租，二房东又再转租。"

"具体位置呢？"屹湘想想，这个显然更合她的心意。

程程报了地名。

"我听说那一带现在拆得很厉害了。"屹湘说。

"是，剩下的都开始商业化，老胡同的味道几乎完全被钱淹了。"冯程程微笑着，"那先给您约这一处看看吧？我已经先去踩过点，屋前有一架紫藤，到夏天窗前必然是一幅美景。不过租金贵得怪吓人，还好是公司掏钱。"她调皮地吐了吐舌。

屹湘笑了，等程程出去，她交代小李说她今天不用车送，让他直接下班。她今天晚上要回家吃饭，她从包里拿出证件来确认一下。潇潇做事就是滴水不漏，那么忙还记得走之前给她办好了新的出入证。

下了班，在路边等出租车的工夫，她打量着东边的瓷器店——已经打烊了，店内黑漆漆的，显得橱窗格外亮。橱窗里摆着当季最新的成套瓷器，好看极了。

芳菲应该算是学以致用了吧，当年她主攻的便是陶瓷与珠宝设计，也把这两样结合得很好。

屹湘记得芳菲曾经送过她一条陶瓷项链，挂在颈间，配着香云纱旗袍，看上去美不胜收。她那样穿戴着去舞会，大出风头……

屹湘让车子在巷口停了，自己慢慢往里走。此时天已经黑了，两边的红墙在昏黄的路灯光下呈现出一种棕红色。越往里走，越觉得幽静，她慢慢地走着，不知为何，有些黯然。

后方有来车，车灯光拉长了她的影子。她自觉地再靠边一点儿，却听到嘀的一声轻响。她继续往前走了两步，意识到什么，急忙转身，果然那车子已经停下来。前灯暗了，她才看清楚车牌，不禁一呆。车子后门开了，从车上下来的人站定，向她抬了下手。她一时看不清那人的面目，但看那体态，正是她父亲。

屹湘的喉咙似是被什么堵住了，从喉咙到心房，一路灼痛下去。

"……爸？"

等她终于能出声，父亲已经来到了她面前。

邱亚非伸出一只手来，叫她："湘湘。"

"欸。"屹湘借着头顶的光，看着父亲消瘦的脸——瘦了，也苍老多了……她握住父亲的手——宽厚而温暖的手。

邱亚非拉着女儿，一起往家里走去……

郗广舒看到父女俩拉着手走进院门，竟然以为自己产生了错觉。她手里拿着芫荽。这父女俩说好了今晚一定会回来吃饭，她亲自下厨做了他们爱吃的虾仁馄饨。湘湘这丫头不爱吃芫荽，偏偏老头子又极喜欢这香气，她少不得想点儿办法，怎么都要让父女俩满意了……刚才她一边做饭，一边思前想后，不知这久违的一餐会是什么情形，从而不安了些。此时看父女俩一起出现，就好像多年来梦境里的画面一下子成了真，她反而什么都说不出来了。

邱亚非先笑了，跟屹湘说："瞧妈妈高兴的，都不知道该说什么好了——还是我们湘湘的面子大，这些年你亲爱的妈妈可难得下厨。"

"妈。"屹湘松开父亲的手，朝母亲走去。

郗广舒这才回神，看着女儿笑了。在厨房里帮忙的崇碧也出来了，叫了声"邱伯伯"，笑嘻嘻地看着屹湘。

屹湘看着站在母亲身边穿着同一款式围裙的崇碧，容光焕发且喜气洋洋，俨然已经是这个家的一分子……

郗广舒催着父女俩去洗手，说："饭马上就好，都给我坐好了，乖乖等着饭上桌。"

屹湘答应着先往自己的房间去了，进门前回了下头，果然父母都还站在原地，含着笑看她。那笑容看上去极温暖，却让她的泪腺一颤再颤，差一点儿就流下泪来，只好快快躲进房。

"今天怎么样？"郗广舒见崇碧走开了，低声问丈夫。

邱亚非托了下镜框，说："很好。"他见妻子眼中仍是担心的神色，又说，"我先去打几个电话——今儿家里可是小团圆饭，别这样，不要让湘湘多心。"

"妈妈！水开了……"崇碧在里面喊道，郗广舒忙回身，屹湘恰好走出厢房，听见这一声"妈妈"，心里却忍不住泛了酸……

一家人坐下来吃晚饭，崇碧乖巧而活泼，跟父母都有说不完的话题，听得她也一愣一愣的——两人几乎是同时回国的，崇碧怎么就跟一个猛子扎下去不用换气似的，已经把状况摸了个门清，浮出水面了？可怜她还带着一副娇气的肠胃在适应呢……她低头看着自己碗里，是整条的芫荽。这"细心"的妈妈……她这回却没有将芫荽挑出来丢一边，而是乖乖地吃了下去。

饭桌上安静了下来，她抬头见父母和崇碧看着她，像是很惊讶，只笑了笑，并没出声。

晚饭后，屹湘拉着崇碧进了厢房，让她试穿那件雪青色的小礼服。

"妈妈说啊，你以前碗里有一片芫荽的碎叶子都会大发脾气不肯吃饭。"崇碧开屹湘的玩笑，"跟我哥一个毛病。哦，对，我哥在家呢，等下他会过来帮我送东西。"

屹湘听到她说"我哥"，揉了下额前的刘海，有点儿不自然。过一会儿，她双手拍了下膝盖——既然要成亲戚了，迟早要见面的，有什么呀。

屹湘看崇碧慢慢转着圈，伸手捏捏她腰部的褶子："呀，尺寸怎么有点儿小了？你是不是最近不怎么忌口？"

"啊？真的？"崇碧三两步跑到穿衣镜前，也不管屹湘正拿着线，把一缕线拖得老长，对着镜子看着自己的脸，"真的胖了？"

屹湘咬断丝线。

"我就说不能多吃！可我妈好像觉得我是从什么荒蛮之地回来的，恨不得让阿姨给我一天做二十顿好吃的，这谁扛得住啊！"崇碧叉着腰，转头盯着衣架上的乳白色婚纱，"会不会把礼服挤爆了？"

"我留了余地的。"屹湘笑着拿起小剪刀，贴着裙子底边将零碎的线头剪下，说，"人家为了把礼服穿出最好的效果，都肯饿到半死呢，你不是哦？"

"我若为了穿衣服好看而少吃一口，我妈会骂到我半死。"崇碧的脸皱起来。

"中式礼服呢？在哪家定制的，都弄好了？"屹湘替崇碧收起这件。

"我不穿裙褂，旗袍也不要。"崇碧说着，把拖尾纱拿起来，对着镜子比量着，"就这些，已经够烦琐了，再说，我穿着也不好看。"她把拖尾纱戴在头顶，"怎样？"

"美……可是旗袍还是要一件吧？你穿旗袍很好看的。"屹湘说。

"气质不符。"崇碧说。

"谁说的？洋人不也照样穿旗袍！"屹湘不赞成。

"潇潇啊。"崇碧把拖尾纱挂起来，扯着白纱，笑道，"我觉得他说得在理，我九岁出国，早就是典型的香蕉人……来啦，我最想试这件，真期待。"

屹湘没出声，心说："邱潇潇，你一贯会在无关紧要的事情上一针见血，气质符不符合的，非要这时候说吗？"

崇碧俯身，面颊贴在白纱上，嗅一嗅，说："这味道……好甜，你有没有闻到？"

"闻不到，有也是蚕屎味。"屹湘说，忽然有点儿烦躁。

崇碧愣了一下，伸手拍了屹湘一巴掌，叫道："你敢破坏我的想象。"

"是，美好的婚姻，也全靠想象。"屹湘说。

"你怎么这么讨厌。"崇碧皱眉，脸上还是笑笑的。

屹湘过去帮崇碧，说："先换了衬裙。"

衬裙和内衣是她帮崇碧准备的，因为想不出该送什么礼物合适，修改着婚纱，倒是有了主意，找来乳白色丝绸面料，一针一线缝制出来。

崇碧穿上，非常合身。衬裙下沿的蕾丝边齐着膝，她旋转一下，裙摆蓬起来，如乳白色的小喇叭花一般。

崇碧抚着细细的蕾丝肩带，说："我就穿着这个走红毯也不妨事，多美。"

"只要你敢。"屹湘从架子上把婚纱取下来，"快来。"

崇碧跳过来，掀起纱摆钻到礼服里面。两个人都小心翼翼的，其实这礼服也没那么娇贵，材料虽然是丝织物中的上乘货色，也并不如蝉翼一般脆弱，但就是让人不由自主地减轻了手上的力道——每扯动一下，都生怕弄疼了礼服似的。

终于给崇碧束好了腰身，看那鲨鱼骨裙撑斜斜地支起层层叠叠的白纱，上半身密密的蕾丝一直护到纤长的脖子上……屹湘才轻轻地吐了口气。

崇碧转身，全身镜里，穿着白纱的女子，美丽极了。她眼睛有些濡湿，吸了吸鼻子。礼服的袖子裹到手掌，看她要抬手去拭泪，屹湘忙递上一条麻纱帕子。

崇碧摆摆手，终于还是忍不住将帕子按在眼上。

"幸亏潇潇不在这儿，不然会吓一跳。"屹湘开玩笑。

"你觉得不好看吗？"崇碧拿下帕子，睁大眼。

屹湘一愣，明白过来，直说："叶崇碧，我看你真是魔怔了。"

崇碧嘟了嘴。

"真的，邱潇潇是我哥哥，但我也要说实话。你也把他的意见看得太重要了——

你是新娘，最重要的是你喜欢、你开心，懂吗？"屹湘检查着礼服的细节处，"这件最妥帖，不需要再动了。"

"究竟怎么样嘛？"

"格蕾丝·凯利穿也没有你美丽。"

崇碧提着纱摆，轻盈地走了两步："真的？"

"真的。"屹湘后退，隔了一点儿距离再看，又说，"真的。"她说得极认真。

崇碧过来抱住屹湘的肩，说："这回要是没有你，我可怎么办呢。"

"肉麻死了。"屹湘作势抖掉一身鸡皮疙瘩，"快去，还有那两件。"

崇碧有些不情愿地换下白纱，说："我愿意天天穿着它出门。"

屹湘笑，趁她换装，把白纱叠起来，分别放进盒子里。

"我去妈妈那儿蹭杯茶，你要什么？"她问崇碧。

"我不渴。"崇碧对着镜子整理，头都没回。

"是啊，你哪儿还顾得上渴啊！"屹湘打趣崇碧。

她出门便往上房去，听到里面有说话声，她以为是母亲在看电视，敲了下门便推开："妈，有没有泡茶？我……"她一脚迈过门槛，就意识到不妥，客厅里可不只有母亲一个人。

她站在门口，看向母亲对面坐着的那个男人。他也看着忽然间闯入的她——是叶崇磬。

此时叶崇磬浓浓的眉下那对跟崇碧极其相似的大大的眼睛，目光锐利，扫到她脸上来，只有一下，就一下……她站直了，抿住唇。

叶崇磬移开了视线。

郗广舒见女儿来了，笑道："就这么冒冒失失地进来了？真失礼。崇磬，别见怪，我们湘湘还是小孩子性情，毛手毛脚的。"

"不会。"叶崇磬沉静地说，嘴角挂着一丝微笑。

他这么镇定，像是初次见面的人，这倒让屹湘踟蹰。

她心里打着鼓，张张嘴，却不知道要说什么。郗广舒看着女儿，笑道："不叫人？"

——真当她三岁孩子似的。

叶崇磬只是微笑，又看向她。

屹湘无奈地开口："叶大哥。"停了停，她补充一句，"我是湘湘。"

她是湘湘。

"叶崇磬。"他站起来。

屹湘犹豫了一下，没有伸手过去。她图方便，只穿了一件旧 T 恤，出来时随意扯了件外衣，腕子上的针线包也没摘，此时略一抬手，银光闪闪的，一片凌乱……样子确实失礼，尤其在一板一眼的叶崇磬面前。

"叶大哥请坐。"她轻声说。

"崇磬快坐下，不要客气。"郗广舒也微笑着。

叶崇磬照旧坐了。

"妈，那我先出去……"屹湘说。

"刚刚不是说想喝茶？你等一等。我让厨房弄了双皮奶和冰糖红薯，一起带过去。"

"好。"屹湘答应。

听母亲说崇碧提过双皮奶是她最爱的甜品，屹湘想起她说要节食的话来，想来不但在叶家，就连在他们家，她的节食计划也是执行不下去的……

屹湘有心说笑，不过叶崇磬坐在旁边，便没吭声。看到茶几上摆了几样点心，过来倒了杯茶喝，她捏了一块绿豆糕，说："我还是不等了，先过去跟崇碧说叶大哥来了，她刚才还说呢……"她说着就要往外走。

"等等。"叶崇磬叫住她，"阿姨，我也过去看看吧。"

"好。"郗广舒点头，"湘湘，给你叶哥哥带路——崇磬不急着走啊，等下一起吃夜宵。"

叶崇磬笑着说："好，麻烦阿姨了。"

屹湘站在门边，绿豆糕粉粘住喉，令她大气不敢出，怕呛着，会显得更失礼。她就那么等着叶崇磬出来，显得相当安静。还好他倒没有显出特别留意她的神情，只跟在她身后往厢房来——他脚步很轻，走在她身后几乎无声无息。但距离如此之近，她多少有些紧张。

叶崇磬走在屹湘身后，见她不语，脚步又放慢了些，特意稍稍拉开两人之间的距离。也许是在家里的缘故，屹湘看起来活泼和温柔多了……他心一动，又看看她的背影。她穿了一件长毛衫，料子柔软，随着她的步幅轻摆，几乎扫到他的鞋面。这让他担心自己会踩到她的长衫……他再放慢脚步，那长衫还是会扫过来。

屹湘走到门前抬手敲了一下，叫了声"崇碧"，说："叶大哥来了。"听崇碧在里面应声，她才推门，请叶崇磬先进去。

叶崇磬停了下，示意她先。

两人相互谦让着，这会儿工夫，崇碧便拖着裙子从里间出来，看见他们站在门口，谁也不先走进来，笑道："怎么在这里客气起来了。"

屹湘也笑了，向叶崇磬点点头，先进了门。

叶崇磬跟着进来，见这宽敞的屋子里，四处都堆着东西，多数是衣服，当中的空地，很显然是专门为了试礼服，特意留出来的。妹妹崇碧正穿了一条洁白的长裙，站在漂亮厚实的地毯上。

"怎样？"她问。

屹湘站到崇碧身后，弯身细看。她个子小小的，往那边一走，就隐身在了崇碧的身后。叶崇磐稍稍转了个角度，才又看到她。

屹湘没有理会其他，一门心思都在礼服上。这条裙子的后摆很长，马蹄莲状拖在后面，深V，露背，宽腰带镶着细碎水晶……肩上的带子极细，看上去几乎撑不住丝绸的重量。

屹湘看了一会儿，伸手将肩带捏了个褶子，问："你觉得呢？是不是这样更好？"

"嗯，我觉得也是——哥，你看呢？"崇碧问哥哥。

叶崇磐看着崇碧露出的大片雪肌，没吭声。崇碧看他的脸色，低声和屹湘说："早知道就不问了，瞧他脸黑的……"

屹湘闻言，也看了叶崇磐一眼，看不出脸有多黑，不过，也看不出有多赞同。

"保守派。"屹湘说着，用针线利落地在肩带上缝了两针，"你要是也觉得太露，可以加条纱。"

她心想：叶崇磐的意见倒不见得能左右崇碧，若是潇潇在这里，他一皱眉，怕就是拍了板。

叶崇磐距离她们并不算远，听得到二人的议论，只是继续保持沉默。

"对了，湘湘，我让哥哥拿来了配饰，你帮我选一下。哥……"崇碧伸着手。

叶崇磐把袋子交到妹妹的手上。

"谢谢哥。"崇碧说着，推了叶崇磐去沙发上坐下，"等我们一会儿。"

崇碧打开袋子，把里面的首饰盒都拿出来，摆在茶几上，说："都在这儿了，我所有的家当……这套珍珠首饰是跟小姑借的。我没有珍珠，又觉得这件婚纱除了珍珠，其他什么都配不上。"她掀开一个紫红丝绒盒子，里面是一套银珠首饰，圆润的珠子间，是璀璨的钻，"小姑说，这个就刚刚好，又低调又优雅。"

屹湘想，可不是，满桌子的珠宝里，这真的算是低调的了。可若叫她说，那就是什么都不戴最好。

"还是会抢了婚纱的风头。"她说。

既然是问她的意见，她就照实说："倒是身上这件，不怕你戴再抢眼些的首饰。"

崇碧戴着象牙白色缎子手套，将这一挂珍珠和另一个盒子里的一挂钻石链子都拿起来，比画着看。屹湘指了指珍珠——虽然呈星形镶嵌的钻石链更夺目，但还是珍珠比较合适。崇碧明白她的意思，笑一笑，把钻石链放回去。

叶崇磐一言不发地看着这两个小女子商量这、商量那——崇碧美得像个洋娃娃，再怎么装扮都不为过；旁边那个，随意地跪在地毯上，撑着下巴指指点点，模样就像个椰菜娃娃了……他看崇碧继续从袋子里往外拿东西，这回拿出来的是几个手袋，都捧在手里，问旁边的"椰菜娃娃"："……怎样？哪一个更合适？我觉得这个不错，香槟色配金色，又不是那么耀眼的金色……"崇碧把其中一个金丝编嵌红宝石的手袋举高些。

叶崇磬架了腿，往后一靠，靠在了沙发上。

屹湘说："就这个吧。"她极力忽视叶崇磬的表情，但再忽视也知道他似有意似无意地斜她一眼。她头皮麻麻的，忍不住用袖子擦一下鼻尖，险些被针包上的银针刺到，忙解下来丢开。

叶崇磬看在眼中，忍住，没有笑出来。

崇碧没留意屹湘的不自在，拎着手袋对哥哥说："算你这回送对了。"说着，她又对屹湘晃了晃那个手袋，"难得叶崇磬先生肯花心思淘回来送我——他就瞧不上我搜集的手袋，说我玩物丧志。"

叶崇磬看着妹妹，总觉得她穿得少了些，终于忍不住，说："你不冷啊？"

屹湘差点儿笑出来，冷……若不是他叶崇磬在场，她早就脱了外套只穿一件T恤了。

崇碧立即朝叶崇磬扑过来，兄妹俩一般的身高臂长，叶崇磬一伸手就挡住了她，整个一副拒人于千里之外的架势……屹湘终于笑出声来。

崇碧拍拍手，兴奋地说："我终于要嫁出去了，再也不用被你这个姓叶的管了……哈哈……"她笑着，提了裙子就跑。

"你留神点儿。"屹湘怕崇碧绊倒。

崇碧回头做了个鬼脸，屹湘笑着，低头收拾着她的工具，扯过记事本写写画画。

"我今天晚上就能完工，明儿一早给你送家里去，好吧？对了，我妈说厨房炖了双皮奶……"她听到里面的崇碧弱弱地叫了一声，笑了笑，"你要是不吃，我可把你那份也吃了啊。"

说着就听见外面有动静，她还没起身，叶崇磬先站起来去开了门，原来是郗广舒带人送甜品来了。

崇碧闻到香味，以比刚刚进去时更快的速度从里间跑出来，毫不犹豫地从未来婆婆手里接过一碗香浓的双皮奶，连说"就算是为了这地道的甜品回国，也真是值了这个票价了"，逗得郗广舒笑起来。

叶崇磬听了，也莞尔，他这妹妹素喜甜食。

屹湘见崇碧穿了自己放在床上的一件鸽子灰开司米长毛衫，长度还不及膝，倒是挺好看的，忍不住笑着问："果真冷了吧？"

"才不是，我伸手一摸，这衣服柔滑得简直跟皮肤一样，贪恋它舒服，先借来穿穿——这种料子贴身穿最好，穿了睡觉都不嫌过分，谁还穿回那紧身衣。"崇碧眨眼，真不当自己是外人了。

"对哦，我有一个朋友就喜欢拿来当睡衣穿呢。"屹湘也笑，"尤其是穿旧了，薄薄的，柔得像水膜似的……"

叶崇磬正端起一碗冰糖红薯，听她这么说，心一顿，手里那只碗就自然而然地递过来给她。

屹湘没料到他会这样，隔了一会儿才伸手去接，又忘了说谢谢，转脸见崇碧全神贯注地对付碗里的甜品，开口吓唬她："叶崇碧，你再吃下去，当心穿不进去礼服。"

崇碧立即把碗端起来，说："吃完再说。"

郗广舒坐在一边看着崇碧和屹湘，笑道："只管吃。礼服既然能往窄了改，就能往宽了改。"

"妈，您就纵容她吧。回头真的塞不下，吃苦的又是我。"屹湘吃一口红薯，"哇……真的，谁要节食来着！"

崇碧笑，又问："你给自己准备好礼服了？"

屹湘愣了下，看了看母亲，才问："你确定要我陪你走红毯？"

"啰唆。"崇碧笑着，"你别让我失望哦。"

"好。"屹湘说。崇碧一直在等她，她知道。

果然她一答应，崇碧脸上的笑容更灿烂，就连母亲也点头赞许——她斜靠在沙发上，叶崇磬也斜靠在沙发上，两人都默默地吃着冰糖红薯……她很享受这美味，因为是家常的食物，是家的味道，可看起来，叶崇磬竟然也很享受。

她倒是没料到，他看起来不像是会欣赏如此普通的食物的人……当然也许他只是出于礼貌。

吃完甜品，他们又坐着聊了一会儿，叶家兄妹才出门。崇碧一上车就满足地叹了口气："真好。"

叶崇磬不语。

他不知道妹妹此时会觉得什么是"不好"，但看着妹妹在邱家如鱼得水的劲儿和邱家人对她的宠爱，头一回觉得，不管怎样，她高兴才是最重要的。

"哥？"崇碧凑近些，正对着崇磬的脸，"你不高兴了？"

"嗯？"

"你整晚都没说几句话。"崇碧这会儿才顾得上哥哥的情绪，"你是不是连湘湘也看不顺眼，脸才黑得跟包公似的？"

叶崇磬想，那椰菜娃娃？不顺眼吗？那倒是没有的事……但他没有说出来。

"哥，我发现你一个秘密。"崇碧忽然神秘地说。

叶崇磬看了妹妹一眼，她穿着人家的毛衫，袖子短了一截，正往下扯，好像真的能扯出一截来似的——"椰菜娃娃"也有这个习惯动作，只是她个子小，袖子本来就长，一扯,手掌都被盖住了……他皱了下眉,问:"什么?"

"你有怪癖了!看女人横竖都不顺眼,这怎么办?不成,我得跟妈说……"

叶崇馨猛地踩了一脚刹车,崇碧饶是系着安全带,人还是被甩了一下,重重地跌回座位。

"到家了,下车——回去不准跟妈妈乱说。"他说。

叶崇碧又笑又叫又抱怨,下了车还没站稳,哥哥的车就开走了,风驰电掣,转眼就不见了影,她轻轻摇了摇头。

…………

屹湘跟母亲送了叶家兄妹出门,折返回来继续赶工。郗广舒难得空闲,过来陪着女儿。

屹湘问道:"爸爸这两天还好?"

"放心,行动都有医生跟着。这两年你爸爸也懂得惜命了,闲了也乐意去散散步、泡泡温泉,就是一忙起来又被打回原形。"郗广舒叹了口气。

屹湘把崇碧的礼服都整理好,盒子摆起来。母亲的话,让她心里很沉。

"哥他们会住家里?"她问。潇潇的房间重新布置过了,她听潇潇的意思,也是想住家里。潇潇没明说,她也没敢细问。

"是崇碧先提议的,她说潇潇在家的日子也少,就别两处折腾了。而且她住在这儿,回娘家也近。"郗广舒微笑。

屹湘点点头,贴心又懂事的崇碧,也许真的是邱家的福气。她看看母亲,问:"这几年,担心哥哥了吧?"

郗广舒也看着女儿,说:"我更担心你。"

屹湘低头看了下时间:"妈,我该走了。"

"这么晚了也不住下?"郗广舒意外,"你老住酒店怎么行……"

"只是暂时的,公司已经在给我找合适的住处了。妈,公司的福利,不要白不要。"屹湘开着玩笑,起身拿起外套来穿上,"我开哥的车子。"

郗广舒知道阻止不了,索性也不硬留。等送屹湘离开,她回来,看到邱亚非站在书房门外,正往这边看来。

她走过去,夫妻俩默然相对良久,邱亚非先开口:"她不能总这么一个人过下去。"

"慢慢来……总算是肯回来了,是不是?等过了这一阵,再打算打算。"郗广舒扶着邱亚非往屋内走去。

屹湘开着车子刚上主街,手机便响了。她一看是公事电话,忙接起,听到了冯程程的声音。原来是临时有急事,要她周末赶个工。有件礼服被送回来修复,客人指名由 Josephina 负责。

"听说 Josephina 人在外面确实赶不回来，客人才同意由您接手。"小冯说。

屹湘答应，听起来是个棘手的活，她没有细问，交代小冯明天回公司再细说。她接着跟小冯聊了两句，说没想到刚报到就得加班。

小冯说："这算什么，半夜被这等大客户叫上门服务的时候也有呢……"

她骇异，问小冯："怎么听起来颇不像样，照规矩大可不必如此……"

小冯笑，说："郁小姐，您也知道，有时候您这活，也就是听上去光鲜靓丽。尤其您要考虑国情，灵活应对嘛，规矩是死的，人是活的。不要怕，到时候我偷偷教给几招，从汪小姐那里学来的。

屹湘跟小冯结束通话，想想又要笑，又感慨。她看看窗外，临近午夜，街上仍车水马龙，热闹非凡。这个古老又充满活力的城市，还被相当一部分人称为"帝都"……自有被这么称呼的道理。

她的车速慢下来，在这里，她反而是地道的生手，得小心开车，万一再遇到一回红衫女郎呢？

屹湘把车停在酒店的停车场，没立即下车，仔细看了下车里。

潇潇这车子不算新，打理得却算不错，里外都透着干净漂亮，跟他的人一样。后视镜上挂了一串凤眼菩提，除此之外，车里连点儿零碎都没有，更别提装饰品了。她的指尖碰了碰那挂菩提子，很久以前潇潇也给过她一串，现在还挂在家里她的床头——跟这挂不太一样，要更小巧玲珑些。

潇潇拿回来给她的时候，她恰好放假回国。她只记得他心情特别好，说总共活佛就给了两串，便宜她了……她倒不是稀罕这东西贵重，就是有兴趣，问他另一串给谁了。

他笑而不语。潇潇那时颇吃了点儿苦头的，脸上晒出了高原红，脱了外衣露出脖子来，整个人就是黑的黑、白的白、红的红……说不出的滑稽。

他的精神却是极佳，因此她看在眼里也觉得开心，打趣他说："人家接过去没说一句'什么臭男人拿过的，我不要啊'？"

他笑了起来，揪着她的头发梢说："这么刻薄的话，也就你说得出口吧。"刻薄，论刻薄，还有谁的嘴皮子刻薄过他的？只是眼见着他越来越惜字如金，她免不了想念起那些他恣意飞扬的日子……

屹湘拿出手帕来，轻轻擦拭了一遍菩提子。潇潇并不信佛，握着菩提子数的时候，其实是琢磨事情呢。偶尔被打断，那就是他眼神最澄明的时刻。她总觉得不管是谁看到那样的眼神，都会深深地爱上他吧……

她回到房间里先开了笔记本电脑查资料，小冯的电话随后又追到，给她补充了些信息。她洗过澡坐在床上敲着键盘，MSN 的对话框弹出好几个，Joanna 和 Michael 正在上班，抽空问她在这边怎么样。苗得雨也冒出来，问她跟 Josephina 相处得如何……她打发走了这几位八卦精，继续查看着文档里的资料。

这就是小冯跟她强调过的"特别又特别"的客人，单从资料里的照片来看，这位客人绝对不是能把 LW 或 JW 穿出应有品位的人物，所谓的"特别"，不过是因为身份……

外面突然嘈杂起来，只听音乐声震耳欲聋，廊上喧哗、叫嚷声隆隆作响。那噪音闯进屋子里，直直地戳着她的耳膜。她皱眉，心知这样的扰攘再没有别的住客能制造了，一定是董亚宁那里。

还好这些声音一会儿便没了，她继续浏览最新的资讯，最后打开公司网站。首页上有她大幅的照片和专题报道，她每次登录都能看见，她总是迅速掠过去。今天仔细一看，竟是她不久前在东京慈善秀之后拍卖会上的装束——她端着水晶杯，安静地立于一隅，面容恬淡安稳。看了一会儿，她觉得这简直不像是自己了。这照片不知是哪位摄影师拍摄的，也不知道是谁的主意，偏偏选了这么一张尤其不像她的登出来……她没在首页继续逗留，去打开了 Vincent 的专栏。

专栏里有不少更新，除了最新的访问，还有一些生活照，有一篇访问的配图中也有一张跟她的合影。其实是公司聚会上两人在一处交谈时被拍到的，如今放在访问中，即便跟内容无甚关系，也足以令人产生遐想。

她登录自己的账号，给 Vincent 留了一个笑脸。不料 Vincent 也在线，顿时蹦出来一个小对话框，说："东京展出之后，指明要你设计的人打爆了电话。"

她笑了，正要回话，Vincent 发过来一句："昨天去看医生了，跟她提起你，她说你很久没有跟她联系了。"她的手指搭在键盘上，停下来。

Vincent 又发过来："去巡店了，你保重，有事情随时联络我。"

她又发了一个笑脸过去，Vincent 的头像已经暗了。

外面的音乐声又蔓延开来，她仔细听，噪音的来源与先前相同，好似有人在开 party。她心头说不出的烦躁，忍了又忍，把耳机拿起来，待要戴上隔绝噪音，到底还是开门走了出去。

走廊上果然有不少人，三三两两站在一处说笑，也不停地进进出出，女的都是长长短短的晚装裙，男的都是西装革履，无一例外都是喜气洋洋……屋子里乐声更响，有人在高声吟唱。

屹湘站在那里，太阳穴突突直跳。其他房间的住客也陆续开门出来，看一眼，却又回去了。她心里清楚，人家是不想惹麻烦。这一层的住客很少，入住的时候酒店经理还跟她解释说："正符合您的要求，安静。"

还安静呢，没有一日心里不是鸡犬不宁。她压着胸口猛地冲撞起来的恶气，回房拨了电话去投诉。

"……告诉董亚宁，这间酒店又不只是他一个住客，他凭什么打扰别人……"

电话里的人连声道歉，说马上让人上去查看、劝阻，还说："郗小姐息怒。"

她没怒，她只是觉得恶心。挂了电话半晌，她的手还在发颤。

外面的噪音似乎越来越大……她转身进了浴室，将一层又一层的门关好，但那噪音却像是关不住，跟随她一道走了进来，各种各样的景象都到了面前来，而且越来越近、越来越近。

她分明没有看到他本人，但每个人似乎都是他——哭的笑的、唱的跳的……从门缝钻进来的香烟燃烧的味道，浓烈得刺激着她的神经。迷雾中似乎有些暗暗的影子叠在一处，她看不清楚，眼眶被烟熏火燎般灼痛。

她拧开水喉，打湿毛巾拧干后敷在脸上，头脑渐渐冷静下来，再睁开眼，噪声、迷雾和幻影都消失了。她抬头看着明镜中，发丝滴着水珠的那个女子，眼睛眯成了一条线……

…………

董亚宁慢慢地踱着步子，跟他身旁的旺财晃着大脑袋昂首阔步，一人一狗沿着这条安静的小路已经走了三个来回。听到引擎的声响，他回头看看，果然是叶崇磬。他原本打算自己一个人继续溜达一会儿，就不惊动叶崇磬了。不想叶崇磬已经发现他，打了个招呼便朝他走过来。

"这么晚才回来？"董亚宁问，背着手，手心里捏着皮绳。叶崇磬拍了拍旺财的大头，加入了这一人一狗散步的小组。

"是不是问错了，这么晚'还'回来？"董亚宁笑起来，一口白牙亮晶晶的。

"不是还有个毛球吗。"他笑道。那只小奶狗，看不见人就乱叫，更要命的是会乱啃东西，"我得回来看着我的家具，眼瞅着已经给我咬烂四五双拖鞋了，再这么下去，怕是满世界都要传我叶崇磬不晓得发展了几个香巢了，怎么别的都不见添置，拖鞋睡衣添得这么快。"

董亚宁哈哈大笑。

"对某些人来说，这可是福音了……过阵子送到学校去训练一下，请人单练也行。"他说。

叶崇磬看着旺财，笑着说："也不用，人家家里一窝养四只，不也应对得过来。"

"喜欢就不觉得麻烦。"董亚宁笑笑，看看叶崇磬的打扮，只是平常的衣服，连领带都没有系，问，"你今儿晚上没去酒会？"

"我这几天躲清静，回家去了。"叶崇磬说着，看着手上的外套，衣扣在光影中泛着淡淡的光，他眉头一皱。

"你这不是让我坐蜡吗，我且跟人说，今晚请了叶崇磬，要使出浑身解数给我们演一出《钓金龟》……"他笑着说，看看叶崇馨的表情，笑得更厉害，"认真的，要不是听说你有可能去，有几位是不会出席这个什么首映式酒会的，她们跟大小明星可不是一路的。"

叶崇馨起先不出声，听董亚宁越说越真了，回了句："那么好玩，你怎么不亲自披挂上阵？"

"真不知好歹，我替你着想呢！再说，我披挂上阵，文不对题呀——人家钓回家后发现不是金龟，而是金钱豹。"董亚宁笑着说。两人正走到湖边，黑黢黢的湖面上波光粼粼，夜晚风格外凉些，他拢了下衣领。

"那你也不该不去。"叶崇馨笑道。

"给我把投资赚回来就成了，那等喧闹场面还是让给他们玩去，圈子外面的人不好总掺和圈内的事。当然啦，我也怕再去我会被我们家老爷子掐死。"

叶崇馨微笑，董亚宁说的也是实情，看样子他今天又被召回去挨过训了。

"要命，多说一两句，老太爷说我盼着他蹬腿，老爷子说我翅膀硬了，恨不得他住月亮上去，我干脆脖子扎起来当木偶算了。"董亚宁手里的皮绳抽了两下，呼呼作响，"老子管儿子，没招啊！"

叶崇馨笑了，说："得了，正要跟你说呢，过些日子我们大哥在大戏院开台。"

"哟！"董亚宁来了精神。

"连上三天，戏码不重，操琴的都是老人儿。他跟我说，难为他一开口，这些人二话不说就答应来。"

"我可得赶紧跟他要给我留个位子，哪怕是'站位'呢。这可真正是难得的。且跟他说呢，真该清清静静弄几张唱片出来，他老不乐意，嫌麻烦。"董亚宁说着叹了口气。

叶崇馨的堂哥叶崇馨，叶家的长子长孙，打小心思就搁唱戏上了，正经的官宦之家出来个异类，偏偏这异类成就极高。董亚宁看看叶崇馨，又笑着说："真不知道你们家的遗传基因是怎么回事，个顶个的，冒出来就是好样的。"

叶崇馨只动了动唇，他这大哥在外人眼里是奇迹，究竟在他们家里是个多大的麻烦，只有自己人或者说只有他知道。真是"不足为外人道也"……

此时两人已经回到楼下，叶崇馨道了晚安便回去了，董亚宁要等旺财，走得慢些。

等上了台阶，他还没进门就听到屋子里座机在响。今晚他想清静一下，手机已经全部转了语音信箱，这会儿能找到他的也就是李晋了。他往沙发上一坐，接起电话。

李晋说的事，听起来倒是一点儿都不重要。不就是影视制作公司那帮人high翻了，不去安排的会所，反而由导演和主演带着上了他的包房，不就是有人投诉，喝高了的男主角真把自个儿当武林好汉跟酒店保安动手了，不就是有记者潜伏进来，很快就上网见报了——都不是大事，好解决。

他问："就这些？"

李晋说是。

"你看着处理吧。伤者那里安排专人去，态度好一点儿，要求合理就尽量满足。其他的，这些负面新闻，他们会照规矩办的，垃圾也能变成宝。"他声音低沉，就算他不交代李晋，自有那边的宣传企划抢着做。往日他并不觉得这有什么不对，今天却格外觉得烦。

"董先生……"李晋见他有收线的意思，"陈小姐想见您。"

董亚宁沉默。

今晚的事，分明由她而起，他却从头至尾没有提过她一个字。

李晋听不到他的回复，转了话题。

"还有，今晚的投诉人，是郗小姐。她那里，要不要我过去解释？"李晋说，等着他的指示。

"不用。"董亚宁说，"明早我亲自去。"

他把话筒放下，从耳朵到腮边都很滚烫，他搓着脸。渐渐地，半边脸就像被谁打了一个耳光似的，火辣辣的，又疼又木。他抬脚便踢了一下，面前的茶几震动了一下。他又踹了一下，茶几上的一套水晶杯终于跳了跳，掉在地毯上……

他晚上被叫回去，父亲板着脸教训他。这顿骂来得凶狠而又莫名其妙，他立时炸了毛。已经有很久不曾跟父亲那样对峙，这几年，父亲教训得对，他不发一语；教训得不对，他也极少反驳——争执，能避则避。但今晚，在父亲骂完之后，就在父亲的新居的书房里，在只有父子两人的场合，他爆发了。

脾气一上来，他吵得毫无章法，逮住什么说什么，足足说了有三四分钟，完全没有停顿，越来越高亢……直到他自己停下来，看着坐在那里的父亲脸色铁青、胸口一起一伏、手都在颤……他忽然觉得宁可父亲拿了什么东西砸自己一顿，就像很久以前，父亲操起椅子对着自己的膝盖骨就砸，砸到断腿了事。

念头一动，他的膝盖果然隐隐作痛。他的爆发跟腿上的疼痛是有直接联系的，他不说，父亲也明白，只是彼此都没有挑明，因此他也就更加烦躁。到后来，父子俩不开口，静默相对了足足有一刻钟，直到母亲敲门进来叫他们吃饭，两人才解冻。

他哪儿还吃得下去，又不得不坐在那里。一家人难得聚在一起，晚来的芳菲进门就发觉苗头不对，不住地想办法帮他弥补，一顿饭吃得其累无比。饭后，他们本来要一起去探望外祖父，父亲以身体不适为借口，说他改日再去。

出了门，芳菲怪他，他忍着没开口。不料，到了外祖父那里，他又挨了一顿教训，他继续忍着。整晚母亲都没对他说过什么，见他挨训，也并不帮腔。但他要走，母亲却单独送他出来，说了句："阿宁，我看，你还是离那孩子远一点儿吧。"

他装作没听到，头都不回地走了……

他的脸的确很热，而且越来越热，但脑子还清醒，绝没有热糊涂。他知道自己在干吗，不用谁来替他担心。

去哈瓦那学搓雪茄，这种事，一辈子做一次也就足够了。

屹湘起床将窗帘拉开，走到阳台，活动了一下。城市沉在淡灰色的晨雾中，正在苏醒。

她回身进房，将音乐的音量放大一些。大提琴曲浑厚清扬，更能让她放松下来。

她去洗过澡，测了一下血压和心跳，在笔记本上记录下来。她翻了翻笔记本，看着记录在扉页上的电话号码和邮箱，想起昨晚 Vincent 说的话，她拿着笔记本站了一会儿，先放进床头柜里。

她抽了条毛巾擦着头发，她头发细软，最不喜欢用电吹风吹干。此时离去公司还有一段时间，她完全可以坐在这里，听着音乐，看看资料，从从容容地把头发慢慢擦干……

她瞥了一眼墙上，电视里正放着《早间新闻》，播到了艺体版块。电视机静音了，但用不着听播音，只看标题，大体也知道是什么意思。她看着画面上众星参与首映式的热闹场面，心想陈月皓上电视，倒确实没有在大银幕上好看。

她好像听谁说过——陈月皓是为大银幕而生的女子……她刚要换台，紧接着就是一条图片新闻。她愣了一下，侧脸看了一眼电脑上的资料，没错，正是同一个人。

她把电视声音打开，那条新闻已经播完，下面一条就是无关紧要的了。她捏着遥控器看了一会儿，皱眉，现在的早间新闻简直全是八卦。她想起昨晚在家聊天，那时段正好有一个访谈节目在播，嘉宾谈起当年自己少年时被选派留学是怎样地淘气……崇碧就笑了，问妈妈也跟放羊似的疯玩过吗。

妈妈瞟了一眼电视屏幕，静静地说："我跟你们老爸可是正经吃苦挨过来的。就说我吧，你们外公可是每周都亲自打电话问功课。你们知道，外公的拉丁文底子比英文都好，高兴了用拉丁文提问，我还必须能听得懂答得出，更不用说德语和法语了，我还想偷懒？门儿都没有。"

他们都笑了。

末了，妈妈换了台："还说，怎么搞的，这又不是什么光荣经历，还老当新鲜事拿出来说了呢，生怕人不知道是特权阶级……"

她笑，潇潇的嘴巴厉害？嗯，那是其来有自。

她这么想着，听到有人敲门，脸上带着笑就去开门了，竟忘了该先从猫眼看看来的是谁。于是，门一打开，她笑得美美的样子，仿佛晨间一缕灿烂的阳光，完全呈现在来人面前。

待看清楚站在门口几乎堵住了半边门的男人，她的笑容也收不住了。她索性泰然自若地继续笑着，打量着一身合体的运动装、显得健康阳光极了的董亚宁。他大清早神清气爽的，一点儿也不像疯狂到下半夜的人。

董亚宁没想到门一开，屹湘是这么一副表情，准备好了的开场白竟然被这个意外打碎了，好一会儿没说出话来。

"你是否敲错门？"屹湘问。

"没有。"董亚宁回神，立即否认。她背着光，晨曦让她还有些湿漉漉的发丝都镶了金边；对，就算是乌云，每朵乌云也都镶着金边……

"昨晚我们举行 party 被投诉。"

"那不是 party，那是扰民。"屹湘说。

嗐，这人还兴师问罪来了……她看着董亚宁，脸上的笑终于都隐去。

董亚宁笑了下，说："是吗？"

"是，所以我投诉了。"屹湘的语气淡淡的，"就算你是这儿的股东，住店也要守住店的规矩。你怎么玩，那是你的事，但打扰到我休息，我有权利投诉。"

"说得对。"董亚宁微笑着，"所以我来道歉了。"

"我接受，你请回吧。"屹湘看着董亚宁，这么温和的模样，是他，又不像他。她没来由地有种需要警惕的感觉。于是她迅速后退，准备关门。

董亚宁的动作比她稍快，一抬手撑住了门。

"董亚宁！"屹湘的心猛地突突跳起来。

她关门的力气加大，董亚宁的力道也相应加大，两个人的手，借着门板，形成了胶着对峙。她问："你这是要干吗？"语气激烈而凌厉，发丝随着身体的摆动摇晃着，沾到下巴上。那颗蓝痣，若隐若现……

董亚宁下意识地伸过手来。

屹湘猛地松手，门砰地一下被董亚宁的大力撞到墙上去。

这一声巨响，也让董亚宁明白刚刚是自己失态了，可失态的应该不只他一个。

他审视着她。

"董亚宁，你不是来道歉的。"屹湘看着他。

董亚宁又笑了下，说："不，我是很认真地来道歉的。"

"你不是。"她还不了解他吗？不是，绝对不是。这一瞬，她后悔了，昨晚，是不该冲动的。忍了那一时，就没有现在的波涛汹涌。她心里一阵慌乱，极力让自己冷静下来。

这人不好对付，她非常清楚。

　　"别曲解我的意思。"董亚宁说，"但没错，我也是特想知道，像你这样的 party 女皇，怎么会对那点儿噪音都容忍不了，还是，你只对别人制造的噪音容忍不了？"

　　屹湘转了下头，凌乱的发丝被她从脸上拨下来。

　　董亚宁眯了下眼。

　　"董亚宁，你讲话不要太过分。"屹湘说。

　　"有吗？"

　　"我没那么空闲在这儿饶舌，也没那么无聊，专爱投诉人——尤其对象还是你。"

　　董亚宁的眉头一动。

　　"我知道你恨我。"屹湘说，"如果可以，我也不想总见到你，但是这地就这么大。"她看着他。

　　世界很大，也很小。她能想到，即便是已经将自己埋进了沙尘里，远在纽约，甚至数十年不遇的地震海啸中，仍能跟这个人不期而遇？

　　她想不到，他应该也想不到。他不想看到她，难道她就想看到他？这世上还有没有比对着一个他更让她不愿意的事情？

　　"董亚宁，正如你不能离开这个地方，我也有我不得不回来的理由。是什么理由，你不会不知道。我再狠再坏，我也有爸爸妈妈哥哥疼的。"

　　董亚宁看着屹湘冷静下来，她的声音甚至不带一丝颤动，可见说的全是实话。

　　他黑黑的眸子里星光闪烁，虽然转瞬即逝，屹湘仍捉了个正着。心底的疼不是一点一滴的，但是她得控制住，不然那堤坝裂了一丝缝隙，所有的疼痛便会排山倒海而来……

　　"董亚宁，七年前你跟我说了什么，我还记得。"她说着，门合拢了一点儿，阴影掩了他一半身子，"除了那句话，其他的，该忘的，我全都忘了。你放心，我遵守我的诺言，也请你不要怀疑我的用意。"

　　董亚宁还是没有说话。

　　"你尽管讨厌我，要怎么做那是你的自由……我是无所谓的。反正大家对我，皆有定论。无论怎样，我都得活下去，还得活得好好的，是不是？"她慢慢地拖了一点儿音，嗓音有点儿沙哑，可能是说了太多话的缘故，她很久没有一口气说这么多话了。

　　董亚宁嘴角一牵，说："看得出来。"

　　"我本来不该，也不想说这些，但董亚宁，我和你还得一起笑着至少出现在潇潇的订婚宴和婚礼上。"

　　"这个你放心。"董亚宁几乎不假思索，"潇潇是我的朋友，何况你是你，他是他。"

　　屹湘猜得出董亚宁没出口的话是什么——他也许有机会就会毁了她，但他不会伤害潇潇。他和她恩断义绝、反目成仇，但潇潇仍是他的兄弟。她一念至此，锥心之痛。

　　"那么……不好意思，我还得去工作，再见。"她果断地关上了门。

电子锁咝咝响了两下，她背靠在厚实的门上，听不到外面的一丝动静。他走了，还是没走？她不知道，只知道自己这会儿一动也动不了，手心里全是汗。

"邱湘湘，从今往后，你与我，恩断义绝。"他说的。

"再相见，就是陌生人。"她说的。

她咬紧牙关，那字字句句，换了今日，她也再说不出口。但是还好，大概是永远也不用再说出决绝的话来了。因为永远也不会再有那样一双眼睛，看着她，再也不会有……

门被轻叩，笃笃作响，一下一下像敲在她的前额上似的。

她转身开门。

"董亚宁，你……"

但这次不是董亚宁。

她呆了一下，看着面前这个人。只需仔细一端详，她就认了出来，这是董亚宁身边的人，他们见过几次的……她还记得他自顾自地讨论鱼缸里的小丑鱼。

她的脸色来不及缓和，但也没有出声，只是看着他。

李晋看屹湘这气色，心知不妙，还好他反应够快，马上将手里的一盆兰花奉上，说："郗小姐，我替董先生来的。昨晚我们的客人失礼了，打扰到您，非常抱歉。小小礼物，不成敬意，这是董先生特别交代的，请您务必收下。"

屹湘的目光从他的脸上转移到花上，仍没出声。白瓣红心的蝴蝶兰，花朵在绿叶的衬托下美丽娇艳。花枝颤巍巍的，好像要朝她扑过来似的……她眼前好像有一群蝴蝶在飞舞。

"郗小姐？"李晋见屹湘只顾盯着花看，又将花稍稍往她面前送了一下。

屹湘抬手按了一下额头，勉强一笑，说："谢谢。"

"我帮您拿进去？"李晋微笑。

"不……"屹湘刚说了一个字，看着李晋，点头说，"不用，我自己来。"

她伸手接过花，李晋这才跟她告辞。

李晋回到自家的包房里，见董亚宁背对门口站在客厅里，于是轻轻敲了下门："董先生。"

董亚宁站在那里，没出声。李晋走进去，套房早已经打扫得干干净净，丝毫不见昨晚酒浪翻杯的凌乱模样，只是空气里过多的清新剂反而有些欲盖弥彰的味道……他轻咳一下。

董亚宁没回头，问："收下了？"

"是。"李晋回答。

"说什么了？"他又问。

"谢谢。"李晋看着老板的背影，认真地说。

过了一会儿，董亚宁伸个懒腰，坐到了沙发上。

"烟叶子到了没？"他问。

"在路上了。"

董亚宁闭上了眼睛。

好，很好。

冯程程透过玻璃窗看到自己的老板在翻检桌上的布料，敲门送咖啡进去，这已经是老板早上要的第二杯咖啡了。

"客人还没有到？"屹湘将布料放下，问程程，约定的时间早已经过了。

"还没有。每次付小姐要来，汪小姐也都得一再调整日程表。"冯程程说。

屹湘微皱眉头，付小姐……付英晨。Josephina 居然能忍得了她这样不守时和恣意妄为的行为。

知道这位客人特别，又是 Josephina 很重视的，屹湘没少做功课——仅从资料看，有几次付英晨对礼服修改的要求简直不可思议：除了布料，几乎每一处都做了改动……她不能想象，作为一个设计师会做到这种程度的让步，尤其前不久，Josephina 还因为自己改了她的设计而相当不快。

冯程程见屹湘脸色不佳，关心地问："是不是不舒服？"

"小意思。"屹湘不想多说，"这会儿既然客人不着急上门，你跟我先下去看看。"

刚刚上来得匆忙，楼下店里新摆出来的两件礼服，她瞧着哪里有点儿不太对，当时只顾检查礼服本身，没发现什么差错，也就上来了。她带程程下去，在店中转了两圈，到底让店员调换了一下位置和灯光，这才顺眼了。

"郗小姐。"身后的店员叫她，"这两位客人说要找你。"

屹湘回身一看，来的是一男一女两位客人，每人手里都拎着一个印着 LW 店标的浅蓝色袋子。凭直觉，她判断这二位只是跑腿的。果然，那个女子先开口，说他们是替付英晨小姐拿礼服过来修改的。

"请郗小姐尽量快些，这两件礼服，付小姐明晚就要用。"那女子望着屹湘，话里的意思很明确：他们不但要她立刻开始工作，而且要带着这两件礼服回去交差。

屹湘看了冯程程一眼，冯程程立刻领会她的意思，示意店员从那二位手中将礼服接过来，然后在一旁的展示台上将礼服铺开，并没有循例请他们去休息室坐。

屹湘看了看礼服，说道："我没弄错的话，这两件非定制礼服，付小姐只是借用。照规矩，原样借出，原样返还。当然，具体到个人，有时是需要做细微调整。在不影响外观的前提下，当然可以。付小姐要求大改，恐怕我们不能配合。尤其我见不到付小姐本人穿衣的效果，也不能贸然做出改动。方便的话，还是请付小姐亲自来一趟。"

那二位显然没有想到一上来便碰了颗不硬不软的钉子，但这么空着手回去是交不了差的。

"以前汪小姐……"那女子开口，便看到屹湘脸上的笑意加深了。

她很机灵，于是话锋一转，说："那还请郗小姐费心，我们付小姐确实急着用。"

屹湘笑而不语。

这时候，那两人交换了一下眼神，男的转身退到一边去打电话，女的留下来，跟屹湘解释付英晨需要对礼服做哪些部位的修改。此时店员已经将礼服挂了起来，屹湘看着礼服，听着那女子的转述，并不立刻发表意见。直到那男子回来，静静地站在一边，她看了他一眼。

男子被她眼风一扫，沉默片刻才说："付小姐说她很抱歉，实在是走不开，还请郗小姐多多谅解，她想请郗小姐晚些时候到她家中商议方案。"

屹湘不语。

男子压低声音，说："付小姐说，她明白这是个不情之请，如果郗小姐肯帮忙，这个人情，她会记得的。"

"请转告付英晨小姐，修改提议，我已经收到了。这两件礼服，我肯定不会按照她的要求来改动。"屹湘说。

那个男子的脸色变了变。

屹湘微笑着说："付小姐同意这一点，我今晚再登门拜访。"

"我们会转达您的意思，不耽误您。"两人终于决定离开。

"慢走。"屹湘示意冯程程送客，她挥手示意店员将礼服再检查一番。店员发现，在其中一件礼服的领口处，有樱桃色的唇膏印子。

屹湘本已不快，这时更觉得有些恼。只是这也是出借礼服不可避免的情况，但没有交代一句话，实在是有些过分。

她让店员马上安排人手做紧急处理，说："竟然这么糟蹋礼服。"

店员听到，小声说："汪小姐相当纵容这位客人。"

屹湘看她一眼，她立即明白自己多话了，红了脸。

屹湘也低声说："做事吧。"

店员忙答应着。唇膏印子不难处理，麻烦就麻烦在礼服的料子相当娇贵，又是娇嫩的湖水绿色，处理不当，便会留下印记，整件礼服就成了瑕疵品。这可是Vincent近期为数不多出手的作品，她看在眼里尤其心疼。

冯程程送客回来，站在一边看着屹湘面沉似水，轻轻地道："人呢，真不会穿衣也就罢了，肯接受意见也还好，就怕是分明不会穿衣，还自以为是，没得救，白白糟践绫罗。"

屹湘不料自己所想，被这个精灵的小冯一语道破，不禁莞尔。她转身准备上楼，看到男装部的店员在忙着打包。她只见那打包的场景颇为壮观，料想应该是重要客户的东西。

她看了一会儿，问道："这是要送到哪儿去的？"

店员见她问，忙回答："是董亚宁先生的定制春装。"

屹湘走过去，几个店员暂停了手中的工作。她走过来，面前大大小小的盒子里，都是搭配好了的最新款式，店员正在做最后的核对。她一伸手，店员给她递上一副丝质手套。她戴上，掀开离她最近的盒子里的薄纱，这是一件常礼服。她掀开上装衣襟，内侧果然有他名字的英文缩写。她看了那三个字母片刻，将薄纱覆上。

她慢慢地走了几步，摘下手套，指着旁边那个盒子说："那套西装搭配的领带颜色不对。"

店员核对一下信息，说："对不起，郗小姐，是我弄错了，应该是这条。"他立即取出那条枣红色暗纹领带，换成了孔雀蓝色的。

"再仔细些，董先生很挑剔的，马虎不得。"屹湘说。即使她没发现这个小问题，董亚宁大概也一眼就会瞧出不对劲儿来。对色彩搭配，他从来敏感，且见解独到……

"郗小姐！"她听见这一声，转了下身。

小冯站在前台，这时放下听筒，快步过来跟她讲："付小姐的助理来过电话了。"

屹湘点头。

"今晚八点。"冯程程微笑，"到时候我陪您去。"

屹湘笑，Josephina 给她的第一个题目，她解开一半了……

她笑着跟程程说晚上见付英晨之前得先吃顿好的，就听见有人说："付老妖又作怪了？怎么还得等晚上吃顿好的，中午不必？"

冯程程忙招呼："董小姐。"

屹湘看到芳菲走进来，只觉得眉头的神经跳了两下，她没出声，只是笑着点头。芳菲却指着自己手上的表，不由分说地拉起她就往外走："跟我来。我请你吃午饭，顺便参观下我的店。"

"我交代一声……"

"不用交代了，你那助理跟人精一样，肯定能帮你把好关。"芳菲说。

屹湘一想，可不是吗。不过她到底停下来，给程程做了个打电话的手势，跟芳菲一起走出店门。

芳菲拉着屹湘的手，一直没松开，好像生怕一松手，她就会跑掉似的。将她带进了瓷器店，芳菲顺手就在一旁的仪器上按了两下，把店门一关，上了锁。

屹湘听见仪器发出的警报声，一怔，未免紧张起来，问："这是干吗？"

她转头看了看，店里满室阳光，明亮得没有一丝阴霾。今天天气好极了，正午的阳光简直具有侵略性。瓷器店里亮晶晶的，又增强了这种侵略性。

"怕你跑了。"芳菲不在意地说。

屹湘看着她，无奈道："芳菲……"

"我开玩笑的啦。"芳菲停下脚步，见屹湘脸色都变了，有些吃惊，"周末我店里不做生意的，没人看门，我敢门户大开啊？"

屹湘定了定神，问："周末不做生意？"开店的哪里有休息日。

芳菲笑着说："有心想买，总等得起一日半日。"

屹湘点头。

"相信我不是要谋害你了吧？"芳菲促狭地眨眼，伸手挑了一下屹湘的下巴，"你呀！"

"说什么呢。"屹湘尴尬。

"跟我来。"芳菲不再捉弄她。

"既然周末不做生意，怎么又来上班了？"屹湘跟在芳菲身后，往楼上去。楼梯间的墙上，挂着烧制的瓷画，十分精美。

"无利不起早。"芳菲见屹湘留意墙面上的瓷画，问道，"怎样？"

"精致有余，个性不足。"屹湘说。

芳菲笑着说："就知道你会这么说。"

屹湘笑笑，又问："从这儿往上去，是你的作品了吧？"楼上这层摆着的瓷器，风格跟楼下阵容豪华的老牌瓷器迥然相异，她还是分辨得出来的。

"我也不能扔了我的本行，就利用上面这个空间，也开了个工作室。有人喜欢这贵死人的欧洲货也好，看得上我这瓷器活也好，反正打开门做生意，我都乐得成交。"芳菲陪着屹湘站在阔而长的桌边看着成套的瓷器，笑着说，"看上什么尽管拿，保证是这世上独一无二的。"

"那我还是要楼下的，起码保值。"屹湘说，芳菲大笑。

"我记得你原本就喜欢这家的瓷器，以前就爱去他们店里闲逛……还有那什么银器啊、水晶的，对，凯奇薇阁是不是？"屹湘想起来。

芳菲指着自己。

"别告诉我，这个品牌的代理权，你也拿到了。"屹湘意外。

"精诚所至嘛。"芳菲小小地得意了一下，这一笑，嘴角的笑纹若隐若现。

"真有你的。"屹湘转开眼，看着工作室里各式各样的瓷器。

她拿起一个瓷碟，翻转过来，底部印着一个简单的印记——小篆，"芳菲"二字，朱砂色，饱满得快要溢出来的色泽。意识到芳菲在看她，她从容地将碟子放了回去，说："你这都是高级货，拿一套，至少换隔壁 HW 一颗星星。我等什么时候用得上了，再专门来取。"

"你哥结婚，我就送这个。"芳菲说。

"才送这个？"屹湘笑。

"他娶叶崇碧，我就送这个。"芳菲两只手比了个小兔子耳朵，还钩了钩。

屹湘擦着眼睛，笑问："这又是从何说起啊？"

"谁让那阵子我妈说过你那神仙一样的哥哥，是她心目中的乘龙快婿呢？你说这都哪儿跟哪儿啊，也不知道怎么话就传得那么快，没人不知道。现在崇碧见了我，态度那个别扭。我董芳菲就算恨嫁，也恨不到要打邱潇潇的主意啊。"芳菲说着，推着屹湘往自己的工作间里走。

"罢了，你们俩也不熟。"

"熟点儿可能就没这误会了。"芳菲笑着说。

屹湘看着芳菲那乱作一堆的操作台，颜料新的压陈的，好像污渍上开出了花，怪好看的。这里桌上也摆了些杯杯碟碟的坯子，正待绘制图案。

芳菲让她坐，她转了下椅子，身后的架子上，有一套烧制成豆腐块的坯子，很有特点——豆腐豆腐，谐音"斗福"。这套豆腐块的杯子怕是不愁没人喜欢——听芳菲在里间说稍等下，吃的马上就好，又问她喝什么，她说要咖啡。

架子上还有一组未完成的作品，她探头过去看看，杯碟旁边放着一沓画稿，宣纸上是工笔花鸟。桌子上就有现成的工具，她一时技痒，拿起毛笔来，蘸了颜料，取了一个带着缺口的残杯在手里，一笔一笔地画上去……只一会儿的工夫，一簇兰花、一对蝴蝶便画成了。

她拿远些，端详一下，没想到久不动笔，这一花一草一蛱蝶，画起来还是挺顺手的。

"快给我看看。"站在她身后默默地看着等她搁笔的芳菲这才出声。

屹湘把残杯放在桌上，说："我看这杯子也是用不上了……随便一画，扔了吧。"

芳菲笑笑，递给她一盘食物。

屹湘起身去洗手，芳菲小心地将残杯拿起来。杯上的穿花蛱蝶栩栩如生，一只落在兰花上，一只翩然起舞，真的好似有一阵风来，就能闻到兰花的香气……她吸了口气，小心地将杯子放在架子上，跟那些已经画好的瓷器归为一类。

"都说扔了吧，留着干吗。"屹湘回来坐下，拿了三明治吃。

她抬了抬下巴，看着身后架子上的那沓画稿："我虽然画得也不怎么样，但那些也太不像样。"

芳菲叹道："且说的是什么呢！说到国画，我干脆就一棒槌。这套瓷器是一特要好的客人特意订的，我换了几个人的画稿，别说客人了，我都看不下去——董亚宁那天来看了一眼，说这都是什么东西，劳民伤财做这等货……"

屹湘抬手按住嘴唇，把盘子放下。

"怎么了？不好吃？"芳菲忙问。

"咬到了。"屹湘摆手。

"是我不该提董亚宁？"

屹湘抽了纸巾擦擦嘴角，舌尖抵了一下那细小的伤口。

"连名字都听不得，你躲到月亮上也白搭。人家谈恋爱，你们也谈恋爱；人家闹分手，你们也闹分手……凭什么你们分个手是这样的？董亚宁不是东西，我知道，你要觉得杀了他解恨，杀了就是了！我不就跟他一样姓董？就连我都不想见了？可见你也不是东西！好歹朋友一场，你知道当初你突然跟人间蒸发了似的……"芳菲的声音越来越轻，看着屹湘，"我知道那时候的环境下，又是那样一个关口，你们俩都难，可怎么难，我都没想到你们俩真舍得分开。"

"芳菲，"屹湘抬手，握了芳菲的手腕，"对不起。那个时候，我没别的选择。"

芳菲张了张嘴："你真的就……"

"你别逼我说，都是过去的事了。"

"我最不爱听人说这一句'都是过去的事'了，还是得说出这句话来的。过去？过去才有鬼。"芳菲坐下来。

她看着屹湘，看着屹湘低垂双眸，忽然间觉得心疼，咬牙切齿地说："得，我又成专门揭人家伤疤的坏人了。你们就都藏着掖着吧，人人都替你们藏着掖着，帮你们做鸵鸟、闷傻蛋——可我真不甘心。我知道你们俩绝不会单单出于外因就轻易分手的，不然不是今天这个样子。不弄明白你们俩到底是怎么回事，我简直死不瞑目。"

"芳菲！"屹湘手里的叉子扣住奇异果，头都没抬，"别胡说八道。"

"就死不瞑目。"

"胡说。"屹湘把盘子放下。

"我那哥哥，我觉得这些年，是越来越浑蛋了……"芳菲说到这儿，沉默了一会儿，才说，"那你呢？"

"你不都看见了？我过得很好呢。"屹湘看着自己被芳菲握住的手，笑了笑。

"是，我都看见了，不好，你也不肯回来的。"芳菲将屹湘的手甩下来，"瞧这样子，就是他浑蛋，你更浑蛋。"语气忽然冷下来。

屹湘抿了下唇——这如出一辙的喜怒无常的脾气。她就要站起来，董芳菲一把按住她的肩膀，说："你干吗，又要跑？我不是跟你说了，你再落在我手里，休想轻易跑掉？"

"董芳菲，你这个疯子。"屹湘骂她。

芳菲撇了下嘴，说："就是，这才是你嘛，没事装什么斯文。"

屹湘被芳菲发作得也够了，心一阵紧一阵松、一边高一边低，简直跟坐跷跷板似的。

"我怕了你了，我老了，芳菲，我的老心脏、老神经都经不起折腾了，你饶了我吧。"她说。

"滚！"芳菲又笑出来，"说好了，过几天我请你吃好吃的。你这名震八方的吃货，要收买你还就得用吃的——你给我把这个活扛过去。"芳菲又拿起那个残杯。

"我多年没画了……"屹湘底气不足。

"少来。"芳菲打断她，指着杯上的图案，"就要这样的，不需要再好了。"

屹湘无奈道："我试试。"

"这样吧，你要是帮我这个忙，我就保证以后见了你，一个字都不提你们以前。我也当根本没事发生过，配合你们装到底。"芳菲说。

屹湘看她，她才不信董芳菲做得到呢，她太了解这个一起长大的朋友了。

"好，这就算成交了。另外，有件事我要提醒你。"芳菲说，"付英晨这个人，你好好应付，这个女人你犯不着得罪，当然，也不必太在意。"

"哦？"

"你回来的日子短，想必有些事情你还没摸着。你又不在家住，就算是在家住，邱伯伯和邱伯母也是清高的人，想必也不愿意跟你说这些。"董芳菲话锋一转，"你想想，汪筠生脾气那么臭，都让她三分，你不觉得奇怪？"

屹湘点头。

"我看汪筠生也不见得乐意给你透底子，她那种具有艺术家气质的人，要不是出于真心地迁就奉承人，怕是自己都觉得恶心。"董芳菲坏笑，"她也有她的不易。"她说到这儿，尽管没有第三个人在场，还是压低声音对屹湘耳语几句。

屹湘"哦"了一声："果然如此。"

"你猜到了？"芳菲见她并不太意外的样子，问。

"我想不通事情的时候，习惯先做最差的设想。"屹湘喝了口咖啡。

"这年头……此种女人大行其道。"芳菲的脸色冷沉了一下。

屹湘知道芳菲必定是想到了她自己的家事。

屹湘看着咖啡杯，芳菲给她的是浓缩咖啡，颜色很深。她盯着盯着，这杯东西似变作了一摊脓血，散着恐怖的血腥味……她四肢有点儿发冷，一时动不了。

"湘湘？"芳菲察觉出她的异状，急忙握了她的手，她的手冷得像冰，"你怎么了？"

"昨晚没睡好。"屹湘说。

芳菲扶着她躺到窗边的长榻上："你还行吗？我送你回去休息？"

屹湘拍拍芳菲的手臂，摇头。阳光下，芳菲身上有一股温暖的味道。这味道如此熟悉，多年不曾变过。她们是自小一起长大的感情，一起读书，一起留学，一起成长……她看见芳菲，就能看见许多东西，就好像又回到了从前，回到她们生活过的异乡……

但她不能再往下想了。

她微微合上眼。

芳菲轻轻抚着她的面庞，默默地陪在她身边。

听见楼下丁零当啷的声响，芳菲起身走到办公桌前，按了个键，愣了愣，回头一看，屹湘仍闭目养神，于是不等对方出声，忙朝通话器说："我马上下来。"

她关了通话器就走，行动如风。屹湘被吵醒，没了睡意。她伏在榻上，从窗子看下去。从这里看不到自己店的门，只看到一辆让人炫目的车子停在那里……她回头找到遥控器。很快，玻璃窗就被一层薄帘子遮住了。

芳菲很久都没上来，屹湘也就在这有着清水般泥土香的地方画起了很久都没有碰过的工笔画……

回到自己的办公室，屹湘就被告知付英晨的助理打过电话来，说晚上的约临时取消。她并不意外，处理完手上的一堆事情，空闲下来，调出付英晨的资料来重新研究了一番。被芳菲一提醒，她反而觉得自己必须更冷静地处理跟这位客人相关的事务。

离开办公室时，天色已晚。她自己开车返回酒店，路上只觉得车子哪儿有点儿不对劲，但没太在意。她把车子开进停车场，一下车，就听见有人喊："喂！"

这声"喂"显得很没礼貌，不过好在声音甜糯，并不立时让人觉得讨厌。

屹湘拎着包，看了眼后面车里的女孩子，认出她就是那晚喝醉酒闹事的红衫女孩。

屹湘可没有打算停下，待要走，那女孩子又"喂"了一声，嗓音更甜糯了。

她眨着眼，微笑着问："把你的车子挪过去一点儿点儿，好不好？"

屹湘查看了一下自己停车的位置，确定自己停得没问题。

"这里的空间太窄了，我怕我这技术，停不进去。"滕洛尔微笑，"拜托啦。"

屹湘倒不惊讶她已经完全不记得自己，原本打算立刻就走的，本来就是标准车位，她把那辆小车子停进去是没有问题的，但是旁边的车子停得不太讲究，占了一点儿位置……

后面有人在鸣笛催促，女孩子朝那边挥了挥手，喊道："这不正想辙呢吗，你急什么急？等着！"就这句话，又冒了火星子。

屹湘回到车上，将车子稍稍挪动了一下。

滕洛尔高兴地把车停好。

屹湘小心地开车门下来。

滕洛尔笑着跟她挥挥手，她一点头，这才发现车上还有一个女孩子，也是那晚见过的——粟茂茂。

粟茂茂没作声，只是看着她。

她淡淡地看了粟茂茂一眼，回头瞥了眼自己的车子，确定没有问题，锁了车。

"谢谢你喽！"滕洛尔钻出车来，笑着说。

屹湘看看她——挺干净漂亮的一个女孩子，脸上没有妆，纤长的手臂搭在车顶，雪白的膀子裸露在空气里，皮草跟丝绸混搭的上装将她气质中的野性和温柔都衬了出来……屹湘习惯性地估算了一下她的身高。

"我是不是在哪儿见过你？"滕洛尔关了车门。

屹湘没答话，从狭窄的通道侧身出去。

"你先别急着走啊……喂！"滕洛尔喊她。

"洛尔！"粟茂茂见屹湘已经走开了，根本无意与她们交谈的样子，忙叫住洛尔，"你想想可能在哪儿见过？"

"想不起来了，就是觉得眼熟。"滕洛尔看着前面那个背影，有种说不出的感觉。

"美人嘛，当然谁都觉得眼熟。"粟茂茂微笑。

"胡说，美人我见多了……"滕洛尔顿了顿，嘻嘻笑着，"你也是美人。美人，咱们上去吃东西……"她一口甜糯的南方口音，让人骨头发酥。

粟茂茂受不了，拆穿她："特意跑这儿来吃东西？你是来守株待兔吧？还得拉上我垫背——告诉你，我晚上可是得回家去立规矩的——上回把车撞成那样，我爹现在让人盯紧了我，每天都得按时回去点卯，还不知道要被禁足到猴年马月去呢。"

滕洛尔笑。

"想做叶太太不是？你这禁足的日子，才刚开始呢。"她说着，眼珠一动不动地盯着前面那个女子，那步子不疾不徐，姿态十分好看，"真正的美人，从没有显山露水的，那脸上刷了涂料出来给人看的，多数经不起推敲。我瞅着都难受，不知道那些男人是怎么受得了的。"

"你说亚宁哥啊？"粟茂茂笑，她也看着前面那个有着婀娜身姿的美人，"就好这口吧。绯闻全都上星级，也不容易。听说他之前跟人订过婚……就是，头天晚上才求婚，第二天一早他酒醒了就反悔——这种事也能干出来。"

"变态。"滕洛尔哼了一声。

"喂！"

"我今儿不见着他不算完。"

"你知道他一定过来？"粟茂茂气，"要我说，你不如直接去……"

滕洛尔甩了一下头发，指了指后面跟着她的人："我？我敢出现在董夫人活动范围内，董亚宁就敢让人对我下手，你信吗？"

粟茂茂不出声。

"我听说他最近晚晚都在这儿。要找他门路的人，都守在附近看有没有机会。前儿那半吊子大明星闹事，不也在这儿吗？都摸着他最近的规律了。我等着就是了，反正我有的是时间。大不了天天来，我就不信堵不着他！"滕洛尔说着，人已经走出旋转门，"走啦，先吃东西——别害怕，你该回家报到就回，我自个儿在这儿等那浑蛋……"

粟茂茂推着她走，她又看了一眼前面，还跟粟茂茂说："我肯定在哪儿见过她，就是这个背影……"

"走吧。"粟茂茂也跟着她瞅了屺湘半晌，才移开目光。

屺湘加快了脚步，两个女孩子的笑语就在身后，银铃一般，只是太响了，就让人觉得有些刺耳了……

她进了电梯站好，一整天下来，脚后跟到小腿都酸疼得很，这还是穿了平底鞋呢……手机响，她接起来，是小冯。听小冯语气犹豫，她有预感小冯是要说难为人的事。

"说吧，什么事？"她走出电梯，很痛快地问。

小冯说："付小姐那边……"

屺湘转了个弯，看到自己房门前站着人——竟然是母亲跟崇碧一起来了，还有高秘书——她愣了下，忙抬手挥了挥，快走几步，赶紧从包里拿出房卡来塞到崇碧的手里，就听电话里小冯在说"……说是今晚又有时间了……她可能也觉得不好意思，拜托汪小姐讲情。她一再地说很抱歉，确实是有急事才把时间一改再改，让您为难了……汪小姐说，如果您确实没有时间，那就让安德烈去一趟也是可以的，她晚些时候亲自给您电话。郗小姐，我多嘴说一句，付小姐这里，让安德烈去是可以，但是……"

屺湘已经进了房，母亲跟崇碧正把带来的东西给她归类。

"你现在在哪儿？"她问。

"我回公司了。"小冯立刻回答。

屺湘几乎是叹了口气。

"你告诉付英晨的助理，让他们定一个确切的时间，我会过去。"她说完，收了线，闻到一股香味，笑着问，"给我带好吃的来了？"

郗广舒看着女儿从扑克脸到满脸堆笑只用了不到一秒钟，忍不住揉了一下女儿的头发，问："跟谁发脾气呢？"

"哪儿有。"屺湘见崇碧已经泡好了茶，笑着说，"辛苦辛苦，真对不起，到我这儿了，还要你动手。"

崇碧笑笑。

郗广舒说："有脾气也控制些，别让底下做事的人为难。"

屺湘看妈妈的表情，说："知道，我这不就忍住了吗。"

郗广舒点头，道："我不过白说一句。"

屺湘见崇碧坐在母亲身旁，两人穿了一样的套装，看起来宛如母女，不禁笑了，问：

"可是要一起去参加活动？"

"我陪妈妈过来看看你，想叫上你一起，先吃饭，再看戏。"崇碧说。

"你？你这个香蕉人，也就是去'看'戏，'听'是断然听不懂的。"屹湘笑起来。

见崇碧要掐她的样子，她笑着躲进母亲怀里，说："妈，我也想去。"

郗广舒笑着说："不是刚说有工作？去了又嫌是苦情戏了。"

"那就是没叫我一起的打算呗？"屹湘看着崇碧笑，母亲一说苦情戏，她大概猜得出来是什么，崇碧这个香蕉人竟肯陪着去看……人真的是要心中情愿，才甘之如饴。

她歪了下身子，靠在崇碧的肩膀上："好了，我不耽误你们联络感情，今儿晚上我还真得听候调遣。"

崇碧笑着捏捏她的鼻子，说："反正票是给你预备了。"

屹湘笑着问："衣服送去了，怎么样？"

"好极了，巧了，今儿姑妈她们也都在，看了都说好。你知道我小姑挑剔得要命，若不是真的好，她才懒得夸呢。小姑说她改天去找你给她做衣服……你可别接她的活，她们这种脾气的客人，难办。"崇碧开玩笑。

屹湘想到那付英晨，心想叶家小姑姑再难办，总不会超过这位了。她也不是没对付过挑剔的客人，还是有点儿经验的。她拍着手说："没关系，说穿了我们这部分业务，靠的就是她们的消费力。不怕客人挑剔，就怕客人不上门……"

崇碧笑，说："那倒是，要是能把小姑和她的闺密降服，那倒也是可观的业绩。"

屹湘也笑，她觉得肚子饿，打开面前的瓷罐，见里面是炖好的鸡汤，顿时口水四溢，说："乖乖，你们能天天上来吗？"

"让你住家里又不肯，妈妈不放心呢。"崇碧笑眯眯的，"你在找房子？有谱了没？我要不要让我哥……"

屹湘急忙摆手。

"别、别、别，千万别麻烦他。"她想到叶崇磐那面无表情的样子，连婉拒的客套都不摆了，"同事已经帮我找了两处，我回头去看看，也就定下来了。酒店这个地方确实不能久住，是非也多。"

"嗯？"崇碧看她。

"嘈杂。"屹湘说着，手机响，她接了，跟小冯确定一下时间，说，"等下见吧。"

她喝口鸡汤，说："说出去谁信啊，这工作还能跟二十四小时营业的比萨店一样，客人说，多加点儿洋葱，好，多加点儿洋葱；少加点儿起司，好，少加点儿起司——凌晨三点送比萨上门可以吗？行，只要您付钱。"

崇碧大笑："讲得这么可怜。"她心一动，问，"你送过比萨？"

"谁没打过工呢？"屹湘只顾喝汤，把碗向上托了托，"好东西。"

"我妈指导阿姨炖的，说谢谢你这么帮忙，受累。哪天你有时间，到我家里吃饭，她亲自下厨。"崇碧笑着说。

"那不敢当。"屹湘一听便笑了。

叶夫人亲自下厨？

"请叶伯母放心啦，不用特意对我好，我也不是作恶多端的小姑子。"

崇碧也笑，熟悉起来了，只觉得屹湘活泼的时候，可爱得紧……

屹湘送走了母亲和崇碧，等到了冯程程。

他们要去的那个小区，刚刚崇碧还开玩笑说先前应该是"王公贵族"才能住的地方，等进来了，她才觉得崇碧这玩笑也有九分真了。

小区的安保极严格，他们光是在大门口受盘问就足有十分钟。

屹湘坐在车上，由着小冯和小李去交涉。待被允许进入，小李开车慢慢往里走，她从车窗往外看。路边的林子很密，住宅都隐在密林之中，让人看不清楚究竟。

并不宽的柏油路在林中绕来绕去，不时遇到一个小岔口，看过去便是一道大门，其后是个小院落。车子开出去好远，他们才看到几栋联排别墅。

"应该是这里了。"程程先下车，"我先去看看。"

屹湘跟着下了车，站在路边等，抬头看着这里星星点点的灯光——安静极了，住在这里，环境倒真是很不错。

她等了一会儿，不见程程回来，正想打个电话问问情况，突然听到背后有粗重的呼吸声，不禁汗毛竖了起来。小李先"啊"的一声喊起来，整个人像被什么推着似的噔噔噔后退了好几步。屹湘被他这一喊吓了一跳，一边说别怕，一边转了身，立即看到身后不远处那只狮子般的巨型獒犬，咻咻地喘着粗气，一双眼睛在暗影中散着油汪汪的光芒，十分骇人。

屹湘第一次这样近距离地看到藏獒，体型之大的确出乎意料。可让她吃惊的倒不是这只獒，而是牵着獒的那个人——站在树影子里的高个子男人，见到她应该也是很意外。

"叶大哥。"屹湘先开口叫人。

"屹湘？"叶崇磬的手机在不停地震动，他看了眼路对面仍在按门铃的冯程程，问，"你们是一起的吗？"

"你住在这里？"屹湘反问，她指了下前方。

"对。"叶崇磬拉着旺财，又看了眼屏幕，手机提示他家里有人来访，"你们是……"

"我们来找付小姐。"屹湘觉察有异，回头喊了小冯一声，示意她别按门铃了。獒犬不知道什么时候靠近了她，它的大鼻头嗅着她的裤脚，热乎乎的鼻息喷在她的脚踝处，痒痒的。她想都没想，伸手就揉了下獒犬的背毛，说："小子，别乱动。"

叶崇磐抽了一口冷气，用力扯住手里的皮绳，迫使旺财后退。

"对不起。"他说。

"没关系，我不怕狗。"屹湘说。

叶崇磐仍没敢放松绳索，别说对陌生人了，就是熟人，旺财也很不情愿接近，更少有人敢直接上手摸它……可面对屹湘，这家伙并没有表现出攻击性来。屹湘也浑然不觉危险，她继续揉着旺财的背毛，旺财继续嗅着她的裤脚，彼此竟相安无事——叶崇磐真觉得意外。董亚宁的这个"儿子"，对陌生人向来是极不友好的。

屹湘拍拍旺财，看着叶崇磐，指了指那栋房子。

"那是我的公寓，这会儿除了我，家里没别人。那位付小姐住哪里？"叶崇磐问。

这时小冯跑了回来，说："没人应门。"她还没站稳，一眼看到了叶崇磐，立时敛了声气。

屹湘转头看小冯，说："再确认下付小姐的住址。"

小冯慌忙拿出手机来，说："没错啊，D区5栋……"

"这里是C区5栋。D区在后面，往前走，越过那片树林，右转。在这儿看不见，车子开过去，自然就看见那条路了。"叶崇磐说。

屹湘心想这乌龙搞得……今儿怎么事情就这么不顺利呢。她看了眼前方，别说现在光线昏暗了，就是白天，初来乍到的人也不太容易发现那条路，这也太隐秘了些。小冯连忙道歉，屹湘耐着性子，让小冯去打电话确认。

她看着叶崇磐，道："抱歉，打扰你了。"

"没关系。我刚搬来不久，不太了解其他住客的情况。"

"谢谢，我同事会问到的。"屹湘忙说。

叶崇磐低头看看旺财，这家伙已经安静下来。他满意地拍拍它的头，它却不乐意，甩了下大脑袋。

他哑然失笑，抬起头来，发现屹湘也在看旺财，眼神温柔。

"它叫什么名字？"屹湘问。她留意到旺财项圈上垂下来一块金属牌，但没有再凑近去看。

"旺财。"叶崇磐回答。

旺财……屹湘笑了下："好名字。"

叶崇磐心想可不是吗，得是多财迷的人才好意思给起这么喜庆的名字啊……他只点了点头。屹湘再看看旺财，忍不住又伸手过去揉了揉它的大脑袋，夸它："真是个好脾气的小子。"

叶崇磐还是很警惕，拽着皮绳丝毫不敢放松，不想旺财果然像屹湘说得那么"好脾气"，任她揉搓。

屹湘看着旺财微笑，他看着他们，不由得也微笑。

小冯过来说，已经联络到付小姐，屹湘才跟叶崇磬道别。

叶崇磬站在楼下看着他们一行三人走远了，便牵着旺财的绳子往回走。经过自己家门口，他没有停下，而是去开了隔壁的院门。进了院门，他就给旺财解开绳子，看着它不慌不忙地穿过花径上了台阶，从狗洞里钻进门。

他进门前又看了一眼远处，那三人没有乘车，大概是不知道这段路可不能算近。他有心提醒，又觉得这样喊起来不合适……

"看什么呢？"董亚宁裹着一条薄毯子，从餐厅里探出半边身子来，鼻音浓重。

叶崇磬皱眉问他："你怎么下来了？"

"饿。"董亚宁出来，招招手，旺财跑到他的脚边。

他只看一眼，就问："谁碰过它？"

叶崇磬眼前晃过那个蹲下来比旺财大不了多少的暗色身影，脱了手套，刚要说，看亚宁摸摸胃部，问："叫外送还是简单吃点儿什么？"

他走进厨房去检查，这才知道为什么董亚宁在厨房乱晃，手里却空空如也——董亚宁的冰箱跟被打劫过似的，除了水和啤酒，其他什么都没有。

他看着来气，忍不住骂了一句："医生是说让你别乱吃东西，没说不吃东西吧？"

董亚宁笑，他在操作台边坐下来。整个厨房几乎全是金属材质，银光闪闪，洁净异常。因为根本不开火，厨房里一丝油烟气都没有。两个大男人待在这里，倒像是进了手术室。

"我想喝粥。"董亚宁说。

"打电话让人送吧。"叶崇磬头疼，"我一会儿得上去开会，时间差不多了。"他看了看冰箱里还有水，没过期，拿了一瓶倒出来给董亚宁。

见董亚宁一动不动，他说："你上去继续睡觉，外卖到了，自然有人叫你。"

董亚宁说"好"，这抗过敏的药一吃下去，他就跟神志不清了似的。听着叶崇磬拨通了电话，问他要喝什么粥，他脱口而出："白果粥。"可接着便听到叶崇磬清清楚楚地说了句"那好，就白粥"。

他垮了脸："没味道。"

"挑嘴，等你好了，哪怕你吃百花粥呢。"叶崇磬没好气地说。

"我不挑嘴。"董亚宁不服，说完这句，又泄气似的，猛地连续打了两个喷嚏。过敏加感冒，可难受死他了。

叶崇磬看着他那红鼻子、红眼睛的模样，说："旺财，叫你爸上楼休息去吧。"

董亚宁笑，又打喷嚏。

叶崇磬调出 Sophie 的电话号码来，吩咐她让人送点儿米面粮油上来，顺便带点儿随时可以吃的东西，外加一些半成品。他放下手机，见董亚宁笑，问："怎么？"

"我们啊，没有老婆可以，没有秘书是万万不可以的。"董亚宁说着，站起来往客厅走，倒在宽大的沙发上，懒洋洋地捶着头，，头疼。

"D区5栋住的是谁，你知道吧？"叶崇磬问。

董亚宁继续捶着头，问："怎么关心起这个来了？"

"我还真不知道这儿还有这么一人。"叶崇磬淡淡地说。

董亚宁沉吟片刻，才说："他当初让人来找我的时候，说是图这儿清静。我琢磨着就不能白留着，得有点儿什么故事，果然是给了付氏。我看也不见得是图这儿清静，要清静给送到国外去不就行了，图的是方便吧。不过，这付氏也很有办法就是了。这么多年，能一直留在身边没出事，当然是有点儿本领的……他本人是不可能过来的，付氏也低调。我住进来以后就遇到过一回。你才来，又早出晚归的，当然遇不着。就算知道，能遇上，照个面儿的工夫也未必认得出。"

叶崇磬心想：董亚宁付出的不过是一小栋房，到头来是身份暧昧尴尬的付氏悄无声息地住进来，他得到了什么，恐怕不可估计。难怪上次N37那块地，董亚宁听了自己一句话，说放了就放了，合着这里面，门道儿还多了去了……如果真是这样，董亚宁这算盘打得也不算不精了。

"真有你的。"叶崇磬说，也不难理解，只是没想到。如果今天不是某人摸错门……他看了趴在董亚宁身边的旺财一眼。

董亚宁听了他这话，晓得他明白了，倒笑了，说："你知道有这么个人就行了，难道我们还至于跟她攀交情？"

叶崇磬这就要走，看董亚宁蜷在沙发上，样子实在是难受，停了一会儿问："告诉芳菲一声吧？"董亚宁一向要强，生病从来不肯吭声。今天要不是被他撞到，董亚宁又该自己扛着了。

见他没反应，叶崇磬笑着问："那么多女朋友呢，一个都不能来？"

叶崇磬话音未落，就见董亚宁翻了个身，抓起一只拖鞋就朝自己扔了过来，忙躲开，开门就出去了。拖鞋砸在门上发出咚的一声响，他闷声一笑……

董亚宁这猛一用力，忽然冒了汗出来，倒舒服多了。他搓着旺财的大耳朵，琢磨着叶崇磬怎么忽然问到了付氏的事。

这事做得隐秘，没几个人知道，不过崇磬便是知道了，也没什么不妥，崇磬是很靠得住的。

董亚宁摸了摸胃部，不知道是不是饿得有点儿狠了，整个人都不正常起来，今天格外想吃白果粥……

要走这么长一段路过来，屹湘有点儿后悔没让小李开车。不过，走近了，他们就看到 5 号的院门外已经站了一个中年女子。见到他们过来，中年女子礼貌地问过是不是郗屹湘小姐，确认身份之后，才带他们进门。

这一区的住宅跟前面那一区的风格又是不同的了，独门独户，四周被参天大树环绕，环境更幽静些。屹湘知道付英晨的身份，也就知道为什么住处会是这样隐秘。她跟在中年女子身后，一路上都没有出声，也没有四下乱看。

进了门，她就见门厅里站着一个女子。

屹湘站下来，认出是付英晨。她倒没想到付氏会站在这里等候，道："付小姐您好，我是郗屹湘。"

"真不好意思，让你们专门跑一趟。"付英晨说。

屹湘借着门厅的灯光，看清楚付英晨的容貌——素颜，戴着装饰眼镜，跟图像资料里的样貌大不一样——而眼尖的屹湘立即发现了付英晨左眼下方至颧骨处下有一片阴影。

付英晨也在打量着屹湘，察觉她的目光落在自己脸上，转了下身子。

屹湘略一顿，回头跟小冯轻声交代，让她把礼服放下，跟小李两人到车上去等。小冯愣了一下，问需不需要帮忙，屹湘只说："有需要会打电话的。"

小冯不再多话，屹湘等他们俩出去，才换了鞋子，见付英晨一直在旁边静立等候，问："我们开始工作？"她一只手拎着两个袋子，一只手拿着工具箱。

"跟我来吧。"付英晨伸手过来接了礼服袋子，引着她穿过客厅。

也许是留了意，屹湘发现付英晨走路的姿势也有点儿奇怪……似乎是知道她在看着自己，付英晨加快了脚步，推开一间房门进去开了灯，请她进门。

屹湘跟着进去，房内的灯光明亮极了，是一间衣帽间兼化妆室。她目光一扫，看出这里总体上还算是分类明确，只是每一部分都有些"物满为患"，显得杂乱拥堵。

屹湘想：这付英晨的品位就像大杂烩，绝对需要一个专职的服装顾问替她打理。不过，屹湘转念又一想，这种长期服务的人员，付氏留在自己身边的可能性，几乎为零。

这也就难怪了……

付英晨把礼服袋子放在屋子中央那个放配饰的玻璃柜上，等屹湘把工具箱放好，说："郗小姐，今天太难为你了，我不得不请你来一趟。"

屹湘没出声，点了头。

"我眼下只好信任你，因为我想不到更好的解决方案。"付英晨抬手解开自己的衣领。

看到付英晨眼神里有一种冷而决然的神色，屹湘心里蓦地咯噔一下。眼见着付英晨迅速地将上衣剥了下来，只剩了一件胸衣站在她面前，她这才明白究竟。眼前这苍白的身子上是一道一道触目惊心的血痕，不知道被什么打的，有几处简直血肉模糊……

她头皮一麻，尽量不显出异状，说："付小姐，我知道了。"

付英晨裹上衣服，说："你给我想办法，让我明天晚上能在公众面前完美亮相。"她并不客气。

屹湘没有计较她的语气和态度，心说难怪她要求把礼服改成那样，可这哪儿是改礼服能解决得了的问题……

屹湘沉吟片刻，干脆打消了拿出随身带来的这两件礼服的念头，说："付小姐，你需要的是换两件衣服。"

"可消息已经放出去了……"付英晨强调。

"穿什么衣服亮相重要呢，还是名誉重要？"屹湘问。

付英晨悻悻地哼了一声："我要是非要穿这个呢？"

屹湘笑了下，说："付小姐是 LW 贵客，我们的规矩，你也是清楚的。今儿我来这儿了，有什么说什么，不怕得罪你。"

付英晨摘了装饰眼镜，眼角下的阴影更明显了。

屹湘看得很清楚，接着说："老实讲，这两件礼服也实在是不合适——说到底是付小姐你穿衣服，不是衣服穿你，对不对？"她身后的衣柜里正好是一排礼服，见付英晨一时没有回话，她推开玻璃门，指着里面那些长长短短的礼服，"这里面的都是花重金买回来的礼服吧？有几件还是原装的？"她看了看，伸手抽出两件来。

付英晨皱眉。

"付小姐，你请我来，最重要的是得到专业意见，而不是让我按你的心意胡乱改动，最后还是穿得不像样吧？我们的合作，最好是双赢。换句话说，付小姐，你形象珍贵，LW 也丢不起人。"

付英晨索性坐下来，跷起了二郎腿："你的意见呢？"

屹湘抖了抖她挑出来的两条裙子，说："这两件虽然是 LW 上一季的款式，但是好在是基本款，永不过时。"她拿近了看看，"一次也没穿过？"

付英晨点头。

"喜欢吗？"屹湘问。

"不喜欢何必花这冤枉钱？"付英晨没好气。

屹湘仍没计较她的语气，把这两件挂在衣柜门上，从旁边的衣柜里找出一件军装款上衣、一件西装上衣，分别搭配了那两件小礼服，说："穿上试试。"

付英晨犹豫。

"付小姐，我明确告诉你，我带的这两件，除非你能亮出你的胸和背，不然我一条丝都不会动。"屹湘说。

付英晨瞪了她一会儿，说："如果不好看……"

"先试试。"屹湘知道她这会儿只是色厉内荏。

付英晨把身上的衣服都脱下来，衣服脱得很快，动作也不轻柔，看样子并不太顾及身上的伤痕。

屹湘转开脸，看得更清楚些，就看出付氏身上摆明了是新伤旧痕一层叠一层，这可并不是一两日就能造成的。

付英晨先穿上了黑色小礼服搭白色军装款上衣，礼服的领子齐到下巴。

屹湘等她换衣服的工夫，从首饰柜里挑好了一挂腰饰，又选了个手袋给她，同款的晚装鞋子也从鞋柜里找了出来，放在地上。

付英晨照屹湘的意思办了，站在穿衣镜前，看了一会儿，踩着高跟鞋在小圆地毯上踱着步子。装束简洁利落，她的步态也显得轻盈多了，就连她并不纤细的腰身，被硬朗的上装和修身的小礼服一托，也遮了个妙。

"难怪。"付英晨往镜子又跨了两步。

屹湘也不管她觉得什么是"难怪"，又让她试另外一套。

"客用卫生间在哪儿？"屹湘趁着付氏换衣服，问道。

"出门右转就是。"

屹湘揉了揉肚子，可恨这不争气的肠胃啊……她惦记着付英晨换装的效果，一切行动都争取最快，没有一个动作是多余的。洗手的时候，手机响了一声，是小冯的信息。她擦干净手，回复着信息，准备往外走。

突然，眼前出现了一团粉红，她急忙站住，还是差点儿撞了上去。她睁大眼，面前这团粉红嫩声嫩气地问："你是谁呀？"

屹湘结结实实地被吓了一跳，她拿着手机站在原地，看着这个凭空冒出来的小女孩——约莫四五岁的模样，散着头发，光着脚丫，穿着粉色的睡衣，小苹果脸比睡衣的颜色还要红润，一对乌溜溜的大眼睛，看着屹湘。

静默片刻，小女孩忽然叫起来："妈妈！"

屹湘的手机都差点儿掉在地上，那莹润的小嘴巴喊起来声量吓煞人。

付英晨门都没敲就闯了进来。

小女孩一回头就看到她，忽然噎住了似的没了声音，瞪大眼睛只是瞅着，泪汪汪的，小嘴也扁了。

屹湘的心一软，蹲下身来。

小女孩看着她，小手张开，朝她伸过来，像是要寻求庇护。

屹湘刚要握住她的小手，付英晨一把就将小女孩拉开了。小女孩被拉了个趔趄。

屹湘站起，看着小女孩呆呆地仰脸望着付英晨，哭喊声硬生生地哽在了喉咙里。

小女孩的表情让她莫名地心尖像被狠狠掐了一下般疼起来，她很想把孩子拉过来护在身边，但又立即意识到自己不能这么做。

付英晨拖着小女孩走出去。

屺湘忙跟了出来。

这时楼梯上传来踢踢踏踏的声音，穿着睡衣的保姆慌慌张张地跑下楼。见有外人在，保姆一声不吭，低头跑过来。小女孩回头看见保姆，立即抓住了保姆的衣襟。

付英晨这才出声："不是让你看好她吗？！"

保姆满脸通红地把小女孩抱起来，小女孩趴在保姆怀里，张开嘴便大声哭起来，保姆赶紧把她抱上楼……

付英晨立即转身回了更衣室，看都没看屺湘。

屺湘没有马上跟进去。她站在门外给小冯回完了信息，才敲敲门走进去。付英晨背对她，站在小圆毯上。她走过去，看着这套行头，说："比那一套显得更有精神。"

付英晨前后左右查看了一会儿，问："以后直接找你可以吗？"

"公司自有安排。"屺湘婉转地说。

"郗小姐。"付英晨注视着屺湘。

"可以叫我 Vanessa。"屺湘说。

"明明有中文名，叫什么洋名，那么拗口。"付英晨说着，把脚上的鞋子甩了，"谢谢你。"

"不客气。"屺湘收拾起自己的东西预备走。

"还是要谢谢的。"付英晨脱下了外套。

屺湘明白，这句话的意思可深可浅。

"之前与汪小姐合作愉快，希望以后跟你也能相处得好。"她说着，眼神里有一点儿什么。

屺湘没有多做停留，告辞出来，付英晨也没有远送。屺湘见小冯和小李就站在院门外等她，笑道："不是说让你们上车？外面多冷啊。"

小李老实地说："我们一刻也不敢离开，担心你被妖怪吃掉。"

屺湘哑然失笑。

三个人一起往回走。快到车边，冯程程忽然问："刚刚那位牵着狗的帅大叔是谁？你叫他叶大哥？"

"那你是不是该叫我一声阿姨？"屺湘避而不答。

小李先笑了，说："既然是大叔，就不可能是许文强了，pass、pass……"

"喂！又来了！"小冯笑嘻嘻的，"八卦一下嘛！郗小姐，你跟董小姐熟；住在这里的人非富即贵，你也有一位叶大哥——咦，董先生……"

屺湘愣了一下。

小冯笃定地说："真是董先生。哇，夜会美女。"她可能也觉得这样是冒犯了别人的隐私，急忙压低了声音。

屹湘一低头先上了车。

透过车窗，她能看见前面别墅院中的台阶上，穿得很随意的董亚宁——正跟一位年轻女子说话。

不知他说了什么，那女子晃着手，转身轻快地下了台阶。

女子走到一半，他像是又想起了什么，叫住她。

那女子回身看着他，两人都在笑，那女子又回身上了台阶……

屹湘伸手拉下遮光帘，催小李开车。

"不早了，我们回去吧。"她说。

小李答应，发动了车子。

此时董亚宁正请 Sophie 走另一侧门，直接去叶崇磐那里更方便些，免得多走这几步。Sophie 跟他是极熟的，当下也不客气，回来穿门过室，赶忙走了。

董亚宁倒站在门口，扫了一眼街对面——那辆保姆车在那里停了很久，这个时候启动了。他关门的动作停了一下——那车身是奶油色的，样子倒是寻常，只是车牌号像是在哪儿见过……那深色的玻璃后，也仿佛有双眼睛在盯着他。

他皱了下眉，迈步走了出去。

车子从他眼前驶过，他站在门口，良久才转身回来。回身看到旺财趴在地板上，他蹲下身，手像骨梳似的，梳理着它颈后的毛。

可能是身体不舒服，会有幻觉。今晚他总觉得周遭有一股若有若无的香气，忽远忽近，始终牵动着他的神经，让他头疼，也刺激着他久已麻木的味蕾……白粥送到了，他尝一口，仿佛有白果味，明知不会有，还是在碗里找了许久白果才放弃。

刚刚 Sophie 带人来送东西，他大半碗粥已经下了肚。这会儿看着堆在面前的米面粮油，他还是觉得肚子饿。他这么饿，大概是因为，想吃的东西没有吃到……

他的手放在旺财的背上，那若有若无的香气又近了。

"那你想吃点儿什么呀？"是她在他耳边轻声问。

对，是她……

那一年春天，他的过敏症就好像今年，格外严重，哮喘症状都出现了。小镇上，春天的花又开得格外繁盛，害得他哪儿都不能去——他也不想再去哪儿，只要在屋子里待着，能看到她就好了。

那个春假是他突然决定给自己放的。公司正处于最忙的时候，他说走，立刻买了机票就走。

其实她说忙，不让他过去看她的，说他就算去了，她也没时间陪他。他也忙，已经很久没有放过一天假，总是在超负荷工作，但还是去了。两人相隔万里，尽管有电话、有E-mail、有短信，时间久了不见面，就有些不安心和不确定。"忙"也可能只是借口。他去了一看，果然，她真是忙，心也就安定了些。

毕业后，她进了那家著名的公司，从小设计师开始做起，其实多数时间不过是打杂，却仍然一副拼命三郎样，乐此不疲。然而看她瘦得不成样子，他总归是心疼。

他跟她说："还是回去吧。我不想总看不见你，打电话还老是找不到，即便找到你了，说不了三句话就被人打断……"

她说："那怎么行，我在这里才刚刚开始。"见他皱眉，她开玩笑说，"我回去后要是变懒了怎么办。我要是一犯懒，干脆做了米虫呢？那不是白白吃了那么多苦，受了那么多年教育？"

"我养着你呗，怕我没那个能力啊，咱家不指着你挣这仨瓜俩枣的。"他笑，太想把她装在口袋里，走到哪儿带到哪儿。她就是他的，他一个人的。

她拧着他的腮，说："就知道你想这样，我还想趁着现在有力气积累点儿经验和人脉……"

他说："你回去就是了，回去全是人脉，你想怎么折腾由着你，你想要多成功就会有多成功。"

她皱眉："董亚宁，我不愿意那么着。"

他说："你不那么着，人也不会觉得你半点儿关系不用啊，何苦呢……"

那是说不通的道理。她坚持，他也坚持，各不相让。他们吵架，永不休止地吵，吵到两个人精疲力竭。他们分开，又想念，只是眼睛看不到，心就开始乱转，六神无主……急了就胡思乱想，再见面是加倍的甜蜜，甜蜜过后仍是争执。

恶性循环。

难得在一起的时光，也总是被琐事打断。

他去了几日，就有几日是眼睁睁看着她清早匆匆忙忙出去，很晚才回来，回来便是一副累得跟散架了似的模样，又觉得心疼。他忍不住跟她怄气，每每听她上楼拿钥匙开门的声音，就先跳上床去装睡。她会蹑手蹑脚地进门，洗干净了才轻手轻脚地爬上床。他背对着她，故意把被子都裹到自己身上……

她总是悄悄地看他一会儿，从身后搂住他。她身上总是凉凉的，所以有什么办法，早上醒过来，还是他抱着她——有一天他装睡装得自己真的睡过去，醒过来才发现她还没上床，于是赶紧下去找。她竟然在浴缸里睡着，浴缸里的水都凉了，脱下来的衣服扔得到处都是，沾了浓重的酒气，细嗅还有大麻味。他只觉得一股子怒火蹿上来，一把将她从水里捞起来质问……

吵架，又是吵架。

她怪他不理解又不信任她，还试图把他的想法强加给她，根本没有尊重她。他就怪她交友不慎、任性放纵……他们各不相让，冷战到天亮，她收拾好了便走，继续上班去。

其实他最怪的是她工作起来不要命，根本不会好好照顾自己。

他等了一整天，末了还是绷不住，给她发信息，要她早点儿回来。果然她晚上回来得早了些，原来是发烧。他又忍不住对她发火，她脾气更大，这一架吵得史无前例地凶猛。最后两个人默默相对，都觉得累极了。

他心里发冷，万里迢迢地来到她面前，本不该是这样的……

而她说："我们分开冷静一下好不好，再这么下去，我会疯的。"

他看了她半晌，问："那么，霍克斯海德，还去不去？"

她答应了他的，忙过那几天，趁周末，跟他一起去霍克斯海德旅行。她说过，那是她的福地，总想着跟他去一次。他也那么想，其实去哪儿不重要，重要的是她也在，只是他们俩，安安静静地在一起。他太想她了，哪怕她人在他面前，他仍然想她……

她说不去，脸硬得跟什么似的。

他问："你是不是想好了？"

她转开脸，说："想好了，我们暂时分开吧。"

他忽然间再次爆发："暂时分开，湘湘，我们什么时候真正在一起过？什么时候你是真正完完全全属于我过？你连跟我交往，都迟迟不肯公开！在你心里，我到底算什么？对你来说，我到底排到第几位？"

她不肯回答。

他发狠："邱湘湘，你到底有几分认真，还是，你从来没打算跟我认真？"

她转回头来，脸色发白，分明也是气到了，却仍然不肯回答。

这一来，他简直没办法控制自己。冲动中，他收拾了东西就离开了她那小小的公寓。

外面下着雨，伦敦春季的雨，格外阴凉。他叫了出租车往机场去，走到半路又下车。他在雨中立着，身上发冷，心里却渐渐生了火似的，烟尘四起。

有电话打进来找他，问他什么时间到，他才反应过来是预定的旅馆在确认他的行程。他原来定好的，明天一早就到霍克斯海德。

他自己乘车去了霍克斯海德，安慰自己说这样算不了什么，机票是几日后的，假期也没完呢，就算给自己放假不也好吗。他负气地把手机都关了。

住下来，他才后悔。他订旅馆的时候跟人家说是度蜜月来的。店主热情极了，什么都照着新婚夫妇的标准来准备，看见他一次，就问一次董太太呢。

"要晚点儿才来？"

他到了半天，已经被追问到不敢出房门。

自己明白，半天，只有半天而已，思念已经噬骨蚀心。

他开了机,电话进来几个,没有一个是她打来的。他只觉得难过,倒在柔软的大床上,雨点噼里啪啦地打在窗上,屋子里光线昏暗,正是她最喜爱的"下雨天,睡觉天"……一觉睡到天黑,朦朦胧胧间,他听到有人敲门,他应也不想应,动就更不想动。很久很久,一只凉凉的小手,覆在他的额上,他一把按住。

黑影里,蹲在床前的,头发丝上有着深重水汽的,是她。好像是轻而薄的一个影子,那般不真实,就连呼吸都是凉的,他迫不及待地将这个影子捉住……

她温柔的手,难得温柔的手,抚摸着他的头发。

他挠她的痒,两个人笑着滚倒在地上,发出巨响。

她要他轻点儿,他使坏,说没关系,我们是……新婚夫妇。

呵,新婚夫妇……

半夜里醒来,她沉睡在他身边。雨还在下,心里安宁得不可思议。他十分贪心地想,如果时间能停滞,让这一刻无限延长,该有多好啊……拥着她到天亮,透过窗子,看到外面,是雨后的鸟语花香。膀子被她压得酸麻了,他还舍不得动,倒是她醒了,调皮地逗他……这一次是他睡到日上三竿。

被她叫醒,她轻声问他:"想吃什么,我可以借用布莱尔太太的厨房。"

他看着伏在床头的她,发丝垂下来,垂在他的额头,痒痒的,心也痒痒的,痒到心旌荡漾,说:"什么也不想吃,只想吃冰激凌……"

他被她拿了枕头捂在脸上,差点儿闷死。她那么小一个人,不知道怎么手上的劲儿就那么大。

她笑着出去,真的借了店主的厨房,给他做了顿早午饭。店主布莱尔太太夸她,她做鬼脸。

他开心得很,她被称作董太太的时候,他比她还要开心。

雨停了,两个人骑着自行车在小镇上乱逛。他们没有目的,不赶时间。美丽安宁的霍克斯海德,美丽安宁的她……飘着面包香气的小路上,他牵着她的手,经过那所圣米迦勒与诸天使教堂,他问:"要不要进去?"

她微笑,她说:"我跟你,哪儿是我们不信仰的神能见证的。"

夕阳下她的面容上有一种晶莹的光彩,淡淡的,但是让人不能自已地想要亲吻。

他拥紧了她,他没问她为什么发了那样的狠之后,还是会来找他。他只知道,那个时候的他,不能没有她。即便她不肯,也始终没有给他任何关于未来的承诺,他知道的是,那么多年了,不管她在哪里、距离他是远还是近,他都想要抓住她,牢牢地。

她问他:"你愿不愿意再给我一点儿时间,我一定会成功,我一定要成功。"

他明白她为什么对成功有那么强烈的欲望,于是开玩笑说:"好,我知道,你不想让人说,你是董亚宁的太太,而是有一天,想让人介绍我——这是邱湘湘的先生……"

他说，"你去吧，我等着这一天的到来。"

她不语，钩住他的脖子，深深地吻他。他们倚在教堂的灰石墙上，冷而坚硬的墙壁硌着他的背脊，并不舒服。她亲得那么狠，他的唇被她咬得发疼……她骨子里总有一股隐隐的野性，时不时钻出来，就像在暗夜里舞动的精灵，让他着迷、让他害怕、让他深深沉溺其中又想要牢牢地、用力地封住，更让他不能放心。

她看着他的眼睛，说："我很抱歉。"

她跟他说抱歉，他觉得不是滋味。多年以前，从她还不像女孩子的时候开始，他以为"抱歉"这种词，她永远不会对他说。那份了解和体谅，是她给他的信任，独独属于他。

他看了她半晌，这回沉默的是他。他们只是继续牵着手，在夕阳下的小径上走着，都沉默。他们回到旅馆，布莱尔太太说："晚餐已经给你们送到房间里去了，祝你们有一个愉快的夜晚。"

走在木楼梯上，他突然停下，说："我抱你进房间吧。"

她笑着问："你干吗？"她像被吓到的样子。

他说："不是度蜜月吗，那就像个度蜜月的样子好不好？"

她说："你越玩越认真了，快别发神经了，这样怪肉麻的……"

他拉住她不松手，到底是抱着她进了房间的——真正的一间蜜月房：烛光晚餐、四处可见的花瓣……倒在床上，花瓣和她的头发丝一起粘在他的脸上，暖的暖、凉的凉。一暖一凉之间，心跳都似乎是不规律的了。

她说："这真让我有一种错觉呢。"她的语气温柔得不得了。

他忽然间涕泗四下。

她开玩笑说："你不用这么感动吧，我刚刚说的是错觉。"

他气结，接着喷嚏上阵，真狼狈。他恼得不得了，在这种时候，犯了过敏症……

他生病了，她老老实实地陪了他三天。三天里，她做得最多的就是陪他坐在阁楼的窗台上看风景。他吃药睡着的时候，她就在旁边画图……待她下去给他煮东西吃了，他就翻看着她的画稿。不太像是随便画的，她的画功从来都是很好的，聪慧又努力，做什么都不会落在人后，迟早是要成功的……他出神地看着外面草地上一簇又一簇的白色小花，叫不出名字来，只是觉得清雅。

"这些小花看上去很像獐牙菜吧？"她端着白粥坐在他身边，粥香扑鼻。

是很像，有一年暑假，他们旅行，去神农架，到处都能看到开花的獐牙菜。她说獐牙菜的小花美丽，就像绿色底子小白花的印花布。停了一会儿，她又说，正好在设计一组童装，这种花色给小女孩穿多么可爱……话题又回到工作上。

他不出声。

她坐到他身边，小心吹凉了粥喂给他吃。其实她不习惯照顾人，他也不习惯这么被人照顾。这好像是个别扭的游戏，他们要慢慢地才能习惯。

他吃完了，看着她。

阁楼里光线开始暗淡，她的面容也有些模糊。她的手机在响，拖了好久，一遍又一遍，她都没有接。好半晌，反而是他拿起来，递给她说："接听吧。"

她当着他的面接了电话，不知道对方是谁，只见她慢慢地走到外面去，电话是一个接一个，时间越来越久，他后来听到她的笑声，轻松而又愉悦。

天色完全暗下来，他已经看不到外面的小花的时候，她进来，轻轻地从背后抱住他，说："我得马上回伦敦。"她柔软的手臂像水草一般，扣在他的腰间。

他说："好，我们一起走。"

他答应得很痛快，她却有些不忍了，说："你再休息一天吧。"

他说："不，我也得回去了。"

公司里、家里好几头三催四催，他只是一拖再拖，说烦了就干脆关手机。

他笑着说："你知道我这种妈宝男，离了父母，立时三刻就会被追踪下落——我离开已经太久了。"他并没有跟她讲的是，这样来了伦敦看她，也有些缘由。他只是不忍心让她跟着心急，也只想看看她。

她似是明白他的处境，也明白他不想她有负担，并不多问。

收拾东西的时候，他说不知道岛上那座灯塔还在不在，就看到她身形停滞一下，回头对他笑了笑，说在的吧，那是引航的灯塔。之后她又说："有机会我们一起去看一看……"

他笑着说："你这么忙，这个机会不知道要到何年何月了。"也不是抱怨的语气，但因为不是抱怨，反而让人觉得生疏了。

她看着他，过一会儿，终于转身过去，继续收拾东西。

他们离开的时候，跟布莱尔太太告别，老太太请他们明年再来。他笑着说："好，我们明年再来。"

在伦敦火车站出站口，两人就去了不同方向，她去哪里，他没有问，他只是告诉她，他会去芳菲那里逗留儿半日。

她走得急匆匆的，说晚点儿会去机场送他。

"等我哦……"她说这句话的时候，头也不回地跑掉了。

他到了芳菲的住处，芳菲简直不欢迎他，说他有异性没人性，将妹子早抛在脑后了。那一天他也懒得开口，芳菲看出他情绪不佳，只问了句："七年之痒……能熬过去吗？"

芳菲不提，他几乎没有意识到，他们……在一起七年了，已经七年了。

他说："这有什么，我们会有无数个七年的。"

芳菲笑笑，再不发一语。

他走的时候，屺湘并没有来得及赶到机场送他，换了往常，他该暴跳如雷，这次却忍住没有生气。电话里，他们照常说说笑笑，正常得不得了。他应该是习惯了，她说话很难算数，尤其是在他这里。

在北京落地的时候，他的第一个电话仍是打给她，她没能接起；打回公寓，就是答录机招呼——他对着答录机报了平安。

之后……霍克斯海德之约，永远没了下文……

旺财张着嘴巴呼呼地吐着热气，吧唧吧唧舔了两下董亚宁的脸。

董亚宁看看旺财，一时兴起，刚刚替它梳理顺滑的毛，又被他伸手揉得乱七八糟的。这小子的背毛被搓得起了静电，全竖了起来，更像狮子了，然而看起来也更蠢了……他说："笨东西。"

据说狗越笨，就越是一生只认准一个主人，比如藏獒。旺财是那一窝小犬里被淘汰的一个，太弱小了，还得了犬瘟。卖主说这小家伙怕是熬不过三两天了……犬舍在海拔四五千米的地方，他偶然去参观，也知道这种唯一不怕野兽的犬，只适合在雪域高原上生活，束缚了它，简直是罪孽。

既然是这样，他原本该转身就走的，却不知道为什么，看着鼻子干干、眼泪汪汪的小家伙，他一伸手就把它逮住了，说："你开个价，我要了。"

卖主吓了一跳，提醒他说："董先生，这是病狗，我预备让它自生自灭的。"

他拎着那只小狗，它的体温真高，且神情呆滞。他心里也知道怕是没得救，但不知哪儿来的一股子执拗，他就是要带走。

卖主说："狗先带走吧，以后再说。"

回北京的路上，李晋说真怕等下去提那航空箱子，里面的小家伙就没气了……他瞪了李晋一眼，说："我董亚宁的狗，怎么可以随随便便就死，那么没出息？"嘴硬而已，他跟李晋有着同样的想法。而这种担心，在随后的半年里，他时常都有。整整治疗了大半年，它的病情还是时好时坏。他常在半夜里带着这个越来越大的家伙去兽医那里或者通知兽医上门来急救。好几次医生都说，别救了，董先生，没用了……可他就是不肯放弃，说这小子虽然病着，可是能吃能喝的，肯定能行。他就那么坚持下来，直到它完全康复——可能是活得不容易，这家伙就更懂事了。

卖主在前不久遇到他，听说狗活了下来，憨厚的汉子对着他，实实在在地说了句："董先生，他们都说你心狠着呢，有好狗也别卖给你，给多少钱都别卖……你还要狗吗，我给你留最好的。"

他说："我的旺财已经是最好的。"转了转眼珠子，他又骂，"我就算脾气不好、名声不佳吧，难道会虐畜？"

到底拐了人家一只小的回来，他看着旺财，忍不住又骂一句："笨东西。"这笨东西，在他从哈瓦那回来之后不久就遇到，也是缘分，它好像专门是来陪他度过难熬的时间的……

电话在响，他站起来去接。女人的声音跟平常不同，又有些娇怯怯的味道，大约是知道前晚闯了祸，他肯接电话，已经是意外了……他正对着客厅里整面墙的鱼缸，浴缸里的小丑鱼活泼好动，看到他，好像有灵性一般，纷纷游过来。他在心里默念着它们的名字，女人说了什么，他并没有太往心里去，只听到最后一句，问他可不可以见个面，担心他不舒服呢……他嘴角一抿。

"明儿吧。"声音淡淡的，停了一会儿，他说，"记得给我煮好白果粥。"

屹湘回到酒店时已经很晚，母亲打来电话问她今天工作完成得怎么样。

屹湘想，其实工作完成得还真的算是圆满，只是没想到会遇到意外状况——在付英晨那里遇到的可爱小女孩，让她想起来有点儿异样的感觉。

她跟母亲道了晚安，挂断电话，一出电梯就看见走廊上站了两个保镖模样的男子。两人见她从电梯出来，并没有刻意回避她的目光，反而有礼貌地后退几步。这倒让她颇为诧异。稍一转身，她就明白了这究竟是为了什么——董亚宁的包房门口，那个女孩子正伸长了两条修长的美腿坐在地上，左手拿了一只银色的小酒瓶，右手端着平板电脑，玩拍摄呢……看起来是悠闲自得、完全不怕打持久战的模样。

她见屹湘拿着房卡开门，又用一声"喂"开头，算是打招呼："你住在这里啊？"

屹湘开了门，余光看到那两位保镖密切的注意着这里的动向，并不上前。

屹湘心想是啊，没有得到上面的指示，女孩子又不闹事，他们也只能看着。

屹湘推开门便进去了，外面也没了动静。

她洗过澡才觉得重返人间，听到门铃响知道是送吃的，立时肚子饿。服务员送来的不止有牛奶，还有三明治跟刚刚出炉的起司蛋糕——她需要吃点儿甜东西，好让自己舒服一些，才能去打那工笔花鸟图的腹稿……

她看了一眼那个等候的女孩子——身上不知什么时候多了一条薄毯子，不知道是不是睡了过去，总之是一动不动了。

心底猛地蹿起了一点儿点儿火苗子，她忙转身，立即看到那盆红心蝴蝶兰。

"郗小姐，还需要什么吗？"服务员跟她熟悉了，走之前打个招呼。

她摇头说没有，待要关门，忽然见到那个女孩子动了一下——不，并没有醒，只是手臂在不自觉地抽搐。

她一怔，看了看时间，十一点整。并不算很晚，可她等的那个男人，恐怕今晚是不会出现了……她不自觉地往那边走去，感觉到身后有目光跟随，她也不在乎。

女孩子的东西散了一地，有一只银色的小酒壶，也许是屹湘格外留意，只觉得更加光华绚烂。酒气并不算重，但她烂醉。

"郗小姐。"身后有人叫屹湘。

她站起来，说："叫醒她，看她随身有没有带药，喂给她吃，不然带她去诊所——如果不想她出事的话，尽早让她戒酒。"她转身绕过了那两个保镖。

明明是走远了，酒味却越来越浓了似的——恐怕是伏特加，也许还混杂了一些金酒，烈到不能再烈了——你到底有什么样的伤心事，非要喝到自己烂醉如泥？

她的手指也微微痉挛，她想，这个地方，她真的是不能再住下去了……

也许明日回家，问问崇碧，或者就像小冯说的，去住那满是海归的高层——认识新的朋友，也没有什么不好。

夜色深沉，一切归于沉寂之后，身处何处，原本无关紧要。

只是，像那样没有黄昏的阁楼，这一生，不晓得有没有缘分再遇？

第七章　没有露珠的早晨

缘分是令人迷惑的东西。他们兜兜转转，起起落落，可相遇却始终躲不过。

——题记

屹湘七转八转靠着导航仪才找到跟冯程程约好的巷口，这里距离国子监很近，附近雍和宫香火旺盛，车多易堵，她得小心行驶。看到小冯站在树下翘首以待的身影，她连忙招呼。

小冯跑过来指挥她见缝插针停好车，拉开车门便问她："路上顺利吗？"

屹湘笑笑，以手抚额。她看看时间，还算宽裕。

她等会儿得按时赶回家去，今天父亲例行身体检查。

关于父亲的病情，母亲和潇潇都不肯对她说得太细，她想知道什么，还不如早点儿回家自己去观察来得快些。

她下车，跟着小冯往前走。来到近前，她看到修葺得崭新的大门、簇新的石狮子，她没急着往里走，而是摸了摸灰砖墙，叹了口气。

小冯机敏，问道："怎么？"

她笑笑，问："屋主是哪里人？"

小冯想了想，说："只听说是做餐饮生意起家的，大概是南方人。"

屹湘想，真可惜了原来的那些旧砖头。她仿佛记得谁说过，前些年他刚回北京的时候，有一天站在街上，猛然间发现京城不是他印象里的那个样子了，那心情简直悲从中来。那时听了这个说法，她就只是开玩笑，说你们这些学建筑的人到底不一样，对待古建筑跟旧情人似的，恨不得她一辈子都是那种风情万种、仪态婀娜，一时走了样子，心里便万般不是滋味。此刻她有点儿能够理解这种心情了——新也是太新了，不是不保护，只是保护得不太得法。

她站在院中的紫藤架下，刚刚冒出芽来的藤，交错着，木架子下极干净，什么摆设都没有。她看着，有些发愣。

二房东等在那里，跟小冯聊了两句，招呼屹湘去看看房间——不是说好的东厢房，而是两间倒座儿——屹湘听着小冯很不乐意地跟二房东说："那您电话里就该跟我说清楚啊，倒座儿怎么可以？"

屹湘喊住她，说："倒座儿有倒座儿的好处，我们过去看看再说。"

她跟着二房东进了屋子——收拾得还算干净，不过有股子新装修的味道，也有些潮湿。她沉吟片刻，客气地说要考虑考虑，拉着小冯离开。她们往外走，正好遇到一对外国夫妇也来看房。二房东扔下她们，兴致勃勃地操着一口漂亮的英文跟他们聊起来。

出了院门，屹湘笑着跟小冯说："我们还是去看那高层公寓吧。"

"谁知道会有这样的变动。"小冯沮丧。

屹湘笑，这意外并不令她不愉快。手机响了起来，一看号码，她接起来便叫"妈妈"，一边示意小冯上车，说："我再看一处房子，马上就可以……什么？"

小冯见屹湘脸色微微一变，停住脚步，听到她说"我马上来……妈妈，您这个时候怎么能不让我过去呢"，接着便挂断了电话。

小冯问："出什么事了？"

屹湘忙稳住心神，说："我父亲进医院了。小冯，我得赶过去……真不好意思。"

小冯过来，从她手里拿了车钥匙，说："告诉我在哪家医院，我开车送你去。"

屹湘想说不用，小冯不由分说已经坐到了驾驶座位上。

屹湘只好坐进车里，说了地址。

小冯一路上都不出声，屹湘心里发慌，分外感激小冯很懂得在什么时候保持安静。往医院去的路并不算长，路上也算顺畅，可她不停地出汗。

小冯把车子停在停车场之后，才知道自己这是来了什么地方，她觉得自己最好什么都不要问。将车钥匙还给屹湘，她说自己出门右转走两步打车就行了，要屹湘不必担心。

屹湘记挂父亲，多谢小冯体贴，嘱咐她路上小心，匆匆忙忙就往病房那边去了。在门口却被拦下，她先报了名字，被告知仍需等待核查。她抬眼看到了高秘书，点点头。高秘书过来，却也没说什么，陪她等着核查完毕。

被耽搁这许久，屹湘心里说不出的恼火，又不方便当着高秘书发作，进了门，一声不吭走在了前头。高秘书看出她的不快，轻声解释："今儿不光是咱们在这院里，所以……"

屹湘咽了一口唾沫，没问是谁也在这住院。

"我父亲怎样？"她问。已经上了二楼，她努力让自己平静些。母亲在电话里说什么也不让她来，她只道是母亲怕她特别抗拒来这里，没想那么多。父亲病情有变化，她不来，怎能放心？

高秘书轻声说："稳定了。前两日特别忙，没有休息好，血压有些高，早起在卫生间差点儿跌倒。医生一看，不敢耽搁，赶忙给送过来了，说还是在这儿观察一下比较放心。"

屹湘心里明白，二十四小时有医生跟着，谁不放心？除非是指标没有控制好，恐怕是恶化……她略站了站——她要是顶着这种脸色进去，父亲没事，也会被她搅得心情差了。

高秘书体谅地站在一旁陪她。

屹湘看着窗外，宁静的小院落，一条小径穿过枫树林通往另一栋小楼。从这儿隐约能看到小楼前人影晃动，她忽然浑身一震。

"那是不是……"她回身，自己都知道自己的声音是在发抖了。

高秘书还没回答，病房门响，医生和郗广舒一起走了出来。

见到屹湘，郗广舒略一伸手，将女儿拉到身边，将她介绍给主治医生认识。

屹湘客气地跟医生打过招呼，站在旁边默不作声——她脸色之苍白，令在场的人都以为她是担心父亲，并不怀疑其他。只有高秘书悄悄退到一边去，从窗口往外看了看。

送走了医生，郗广舒才看了看女儿的脸。

"不是说了不要紧？看你，手冰凉冰凉的，吓到了？"她似不经意地看了一眼高秘书。

屹湘没出声，只是看着母亲。郗广舒让她进病房去探视，微笑着说："进去看看就安心了，你爸爸好好的呢。"

屹湘刚要进病房，见高秘书走到母亲身边，有话要说的样子。她脚步慢下来，高秘书与母亲低声交谈了几句，母亲点了下头，说："是吗？资老一来，安全级别提高得也太过了。安排在这儿，咱们进出都不方便。"

"要不要调换下病房？"高秘书低声问。

"不用麻烦了，咱们很快出院。"母亲说。母亲一贯声气平和，极少高声，这句话好像是故意说给谁听的。

屹湘扶了下门，穿过客厅走进去，就看到病床上的父亲。邱亚非身上仍是家常的衣服，好像随时准备离开这里。见女儿来了，他笑呵呵地拍着床沿。

屹湘过去，伸手抱住父亲的肩膀。她只觉得全身的骨节都酥软了，埋了半边脸在父亲胸口……好久，除了父亲温暖的手拍着她的背，她什么都感觉不到。

邱亚非也好半晌没出声，他见妻子走了进来，轻轻点了点头。

郗广舒默默地转身出去了，她在走廊上踱着步子，时不时地，目光也溜达出去，看一眼不远处那栋灰色的小楼……

高秘书接了两个电话，过来跟她汇报，她沉吟。听到后面有声响，她知道是屹湘出来了，回头对女儿笑了一下。

屹湘望着母亲，母亲镇定自若的笑容，此时看起来虽令她安心，却也格外不忍。她轻声说："妈妈，您有事情就去忙吧。我在这里照顾爸爸。"

郗广舒有些意外她愿意留下来："湘湘……"

"您去吧，这儿有我，您放心。"屹湘又说了一遍。

　　"你行吗？"郗广舒知道自己必须走，可留屹湘在这里，她还是有些犹豫，"湘湘，你爸爸没事。今天的检查结束了，等报告就可以，他晚上就能走了。"

　　"那我就在这里陪陪爸爸，我们晚上一起回家。"屹湘丝毫不带犹豫地说。

　　郗广舒见女儿执意如此，这才说："既然这样，也好。你在这儿看住爸爸，不要让他再翻那些文件什么的，让他多休息会儿。"

　　屹湘点头，郗广舒握了握女儿的手，看着她的眼睛，轻声说："你要是觉得待在这儿别扭，随时可以走。"

　　屹湘又点头，她知道母亲在担心什么，说："我明白，我 OK 的。我只是担心爸爸，没有别的。"

　　郗广舒走去病房门口，跟邱亚非说了一声，叮嘱几句，便离开了。

　　屹湘送走母亲，回到病房就看到父亲正从床边拿起一沓文件，连忙过去夺了过来，看都不看就塞回去。

　　"这可是……"

　　"您别强调理由，我还认得出是加急——不是不让您处理，只是不用非得这会儿处理，我就不信，离了您难道就不行了。"她说着，把父亲鼻梁上的老花镜取下来装到自己的口袋里。

　　邱亚非点着屹湘，笑了。

　　"就几个小时，您哪怕小睡一会儿呢。"屹湘说着坐下来。

　　邱亚非摸摸女儿的头顶，靠在床头，闭上了眼睛。屹湘扯开被子，给父亲盖好。

　　病房里什么都有，电视机、电脑、杂志等，一应俱全，她却什么都不想动。拉好了窗帘来遮光，她出去打开冰箱，饮料极其丰富，就是没有一样是含有酒精的——她清点了一遍，还是取了瓶矿泉水。听见鼾声，她慢慢退回病房。父亲睡着了，她回到病床边坐下来，看着父亲的面容。

　　老多了呢。

　　她往前挪了挪，仔细端详着父亲——老多了，仍是英俊的。

　　潇潇模样俊俏，像母亲更多些，但面庞的棱角，像父亲，只是父亲年轻的时候，恐怕比潇潇还要英俊些。

　　她还记得从前外公的老朋友有一回跟他聊天时提起，论选女婿，郗老眼光最独到。

　　外公就笑着说："亚非吗，亚非可不是我挑的，是广舒自己挑的。要我说，亚非除了模样不济，样样都比广舒强……"

　　外公惯会正话反说。父亲是外公心里极得意的人，外公尤其满意父亲是实干派，做的比说的漂亮。在她从小到大的印象里，父亲总是忙，与她相处的时间甚至还不如外公多，可是父亲也会有些特别的举动。

那一年，她的高中毕业典礼，竟跟潇潇所在的高中同一天举行。父亲母亲都出京了，外公要来，可临时有安排，也不能出席。潇潇说不在乎毕业典礼，但见她烦恼，就说："湘湘，要不我做你的家长去参加毕业典礼吧——"

她气得要命。她还要作为毕业生代表致辞，这等重要的时刻，父母一个都不能到场……她伤心到想哭。

谁知道她刚刚站到礼堂的讲台上，就看到坐在前排的父亲——跟普通家长一样，甚至比普通家长更普通，几乎淹没在一片白色短袖衫的中年人中间——但父亲是英俊的，即便穿的是那样普通的短袖衫，气质也是卓尔不群的——她有十来秒钟站在那里只顾看着父亲微笑。

主持典礼的副校长以为她忘词了，很是着急，小声提醒她可以看看稿。她才开口，说："今天最最高兴的，是我的父亲能亲自参加我的毕业典礼。感谢父母的养育之恩，使我能够站在这里，代表我亲爱的同学们，向培养我们的母校、向教导我们的老师们致谢……"这个开头不是准备好的，接下来的词也不是，但三分钟的演讲流畅而自然。

她看着父亲露出了赞许的微笑。

典礼结束后，她拉着父亲参观学校，这里那里都走走，骄傲开心得不得了。有人眼尖，过来问："请问您是邱……"

见父亲微笑不语，不等那人问完全，她抢先代答："长得像而已。"

人家似乎并不相信，走开了，还不住回望。父女俩悄悄从人群聚集处走出去，去到运动器械区，见四下无人，才一起大笑。父亲给她露了两手，标准的双杠动作，腾跃翻滚，实在是很厉害。父亲身边的人远远地看着，显得很紧张，父亲却根本不在乎。

父亲安全落地，父女俩又一起大笑，顿时有种违规的小小得意和快活。他们那么高兴，以至于从来不能忘怀……

屹湘将一瓶水都喝光，冰水冰得心尖发木。

"湘湘。"邱亚非睁开眼睛。

屹湘握住父亲的手，她看着父亲的面容，此时禁不住会想到另一张面孔，那凌厉的语气犹在耳侧，不断地重复着"为什么，你为什么回来"……她心头止不住地震颤。

"爸，您要保重身体。"她终于说出来，这对她来说，是再重要不过的了。不管别人怎么想、怎么看她，这依旧是她最在意的。

"我的身体，我自己最清楚。"邱亚非缓慢地说，他的目光逡巡在女儿脸上，似有话要说但并不能说出来的样子。

屹湘胸口闷痛，将父亲的手握得更紧，邱亚非也握紧女儿的手："湘湘，能不能让爸爸看着你，好好地生活？"

屹湘垂下眼帘，洁白的床单上细密的纹路像忽然之间裂开了无数的缝隙，有什么东西在往外钻，直接钻到了她的心头。她闭上眼睛，不敢再看，嘴角有了一丝笑："爸，我听您的。"

邱亚非点头，这才露出笑容。屹湘看看父亲，低下了头。

夕阳从窗帘缝隙投进了房内，地上有那么一块，红通通的……她抬起眼来，神色极认真地问："爸爸，您要求我的，我答应了，您能不能也答应我一件事？"

"嗯？还要跟爸爸讨价还价吗？"邱亚非笑着问。

"就当是吧，这事也不难。妈妈说您今晚就能出院，可是，您能不能不那么着急出院，在这儿休息两天？就两天。"

邱亚非没想到女儿提了这个条件，笑着叹气道："这两天事太多，还真不能休息。"

"爸爸……"

"但是我可以答应你，这两天忙过去，会到西山休养几天，怎么样？"

屹湘想了想，这也是可以接受的，于是握着父亲的手，说："您要是做得到，那我答应您的，也做得到。"

邱亚非笑了，点了点屹湘的鼻尖。

父女俩聊起了别的，天南海北，无所不及……

至晚间，等医生拿到检查结果、会诊完毕，邱亚非就要求出院。屹湘也知道父亲就算在医院住下，也免不了操心，不如干脆尊重父亲的意思，也就同意了。

屹湘想让父亲快些回家，可病房外已经有人排队等着向他汇报工作了。

知道这是紧急事务，她无奈先退出来等候。看看外面这些人，她大多不认识。没有人闲聊，大家都静静的。病房里不时传来父亲的说话声，只听语气也知道他不太愉快。

她叹口气，想起应该单独找医生谈一谈，有些事她该向医生了解下，于是先下楼去——父亲还没走，会诊的医生们刚离开他的病房没多久，应该还在。她到楼下大厅时，只看到了值班的医生和护士，楼前空地上来接父亲的车却已经停好了。看到她，护士问是不是有什么事情，她便问："黎教授在吗？"

护士摇头，说："刚刚被 E 栋紧急呼叫走了，不过潘教授他们还在里面的会议室。"

屹湘正要问哪间会议室，就听一阵脚步声，回头一看，父亲在一群人的簇拥之下下楼来了。她转过身去，看着微笑着的父亲。看出父亲的笑容里有一点儿歉意，她也就等父亲走过来，挽了他的胳膊和他一起出了门。

"您这是回家？"她明知这不是预备回去休息的架势，可还是不死心。

"处理完一点儿小事就马上回去。"邱亚非微笑。

屹湘看看父亲的脸色，只好点头，说："那您悠着点儿。"

邱亚非要安排人送她，她笑道："我开车来的，这个时间，到处灯火通明的，您就放心吧。"

邱亚非赶时间，也知道女儿独立惯了，于是只笑了笑。他往车边走了两步，刚准备上车，抬头看了看前面，脚步一顿。

屹湘顺着父亲的目光向前望去，灌木丛外有人走来，没两步却被人拦下。她往下走了两步。听到那人叫了声"邱叔叔"，她停了下来。

"亚宁啊？"邱亚非看清来人，点了点头，温和地道。

董亚宁从花木掩映的小径走了过来，因为穿着深色的西装而显得更加瘦和高。屹湘看着他，在阴影中行走，他的面目有些模糊。他似乎是微笑着。待他走近了些，她看清了，的确是在微笑。

董亚宁没有看她，过来同邱亚非打招呼。屹湘也没有出声，站在父亲身边，静静地听着他们两个人简短的交谈。

父亲问他，是不是来看他外祖父资老，也问起了资老的身体情况。他礼貌地说，因为是老毛病了，虽然要住一段时间的院，但医生控制得力，是没有问题的，他也问候了父亲。

父亲笑着说："这不就好好地要去办公吗？"

他们轻松地说着话，有来有往。屹湘站在一旁，始终没有插话，也没有人想要她加入。等父亲上车离开，医生、护士也都回去，只剩下他和她两个人，他也转身离开了。

屹湘以为董亚宁是刚刚到达，没想到他是同她一起往院外走。

董亚宁的脚步并不快，在这窄窄的小径上，他瘦长的身形却好像一道铁闸。他们就这么走着，她放弃了超过他的想法。

出门时，照例要再次查验证件，董亚宁也被拦下了。他没有一点儿不耐烦，还跟门卫聊了两句，不过是辛苦了云云，然而听起来既熟稔，又显得很有人情味。

此时屹湘距离他不过几步，见他这么温和地同人聊天，看样子这里是常来的，她忍不住攥紧了手里的临时出入证。

出去时，证件被收回了，她松了口气——如果可以，她再也不想用这里的出入证，临时的也好，短期或长期的也罢，都不想有。

她往停车地点走去，来时，车停得满满当当的，此时稀稀落落只剩几辆了，在静静的街道上，多少显得有些寂寥和落寞。董亚宁依旧走在她前面不远处，她甚至能听到他的脚步声和呼吸声。他的手机响起来了，他接了，开头就是懒洋洋的一声"嗯"。她的心一顿，脚步便慢了下来。他按了下车钥匙，车子嘟嘟响了声，车灯亮了起来——他的车停在她的后面，就是这么巧。

屹湘看着董亚宁边打电话边上了车，以为他马上会把车开走，可是等她发动车子，他仍在原地没动。她看看前方，加速离开。

医院这一带的路况有点儿复杂，她从前倒是很熟悉，因为这点儿自信，就根本没想到自己会开错方向，等到发现车开进了死胡同时，已经来不及了。她停下车，握着方向盘发了一会儿呆，才开始慢慢向后倒车。

这条胡同狭窄，仅容得下一车通过，幸亏直到她把车倒出这条长长的胡同，也没有别的机动车驶入。不然，她就会像一只无处可逃的老鼠……

她刚刚松口气，旁边有车驶过。她抬眼一看，认出是董亚宁的车。她想干脆也不必麻烦找导航了，他一定是要出院区的。于是她远远地跟上，他转弯，她也转弯，也许是他还在打电话，车子开得真慢——他就算是在闹市区，也是不爱开慢车的，今儿也不知是怎么了，偏偏她不得不耐着性子跟着。

跟着他的车，她顺利驶出了院区。她正想加速超车，就见董亚宁的车靠边停了下来。她愣了下，下意识往街对面看了一眼，果然就在不远处，一辆黑色的保姆车停在路边。车边站着的戴着帽子和宽边眼镜的女子，恰在此时朝这边看了一眼……她踩了下油门，闯进了深重的夜色里。

周一，屹湘上班特地提前了半小时。下车前，她又检查了一遍放在画夹子里面的画稿，还有另外一个扇面。

画稿是给芳菲的，扇面是崇碧要的。

昨晚她从医院回家，进门不久，潇潇和父亲也前后脚到了家。她疑心潇潇是得知父亲身体状况有异才赶回来。

潇潇大概怕她多心，先说正好清明节假期，有些事回来办一办。

她没多问，但后来听潇潇问父亲订婚宴是不是要取消……

父亲笑着说："你娶媳妇儿不能娶得太便宜，程序再简化下去，叶家怕是要把崇碧收回去了。"

潇潇就说崇碧的意见也是不必这么复杂，但屹湘看得出潇潇并不是真的想省掉这一步。两家商量好了，订婚宴只请至亲，邱家这边的亲戚不算多，但叶家是大家庭，枝繁叶茂，许多亲戚更是特地从国外赶回来的，不能怠慢。潇潇的确是考虑到父亲的身体状况才打算这么做。

屹湘看着父亲脸上的疲惫，心疼极了，心里是希望父亲能多休息的，但潇潇的婚事的确也马虎不得。

潇潇知道她在医院陪了一天，让她去休息，由他陪陪父亲——

见潇潇跟父亲似是有什么要紧事要说的样子，她就退了出来——在外面踱了好久的步子，只觉得六神无主。母亲回家看她这个样子，也并不出语安慰，赶她去找点儿事情做。

她心绪烦乱，打开了画室的门，看着几乎是原封未动的画室，渐渐回了神。

　　她的画室只多了一样东西，就是外公的大画桌——她抚摸着画桌温润的桌面，好像多年前握着外公温暖的手……母亲来叫她去吃夜宵，见她坐在画桌前便只顾发呆，跟她说："外公说过的，这是给你的嫁妆。"

　　母亲的语气好像是在说最平常不过的一件小事，她也当听了一件最平常不过的小事。隔了一会儿，她却跟母亲说起来，清明节该去给外公扫墓的。母亲只说："外公在世的时候，在这些事情上并不讲究，你心里记挂着外公就好了……"

　　后来崇碧来了，她陪着坐了一会儿就回到画室。她把笔墨纸砚都摆到画桌上，细细地挑了颜色，将灯光调到最接近日光的水平。那会儿她拿着笔，良久不知该如何是好，想了半晌，还是画她最拿手的兰花蛱蝶——线条简单，又能变出很多组合来，不易重复……直到崇碧在画室外敲门，她仍一动未动。

　　崇碧在外面问："湘湘，打不打扰？"

　　她搁下画笔，起来去开门，崇碧给她送了一盅茶。她请崇碧进来，崇碧让她继续，自己可以站在一边欣赏。她笑着跟崇碧解释，自己一向不太习惯自己画画的时候身边有人，问："那天戏听得可好？"

　　崇碧也不掩饰，说："除了戏园子那对联'演悲欢离合当代岂无前代事，观抑扬褒贬座中常有剧中人'我越品越觉得有意思，其他的，可以用'对牛弹琴'来形容我。"

　　"你本是听交响乐才会落泪的人。"她开崇碧玩笑。

　　崇碧笑，说："我本不是轻易会落泪的人。"

　　她品着那句话，笑了。她见过职业女性、法律精英 Clare Ye。惯于冲锋陷阵的崇碧一直把自己打造得像穿了钢盔铁甲，的确不会轻易落泪。但她还是成心逗崇碧，说："那我怎么还听说，有人从马背上摔下来还大哭一场？"

　　崇碧笑得爽朗。

　　"那是正常的生理反应。哎呀，那都怪我哥的那匹暴龙，太认生……对了。"崇碧说着，弯身又看了一会儿她的画，像是斟酌再三，才低声说："求你件事儿。"

　　"你一说求我，我就害怕。"她不知不觉喝光了茶盅里的参茶，奔走一日，她实在需要养分。

　　崇碧问："若是你不觉得我这个要求过分的话，能不能请你有空的时候，给我画个扇面？"

　　"过分。"她笑了。

　　"你听我说。"崇碧认真起来，说，"我这几年一直留心在找一把相似的扇子，可是怎么也找不到。"

　　她有些好奇，问："什么样的？"

　　"就是这样的，疏疏的几笔兰叶，两只彩蝶，画风很淡雅的。扇子得能随身携带，就是要随时能拿在手里这样看看……"崇碧尽可能形容得仔细些。

她愣了下，凝神细想，突然心一动，再看崇碧，发现她神色里竟有点儿忧郁，故意说道："原来你是拿我的画给人做消遣去，不给。"

"不、不、不，我是想说，那扇子原先就是人家搁在手边用的……"崇碧叹气，"这么跟你说吧，之前我毁了人家这么一把扇子。我不知道他还记不记得了，反正到如今我是不能忘了当时他那表情，想起来就很揪心。我当然也不想纵容他睹物思人，只是这事儿搁在我心里这么长时间，硬是过不去。我就想着哪怕是不能原物奉还，到底给他一个交代……"

她继续发愣，崇碧也沉默了，有一下没一下地扯着毛衫上的线头。屋子里很静，只有暖气片偶尔发出咕咕的轻响。她看看崇碧，没有猜测她说的是谁，但心里已经开始松动。

"看我都跟你说些什么……算了，你当我没说。"崇碧倒也豁达，歪着头又看了一会儿她的画稿，笑道，"很怪，这几年我也研究过这类画作，始终觉得差点儿什么，就是一眼看见你画的蛱蝶，才算是入了眼。有种 match 的感觉，好像一直在对焦，忽然就调好了，画面立刻清晰了。"

"少来，哄我出手是吧？跟董芳菲一个德行。"她说。她心头有一点儿酸涩，抓着青玉镇纸的手，不由得狠捏了几分。

"谁跟她一样呢。"崇碧笑。

"好，不一样。可你再讲话中英混杂，小心被我哥说。"她说，潇潇很有点儿牛脾气。

"我好多了不是？在家被我爷爷骂，那才叫惨……跟你说，我最近不知怎的，总是闯祸。前儿晚上在爷爷那儿泡茶，给他弄炸了一个新到手的紫砂壶。爷爷没说什么，我们家大哥简直把我损到家了，要命。"崇碧说着脸就红了，抬手拍了拍面颊。

不用她说，也猜得到叶家大哥开了什么玩笑。崇碧说的那位大哥，就是著名的青衣叶崇磬。

屹湘最近也开始留心叶家成员的动向，因为是姻亲，就算做功课，也要做足一些，起码要对得上号，免得到时候失礼……她想到叶家大哥，不免又想到其他事上，不禁发了会儿怔。

也多年未见了……

还好及时回神，看崇碧那懊恼的样子，她问："你忘了先给紫砂壶浇一遍热水？怎么犯这种错误？不该呢。"

"就是啊，那时不是正在跟潇潇讲电话了嘛。"崇碧赧然。

她也笑了，看着自己的画稿，问："那扇面，你能多想想细节吗？"

崇碧眼睛一亮，马上从上衣口袋抽出一个小本子，握了一支小巧的钢笔，就在桌案上画起来，很快就在本子上画出了大概。她看着崇碧一笔一笔地画出来，内心的波澜被越推越高，半晌才说：“你这乱来一气，画的都是什么呢。”

“早知道当年我也好好学。”崇碧叹口气，又很期待地看着她，“你是内行人，能明白我要的样子了吧？”

她当然明白。

于是她几乎熬了一个通宵，画好了这些。

曙光初现，她在画室里醒来，回到前院，准备舒舒服服地睡一觉再起床去上班，却发现书房的灯亮着。她走到窗下，踮脚向里看看——父亲披着一件驼色的厚毛衣，正在灯下看文件。她在那里站了好一会儿，父亲都没有发觉……

屹湘收好画，见芳菲那黛色的跑车早已停在了她的店前，于是先去店里找她。

芳菲正在指挥人把最新的瓷器摆到橱窗里，看见她，马上就过来，待见了她手上的画稿，爱不释手兼喜不自胜。

“我得找个好画师摹上去！”芳菲把画稿收好，瞅着屹湘的面孔，“你熬夜了是不是？”

屹湘摆手就要走，芳菲一把拉住她，从旁边的桌子上拎过一个保温壶塞给她，说：“拿去，是我自个儿煲的汤呢。”

她不肯要，芳菲硬是给她塞到手里，把她推出店门。

“你要是肯多给我画点儿画，我包你一年四季有靓汤喝！”话说出来，芳菲自己也觉得好笑，“得了，算我得了便宜卖乖……回头请你吃饭！”

屹湘笑着走了。

芳菲看她走远才上楼，把所有的画都拿出来铺开，认真地看一遍。职员慢慢地聚拢过来，七嘴八舌地议论着。有一位笑着说：“把这样的稿子摹到坯子上去，没有一二十年的画功怕是不行，又怕是只得其形，不得其韵……董小姐，您真该请本人亲自画。”

董芳菲叹气，她还不知道本人亲自画效果更好么，可哪儿请得动哦。

那边屹湘上了楼，小冯跟进来，跟她汇报今天的行程，早上第一项便是开会，下午有一个约，听起来不会太忙。

小冯说：“陈月皓小姐下午三时半来试礼服，陈小姐一向是汪小姐亲自照顾的。”

“这次她选的礼服是谁的设计？”

“A组的安德烈。”小冯看下资料，说。

“让安德烈跟进。”屹湘头都没抬，翻着自己的记事本。

小冯答应着，把手上的两张剪报递过来，微笑着说：“这是这两日的娱乐新闻。付英晨的两次亮相均获好评，有几家时尚杂志特意打电话来求证，希望拿到更多资料。”

屹湘点点头，其实在她看来，付英晨的表现也仅仅是无功亦无过而已。见她反应平淡，小冯又说："付英晨派助手打电话过来，有意买下原先借给她的那两件礼服。"

"告诉她，有人捷足先登，已经询价。"

"嗯？"

"然后挂出去，下午陈月皓来试礼服，嘱咐职员一起拿进去。"屹湘说。

小冯笑起来："是。对了，您记得今天亲自去趟银行。有几个手续需要您签名，得本人到场。"

"哪家？"屹湘终于在电话本子里找到了那个旧电话号码，抬头问。

"恒泰的东区分行。"小冯说，"我把资料放在信封里，带着去就行，会有人专门接待您的。"

小冯出去。

屹湘拨出电话，还想着，恒泰、恒泰……一张漂亮的支票和支票上漂亮的签名便在眼前晃了起来，她吸口气，这个，巧也是巧了些……好在叶崇罄总不至于没事儿便在分行大堂里乱转吧？

这时候电话接通，她忙问："喂，请问是不是高师傅？"

对方却说不是。她再问，对方已经不耐烦。她无奈放下听筒，轻轻摸着拨号盘。

扇面，她是精细地画了。她想着师傅当年的字画，全都是这位高师傅的祖传手艺照应着，想拜托他裱起来。

推算起来，高师傅今年应当过花甲却未至古稀，在这行，远不到退休的岁数。她想了想，看看时间，离开会还有十分钟，拨了师傅家的电话。她不必翻找，这个号码就在她脑海里深深地印着。电话响了好久，都没有人来接听。可这时间，师母总该在家的……正在她要放弃的时候，话筒被人拿了起来。

"喂？"对方应答。

屹湘愣了，这声音粗哑，带着鼻音。可她不会听错的——怎么这个时候，他会在？

她还没有出声，他却好像料到了她是谁似的，说："等着，我请师母来接电话。"

师傅家的电话机，长年累月地放在客厅墙脚的花梨木方凳上，蒙着亚麻布的方巾，花边是师母亲手钩上去的……屹湘尽量平稳着自己的呼吸。

听筒里传来低低的说话声，距离有点儿远，想来两人至少是在厨房门口……女声是师母，柔柔的苏白，在问他是谁的电话。他是怎么回答的，她听不清楚，就听见脚步声渐近，听筒被拿起来，她就先开了口："师母，我是湘湘。"

老太太立刻就问："小湘湘，你打来是要请假，今天不来上课？"

屹湘顿住，多么熟悉的声调，甚至连断句都丝毫不差。可时间就那么过去了……再像，毕竟不是从前。

"师母……"她轻声开口,这一瞬间心里翻江倒海。电话接通前,她有心理准备,然而仍然不知道老太太就凭这一句话,便能让她又回到天堂……

老太太接着便笑起来,说:"湘湘呀,你这个孩子。"

屹湘答应一声。

"老头子出去散步了,不到十点钟是回不来的,阿宁也等他半日了。死老头,每天都要把口袋里的零钱都花光,才肯回来——湘湘,你什么时候过来?老头子说不爱你送他的长衫,让你甭想用一件长衫就打发了他。他可是等着你哪天上门来交作业,好让他看看这些年你荒废到什么地步了。"老太太语速极快,十分快乐。

屹湘想笑,问:"师母,我来,您给我做酒酿丸子吗?"

"哟,跟你那馋嘴的哥哥一个样!潇潇也刚说要带着媳妇儿来送帖子,嚷嚷着就想吃酒酿丸子。还有阿宁也是,进门就等着这个了。"老太太笑道。

人上年纪了,嗓音却丝毫不见老。在屹湘的脑海里,师母从来都是灰白的发辫盘在头顶,一方蜡染的帕子裹了头,十分干净利落。师母亲手做的江南小吃,好吃极了。

"您给我多多预备,我忙过这几天,就来吃。"屹湘说。

"好呀,等着你——你们呀,知道的就说你们都惦记着老头子生日呢,不知道的还当你们约好了一起来麻烦我老太太。"老太太笑着,停下来问,"说吧,你打电话来,有什么事?"

屹湘笑着说:"师母,我是想问一下高师傅的电话,原先的号码怎么打过去不是他家了?"

"小高吗?"老太太想了想,"你等等。"

屹湘听到师母在问:"阿宁,小高搬到哪里去了?"师母转过来又跟她说,"他住的那片拆了,回迁房不是那么满意,阿宁给他安排到别处去了。这都好几年前的事了,也难怪你不知道……"

屹湘记下地址,听着师母絮絮叨叨了她几句,嘱咐她专心上班,有空就过来,才放下电话。

地址是个陌生的小区,她刚把地址抄到随身的记事本上,小冯敲门催她去开会了。

⋯⋯⋯⋯⋯⋯

艾师母的手按在电话机上站了一会儿,才回身对董亚宁说:"你这个小猴子,来得早不如来得巧,也幸好我触到神便有鬼,忽然就想着万一你撞上门来,跟我要酒酿丸子却没有呢?昨儿就开始预备材料……过来吃些。"

董亚宁正在看师傅新近的画——竟是仿的这阵子大热的《富春山居图》。画才一半,已现恢宏大气,正是师傅的画风。他不禁莞尔,跟着师母进了小厨房,自己动手端一碗酒酿丸子出来。

师母做的酒酿丸子里会放自制的桂花酱，吃起来甜而不腻，特别有味道。况且去年的桂花开得格外好，桂花酱也就格外好。

他当时来，正赶上师母熬糖浆、筛桂花，卷起袖子来就帮忙。师母说，湘湘就爱吃这个……年年做，年年给她留，今年的，不知道能不能等到她……

艾师母见他看着桂花酱出神，便又将手里的银勺伸出去，在瓷罐里挑了一挑，给他放进碗里。金黄的桂花在雪白的团子间散开，那样子极美，味道也极香。

"快吃呀。"艾师母说。

"不用等师傅啦？"他问，咽了一大口口水。

艾师母笑起来。

"他有时间让你等，你有时间等他呀？"艾师母又给他端了一碗过来，催他趁热吃。

亚宁谢了师母，埋头大吃。

艾师母只管坐在一边，看着这个脸上有点儿浮肿的孩子，叹口气道："你说你整日瞎忙些什么？年纪轻轻的，能把身体弄成这样，时不时这里痛那里痒？一定是作息不规律的原因……你呀，将来还要成家，做人家爹爹，这个样子怎么行？"

董亚宁吃一口酒酿丸子："好吃。"他任师母数落，绝不回嘴。

"好吃多吃几碗。"艾师母微笑。

"师母，初八是师傅生日，我要出差，那时恐怕赶不回来。要是回不来，今年就不能替师傅庆寿了。"他说。这几天日程安排得紧，只有这会儿有空，他只好一早起来就过来送寿礼。

师傅年岁一长，以老人家在书画界的地位，过生日必定是要惊动不少人的。二老爱清静，也最不喜一些不相干的人来打扰，往往都要避一避，名曰"避寿"，他都帮忙提前安排。这两年，大家也都知道了师傅的脾气，凡有庆寿的都点到为止，不来打扰，反而省事得多了。

他听说师傅今年不想折腾，就在家待着，总觉得或许另有原因，这不，一早湘湘的电话就来了。听说她回来还没顾得上来师傅家探望，但师傅生日她是不会不来的。

"亏你上心，年年都记得，年年给操办。"艾师母点头，"本来想着今年能热闹点儿，多了潇潇的媳妇儿，湘湘也回来了，你反而要出门了。什么时候你们能正经凑一桌，给我们俩老看一看？死老头一辈子也看不上几个人，打心眼儿里疼的，就是你们几个了。"

董亚宁看了眼挂在衣钩上的山东丝的棉长衫，说："明年师傅九十大寿，我说什么也得在家。"

"好。"艾师母点着头，"难为你们，耐烦跟死老头一年一年地混日子。"

董亚宁笑了，师母提起师傅来，一口一个"死老头"，分明是鹣鲽情深，让人一听，却是要多不耐烦便有多不耐烦，多令人羡慕……

他吃完了两碗酒酿圆子，连汤都不剩，老爷子还没回，便也不再等了，跟师母告辞出来，一个人往巷子外面走。他没让车跟着进来，这个小区旧，都是早年间的老房子，车子进来出去并不是很方便。况且他也愿意自己走走这段小路，他走两步，回头看看老街老房——老爷子几十年都住在这里，不管外面的世界是怎么瞬息万变，他的书房始终是那个味道，也不肯搬走——

董亚宁上车前看到巷子口有几个老人围坐在一起下象棋，站在后面一位挂着拐杖观战的穿灰色丝袍子、黑色瓜皮帽、戴着眼镜且有着三缕白髯的老人家，正是师傅艾功三。

他看了一会儿，站在原地没动。老人家观战聚精会神，兴致勃勃……李晋在他身后说了什么，他不理，也并没有上前打扰师傅，只是叹了口气，嘟囔了一句"真是老小孩"，上车便说："回公司吧。"

车子经过棋摊，董亚宁特意又看了眼老爷子，这回终于听到李晋说："老爷子领头抵制这块动迁呢。前阵子摸底调查，老爷子就写了一封信上去。"

董亚宁点头，老爷子洋洋洒洒的万言书，他看过副本，用的是蝇头小楷，一笔一画，一气呵成。文章痛快，字更是硬朗。他看着师傅的字，心潮澎湃，倒把主题扔在了一边。因为师傅这封信，加上他代表的老人，上面就打了招呼，让暂时不要动这里了。

"董先生，不如好好劝劝艾老爷子吧，毕竟事情迟早得解决。"李晋说。

董亚宁看着车外掠过的古槐，棵棵都根深叶茂……他竟笑了笑，说："我看难。"

李晋观察老板的脸色，终于，暂时阴转晴了。

叶崇磐的步幅很大，跟在他身后的分行经理既要跟他汇报，又要跟上他的脚步，就必须时刻集中精神。

叶崇磐一向要求下属汇报情况简洁，东区分行经理的啰唆实在是要超出他的忍耐限度了。走到大厅中央，他开了口："王经理。"

这时自动门向两边打开，走进来一个穿着深咖色短外套的女子。他停下来，一行人也都停下了。

"叶总？"

叶崇磐转回身，点头道："今儿就到这儿吧。"

"叶总，上去休息一下吧，您来了还没坐坐。"王经理微笑着说。叶崇磐是典型的实干派，从来都是有事情才下来，逗留的时间简直能精确到秒。

叶崇磐说："今天就算了，我还有其他的安排。"他接着摆手示意王经理等人止步别送，带着两名随员便往大厅外走。

银行大厅空旷，他稍稍偏了下脸，就看到郗屹湘右转，匆匆上了自动扶梯，往二楼去了。他刚从那儿下来，二楼是服务专区。很快，扶梯顶端出现了一个穿银行工作制服的女子，就见屹湘抬了下手，与她打招呼。

屹湘的手腕上不知戴了什么，闪闪发光，叶崇磬的眼睛被晃了一下。

有好一会儿，眼前都有一个亮亮的小点儿。直到上了车，他仍觉得眼睛不舒服，索性闭目养神。

一路上，他也没有开口。

回了办公室，Sophie 搬进来一摞文件等着他签。他站着看了一会儿，懒懒的，不想动，Sophie 就问他是不是需要来杯咖啡。

"不用。"叶崇磬拍了拍文件，说，"我今天下班不用车。"

Sophie 答应着出去了。

叶崇磬吐了口气，中午母亲来过电话，说今晚家里在爷爷那边有聚会。爷爷交代大家务必到齐，尤其是他。母亲说，爷爷的意思是在崇碧订婚前，家里人要一起吃顿饭。说到崇碧订婚……他不用看日历，后天就是被画了个红色标记的日子。

他觉得眼皮发热，桌上的通话器响了，Sophie 说："叶先生，叶崇磐先生来了。"

"请。"他说，刚拿起的笔又放下了。

门一开，堂兄叶崇磐走了进来。瘦高的崇磐一进来就皱着眉说："什么味儿啊，这是？"他秀长的眉一抬一放之间，已经扫了一眼堂弟这间办公室。

见叶崇磬站起来，叶崇磐说："你安稳地坐在那儿就行了，继续做你的事儿，甭搭理我，我坐在这儿等。"

叶崇磬笑了，示意堂兄先坐，说："马上好。"

叶崇磐也不客气，过去就坐到了叶崇磬对面的椅子上，腿架起来，托着腮，看一眼静立在一边的 Sophie。Sophie 被柔媚如丝的眼神扫得一激灵，她尽量保持常态，默默地等着老板发话——叶家这位大先生啊……回回来，回回跟她找碴儿，不知道今儿又在哪儿等着给她来一下呢。

叶崇磐撇了下嘴。

叶崇磬看看堂哥，微笑道："Sophie，给大先生来杯金骏眉。文件一会儿就好。"他拿起签字笔，工整地签上自己的名。文件有点儿多，他需耐心地一个一个确认过再签。

叶崇磐安静地坐在椅子上，果然不打扰他。

过了一会儿，Sophie 再进来，给叶崇磐上了盖碗茶。

叶崇磐微笑，轻声说了句"谢"，又看了眼低头忙碌的叶崇磬。他是上来和崇磬一起回老宅的，刚刚先去了一下隔壁他父亲的办公室，对方却是不在。

"怎么最近很忙吗？"他问。

"大伯跟着一起出访了，你不知道啊？都出去三四天了，今儿应该回来的。"叶崇磬知道堂兄在想什么，抬头看他，说，"你也真是的，躲避什么呀？"

"我们总见不着，能都怪我吗？他忙，我不忙呀？我这也是早上五点才下飞机，时差都没倒过来呢……"叶崇磬端了杯托，跷起了兰花指，尝了一口茶。

叶崇磬见他左边眉毛微微上翘，脸上虽是没露出来什么意思，但晓得他心里是喜欢了。

叶崇磬笑笑，他这位堂哥，脾气向来有些古怪，不能不顺着，可是老顺着，他也不乐意……他低头唰唰几下签好了剩下的文件，推了推，交给 Sophie。Sophie 问他还有什么事情要交代，他说"没有，我们这就走了"，示意 Sophie 可以出去了，起身从架子上拿下外衣。

"且慢，我茶还没喝好呢。"叶崇磬见崇磬像是要走的意思，慢条斯理地说。

"明白。"叶崇磬原来只是从外套口袋里拿出烟盒来，走两步，过来靠在办公桌上，递给叶崇磬一支烟。

叶崇磬挥了下手，表示没兴趣，崇磬便自己点了一支。

"老抽烟，难怪你这儿味道怪怪的。"叶崇磬将盖碗茶放下，两腿交叠，坐得端端正正的。他一对吊梢眼，水汪汪的，看着崇磬。

崇磬也看着堂兄——他们哥儿几个都高，崇磬却最恨自己这身高。他是旦角儿，扮相很过得去，身高却让人难搭伴。而在大伯眼里，崇磬这个儿子，简直一无是处，更别提从小迷戏，到了现在还从事了这一行……

哥儿俩相视一笑。

崇磬问："这回演出还顺利？"

"也就那样吧。"叶崇磬抬起手来，右手五指的指尖对在一处，他细看自己指甲的边缘，干净而且整齐。

"嗯。那就是不错了。"崇磬知道若是演出有问题，崇磬势必是要闭关的，数日到数月，时间不定。其间，他们休想见到他人。

"唉……"叶崇磬刚要说什么，"哎哟，时候可不早了，咱得走了。回头要是迟到了，又要被我爹爹骂——我挨骂事儿小，连累你就不合适了。"他虽是这么说着，人可没站起来。

叶崇磬笑道："急什么。"

"不着急啊，不着急，咱再坐一会儿。"叶崇磬笑着。

在他对面的崇磬，背对着光，一只手扶着桌子，一只手闲闲地夹着烟，一对长腿……

叶崇磬踢了崇磬一下，说："站没站相，坐没坐相。"

叶崇磬笑："你不是也知道，这会儿再不松快些，晚上骨头就没得松快了。"

他晓得崇磐过来，是想跟他一起回家，挨骂也有个分担的。其实他也不愿意一大家子凑一处的时候，总得老老实实地守规矩。可崇碧的婚事是大事，订婚近在眼前，家里又有每逢大事必定全员到齐有商有量的传统，最近的大小聚会是少不了了。

“什么事儿啊，叫我们都回去？”叶崇磐问。

叶崇磐说：“还不是商量崇碧的婚事吗？具体的，回去不就知道了。”

“跟喜事有关那就好，我倒是不怕回去，我是怕见我爹爹。”叶崇磐挓挲了一下手。

崇磐一笑：“横竖你有爷爷撑腰呢。”

崇磐是爷爷叶潜一手带大的最宠爱的孙子，无论闯多大的祸，爷爷也只是轻描淡写一句话——“能有多大的事儿啊”，包括唱戏——不像对他，说打就打，说罚就罚，以致于早早就送出去留学，一直严格要求，锤炼得五毒不侵。

那时他年纪小，母亲还说舍不得，他简直如蒙大赦，起码不用再随时看爷爷那严肃的脸。这几年回国工作后，他也是随时都可能被爷爷叫回去挨顿训，跟崇磐的得宠一比对，差别太过明显了。

“吃醋……”叶崇磐看他笑，点着他，“又吃醋。”

崇磐把烟丢进烟灰缸。

“我不是那块料，所以宠我；你才是那块料，所以疼你。”叶崇磐微笑。

这两句话不再拿腔拿调，他却不看崇磐，也不理崇磐的反应，向两边抻了抻脖子，说：“你这间办公室也太大了些，人家说喜欢用超大空间办公的人，就是善于利用空间感，从一开始便从心理上给来访的人压迫感。”他说着站起来，走到办公桌后面。

叶崇磐的办公室有二百七十度的景观，从这儿看出去，十分壮观。他不由得解了两个纽扣，双手叉在腰上——叶崇磐看到他的这个姿势，心一顿。

崇磐为了保持身段，饮食控制得极好，每日里的功课只加不减，因此尽管骨架在那里，看上去却总是偏向柔软文弱些。而此时，崇磐站在这里，只用一个姿势和一个背影，便能告诉别人：这是叶家的男人。

叶崇磐将烟掐灭，说：“行里分给我的，分到什么是什么。”这也是实情，绝大部分时间，他忙得基本没闲情留意窗外的景，他拿起外衣，“我们走？”

叶崇磐回身，又恢复了他一贯的腔调：“走……哇……”他竟然还抖了一个水袖。

叶崇磐饶是已经习惯了堂兄的做派，还是忍不住笑，道：“你每次来，都让Sophie很紧张。”Sophie是正经的“ABC”，对叶崇磐这样看起来像是上上个世纪又偏偏喜怒无常到极点的人，总有些拿不准怎么应对，每回都严阵以待。

“随和点儿，好秘书难得，别给我吓跑了。”叶崇磐半开玩笑。

“既然是这样，罢了，罢了。”叶崇磐又虚抖了下水袖。

崇磐拉开办公室的门，请崇磐先走。

崇磐挪着步子，速速移到秘书位。

Sophie 立即站起来，崇磐正巧走到，斜了 Sophie 一眼，翩若惊鸿般掠过去了。

Sophie 的表情简直僵硬了，但仍镇定地和叶崇磐说："叶先生，慢走。"

叶崇磐尽量保持表情正常，对 Sophie 说："下班吧，Sophie，假期愉快。"说完，他加快脚步，追上叶崇磐。

Sophie 半晌没坐下来，看着那二位连背影都像在两个极端的人，一先一后地进了电梯，才松口气坐下来……

叶崇磐是从来不开车的，叶崇磐免不得要做他的司机。他们出来得算早，可是明日开始是清明节假期，路上拥堵的时间也提前了。

叶崇磐原本就习惯趁着堵车想事情，并不觉得焦躁。崇磐却嫌无聊，从随身的包里拿出一张 CD，放进音响，原来是他的演出音频。

崇磐跟着哼唱，渐渐入戏，一双眼睛很快就泪汪汪了。

叶崇磐看惯了堂哥这样子，倒不以为意。也是，那王宝钏苦守寒窑十八年呢，这苦楚……叶崇磐转了下头，往路边看了一眼，一个纤细娇小的身影跳入眼中——屹湘站在那里，正在往车流中张望，旁边的车子打了双闪，看样子是出了事故……她穿的还是那件深咖色的外套，只是此刻脖上多了一条明黄色的长围巾。许是长时间站在路边嫌尾气呛鼻，她将围巾向上拢了拢，遮住了鼻子……就是这一瞬间，他将方向盘一打，车子靠右停了下来。

叶崇磐被他急转的动作吓了一跳，问道："你这是干吗呢？"

叶崇磐没回答，先按下了车窗……

屹湘见一辆车子突然来到面前，正要躲避，车窗降了下来。副驾驶座上的男子跟她一样瞪着大眼睛，惊讶不已。

屹湘一眼看过去觉得这位眼熟得很，很快，他眼睛里流露出笑意。

"屹湘？"叶崇磐隔着堂哥跟屹湘打招呼。

屹湘弯下身，看清楚是叶崇磐："叶大哥？"

"车子抛锚了？"叶崇磐问。

屹湘点点头。

叶崇磐敲了下方向盘，马上下了车。叶崇磐倒坐着不动，看着崇磐绕到车前去，笑笑。

"潇潇的车吧？"叶崇磐说着，就要开车前盖。

"是。"屹湘见他要动手查看的样子，忙说，"我打过电话叫拖车了……"

叶崇磐点点头，双掌下压，然后车前盖就被他掀开了。

屹湘跟过去。

叶崇磐仔细查看着发动机的情况。他身材高大，弯身查看机械，头顶不时会蹭到车前盖内侧……屹湘提醒他，他不在意地摆摆手。

屹湘见他很在行的样子，索性安静地站在旁边。

不一会儿，叶崇磐跟她说："你去发动一下车子。"

"好。"屹湘马上坐上驾驶座，扭动钥匙，发动机嗡嗡嗡嗡地响起来。

她愣了一下，惊喜地说："好了！好了呢！叶大哥，好了，好了！"

叶崇磐合上车前盖，说："发动机下面有一根线有点儿老化，这车该做一次彻底的检修了。"

"谢谢你。"屹湘看着他手上的油污，忙从包里抽出手帕来递过去，他没接。

她的手帕洁净而漂亮，他就从自己口袋里掏出一条，仔细擦拭着，说："一点儿点儿油而已，没什么。"

屹湘看到他卡其色的裤子上，也沾了一些黑油……

"这衣服……"

"很好洗的，不用担心。"叶崇磐说。

"真不好意思，多谢你。"她小声说。

叶崇磐看她一眼，淡淡地说："举手之劳。"

"喂，车修好了，走呗？"叶崇磐靠在车窗上，看着这二人，笑吟吟地说。

屹湘听着他的音调，轻轻地"啊"了一声，迟疑地说："你是……"她盯着这张白净的面孔，一种异常熟悉的感觉冲进了心里。

"我？我才是你正经的叶大哥呢。"叶崇磐伸手过来。

屹湘往前一步，摘下手套，握了他那只修长的手——微凉，丝绸一般柔滑。

崇磐嘴角上扬，有个非常漂亮的弧度。屹湘看在眼里，不禁有点儿发呆。

"瞅你这样子，我可真要伤心了。"

屹湘忙摆手："不是……"

"不是什么？不是那会儿你们要演戏，急着四处张罗着借戏服的时候了？现在就把我忘了？若不是我，哼！"叶崇磐说着松开手，推车门下车来。

屹湘倒退一步，被他用食指点着额头，点得刘海都飞到一边："马上就成亲戚了，见了面儿居然都认不出来？好没良心！我可是一眼就认出你来了——还就真让人纳闷了，怎么就有人能十几二十年模样都不变的，你怎么保养的，告诉我法子？"

他的语气怪有意思的，屹湘笑出来。多少年的事儿了，当然她没有忘记，他竟也没忘……只是那时候的她年纪小，他也不过二十岁左右的年纪，神采飞扬，容貌清秀，并不像现在这样张扬。见面才几分钟，他便让人坐立不安。

叶崇磐见屹湘但笑不语，略低了身子，让自己的视线跟她的持平，说："你还记得我教你唱戏？"

"没良心的人记性都不好。"屹湘笑嘻嘻的。她拉了下围巾，下巴露出来，站在一边的崇磬看她一眼。

叶崇磬哼了声，斜着眼睛对堂弟说："怎么着，英雄救美的戏码也上演完了，该走了吧？迟到了，看你怎么办！"

叶崇磬手里不知何时多了两瓶水，递给堂哥一瓶，给屹湘的这瓶，拧开盖子才递过去。

"谢谢。"屹湘有些意外，看到了水瓶上的标签，"啊，这个……"

"怎么？"叶崇磬看她。

屹湘犹豫了一下，不怎么好意思直接跟他说，她从回了北京，肠胃就开始闹脾气。她找不出别的原因来，猜测是饮用水的缘故。

叶崇磬见她不答，问："你是想知道这个牌子的水哪儿有卖吧？我回去问问。"

"不用麻烦了，应该很快就适应了。"她说，不想一味地麻烦他。

"你应该从纽约带一抔土回来。"叶崇磬说。

"嗯？"屹湘不解，但看叶崇磬不是开玩笑的样子，问，"为什么这么说？"

"据说，把自己习惯了的地方的土带一点儿在身边，撒到水杯里，换了环境也不会水土不服。"叶崇磬喝着水，"我觉得这是有道理的。"

从纽约带回北京……

"反了吧？"她小声说。

"也许你更适应纽约的水土了。"叶崇磬说，见屹湘沉默，"我回去问问秘书。有些东西是她负责采购。你要去哪儿，我送你，你的车还是不要再开了。"他声音不高，最后这句话说出来，听起来却有几分容不得商议的味道。

"不耽误你了，我还要等拖车来。"屹湘说，看看时间，"好慢。"

叶崇磬在一边默默地喝着水，听着这两人交谈，这时候笑出来，说："不耽误都耽误了，不怕多耽误一会儿——说吧，去哪儿？还是跟我们一起回家？我们家今儿一准有好吃的。"他开着玩笑，像拿着棒棒糖逗小朋友的怪叔叔。

"我约了人的。"屹湘轻声说，"不远，一会儿打车去就好了。"

叶崇磬看着堂弟，微微笑，像要看他怎么办。

崇磬不动声色，并没有立即要走的意思。

几分钟后，拖车赶来，叶崇磬自然而然地走在前面，帮忙把手续都处理好。屹湘原本就是独立惯了的人，什么事情都习惯了自己做。叶崇磬似是看得出来她的脾气，只不着痕迹地适时提醒她这个、提醒她那个，事情解决得就很顺利。

看着车子被拖走，屹湘松了口气，刚要开口，就听叶崇磬说："上车吧。"他也不看屹湘，径直上车了。

叶崇磐已经笑着帮她开了车门，刚刚从她车子后备厢里拿出的袋子也早就替她拎到车上，说："来吧，他一只羊也是放，一群羊也是赶。"

屹湘看叶氏兄弟的架势，再拒绝已经显得矫情，索性上了车。她的手机响了，接起来就听芳菲在那边说："我已经到了，你是不是堵路上了，不用着急，我等你。"

她叹口气，答应了。挂了电话，她看看外面拥堵的车流，不知道什么时候才能到达。

芳菲下午给她电话，例行通知似的告诉她，自己已经定好了位子，晚上会在餐馆等她，如果她不去，就一直等。芳菲还说，有东西给她……不知道见了面，等着她的到底是什么惊喜。事到如今，她也只能去了。

她听着音响里娇滴婉转的唱腔，小声地说："叶大哥的唱功，越发精进了。"叶崇磐笑了，并不答话，只是笑容里那份骄矜和得意，再也掩饰不了。

叶崇磐把音响的音量开得再大些。

车里的三个人都不出声，在缓慢推进的车流里，时间都好像慢了下来似的，却并不觉得难熬。

屹湘的下巴埋在围巾里，渐渐出了神，听到叶崇磐问她："是不是这里？"

她仰脸一瞧，原来车子已经停了，忙说："是的，就是这儿。"

门童过来开车门，跟叶崇磐他们打招呼，称呼叶先生，问叶先生是不是来用餐。叶崇磐微笑摆手，跟她道别。

屹湘等叶崇磐的车子离开，才往里走……

叶崇磐看了一眼餐馆院内停的零星几辆车，其中一辆黛色的跑车停在最显眼的位置，看看车牌，果然是董芳菲的。他开车上了主路，心情莫名变得愉快起来。

"你可集中精神了，不要把我交待在这里了。"叶崇磐忽然说。

崇磐笑了下。

叶崇磐摸着光滑的下巴，眼底蓄满了笑意，只说了句："你呀。"那嗓音说出这两个字来，迂回婉转，绕到叶崇磐耳边，却让他脸上的笑浅了些。

家里来电话了，催促他快些。车子行进得慢，他也有些不耐烦。还好下面一段路顺畅些，他们很快便到了家门口。

叶崇磐要将车停在巷子口，叶崇磐却懒得走那几步，硬要他往前开，开到大门口："我懒得动。"

"你也不看看，这巷子里还有我掉头的份？你瞅崇岩、崇碁那架势。"叶崇磐说着，停了车。

"那俩不像话的东西。"叶崇磐也看到了前面那一溜儿的车子，无奈。

待兄弟俩一起进了大门，叶崇磐先觉出了不对，说："奇怪了，老爷子有事儿没事儿都爱吼两嗓子，今儿人齐全，反而没话讲？不能够啊！"

叶崇磬也觉得蹊跷，但没吭声。

再往里走，听到母亲的说话声，他试探着先叫了一声。

叶夫人走出来，告诉他快去上房。

兄弟俩见伯母跟婶婶们也都在，进去略一站，打了招呼，急忙往后面去。进了后院，看到正房里人影幢幢，叶崇磬突然有了不太妙的预感。

站在门边的叶崇岩恰好回头，推开门，冲两位堂哥招招手，朝里面说："爷爷，大哥和二哥回来了。"

叶崇磬让大哥走在前面，进了屋一瞧，今儿人到得的确全乎。这会儿除了他父亲和崇碧，其他人全到了，连许久未见的大姑叶居善及姑父也来了。

这么多人在，房内仍静悄悄的。

崇磬、崇磬问候祖父和叔伯姑母，自祖父叶潜往下，他们都只是点头应承。

叶崇磬后退几步，退到崇碧身侧，看了他一眼。

崇碧往上翻了个白眼，叶崇磬立时明白，是祖父不痛快了。他于是站稳了，同大家一样，预备默不作声。不料崇碧又给他使了个眼色，他还没反应过来，就听祖父叫他。

"崇磬。"叶潜拿着他那只时常盘踞手心的紫砂壶。

"爷爷。"叶崇磬应声。

"你干的好事。"叶潜语气极其平淡，在场的人却听出了秋风肃杀之气。

叶崇磬歪着头看了一眼崇磬，但见崇磬站在那里，脸上没有一丝慌乱，不由得露出笑容来。

叶崇磬也不看谁，见祖父单说自己，想起母亲提点他，说今日爷爷特别提及他必须来的话，往前站了一点儿，恭敬地听候下文。

"方家那个融资案子，是你给带头否了的？"叶潜问。

叶崇磬想了想，说："是。"他见祖父问起这事，心里便有数了。

叶潜盯住崇磬，问："为什么？倒是给我说说理由。"

"爷爷，那您容我问一句成吗？"

叶潜白眉毛一扬，说道："你有什么要问的？"

"爷爷，您这是要开家庭会，还是要开董事会？"叶崇磬微笑着。

叶潜将手里的紫砂壶砰地一下掼在手边的小方几上："你说什么？"白眉毛一抖一抖的。

叶崇磬略低了下头。

"你这是什么态度啊？"

"父亲，您别生气。小磬这么做，一定有他的理由。"叶居善坐在离叶潜最近的位子上，这时候小声劝慰。

她转眼看叶崇磬，说："小磬，快跟爷爷认错。"

叶崇磬这才说："是。爷爷，这件事情，之前没跟您和大伯商量，擅自做了主，是我莽撞了。"他明白这必然是有人在祖父面前说三道四了。

叶潜眼皮合了一下，面沉似水。叶崇磬见他没有再发火，接着说："爷爷，我们和方家的关系，自不必说，那是几辈子的交情。可在商言商，方家如今虚有其表，外人不知道，我们是知道的。但凡看过几份报告，就知道，他们旗下的公司不良资产已经到了触目惊心的地步，这时候再与他们合作，风险太大。与其将来伤了和气，还不如……再说，爷爷，我们是上市公司，走这个程序，他们应该没有话说才是。"

"道理是没错，你到底得顾着些爷爷的面子，多与他们周旋些日子也好。"叶居善插话，微微瞪了崇磬一眼。

"是。"叶崇磬低下头，"我疏忽了，不够圆融，请爷爷责罚。"

"我还能责罚了你？嗯？我问一句，你一开口便是问我这是董事会还是家庭会。"叶潜把紫砂壶拿起来，在手中转了转，仍放在面前这个巨大的阴沉木茶几上，拿起一个小巧的紫砂杯，将杯中的茶水浇在壶上。

叶崇磬的头更低了一两分。

"小兔崽子，做事这么专断。"叶潜面色红润，中气十足，骂起人来声音洪亮极了。

他瞪了崇磬半晌，眼睛一分又一分地明亮起来，又渐渐暗下去，只是盯着崇磬一个人，一动不动，在场的人都不敢再开口。

好一会儿，叶潜才说："这回饶了你。以后办事儿再这么目中无人，你等着。"

"是。"叶崇磬应承。

叶潜挥了挥手，示意他们都出去。他们以叶居德为首，鱼贯而出。

"磬儿留一下。"叶潜说。

"欸，来喽！"叶崇磬响亮地答应。

叶崇磬走在最后，伸手关房门，看见叶崇磬对他一笑。

他还没回身，听叶崇岩在他身后低声道："二哥，你敢那么跟爷爷说话，这是要造反啊，刚吓得我一身冷汗。"

叶崇磬不声不响地回过身来，走在叔伯身后，没搭理崇岩。

叶崇岩笑，崇碁看看他们，也笑了，说："得了啊，你们回来之前，我们在那儿罚站罚了半个钟头呢。都是你，没事批龙鳞，害我们连坐……等会儿吃完了饭，去我那儿聚一聚，聊会儿？"

叶居德回了下头，叫道："崇磬。"

"大伯。"叶崇磬紧走两步，甩下崇岩、崇碁，走在了大伯和三叔叶居廉身后。

"爷爷刚才的话，不要太往心里去。"叶居德对侄子说。

"大伯，爷爷的话，我哪儿敢不往心里去？"叶崇磐微笑。

叶居德哈哈一笑，点着他，对叶居廉说："瞅见没？我说什么来着？你们还都担心老爷子吃了他，他哪儿是省油的灯！"

叶居廉笑笑，说："走吧，不是什么大不了的事。你当我看不出来啊，父亲真的是因为崇磐发作？"

"不是因为我发作，那是为了什么呢？"叶崇磐笑着问。

"要不是你趁着大伯外出否了方家的融资案，爷爷今儿就不是因为你发作的问题了，那真是要揭了你的皮！"叶崇岩笑嘻嘻地插话，"我们是不及你精明，但再不精明，也知道方家那可是个无底洞。若还是优良资产抓在手心一大把，何苦来的动用老关系呢？怕是咱们动用关系贴上去，人家未必肯跟咱们合作。顶瞅不上他们家那几位，前儿在马场，我还遇上……"

"你知道什么？"叶居廉瞪儿子一眼。

叶崇岩马上往后一缩，叶居德先笑了起来。他看了看不动声色的崇磐，再看看其他几个侄子，转过脸去。

"这个难道也有遗传？我就记得我们小时候，二哥最不得老爷子疼。"叶居廉看看大哥，又斜了崇磐一眼，"我说，小磐，三叔给你支个着儿，回头你去和崇磐学学，嘴巴甜点儿——明明你也没少做事，你瞅着爷爷见了崇磐什么心情，见了你什么模样？你自个儿不觉得寒碜，我还替你寒碜呢！"

崇磐听三叔讲得有趣，笑出来，身后的崇碁、崇岩笑得更大声。叶居德皱眉，说："学谁不好，学那个不成材的。"

叶居廉笑道："不成材？"他点着自己的儿子崇岩、崇碁，"这才是不成材的，一天到晚不知道都在干些什么，简直不知所谓！"

崇岩、崇碁见父亲这么说，一齐又往后退了退。

叶居廉接着问崇磐道："你父亲最近忙到连回家吃顿晚饭都没工夫？"

"三叔，我们家现在是各忙各的，我也是有些时日没见着我爹了。您问我，白问。"叶崇磐微笑道。

一行人说着话，往前面去，才穿过月洞门，就已经听见一阵清脆爽朗的笑声。

叶崇磐眉头微微一皱。

叶居德说："这门亲结得不错。"

"怎么说？"叶居廉问。

"潇潇这孩子就不用说了。单看这孩子，哪怕是寒门子弟，也实在是说得过去了。更何况是郗家嫡亲的外孙、邱亚非的儿子？"叶居德笑吟吟的，"这些都在其次，单单看碧儿这么快活，我们也该满意。"

叶居廉笑笑，过了一会儿，说："邱亚非、郗广舒算是教子有方，教女嘛……"

叶居德说："多年以前的事了，女儿现在也蛮有出息的。"

他的声音虽低，跟在他身后只有几步远的叶崇磐几兄弟也都听了个清楚。

叶崇岩脚步一慢，小声说："爸还说人家邱伯伯，邱伯伯弄不好看着咱也觉得头疼呢。"

"爷爷说过，爸的眼睛看人家是显微镜，看自己是望远镜。"叶崇碁笑道。

崇磐没出声，院中空地上嗖嗖的两道影子闪了过去，两只野猫迅速穿过庭院，却又回头看人，四只眼睛发着黄光……他跟在叔伯身后慢慢地走着，举目一望，透过玻璃窗，看到了坐在家中长辈对面微微笑着的邱潇潇。

总是微微笑的潇潇，此时却让他想起另一张面孔，也有这样的笑，但总是极浅……

屹湘进了餐馆往包厢里走，芳菲正在打游戏，头都没抬，问："你还真开着你哥那辆破车代步啊？要不要换车？"

"有什么好换的。"屹湘坐下来。

侍应生把菜单放到她面前。

屹湘随手一翻，说："照片拍得真好。"

"是 Jimmy Chow 拍的。据说来吃了一回就吃美了，拍照片换美食。"芳菲说。Jimmy Chow，屹湘在公司摄影师名录上见过这个名字。公司提供给媒体的很多硬照都是由他拍摄，没想到拍个菜单也这么美。

屹湘想想，小冯说过，节后有个时尚杂志替她做专访，摄影师也是他。

屹湘问道："你认识他？"

"嗯，是个好好先生，很热心肠，我店里拍目录都找他。"芳菲把手机放在一边，托着腮看屹湘，"你来点菜，我今儿随着你吃。"

屹湘点菜很快，一会儿就点好了。

芳菲笑道："还是那样，做什么决定都快。对了，上次你不是说在找房子？怎么样了？"

"这个就没那么快了，我再看看。"屹湘说。

"有合适的就买了吧，我帮你留意下——要新的还是要旧的？"芳菲好像忽然想起来什么，"你还记得以前住的那老宿舍吗？"

"记得。老苏式建筑，住着可舒服了。"屹湘说。她最早跟父母来北京，住的就是那种老楼。还记得楼前的空地上，有高高的秋千……她看着杯子中的清水，心一顿，耳边似有风声。秋千那样高高地荡起，风声是很大的。

"最近这种房子每平方米的价格炒得比四合院还贵了。我好像记得前两天谁说来着，认识一个人，已经出国好多年了，回来处理父母这边的房产。房子不是很大，三居吧，但是好处是顶层，带阁楼，阁楼极宽敞，你知道的那种。"

"知道。我以前最喜欢的就是藏在阁楼里，夏天听雨，冬天晒太阳……你帮我问问谁手上有，要是出租，看看我够不够资格？"屹湘心里莫名有点儿激动，很有兴趣去看看这房子。

"我就知道你喜欢，等下我打个电话。"芳菲笑道。

"我去一下洗手间。"屹湘拿起手袋便走。

芳菲等她走远些，拨了个电话，开口便问道："你昨儿说的那个房子怎么样了？定了吗？"听筒里一阵嘈杂，她皱眉，问，"你这是在哪儿呢，出来说……是吗？你怎么想起来……不是，我有个好朋友想要这样的……谁稀罕你那新公寓啊，你们卖得死贵不说，太坑人，你等着被整治吧……呸！得，我不跟你废话了，既然房子已经在你手上了，那就更好了，反正你也是留着生钱，不如我们看看，或租或买，都好说……你说吧，什么时候能行……当然是越快越好，你今晚能让我们看着房子就……那行，你让人在那儿等我……什么朋友？要你管……滚！"

芳菲把电话掐了，抬眼看见屹湘走到桌边，说："房子我给问了，等会儿吃完饭，我就陪你去看看。"

屹湘坐下来，问："这么方便？很熟的关系？"

芳菲点头："佟金戈这小子，别的事儿不见得靠谱，这方面倒是不错。我跟他说，我们先看看，若是你想要，也优先你，又不是难事。"

屹湘听说对方是金戈，不由得犹豫，但那房子实在是有诱惑力，说："芳菲，我没打算买下来啊。"她下筷子先来了一点儿辣椒。

芳菲抬眼，问："没打算买？"她觉得意外，但心里念头一转，接着问，"你根本没打算长住？"她立即明白原委，心不由得一沉。看着屹湘，好一会儿，她不说话，屹湘也不说话。

"你就是跟着工作走的？"芳菲略略扬声，问道。

"事实是，我就算是想买，也没那么多钱。"屹湘拿坦白当挡箭牌，此时入口的辣椒在舌尖上跳舞，电流一般向四面八方扩散，耳中也嗡嗡作响。

"你也好意思说，LW的高薪是业内有名的。"芳菲看着屹湘一筷子鲜红的小辣椒下去面不改色，只觉得自己用眼睛看看，浑身毛孔都突然间张开了似的，"嚯！难怪当年潘金莲给武大下砒霜都搁在辣面里。这么辣，吃了连祖宗都不认识了。你也应该有很久没吃这么辣的东西了，悠着点儿啊，小心肠胃不适应。"

屹湘慢悠悠地吃着，说："好。"

"钱方面没关系，不够，我可以帮你。"芳菲说。

屹湘眨眼，说："可见你如今生意的确做得不错。"芳菲这么说，她总有些感动，虽然她并不需要芳菲在钱上帮忙，因为用不到，当然也断然是不能用。

"你不也看到了，还算过得去。"芳菲搁下筷子，"我是认真的。刚刚金戈还说，要是这老房子看不上，他手上也有新楼盘，你也可以看看。"

"你什么时候跟金戈这么熟了？"屹湘问，心里是明白的，佟金戈这么痛快答应，想必不知道芳菲是在帮她的忙。

芳菲白她一眼，说："跟他还用得着客气？"

"是，你是不用的。"屹湘低头，又揲一筷子，鲜活尖锐的辣味让她返魂。这个时候，谁还顾得上什么其他，大快朵颐为好。

"都跟你说了不用担心钱。"芳菲笑着，"何况有你在，以后礼服我只管你要。我又可以省下一笔来。"

"不打折。"屹湘不客气地说。

"哟，你个精明鬼！你还记得那时候我们去舞会，都要先穿了裙子给你看？"芳菲笑着问。

"你记错了吧，不是穿了裙子给我看，而是逼着我看。"

芳菲笑着说："最夸张的是飒飒。"

"可不。"屹湘嘴角一牵，"她还好吗？"

"好得不能再好了！就是预产期也近了，不得不禁足——她那婆家简直待她跟掌上明珠没有两样——我去看她，还跟我矫情，说以后怕是会被孩子拴得死死的呢。可气不可气？"芳菲脸色红红的，"我跟她说你回来了，她说她不要理你了。"

"哦。"屹湘咬了下嘴唇。

"你当真啊？她那个人，你又不是不知道，心里有什么说什么。好不容易逮住你，你不理她，她都要理你。她跟我要了你的电话号码，说这会儿她顾不上修理你，等她卸了货，一笔一笔跟你算账。"芳菲笑，"你小心些吧，她如今被她那个老公宠得实在不像话，以为全天下都是她的呢，惯会狮子大开口。回头再带着她的宝宝上来跟你讨债，你得备下一座金山。"

屹湘不自觉就嘴角上翘，说："快算作高龄产妇了，难怪家里担心。"

"是啊，她自己也担心，不过到目前为止，一切都好。"芳菲说着，叹口气，"姐妹一场，最开心的是看着你们都有好归宿。"

屹湘默然，芳菲见她沉默，也不再多说。

屹湘舀着酱香方肉配米饭，米香加肉香，令人垂涎。

"要说，在纽约也不是吃不到，可真的是差了十万八千里。我好羡慕 Josephina，她在长沙必然吃美了。"

芳菲一乐，说："你跟她还相处得来？"

"也还好。"屹湘吃了一口米饭，问芳菲，"不是说有东西给我？"

"差点儿忘了。"芳菲拊掌，打开自己大大的背包，从里面拿出一个像是绢布制的盒子来，递给屹湘，"你看看，喜不喜欢？"

屹湘一看那盒子，先擦了手才接，放在膝上，又看芳菲一眼。

芳菲微笑示意她打开看，开玩笑说："别担心，不是钻石项链。"

她当然知道这不是放钻石项链的物事，且不说没有这么大的盒子，一般也不会用这么讲究的织物来包装。

"西阵织。"她摸着盒子，过一会儿，又拿近些，"我能猜到里面是什么了。"

"行家就是行家。"芳菲笑着说。

屹湘打开盒子，里面是一块叠得整整齐齐的织物。茶叶末绿色的底子上，图案是一对仙鹤，正是代表西阵织中最高技法的"缀织"。图样细腻而精美，十分好看。

"也记不得是什么时候得来的了，存在我那儿，也没什么用，我又不懂得欣赏，白白撂着。"芳菲笑眯眯的，"不如拿来博美人一笑。"她看着屹湘，此时温柔的灯光下是温柔的美人——那天她想起这块织物来，便也想起来，屹湘最适合这个颜色，能把这种老而旧的色泽，穿出活色生香。印象里，屹湘就是最适合深深浅浅的绿色……

屹湘把盒子收好："谢谢你。"

"甭谢我啊，我谢你还来不及。你替我画的画，让我赚了一大笔呢。我今儿收到支票，说出数目，能吓你一大跳……"芳菲做出眉飞色舞的模样，故意夸张地说，"想知道是多少不？偏不告诉你！省得你眼红，哈哈……说真的，你没有画画，反而做了设计，真有些可惜了。"

屹湘吃饱了，托着腮看着芳菲吃饭，转眼看了看自己身边的两个袋子。

可惜吗？她并不觉得，她失去过比这更珍贵的……

芳菲结了账，跟屹湘一起出来，上了车才说："真有你的，拎着这么两件礼服，能换我半辆车，还满街晃。"

"怕什么，你定的地方，安保级数必定够的。"屹湘说着，自己也觉得有点儿不可思议。

这是叶家两位姑姑的礼服，因为她给崇碧修改礼服，姑姑们好像对她很信赖，面都没见，只跟崇碧说："过几日那个慈善舞会的礼服，就让湘湘负责挑选好了……"她想着，若不是照规矩应当面对面地交给叶家姑姑们，刚刚倒是可以省事，让叶崇磐捎带了去。想到这里，她叹了口气。枝枝蔓蔓的，从此邱家和叶家，联系只会越来越紧密了吧。别人倒罢了，叶崇磐那人……

芳菲停了车，说："到了。"

屹湘回神，只见车子已经开进了一个宽阔的院落里。四周暗黑，灯影昏暗，巨大沉默的楼房伫立在前方，她的眼睛要适应一下黑暗。此时楼前停了一辆白色的跑车，车前斜靠着一个身材修长的男人。黑影里那男人朝这边挥了下手，手指间一点儿红莹莹。

屹湘认出来，是佟金戈。他站直了，往这边走来。

"你还亲自来了？"芳菲劈头便问，并不领情的样子。

佟金戈也没理她，径自走到副驾驶那边，替屹湘开了车门，说："芳菲一说朋友，我猜就是你，好久不见，郗屹湘。"

他把"郗屹湘"三个字念得好清楚，倒有点儿切金断玉的味道。

屹湘仰头看着他，他一双大眼睛，脸瘦瘦的，眼窝有点儿深，这令他看向她的目光显得尤其深邃。他语气不善，芳菲都听出来了，皱着眉道："佟金戈，你少废话。"

金戈仍看着屹湘，有好一会儿，那空气都像是凝结了。

屹湘先笑出来，说："好久不见了。"

金戈看着她微光下闪闪发亮的眸子，微扬的面庞，有一种玉色的光泽。他怔了一下，她这没心没肺的笑，让他有些恼怒，可她笑起来那么好看，还是那么好看。

芳菲瞪了他一眼，伸了手，说："拿来。"

金戈拍了一下裤袋，说："上去吧。"

他走在了前面，芳菲招呼屹湘一声，也跟了上去，屹湘故意走得慢些。

大院里树高而密，树冠巨大，遮住路灯，那光线只能见缝插针地射过来，很不够用。老楼里只有底层的两个窗口是亮着灯的，那点儿灯光透过薄纱，很快被外面的黑暗吸走了……难怪是这样的暗。

不知不觉间，她叹了口气。

院子南端有一架高高的秋千。安静的夜晚，旁边灯柱上垂下来的一盏灯，像在默默陪着那寂寞的秋千。没有风，秋千一动不动……

屹湘看得出神。

"湘湘。"芳菲喊了一声。

屹湘应声。

芳菲跟金戈打开大门，站在那里等了屹湘好一会儿了。金戈沉沉地"哼"了一声，芳菲听见，拎起包准确地砸到了他的下巴上。

金戈忍不住骂了一句什么，她又砸一下，说："不准多嘴。"她的语气又低又沉，这几个字说得又快。

金戈原本扶着厚重的铁门，这时候索性一收手不管了，径自先往楼上走去。屹湘手快，一把扶住了。芳菲差点儿被铁门撞到，骂道："金戈，你赶着投胎去啊，这么一会儿都不等！"

芳菲口快，从来没忌讳。屹湘听着，心突突直跳，忍不住拍了她一下。

芳菲看屹湘，屹湘摇摇头，脚步一快，反而走到芳菲前面去了。

芳菲看着她的背影，脚下顿了一顿。

楼梯是老旧的水泥台阶，宽大平实，扶手却是用的好木头，五六十年代典型的老房子，走进来宽敞且不说，冬暖夏凉，住得极舒服。

他们的脚步声一响，楼梯间的感应灯就亮了。屹湘往深邃黑暗的楼道里望去，她似乎听得到少年的笑声、追跑打闹的脚步声，急切急促，慌慌张张的，同时也是快快活活的……她穿着高跟鞋的脚走在这样高的台阶上，要多抬起几分，有些累，可心里愿意再多走几步，仿佛那些久违了的声音响起来就不会轻易散去。

金戈站在楼梯转角处，见她走上来，掏了钥匙出来开门进去。屹湘站在门口，看了半天大门上那紫铜把手——日积月累被摩挲得发亮了。她抚摸着门把手，凉凉的。

芳菲还在楼下没有上来。屹湘听了下，芳菲在打电话，声调很高。

她拉开门，就见佟金戈站在门内，沉着脸望着她，神情倨傲又冷淡。

屹湘看着他的样子，本应觉得尴尬，可再看他一眼，又觉得他像个正在闹脾气的小孩，回避的心思被赶跑了……她换鞋的时候偏偏要多看他一眼。

她这一眼近乎挑衅，金戈心头的火更旺了：这邱湘湘，毫无畏惧，从来都毫无畏惧。他的态度当然不友好，她知道，也不可能不知道他为什么如此，却愣是带着回击与挑战的意思，根本不在乎他怎么看待她。

他站在厅里，看着她慢慢地在空荡荡的房子里转着——屋子就是老式的三居室，阳台在卧室那边，呈半圆形。阁楼被改造过，门厅内侧便有一个旋转楼梯可以上去。

屹湘站在楼梯前看了看，没有往上走，直接去了阳台。阳台是封闭式的，有两个木制花架。架子上只有一盆吊兰，叶子枯了一半。她看了一会儿，动手劈那枯叶子。不一会儿，她的手心里便攥了一小把枯叶，吊兰也迅速瘦了下去，变得清秀起来……

听到身后的脚步声，她回头看一眼，佟金戈不晓得从哪儿找到一把铁壶，过来站到她旁边给吊兰浇水。

"再晚几天，怕是没得救了。"屹湘托了那细瘦委顿的叶子，说。

金戈把铁壶放在架子上，发出一声重响。

"连一盆花都不忍心看着它死呢，怎么对人就那么狠？"他并没有看屹湘，语气也是平平淡淡的，"还连名字都改了，这倒是让我意外，可见你也是知道自己的。"

两个人都盯着这盆虚弱的植物，能听到的除了远处芳菲的笑声，就是清水渗进花盆泥土中的细小声音。佟金戈以为这沉默是屹湘的无言以对，笑了笑，笑容里有点儿鄙薄的味道。

"这儿家具齐全，随时可以搬进来，我不是冲着你才帮忙……"话还没说完，他已经预备转身，仿佛跟她同处一室都不自在。

她却说道："金戈，公平一点儿，你又有什么资格来评判我？我有妨碍你什么吗？没有的话，就对我的事闭嘴。"

佟金戈站住，看着那团昏暗的光里纤弱的影子，声线比影子还要弱，讲出来的话却不弱。他忍了好久的火气终于要爆发了："你……"

刚说出这个字，他就见芳菲走了进来，问："怎么样？满意吗？"

他脸上发热，看着屹湘从阳台走进屋内，把那团枯叶子放到屋角的垃圾桶，那坦然而平静的表情，让他接下去的话没有说出口。

芳菲看着他们的神色，说："还真不错呢，再添置点儿家私就可以住进来了，湘湘，你觉得呢？"

屹湘看了一眼头上都快长出角来的佟金戈，没出声。

芳菲立刻跟金戈说："钥匙交出来。"

金戈看了看屹湘，也没出声。

屹湘明白他的意思，于是说："院里那架秋千倒还是老样子，等下离开之前，我去看看。"

"这会儿看什么看，回头住进来，你哪怕睡在秋千上都可以！佟金戈？钥匙！"芳菲不耐烦了。

金戈这才说："这里的住客倒都有点儿念旧。"他说着，拿起那一串钥匙递过来，"随时可以搬进来。"

钥匙很重，屹湘攥了攥，说："谢谢。"

"租给谁不是租，谢什么谢。"金戈说完便往外走。

芳菲看他这样，倒笑了，说："这狗脾气。"她等屹湘把钥匙收好，"走吧，我送你回去。"

下了楼，芳菲让屹湘先上车。车门一关，她跟金戈面对面站着，两人静立了一会儿，忽然异口同声地说："你可别跟他说……"

两人都一怔，扑哧一乐，互拍肩膀，说："知道，知道。"

芳菲点着金戈，说："小子，长心眼了……不过你今儿这态度可太恶劣了啊。"

金戈笑而不语，他并不是真的讨厌屹湘。但看着她小心地照顾花草，看着她安静地望着这里的一景一物，他心里的火是压也压不住。但跟芳菲，他不想解释这些，太婆婆妈妈了……

屹湘在车里坐了一会儿，见那二人还不急着上车，有心问一句，但看到他们的神情，就没有动。这时佟金戈转了下脸，弯身冲车里喊了一句"租金交半年押半年，少我一分钱都不行啊"。

她嘴角一牵，跟金戈摆摆手。奇怪，金戈态度那样恶劣，她还是没有生他的气。这一切在她看来几乎都是合理的，芳菲的热情，金戈的不平……她抚着胃部，胃里火辣辣的。从刚刚在楼上开始，就有些难受，她知道这恐怕是胃火。

芳菲上了车，屹湘看着窗外，院里墨色的树影慢慢地往后退去：这寂静的院落曾无数次地出现在梦里——灰砖小路，砌得整齐的水泥花坛，长得能有脸盆大小的鸡冠花，火红火红的……但这一切，都比不上那架秋千。即便是在梦里，即便是四周都灰暗的时候，那架秋千也是明亮的……

芳菲的车子开出大院后就加速了，跟紧随其后的金戈较劲儿似的，出街转弯都没有降速。屹湘看得有点儿紧张，但没出声。很快，两车分道扬镳，芳菲才问屹湘："送你回哪儿？"

"回家，这几天我先住家里。"屹湘说。

路程不远，两个人有一搭没一搭地说着话。屹湘胃里由火辣辣变成了绞痛，她忍着不吭声。

为免得芳菲进出麻烦，她硬是让芳菲在巷子口就把自己放下来，拎着两个大袋子往回走。待芳菲的车子不见影子了，她才站着休息一会儿，再继续往前走。

距离家门口也就是几十米远，胃疼得翻江倒海。门前停了一辆车子，门内有说话声，其中有潇潇。她听见潇潇的声音，整个人松了劲儿，将礼服一丢，一屁股坐在了马路牙子上。

"潇潇！潇潇！快来救我！"那语声歇了，她知道潇潇一定是听见了，"邱潇潇！"

门前灯影里闪出来两个人，她摇晃着手，正要说话，看清楚和潇潇在一起的那个个子高高的男人是董亚宁，于是，也不知道哪儿来的力气，呼地一下站了起来。她起得太急了些，忘了自己是从什么位置上起来的，高跟鞋在这样紧急的状况下格外爱闹脾气，她几乎听到了脚踝骨咔嚓一响，急忙扶住身旁的树干，忍住痛没出声。

"湘湘？"邱潇潇赶忙跑过来，"你怎么了？"他抓住她的手臂，立即发觉她身上发颤。

"难受。"屹湘说。她看着潇潇，目光似乎能穿过潇潇的身子。

董亚宁并没有过来，他只是走到了台阶下，远远地看着这边。

她吸了口凉气，听潇潇追问她到底怎么了，对潇潇说："我胃疼……"

"还崴了脚？"潇潇低头看看她的脚，一转身搭着她的手臂，将她背了起来，迅速往家门口方向走去，"亚宁，快，找个人叫医生过来……"

"哥……"屹湘抓住潇潇的肩膀。

"你闭嘴。"潇潇已经背着屹湘经过了董亚宁身边，上台阶极利落，显得身轻如燕的。他并没有听到董亚宁应声，但他很清楚亚宁知道该怎么做，于是直接一路小跑穿过花厅进了厅堂，将屹湘放在沙发上。

他单膝跪地，给屹湘脱了右脚的鞋子，捏住她的脚踝，说："忍着点儿啊，我要动手了。"

屹湘疼得额头冒汗，一声不响，点点头，只是抓住了沙发的扶手。

潇潇一只手固定住屹湘的脚踝，一只手捏着她的脚，转了几下，低声说："应该没伤到骨头，就拧到筋了吧……"

屹湘吸着凉气，摇头。这一疼起来，简直说不清楚程度。不过她伤到骨头，那这会儿怕是动也动不了了……潇潇松了手，她自己揉了一下脚踝。

"你呀。"潇潇见脚踝已经肿起来了，不让她乱动。

他仍是单膝跪地，屹湘的脚就放在他的膝上："本来就是走平地都能崴脚的主儿，还不小心些——你慌慌张张个什么劲儿？"他看着屹湘额头冒汗，又不耐烦又心疼。

屹湘扁了扁嘴，潇潇看见，抹一把眉毛："好了，不说你了。"

外面凌乱的脚步声近了，兄妹俩一起抬起头来。潇潇抬手拍了一下屹湘的额头，说："哪儿不对劲儿，老老实实和张医生说——你在家呢，不准再忍着。"

屹湘点头，张医生已经到了门口，看到她便微笑了一下。她叫了声："张叔叔。"她只看着张医生，而张医生身后两步远的地方，有一个瘦长的黑影子。

还没等黑影移近、露出样貌，她先转开了脸："麻烦你了，张叔叔。"

张医生说："不麻烦，我来看看，怎么了。"

他进门，手上不知道什么时候多了一副薄橡胶手套，三两下就套上了。

董亚宁跟着进了屋，他把张医生的药箱和一个急救包拎过来，放在茶几上。

屹湘低头，自己动手将丝袜脱了下来。但也许是屋子里太暖，她竟然觉得脚底都要出汗了，一时之间疼痛好像都轻了些似的。也只有一会儿，紧接着，痛感更加猛烈，额头上出了密密的汗……

张医生下了几个指令，左晃、右晃、旋转……屹湘细白的脚凌空，像朵在风中旋转的白玉兰花。董亚宁只看了一眼，便回身，走到走廊上去了。他听到潇潇在里面问："张叔叔，湘湘这小猪蹄没事吧？"

他随手带了门，外面风凉。

里面张医生忍不住笑出来，说："没伤到骨头。"他转身打开急救包，将一个冰袋按在屹湘的脚踝上，"最好还是去拍个片子，这样也放心些。"

"给我开点儿药就好了，张叔叔，没事儿就不用去医院了。"屹湘自己按着冰袋，赶忙说。冰冰的感觉暂时克制住了热乎乎的痛感，她头脑都清醒了很多。

"那刚才又是谁在外面喊救命？"潇潇瞪她一眼，"张叔，她还胃疼，崴到猪蹄子之前，是因为胃疼走不动的。"

"我是吃辣吃狠了啦！"屹湘忙说。

"你再大点儿声？再大点儿声，爸妈就都过来了，到时候你去也得去，不去也得去。"

"你才大声呢……你敢把爸妈招来，我跟你没完……"

"我还不知道你？单吃辣你会疼成这样？一生气一累，你那胃就跟炸弹似的……"

"我今儿没生气、没累……"

张医生听着这兄妹俩斗嘴，摘了手套，笑着示意屹湘平躺。

他一边按压着屹湘的胃部检查，一边问她问题，诸如晚上吃了什么、吃了多少、什么时间，包括平时的饮食习惯，还有胃疼的症状多久出现一次，是不是很频繁，在美国有没有看医生、吃过什么药，还有没有其他的病症……他问得极仔细。

屹湘一一答了，张医生让她坐起来，想了想，又让她把手腕伸出来，把手指搭上去把脉。过一会儿，他又让她换只手。

潇潇忍不住说："你惨了。"

屹湘瞪他，她也知道这一把脉，接下来张医生搞不好要让她吃中药了。她从小就怕这个，打多少针、吃多少药丸，都不在乎，就怕那黏黏稠稠、黑乎乎、说苦不见得很苦但非常折磨味蕾的药汤。

张医生放下手，看着屹湘，说："今天呢，应该就是吃得多了，又过于辛辣。我替你开点儿药。"

屹湘松口气，但张医生接下来又说："我看你最近有些精神紧张吧，所以肠胃也会敏感一些。另外，你长时间熬夜，饮食并不规律，身体状况不算很好。脾虚肾虚，这都是小事情了……但你的胃，真要好好保养——我晚些时候开两个方子，配几味药，各吃三服，应该就会有起色，到时候我再给你号号脉，看看再怎么调理一下身体。你呀，一定要注意休息，万事在健康面前都是小事。"

张医生站起来，看着屹湘，一副有什么话没说尽的样子，她的额头直冒汗。

"潇潇。"廊上的董亚宁敲了下门，低声叫了邱潇潇一声。

屹湘一激灵，潇潇看她一眼，答应一声就出来，见董亚宁还是穿着衬衫，又一直站在外面，禁不住"哟"了一声，说："看看，都是湘湘闹的，耽误这么长时间——你不是说这就去机场，快走吧。晚点了，家里人都等着就不好了。"

"我刚刚打电话说了，让晚一小时起飞。"董亚宁解释。

"得，我还是送你出去。"潇潇微笑着说，"刚才话没说完呢——董伯伯说要离京，这就走？"

"他那脾气，说风就是雨。不过也不算急，筹划了有一阵子了。就是非让我送去，这也麻烦。"董亚宁的语气里没有一点儿喜悦，父亲定了主意离京也有一段时间，因为母亲不太愿意，才拖到了今天。这回是先回乡祭祖，再到上海他选定的住处去，今后居所就预备以那儿为主了。

他看着潇潇，说："白天走太张扬，只好玩一回锦衣夜行。"

潇潇了解地拍了拍他的后背，说："回去替我谢谢伯父伯母的礼物，回头我跟崇碧登门道谢。"

"你就是周到，给你就拿着呗，又不值什么，难得他们俩还想着这礼数。"董亚宁挑了下眉，"后天我就回来了。"

"正事儿要紧，赶不及也就算了。"潇潇说，"我们也不多请，来的都不是外人。是个仪式，本来我们还不打算办了……"

董亚宁知道他们大约是因为邱亚非的病情，不过这个就不方便讨论得太深了，倒说："还是办一办好，你也别委屈了崇碧。哥哥我多嘴说一句，像她这样的姑娘，如今也难找，人前人后的，总是以你为先的。"

潇潇点了下头。

"你都明白，我这也是废话。"董亚宁又说。

"哪儿啊。"

两人已经来到院门外，董亚宁催潇潇回去。他向院中看了一眼，却又没说什么。

潇潇说："不要紧，你也知道，我家这头不算太娇生惯养的小猪，是穿平底鞋走大马路也能摔个四仰八叉的，一准没事儿——路上注意安全。"

董亚宁看着潇潇笑着的模样——他好像完全是无心的，也不避忌这么提起湘湘，好像湘湘仅仅就是他们同窗的那个小姑娘，提起来，能无伤大雅地取笑一番……

是啊，潇潇一直这样；看上去对谁的事都不在意的潇潇。不过这些年，潇潇在他面前也绝没有主动提起过湘湘，她消失得无影无踪，对外人、对家人来说都是如此。现在她回来了，别人也就没必要遮掩了。

董亚宁的车子一启动，五六秒便加速到了一百公里每小时。引擎那清明透亮的声音，似乎点得着他的血液，在这样的夜晚，车本来就少的区域里，他肆无忌惮地将车速飙得更高了……

邱潇潇眺着董亚宁离去的方向，半晌没有动。黑黑的眸子里，夜色的影子深而重，他站在大门口活动了好一会儿筋骨才回了院里。这一晚上，他对付叶家上上下下，不是不辛苦的。他几乎从来没有面对过同时出现那么多亲戚的场面。大家七嘴八舌地问起话来，他不但要分清楚来自哪张嘴巴、有几层意思，还要及时而简明地回复，不能落下任何一个人、任何一个问题和任何一层意思，还必须得体。这倒也不难，就像崇碧在他耳边笑着说的——有点儿开记者会做发言人的意思吧。

他说，比那要难多了，又没底稿，提问的人又不按大纲来。

除了他们俩，只有坐在他们旁边距离最近的叶崇馨听到这话，倒引得他说了一晚上仅有的几句话出来。他说："目前的这两桌人，只是直系亲属的三分之一而已。你们俩才回答几个问题就不耐烦了？老老实实等着敬酒敬到手软吧。"

他给叶崇磐斟了一杯酒，也许是都喝了几杯的缘故，叶崇磐今晚尽管沉默寡言，但姿态却又松弛些。他应该也是，所以他们之间的那层隔膜无形中淡了几分……

潇潇捶了下额头，看到张医生从房里出来，他微笑着迎上去，问："不肯去医院？"

张医生摇摇头，说："在家观察下也是可以的，等会儿我让护士送药过来，你看着湘湘吃了——我得赶紧去后面。"后面这句话，他压低了声音。

"湘湘没问起？"他也低声道。

"问了，我就说吃了药在休息了。"张医生收了药箱，急匆匆地走了。

潇潇吸了口凉气，稍稍停了下，进门的时候便是微笑的表情。屹湘正好要站起来，伤脚刚踩到地毯上，眉头一皱，就出溜出一句低低的咒骂。

潇潇几步过去扶住她，狠狠敲了下她的额头。

"让你乱动，疼死算了。"潇潇要背屹湘回房，她不让。

"我能走，你扶着我就是了。"她说着，脚上套上棉拖鞋，抓了潇潇的手臂，"这么大的人了，让哥哥背来背去，多不好意思。"

"胃呢？"潇潇问，兄妹俩一步挪动两寸地走着。

"没那么疼了。"屹湘低着头，走廊上的灯都开了。

"忽然疼得那么厉害，不能不留神。我出去之后，张医生和你说什么了？"潇潇问。

"没什么，就让我注意保养。"屹湘说着，伤脚抬起来，单脚跳了一下，又跳一下。

潇潇皱眉，她只好停下来："他说会跟妈妈说，让阿姨每天给我熬中药；我说我马上就要搬出去住了，他说妈妈知道了肯定会让阿姨每天给我送过去，不然就是每天回来喝……又说要忌口。"

潇潇听着，说："那就忌口吧。"

"嗯……真惨啊……自从戒了酒，也只剩下咖啡和辣椒两样嗜好了。要是再让我戒掉它们，不如让我死好了……"

潇潇望着妹妹低而弯的颈项，灯光和月光交错着，那颈项是美得非常立体的……他笑笑，说："说什么死啊活的鬼话。"

"不开玩笑，真的会生不如死。"屹湘说。

潇潇又笑了，这回没教训她乱讲话。

他握着妹妹的手，送她进房，等她坐在床上，才问："你刚才的意思，是不是要换住处？"

屹湘这才跟他说了，自己要搬到小时候住过的那个院子里去。

潇潇怔了下，屹湘小声说："我总觉得，在那里的几年，我们家是最幸福、最完整的。"她说这话的时候，眸子周边似有淡淡的光晕闪过，转瞬即逝，而潇潇看到了。也许他并不是看到，而是领会到。更多的时候，兄妹俩之间的沟通和了解，竟然只隔着虚虚一线的东西，那被称作是——默契。

他有一种想抱住妹妹的冲动，因为不知为何他很担心她接下来会哭。但是，他没有拥抱她，她更没有哭。她安安静静地吃了护士送来的药，又安安静静地躺下准备睡觉。

"哥，"屹湘的脚被垫起来，她指着自己的腿脚，"你那订婚宴，我可名正言顺地不去了啊。"

"你想得美！"潇潇微笑，替她关上房门。往后院走去的时候，他只觉得脚步有些沉。

第八章　没有色彩的画卷

远去的岁月里那些美丽的花儿，如今只能在梦中摇曳。而我曾以为，我会永远守在她身旁。

——题记

Sophie看时间差不多，敲门进去提醒叶崇磬，说："叶先生，您快要迟到了。"

叶崇磬点头。

今天崇碧和潇潇订婚，他一整天都忙着跟一家国外合作银行开会。事情有点儿紧急，不然他也不会清明假期还要回来办公，这一忙就忘了时间。

Sophie已经替他安排好了车，待他下楼，车子就直奔订婚宴现场。

晚宴定在了晚上六点十六分开席，地方有点儿偏僻，好在他今天的司机文师傅是老北京，比一般导航仪还要熟悉北京城内外的路该怎么走。一路上，这位爱说话的文师傅还跟他聊天，说："叶先生今儿怎么想起来去那么偏的地方吃饭呢，京城哪儿不是吃饭的好地方啊，跑这儿来又费油又费时的。"

他想想，看着外面——可不是偏吗，都快看见长城了呢——他都忍不住想附和文师傅的批评了。

起先订婚宴的场地，他有亲自过问的，选项里并不包括这处。考虑到既然两边长辈的意见都是挑一个相对安静又低调的场地，那么，除了家里，他觉得马会应该是最符合要求的，何况包括他在内，家里好几位都是会员，在这里办宴会是合情合理的事情。

不料，他跟潇潇、崇碧一提，潇潇还没开口，崇碧就先说，潇潇是公务员，来的客人里有高级公务员，出入高级会所，影响不太好，还是……他看着妹妹，说除了在家，那就是最严密的，一点儿"影响"都放不出来的。

潇潇开了句玩笑，说："大哥呀，我是挣工资的，不是挖煤矿的，你选那地方，我付不起钱。"

——惯会贫嘴的家伙。

他直接去问父母的意见，父亲也说不能去那儿，到底顺着他们的意思，另选僻静的场所，而且这场地还是友情提供的，一分钱都没花。

他忙起来也就不管那么多了，崇碧反而事事问问他的意见。她也就是问问吧，他晓得她说半天，最后那句"你看呢"，其实意思是"就这样吧"。

董亚宁听说后，笑他瞎操心，还操心不到点子上，说："这本来应该是男方家里筹备的，你费劲儿地忙活什么。"

他说："这时候了，还什么男方女方，结婚难道不是双方的事？再说，我就这么一个妹子。你有嘴说我，等芳菲结婚的时候，你让我看看怎么叫不操心。"

说完了，两个人发了会儿呆。

亚宁又说："你不高兴是因为人家都不听你的呢，还是真的觉得那安排不合适？"

他想想，没言语。

亚宁说："谁的婚事就谁说了算，崇碧和潇潇高兴了就行，轮到你自己，你再做主……这回你就管着喝酒、吃饭、拍巴掌，搞好了气氛，多一句话都别说，免得煞风景，这叫作大舅哥的自我修养……"

叶崇磬想着，微笑。

手机振动起来，是崇碧在联络他。她拍了现场图片发过来，催他快些，又说："真是的，长辈们都早早到了，就你和湘湘两个要大牌，到现在还不见影子！"

叶崇磬看着图片，精美的桌布上摆着杯碟碗筷，旁边一张卡片上，写着叶崇碧、邱潇潇订婚喜宴……心想：怎么，屹湘也没有到吗？

车子从高速出口拐下去，开进了林子里，又是一段不短的距离，叶崇磬看着窗外的景色，忍不住按下车窗，林子里的空气清冽，能听到水声。他听文师傅也赞了句好——果然是好，颇有点儿令人心旷神怡的意思。

叶崇磬下了车，再看这环境，更觉得惊艳。尤其是建筑物与周围环境结合得如此和谐，见惯了城内各种丑陋的钢筋水泥怪物，他站在屋前空地上顿觉身心舒畅。他笑了笑，心说：潇潇和崇碧的确有眼光。

文师傅把车开走了，停车场隐藏在地下，院中看不见一辆车；主屋虽不高，只有两层，远远一看，这竹与玻璃结合搭建而成的建筑通透灵巧，从屋内透出来的光，令它像一块埋在竹叶中发亮的琥珀。

听到身后车子的声音，叶崇磬回头，看到那辆眼熟的保姆车，不禁停了脚步。

车门一开，屹湘从车上下来。她跟车内司机说"停好车，上来吃饭"，回手关了车门——她今晚显然是精心打扮过，头发束成一个马尾辫扎在脑后，刘海服帖地熨在额前，一个漂亮的水晶夹子夹住刘海的发梢，让她的脸庞显得十分秀气。

她往这边走来，微笑着打招呼："叶大哥。"

叶崇磬想起崇碧上回还跟屹湘说，他才是"正经的"叶大哥的话来，可再见面，她仍是这么称呼他。他点头应了，叫她"屹湘"，站在那里，等她走近。

屹湘微笑，叶崇磬一直叫她"屹湘"。在周遭几乎完全是"湘湘"的称呼里，他显得是如此地有距离感，她隐隐觉得他应该是故意这么叫她的。

两个人并没有多说话，只是一起往里走。上了楼，在更衣处，叶崇磬自然地站在屹湘身后，等她脱了外套，替她收了，交到侍应生手上。

屹湘有点儿意外，她以为叶崇磬会跟很多在国外生活多年的男人一样，"内外有别"，不料他还保持着如此绅士的习惯，于是回身说了声"谢谢"。

"不客气的。"叶崇磬也把自己的外套交过去，顺手领了票。侍应生误以为他们二人是同行的，将两人的衣物登记在了一起。他看了一眼，转过身去示意侍应生，偏偏此时听见屹湘小声说"哟，仪式都开始了，咱们得快点儿了"，于是，向侍应生一摆手，将衣票收了起来。

屹湘隔了竹帘子向内张望，道："……崇碧说要罚我迟到，这下估计她要罚个狠的了……"

叶崇磬听她自言自语，不禁好笑。两人距离很近，她晃着发梢，清凉的药香味忽远忽近。他低了下头，打量她一眼——她今晚穿了一条墨绿色丝绒晚装裙，领子颇高而无袖，裙长仅仅及膝；瘦长的手臂和小腿像白生生的豆芽似的，竟像是半透明的；脚上一对墨绿色丝绒缀珠的坡跟鞋，窄窄的，越发衬得脚踝纤细而美好。

"叶大哥，我们偷偷入席好不好？呀，不行，你个子太高、太显眼了……崇碧好像看见我们了！"她一回身，轻轻地跺了下脚。

这个动作让她颇像个被老师逮到迟到的小女生，又也许是光线角度的原因，令她的脸看上去竟然有着晶莹的光芒……叶崇磬"嗯"了一声，伸手撩起了帘子，说："进去吧。"

他们一进门，不等站定，就听见叶崇磬清亮的嗓音："罚这两个！"

叶崇磬和屹湘相互看了一眼，都笑了。

"就你们两个是大忙人吗？这么大的日子，你们俩迟到！湘湘也就罢了，女孩子出个门，多花点儿时间，小磬罪无可恕！"崇磬坐在叶潜身边，这么一张罗，几乎所有的人都转过脸来看。有那么一会儿，大家竟都笑吟吟地不出声。

叶崇磬微笑着，又看了看身旁的屹湘。屹湘站得很稳，也没急于走开。

大家投向屹湘的目光多半有打量和品读的意味——邱家幼女多年音信杳然，久已未在此地社交圈出现，似蒙着一层神秘的面纱。大家原本就在关心今晚她到底会不会来，仿佛这盛宴上一个待解开的谜，待到她果然出现，就算揭了谜底，皆大欢喜了。

看得出来，屹湘今天特地选了低调和保守的着装，既显得庄重，又不失优雅，实在算得上是光彩夺目……站在叶家声名赫赫、风采夺人的儿子旁边，半点儿不落下风，让人几乎忍不住喝彩……当然，更特别的是，在万众瞩目之中，她微微红了脸，多少有些不知所措的样子，与传闻中的样子不太相符。

屹湘自然明白今天晚上的意义，无数目光如同暗夜里汹涌的潮水，一浪又一浪地涌过来，因为看不清楚，只觉得冷飕飕的……她没有带披肩来，下意识地用右手抚了一下左臂。

叶崇磐觉察她的不自在，往前走了两步，把她挡在身后，跟崇磐笑一笑，先跟祖父说："今儿开会，过来晚了。"

叶潜还未开口，崇磐不依，于是崇磐笑道："好、好，来晚了当然认罚，不过罚我一个就好了……"

"一样是迟到，只罚一个不是选择性执法吗？"崇磐说。

屹湘闻言，往前站了站，大方地说："那不可能的。"

叶崇磐听了，笑出来。

崇磐便回头对潇潇和崇碧说："听见了吧？你们俩快想法子罚他们……"

同桌的叶居德瞪了崇磐一眼，说："就你话多。"

崇磐笑道："好不容易逮着小磐出点儿错，不罚他岂不是亏了。"

大家又笑起来，都说："可不是嘛。"

屹湘走过去，先问候了叶潜，又跟在座的长辈一一打招呼。叶潜笑眯眯地看看屹湘，爽朗一笑，对邱亚非说："悄悄地说，不要让碧儿那丫头听见——湘湘往这一站，碧儿可是要被比下去了呢。"

邱亚非笑着说："伯父说笑了，两个孩子各有所长。崇碧这样出色，来到我们家，是给我们添彩了……"

叶潜微笑，又看屹湘，说："湘湘跟潇潇倒不大像。"

叶崇磐听着，没听清邱亚非笑着同祖父说了什么，看看屹湘，也看看崇碧——崇碧真正是笑靥如花，一双眼只管看着潇潇，无暇理会这边——他没出声，叶崇磐却跟着笑了，小声说："爷爷说得没错，但要是让碧儿听见，可就糟糕了。"

叶崇磐也笑了，这一桌除了邱亚非夫妇，其他都是叶家长辈。他挨个叫人，顿时觉得自己跟幼儿园小朋友似的，多少有点儿别扭。

叶崇磐打趣他说："让你来得晚，我还磕过头呢。"说着，叶崇磐不等他问，就赶他走，说，"这么大个子杵在我旁边，显得我矮。"

叶崇磐哭笑不得，只好先走开——屹湘没动，仍听爷爷问话呢。他低头看了一眼，她两脚并立，站得真是直……

叶潜说了好一会儿话，见屹湘仍垂手立着，忙让她快去坐下——他发了话，她才过去，屈膝站在母亲的座位后，跟父母亲解释了两句，无非是公司有事情来晚了些。

郗广舒拍拍她的手，微笑着点头。叶夫人坐在郗广舒身旁，看着屹湘笑道："湘湘要说乖也真是乖——你听崇磐吓唬人呢，头道菜都没上，哪里算晚，快去坐下，先吃点儿东西。"

"是，叶伯母。"屹湘看着叶夫人，笑着答应。

叶夫人脸上挂着温和的微笑，眼神也被这微笑牵扯得分外温和，既慈祥又温柔。

屹湘又看看自己的母亲，心想：也是呢，今天这个日子，自己母亲不也是温情脉脉的，丝毫不带传闻中的那种铁腕色彩。

叶夫人等屹湘往崇碧那一桌去了，笑着跟郗广舒说："还是她七八岁的时候，我见过一面。之后这许多年，竟没机会再见，忽然就这样大了，真不敢相信。"

郗广舒点头，转过脸去看看女儿。

屹湘走到潇潇和崇碧中间，崇碧伸手便抓住了她的马尾辫，准姑嫂俩也不管这是百十多客人的场合，就那么一起笑了起来……

郗广舒点头道："可不是，咱们两家这些年阴差阳错的，总不在一处。大人们见面都是匆匆的，何况他们。"

"越长越美了。"叶夫人笑道。

一旁的叶居德夫人附和，笑着说："几年不见，大变样了呢，真是大大的美人。"叶居廉夫人也笑道："小时候就是美人胚子……"

郗广舒微笑，谦和地说："略齐整些罢了，说到美，那实在是不敢当。"几位叶夫人听了都是一笑，说起了别的。

这时，从屏风后走出一队穿着雪白褂子、围着黑色长围裙的侍应生，端着方盘来到桌边，第一道菜上来了。屹湘一看是砂锅萝卜丝，问："今儿是湘菜？"

"湘菜、徽菜、粤菜与沪菜四系结合。"崇碧说着眨了眨眼。

屹湘想了想，笑着说："哟，考我呢？我姥爷出身湘江，爷爷来自徽地。"

崇碧点头，笑着看潇潇，说："是潇潇的主意。"

"亏他想得到。"屹湘看向正跟这桌主位上的叶家五叔和叶崇馨说话的哥哥，心里叹了句：哥哥实在称得上心细如发。

她和崇碧小声说着话，等叶家五叔开动，才下箸。萝卜丝清脆爽辣，好吃至极。她想吃第二口，就听崇碧说："不准多吃。"

她笑出来。

"潇潇说你前儿吃辣吃到胃疼，等下的菜都不是辣的，你再多吃些。"崇碧拦着她，"要说呢，你们也太会赶时间，要上菜了，你们到了。"

屹湘笑起来："我不是故意的啦。Josephina今天刚刚回来，总部那边有个重要的会议，我们一起开会来着。"她的胃确实还很不舒服，稍早前在会上跟 Josephina 的沟通也并不顺畅，还加重了她的不适。

"不管，反正你迟到了。等下你和我哥，我都不放过。"崇碧笑。

"好吧，刚才叶伯伯和我爸都讲话了吧？"屹湘笑。

"嗯，都讲话了，不过没超过三分钟。超过三分钟，他们二位不落泪，在场的人都要落泪了。"

屹湘看着崇碧，崇碧一双大眼睛里波光潋滟，此时又吸了吸鼻子，想必当时场面相当感人。她说："这会儿就这样了，婚礼上岂不是要哭得一塌糊涂？咱们不让老爸出席了好不好？"

崇碧扑哧一乐，说："不让？我爹还说，一定要带着我跳那支舞，就用那支曲子*Daddy's Little Girl*……"

屹湘转头去看叶居贤，正巧看到他与邱亚非执了手，一同在跟老朋友交谈。

父亲被高大健壮、腰背挺直的叶伯伯一衬，竟然显得瘦弱极了，她忙转了头。

"这菜的味道还真不错。"崇碧说。

"湘菜用的是华天金阁的厨师？"屹湘随口问。

崇碧惊讶，说："湘湘，你这是什么舌头啊！"

"他们的东安子鸡是真正的东安子鸡。"屹湘说。

侍应生正把一道菜端上来，真的就是东安子鸡。

崇碧笑道："潇潇说，你做得一手好湘菜，哪天给我们露一手？"

"算今儿迟到的惩罚吗？"屹湘笑问。她听到叶崇磐的朗朗笑声，回头看了眼。叶崇磐正周旋在宾客之间，所到之处，笑声不断。

她从刚才就注意到崇磐身上那套剪裁细致的西装，复古样式，加上那两截头的皮鞋，他就如同老相片里走出来的俊美公子，这让他迥异于他的堂兄弟。

她的目光在四周一扫，叶家兄弟散坐在各处，各自照应一处，她不禁想起那日父亲夸奖叶家人齐心，凡家中有事，必定一起伸手帮忙，果然如此。

"我们家大哥的性子，不疯魔，不成活，就是这句话了。"崇碧叹道。

屹湘点头，可不是吗……

不一会儿，崇碧被潇潇叫走了。

屹湘独坐了片刻，拿起手边的水晶杯，轻轻一嗅，脑海中似乎噼里啪啦闪起了火花——今晚的香槟酒选得好极了，味道甜爽诱人……

叶崇磐刚坐下来，就看到屹湘拿起了酒杯，以为她要喝酒，不想只是品评了下香气和色泽，就把酒杯放下了。但很快她又把杯子拿了起来，晃一晃，再放下……如此重复了几遍，但并不喝。

他有点纳闷，拿了手边的香槟过来尝了尝。酒很不错，可鼻端馥郁的花香几乎盖过酒香。虽然是这样喜庆的场合，鲜花再多也不嫌过分，但他还是觉得香气有些过于浓郁了，他一向不大欣赏得来香水百合的味道。

"潇潇和崇碧登台了。"叶居正微笑着招呼大家。

叶崇磐抬头看过去——潇潇跟崇碧刚刚走到舞台中央，在那堵漂亮的花墙前站住——潇潇身材颀长而帅气，今晚比平时多了一分喜气，稍显活泼；崇碧容色鲜艳秀丽，巧笑倩兮，端庄而沉稳……果然一对璧人，让人看了心里便生出些欢喜来。

叶崇磬又啜了口香槟，听见五叔称赞这俩孩子般配，笑着点头称是。不知谁带了头，掌声响起来，持续而热烈。潇潇举起酒杯，掌声才渐渐歇了。

潇潇开了口，与崇碧一道，感谢诸位亲友今晚能出席宴会，感谢大家的祝福……叶崇磬微笑。这也就是官样文章，并无甚出奇之处。可不晓得为什么，话从邱潇潇嘴里说出来，哪怕是照本宣科，也格外有感染力，这就不得不说是天赋了。

叶崇磬目光一转，就看到好几位女性长辈都在拿手帕擦眼角，再看屹湘，也伏在椅背上，专注地看着她的哥哥，满脸都是笑意。

潇潇举杯的时候，特别向着这个方向示意，她马上回手拿起水晶杯，贴唇一抿，酒是确定没有喝多少的，脸却立刻就红了。

"潇潇这小子真是有意思。"叶居正微笑着说。

叶崇磬没出声，又给五叔斟了一杯酒。五叔这会儿工夫已经称赞了潇潇好几回，可见潇潇有多让他满意。这时台上传来一阵笑语，他抬头一看，崇磬上了台。

崇磬从潇潇手中接过话筒，说："这会儿大家酒过三巡，菜过五味，该是上节目的时候了——今儿这两位是主角，头一个节目，就请他们钦点。"说着，他把话筒推给崇碧。

屹湘见崇碧往他们这边看来，笑着挥手示意。崇碧穿着她亲手制作的衣服，美丽极了。她看在眼里，不由得兴奋，又或许是刚刚抿了那一滴酒的缘故，虽只是沾了沾唇，心头却有一点儿战栗的快感，这会儿全身发热，差不多是醉了的感觉了。

"……能不能请哥哥来一支曲子，算作今天送我的礼物？"

屹湘听到这句话，转头看向叶崇磬。

叶崇磬愣了愣，比画了一下，意思是：没有琴啊。屹湘看人家兄妹互动，笑着看了潇潇。

潇潇笑着朝她眨了眨眼，她就笑得更欢了。

"这个容易。"崇碧笑道。

她话音一落，花墙后就走出两人，一人搬琴凳，一人拎了大提琴，送到舞台中央："早就给你准备好了。"

叶崇磬笑，这分明是早有预谋。他起身走到台上，笑着说："我可有个条件，今儿别是我独奏，好事成双，是不是？你们谁跟我配合配合？"

叶崇磬接口便道："我说他哪儿能这么容易就吃罚单的——来，我们再麻烦一下工作人员。"

他话音未落，又有四名工作人员从花墙后走出来，这一回他们推出了一架钢琴。底下众位宾客齐齐哄笑，掌声又响了起来。

叶崇磐笑着说："这墙后藏了个宝库呢！"

"那可不！你想要什么，都能给你变出来……要人配合不是？有！小湘湘在哪儿？"

屹湘正乐呵呢，突然被点了名，立即举起手来："在！叫我？"

叶居正爽朗大笑："湘湘也太老实了，会被小磐他们欺负的。"

"对，就是你！来、来、来，你也来——刚才咱们说什么来着？"叶崇磐打定主意要让屹湘跟崇磐表演节目了，一个劲儿地催屹湘。

屹湘只好站起来，整理了一下裙摆，快走几步上前，小声说："我不会唱歌，也不会跳舞。"

"不要你唱歌，也不要你跳舞，这不是有钢琴？*Rolling in the deep*，碧儿最近最喜欢的曲子，请吧。"叶崇磐笑着。

崇磐看向屹湘。

"我不太会……"屹湘刚开口，潇潇便打开琴盖——谱子也准备好了。

叶崇磐一脸坏笑，示意潇潇跟崇碧回去坐，然后朝大家说："让我们欣赏*Rolling in the deep*，表演者邱屹湘、叶崇磐。二位，请吧。"他说完，抬手打了个榧子。四周暗下来，独留了两束光，一束落在钢琴上、一束落在大提琴上。

叶崇磐跟屹湘还站在暗影里。两人对视，都知道这势在必行，于是微笑。

叶崇磐问："要换支曲子吗？"

屹湘想了想，说："给我几分钟准备。"她走过去坐到琴凳上，先试了试琴。

厅内已经完全安静了下来，咚咚几声响，这四壁的回音、光影的效果，让她立刻有置身于音乐厅的错觉，她不禁轻叹。

叶崇磐替她打开琴谱，低声说："这地方装修得很专业，可以举行音乐会的。"

她朝叶崇磐笑了笑，点头。

叶崇磐这才坐下，将琴弓搭在弦上，等着屹湘——她额头上微有汗意，抿着唇看谱子的表情，认真到有些紧张。

看她紧张，他倒越发放松……她终于抬头，示意他可以了。

他点点头，琴弓一拉，大提琴那浑厚的声音泻出来……

叶崇磐听得出屹湘的技法相当生疏了，但好在灵性还是有的。

屹湘也知道叶崇磐是在尽力发挥好，掩盖二人初次合作的冲突。二人的配合渐入佳境，乐曲舒缓，扣人心弦。

一曲终了，大厅内寂然无声。

叶崇磐的手放在琴弦上，琴弦的震颤从他的掌心出去，直抵心脏，撼动着他的神经……直到掌声响起，他才抬头。屹湘正看着他，做了一个"V"的手势，很傻的一个手势……他看了她片刻，才点了点头，起身过来，托了她的手。两人站到一处，一同向台下鞠躬，掌声更响了。

这时叶崇磐从台下走了上来，笑着说："这真是惊喜啊！我还指望着你们俩演砸，给我们贡献点儿笑料呢……这可怎么好？大伙没笑，这节目可不算数啊……"

叶崇磬不待他说完，便朝门口一指，说："大哥，让我们出节目没问题。不过你没发现那里还有个偷偷溜进来的吗？"

"是吗？在哪儿？灯光给我亮起来！"

室内灯光慢慢亮了起来，大家齐齐地回过头去看谁来了。屹湘一时有些不适应这强光，眼前有那么一会儿完全被一片金光占据了。待金光渐渐淡去，门口竹帘前站立的人，轮廓才清晰可辨，原来，是董亚宁不知何时到了……

她怔了一下，他长身玉立，双手插在裤袋里，自在地站在那里。他脸上微微笑着，忽然变成了万众瞩目的焦点，就笑得更从容，一路走过来，直冲着叶崇磬道："你这人也是，好好地弹你的棉花就是了，怎么还拉我垫背？"

说话间，人已经站到台上，向下面的众人微微鞠了一躬，笑着说："既然来迟了，自当认罚。待会儿我自罚三杯，主人家要我怎样，我就怎样，行不行？"

叶崇磬笑道："能要你怎样？我们家又不缺好牲口拉车——况且你也没那力气。"他说着，认真做出估量董亚宁的样子来，底下一片哄笑。

董亚宁知道他一向是这样的，笑着说："大哥今儿就别逮住我损了。"

"不损你也可以。"崇磬指着台上的钢琴和大提琴，"你也用这个，给我们来一个好节目——人家二位珠玉在前，你不准掉份儿。"

董亚宁听了，认真瞅瞅站在他旁边的叶崇磬和屹湘。屹湘只觉得他目光如电，虽是粗粗地扫了她一眼，便去看叶崇磬了，但她还是能感受到他目光里刺骨的寒意——她竟不由自主地笑了出来。

她抬了抬右脚，脚踝仍有些酸软，经受不住长久站立。

叶崇磬见董亚宁看向自己，眉端微扬，说："你别打我的主意，我今儿是认罚，可不打算一再献丑。"

董亚宁哼了一声，向台下的潇潇招手。

潇潇刚要起身，被崇碧拉住。

崇碧大声说："不带还让我们潇潇出节目的！"

潇潇就顺势坐了回去，做出无奈的样子来。

董亚宁侧身就着崇磬手里的话筒说了句："潇潇，你这个节目不错，给我们表演什么叫'妻管严'呢！"

哄堂大笑。

屹湘在这笑声里，悄悄从台子的另一边退了下去。崇磬发现，就要拦她。

叶崇磐一把拉住了崇磐，转过脸去，说："董亚宁，你痛快点儿啊，要说你西洋乐器不行，这话我们信，可你民乐总是行的吧？"

崇磐被这话点醒，哟了一声，看着董亚宁。

董亚宁立刻就笑了，问："难不成你们连胡琴都有？还是带着全套的班子？"他说着掸了掸衣袖，从机场直奔了这儿，穿得极随意潇洒，倒合了他素日的风度，因此往这里一站，虽然并不庄重，但也并不显得失礼。

"又不打算正经开台唱戏，哪儿有时时备着班底的呢？琴倒是要什么有什么。"崇磐笑着说，"怎么着？小磐最了解你了，我再替他点拨点拨你——来段儿琴呢，还是曲？"

董亚宁看着他，很快便有了主意，说："既然到了这般田地，还请哥哥救我一救哇……"他这一"哇"，便扯上了调门，一字在喉间迂回婉转，两手一搭，一揖几乎到地。再抬头，他笑眉笑眼地望着叶崇磐。

叶崇磐忍不住微微一笑，晓得接下来没他什么事儿了，也学了屹湘，悄悄往后撤。

席间众位亲友有性急的，这时候高声催促，董亚宁示意叶崇磐："请吧？"

叶崇磐拍了拍话筒，微笑道："得了，不为难你，瞧着你一时半会儿也想不出什么好招数来——今儿晚上按说应该来一出《龙凤呈祥》，仓促间总也凑不齐人哪。"

"《龙凤呈祥》倒罢了，《钟馗嫁妹》才是应了景呢。"叶崇岩在座位上接了话。

他话音未落，已经被身边坐着的叶居善拍了一巴掌，说："胡说！"

"您瞧我们大哥那架势，不是钟馗，那是什么？"崇岩笑。

叶居善也笑了，冲台上道："磐儿和亚宁快些，我们都等着呢！今儿大伙有耳福，叶崇磐这钟馗要不是瞧着妹子的脸面，也不轻易开腔。"

众人又是大笑。

台上两人一商量，叶崇磐就跟大家报了名目："清唱一段《坐宫》，准备仓促，各位多包涵。"

早有人送上来一只话筒给董亚宁，他接过来，跟叶崇磐分别背转身去，各自调整情绪……

"亚宁还有这手呢？"崇碧在座席上，笑着轻声问道。

"他京胡拉得好极了。"叶崇磐听见，小声说。

潇潇跟着点了下头，说："只是不轻易显露出来。"

"要不怎么跟大哥对撇子呢？"叶崇磐看着台上的两个人，舞台中央只剩一团亮光，正在预备中的二人仍在光团之外，只看得到轮廓，忽听到董亚宁连打了两个喷嚏，他愣了一下，笑出来，"糟了。"

"怎么？"崇碧问。

"他的花粉过敏症很严重，前几日还犯了。"叶崇磐说。

"布置会场的时候已经交代处理过，我也怕花粉会惹事。"崇碧解释。

"那就好，应该不会有太大影响。"叶崇磐拿起湿毛巾擦了擦手，看屹湘似有些心不在焉的样子，顿了顿，正要开口，见崇碧转向屹湘，就没作声。

崇碧笑着和屹湘说："你的琴弹得也好，当真是拿得起来、放得下……"

"她那也叫弹得好？"潇潇笑道。

"咦，你倒说说，这都不叫好，那什么样的算好呢？"崇碧的眼睛里含着笑意，揶揄潇潇。

潇潇看着她，不出声了。

"是不算好呢，我向来没有在这上头下过苦功夫。"屹湘马上接过话来，笑眯眯地说，"刚才是多亏叶大哥带着我，单我自己肯定会闹笑话的。"

"怎么会呢，不过你们配合得的确好极了。"崇碧笑着说，回过头去看台上，"来了，来了，先看戏。"

屹湘过一会儿，才往舞台上看去。叶崇磐扮的铁镜公主手臂弯起做怀抱婴儿状，轻移脚步踏进光团中，待稳稳站定后，开腔唱了头一句"听他言吓得我浑身是汗"，屹湘的手垂下去，放在了膝盖上。

众人捧场叫了声"好"，像有一团热乎乎的水蒸气向她靠拢过来，她身上的毛孔渐渐张开，顿时汗出如浆……

台上，董亚宁眼睛一眨不眨地看着光团中的叶崇磐。果然是只要他一开腔，所有的火花都在他周身噼里啪啦地爆开。

崇磐的嗓音，清、透、圆、脆、甜、亮……无一不美，美得就算是在这样热闹喧哗的氛围里、最显著的是喜气而不是戏的时刻，也让人不由自主地被他吸引。

众人听着崇磐继续往下唱："……十五载到今日他才吐真言。原来是杨家将把名姓改换，他思家乡想骨肉却不得团圆……"

他眼前的这个人影，却像是越缩越小，渐渐变成了另一个样子——那个人，穿着并不是很合身的戏服，愣是把"原来是杨家将把名姓改换"唱成了"原来是杨家将改头换面"……

大礼堂里，台下是全校师生，从校长到老师，双层看台坐满了各个年级的同学，有数千人之多。 他听着她唱错，一时没绷住，扑哧一声笑了出来。紧贴在腮上的小麦克风将这一声笑清晰地传了出去……他立刻意识到坏了事，就只见她上了妆的面孔都红惨了，一对眼睛直盯着他，像是盯死一只蚊子似的……他的胡须在乱抖，她怀中那个假婴儿被她捏得变了形，身上的锦袍随着呼吸的急剧加速了金光的乱窜，晃得他额头冒汗……

　　一场好好的艺术节汇报演出，愣是被她一句口误加他的"笑场"给弄得状况频出。两个人越唱越快，琴师也压不住他们俩的节奏。也不知道两人都是用了怎样的意志力克服下来，好歹撑到结束，着急忙慌地谢了幕逃到了后台。操琴的老师傅怒气冲冲地甩手离去。

　　她还没卸妆，回头瞪他一眼，袖子一甩便动手打他，袖口的水钻钩住了他的胡子，猛然间扯下来，胡子、帽子乱七八糟地挂在脸上，他只觉得耳下一阵火辣辣的痛，伸手一摸，血……她吓坏了，胡乱用白袖子按在他的伤口上，那眼睛里满满的怒火忽然间被泪水扑灭了，全是恐慌，全是……

　　"……我这里走向前再把礼见，尊一声驸马爷细听咱言。"叶崇磐转身对着董亚宁，"驸马！"他的兰花指原本由外向内虚虚一晃点到为止即可，此时他额外来了一个动作，点了一下亚宁，下一声娇滴婉转，"驸马呀！"

　　董亚宁顿时知道崇磐看出了他精神不集中，这后面一声"驸马"也是多余来的，他忙做手势拎袍带表示自己已经六神归位。

　　叶崇磐从容地点头，接着唱道："早晚间休怪我言语怠慢，不知者不怪罪你的海量放宽。"

　　"公主哇！"董亚宁一步上前，开了腔。他这算是多年来当众头一回亮嗓，下面坐着的除了长辈，便是朋友，倒真是从未见他来这么一出，说捧场，大家也的确捧场，直接就给了一个碰头彩。

　　他微微鞠躬致意。

　　"我和你好夫妻恩德不浅，贤公主又何必礼太谦。杨延辉有一日愁眉得展，誓不忘贤公主恩重如山。"这一段西皮快板，董亚宁唱得如水银泻地般干净利索，听众中戏曲修养高的如叶居善等人都露出赞许的笑容，一时掌声如潮。

　　叶崇磐见董亚宁进入状态颇快，放松地接上了词。这段戏原本他就是极熟的，以为董亚宁不过玩票，能顺利唱下来就算不错，哪儿料到董亚宁一开腔颇令他惊艳。二人交接之间显得娴熟无比、默契横生，他心情一好，唱得也格外来劲儿——他们你来我往，虽说是清唱，但也正是各凭本领，半点儿拙也藏不住……

　　圆圆满满地唱下来，董亚宁收住势，只觉得自己身上都热了起来，听着下面大家鼓掌叫好，喊着"再来一个"，他抱拳道谢，又郑重地谢叶崇磐。

　　叶崇磐得意而矜持地笑着，跟董亚宁一起鞠躬，这才算谢了幕。

　　厅里的气氛经过这两个节目顿时更热闹了，菜还在继续上，可席间人人的情绪都已经兴奋了，谈笑风生者有之，手舞足蹈者有之……董亚宁往叶潜老爷子那里跟一众长辈问安、道喜、敬酒，顺便也为自己的迟到致歉之后，才过来潇潇这里。一站定，他还没开口，就真如他之前所言，痛痛快快地自罚了三杯。

屹湘就看见三个杯子像流星一般在桌面与董亚宁的手之间滑过,晶莹闪烁,她默默地转了下脸。

叶崇磬说了句"慢点儿",但董亚宁没听。崇碧见他喝得太猛,想要拦一下,反被潇潇拉住。

待亚宁三大杯白酒下肚,看他仍气定神稳,崇碧刚要松一口气,就见他又将三杯满上,说:"敬你们。"

他先干了,一亮杯底。崇碧整晚没见过人这么跟他们俩喝酒的,一时犹豫,却见潇潇也不多话,拿起杯子也干了,接着说:"崇碧酒量不好,我替她。"

董亚宁点头,笑道:"崇碧随意。"

崇碧倒笑了,说:"哪个还用他替!不过,若是我结婚那天你敢这么灌我酒,你就等着瞧。"她说罢,端起杯子来,一饮而尽,"谢谢董哥。"

董亚宁竖起大拇指,笑道:"论理,这话不该今儿说,不过今儿说也不过分——我们潇潇,以后就拜托你了。"

崇碧笑着看了潇潇一眼,说:"没问题。快坐下,吃点儿热菜。"

叶崇磬这时才跟董亚宁示意:他右手边空着的位子是给亚宁留的。董亚宁走过去,还没坐稳,就见一只白袖子越过了他的肩膀,将一个海碗放在了他面前。

"哥哥哟!"他不用回头都知道这一准是叶崇磬。

果然叶崇磬拎起一瓶酒,唰唰两下启封,咕咚咕咚直往海碗里倒。他笑道:"哥哥,你这是向着我呢,这可是好酒!"

叶崇磬将空酒瓶砰地一下放在桌上,说:"你给我喝了,我什么话都不说了。"他一整晚都笑嘻嘻的,此刻面无表情。

董亚宁晓得他这是为自己在台上走神而小小发作一下,自知理亏,于是也不说什么,痛快地将海碗端了起来。

一桌子的人都吃惊不小,这么大一碗,何况董亚宁已经喝了不少……叶居正皱了下眉,刚想说崇磬一句胡闹,董亚宁嘴唇已经沾到了碗沿,他话到嘴边,也就没出口。

董家父子出了名的好酒与海量,他也是知道的。

只见董亚宁鲸饮一海碗,跟喝凉水似的,饮罢将碗扣了过来,漂亮的眼睛此时简直像两颗浸在泉水中的黑葡萄,转一转,望住叶崇磬:"哥哥?"

"痛快!今儿就饶了你。"叶崇磬拍了他的肩膀一下,"回头我在大戏院开台,你一定要来。"说罢,不等他表态,叶崇磬便转身离去。

董亚宁这才吐出一口气,见大家都有点儿担心地看着他,他一笑:"这会儿来个火星子,我能变喷火龙。"

大家见他无事,都放了心。长辈们笑着说虽说是海量,喝得这么急也不好,劝他吃点儿东西。他都点头应承，却没有拿筷子。崇碧拉他坐下，让人特地为他沏了一壶白茶搁在手边。

潇潇给他递上毛巾擦脸，也催他快点儿吃些东西。

大家围着亚宁转，叶崇磐一直没出声，这时见亚宁双颊绯红，浑身上下酒气沉沉，才说："我看你是活腻歪了——哪有这样喝的！"

"不怪他呀，要是不喝，大哥怎么会轻易饶了他……"崇碧微微皱了下眉，朝崇磐看了一眼。

董亚宁没答话，瞅了一眼叶崇磐左手边的位子，那里不知道什么时候空了，餐巾叠起来放在椅子上……他便笑了笑，笑容跟他身上灼热的气体恰好相反，是冷的。

叶崇磐看看董亚宁，等他喝了茶，又给他续了一杯。他也瞟了一眼身旁的空位——屹湘这趟卫生间也实在去得太久了……

叶崇磐转过脸来，见亚宁仍盯着这个空位，眸色沉得像什么似的，不禁微微皱了下眉。

此时屹湘仍在卫生间里，她从架子上取下一条雪白的毛巾，铺在马桶盖上，坐上去，揉着脚踝，权当休息了。

外面有女宾进进出出，多数是来补妆的。她们轻松地聊着天，笑意盈盈的。屹湘从她们的声音里判断着这个可能是谁、那个可能是谁……有的陌生，有的熟悉些——间或有人会提到她，"想不到多年不见竟比先前出落得更美了"；也有说"听说如今在LW任职高层，倒是不知道怎么成了空降兵的，不过这也没什么，以后还是方便了我们"……不像她想象的那样，说些奇奇怪怪的闲话，这让她的神经略微放松。

是呢，有些事情，除了当事人还记得，对旁人来说，时过境迁，宛如云烟，早已散尽。她按了按胸口，外面已经好一会儿没有动静，她准备起身。

突然，外面的门一开，高跟鞋响，她只得又坐稳了。

"董亚宁还有这一手，真看不出来，我以为他只会喝酒打架。"女人竟是叹了口气。

"你不就喜欢他这样的火暴脾气，够man？"语气带着戏谑。

"是啊！不过，听说前几日发脾气，在Reitz门口揪住不知道哪个女的伸手就打——你说他如今是不是越来越吓人了？再怎么着，动手打女人也太可怕了……"女人又叹口气。

"要打也用支票打是吗？难道他的手不打女人、只签支票给女人，就不可怕了？"还是戏谑的语气。

屹湘托住腮——这一时半会儿的，还真出不去了。身上是一波一波的热浪，细细密密的汗又开始不住地往外冒。

"谁是那个意思来着！反正你就是觉得他不好，怎么比也比不上叶崇磐是吗？"

"根本就没法比好不好。"语气中的戏谑不见了，正经起来。

"在这儿说话，叶崇磐听不见的，甭这么夸，肉麻。"

"听不听得见，我该夸都要夸啊……"

"其实啊，叶崇磐要沾点儿董亚宁的性情，董亚宁有点儿叶崇磐的内敛，或许也就完美了。"

"要我说，大可不必，天生什么样，就是什么样——如男人说女人，顶烦上帝给你一张脸、你自己再造一张；我也顶烦男人掩了真性情，偏要装腔作势……"

屹湘想：这二位年轻，听起来不过二十岁出头的样子，说得也不无道理。

她揉着酸痛的脚踝，仔细看看，比起白天来肿了许多。

她这两天一直穿平底鞋，来参加晚宴，选平底鞋配晚装也不错，她却硬是想要精精神神、漂漂亮亮地出现，许是潜意识希望自己能有个更好的状态站在邱家人这一列里。她包里有药，这会儿拿出来，喷了一点儿在手心，揉着脚踝。

药味飘散开，外面聊天嬉笑的女子顿住，小声说："咦……药味。"

"好难闻。"

二人马上结伴离去了。

屹湘将药瓶放回包里，收拾好东西走了出来。外间化妆室空无一人，她用冷水浸了一会儿面颊，仍无法消除面上的潮热。她看了看脸上，仔细地补妆，补得极仔细，生怕有一点儿不得体。她对着镜子再三检查，忽然觉得自己这般仔细，也实在是有些过了。她走出去，看了眼宴会厅方向。厅里笑语声声，丝毫未见消减。她略站了站，却往相反的方向去了。

方才下车时她已经留意到这栋建筑极具风格，行走其中，看过细节，更能领略到其设计的妙处。她慢慢走着，看着室内的摆设，心想也难怪刚刚崇磐大哥逗他们表演节目，那些乐器说搬来就搬来，原来这里的乐器俯拾皆是。墙上几把小提琴，她仔细一看，竟真的是意大利名家制作，具有几百年历史的东西。她边走边看——这里可不单是收藏乐器，还收藏各类古董。虽然归类有点儿杂，可样样都稀奇有趣。

她不知不觉走到了长廊尽头，眼前出现一截楼梯。她走上去，到了另一层，发现这里陈列了许多艺术品。从藏品来看，主人的品位上佳。她走了这么久，觉得累了，好在面前就是一个巨大的平台。见平台上有竹编桌椅，她就走了过去。外面是一片竹林，此时微风阵阵，竹叶沙沙作响，十分怡人。她坐下来，平伸了腿，右脚轻轻地转着圈子，鞋面上的珠子因为轻轻的摇晃，宝光四溢……

叶崇磐缓步走上来，抬眼便看到了这一幕。他收住脚步，手里的烟盒也掉转了个儿。淡淡的银光画了个弧线，被控在手掌心里；控也是该控住了的，却不知为何，那银光似乎是投到了心的平面上，对着的分明是洒着淡淡月光的一个角落，那里却渐渐亮起来了似的——他不想会在这里撞见她，且撞见她的时候，这些小动作，实在是不太配她这身打扮和整晚的表现。

他一下子便想起了她刚刚在台上对他做的那个小动作：小剪刀手，轻轻一晃——她的手不大，手指也不算长，手掌更是圆又小，显然不是钢琴家的材料，当年练琴，想必吃了不少苦头……他想着，其实她琴弹得真不算坏，生疏是生疏了些，正像她这个人，不知为何，在这环境里，处处显得生疏。

脚踝处的酸痛缓解了一些，屹湘收了一下腿，余光一扫，看到了一个影子，心猛地一跳，几乎要从竹编椅上跌下去。

"你在这儿。"叶崇磬见屹湘有些被吓到的样子，缓缓开了口。

他在淡影之中，无形中更显得高大一些，屹湘直愣愣地看了他几秒钟，心跳才恢复了正常。

"哦，是你呀。"她心里有点儿恼火，这人分明是早就站在了那里。她没发觉，他也不出声，无端端地吓她一跳。

叶崇磬听出她的语气有些冷淡和气恼，说："对不起，我是想找个没人的位置抽支烟的，本来不想打扰你。"

他这么一解释，屹湘反而不知道该说什么好，又听他问："可以吗？"见他指向了另一张竹编椅，她看了眼他手里的烟盒，点点头。

叶崇磬坐下来，竹编椅宽大，他坐下去，椅子发出吱吱的轻响，听起来，像是挑夫肩上那扁担的声音。而风穿竹林，稀稀落落的动静，在这个时候，竟然别有一番味道——不知不觉间，刚刚被惊吓的气恼烟消云散。

屹湘却也不主动跟叶崇磬搭话。好一会儿，也许是因为环境实在优雅和清静，又极其亲近自然，让人无比放松，他俩才自然地交谈了起来。

"这儿环境好极了，还清静，要不是一早知道是私宅，还以为是博物馆呢。"屹湘轻声说。

"焰火有时会过来度周末，就是图清静。"叶崇磬说。

"他今天没来吧？"屹湘说。今天没有外人，但这是焰火的场地。

"这阵子在国外。"叶崇磬说着，发觉有点儿异样。屹湘坐在他对面，风从她那边吹来，药味浓郁，早已超出了用香的范围。他打量了她一下，目光在她脚踝处如蜻蜓点水般一碰，迅速移开。

"我只记得他以前的样子。"屹湘靠在竹编椅上，轻声说。微凉的扶手熨帖着手心，由内至外的燥热，被赶走了一些。她对焰火的印象还停留在那个流鼻涕的小屁孩上，也多年不见了，就没往事业有成的成年人上联想。这会儿她忽然意识到能在这儿拥有一栋藏宝无数的私宅，单维护也是一笔不小的数目了……看来流着鼻涕的小屁孩也长大了，能独当一面了。

是啊，人怎么可能不成长呢？她细想了想焰火的岁数，轻轻摇了摇头。

叶崇磬沉吟片刻，才说："差不多年纪的，还都做着梦呢，他不大一样。"

"嗯？"屹湘看他，这话里必定有话，再一想，她也就点了点头，"也不易。"

叶崇磬轻轻敲了下烟盒，屹湘语气里的体谅和温和让他一时间有点儿愣神。他侧耳听了听楼下的动静，顺便瞟了眼屋内的落地钟。

"差不多该散席了，我先下去看看。"他说着便站了起来，看了看她，"少一个人不会有人发现的。"

屹湘正要跟着起身，明白过来他说什么，微笑道："话虽是这么说，可怎么行啊。"

叶崇磬想想，也是，怎么行啊——若是行的话，他们又何必处处周全，躲个清静都跟犯了错似的——他转身走在前面，但他走得很慢，看屹湘起身，脚踏在地上，有些不敢用力，就走得更慢了些。

下楼时，他瞥了一眼墙上的小提琴，脚下一滞。屹湘跟着停下脚步，看了看，轻轻"呀"了一声。

叶崇磬没动，仍是看着那琴。屹湘跨过去半步，靠近些看仔细，却松了口气。

"我还以为是……我有个朋友是拉小提琴的，她有一把琴跟这把很像。"她想到什么，声音又低了些。

叶崇磬心头一震，想要回头，却没有，只说："是吗？"

"嗯。她从小身体弱，不能下苦功夫练习……就学了几年小提琴，拉得很好的……"屹湘的声音里有若隐若现的黯然。

叶崇磬不语。

琴身光亮，映着他们俩模糊的影子。

屹湘伸手将小提琴拿起来，琴被养护得很好，仿佛随时在等着谁拿来演奏呢。她轻轻将小提琴放在肩上，琴弓轻轻一拉，是舒缓而又轻快的《月光》。

叶崇磬看着她细巧的手指灵活地在琴弦上移动着，音乐塞了满耳满心，却好像什么也没听见，只有这个纤柔的身影，随着乐符，渐渐地、渐渐地踏进他的眼睛里。

屹湘将琴放回原位，心情有一点儿激动，或许是今晚的气氛使然。也不知为何，哪怕是她根本就没信心拉完整首曲子，她还是像受了什么指引般放肆起来。

两个人都满腹心事，一把小提琴，勾起了无数回忆。

他们一前一后地下楼梯，越走越好像是要从世外桃源回到烟火人间去。听那欢声笑语，宴会厅内比他们离开前越发热闹了。

屹湘走在叶崇磬身后，看着他不疾不徐地迈着大方的步子，一双跟身高极为相配的长腿，交替出现在她的视线范围内。没留神他忽然站住了，她的视线也被迫抬高……

董亚宁斜靠在一个玻璃柜上，手里捏着一支香烟，看样子是一口没吸，那烟燃了大半，烟灰都落在地毯上。

他倚靠的玻璃柜里安置着一架竖琴，从屹湘的角度看过去，他的身影被琴弦均匀地分割开了……

叶崇磐走过去，微笑着问："你怎么样啊？不舒服了？"

他站的位置，恰好挡住了屹湘的去路，她只好跟着站住。

董亚宁脸上一片绯红，而下巴处那道疤痕的颜色却泛白，十分触目。

屹湘看他一眼，移开目光。

叶崇磐担心亚宁醉了，伸手拉他。

董亚宁手臂一挣，轻易就挣脱了，笑着说："我可没醉啊。"

"谁说你醉了？"叶崇磐也笑了。

"知道就好。"董亚宁站直了，剩下那点燃着的烟，被他用两指掐灭，走两步就有一个高高的水晶烟灰缸，他手指一弹，将还冒着烟的烟头准确地弹了进去……屹湘看见，眉头皱了起来。

"人都走了一半了，我也该回了。"他说。

此时竹帘子被掀起一角，有人在那里喊："湘湘，快来，要照相了。"

叶崇磐这才想起身后的屹湘，就听她说声"我先过去"，便急匆匆地从两人中间走了过去。他看她踩着高跟鞋几乎跑起来，不禁眉头一皱。

这会儿工夫，那墨绿色的身影一转，从竹帘处消失了。他吸了口气，吸进一股浓烈的酒味，故意抬手扇了一下。

"这味儿！"他看看亚宁，"瞧你今儿晚上这状态，不知道的，还以为你看上了我妹子，今儿专门来喝酒撒野、演横刀夺爱的戏码呢！"

董亚宁顿了顿，大笑起来。叶崇磐看着他发红的眼睛。亚宁这样子，虽没醉倒，但过后闹酒也不好受。

"怎么了？"他问。

他刚才当然是说笑的，可亚宁心情不佳，这可错不了。

"没怎么……你有时候真有点儿幽默。我若是看上了碧儿，潇潇才不是我的对手。"董亚宁笑着，转了身走在前头，脚步四平八稳，与平时并无异样。

叶崇磐笑了笑，董亚宁，嘴皮子上的这份自信，是怎么也不肯落人后的。他跟亚宁一起穿过竹帘，客人们已经走了不少，好像一幕华丽的戏在渐渐落幕，观众已纷纷离席。

此时花墙前，邱潇潇跟叶崇碧像一对布景板前漂亮的玩偶娃娃，脸上挂着微笑，和气地跟亲朋好友合影。董亚宁手插在裤袋里，轻声说："我最佩服潇潇的一点儿，就是分明就不是俗人，可真的俗起来，就用他那耐烦、不怕琐碎的性子，什么俗事也肯以十二万分的认真去做。"

"就比如？"

"就比如眼下。"董亚宁踮了踮脚。

叶崇磬沉默。

屹湘也被拉过去了，她站在潇潇身边，微笑着陪着拍照。

叶崇磬不知怎的，忽然觉得她会回头，果然，她回了一下头，往这边看来……他的心头立刻像是被一根圆嘟嘟的手指戳了一下。

崇碧也跟着看过来，立即招手叫他："快来照相，就差你们了。"

"你佩服潇潇，我佩服碧儿。"叶崇磬说。他这个妹妹，整晚都在笑，照应全场，精力充沛至极。以往他总觉得她性子强，担心没人能受得了她，现在看着，活泼能干便有活泼能干的好处——假使真有人值得她付出，就该祝福她。

听亚宁笑出声来，他轻咳一下。

"大哥，亚宁，快来一起合个影。"潇潇也说，他微微笑着，将崇碧揽在身边。

叶崇磬碰了碰董亚宁，说："走。"

董亚宁看着在花墙前等候的三个人，抬手摸了摸下巴，跟叶崇磬一道走了过去。到近前看了看，他就站在了潇潇跟崇碧中间，故意将二人左右一拱，再推一推。

潇潇笑了，并不介意，崇碧却瞪了他一眼说："哪儿有你这样的呀……站过去。"

亚宁笑，身子歪了歪，站立不稳了，口齿却清晰，说："就这样。"

"你怎么这么讨厌啊。"崇碧又瞪一眼。

董亚宁哈哈大笑，这才将她的位置归还，说："你一个留学生，怎么也那么迷信。"

崇碧当然不是真的迷信，不过这种日子，她不愿意有半点儿不好的意头。这本来是她很隐秘的一点儿小心思，竟被董亚宁戳破，一时气结。

董亚宁见她有些恼了，忙站低些，笑着说："得、得、得，还较真儿了。"

叶崇磬听见，开玩笑地补了一句："你别惹她，回头哭给你看。"

崇碧握了下拳头，潇潇趁机握了她的手，微笑着看她，她顿时哑了声。屹湘笑出来。

董亚宁瞅了屹湘一眼，转身站直了。

这时候摄影师看看镜头，提醒他们可以站得松散些。屹湘便往外挪了挪，不小心一脚踩在了她身旁叶崇磬的脚上，忙说："对不起。"

"没关系。"叶崇磬眉头都没皱一下，极自然地伸手扶了她，"看镜头。"

屹湘忙转头，闪光灯连续闪动……她眼前被晃得几乎全白了，叶崇磬那双温和的眸子却在这一片白光之中，极其清晰。她额上又在出汗了……下面等着合影的女孩子们见他们拍完这一组，笑着说"快快，换人，换人"。

屹湘赶忙走了下去，这回她小心翼翼，走得又轻又快又小心，生怕再踩到什么人。

叶崇磬却被拉住，他惦记着前面正在送客的父母，笑着摆手，让开一步空间，看合影的人里也没有了董亚宁，忙寻找着。

很快，叶崇磬就看见董亚宁正跟几位年轻的女子站在一处聊天。他见惯了董亚宁左右逢源，见其没事，索性不管，快步往外走去。

崇碁看见他，拦住问一会儿要不要换个地方喝一杯，难得高兴，他直接说不去。

崇碁就笑，说："我们已经约好人了啊，你不来，我们缺一个。"

叶崇磬听出话不对，就说："别是跟上回似的，说约我打牌，结果是大姑让你们安排人相看我。"

崇碁笑着说："上回的事你还记得，你都说了两回，我们怎么敢再来一次，是吧，崇岩。"

崇岩正在打电话，听见哥哥说的，急忙挥了下手，说："二哥啊，这回真是正经的小聚会，来的美女都是有名有姓的，而且好几位都是听说你去才约得到呢……"

"滚。"叶崇磬笑骂，忍不住出口教训弟弟们，"既然是有名有姓的，你们也正经些。"他说完转身就走。

门厅里，邱家跟叶家的父母分别在跟亲友道别。叶崇磬过来，站在母亲身后，只管微笑着陪他们，偶尔抬眼，能看到屹湘也陪在父母身边，像只收敛了翅膀的雏鹰。

屹湘挽了父亲的手臂，小声问他怎么样、累不累。

邱亚非说不累。

屹湘的手触到父亲冰凉的手就知道父亲没说实话，心里便着急。她见客人也走得差不多了，看了看潇潇。恰好潇潇看过来，兄妹俩目光一碰，潇潇点了点头。

屹湘就知道潇潇明白了，果然片刻之后，潇潇拉了崇碁往这边走。她心下一安，轻声跟父亲说着话，悄悄让人拿来了父亲的外套。

潇潇先问过车子是不是准备好了，便陪着父亲跟叶居贤夫妇道别。

屹湘一直挽着父亲，慢慢走了出去。车子已经在外面等，屹湘扶父亲先上了车。待母亲催促她"你也快上车，连外套都没穿呢"，她才笑着说没事，然后低头跟父亲说："您先回，我得找着我那价值连城的衣服再回家报到……爸，您想吃鱼片粥不是？我等会儿买了带回家。"

邱亚非笑着点头。

郗广舒又匆匆跟叶居贤夫妇说了几句话，在叶居贤再三礼让之下，她上车先走。上了车，见丈夫脸色大变，她从手袋里拿出药来。

邱亚非摆了摆手，闭上眼睛，一言不发，冷汗顺着他的鬓角大颗大颗地往下滴。郗广舒镇定地替他盖上毯子，握住他汗津津的手掌，说："亚非，亚非……"

邱亚非用力握了下妻子的手，好一会儿，才睁开眼睛对妻子说："亚拉是不是来过电话？"

郗广舒点头。

"让她回来一趟吧。"邱亚非又闭上了眼睛，"把多多也带回来。"

良久，郗广舒才说"好"，拿着手帕替丈夫擦着汗……

屹湘送走父母，回身时，脸色已经尽量恢复正常。她笑着跟叶居贤夫妇道别。叶夫人见她只穿着薄薄的晚装裙子，有点儿心疼地说："瞧这孩子，快进去穿大衣，这样会生病的。"她心里明白这孩子是发了慌，难免对其多了几分怜爱，再看一眼潇潇，对潇潇也更多了一分疼爱。

"你们哪，也都累了，早点儿回去休息。"她说。

"是，叶伯母，您先上车。"屹湘退到哥哥身后，笑着说。

叶夫人取下自己的披肩递给她，她要拒绝，被崇碧一把拿过来，只管给披上。叶夫人这才放心地走了。

他们的车子一离开，后面紧跟着好多车子陆续开过来，客人们依次上车离去。不过十几分钟的工夫，他们就送走了最后一批客人，统统松了一口气。夜晚山中温度格外低，几个人忙往室内走。

"我哥呢？"崇碧问。她搭着潇潇的手臂，到这会儿才觉得累。

"刚还在这里。"潇潇说着，跟崇碧和屹湘回到门厅处，"我去拿外套。"他一转身，就看见叶崇磬从里面出来，手臂上搭了一件女式外套。

叶崇磬向屹湘示意，屹湘忙道谢，迅速将披肩褪下。

叶崇磬不声不响地从她的手上接过披肩，捏住外套的肩部。

他举得高度刚刚合适，屹湘只是轻轻一转身，两只手臂灵巧地钻进衣袖，外套便穿在了身上。

"谢谢。"她说。

"你的车呢？"叶崇磬见自己的车子已经开上来了，问。他站在屹湘身旁，将披肩展开，重新给她披上。

"我让司机提前下班了。"屹湘见叶崇磬并没有要立即上车的意思，解释道，"我跟潇潇一起走。"

"你不是还要去买粥？"叶崇磬问。

这句话问出来，两人都愣了一下。

"上我的车吧，我正好要回家，顺路的。"叶崇磬说着，替她开了车门。

屹湘心想：这也好，今天是应该多留点儿私人空间给潇潇和崇碧。她听到一阵笑语，一行人从里面走了出来。她不用看就知道那其中会有谁，于是不再犹豫，钻进车里。

里面空间宽敞，她走到里侧坐下，将手里的披肩叠好，放在膝上。

外面的笑声更加恣意张狂，也更响了。她低头抚弄着披肩，听到叶崇磬叫亚宁，忍住没有抬头看。

不一会儿，车门开了，有人进了车厢，带着一股清冷的酒气，坐在了她对面的座位上。

屹湘先看到了那对沙色的麂皮船鞋，鞋子质地柔软，让他的脚型完美呈现。她抬了头，对上董亚宁的眼睛，就这么一瞬，她以为自己听到了他咬牙切齿的声响。可他眉尖一挑，微笑了一下。

屹湘不能确定他是不是跟她笑的，甚至也不能确定这一笑到底是什么意思……她只是看着他，一动不动。

这时叶崇磬也上了车，董亚宁看了看他，说："我以为你直接回家。"

叶崇磬在亚宁身边坐下来，带上车门，说："你现在下车还来得及。"

亚宁撇了撇嘴，说："反正你不能把我半路丢下。"他懒洋洋地靠在座椅上，二郎腿便跷了起来。

他也不管屹湘坐在他对面，空间是不是有富余，只笑着说："打今儿起，回头你再说你家那堆活宝都是我带坏的试试？这黑锅，我可不能背。"

"德行。"叶崇磬敲敲隔板让司机开车。

屹湘往里挪了一下，腿几乎贴在车门上。车内侧细致的真皮隔着丝袜与她的肌肤、呼吸相连似的，竟然让她觉得越来越热。因为热，车厢里的空间竟显得狭小起来。

董亚宁起初有一搭没一搭地跟叶崇磬说闲话，渐渐不出声了，手臂撑在搁板上，闭目养神。叶崇磬看了看正襟危坐的屹湘，从他们上了车，她始终没出声。此时她略低了头，脑后的马尾随着身体的轻晃摇摇摆摆……看得出一头乌发是极柔软的，鬓边有汗意，细细的柔软的发飘过来，贴在脸颊上……她抬手将固定刘海的发夹取下来，那抹刘海竟仍乖乖地保持着原来的姿态，就像她，此刻坐得也过于拘谨了些。

"屹湘。"叶崇磬叫她。

屹湘答应。

"要不要喝水？"他问，已经从小冰箱里拿出了水，正是她上次喝过的那种。

屹湘接过来。

"谢谢。"她说。

"不用客气。"叶崇磬说着，随手关掉了灯。

车厢里暗下来，他又觉得太暗了些，暗得有些暧昧，于是补了一句："我习惯了随手关灯。"

"这习惯很好。"屹湘说。

"所以他们都叫我九毛九。"

"谁？"屹湘问。

"亚宁他们。"叶崇磬看了旁边的董亚宁一眼，微笑。

屹湘也看他，点头，但没吭声。

"去哪家买粥，提前打个电话，省时。"叶崇磬说。

"四季斋的，我爸爸喜欢四季斋的翡翠粟米粥，可我不记得四季斋的电话了。"屹湘拿出手机来，"应该可以查到……"

正在闭目养神的董亚宁念出了一串数字。屹湘的手指停在了那里。

"你这喝了酒，耳朵却这么灵。"叶崇磬帮忙重复了一遍这个电话号码，见屹湘输入完毕，转脸问亚宁，"你怎么记得住？"

董亚宁懒洋洋的，说："你们家爷爷要跟我姥爷似的隔三岔五不打招呼立时三刻就要这家的粥，还得你亲自拎着上门的话，你也会记住。"叶崇磬听他几乎没停顿地说出这一串来，笑了。

"你要是想听，我还能念出十来家这类老店的号码来。"董亚宁慢慢地说，笑了笑，笑容有些迷迷蒙蒙的。他又闭上眼睛，好像眼下其他的事情又已经不在心上了似的。

屹湘拨电话过去，接电话的是位老者。

她说要翡翠粟米粥，老者告诉她今天没有了。

屹湘接着问现在还有什么粥。老者说眼下就只有普通的粟米粥了。屹湘便问了还有多少，一盘算，便跟老者说，余下的粥，她都要了，另外要两坛四季斋秘制的宝塔菜和乳瓜。

老者痛快答应，屹湘说："我大概十分钟后到店里来拿。"

叶崇磬早跟文师傅说了去四季斋所在的巷子，大约七八分钟后，车子就停在了巷口。文师傅刚说车子开进去恐怕不好掉头，又道："哎哟，老头儿老太把东西送出来了。"

屹湘往前面一看，可不是，车前灯光里，站着一对穿白衣的老人，手里各自拎着东西。屹湘忙开车门下去，叫："尹大爷！"

借着车灯的光线，老人看着走过来的屹湘，对老伴说："我就说我耳朵还不聋，一定不会听错——湘湘最喜欢你腌的宝塔菜了。"

文师傅要下车帮忙，叶崇磬说了句"我去吧"，便下了车。他听到老人叫屹湘"湘湘"，屹湘应着声，从他们手里接过食盒跟两个小坛子。老人们似乎很喜欢她，看她的眼神慈祥而又欣喜。

屹湘要给他们钱，他们摆手说不要。

"下回吧。不好意思，今儿没有翡翠粟米粥了。我们老啦，如今经常偷懒耍赖，粥都不做那么多了，只供熟客都供不过来。你要什么，提前打个电话。"尹老爷子笑眯眯地说。

屹湘便说："那这些日子，麻烦每天给我做两样粥。我让人来取，账一起算。"

尹老爷子点头答应，老太太笑着说这两天一定给做，随后又说了几句闲话，屹湘急着回去看父亲的状况，跟尹老夫妇告辞。

叶崇磬帮屹湘拎了食盒，挺沉，里面应该有不少的"内容"，便问："这么多？"

"保不齐这会儿家里还有别人呢。就是没有，拿了当夜宵跟值班的工作人员分食也好，反正到了时间总要加餐的。"屹湘解释。她把两只小坛子并排放在左手边的搁板上，油纸封的坛口用细细的麻绳勒着，干干净净，透着一点儿点儿酱菜的香气；油纸上印着"四季斋"的标记，很古旧的模样……车厢内有浓浓的酒气，混着薄荷的清香，也暗含着一股淡淡的烟草味。

她似是不经意地看了一眼斜靠在座椅上的董亚宁，看不清他的面容。车厢里这么静，听得到他均匀的呼吸声……她转头看着外面，车子开始减速。

快到了，她松了口气。

下车的时候，她坚持自己把东西拿进去。

叶崇磬客气地道了晚安，看着她进门才回到车上，一看董亚宁已经睡沉了的样子，跟文师傅说："等下到家在门口等我五分钟就行。"

他看着座位上被屹湘叠得整整齐齐的披肩。屹湘下车前，特意从随身的包里抽了一条亚麻方帕子出来，包好了，拜托他还给母亲的——"替我多谢叶伯母"。她说这话的时候，还忍不住打了个喷嚏……他轻手轻脚地下车，没惊动亚宁，回到家里把披肩还给在等着他的母亲。

叶夫人把一个密封的文件袋交给他，嘱咐道："奶奶让你看完后给她打个电话，你千万记得，不要耽搁——回去路上小心。"

叶崇磬答应，见母亲刚刚泡好了一壶茶，他从旁边柜子里拿了一个新的保温杯出来，头泡茶就给他悉数装了进去。

"车上有只醉猫。"叶崇磬跟母亲解释了几句。

叶夫人笑道："难怪呢，亚宁今晚被磬儿灌狠了。你好好照顾亚宁。"

叶崇磬点头，让母亲早些休息。他要出门的时候，遇到潇潇送崇碧回来，他有点儿意外两人竟回来得这么早。

崇碧抖着腿说："早知道这么累，我就听话，不多走这一道程序了……妈妈呀！"她朝上房喊了一声。

"妈在餐厅，刚泡好了茶，你们俩有口福。"叶崇磬说着，人已经走了出去。他听着潇潇、崇碧跟母亲絮絮地说着话，又不知说到什么便一起笑起来——开车门的一瞬，他看着车窗玻璃上自己的表情，嘴角是微微上扬的，嗯，也许这一整晚，他一直是这样的？

这一晚还真是漫长。

他仰头，月亮弯弯一线，挂在树梢墙头。

车窗被敲了敲，他低头一看，董亚宁推开了车门。

叶崇磬坐进去，见董亚宁腿一跷，半躺着占了一排座，便把保温杯递给了他。

董亚宁接过来，一打开盖子，茶香四溢。

叶崇磬弹了下手里的文件袋。

董亚宁看了一眼，那文件袋的封口，用着少见的火漆加徽印。在这个时代，这是象征意义大于实际意义的做派了。

叶崇磬见他留意，也看了一眼那徽印。他将文件袋翻过来，有两行漂亮的圆体英文字——是奶奶的笔迹。

董亚宁喝了半杯茶，额头上就见了汗。他摸着胃部，有点儿难受——胃里空空的，除了酒，就是茶。他这会儿是清醒多了，就是不记得自己今晚吃过什么像样的东西。

叶崇磬看出他不舒服来，心里倒是有些诧异。

董亚宁今晚喝了这么多，这会儿还能跟他这么正常地说话，难得。

董亚宁号称海量，像今晚这些酒应该是撂不倒他，他这么不舒服，到不像是因为酒的缘故。这几年他也颇见亚宁大醉过几回。每一回都是狂态大发，很让人头疼。他也在亚宁酒醒之后近乎玩笑地说过，跟亚宁做邻居，恐怕是冒着有一天被烧了房子的危险呢……他隐隐觉得亚宁似是有说不出的心事。成年人，尤其是男人，不兴动不动就诉苦，仿佛要喝酒才能排遣些许。

此刻眼前的董亚宁，周身被蒸发出来的酒气绕着，却颇有让人愈加看不清面目的感觉。也许，亚宁只有在对着他的旺财的时候，才有完全放松的时刻。他懂得那样的时刻，于是不打算问他什么。

想到这儿，叶崇磬问："找个地方吃点儿东西？"

董亚宁摇头道："吃不下。"他有喝了酒便吃不下东西的毛病，只一味地难受。

叶崇磬看了他一会儿，才说："我看你有时候喝起酒来，真的是不要命的意思。何苦呢。"

董亚宁又喝一口茶，笑道："人生不过几十年，活那么仔细做什么？活痛快了，比什么都强，也用不着求神拜佛延年益寿。"

叶崇磬一时没有说话。

董亚宁将茶都喝光，才说："我找你是有事。"

"我就知道，你不跟他们一起去疯，绝不会没理由。"叶崇磬说，"什么事？"

董亚宁将杯子放在搁板上，沉吟片刻，道："这事还非你不行，跟别人讲，我丢不起那人。"

叶崇磐见董亚宁再抬起眼来，目光中忽然有了一股森森的冷意，心知恐怕说出来的不是大事，也是紧要的事。

"我明天去纽约，跟 IEM 的合作要走一个听证程序。"董亚宁说。

叶崇磐点头，问："要我帮什么忙吗？"

"不，这个应该没问题，只不过我得亲自去一趟。"董亚宁揉了一下眉心，"我那个三叔又闯祸了。"

叶崇磐心里有数："说来听听。"

亚宁的这位三叔也小有名气，只不过不是好名气。亚宁但凡提起来，皱眉头的时候多。他听着董亚宁几乎不带温度和感情的叙述事件的过程，心里慢慢地有了计较。

最后亚宁说："这回我得给他个教训，所以这事儿必须做得神不知鬼不觉……这笔款，我明天让李晋跟你交割清楚。我先谢谢你，就是拉你替我出头先做坏人，对不住了。"

叶崇磐说："先别忙着说这些，你这事儿啊，咱们俩最后谁谢谁还真不一定呢。"

董亚宁听他的口气，一时没反应过来，这酒劲儿一上来，确实延误做出反应的时间。

董亚宁想了一会儿，才说："你是说……"

"你别管了。明儿让李晋直接上我办公室来，我再详细了解下情况。放心，这事儿我一定做得滴水不漏。"叶崇磐拂了一下手里的文件袋，说，"不过，你这三叔，日后还是派专人盯紧些吧，每次都是你收拾残局，收拾到什么时候是个头？"

董亚宁摸了下下巴，叶崇磐说的，他当然明白。这次就连他父亲也说，这样下去怕是不行。

二叔走得早，父亲只剩下三叔这个小兄弟，格外看顾和疼爱，以往他做出诸多离谱的事，父亲也教训，但最终还是纵容。这里头除了骨肉亲情，当然还有些其他缘故。

他跟父亲毕竟不同，做事风格也不同，从他开始主事起，对三叔就看得紧、掐得死，也逼得三叔越发铤而走险，真要闯点儿祸出来，就是个难看的——他一想到这儿，额上冒了一层汗。

叶崇磐见他表情沉郁，不动声色地递了一块毛巾过去，说："我说你今晚怎么不对劲儿。就这么点儿事，你至于？"

董亚宁没了话。

屺湘进门以后知道自己所料无差，果然舅舅一家没去住酒店，要在家里住一晚。她进去略站了站，跟舅舅一家说了会儿话，说去厨房把粥盛出来，就先离开了。

出来了，她还听见表姐在说："湘湘挺孝顺的，姑父想吃什么，马上就买。"

舅舅好像也说了句什么，她走得快些，也就没听清了，倒是听见舅母让他喝茶，打断了他的话——舅舅对她总是有些严厉的……

屹湘回身去厨房，在门口听到母亲的声音，就开口叫了一声。

郗广舒在里面答应，屹湘进去把东西放下，见母亲在切水果，忙问："爸爸呢？我买了粥回来……您怎么不在里面？"她看了眼旁边忙着炖东西的阿姨。

"睡下了。"郗广舒对女儿微笑，"你进去看看爸爸，等会儿出来吃水果。好久没见舅舅，他变了很多吧？"

屹湘知道母亲并不是真要切水果，她是需要一点儿时间缓冲情绪，于是故作轻松地说："哪儿有变，还不是一样啰唆？就会问我有对象吗。"

郗广舒将切成片的芭乐摆在果盘里，抬眼看女儿，轻声说："湘湘，舅舅关心得也在理，你总不能一直一个人。"

"妈妈，我现在一个人挺好的。"

"湘湘。"郗广舒停了手，看着屹湘。

屹湘摇头，母亲每次叫"湘湘"而没有下文的时候,总让她有一股子难以言表的压力,但这次她还是表明了态度："妈妈，您别操心这些了。"

"我不操心这些，还要操心哪些？"郗广舒抚了一下女儿的下巴，"湘湘，爸爸和妈妈年纪大了，总有一天会离开你。"

"我还有哥。"屹湘说。母亲手上沾了水果味，有点儿酸……

"潇潇是你的后盾，可你需要一个人在你身边照顾你。"

屹湘抿了唇，这是一条无论如何也反驳不了的道理。

郗广舒见屹湘沉默了，说："那就这么定了，我会安排。"

屹湘低了头，沾在鼻尖上的那点儿酸气，渐渐蔓延开来。

"我还真知道一个好小伙子……"郗广舒自言自语，重新去洗了手，再回身想跟女儿说什么，发现女儿已经转了身。就是那么一个背影，让她心里陡然间更加难过起来，真想喊住女儿……但她忍住了。

屹湘走到父亲卧室门口站住了，她的手扶在门框上，那凉意让她想起父亲冰凉的手……她靠在廊柱上，轻轻叹口气：妈妈就是妈妈，妈妈永远知道湘湘的软肋在哪里。

眼睛忽然被一双温暖的手遮住了。那大而宽厚的手掌，遮住了她的半张脸。她的心猛地跳急了，想大叫一声，却没叫出来。人就那么僵在了那儿，像中了定身法。

潇潇见妹妹动都不动，也不出声，立刻挪开手掌，歪着头看她："湘湘？"

眼前又倏地亮了起来，屹湘急忙抬手揉了揉眼睛。

"哥，被你吓死了。"她抱怨。

潇潇转到她身前来，问："怎么了？戳到睫毛了？"

屹湘不出声，用手按住眼睛。

潇潇低头看她，说："呀，对不起，本来想逗逗你的。"

他从远处就看她站在这门口犹犹豫豫的，既不往前走，也不往后退，不知触动了什么心事……

他把屹湘的手拉下来，看着她的眼睛，冲着光仔细看看。

屹湘眨眼，一向干涩的眼睛，此时泪腺像是被什么突然打通了，不停地分泌出液体，泪滴竟扑簌簌掉下来。她越眨眼，泪滴滚得越快……她有点儿狼狈，用手背蹭着下巴，看着哥哥脸上的表情，伸手推了他一下："都赖你！讨厌！"

潇潇看着屹湘，忽然哈哈大笑，一把将她搂在怀里，摇了两下，那力道大得好像能把她摇散架，说："你快点儿把眼泪擦干了，不然等下爸妈以为是我欺负了你。你看在我今儿辛苦了一整天的分儿上，千万替我兜着点儿，好吗？回头我请你吃巧克力。"

屹湘又笑了出来，她熟门熟路地从潇潇的裤子口袋里掏出手帕，惹得他大叫："好痒！"

她擦着眼睛，手帕上的味道，真熟悉。她的心里也有些温暖，想起母亲刚刚说的那些话，擦干眼泪，默默叠起手帕。

"你呀！又哭又笑，小狗撒尿。"潇潇伸手敲了她的额头一记，低头看了眼屹她的脚，问，"脚上的伤怎样了？没好利索呢，穿什么高跟鞋，贪漂亮不是？"

他从脚到头看妹妹一遍，故意撇了下嘴。

屹湘皱眉道："还不是因为你。"她说到这儿便停住了。

潇潇笑了笑。

屹湘鼻子一痒，狠狠地打了两个喷嚏，忙把手帕按在鼻子上。

潇潇摸了摸妹妹的额头，说："怕是要感冒，等会儿喝点儿热水。"

"才不……"屹湘刚说出两个字，又连续打了几个喷嚏，她拉下哥哥的手，"离我远点儿，传染你不得了。"

"传染我倒没什么，传染爸可不妙。"潇潇替她整理一下刘海，轻轻在额角按了按，"湘湘。"

"嗯？"屹湘擤着鼻涕，鼻头酸热，被她搓得火辣辣地痛。

"甭老是为我想，我才是哥哥，你明白？照顾你是我的责任，照顾我不是你的责任。"潇潇低声说。

屹湘擦鼻子的动作慢下来，看着阴影里的哥哥，没应声。

潇潇朝父亲的卧室门努了努嘴，又抚了抚妹妹的额头："傻乎乎的，快去休息吧，我去看看爸。"

"嗯。"她看着潇潇走去推开了门，到底还是跟了上来。

潇潇回头悄声问道："对了，妈叫你去相亲了没？"

屹湘愣了一下，答："刚提了一句。"

"你答应了？"潇潇看她。

"哦。"屹湘想，刚刚自己那算是答应，还是没答应……她看着潇潇，回手关了门。

潇潇说："不想去就不去，我跟妈说过了，等你自个儿想明白了、想结婚再说。你不想，别硬推着你往前走。"

屹湘抿了唇。

潇潇往前走了走，进卧室一探身，看看床上睡着了的父亲，回头用更轻的声音说："睡了。"他说着走了进去，在床边看了看，坐下来，顺手整了整被子。

父亲极修边幅，不但穿衣戴帽利落干净，日常就连床铺也整洁，即便是病着呢，躺在床上休息，被子也规规矩矩的，哪儿还需要人帮忙整理——屹湘看了，心里却觉得发酸。

她在哥哥身边坐下来，也给父亲拉了拉被子，盖住手臂。看着父亲微微锁住的眉头，似乎在睡梦中仍被病痛折磨，她吸了下鼻子。

潇潇见妹妹脸色更差了些，催她一起出来，说："舅舅在呢，过去看看。"

屹湘本来是想多陪父亲一会儿，而且舅舅一家其实待她并不算太亲……她想想，一时有些发怔，不过还是跟潇潇一起退了出来。两人来到上房门外，能听见母亲在里面说话。

"湘湘。"潇潇往里看看，母亲那棱角分明的侧脸，即使是在笑，线条也并不显得很柔和。

舅妈和表姐倒是笑得很开心。

"爸妈的想法始终是爸妈的，你的生活是你的，我知道你在想什么……别忙着跟我解释，要是你自己都不能放心过日子，你让爸爸怎么放心你？"

"我知道。"

潇潇看了妹妹一会儿，才说："你知道就好，我是怕你被妈说得头脑发热，做出什么事来，将来后悔……虽然说不是不能后悔，可是少付出点儿代价总是好的，对吧？"

"哥，我跟你一样大哎。"屹湘不服气。

"嗯，你跟我比？你是只长岁数、不长心眼儿的，头脑发热、做事冲动，这辈子都不会改了。"潇潇伸出手指来，戳了一下屹湘下巴上的痣。

屹湘笑出来，笑得眼睛又开始湿润。潇潇不再管她，转身先进了屋。

屹湘在外面略停了一停，又揉了下眼睛。许多年了，她早已认定自己的泪腺在某个时刻被堵塞后，功能便渐渐衰退了，她甚至以为自己不会再流眼泪……很多时候，她必须靠眼药水才能保持眼睛湿润，习惯了之后，竟也并不觉得有什么不便。有时也会遇到按理来说该被泪水溺毙了的情况，她却仍然流不出眼泪，但也就那么过来了……

她仿佛是变得越来越坚强，但其实无泪可流，不过是因为没有人能用正确的方式疏通她的泪腺而已……

"湘湘？湘湘，你快来……我们在说你穿球鞋配婚纱的笑话呢！"叫她的是晓嵘表姐。

屋子里一阵笑语。

"来了！"屹湘脆脆地答应。

清晨，屹湘还没有起床，就听见潇潇在外面嚷嚷："湘湘，起来吃生日面！"

她翻个身，正睡得香着呢，这活宝哥哥发什么神经……什么生日、谁生日、吃什么面呢……潇潇还在外面不住地嚷，她人就越是要往被子里面钻。

忽然外面的噪音停了，她刚松一口气，要继续睡，门又被拍响。

她猛地从床上坐了起来，三两下蹦下床，也不顾自己蓬着头、穿着睡衣，只穿了一只拖鞋就去开了门："邱潇潇！"

"快、快，快祝我生日快乐！"邱潇潇穿着运动装，站在屹湘面前，"我也祝你生日快乐。"

屹湘打了个哈欠，又接着打了个喷嚏。

"神经病。"她鼻音很重，还有点儿鼻塞，忍不住揉了揉下鼻子，转身要往回走，可发梢被潇潇揪了起来，"欸欸……疼！"

"废什么话呀，快点儿洗脸去。妈妈特意五点多起来给咱俩做面呢！"潇潇松了手。

屹湘的脑子这才清醒些："真的过生日？"

"你这不是废话吗！这生日我想瞎过，我同意，你同意，妈也不会轻易同意啊。"

"还不都是你，连生日都瞎过……"屹湘刚嘟哝了一句，潇潇又抓住了她的头发，"好、好、好……全随你，随你好吧？好好的，怎么想起来过阳历生日了，你不是不喜欢生日赶上清明节？"

他们俩的生日，四月五日，出生那年，正好赶上清明节。潇潇总有些拗脾气跟别人不一样，只要这一天是清明节，那就要换个日子。结果，他们家里，人人都过阳历生日，就他们俩的生日不时得按农历来过，为的就是潇潇这个莫名其妙的讲究。

"说你小猪吧，还嫌委屈了。"潇潇笑着骂，一对漂亮的眼睛笑得眯眯成了两条缝，"我过了节马上回乌市，初九那天，咱俩分别在两处各自过生日呢。你也不想想，咱俩多少年没在一起吹灯拔蜡了？"

"呸！会用成语吗？"屹湘脑子再不清楚，听到最后几个字也醒了，这回轮到她追着潇潇一顿乱打，"我叫你胡说八道！"

兄妹两个就在廊子里追跑，又是笑又是叫，惊动了上上下下一干人。郗广舒从厨房里出来，看着这两个孩子，从走廊里跑到院子里，又从院子里跑回走廊里……她忍不住出声喊他们："哎哎，你们两个。"忽然看到丈夫从后院走出来，含着笑对她摆手，她住了声。她看丈夫手里还拿着文件，身上则披着湘湘亲手给他织的长毛衣，看着一对已经成了年的儿女跟小孩似的打闹，也一笑。

屹湘跑累了，停下来扶着腿，上气不接下气地指着潇潇，"你……给我等着……你……"她听到屋子里自己的手机在响，"你等着！我等会儿跟你算账！"

"怕你！"潇潇大笑。

屹湘打了个喷嚏，进屋接起电话来。听到对方的声音，她先是愣了一下，还没有开口，对方便笑着说："生日快乐，屹湘小姐。"

"邬先生。"屹湘坐下来。

"家本。"邬家本依旧笑着纠正她。

她听到有人在笑，听到那熟悉而亲切的笑声，便说："快请陈太接电话。"

果然，那边陈太接过了电话，说："生辰快乐，屹湘。"

"谢谢您。"屹湘说。

她回来以后就换了电话号码，第一时间通知了陈太，但这是陈太第一次打给她。她们聊了几句，便听陈太告诉她："家本要去北京了，到了，请你替我照顾他。"

她便笑，邬家本需要她照顾？

她大大方方地答应，陈太就很开心地嘱咐她说到做到，似乎也没有什么其他要说的。潇潇在外面叫她"快些过来吃面"，她便跟陈太道别收了线。

她走进餐厅，家里人都在餐桌旁坐妥了。有舅舅一家在，更显得热闹。

屹湘见母亲亲手用长长的竹筷子一下一下细心地捞面——面细细的，微黄，煮出来近乎透明，是最难擀的鸡蛋面，难怪潇潇说母亲五点多就起来了。

屹湘站在母亲身边，小声说"干吗这么辛苦啊"。

瓷盆里的面热气腾腾的，每个人面前一个细瓷碗，碗中都是香喷喷的面。桌上摆得满满的都是精致的菜式，专门配面吃的。

"难得你们俩一起过个生日。"郗广舒把手里这碗塞到屹湘的手里，笑着说，"潇潇和湘湘要吃双份。"

屹湘答应，面前有一碟酸豆角炒肉末。小时候除了生日，那就是只有生病或者要什么奖励的时候，妈妈问湘湘想吃什么，她必然说妈妈擀的鸡蛋面，加上酸豆角炒肉末，她能吃好多……

"吃饭。"邱亚非看看儿子，看看女儿，微笑着说。他动了筷子，一桌子的人才开始吃东西。

屹湘坐在母亲旁边，吃一口，看父亲——父亲吃得很慢，而且只吃面——她低了头，香喷喷的鸡蛋面，热得烫口。香气热气喷在脸上，湿乎乎的，她不住地说"好吃"。

郗广舒也不着急吃饭，拿着银匙，看屹湘碗里菜少了便添上。

坐在屹湘对面的潇潇终于忍不住了，叫起来："我也要。"

说着，他将碗伸过去，伸到母亲的面前。舅母笑着把他的碗拿过来，替他捞了一碗面，道："给！看你以后有了儿子，怕是还得跟儿子吃醋呢！"一句话说得大家都笑了。

不一会儿，崇碧来了，大家招呼她坐下。她说自己是吃过早饭才来的，不过还是要来一碗生日面，

"妈妈做的面最好吃。"她说，"我要学。"

郗广舒笑着说："好吃就多吃些，学就算了。做饭一事，最占用时间，是职业女性的大敌。"

屹湘听见，也学潇潇的口气叫起来："妈妈偏心，当年逼着我学！"

郗广舒笑而不语。

"那我来学，好吧？"潇潇笑着说，"刚刚谁打电话来，还记得你生日？"

屹湘说："是我在美国的房东太太。"她省去了邬家本这个人。

郗广舒笑道："难得这么细心周到。"

可不是，屹湘想，陈太是怎么知道她的生日来着？大概是租房签合同时见过她的身份证明，从那时起陈太就留了心。

不过，确切地说起来，陈太能记住她的生日，是因为那一年的生日。她大清早起床，用厨房里现成的面粉，擀了一块面皮。陈太早起，见她擀面就已经意外，再看她切面的方式，小心翼翼地留"寿头"，又小心翼翼地怕切断，就问她："是不是做生日面？"她才点头，请陈太跟她一起享用生日面。

虽然因为很久不做，面擀得很不像样，味道也勉强，只能找到一点儿点儿在家里吃母亲手擀面感觉，但是，那一日简单的一碗生日面，有陈太做伴，她吃得不孤单……

屹湘笑着跟母亲说："我觉得您会喜欢她。妈妈，她的祖籍是湘西呢，我有邀请她回来旅行。"

"如果肯来，我跟爸爸请她来家里吃饭。"郗广舒微笑，"谢谢她这几年照顾你。"

屹湘吐了吐舌，说："来家里？免了吧，怪麻烦的。"

郗广舒笑，屹湘可爱的模样，做母亲的怎么看也看不够。她想起来，交代潇潇晚上带妹妹一起吃饭："我们晚上都有事情。"

潇潇答应。

早饭后，他们送走了舅舅一家，邱亚非夫妇各自出门。屹湘立即声明不要跟潇潇、崇碧一起行动："我另有安排。"

崇碧看潇潇，潇潇说："随她吧。"

屺湘眨眨眼，笑着回房去。崇碧问潇潇："真的不管她？"

潇潇点头，他看看崇碧："咱俩呢，不如就在家待一天好不好？"

"好。"崇碧笑着说。潇潇就是这点儿好，他想要怎样，会跟她直说，这一点儿，他们俩很相似。

此时也不过八点钟，两个人慢慢地往潇潇的房里走去。他们走得极慢，好像生怕漏了一块砖似的，小碎步每挪一下，便踩在一块砖上……崇碧拉了潇潇的袖口，低着头走在他身后；潇潇走几步，就回头看她一眼。

其实崇碧的气质，偏硬朗些，此时她一身绿色春衫，虽不见得很薄，却自有一股让人难以忽视的柔媚透出来，像枝头的绿，饱满、娇嫩、富有活力。

他轻咳了一下，崇碧抬头问："不舒服？"他摇头。

"春天，小心呼吸道感染。"她说得像极有经验似的。

见潇潇笑了笑，不以为然的样子，她秀眉一展，说："号称是钢筋铁骨，还不是风一吹就倒？好意思不听人家的话。"

潇潇笑，知道崇碧是笑他上次生病。他看着捏住自己袖口的那只手，手上已经戴了一枚指环。去选戒指的时候，两个人一起，她选了这种镶嵌着小碎钻的——窄窄的一溜儿铂金，镶嵌着一圈碎钻，店员说，这是最经典的款式，叫作"永恒之环"。名头很好听，价格并不高。

他开玩笑说："你选大颗点儿的吧，这些小碎钻加起来不过半克拉，你不怕被朋友们说，得用放大镜才能看得到啊？"

她还瞪他，说："我没那么俗气的朋友。"说罢，她就告诉店员尺码。

店不是所谓的顶级名店，他不是很在意这些，但是也觉得她不必总是迁就他，免得委屈。

"一辈子就这一次。"他说。

她不动声色，就只是答应，照旧照着差不多的水准去准备，并不刻意追求奢华。

他母亲夸赞崇碧懂事，也笑着说："咱家里，从外婆和奶奶那里传下来的首饰还是有的。虽然比不得现在那些奢侈的大牌，但老镶工老珠宝，自有老的好处。将来留一两样给湘湘做个念想，其他的都交到崇碧手上。"母亲这么说着的时候，神情里多多少少有些复杂。

他转述给崇碧听，她笑，说："我有福了。"

他母亲说得很对，崇碧真懂事。他看着她的时候，会想，也许两个人都这么聪明懂事，就少了些什么……

崇碧见潇潇看着自己的手半晌不吭声，松开他的袖口，抖了抖手指，说："戒指好沉！"小碎钻在清晨透亮的阳光下反射出细细的七彩的光，她看了很是喜悦。

潇潇拉了她的手，忽然问："不然今天去领证？"

崇碧抬头看着潇潇，潇潇郑重其事的，这回却轮到她半晌不吭声了。

两个人站在那儿，你看我，我看你，还是潇潇问："怎样？"

崇碧笑了，说："邱潇潇，你要知道，领了证，你可就真的不能反悔了。"

潇潇看着她，说："我没打算反悔。"

崇碧踮了踮脚，仰脸亲在了潇潇的唇上，只轻轻一下。她的下巴，靠在他的肩头。他唇上清凉的味道，还沾在她的嘴唇上……不知为何，就在这样温暖又温柔的时刻，她忽然觉得有些难过。

透过衣服，她的下巴能感觉到他身体的温度。她于是蹭了蹭，轻轻地嘟哝了一句什么，她自己也听不清楚的话。

潇潇的手放在她的背上，这时用力地抱了她一下。

崇碧仰着脸，看着潇潇的面孔，看了一会儿，拉着他的手站在窗前。窗上的玻璃明亮，两个人的影子清清楚楚……

崇碧扳过潇潇的脸，摸摸他脸上的皮肤，问："你的胡子怎么长得这么快？"

潇潇闷笑出声。

"好吧，咱们去领证。"崇碧微笑，她攥着潇潇的手，捏得紧紧的……

屹湘在书桌边收拾着昨晚自己画的图纸。

她刚把图纸放进卷筒里，就听到对面哥哥房门响，抬头看了看院中——保姆阿姨在晾什么东西，崇碧跟哥哥手拉着手从屋子里出来，正往她这边来……

她推开窗，问："要出门？"

"我们俩去登记。"崇碧笑着说。

"哦，去吧。"屹湘挥挥手。

"回头打电话给你。"潇潇说完，见屹湘又挥挥手，便跟崇碧一起走了。

屹湘听两人的脚步声渐远，拎起包出了门。

看阿姨正忙着晾晒香椿芽，她下了台阶，深吸了口气，嗅一嗅这独属于春天的气息……她正要走，突然觉得不对劲儿，问："阿姨，潇潇刚说要去干吗？"

阿姨这才笑眯眯地抬头，说："登记呀。"

屹湘拍了一下自己的额头。

她这哥哥呀……她抬脚就想追上去，想一想，又没动，伸手从盖垫上拿了一条香椿芽，喷喷两声，一边往外走，一边揪了一片叶子含在嘴里嚼着。香椿芽那独特的香味充溢着口腔……这春天的滋味，美好极了。

她即将搬入的新居，庭院里就有一棵高大的香椿树正对着南窗。她看看时间，一整天，足够她搬过去收拾好了。

　　叶崇磐拎着头盔往马厩走。整整一上午，他都在公司里，各式各样的事情轮番找上来，忙得不亦乐乎。一件件理顺好，办公室里安静下来后，他竟觉得浑身不自在。

　　Sophie 跟他说笑："叶先生，今天还是假期呢，您难道加班加上瘾了不成？就算您爱加班，我可要回家补眠了。"

　　他让 Sophie 先走，自己又在办公室看了会儿资料才离开。下楼取车时，他想到了这里，也有许久没来骑骑马运动一下了。

　　到底是假日，路上车多，他走走停停，听听音乐，心里却在盘算董亚宁交代给他的事情。

　　董亚宁上飞机前还给他打过电话，那时李晋刚离开他的办公室。

　　两人在电话里简单说了两句，亚宁仍是昨晚那个意思——当然他是那个意思，叶崇磐却不能没有自己的意思。

　　他怎么想，都觉得这件事都该是个好机会，既帮亚宁把事儿办了，又把自己的事儿解决好了，来个两全其美……音响里放的是大提琴曲，他看看握着方向盘的手——很久不拉琴，上次随便表演了一下，琴弦竟然磨得手指脱了一层皮……

　　昨晚到家也很晚了，他研究完文件给奶奶打了个电话，聊了好一会儿。也许有点儿兴奋，至深夜，他竟然仍没有睡意，忍不住去地库里翻出了大提琴。大半夜把琴背上楼去，他硬是仔细擦了一遍，干干净净地放在书房里，又看了好一会儿。毛球对他集中精神对付这个木头家伙似乎很不解，跳进大提琴盒子里睡起来，四爪朝天，还打呼噜。主人拉琴试音，也影响不到它——董亚宁送的这个礼物，越来越得他的心了。

　　叶崇磐搓了下手指，伤处火辣辣的，一个纤细的身影从眼前晃过——那首曲子，她弹得勉强算流畅，听得出来，她当时的心情也有些复杂……只是不知道，她的手指会不会疼？

　　拥堵的车流终于有了前进的意思，叶崇磐也终于能把车往前挪了一段路。照这个速度，他还得很长时间才能到达目的地。

　　到了马场，驯马师已经在等他，见到他，笑着跟他打招呼，而他的"星光"老远便朝他打起了响鼻儿。星光是匹黑马，黑得像夜，没有一根杂毛，缎子一样的背毛，闪闪若星空，所以他第一眼看到它，便给它起名叫"星光"。

　　星光亲昵地蹭着他的脸，他从口袋里掏出方糖来喂它，隔壁马厩里的"暴龙"看见，也着急了。他笑着看了这匹栗色母马，问驯马师道："暴龙那天怎么就发脾气把碧儿给摔下来了？"

　　驯马师笑："您知道暴龙的脾气坏。"

叶崇馨笑，长臂一展，隔了栅栏拍拍暴龙的头。

这两匹纯种马，是他在拥有毛球之前仅有的"宠物"。董亚宁常说，人家养纯种马，不是为了比赛就是为了做种马赚钱，就他，养这种赛级的马，还真单纯为了开心。他跟亚宁说："有时候我就是喜欢看着它们自由自在地跑跑。"

"烧包。"亚宁就这么说他。

可被暴龙踢过一回之后，亚宁就发誓自己也要养两只玩玩了，认定马也是自己的才会贴心。

董亚宁自己也养着赛级马，当初说是为了投资，欧洲各大马场都转遍了，看中就买。有些养在英格兰，这边也有几匹，还不是一样被养成了宠物？也没见他的生意做起来，真是五十步笑百步。

叶崇馨跟驯马师说，带星光出场跑跑吧，又回头对暴龙说："坏脾气的小姑娘先等等。"果然，听到暴龙打响鼻儿，他大笑，站在栅栏外，看着驯马师让星光慢跑。

星光的尾巴甩得好看极了……他看得有点儿出神。

手机轻轻地在马裤口袋里震动，他接起来，声音低沉地"喂"了一声。

"哥，我结婚啦！"

叶崇馨皱眉。

他朝驯马师招了招手，星光独自往他这边跑来。他一伸手，扣住缰绳，才问："什么？"

"我们领证啦！"崇碧在笑，"晚上一起吃饭？湘湘刚搬了新住处，正好，既庆祝我结婚，又帮她烧炕和庆生……"

叶崇馨拍抚着星光的脖子，星光光滑得如同丝绸一般的皮毛在他手下，仿佛有脉搏在跳动。

"你跟爸妈说了没？"他平和地问。

"说了，他们祝贺我们呢。"崇碧笑着，"等见面再细说吧。哥，你到底来不来？我们刚刚跟湘湘说好了，她说晚上她亲自下厨给我们做好吃的呢。"

叶崇馨顿了顿，一口一个"我们"。既然父母都已接受他们这心血来潮的行为，他这个做哥哥的还有什么好说的，何况他也不忍扫了妹妹的兴，便说："那晚上的酒，我带过去吧。"他这算是答应了崇碧和潇潇晚上这"一举三得"的小聚会。

"晚上吃什么？"他得根据菜选酒啊。

"我们还不知道呢，你自己问湘湘。"崇碧笑着，"你有她的电话号码吗？"说着，她就给他念了一串数字。

叶崇馨听着崇碧在那边开心地说"晚上见"，才开始觉得这事儿还不错。把手机扔在一边，他上了马。身子贴在星光的背上，低声在星光耳边说了会儿话，他才慢慢地让它沿着跑马场小跑起来。

这只是普通的室内跑马场，场地没有设置障碍，星光的小步子越来越快。他耳边是呼呼的风声，空旷的室内场地里，也像是在草原上驰骋的感觉……

不知道跑了多久，他才渐渐让星光放慢步子，背部往下已经全是汗。不管怎么说，这会儿他还真痛快。

"叶崇磬！"有人叫他。

他拽了一下缰绳，看到栅栏边站着两个穿着黑色骑马装的女孩子。距离有点儿远，对方的模样，他看不太清楚，但轮廓大致是不会错的——是粟茂茂和滕洛尔。

他举起马鞭，磕了一下帽檐，星光迈着优雅的小碎步驮着他走向她们。

粟茂茂望着叶崇磬，说不出话来。滕洛尔性子直，低声对茂茂说："难怪你迷他，这男人也忒性感了。你到底要不要扑倒他？你要不扑倒，我可就扑了！"

粟茂茂听到这儿，毫不犹豫地朝滕洛尔抽了一鞭子。这一下还不轻，滕洛尔号叫了起来："粟茂茂，你下这等毒手！我这不就快活一下嘴皮子吗！你要再动手，我可就真……"

"你再说！"粟茂茂知道她的嘴巴最没把门儿的，说不准等下真的当着叶崇磬的面说什么话呢。

她拽住滕洛尔，说："等下不准乱说话。你要敢坏我的事，哼！"

滕洛尔揉着腿，笑出来，道："我不坏你的事，你倒是给我成事儿看看啊——"她的眼珠骨碌碌一转，看见叶崇磬过来了，笑着打招呼。

"叶大哥，你的星光真够帅的。"她说。

叶崇磬没有立即下马，听她称赞星光，笑着说谢谢。两个女孩子微微仰着头看他，顶棚的光线较为明亮，他的面容背着光，暗暗的，但她们的视线相平的位置，恰好是他修长结实的腿，曲线优美而性感……

滕洛尔在心里"哟"了一声，不由得上上下下地多看了叶崇磬几眼。

粟茂茂见她只顾着看叶崇磬，忍不住抬手在她的后背敲了一下。

滕洛尔有数，扑哧一声笑了，仍是目不转睛地看着叶崇磬。

滕洛尔虽有绮念，但真不至于对叶崇磬动什么心思，不过，她这副神情，足够让粟茂茂紧张了。好在她还比洛尔多几分修养，记得自己该怎么表现。

只是看着叶崇磬从马背上跳下来，站在她面前，她忽然就想起滕洛尔说的那几个词，顿时脸就热了……

叶崇磬把星光交给驯马师，说等会儿他过去给星光收拾，这才将摘下的帽子夹在腋窝下。他的发梢滴着汗，抬手轻轻整理了一下。

粟茂茂赶紧移开目光，心兀自怦怦乱跳。

"早就来了？"叶崇磐问。

粟茂茂点头，跟着叶崇磐往外走。场外微风阵阵，凉快很多。她指着离这里最近的露天跑马场的方向，在数排杨树后面，说："我们在那儿。"

叶崇磐听茂茂跟他说那边都有谁，是一拨跟她年纪相仿的"孩子"。他并不真的很在意究竟都有谁，只是听着她跟他说着话，还是很有耐心的。

"……他们告诉我，看到你的车来了，我想你肯定在这儿。"茂茂笑着说，"你什么时候回去？过来跟我们一起……"

叶崇磐想着今天的晚餐约，直截了当地说晚上约了妹妹和……妹夫。

粟茂茂一下子就放心了。

叶崇磐并没有多说什么，自从这个女孩子跟他说"我爱你"，他便觉得自己更有责任不让她有任何幻想。可眼下看茂茂的眼神，他明白自己得更坚决一点儿才行。

他态度淡淡的，也挡不住茂茂的热情。她等他往马厩去了，还舍不得离开，很贪心地看着他消失的方向。

"喂，你再看，他就要爆炸了。"滕洛尔有意站远些，免得又挨揍。

粟茂茂这才转身，瞪她一眼。

"那件事，你还没跟他说啊？"滕洛尔问。

茂茂得意地说："我要给他一个惊喜。"

"惊喜？"滕洛尔摇摇头，小声说，"女人啊，少动自己那点儿歪心思给男人惊喜——通常都不是惊喜，而是惊吓。男人要是被吓坏了，后果很严重的。"

"你知道什么啊，总共也不过看上过那么一个男人。"粟茂茂不客气地揭好朋友的老底。

洛尔倒也坦然，说："你还别挤对我，我看上的那个，一个顶一万个——不过不是说你看上的这个不如那个……那一个是指望不上了，这个好歹还是钻石王老五……你说我要不要这样——有异性没人性？见色忘义？"她说笑起来也一本正经的，漂亮的面孔上一双眼睛闪闪发光，整个人又娇又媚，光彩照人。

粟茂茂越听，脸越红。

"滕洛尔，你要是再敢说，我就去亚宁哥那里告状，说你去……"

"喂！你要是敢去跟董亚宁说，我就敢穿比基尼勾引叶崇磐！"

"你勾引叶崇磐，亚宁哥第一个不饶你……不过你最近这成语使用的水平可是突飞猛进啊，这是谁的功劳……"

俩女孩子一起笑起来，她们的笑声，隔了老远还能听到。

叶崇磐笑笑，却没理会。他解开皮扣，将星光背上的马鞍取下来。负责清洁的师傅给他准备了工具，他拿着棕毛刷给星光刷毛。

其实星光很干净漂亮，可他喜欢这样跟它互动，也亲手给它钉铁掌……

"叶先生待星光就像对待孩子。"驯马师在一边打下手，笑着说。

叶崇磬看了看星光，笑道："是啊，像对待孩子。"

星光亲昵地舔了他一下，又一下……

叶崇磬洗过澡坐在休息室里拨打电话，指尖像是有了记忆，崇碧念给他的电话号码，一个数字不差地按了出来。等待电话接通的工夫，他想起前几次给她打过电话，她总是要在响过四五声之后才能接起来，而清早接电话，语气并不好……她并不是个脾气好的女孩子。

第一通没有接起来，再打过去，他等着，终于听到她"喂"了一声，鼻音重重的，还有点儿气喘似的。

他缓了缓才说："屹湘？我是叶崇磬。"他靠着座椅，明知道这个电话不会超过三分钟，但还是换了一个最舒服的姿势……

此时屹湘正在买菜，叶崇磬问她晚上吃什么，她毫不犹豫地说："中式，简单，'四大抓'。"听叶崇磬在那边一顿，她以为他不知道"四大抓"是什么，又说，"鲁菜嘛！'四大抓'外加葱烧海参和乌鱼蛋汤，成吧？"

不想叶崇磬倒不是不知道这个，而是问："葱烧海参，你来得及发海参？"

她笑了，跟海鲜档的老板摆摆手，说："我自有门路，总之晚上的菜，我说了算。"

"那我就管酒水吧。"叶崇磬好像有点儿无奈，问她，"听这菜……Cascina Bongiovanni Pernanno 2004怎样？有海鲜，再加一款Charlse Heidsieck Blanc de Millenaires 95，你觉得呢？"有商有量的口气。

"蛮好。"屹湘正捞起一只活虾，那虾弹起身子，弹得她手指尖疼。

她吸了口气，急忙说："哎哟……我得抓紧时间了，回见，回见。"她挂了电话，吹着发红的手指，瞪着水里的活虾，"这个也要。"

海鲜档的老板娘看她有点儿发狠的样子，笑得前仰后合，说："俺这里也有刚刚剥好的大虾仁，您还是直接拿回去烧菜吧，省时省力。"说着，老板娘递上一碗新剥的大虾仁。

屹湘拎了一个出来，在一旁的调料碗里蘸了下就放进嘴巴，果然新鲜："不错。这些我都要了。"

老板娘看着她笑，说："行家呀。"老板娘赶忙给她用盒子封起她要的海参、鲜鱼和虾仁，"有空再来。需要什么，提前打个电话。"

屹湘谢过老板娘，出来上了车。这老板娘一口胶东腔多年不变。在她的印象里，家里的厨师从这家拿最新鲜的海鲜的规矩也多年不变，所以她知道急着要什么，来这里总是没错的——嘴巴里还留着点儿芥末的回甘。想想自己刚刚那个架势，很有"生吃蟹子活吃虾"的豪爽，她从镜子里看了自己一眼，笑了下……

她开车回到住处，楼前一排停车位全部空着，她很容易就停好了车。早上她从酒店拎着两个行李袋到这儿的时候，院子里也是这样安静，人影、车影都没有半个。

车停稳，她马上就发现远处的秋千架上坐着两个人，秋千并没有荡起来，那一男一女只是坐在那里，似乎也没说什么话。阳光透过树枝照在他们身上，看上去暖洋洋的，让人心里舒服极了——他们看到她从车里出来，冲她挥手。

屹湘笑了，说："一时兴起说来吃晚饭，这也太心急了点儿。"

崇碧和潇潇朝她走来，三个人一起上楼去。

进了门，崇碧一看便喜欢，直说又宽敞又有个性，太宜居了。她怀里抱着一个大袋子，在屋子里转了一圈，跑到茶几那里打开。

屹湘一看，里面是一对花瓶，忙道谢。

"等下我下去院子里剪几枝连翘。"崇碧说。

潇潇听见，笑道："我说你刚刚一个劲儿地琢磨这儿的保安室在哪儿是干吗呢，合着你琢磨怎么偷花呢？"

崇碧笑得眼睛弯起来，潇潇在沙发上坐下来。

屹湘去洗水果、泡茶，回头看了眼，崇碧席地而坐，靠在潇潇的腿上，两人相视一笑……那样子，看起来和谐而美好。

她端了水果回来，崇碧忽然从包里掏出两个小红本，说："看这是什么？！"

"合法同居证呗。"屹湘拿过来，红色的小本本，带着新鲜的油墨香，打开一看，轻叹一句，"证件照都拍得这么好看，你们俩还打不打算让人活了？"

崇碧笑，把结婚证拿回去收好了。

屹湘也笑，说："我去处理下食材——崇碧，我书桌上有个锦盒，你去看一下。"

崇碧爬起来，拉了潇潇一起过去。

屹湘走进厨房，就听崇碧大叫："湘湘，这不是借尸还魂吧？"

她扑哧一下笑出来，这个叶崇碧！

桌上的锦盒里是崇碧上次要的扇子，她上午刚取了回来。因为是她拜托的，高师傅先赶着给她完了工，比预计的时间提前了些。她自己觉得画功在退步，高师傅却说，有几年没见着这么漂亮的东西了，他都想求一把呢。她想高师傅是客气了，看着她长大的师傅们，对她也总有些纵容和偏爱。

屹湘围着围裙、戴上口罩，准备烹饪，崇碧起先进进出出想要帮忙，后来见她手脚麻利，确实不需要自己"捣乱"，索性只拍拍照，等着吃饭。

等到叶崇磬按门铃，屹湘准备的菜，就只剩下一个乌鱼蛋汤还在锅里炖着。

门铃一响，三个人齐声道："这点儿掐得真是准极了。"

崇碧笑道："也不看他是干吗的，还有他那精算师的证是白拿的？"

潇潇笑着去开了门。

叶崇磐进门换鞋，倒先看见了匆匆出来打招呼的、"全副武装"的大厨屹湘。惊鸿一瞥间，她又回了厨房。他站在门厅里，一时没有动。崇碧把他拎来的酒放到桌上，让他快去洗手。

他也没顾上打量一下这屋子里的设置，洗好手就坐到了餐桌边，只觉得这里一点儿也不像是刚刚搬进来住的房子，倒像是住了许久、烟火气十足的家似的。这么有烟火气的生活，他许久没有体验过了，感觉陌生之余，竟有点儿恍惚。

桌上果然摆着屹湘在电话里说过的"四大抓"：抓炒的虾仁、里脊、腰花和鱼片。别的不用看，只看腰花的火候和样子，屹湘的厨艺……

"米其林三星餐厅大厨的水准。"邱潇潇看他半晌没出声，笑着说。

他把酒开了放在一边醒着，才坐下来。

这时，屹湘捧着汤碗从厨房出来，放在桌子中央。她将盖子掀开，那股子香气简直能直接把人掀翻。潇潇叫了声"好"，崇碧第一个拿起勺子，先舀了一碗。

潇潇习惯性地伸手去拿，看她笑着自己先喝起来，睁大眼问："不应该先给哥哥盛上？"

"美食在前……"崇碧笑。

"是，连家长都不顾了呢。"屹湘来动手，舀了汤给叶崇磐和潇潇。

"什么家长？"叶崇磐尝一口。这汤应是鸡汤烹制，虽然时间上是仓促了些，汤显得火候不足，不过好在材料新鲜，完全能将这点不足盖过去。乌鱼蛋柔滑软嫩，汤酸鲜爽口，胡椒的辛辣恰到好处，真是开胃。

"今天他们领证啊，谁都不见，就跟咱们吃饭，可不是当咱们是家长了？"屹湘笑着说。她但凡做了饭，总是喜欢看人吃多过自己动口，这会儿见他们吃得美美的，心情十分好。

叶崇磐微笑："可不是吗，不管怎么说，今天都是个特别的日子。"

他拿起酒瓶来看了看，说："来之前还觉得酒应该不会选错，这会儿一看，还是配不太上这一餐的水准。"他转脸看着屹湘，"将就一下。"

醒酒器贴着酒杯沿，注入了一点儿酒之后，他就听屹湘说："谢谢，好了。我戒酒很久了，只能这样欣赏一下——这酒可不能算'将就'了。"

他将酒杯放到屹湘的面前，沉默片刻才说："谢谢你这精致的一餐——顺便祝贺这两个小的成为合法夫妻。"这祝酒词不伦不类，很不符合他一贯一本正经的风格，其他三个人都是愣了一下，才反应过来，顿时开怀大笑，酒杯叮叮叮地碰在一起。

五菜一汤本来很多了，屹湘没想到今天大家都超水平发挥，中间只好又搜罗食材添了两道素菜，偏偏叶崇磐兄妹爱吃香菇、冬笋，清炒的莴苣又是潇潇的最爱，很快又光了盘。

"你们也太捧场了吧。"屹湘有点儿傻眼。幸好大家还有仅存的理智，每个盘子里都还留了一点儿点儿、按理不能吃光光的菜。

"是。尤其是邱潇潇，太能吃了。"崇碧笑着说。

她喝了不少酒，看上去脸色红润润的："刚刚你在里面炒菜，我跟哥哥说了你上回丢玉的事。"

屹湘手端着酒杯，听崇碧提起，指了指颈部，说："那真是吓坏了我。"

潇潇说："崇碧跟我说的时候，也吓我一跳。"

"没事啦。"屹湘笑着。酒香扑鼻，尽管没有喝酒，她这会儿也觉得有点儿醉醺醺，一定是今天太开心，气氛又太好的缘故。

"随身戴的东西，还是要仔细些。"叶崇磐说。

"嗯。"屹湘隔着毛衫摸到细细的项链，将玉佩从颈间抽出来，"我想过把链子焊死——不过这回链子可结实了，先不必了。"她穿了一件墨绿色的樽领毛衫，晶莹剔透的玉坠被那墨绿色一衬，显得越发水色绝佳。

叶崇磐只淡淡一扫，很快收回目光，说："当时碧儿还说让我留心，如今上哪儿找这样样都好的去？世上恐怕只此一枚。"

"哥，你的眼光越来越毒了，我看了只觉得好，却不知道是这么好——难怪妈妈说你现在很少买到打眼货。"崇碧喝着酒，笑道。

潇潇见她已经有点儿过量，悄悄握了她的手，她回头一笑。

屹湘看了叶崇磐，思索片刻，问："叶大哥，可知道现如今找好一些的翡翠原石，哪条渠道比较靠谱？"

"用来做什么的？"叶崇磐问。

"做衣服。"屹湘说。

"是配饰？"崇碧问。

"是啊。"屹湘看着面前这三个人，简单解释了原委。

距离五月的时装周还有不到两个月的时间。这次发布会的设计采用的主要元素，Josephina 建议使用珍贵的宝石。她原本想要一口否定，但在之前的议题中与 Josephina 已经有正面冲突——Josephina 支持在四月的独立发布会上采用环保主题。

但自接手工作以来，她很欣赏几位年轻设计师的设计风格。他们这次提出的方案，不但采用新材料，风格独特，同时也遵循了 LW 一贯追求的优雅精致，让人耳目一新。但 Josephina 主持设计的时候就不看好他们的方案，这次在会上仍反对。相持不下之时，

Josephina 表示她是设计总监，最终还是该由她决定，她便就环保主题拍了板。

Josephina 紧接着说："独立发布会可以有许多概念性的展出，时装周就是真刀真枪上阵，还是慎重为好。"她与 Josephina 的意见处处相左，根本上来说还是设计理念不同。时装周，她做了让步，同意采用珍贵宝石作为主要设计元素。其实，她也是想尝试下，毕竟这一项，她还没有挑战过。

就目前来说，翡翠是她的首选，翡翠的多变和优雅是她喜爱的。难度在于如何找到符合她的设计的材料，再请到最好的师傅打造出她要求的样子。如果不能使用这一素材，也要尽快决定，留给她的时间不多了。今天之前，她倒没想到还可以向叶崇磐求助。

崇碧转头看看叶崇磐，笑着说："你这就问对人了，不成，问问我妈妈也行。"

"不好麻烦叶伯母的。"屹湘忙说。

叶崇磐见屹湘这么说着，脸上已经泛了红，说："这个不难，我可以帮你留意。不过现在很多新手带着资金入场，原石的价格越来越贵了。你得提前做好预算，然后和我说一下，我好心里有数。"

"明白。"屹湘点头，"我们需要的也不算多，边角料也完全够用了，但用来搭配高级定制礼服，东西一定要好。"她看着叶崇磐，想起自己第一次见他，还跟陈太说，就是他们这样的"新贵"胡乱投资，弄得什么东西都贵得离谱了……现在她知道，叶崇磐或者是青年才俊，但叶家确实不是"新贵"。

不过呢，这种收藏炒作，叶崇磐也未必不参与就是了。

她鬼心眼一转，垂下眼帘，免得暴露自己的想法。可看她这神情，潇潇眉尖一蹙，崇磐嘴角一翘，都料到她必然是想到了什么而不肯说出来。

崇碧则笑道："东西一定要好……再配上你们 LW 的商标，你们打算一件礼服卖多少钱？"

屹湘把玉佩塞回领子里，也笑道："谁说不是呢，不过，我也想多尝试些没试过的材料。"

"你们这个行业，有时候免不了舍本逐末。"潇潇笑着看看时间，建议换个位置一起喝杯茶，"湘湘，你这儿有茶吗？咱们喝点儿茶，让这醉猫醒醒酒再走。"

"有的。"屹湘笑着说。

"试试我带来的茶吧。"叶崇磐建议。

"哥，湘湘，你们俩过去坐，这儿留给我们来。我是得喝点儿茶醒醒酒，不然回家准挨骂。"崇碧主动拉了潇潇收拾桌子，说着看了一眼潇潇的表情，"不准说'你也知道'！"

潇潇笑了，说："我又没说什么……"

崇碧看潇潇那神情，转脸见屹湘跟哥哥并不注意他们，迅速地亲了潇潇一下……两人收拾好了桌子，把餐具塞进洗碗机，开始研究叶崇磬拿来的那个茶罐，准备试试新茶。

屹湘看看他们俩，笑着跟叶崇磬说："谢谢，这一两年，多亏了你的好茶。"

叶崇磬不解。

"崇碧惦记着我没有好茶喝，你带给她的茶，她会分一些给我。"屹湘解释。两个人坐在沙发上，叶崇磬的坐姿随意而不随便，听她这么说，只道"又不值什么钱，难得你喜欢"。

静默片刻，屹湘忽然轻声笑了一下，说："真不敢相信，他们竟然结婚了。"她说着，两脚并在一处，轻轻地活动了一下，又叹了口气，"我小时候……还不懂事嘛，觉得全世界的男孩子就只有我哥哥最好，要嫁人呢，就嫁给我哥……"

她的笑意更深，一对眸子亮晶晶的，脸上两块淡淡的红晕，竟是比抹了什么样的胭脂都要自然和好看。

叶崇磬转开了目光。

屹湘笑着，见叶崇磬久不出声，便留神看他。此时他不知道是因她刚刚的话说得有趣，还是觉得她这样的小动作有趣，抑或是其实他的心情就跟她一样，有点儿复杂，当然更多的是欢喜，总之，他的样子，应该是在笑吧——她从认识他以来，没怎么见过他这样笑，很单纯……她轻咳了一下，他怎么会很单纯。

听到她轻咳，叶崇磬略抬了抬下巴，说："我妹妹，应该就从来没有这个念头。"

"什么念头？"崇碧端过茶，恰好听到这个词，"叶崇磬，你又说我坏话了吧？"

屹湘顿时有点儿窘。

叶崇磬早就恢复了不动声色的态度，泰然自若地说："学着做顿好吃的饭菜啊。"

崇碧笑着给他倒茶，说："现在倒是有了。"

叶崇磬没再看向屹湘。他只觉得今晚，大概因为看得有些多了，让他有了种似乎已经认识她很久了的感觉，以致于她并不太像自己第一眼看到的那个女子；甚至在离开她的公寓的时候，他看着妹妹也会想，认识崇碧也这么多年了，还不是觉得时时要重新认识她？

再早半年，他也想不到崇碧会如此利落地结束在海外的工作，回国结婚……对象还是邱潇潇。

崇碧上车前从包里掏了一个锦盒给他，叮嘱他回家再看，他也就随手放在了车里。

潇潇他们先走，他驱车跟上去，屹湘没有立即转身上楼，而是慢慢地往另一个方向去了……他转弯的时候看了看这空旷宽敞的院子，沉默而寂寥的，幸亏已是春天，不久，这些树上将长出密密的绿色叶子来了。

他回到家里，只拎了那个很轻的锦盒上楼。一进门，毛球便向他跑来。突然打了个滑，它一个跟头栽到了他脚下。他忍不住想笑，弯身把它拎了起来，锦盒啪地一下掉在地板上。盒子用五色丝绦系得紧紧的，从外边看，一时倒看不出里面究竟是什么。

叶崇馨将毛球放下，顺势坐在一边的凳子上，将锦盒打开。盒里还有一只烟黄色的绸包，同样是五色丝绦扎口。那绸包拿在手里，他已经觉得有些异样。

他慢慢地打开绸包——是一把扇子。

湘妃竹扇，长约九寸余，细巧的竹片上有许多斑痕。他轻轻捻了一下。扇子一格一格在他手中展开……简单到不能再简单的图案，素净娴雅：从右侧到左侧，疏疏懒懒的几笔兰叶到了中央，一对彩蝶生机盎然，一只舞在空中，一只落在半开的兰花上，似是蝶与花踏在了微风的弦上……与画面大小相称的，左下角一行小字，是年月的款识，字规矩而美好，与画面同样让人感觉很熟悉。这本是深深印在了他脑海中的物事，即便不再看到、不再想起。而更令他惊心的，是那一枚朱红的印记——湘湘。

刹那间，他以为自己看错，但绝不会错。除了这枚朱砂印和年月的差异，也许只有画面上细微的差别。这确实是他曾经丢失过的那把折扇，那字迹，横撇竖捺，竟全是旧时模样。

他将扇子再一格一格地合起来，久久地坐在凳子上，终于舒了一口气。

他的心很沉，身上却觉得轻松。这是多么矛盾的感觉，却同时出现在了他的身上。

他忍不住再次打开扇子，落在眼底的仍是那清秀的小字。可是它们渐渐幻化成人面，带着笑的、如精灵般漂亮的眼睛，眼睛里有着时而狡黠、时而温存的透明眼神……那是深不见底的潭。

一斛珠

.1 [下]

尼卡 著

爱要多用力，
才会不朽。

北京燕山出版社

目录
CONTENTS

目录
CONTENTS

第九章　没有浪花的海面

红尘里如果还有什么能让我眷恋，让我动摇，也只有你。

——题记

郗屹湘手里捏着一把绿松石，一颗颗地摆在蕾丝花瓣上，旁边分别是珊瑚石、珍珠、蓝宝石和水晶。她晃着手掌，绿松石在手心碰撞，稀里哗啦地响着……好一会儿，她手掌一翻，一把绿松石都扣在了桌上。绿松石也好，其他的宝石也好，各有千秋，但她还是想用翡翠，只是必须找到合适的。

叶崇磬说替她留心，三天过去了，还没有个准信。

屹湘有点儿焦躁。

当然这三天她没有一味等待，也颇做了些调研。眼下能找到原材料的地方还是有不少的，最近的有潘家园的交易市场，远一些的，恐怕要去云南或者缅甸——实在不行，她也只好走一趟。

"程程，"屹湘心里有了计较，心神安定些，按通话器把小冯叫了进来，问，"设计部安保系统的升级，这两天能完成吗？"

"可以的，安保公司已经在给设计部安装虹膜、指纹双重密码锁了。设计师们的指纹和虹膜采样已经完毕。据说明天开始调试系统，下周一就可以投入使用。"

屹湘点点头，改造了茶水间之后，设计部安保系统升级是她来了之后做的第二个决定。Josephina 起初意外——她上来最先想要改变的竟然是硬件设施。她只说设计部门的安全保密系统实在是有待改进，Josephina 隔天批准后给会计部门做了预算，很快就开始实施了。

她从第一天来上班，就发现公司上下，上至 Josephina，下至普通店员，包括清洁大姐，甚至是外部访客，进入设计部都是轻而易举的事情，这让她很吃惊。

"设计部重地，应该闲人免进啊。"她当时便对冯程程这么说的，又观察了几天，果断做出了这个决定。

升级后的安保系统，除了设计部成员，连 Josephina 也没有权限进入。这么高级别的安保，当然是花了点儿钱的。不过，把钱花在这个地方，虽然可以理解，但是也还是有不同的声音，觉得小题大做了。

屹湘问程程："怎样，大家还是觉得多此一举吗？"

"还好，就是都说，好像有点儿保密得太过了。"冯程程微笑。

屹湘说："这还太过？下次出差带你回总部，让你看看什么叫武装到牙齿。Vincent 宁可让 Laura 隔着玻璃对他喊话，也不让 Laura 进他跟设计师开会的房间。"

程程咂舌。

"设计师的离职手续是公司里最烦琐的，单单跟律师谈话便要很久，签署各种保密协议就更不用提了。"屹湘笑着说，想到自己上次一时冲动辞职，一直在家里等着律师上门呢，"虽然说咱们不是'高精尖'技术公司，不过设计就是生命，小心些总不为过。"

冯程程点头，说："是的，以前公司出过这样的事。"她说到这里，停了一下，看看屹湘。

屹湘眉尖一蹙。

冯程程小声说："那还是 Josephina 特信任的一位设计师。后来事情爆出来，Josephina 震怒，差点儿影响到她当季的设计发布。那位设计师后来去了 51Woo 任职，听说还做得蛮成功的。我们都说，搞不好当初就是 51Woo 派来潜伏的，不过这也只是我们的猜测啦。这事当时多亏 Debra 善后，Josephina 才不至于太被动，之后 Josephina 对 Debra 也就特别信任了。"

冯程程忽然提到"51Woo"，屹湘的眉头一皱。至于 Debra……得雨能深受 Josephina 的信任，原来还有这么一段渊源。

冯程程看看时间，说："要去杂志社拍照了，你不要迟到，让人家说你耍大牌。"

屹湘最头疼这种访问，可这是公司的决定，也不能不配合。她出门之前去了趟 Josephina 的办公室，见门紧闭着，就没有进去。

这几天 Josephina 心情不好。长沙分店开张之后，运营上似乎出了些问题，Josephina 很伤神。

她把两份文件交给 Josephina 的秘书，只说"汪小姐问起，就说我去拍专辑了"，转身下楼。

冯程程追上来给她塞了一个文件夹，说："摄影师拍的三个候选首席模特的硬照，请您过目。尽快定下来，好拍摄新专辑。"

屹湘接了。这也是件大事。原先的首席模特结婚生子，暂别 T 台了。新首席模特选了好久，Josephina 都不满意，如今皮球踢到了她脚下。

"您看看吧，若是这三个都不中意，您亲自上阵，我看也是可以的。"程程笑道。

"调皮。"屹湘挥了下文件夹，上了车。

她翻开文件夹，开始看第一份资料，回形针夹了三张硬照，她拿起其中的一张来："滕……洛尔。"

她翻看起来，滕洛尔的履历表十分简单，相关从业的记录是空白。显然如果滕洛尔不是空降的，就是被摄影师从街上捡回来的。这个女孩子，倒有一个名校傍身，可大学只上了一个学期，便长期休学了……

屹湘看着，轻轻摇头。比较起来，另二位候选者的履历要辉煌得多，显然也更加符合常规的 LW 首席模特的标准。

屹湘又看了一遍滕洛尔的照片，酒醉后的跋扈、清醒时的爽快、微笑时的柔媚……黑白照片中有一张是她的侧脸，不知道是角度的原因，还是怎么，竟然看上去很眼熟——

屹湘看了一会儿，原来她安静下来，样子很美丽，尤其是那双眼睛。

滕洛尔有双好看的眼睛。

屹湘在滕洛尔的那份资料上做了个标记，另两位的画了叉。

屹湘清楚地记得自己在停车场看到滕洛尔的时候，目测过她的身高、体型。当时只觉得她的气质属于野性与温柔并存，还是很独特的。她轻轻敲了下纸面，又在那个标记旁边画了个问号。

发掘和培养新模特并不是她的工作内容，可眼下的候选者，她都不满意。如果有可能，她很想培养自己的模特团队。

恰好今天拍摄的摄影师就是 LW 御用的摄影师之一 Jimmy Chow。屹湘换了套自带的衣服出镜，在摄影棚里先跟 Jimmy 沟通了一会儿。

Jimmy 便笑着说："给郗小姐您拍摄还蛮有压力的，还记得第一次跟您开会，那天您总共没说几句话，可是都在批评我拍的平面广告。"

屹湘说："叫我 Vanessa 就好了，"接着她笑道，"批评的是广告创意，不是你。我最近还看过你拍的菜谱，很喜欢。"

Jimmy 笑，手中的镜头跟着她走。

屹湘问 Jimmy 怎么发现了滕洛尔。

她坐在一张拍摄用的道具高脚凳上，长时间的站立让她的脚踝有点儿不舒服。

Jimmy 说："在超市。"

屹湘不禁微笑："超市？"

"是啊，当时她正在水果区挑苹果，就没见过那么笨的女孩子，也不知道是不是太无聊了，一共买四个苹果，非要找四个一模一样的。我站在一边看了她多久，她就笨了多久，而且把能用到的表情都用过了。我就想，这女孩子的表现力太好了。我过去跟她聊了几句，难得的是人也大方。我就约她拍了一组照片，推荐给合适的公司——你觉得她怎样？"Jimmy 从镜头里看屹湘。

屹湘今天出镜穿的衣服是纯黑色的薄棉衫裤，厚重的颜色、轻盈的布料在她身上像是带起了两道不同的气流。在这样的气流中，她眉黑而发乌、唇红而齿白，每一部分都显得更加清晰。她正凝神听他讲话，神态专注，且面部表情柔和，但眼神保留着适当的深沉和锐利。Jimmy 抓住机会，捕捉她脸上转瞬即逝的细微表情。

"做首席模特的话，还是欠些磨炼——我看到她没有所属的经纪公司。"屹湘说。

"还是一个自由人，她跟我说有兴趣试试入行。"

"看她的样子是有点儿灵气。"屹湘说。

"可塑性很强。"Jimmy 说。

屹湘沉默。

拍摄进行得很顺利，他们在摄影棚里只换了两三个地点，Jimmy 就说 OK 了。在一旁陪同拍摄的主编忙问怎么这么快，感觉才刚开始拍摄呢。

Jimmy 笑着说："如果按 Vanessa 要求的整篇访问只放两三张图，足够了。我保证回头你们看样片，张张都好，张张都想用。"

主编都笑着说："Jimmy，你也太自信了。"

Jimmy 说自信是一方面，也得人家有真材实料。他说着，示意主编跟屹湘靠近他些，液晶屏上有刚刚拍摄的照片。果然，主编看一张赞一张，屹湘倒是更客观，觉得有几张不好的，立刻建议 Jimmy 删除。哪儿知道不但 Jimmy 不肯，连主编也帮腔不让删除，现场顿时笑声一片。屹湘见照片的确是够了的，顺水推舟，结束拍摄。

她走去换衣服，却在更衣间的门前被人拦住了。

屹湘见这助理模样的年轻人很是眼熟，没有立即出声。

负责陪同她的杂志社职员上前沟通，回来一脸尴尬，跟她道歉，说是 Jessica Chen 在里面，这间更衣室，她一直用的。

屹湘淡淡地说："没关系。若不是衣服还在里面，我倒是在哪儿换都一样的。"

这时更衣间的门开了，陈月皓走了出来，看到她，稍稍一愣，说："是你！"那语气有些惊喜。

屹湘冷淡地点了点头，问："用好了？"

陈月皓微笑道："抱歉，我用惯了这间。"她虽是这么说，但真没几分抱歉的意思。

屹湘径直走进去，迅速换了衣服，出来一看，陈月皓竟没有离开。

"上次谢谢你。"陈月皓笑着说，双臂交叠，抱在胸前。

屹湘打量她。

陈月皓两条手臂白皙圆润，肉感十足。今天的服饰，又格外强调她身上的这种特质。那一身的白皙皮肉，真似要争先恐后冲破这一层薄薄的束缚。

"不客气。"屹湘挪动脚步，打算马上离开。

"我今天穿得合适吗？"陈月皓似乎是故意的，笑着问。

"不合适。"屹湘头也没回，直截了当地说，"在腰上加条丝巾也许有救——以后多听服装师的，不要自己乱来。"

屹湘走远了，还能听到陈月皓的笑声。

跟在屹湘身边的杂志社职员惴惴的，十分担心她不愉快，再次道歉。

屹湘微笑，说："小事情，不要放在心上。"

此时摄影棚里，主编和Jimmy正在跟几个男人说话。屹湘的目光很自然地被站在中间的那位吸引过去，待看清楚，笑问："Benson，怎么你已经到了？"

"给你打电话的时候，都已经在准备行李了。"邬家本笑道，"已经到了两日，沙尘都吸了一点了。" 他看着眼前的屹湘，气色真不错，因为化了妆，跟以往见到的样子不太一样。

屹湘笑起来，说："这点儿沙算什么。"

Jimmy跟主编一起看看他们，说："咦，你们认识。"

"我们何止认识。"邬家本笑着说，也不管这句话听起来是多么暧昧。

屹湘此时对他已经有些了解，料到他会这么讲话。她一笑，问："可也是来接受访问的？"

主编先笑了，说："邬先生算我们五分之一个老板。"

屹湘抬抬眉，邬家本学着她的样子，也抬抬眉，说："所以我得全力以赴拼销量，首次接受国内媒体专访，当然要留给自家杂志。"

屹湘笑了。

邬家本心念一动，提议："相请不如偶遇，今天大家拍摄都辛苦，午饭我请。"说着，他看向屹湘。

主编立即说："邬先生，我们不要吃工作餐。"

屹湘笑道："如果大伙都能吃得来辣，我倒是有个好建议。"

听她一说，Jimmy立即拍手说"我知道是哪儿"，然后自告奋勇地去订位子了。

屹湘跟主编说，今天的工作人员务必都请上："这几日，大家都辛苦了，一起吃顿便饭。"

主编笑着答应，先去安排了。剩下她跟家本二人，屹湘才问："陈太好吗？"

"好。就是你走了之后，说屋子里只有她跟墨菲，显得空荡荡的。她让我给你带了一堆东西。她好像生怕你不是回了家，而是去了什么非洲部落。"家本忍不住笑，屹湘脸上则是温柔而又暖意十足的表情。他顿了顿，才说，"真的，我给阿姨解释说，北京什么都有，而且屹湘是回家呢，家里自然什么都好。她却说这些年毕竟是在国外待惯了，猜你回家反而会水土不服——她的担心有没有道理？"

屹湘笑，邬家本讲话如此迂回婉转，其实不过是想像她那样，问一句"你好吗"。

她于是说："有道理。不过，已经解决了。倒是你，等下吃这餐，千万留神。我上次就是被辣到，一夜无眠……"

　　说到水土不服，她想起一件事来。今早她刚刚起床，就有人按门铃。她以为是母亲让人来送药，但不是，是个陌生人，说是叶先生让来送水。她开了门，请人上来，送来的是几箱矿泉水，正是她喝惯了的那个牌子。她这些天肠胃敏感的状况早已改善，几乎忘了找水这回事，却不想叶崇磐还记得……一早到现在忙得不可开交，竟然没有空出时间来给他打个电话表示感谢……

　　邬家本见屹湘说着说着便停了，不由得深看她一眼。

　　两人一起走出了摄影棚，外面光线强烈，屹湘遮了下额头。家本看着她空无一物的手，又看了一眼自己手上的顶针戒指，轻轻活动了下手指。

　　屹湘发现，笑道："我也有一只呢。"

　　"没见你戴出来。"

　　"穷的时候卖掉换面包了。"屹湘说。

　　邬家本抬头。

　　"开玩笑的，我不喜欢戴戒指。"屹湘攥了下手，笑道——的确是，十根手指都光秃秃的，手腕上也只有一块手表。

　　"那以后求婚，用钻石顶针。"邬家本说。

　　"……"

　　"我也是开玩笑的。"邬家本笑出来，"其实，我知道你今天来接受访问，特意在这里等你的，想跟你单独吃饭，这是实话。"

　　"我知道，这也是实话。"屹湘看着家本微笑的面庞，平和地说，"改日吧，我请你。"

　　"这一改又改到哪天？"邬家本成心怄她，作势叹气。

　　屹湘笑："我定下时间打给你，这回绝不食言。"

　　叶崇磐抿了一小口茶，立即觉得不对，看了看 Sophie。Sophie 对着他双手合十，他转过头去继续听报告。

　　他把杯子往旁边推了推，直到会议结束，他都没再碰杯子。散会后，高级经理们都离开了，Sophie 收拾着桌上的文件，默不作声。

　　叶崇磐问："今儿的茶是谁给我泡的？"

　　Sophie 在他身边工作了几年，他什么时候要什么样的茶，她非常清楚，从不出错。因为有一点儿点儿异样，他就会发现。

　　Sophie 微笑："嗯……"

　　"嗯？"叶崇磐把手里的文件放到 Sophie 手中那一大摞上。

　　"粟小姐。"Sophie 轻声说，"粟小姐从今天开始在本行上班。"

　　叶崇磐拉开会议室的门，把 Sophie 手里那摞文件都拿过来，说："去，给我打听一下，谁把她招进来的。"

"是。"Sophie手里一轻松，脸上就笑了。看着高高大大的老板拎着资料轻轻松松两三步就走到办公室门口，顺手把资料拍在了她的桌上，她眼睛都笑弯了。这还用查啊，粟茂茂怎么进来的，她已经摸清了，不过得组织一下语言，再去跟老板汇报。

叶崇磐到了办公室，一眼就看到了办公桌上的新水杯。他坐下来，面前的这个杯子不是普通的马克杯——没错，他正在用而且是用了很久的那么一个杯子跟这个是同款同型的，但这样公然而且自作主张地把自己的照片印在杯子上硬是逼着人用的，只有小姑娘才做得出来。他眉头皱紧，也许是他低估了小姑娘的决心。

Sophie敲门进来，给他送了杯茶，这回用的是他的杯子。

"到底怎么回事？"叶崇磐平静地问。

粟茂茂进公司，这事说小不小，说大也不大。不过，作为竞争对手银行的所谓的"太子女"，她其实并不适合来这里工作。尤其考虑到她的动机，他实在觉得这事情很不妥当。

Sophie见老板端起杯子来，一口茶喝得慢条斯理，轻声说："粟小姐是按照正规程序考试进的公司。她在总行这次招考的管理培训生里成绩非常好，不但笔试成绩好，面试成绩也很好。而且，无论从履历，还是专业成绩，她也无可挑剔，所以……"

叶崇磐心想，难怪。粟茂茂颇有一段时间不来"骚扰"他，去她父亲那里上班也三天打鱼，两天晒网，原来是另有打算。但她怎么就那么顺利地通过了人事部的资料审查？竟然没有人给他透口风……这事，他怎么琢磨，都觉得有点儿可疑。

Sophie猜到他在想什么，接下来便说："叶先生，您知道咱们银行的招考，初试的资格审查向来比别家要宽松。粟小姐当初报考只写了一部分社会关系，也就顺利通过了。她进入最终面试名单之后，我们才开始严格的背景调查。"

叶崇磐问："董事长知道这件事？"

Sophie点头，说："知道。董事长说，粟小姐既然考，就该给她机会。我们银行一向公平，不拒绝任何人才的加入。"

叶崇磐明白了，他放下茶杯，看Sophie一眼，问："今天她第一天上班？"

"是。提早半个小时来，先上来央求我把礼物送进来，见我要泡茶，说要帮忙。"Sophie说，她看着老板的表情，"叶先生，如果您不喜欢……"

"下不为例。"叶崇磐说。

虽然他没讲哪一样"下不为例"，但Sophie很能领会他的心情。显然对老板来说，粟茂茂的行为过界了，而她也过界了。

"对不起，叶先生。"她说。

叶崇磐见Sophie清秀的面孔上泛红，也觉得自己有点儿过于严肃了，既然这件事是伯父亲自过问的，肯定要特意瞒着他。Sophie 是他的亲信，当然没有不一起瞒住的道理。至于其他的，倒也无伤大雅，于是他看了看她，摇了下头，说："出去做事吧。"

Sophie 无声地退了出去。

叶崇磬默默地坐了一会儿，将粟茂茂送进来的那个杯子放进了抽屉里。快到午饭时间，Sophie 提醒他今天没有应酬，他可以自由安排。

叶崇磬想了想，说："那今天咱们一起去员工食堂吃饭吧。"

Sophie 笑着说："叶先生，好像食堂换了承包方，您还是第一次去呢。"想了想，她又说，"我得去修改 MSN 签名，说叶先生今天会去食堂吃饭，请大家注意，务必盛装出席。"

崇磬不由得笑了，Sophie 也笑了，默默地松口气。

叶崇磬跟 Sophie 在食堂排队取餐时颇等了一会儿。Sophie 怕叶崇磬不耐烦，笑着说："这次食堂换的餐饮商比先前的好太多，所以留在这里用餐的员工会多很多。董事长也经常下来吃饭。"

Sophie 话音刚落，叶崇磬已经发现了伯父叶居德。见伯父在独自用餐，他取了餐点，便带着 Sophie 一起走了过去。

"董事长。"叶崇磬跟 Sophie 一先一后跟叶居德打招呼。

叶居德抬眼看到他们，示意他们坐。Sophie 很有眼色地说自己跟其他同事一起坐，叶崇磬便坐在了伯父的对面。食堂里虽然人很多，但并不显得嘈杂，叔侄俩都是难得吃一顿这样简单又舒服的午餐，说着闲话，倒也很愉快。

叶崇磬感觉到有人在注视他，抬了下头，往取餐处看了一眼。一队穿着银行黑色制服、胸前挂着实习生标牌的年轻人正在排队取餐。比起安静用餐的老职员们，他们稍显稚嫩和活泼，他不经意地皱了皱眉。

叶居德看到侄子的表情，微笑着问："见到茂茂了？"

叶崇磬转回脸来，继续用餐，说："还没有。"

"我今天倒是特别留意了一下，这孩子认真工作起来，竟然也一本正经。"叶居德笑道，"之前我以为她三分钟热度，不见得能坚持到最后，就没有跟你提，没想到她过五关斩六将竟顺利通过了。她父亲打电话跟爷爷和我道歉，说这孩子胡闹。依我看，虽然是胡闹了些，但也不是坏事。起码她是靠自己考进来的，也算是证明了能力不俗嘛。"

叶崇磬听伯父提到了爷爷，愣了一下，并没有想到，这件事情，爷爷居然也知道。

叶居德微笑，拿手帕慢慢擦着手，说："在公在私，粟家跟我们都是极有渊源的。茂茂这孩子算是我看着长大的，不会很离谱。她既然有心，我看让她在咱们这里试试也无妨，你说呢？"

叶崇磬知道伯父问他的意见，也不过就是一问。此时粟茂茂已经入职，他也不能因为不合自己的意思，就把她撵出去吧。

"茂茂聪明，我相信，以她的能力会发展得不错。"叶崇磬说。粟茂茂毕竟是粟家未来的继承人。眼下她无心经营，但她有潜质是毋庸置疑的。不过，他对她的期许也仅限于此，不会更少，也不会更多。

叶居德看侄子沉默，也不再对这个话题发表意见。叔侄俩吃完这餐饭，一起出了食堂。他们正要分道扬镳，竟然就遇到了粟茂茂。

穿了制服、化了简单的妆，粟茂茂看上去比平时要稳重、成熟多了。见到叶居德叔侄俩，她跟其他同事一起回避了一下。但在擦肩而过的一瞬，她眼睛里闪过的一线光芒，显得又狡黠又得意。

叶居德看到了，叶崇磬看到了，Sophie 也看到了，只是个个看在眼里，感受却不同。叶崇磬最是声色不动的人，依旧有说有笑地陪着叶居德回了办公室，又聊了好一会儿才出来，独自走向了吸烟区。

他掏出烟盒，看了半晌——烟盒很不错，用了很久了。早前在纽约陈太的古董店里买到的那个漂亮烟盒，他带回来就让人送去给了祖母。祖母夸他眼光好，喜欢得不得了，还让他不要总是给她买礼物。如果这样的好东西不是送给她而买来送给女友，她会更开心。

听他讲买烟盒的经历，祖母的笑声一直不断……

他将烟盒塞回衣袋里，慢慢地踱着步子，不消一刻，便回到了自己的办公室。阳光装了满满一屋子，他看着东墙多宝格上那些奇形怪状的石头……

屹湘刚进家门，就接到叶崇磬的电话。

听到叶崇磬说已经帮她找了个可靠的原石来源，也还在继续打听是否有更好的选择，她这几日来的焦虑瞬间被清除了大半。尤其他的语气，缓缓的、稳稳的，让她听着心里越发踏实了。

叶崇磬建议她去一趟潘家园亲自看看，她就答应了。

"就周末去吧……不用，我认识路……也行。"她说着，走到上房门外，踮脚往里一看——母亲正坐在里面侍弄两盆兰花呢。

她收了线，敲门进去："妈，我回来了。"

郗广舒摘下眼镜，看着女儿，笑眯眯地问："跟谁打电话，这么开心？"

屹湘坐到母亲身边，说："有吗？是工作上的事啦。"

郗广舒依旧笑眯眯的，说："我倒希望这是工作外的事。"

屹湘跟着笑。

"上回跟你说的事情，可要提上日程了啊。"郗广舒拿着一柄小小的银剪，从根上剪了一片枯叶，"那小伙子也是最近刚回国休假，你看看，这个周末行不行？"

屹湘盯着桌子上这盆"晨星"，兰香馥郁浓厚，却像母亲的话，让她有点儿头晕。

"……性格很好，从业务能力到待人处事，都是这一茬儿里面拔尖的——对了，爸爸也知道他。我跟他提起的时候，爸爸就说这个小伙子还不错——你看，别人的意见可以不考虑，爸爸的眼光总不会差吧？"郗广舒将手里的小银剪搁下，拿起了喷壶。

她看了沉默的女儿一眼，又补充道："照片在我书桌左边的抽屉里，你去看看，怎么不说话？"

屹湘说："好。"

"洗洗手，我们吃饭。"

"嗯。"屹湘站起来，"我先回房拿点儿东西。"

"好。对了，今天崇碧还说，你叶伯母问你哪天有空，想请你过去吃顿便饭，你记得跟崇碧说一声。"郗广舒凑近了她侍弄的兰花，闲闲地道。

"就我一个人吗？"屹湘已经走到了门边，听母亲这么说，问道。

"对。"郗广舒笑了，"怎么，你还当不得这一顿饭啊？瞧你把崇碧打扮得那个漂亮劲儿。"

"那还不都是该做的。"屹湘开了门。去叶家吃饭？叶家有名的规矩多，没事去受那个拘束做什么，不过，看母亲这个意思，不反对她去。

"您是不是想让我去多吃点儿好回本啊？崇碧整天在咱们家麻烦您。"

郗广舒笑道："去不去你自己看着办。对了，那个小伙子叫阮尧。你在仙台的时候，就是他在帮忙找你。"她说完，依旧去修剪兰花。

屹湘倒没想到自己跟这位父母认可的对象还有这样的渊源，在那样的混乱之中，留下来的记忆除了惶恐，还有疼痛，倒把他和他的电话忘得几乎一干二净。事后，她本人没有只言片语道谢，这实在是不应该。

她笑着说："妈妈，您真是太懂得'把最重要的话留到最后说'这个道理了，我真的还就非去不可了。"她说着，人便走了出去，走远了，还听得到母亲低低的笑声。

她也莞尔。

吃完晚饭，屹湘就要溜，到底被母亲揪住，塞了一个信封过来。

她只好接过信封，听母亲唠叨着"周六下午，别忘了"，硬是将母亲推回房里，不要母亲再出来送。

信封整个被她塞进了包里，她迅速出门上了车，发动车子。她的心里多少有点儿烦乱。

快要开出巷子口了，一辆银色的车追了上来。屹湘从后视镜里看了一眼，那车子跟叶崇磬的是同款。此处光线暗，她看不清车牌，也没等来鸣笛。出了巷子口，那车子迅速超了她的车。超车的瞬间，司机转头看了她一眼。

屹湘认出来，是粟茂茂。看来，这款车子在京城里虽然少见，但是喜欢这款车的人也并不是没有。

屹湘仍不疾不徐地开着车，看着粟茂茂的车子迅速消失在车流中……

因为血缘的关系，茂茂长得像菁菁，那时而活泼、时而乖巧、时而温柔又时而鬼精灵的性情，尤其像，想必，也是个让人爱恨之间都不忍释手的女孩子吧……

回到住处，门卫将两个纸盒子交给她，说是邬家本先生送来的。

屹湘接过这两个挺沉的盒子，一看上面的封条，就明白这些是陈太让家本带给她的礼物。她好不容易抱上了楼，刚进门，邬家本的电话就打来了。

家本告诉她，其中一个盒子里有两张邀请函："月中的五周年庆典，希望你能来捧场。"

屹湘没有立即答复，家本那边很忙，只说"再通电话"便挂了。她打开盒子一看，里面种种东西都是她在美国用惯了的，从吃的到用的，甚至还有穿的。她呆坐了半晌，委实有些不知所措。她只知道陈太细心，却不知道陈太对她用心到了这种程度……

她算了下时间，拨了电话过去，跟刚刚起床的陈太聊着天，顺手将家本给她的邀请函和刚刚从包里拿出来的信封放在了一处。封口开了，里面的照片露出一角，她停了一下，然后拿出来。

陈太问她最近有没有什么新鲜事，她看着照片里那个微笑着的人像，说："有啊，要去相亲了。"陈太立即很有兴趣地追问究竟，直到收线，都兴致盎然，像是完全忘了先前还极力想要撮合外甥和她交往的事了……

屹湘忍不住想笑，再把照片拿近些。

阮尧，是吧？模样可真够俊的呢。

她将照片放下，轻轻舒了口气。周六见面……这么说，这个周末她应该会很忙了。

周六是师傅的生日，她已提前准备好礼物，预备那天去探望。她得安排好时间，从从容容地登门。上次电话里师母倒是说，今年师傅寿辰，董亚宁恰好有事不在京，不能亲自过来给师傅操办了。

楼下有车子的声音，她看看手表。已近午夜，不知是哪位邻居，最近总在这个时间回来。楼下的铁门就总被磕得发出巨响，不知那个邻居是怎么做到的。她进进出出，轻拿轻放，那门简直无声无息。

她坐了会儿，果然听到砰的一声巨响，眉头皱紧，起身走到书桌前，往下看了看。院子里空无一人，楼前的车子，刚好被香椿树挡了大半，隐约只见是一辆黑色的跑车。

她拿了支笔，随手在纸上写了几句话。明天早上出门，她就贴在门上，免得邻居觉得措辞严厉，她随手画了只小花猫——是微笑的样子。

从外面传来胡琴声，吱呀两声，长长的，像是叹息。她转了下脸，待仔细听，那声音却消失了。

周六，屹湘如期赴约，见到阮尧本人，才觉得其实母亲的形容，包括照片，都不足以将他出色的外表形容出来。

阮尧实在是出色，斯文俊秀，而且沉稳，但这并不意味着他死板、无趣。坐在她对面，他侃侃而谈，自信而从容。听得出来，他是做了功课的，话题尽量选跟她的职业和求学经历相关的。

屹湘听得多，说得少，也不太问，倒是在看阮尧的时候，很有点儿探究的意思。按理说，这么优秀的年轻人……她自顾自地神游，把一个在自己看来如此英俊出色的年轻人应该过的精彩生活在脑海中演示了几样，不禁露出微笑来。

阮尧停顿了下，轻轻叫了她一声："Vanessa？"

到第三声，屹湘才听见。

"对不起。"屹湘说，"我刚刚有点儿走神，真抱歉，我最近休息得不是很好。你说什么？"

"没什么要紧的，我知道你最近很忙。"阮尧笑道，不甚在意的样子。

屹湘着实觉得不好意思，她看看阮尧，留意到他袖口那一粒青花瓷袖扣，问："你喜欢古董饰品？"

阮尧抬了一下手腕，笑着问："这个吗？是我考进部里的时候，父亲送的礼物。"

"袖扣，男人唯一的首饰——有人这么说。"屹湘微笑。

阮尧笑了，说："我不太懂，但是父亲给的，当然也确实觉得很好看，所以经常拿出来用——搭配得还好？"

"很不错。"屹湘这句话说得真心实意。她想想，这也许是她见了阮尧以来说得最真心实意的话了。

"我今天特意准备了礼物，也是这个，请你不要拒绝这个小礼物，只不过是我设计制作的，并不贵重。有一件事，我得谢谢你。"

阮尧笑道："我知道你想要说什么，不用客气。其实，那是我的工作，对你来说，并不算特殊照顾。再说，你也没接受。"

"话是这么说，但还是让你费心了。"

"当时不是费心，而是担心。"阮尧说，"还担心你的家人。得不到确切消息，最担惊受怕的是他们。"

屹湘心里酸酸的，她掩饰地端起杯子喝了口茶。

阮尧看着她，继续说："而且，你的语气比当时的状况还恶劣。"

"抱歉。"屹湘的脸热了起来。

"没什么，你肯定有那么做的理由，所以，"阮尧摆手，"你就别再说什么抱歉啊、对不起了。再这样，我该不好意思了。"

屹湘看着阮尧，说："好，谢谢你。"

"这个也不用再说了。"阮尧微笑，"今天天气这么好，我们谈谈天气都比说这些客气话好很多，是不是？"

"那后来，有没有人再去麻烦你？"屹湘问。

阮尧想了想，说："你指的是那几个理直气壮地报上你的大名要我给他们安排住宿的学生吗？"

"他们帮我回到东京，我无以为报。"屹湘说。

"才不是无以为报，你是故意给我找点儿麻烦吧？"阮尧笑着说，"当时听你的语气，我就知道。"

"是，是有点儿。"屹湘承认。

两人一起笑出来。

说到这里，他们好像又没有什么说的了。屹湘看了看时间，阮尧便会意，说："你是不是还有事情？那我们再联络。"

屹湘点头，但她直觉阮尧不会跟她再联络了，于是很客气地跟他握手道别。

阮尧走的时候，和他出现的时候一样得体，将他简单朴素的名片留了下来。屹湘说她想再稍坐一会儿，他也没有坚持一定要送她回家。

阮尧走后，屹湘坐在那里，良久未动。桌上的茶都凉了，她伸手触到，轻轻按了下桌面，准备起身。

"郗小姐？"侍应生过来。

屹湘抬头，刚要说自己马上结账，侍应生微笑着说："那边的先生问，您要不要过去一坐？"

屹湘略皱眉。

侍应生稍稍转了下身，向屹湘示意对面的雅座。隔了两重珠帘，她看到有人拨开珠帘走了出来。她坐在座位上，一时没有移动，只是看着长身玉立的叶崇磬。

他微笑着，稍稍歪了一下头，无声地询问她是否乐意过来一坐。

叶崇磬闲闲的模样，才真正是一副趁着周末闲暇的时刻，特地选了这样舒服至极的地方来品茶的……她在心里叹了口气，抽了银包出来。

侍应生笑，说阮先生结过账了，屹湘点点头。

阮先生，阮尧。怎么他才离开，她却好像觉得这次会面，已然是千年之前的事情了……她将刚刚打开的银包收回去，人也跟着站了起来，朝对面走去。

叶崇磬亲手替她撩开了珠帘。

屹湘道谢。

她进来一打量这间雅座，比刚刚她所在的那间小一些，却更显得精致。桌上的茶具摆得密密麻麻的，空气里氤氲着各色茶香，混合起来，有股子深深的醉人的味道，像陈年的酒。

"好香的茶。"屹湘说着，看看桌边的位子，显然叶崇磬另有朋友在，于是没有贸然就座。况且她今天穿得也有点儿过于正式，总有些不方便的感觉，做任何动作都要拿着劲儿。

叶崇磬见她特地换了合体的茶色套装，脸上化了淡淡的妆，倒觉得她格外神采奕奕。他莞尔，替她挪开了椅子。

"请坐。"他示意她随意些。

"谢谢。"屹湘过去，"好巧。"

她看看叶崇磬，他也坐了下来。不知道刚刚她跟阮尧的会面，他看到多少，又听到多少。想到这儿，她微微侧了下脸，看着外面。这个距离，应该听不到什么吧……

"我偶尔会跟朋友约在这里。"叶崇磬说。

看出屹湘有些不自在，他却只当没有见到，问："喝点儿什么茶？"

"我喝了不少。"屹湘坦白地说，好像她今天来的主要目的就是喝茶似的，刚刚一杯接一杯地喝。然而，茶再好，她也有些饮不知味。

"我想你是没心思品茶——试试，这是新上市的茶，别处喝不到的。"叶崇磬给她倒了一杯，又将面前的果盒往她面前稍稍一推，说："先吃点儿东西……茶虽好，不喜欢也别勉强。"

屹湘只觉得他最后一句话里有话，捏了一颗松子，想要说什么，就看他很自然地收拾着面前凌乱摆放的茶具——他白皙修长的手灵活地左右晃动，茶桌上的布局清晰起来……他像是忽然间意识到，将原本卷到手肘处的袖子放下，手腕上那块银色的素表只露出弯弯的一道边沿……

她想自己也是太过敏感了，刚才叶崇磬话里未必有什么暗示，于是"嗯"了一声，抿口茶，瞟一眼对面座上的外套，问："不会打扰你们谈事情？"

"不会。正经事总是见面三分钟内就说完了——剩下的无非是在一起扯闲篇儿，今儿主要是来试试新茶……你认识的，都不是外人……"

屹湘心想怎么就"不是外人"了，心念未了，珠帘一动，身边一阵微风拂过，就听叶崇磬笑道："你这电话也打得太久了。"

随着清爽的微风拂来的，是爽朗的笑。

屹湘听着，瞅着面前茶杯的眼神便一暗。只是再抬眼间，她的脸上便挂了矜持又礼貌的微笑，眼睛里也是柔波闪闪，看了看董亚宁——董亚宁比上回相见，发型大变，修剪得几乎贴着头皮的乌发根根竖直，发根处似有金光，金针似的，让他气质中刚猛、决断的部分展露无遗。冷兵器似的一个人，这发型又显得他清瘦了些，更锋利了……

叶崇磬示意屹湘试试别的茶，她微笑点头。

"我这手机不能开，电话一个接着一个。"董亚宁坐下来，将手机按在桌上，端起茶杯来喝一口。那是叶崇磬刚刚替他换的一杯，他饮下去，两道浓眉一拧，说："老金还跟我吹，说这茶有多么多么好，我喝着倒觉得真不如'墨宝'。"他说完，才看了屹湘一眼，眉目舒展开来，略点了一下头。

但不等屹湘回应，他的目光便移开了，看了杯里的茶，眉又皱了起来。

叶崇磬看他这神情，笑了笑。

"品茶也该从淡至浓，'墨宝'浓烈，你一上来就喝过那个，其他的茶还压得住？不过，'墨宝'果然是你的茶，别的不喝也就罢了。"叶崇磬转头问屹湘，"屹湘，你觉得呢？"

"挺好。"屹湘说，"不过，我的意见可没有参考价值，我对红茶没有品位可言。"

"靠直觉就好，直觉往往最准确。"叶崇磬拿起另一把茶壶，又给她倒了一杯，"再试试这个。"

"没有那个好。"屹湘将面前的几杯茶摆在一处。

叶崇磬果然如崇碧所说，喜欢用玻璃杯盛茶汤——她看一眼他们刚刚在讨论的"墨宝"，色泽浓得似墨。

"那我们不理这个舌头有问题的。"叶崇磬随手便替屹湘斟了小杯"墨宝"。屹湘握在手里，没有立刻就饮。

董亚宁端起杯子，清亮的目光在屹湘跟崇磬的周遭一转，饮一口茶，抬手拿了手机和外衣，说："我该走了——晚上这顿又逃不过了。先喝了这么多涮肠水，这会儿简直前胸贴后背，等下我可要来顿饕餮大餐。你来不来？我一个人对付那帮虎狼，犯怵。"

叶崇磬笑了下，说："这几天财经版的头条都是你，也该被他们宰一顿。我就不奉陪了，难得清静地喝杯茶。"

董亚宁眉开眼笑的，说："你自个儿不来的，那就别怪我有好酒好菜不想着你，只惦记着你的钱了啊。"他说着，站起来，外衣搭在手臂上，看了眼屹湘，也对她点点头，说，"我先走一步，回见了。"

"再见。"屹湘轻轻地吐出这两个字，董亚宁已经甩开珠帘走了出去。

他瘦削而高大的身影一晃便消失在槅扇外，一会儿，就不见了。珠帘却稀里哗啦地乱晃一气，惊涛骇浪一般，半晌不曾停歇。

屹湘低头看下手表，说："叶大哥，我也该走了。"

叶崇磬问："开车来了吗？"

"没有。"这儿离她的住处很近，步行也不过三五分钟，她干脆就步行来的。穿着高跟鞋，一路走过来见一个完全陌生的人，她想想自己此番也真是有勇气。

她端起"墨宝"，喝了一小口，那苦涩顿时淹没了她每一处味蕾。她慌忙咽下去，只过了一会儿，一股甘香便随着茶汤落下之后升了起来。

"我送你吧。"叶崇磬很自然地说。

"不用，我不耽误你了。"屹湘顿了顿，说，"我另外有约。"她仍端着茶杯，喝了一小口，又饮了一小口。入口还是苦涩，却回味无穷。真的，整个下午饮过的茶，此时仿佛全都云开雾散般消失了。

"好霸道的茶。"她说。

叶崇磬看着屹湘，此时才说："小心，这茶会让人上瘾的。"

屹湘放下茶杯，口中茶香越聚越浓艳，人的精神都跟着振奋了一些……会上瘾？她有些相信了。

叶崇磬跟她一起站了起来，说："那就载你一程好了，去哪儿？"

语气已经不容拒绝。

"不会太麻烦你吧？不远，打车也就是起步价。"屹湘说，看叶崇磬已经穿上外衣要走，"就是我得先去拿点儿东西——今儿是我师傅的寿辰……"她慢慢地说着，走在叶崇磬身前，往大门方向去。

出门前，叶崇磬从侍应生手里接过一个小纸袋。他的车已经停在门外，他快走几步，替屹湘开了车门，上车便将纸袋递到她的手里。

屹湘将纸袋打开一点儿，看到里面的锡纸包上贴着白色的小标签——"墨宝"。她看向叶崇磬，问："给我的？不是说会上瘾？"

叶崇磬点头。

"照我个人的经验，人要有一两样欲罢不能的嗜好，日子才会过得更有滋味。"他目视前方，发现了董亚宁的车，笑了笑。

董亚宁今天换了辆新车，果然是遇到什么喜事了，香车宝马看起来跟他的人一样有精神。但看董亚宁的车在前面的车道上飘来飘去，像是在玩漂移似的，他动了动眉，说："真是，车开成这样——难不成醉茶了？"

屹湘也看着前面的车，那怪里怪气的车牌号，配着那崭新的车子，说不出地张扬。她低了头，将手里的小纸袋叠好，放进包里。

"前面左转？"叶崇磬问她。

"嗯。"屹湘说。

"前面也只能左转。"叶崇磬道。

屹湘抬头，叶崇磬在左转弯的时候超过了董亚宁的车。

董亚宁的车子嘟嘟响了两声，放慢速度，停在了路边。屹湘看了眼后视镜，能看到他在讲电话……她轻声说："前面街口有家糕饼店，我在那儿下车就好了……"

叶崇磐左右看了看，将车子停下来。屹湘开车门，见他没有要走的意思，弯身对车内说："叶大哥？"

叶崇磐挥了挥手，示意她尽管去。

屹湘往糕饼店走去。

叶崇磐降下车窗，看她挪着小碎步疾走，鞋跟又高又细，速度完全快不起来。他转开脸，往后看了看，董亚宁的车子仍停在那里，这个电话打得有点儿久了……好一会儿，亚宁的车子开过来。

叶崇磐抬起头来，那漂亮的新车恰好经过，按了两下喇叭，随后风驰电掣地去了。

他自在地坐在车里，看着路面。今天天气不错，空气明净，可地面上还存着一层薄薄的尘土，有车子经过，细细的尘土便舞起来……

屹湘进了糕饼店，店员见了她，立刻将她提早订的两盒点心拿出来。

屹湘照着点心单子核对。师傅不爱吃西式点心，偏爱这家的糕点。

潇潇告诉她，他每年都在这家攒两盒点心给师傅送去，师傅都十分欢喜。

潇潇还说，师傅每逢寿辰喝美了，不但会把红包退回来，还会塞给他红包……师徒之间的"红包大战"是保留节目，他们要想法子把红包让师傅收下来，真是费尽心思。"他们"，当然不止潇潇了。

屹湘核对之后，点点头。随后店员给点心蒙上一层糯米纸，再盖上盒盖，把一张上书 "寿"字的方形红纸放上去摆好，系上红丝带，双手递给她。

屹湘拎起点心盒子走出去，盒子沉甸甸的，她拎好，走得小心翼翼的。

听到车响，她转头一看，叶崇磐开着车子与她并排行。已近傍晚的阳光充沛而温暖，温暖中又有些薄薄的凉意，透过并不密集的嫩叶落下来，斑斑驳驳地罩在车子上，罩在车内那个人的身上。而他的样子，似是散漫而不经意的，并不像是专门在等她，却分明又是在等她。

她走着，他缓缓地开着车子，像两道平行线，只是平行线慢慢地在靠近。

她快步来到路边，说："我马上就到了。"她指指前面那个楼体灰暗的旧小区。

"嗯。"叶崇磐点头，停下车，伸手推开车门，"那我送你过马路。"

"不用麻烦了……"屹湘听到警笛声，回头看了一眼。骑着摩托车的警察在马路对面转了个向，她忙钻进车里，将点心抱在胸前，说，"呀，警察来了，让你乱停车。"

"我哪儿有乱停车。"叶崇磐笑着。可警察真的过来了，他只好停下。

"我盯了你有一会儿了。我说，这位先生，谈恋爱也不带这样的，跟女朋友遛弯，就去公园啊！你在这儿开车散步、乱停车影响市内交通，可是要挨罚了。瞧见没？这标志清不清楚？这儿不准停车，你还停车上人？"交警向叶崇磐敬了个礼，嘴没闲着，手也没有，拿出相机来，拍照，开罚单，一气呵成。

"警察先生，不是的……"屹湘歪了头，看着交警。

"不是什么呀？"交警把单子填好，倒笑了，说，"得了，姑娘，下回别这么矜持。他要让您上车，您就赶紧的，省得多掏两张钞票，您二位有这个空儿，去喝杯咖啡不挺好？回见哪！"他说着，将罚单贴在叶崇磐车子的前挡风玻璃上，敬了个礼，骑上摩托车便走了。

叶崇磐似笑非笑地看着罚单上龙飞凤舞的一行字，又看屹湘："我说什么来着？"

屹湘的脸都红了，这都什么呀！真是的……她看着叶崇磐，怎么他私底下是这样的？

叶崇磐在前面十字路口左转，开到了小区的入口处。年长的看门人看到屹湘，"哟"了一声，问："是来看望你师傅的吧？"

屹湘点头，在簿子上签了名，又听老人家问："多少年没见你了呢，这回是带着老公来给师傅贺寿？"老人家笑眯眯地看着车子里的这对漂亮男女，丝毫不觉得自己的话有什么不合适。

屹湘有点儿尴尬，将登记簿交回去，看着笑眯眯的老人家，待要开口否认，叶崇磐已经跟老人点头示意，将车子开了进去。

"几号楼？"他看了屹湘一眼，问，语气里有一点儿点儿笑意。

"一号楼。"屹湘说。她不知道自己是不是又多心了，这叶崇磐今天是怎么回事？她也看了他一眼，他的模样倒是没什么异常……

车子开进去，速度很慢，像是在林间漫步。叶崇磐看着周围的环境，好一会儿才说："这黄金地段的老小区，多少人都盯着呢，拆了重建是一本万利的买卖。"

屹湘看着外面的院子——平整的砖石小路，古旧洁净的石桌石凳，高大的杨树和柏树，树梢上站着的乌鸦……小区宽阔，都是四五层的旧楼房，若是重建，这么大一块地皮，几十层的高楼拔地而起，那将是什么样呢？

她看了看周边密集的高层建筑，高楼连绵不绝，把这一片包围得像只桶，令人压抑。

"有要重建的消息吗？"她问——不是不存在这个可能性。

"早就有了，亚宁盯这块地好几年了，地也早拿下了，就是按兵不动。我原以为他是在等时机，不想，是艾老住在这里的缘故。艾老反对重建，亚宁那么重情的人，这项目恐怕做不得了，可处理起来也很棘手。"叶崇磐说。

屹湘不语。

车子开到了小区中央，叶崇磐看看屹湘，道："你的事，我不大知道，原来，你也是艾老的学生。"

难怪，难怪写得一手那样好的字，难怪能画出那样好的画。

"是。"屹湘点头，避开叶崇磬的目光。

她抬头向上看了看，从这里就能看到师傅家的阳台了："我到了，谢谢你送我，回去路上慢点儿开车。"

"好。"叶崇磬解开安全带，屹湘却阻止他下来替自己开车门，径自下了车。

叶崇磬看着她从车前绕过，站到这边来，说："明天早上我过去接你。"

他没等她回答，将车窗升上来，迅速地倒车离开。

小区果然年久失修，地面上的砖石有些早就碎得不成样子了。车轮摩擦地面，带起尘土里细碎的砂石，噼里啪啦作响……

屹湘看着叶崇磬降下车速，慢慢驶出小区，才转身往一号楼走去。没走几步，她便听见楼上有人喊她："小湘湘！小湘湘！"

——颤巍巍的喜悦的声音。

她手搭凉棚抬头一看，白发的师母推开了窗子。

"欸！师母！"她挥了挥手。

这一应一答之间，杨树梢上站着的一群乌鸦呼啦啦被惊起，屹湘只觉得什么东西如雨一般急落，心里一个念头道"不好"，急忙低头，护住手里的点心盒子，一路小跑，钻进楼梯间。她低头一看，白的绿的，沾了好些"天粪"……她可怜巴巴地站在师傅家门口，两位老人家看着她脏兮兮的模样，笑得打跌。

艾功三笑得要拄着拐杖才不至于仰回去，屹湘伸手扶住她的老顽童师傅，也笑了。

艾功三要老伴快些给屹湘拿毛巾擦擦，笑着说："没想到多少年了，还能看到这场面……老婆子，你还记得那时候她顶着一头鸟屎坐在楼底下大哭吗？"

艾师母笑得眼泪都流出来了，拉着屹湘往里走，道："怎么不记得，哭得上气不接下气的呢。那时候湘湘你几岁？七岁还是八岁？"

"七岁半。"屹湘哭笑不得，抖着自己的发梢。这一场"粪雨"着实密集，头发都粘在了一起，更别提身上了。还好她反应快，点心和礼物毫发无伤。

艾功三坐在圈椅上，看着爱徒的小模样，哈哈大笑，白胡子、白眉毛一起抖动起来。笑了一会儿，他才问："到今我们没见也有七年半了吧？"

屹湘听到师傅这话，呆了一下。

艾师母拍了下手，说："又不是做数学题，算这个做什么？湘湘，不如趁着这会儿去洗洗头？灶上炖着鸡呢，一会儿你洗好了，咱们也该吃饭了。"

屹湘看看师母，艾师母说："你们师傅，这些年越发孤僻，什么大场面也不想要，这两年啊，连小场面也不爱了——做寿吗，外头的人都重视，可他除了你们几个，谁也不待见。他半个月前就开始闭门谢客，就算是有人上门来，什么官家的、私家的，也都推给我这个老太婆来应付。要是能随便登月，他准能上去'避寿'——今儿潇潇和阿宁不能来，你说来，他就说只咱们仨吃一顿清静饭，你就陪我们吃顿饭可好？"

"好。"屹湘答应。

"去洗洗吧，我给你拿浴衣。"

"不用……师母，我洗洗头发就好了。"屹湘拦着师母。

"就洗个澡吧！"艾师母笑眯眯地说。

"还不快去，吃完饭我还要考你的功课呢。"艾功三盯着电视机，撵屹湘快去。屹湘见师母进了厨房，她歪着头看了眼师傅在看什么，不禁笑出来，原来是在看动画片……艾功三瞪她一眼，她缩了缩头。

艾功三听屹湘关了浴室的门，咳嗽了一下。艾师母从厨房探出身子看他一眼，二老相视而笑……

屹湘洗了澡出来，因嫌穿来的衣服脏了，就找了件师母的衣服穿上，棉布的，又肥又大，却挺舒服的。她甩着一头半干不湿的头发陪着两位老人家用晚饭，四菜一汤，艾师母做得精致。

屹湘多年未尝到师母做的饭菜，也多年未同二老相聚，这一餐饭吃得她柔肠百转。

饭后艾功三踱着步子走进书房，屹湘帮师母收拾好了桌子，洗好了碗，走进书房去，就见师傅甩了下手里的拐杖，指着画案，说："来，给我动动笔。"

屹湘见师傅白胡子一撅，面孔在灯光下越发显得红润，模样简直跟画上的寿星佬似的，可爱极了，不由得笑出来。

艾功三胡子撅得更高，用拐杖戳着宣纸："嗯？"

屹湘走过去，正要提起画笔，艾师母端着水果盘进来，和艾功三说："死老头，没事儿摆着师傅的谱干什么？湘湘，咱们吃水果……今儿给你放假，咱们就玩。"

艾功三吹胡子瞪眼，却拿老伴没辙。

屹湘把师傅爱吃的菠萝先递过去，老爷子咬了一口，嚷嚷"太酸了"。她又用小牙签叉了草莓给他，这才哄得他笑出来。

艾师母将屹湘带给师傅的生日礼物拿进来，打开一看，原来是件长袍。

屹湘忙请师傅试穿。她用了芳菲送的那块西阵织。西阵织本来就花纹优美，那仙鹤的寓意，也合了今日之意。艾功三试穿了一下，觉得甚好，笑眯眯地拍了拍屹湘的额头，说："我就说，你这丫头不好好地画画，偏要去做什么裁缝……嗯，如今看来，你也是个不错的裁缝。好，是我艾功三的好徒儿。"

艾师母笑着说："对，艾功三的筐子里从来就没烂杏。"

"那还有假！"艾功三得意地说着，穿着新袍子在屋子里来回踱着步子。

书画室里堆满了书籍、纸张，空间逼仄。屹湘看着，心想师傅在这里生活了多年，不知在这儿接待过多少达官巨贾、鸿学大儒……二老在物质生活上的追求并不高，不然早该离开这里，去住更宽敞的屋子了。

屹湘跟师母出来，伸手帮师母整理客厅里堆得满满的寿礼，各式各样的东西，让原本就不大的客厅也显得拥挤。

她忍不住问："师母，没想换个大点儿的住处？"

艾师母"嘘"了一声，朝书画室努了努嘴，说："快小声点儿，死老头子最听不得这句话——你呀，潇潇呀，还有阿宁，都这么说——尤其是阿宁，老劝我们搬。老头子就拿拐棍抽他，说他财迷心窍。"

屹湘把几个锦盒搬到一边，打开来看看，又合上，在笔记簿子上记下编码和内容。

师母说话又轻又快，老人家上了岁数，脑筋却仍然很清爽，丝毫不乱。她想起来的路上叶崇磬说过的话，想来，董亚宁并不是没有动这块地的心思。她看着这老式的三室一厅，老人家虽然只有两口人住，但是东西实在是多。老式房子的设计又不像现在的屋子，功能那么分明……她抽了一盒人参出来看看，那人参甚好，有她小臂一半粗细。她仔细看了下日期，标签分明，包装密实，不过里外都没有标明是谁送来的。

"师母，这人参就放在厨房吧，赶紧吃掉，不要喂了虫子。"她说。

艾师母看了一眼，说："哟，我今儿还找这盒人参来着，本来想炖鸡——是阿宁那天早上送来的。他也这么说，这东西难得，别喂了虫。"

屹湘的心一顿。年年这日董亚宁都来的，今年说是有事来不了，看样子也并不是非去不可的聚会。这未必不是他同二老有默契，知道她来，他也就不来了。

屹湘又拿起下面几个盒子，里面也是名贵药材，一并都给送进厨房。她洗着手，听到门铃响，师母喊她去开门："看看谁来了。"

她答应着往外走，一看手表，已经快十点了。这个时间还有谁会来……她拉开师傅家掉了漆的木门，隔了防盗门往外看。

是董亚宁。

她没有立即开门，看着这影影绰绰的一个影子，瘦削而沉默。

董亚宁的手插在裤袋里，低头站在门前。似乎知道门内的人在犹豫，他又轻轻敲了下门。

屹湘的手扶着木门，心想：两快一慢，还是他习惯的敲门方式。

董亚宁抬起头来。

两个人隔着铁网注视着对方。

"湘湘，谁来了？"艾师母在里面问。

屹湘这才开了锁，董亚宁一把拉开铁门，朝里面高声道："师母，是我！"

屹湘往旁边一闪，给他让开路。

他大步子跨过门槛，走了进来。他身上带着寒凉的气，经过屹湘身边，将冷冽的酒气也一并带了过来。

屹湘站在原地，见师母和师傅惊喜交加，默默地关了门。她也回身进来，走进厅里，就见董亚宁正规规矩矩地请师傅和师母上座。她在门边站了下来，静静地看着。

"磕头拜寿。"董亚宁说着就跪了下去，正经地给艾功三磕了头，然后笑嘻嘻地由跪改了坐，就坐在蒲团上。

他细长的眉眼弯弯的，说："师母，我今儿晚上不走了，给我收拾一张床好吧？"

"你这个小子，喝醉了就来搅和我们，不准。"艾师母嗔怪，"开车来的？"

董亚宁嘻嘻笑着。

"胡闹！"艾功三将手边的拐杖操起来，朝董亚宁打了过去。

董亚宁也不躲闪，拐杖就戳在他的肩上。

艾功三并没有用力，胡子撅起来，瞪亚宁道："又不是没挨过打，只是不长记性。以后你再敢喝了酒开车，我打断你的腿！湘湘！"

屹湘正在厨房里泡茶，听师傅叫她，忙出来。

艾功三用拐杖戳着董亚宁，眼睛却看着屹湘，说："等下你开他的车，送他回去，我这儿不留醉猫。"

屹湘往前走了两步，答应道："好。"她过来给他们倒茶。

"我不回去，就要在这儿住下。"董亚宁执拗地说，"师母，我想吃酒酿丸子了……我今儿早上才回来的，这一趟出差可累了，您倒是给点儿好吃的呀……"

艾师母笑着说："还要酒酿丸子？我看你今日是存心要醉，讨打。改日再吃，要多少都给你煮。"她像哄孩子似的，伸手过来，一根手指点到董亚宁的眉心上。

董亚宁大笑，三分醉意，七分疯傻，十足的恃宠而骄。艾功三看他这样子，忍不住又拿拐杖招呼他一下。

亚宁笑得身子都歪了。

屹湘坐在一旁，默默地看他将师傅和师母逗得笑逐颜开。她手里还捧着那个青花老茶壶。茶壶里热水还很烫，隔着壶都沁出了茶气，她的手指沿着壶肚子慢慢地走……这壶，一用也是很多年了。

过了一会儿，董亚宁从怀里掏出一个信封来，双手递给师傅，说："凑巧得的，请师傅赏鉴。"

屹湘看师傅接过信封，跟董亚宁交换了个眼神，红润的脸上立即变得更红了，立时便猜出他又寻到了师傅中意的字画了……这时师母起了身，她便跟着进了厨房。

艾师母整了整头顶那印花布的头巾，见她跟着进来，说："你只管喝茶就是了，进来做什么……阿宁又不知道给师傅献什么宝呢？"

屹湘不语，外面师傅的笑声朗朗，老人家心情真好。不管是什么，能让师傅今天这么高兴，他功不可没。

她见师母洗了手拿出一个汤碗来，正要问，忽然意会过来，知道师母这是心疼董亚宁了。

果然，师母说："这阿宁的毛病，就是一旦喝了酒，便其他什么东西都不肯下肚，醒了酒就胃疼……能不疼吗？乱七八糟几样酒混起来下肚，怕不是喝的酒，而是吞了刀！仗着年轻就只管胡来，长久下去，身体迟早出问题……这可怎么好哦……"

屹湘不出声，董亚宁如今添了这样的毛病吗……她站在一旁出了神，待意识到，艾师母已经从瓦罐里舀了莲藕排骨出来。

艾师母示意屹湘端出去："端去给他吃……他要是真不想走，我这就给他拿被子出来。这孩子一阵一阵地发疯。"

"师母，您也太宠着他了。"屹湘说，不知不觉间语气便带了抱怨。一对老人家到了耄耋之年，他上门来就是一通闹腾，今日是有现成的吃食，若是没有呢，大晚上的，难不成让师母现给他做？

"不宠怎的？我倒也想好好宠你，可你老也不到我跟前来呢！好啦，阿宁不常这样，今儿是高兴了。"艾师母笑着，给碗里添了两根芫荽，说，"阿宁爱吃——我想他但凡有点儿空，今儿就不会不来，特意多做了些煨着。看看，这就叫有备无患，去吧。"她说着，将瓦罐盖好。

屹湘只好将那碗排骨端了出去，此时董亚宁正在跟艾功三看他带来的那幅字。艾功三一见屹湘，立即招手道："湘湘来。"

莲藕排骨放在了茶几上，屹湘将白瓷勺子转到董亚宁那边，转过身去看师傅手里的字。

董亚宁靠在那老旧的沙发上，弹簧不知坏了多少，沙发陷下去一个大角，他坐在那儿，换了几个姿势，都能被里面断掉的弹簧硌着……他往前挪了一下，端起汤碗来。热气腾腾的莲藕排骨，汤汁鲜美至极。

他慢慢吞吞地吃着，听师傅说："怎么到你手上的？那日我倒是听说有几幅好字在拍卖，一时倦了，没凑那热闹去看看。"

亚宁知道这是问他了，说："是一个朋友得了，转手给我的。"

"好好收藏着吧，这比那炒得价格离谱的几幅要洁净多了。"艾功三将字叠起来收好，取下老花镜，挂在胸口。

屹湘见师傅前襟上落了两根白发，替他拂了去。

"师傅，您收着吧。"董亚宁专心对付碗里的莲藕，有点儿含糊地说。

"又胡说，我收着，我也得有地方收着，看看就罢了。"艾功三笑道。

"那请您换个大点儿的住所，您还老不乐意……"

屹湘看向董亚宁。

艾功三清了清喉咙，说："说来说去，你还不是惦记着开发这块黄金宝地？"

董亚宁嬉皮笑脸的，将最后一块莲藕吞掉，说："师傅，谁不惦记着，谁傻。"

艾功三哼了一声，接过屹湘手里的热茶，饮了一口。

"可您放心，只要您不乐意搬，就没人能动这儿一棵草。"亚宁将勺子放回碗里，笑眯眯的，红通通的脸上微有汗意。他有些醉，话倒绝不是醉话。

艾功三看了他一会儿，饮完这杯茶，也没有出声，只把杯子摆回了桌上。

屹湘看看艾老，给他斟上茶，嘴上却说："时候不早了，您别喝多了茶，夜里再睡不踏实。"

她明着是劝师傅，也意在提醒董亚宁——他此刻眉梢眼角笑意盈盈，也看她一眼，这一眼却是令她冷意顿生。她挺直了背，从容地跟师傅说自己该走了。

"师傅，我也走。"董亚宁跟着说。

屹湘又看了他一眼。

"嗯，都走吧。湘湘，你把这个东西送回去。"艾功三指着董亚宁对屹湘说，艾师母在一边笑。

屹湘料想亚宁听到这话必然要耍一会儿赖，不想他这回痛痛快快地答应了。

她很快收拾好自己的东西，跟董亚宁一起走出师傅家。

下楼的时候，两个人照例一声不吭。屹湘脚步轻，走了前面；董亚宁脚步沉，走在了后面——楼道里的感应灯倒都是随着他的脚步声一盏一盏地亮起来的，因此就总是在她身后。楼道里有风，吹在她的后背，忽然就有种汗毛直竖的感觉。

她抬起手腕抚了一下脖子，手中装脏衣服的纸袋撞在身上，哗啦啦直响。四周原本安静得只有二人的脚步声，突然出现这一阵响声，格外刺耳。

屹湘加快了脚步，董亚宁默不作声，看着她。她原本就距离他远远的，马上就会更远……

他随手点了一支烟，屹湘回头看了他一眼。那眼神是淡淡的，她一侧身走出单元门，他也就看不到她脸上的表情了……

董亚宁的车子正停在单元门前，这么不讲理的停法，也就只有他这么个不讲理的人才会做。屹湘见他按了一下车钥匙，车子马上嘟嘟轻响了两声，车灯也闪了两下。

她站在车边，说："拿来。"

董亚宁没理她，开了车门便要上车。屹湘动作更快，劈手从他手里抽走了车钥匙，然后是燃了三分之一的香烟。

董亚宁愣了一下，也许是喝了酒的缘故，他反应是有些慢。他张着手，一左一右的手里都空空如也——而屹湘接下来冷着脸命令他"坐过去"，完全撩起了他的怒火。

他盯着她："你说什么？"车门被他一推，无声无息地合拢了。他往前走了一步，逼到她的身前来，略歪了下头，"嗯？"

屹湘穿着师母的衣服，从袖子到裤腿，不单是长了几寸，还大了好些，鞋子也不是她穿来的细高跟而是师母的包子鞋，整个人看上去小小的，而且有几分滑稽。她就那么站在阴影里，仰着头看着样子不怎么愉悦的董亚宁，气势上着实是短了一大截。饶是这样，她也知道自己绝对不能后撤半步，只做出淡淡的样子，说："既然师傅交代了，我就送你回去。"

董亚宁闻言笑了起来，笑声轻微，在她的头顶上方打着旋儿。

她看着他的样子，从心里叹了口气。她不是不了解他的性子，知道眼下的他，十分不好对付。

"你要是不愿意可以另找人来代驾，我陪你等，总之，你不能……"她话说到这里，抓着车钥匙的那只手便一把被董亚宁捞在了手中。她以为他要拿回车钥匙，但不是，他顺势推了她一下。她站不稳，趔趄了一步，人歪歪斜斜，眼看就要摔倒，她忙扣住车身。车钥匙碰在车身上，发出清脆的一声响。人终究是站稳了，尽管姿势别扭至极，冰凉的车贴在身上，冷得她全身绷紧。

转瞬之间，她整个人紧张了起来。

"我不能？为什么不能？"董亚宁紧跟着一步迈到近前来，脚尖踢到了她的脚尖，硬碰硬的，生疼。她吸了口凉气，不动。因为一动，必然会碰到近在咫尺的董亚宁。她收了一下手指，攥成拳。

"董亚宁！你让开！"她低声。

董亚宁不但没有让开，手臂还立即撑在了车顶上。他弯了身，让自己的视线与屹湘齐平。他两只手臂如铁闸似的，一关，将她关在了里面。

"你凭什么？"他阴冷的声音，与刚刚的笑声判若两人，跟几分钟前屋子里那个温暖的男人，天壤之别。

她仍是不动，只盯着他的眼，那眼睛比这夜晚还要深，还要黑……他身上的酒气被夜晚冷冷的空气稀释了，稀释的同时，孤寒也被放大了。

"凭什么，嗯？"董亚宁一字一句，咬得清清楚楚。

屹湘的视线，终于越过他，抬高了两寸，看向了别的什么地方，他却一动不动地盯着她。

"董亚宁，师母在窗口看着呢。"屹湘说。她的语气淡而凉薄，脸上反而慢慢地聚集了一点儿点儿平和与温柔的笑容，"我不过是不想让老人家担心，奉命送你回家——你说我凭什么？"

董亚宁只看着她的面容，她的笑容越来越柔和，他的面色却越来越阴寒。

"我来这里，没有那么多复杂的目的，不像你。"屹湘的左手还拿着那支未燃尽的香烟，此时几乎烧到了她的指尖。她手一松，烟掉在了地上，几点儿火星乱溅开。

董亚宁眉尖一蹙："你什么意思？"

"这是师傅想安享晚年的地方，你别忘了。"她说。

"这我比你清楚。"

"是吗？别告诉我这块地到这会儿还没变成高楼大厦全是你的功劳——董亚宁，你的守候，是清楚地划到你肯守候的界线之内的，对吧？"屹湘问。

董亚宁静默片刻，忽然间再次靠近了她，说："没错。"

屹湘见董亚宁回答得利索，心一沉。他阴寒的表情和黑沉沉的眸子，全都是现实的威胁。

她心底震颤，然而仍直视他的眼睛，说："董亚宁，你如果敢……"

"我敢，你要怎样？"董亚宁嘴角挂了一丝笑。

屹湘看着他颤动的嘴角，心底的震颤渐渐蔓延开来，她的手臂开始轻颤，抑制不住。

她说："董亚宁，你要是让他们伤心，我跟你没完。"

董亚宁侧了下脸，再转回来，脸上已没了一点儿笑意。

"我不知道你怎么得出的结论，你的消息又是从哪儿来的，我能告诉你的就是——我董亚宁想要什么，就会不惜一切代价。不管是时间、精力、金钱、感情……能投入多少，就投入多少，哪怕血本无归，只要我愿意，只要我想。"他停住，看着她。

屹湘看了看头顶那拉得紧紧的蓝布窗帘，那里是一个温馨的空间，即便看不到，她也知道那是多么温馨的所在。

她转眼看着董亚宁，他的确更狠了。他从前也狠，现在却是绝。大概少有人能够或者愿意正面惹怒他，于是他还多了几分狂。不知为何面对着这样的他，她会觉得有些难过，但她不能表现出来。

她轻声说："我不怀疑你有这个能力，但你也别忘了，师傅和师母是真心疼爱你的。看在一碗酒酿丸子随时给你吃的分上，你有事做在明面上，如果你就是要这块地，如果师傅必须迁走。当然，对这里，我希望，而且你应该是不会的……"

她站直了，试图越过铁闸，却被董亚宁凶狠地一把按了回去。

"董亚宁！"屹湘恼怒。她极力克制，生怕惊动了楼上的人，没想到却令董亚宁越加放肆。她咬紧牙关，盯着他。他的目光就像是两把剑，刺穿她的骨肉，将她钉得牢牢的。

董亚宁倒是没有别的举动，他其实自己也不知道究竟要怎么样，满心里全是火苗子，莫名其妙地到处乱窜……他突然手掌一拍，车顶发出一声巨响。

"你到底为什么回来？"他的声音低沉。

屹湘愣住了，听不出他说这句话到底是带着什么样的情绪，也许完全没有情绪，可她还是愣住了……她拿着车钥匙的手抬起来，在他们之间这点儿有限的空间里，做了她能做的唯一的一个动作——隔着车钥匙，她一掌落在他的胸口处，将他推到了一边。她趁着这点儿狭窄的空间，转身开了车门，将自己的东西丢到一边，立即发动了车子，看都没有再看亚宁一眼，便开着车子疾驰而去……

董亚宁飞起一脚，脚下一截闪着红光的香烟舞到半空中，终于是落在了尘埃中。他叉着腰，对着车子离去的方向，站了好一会儿，在原地转了两圈，猛地握住拳，捶了一下树干，树上的鸟儿被惊扰，呼啦啦飞起来。

他喘着粗气，身上出了一层汗，可只穿了一件衬衫，寒气逼来，总归是打了一个大大的冷战。紧接着一股子冷风吹进了衣领，他更是从头到脚地冷，冷到连最后那点儿盖着脸能装疯的酒意都留不住了。

他从衬衫口袋摸到裤袋，终于知道自己身上仅剩的东西，是一个烟盒跟一个打火机。其他的，什么都没有。他四下里看看，空荡荡的，人影子没有一个。他回一下头，师傅家向阳的这间屋子，灯还亮着——他点燃烟，慢慢地往小区大门走去……

屹湘紧握着方向盘，董亚宁的身影早已与夜色融为了一体，被她远远地甩下了。

车内自动播放的是强劲的音乐，汽车音响极好地还原了音乐的质感，超重低音几乎是落在了人的心尖上，一直坠下去似的，整个人都被震得有些酥麻。

屹湘将音乐关掉，打开导航，在导航仪上输入了一下，机械的男声开始提示她接下来该怎么走，她在前面街口转了下弯。

看到了阔朗的街道，仿佛回到了人间似的，屹湘的心渐渐安定下来。她这才觉得，这车子性能好极了，方向盘在手中握着，人与车子简直浑然一体。车厢里都是新车的味道，新鲜的皮子味里混着说不出究竟的一股暗香，仿佛走进了佛堂里。渐渐地，这暗香渗进人的皮肤中……在被这股暗香淹没之前，她降下了车窗。

风阵阵吹进来，贴着她的发根，吹起她的头发，狠狠地甩向一边去……导航里提示前方有监控，提醒她减速。她没管，反而更用力地将油门一踩几乎到底，呼地一下便闯过去了。探头处闪了两下，这一截关口霎时亮如白昼。

车子在她的驾驭下轻飘飘地穿梭在稀疏的车流当中。从师傅家小区所在的玉梨巷到这片商务圈，距离不算远。董亚宁的手机被撂在搁物架上，此时响起来。铃声单调得很，一根手指按在琴上反复弹奏似的。她看了一眼，屏幕上是简单的两个字——"李晋"。

铃声停了。

凭着这车牌，她畅通无阻地把车子开进了永昌大厦前的地面停车场。在拎起自己的东西要下车之前，那铃声又响起来，仍然是"李晋"。她停了一会儿，才拿起手机来接通，对方刚刚开口称呼"董先生"，就被她打断了，她说："我是郗屹湘。"

李晋在那头立即应了一声"郗小姐",没有明显的讶异,并且接着便沉默了,等着她开口。

屹湘忍不住微微笑了一下,真是个人物。当然,能伺候得了董亚宁这样的主儿的,一定是个人物。她说:"董亚宁现在应该还没走出玉梨巷呢,你过去接他一下吧。"

李晋说:"好的,您放心,我十分钟内赶到。"他仍然没有明显的讶异,也不问为什么。

屹湘收线下车,靠着车子略站了一会儿。大厦高耸入云,楼底的风很大,就这么一会儿的工夫,她身上像被吹透了似的。看到停车场管理员朝她走来,她扬手锁了车,将车钥匙交给管理员,说:"替董先生看好车。"

说罢,不等对方有反应,她拿好包,走出了停车场。在街边等出租车的时候,她被街上飘来荡去的汽车尾气呛得咳嗽起来。上了车,她仍是咳。这一咳嗽简直停不了,咳得胸口疼。她从车后座上方拿了矿泉水喝,好不容易克制住了咳嗽,可那细细密密的疼痛却没止住,疼得眼泪都要出来了……她下车后,走在回家的路上。她穿过静默的巷子,往红墙深处去,呼吸着渐渐清透的空气,一点儿一点儿地把痛感消化掉。

一晚上没响过的手机,在这个时候终于响了起来。不出所料,是母亲打来的。她说:"妈妈,我马上到家,待会儿跟您汇报战果啊,您别着急。"听着母亲平和中含着微微的笑意的声音,背景里还有父亲,他说了句什么,听起来,也是愉快的……她挂了电话,抬眼已经看到了家门口的石狮子和门楼。

那是她永存在心底深处的家……

他问她到底为什么回来。这本是个很好回答的问题,但她并没有把她的答案讲给他听。他应该是了解的,可未必能理解她。她好像不该,也不必再跟他解释,就像如今她不该,也不必指望他能理解她的任何一种选择一样。她和他……不再是需要解释的关系了。

但是回答,她回答他一句,明明白白的一句,总是可以的吧。就像父母微笑着问她阮尧怎么样的时候,她态度坦然而且直接地说出来就好了。可是她没有,他的态度让她不安,以致忘了不该慌乱。

下次不会了……但没有下一次了。她想着他那样子,没有下一次,一定不能有。

至于阮尧,她跟父母说:"好极了,他是个好极了的人。"

好极了,只是她不喜欢。

父母却好像并不太在意她话语中暗示的那层"阮尧不像是会喜欢我的样子,我想我们不太可能",反而跟她聊起了别的,中间有几句,仍是提到了阮尧。

她听着,并不插话,只陪着父亲吃了点儿东西。算起来,今天她实在是吃得不少。只是,她仍然觉得饿,就连专门炖给父亲的药粥,她都跟着吃了半碗,还是那种食不果腹的感觉。

父亲笑她，问："这是在艾老师家里没吃饱饭呢，还是饿了几天？"

她说："不是，我得多吃点儿，为明早早起做储备。明儿一早，我得去找石头。"她说到这里，精神一振。话题回到工作上，她就来了劲头儿，比画着跟父亲说起了这桩事。

母亲听着，问她是不是自己去。

她说："不，跟叶大哥一起。这行他熟，说要帮我这个忙的。爸妈，我得走了啊。"

她收拾了一下东西准备离开，这话说得很自然，并没有留意母亲脸上转瞬即逝的那一点儿点儿惊讶的神色。

郗广舒追问了一句，起身送女儿出门。屹湘见母亲还有些犹疑之色，笑着说："那天哥和崇碧也在，我们聊起这事。我两眼一抹黑，不知道该从哪儿下手，叶大哥说他会帮我留意。"

郗广舒这才点头。

屹湘忽然意识到什么，在大门口停下，一脚门内，一脚门外，问："妈妈，我不该麻烦叶大哥？"

郗广舒听屹湘这么问她，语气里竟有一点儿小心翼翼，生怕做错了什么似的，让她有些不忍，于是笑着说："你们的事，我不管，相处得好自然更好，我们两家日后也该多走动些。"

"是哦，我也是这么想的。"屹湘笑了下。说到这儿，她忽然想起下午的时候，叶崇磐说的那句"不是外人"，瞧这样子，他已经开始把她也算作"自己人"了？她努了下嘴巴，叶崇磐这人，面上冷冷的，看上去很难相处，不过接触下来，也还是不错的人……

"叶大哥那里，我不会很麻烦他的。"她跟母亲说。

"就是麻烦他一点儿也不怕，自己家亲戚，怕什么？"郗广舒微笑着，"大不了我也学你叶伯母，请他来家里吃饭。"

屹湘笑了，母亲难得幽默。

"阮尧约你呢，有时间你就出去喝杯茶、看看电影，就当是朋友相处一下，也不是不可以。"郗广舒嘱咐道，"好好地保养一下皮肤，摸着跟砂纸一样。"

屹湘不料母亲的话题突然跳到了这儿。她看着母亲期待的神情，没忍心再强调一下：阮尧，她真的不想再见了；不是阮尧不好，而是她不能浪费人家的宝贵时间。认识朋友，还是不要这样认识比较好……

她一边跟母亲抱怨北京的空气不好，还干燥，一边发动车子说自己真得回家早点儿睡觉了，然后就慌慌张张地开车逃掉了……

回到住处，尽管已接近午夜，她还是好好地泡了个澡。她把水温调得很高，浴室里跟蒸笼一样，热气腾腾。镜子被水雾完全罩住，她擦了一下，擦出一小块空白，刚刚好看得到她的头颈。她的目光从自己的脸上到颈上，静静地如流水一般往下……她低头，看着自己的手腕。腕表早摘了下来，皮肤上每一条纹路都清晰可辨，一览无余。她看着，好半晌，从架子上取了一只护腕套上，才滑进了浴缸里。她整个人迅速沉了下去，被热水和气泡服帖地裹着，像一只蚕。

在水底藏了很久，直到喉咙发疼，她才冒了出来。她靠在浴缸上，全身放松下来，这时，精疲力竭的感觉终于彻底抓住了她……躺到床上，在睡过去之前，她猛地想起来，叶崇磐说明早来接她，到底是多早。

叶崇磐这一晚睡得极好。不过，清晨床头的闹钟还没有响起，他就先被一阵奇怪的声音吵醒了。他翻了下身，看到了奇怪声音的来源——那个黑不溜秋的小东西正捧着床脚在磨牙呢。

床脚早已被毛球啃得露出了木头的原色，甚至都闻得到木香味，他忍不住有些心疼。毛球早就发现他醒了，也只是略略地斜了他一眼，继续啃木头。

叶崇磐又忍不住想笑，他揉了下前额。一夜好眠的最明显效果，就是头脑清醒加好脾气。

他坐起来，双脚往地板上一踩，弯身抓住毛球，把它举高。

小家伙伸出粉色的小舌头，嘴边还有木屑。叶崇磐轻轻拍了它一巴掌，说："真不该一时心软把你放出来，这就叫'一旦放虎归山林，后患无穷'啊。"

他拎着毛球下楼去，给它添了水和食，找了一根新的磨牙棒，看毛球根本不理磨牙棒的模样，又觉得好笑……洗脸的时候，他对着镜子看到的是自己的笑容，这样松弛而又愉悦的清晨，毛球闯多大的祸，他也能容忍。

换好衣服，他要拨屹湘的电话，看看时间还不到七点，将要按键的那一刻又改了主意。

今天的天气非常好，天空明净瓦蓝，他站在阳台上喝着咖啡，饱饱地欣赏了一番外面静谧的晨景，才预备往外走。忽然听见隔壁董亚宁的院子里有动静，他停下，往窗外看了一眼，就看到旺财蹲在自家院子的大门口，对着外面街上叫了两声。

叶崇磐也往街上看了看，董亚宁的新车停在路边。

旺财极少开口吠叫，以致有一阵子他开玩笑说董亚宁养了一只哑巴狗。董亚宁不以为意，说不乱叫的狗才是好狗呢，没听说咬人的狗不叫啊？他唯一一次听到旺财吠叫，还是去年，董亚宁喝多了，在外面发脾气砸了车前挡风玻璃，砸车的物事脱手，也伤了他自己。在门内等董亚宁的旺财嗅到血腥味便急了，疯狂地吠叫，直到他听到动静出去帮忙，把董亚宁拉回家里，帮他处理伤口，旺财才渐渐安静下来。据亚宁后来所述是，旺财那天晚上一直趴在他床边。

叶崇磐心一动，推开窗子冲旺财喊了一声。旺财头都没回，毛球却开始急躁。

他把毛球放到笼子里，出了门，才走下台阶，就看到董亚宁从他的新车里钻出来，朝旺财吹了声口哨。

旺财住了声，冲亚宁摇尾巴。

叶崇磐出了院门，朝董亚宁一抬下巴。

董亚宁伸伸懒腰，叶崇磐见他一身散乱的模样，走近些看看车子，问："怎么新上路就受伤了？"他眼尖，看到左侧车身门把手旁边，有一点儿白。

董亚宁撇了下嘴，反问道："这么早出去？"

"去趟潘家园，帮朋友长个眼。"叶崇磐说。

"我说呢，周末起这么早。"董亚宁边说着，边往自家院门走，"什么人啊，还劳动你大驾，亲自走这一趟，那地方到周末乱哄哄的……"他开了院门，让旺财出来。

叶崇磐见那一人一狗都懒洋洋的，在晨光中一晃，说是要去遛弯儿，却像是要去睡回笼觉的模样，笑了。

"屹湘，她请我帮忙找点儿东西。"他开了车门，说，"昨儿喝茶后，我顺路送她去了艾老那里，正好看了下玉梨巷那地段，还真是好极了，难怪都盯着呢。"

董亚宁"嗯"了一声。

"你留神，一松劲儿可就被人夺了。对了，虽然书画不分家，可据我所知，艾老不擅工笔，怎么你们人人都能画一两笔？"叶崇磐正色问道。

董亚宁又"嗯"了一声，才缓缓地说："那是师母家传的技艺修养。我们一道跟着学，也都只是得了点儿皮毛，只有……"他停住了。

董亚宁睐了下眼，说："都是皮毛，师母的小尺幅画作都有大家之风，没得说。"他说着，抬手按了下眉尖，似乎有点儿头疼。

叶崇磐一笑，说："你有画稿吧？改天瞅瞅。"他不想多耽搁，这就上了车。

董亚宁看着他的车，停了片刻，看看旺财，给它一个手势。

旺财进门去狗窝叼了它的皮绳出来。

他给旺财拴上，牵着它才溜达了几步，叶崇磐的车子就从身边经过，轻轻一鸣笛。他看着那辆银色的车子轻快地转了个弯，轻快得就像叶崇磐今天的精神状态，他有好久没见好朋友是这么愉快了吧？

自从粟菁菁遭遇意外去世，叶崇磐原本就沉默内敛的性格变得甚至有些孤僻和阴鸷，有时他也担心。

他慢慢走着，看着车子驶离的方向。

叶崇磐突然问起他们的绘画技艺来……菁菁的画技，他该是了解的。菁菁……菁菁不擅长工笔画，但她的写意山水甚好。其实菁菁性格较为安静，照道理来说，学一点儿工笔画顺理成章。起初不知道为什么师母没有传授菁菁她那一手好画功，反而看上了古灵精怪、粗枝大叶的邱湘湘。其中的道理，他是到后来才想明白。师傅和师母，教他们技艺，同时也设法磨炼他们的性情。

菁菁性情在四个人中较为安静而细致，有时未免归于纤弱，笔下山水画得多了，久而久之，心胸与格局都开阔些——时至今日，方见师傅与师母用心良苦。

他从不跟叶崇磬聊这些，崇磬也不问。他知道，不管是谁，心里大约总有那么一两处不愿意给人窥探或触及。

粟菁菁就是叶崇磬的一处，至于他自己——由菁菁起话题也会想到其他，不提不聊是正中下怀……

今日叶崇磬能主动提及，倒不失为一件好事，足见他确实是好多了。也许他在试着走出过去。也是，这都多久了呢？

董亚宁活动了一下筋骨，在车子里待了半宿，背上着实有些僵硬。

他手臂抬到半空，突然停住了。

叶崇磬……最近心情似乎一直很不错。

跟他恰恰相反……

屺湘睁开眼，听见了很细的车声。她躺了片刻，突然从床上弹起来。她一把抓起枕边的手表一看，已经快八点了，忙拿起手机来看一眼，还好既没有未接来电，也没有短信。

刚要松口气，她忽然觉得不太对劲儿，裹了被子跑到窗边钻进窗帘后往外一看，立即看到了那辆刚刚在楼前停稳的车子——叶崇磬的。

她还在愣神的工夫，叶崇磬就下了车。她不知为何站在那里一时没能挪动，就见叶崇磬站在车边，抬手揉了揉肩膀，拿起手机来……手机响了，她急忙回了室内，接起电话来。

叶崇磬低沉的声音和缓而平稳，听她有些急促地说自己马上就好，说："你慢慢来吧。"

他连语速都慢下来，仿佛真的是不着急。她却一向不习惯让人等，丢了手机后着急忙慌地收拾好了就跑下楼。

听见一声门的响动，叶崇磬回头。从单元门里钻出一个小小的粉绿色的身影，就像枝头刚刚冒出的柳芽似的，轻盈而迅速地移动到他的跟前来。因为跑得有点儿急，身上的零碎几乎没有一处不跟着乱颤的，包括她抓成一个松松的髻的头发，说着："对不起，我睡过头了……你怎么不早点儿打电话给我，提醒一下啊……"鼻尖、额头都有一层薄薄的汗，柳芽上蒙了一层朝露。

他无声地替她开了车门，心想她要是再着急跑，那发髻就要啪地一下落下来了——其实应该不会有声音，可他就是觉得，她此时简直无处不在响动。

屹湘这件粉绿色的斗篷是刚刚从衣橱里拿出来的，难免有点儿新衣的味道。她坐在车子里，自己先嗅了一下。她本来想抓一件衣服套上就下来的，临了又觉得不可以太随便。

等叶崇磐上了车，她看他穿得好像要去郊游似的，不禁要跺脚，轻轻地嘟哝一声说："幸亏没穿高跟鞋。"

"忘了和你说，那儿不是拍卖会，别拘着自个儿。"叶崇磐说着，见她脚上是一双松软的靴子，看上去是舒服极了的样子，问，"饿不饿？"

"饿。"她老老实实地点头，"我包里有巧克力。"她扒拉一下自己的大包，拿出一盒出门前随手塞进包中的糖果，"哎呀，糟糕，是软糖。"

"那我们先去吃饭。"叶崇磐说。

"好……吧，不会太耽搁时间吧？"屹湘问。

"不吃饱怎么有力气逛？不差这一会儿。"叶崇磐说。

屹湘把糖果放了叶崇磐的储物盒里，说："我是担心给你添太多麻烦……"

"不会。"叶崇磐回答。那盒糖果五颜六色的，很像是小孩子才会吃的东西，他微笑。

屹湘以为叶崇磐要跟她一起去吃的必然是大饭店，不料出了小区往前走了两个街口之后，他就把车子停在了路边。她一看，是一家很窄小的店面——牛肉汤馆子，外面排了长队。

两人下了车，叶崇磐跟屹湘说："你先进去等位子，我在这儿排队买早点。"屹湘立刻会意，她一进馆子，恰好有两个人要离开，于是立即坐下来，不时回头看看叶崇磐的排位。他每往前一步，她都觉得开心一点儿。店里飘着牛肉汤的味道，实在是鲜美，她几乎听得到自己的肚子在咕咕叫……

等到叶崇磐端着牛肉汤和馍馍坐到她面前，她就笑了起来。

"真不容易。"她一只手拿着一双筷子和勺子，递给叶崇磐。

"这还是周末，要是赶上工作日，早上能吃到就算不错了。"叶崇磐笑道。

屹湘掰开白面烤馍，看他。

她很难想象西装革履的叶崇磐会在这样的小店里吃早点，那场面会特别很滑稽吧，她忍不住发笑。

热乎乎的烤馍在她手里散发着香气，她还没动嘴吃，就觉得胃里暖暖的了……

"可以这样吃。不过这不是羊肉泡，不用掰开馍也可以。"叶崇磐见她掰开了烤馍就只是看着自己，以为她不知道该怎么下嘴。

说着话，他已经迅速地把馍掰好，并放进自己的碗中，见她还只是看他，干脆将两个碗换了一下："吃吧。"

"嗯。"屹湘双手扶着碗，有点烫手，在这春日的早晨却是最适宜的温度。

她先喝了口汤："嗯！好吃，这儿离我住的地方不远，以后可以在这儿吃早点。你怎么发现这里的？"

叶崇磬听她的语气，好像他就不太应该发现这一家小店似的，说："我刚回国那段时间，吃什么都不太得味。恰巧那阵子也忙，顾不上回家吃。有一天早上，路过这里，司机师傅随口说了句这家的汤好，我正好没吃早饭。那一吃，就吃上瘾了。其实吧，那天司机师傅还说，这家的汤啊、馍啊，跟哪儿都不挨着，你没办法把它照通常的标准归为某地的传统美食，可更没办法的是，它就是很好吃。"

屹湘想起小李给她带的豆浆油条，笑了。

"不过，你得记得，要是来这儿吃早点，得趁早。这家店五点开门，头一拨客人都是出租车司机，之后是学生和早起的白领。老板就只炖这一大锅汤，卖光了就休息。今儿要不是周末，这个时间来，恐怕要空着肚子回去了。"叶崇磬说。

屹湘点头，喝口牛肉汤。汤汁沾在唇上，她舔了一下，跟贪食的小猫咪似的。叶崇磬看到，微笑。

"叶大哥，还知道其他好吃的小店吗？"屹湘吃完了，才问。

叶崇磬看她一眼，她漂亮的眼睛里，一双亮晶晶的眸子似宝石在发光。

"知道很多，以后带你去。"他说完，推了一下饭碗，预备起身。见屹湘眸子里似是闪过了一点儿犹豫，不知是不是因为他这句话说出来显得有些太过熟稔了。她没出声，他也没有，两人一先一后往外走。

再上车，屹湘比起之前就有些沉默，好像忽然间被什么束住了手脚，坐在他旁边，好半晌竟然一动不动。

叶崇磬察觉，并不过于在意。

车子兜兜转转到了目的地，他找了个合适的车位停下来，说："到了。"

早上的潘家园市场熙熙攘攘，逛街市的人摩肩接踵的。屹湘下了车，眼见着这场面多少有点儿犯怵，走在叶崇磬身后两步远的地方，说："难怪现在常听人说，周末大清早的北京城有两大奇景，一处是天安门，一处是潘家园。天安门那儿人人仰头看国旗，潘家园这儿人人低头寻宝物——真的呢！"

叶崇磬点头，见她神色间似是挺烦恼这拥挤的人群，便带着她挑了稍稍宽松的路径走。好在他们来这儿的目的很明确，也是他最为熟悉的一块地界，在这里走捷径，他就拿手了。

走着走着，屹湘渐渐就走到了叶崇磬的身前。她其实对古董很有兴趣，这儿俯仰之间全是有历史的玩意儿，尽管地摊上"做旧"的东西巨多，可看上去还是很有意思。

她不时停下来看一眼，偶尔问问价格，回头跟叶崇磐讨论一两句。

叶崇磐发现她尽管嘴里说着对这些并不在行，但看东西的眼光还是有的，就想起他们第一次见面，她拿着手机用临时搜索的结果帮陈太抬价，看来她并不只是对西洋古董有研究。

"我是不是在美国待久了，怎么看到这些都喜欢。"屹湘终于意识到自己偏题了。

虽是这么说，但叶崇磐见她眉飞色舞的，心情显然好极了。

他微笑，示意她跟自己走。

屹湘也笑，跟着叶崇磐在前面的小岔口处拐了弯，往小巷子里走。这里相对僻静，人少多了，只是听着身后那番嘈杂的声音，她仍然很兴奋，很有股子砍价儿古董的冲动……听叶崇磐说"有兴趣的话，以后有空就来逛，保管你乐不思蜀"，她皱了下鼻子，还没来得及说什么，眼前忽然一亮：走出巷口，地界就开阔了，这里同样人声鼎沸，但所售物品不再是各色古董，而是形态各异的石头，她忍不住就拍了一下巴掌。

叶崇磐笑，目光迅速转了一圈，寻找着目标摊位。

"跟我来。"他马上看到了相熟的摊主。

突然前面有人喊"来啦，来啦，借过、借过、借过……"迎面有一辆堆满石头的木板车歪歪斜斜地冲了过来，路上的行人纷纷避让。

屹湘正在看玉石摊上的石料，没在意。叶崇磐本想提醒她注意，见她好奇地摸着石料在研究，看那车子离得老远，也就没出声。谁想到木板车一溜儿邪风似的越跑越快，那人原本是推着车走瞬间变成被车子拽着往前跑，直朝这边冲过来，眼见控制不住了，只得绝望地大喊了一声"大家小心"。

随着这一声，他连人带车栽倒，石头哗啦啦地倾倒在地上，散落开来。

叶崇磐手疾眼快，箍住屹湘的手臂，将她整个人托住，凌空转了大半圈。她的发丝飘了起来，就在他的眼前飞舞着，他看到她额角深刻的伤，怔了一下。

这一瞬，他的心神都被那道伤疤占据了，自己也就没顾上躲避，滚落的石头接二连三地砸在他的脚背上。

他手心里她的胳膊细瘦，箍在一处的身子有些单薄而显得不盈一握，因此放下她的时候便有些小心翼翼，只觉得手握着一个水晶玻璃人儿，需小心轻放。

"呀。"屹湘低呼，下意识抬手抓住了叶崇磐的袖子，眼睛被急速旋转的明光晃着，她看着叶崇磐，都像是带着光晕似的。

她站稳，一低头就看到叶崇磐脚边堆了几块石头……张了张嘴："你的脚！伤到没有？"

叶崇磐这才觉得脚上疼痛，他见屹湘瞬间涨红了脸，若无其事地说："没事。有自己跑上门来的石头了，还省得咱们费劲儿了——潘六子，你怎么老这么着，慌什么呀！"他转了下身，朝推车的中年男子开了腔。虽然是责怪的话，说出来却带着戏谑的味道，他一边说，一边弯下了身，将砸到他脚的那两三块石料归拢到一处。

那"潘六子"急急忙忙过来，拱手作揖，直说："对不住，对不住，实在对不住……今儿出摊晚了，我这一慌，三魂六魄不守其位，惊了二位的大驾。对不住，对不住了，叶先生和这位小姐。这样，您二位瞅着哪块石头顺眼，就拿走！"他擦着汗，招呼人把地上那些石料赶紧往他的摊位上摆放。

叶崇磬微笑，看看屹湘，问："你觉得呢？"

"我？我哪儿懂这个啊。"屹湘笑道。

潘六子的提议听起来倒是不错，可她看看这些奇形怪状的石头，其实都差不多。她又往旁边的两个摊位看了看，左看右看，也看不出什么门道来，就有点儿发窘："叶大哥，你拿主意吧。"

叶崇磬将脚下的三块石头中的两块放到潘家摊位上，笑笑，说："你就说看哪块顺眼？"

屹湘看着两块石料，其中一块为沙色。她伸手摸摸，表面很粗糙，硌手得很。另一块为乌黑色，三分之一处有指头宽的一道痕迹，还带着一点儿点儿花纹。她的手按在乌黑石上，说："这块好看……虽然这不是选观赏石，但我还是愿意选块我觉得漂亮的。"

叶崇磬笑了，看一眼站在旁边不住地擦汗的潘六子，说："你要真挑走这块，潘老板不是出大汗，而是出大血了。"

潘六子"哎哟"一声，说："拿走，我说话算话，拿走。"

屹湘听他俩对话，不禁看看叶崇磬。

崇磬笑着说："那就拿走。"他说着，作势要拿石头，那石头原本也不大，他手大，一只手便能刚好盖住。

潘六子看他伸手要拿了，果然又"哎哟"一声。

叶崇磬一掌覆在石头上，摁住了，问："怎么，心疼了？说话不算话？"

"叶先生，说实话，您这几年从我这儿拿走的石头真不少，里头有多少价值连城的宝贝啊？这行里谁不知道，但凡是您看中的，就没几块瞎货。"潘六子笑嘻嘻的，"您一伸手，我这心就扑通扑通跳了。"

"真会开玩笑。"叶崇磬微笑。

"您不信，问问，您这眼哪，往哪儿一看，哪儿就亮了……是吧？"潘六子跟相邻的摊主笑着示意。

众人笑了起来，随声附和，也说叶先生的眼可真是毒呢……

屹湘心一动，叶崇磬在这儿人面之熟，实在是出乎她的意料。看样子，这会儿他就要给她上赌石课了。

她从古董市那边被撩起来的小小兴奋又一次燃起了，她看着叶崇磐。他敲了敲石头，暂时没发话。周围的人怎么凑热闹起哄，他都不为所动。

"意思一下，叶先生，意思一下。"潘六子笑着。

叶崇磐的目光在他的摊子上转了转，说："除了这几块，其他都是老货。"

"叶先生欸，这石场里面，哪家来新货，您不是门儿清啊。再说，现在这世道，上新不容易，生意也越来越难做了。"潘六子诉着苦，"您懂行，您说是不是吧？"

屹湘听着想笑，旁边有其他客人聚拢过来。有些显然也是相熟的，不但跟摊主潘六子熟，跟叶崇磐也熟，聊着石头说着闲话，偶尔也看她一眼，语气和目光里多半透着和善。

叶崇磐的手早就从那块乌石上挪开了，有几位瞅准空当马上就接了过去。乌石从这双手被传递到那双手，被反复推敲和观赏。屹湘听到有人开始报价，起价并不算高，也有人伸手跟潘六子做手势。屹湘不了解这行的规矩，猜那也是报价的一种方式。

叶崇磐这时候歪头低声说："做手势的那位报价十万元。"

"这价格高吗？"屹湘问。

叶崇磐说："还会更高。"他的声音低到只有他们俩能听到，随后屹湘就听到后加入的有人报到十五万元跟二十万元。

屹湘听到报价，再一看那石头，即便她觉得它很漂亮，也觉得再贵下去，价格有点儿夸张……若开出来的石头不够好，这一大笔钱可就打水漂了。

赌石，赌的就是眼光。可十赌九输，风险极大。他们这些人看石头的目光各个不同，有的像是看到了财宝，有的像是看到了美人……不管是哪一种，都带着兴奋甚至是很强烈的占有欲，因此，这价格的报出就更带有一种惊心动魄的味道。

她转眼看看叶崇磐，他的目光冷静而深邃，像是深夜里安静的海面，一丝浪花也没有。瞬间，她就觉得自己被那些赌石者弄得躁动的心冷了下来。

"怎么样？"她小声问叶崇磐。

叶崇磐笑了笑，伸手对潘六子打了个手势，其他人都收了手。有人说"叶先生大手笔"。潘六子眉开眼笑，从其中一人手里把乌石拿过来，说："叶先生，这是'蟒上开花'的好局。"

叶崇磐接过石头，递给屹湘。

石头很沉，屹湘抱着看了看，还是看不出究竟。但她转了转眼珠子，对潘六子说："起先是伤了我们的人，说让我们看上哪块拿哪块，这会儿你却捞了一大票，这不是说话不算话，那是什么啊？"

潘六子挠了挠头皮，说："得！我潘老六言而有信。请，您尽管挑，算我给二位赔礼不是，成吧？这位小姐，您真是精明，一点儿亏都不肯吃啊。"

"成。"屺湘抱紧了石头，挺高兴地答应着。

"不过，这块石头不能由叶先生挑，得您来挑。"潘六子狡狯地说。

听了这个要求，叶崇磐无声地笑了，屺湘却有点儿傻眼。

"你就挑一块吧。"叶崇磐说。

屺湘往他的身边靠了靠，示意他。他低低身，她才在他的耳边低声道："这兴不兴给点儿暗示啊？不违规吧？"

"甭理那些，你看中哪块就哪块。"叶崇磐也低声说。

屺湘看潘六子也只看着自己微笑，点了点头。

叶崇磐正要把乌石接过来，就见屺湘将怀里抱着的乌石往案子上一掼，撸了一把袖子，一本正经地从摊子这头看到那头。小到拳头大小、大到有半人高的石料在这个摊子上有几百块，她绕了一圈，回来看他一眼，那眼神竟有些可怜巴巴的。他眉一展，以为她要求助，不料她笑嘻嘻的，把刚刚砸到他脚的那块沙色的石头搬了起来。这块石头比刚刚他们买下的那块要大得多，她抱起来相当吃力，但仍然抱得稳稳的，说："那咱就拿这块吧，自己找上来的，算有缘分的石头，好不好？"

叶崇磐微笑着说："你做主。"她抱着石头的样子，像是在沙滩上捡到了漂亮贝壳的小孩，尽管她怀里的这块笨石头，看上去平平无奇，而且"真相"未知。

他转脸看向潘六子，问："怎样？"

潘六子这回倒是痛快了，说："拿走！"他拿着笔在两块石头上分别做了标记，问叶崇磐，"要不要现在开？"

叶崇磐笑道："我们还得再转转，这会儿就不开了。"

围观的人都有点儿遗憾，说最近难得遇见叶先生出手，开一开，到底是开大开小，也让他们开开眼多好。

叶崇磐笑着跟大伙说："抱歉，今天没那么多时间，改日。"

他说完，拉着屺湘出了人群往外走，没走两步就听身后有人叫他。屺湘已经习惯了在这儿人人都认得他似的，回头就看到了叫他"小叶"的老头——老人的穿着打扮实在符合这地界的氛围，跟潘六子那样的玉石贩子一比，就是另一种气质了。只见他穿着粗糙的对襟棉袄，戴着一顶灰色的毡帽，拿着烟斗，满脸笑容地站在那里，整个玉石交易市场和古董街就像是推后了一个世纪，都成了他的时代背景。

她听叶崇磐客气地称呼他一声"秦先生"，心想：这位秦先生可不是潘六子，这人有来头。

秦先生跟叶崇磐打过招呼，看了看屺湘，笑眯眯地问："小叶，这丫头你是从哪儿拣来的？"

屹湘听这个陌生人开口便叫她"丫头"，悻悻地抹了一下鼻尖。手指因为刚刚摸石头沾了点儿灰尘，这一下就抹到了鼻尖上，秦先生跟叶崇磬都笑了。

叶崇磬给他们互相引见，跟秦先生说："我们本来要直接奔您那儿去的，哪儿料到半道上被潘六爷给撞了一下。"

秦先生哈哈一笑，说："正是这一撞才好呢。"

叶崇磬心知秦先生这是将刚才的事从头看到了尾，笑道："那咱们上您那儿去说正事儿？"他说着，回头对潘六子说让他的人把那两块石料一并送到秦先生处。

屹湘跟在两人身后一起往外走，离开了交易市场。

交易市场外是玉石街，街上鳞次栉比的店铺都是经营玉石的。他们走进去的是一间比较大的，屹湘扫一眼店内，满满当当的全是各色玉器，地上错落的则是一些籽料，店里有伙计在招呼客人，因此显得拥挤不堪。

他们穿过店堂往后去。屹湘留心脚下，免得被随处可见的石头绊倒。出了店堂的后门，外面是一方天井。天井里倒是干净，只有一些花木。待穿过天井，进了屋子，屹湘发现这里是一个作坊——专门打磨玉器的作坊。此时正有几位师傅在操作机器，空气里石粉飞舞，吱吱的刺耳声音绵延不绝。他们进来，师傅们也没停手。

秦先生把他们请进了里院，进了上房，将门一关，外面的声音便小了些。他请二位坐下，倒了茶，说："我从早上就在场子里闲逛，等你们来。"他依旧笑眯眯的，看着屹湘，"小叶说帮朋友找好翡翠，我倒不知道如今翡翠也能拿来做衣裳，难不成你要打造现代的金缕玉衣？"

屹湘微笑着，拿出随身携带的平板电脑，连写带画，就自己设计的主题和要求跟他解释了一番，然后说："我是外行，还得麻烦您。"她说着，看叶崇磬一眼。

叶崇磬说："秦先生是这一行的大家，找他是错不了的。他这儿，随便拿出一块来都是宝物。我们这些年要找什么好东西，都少不了麻烦秦先生的。回头你去他那博物馆参观参观，可不光是玉石，他别的收藏也是国内数得着的。"

秦先生笑着说："先别忙着给我戴高帽，来，丫头，你来看看——小叶说不一定非要籽料，如果找起来太费事，边角料也是可以的。我听你说，不过是礼服上的小装饰，我琢磨着这些应该就合用，你来看看。"他说着，指着自己桌案前面的一个大木头箱子，示意屹湘打开。

屹湘过去掀开了箱子盖，大约有半箱各色翡翠，虽然奇形怪状，但看得出来是剜去了最佳位置的剩余，可看上去可利用者甚多。她拿起一块水一般透明的斜片，问："这应该是剥去弄了一只镯子吧？"

秦先生说："是。剩下的可以磨成戒指、耳坠子，或者小的玉挂件，好好琢磨一番，也都是上乘货色——小叶认得吧？这是上回我从云南带回来的那批石头里的。像丫头手里拿的那块，我寻思着做块玉坠就蛮合适。"

叶崇磬点头。

屹湘摸了摸自己脖子上的链子。叶崇磬看了她一眼，她忙把手里这块边角料放下，说这些都很好，能用得上。

秦先生问屹湘："怎么样？这里面的货色杂得很。颜色呢，翠色为主，别的色少些，不知道合不合用？"

屹湘又拿起一块绯色的，说："合用，也可以根据玉石来调整设计元素的。"

秦先生点点头，沉默片刻，说："那这样，你选好了，然后等你的设计稿子出来，只管交给我这里的师傅替你打磨出你需要的样式来。还要什么样的，只要我这儿有的，你尽管挑。"

屹湘笑了，说："谢谢秦先生。"

"这些就够了？"秦先生笑着问。

"我还得回去看看，做一下统计。"屹湘的心到此刻已经放下大半，"秦先生，这要怎么谢您才好？"

秦先生指了指叶崇磬，说："老大的人情，我欠他的，数都数不过来，这小小的事情算什么呢。再者，你既然是他的朋友，也就是我的朋友，谢字也就不用提了——小叶，我说，这会儿我心里也痒痒的，咱们去开一开那块石头好不好？"

叶崇磬这回没反对。

屹湘见秦先生从桌案后几乎是一跃而起，忙把木箱子合上。秦先生开了门，招呼他俩快出来，一边吩咐人准备开石。玉石场里的师傅们见要开石了，都放下手里的活过来，个个脸上都有些神秘莫测的样子。

叶崇磬倒站在外围，看屹湘好奇地往里看，问："这你没见过吧？"

屹湘摇摇头。

"那正好借这个机会看看。"叶崇磬微笑道。

屹湘见他一副平静的样子，有心问问他这万一要是切开来一看什么都不是呢，又觉得这话此时问出来实在是不合适，尤其秦先生比叶崇磬这个正主儿还要雀跃。

她于是闭紧嘴巴，就站在叶崇磬身旁，只管盯着那块石头。

此时那块乌石，也就是潘六子说的"蟒上开花的好局"被摆在长条木凳上，秦先生戴上棉手套，拿了工具，预备亲手开石。乌石一角的石皮很快便被磨掉，露出模模糊糊的内容来。秦先生对着光看了一会儿，端着给叶崇磬看，说："有雾。"

叶崇磬点头，屹湘的心一沉，以为这就是不好的意思了，不想秦先生看到她脸上的表情先笑道："再打磨下看看。小叶这笔买卖，就算是看到这儿，起码也是翻两番的赚头，丫头，你不必担心他亏本。"他还是叫屹湘"丫头"，屹湘竟也适应了这个称呼，倒不觉得别扭了。

"我没担心这块。"屹湘说着，看一眼她选的那块丑陋的石头。虽然是赠品，但到底是叶崇磬花了大价钱之后人家才肯"赠"的，更何况他还挨了那一下子……她低头，看到叶崇磬的板鞋还留着一个印子。那一下，想必砸得很疼吧……

叶崇磬说："都不用担心。"

秦先生让人用机器磨白雾，机械作业比人工自然是快捷多了，没用多久，那块石料——现在不能称其为"石"，完完全全应该称作"玉"了——露出了真面目。秦先生啧啧称赞，将它放到南窗下的桌案上，说："真是好东西。"

屹湘走近些，在阳光下用肉眼观察，那翠色浓得近乎黑。她再是外行，也知道确实是好东西了。她回头看一眼叶崇磬，叶崇磬到这会儿也还是挺平静的，只说："倒是块老坑料，不过我看免不了会有黑点。"

"不见得，有点儿也不怕，到时候再仔细琢磨吧。"秦先生看起来心情极佳，笑道，"得，今儿你又大获全胜。"

"那这块呢？"屹湘忍不住问。

秦先生笑了，说："这个不好说。"他似是有意逗屹湘，看看叶崇磬，"这丫头你从哪儿拣来的？胆儿有倭瓜那么大，上手就敢胡乱挑东西。"说着，他眨眨眼。

叶崇磬嘴角一弯，也看向屹湘，故意说："那怎么办呢，都已经挑了，后悔也来不及了。"

这两人的话让屹湘越发有些怯了，问："挑得很糟糕吗？那你也不给我点儿提示。"

叶崇磬说："我给你提示，就坏了规矩了。"

屹湘想想，可不是。潘六子说她精明，哪儿是她精明，他看准的就是她不懂呢。

秦先生笑，又问："开不开？"

叶崇磬摸着沙色石皮，这就是俗称"荔枝皮"的籽料，看上去不出众，其实是赌石行里最容易错过，也是最有风险的一类石头，不够胆的，都不会碰。

这也是为什么潘六子对屹湘挑走这块籽料几乎不在意——他根本就把这块籽料算在了那块乌石的成本之内——叶崇磬说："开开看吧。"

屹湘抹了一下鼻尖，忍不住说："要是……"她此时也忘了这话吉利不吉利了。

"要是这货打了眼，你请我吃一个月的早饭。"叶崇磬说。

屹湘"啊"了一声，心说：这叫什么话啊……

秦先生一乐，瞅了瞅一本正经的叶崇磬，转过脸去让师傅将籽料搬上架子，问道："怎么开？"

叶崇磬从师傅手里拿过水溶笔，在石面上画了一条线，让师傅从那个角度切下去。

屹湘盯着籽料，师傅将籽料浸在了水中，切割机慢慢地沉下去，触到了石面，水波开始晃动，声音经了水，没有那么刺耳了……但眼下她也看不到究竟，只觉得手心出汗，一颗心扑通扑通地跳。

叶崇馨看看屹湘，屹湘显得紧张，穿着高领毛衫的纤细颈子如天鹅一般柔软地伸展，向着那个特定的方向。

籽料在水中裂成了两半，切石的师傅关了机器，探手入水，将籽料取出来。屹湘只见被切开的断面灰白一片，不禁大失所望，真觉得一颗心是从高处坠下去了。

秦先生"咦"了一声，将其中一块拿起来，摇了摇头，说："这可真是的。"语气里有几分遗憾。

叶崇馨反而微笑，说："看来我合该吃几顿免费的早餐。"

屹湘一点儿不觉得好笑，皱眉道："你还笑得出来。"

"为什么不？"叶崇馨拍着那块老坑玻璃种，说，"今天，值了。"

秦先生还在研究手里这一半籽料，很有些不甘心。他建议叶崇馨稍等，要拿这块籽料进去，用别的仪器再鉴定……

叶崇馨却说："先就这么着吧。"

秦先生看看叶崇馨的表情，也跟着一笑，说："那就先这么着。"

两人乐呵呵地拿着这块"蟒上开花的好局"打趣，只有屹湘闷闷的。听叶崇馨说"多玩几次就会有经验了"，她忙摆手。叶崇馨笑起来。

秦先生送他们出了门，自己依旧站在那儿。他的烟斗在烟袋里揉了下，听到后面杂乱的脚步声到了背后，叫他"秦先生，快叫住叶先生，这可是千载难遇的宝贝啊……"

他"嘘"了一声，笑着说："嚷嚷什么呀？"他心情愉快，那嫩绿色的小人儿走在那高高的男子身边，看着就让人心里舒坦……他想起刚刚那小人儿有个小动作，直觉她似是有什么话想说，但没说——小人儿挺可爱。

"走，后头看看去。"他说着磕了磕烟斗，转身往回走。

那嫩绿色的小人儿走出去的时候满脸上都蒙了尘，心里倒是惦记了另外一件事。她问："真要请你吃一个月的早餐啊？"

叶崇馨微笑，心想这大概是难为她了，说："你想到别的法子替代，告诉我。"

他看着她，她好像松了口气，走起路来，马尾又开始甩啊甩的了。她走了两步，又问："你的脚还疼吗？"

"不疼了。"他说。

她站住，低头看看，忽然弯下腰，问："可是，脚背是不是肿了？"

正巧有车鸣笛经过，他伸胳膊把她拉了起来，说："当心车，我没事的。"

她抬手撩了下刘海儿，红着脸看了他，点头。

此刻时近正午，阳光恰好。看着她的眼睛，他却以为天空升起了星。

第十章　春风沉醉的晚上

最容易令心沦陷的，或许只是不经意间流露出的温柔。

而你费心隐藏的美丽，在春风轻拂中无所遁形。

——题记

屹湘坐上车，接过小李递过来的早点。今天是豆汁儿和焦圈儿，她笑着把吸管插进去。她调了下耳机，电话里的邬家本提醒她别忘了晚上准时出席他们的发布会。

屹湘"啊"了一声，问道："是今晚吗？"她看看腕表上的日期，一旦完全沉浸在工作中，就会觉得时间过得特别快。51Woo的纪念秀一到，也就意味着留给她打磨"翡翠之夜"的时间也不多了。

邬家本就说："我就知道你会忘，特地提醒你的。"

屹湘说："我秘书也会提醒我的。"她最近忙得天昏地暗，都是由冯程程直接告知什么时间做什么事情。

"那怎么一样。"邬家本笑着。

屹湘喝着豆汁儿，想这是不一样。公司对公司的邀请函，Josephina和她都会收到，可她手上还有家本给的贵宾函呢。

邬家本说："你来就好了，说不定有意外收获。"

"放心，你这么重视的发布会，我怎么可以不去捧场？"她笑着说。她接着跟家本解释，贵宾函她预备送给朋友。

邬家本说："随你，就预备着你也许有什么特别的朋友需要呢。可惜我们的纪念专场规模很小，不能请很多人来。"

屹湘明白，邬家本这是只求精，不求多。

她又跟家本聊了几句，收了线专心吃早点。前面的镜子里映着她的影像，她凑近看了两眼，黑眼圈简直比手里的焦圈儿都大。

"这得敷多少层粉才能遮得住啊。"

小李在前面听见了，一乐，道："您工作起来是真拼命。"

屹湘倒在座椅上，仪态全无。一忙起来，她完全过上了日夜颠倒的生活。过去的一个周，她不是在公司加班到深夜，就是在家里来个通宵，今天还得开统筹会……她超级想念自己只做小混混的日子。

"您眯一会儿，到了公司，我叫您。"小李说。

"成。"屹湘伸直了腿，打了个哈欠。

"那我关了收音机。"小李在听路况信息。

"不用，不影响。"屺湘缩了一下腿，调整一下座椅，躺了上去，"今天还要跑好几个地方，辛苦你了……"她闭上眼，声音开始含糊。

小李把收音机的音量调低了一些，广播里在说前面恒泰银行总行门前有车子小刮擦，导致车流不畅……恒泰银行……总行……屺湘"啊"了一声，说："糟了。"

小李以为她担心开会迟到，忙说："我们在前面路口的往西走，避开这段。"

屺湘打开遮光帘，看了一眼，看到恒泰银行大厦往相反的方向退去了。她看了眼手机——自那日从秦先生处离开，叶崇馨送她回家后，两个人就没再联络。她是忙得不可开交，恨不得一天有七十二小时，根本就没把他给忘了。

叶崇馨也没有打扰她，好像凭空消失了一样。

这段时间，她跟秦先生的往来倒是很频繁，出了设计稿之后，秦先生就给她安排了最好的师傅，这几日正在赶工。去多了秦先生那里，她倒也长了不少见识。熟悉起来，秦先生仍亲切地叫她"丫头"，有时也称呼她的名字，偶尔闲了聊聊天，就给她看他收拾的那些小玉件，更豪爽地表示她看中哪样，可以匀给她……

她当然知道那些东西都好，可好东西又不能样样都占在手心里。她想着，伸手攥了自己的玉佩。等闲下来，她得让秦先生看看这块玉。秦先生确实如叶崇馨所说，是懂玉的大行家，见多识广，也许……她坐直了，手指滑了两下手机屏，调出叶崇馨的电话号码来。

叶崇馨的手机正忙，电话被直接转到了秘书那里。屺湘没想到自己打个电话还要麻烦叶崇馨的秘书。

一听到那个干练中不失柔和的女声，她就先报了姓名，说自己没有急事，就是一会儿派人给叶先生送点儿东西过去，麻烦转交。

那女秘书礼貌地答应。

屺湘握着手机舒了口气。

车子停下来，她下车前交代小李，让他送两封信分别去这两个地址：一个是董芳菲在凯奇薇阁的办公室，董芳菲周五在那边办公；一个是叶崇馨在恒泰总行的办公室。后面这个，她特地嘱咐，交到秘书室就好了。

她抱着一堆文件和稿子往公司走，有职员看到她，出来帮忙，她摇手表示不用。

路过楼下的橱窗时，她停了一下，只觉得几个模特好像有些不太对劲儿。刚要问，就见其中一个模特动了一下，她以为自己眼花了，仔细一看，不对，那模特确实在动。这一惊吓，她差点儿吐出"三字经"来。

那模特是滕洛尔，屺湘盯了她一会儿，没动。

滕洛尔对她微笑，一双大眼睛忽闪忽闪的，诚然是闪着明媚的春光，极是美丽。

她却被那闪耀的明媚春光刺了目似的，眯了下眼，忙避开。她不由得有些恼火，转眼看看左右两边，像是在找什么。

在场的职员甚少见到郗小姐"目露凶光"，愣了一下才有人上前，接过了屹湘手里的东西，送到楼上去。

屹湘又看了一眼橱窗里的滕洛尔，顺带看了看另外几位生面孔的模特，接着往远处一看，便看到了Jimmy Chow。

此时后院搭了场子，正预备拍照。Jimmy抬头看到她，热情地打了个招呼，吩咐助理们赶紧布置好，只一会儿人已经来到她面前。

屹湘看着他，点了点头，示意了下橱窗。

Jimmy往橱窗方向看了看，低声道："您不是也说她有潜质？我就介绍她来试试。"

屹湘没出声，她不否认滕洛尔有潜质，只要接受良好的教导，假以时日，起码是可以独当一面的模特。她稍稍转身，又看了眼橱窗里的滕洛尔。

这会儿，滕洛尔站得规规矩矩的，展示新装的同时等待拍摄，看上去确实乖巧。屹湘皱眉，她很清楚，听话和乖巧跟这个女孩子是无缘的。这女孩子眼睛里也许什么都有，就是没有"恐惧"和"羞涩"。当然，这不是什么坏事。身体条件好、适合做模特的女孩子多了，没有个性，那不过泯然众人……

"Vanessa？"Jimmy叫她，"她来都来了，就让她试试嘛。我知道你们公司最近会有一批新锐设计出来，需要新面孔新气质的模特配合发布。如果合适，给她一份短期合同好不好？"

"Jimmy，"屹湘低声，叫得Jimmy一愣神，"你干吗这么热心？"

"她需要钱。"Jimmy也不知道为什么屹湘一脸严肃地问起，他就说了这几个字。也许是屹湘脸上的表情让他觉得不说实话，她就真的会让滕洛尔马上走人，而说了这样程度的实话，在她这里也是安全的。

屹湘看着他，没有立即做出反应。需要钱……这个女孩子？

此时后门被打开，从庭院里吹来了风。呼呼作响的穿堂风有些凉，店内展示的礼服，但凡是轻纱，都随风舞动起来。店员急忙整理礼服，关好后门……屹湘瞥了眼橱窗里只穿着单薄的礼服的模特们。这个气温，她们等下出去拍照，只有礼服穿在身上，跟全裸也没什么区别。她似乎看得到她们脸上冻得发青的模样，这钱赚到手，也是辛苦钱。

屹湘一言不发地转了身。

Jimmy又叫她，她挥了下手，朝后门方向，很有力也很有权威地一挥。

"Yeah！"他大喊一声，拍拍胸口，"滕洛尔！"

滕洛尔提着裙子小跑过来，叫他："周周！"

"别没大没小的！"Jimmy瞪她，"你给我正经一点儿，等下拍照一定要拿出最好的状态……我没有跟你开玩笑。看到刚刚那位了没有？要不要你，她一句话的事儿。"

"得了，我知道。"滕洛尔笑嘻嘻的，"周周，原来她就是这儿的掌门啊，我认得她……"

Jimmy 的眼瞪得更大，说："祖宗，求你了，你不跟她套近乎，她还烦你呢，你胡乱套近乎，她……"

"她人挺好的。"滕洛尔跟着 Jimmy 走出后院。外面确实冷，她打了个哆嗦，但毫不犹豫地站到了合适的位置上。化妆师过来替她补妆，她也就没有继续往下说。

Jimmy 端起他的相机来，透过镜头看着滕洛尔，就这么一会儿，他觉得滕洛尔已经进入了状态——这姑娘真业余，真的，就连站位，他也得让助理扯着她去站，要一点儿点儿教。可只要给她一点儿点儿时间，她就会变得很专业，她机灵。

Jimmy 拍了几张照，抬头看了一下楼上的一个窗口，果然，郗屹湘站在那里往下看呢。

Jimmy 朝她举了举相机，笑了一下……

屹湘手里端着咖啡，Jimmy 那笑容跟外面的拍摄进程一样，她尽收眼底。她回过身来，看到冯程程将一件晚礼服拿来挂在了衣架上。

见那礼服前露胸、后露背，还短到只在膝上二指，她笑了，摇头道："换一件。"

冯程程笑嘻嘻地说："这是安德烈推荐的。他说，您穿出场，保管这件衣服爆红。"

"换了。"屹湘低下头，从一沓文件的中部抽出一个文件夹。

没听见程程挪窝，她按着文件夹，说："都是狗头军师——你从田飞那里找，他的设计适合我。"

"他们都说田飞是专门设计修女礼服的。你穿这件嘛，身材这么好，不露多可惜。你这把年纪了，不露，拼不过那些小女孩。听我的，今天咱们要把优势露出来……"

屹湘拿起文件夹，对着冯程程挥过去。

冯程程笑着说："我是狗头军师，安德烈不是啊。说起来也可怜，安德烈已经开了三个通宵，就差拉撒都在设计室了呢……你穿他的设计出场，让他振奋一下。"

"安德烈那边进展挺顺利的，比预计提前了些。"屹湘微笑，开了电脑。安德烈正是承担下个月时装周那个环保主题的主要设计师之一，他最近为了试验新材料，总要亲自下厂，来回奔波，确实很辛苦。但穿什么出席活动，她有自己的标准，当然必须穿自家品牌的礼服。

"提前了两天，前儿就开始打版了，准备留出点儿时间来以防万一，不然也不那么累，他又坚持事事亲力亲为。"冯程程笑着说，"那个，郗小姐，好像咱们的纪念专场，要加一次演出。"

屹湘抬头："嗯？"

"我听 Josephina 那边的人说，大老板要来。"程程说。

屹湘点了下头，说："你先去给我另选一件礼服，就要田飞的。没有我的尺码，就让他随便缝两针，保证我穿着掉不下来就行。去吧，我得马上给玉石工场那边打电话——今天该送样品来。"

程程答应着出去了，屹湘的手按在电话上半晌也没打。她在想虽然是小道消息，不一定准确，汪陶生过来也不是不可能；至于加一次演出……成本如此之高的演出，是否有必要一再推出？如果是必要的，又是出于什么样的考虑，会选择在什么地方演出呢？照理应该在上海，不过她直觉会在长沙，汪家姐妹对湖南似乎有相当特别的感情。其实对她来说，又何尝不是？如果安排在长沙，她也乐见其成的。

她沉下心，赶紧拨通电话……

接下来的一整天，屹湘都泡在设计室她那间独立的房间内。新送来的一盒又一盒精雕细琢的翡翠饰品被拿来反复比对，配合着她最新的设计进行选用，礼服渐渐显出了雏形。只是还有很多地方需要调整，要修礼服，也要修翡翠，还要跟工场的师傅反复沟通，单单其中一款礼服下摆的翡翠叶片如何排位就耗了她半天的工夫。

晚间八点整还有51Woo的发布会，时间快到了，屹湘仍在忙着修改设计。冯程程几次走到设计室外提醒，都被她一句"十分钟"挡了回来，只能站在外面等候。

程程隔着玻璃门往里看看，老板正在往一件礼服的领口处钉缀绯红色的玉饰。绯红色的玉，应该叫作"翡"的吧。薄薄的小片，拿在手里都要小心翼翼地呵护着。她见过老板把一小片玉放在指尖上，指尖上的指纹透过玉片都能看到似的，薄而脆，顶端仅有一个小孔，恰好可以让银针跟丝线穿过，再附着到丝绸或者蕾丝上，有一点儿重量，又不影响整件礼服翩然起舞的效果……这题材，着实要费相当多的心血和时间才能打造出来。

程程见老板拧了拧眉心，知道她是累了。

程程趁机敲了敲玻璃门——自从安保系统升级，她仅允许走到设计室外围，再不能往里走一步。

屹湘这回没有说"十分钟"，撸了毛衫袖子看一眼腕表，拿着白棉布覆了礼服，急匆匆地开门出来。她满脸疲惫，由冯程程引导着走下面的程序：简单地吃个三明治、洗脸、更衣、化妆、上车……到了指定的酒店，直奔到签到处。

屹湘在雪片般的闪光灯下，龙飞凤舞地签下"郗屹湘"三个字，转身配合拍照。马上就有记者喊她"郗小姐"，向她提问。她轻道一声"谢谢、辛苦了"，摆手示意不回答问题。给媒体拍完照，她就带着程程快步走过红毯和布景墙。尽管她尽量缩短了在红毯停留的时间，可这关注力度还是让她有些紧张。

程程看出来，跟她开玩笑说："别担心，改天上杂志，您一定是最美的修女。"她打趣老板最终还是选了样式保守的晚礼服——幸好屹湘还是肯露一点儿点儿背。这行走间背后那一列从颈后到腰间的缝隙，一丝雪肌若隐若现，让人有一窥究竟的愿望，更别提长裙曳地，步步生莲花的姿态，端的是婀娜多姿……

冯程程一边欣赏屹湘曼妙的姿态，一边退到合适的位置，不打扰美人老板应酬。她留意四周的动向，看到 Josephina 到场了，马上上前提醒。

屹湘看向 Josephina 所在的位置，Josephina 恰好看过来，点头示意她过去。

屹湘便转身往那边走去，只是行走在来宾之间，不时要停下来跟人寒暄，走得格外慢一些。不一会儿，她再看，Josephina 身边又多了两个人。看清是董芳菲和佟金戈，她微微一愣，随即笑了，加快脚步。

董芳菲正跟 Josephina 相谈甚欢，佟金戈微笑着站在她们身旁，见屹湘走过来，打量她一眼，点了点头。

屹湘也点点头，比起上次见面，佟金戈这态度简直好太多了。

"我们刚刚还说起你。"芳菲伸出手臂将屹湘的肩膀拢了拢，拥抱她。

"说我什么？"屹湘托着酒杯，笑盈盈的。佟金戈瞅了她一眼，她恰好瞥见，眉一挑，瞪他一眼，丝毫不示弱，他就皱了下眉。

"说你们的专场发布会筹备到了关键阶段，你忙坏了。"芳菲微笑着说。她看佟金戈吃了瘪，分明想说什么，可当着 Josephina 的面一时又不便说，忍不住笑出来。

她爱极了湘湘这副样子，牙尖嘴利的，总不肯吃亏，谁要惹到她，从她那儿讨点儿便宜简直费劲儿。不过，金戈虽然对屹湘有看法，可里外远近还是分得清，不会当着"外人"给她难堪……她看了看金戈，金戈明白芳菲的意思，就没出声。

几个人目光来来回回地暗战，Josephina 多聪明的人，自然是看出来了，只是不动声色。

"很累是不是？"芳菲看了看屹湘，问。

屹湘指着自己的黑眼圈，几个人看着她，都忍不住笑。她没有浓妆，白皙圆润的面庞有些稚气，黑眼圈一明显，说不出地惹人怜爱。

Josephina 说："Laura 会专程来看你这场发布会。"她抿口酒，见屹湘点点头，并没有特别吃惊的反应，笑了，转而看看董芳菲和佟金戈，"请二位到时候来捧场。"

芳菲笑道："这自然是不在话下，我相信屹湘的实力，也期待不同的风格。"她的手臂搭在屹湘肩上，箍了箍。

Josephina 微笑，恰好这时有人招呼她过去，她道歉一声后离开。

屹湘见她走远些，瞪了眼芳菲说："你行啊。"

芳菲爽朗地笑着，说："要我董芳菲青眼有加，也得 LW 有你才行。"

"寒碜我是吧？"屹湘活动一下手臂，打了个哈欠。她看着场内，人越聚越多。

一旁的佟金戈一直没有开腔，总有人过来跟他打招呼，他就站在这里聊几句，并不离开。

屹湘看看他，又转头环视四周。

"你找人？"芳菲问。

"嗯。"屹湘笑了笑。

芳菲顿了顿，小声说："等下董亚宁会来。"

屹湘又"嗯"了一声。

"他得陪个重要人物，所以会晚点儿。本来是要我陪着的，我推给他了。"芳菲看了屹湘，轻声道，"应付女人嘛，还是他比较在行。尤其那个女人只要看到他，完全可以当我不存在。"

屹湘知道芳菲在开玩笑。她没笑，也没出声，她能猜到董亚宁是要陪谁来。

酒杯不知不觉就被举到了唇边……她猛地回过神来，将酒杯拿远，背上惊出冷汗来。

佟金戈看了她一眼，跟芳菲说："入场吧，到时间了。"

他手里不知何时多了两小瓶苏打水，给了屹湘和芳菲一人一瓶。

屹湘笑了笑，接了，和芳菲一道往内场走，金戈跟在她们俩身后。芳菲在开金戈的玩笑，说："怎么回事，难道最近流行难看的发型？你看我哥，简直跟刚放出来似的。你是不是最近又老是跟他鬼混？连发型都要跟他同步？"

屹湘听见，回头看金戈，上回见他还是一头最新潮的卷发，这回就变成了中规中矩的发型，样子自然也就正经多了……其实金戈外形非常出众，虽然不是俊俏文雅那一路的美男，可往人群里一站，也是非常惹眼的。

"什么呀就鬼混，"金戈说，"不是因为你哥，而是因为我哥，我爹不在家，我二哥管我比我爹还凶。那天叶哥提议陪我二哥去打打球，说给他减减压，我收拾利落了才去的。我二哥见了我们，兜头第一句就是'你这什么头啊，剃了去'。"

屹湘听到这儿，看看芳菲。芳菲笑得厉害，说："你真够窝囊的，铁子不能天天盯着你吧？"

金戈说："你又不是不知道他那脾气，我要说个'不'字，他真能抽我，我小胳膊不跟大腿拧。我还成，陪他玩一场，顶多受他两句。叶哥才惨呢，又输球又输钱，到这会儿还在医院呢……

屹湘眉头一皱，佟金戈年纪小些，但让他能叫"叶哥"的可没几个。

芳菲看看她，问："叶崇馨？怎么了？"

"在球场被一个小坑绊倒了，伤到脚了。当时说疼，也不是很厉害，晚上吃饭的时候就受不了了。进医院一拍片子，说是外侧距骨骨裂，董哥送他去的医院。据说当时脚肿得跟个包子似的，这是多能忍一人哪！我来这儿之前，还去了趟医院看他——好多了。我还笑话他，说他是纸糊的吧，踩到一个坑怎么就能裂了骨头？"佟金戈微笑着。

"那得去看看他。"芳菲说。

"没事儿，不影响他自理。我们去看他，照样和我们打牌、喝酒，好得很，说是明儿就能出院了。我看他也是没大事儿，趁这几天躲清静呢。听说了没？粟茂茂竟然潜伏到他身边去了——八成因为这个，那两天他心神不定的，可笑死我了……"金戈说着，果然笑了起来，幸灾乐祸的。

"他哪儿是因为这点儿事就心神不宁的人啊。"芳菲也笑了，"我们的座位在那边吧？湘湘，你来和我们一起坐吧？"

"我在这边。我们回见吧。"屹湘笑着说。

引导员过来，将芳菲和金戈特地领去了他们的位置，屹湘看到冯程程举手示意，过去坐下。

她右手边的一排位子都空着，而对面芳菲身边的位子也还空着……

程程端着相机在拍照，T台上撒着七彩的细砂，在一团一团的光线中泛着迷人的光。屹湘看了一会儿近在咫尺的彩砂，打开手袋，将手机调成了静音状态。想了想，她拿出手机来，发了一条信息出去。

"你在哪家医院？"她问。

等叶崇磬回信息的工夫，她打量着场内的布置。就像邬家本所说的，发布会的规模的确不大，场地属于小型，但处处透着用心，显得很是精致和周到。这很符合51Woo品牌一向给人的感受。

手机屏幕闪了一下，有信息进来。她正要看，身后有人经过，碰到了她的发髻。她往前轻轻挪动了下身子，对方说了声"抱歉"。是低沉的女中音，沉稳中自有那么几分从容和干脆。她攥紧手机，挺直了后背，稍稍一顿，转过身去。

"没关系。"她微笑着说，同时略欠了欠身，再抬起头来，看着面前这位贵妇，轻声叫了声"董伯母"。

这么多年未见，董夫人那对细长的眼睛仍然是极有精神。就在她们目光相撞的一瞬，董夫人如电的目光在屹湘周身一转。听屹湘称呼自己"董伯母"，她大方地应了一声，面色如常。

屹湘没有看向董夫人身后的董亚宁，便转回了身，低头读信息。

叶崇磬说："协和，已痊愈。明天出院。别担心。"

她看着这些字，幽蓝的背景下白色的字体淡淡的，像他脸上的表情，多数时间也是淡淡的。眼睛是盯着屏幕，周遭除了音乐声，便是来宾们彼此招呼的笑语喧嚣……座席窄，人多，难免摩肩接踵、挤挤挨挨，不亲密也变得亲密起来……她默默地叹口气，不然，也不会有刚才那一下……她没有挪动，余光却扫到董夫人母子坐了下来，只与她隔了两个位子。

这距离是如此之近，近到她能听到母子俩在说笑。董夫人那低而沉的嗓音，依旧有力……

屹湘揉了下额角。

她发回信息过去："晚点儿我去看你。"

过了一会儿，叶崇馨回了一个字："好。"

场内的灯光暗了一些，她看了眼时间，大约还有一刻钟，发布会就开始了。身边的冯程程兴致勃勃的，不时跟她说点儿什么。她留神听着，也笑着……忽然间一只大手伸过来遮住了她的视线。

她身子稍稍一偏，看清这只手上戴的戒指，拿起手袋来，说："邬家本，你这真是讨打。"她有点儿恼。

"好凶。"家本笑着，"姨妈快救我，屹湘小姐要打我了。"

屹湘举高手袋敲在了邬家本的手腕上："让你胡说。"

灯光又暗了些，T台更显得明亮。

"我看也是该打。"有人说。

听到这温柔的嗓音，屹湘差点儿就叫起来了，不是，她真的叫了起来："金阿姨！"

她惊喜交加，猛回头一看，邬家本往旁边一闪身，站在他背后的不是陈太还能是谁。

屹湘简直呆了，一时竟忘了该怎么反应。陈太先过来抱住她，两个人贴面拥抱了好一会儿，她才控制住情绪，说："不敢相信你真的来了！应该早点儿告诉我啊！"她拿好手袋，作势又要敲邬家本，"你也不说？"

"是我让家本保密的。"陈太执了屹湘的手，坐在她身边的椅子上。

屹湘笑着揉揉眼睛，紧握着陈太的手，瞥见邬家本坐下来，就转过头去跟董夫人打招呼了。

董夫人微笑着跟家本交谈，看样子情绪不错。

是的，董夫人在这样的场合，总是非常优雅而得体的。

屹湘不去理会这些，只看着陈太，轻声说："那你的店怎么办？一天不做生意都要损失不少呢。"

陈太笑，拧了一下她的脸蛋，说："小财迷，想到的第一件事是这个。"

屹湘活动下酸酸的面颊，只觉得自己的眼眶也酸酸的，可又实在是忍不住想开怀大笑，只好拿手袋稍稍遮了一下下巴。

即便是这样，她笑的幅度也有些引人注目，邬家本回过头来问："你们在说什么，这么开心？"

屹湘跟陈太四目相对，一起笑出来。

家本笑着说："屹湘小姐干脆给姨妈做女儿吧，她说这一趟是为了'我们'而来，其实她只是惦记着你。我过几天就回去了，拜托你照顾好她，好不好？"

"我头脑清楚，英文好，中文也不错，哪儿都能去，不用特别照顾。"陈太拍了拍外甥的膝头，看着屹湘，"我知道你很忙。"

屹湘拉住陈太柔软而清瘦的手，笑道："来了这儿，就是到我的地盘了，轮到我把你照顾好。"

家本笑了。

开场时间已到，音乐停了下来，人声也渐渐低至消弭。屹湘看着家本气定神闲地坐在这里等着看秀，不由得想起 Vincent 来。

Vincent 每到关键的场次，也会这样坐在场下，但 Vincent 的眼睛常常会躲在墨镜后面，不像邬家本。家本坐在这里，完全一副置身事外的模样——有意思。

家本发现了屹湘在观察自己，朝她一笑。在昏暗的光线下，这笑容显得有些太过纯净。

屹湘回了他一个浅浅的微笑，集中精神去看秀了。

陈太兴致很好，不时提问，邬家本会耐心地给她解释——他讲话的声音不大不小，恰好让屹湘也能听到。

屹湘偶尔也会参与他们的讨论，所以看上去，三个人形成的小组合很融洽，也很亲密……

主秀结束时，已经九点半，屹湘惦记着要去医院探望叶崇磬，主动跟家本致歉，说自己有重要的事情，不能留到随后的招待会了。

家本开玩笑说："这还没有到十二点，马车不会变成南瓜，不必着急走吧。"虽是这么说着，但他已经站起来让路。

见他是一副要亲自送她出去的样子，她急忙拦着。

陈太见状，也笑了，拉住家本，和屹湘说："先去忙你的事情吧，我回酒店睡饱了，会给你打电话。"

屹湘点头，微笑着跟陈太和家本告别，又示意程程不必跟着，起身从后排通道往外走去。

经过董夫人身边，她加快了脚步。

董夫人身边的位子空着，她瞥一眼，看到椅背上搭着的外衣，内侧绣着姓名的缩写，闪着微微的光……她低了低头，快步离场。

走出秀场大门的一刻，外面有些清凉而又稀薄的空气笼罩过来，她整个人迅速放松下来，立时觉得肌肉酸痛。可今日的行程还未完成，她还不能松懈。她取了外套，去按电梯。

电梯直达地下停车场，在电梯出口处不远，小李停好车子在等她了。走近车门的一刻，突然听到些异样的声响，她警觉地脚步一顿。

小李在车里催促她："郗小姐？"

屹湘见小李的表情也有些异样，心知一定有事发生。她克制住探寻声响来源的念头，正要上车，突然听到一声女人的尖叫，她彻底停了下来。

小李又催促她，她点头，目光投向远处。停车场停满了车，挨挨挤挤，强光把地面和车顶照得刺目。不时有车子经过，光影移动，猛一看去，显得人影幢幢，令人眼花缭乱。

但，董亚宁那颀长而精瘦的背影，她再也不会看错。白衬衫，黑西装，修身的衣服越发令他的身形如刀刻一般。

他身侧站了两个五大三粗的黑衣男子，不知道他们说了什么，他回手就是两个耳光，一人一下。地下停车场空旷，这两下，他下手极狠，回音格外大，凌空抽动了鞭子似的，让人心惊。紧接着，他开了口，却不是对那两个黑衣男子，而是对他面前的女孩子。

"你给我听着，老老实实地回瑞士去。"董亚宁声音冷得像玻璃杯里咔咔作响的冰块。

"我不回。"滕洛尔的声音同样冷，"董亚宁，你是不是疯了，今晚是我……我好不容易争取来的工作机会，让你给我毁了！你是不是想逼死我？"

"我逼你？我警告过你什么？这才几天就忘了？"

"董亚宁，你去死！我答应你了吗？我说了，一不要你的钱，二不要你的房，你的不要，你们家的，我也不要，你还想怎样？我也说过了，我要干什么，跟你、跟你们家任何一人都没有半点儿关系，还要怎么保证？董亚宁，我告诉你，我在这儿还就待定了……你要是逼急了我，我真死给你看，我看你到时候怎么交代……"滕洛尔脸色煞白，指着董亚宁的鼻子，手不住地颤抖，"董亚宁，你这个浑蛋！大浑蛋！"她声嘶力竭，抬脚就踢。

"住嘴。"董亚宁冷静地说。他也不躲，滕洛尔的花拳绣腿还伤不了他。

"我偏不！董亚宁，你帮着老浑蛋坏事做尽，你们家迟早断子绝孙……"滕洛尔口不择言地骂道。

董亚宁突然发怒，一把扯了滕洛尔的头发，稍一用力就把她带到了怀里。

早有人过来开了车门，他把洛尔拖过去，推到了车边。

滕洛尔使劲儿挣扎，嘴里不停地骂他。几个大男人黑黢黢的身影像个不断收紧的网，让她的挣扎显得特别无力和虚弱……

"董亚宁，你浑蛋……我恨死你了……"滕洛尔把住门框，不肯轻易就范，声音越发尖利。

董亚宁不耐烦，捏住她的脖子就要硬推。滕洛尔突然停止了哭喊，大叫："救命！

Vanessa 快救我！"

董亚宁的手瞬间收紧，滕洛尔的声音戛然而止。

屹湘纹丝不动，滕洛尔那一声大喊像一把尖刀直逼面门，让她无所遁形。

她看着董亚宁。

他们只隔了一条通道，屹湘却觉得这一点儿距离也很遥远。董亚宁的背影看在眼里明明刚硬、清晰，印在心底却是模糊的……

滕洛尔见屹湘没有反应，但也没有拔脚就走，又胡乱叫喊起来。停车场里阴风阵阵，她的喊声像一缕幽魂飘来荡去，格外让人心里发冷。

屹湘吸了吸鼻子，凉气吸进鼻子里，直达喉咙。

董亚宁松了手，他没有转身，只是盯着眼前这个发了疯的滕洛尔，一动不动，盯得她心里发毛，倒是那两个黑衣男子戒备地看向屹湘。

董亚宁没发话，他们俩都没动。滕洛尔机灵极了，趁这空当毫不犹豫地从董亚宁身边的空隙钻了出来，朝屹湘跑去。

屹湘看着滕洛尔——她跑得很快，又穿着灰色的衫裤，跟灰色的小兔子似的灵巧。

她过来就抓住屹湘的手臂，上气不接下气。

"……救我……"滕洛尔说。

屹湘看着她死死攥住自己手臂的手，青筋毕现，余光发现董亚宁也过来了，屹湘轻轻地拂开了她的手。

董亚宁走得虎虎生风，仿佛地面都能被他踏得发出震颤。那满面冷峻的怒气，似乎需要用力压住才能不立即爆发，整个人看上去像一团火，眼睛里有了些骇人的光。

屹湘知道他在压着怒气，不然以他的性情，这会儿早暴跳如雷了。她记得自己上次看到他对滕洛尔毫不留情地动手——那日这个女孩子借酒撒野，也是朝这个男人毫无章法地乱踢乱叫——那势大力沉的大掌打在身上有多疼，她也记得……她把手袋丢进了车里。

"董先生，这样就太难看了。"她看着来到自己面前尚未开口的董亚宁，轻描淡写地说。

他那双眼睛格外黑白分明，如同他身上单调的颜色，黑和白，对立得刺目。

滕洛尔缩到屹湘的身后，不住地吸着气，唑唑作响，仿佛受伤的小动物。

屹湘只觉得背后发热，像是也有一团正在熊熊燃烧的火。

她看了一眼滕洛尔，滕洛尔微微一怔。

其实滕洛尔比屹湘身量要高一些，屹湘这个肉盾对她来说，实在是太不够，尤其面对的是董亚宁这样的人。但她莫名就觉得郗屹湘身上有股子不容侵犯的气质，能罩得住她，绝对。而且，郗屹湘不怕董亚宁，绝对。

滕洛尔的视线越过屹湘的头顶，落在董亚宁的身上——董亚宁细长的眼睛平日里懒洋洋的时候，总让人看不清里面的神色，此时分明应该是发着怒瞪眼，眼神骇人，却在郗屹湘开口说了这句话之后，忽然微微眯了起来。

滕洛尔心里咯噔一下。董亚宁眯起的眼里，仍漏出冷意。说她不害怕露出这样眼神的董亚宁，绝对是假的。

董亚宁在暴怒之前，从来是风波不惊的，郗屹湘单薄瘦小，别被他一掌挥上天……

屹湘缩了一下身子，倒不是因为董亚宁这副模样，而是因为纱裙单薄，她实在是有些冷。风刮过来，钻到裙底，她两腿冷到发颤。她没怕，滕洛尔的声音却的确在颤抖："Vanessa，快帮我……这浑蛋欺负我！"

"滕洛尔！"这三个字就像从胸腔里挤出来似的，头顶的冷光洒下来，令董亚宁原本已经很白的脸更白，白得透着灰暗的青光。

他左右看了一下，沉声问："还要我说才动手？"

两个黑衣男子准备上前，滕洛尔又叫起来："Vanessa！你们别过来，再过来，我报警了……"

屹湘在这时吸了吸鼻子，笑了。她的笑不期而至，温柔而动人，可如此不合时宜，让人起鸡皮疙瘩。她摆手制止那两位算得上是熟人的黑衣男子，两人只迈了半步出来，看到她的手势，又看看董亚宁的脸色，停下了脚步。

董亚宁细长的眼对上屹湘那双毫无笑意的眼睛，说："这不关你的事。"

"对，的确不关我的事。"屹湘慢条斯理地说，又回头看了眼洛尔，滕洛尔的脸色变得更难看了。

屹湘回过头来看了看董亚宁，仍然慢条斯理地说："不过，难得滕小姐信任我，无论如何，"她说这话的时候，嘴角的笑纹自然而然地加深了些，"董先生，她只是女孩子。"

董亚宁眉头一蹙，手机响了，他看了一眼，接通了。他没走开，只是略侧了下身。

屹湘看着他——他左手插在口袋里，接听电话的时候，也没有拿出来——就是那只打人的手。左撇子，怎么都得是左手才得劲儿……

屹湘只觉得心忽然沉了一下，她抬起手来，抚了抚手臂。这时滕洛尔冰凉的手触到了她的手肘，她回过头来看了看——滕洛尔如猫咪一样的眼睛里，有点儿可怜的神色。

屹湘就想，这个女孩子，还真是总让人心里有种说不出的古怪感觉。

屹湘顺手推了她一下，她机灵，赶紧上了车。董亚宁眼角的余光扫到，迅速收了线。

"你还是那么爱管闲事。"他说，声音之低，低到让人听不太出情绪。

屹湘没吭声。听不出来不代表没有，董亚宁什么性情她了解。

董亚宁瞟了一眼滕洛尔，拿手机指了她一下，说："你自己知道该怎么办。"

滕洛尔的心猛跳，有点儿不相信董亚宁就这样放过她了……

董亚宁威胁的语气仍然让人不寒而栗，这她倒是不担心了。每次发生冲突，他看起来越凶神恶煞，她反而越没事。

董亚宁再看屹湘，沉默了片刻，说："你，最好别跟她搅和在一起。"他没等屹湘有反应，拔脚就走——跟他过来时一样，离开的脚步，也虎虎生风。

滕洛尔这会儿倒来了劲儿，扒着车门探出身来冲董亚宁的背影喊道："你少毁我，我就不惹事！"

屹湘抬手按在她的脸上，轻轻一推，把她推了进去。她瞥了眼董亚宁的背影，也上了车。小李松口气，赶紧上前关好车门。

滕洛尔从车窗里看着董亚宁带着人进了电梯，也松了口气，缩到座椅上。她回头看了看屹湘，见其正看着自己，顿了顿，说："刚刚谢谢你。"

屹湘眉一挑。

滕洛尔脸上的妆糊了，屹湘抽了两张湿巾递过去，两张不够，再两张。她看着滕洛尔慢慢露出本来的面目——好一张清透的面孔，实在是很漂亮——漂亮得很眼熟。

"今天幸亏遇到你，不然后果不堪设想……死董亚宁！他要是不给我活路，逼急了，我什么都干得出来！"滕洛尔小嘴一张一合，说出来的话让屹湘心里一震。

屹湘的手按在纸巾盒上，这时轻轻动了动，手指有点儿僵硬。

"还好你不怕他——大家都怕他，不怕他的也不爱惹他，他疯起来很可怕……谁敢惹一个疯子啊。"滕洛尔转转头，像是只要提及他，已经很难抑制住心里的不平。这会儿，她好似受了莫大委屈的样子，手指绞在一处，紧紧地。

屹湘看着她，若有所思。

滕洛尔平复了一下情绪，和屹湘说："可 Vanessa，我不知道怎么跟你解释刚刚的事……"

屹湘摇了下头。

洛尔呆了呆——这是不要她解释的意思。也是，她就算是解释，能解释什么？可她还是说："我还是想让你知道，我不是坏人。"

屹湘递了一瓶水给她。她看着滕洛尔。这个女孩子是不是坏人，跟她有什么关系？就像董亚宁说的，她是多管闲事，管的还是最不该管的人的闲事，他的。

她转开脸，没作声。

"我总觉得我在哪儿见过你，每次看到你，都觉得眼熟。"滕洛尔大口喝水，急着说话，差点儿被呛到——精致的小脸红扑扑的，洗去铅华，仍像是会发光，眼神也是单纯而坦白的，没有杂质。

屹湘想，只看这副面孔，她愿意相信，滕洛尔不坏。

"还好意思说'在哪儿见过'？你还开车撞过我们呢！怎么着，现在装失忆啊？"小李在前面听得忍无可忍，忽然插嘴。

滕洛尔愣住。

小李从后视镜里看看平静的屹湘，闭了嘴。

滕洛尔捏着水瓶，不解地看着屹湘，问："什……什么意思？"

屹湘的手指弹了下膝盖，也一副不太想提的样子。

车子已经离开酒店，屹湘看了看位置，对小李说："停一下车。"

小李猛踩了一脚刹车，屹湘系着安全带，还没什么，滕洛尔没提防，整个人撞在了前座上。她惨叫了一声，揉着肩膀嚷道："停车就停车，干吗这么突然啊！怎么开车的！"

屹湘看了小李一眼，小李不情愿地说："不好意思啊。"

滕洛尔倒没生气，只是这一下让她从脑中那一团糨糊里挑出了一根关键的线索……她记起来了，几乎是电光石火间，她想到刚刚董亚宁对郗屹湘的态度——她略张了张嘴，说："那你……你……你跟……"

滕洛尔想问"你跟董亚宁早就认识吗"，可见屹湘脸上那平静中有些冷漠的表情，却问不出口了。他们若是认识，也不是奇事，而且，即便现在不认识，以后也会认识。何况上次车祸，根本就是董亚宁插手处理的……

屹湘收了一下腿，让出空间，问她："住得远吗？"

滕洛尔看看外面："走路五分钟。"

"有钱打车回去？"

"有。"滕洛尔只好下车，脸上是有些不好意思，看着屹湘，说，"你不会……因为刚刚的事情，把我拉进黑名单吧？"她咬了下唇，打心眼里不愿意说出这种话来，多丢脸呀……但她再看看屹湘的眼睛，还是觉得即便说出来也没有什么，她就是觉得这个女子值得信任。

"你的私生活，跟我没有关系。影响到工作，才另当别论。"屹湘淡淡地说。

"不会，我发誓。"滕洛尔顿时心内狂喜，她竖起三根手指，"我很喜欢、很喜欢这份工作。其实，这也是我的第一份正经工作……虽然，我妈妈说，其实也算不上很正经。"她突然提到了妈妈，声音很轻而且迅速掠过。自己却先尴尬了似的，眼神有些避让。

屹湘的心一顿。

滕洛尔穿的衣服并不多，一身家居服，好像是仓促间从家里跑出来的。此时站在夜风里，她瑟瑟发抖。她也觉得这样站着不妥，说着"这儿不让停车的，你们快走吧"便关车门。

门关到一半时，屹湘扶了一下车门。

滕洛尔意外："嗯？"

屹湘看着滕洛尔的脸，扔了条披肩给她，轻声说："你要想在这一行做出头，戒了你那些毛病。"

滕洛尔将披肩抱在怀里，脸上泛出甜笑，说："Jimmy 也这么嘱咐我。"

屹湘点点头。

滕洛尔说了声"拜拜"，把车门关上，蹦蹦跳跳地来到车前窗处，对小李竖了一下手指头，然后也摆了摆手，将披肩展开，像个兜住袍子在夜风里飞起来的巫师似的，跑到前面去拦车了……

小李倒被她气得笑出来，说了句"跟个疯子似的"，才开车离开。隔着车窗，屹湘见滕洛尔缩着手脚拦车的身影，越来越远……

"郗小姐！"小李大声叫她。

屹湘看他。

"电话。"小李说，"响半天了。"

屹湘低头找手袋，摸出手机来一看，屏幕上显示的是叶崇磐的来电。

"喂……我很快到了，这儿有点儿堵车。"她看着时间，又看看外面，目光落在街边的一家小店门头上。

叶崇磐告诉她不要着急，说晚了就不要过来了，反正明天一早就出院了。

屹湘却说："来都来了，"然后，她又问，"你想不想吃点儿新鲜热辣的？"

叶崇磐停了片刻，笑了，问："比如？"

"比如烤羊肉和爆双脆。"屹湘说。

叶崇磐说："我知道你说的哪家，你真是已经到附近了。"

屹湘说："那你等我。"

她挂了电话，让小李停车。小李看看她，说："还是我去吧，您这副打扮进馆子，人还不够看您的呢。"

屹湘不在意地说："还是我去吧，我得说清楚要什么样的。"

她下车快速往路边的馆子去了，小店生意兴隆，一进门就是喷香的烤肉味。她直奔柜台，说："来一份爆双脆，一份烩银丝，外加一份烤羊肉大串，外带。快一些——爆双脆那羊肚子，一定要肚领儿，东西要是不对，我可不付钱。"

柜台内的老板抬眼瞅瞅她，笑嘻嘻的，用高调门朝里面喊一声，随后亲自拎了茶壶请屹湘坐下来，招呼道："您先来杯茶。"

"店里重新装修了？"她问。

"装了都有小三年儿了呢。"老板替她倒了茶，便走开了。

屹湘捧了茶杯暖手，四处看看。小店的变化很大，就连原先门前的老匾，都搬进来贡在了柜台顶上——那号称是光绪年间某大学士亲笔题的，不过从前他们也常来这里吃烤肉，据他们考证，这东西未必真——她看了一会儿那块乌木板子，金色的字迹斑斑驳驳的，更旧了。她移开眼，看着店门口的那张小桌子……

老板将她点好的食物带了上来，笑着招呼她，让她验货。她过去看了一眼，点头付账。一眼瞥见柜台上那座关公像，她随口说了一句："关老爷胡子上磕的那一块白还在呢。"

老板看了一眼关公像，笑答："可不是还在吗，也不知道这是什么时候的事儿了，好像有些年头了吧，不记得了……不碍着，关老爷大人有大量，哈哈……您慢走！"

她可没工夫慢走，拎着热乎乎的盒子赶快出了门……

叶崇磬拿了一件外套，搭在手臂上，从房里出来。他走得挺慢的，经过楼梯口护士站时，跟值班护士点头微笑。护士并没有要阻止他外出的意思，他将外套放在身前，不动声色地走下楼了。楼底的值班室亮着灯，大门也敞开着。

值班员看到他，便问他是不是要出去。他说："我想在院子里透口气。"

值班员只说："时间不早了，我马上要锁门了。"

叶崇磬知道他是通融的意思了，于是笑笑，说："就待一会儿。"

他走出来，身上更觉得松快些。外面的温度没有想象中的低，连外套都不用穿。他在花园里踱着步子，来来回回，偶尔抬头，往外看看——别墅区里的街道都窄窄的、蜿蜒的，街上安静得很。树木葱茏，有着这个季节独特的味道，那是新鲜的叶子冒出来时带着的美妙气息，像温柔的婴儿……他微笑一下，脚上穿着宽松舒服的拖鞋，这样走着，受伤的脚仍有些酸痛，却已经不影响活动。

他看看静默的手机，离屹湘打来最后一个电话询问他的具体位置，已经过去了二十分钟。他想她应该到了……听见脚步声，他抬头看去。外面有人经过，却不是往这个方向来的。他看着那人走远，才挪动脚步。花园灯柱下有长椅，他走去坐了下来。

不一会儿，雕花铁栏杆外，出现了一个纤瘦的身影——她迈着很轻盈的步子走近了。隔了这么远，她的裙子下摆的轻纱拂动，宛若羽毛，撩着人的睫毛似的……进了园门，她脚步放慢了一点儿，抬头看了看面前这座小楼。

叶崇磬没有立即叫住她，只见她将手里的两个袋子提到面前看了看、摸了摸，好像还嗅了一下……他忍不住笑出来，这一笑，便惊动了她。她动作一滞，往这边看来。

叶崇磬怕自己真的吓到她——还记得上次自己也是这样远远地看她一会儿，她被吓了之后，气鼓鼓的。

他忙出声："屹湘！"

屹湘认出叶崇磬，"欸"了一声，声音很轻柔，问他："怎么不在病房里待着？"她朝他走过去。

叶崇磬穿着浅色的病号服，外面套了件毛衫，也许是这几日在这儿休息得好，此刻看上去倒挺有精神的，看着她的时候，也是平静温和的表情，就像微微夜风里静静开放的花，不动声色。

她看看他的脚上，小声问："你的伤在脚上，下楼没问题吗？"

叶崇磬的目光也跟着落下去，他那双大脚盛在舒服的拖鞋里，看上去并没有明显不妥当。他说："那我都说了没什么关系。"

"没关系的话，医生会要求住院吗？"屹湘抬头，"你还不早点儿告诉我。幸亏今晚遇见金戈了。"

"这不也知道了。"叶崇磬无声地笑笑，说，"我也很长时间没休假了，趁这个机会休息两天。"

屹湘忽然想到金戈说的笑话，笑了。

叶崇磬见她笑得有点儿意思，问："怎么？"

"金戈说，你在这儿躲清静，是因为粟茂茂进了恒泰。是真的？"屹湘笑着问。

叶崇磬说："当然不是。我这不是真的伤了吗？"

"茂茂挺可爱的。"屹湘笑道。她想着，心里一顿。茂茂的样子很像菁菁，但不像菁菁那么纤柔，她是活力四射的。

叶崇磬说："茂茂还是实习生。在公司里，我俩就是上司和下属的关系，平常在公司想见着都难。"

"嗯。"屹湘应着。

这也许仅仅是小女孩为了爱情做出的傻傻的勇敢的事，想为他努力，让自己变得更强大、更优秀，足以和他并肩而立。

屹湘看看叶崇磬，微笑。

叶崇磬是个伟岸的男子，茂茂会这么做，不足为奇。

"想什么呢？"叶崇磬见屹湘看着自己笑，问。

"没什么啦……我们在这儿坐会儿？"屹湘问，时间晚了，她担心他会着凉，"还是进去？你选。"

"进去吧，整栋楼里就我一个病人，楼下会客室空着呢。"叶崇磬说着，要接过她手里的纸袋。

屹湘不让，他还是拿了："又不重。"

屹湘于是把他的外套接了过来，走在他旁边，她看看他，又笑道："你这脚就是再没关系，我也没想到还在住院的人会在花园里乱晃……"

叶崇磬让她走在前面，说："这里面七弯八拐的，不太好找。"

"这还不好找？太好找了！他们说你在协和，我就猜到你住这片儿。就算你不告诉我，我也能顺藤摸瓜地找来。"屹湘笑道，说着便进了门。

"也是，可是，把我安排到这儿来了，倒显得很严重了似的。"叶崇磐说着，晃了下他的长腿长脚，"其实我健步如飞。"

"你这么说，我可以少愧疚一点儿。"屹湘说着看了眼值班室。

"没关系的，他们要是说十一点关大门，保准十二点也不会真的关。"叶崇磐微笑，示意旁边的会客室，"前儿金戈他们在这儿打牌打到快一点才被轰走。"

会客室布置得豪华舒适，这时节暖气开得还很足，一走进来，热烘烘的，屹湘就把大衣脱了。

她让叶崇磐坐，从带来的纸袋中把餐盒取出来打开，一样样摆在他面前，说："爆双脆、烩银丝、烤羊肉串，还有小米粥……怎么样？我琢磨着这几日你肯定吃药膳吃得难受着呢。"

"你怎么知道？"他从她手里接了筷子，打量着她。黑色的丝绸礼服，上面密密匝匝的蕾丝领子齐着下巴，下面裙摆甚长，她一坐，穿着高跟鞋的纤细的脚都被裹了进去，袖子更是齐着掌心……她觉得不得劲儿，将袖子略略挽上去一点儿，也只露出短短一截皓腕。他想，今天她这礼服穿得是保守到了极点。

"崇碧给我带过叶伯母炖的当归鸡呀，据说是家传的方子。我才出一点儿点儿力，叶伯母就那么上心，你都伤筋动骨了，还不得给你上一个台阶好好地补？"屹湘微笑。

叶崇磐笑了笑，说："是。而且不管什么食物，都淡。"

屹湘只是笑，所以她才问，他要不要吃点儿新鲜热辣的。尽管时候已经不早了，吃这些不太合适，可当她看到那小店的灯光，就觉得应该这样。

此时见叶崇磐愉快的样子，她也觉得自己做对了。

外面有动静，她往外一看，说"等等，还忘了呢"，就用干净盒子盛了烤肉，说去送给值班员。

"你快吃呀，别等凉了，我马上回来。"她说。裙子太长，她一挪脚正好踩到了裙边，险些绊倒，叶崇磐急忙起身。好在她这回脚下灵活，放下盒子，弯身提起裙摆干脆就在下面打了个结。耳边的碎发又落下一缕来，她有点儿手忙脚乱，硬是没发觉自己这一弯身，背上丝绸如水般滑开，露出大片雪肌来。

这样一来，叶崇磐既不便帮忙，也不便盯着她看，只好坐了回去。

屹湘将碎发撩到耳后，整理好裙子，这才走了出去。

叶崇磐搅着碗里的粥，小米粥稠稠的、热乎乎的，有着扑鼻的香气。他不太爱吃粥的，这会儿端在手中，水蒸气腾上来，脸上都热了。

他把碗放了下来。

屹湘回来，见他只是坐着，问："不好吃吗？"

"不是。"叶崇磐很快地说。

"那就好。"她笑着。

一团明光下，这样的笑容是格外动人的，只是她自己不知道……

叶崇磐清了下喉，说："跟我一起吃吧，不然我吃不下。"

屹湘笑着，也拿起筷子来。她晚上那顿吃得本来就凑合，到这会儿早已饥肠辘辘。她叹道："美味啊……哎呀，我会不会太失礼了，好歹是来探病的啊，我怎么可以这样……"她边说边笑出来，样子极为可爱。

叶崇磐微笑。眼前的食物一点儿一点儿减少，他的心情却是一点儿一点儿变得更好了。更奇怪的是，他们俩明明也没有聊什么，他就是觉得，只要有她在，只要她在说话，就好。

"发布会筹备得怎样了？"他问。

饮水机就在手边，他接了两杯热水，递给她一杯。

"挺顺利的，就是各种事情都在一起忙，乱。"她继续细细碎碎地跟他说着这里或那里的小状况。

叶崇磐认真地听着，其实她的叙述很没有条理，而他也最烦人这么说话，毫无重点，东一榔头，西一棒槌，让听的人很费神。但她说，他就耐心地在听，自己也有些吃惊到底为什么会这么有耐心。他甚至觉得这不是在什么医院的豪华病房，而是在家中那热乎乎的壁炉边，并且不是在他那新居，而是在老宅里……他喝口水。

"……发布会呢，秦先生工场里的师傅们也答应要看现场。他们说这是他们帮忙打造的现代'金缕玉衣'，一定要去现场看效果。"她笑着说，"原先秦先生说，若是翡翠不够，就得把你那块'蟒上开花'给用了。还好用不着这样，不然就远超预算了……"

"用了就用，要紧的是你能做出好作品来，甭心疼。"叶崇磐喝口水，看着她。她眼窝下方有淡淡的阴影，看上去，是很累的样子。

"怎么能不心疼啊？再说我也是要考虑成本的。"屹湘摊了下手，叶崇磐一笑。她看他笑，开始掰着手指数："如今什么都在涨价……单是原材料，只说我们从苏州订制的顶级丝绸，价格就上涨了一倍多，哪儿还承受得住再用那么昂贵的翡翠？何况用边角料打磨的已经很棒了——真的，有时间请你来看看。"

她的样子极认真，叶崇磐不笑了，点头说好，又问："今晚 51Woo 的发布会怎样？"

"很棒。"屹湘说。叶崇磐提起来，她赞了两句，也只是赞了两句——她想想，整场发布会，她能记住的，竟然只是个模糊的过程。她轻轻握了握手。

叶崇磐敏锐地觉察屹湘情绪低落下去，眉眼间的阴影也稍稍重了些，他没有再继续问。

屹湘停了停，把桌上的东西归到一处。她转头瞥见会客厅里的巨幅风景壁画，身子往后仰了仰。壁画占了整面墙，气势恢宏。她看了一会儿，眯起右眼来，拿了筷子在面前比了比，玉一般的骨节儿在小竹棍儿上滑动，正是画画人的标准动作。

"精雕细琢的画作，大工程呢。"她叹道。

叶崇磬点头，这幅油画是依着墙壁的尺寸来画的，也颇有些年头了。秋景，一条铺满黄叶的小路通向森林，晨光洒下来，意境是说不出的宁静、悠远。

屹湘走过去，仔细看了一会儿，才说："整体修复过呢。"

"这一块现在是受保护单位。"叶崇磬笑了笑，"我住的那间，画是在顶棚上。葡萄架上结满了葡萄，也好看，就是还没修复，直往下掉碎屑。"

"是吗？"屹湘回头，此时立在画的中央前，像站在森林入口处的仙女，"不过，油画修复起来可费劲儿呢。"她说着又走了两步，看清壁画的右下角有日期，"还真是建房子的时候画的，百十来年了。"

她蹲下去，研究那几处修补过的痕迹，忽然想到什么，问道："你喜欢这幅壁画？"

"喜欢的。"

"那你家里还有整面空白的墙吗？"她问。

"有。"叶崇磬说，"我家徒四壁。"

屹湘笑了，双臂张开，虚虚地搭在画面上，说："我想好了，拿什么换你一个月的早餐。"

叶崇磬看着她脸上的笑，问："什么？"她眼神里有一点儿小小的狡黠，说着话就走过来，走近了，他闻到她身上的那香气——眼下对他来说，已经渐渐熟悉的香气，有扑面而来的暖意。

"就是不知道你愿不愿意换呢。"她黑亮的眸子望着他。

"说说看。"叶崇磬很有兴趣的样子。

"你若说你家徒四壁，我就是徒有画功。"

"我知道。"叶崇磬说。

"你知道？"屹湘反问。

"对，我知道。"叶崇磬说，"屹湘，我见过你的画，都是极好的画。"

屹湘听他说到这儿，只是看着他，目光中有询问的意思。

叶崇磬说："你忘了，我去过你家。"他不但去过她家，还在她新居的画案上看到过半展开的卷轴，"你也画油画？"

"嗯。"屹湘再看一眼壁画，"不过，我现如今可没这么多的时间替你画这么大的一幅油画。"她见过付英晨的住处，如果叶崇磬提供的选择是那一处的居所，房屋的基本构造想来跟付氏那里的无太大出入，只参考那层高，就跟这一面老墙差不多大，天天画，她不也得画几个月？

叶崇磬当然明白她的算计，就听她问："我给你来一巨幅的山水画怎么样？"

叶崇磬顿了顿，说："照你的意思，拿两桶墨汁泼在墙上就算还了债是吧？"

屹湘笑，身上的绸子和纱带着细碎亮片微微闪动。她撩了下耳边的碎发，说："不会的，咱就照着大会堂的标准来。我画好了之后，找人给你糊在墙上，保准比这油画还棒……不过，你要是实在不喜欢……"她眼珠转转，好像在想主意。

叶崇磬就问："山水画我倒不是很爱，你能画马吗？"他在她案头看到的那半幅卷轴，就是一匹奔马，只看了一半，就颇觉惊艳。

"能。"屹湘说，"画马最容易了，早年我外公最爱马，家里收的最精最好的画都是马的。看多了，我也爱临摹，就是多数时候不大入老人家的眼……你也喜欢马？"她倒是听崇碧说过，叶崇磬有好几匹好马，拿马当宠物养。听起来他性情是有点儿古怪，可也有可爱之处。

"有空带你去马场看看我的马。"叶崇磬说着，见管理员在外面探头探脑，看看落地钟上的时刻，已经接近十二点，时间过得竟这么快。

屹湘也发觉了，她看看表，马上说："哟，都这会儿了，我该走了——你也早点儿休息。"她说着收拾自己的东西。

这回她穿大衣的时候，叶崇磬只默默地站在一边等着，没有伸手帮忙。她倒没觉得他失礼，只顾低头整理了下衣领，细瘦的颈子晃了晃，忍不住捏了下颈后。就是这么一个很小的动作，再次暴露了她目前疲劳的状态。但她晃了晃脑袋，做出精神抖擞的样子来。

叶崇磬送她出去，问："回去不用加班了吧？"

她摇头，说："我回家去看看我爸爸。这一忙，两三天没见他了。这会儿他准还在工作呢，唉，我爸呀……我就算是下半夜回家，也有可能看到他还在工作呢。"

"替我问候邱叔叔。"叶崇磬说。

"我能不能不转达？他要知道我害你进医院，会骂我的。"屹湘说着，人已经在下台阶，有点儿调皮。

叶崇磬笑着点头。屹湘不让他送出来，说："车子就在外面等，这儿很安全，我稍走两步就到了，你千万别送了……"

叶崇磬只好站住了，说："我看着你上车。"园门口正对着的那条小径的尽头，路灯明亮，看得到屹湘的车子。

"好。"屹湘答应着，摆摆手，转身快步往外走去，很快穿过了园门。

"屹湘。"叶崇磬叫了她一声。她的裙摆甩了一下，回头看他。

"画的事，不着急。就是不画，也没什么。"他说。

"那怎么可以，愿赌服输啊，应该还你啦……" 屹湘摆手。

"不用你还。" 叶崇磬也摆手。

屹湘笑了。

淡淡的灯影下，叶崇磬的面容也是淡淡的，只是，说这句话的时候，多了一点儿温情脉脉似的。

屹湘瞬时愣了一下，随即笑道："你甭管啦，快回去。"

她知道自己要是不快些走，这位风度十足的叶大哥是不会安心上去休息的，于是快步走进了小巷。不知为什么，她总觉得他的目光在跟着自己的脚步。她回了一下头，他此时并没有在看她，正低着头点香烟——火柴擦燃，那一团光照亮他的眉眼、鼻梁，高高的鼻梁挺直——这才是叶崇磬给人的感觉，高大、挺秀、淡漠、冷峻，就算是在微笑，也是出于礼貌居多，让人深具距离感……她刚刚一定是看错了吧，看错了吗？要是错，这也不是第一回错了……她有些不自在。但没有不自在多久，她上了车就窝在座位上睡了过去。

叶崇磬等屹湘的车子开走，仍站在那里，吸完了这根香烟。灼热的气体通过口腔往下走，身上渐渐发热……

他按了一下额头，想，若 Sophie 早上给他送来帖子的时候，他决定去，会怎样？他也有想过，偷偷瞒了医生护士们，换了衣服去接她，然后一起去发布会现场……Sophie 甚至都给他带来了合适的衣服，虽然 Sophie 什么都没说。但就是她什么都没说，让他打消了这个念头。也说不清楚为什么，总之他打消了念头。

接到她打来的电话之前，他一整晚都觉得很没意思——崇碧白天来看他，美其名曰来陪他，其实就看完两本时尚杂志，玩了会儿《愤怒的小鸟》，打了几个电话给"老公"潇潇，又吃了他好多点心……走的时候，她还留下一片狼藉，包括那几本被她翻得已经乱七八糟的杂志——他拿起来看了，杂志里有屹湘的专访。

崇碧看的时候，跟他说过一句，说从这个专访里看湘湘的气场真足。

专访的配图中，她的样子跟平常很不同。明明是淡淡的装束，在唯一一张正面对准镜头的照片中，她随意地一坐，小小的身子陷在沙发上，似是在照片中偏安一隅，毫无重量，却恰恰相反，给人一种犀利和稳重的感觉，让整个画面的风格都变得厚重起来……原来她有这样的一面。

他每次见她，她好像都在变。杂志上，她给人的感觉，应该带着刻意表现的成分，但他觉得没有，这应该是她性情和性格的一部分。刚强锐利，搁在女子身上，多半会让人觉得与其天性之柔和相悖，可他觉得，在她那儿，只是相得益彰……

叶崇磬缓缓地点着头，手机响了，接电话的时候有些心不在焉。

粟茂茂问候他的电话，他客气地应对着，简短地讲了几句，便挂了。

今天他格外觉得不能让茂茂有任何的幻想，他知道，有些幻想，是多么令人绝望。

身上还在发热，他只愿这热不会让他发了昏。他想他需要休息一下了，刚转身准备往回走，董亚宁的电话就打进来了。

"你们门上的密码是多少？快告诉我……我在你家门外，密码！"董亚宁的声音极大，且呼吸很重，像刚刚经过了长途跋涉。

叶崇磐笑着问："干吗，半夜去我那里找酒喝啊？"

"你快说，毛球在家里叫得不成样了！你听！"董亚宁急了。

听筒里果然传出尖细短促的犬吠，听起来就极其痛苦……叶崇磐不笑了，立刻告诉了亚宁密码。

随着嘀嘀嘀的响声消失，董亚宁急促的呼吸声也消失了。

叶崇磐看一眼，电话挂断了，心里忽地一紧又一紧。

他住了院，嘱咐方大姐好好照顾毛球，每天也有专人去遛。晚上他还确认过毛球的状态，很好的，这是出了什么事？

他回拨电话，董亚宁不接。他干脆站在院子里等着回音，心里的焦灼不断加重。他看看时间，果断地回身往外走。手机忽然响了，他接通就问："怎么回事？"听筒里传出毛球的惨叫声，他越发焦急，说，"赶紧送医院，我马上来。"

董亚宁只简单说了句："不用，我这就送它去，先不跟你废话了！"他马上挂断了电话。

"好，我这就到。"叶崇磐说着，继续往外走。

"叶先生，您不能出去。"护士追出来。

叶崇磐边走边冲她微笑一下，说："对不起，急事。"

那边，董亚宁将毛球抱在怀里放上车，坐进驾驶位才想起自己的旺财还蹲在那儿等他呢——他翻墙进叶崇磐院子的时候，只对旺财喊了一句"坐下"。那家伙就一直在那儿坐着呢——他招了招手，旺财看到他的指令，才起身跑过来，跳上了后排座。他看一眼被放在自己膝上的毛球嘴角的血，车子就开得像飞起来了似的。

路上，他拨了电话给熟悉的医生，详细地说明了状况。通话的过程里，毛球不停地叫唤，叫得他心烦意乱，只好一只手把着方向盘，腾出另一只手来安抚小家伙。他心底的火噌噌地往上蹿，以致他抱着毛球、领着旺财闯进诊所的时候，医生和护士看到他的样子都吃了一惊，更不敢怠慢了。

董亚宁把毛球交给护士，看着他抱着毛球放在诊台上。

诊台上铺了一层医用棉纸，毛球软绵绵地瘫在上头，突然张开嘴巴，吐出一大口血沫……看着棉纸上那一团黏稠的东西，董亚宁皱了眉，脸色更难看了，但耐着性子尽量回答医生的问题。

"我进门的时候就看到它卡在笼子边上，笼子都被咬破了……家里地上都是它咬碎的鞋子……它爸的鞋，能够到的东西可能都被它撕了……东一片西一片的，我也不知道它吃了什么……他们家钟点工每天定时定量地喂……"

很快，在几个人合力的安抚下，毛球已经不那么凄厉地哀号了。护士取了样本去化验，医生继续给毛球检查，安排拍片子。

董亚宁套上防护服，亲自抱着毛球去做各项检查。有他在身边，毛球又安静了些，很配合。亚宁看着它泪汪汪的眼睛，轻轻拍抚着它，给予安慰。他把毛球抱回诊室，医生看过初步的检查结果，说："应该只有外伤。不过，你们也太不仔细了。这么小的狗，一定要看好。"

董亚宁没吭声，这位医生跟他已经认识了很久。旺财就是他救回来的。这么久以来，医生没跟他说过重话，今天看起来是真的生气了。

董亚宁也生气，可他这会儿更自责，只好说："也怪我，旺财的遛狗师傅今天请假，我一忙给忘了，回去得太晚了。"他又帮着医生把毛球抱进手术室。

毛球被固定在手术台上，样子非常乖。嘴边被剃了一大块毛，露出伤口来。渗着血的伤口很深，皮肤绽开，翻出来，露了肉。

"这是下了多大的狠劲儿去啃那笼子啊。"医生忍不住说。

他给毛球清理伤口，毛球又叫起来。

护士进来给医生看化验结果，医生说："还好……也没吃什么乱七八糟的，这小子习惯还不错。毛球，我们来缝合伤口。先打支麻醉针……这小子用的剂量可得不小。"

董亚宁听医生的语气缓和了，知道毛球没有大碍了，舒了口气。毛球被打了麻醉针，这会儿已经完全由着医生和护士来了。董亚宁看了一会儿，有点儿不忍心。

想起他的旺财，他出去一看，旺财正趴在地上。

值班护士和其他宠物的主人因为怕它，正小心翼翼地和它保持着适当的距离。

见到到董亚宁，旺财才抬起硕大的头来，护士则急忙说"董先生，麻烦您……"

董亚宁向她摆摆手。他把旺财领到手术室外，系好了绳索，坐在长椅上，揉了揉旺财的头，低声说："你倒是好久没吓我了。"

董亚宁拂了一下身上，今天穿得隆重，这会儿就显得格外狼狈。他靠在座椅上，不时看看忙碌的手术室……

叶崇磬下了车，往诊所跑来。他人高马大的，还穿着病号服和拖鞋，很是引人注目。还没进门，诊所里的人就已经发现他了。值班护士认得他，只是从来没见过他这副打扮，尽管这副打扮也还是帅气逼人的。等他进了门，值班护士忙指引他去手术室。

诊所也不大，叶崇磬拐了个弯就看到了在手术室外等候的董亚宁。

董亚宁抬了抬手，示意他过去坐下。

他点了下头，但没去坐，而是走过，隔着玻璃墙看着里面手术台上的毛球。

董亚宁拍抚着旺财，见叶崇磬一言不发，脸沉得跟什么似的，知道他担心，也没出声。

叶崇磬转回身来看着亚宁，问："进去多久了？"

"能多久？我发现它到现在也就一个小时多一点儿——给你打最后一个电话的时候就在缝合了。"亚宁说，口气很冲。

叶崇磬不计较他的态度，看看通话记录，才二十多分钟，可他觉得时间似乎过去了很久……他坐下来。

董亚宁摸了下身上，问他："你有烟吗？"

叶崇磬斜他一眼："这是诊所。"

"诊所怎么了？"董亚宁一拧眉。

"你说呢？"

"我出去抽。"

叶崇磬再看他，问："你今儿在哪儿吃过枪药吧？"

董亚宁的脸色就变了变，叶崇磬以为他接下来准是要骂娘的，至少也得暴躁一下，不想他搓了一下脸，搓得下巴都泛了红，也没吱声，下巴处那条伤疤却有点儿显眼了……

叶崇磬看看董亚宁从头到脚的打扮，没一处不讲究，只是这会儿他显然烦躁，衬衫的领口扯开了两颗纽扣还不算，干脆把西装上衣也脱了下来，就随手扔在一边——衣襟内侧的绣金字亮了出来。

他看了眼，说："这家衣服打理得精细。"

董亚宁抬了抬眉。

"晚上去参加宴会了？"叶崇磬问。

"一个发布会。"董亚宁说着，靠在椅背上。

"51Woo？"

"嗯。"董亚宁看他一眼。

"穿着LW去51Woo，真干得出来。"叶崇磬说。

董亚宁笑了笑。

"51Woo的邬家本这些天很活跃，我听好几个人说起他了。"叶崇磬说。

他足不出户，五花八门的信息也能不断灌进耳朵里来："他在时尚界也算是不大不小的传奇了。"他说着，见董亚宁若有所思，也就没再往下说。

董亚宁跟他不一样，他身边总有很多艺术家或文艺气质的朋友，而他投资的多元化，也决定了他跟邬家本有接触甚至合作的可能性。

董亚宁好一会儿才点点头，说："的确是传奇……我妈很欣赏他的设计，今天是陪她去的。"

叶崇磐笑笑，董亚宁的孝顺真是没的说。

董亚宁见他不说话，歪着头仔细看他，又伸腿踢了踢他那受伤的脚，打趣道："你看看，平时穿得文质彬彬地来吧，小护士见了你两眼发光，这一身病号服来，眼珠子还是挂在你身上。你这妖孽！"

叶崇磐斜他一眼。

董亚宁伸长了腿并在一起，西服长裤穿在他身上，明明人看上去随性得很，却硬是多了几分骄矜、贵气。

叶崇磐看着他，一摇头。

董亚宁身上总有两种截然不同的气质，他要求起精致来也能做到极致，可偶尔粗鄙不文，也并不让人讨厌。就比如穿衣一事，就很能体现他身上的矛盾性。选高级的能高到不见顶，随意起来廉价货也随时上身……

有一天他们一起打球，亚宁穿了一件 T 恤衫，被金戈发现是赝品，笑得打跌，问他在哪儿淘的、是不是被骗了。

亚宁随口说："哪儿呀，那天去吃夜宵，烤肉汁子滴在身上，街边小摊上随手拿了两件，穿着还挺舒服——纯棉的！"

亚宁说"纯棉的"时样子是认真的，让人发笑，他还记得自己当时都绷不住了。看那神气，好像他董亚宁就该穿着地摊上的纯棉 T 恤，十分理所应当。金戈开玩笑说，亚宁还是条儿好，穿件 T 恤也能以假乱真，若不是太熟悉那款式跟货号，真就让他蒙混过关了……就从这些小事情也看得出来，亚宁不大在乎那些条框，更不在乎被人指指点点，吃西餐时切牛排的声音，能故意响得让同席就餐的人恨不得立即离席，装不认识他。可转过头来，他也会规规矩矩地照准了十几二十道的规矩去吃日本菜，全看他的心情……

叶崇磐想着，微微一笑。亚宁啊，真的是特别。

这会儿，董亚宁不知道在想什么，目光落在远处，刚刚的笑容不见了，眼神有些冷。忽然，他手指打了个榧子，发出一声脆响。旺财因这一声脆响呼的一下从地上站起来，威武得很。

"你先回去吧。"叶崇磐说，他看得出来亚宁心情不佳。他轻轻地拍拍旺财，说："回去吧，等会儿我带毛球回家去。"

董亚宁撇了下嘴，道："你？快滚回去养伤吧。"

"算我提前出院。"叶崇磐不在意地说。他从口袋里掏出烟盒跟火柴，递给董亚宁。

董亚宁接了，瞅着水红色的火柴盒上那朵儿白莲花，拇指一搓，火柴盒打开了，里头只有十几根火柴。点点朱砂色，饱满圆润。

他合上，说："你还用这个。"

"老习惯了。"叶崇磬也看着那狭长的火柴盒。

他烟抽得不多，只习惯随身带着这些，想抽的时候来一根，就像燃烧一段时光似的，让他觉得悠闲而踏实。他见董亚宁盯着火柴盒发愣，说："这个呀，还真就是习惯了。"

火柴盒在董亚宁的手里转了两个圈，倒了，被托在掌心。

"现如今，这样的玩意儿，成了稀罕。"董亚宁说。

叶崇磬的火柴盒有故事，董亚宁是知道的，叶崇磬说这是"习惯"，他也是知道的。

他看一眼叶崇磬，说："你今天好像心情很好。"他起初打电话给叶崇磬的时候，那声音里分明带着笑意，很放松。

他则恰恰相反，回去后本想趁着遛狗清理一下脑子里乱七八糟的事，哪儿知道又遇上这么一桩意外。

叶崇磬的浓眉动了动，这一瞬不知想到了什么，眼睛里像起了雾。

董亚宁不知怎的被他这样的神情弄得心里愈加烦躁了起来，叶崇磬还没有说话，他又想呛人了。最终，他还是忍住了，叹口气道："有时候，我真是忒想找个没人的地方做野人去，省得整日乱哄哄的呀。"

叶崇磬听董亚宁这话说得蹊跷，略皱了下眉："怎么？"

"还不就是那些事儿。"

"一样样来，你这急脾气。"

"倒也不是急。"董亚宁说着，心烦地皱了下眉。

"上回你托我的事儿，我给你弄妥了。"叶崇磬望着手术室方向，压低声音，"这两天扫了下尾。"

"靠谱。就知道你轻易同意住院肯定有猫腻。"董亚宁笑笑，"我替爷爷谢谢你。"

"谢什么谢。"叶崇磬说。

"不过，你也该谢我吧。不是我给你这个机会，你哪儿有借口把那边支行的头儿换成你的人。"董亚宁哈哈一笑，将火柴盒跟烟盒抛起来，转轮般在空中飞舞……眼见着要落下，他手一抬，稳稳地扫进了掌中，刺目的银光瞬间消失了。

叶崇磬沉默了一下，才说："什么时候能再吃顿爷爷船上的鱼？老爷子还出海打鱼？"

"出！早就不让他出海了，他不听，每天还是要上船，说不摸摸那舵会手痒——就是在家，也要补补渔网什么的，反正不能闲着。"董亚宁提到爷爷，嘴角一丝笑，"三叔不成才归不成才，对爷爷还好。有他在，我倒是放心。"

叶崇磬点头，董亚宁向来瞧不上他那小叔，这样的评价，已经是最好的了。

"老爷子身体倍儿棒，我看活到一百岁都没问题。那地方风水极佳，空气质量什么的，别说帝都比不了，也没几个地方能轻易比得了。还有那水，喝着就是甜！真正颐养天年的好地方。村上镇里的，百岁老人数不过来，所以叫我说，老爷子不爱出来也好，让他住楼房，那不憋屈吗？哪有海阔天空来得身心舒畅！"董亚宁说。

"也是。"叶崇磐看看他。

亚宁的手臂搭在长椅背上，说起爷爷和家乡，是他神情最为放松的时刻。

叶崇磐微笑。他没少听董亚宁讲老爷子的"笑话"，董老爷子和老伴多少年来都在家乡那个小渔村里居住。

后来年纪越来越大，董其昌也想过把父母接到身边来。二老也确实来过，可那时董其昌事务繁忙，二老个把月见不到儿子的面。老爷子整天闷在深宅大院里，像坐井观天，又不像他的老亲家，画画、写字、听戏就能打发一天，着实烦闷。何况吃得越是精致，老爷子越觉得没味道，说这里就是活鱼活虾，也鱼不是鱼味、虾不是虾味，哪儿赶得上他天不亮来一网的东西鲜活有味呢？还有那小脚的董老太太，更是住不习惯。于是董老爷子某天说想带老太太上街遛玩儿，哪儿料到出门就直奔了北京站，不顾人拦，非要买火车票回老家……而且真的那么执拗地一去不回，再也没进京。

董亚宁说，有时候他父亲想老爷子，又没空，就抱怨说老爷子不在身边，见一面真是不方便。结果老爷子知道了，打电话劈头盖脸地用那胶东土话狠骂——反了，话说反了，你人也快反了。

叶崇磐想到这儿微笑起来，董亚宁这脾气，多半像爷爷，并不是很像他外公。他外公资景行一生谨言慎行，且早年便号称小诸葛，最是老谋深算、藏而不露。

董亚宁见他笑了下，问："就想着吃鱼，笑成这样？"

董亚宁料定叶崇磐是想到了他的家事。

董亚宁的家事说起来也不复杂，只是有些秘事，朋友间也都是心照不宣，绝不提起。

"是。没回国之前，就上学的时候，我也常去海钓。回国以后简直成了笼中鸟，有心也无力。那么新鲜的海鱼，没记得吃几回。"叶崇磐说。那阵子两人的游艇刚送到，试水呢。某天晚上吃完饭，董亚宁一时兴起，叫上金戈他们几个，也是开着新买的车，一路飙着车走高速，很快就到了青岛。到了他们且不去看他们的爱物，而是直奔了沿海的渔村。叶崇磐至今记得，在车里等待黎明，那红通通的太阳从天海之间跳出来……归航的渔船，渐渐驶进海湾，码头上热闹喧嚣。就在那一派热闹喧嚣中，一艘破旧的渔船缓缓地回来。

董亚宁一直坐在车前盖上，跟他们一起抽烟、喝咖啡、胡吹海侃，看到那艘旧船，马上兴奋得一蹦老高，朝码头跑去，一边跑一边喊"爷爷"，惹得人都看他，他也不管，撒丫子跑到码头上，鞋子都甩掉了。那样子极张狂，可也是极快活的。

他们都跟着过去，待翻上船，看到驾驶舱里的白发老者，穿着奇奇怪怪的旧西装，晒得黑紫的脸庞上一双眼睛炯炯有神，笑眯眯地、慈祥地看着他们——不是不震惊的，似乎是见到了现实版的《老人与海》。那一顿早餐是在船上吃的，也许是饥肠辘辘，也许是那海鲜实在地道，但也许是那健康的老人给他们的感觉确实够震撼，以至于到后来，他们凑在一处的时候，一提起吃海鲜，一定会想起那个早晨。用金戈的话说，真是什么都见过吃过了，唯独那一天忘不了，也不知究竟为了什么？

"爷爷的旧西装，我细看了，吓我一跳。"叶崇磐瞟一眼董亚宁的外套。

他记得自己当时就乐了，董亚宁赶紧悄悄地跟他们说，都别揭穿啊，那是骗老爷子，说是便宜货，要老爷子知道一套西装能买他老人家一艘破渔船，会起杀心的。

"有机会再去。"董亚宁也笑了，说，"这次回去，爷爷还问起你们呢。爷爷记性真好啊，他连你们几个的名字、年纪……金戈当时带了个什么女朋友来着？我都忘了，他还记得，还说后来在电视上见过。"

叶崇磐忍不住笑，确实是有这么回事。那天佟金戈来得最仓促，车上还载着人。那女孩子，他正追得起劲儿，也就带着了。

"还记得问，你们谁谁结婚了没？养儿子了没？"董亚宁抬了抬下巴，对着旺财，"我说没呢，一个都没，又挨一顿好骂。"他说着，摸了摸小手指上的金戒指。

叶崇磐发现了这个新物事。

"这回老爷子真急了，跟我说话那个狠。"董亚宁有点儿出神。

叶崇磐看他，默不作声。

董亚宁呼了口气，说："我出去抽烟。"说着，他攥了烟盒和火柴，站起来。

"叶先生，董先生。"护士拉开手术室的门，轻快地说，"手术结束。"

董亚宁停了脚步，就见叶崇磐噌地一下起了身，快步走过去，在门口接了护士递上来的防护服，套上进去往手术台边一站，要伸手摸毛球，又怕不可以，于是停下来，看向医生。

正在注射点滴的可怜小家伙，眼珠子一转，盯着叶崇磐，很努力地想要抬起头来……

叶崇磐没再犹豫，手沉下去，抚摸着毛球的头，轻轻来了一下，又摸一下。

董亚宁跟着往前走了走，见医生看过来，朝他点点头，也点了点头，顺手将烟盒跟火柴放进口袋里。他没有再上前，只等在门外。

叶崇磐跟医生交谈了一会儿，护士想帮忙把毛球移出去，他拒绝了。他弯身将毛球抱在了怀里，轻轻地、慢慢地走出去。他低下头，下巴蹭在毛球的头上，那团柔毛热乎乎的。

被剃了毛的毛球难看得很，眼泪汪汪地看着叶崇磐，更显得可怜巴巴的。

叶崇磐看着它这个样子，倒发了会儿呆，放它下来的时候更加小心。他轻轻摸摸它没受伤的爪子和肚皮。

毛球湿乎乎的眼睛，眼泪是大颗大颗地滚下来了……叶崇磐愣了下，抬手给它擦着眼泪，竟来不及。他的心揪着，却还得克制着情绪，慢慢拍抚着它。他说："以后不会了……以后不会了……"嗓音低哑。

董亚宁从护士手里接过点滴帮忙挂起来，顺手给叶崇磐拎了把舒服的椅子过来，打算让他坐下陪毛球打点滴。

这时，董亚宁看到叶崇磐慢慢地蹲下去，做了一个他从来没见叶崇磐做过的、也没想到叶崇磐会做的动作——亲了毛球一下，然后将自己的下巴搁在台子上，默默地跟小狗做着眼神的交流……

好一会儿，董亚宁转了下头，才想起自己刚刚要干吗。

他走了出去，点烟的时候划了好几下，火柴才燃着。火光照亮了他的手，小手指上的金戒指闪着微弱的光芒。这是枚没有任何花纹的金戒指，薄薄的，边缘上还有细细的凹痕，那是戴了很多年的痕迹。这是奶奶的遗物，清明节回家乡祭扫，爷爷催他结婚，把这枚戒指摸出来给他。

爷爷问他："你奶奶走的时候就挂念着你和你那个浑蛋三叔，她闭不上眼。那是几年前了，现在，那浑蛋也还那样，我不管他了，我只问你小子，到时候，你是不是也打算让我闭不上眼？"

这个问题，他回答不了。

奶奶去世前，他刚回国不久。老人家缠绵病榻数月，用了最好的医药，可年事已高，回天乏术。老人家最后要求什么药都不要用了，剩下的日子不多，想留在家里。他父母、小叔包括芳菲都坚决不同意，爷爷和他却能理解奶奶的选择。那段时间，他放下手头所有的事，守在奶奶床前，衣不解带地伺候奶奶。他要在奶奶最后的日子里陪伴和照护她，就像奶奶把出生不久的他接到身边照顾一样。只是，奶奶当年是看着一个生命从最初的细弱走向强壮，他却是看着生命的迹象在奶奶的身体里越来越弱，直到消失。

戒指，老人家要给他的时候，已经没有足够的力气从干枯的手指上撸下来了。他不让奶奶费力气，笑着说他知道奶奶的意思，但是他不缺这个，要多少有多少，只要有人愿意要，要什么样的，他都给得起。曾经是支前模范的刚强老太太，听到这些，竟然用了全身的力气般，带着那股子刚强劲儿瞪着她这个不长进的，也是唯一的孙子，也不知道怎么着，就把戒指撸下来了，塞到他手里。可她一句话不说，只是看着他——那眼神一直钻到他的心底。

他在整理奶奶遗物的时候，把戒指跟奶奶用了一辈子的几样小东西——银发簪、铜手镯和铁顶针——归拢到了一处，用奶奶的旧手帕包好，放在了爷爷的枕下。

现在，这些东西还是被爷爷拿来给他了。

可是这么多年过去了，他在奶奶临终前说不出的话，在爷爷面前仍然说不出。他只好当着爷爷的面把戒指戴上，跟爷爷发誓说，一定在他闭眼之前把戒指送出去。

一支烟抽完，他又抽一支，想抽第三支的时候，发现烟盒空了。他看着烟盒又发一会儿呆。

叶崇磬随身带的这个烟盒，不轻易离手，也不愿意让人碰，再亲近的朋友，也不行。这是粟菁菁亲手替他做的东西。菁菁后来成了雕塑家，是他们几个人里，唯一走了纯艺术道路的。

性格柔淡的女孩子，走了这样艰苦的一条路，他是从心里佩服的。他至今还记得她托托鼻梁上的眼镜架，笑着问他"亚宁哥，我去学雕塑好不好""亚宁哥，我去纽约进修好不好"……自小她就"亚宁哥、亚宁哥"地叫着，什么都爱问问他的意见。

菁菁看上去总是没什么主意，面对两个以上的选项就会急昏了头乱来，得找个人替她支着儿。他说的，她也能听进去。虽然有时候他的意见很不靠谱，但她也愿意去试试。可就是，那么早就上天堂，她偏偏没问过她的亚宁哥什么意见，偏偏还撇下个怪死心眼的未婚夫叶崇磬，到如今还时常睹物思人，让人实在是看不下去……

董亚宁把烟盒拿在手里端详了半天，心说，这么多年过去了，叶崇磬也该往前走了。

他转身进了诊所，走过去，看见叶崇磬在替毛球盖毯子，看样子准备把毛球包起来。

他瞥了眼点滴，所剩无几，推门进去问："带回家去？"

叶崇磬说："明天我再送它来打点滴，留它自己在这儿，恐怕麻烦。"

"也是，万一拆了医院，还得赔。"董亚宁拍了毛球的屁股一下，说，"小奶狗，性子倒真烈。"

等点滴打完，叶崇磬办完手续，抱着毛球上了董亚宁的车。一坐进去，他忍不住打了个喷嚏。

旺财依旧在后排座上，叶崇磬从后视镜里看看稳如泰山的旺财，又看看缩在他怀里的毛球，皱眉说："你说你，什么时候能跟旺财这么懂事？"

叶崇磬的语气像对着一个因为淘气摔折了胳膊、小腿的小孩，听得董亚宁笑起来，整晚的不快这会儿消散了很多。不知不觉，他的车子在公路上飞了起来，几次路过监控镜头，都惹得探头如闪电。可那闪电越是闪得紧迫，他越是开得快。

叶崇磬到忍无可忍的程度，才开口阻止他："你慢点儿！"

叶崇磬开始还能心平气和，说了两次，亚宁没听，第三次便严厉起来。

董亚宁终于慢了些，也快到了家。

"你自己开着开着速度也失控，还说我。"董亚宁说。偶尔一起飙下车，叶崇磬超起车来毫不含糊。但是，他自己开快车毫无惧色，却不乐意看人家开得快。

有一回他批评粟茂茂开快车，语气态度极严厉而不留情面，把茂茂都训哭了……想到这儿，董亚宁才把车速真的降了下来，不一会儿，就停在了家门口。

叶崇磬抱着毛球下了车，还不放过亚宁："万一出事呢？"

"知道了，叶婆婆。"董亚宁说着，锁了车。

"亚宁！"

"都说知道了……"亚宁见叶崇磐认真了，知道自己不能太过分，继续拿这事儿开玩笑就不对了。

他锁了车，帮叶崇磐把毛球安顿好，才带着他的旺财回了家。

送走亚宁，叶崇磐却毫无睡意，在家里四处查看。除了被毛球糟践得成了碎片、撒得到处都是的鞋子，其他没什么变化——依旧在半夜里安静得只能听到他自己的呼吸声。现在非要说有什么不同，那就是多了毛球的呼噜声。

亚宁出门前把烟盒跟火柴放在了门边的台子上，跟他说了句烟都抽光了，让他记得补充。他拿起来看看，回身走进了影音室——这本是间起居室，被他暂时用做了影音室。

房间阔大空旷，只在中央放了一张双人沙发。南面是整面的透明玻璃墙，其余都是白墙。看着看着，他心想：不知这墙上画出万马奔腾，会是怎样的气势磅礴？

站了好一会儿，他退出来，随手关好了门。他回到卧室里，毛球被惊动，睁眼看了看他，又继续睡觉。他拉开一个抽屉，将烟盒放了进去。

天已经蒙蒙亮了。

屹湘清早出门，照旧顶着一对黑眼圈。她抓了一副平光镜戴上，被早起的父亲看见，笑眯眯地说她的模样让他想起最近很红的那个小女孩，叫什么来着，对，叫小葡萄。她虽然不知道小葡萄是谁，但见父亲心情这样好，她的心情也很好。

回公司进了设计室，她就开始工作，完全忘了自己其实只睡了不到四个小时。她小心地往礼服上钉缀着翡翠叶片，一钉就是两个小时，直到冯程程叫她上去准备开会。

程程将昨晚 51Woo 发布会的资料都给她整理好了放在办公桌上，提醒她："有几家媒体预约了采访，我帮您准备了些基本的资料，给您参考。"

屹湘比了个"OK"的手势，她把资料拿起来仔细一看，程程给不同媒体列出了受众关注的重点，非常细致。她把这些先放一边，将桌上其他的资料也翻看了一下，其中有一份是五月时装周的宣传海报样稿，用的模特里有滕洛尔。她微微皱了下眉，抬眼看程程。

"公司网页上已经贴出去一组。"

屹湘点头。她仔细看着这组海报，海报拍得很不错，滕洛尔在几位名模中的表现毫不逊色，但是，经过昨晚，她原本准备拍板用滕洛尔的心意，有些动摇。事情还没定，海报竟然已在网页上挂出去了……她隐约觉得有些不妥，问："这是谁的意思？"

外面桌上的电话响起来，程程先跑出去接电话了。屹湘看着滕洛尔的照片——作为初出茅庐的新人，这可以说是很出色了……

冯程程回来，轻声问道："Vanessa，董亚宁先生的办公室来电，接入吗？"

屹湘看着程程，当然很确定程程没有说错那三个字。她看看表，此时八点五十分。严格来说，还没有到上班时间。但她在办公室里，在这个不知道算公务时间还是私人时间的节点，尤其对象是董亚宁，她预感到这个电话的内容不会让人愉快。

她点头，做了个接入手势。

电话进来，她等了片刻才拿起听筒，但她没有出声，等着董亚宁先开口。

董亚宁开门见山地说："我得到消息，滕洛尔正在为你们的公司工作。"

屹湘转了下座椅，面朝窗外，说："是。"

"撤掉她，如果造成损失，我负责赔偿。"董亚宁说。

"董先生，您越界了。"屹湘并不意外他如此霸道，"这是我们公司的事情。"

董亚宁没回应。

屹湘看着窗外，从这个角度，她只能看到庭院的一小部分。不久前，滕洛尔就顶着寒风在庭院里认真地拍摄，冻得鼻青脸紫……这些她都看到了，那个女孩子不是不努力的。

"董先生，您是我们公司最重要的客户之一。过去，我们彼此间可以说是合作愉快。我们当然由衷地欢迎并且希望您对公司有关方面提出建设性的意见，但至于说用什么人做模特，就不麻烦您了，我公司一定是有自己的考虑的。"她说完便要挂电话。

"等等。"董亚宁说。

屹湘停了下，问："董先生还有什么指教？"

"照说我可以直接跟 Josephina 讲，我先给你打招呼，是希望你明白，这件事情，我不想闹大。"董亚宁慢慢地说。

"就算是 Josephina，她也要客观。每位设计师有权利使用符合他风格和要求的模特，作为总监，我需要尊重他们的意愿。滕洛尔跟你有什么私人恩怨，我们管不着。用不用她，自然有我们的考量标准。如果我们找不到更合适的人，她还就用定了。"屹湘心头火起，尽量耐着性子说。

"我劝你还是不要。"

屹湘静默片刻，说："董先生，你一而再地为难一个小姑娘，是不是太过分了？"

她分明听到董亚宁在那头冷笑，这一声冷笑让她反而沉住了气。

电话两端同时静默下来，两人对峙着，好一会儿谁都没有出声，仿佛一场角力已经开始，可并不知道什么时候会结束……

屹湘将椅子转回来，目光落在桌上，海报里滕洛尔向她投来干净而勇敢的目光。

"以你的能力，让她从这个国家滚出去是轻而易举的事情。甚至只要你想，也可以再进一步。"屹湘冷淡地说。她分明感觉到眼下他不光是让人走,还不给人留路子了。

"你也知道。"

"当然知道,但你有必要做得这么绝?"她的语气尽量平静。

她拿起手边的一支描线笔,手指在笔杆上轻轻滑动着……

"我做得绝?"董亚宁说完这句话,竟笑出来,那笑声极冷。

眉心像被戳了一下,屹湘攥住了手中的笔。董亚宁冷笑的模样仿佛就在眼前。

她正要开口,就听到他说:"对,我还真就得做得绝一点儿。我不做绝了,有人就不让我安生。我不安生,谁也别想安生。"

"那就没什么好说的了。董先生,这不是给你的西装裁短一分,还是留长一分的问题,这事关于一个人。你要封杀她,尽管去做;在我这里,用不用她,决定权在我。你无权干涉。"她说完,直接放下了听筒。

她等了一会儿,董亚宁没有再打来。

冯程程在外面敲了敲玻璃窗,示意她到时间开会了,她点头。

她没时间回想电话里董亚宁的恶言恶语里究竟藏着怎样的含义了,拿起会上要用的资料起身走了出去。

此时会议室里,Josephina 已经坐在她的位子上,看到她,说了声"早"。

会议开始进行得很顺利,屹湘对工作要求严格,眼下各个环节都展开得不错,并没有太多要讨论修正之处。但议题进行到选新一轮代言模特时,大家产生了重大分歧。设计师们七嘴八舌地争论三个候选模特的优劣,最后争议的焦点就落在了滕洛尔身上。

屹湘听着听着,看了眼 Josephina——Josephina 今天也听得多,说得少,此时她正垂着眼帘,盯着面前平板电脑,反复看三位候选模特的硬照……

屹湘瞧着 Josephina 的表情,若有所思。

两派也争论不出究竟,主张用滕洛尔的安德烈坚持认为她符合他的设计理念,另一派则认为启用她这样的新人会冒很大的风险。

讨论继续下去,后者的意见逐渐占了上风。安德烈见自己处于弱势,看向屹湘,想获得她的支持。

屹湘看看 Josephina,问:"Josephina,你的意见呢?"

Josephina 示意她先讲。

屹湘说:"滕洛尔的确不太符合 LW 的传统风格。她是新人,也缺乏经验,但她非常适合五月时装周发布会的主题。我的意见,是可以用她。不过,可以考虑先让她担任辅助角色。毕竟起用新人,尤其还是这么重要的发布会,更应该慎重。"

会议室里安静了片刻,安德烈也沉默了。

屹湘看向从这个环节讨论开始就甚少发表意见的广告部总监,问:"Jerry,你的想法呢？”

"是这样的。" Jerry 倒是先看了看 Josephina，才说，"滕洛尔，是张全新的面孔。从大家的争议上，也能预测出市场反应，应该不会很平淡。不过我想，我们要的就是这种争议和不平淡。如今民众的关注力就是最大的资源，能有讨论度是一个好现象，给我们稳定的风格里来一点儿新的元素也不是坏事。"

"既然这样，Vanessa，你来决定吧。" Josephina 说。

"是否选用她做品牌代言人，可以再商议，但这次发布会模特，我倾向于尊重设计师的意见，毕竟符合设计理念的模特才是最好的。" 屹湘说。安德烈发出一声欢呼。

"那就这么定了吧。" Josephina 说，决定就这么做出了。

Josephina 随后宣布散会，第一个走出了会议室。屹湘收拾着面前的资料，忍不住又拿起海报来翻看。

虽然启用滕洛尔的决定已经做出了，她也不认为这个决定有什么问题，只是心里还有那么一丝异样……

"放心吧，我相信我的眼光。这个模特有前途。"

屹湘抬头，会议室里只剩下她和 Jerry 了。

她微笑着问："我说，提前登出她的海报做宣传，是不是你测试市场反应的手段？"

"这是常规手段嘛。" Jerry 微笑着说，"我看了资料之后，就觉得这个新人的表现很不错。你知道她最吸引人的地方在哪儿吗？"

"在哪儿？" 屹湘问。

"她的眼睛。她眼睛里毫无惧色。换句话说，这孩子看上去，没有什么害怕的，很特别。" Jerry 说完，先走了。

屹湘想了想：没有什么害怕的？还是有的。

想到董亚宁，她略觉得头疼。

照董亚宁的脾气，既然他说到了，就会做到。只是，以现在的她对他的了解，恐怕很难猜出他接下来会怎么做。

她打心眼里不愿意跟董亚宁正面交锋，可偏偏避无可避。就算她不找事，事都找上门来。

但接下来的两天，风平浪静，她放松了些警惕。她开始整日整夜地泡在设计室里，越接近发布的日子，她过得越天昏地暗。

这天她要赶去玉石工场，赶巧崇碧陪着两位姑妈来店里试衣，她下去亲自招呼。

崇碧体谅她忙碌，一早帮着她说话，说不需要她陪同，催她快些去做事。

屹湘却没有马上走。不一会儿 Josephina 也下来接待贵客，崇碧却没有客气。Josephina 看这情形，还有什么不明白的，马上开玩笑说多亏我们 Vanessa 面子大，两位贵宾格外捧场。

屹湘知道叶家两位姑妈都是名店 VIP 名单里出名难讨好的客人，但不管是前番派设计师上门，还是来了这里，她们都显得很和气，这多半是顾及了崇碧和她之间的这层关系。

屹湘如今真的喜欢崇碧的体贴，当着外人，她也能很自然地叫崇碧"嫂子"了，倒是向来大方的崇碧听了，脸红了半天……可并不是不开心的。

对这个新身份，崇碧也在慢慢适应。

屹湘几日没回家了，崇碧告诉她，潇潇已经回京，可公事太忙，还没有进家门，不过特地说湘湘的发布会，他会来。

屹湘笑了，开玩笑说："还好潇潇没娶了媳妇儿就忘了妹子。"

叶家两位姑姑待她也很好，并不跟她过分客气。彼此约定好，发布会那天她们俩也是要早早到场的，而且要穿着她的设计捧场。

屹湘需要赶去玉石工场拿最后一批翡翠，跟崇碧和叶家姑姑们道了别便离开。还在途中，她接到秦先生打来的电话。

得知她已经在来的路上，秦先生说等她到了再说。

屹湘没听出秦先生语气里的紧张和气恼，到了工场，待秦先生把手里最后一盒翡翠给她，看到那碎成渣的叶片，她简直如兜头被浇了一盆凉水。

"包装的时候，是我特别不小心，就这么哗啦一下子，全碎了。"秦先生面红耳赤，额头上沁出密密的汗珠，也顾不得擦。

这一盒翡翠偏偏是锉成了弯弯细细的长条，况且翡翠本来就脆，最经不起的就是这一摔。

屹湘拿了一把碎渣搁在手心里，心一寸一寸地凉起来……她定定神，看向秦先生。

秦先生非常自责，脸色已红得不太正常，那明显是血压升高的表现。上了年纪的人，最经受不住这样突然的刺激。

她将碎片扔回盒子里，请秦先生坐下，说："您先坐下，我有话跟您讲。您坐下，我再说。"

秦先生看她没有着急，先坐了下来。

屹湘沉下气来，笑了，说："秦叔，瞧您吓得，我还没说让您赔钱呢。"

看她笑了，秦先生愣了一下。他仰起脸来看着顶棚，此时他的心情并不平静，花白的眉毛、胡子都在微微发抖……

过了会儿，他又看着屹湘，说："你这丫头，都什么时候了，还逗我！"

"我不是逗您，真没那么严重。"屹湘笑嘻嘻地说。

秦先生看着她乌黑的眼圈，按着自己的太阳穴，说："真像是一辈子遛鹰，不料反而让鹰啄了眼。说出去，我秦某人简直没脸见人。你还要宽慰我，我怎么对得起你的托付呢？"

"秦叔，不说这个，咱来想想，能怎么补救。"屹湘笑着，"我跟您说，更险的情况，我也遇到过，就上个月，我们公司还出了件更糟糕的事儿，也顺利解决了呢！我们得随时预备撞上最坏的情况。"

秦先生仍揉按着太阳穴，老花镜滑下来，挂在汗珠子直冒的鼻尖上。他接了屹湘递过来的手帕，说："这么年了，像这样的事儿，到今天才是第二回遇见。"

屹湘很有兴趣地问："上回是啥事儿？"

秦先生瞪了她一眼。

"说来听听。"屹湘心里在迅速想解决方案，但脸上还是平静的。

"早前老家儿是开古董店的。祖父过世得早，我父亲也没入这行，虽没手把手地教过我，家训是传下来了。譬如说，从来过手什么东西都轻拿轻放，手不干燥，碰什么都不行。"

屹湘点头。

秦先生停了下，才说："就那年，有人跟我父亲说，要卖一对梅瓶。我父亲听了，觉得值得跑一趟。当时他病重，就让我跟着中间人去了天津。"

屹湘拿着秦先生桌上的紫砂壶给他倒了杯温温的茶，自己也倒一杯，她也是口干舌燥。倒的时候，她没注意看茶汤，喝到口里才辨出是"墨宝"。

"到了物主家里，那对梅瓶就随便放在他们家五斗橱上，真没当好东西对待啊。我瞅着就觉得是这个东西，可也是年轻，急躁，忘了跟物主说'您搁下，我再拿'，就直接去接了，结果呢？"

"瓵了？"杯沿靠在唇边，屹湘几乎听到了回音。

"瓵了！"秦先生两手一摊，"一对难得的元末的青花釉里红梅瓶，就给我生生拆了对儿，我当时差点儿没疼晕过去，还得死撑着跟人谈价钱。就算是一个，也是好东西啊。待我拿回那些碎片子跟孤瓶，差点儿又把我父亲给气晕过去。老爷子让我把那些碎片和孤瓶都搁着，当个教训。"

"那现在还在吗？"屹湘问。

"在，是我那间小博物馆所分的瓷器馆里的头一件展品，我每次进去都能看见——可你瞧，教训明明总摆在那儿，脑子里的弦一松，错还是照犯！"

屹湘把茶杯放下。

"得赶紧想辙！"秦先生看着那一盒子碎片，零零碎碎的，心疼得好像自己的心也被摔成了这样。

"是得想辙。"屹湘指尖点着下巴上的那颗蓝痣，柔柔地说。

"现加工这样的，恐怕来不及了，况且这种水色的，一时也难弄来。"秦先生说着，"不成咱就一块一块地开石，我这儿若是没有，就出去找。"

屹湘看着这位极认真的老头着急的模样，又扒拉了一下碎片子，还是能找出一点儿可用的来，就是不够。她想了想，说："咱只好换一色了……样式也得改改，不能要这种。我看……也许翠色能好找一些？也得合适……我得修改一下那件……"

"你等等。"秦先生停下来，往里面的库房走。

屹湘心里盘算着，眼下是最急不得的，她得沉住气。

手机突然响了，正在紧张焦灼的时候，未免觉得刺耳，她拿过来一看，是芳菲。

电话接通了，芳菲在那头问："湘湘，你在哪儿呢？"

屹湘听她嗓音沙哑，问："怎么了？我在潘家园这儿。有点儿事耽搁在这儿了，一时半会儿我还回不去，有什么话，你直说吧。"

芳菲停了一会儿，才说："那你告诉我你的具体位置，我过来见你。有些话，我得当面和你说，电话里说不方便。"屹湘就告诉了她地点。

秦先生捧着一块石头出来，她刚好挂断电话，抬眼一看，认出来正是叶崇磬的那块"蟒上开花"。

"我给你打完电话就跟小叶说了，他说他存在我这儿的石头只要是合用，你就尽管用。我跟他形容了那水色，他说他想一下办法。你要是决定用翠色的话，用他这块最方便，我就跟他说不用再费事去找了。"秦先生看着屹湘。

屹湘摸了一下这块沉甸甸、乌沉沉的石头——凉凉的，表面还有些粗糙。不知为何，她想起了叶崇磬那深潭一样的眸子。

她说："好。"事到如今，就一事不烦二主了。

秦先生点头，见屹湘沉着，也定下心来，等她决定下面该怎么做。

那日他见这丫头挑选石头，看得出来她是个急性子，眼下这样子，却显出点儿大将之风。他心里不免赞一句，到底是名门之后。

屹湘说："秦叔，借您宝地一用，我需要在您这儿工作了。"

"尽管用，我现在就怕耽误你的事儿。"秦先生掏出手帕来擦汗。

屹湘笑道："您放心，耽误不了，您也别这么紧张。"她请秦先生坐下，打电话回公司安排接下来的事。

秦先生坐在一边，听屹湘在电话里指挥若定，要谁备好车子，要谁找保安系统负责人修改程序，要谁带上她那件没完成的礼服，要谁带着人来这里……他端起茶杯喝了口茶，茶已经凉透了。他重新泡了，给屹湘放在手边。

屹湘微笑，无声地道谢。

看天色暗下来，秦先生忙开了灯。

屹湘忙了半晌，觉得肚子饿，故意吧唧一下嘴，说："秦叔，饭。"她决定晚饭无论如何要多吃一点儿，接下来有一场硬仗要打，她需要体力和脑力的双重保障。

秦先生喝了这半晌茶水，也觉得腹中空空。他把助手叫进来，先跟屹湘商量叫什么菜。

屹湘听到秦先生列的单子，提议等下请师傅们一起吃。她今晚是必定要请他们加班了，很有点儿过意不去。秦先生点了头，马上出去安排。

屹湘继续打电话沟通。

晚饭很快送来了，秦先生请屹湘过去用。

等大家都到齐了，屹湘以茶代酒敬了各位一杯，笑着说这两天还得辛苦师傅们加班赶工，这顿酒欠着，改日一定请大家喝个痛快。满桌子的人都笑了，气氛很轻松。

屹湘很自然地跟师傅们坐到一起边吃饭，边聊着天，话虽然不多，但句句都让人觉得熨帖。

秦先生有点儿意外屹湘这么随和，他在一旁听了许久没插话，不禁对这个女孩子又多了几分欣赏——总觉得她一时有一时的美，像切割得极佳的钻石，每一个切面都有璀璨的光芒。

他们吃完饭，屹湘公司的同事还没有到。还有点儿时间，秦先生带屹湘在工场里参观。

屹湘每次来都是为了工作，无暇对工场进行深入了解。她对这些石头很有兴趣，不住地问问这，问问那。秦先生也有耐心，不管她问什么，都尽量用更容易懂的方式给她解答。两人像认识了很多年的老朋友，讲话渐渐随了些。

今夜是满月。月光清亮，跟灯光交错在一处，光影弥漫。走在石头中间，心是出奇地安宁。屹湘抬头看看明媚的月，有点儿出神。

"丫头，你是不是有什么事想问啊？"秦先生点起烟斗，一说话，喷香的烟从嘴巴里冒出来。

屹湘笑了笑，说："瞒不过您的眼。"她说着，低下头。

秦先生以为她必定是又像前几次那样，把想要说的话忍了回去。不料，她抬手探进齐着下颌的毛衫领子，扯出一条银色的细链子来，在链子的底端是一枚玉坠子。她将玉坠拎起来，悬在空中，几乎与月光同色。

"秦叔，您看看这枚坠子。"屹湘说。

秦先生吧嗒吧嗒抽了两口烟，再看屹湘，她的目光也与月光同色了似的。他做了个请的手势，两人一同回到室内。桌上有个托盘，他示意她把玉坠子放上去，拿了放大镜，仔细看起来。

"这玉在你手上也有些年头了吧？"

"我只知道从记事起就戴着了。"屹湘抬眼看着秦先生,"您看得出来吧,这坠子,应该是一对的。"

"要是我没猜错,你这枚,是竹与梅,另一枚,应是兰与菊。"秦先生拿着坠子,对了光看。这是由上好的材料雕成的,晶莹透亮的,煞是好看。

他啧啧出声:"越是这种小物件,越是考验雕工——你看这竹叶的脉络、梅花的细蕊……"

"招灰。"屹湘轻声说。

秦先生笑了出来,说:"赏鉴者和使用者果然是两个立场、两种经验。"

屹湘见秦先生看着玉坠子两眼发光,情绪显然好多了。她笑一笑,问:"那……秦叔叔,您接触这些东西的机会多一些,能不能请您帮我留意另外一半?"

她这句话问出来,真像是下了很大的决心,有点儿战战兢兢。

"得,我把这事放在心里,替你寻访。"秦先生把玉坠子放稳了,"这些小东西,我倒是没少搜罗,这个样式的还真没见过。也许多少年前就落到另一个人手里,人家也像你这样当成个爱物,不会轻易拿出来流通,所以它并不见得会冒出来,得慢慢来。"

屹湘点头,拿起玉坠子,仔细戴上。

"不过,若是得得到'种水色'相近的料,配上一个也不难。问题是仿得再真,终究不是原配,想必也不是你寻找另一枚的本心。"秦先生说。

屹湘又点头,她把玉塞回领子里。玉凉丝丝的,从身上渗到心里。

秦先生又装了一袋烟,看着她的表情,说:"人哪,不定什么事情上看不开。我瞧着你和小叶都是潇潇洒洒的人,也都有些固执。"

他提到叶崇磬,屹湘沉默。

这时,听到外面远远地有人叫"郗总监,有人找",屹湘出来一看,是冯程程带着人到了。秦先生也跟着出来,指挥着人往他那间屋子里搬东西,说:"这间屋子就归你们用了。"

屹湘等人把东西都搬进去,单独跟冯程程说了会儿话。她已经跟 Josephina 交代了这桩意外,程程说 Josephina 也赶回了公司坐镇。

屹湘刚觉得心安,程程就说:"Josephina 今天情绪很不好。"

屹湘站在大门口,挥手让人都上了车。听程程低声这么讲,她点头,嘱咐程程有事及时联络。

"大老板已经到了。"程程说。

这里乱成一团,屹湘都忘了汪陶生今天到,她再点头,表示知道了。

路口拐进来一辆跑车,屹湘让程程上了车,朝那跑车挥了挥手。跑车开得很快,像是一时刹不住车,从门前冲过去,又迅速掉转方向开回来,才停在她面前。

屹湘一看这车子开出的架势，就好像看到了一个性子火暴并且已经在发脾气的人。看来，芳菲来势汹汹。

屹湘略弯了一下腰，跟芳菲打了个招呼。

芳菲猛地推开车门，说："湘湘，你上来。"

屹湘抬脚上了车，问："什么事，找我这么急？"

芳菲开了车顶灯，屹湘看清芳菲的脸，几乎是同时，觉得脑子里轻微地嗡了一下。那声音，就像空竹抖上了天。

芳菲瞟了一眼大门内，开口说："我知道你这些日子很忙，可我思来想去，还是来找你了。我只有几句话，不会耽误你多久。"

屹湘不语。

芳菲说："我们家的事情，你该了解一些。"她没看屹湘。

屹湘听着芳菲那比电话里还要沙哑的嗓音，心一沉。

"不过，我想最近几年的一些事儿，你未必知道。"芳菲说完，停了下来，两手握紧方向盘，只是看着前方。

有一会儿的工夫，两人都没说话。

屹湘的手心有些出汗，攥得太紧了。

"滕洛尔？"她问。她的手一松开，刚刚攒着的那点儿血一下冲到指尖，指尖都突突地跳。

"对。"芳菲干脆地回答，"我也是刚知道，要不是最近家里闹得实在不像样，我受不了那份乱才问清楚又出了什么事儿，也还糊里糊涂的呢。我以为我爸妈去了上海住，这里可以消停些了，没想到。"

屹湘看她。

"我爸这两天过来有活动，就是这两天，我爸扇了我哥两回耳光。"芳菲说到这儿，停了一下，"我哥都这个岁数了，还被我爸揍，看得我心寒。"

心寒……屹湘又攥紧了手。

芳菲冷笑了一下，说："我不知道他怎么现在几乎都不愿顾及我妈的脸面了，以前我哥怎么做，只要不太过分，他都睁一只眼，闭一只眼。他就骂我哥，骂他不择手段地逼那边——不择手段吗？我不觉得，她胆子大得很，什么人都敢招惹，我哥收拾她一下怎么了？"

"芳菲……"屹湘想起滕洛尔的脸。

"我说，你听。你别发表意见，这事儿是家务事，你发表意见既不合情，也不合理，何况你也不知道能说什么。"芳菲有些烦躁地说，非常专断，非常的"董亚宁"。

屹湘知道她在气头上，不让她说完，没有自己置喙的余地。

"知道她的存在那年我多大？不是十七岁，就是十八岁。我从那时候起，就觉得这个世上没什么男人可以全心全意地去信任了，既然我自己的亲爹都这样——我不知道他有什么理由。那理由就算是苦衷，他也绝对不应该，我妈有什么对不起他的？"

屹湘听着这些话……转头看着车窗外面。

"其实我不在乎她是怎么个存在方式，想明白了也不过那么回事，谁家没点儿见不得人的脏事儿？我家的就比别人家埋汰多少？都是五十步笑百步。我看得开，我哥看不开。他护我妈，护这个家，护得死死的，回回都挨骂，转过头来还是那样。以前我爸发了狠，他也能让三分。这次他榆木脑袋糟烂了吧，死咬着，就是不肯让步。不知道他把那谁怎么处理的，反正我爸的人找不到。他还跟我爸撂狠话，说逼急了，他真让她消失。他看明白了我爸顾及两边的老人，还不会撕破脸；我爸也看明白了他这回是什么都不在乎了——父子俩较劲儿较得也够久了，就是这么激烈。关起门来吵得天翻地覆，最后逼得我爸动了手，我哥还是不松口，谁也没料到会是这样。"

屹湘仍看着外面。

芳菲的叙述像是一团又一团扑面而来的雾气，湿润而冷冽。她并不意外董亚宁的处事方式，就像他跟她说的，他不安生，谁也别想安生……她觉得冷，心里说不出是什么滋味，像是很苦，又掺杂着酸。

"我妈始终没发话，她也从来不跟我们说什么。我爸现在常挑剔她这里不是、那里不是，最恨她天南地北地飞，她也一笑置之。你可以说她有气量，可哪个女人愿意有这样的气量？！现在我和哥都纵容她，她要怎样，我们都尽量满足。湘湘，我们家眼下就是这样的乱象。"芳菲语速慢下来，她喘了两口气，胸口还是闷得厉害，一口恶气堵在那里，是无法轻易消散的，"跟你说这些，是很丢脸的，但我说实话，湘湘，不管怎样，我从没拿你当外人看。你是差点儿做了我们家媳妇儿的人，就算现在不是，也照旧是我从小到大的朋友、姐妹。"

"我明白你的心情，芳菲。"屹湘说。

这事出乎屹湘的意料，这阵子董芳菲和她见面总会跟她说些秘闻，想让她避开雷区，可就是没想到最终踩爆的竟然是董芳菲唯一没有提的地雷。

"那你预备怎么办？"董芳菲直截了当地问。

"芳菲，我不能说。如果你提前跟我讲这事情，我就完全排除她入选的可能性。一个有潜质的、符合我们要求的模特很难找。用她的决定不是我一个人做出的，不用也不能只凭我一句话。跟她的合约已经草签了，想要废掉有困难。"屹湘说。

她对董芳菲说这样的话，比对着董亚宁要艰难得多。

董芳菲看了她一会儿，才说："我能理解，但是她有一天可能穿着你设计的衣服走在T台上，湘湘，我感情上难以接受。"

屹湘觉得心里很难受，但克制着不想表现出来，说："我知道你很难客观，换了我，也一样。就事论事，这确实对滕洛尔不公平，最该受谴责的不是她。而且，这也不是长久解决问题的办法。芳菲，这是个人，藏不了一辈子。"

"不公平？她的存在对我们来说本身就是不公平的。"

屹湘不说话了，是的，她不是芳菲，她不能体会那种痛苦。她应该记得他因为这个难过时的样子。

"我来找你，是希望你能再考虑下。湘湘，让你卷进这桩家事，很难堪，我知道，我实在是想不到我得这样来跟你解释。"

屹湘沉默，芳菲没想到，那她呢？是没想到吗？还是那些细微的信号，其实她接收到了，却特意回避了？她看着芳菲，摇了下头。

"湘湘，我始终没把你当外人。不管是从前还是现在，我相信你，跟相信我哥一样。我来跟你说，是信你在任何时候，对我们，都没安着坏心。但是，我还是怕你和我哥置气……"

"芳菲，"屹湘打断她，"芳菲，我不知道董亚宁是怎么跟你说的，但这事儿我没跟他置气。我以后，也不会跟他置气。"

"真没有？"

"真没有。"屹湘平静地说。

芳菲说："你没有，他有。"

"他也不会，你误会了。"

"好，我误会。可跟你扯上一点儿关系的事，他从来都是装死。我问他，他有没有跟你说，他也死不开口。我猜到他那狗脾气，肯定跟你发过狠了。而且以他那种什么事都宁可自己扛着的性格，我百分之百肯定他跟你不但没好好说话，也断然不会把话说清楚。我没说错吧，湘湘？"

屹湘没否认，也没承认，她只是看着芳菲。芳菲不知怎的就在她的注视中，慢慢地有些泄气了。

芳菲来的时候一肚子热火，说了这半天，身上甚至觉得冷了。车子里的空调风很猛，热乎乎的，她应该觉得暖和的，但是没有。

芳菲看屹湘，她觉得此刻屹湘也是冷的。这是她还能信的湘湘，但大概真的不是以前那个湘湘了。

对的，眼前的她叫郗屹湘……芳菲眼里有些泪意，但忍住了，说："我不难为你了，你下车吧。"

对面有车子开了过来，两个人脸上同时被灯光照得惨白，彼此都将对方的表情看得清清楚楚……那车灯熄了。

芳菲过了一会儿才看清对面车上下来的人，是叶崇磬。

她脑子一时有点儿转不过弯来，只是看着他下车便往这边看了看，随即抬手示意了下，非常熟稔的样子——当然不是跟她，而是跟湘湘。

屹湘并没有马上下车，车里气氛如此僵硬，让她觉得难受。芳菲比她难受百倍，她知道。可即便如此，对像是芳菲这样的朋友，她也不愿意违心地给她做不到的承诺。

车窗被敲响，芳菲看屹湘一眼，降下车窗，就听叶崇磬问："我瞅着就是你的车，你怎么过来了？"

芳菲微笑道："兴你过来，就不兴我过来？我还没问你，你怎么在这儿呢？"她笑吟吟地看着叶崇磬。

屹湘看了看她，这一样，芳菲比亚宁强多了……芳菲有性格，脾气暴，可也很懂得变通，处事更圆融。

令人安心的、可靠的芳菲。

"我啊？我这不是知道屹湘在这儿救火，过来看看怎样了吗？"叶崇磬举起手里的两个环保袋，"我带了慰问品，一起下来吃一点儿？"

芳菲笑了笑，说："今儿就算了，我也得回家救火。"

叶崇磬不明就里，只道她是玩笑话，笑道："你救什么火呀？对了，你哥这两天昼伏夜出？老见不着他，电话也不接，我找他还有事儿呢。"

"这几天就别找他了，他见不了人呢。"芳菲发动了车子，看了屹湘一眼，笑道，"下车吧？我真该回了——对了，明儿晚上我会去捧场的，不过我们家另外两位你们公司的重量级客户，可就去不了了。"

屹湘看了看她，轻声说："回去小心开车，我们再联系。"

叶崇磬替屹湘拉开车门，往旁边让了一下。

芳菲升上车窗来，透过玻璃看着站在一处的叶、郗二人，挥了下手。车子开出去，她又忍不住看了一眼叶崇磬身前站着的那个娇小的身影……

芳菲的车子走远了，屹湘还站在原地看着那个方向。叶崇磬见状，默默地先上了台阶，等了一会儿，才转头叫了一声："屹湘？"

屹湘这才跟着进了大门，芳菲车子里太暖和，冷热一交替，她瑟缩了一下。

芳菲临走时那微笑的面孔、复杂的眼神，让她的心沉沉的。她鞋尖踢着地砖，想缓解一下这种压力。她的心里是明白的，这会儿她暂且不能把这件事摆在第一位，第一位的应该是发布会……是，发布会。

芳菲淡淡地告诉她，明晚自己的妈妈和哥哥都不会来。她想到这儿，踢地面的这一下就有点儿狠。

叶崇磬回头看了她一眼，她正低着头，像在数步子。他走得快，她也走得快，像是比赛似的。

突然，叶崇磬停了脚步，屹湘下意识地也跟着停了脚步。

抬头见叶崇磬一双大眼只管瞪着她，她脱口问："怎么了？"她问得愣愣的。

"你这是故意欺负我脚伤刚好吧？"叶崇磬看她完全不在状态的模样，不由得想起来，在那间小古董店里，他叫醒的那个女孩子……迷迷糊糊地努力睁开大眼，明明是在最没有神气的时候，却有种特别的魔力似的。他的心像在半空中荡了一下，问："是不是？"

屹湘接着说："你自己走得那么快！脚伤，了……了不起啊？"虽是这么说着，但她再走，脚步就慢了。

叶崇磬笑出来，点头，说："对，没什么了不起。"他看她的表情，因为忘了他脚伤初愈而来的小小愧疚，好像化解了一下她的糟糕心情，脸色和缓多了。刚刚她和芳菲的反应，他都看在了眼里，两个人都很不自然，不知道发生了什么事。

屹湘倒没在意叶崇磬在想什么，她心里一团乱麻，也顾不得理顺了。她很快进了那个临时工作间，收拾心神，抓紧时间工作去了。

叶崇磬没跟屹湘走进去，他见秦先生在外面的八仙桌上摆了围棋和茶具，笑了笑。炉子上火烧得正旺，火苗子舔着那老式的铜壶，散发出让人舒心的温暖来。铜壶滋滋作响，水也快开了……秦先生看看他，示意他坐下，低声说："我办砸了事儿，连累你的好石头了，我加倍赔你。"

叶崇磬摇了下头，坐下来。

秦先生又低声说："小丫头人真不错，不但没埋汰我，还紧着安慰我呢。当我瞧不出她怕我挂心啊？"他说完，笑了下，又叹气。

叶崇磬笑笑，看了眼里屋。屋子里静悄悄的，一点儿动静也没有。

秦先生看看他，给他倒了茶。

叶崇磬看着面前茶杯里的灯影，这才说："我还以为她一定阵脚大乱。"他拿起旁边的白布，擦棋盘一周，示意秦先生抓子。

秦先生抓了子，微笑着说："你想想……她能差得了？"

叶崇磬并不答话。

屋子里静得只能听到炉子上那铜壶里的水响，连棋子落下，都像是无声无息的。

他们都在留意里间的动静，可就是很久很久没有一点儿点儿的声音。

叶崇磬修长的手指抓着子，拿起来、放下去，指尖碰着凉凉的白玉棋子，似是不经意，每隔一段时间，他都看一眼秦先生背后条案上的老座钟。秦先生拿烟斗磕了磕桌子，微笑道："一心二用，必然背腹受敌。这样下去，这盘棋，我可是赢定了。"

叶崇磬掂着手里的棋子，细看棋局，好一会儿，终于落了一子，安在西北角，说：

“难说。”

秦先生笑笑，说：“居然还能让你救几步……好，我看你下面怎么办。”

叶崇磬被秦先生这样一说，一拱手，表示歉意，接下来便集中了精神。秦先生棋力不容小觑，叶崇磬平日里跟秦先生下棋也得十分用心。今天他显然是分了神，此时再急起直追，已经有些乱了方寸。好在他下棋一向是稳扎稳打，即便盘中出错，也有机会慢慢地收复失地。不过下到末盘，他心算一番，投子认输。

秦先生微笑着数子。

叶崇磬喝着茶，笑着看秦先生拿在手心里的那几颗子，再次笑着拱手。

秦先生笑出了声，问道：“你打算什么时候拿走那‘打眼货’？‘蟒上开花’可已经给你报销了。”

叶崇磬清理着棋盘，并不言语。

“什么打眼货？”门帘被挑起一半，屹湘出来了。她一头柔软的碎发被揪得乱七八糟的，平光镜搭在脑袋顶上，手里拎着一沓子图纸，靴子也是一只老老实实穿在脚上、一只趿拉着……

叶崇磬一看，屹湘这副邋遢样子实在是不成体统。

“你们又买到什么了吗？”屹湘摇晃着过来，抓了自己先前用的那个杯子喝水，将图纸啪地一下摁在棋盘上。秦先生先拿了起来，戴上花镜看，又赶紧高声招呼工匠过来。

“我想过了，来不及弄成原来那样的了，就做成柳叶形状……”她又喝了一杯水。

在西厢等候的工匠师傅们已经围拢过来，她放下了茶杯，手里捏着的红色水笔，在图纸上指指点点、写写画画，一边讲解着，一边做标记。她解释清楚之后，给师傅们一人分了一张图纸，拍拍手说：“拜托各位了！”她说完，给他们深深鞠了一躬。

叶崇磬看着她那乱蓬蓬的头发随着这一鞠躬更加的纷乱，想笑，又见她那认真的神色、绯红的脸颊，忍住了。师傅们拿了图纸散去，他这才想起晚上过来的时候带的食物，问她：“饿不饿？”

屹湘正在拨电话，见问，忙点点头。叶崇磬将食盒打开，她先伸手过去，抓了一块寿司塞进嘴里，几乎是一下子就吞了下去，显然是饿坏了。叶崇磬还没说“你慢点儿，别噎着”，她已经转过身去讲电话。

“喂……程程，你让小李马上送他们过来吧……对，就现在……是，已经好了，我在这儿等……行的，没问题。”

叶崇磬看看屹湘，给秦先生递上筷子。

秦先生笑眯眯地道：“不带这么厚此薄彼的啊，我坐在这儿一晚上，也没见你关心我饿不饿。”

屹湘正好挂断电话跑过来继续吃寿司，听见了，忙看了一眼叶崇磐。

叶崇磐正背对着她往铜壶里灌水，屹湘看不到他脸上此时是什么表情。她先笑道："来，秦叔，这块儿大的一定先给您。"她抽了一双筷子过来，从食盒里夹了最大块的鲗鱼寿司，压扁着蘸了下料，放到秦先生的碟子里，说，"您请，您请。"

秦先生皱眉道："我吃不来这种，要那种简单的。"

屹湘笑着说："尝尝呀。我上个月在日本，住的那家旅馆，管家就做了一手很棒的鲗鱼寿司。可惜遇到地震、海啸，不然我大概会多住一阵子，好好尝尝……"

"你当时在日本？"叶崇磐问。

"对，正好在仙台。"屹湘低头吃东西。

叶崇磐想了想，说："亚宁当时也在。"他说着，看了眼秦先生，秦先生点了点头。

屹湘正好含了一块寿司在嘴里，没有应声。

叶崇磐接着道："当时很险，有阵子没跟我们分公司的同事联络上，大家都很紧张。亚宁也是，好久没有消息，把家里急坏了……你受伤了吧？"

屹湘指了指头顶，说："豁了个大口子，不过没事了。"

她说得轻描淡写，好像不过是骑了一会儿自行车磕了碰了，擦破皮了，听的人只觉得心惊。她不想多说，又吃了两块寿司，叹了口气，说："我在想，原先搭配我的这件礼服，是有一条水色相近的翡翠项链的，礼服式样变动了，还得另找一条搭配。仓促之间，让我去哪儿寻？"

叶崇磐说："有秦先生在这儿，何必舍近求远？让秦先生贡献点儿私藏如何？"

屹湘看看秦先生，秦先生又做了个他习惯性的动作，仰头，望着天棚的某一处，一会儿，说："小叶啊小叶！"他搁下筷子，摸了摸腰上的钥匙环，说，"跟我来吧。哎哟，这真是，不怕贼偷，就怕贼惦记着。啧啧啧，合该着我就得做这贡献啊。"

屹湘转头看看叶崇磐，叶崇磐歪了下头，示意她跟上。

秦先生进了里屋，站在一个柜子前面，做出一副其实不太乐意的神气，在一串钥匙里摸索了好一会儿。屹湘笑笑，站得远些，不去看那柜子里都有什么。

叶崇磐进来，先打量了一下屋里——这里已经被屹湘铺排满了，那件半成品被搭在模特身上，初现雏形。他对服饰并没有太深的研究，看了一会儿，也不出声。这时候秦先生从柜子里拿出了一个方方正正的锦盒来，放在案子上。

屹湘见秦先生随手就将盒盖打开了，往前挪了两步。盒盖一开，一片绿莹莹的光立刻闪了出来，她低低地"哦"了一声。这是极美极美的一串翡翠项链，地地道道的老坑玻璃种，翠色盈目。她的心怦怦跳着，心想这可是难得一见的珍品……她忍不住回头看了眼那个柜子——原以为那不过就是个普通的顶箱大柜，展示意义大于实用意义，不料秦先生就把这么重要的东西放在里头……她轻轻"哦"了一声，叶崇磐就笑了。

"原石有两吨重，精选了又精选，你可以看看，每一颗，大小都差不多，种、水、色没有明显差异。"秦先生微笑着说，眼睛里透着得意。

屹湘吃惊，吃惊的倒不仅仅是因为眼前就是一串稀世珍宝。她前阵子才看到过一串相似的东西，比这个要差上一些，价码超过两个亿。她动过租用的心思，最终还是放弃了。

"您就这么……"她笑着指指比较起来已经显得太过简陋的盒子和基本上没有什么安全保护作用的柜子，"这么着啊？"

叶崇磬笑道："你现在知道为什么这老头会给你办砸事儿了吧？"

"知道了。"屹湘眼见着秦先生又仰头瞅天棚，简直不能不乐。

秦先生拿起项链，示意叶崇磬："来，给丫头戴上过过瘾。才交付了几日，还没人戴过呢。"

"不用……"屹湘赶忙拒绝，"我还是不要戴了。"

这两人的动作却比她要快得多，眨眼之间，那项链已经完成了交接。她看着叶崇磬修长漂亮的手指提着绿莹莹的项链，不知为何，脸上就发热，心里更有些发慌……因为明明白白地感觉到了自己的状态，心就突突跳得急了。

旁边就有模特架，叶崇磬看看她，转身将项链挂了上去。

"怎么样？"他问。

"很好看的。"屹湘说。

叶崇磬看了一会儿，听秦先生说："丫头戴上更好看。"他笑了下。

"就是太贵重了些。"屹湘说，语气里还是有点儿犹豫不决，"您真放心借给我们用吗？"

"这还有假？尽管拿去用。虽然这件东西不愁买家，但我私心还是想它能有个好机会，好好亮相，惊艳众生。这不就来了？"秦先生微笑道，他听屹湘说"谢谢亲叔叔"，爽快地开起玩笑来，"正好也替我做宣传，回头那些达官贵人看了你们的发布会，还不抢着来买啊？我可就逮着机会漫天要价了。"

屹湘笑出来，她见叶崇磬将一旁的灯挪动了下，翡翠珠子那绿莹莹的色泽越发夺目了。

她轻声说："这么美，不知道会遇到谁？"

叶崇磬看看她，说："有缘人、有心人。"

屹湘愣了下。

叶崇磬把项链收了起来，交还给秦先生。

"我得走了。"他说。

秦先生说自己要在这里看着宝贝，让屹湘去送他。

叶崇磬想说不让屹湘出来了，但见她已经穿好外套，就没出声。两人走出来，在廊下站立了片刻，像是在等什么。待回过神来，两人相视一笑。

屹湘看着叶崇磬，踌躇片刻，说："谢谢。"

叶崇磬摇了下头。

屹湘先走下台阶，他跟上去，慢慢地走着。院中地面上，银色的月光如水膜一般铺满了，踏上去，得小心翼翼，免得一个不小心踏碎了……而他的心跳则一点一点地急促起来又缓慢下去……他知道这是因为什么，因为她的脚步就是这样踏着的。

风拂过来，拂到脸上，像只温柔的手，带着她身上特别的味道，那是有些醉人的香。

是的，这是醉人的香。在这春风醉人的晚上，他知道自己心里生出的那棵嫩芽，苏醒了……

屹湘被这暗暗的夜色、明明的月光包围着，只觉得有股深深浅浅的凉意，可脸上有些热，始终没有消退。她默默地、心事重重地站住了。

叶崇磬已经下了一层台阶，回身见她还在那里，细细碎碎的发覆着额头……他想起那日阳光下她额角的深痕。他抬手揉了一下她的额发，温柔而修长的手，就停在那里，像是要熨去那伤。

屹湘愣住了。

第十一章　悬崖摇曳的花朵

在生死一线间脑海中的闪现，是茫茫岁月中的找寻不见。当记忆的潮水退去，沙滩上留下的都是谁的流年？

——题记

董芳菲一跨进二门，见上房没开灯，便放慢了脚步，免得弄出声响。她喝了不少酒，知道外祖父休息了，倒是松了口气。哥哥屋里的灯还亮着，她有点儿意外这时候哥哥在家。她不确定他是不是愿意被人打扰，轻手轻脚地走到廊下，站了一会儿。

屋子里传出吱呀吱呀的声响，有点儿像小提琴声，但比之要清亮细密许多。这曲不成曲、调不成调的，无端增加了她心里的烦乱。她门都没敲，一把推开了董亚宁的房门。

董亚宁正在收拾他的那几把胡琴，胡琴在桌子上一字排开，场面很是壮观。董亚宁看了芳菲一眼，继续调着琴，问："这是发哪门子的邪火？"

芳菲拎了一把椅子过来，坐到哥哥对面，说："董亚宁，你看着我。"

董亚宁没理她。

"你看着我，我有话说。"芳菲说着就来夺他的琴。

董亚宁身手极灵活，闪了一下，胡琴被他高高举起。

"哟！"牙缝里吸进去凉气，他瞪了妹妹一眼。

芳菲看他转过脸来，右半边腮上两组隐隐的紫色印子没重叠，看上去就更加让人火冒三丈，她嘴巴里冒出了两句京骂。

董亚宁拿着琴弓敲到妹妹的头上，却只是轻轻的一下。琴弓粘上了芳菲的发丝，揪得有一丝微疼。他听芳菲又跟着来了一句，忍不住说："你一个女孩子，嘴巴干净点儿会死啊？年纪又大，又粗鲁，又爱喝酒，喝了酒又爱耍酒疯，谁还敢要你？"

"董亚宁！"芳菲拖了一下椅子，吱吱嘎嘎的，靠近董亚宁一些。

"去后面陪妈妈，要不然就回你房里挺尸去，少在我眼前瞎晃。"董亚宁收了琴，站起来去拿烟。他在房间里走来走去的，不时地磕磕碰碰。他现在很少回来住，倒堆了很多杂七杂八的东西。

董芳菲见他那瘦而精壮的身影在那边晃动，行动间是高抬脚轻落地，极有耐性地找着什么。她看着看着，竟然发了呆，本来要出口的话，说不出来了。

董亚宁终于在一堆宣纸下面抽出了半盒雪茄，他心满意足地掂了掂，拿出一根来，点了烟。

"要不要喝点儿茶？"他问。

转了半圈，他看看自己这里，乱七八糟的，什么都有，唯独吃的喝的一样也没有。他的指尖蹭了蹭眉尾处："我一会儿就走，你该歇着就去歇着。明儿一早饭点我要是回不来，他们问，你就说我回我自个儿那儿去了。"

"你送妈过来的？"芳菲从桌子上拿了那块松香，放在鼻端嗅了嗅。

"嗯。"董亚宁说。

"姥爷感冒了？"芳菲又问。松香在手里揉搓久了，渐渐地暖了起来。她身上慢慢开始发汗，手指尖都湿漉漉的。

"这几天他老人家要不是说生病，咱们还不躲着不见他啊。"董亚宁坐下来，吐了一口气，腿一架，单脚踩在了木凳上。

看到芳菲拿着他的松香，他伸手过来要。

芳菲一躲，闪开了，不给他。他瞪眼，说："给我。"细长的眼睛里，闪闪烁烁的。

芳菲把松香抛给他，他伸手接住，皱皱眉。

"你晚上去哪儿喝的酒？"他问。这几日心情很差，他时常挂彩，脸上身上有点儿伤，怎么着也不丢人。就算是顶着脸上的红印子，人家也只当他风流惹祸，何况少有人敢当面问他，但就是心情很差。

"你管我。"芳菲没好气。

董亚宁仰头靠在沙发上，无声地笑了，好半晌，他说："有一个算一个。"

"什么有一个算一个？"芳菲问。

董亚宁站起来拎起一件外衣，嘴里叼着雪茄，抬手推了妹妹的脑袋一下，说："滚去睡觉——这褙节儿上别招惹我，烦着呢。"

"你到底把人弄到哪儿去了？"芳菲跟着站起来。

董亚宁闻到她身上的酒气，眉皱得紧了，说："董芳菲，我警告你，你喝酒可是越来越厉害了啊。喝酒可以，但你得有数。别长这酒后撒疯的坏毛病，要不然你看我怎么收拾你。"

芳菲听了，哈哈大笑，眉毛、眼睛都一起抖动起来："我酒后撒疯？疯得过你？你刚说的——有一个算一个，在咱家，这叫遗传。"

董亚宁听芳菲说这话，倒是没反驳，只开了门往外走，问："你到底回不回屋子？"

"哥。"芳菲双臂搭在哥哥的肩膀上，一边推着他往外走，一边借力使力跟着他的脚步，"哥……"

董亚宁听着芳菲难得这么温柔地叫着他，而不是气哼哼地连名带姓喊他董亚宁，心里悠悠荡了半刻，转而甩开她的手，问："你又闯什么祸了？"

芳菲气结，董亚宁总有这个本事，在人家明明想要对他好点儿的时候，一句话、一个动作，甚至一个眼神就能把人噎回去，让人恨不得抽他一个大耳刮子。这是她哥哥，她也无法轻易夸出一个"好"字来——这是什么性情啊！

"我晚上见过湘湘，我跟她说了，她没答应。既然这样，我也和她说了，明晚 LW 的发布会，你和妈都不去，我还是会去捧场的。"芳菲说。

董亚宁站住了，看着芳菲。芳菲立刻感觉到了哥哥身上那股子气息，冷冽而紧张。

"谁让你去找她的？"他问，小半截雪茄噌地一下就弹了出去。

芳菲就算看不清楚他脸上的表情，也知道他快火冒三丈了。换了别人，可能就怕了，她可不是别人。她是董亚宁的妹子，太熟悉他了。

"你要肯好好跟她说话，用得着我去丢人现眼？"芳菲的气息也不弱。

"董芳菲！"董亚宁恶狠狠地指着妹子，"你！"

"你什么时候才能跟她好好说说话？"芳菲一把打掉哥哥的手，生铁似的一只手，打得她反而手疼，马上揉了揉。这一来，气势就弱了。

还好她不是存心要吵架占上风来着，接着叹了口气，问："啊，董亚宁？"

董亚宁看了妹妹一会儿，才说："如今，我和她，还有什么可好好说的？"

"没有吗？"芳菲问，她瞅着哥哥的脸。

"有吗？"董亚宁嘴角现出一丝笑，这让他的表情似笑非笑，显得很怪异，"再说，她是谁？我该认得吗？"

"你这叫什么话？我跟你说正经的呢！"芳菲皱眉，满心烦躁。眼看着哥哥从刚刚那一点儿点儿的失态又恢复了吊儿郎当、毫不在意的模样，她只觉得说不出地急，又不知道自己到底是怎么个着急法。她说着，就扯了一下董亚宁的后衣襟。

"哟，你还会说正经的，多新鲜哪！"董亚宁晃着身子，拂开妹妹的手，先走下了台阶，意思就是要出门了。

芳菲略停一下，追上去："哥！"

"你今天怎么这么啰唆？"董亚宁不耐烦地说，他看着芳菲，说，"还有，我要干什么、妈要干什么，什么时候轮到你来瞎安排了？"

芳菲被他的话噎住，一时气结，猛然间恨恨地一拳打过去，正中董亚宁的上腹部，又跟敲在铁板上似的，震得她手指关节发麻。

董亚宁纹丝不动，只说："你少掺和这些破事儿，这两天你只管陪着妈就行。那发布会，她要去，你陪着去；她不去，你也不准去。"

芳菲看着他，说："哥，你老实跟我说。"

董亚宁摆了下手。

"你跟老妖婆那么熟，都不去直接找她，到底是为了什么？老妖婆不傻，邬家本在这个圈子才混了多久？他都能看着你的眼色办事，老妖婆在这圈子里的关系和地位不比他强多了？她会一点儿不知道？她要是完全不知道也就算了，可要是知道却看着湘湘前头有个坑不提醒她、看着她往下掉，那就是没安好心。你要找湘湘麻烦，那就是正中老妖婆的下怀，这你总明白吧？"

董亚宁不出声，芳菲双手抱了臂，眯着眼睛看哥哥。

"你肯定明白，你却拉得下你这张老脸来难为湘湘，到底打的什么主意？"芳菲问。

董亚宁揉了揉被芳菲打了一拳的腹部，吸口气，隔着衬衫，标准的巧克力排腹肌能摸得到，排列分明。

"走了。"他说。

"董亚宁！"芳菲眼看他就要走出垂花门，喊了一句，"你还甭臭践，我告诉你，她要是跟了别人，你可别后悔！董亚宁，你听着了没？到时候装孙子都没人治！"安安静静的院落里，芳菲最后这句话说完了，声音似乎绕了好几圈，久久不去。

董亚宁的人影已经不见了。

芳菲喊完，胸口的郁闷好像消散了些似的。她深吸着夜里寒凉的空气，忍不住又"啊啊"地吼了两声……此时她正站在前院的廊下，正房的灯忽然亮了起来，映亮了小半边院子。

芳菲的心咚咚剧烈跳了两下，刚要贴着墙根溜走，就听里面有个苍老的声音问道："外面是菲菲吗？"

她攥着拳头狠狠地挥了两下，有些懊恼地答应着"姥爷，是我"，赶忙往正屋去了……

董亚宁到这会儿还在垂花门外，并没走远。他听着里面芳菲那高跟鞋噔噔地敲着青砖地，脚步灵巧而迅速，随后门吱呀开合，外祖父的咳嗽声清晰可闻……

董亚宁用脚步丈量着这块空地，月光真亮，他的影子很小，又浓重，跟着他的脚步移动。

好一会儿，他才发现自己的步子是有规律地在交叉踩着十字——他踏出了秧歌步。他看着月光中自己那泛着淡淡清光的鞋尖，脚步是停了下来，发了会儿愣。耳边似乎是锣鼓喧嚣，满眼是大红大绿的绸子，舞动着……他走出了家门口。

司机正在车子里打盹儿，他没上车，慢慢地往前走着。

外祖父的这个住处，门前街道上有两排古银杏树，每棵都合抱粗。有几棵大树长得散开了，需要围栏围起来。

他抬头看了看，月光从尚有些疏散的树叶间穿过来，落在身上。深秋初冬的时节，这条街会有多美呢？那是难以想象的——金黄色的树叶或在树端如一团团金色的云彩，或铺在地上若金色的地毯，怎么看都是好看的。

他慢慢踱着步子，来到了树下的围栏处，扶着矮矮的围栏，看着眼前这棵树，手里捏着一团东西，是刚刚被芳菲抛来抛去的松香。

他拿在手里，无意识地揉搓着。

手机响，他看看，接了。

陈月皓问他，明晚 LW 发布会她受邀出席，他呢？

他语气平平地答："再说。"

听得出来，她问得有所期待，得到这样的回应并不能算是出乎她的意料。平常她偶尔也会试探他，他的答案如出一辙。她也并不会表现出明显不快，今晚却好像很失望。但她仍没多问，接下来又用很愉快的语气跟他说着话，他懒懒地应着。她不大跟他讲那些圈子里的事儿，偏爱跟他说一些琐碎，比如明天打算穿什么衣服、今天吃什么菜、哪儿的蛋糕好吃、最近天气是多么的好……她爱拍照，拍得还不错，很愿意跟他分享，可每次都要问过他有没有时间看，才给他发一张过来。她又极少把自己拍在里面，即便有，也只是一个侧影而已。她还时常讲要早早退休，不然不规律的生活会让自己衰老得快，反正钱也挣得够了。外面都说她有多么大的野心、多少的算计，他对她倒是有些了解，她实在是没有什么企图心。

他静静地听着，不打断她说话。

陈月皓反而有些奇怪他今天这么有耐心，有好一会儿她不再说，他也不说。然后她问："你晚上没有别的安排？"

大概是少有的，他电话里的背景干干净净，只有他的声音。

"嗯。"他捏着松香，送到鼻端，忽然说，"你等等。"

另有电话进来，他切换接通，听了一会儿，就说："我这就过去看看。"顿了顿，他说了声"谢了"，别别扭扭的。

电话再切换回去，意识到她还静静地等着呢，他莫名觉得有点儿抱歉，想说句什么，出口还是"你早点儿休息"，也没等她回答，就挂了电话。

他打电话叫司机开车过来，站在树下等着。手机屏幕还亮着，他举起来，照在树干上，那点儿光当然不够，树干上的沟壑也照不亮。但他也没有开手电筒功能的意思，就只是看着那树干，尽管其实看不清楚。

车灯光扫过来，将他的身影映在树干上，他更看不清楚了。他迅速转身上了车，说："去养和。"

车子平稳地启动，银杏树在渐渐退后，他看着，有点儿出神……这条街太过熟悉，老树也太过熟悉……但他确实有好久不曾仔细看过这条街上的老树了，都快忘了这是多么美的树木。尤其是在深秋初冬的季节，美得连西山的红枫都比不过……如今，若是无事，他一点儿也不想回到这里，因为一回，眼里不知什么时候就会闯进一些东西，脑中随之就会出现一些他不想触及的画面，就像刚才的秧歌步。正常情况下，若让他想，可能未必想得出来应该怎么扭、怎么走，可刚才自然而然就踏了出来。再看巷子里的老银杏树，他莫名其妙就被带回了许多年前，所有的事，样样清晰地出现在了他的脑海。

那时候集体活动，很多都是去爬山，看枫叶。他老是不屑一顾，大概也是年纪太轻，会觉得那种把大伙召集起来，到了目的地除了吃就是喝，乱哄哄一窝蜂似的上山，拍拍照留个念，然后浩浩荡荡下来的集体活动，是最让人难受的了，拘谨得慌。从小在渔村里野惯了的他，是最不习惯规规矩矩的集体活动的，上课都不爱去上，何况其他？

他也不喜欢四方周正的北京城，但当他单肩背着什么都有就是没有课本的书包在街上闲逛的时候，反而发现了这座古老城市的美。时间久了，街面上的小混混，他都熟了——靠打架熟悉起来的。他头一回挨打回来，一额头的伤，妈妈心疼得要死，气得想要安排人每天接送他上学。

他怎么肯。

姥爷看到后却大笑，后来姥爷说："阿宁，打架不怕，打不赢，也不怕。就是怕你打不赢之后输了胆色。"

他什么也没有，也有点儿混不吝的胆色，于是打那时候起，就开始专门学功夫了。妈妈担心他这样下去迟早惹出事，想方设法地阻挠，父亲知道了倒没阻拦，但告诫他学了功夫不可恃强凌弱，只有姥爷，对他父母的态度都不以为然。不过，姥爷也不明说，只是让他知道，就算是闯祸，也有人给他兜着——他也没想去欺负别人，但是被欺负到眼前了，他总得还手吧？打下地盘来，他总得护着吧？

等到他上高中，他已经在街上小有名气了。就是没人知道他这个单薄、瘦高的家伙到底是什么来路，只知道他挺仗义、很能打、下手狠，而且总能逃脱惩罚。老师们对他是睁一只眼，闭一只眼的。他的功课不坏，就是偏科严重，语文是最差的。可语文老师又极偏爱他，因为他写得一手好字，作文也总是剑走偏锋，尤其议论文，写得极好。班里除了他，语文老师偏爱的另一个学生就是邱湘湘了。

这样的学校生活没什么好，也没什么不好。上课睡觉，下课跟一帮哥们儿神侃的日子，也还算行——如果，没有那么个跟他八字不合的邱湘湘处处跟他作对的话。真是邪门儿了，他们竟然一路都是同班同学。就算是有某种特殊点儿的原因吧，也不带总把他们几个安排在一个班的呀。

初中毕业，他以为这下可好了，再也不用跟那个性别都不明的古怪家伙整天在一处了，没想到高中看分班表的时候，他们又分在了一个班。就连后来文理分科，他这个可文可理放在哪儿都行的主儿，闭着眼睛去了理科班，而她文科成绩绝佳，竟然也选了理科。更让人气的是，那么多理科生重新编班，他们竟然又在一个班里——冤家路窄就是这么来的吧？

粟菁菁仍跟他们俩同班，可是看人家菁菁，早就出落得楚楚动人，像个柔婉的女孩子了，她还是那副假小子德行。因为成绩好，也还有点儿想法，到了新班，她跟粟菁菁搭伴参选班长和团支书。

当选之后，她认真地要组织一个班委班子，还拉他入伙当体育委员。当他不明白吗？理科班男生占多数，她要他那点儿在男生里的威信压场子呢！她呀，看着在小事儿上傻乎乎的，大事儿绝不糊涂。他虽然明白，但也懒得揭穿她这点儿花招。他要当选简直是轻而易举的事，男生里他一呼百应，在女生里的人气就更不用说了，不参选体育委员，还测不出来他有多受女生欢迎呢。

高中的班干部，有什么大事儿呀，她还做得挺起劲儿，凡事不服输。菁菁的口头禅是"算了吧"，她就是"不成"。什么事儿都得来个"成"，从黑板报比赛到学校的艺术节，事事儿没他们六班冒尖儿，她就不舒服，典型的被关注强迫症啊！

平时她做那么多事，参加那么多活动，也不耽误学习，成绩始终名列前茅。仔细想想，她不愧是他们邱家的女儿，上进，真上进。

那会儿他跟潇潇老凑一处偷着抽烟，就在潇潇他们学校的后巷。那时候潇潇也是个惹事精，惹了街上的人，虽然后来事被压下来了，但也不时有些麻烦找上来。潇潇年纪不大，已经看出是个能扛事儿的，不轻易求外援。

董亚宁在外面混久了，街上的人之间那些条条线线，他也能摸清路数，大不了多绕几个弯子，人家也就知道他这个"少爷"的名号。那些日子，他多跟潇潇走两步，没多久那一篇儿也就帮潇潇翻过去了。

他们两人老爱坐在栏杆上瞎侃，什么都侃，包括女孩子。有一天不知为何，像是脑子搭错了线，他突然问潇潇，说湘湘怎么回事儿呢，人家都在生长发育，就她是静止的……他坐在栏杆上，优哉游哉，潇潇冷不丁一脚过来，他就翻下去了，摔得灰头土脸的，人还没爬起来，就听潇潇骂他瞎了……

他吃了一嘴沙子，来不及吐干净就马上骂回去："不带这么护短的，你倒是比较比较……"

潇潇问：跟谁比呢？

他坐在地上，是啊，跟谁比呢？他一时想不起来。就那么发了会儿愣，他又吐一口沙子，说跟谁比都比不过。

潇潇反而笑了，说："算了吧，你们俩就是跟斗鸡似的，见面互看不顺眼，背地里还嚼呢？你怎么这么闲哪？我看你们纯属八字不合……你觉得她不像女孩子？我告诉你，喜欢她的人多了去了呢。湘湘收到的情书都是一沓一沓的——我爸妈还专门开家庭会议敲山震虎，说现阶段要把精力放在学习上，不要早恋……湘湘经不起爸妈吓唬，就把那些情书都交出来了。嘿哟，比我收得多多了。而且好多她都没拆开，我偷偷拆开来看看，有的写得真不错……对了，你认得一个叫傅晓光的吗？"

"认识。"他说。

他们那所跟潇潇所在的重点高中齐名的学校，还有人不认识傅晓光，那就怪了。

那是个女生们眼里品学兼优、风度翩翩的"隔壁班男生"。粟菁菁跟那几个叽叽喳喳的女生凑在一处就老议论傅晓光，傅晓光穿了白衬衫、傅晓光理发了、傅晓光跟谁说话了……他也喜欢那个假小子？匪夷所思。

"嗯。"潇潇说，"情书写得一流，那文笔，简直能拿来当范本……我跟你说，我都动心，靠这一手绝技还有追不到的女生？"

"还范本？那你学着写给你心里的那个她呗？"董亚宁又爬上栏杆，笑嘻嘻地说。潇潇又冷不丁一脚过来，这回他躲过去了，身子倒挂在栏杆上，眼睛看到的整个世界都是反着的了。

他听着潇潇笑，脑子里倒是还有点儿想法，那就是——真是一人一双眼啊……傅晓光的眼睛长歪了吧？

隔不久，他们要参加一个国庆节活动，好几所中学的学生组成一个方阵，学校选的都是比较齐整的男生女生。粟菁菁身体不太好，老师照顾她，没让她参加，少了一个人，就让董亚宁替补上去了。说起来就是很丢人的活动，那方阵竟然是扭秧歌，到时候还得脸上涂红胭脂……可怕。

他接过分发到手的大红绫子，往身上一围，就算他从小是见识过胶东大秧歌的主儿，鸡皮疙瘩也掉了一地。可人家邱湘湘同学，欢欢喜喜地抖开红绫子就舞了起来……积极的呀，真积极。积极分母。

他后来才回过味来，她那么积极是有原因的。那阵子，每天他们放学后不用上晚自习，校车送他们去与另外几所学校的学生集合练方阵。

在通勤车上，傅晓光就会站在她的身边。有时候他们两个人说话，有时候不说……她说的时候，傅晓光就安静地听；她话痨，其实是她说得多——她也不知道，她跟傅晓光说话的时候，有多少人在看着呢，各种各样充满内涵的眼神……大概这样的一个过程持续了有近一个月。

女生们议论的话题急速从傅晓光的服装、发型变成了傅晓光跟邱湘湘又一起做了什么事、参加了什么活动。偶尔男生们也会交换信息，多半是邱湘湘喜欢傅晓光哪点儿啊……那时董亚宁突然意识到，不只是很多女生喜欢傅晓光，真的有很多男生也喜欢邱湘湘。

他就想，怎么会有男生喜欢这么个假小子，还写一堆情书？

匪夷所思。

不过，斯文俊秀的男生喜欢野蛮的女生，这大概是规律，并不难理解。就像他这种粗线条的，会觉得温柔可爱的长发女生好。但若是不怎么斯文俊秀的也喜欢了，那就有点儿吓人了。

大概就是那次方阵活动结束后，邱湘湘放学不跟粟菁菁一起了，下了课也不跟男生们打会儿篮球什么的了，她改成跟着傅晓光一起搭公交车回家了……当然也不总是搭公交车，不搭公交车的时候，就从学校后门出去轧马路。

后门那条街相对僻静，那原本是他的地盘。这一来，他遇到他们俩的概率就高得多了。第一次相遇，她看他的眼神里竟然有点儿惊慌，见他不动声色，她也很快镇定下来。待走过去了，她还回头，见他毫无反应，就更镇定了……跟她相比，傅晓光可要稳重得多。他们俩是认识的，见面会像大人那样点点头。那会儿他似乎听到傅晓光问了她什么，他听不清，她怎么回答的，他就更听不清了。

爱说什么说什么，他忙着呢，没空理会这些。他不理会吧，她还来劲儿了，有一天竟然在教室外面拦住他，那话里的意思，就是……算是求他保密的意思？怎么态度还那么不像求人呢？

他哼了一声，丢给她一句："你谁呀？我认得你吗？"她简直是侮辱人嘛，当他什么人了！

后来跟他打听她的人逐渐多起来，校内的有，校外的也有。在那以前，但凡有人问起，都是跟他问粟菁菁的状况，问起邱湘湘的几乎没有。她好像一夜之间变成了从沙堆里扒拉出来的明珠。来问的人多了，他也烦。她自从被他当面问过那句"你谁呀"之后，心里也有了芥蒂。见了面，彼此更没什么好脸色。尤其他偶尔实在推托不过，受人所托去约她的时候，她脸上那冷淡拒绝的神气，骄傲得真……真以为自己是公主了啊。

死活看不出来她哪儿值得那么多人追，有人追就算了，还有人围追堵截，她又是直来直去的主儿，而傅晓光看起来更是一副清高得不食人间烟火的模样，得罪了几个人。

常听说有人要收拾傅晓光，董亚宁没太往心里去。就是有一天，他跟人约了在后巷碰头去打桌球，刚出来就看到他俩被堵在那儿了。

天已经擦黑，后巷又僻静，不然那帮人不会那么猖狂。他们围堵了傅晓光跟湘湘，湘湘瘦弱，但是脾气爆发出来，最是嘴上不饶人。那一刻，明明是自己处于劣势的时候，她的气势却一点儿不弱……可是，越是这样，越是会挑起人的火气来，她好像不明白这个道理。

很多年后，他也知道了，她就没有明白过这个道理。

他是知道的，不过他不着急，反而靠在墙上，看着。后面有三三两两的学生出了校门，看到有人打架，有的站住了，有的赶快返回了，有的改道了……

他就看着。

很奇怪的是，平时他见了人打架总是在极短的时间内就热血沸腾，就好像瞬间被注射了大剂量的肾上腺素，那一刻却极为平静，连自己都觉得自己像个黑影里的幽灵，在隔岸观火……

她忽然尖声叫道："董亚宁，你是不是男人啊，见死不救！"

他嗤笑出来,她毫发无伤呢,死什么死?大不了就是傅晓光吃点儿亏。那帮人下手很有数,目的不过是吓唬吓唬他们,伤不到筋骨的。但她那一嗓子还挺有效果的。打人的那几个,几乎同时停了手,扭头来看他。他懒洋洋地离开撑着软绵绵身子的墙壁,吊儿郎当地过去了。

他说:"哥儿几个,在我这儿劫人是不是得跟我商量下?"嘴上还没说完呢,他已经动手了。动了手,他才知道,合着那几个人确实不是吃素的呀。被人围攻感觉不太好,他从来不喜欢,不过也从来不怕。他就好像闻到血腥味的独狼,越危险的境地,越令他兴奋。那一天,他一个人对付五六个,打得很痛快。后来,他让他们滚,丢给他们一句话:"这是我妹,要动她一根汗毛,先问问我答不答应。"

他侧脸看她忙着照顾嘴角流血的傅晓光,半晌没出声。傅晓光跟他道谢的时候,她才抬眼看他。

他就问:"去医院吗?"

当然得去医院。

在医院里,看着她紧张兮兮的样子,生怕傅晓光再出什么意外,真让人看不下去。他可没见她对谁那么上心过,他也受伤了,她就把他扔给护士照顾。

等傅晓光的父母来了,她悄悄闪到一边去,倒留下他陪在那儿,还得跟傅家的家长解释,说放学路上遇到了劫道的。他极痛恨撒谎,还得把谎撒得很自然,跟真的似的,真讨厌。

傅晓光的父母都是知识分子模样,人很斯文,但显然对此说法将信将疑,只是并没有追问得太细致。等好不容易脱了身,看到她从医院的大理石柱子后闪出来,他气不打一处来,恶狠狠地跟她说:"什么眼光!连自己的女人都保护不了,学人家谈恋爱……啊!"

他腿上挨了一脚,骂"你们姓邱的都特会使这招扫堂腿吗",她就不理他了。

往回走了一路,他们俩都不说话,不知不觉一起上了车,下了车,过了街……那边的银杏大道上,落叶纷飞的时候,不时有叶子落下来,或打在头顶,或落在肩上,脚下一层厚厚的落叶,踩上去沙沙作响。

她低着头,情绪也是低下去的。看她走进院子里,他小声地说了句:"喂,我不会说出去的。"

她回头看了他一眼,"嗯"了一声,说:"我相信你。"

他也不知道到底是怎么了,她说完这句话,他的脸上竟然热了……

没过几天,到了周末,他去师傅那里上课,没见湘湘去。

其实,那时候,也许是功课紧了,或是心思放在了别处,潇潇和菁菁已经是偶尔才在周末报到,只有他和湘湘仍然每周都去。

傅晓光也不能让湘湘在师傅那儿缺勤……湘湘在功课上是很上紧的，她始终很清楚什么东西更重要。

往日习以为常的东西突然改了，他总觉得哪儿不对劲儿，心里空落落的。课后他找了个借口往邱家打了个电话，潇潇不在，洪阿姨说"湘湘去上课了，还没回家"，他想或许她逃课去看傅晓光了。

他周一去学校，就听说傅晓光跟她分手了。听传言，好像是因为被家长知道了。傅家父母禁止儿子谈恋爱，甚至说了，如果不分手，就让儿子转学，傅晓光就屈服了。这个结果倒是不难预料，不然她之前也不必让他保密了。

他暗中观察了她一阵子，没有发现什么特别不一样的地方。她就是沉默了一点儿，连续几天，脸色都灰灰的，其他的，倒也还好。那个周末，他再去师傅家上课，她已经先他一步到了。看他来了，她打个招呼，继续安静地画画，只是一笔两笔，有些轻飘飘……他看了，皱眉，知道她心情不是表面上的那样平和了。

他想想，傅晓光，又是哪儿好呢？他也是分析不出来。但再看看暖光里的她，还是觉得，嗯，她是不大一样了……

从那时起，在他眼里，她就一日比一日地像女孩子了吧。大概是的，也是从那时起，她从来没有缺过仰慕者……

思绪一顿，董亚宁捏住了手心里的松香。仰慕者，现在，她想必更不缺了。可，这跟他有什么关系呢？

"董先生，到了。"司机停了车，回头跟董亚宁说——车已经停了有一会儿，老板只是坐着不动。

董亚宁开了车门便下去，车子停在了养和住院区的楼前。他站在那里深吸了口气，但效果不佳，胸口仍起伏不定，他明白自己需要克制一下。

院子里有人影晃动，大多是散步的病人跟家属，也有人在细细的羊肠小径上夜跑。他看了眼那跑步的人——身姿婀娜而行动灵敏，在看到他的一瞬，立刻站定了。她喘着粗气，瞪着他，做出一副随时要逃跑的架势……他招了招手。

滕洛尔看了他几秒钟，才走过来，边走边将绕在颈上的毛巾取下来，擦了擦汗。她站到董亚宁的面前，开口之前先把耳机拿开，说："我在这儿，你都能找到，够可以的啊。"

董亚宁抬手就给了她一下子，不重，拍在她汗湿的额头上。

"你存心借刀杀人是吧？"

滕洛尔挨了这一记，没出声，反而往前挪了挪，直视着董亚宁的脸。夜色朦胧，可他脸上的掌印太过清晰，她愣了一下，差点儿喊出来。意识到不能影响别人，她压低声音问："谁打的？"

"跟我装糊涂！"董亚宁又给了她一下子。

滕洛尔愣了下，突然就跳脚了，也顾不得影不影响了，叫道："那老浑蛋打的？！是他吧？他凭什么呀……"

"闭嘴，让人听见笑话。他老浑蛋，你是什么呀？"

"都被打成猪头了，还维护他！"

董亚宁看她这副样子，没好气地说："这不就是你设的局吗？这会儿跟我装！"

滕洛尔气哼哼的："也……不能算没这个意思，那我哪儿知道他能这么狠啊，专对着脸打！"

"你怎么想到藏到这儿的？"董亚宁问。

"这儿有国内最好的戒酒中心，关键保密性也好，不用担心身份信息会被泄露。"滕洛尔说着，看了他一眼，眼神有点儿闪避，但还是坚定地说，"Vanessa 说，我要想在这行好好干，要先戒了这些毛病。我就来了。"

董亚宁看着滕洛尔，沉默了。

"丫头，醒醒。"时近中午，秦先生还不大忍心叫醒屹湘。

屹湘伏在画案上，抬起头来转了个方向，又趴下继续睡。冯程程站在秦先生身旁，小声说："让她再睡十分钟，反正那边也得一会儿才好。"

秦先生点头，往后站了站，仔细一看，这才看出巨大的画案上，呈现的是一幅什么样的图景，不由得吃惊。

这间画室在他玉石工场的后堂。昨晚，屹湘起初在前面盯着她的工人们钉缀玉片，确认进度赶得及之后，才出来透了口气。

小叶走后，秦先生也没有休息，一直在打棋谱。屹湘坐在那里看他打棋谱，有些呆呆的。

他以为屹湘是累了，让她去休息下。

屹湘却说不困，聊天时，说起上回她跟叶崇罄打赌的事。

他听了，微笑，问她是不是已经给买了一阵子早点了。

"小叶是个美食家，想必你带他去没特色的地方是镇不住他的味蕾的，我倒是可以给你介绍几个好地方。"

她摇摇头说："没有，我们换了赌注。"说完她又发呆。

他在一边沉默着看了一会儿，问："那换成了什么赌注？"

她就说："我要给他画一幅壁画。"然后她有些懊恼地说，"还得抓紧时间画。"

他乐了，说："后面有好大一间画室，你这会儿就可以用。"他看着屹湘，笑着说，"丫头脾气急起来真是急，急什么呢？"

她默默地坐了一会儿，说："秦叔，我不能。"

他有点儿诧异，说着："你要真想这时候就开始画，那就去，省得你在这儿也是坐立不安。这里有我盯着，有事会叫你的。"

她说"好"。

他送她过来画室，路上边走边聊，问起她学画的经历，才知道她师傅是书画大家艾功三："眼拙了，艾老门徒，个顶个的好样的。"他想起什么，问，"那董亚宁，你该认识吧？"他走在前面，听她在后面半晌才应了一句"认识"。

他就笑了，说："那也是个玩主儿、吃主儿。"

进了画室，他告诉她里面的东西随便用。这是为了有时候他在这边办事，请附近经营书画专项的朋友来切磋画艺，或是有了好画一起鉴赏而特意辟出来的一间屋子。有时人多，画作也多，为免得铺排不开，他特地置办了巨型画桌……

可眼下再看看，就是这么张大画桌，也不够她铺摆开。有一部分画叠在一处，还有一部分拿镇纸压好，垂到了桌外……这幅画尺寸惊人，难怪屹湘昨晚说得照着大会堂的标准来。他还以为她开玩笑呢，不想她一点儿不夸张。

听秦先生"啧"了一声，冯程程侧身往前探了下头，也"啧"了一声。

秦先生伸手端了一张图，小心地放到画桌上，从头看起来。程程跟在他身边挪动着脚步，看了好一会儿，才问："秦先生，我老板画得怎样？"

秦先生这回"啧啧"两声，说："不好说。"

"怎么还不好说了？我瞧着觉得很好。"程程跟着秦先生的脚步走，用极轻的声音说。看秦先生微笑，她也笑了。

秦先生本想忍住不评价，可他也不是有话能存住的主儿，就说："看这画功，当真是西洋画法揉进了中国画技巧，有当年徐悲鸿画马的意思了。叫我看，从技巧、构图到意境，自成一家的说法在她这个年纪若是提得过分了的话，那应该说是——很有个人风格。"

冯程程笑，说："秦先生，您真逗，说这么多，直接说我们老板画得极好就是了，比徐悲鸿不差呢。"

秦先生瞪眼，说："咦！"

"我开玩笑的。"冯程程再看桌上这些画，"尺寸好夸张啊！Vanessa 了不起。"

秦先生还在认真地将画拼起来，越看，越觉得爱，忍不住一直啧啧称赞，低声说："艾老爷子真是好样的，教出一个来像一个。"

"可惜，我是不专不精。"

秦先生跟冯程程都转过头来，屹湘已经醒了，她眼睛红红的，腮上全是印子，模样有点儿滑稽。

"可累死我了。"她揉着酸麻的手臂，"睡一觉醒来了反而不敢相信这些是我画的了。"

她从进来，研磨、蘸笔、铺陈……如果说上次替芳菲画那一组工笔花鸟，她还是渐渐在捡起技艺，那么，这一次是有如神助。画笔落在宣纸上，就是庖丁解牛、游刃有余的感觉，笔墨与纸面之间几乎毫无阻滞感，脑子里的画面就是从笔尖上流出去的，流出去就成了画——其实画幅虽大，笔墨并不算多，马儿形象取静而不取动，整个画面看上去极安静稳妥。看不出她画画的时候，其实是心潮澎湃。

这么一想，她这些年，起码在画功上已经足够用技巧掩饰情绪。以前，她是断然做不到的。

屹湘看着秦先生微笑，说："多亏您这儿东西齐全，纸也是极好的纸。这不是这几年的吧，您说尽管用，我就没客气了，多谢您。"

秦先生说："谢什么！用了就是了，最好是物尽其用，才不辜负好物不是？我自己的丑字丑画，用了反而是糟践。"

屹湘想起小时候抓了外公的古宣纸擦手的事，那才叫糟践东西呢……不禁一笑，只是笑里有些落寞。

秦先生看到，说："画了一晚上，这是多大的成就，真该庆祝一下——小叶见了啊，要合不拢嘴了！只是你辛苦了。"

屹湘摇了下头，过来跟秦先生一起整理画纸，拼成一整幅……

听着秦先生评点画面，她不时点头。

秦先生博学，古往今来的书画家，他不只是略知一二，见识是比她强多了。说起当今的某些画家，他也不客气，聊着八卦，批评几句，她就笑。

"老板，咱能开始办正事了吗？"冯程程始终站在这两人的身后，插不进话，干着急，只听着话题终于告一段落，急忙说。

屹湘"哎哟"一声，问："怎样了？"

"只顾着说画，把正事都给忘了。"秦先生笑着，赶快帮忙把画纸收起来。

"已经完工快半小时了，都在等着您呢。"冯程程说。她从心里爱看老板这副样子。在这间画室里，她比在办公室、设计室更随意且自在，谈笑风生的，潇洒极了……原来在成为顶级设计师之外，她还有成为画家的可能。

屹湘跟程程往外走，听着程程报告下面的日程。

她抬起手腕看表，交代程程等下收好了礼服，带人直接送至发布会现场，她还得回一趟公司……说着话，她们已经回到了前院。

工作间里充满欢声笑语，屹湘一现身，屋子里就静了。她笑着说各位辛苦了，走过去查看这件赶制出来的礼服。

细碎的柳叶状翡翠片在象牙白色的丝绸礼服上，像是风吹过，便会碰撞出声。真的是初春的嫩芽的色泽和意思，有种柔和安宁的美丽；而这美丽之下，就是蓬勃生长的春天的情愫。

她忍不住笑出来，拍拍手说："好的！我们马上把她送去该去的地方。"她并没有意识到，自己脱口而出的是英文。见大家看着她愣了一下，竟又都笑起来。她有点儿茫然地看着大家，脸上泛红。

冯程程忙给她解围，说："您是忙糊涂了，当这里是纽约了吧？"

屹湘也笑出来，招呼他们一起动手从模特身上将礼服脱下来，十几只手一起托住，放进特制的盒子里。

不知道谁说了句：这好像是睡美人哦，在等着王子的一个吻唤醒她。

本是平平无奇的一个比喻，在这一刻听在耳朵里，屹湘真真切切地觉得心尖儿上有一点儿点儿被触动了。她看着盒子里无比娇贵美丽的礼服，忽然有种冲动，上去亲吻它一下……她赶忙又拍拍手，示意程程可以安排把礼服送走了。

程程很快让人将礼服搬了出去，也把工人们一起带走了。屹湘收拾着自己的用具，看到桌子上盛翡翠片的盒子里还剩下了几片，小心地收好。

秦先生在外面喊她，亲手将她的画拿了过来。

屹湘接了卷筒，秦先生又跟她说，翡翠项链早上已经派人送去了LW："放心吧，还需要什么，尽管给我打电话，我给你做好后勤保障工作！"

屹湘看着可亲的秦先生，微笑道："要不是不大合规矩，我真是想拥抱你一下，秦叔叔。"

秦先生笑呵呵的，双手挥舞着撺她上车，说："鬼丫头，快去吧，晚上见。"

屹湘上了车，秦先生就站在门前的台阶上目送他们的车子离开，他踹着手，仍笑呵呵的。

她坐回座椅上，膝上放着盛画的卷筒，墨绿色的，金色蟒纹。她看着看着，额头上有一处，似乎在发着热。她抬手按住。这个位置，隔了一层发，应该看不出什么来。时间过去很久了，伤疤也在渐渐愈合，不复当年那狰狞的模样了。但怎么会那么巧，他的手伸过来，手心恰恰就覆在了这里……

那会儿她被吓住了，一动不动地看着他。那个过程只有几秒钟，却好像极漫长。反应过来，她马上去拉他的手腕——若是换了别人，她早就连踢带踹，拳脚相加了——他反应更快，在她行动之前便移开了手掌，似是若无其事地看着她的眼睛，说："晚安，屹湘。"

这四个字沉沉的，像他手掌的温度，带着安抚人心的力量。然后，他就那么走了……

屹湘转了下身，额头抵在座椅靠背上。

额头上似乎仍留着那掌心的温度。她轻轻蹭了蹭，就像在墙角蹭痒痒的猫似的，蹭完了又撞了两下，不动了。

小李看出屹湘的表现有点儿异常，她像是动物园里被圈禁久了出现刻板行为的小动物，看上去又累又很可怜。但他很守规矩，并没打扰她。

到了公司，他才发现，屹湘原来已经睡了过去——睡着了，还紧紧地抱着那只卷筒，像是生怕丢了似的……

叶崇馨从会议室出来，一看时间已经过了七点。他原计划从容些到达 LW 的发布会现场，可被这个紧急会议拖住了。会议的议题事关重大，且他与身为董事长的伯父意见相左，发生了正面冲突，整个过程都让他很不轻松。

他回到自己的办公室里，立即进隔间换衣服。因为不时要从公司直接去宴会，Sophie 每逢换季，就经常替他更换挂放各种适合的礼服在这里，也会根据出席活动的场合替他搭配好。今天的礼服是浅灰色的，穿习惯了深色衣服，他觉得有些别扭。他对着镜子看了半晌，没打领带。今天这个场合，他还是不要那么拘谨比较好。

拘谨……接近二十个小时了，她那拘谨而有些惊慌失措的眼神常不打招呼地闯进他的脑海里，就像她不打招呼地闯进了他平静的生活里一样，那眼神是很容易让人产生挫败感的。

叶崇馨倒微笑了下。

不知不觉，衣服换了，心情也换了。

他到达会场已经算是最晚的了，走进去，他只觉得偌大的空间里满坑满谷的都是人，虽然没有人声鼎沸，可攒动的影子无端地令人有一种压迫感。

他看着被巨大空间和众多来宾"挤压"得似乎成了微型的 T 台，心想：这会儿应该是她压力最大、最紧张的时刻了。靠近 T 台出口的前排位置，她最亲近的家人都已经到场。

他看着，不知为何竟觉得有点儿感动，如果屹湘看到这个场景，应该觉得很幸福吧。起码在他的印象里，郗广舒阿姨从未出席过时尚界的活动。为了女儿来参与今天的发布会，她这是破了例的。

发觉有人冲他招手，他目光一转，仔细一看，原来是粟茂茂。此时引导员过来替他引位，他摆手，朝茂茂所在的位置走去——粟茂茂"恰巧"坐在了他两位姑妈、两位婶婶、一位伯母以及亲爱的母亲身边，而她旁边的空位，显然是留给他的。

他过来站下，一一打招呼，有意忽略这些难得凑在一处的女性长辈含义分明的目光。他从从容容地坐下来，一抬头就看到他正对的位置上，坐着一位优雅的老太太。

他立即认出了陈太，见她恰好看过来，他略欠了欠身子，微笑致意。

陈太也微笑着点头回礼。

粟茂茂好奇，问他："那是谁？"

"在纽约认识的老朋友。"他微笑。

茂茂看着陈太，又问："这样啊……难怪看着眼生。咦，你不是对这类活动没兴趣吗？大姑姑说你今天会来，我还不信——Sophie讨厌，嘴巴跟蚌壳似的。我怎么问，她都说你的私人行程无可奉告。"

崇碧转过脸来，笑着看了他们，跟叶崇磐道："茂茂一直念啊念的，我跟她说，因为这是湘湘的发布会，你肯定会来捧场的，她就是不信。"她的手扣住潇潇的手，轻轻晃着，人也微微笑着。

粟茂茂也笑了，倒没有再追问。

叶崇磐浓眉一展，转头看向T台的尽头。

屹湘的身影出现在那里。她正看着场内，与身旁的同事交谈。虽然她站在阴影中，只露出半边身子，可就像个在巡视国土的女王，他在心里称赞了一句。

不过片刻，屹湘也看到了叶崇磐。她的目光在他身上稍稍一顿，马上转开了。就是那一顿，她恰好看到坐在他身边的粟茂茂有意无意地向他倾斜了身子，那姿态……起码在粟茂茂，是亲昵的。

"Vanessa？"安德烈叫她。

她答应一声，并没有立即走开，看着人头攒动、座无虚席的现场。

马上就要开场了，场务人员正准备关大门。这是她在开场前最后一次巡视。尽管下午抵达这里后，她已经里外外巡视过好几遍，但还是想再确认一番，以便更安心。

其实，这一场发布会跟LW通常的发布会没有太大的区别，一切依照惯例，只是在媒体邀请环节上有些不同。在她的坚持下，报道权签署了独家媒体。起先Josephina并不同意这一举措，这与LW以及业内的习惯做法是相悖的，她因此一度准备放弃让家人亲临现场。但51Woo的发布会后，Josephina改变了主意。

屹湘并不意外Josephina的转变。没有跟Josephina提前说明一些情况，并不意味着她有意隐瞒，但Josephina确实是精明人——Josephina后来签出独家报道权的时候，还特地要求律师给图片拍摄和发布范围的条款进行了备注。

屹湘看向坐在T台边正陪着从香港特地赶过来的几位重要客人的Josephina，既然她是个精明人，她怎么会完全不知道滕洛尔的事情？

屹湘笑了笑。

"Vanessa！"安德烈又喊了她一声。

"马上！"她说着，加快速度搜寻目标。

母亲在、哥哥在、嫂子在……哦，秦先生也来了，还有玉石工场的师傅们。他们都换上了干净整洁的衣服，竟然有点儿认不出了。虽然看起来格格不入，但他们每个人都很高兴……陈太也在，她正仰着头看从半空中垂到头顶的水晶挂饰，很好奇的样子。

屹湘笑出来，陈太前后左右都是重量级的明星，可对她来说，这些所谓的大腕儿，还不如一串亮晶晶的挂饰来得有吸引力。

屹湘也看到了陈月皓，她离陈太不远，安静地坐在那里，穿的仍是JW最新款的礼服，仍是适合她的嫩黄色……她这样子极其眼熟，就连她低首翻看画册、转头跟身边的同行微笑交谈的样子，也很眼熟。但这一次，她身边的人不是董亚宁。

屹湘又看了陈月皓一会儿，她的确是个久经考验的美人。当年电影学院给她入学时形象打满分，不是没有道理的。

也许在国内的重要场合要避嫌，在屹湘的印象里，自从她回国，还没有看到他们俩同时出现。不过今天，嘉宾的座次安排在她脑海中已经过了好几遍，近乎烂熟于心。

董家的几个位子应该在陈月皓的右手边，此时都还空着。

"Vanessa！"安德烈已经忍无可忍了。

屹湘急忙转了身，看着心急火燎的安德烈，几步下了台阶——芳菲还是没能来……她心里别扭，芳菲昨晚离去时的眼神，像是刻在了她的心头，不留神就钻出来。

"怎么？"屹湘问。

"你来看看再说。"安德烈的步子很急。

屹湘跟他往外走，眼睛也没闲着，此时的后台乱中有序——等候上场的模特穿着霓裳羽衣般的礼服，宛若仙女——她行走其中，渐渐觉得安心……看来安德烈这么着急，并不是这方面的问题，只要不影响等下要进行的演出，其他什么事都不重要……

走到了后台较僻静的设计师工作专区，安德烈才停下，看着她，面有难色的样子。

屹湘看他的表情，又叉着腰说："有话快说，马上开场了……"

"……有个男模特，说他上场前必须……必须……"安德烈那澳洲口音，跟言辞犀利的屹湘沟通时，总是格外明显。

"必须什么？"屹湘眉头皱起。

"必须见你一面。"安德烈说。

"见我？还必须？哪一个？"屹湘没好气地连续问。

"我啦！"有人在她身后快活地大声叫道。

屹湘瞪着安德烈，安德烈笑起来，指指她身后，她才慢慢地转过身去。

那穿着象牙白礼服的男子，有着深蓝色的眸子，雪白的脸上，是浅浅的笑。

"Vincent！"她也大叫。

Vincent张开双臂，走过来拥抱了她。安德烈跟几位设计师站在一边起哄，使劲儿拍着巴掌，笑声很响。

"你们！这个时候合伙跟我开玩笑，是想要吓死我吧？"屹湘瞪了一眼安德烈，又转向 Vincent，"你怎么能上场？这也太……"

"祝贺你升职的礼物一直没有给，这一回算我独家奉上的——我可也是有几十年没有在 T 台上走猫步了，看在我冒着出丑的危险来送礼的分上，千万别拒绝。"Vincent 的一只手按在胸口处，那儿的翡翠片乱晃起来，煞是好看。他的表情更是夸张到双目含泪，看上去极是动人。

屹湘又想笑又想哭，她赶着安德烈他们去工作，工作区就剩下了她和 Vincent。Vincent 穿着礼服安稳而规矩地站在她面前。论身高，他不能跟那些年轻的模特相提并论，但气质和气场，委实不容小觑，不过这些不是重点。

屹湘看着他，轻轻摇了摇头。

Vincent 微笑道："我跟 Laura 同机抵达的，这么重要的发布会，在你，是职业生涯第一次，我不来表示一下支持，怎么可以。"

"谢谢你。"屹湘说。

"要你谢！"Vincent 笑，"你既然是我的绯闻女友，我不来，也不对。"

屹湘笑了，她坐在工作台上，手一动，触到一束花，一看，是一束小小的茉莉。刚刚她离开的时候，这花还没送来。她已经猜到这会是谁送的，花束下压着一张卡片，她拿起来打开，果然是邬家本。

Vincent 凑过来瞄了一眼，笑道："幸亏我来了，不然连绯闻男友的位子都要被抢走了。"

屹湘把卡片放到包里，看着那束茉莉花，笑而不语。

发布会正式开始了，Vincent 抬抬下巴，说："不去看看？"另一边的场控位置上，监视器正在运转。

"等下再去。"屹湘说，到这会儿，她更沉着了。

Vincent 看着她的眼睛，说："上周我在伦敦见过他了。"

就这一句话，屹湘就明白了，她抬手拍拍他的肩膀。

Vincent 点头。

屹湘低声说："等下演出结束，我请你吃夜宵——北京鸭子，让你知道什么是正宗的——走，一起过去看看，给我点儿客观的意见。"

Vincent 的蓝眼睛里满是笑意。

他们站到监视器前，看了好一会儿，Vincent 不客气地说："这主题，奢华得太过了，不像是你的主意。"

屹湘看他一眼，认真听下去。

"我很是担心你走了邪路。你的设计，最奢侈的部分，其实在你的点子。谢天谢地，这些零碎没有重到压垮你的点子。"Vincent 说着，抬手拂了一下礼服左上角作为装饰的翡翠片，"我明白玉对中国文化来说，是有很深的含义的。你的设计找到了平衡点和切入点，还不错。但这远远不是你最好的状态，你应该做得更好，我希望能看到更好的作品。"

此时围绕在他们俩身边的，多数是设计部的成员。他们原本在叽叽喳喳地讨论着场上展出的礼服，Vincent 一开口，无一例外都住了嘴，竖起耳朵来听他的批评。

Vincent 的语气其实是很严厉的，当着这么多下属，屹湘应该觉得尴尬，但没有。她看着 Vincent，这份难得的严苛和了解，足以让她"感恩戴德"。

她笑了，说："有时我必须做出妥协。"

"到目前为止，我给你的妥协打四分。"Vincent 说完，已经到了他上场的时候。跟他搭档出场的那位模特，穿的正是连夜赶制出来的那件礼服。

屹湘跟过去，这是最后一对要出场的组合。她看着女模特颈上挂着的翡翠珠链，即便是在这相对较暗的空间里，它仍散发出倾世光华……真美，美到让人想不计一切代价拥有。

她被自己的念头刺了一下，回过神来，模特跟珠链已经都不在眼前了……她看着 T 台上一个个展示着礼服的模特，心里油然而生一种难以言喻的激动和感慨。她整理了一下身上的衣服，今晚的她，仍将以最本色的打扮，出现在台上。

场内响起了掌声，前期出场的模特聚集在她身后，从她身旁经过，陆续再次登上 T 台，掌声愈加热烈……她稳定心神。

程程拿着化妆包过来，要她补妆。她拗不过，由着程程在她脸上来了两下子。安德烈向她打了个上场的手势，她低了下头，深吸口气，余光瞥见右手边嘉宾席上有一个挺拔的身影。在认出他来的一瞬，她的眼眶忽然有些酸胀。她急忙闭上眼睛，让自己的心神稳定下来。

片刻之后，她抬起头来，转过身去，朝向 T 台。模特们排成两排站在台上，和来宾一道鼓掌欢迎她出场。只需往前走几步，她便站在了明亮处。

离她最近的那个人，正是 Vincent。他跟所有的人一样，在此刻将掌声献给她。

屹湘往前踏了一步，完全置身于光圈里。

眼眶的胀痛感很明显，而且越来越明显。她知道自己不只是激动，感受也与在东京那一夜完全不同。此时此刻，当她走上 T 台，她知道自己是真的回来了——她一步步向前，台下的来宾纷纷起立，毫不吝惜地为她鼓掌——热烈而美好的气氛，好似虚幻，可偏偏是真实的。她一再鞠躬致谢。

这应该是她最谦卑的姿态，可分明展示的是她最骄傲的一面。她清楚地知道自己是这样的，因此每走一步，都更加稳妥。

大把的鲜花被递到她的面前来，她接了，送到身后的模特手中，只留了一束抱在怀里。

她转身往回走，模特们已经先于她站好位，等候谢幕。她走至 T 台中央，突然站定了，在众目睽睽之下，从台上跳了下去……热烈的掌声像被什么切断了。

台下的郗广舒完全没有料到女儿会有这样的举动。虽然身边的很多人，包括潇潇和崇碧都已经按捺不住地站起来鼓掌了，但她始终稳坐在位子上，尽管她的内心里，实在是非常想要跟年轻人一样，大笑大叫，想让所有人都知道，T 台上那个最闪耀的孩子，是她亲爱的女儿……

屹湘将手里的花束放到母亲的膝上，母女俩对视了片刻。做母亲的握住了女儿的手，而做女儿的在面颊贴到母亲腮边的一刻，轻声说："谢谢，妈妈。"

郗广舒只觉得耳郭痒痒的，又暖暖的，心里分明是滚烫的，想说什么，却没有说出口，只是紧紧地握了握女儿的手，示意她快些回到台上去。她的面容一如平常的冷静自持，只有眼睛的湿润泄露了她真实的内心。

屹湘微笑，这已经是母亲在公共场合难得一见的失态。她握了握崇碧伸过来的手，拥抱了母亲和潇潇，返回台上，再次向来宾鞠躬致谢。掌声如潮汹涌，她真心地微笑着，愿意在这一刻被浪潮淹没……

返回后台， Vincent 第一个冲上来给了她一个大大的拥抱。他开了个头，模特们纷纷效仿，一时间她从这个拥抱中转入另一个拥抱中……那些费尽心思钉缀上去的翡翠玉片在她面前轮转着，令她眼花缭乱。这个时候，她也还记得要提醒他们"小心、小心，别把那些翡翠撞碎……"可大家高兴起来，谁还管她。从场内、T 台到后台，完全沸腾了……

后台搭起了香槟塔，还穿着礼服的模特们也去拿香槟喝，大家快活地相互祝贺。今晚的发布会非常成功，每个人看起来都由衷地高兴……

屹湘看了一会儿，从这片热闹中慢慢地退了出去，回到她的休息室。她背靠在门上，刚刚的掌声和欢笑声、母亲身上温暖的香味，还在她的周遭缭绕，并未散去。她看着自己这双手。

手机在不停地响，她都不想接。隔了一会儿，手机安静下来，她才翻看信息。一条条消息内容大同小异，几乎全在祝贺她的成功。

她淡淡地笑着，翻到潇潇的，他终于换了措辞。

潇潇说他跟母亲一起回去了："妈很高兴，我也很高兴。崇碧让我说——我们都爱你。"

"崇碧让我说——"这真像是潇潇说出来的话。

屹湘笑出来，揉揉眼睛，继续看下面一条。

"祝贺你，可以的话，早些休息。晚安。"来自叶崇磐。

门忽然被敲响，声音很大。她的心跟着猛跳，忙转身开门，是冯程程，进来跟她汇报收尾工作已经进行得差不多了，再有二十分钟就完成了。

"您就先走吧，剩下的，交给我们。Vincent 嚷嚷着说您要带他去吃什么北京鸭子……还有位姓陈的老太太，也在等您。"程程说。

屹湘点头。

当下她收拾好东西，拎着包便返回后台，果然模特们已经撤离，留下的除了自家的设计师，就是工作人员。方才还喧嚣热闹的空间，冷清下来。

Vincent 看到她，用蹩脚的中文喊道："北京鸭子！"

众人听他怪里怪气的腔调，都笑起来。今晚工作量最大、已经累得东倒西歪的安德烈笑得最响亮。

屹湘跟大家说辛苦了："改天好好犒劳你们，诸位晚安！"

她拽着 Vincent 从前台走出去，抬眼便看到仍在那里等她的陈太。场内只剩下零星的工作人员，但豪华的装饰，在众人散去后，反而呈现出更完整且优雅高贵的面貌，十分迷人……

陈太安静地坐在位子上，见屹湘出现，微笑。

屹湘丢下 Vincent，几步跑到陈太那里，说："原谅我！"

陈太笑眯眯地摇头，屹湘挽了她的手，给她介绍 Vincent。

三人站在这里，像置身于大幕落下的剧场，看着显得寂寞起来的 T 台，微笑着聊了一会儿，才往外走。

屹湘在走出大门时回头看了一眼会场……她听到一声轻叹，听见陈太说："其实繁华，不过一梦。"

她点头——的确是。

Vincent 听她们俩讲中文，强烈要求她们不要排外。

三个人说笑着去乘电梯，电梯前已经有人在等候。见到屹湘，他们都礼貌地向她表示祝贺。

屹湘也礼貌地回应，才发现其中竟有陈月皓。

陈月皓大方地过来跟她打招呼，微笑着说："应该早点儿来拜访你的，几次机会都错过了。不过，咱们应该算是老相识了？"

屹湘点点头，说："陈小姐记性好，郗屹湘。"她伸手过来，握住陈月皓的手，轻轻地一触便移开。

"是郗小姐令人印象深刻，日后少不了麻烦你，请多关照。"陈月皓说。

"应该的。"屹湘心想，这个陈月皓小姐，说话还真是滴水不漏。

电梯已经来了，其他人都已经走了进去，屹湘对陈月皓示意。走进轿厢，她转身面对电梯门，从反光中看到了自己微笑的样子。

轿厢在地下二层打开，电梯里的人鱼贯而出。屹湘看到小李已经开车过来等候，招呼陈太跟 Vincent 过去。只一个转身，她便忘了身后的陈月皓。陈太跟 Vincent 轻声聊着天走在前面，她微笑着听他们俩交谈……不想她都准备上车了，又听到陈月皓那悦耳的嗓音，说："郗小姐，再见。"

屹湘回头，看着微笑打量自己的陈月皓。她突然意识到，自己忽略了陈月皓的存在，但陈月皓并没有忽略自己……她莫名觉得一股凉意袭来，轻轻点了点头，回应了一个微笑。

一辆黑色的跑车轻巧地开过来，鸣了一下笛。屹湘几乎跟陈月皓同时转了一下脸，一辆跑车停在了她们面前。

"晚安，郗小姐。"陈月皓毫不犹豫地丢下了屹湘，保持了一整晚的优雅在见到这辆黑色跑车后消失殆尽——她简直是飞奔过去的，弯身向车内的人一笑，才开了车门，灵巧地钻了进去。

"Vanessa，来！"Vincent 示意屹湘上车。屹湘笑笑，转身跟他一起往车边走去，片刻，一道黑色闪电飕地一下闪了过去。

小李"哇"了一声，小声说："真不愧是董先生，随时随地都是赛道。郗小姐，咱们去哪儿？"

"吃烤鸭去啊——我提前订了位子，人家原本不准备在这么晚还招待客人的，好歹讨了个人情。"屹湘微笑着说，"老板的太太是 LW 礼服的忠实粉丝。"

"好啊！"Vincent 开心得抬起腿来蹬了几下，转头跟陈太道歉，笑着说自己太高兴了。

陈太也笑，完全不介意他这么随意……屹湘笑着靠在座椅上，指点着小李该怎么走，才会比导航更省时省力地到达目的地。

小李笑着拒绝，说他要听导航的话……

他们笑了，都笑了。

屹湘只觉得车子里的空气暖而轻，延续了这整整一晚的美好，真好。

她松了一口气，拿出手机来，回了叶崇磬一条短信："谢谢。Ps，明天和后天，请问你哪天不在家？"

此时，叶崇磬的车子刚刚驶离酒店，看到这条信息，竟然笑出了声。跟他同车返回的，还有叶夫人和叶居善姐妹，她们正在聊天。叶崇磬一笑，她们好奇地看着他。

叶居良先开口，问："小磬，什么事儿这么好笑？"

叶崇磬听到姑妈问，敛了笑容，说："没什么。"

"没什么？"叶居良慢悠悠地问着，冷不丁就过来夺侄子的手机。不料叶崇磬是极了解姑姑的性子的，一早便躲开了。

叶居良反而笑出来，道："小兔崽子，防着我呢？"

叶崇磬咳了一下。

"你是不是瞒着我们谈恋爱了呢？"叶居善问。

叶夫人看着儿子，笑了笑，说："真的就好了。"她转头跟两位姑姑说起了别的事儿，却开始留心儿子的动静。叶崇磬安静地坐在一边，却不再有任何小动作。

直到把母亲和姑姑都送回了家，他才取出手机来，回复了一条："都不在家，你这是？"

信息发送成功，他看着屏幕上的时间，已经十点一刻了。

车水马龙的街道上，灯火点点。比起刚刚那场秀，这样的繁华景象，世俗而烟火气十足。她行走在T台上，像走在仙境的精灵……叶崇磬松弛着身上紧绷的肌肉。

她回了信息："践约。"

屹湘一早就被饿醒了，睁眼天已经大亮，她匆匆洗了脸就往厨房跑。家里的厨师正在准备早点，她钻进去打了个招呼便掀起盖在竹编笼屉上的雪白"小棉被"，捞了一个小包子出来，撕开一个口儿，正要下嘴咬，一只长手伸过来抢走了包子。

"欸、欸、欸……"屹湘叫起来，眼睁睁地看着潇潇把包子塞进了自己嘴里，"你不会自己拿啊，我都要饿死啦！"

潇潇笑，过来帮忙把一笼包子往餐厅端。

厨师笑了，说："马上开饭了。"

"你昨儿晚上不是吃了两顿夜宵，怎么一早就嚷嚷饿？"潇潇走出来，回头看了眼屹湘，问道。昨晚他们回家之后，心情也都很久没平复。一家人聚在一起聊天，聊到深夜，他正准备送崇碧回家，妹妹才进门，说是回来看父亲，带了烤鸭店的很多吃食。崇碧又留下来吃了点儿东西才走。

屹湘抱着碗筷跟出来，说："虽然吃了两顿，可也没多少。对着一桌子吃的觉得腻，怎么都吃不下。"

"你是忙得乱套了，没胃口吧？最近有及时吃药？"潇潇把笼屉摆在桌子中央。

"怎么可能不及时！你不知道呀，妈把这事交代给崇碧，崇碧有多烦人！"屹湘笑。

潇潇也笑："有那么夸张吗？"

屹湘连连点头："有，就有那么夸张，崇碧做事太认真了。"

潇潇大笑。

屹湘倒了一大杯水喝光，还觉得口干，说："……都怪我昨天晚上话说得太多了。

Vincent 跟陈太，再加上半道加入的秦先生，都是特能聊的人。Vincent 跟我聊吃的，陈太跟秦先生聊古董……话说着，回头我得陪陈太去一趟秦先生的博物馆，二位聊得还很投机。"

"那你哪天去长沙？"潇潇问。

"明天一早。对了，陈太跟我一起。我工作结束，可以陪她四处逛逛。"屹湘说着，再拿一个小包子，"你还记得咱小时候住的那个地方吗？"

"记得。"潇潇笑。

"挺想回大院看看的。"屹湘叹口气，"就是怕惊动人。"

"安排好了，也不至于。"潇潇说着，看了眼外面，见母亲跟父亲刚好从上房出来，"瞧你这发布会一成功，把爸高兴的，打从昨晚就乐得合不拢嘴。"

屹湘走到门边，大声道："爸妈早！"她清脆的声音在院子里响起来，邱亚非夫妇听见，脸上都绽出微笑。

屹湘等父母进了门，笑道："我哥都偷吃好几个包子了。"

"谁偷吃！"潇潇瞪妹妹。

邱亚非笑着坐下来，问："今天都有什么安排？"

"我有事要出门。"屹湘举手。她从保姆手里拿过粥碗，先给父亲摆在面前。

"还想着难得今天都在家，中午包饺子吃。"郗广舒说。

"我够呛回得来。"屹湘算算时间，有点儿紧，笑着说，"要不，改成晚上吃？我可好久没吃家里的饺子了。"

"美得你，全家人围着你转。"潇潇刺她。

"行，就晚上吃，今天湘湘说了算。"邱亚非显然情绪很好。

郗广舒笑着，看女儿低头吃饭吃得正香，问道："湘湘呀，昨儿晚上你说累，没来得及问你。那 Vincent，可是杂志上说的那个 Vincent？"

潇潇闷笑一声，被母亲瞅了一眼，不出声了。

郗广舒给屹湘夹了一点儿酱菜，才说："我可一直跟你说了啊，咱们家虽然观念不保守，但……"

"妈、妈、妈……"潇潇接连叫了几声，拦着郗广舒，"妈，您吃饭，您这一开口，我还以为我们俩一下子就倒回中学去了。那时候您让我们别谈恋爱，这时候您又让我们别跟洋人结婚……妈，您让湘湘自己承包一段儿，成吧？"

听他这一通说，邱亚非先笑了，摆手对妻子说："吃饭、吃饭——你们的妈妈，昨晚就一直惦记着那位 Vinc ent，不问清楚，她心里不踏实。"

郗广舒也笑了。

屹湘吃了早点，回房换过衣服，拎着装画的卷筒就往外走。今天的天气不算好，看上去有要下雨的意思。她见母亲陪着父亲在院子里散步，潇潇斜靠在廊柱上，默默地看着父母……她也站了一会儿，才对潇潇指了指大门口，悄悄走了。

她先去接了高师傅和他的师徒，往叶崇磐住处去的路上打了个电话给他。

叶崇磐说今天周末，工人都放假，家里只有一条小狗："如果你不怕狗，就把它从笼子里放出来。它还是幼犬，最近嘴巴受伤了，吃东西都困难，咬不了人。"

"哦。"屹湘听着他说，点头答应。

"我告诉你密码。"叶崇磐接着便把门上的密码说了出来，"记住了？"

密码是六个零。

"记住了。"她心想这是想记不住也有点儿困难，"收拾好了，我给你打电话。"

叶崇磐在那边沉默了一下，才说："好。"然后他跟屹湘解释说他正在开会。

屹湘笑了笑，说："开会你还讲这么久。"

"嗯，让他们等会儿没关系。"叶崇磐说。

"那你忙吧。"屹湘挂了电话，到了小区大门口。上次来已经见识到这里森严的安保，这一次她就有了经验，在车里耐心等候。

门卫拦下车，先是核对了车牌号，用对讲机沟通了半晌，电子门才缓缓打开，请她开车入内。经过岗亭，她按下车窗。

"郗小姐是吗？"门卫朝她敬了个礼。

屹湘点头，门卫敬礼的动作十分严谨。她扫一眼，那眼神也很沉稳、端直。

"去叶先生公寓，在前面第一个岔路口左转，前行二百米，走Ｃ道。您请。"门卫又敬了个礼，后退。他没有微笑，但是屹湘没觉得不妥。

她看着前面的路，并不宽大，仅容得下两辆车子会车的宽度，但是绿化非常好，这样粗粗一看，满目绿色。小区里有限速三十千米的标记，她把车子开得极慢，也是不想错过这安宁静谧的景色。

屹湘把车子停在楼前的停车位上，下了车过马路，走到白色的栅栏前，抬眼看看这栋联排别墅。四层，并不算高，建筑风格是十足的英伦派。前院并不大，窄窄的过道两边，植的都是玫瑰。

高师傅和徒弟小白拎着工具跟着屹湘一起过来，笑道："不来看看，也不信，四九城里，也有这样的住处。"

屹湘透过白色栅栏看着院子里面，心想，可不是？

她输入密码，门锁咔嗒一下开了，她推开半人多高的门。面前是红色六角砖铺成的小路，玫瑰花丛已经冒出新芽，底部暗而枯黄的叶子看上去就越发显得无精打采。她伸手拂了一下那有些干枯的叶片，心想：叶崇磐是不是该找人来打理一下了，它们是怎么熬过北京的冬天的？

　　她快走了几步，踏着台阶上去，仰头粗粗地扫了一眼——门窗都是雪白的，衬着红褐色的墙砖，颜色分明。每一扇玻璃窗后都是薄薄的白纱帘，从外面往里看，倒是什么也看不分明。也是，屋如其人，主人叶崇磬，看起来也就是这么个深藏不露的人。

　　此处门上的密码和大门一样。打开门，屹湘特地在门上叩了两下——下意识地，或许，只是或许，叶崇磬的家里，或许会有什么人在，而她，不过是来工作的外人——她又叩两下，问："有人在吗？"

　　没有人回应。

　　门边并排放着三双拖鞋，全是新的。两双男式的，黑色；一双女式的，粉色。

　　高师傅笑道："真周到。"

　　屹湘看着那粉色的拖鞋，心想：这若是叶崇磬自己准备的，那他细心，也真是细心到了一定程度。

　　这时，他们听到一阵响动。三个人站在门厅里，一时没有动。屹湘想起来，循着声音往前走，转到旁边的侧厅，就看到了一个笼子。笼子里一只黑乎乎的小狗，看到她，正着急地扒拉笼子。它没有叫，但弄出的动静可不小。

　　屹湘回头跟高师傅说："没关系的，你们进来吧，家里有只小狗……"

　　屹湘走过去，就见这个小家伙后退半步，朝她吠了一声，声音很低，类似呜咽。她跟它对视片刻，便打开了笼子。

　　小家伙嘴上有道长长的伤口，周边被剃了毛，显得怪里怪气的，不过仍然很可爱。屹湘拍了下毛球的头，转身出来跟高师傅说："在三楼，咱们先上去看看吧。"

　　"这个小家伙怎么办？"高师傅背着他的大工具包，微笑着看向屹湘脚边的小家伙，"这种獒犬不是特凶猛吗，怎么跟玩具似的呢？"

　　屹湘低头，毛球也歪了小脑袋抬头看她，她弯腰就把它拎了起来。

　　小家伙很沉，她将它夹在腋窝下，带头往楼梯方向去。

　　她越往上走，越觉得安静。明明踩在木头楼梯上是有声音的，可是脚一接触地面，声音就被迅速吸走了似的。就连说话声也是，凭空地降了些分贝。高师傅看着墙壁上挂着的油画，偶尔评价一两句，那声音竟像是特别遥远……她留意的倒是墙上丝绸质感的壁纸，淡淡的土色，带着浅浅的金纹，很奢华，但并不那么显眼。

　　屹湘抱着毛球走到二楼就有些吃力了，她索性放下它休息一会儿。

　　这个小家伙倒比他们跑得还快些，像个脚底带弹簧的玩具狗一样跑了上去，跳上最后一层楼梯时还打了个滑……屹湘微笑，这么安静的空间里，如果没有这样一个活泼的小家伙，也太寂寞了。

　　她走上去，站在楼梯口，往上看了一眼。楼梯一级级上升，幽暗而深邃，一眼是望不到顶，让人想起年久失修的古堡来……听见高师傅在里面问她"湘湘，你来看，裱在哪边合适"，她忙应一声。

高师傅粗声大嗓的，说话带了回音。屹湘有点儿疑惑，跑过去一看，难怪。这间起居室空荡荡的，只在屋子中央放了一张双人沙发，摆了一台小巧的幻灯机。她站在门边，对面是巨大的落地窗，再往外就是阳台了。窗帘拉着的，天气也不好，但光线仍然十分充足，可以想见晴朗的日子，这间屋子是怎样的明亮……她走进去，站到双人沙发前，看了眼幻灯机对着的方向，指了指东面那空白的墙，说："那边吧。"

高师傅答应一声"好"，招呼小白跟他一起把沙发挪开，说："只听你电话里讲，我还想你那画实在是太大了，弄不好得裁一去一些。瞧眼下这架势，不用你再补补边角就算不错——这屋子也太大了。"

"大就罢了，空房间这么多，有点儿阴森森的。"一直没出声的小白低声咕哝。

屹湘笑，她帮忙把幻灯机抱到一边去，小心放置好。高师傅说不用她动手，小白上上下下跑了好几趟，才把东西都搬上来。他们在地板上先铺了一层油纸，固定好，再拼起硬纸板，将裱糊的材料都摆开。幸而空间够大，阵势虽然大，也还游刃有余。

"得用一下厨房，去熬糨糊。"高师傅说。发现这一层有个简易厨房，设备很齐全，立时就能用，他啧啧称赞，让小白这就动手。

屹湘到了这时候知道自己是完全帮不上忙的了，她看着高师傅开始忙着量尺寸，小白去灶上熬上了浆，就找了遥控器把窗帘打开。室内虽明亮，但也还得开着灯。纱帘往两边退，那小獒犬不知从何处跑过来，跟着窗帘跑，玩得不亦乐乎。

屹湘走到落地窗前，仰头看了看天色，说："要下雨了。"

"预告说有中雨呢。"高师傅说，"就给糊墙上，慢慢晾着吧——我看这室内的装置好着呢，你回头跟屋主说，温度、湿度都调得合适些，也好晾干。"

屹湘点点头，朝外看了一会儿。叶崇罄的房子，比较起来，在这个小区里可能算不上是最好的，但是从这个窗口看出去，景观仍是极美——越过嫩绿的银杏树林，是一大片碧色的水……再远些，红墙金瓦，几百年帝都的气韵都汇聚在那儿呢……她叹了口气。

高师傅听到，一乐，说："湘湘，你现在怎么这么喜欢唉声叹气啊。"

屹湘回身，笑道："哪儿有。"

高师傅便打趣她，说："有！放心吧，这活交给我，那最难的部分就已经搞定了。"

屹湘笑着，见高师傅那帅帅的小徒弟端着熬好的糨糊进来，问："小白，有没有兴趣转行做模特？"

小白腼腆地笑笑，把糨糊放下，拿着竹枝搅动，只摇头，不出声。高师傅在墙壁上做着标记，听屹湘这么说，就道："这世上不缺靠皮相吃饭的好模特胚子，可是难得能安下心来学门手艺的年轻人哪。"

屹湘说："这倒也是。不过，做模特和学裱糊不冲突嘛，小白也可以多试试。"

高师傅回头看她一眼，打手势让小白过去帮忙，说："我说湘湘哪，你也别一心全扑在工作上——我问起艾老来，老人家也挂念着你的个人问题。多说几句，你可别嫌我多嘴。"高师傅收了尺子，把铅笔插在胸口的衣袋里。

"您这是说哪儿的话呀。"屹湘过去帮着高师傅将画展开，画片背面早前在排列的时候已经用铅笔标上了数字，这会儿只要按数字再安排好位置就行。

"不见怪？那我可说了。"高师傅抬眼看看屹湘。

"您说吧。"屹湘扶着膝看画。高师傅是看着她长大的，论起来也算是长辈……说话间，豆大的雨滴随着风砸到玻璃窗上。

下雨了。

"你不能考虑一下亚宁吗？"高师傅单膝着地，将远处那方画片移动一下，接着说，"他也还单着呢……你们俩……嗯，年貌相当、门当户对，在一起不挺好？"

屹湘万万没想到高师傅会这么问她，她只笑了下，说："这又是从何说起啊……"

"你别以为我什么都不知道。你们俩小时候，我可撞见过你们在艾老家楼下扯着小手，听见动静就赶紧撒手。在艾老家里，你们俩装得跟面人儿似的，我在一边看着，憋笑憋得我差点儿内伤！"高师傅虽说此时是当笑话讲当年事，脸上的表情却比刚刚严肃似的，也不看屹湘，"说是你们俩小时候，其实也不算小了，就是后来你也出国了……咱也老见不着了，不大知道你的情况……湘湘，你们俩青梅竹马，其他的不说，底细是了解的。女孩子嫁人啊，最起码得选个靠谱的人不是？一辈子的事儿……"高师傅仍是洪亮的嗓门，句句话都带着回声。

屹湘却不出声。

"我的话不入耳呢，你就当我没说过。现在的年轻人，也听不进我们老一辈人的话……我和你说的这些，也和我的姑娘说过。我那老姑娘就老挤对我，说什么现在谁还拿结婚当一辈子的事儿呢？没给我鼻子气歪喽！"高师傅说着话，鼻梁上的老花镜总往下滑，他索性摘下来，说，"你听听，多戳人的心窝子！"。

屹湘笑了笑，还是不说话。

这时，那只四处乱逛的小獒犬跑了过来，眼看就要踏上画片了。高师傅忙吓唬它，它毫不畏惧，瞅着高师傅，根本不后退。屹湘正要过去捉它，它突然后腿一蹬。她知道不妙，手疾眼快地冲过去，将它托起来转到一边。

刚刚在地板上坐稳，她就看到一股子热乎乎的液体流了下来：一点儿没浪费，全浇在了她的身上——她今儿特意穿的工装裤，厚厚的棉布，太吸水了，眼看着这泡热尿就撒进去，画了好大一片地图……

毛球在她面前，她瞪着它，它瞪着她，高师傅和小白快要笑得倒下了。毛球张开嘴，蹬着小胖腿哼哼。这一动弹，它身上那热乎乎的味道就扑到了屹湘的脸上。

屹湘皱眉嘟囔着："可不能把它搁在这儿了，太捣乱了。臭死了，你。"

"汪！"小家伙叫了一声，好似反对她。

"哟，你还挺厉害啊！"屹湘笑出来，低头看看自己的身上。沾了狗尿的位置，卡其色变成了深土色。

高师傅笑得眼泪都出来了，早已经忘了刚刚和屹湘说到哪儿。

屹湘趁机说："我下去洗洗，然后弄点儿喝的上来。"她说完，抱着毛球从地板上爬起来，就下楼去了。

她仔细看看毛球身上，确认没有沾到狗尿，放下它，走进餐厅，从杯架上拿下三个大瓷杯。

她拉开冰箱，果然有她喝习惯了的水。

她倒了一杯水喝了几口，门铃突然响了，叮叮咚咚的，随着雨落的声音，很好听。她拿着水杯，犹豫了一下，要不要去应门。

门铃还在继续响，已经显出来人的不耐烦。那小獒犬早连滚带爬地往大门边冲了过去，对着门口细细地叫了两声。

肥短却灵活的小尾巴在屁股后头左摇右摆，看样子，来的是熟人。

屹湘放下水杯去开了门，门一开，冷风将湿气吹了进来。她看清来人，微微打了个寒战。

"……这雨下得真大，我看你的院门开着呢，正好过来看看毛球……"董亚宁低头撸着发梢上的水珠子，有点儿狼狈地说，"你怎么这么半天不开门，早知道我还不如别贪这儿近……"他弯身拍抚着朝他直扑过来的毛球，揉了下它圆滚滚的小身子，捏了它的下巴，仔细看了下它嘴上的伤口，它恢复得相当不错。

"嘴壮的孩子就是好养活啊。"

屹湘看着董亚宁，他的肩被雨打湿了，脸上也是——她的目光越过他的肩头，看了看外面。

屋檐下像挂了珠帘似的，雨落得很急……今天的天气预报很准，果然是中雨。她的目光重新回到他的身上，稍稍移动了几寸，盯着他那张雪白的脸……也许因为下雨天阴冷，他的脸色白得厉害，因此脸上的印记就特别触目。他的嗓音也有些怪，听起来像是生病了……

门厅架子上叠放着毛巾，她拿了一条。

董亚宁放开毛球，拍着裤腿上的水珠，余光突然扫到了一对粉色的棉拖鞋，露趾的——露着浅浅一弯白色棉袜，隔着棉袜，隐约是一排小巧的脚指头……他的心猛地一跳，人却没有动。

一条雪白的毛巾递到了他面前，那粉色的圆嘟嘟的手指映在毛巾上，白的更白，粉的更粉。那扁而圆的指甲，饱满而泛着珠光。

董亚宁抬头，接过毛巾。停了停，他从容不迫地擦起了水。

"谢谢。"他说。

"叶大哥不在家。"屹湘说。

动作顿了一下，董亚宁定定地看着她，眸子黑极了。玄关通透明亮，即便在这阴雨天里，他们彼此看着对方的脸，那面容上哪怕有一丝丝的变化，只要想，都应该能看得清清楚楚。偏偏，谁的表情都没有明显变化。

"嗯。"董亚宁应了一声，慢条斯理地。

屹湘太清楚董亚宁了，他一慢下来，就是在想事情了。她尽量坦然自若，可是，她似乎闻得到这潮湿的空气里，自己身上的那股怪味道……

她瞅了瞅围着董亚宁转得开心极了的小家伙，她双手抓了工装裤的背带。

董亚宁黑色的西装裤上很快沾上了一层褐色的绒毛，这套昂贵的西装是今春的新款，被小狗这样又咬又扯的，他一点儿都不在意。

董亚宁知道屹湘在打量自己，他也打量她。肥肥大大的工装裤，麻袋似的把她大半个身子都装进去，像只短腿的绒布兔子。裤子上有大片的印记，像是打翻了茶水……还是这样邋遢，他想。鼻端有点儿痒，他抬了下手，猛地打了个喷嚏，接着从她身边经过，鞋都没换就穿过玄关往里走，直奔了餐厅。

屹湘站在原地有一会儿没挪动，董亚宁熟门熟路的，简直跟进了自己家一样，完全不需要她这个叶公馆的客人帮忙招呼他。

董亚宁给自己倒了杯热水，桌子上有三个杯子，其中一个注了小半杯清水。显然，屋子里不止她一个人，而刚刚她是在这里喝水。他回头看一眼，她已经不在那里了。

楼梯上传来噔噔的响声，有人大声喊"湘湘姐姐"，听起来是个年轻的男孩子。董亚宁听见她问："怎么了？"

声音有点儿远，不知道她走到哪边去了，那个年轻的男声说："师傅让我喊你上来看看，没问题，他就动手了。"

"好的，我马上来。"屹湘答应，略一站，转身回了餐厅。

她在台子上拿了一个木托盘，倒了水要往外走，见董亚宁仍慢腾腾地站着喝水，并没有立即要离开的意思，犹豫片刻，说："高师傅在这儿，我请他来帮忙了。"

董亚宁眉尖一蹙，他们俩都认识的高师傅就那一位。他看了她一眼，放下杯子，跟她一起走了出来。

很快，他走在了前面。屹湘看看他的背影，特地慢下来。他似乎没有觉察她的刻意为之，也没有走得更快将她甩开……这里他的确是比她更熟，他甚至不用看，也知道灯的开关在哪个位置，又该怎么按才能让楼梯间里的灯光达到既不过于明亮又不致于刺目，恰好照到他们脚下每一寸的程度。

屹湘始终跟他保持了三到四级台阶的距离。

小毛球仍然很兴奋，在他们俩中间的空隙里蹿来蹿去，不时地回头看看她，又要追上去咬他的裤脚。他弯身将它抱起来，扛在了肩膀上。

小家伙伏在亚宁的肩膀上，张开嘴巴喘粗气。屹湘看着它那粉色的小舌头、乌溜溜的眼睛，略低下了头……

董亚宁走到二楼转弯处，扫了一眼，没发现有什么人。屹湘低着头，没有开口，他也就不出声问，凭着直觉继续往上走。

上了楼，他将毛球放下，往里一走，看到起居室里的阵仗，眉尖蹙了起来。

小白见有人来，忙提醒师傅，高师傅回过头来。就是这一刹那，亚宁两道眉毛舒展开来，露出微笑，从容地打了招呼。

屹湘在他旁边，目睹了这快得如同变脸戏法的变化。

她停了停，见董亚宁向高师傅走去，也往前走了两步。

高师傅见了董亚宁，又意外又高兴，说："哟，这可真就巧了啊，刚才还说起你来呢……"

"说我什么？"董亚宁微笑，先低头看着地板上的这幅画。

"您喝水。"屹湘把水杯递给高师傅。

高师傅看看屹湘，笑呵呵的，却说："没想到在这儿遇见你，真是吓我一跳呢。"他端着瓷杯，又看向董亚宁。

"我住隔壁，这是要干吗？"董亚宁问。他似是在问高师傅，又似是在问近在咫尺的她。

屹湘有电话进来，她示意下，走到一边去接听。

"这是湘湘给我派的差事，不知道这家的主人叶先生是什么人，怎么值得她送这份大礼……你瞅瞅，湘湘这马画得多有气势！我拍照传给艾老，艾老说他这会儿不看。你送他的 iPad，新上手，还玩不转呢，没法放大图片，让等下齐活了，再给他瞧。你可真会哄老爷子开心。"高师傅笑着说。

董亚宁微笑道："难得老爷子喜欢新鲜玩意儿。"

虽然还看不到画卷的全貌，但他已经能体会隐藏其中的惊人力量。她的画功，这些年竟一点儿都没荒废，反而越见老辣了。

高师傅跟他很久没见了，未免有些话要说。他跟高师傅闲聊着，似是不经意地抬了抬眼——屹湘走到落地窗前，背对着这边，低着头，脚尖轻轻点着地板……那玻璃窗上沾了雨滴，外面阴沉灰暗，一切都朦朦胧胧的，清晰的唯有她的身影。

她的声音很低，但并不是背着人的语气，他听到她说："……雨下得很大呢，不用了……告诉叶先生说我已经……这样啊，那就谢谢了……谢谢你，Sophie，费心了。"她收了线，过一会儿，拨通电话，又讲了几句电话，才回过身来，说，"这下好，咱们中午有两份吃的了，早知道我就不订餐了。"

高师傅笑了，说："退订一份吧，多了也吃不了，别浪费。"

"别，我让那边晚点儿给您送家里去吧，您辛苦一天，跟高师母安安静静地吃顿饭。我晚上答应了妈妈回家吃饭的，就不陪您了。"屹湘说。

"又让你破费了，这怎么好意思！"高师傅看了看她，顿了顿才说，"湘湘和亚宁，一样细心周到。"

"呀，从前您可老跟着师傅一道说我是马大哈。"屹湘微笑。

"是啊，亚宁，你还记得吗？湘湘以前画马，画到最后来数马腿，能多出两条来——艾老叹气，说，湘湘画马，跟人曲艺节目抖包袱似的，人是'三句半'，她是'三匹半'！"高师傅说着说着，忍不住笑起来。

屹湘抓抓脑后的发髻，说："这都什么时候的事儿了，您还记得。"

"哪个能忘了呢，这么好玩的事儿。"高师傅让徒弟伺候着穿上罩袍，看了眼董亚宁，问，"亚宁，你来说，是不是？今年大年初八，在艾老家喝酒的时候，艾老还说这'三匹半'的笑话来着，是吗？"

董亚宁淡淡地笑着，说："您那天可没少喝。"他抻了下袖口，看看表，说，"我得赶紧走了，家里还有事儿呢——你们忙着，咱回见。"

"好，回见——可是回头也得真的见，我们家老婆子老说得谢谢你。这一念叨，可念叨了好久，总也见不着你，你也得给我们机会呀……"高师傅很认真地说。

"您还跟我见外。"董亚宁不在意地说，他看了屹湘一眼，点了下头。跟高师傅道了别，回手撸了下毛球，他转身就走。

屹湘站在原地没动，高师傅拿起刷子，看了她，示意一下，说："不送送？"

屹湘心想：他跟叶崇磬关系这样好，在人家里能自由出入，哪儿用得着她送啊……她在心里叹口气，还是出来了。

董亚宁走得很快，像是半刻也不想在这里多停。走到楼梯口，他突然站住了，转头看向她所在的位置，却没有看她的脸，说："不必送。在这儿，你我都是客人。"

她听得出他语气中的锋芒，没出声。他回过身去，继续下楼。她停顿了下，仍跟着下来了。

看着他瘦瘦高高的身影很快走到门口，她浅浅地松了口气，本想马上转身的，但不知为何站在那里没动。很快，他就会从那道门出去了——她进来看过紧急逃生路线，知道从那里出去就有一个电梯间，应该可以通往隔壁他的住处。今日，若他不是贪这点儿便利，他们是不会这般再次狭路相逢的。

董亚宁拉开门，回了下头。她站在走廊的那头，默默地看着他，见他回头，她稍稍侧了下脸。她的目光，从他进门，就开始避着他，避着他的脸……他猛然间心里就冒了火，面颊上像被火燎着，挨过巴掌的地方，又开始发疼。

门就那么开着，他却没踏出去这一步。

"有什么话要说，就直说，别用那样的眼神看着我。"他说。

"这也是我想说的——董亚宁，以后，有什么话要说，完全可以直说。"屹湘轻声道，她知道他一定听得清清楚楚的，"这一次，抱歉了。"

他愣了会儿，哑然失笑。

屹湘看着他，沉默不语。

"你真的是变了很多。"他说。这句话，听上去，似乎意思不明。

她明白，不是的。

他的笑容又淡又浅。

"以前，不管你错，还是你对，道歉的话，你都不轻易出口。"他说完看着她，沉默半晌，才说，"不用。"

她点点头。

"既然知道了，"董亚宁的嗓音轻轻的，"往后若还有类似的事，我也省得打招呼了，你也别怪我不择手段。这本是我的家事，外人插不上手，也最好识趣，不要插手。"

屹湘听着他的话，这遇佛杀佛的语气，简直比此时的天气还阴冷些。

"好，如果这确实是你想要做而且必须做的。"她说。

说完，她先转了身。

她以为他必然甩手关门离去，带着他那股子已经难以掩饰，也可能完全不想掩饰的怒气。但是没有，她只听到身后脚步声急促，一阵风似的，他的身影吹到了她的面前，拦住了她的去路。

她也就站住了。

"你什么意思？"他问。脸上的伤痕由暗沉变成了红紫，看上去，甚是可怕。但明明是怒火中烧，马上就要爆发，却硬生生被他压在了胸腔里。他只是垂下目光，看着她的脸。

跟他不同，她的视线是平的，落在他的胸口处。

屹湘沉默了一会儿，才说："真要你下狠手，你做不来。你也知道，其实不是她的错。不然，你有的是办法毁了她，何必大费周章弄到这么难看的地步？"她声音平静，表情也静，说完，空气也静了似的。

"劳动芳菲开了口，我觉得难受。我多嘴跟你说这几句，必定又是多管闲事。谁让我一时不慎，蹚了这浑水呢？招点儿麻烦来，我是不怕的。可是你，家事搞成这样，再继续下去，深陷泥沼，只会越来越难看——芳菲、滕洛尔，最后都是受害者。尤其是芳菲，她何其无辜，更何况就滕洛尔那性格，你们只围堵不疏浚，迟早出大问题。"

她的声音越来越低，眼睛盯着他胸口的纽扣。那贝壳纽扣随着他呼吸的幅度，将淡淡的光芒一层一层地反射到她的眸子里来。

她稍稍抬了下头，看到他抽紧的下巴，继而看他的脸色，已经差不多恢复了正常。

对于他来说，她这样说他避忌的事情，他这样的反应，已经是出奇地冷静了。

"我知道你会有办法，像你解决很多问题似的，圆满而不落痕迹。"他一直没反应，她也就说到了这儿。

其实，只有短短的几分钟的时间，她还是觉得耗了很多心神。跟他讲话，她总是格外费神："希望你这次也能解决好。"

"解决好，你我就不必因为这些乌七八糟的事情，一再地纠缠到一起，是吗？"他问。

屹湘倒不料他会这么问。

她想了想，并没有否认。

"这你放心。"董亚宁沉声道。

他冷冰冰地看着屹湘，那目光让她发冷："这么不开窍的，整个时尚圈，恐怕也就你一个。这次之后，我不发话，就没人敢用她。不过，谁要是硬要用，也随便，就一样，后果自负。"

屹湘皱了下眉。

"还有，"董亚宁看了她一会儿，说，"你不是从前的你，我也不是从前的我，你了解我？"

屹湘嘴角一牵，他少说了一句吧，那句"你以为你是谁"。

董亚宁竟没有说，不知为什么，这句现成能伤人的话，他竟没有说。

"你，好自为之吧。"他说。

屹湘眼看着董亚宁侧身从她面前走过，像他刚刚跨过来一样，脚步凌厉而沉重，似带着满腹心事，并不像他说出来的那句话——字面意思上，多少会有些幸灾乐祸的味道，把这份幸灾乐祸丢给她之后又应该有些快意……她跟着回头，就看到他冷漠瘦削的背影，随着猛然间关上的门，消失了。

她站了好一会儿，才听见楼下门铃响，忙收拾心神，跑下去开门。是饭馆外送，她签了单，上去请高师傅师徒下来用餐。这一餐十分丰盛，高师傅师徒俩用得满意极了，独独她有些心不在焉。

小白先吃完先上楼去了，高师傅仍坐着，笑道："湘湘，你不会是生气了吧？"

屹湘见高师傅旧话重提，笑笑，说："瞧您。"

高师傅咂嘴，道：“你和亚宁，如今真生分。就一般的发小儿，也不至于这样。我可说了啊，今儿可是巧，不是我发功。”

屹湘笑了。

“也就是亚宁念旧，我哪儿是能轻易打得通他电话的人呢？你看我们家里的事，他帮了那么大的忙，我们一家子说要谢谢他，都多久了呀，就没排上号……”高师傅笑眯眯的，“就因为这一层，外面的人怎么说他，我还是信他是当初那个好孩子——你们俩都是。”高师傅拍拍手站起来，上去继续干活了。

屹湘笑着说：“您辛苦了。”

高师傅走了，她只觉得自己胃里像是被塞满了食物，怎么也吃不下了……脚边有个软绵绵、热乎乎的东西，慢慢地一起一伏……她弯下身，摸摸那小家伙的背。小家伙已经跟她熟悉起来了，就这样亲近她。

她坐在这里出了会儿神，赶忙起了身。收拾餐桌时，她瞥见橱柜里有各色各样的茶叶罐。每个茶叶罐上都贴着描述精准的标签，标签和上面的字就像他偶尔露出的表情，严肃、认真得不得了，而且漂亮、周正——这做派，是很典型的叶崇磬式。

她看到“墨宝”二字，忍不住打开了橱柜，拿出来另沏了一壶茶。等焖茶的工夫，她就看着柜子里漂亮的茶叶罐，看到喜欢的，就拿下来欣赏一番，渐渐地，台子上就摆了一溜儿——五颜六色，琳琅满目的。

她仔细看底款，发现它们无不出自现代大家之手，叶崇磬在这样的细处，也是毫不含糊的。

屹湘感慨了下，又将茶罐小心放回原处。听到大门响，她忙回头看。不一会儿，叶崇磬走了进来，毛球紧跟在他的脚边，她意外，忍不住轻轻皱了下鼻子。

叶崇磬看她脸上露出可爱的表情，笑笑，问：“还有吃的吗？”

“怎么办，还真没有了。”屹湘窘起来。这可真糟糕。

叶崇磬将外衣脱了，搭在椅背上，雪白的衬衫上领带被他瞬间拉松些，人立时就显得松弛下来。头发大概因为外面起风了，被吹得有点儿凌乱。他拢了下，就恢复了那份利落。

“连点儿汤都没剩下？我可是一直开会到这会儿，只喝了两杯咖啡。”他笑着去洗了手。

“可我都处理掉了，真该等你一起的。Sophie点的菜很多，三个人根本吃不完。”屹湘说。她将剩菜都打包了，想着叶崇磬的家务助理来了也是替他扔掉的，况且也没有将残羹冷炙留下来给主人家的道理，“你想吃什么？我帮你叫餐……没想到你会回来，是我考虑不周到。”

“哪儿啊！是我临时起意——我马上就得出发。这一下子要出去不少日子，就这点儿时间，特意回来监工的。"叶崇磐看着台子上摆得整整齐齐的饭馆餐具，笑了笑，说，"这可怎么好。"他说着，就真的过来拨开那些餐盒，"你处理得也太彻底了，这都成大杂烩了。"他竟然觉得很可惜似的。

知道他是故意的，屹湘仍然觉得好笑。他说是回来"监工"，但这其实不过是见缝插针回来看顾一下他们，是他的体贴和周到，又绝不肯轻易让人感到尴尬。她轻轻一叹：这位叶大哥啊！

叶崇磐一看她的神色，就晓得她刚刚在腹诽，他微笑。

屹湘不出声，叶崇磐就只是看着她，她便渐渐感觉到一股压力。

脚底下那个黑乎乎的小獒犬在起劲儿地咬着叶崇磐的裤脚，被他一把捞进了怀里揉着头。

屹湘看他们亲昵的样子，问："这家伙是缩水了？上次见到的那只好大。"她分明记得那天晚上叶崇磐带着的是一条巨型的獒犬，威武极了，一对铜铃似的大眼睛，会在夜里发着光，看着挺唬人的，不想却有着宽厚的性格，以致到现在她想起来仍觉得可爱。

叶崇磐说："旺财？那是亚宁的狗。"

"哦……刚刚董亚宁来过。"屹湘抽了张纸，去擦毛球嘴边的口水。毛球不让她动，却来咬纸巾。她索性用手摁了它的脑袋，迅速地擦一下它的嘴角。

毛球不乐意，冲她叫，她瞪着它，说："你小子浇我一身狗尿，我还没收拾你呢。"

叶崇磐攥着毛球的两只前腿，看这俩对峙的模样，忍不住想要笑。看看屹湘的身上，他"哎哟"一声，说："这可真对不起你了。"他又问，"亚宁来有什么事？"

"外面下雨，他抄近路回家，顺便看毛球。"屹湘转身把纸丢在纸篓里，在旁边的洗手池洗手，"应该是看见屋子里亮着灯，以为你在家。"

"懒得呀……还好你在。"叶崇磐把毛球放下，给它添了食物。他起身卷了袖子，又仔细洗过手，"我来搞点儿吃的。"

"你会做饭？"她极意外。像他，自然习惯了生活琐事有专人照料。不是不能，而是在这些地方投入精力实在不划算。

"饿极了，只好自己动手。"叶崇磐开了冰箱，拿出一盒青菜，说，"煮碗面还难不倒我。"

屹湘交握了手，看着叶崇磐熟练地撕开包装盒，从里面取出净菜。那菠菜翠绿的梗和叶子，新鲜欲滴，那青翠在他的大手里不盈一握……她抬手蹭了一下额角。这也有她私底下一点儿古怪又不合时宜的念头，她有些受不了男人进厨房，但这是他自己的家……她只好去收拾那些瓶瓶罐罐。

现在想，她这么随便动叶崇磐厨房里的东西，实在是很不妥当……已经消退的窘意又来了。她清了下喉，抓紧把剩下的茶罐放回去。只是有些茶罐实在是精美，她忍不住多看两眼。对美好的东西，她毫无抵抗力。

"墨宝可以喝了，这个时候应该是最香的，再焖就过了。"叶崇磐仍在洗菜，并没回头。

屹湘这才想起，她刚刚是泡了茶的。

"你怎么知道是墨宝？"她脱口问，手心里正掂着一个莲花状的白瓷茶叶罐，薄薄的胎，看得到里面有半罐茶，摇一摇，丁零零地响。

"那是珠茶。"叶崇磐听着响声，说。

屹湘把莲花罐放回柜子里，拿起一个冰裂纹的来到他耳边晃晃，问，"那这个呢？"

叶崇磐转过来看，说："武夷岩茶，珠茶的声音特别，才听得出。"他微笑。

屹湘又皱鼻子，说："还以为你耳朵那么灵。"

"当然非要听也是能分辨的，标签是贴给方大姐看的，免得她拿错。可是后来发现贴了也白搭，若是要两种以上的茶，她还是经常张冠李戴。"他说着，倒不是抱怨的语气。

"你这儿茶真多。"屹湘终于把所有的罐子都放了回去，掩上柜门。

"就这点儿爱好，这回出差，我顺路去两个茶场看看。茶场都在深山里，现在，采茶季节快过去了。"叶崇磐把菠菜放进水盆里浸了，"你是不是要上去送茶？"

"监工大人，"屹湘终于撸起了袖子，"麻烦您上去看看工程进度吧，顺道带上茶。等您下来，饭也就好了。"

叶崇磐立刻抽了毛巾擦手，干脆地说："好。"这分明是正中下怀。

屹湘看着他，微微瞪了一眼，他笑起来。

屹湘不管他，动手准备做面。好在一碗菠菜面，简单至极。

她只顾着洗菜煮面，并没有注意叶崇磐是什么时候走开的，很快就听到楼上不断传来爽朗的笑声。叶崇磐跟高师傅师徒初次见面，竟能相谈甚欢。

她拿着长筷子挑着面试软硬，觉得差不多了才关火。外面雨下得很大，风也大，雨水吹到玻璃窗上，一阵一阵如鞭打似的响。她看雨看得出神，冷不防听到一句"好了吗"，叶崇磐已经站在她身旁。

屹湘回过神，见他近在咫尺，稍稍移了下脚步。

叶崇磐看看锅里，说："刚刚好。"

屹湘也看看锅里，却有点儿懊恼。她只顾着看雨，面在锅里焖得时间稍久了些。她忙用碗盛了，问："芫荽要吗？"

"要。"叶崇磐说。

屹湘把芫荽在面碗里绕了半周，看上去，十分漂亮。

"谢谢。"叶崇磐接过碗来，"这是我的'半生菜'。"他微笑着，先挑起了一根芫荽。

"什么？"屹湘坐下来，跟他隔了一个座位。

"人家说，每个人都会有自己的'半生菜'。前三十年，我极不喜芫荽。不知怎的，有一天忽然能接受它的味道了，慢慢地尝试各种吃法，才觉得以前错过了它的那些日子，真是可惜了。"他慢慢地说。

叶崇磐的嗓音本就有些低沉，这么慢慢讲着话，就越发有些蛊惑人心的力量。

屹湘静静地听着，半生菜……她想起来了，那日，崇碧笑她，说母亲提起过的，她小时候吃到一点芫荽都会大发脾气，也说到叶崇磐也有这"毛病"。

小时候，她曾是那样恃宠而骄……只是，年岁治愈了他们。

"屹湘？"叶崇磐一碗面已经吃完，而屹湘已经愣愣地瞅着他有半晌了。他有些不忍打扰她。

屹湘坐直了，问："够吗？"

"不够。"他说。

"这么一大碗！"屹湘低呼。

叶崇磐笑了，屹湘立刻明白叶崇磐是在逗她。她有些恼，就站了起来。

"屹湘！"叶崇磐毫不犹豫地伸手拉住了她的手腕，他身高臂长的，虽然隔了一个座位，够到她却毫不费力。

屹湘像被烫了一下似的，马上抽了手，脸就红了。

他松手，看着她。

屹湘也不知道自己怎么就急了，心里是有些发慌，慌的却不是地方，乱纷纷之间又想起那一晚两人相对的时刻……于是她又后退了半步，碰到椅子。沉重的椅子被她碰了这一下，竟然纹丝不动，却让她的腿弯酥麻而发痛，跟心尖儿那里的感觉一样。

她看着叶崇磐，知道他必然也想到了那一刻。这个忽然间清晰起来的念头，就像悬在峭壁上的石头，随时会随着风滚落峡谷似的，那是一个危险的境地……当她再想后退半步的时候，他缓了口气。

她立刻稳住了心神。

"现在，不是时候，对吗？"他深邃的眼里，是温和的光，这般深沉与温和，像一张密密的网。

屹湘转开脸，她的侧脸，像精美的雕塑，带着特别的温度。柔润而弧度优美的下巴上，刚刚合适的那颗蓝痣，在微微颤动……

"我可以等到合适的时候。"他说。

屹湘转过脸去，有些惊愕地看着他。

"我得走了，屹湘，"他只当没看到她的神情，从从容容地回身拿了外衣，看到她工装裤上那一大团印记，"楼上的房间里有新衣服，你可以将就着先换一下，晚点儿我让人给你送女装。你穿多大码的？我这儿没有现成的。"

"不用，我回去换就行。"她的语气有些生硬。

叶崇磬看了她一会儿，说"我们过两天见"，转身离开了，屹湘站在原地没有动。

出了门，叶崇磬撑开伞。雨滴打在伞上，噼啪作响。往日他只觉得连绵的雨总会令他心生些许烦躁，此刻却没有，反而有一层说不出的松快。发动车子的时候，他抬眼看了下窗外——董亚宁的公寓，从上到下灯火通明。

屹湘站在门内，听到叶崇磬的车子离开，没有半点儿轻松的感觉。

她刚才对叶崇磬生气了，他却并没有道歉，而看样子，他也不打算道歉。

可是，合适的时候？哪里会有什么合适的时候……

上楼的时候，她腿都有点儿打战。她在楼梯上坐了一会儿，以定心神。可看着楼下宽阔、深邃的走廊，她耳边又是另一番刻薄阴狠的话。她闭上眼睛，靠在墙上，才不过半天工夫，这经历真让她疲惫……她听见高师傅吩咐小白收拾东西，赶紧起身，打起精神来。

此时高师傅已经在给壁画扫尾，正拿着软毛刷子轻轻地、一寸一寸地扫过画面，动作温柔。小白摆弄着那台幻灯机，将它物归原处，看到她进来，笑了笑。

屹湘在屋子里站定，看着刚刚裱糊完毕的整面东墙。壁画还有些潮湿，像刚刚出浴的美人，色泽显得更加明艳。她慢慢走过去，一步步接近，似一步步走进了宁谧的山谷间，身边是悠闲地吃着草、打着滚、晒着太阳的骏马。这是她自己的画，看着也觉得有出乎意料的美丽。

高师傅也走过来，两人并排站着，细细地查看，再也挑不出别的毛病来了。画没有问题，裱糊更没有问题。

"叶先生真懂行，上来看了看，说得处处在点子上。"高师傅说。

屹湘点头。

"湘湘姐姐，你来看，这个没问题吧？"小白问。他按了开关，机器就运动起来，投影在西面的墙上，是清晰的风景画。

"哟，你怎么还打开了？弄坏了怎么办？"高师傅回头，只看了一眼就责怪徒弟。

小白急忙说："我就试一下机器，搬来搬去的，怕出什么毛病。"

屹湘笑道："应该没事的，这风景真好。"

这台幻灯机有些年头了，四四方方的，顶部是一个圆盘，嵌着幻灯片，转动一下，往前推进一格，发出轻微的咔咔声，墙上的画面便换了。

屹湘忽然觉得画面里的风景似曾相识，轻轻"咦"了一声。金色的湖面，晨曦中清冷的森林，延展到湖心的木桥，古旧的游艇，木屋的落地窗……风景那样美，让人忍不住想要驻足、流连。她好像听到了窗子里电话铃在响。在穿过森林的小路上，风呼啸着，似乎也有人踩着自行车追过来，车轮发出嗡嗡的细响……

"这是哪儿？"高师傅问。

"老橡树，应该是叶先生在纽约的住所。"她轻声说。她不会认错的，这就是老橡树，她无数次流连的老橡树，可怎么会……

离开的时候，她又看了一眼这间屋子，那双人沙发孤单地放在屋子中央。

她关了灯。

出门时，雨落纷纷，风是停了的。

他们走到门口，换鞋的工夫，突然听到急刹车的声音。他们开门出去，发现外面来了不少豪车。屹湘认出来，打头的是佟金戈。她有点儿后悔这么贸然地走了出来，这可是叶崇磬的宅邸，他们看到了，不知道会做什么猜测。

果然，佟金戈看到她就怔了怔，另外几位也不约而同地看向她，脸上的神情都有些异样。既然已是这样，倒也没有什么不能光明正大地走出去的。她跟高师傅说着话，穿过院子。

那些人里，除了佟金戈，只有一位稍熟悉些，是叶崇磬的堂弟，但她不确定是叶家三房双胞胎中的老大还是老二。见他对自己笑，她也回了个笑脸。

金戈见屹湘大大方方地跟他们打招呼，眉微微一蹙。

屹湘并不理会金戈的反应，反正每次见面，他从没给过她好脸色。她走到自己的车边一看，明明停车位充足，空间也够了，她的车子还是被豪华轿跑给前后夹住了……他们给她留的余地之小，但凡是技术稍稍差一点儿的，车子都开不出去。

她忍不住在心里骂了一句"自私鬼"，抬脚往前面车的屁股上轻踹了一下，上车将车子挪了出来，扬长而去。

金戈轻轻哼了一声。被踹的车正好是他的。

叶崇岩在他身后，笑道："还别说，就这范儿，可够带劲儿的。我那天听谁说来着，郭家老三要追她，钉子碰得那个狠。"几个人听了都笑起来，说郭家老三也不错了，都入不了她的眼啊？

金戈的心一动，回头瞅了崇岩一眼，想警告他一句，等会儿当着董亚宁的面，别乱说话。

崇岩却没看到，拎着酒就往董亚宁家的门口走去。

叶崇岩边走边说了句"奇怪，屹湘怎么从我哥家里出来"，不过也只是一说就没了下文，跟平雷他们聊起刚才打球时提起的一桩旧事，分了心。

他们既然没在意，佟金戈也就不提。他又转头看了眼叶崇磬的宅子——没亮灯，在阴雨天里，看上去有点儿忧郁……跟隔壁亮堂堂的董亚宁的宅子刚好成了鲜明的对比。屺湘走时，没见人出来送，叶崇磬许是不在家……他往董亚宁这边的楼上看了看。

崇岩猛按门铃，楼上灯火通明的，人影不见，大门也好半晌才开。抬头看见董亚宁在楼上跟他们示意，他们笑着进了院门。

董亚宁刚刚正在他藏烟的窖子里搓烟叶，此时烟窖的门开着，一众人上来，被烟叶的味道吸住，纷纷挤进那扇窄窄的玻璃门，看董亚宁收的好东西。

金戈隔着玻璃看亚宁那些刚完工的作品，笑了笑，说："你还当真亲自动手啊。"

董亚宁雪白的衬衫上沾了点儿碎烟叶，抬手拂去。他一双眼睛眯着，吸了下鼻子，脸上有点儿沉沉的郁色，只是没出声。

金戈见他这样，进门时准备好的话也问不出口了，就说："我们刚刚赛车，崇岩赌输了，琢磨着你这儿清静，今儿晚上就在这儿不醉不休了。"

董亚宁哼了一声，点了支烟，顺手拿起叶崇岩拎进来的酒，说："这输的，可是大出血。"

金戈笑着，叫了叶崇岩他们出来，说："咱们楼上去玩会儿牌，吃饭还早着呢。叶哥呢？叫他一起？"他是看着董亚宁的，董亚宁正巧朝旁边吐了口烟，对着他的旺财打了个响指。

"甭找他了，他肯定没空。我昨儿约他打球，他说今儿他得开一天会呢！他这阵子跟大伯拧上了，有心思出来玩才叫奇事……"叶崇岩笑着出来，嘻嘻哈哈的，说了几句闲话。

"叶哥今儿不在，湘湘怎么在他家出入啊？"朱平雷随口问道。

金戈忙看了眼董亚宁，董亚宁拿着烟，拇指轻轻蹭了下脸，指尖从下巴的伤疤滑到腮上的瘀青。

叶崇岩笑着说："你管得着吗？那是我们亲家的姑娘。"

"哦，我差点儿忘了这茬儿。"朱平雷正站在楼梯边，往下一看，说，"我就说叶哥眼光好，当初董哥一说这房子，我们都还没反应过来呢，他马上就说要了，现在是越看越觉得好……董哥，你什么时候再出手一套？也让我捡一捡便宜？"

"那可就难了吧！好事儿哪里能天天有？"他们七嘴八舌地说笑着上楼，踩得玻璃楼梯铮铮作响。佟金戈走得慢些，走一步，回头看一看，董亚宁示意他先上去。

"那你快来。"金戈说完，也没立即走，又站了一会儿。亚宁没理会他。

烟窖里温度适宜，有种特别的香味，他将已经搓好的几根雪茄仔细地粘了封条，搁进特制的烟匣子里，又在匣子内侧写下了今天的日期。他突然有点儿不确定，抬腕看了下表，不想先看到了表上显示的另一个时间。

此时的伦敦，刚过八点钟。

屹湘一进家门，正赶上饺子出锅。崇碧和潇潇在互相打趣，都说对方包的饺子难看。

屹湘忽然觉得浑身酸软，必须找点儿什么依靠。她靠在外面廊柱上看着他俩，站了好一会儿，他们愣是没有发现她。

郗广舒恰好从上房出来，看到女儿的背影，心一顿，半晌才开口叫她："湘湘！"

屹湘答应一声，回身看到母亲，心里一安，向她走去。

"很累？"郗广舒让女儿进屋，看看她的脸上。

屹湘摇了下头。

"姑姑今天来过电话，说潇潇的婚礼，她会回来的。"郗广舒说着，握了女儿冰凉的手，"她应该能住一阵子。她先自己回来，Allen 晚些，她说 Allen 的功课不能耽误。"

"嗯。"屹湘靠在了母亲肩上。

她只想这样靠着母亲，哪怕只有片刻。

长路漫漫，还得她自己走下去，不过，好在有这片刻的温暖，足以支撑她走得远些，再远些。

第十二章　玲珑醉心的彩虹

一起经历风雨，一起看见彩虹……这曾经最甜蜜的许诺，我还记得，你呢？

——题记

从吉首到凤凰不过五十几公里的路程，因为山路崎岖，又是夜间行车，却走了很久。此时夜色深沉，并没有什么风景可看，从车窗边掠过去的，是一团又一团浓重的阴影，那是连绵的山峦。

屹湘看着窗外，来凤凰的路上，陈太和她都言语寥寥。其实从离开北京往湖南来，陈太就变得有些沉默。

这几日，邬家本每日一个越洋电话来问候，还特别拜托屹湘，说姨妈有严重的关节痛，如果太疲劳，可能会犯病，请她多留心，行程的安排，和缓着些。

屹湘跟陈太同住那么久，是知道她有这个病症的。一路同行，她都留意着陈太的状态。还好，陈太的身体并无不妥。眼下这模样，大概是所谓的近乡情怯。

陈太出生在长沙，童年在上海度过，只是随父母回乡探过亲。儿时的记忆，经过半个多世纪的打磨，已然模糊不清。

而她对故乡的所有印象，皆来自父母隔海相望时在遥想中美化了很多的描述。当想象中的故乡忽然出现在面前，屹湘能了解那种冲击。就像这一次，公司包机在雨中的黄花机场降落的一瞬，从看到地面飞起的积雨开始，直到离开，两三日间，她无论到哪里，无比熟悉和极其陌生两种奇特的感觉交替在她的身上出现，让人难以准确形容。

甚至在工作时，她都觉得自己像是身处梦境。在长沙举行的小型"翡翠之夜"依然璀璨夺目，比起在京城上演的那一场，有更多轻松和快活的味道，更像一个派对，她能参与其中，又能享受其乐。

Laura 也从上海赶到了长沙，许久未见，屹湘与她相谈甚欢。

Laura 自称老湘人，她说，她有一种很怪的感觉，离开也有几十年了，这次回来，却觉得这里并没有变。而她刚刚回过自己的老家，觉得家乡也没有变。

那会儿她们在落成不久的 LW 分店中，刚刚一起观看了发布会的全部出演，观众还在余韵未了的状态中享受招待酒会上的杯觥交错。

Laura 脸上的表情还是严肃的，但投向屹湘的目光很温和。

Laura 跟她说，这两场发布会都很成功，谢谢她的辛苦付出。

Laura 没有做进一步的评价，但 Vincent 就在一旁，她以半开玩笑的口吻说：

"Vincent 给你打四分，还是保守了些。"

屹湘知道 Laura 甫一抵达京城，只在 LW 总部盘桓不足半日，便启程南下，在上海做短暂的停留，就飞抵长沙。

那时屹湘正在玉石工场忙得天昏地暗。这次见面，Laura 心情好像格外好，不但当着她的面调侃那次意外状况，还提起了三月里在瑞严寺的相遇，问她喉咙是不是还常常不舒服。

她笑着说效果很好。

Laura 认真地说："索性等我给你要来方子吧，你在家中也可调制。"

屹湘还没有道谢，Laura 接着问她，是不是家人都在北京。

Laura 这样问及她的私事很罕见，她也老实地回答了。她想，即便她不说，知道内情的 Josephina 也未必不会跟 Laura 提。那时她看了眼远处的 Josephina，恰好 Josephina 也看过来。她就听 Laura 说："那就正好，给你方子，让家里人照料你。"

她笑起来，点头。

Vincent 也笑了，说："Laura，你怎么变得这么婆妈。"

Laura 不以为意，说，她还要在这里住一周，若是他们都不急着返回，改日就一起吃饭。她住在喜来登，足不出酒店，每日就爱在湘飧重复着吃那些她最爱的湘辣菜式，有人一起享用，就会更快活。

她并没有计划在长沙逗留太久，况且还有陈太同行，Vincent 的行程也很紧。两人齐齐婉拒，Laura 还是一本正经地向他们介绍本地菜。

她当然喜欢湘菜，只听 Laura 说菜名，她已经要流口水了，可惜 Vicent 不懂欣赏。他趁着她们工作的时候，跟陈太搭伴去的是火宫殿这样的游客必到之所，吃了个昏天黑地。

他玩得很开心，吃得也很开心，极爱的是那里的臭豆腐，倒吃不来正经做出来的上等湘菜，更吃不来辣……他笑着说幸亏自己马上就走，再多待一天，他的脸上都会冒痘。

讲是那么讲，半夜里撺掇人跑出去要米粉，吃臭豆腐，也是他最热心……

Vincent 的这一趟旅行，不管是公务方面，还是私人行程方面，都非常高兴，赶着去下一个城市工作，也是乐此不疲的模样。

不过，屹湘最终还是答应了 Laura 邀约，反正她陪陈太去过湘西，也还是要回长沙休整两天再回北京。正好碰上五一节假期，她有时间。

Laura 并没有明说餐聚时还有谁在场，但她敏感地觉得，大概汪氏三姐妹都不会缺席。她记得卧龙梅下那美好至极的一个身影。那个身影，在这次发布会中似乎也出现过，虽然只是惊鸿一瞥。而且 Laura 一句话，也让她留了心。

Laura 说："我们大姐，难得关心下公司的什么事，这次竟然也多看一眼，所以还得多谢你们的努力。"

屹湘对这次的餐聚莫名有些期待。

结束工作后，Vincent 最先离开。屹湘去送机，Vincent 隐约提醒她，汪氏宴请，不可小觑。她"臭骂"Vincent，说，若不是他巴巴地特地跑来参观发布会，还客串什么走台，惹得人乱猜测，不乱猜测的都把她划归了"Vincent 派"，用得着这会儿又说这些吗？

Vincent 大笑，跟她拥抱吻别，说："Vanessa，没有你，我可怎么办呢？我越来越觉得你可爱。"他说这话的时候声音很大，一起相送的人就算别的没有听到，这句话总是听到了的。都知道 Vincent 癫起来很癫，但是这么个癫法，还是太引人瞩目了。

她并不在意 Vincent 的癫狂看在旁人眼里有什么意味，又会对他们的关系做怎样的猜测或者怎么看待她。Vincent 心情好极了，这是最重要的。这也只有她知道是为什么，为他高兴的同时，也隐隐有些不安。她隐晦地祝他此行顺利，能更开心一点儿。

Vincent 笑着说 OK，长久地拥抱她……

等 Vincent 入闸，她回头看到程程，连程程的目光都有点儿躲闪，更不要提别人了，她竟然笑了。

从机场回酒店的路上，程程私下里说："Vanessa，我不问出来就太难受了，可是您跟 Vincent 不是真的吧……"

屹湘笑得厉害，也不解释。

程程也笑了，但过一会儿又叹气，说："就算是真的，我也还是觉得……虽然恋爱是恋爱，婚姻是婚姻，但如果要嫁，您最好还是嫁个中国人吧。什么时尚教主、设计鬼才呢，咱们土著里又不是没有好男人了，而且您那样的家庭……不然，Benson 怎么样？至少黄皮肤、黑眼睛，而且外界很多人都在传 Benson 在追求你。"

屹湘只是笑，如今人人都关心她的婚事，即便不关心婚事，也要关心她同谁走在一处……奇怪，都什么年代了，一个女人，人家先看到的不是她的事业或成就，而是她的婚姻。

来长沙的包机上，因为了解 Josephina 出行的怪癖，她主动让出头等舱的位子，往商务舱去。陈太的座位自然也就安排在她旁边，这老太太少有的几句跟此行目的地无关的话里，就关心到她的终身大事上来，她说："家本呢，我看你对他是兴致缺缺，也不勉强你。屹湘啊，小叶怎么样？"

小叶怎么样……陈太只是去秦先生的博物馆参观了半天，"叶先生"就成了"小叶"。也不知道秦先生给她灌了多少迷魂汤，这才多久，小叶又是比家本还优秀、懂事、适合她的男人了。而且跟小叶喝过一次茶之后，她又开始念着参观人家的古茶园了……

对面有来车，借着灯光，屹湘转头看向闭目养神的陈太，陈太一身旅行装束，软沿帽低低地垂下来，遮住了她的额头，也看不清她的眉眼。

屹湘见陈太的鞋带松了，弯身给她系好。

陈太脚边的旅行包外侧挂了两个小坛子，那是在河溪镇买的香醋。他们一路行走，去了很多地方，陈太对购物没有什么特别的兴趣，但看到香醋时眼睛一亮。她将香醋抱在手中，就像是抱着什么珍贵的东西。

陈太说，父母直到终老，还在惦念着故乡的特产。曾经有朋友从香港辗转买到这罕有的香醋带回台湾，当时她还在上初中，到现在依然能记得父母脸上又哭又笑的表情，真正的悲喜交加。

她说那天父亲喝了很多的米酒，米酒是按照故乡的酿造方法，用台湾当地的稻米酿造出来的。父亲一口酒、一口醋地喝起来，在故乡所在的方向，摆上了空置的碗筷。母亲带着她们姐妹陪着父亲。后来父亲告诉她，她是长女，有生之年他若回不到故乡，那么她一定得回去，带着他的一点儿东西……

她陪着陈太去了陈氏祖居，近两百年的老宅子，虽然已经破败不堪，但框架还在。

陈太走进去，脚踩在生了青苔的砖地上，如履薄冰。走着走着，她的眼睛里就充满了泪……她踏出这一脚，应是替她的家人续上了血脉一般的郑重和庄严。

目前住在里面的主人家问她们从哪里来，屹湘看着那人，只觉得面容上，依稀有着跟陈太一脉相承的特征：细而挺直的鼻梁、高高的眉峰……

陈太说她曾经是这里的主人，但现在不是了。

屋主惊讶，跟陈太攀谈起来，又拿出了宗谱。

陈太一眼便看到祖父的名字，说："这是祖父，我很小便能背到高祖的名讳。"辈分瞬间便排清楚了，金姓屋主称呼陈太"姑姑"。

陈太到底没有随了屋主的建议，去山上老茔地看看。屋主说虽然早年破坏过，但后来也陆续修复了些。只是他也不记得，陈太这一支祖坟的确切位置了。

陈太便说下次吧。

从祖屋出来，两人在镇上漫无目的地走着。陈太看到流淌的河水，对她说，大概祖父母的魂灵还在这里吧。

屹湘问："你真的会再来吗？"

陈太摇头道："屹湘，这儿不是我的家，这是我父亲的家。我来，是为了他。"

她听陈太这么说，心里就格外难过起来。她陪着陈太走到河边，陈太从随身的包里取出一个锦囊，打开来剥了好几层，最后才拿出一小撮灰白色的粉末，撒在了河里。澄澈的河水带走了那一点儿灰白，沉默的陈太就更加沉默了……

屹湘挪动下位置，靠近了陈太一点儿。司机在前面说："郗小姐，我们马上到了。"

屹湘应一声，远处有了灯火，渐渐明亮，路灯也密集起来，古城就要到了。

车子停下，屹湘才摇醒陈太。她们选的住处是临江的古老吊脚楼改造成的民宿，老板娘老早就等在路边接她们了。

待上了楼，屹湘一看，房间是古朴的，非常舒适。她问陈太满意吗，陈太点了点头。

时间已经晚了，老板娘给她们准备了夜宵。

古城的此时已经安静下来，夜晚有点儿潮湿和阴冷。屹湘担心陈太的关节炎，提早打过电话来，讲好要特别准备取暖设施。不料，这会儿她再三确认，竟然只有火盆，她忙去跟老板娘交涉。

老板娘口音浓重，她听了半天才明白过来。家里的空调坏掉了，只好用这种最原始、最地道的取暖方式。

屹湘觉得不甚安全，又问陈太的意见，是不是要换一家旅馆。

陈太倒是好说话，说体验一下火盆也好。这个时间再去找旅馆太辛苦，不如明天再说。老板娘拿出一个特制的熏笼来罩上，给她们演示了一番怎样在取暖的同时保证安全。

火盆烧得很旺，屋子里也很温暖。

屹湘见状，也只好暂时接受。她很快就觉得热了，脱了外衣，只穿了衬衫。

陈太却没有脱外衣，只是让屹湘快点儿吃东西，不然就凉了。

屹湘早就饿了，坐下来吃了好多。等抬头时，她才发现陈太根本没动筷子，又见她脸上有种奇怪的潮红，一紧张，忙问她怎么了。

陈太便说："我觉得有点儿不好。"

屹湘让陈太赶紧去床上歇着。很爱干净的陈太，就算出行不便，也坚持洗过澡才休息，今天就没有坚持，倒头便睡，屹湘有些不安。

她洗过澡回来，去看看陈太，见她安静地裹着被子睡沉了，才轻手轻脚地走开。

床边的火盆里炭火很旺，屹湘仔细看看熏笼，确定没有问题，走到外间坐下来。这会儿要睡也是睡不着的，她坐在黑影里，看着炭火盆，红通通的，在这陌生的地方，能让人心生出一点儿点儿安定感。

她出了好一会儿神，把手机拿过来。信号还算好，她打开邮箱，看到 Vincent 发来的邮件。

他发来了在米兰的街拍，还有些米兰分公司最新发布的产品。她看着美丽的街景，就想潇潇婚礼之后，她也该去休个假吧——哪怕只去 Burano 晒晒太阳，逛逛博物馆呢。

她是爱极了 Burano 那能把人的骨头晒酥了的阳光……

街上有人经过，高声歌唱，她听不出歌词是什么。那歌声节奏强烈，像是要把沉睡的人或者其他一些什么都惊醒。她起身走到窗边，看着街上渐渐远去的人群，歌声和笑声也渐渐歇了……手机忽然响了，她点头一看，屏幕上显示的是叶崇磬的号码。

她盯着号码，并没有立刻就接。

自从那天在他家里尴尬地分开之后，他们只通过一次电话。他除了谢谢他们辛苦制成壁画，知道她要来湖南，还说起如果有兴趣，可以顺便去他的茶场参观。

虽然不是很正式的邀请，她却觉得他是在期待她答应的，所以就更犹豫该不该去。至于他说"过两天见"，这个"两天"已经乘以三了……

屹湘接通电话，就听他说："屹湘吗？我好不容易能打通电话了。"

她轻轻"欸"了一声，更像是叹气："山里信号不好吗？"

"是，其他都还好。"叶崇磬的声音听起来跟山里的空气一样清新而又迷人。屹湘想，虽然她看不到他，但他应该是在微笑，茶园的日子让他很愉快吧？

叶崇磬问道："这儿的景色特好。陈太说过想来参观下古茶园，你们要不要一起来看看？"

屹湘看了眼卧室的方向，说："她睡下了，明天我跟她商量下。"

电话突然毫无预兆地断了，她拨回去，不通，等了一会儿，他也没有打过来，也许又没信号了。

她出了会儿神，正准备去休息，忽然听见陈太大声喊"姆妈、姆妈"。她赶快跑进房间去。红通通的炭火映着屋顶，加上陈太沙哑的声音，屋子有些令人不安的气氛。

她扭亮了台灯，看见了陈太满是汗水的脸。

"金阿姨，阿姨！"她摇着陈太的手臂，发觉陈太身上滚烫。许是被惊扰了，陈太非但没有醒，还开始说胡话。

屹湘定定神，立即下床从包里翻出药盒来。房间里没有热水，她就去敲老板娘的房门，问附近有没有诊所，得请医生上来看看才妥当。

老板娘答应，马上就办。

屹湘回来，摸着陈太的额头，有点儿热，却不是发烧的样子。不一会儿老板娘送来热水，说已经打电话请医生了。

屹湘想办法给陈太喂了一点儿药，等了一阵子，不见医生上门，她着急，催问医生怎么还没来。

老板娘说应该快到了，医生住得并不远。她看着屹湘，欲言又止。

屹湘没有留意她的神色，好不容易等到医生来了，她赶忙请医生上前。

老板娘却把她叫到一边，问她们白天都去过哪些地方……

屹湘费了好大的工夫才弄明白老板娘的想法，她深吸口气，摇头，也拒绝了老板娘驱邪的提议——她从不信那些冲鬼撞邪的事情。

医生替陈太检查过后，说："病人没有什么大碍，可能是过于疲劳，有些感冒。

既然吃了药，就好好休息。"

他看了看屹湘带的药物，说就吃这些就行，于是只收了基本出诊金便离开了。

屹湘又跺脚，这样的诊断，她也会做。她回身一看，陈太裹在被子里直打哆嗦，显然吃下去的药还没有见效。她急得要命，就问最近的医院在哪儿，得送去医院……

老板娘说："妹子，你别着急，从你要热水到现在也才一个来钟头，神药也没有这么快起效的……不是我说，不管你信不信，要是再等等还不见好，就不如去路口烧点儿纸，我看老太太是被什么冲了……"老板娘普通话讲得不太好，语气却是很诚恳的。

屹湘想了想，还是对老板娘说："那就再观察观察。如果还没有好转，麻烦您给我们叫车子，去医院。"

老板娘热心地说没问题，自己家的车子随时可用。

她又笑着说应该只是旅途劳累，常见客人辛苦赶路，水土不服，就生了病。刚刚来过的医生是附近最好的了，公家大医院的医生也不过如此……

屹湘看着稍显安静些的陈太，心想：但愿老板娘说的话是对的。不然，她也许真的会在这大半夜做出什么匪夷所思的事情来。

老板娘离开了，只剩她守在陈太身边。炭盆里的火很旺，她忙着照顾陈太，不知不觉，衬衫都湿透了。听见手机因电池将耗尽而嘀嘀作响，她拿过来看看，最近联系人的第一个是叶崇磬。

汗水顺着发梢滴到手机屏幕上，她赶忙擦去。手指不经意地触到了按键，电话就那么拨了出去。她看着屏幕，手指在挂断键处停留了一下，却没有按下去。

电话接通了，可只响了一下就又断了——手机电池耗尽。

屹湘靠在床边，看着手心里这黑乎乎的失去运转能力的机器，好像她跟外界的联系也切断了。床上的陈太昏沉沉，不知所以，她只觉得责任重大，心底生出一丝丝惧怕……她赶忙坐起来，不让自己的思绪再继续往下滑，起身去给手机充上电。一活动起来，不安与恐惧就被甩在了脑后。

她过一会儿就给陈太换一次额头上的湿毛巾，陈太此时极像个幼儿，需要人好好照顾。

她听着陈太的梦呓从大喊大叫，到喁喁细语缠缠绵绵的，竟听得入神。既然是胡话，就是断断续续的，并没有什么条理，有时是上海话，有时是台湾闽南话，多数时候是她能听懂的普通话……

时间一点儿一点儿过去，陈太慢慢安静下来，陷入了沉睡中。不久，整间屋子静了，除了偶尔火盆里的炭火发出细微的哔哔啵啵的声响。

屹湘也累了，伏在床边休息。

不知过了多久，恍惚间她听到楼下有人重重地拍门。她迷迷糊糊地看了一下时间，快五点了。她拍拍脸，让自己清醒一点儿，看了看安稳睡着的陈太，替她量体温，见已经降下来，松口气。

外面的楼梯吱吱地响，同时有人声。她辨认出是老板娘在跟人说话，不一会儿，老板娘来敲门了。她给陈太掖好被子，出去开了门，见老板娘站在外面，点点头，门只开了半扇。

老板娘问："你认识他吗？"

屹湘怔了下，轻轻拉了一下门把手。老板娘身后不远处，站着一个身材高大的男人。光线不太好，屹湘却一眼就认出那是叶崇磐。

她又怔了下说："是，我认识他。"

好一会儿，她都没再说出话来。她看着叶崇磐，他穿着厚厚的孔雀蓝长羽绒服，跟门神似的站在老板娘身后，从天而降一般。

"妹子？"老板娘开口。

屹湘这才把门完全打开，问："你怎么来了？"

叶崇磐大步走了过来，他的脚步沉实，每走一步都踩得地板咯吱作响。待进了门，屹湘顿时觉得这屋子的空间狭小了很多。老板娘说声"我再去打点儿热水过来"，轻手轻脚地将门关好。

屹湘没作声，叶崇磐在她面前站住了。

屹湘仰头去看他，她出来得匆忙，没来得及开灯，他的面目在阴影中一时有点儿模糊……她记不清这是他们第几次这样相见了，总是看不太清楚彼此的样子，她不由自主地抬手按在胸口处。

看到这个细小的动作，叶崇磐先打破了沉默，问："吓到你了？"

她看着他，摇了下头，赶忙打开灯。

"我来得太匆忙了，来不及考虑太多细节。"他说。

她点头，他也点了下头。他也记不清自己这是第几次问她这个问题，这又是第几次"吓到"她——这个小小的女子，她的那颗心，真是可大可小，阴晴不定——他沉默了片刻，看到她的手机放在桌上，浓眉一蹙，又舒展开来，说："刚才怎么也打不通你的电话，我担心出了什么事。"

"忘记开机了。"屹湘轻声说，"忙着照顾病人，哪里还顾得上留意手机？"

他问："陈太怎么样了？老板娘刚才告诉我，你们有人生病了。"因为老板娘没说清楚是谁，他进来看到她好好地站在这里，还吃惊地望着自己，心立刻放下大半。他没说出来，但是他的眼神已经替他说了。

屹湘侧了下脸，说："医生来过，说是不要紧，吃过药以后好了很多。"

"确定不用送医院？"他看了眼里间的门，没有贸然过去。

"医生说不用，我想等天亮再看。"屹湘轻声说。

她说着，往里面走了走，看陈太仍睡着，回头看看叶崇磬，说："看样子还好。"

叶崇磬也走了过来，远远地看了看，说："要是病情有变化，就马上去医院。"

"好。"

晨曦已至，微光透过薄薄的土布窗帘投进来，屹湘看了看叶崇磬。

叶崇磬顿了顿，明白过来，这是她们的"卧室"，顿时有些尴尬，忙说："抱歉，我先出去。"

"没事，你就在这里休息下吧。"屹湘示意下外间。

古丈离这里不算近，他也赶了很长的路，夜里行车，不是不辛苦的……

"没关系，我有同行的朋友，得下去看看。"叶崇磬说。

屹湘点头，回身进去，借着灯光，仔细看着陈太的睡容，摸摸她的额头，听着她均匀的呼吸声，心里安定下来。

叶崇磬回头望着细心照顾人的她……屋子里的朦胧好像罩着纱，而她就在纱帐的中央。他刚要关门，发现火盆已经熄火了，于是折回去将罩子取下来，端走了火盆。

屹湘听到响动回头，她本以为叶崇磬已经离开了，却不料看到他的这个举动，忙快步走过去，帮他扶住门。

叶崇磬看她只穿了衬衫，轻声说："你照顾陈太。"

他走出去，老板娘看到他端了火盆，忙说这就另外生火。屹湘拿了外套穿上，跟出来，听到老板娘这么说，便说："那拜托您快些。"

走廊和楼梯上响起了脚步声，是急促而有活力的。阴暗的走廊上，开了一扇窄窄的窗子，他们正站在窗口处，清晨凉薄的空气同晨光一道被送进来，屹湘吸了口气，沉积了一夜的紧张跟焦虑，渐渐消散。

他们站得这么近，屹湘闻到叶崇磬身上带着的说不出是青草还是树叶的那种植物特有的清香，还有淡淡的烟草气……她看着窗外，远处，淡淡的晨雾弥漫在江上，江上小船静静地划过；近处，有商户高悬了大红灯笼，路灯昏暗，偶尔有早起的人经过楼底的青石砖路，脚步声细碎、清脆。

古城在苏醒，这也许是她最美的时刻之一。再晚些时候，游客的喧哗将塞满了这条已经商业味道很重的街道……

屹湘忍不住叹了口气。叶崇磬沉默地看着她，他没问她为什么叹气。从她目光所及之处，他已经能猜到她在想什么。

老板娘将火盆送进来，轻手轻脚地走到门口。叶崇磬回身要接，她忙摇头，进去把火盆安置好，回身催促他们俩，说："下去喝点儿热粥吧，妹子一晚上没睡，先生也赶了好久的路。我可以在这里照顾病人，就这么一会儿工夫，你们放心，我等你们上来替换我。"

叶崇磬看屹湘，屹湘本想拒绝，可一看他，她想老板娘说得对，他远道而来，何况还有同行的朋友，就说："好，麻烦您了，我去洗把脸。"

店里的盥洗室就在走廊这边，老式的房间，本来没有独立的盥洗室，这是后来改造的，便比屋中其他各处显得新而现代。屹湘担心会让大家久等，匆匆洗了把脸就赶忙出来。

她一出来差点儿撞上门口立着的叶崇磬，她奇怪地看了他一眼。

叶崇磬做了个手势说要洗手，她才注意到他那手指上沾了灰，显然是刚刚端火盆的时候弄脏的。

她等叶崇磬进去，倒还站在那里。

已经关好的门忽然又被打开了，叶崇磬冲她歪了下头，示意她。

她愣愣的，就说："我好了……"

"好了就先下去吃东西吧。"叶崇磬说，语气有些僵。

屹湘皱了下眉，这才反应过来他要干吗。看他一副无奈又不好意思直说的样子，她想笑又忍住，赶紧走开。听到他关了门，她才笑出来——真是个讲究人啊。

她去放下东西，先下了楼，楼下堂屋里还坐着两个中年汉子，看见她，都站起来，微笑着点点头。

她也点头，还好这时叶崇磬下来了，给她介绍这两位是跟他一起来的茶场的负责人老杨和司机师傅小杨。他们都是当地人，跟叶崇磬一起从茶场过来的。

几个人说着话，坐下来等早点上桌。店里的妹子陆续把早饭端上来，竟摆了大半张桌子，而且看样子后面还有。这么多……屹湘正看得发愣，老板从厨房出来，端了一大盆热气腾腾的粥，把盆放在桌角，他有些拘谨地说了句话。

屹湘没听懂，就听叶崇磬微笑着说："多谢。"然后他对她低声说，"他的意思是，时间仓促，来不及准备，让咱们将就一下。"

屹湘清了下喉，笑道："这都算将就，不将就的话要怎样？"

叶崇磬莞尔，招呼老板坐下一起用。

没等憨厚的老板动手，叶崇磬就伸手拿了勺子盛粥，不动声色地将第一碗粥放到屹湘面前。

屹湘把粥按顺时针方向传递过去，叶崇磬看了，微笑，屹湘也笑笑。

老杨道谢，说："还真是饿了，一路上尽在开快车了。就怎么开也超不过叶先生，那么险的山路……虽然我们都跑惯了山路，单还是有好几回直冒冷汗……"

屹湘看叶崇磬，叶崇磬正在跟老板说话。老板在讲话的时候，比老板娘的口音更重。这会儿他们讲话语速很快，她根本听不懂，叶崇磬沟通起来却毫无障碍。

屹湘低头喝口粥，她面前的小碟子里，不时出现酸鱼和腌菜，伴着孔雀蓝色荧荧的光。

她很快就吃饱了，桌上的男人们还在大吃，她就没有立即站起来。她的座位正对着门外，抬眼望出去，青石路、河面……能一直看到河对岸。河上有淡淡的流动的雾气，河岸上的暗色楼宇轮廓模糊，可是，真美啊……经过一夜的辛苦奔波和担惊受怕，她终于有了一点儿点心思去欣赏这随处可见的景色。

真好。

"想不想出去走走？"叶崇磐问。

屹湘看他，他的筷子规矩地放在碗边。若不是他面前那个空碗，那真让人疑心他根本没动过筷子。

"呼吸下新鲜空气，再上楼去。"他说着，已经站起来。

屹湘束了束衣领，跟他一起出了门。

街上恰好有背着竹篓的老妇经过，屹湘下来，看着她从自己面前走过去——竹篓里有新鲜的蔬菜和鱼，老妇花白的发间扎着漂亮的花朵，静静地往巷子深处走去……这样有乡土特色的人物，在这样的清晨慢慢行走在湿润的石板路上，像一幅流动的水墨画。

叶崇磐见屹湘停下脚步，也停下来等了她一会儿。

屹湘过来，他就走在她身边。两人倒是都不说话，动作却一致，手插在衣袋里，慢吞吞地迈着步子，像是在丈量这条古街的长度。他们沿江走了好长一段路，街上渐渐有了行人。

"回去吧。"他说。

屹湘点头，回身往旅馆走去。她低头看着脚下的石板地，好些石块已经裂得有了纹路，也不知是何年何月碎掉的，已经被千万人的脚底磨得光滑极了。早上露水重，走上去要小心打滑……她的余光看到叶崇磐的军绿色裤脚塞进靴子里，靴底沾着泥土，小腿上也有泥点子……

"山里下雨了？"她问。

"来的时候在下雨。"他说。

"很大吗？"她又问。

"山里的雨，有时候一来，气势很猛的。"叶崇磐说。

"是吗？"屹湘说着，抬起头来，脚下就停了停。

崇磐发现，回头看她。他早上只是匆匆洗了把脸而已，又在山里待了几天，没有那么讲究，有点儿胡子拉碴的……她摇了下头，笑笑，没说什么，继续往前走。

"等等。"叶崇磐说。

屹湘站定。

"你看。"他指了指她身后。

屹湘回过身去，面前是一棵粗大的树。树干上缠着一道红布，拴着一对小小的鞋子……她看着那小小的鞋子，怔了下。那是手工制作的虎头鞋，有大人手掌般大小。像叶崇磬这样的大手，搁在一边比画着，更显得那娃娃虎头鞋太小。

屹湘目不转睛地看着，眼前仿佛有两条白胖的小腿在踢动。恰好风吹过，鞋上的老虎须轻轻颤动，绣上去的眼睛更活灵活现了。

"知道这是什么吗？"叶崇磬问。

她摇头。

"本地的习俗，家里有小孩子在夜里哭闹不停，又找不出原因，就可以像这样做礼物给树神，好让他帮忙让小孩子一觉睡到到天亮。"叶崇磬微笑道，他看看屹湘，"听说昨晚店主建议你去烧纸？你马上拒绝了。"

"我不信这个。"屹湘先走开了，"当然，我也不是很坚决。"如果，昨晚情况看起来再严重一点儿，或者，真的送医之后仍然不见好转，她可能真的会那么作……

"你信？"她反问。

叶崇磬停了一下，说："你不要把这当成鬼神之事，就没那么难接受。"

屹湘看看他，没出声。

光线又亮了些，街上人影也多了几个。她看到停在店门口那一字排开的三辆彪悍的 Jeep 车，轮胎上也是沾满了泥。

"不当鬼神事，那当什么？"屹湘随口道。

"当成风俗，也是文化。你看，大树上挂着好看的娃娃鞋，不就很有意思？"

屹湘听他这么说，"嗯"了一声。

"这儿，有趣的事多着呢。"叶崇磬正说着，听见楼上窗子响，接着有人叫"屹湘、小叶"。

他抬头一看，笑了，问："您醒了？"

屹湘也仰头看去——楼上窄窄的窗里，陈太探出半个身子来。她看着陈太的笑容，低声道："这地方是不是真有点儿邪门儿？"

陈太看起来容光焕发，哪里像闹了场病的？反而是她和叶崇磬都有点儿灰头土脸的意思。听见叶崇磬闷笑一声，她看了他一眼。他脸上是挂着笑的，也看了她，倒没说什么。她便紧走几步，往楼上去了。

叶崇磬没跟上去，他在楼下厅堂里跟那几个男人说起话来，目光随着她的脚步上了半层楼……

屹湘走快些，将楼梯弄得吱嘎乱响。

屹湘进了房，见陈太仍趴在窗上看风景，问她怎么样了。

陈太没回头，只说："没什么了呀。"她又说，"这里的风景真美啊！这一趟可以说是不虚此行。我一睁眼，只觉得眉目清亮、头脑清醒，刚蒸过桑拿似的，身轻如燕。你跟小叶下去玩了？"

屹湘站到她的身边，故意撇下嘴——跟小叶下去"玩"？她有那好心情！

"昨晚的事情，你不会都忘了吧？"屹湘问。

这个老太太把屹湘吓了个半死，这会儿竟然轻松地看着景色说这些，真让她好气又好笑："我昨晚真叫七魂丢了六魄。"

陈太白皙的面孔上，两腮有点儿红——美是实在美，是这个年纪该有的优雅和美丽。

她微笑地看着屹湘，不说话，只是伸出手臂来，抱了抱她。

屹湘叹口气，说："你没事就好，我在日本的时候，也没有昨晚那么担心。"

她说到这儿，停了。她昨晚只顾着心慌，却不知道那样的境地，自己已经经历过不止一回。每一次，都是自己撑过来的，实在是不该忽然变得脆弱，这不像她了……她吸了下鼻子。

"你也吓过我很多回，这次算我找补回来一点儿。"陈太笑了，她靠近些看看，屹湘眼下是一圈淡淡的阴影，心疼地说，"真是抱歉……"

"哪个要你抱歉。"屹湘独立惯了的人，其实很不习惯这样对着陈太温情脉脉地讲话，"老板娘家里的早餐太丰富了，我刚才吃到撑呢！你快洗脸去，我让她给你准备好。"

陈太笑出来，屹湘这孩子，总是这个样子。

"小叶什么时候到的？"陈太问，很有兴趣的样子。

"刚到不久，也不知道怎么就找了来。"屹湘说，她刚刚也没有问。

"有心呢，就总能找到。"陈太说，见屹湘瞪眼，她笑，说："傻孩子，有些人，不是你闭上眼睛，他就会不存在了……好了，我去洗脸准备吃饭……我好饿。昨天晚上我是爬过山呢，还是涉过水，怎么现在饿成这样？"

屹湘本来是有些恼的，听到最后几句，又成了柔肠百转，只催她快去洗脸。

她在盥洗室外等着陈太，嘱咐陈太不要锁门。

等陈太进去，屹湘往下走了几步，喊老板娘准备些早点。她回身上来，就听陈太在里头说她啰唆，笑了。

陈太道："……小叶那里，我很有兴趣去看看，你觉得呢？若是你不想去，咱们就回长沙吧。这一次旅行的目的已经达到，景色看到这里也好，不必再往深处走了。"

屹湘见陈太跟她如此轻声细语地商量，倒让她连拒绝的话，都不忍立即说出口。

"欸，有了。"陈太敞开门。

"怎么？"屹湘问，这个老太太哪里还有点儿昨晚病得迷迷糊糊的样子，比她还有精神。

"小叶是开车来的对不对？我跟他一起去茶场好了……你自己返回长沙，会不会有问题？"陈太眨眼。

"当然有问题！我怎么可能就这样把你交给叶崇磬……"

"有什么问题？"

"你怎么那么相信叶崇磬啊？才认识他几天，你就敢一个人跟他去那鸟不拉屎的山里？那是什么地方？专门出妖魔鬼怪的地方呀，什么巫师巫术的，可厉害呢！而且他这人，说不定还信巫术、会巫术……家本可是把你托付给我的，我得对你的安全负责。不行，你要不就在这儿逛两天，要不就跟我回长沙。你别以为我不知道你打的什么主意，肯定是早就跟秦叔谋划好了，先斩后奏！"

陈太看着屹湘多了毛，忍着笑道："哪儿有什么谋划，还巫术！我实在是想去嘛，我父亲在世的时候，总跟我提古丈。我先生虽然没来过，但也曾经带过那里出产的毛尖回去。你知道我喜欢这些，是不是？"

"可是，你看看你，每天要洗两次澡，光洗脸就要四十五分钟……你看，连叶崇磬那样的人，才进山几天，出来也跟野人似的，衣服也乱穿……"屹湘看着陈太看向她的眼神，底气越来越不足。

听见楼梯响，屹湘转头看一眼，叶崇磬正站在楼梯中央。

陈太见屹湘忽然住了口，觉得诧异。她迈步出来一看，笑道："小叶！屹湘说，你们那里是鸟不拉屎的地方……"她斯斯文文的人，忽然说出这句话来，听在屹湘耳中，跟自己这个自问是半拉粗人的说起来，味道完全不一样。

可是，粗话仍然是粗话……屹湘哀叹一声。

叶崇磬笑出来，说："您先下来吃点儿东西吧。"他说着，转身下去，顺便瞥了屹湘一眼。

屹湘抬手摸了下鼻尖，等他下去了，她没好气地跟陈太说："你看！"

陈太擦着护手油脂，一伸手，挑了下屹湘耳边的碎发，说："看什么？许你背地里说人坏话，不许人碰巧听到不高兴？真是岂有此理！"

屹湘拿过陈太手里的洗漱包，说："下去吃东西吧。"

陈太笑，问："你呢？"

"我吃过了，一会儿就来。"屹湘拿着陈太的包，回房去了。

她几乎一夜未眠，看陈太没事，紧绷的神经松弛了些，疲乏就上来了，到这时更觉得身上酸痛，索性躺到床上去。

隔着门板和楼板，她仍能听到楼下传来的欢声笑语……陈太和叶崇磬的声音倒听不分明，不过他们也一定在愉快地聊天。

她轻轻叹口气，靠在床头，伸展着酸痛的四肢，把手机打开。

关机一夜，积攒了好多消息。有一个提示一再出现，显示同一个号码在某个时间"拨打过您的电话"……她看着看着，就睡了过去。

火盆里尚有余烬，屋子里很暖和。她盖好被子，身上暖洋洋的，特别舒服。远处似乎有很多人在说话，那声音忽高忽低，始终听不太清楚……鼻端痒痒的，不知有什么东西在蹭她的鼻尖，红通通的，是绸布虎头鞋吗？虎头鞋里藏着的小脚丫，轻轻一嗅，散发着乳香，让人忍不住想要含在嘴里。

屹湘突然感到胸口胀痛，眼眶酸热，也知道这是在梦里，胸口、眼眶就要被滚烫的泪水涨满了，应该快些醒过来。越是如此，越像是被什么缠住了，她的眼睛睁不开，脚步也挪不动……那小脚丫，仍在面前舞动着，下一秒，似乎就要踩到她的脸上来了。

眼睛里的液体已经含不住，耳边除了"咿咿呀呀"婴孩的咕哝，远处也似有人在笑，笑声低沉："……湘湘，湘湘……"她回头看去，眼前雾蒙蒙的一片，除了她自己，没有其他人了……

手机丁零零地响起，她猛地翻身坐直了。发现四周已经大亮，她忙抬腕看表，时间已过中午。房间不知何时已经收拾利落，只剩她一个人窝在床上睡觉。

"糟了！"她叫道。平整了一下自己压皱了的衬衫，她开了门就叫"金阿姨"，急匆匆地跑下楼梯。

"在呢！"

她听到陈太应声，忽然心跳骤停了似的，一口气没缓过来，就坐在了楼梯上。只见楼下堂屋里，坐在八仙桌边打牌的四个人，都抬头瞅着她。

陈太忙推牌回身，上来拉屹湘起身："屹湘？"

"我以为你走了。"屹湘说着，抓住了陈太的手，见叶崇磬也走了过来，她略显尴尬，"怎么不叫醒我？"

"想让你多睡会儿。"陈太微笑着，摸摸屹湘的额头，转脸对叶崇磬说，"一路上都是她照顾我，这下可好，把她也累坏了。"她用力拉起屹湘。

外面阳光很好，屹湘走下楼梯，只觉得日光刺目，她遮了下眼睛。

叶崇磬看着屹湘，说："等下我送你们去机场。"

屹湘看看陈太，陈太笑着说："小叶安排好了，我们这就去附近的机场，专机哦。"

屹湘又看看叶崇磬，说："哦……专机哦……那就是说，打个电话就好了是吗？"

叶崇磬嘴角一动，点头。

"那就只好麻烦叶先生，再打个电话取消航班了。"屹湘缓缓地说。她声音里带着刚睡醒时特有的沙哑，让叶崇磬想起不久前打给她的那个电话中，她也睡意蒙眬，头脑不清醒地跟自己说了半天，才让人晓得她在说什么。她的睡眠质量似乎总是不那么好。

他点头。

屹湘说："好不容易来一趟，怎么能玩得不尽兴而归呢？"

看着陈太脸上由微笑至惊喜，那眉开眼笑的样子，屹湘心知这一趟古丈，早就是去定了的……她愿意看到陈太开心。

于是，当她看着叶崇磐帮她们将行李包放到后备厢，陈太主动坐到了 Jeep 的后座上，留了前排座给她的时候，她也只是开玩笑说："早知如此，何苦来跑这一趟，直接从吉首去古丈倒还便利些，难不成来凤凰，就是为了受一场惊吓的？"

陈太爽朗地笑着，心情很好。

两辆大 Jeep 先后超过叶崇磐的这辆，保持着合适的车距，在前面领航。叶崇磐被超车也不急。

过了不久，陈太便睡着了，叶崇磐的车子开得更慢了。山路很险，窄窄的，会车的时候，那股冲击力有时会使得车身轻晃一下。

"害怕的话，也闭上眼睡一觉。"他说。

天色渐暗，此时路的另一侧是悬崖，车子行于其间，跟挂在峭壁上似的。

屹湘说："不怕，倒是饿了，车上有吃的吗？"

"没有。"叶崇磐只看前方。

屹湘看看车内，可不是。这车子里干净得跟叶崇磐这个人似的，好像生怕一点儿赘物，就有损了他的男性气质……车里要说有什么多余的装饰的话，就是后视镜上挂的一个彩结。彩结下方垂着碎碎的布条，被阳光晒得有些褪色，看来已经挂了有些时日了。她仔细看看，问："这又是什么？"

"茶场土家族朋友送的，说是可以辟邪。这条山路很险，他们相信挂上这个就有神力保佑。"叶崇磐开了车前灯，照亮路途。

天又下起了雨，密密的树木遮天蔽日，车子像钻进了黑洞一般，越往里走便越暗。屹湘看着雨刷不停地摆动，刚刚刮走一层雨滴，又迅速地被蒙上了一层雨滴，再次遮蔽了视线……她觉得有点冷，进了山，温度就开始降低。

叶崇磐看看她，开了暖气，又提醒她穿上外套，说："山里冷。"

屹湘答应。

他看看后座，又说："叫醒阿姨吧，对了，我羽绒服口袋里有糖果。"

屹湘回身摇醒陈太，又从叶崇磐的座椅背后取下他的羽绒服，在口袋里摸了摸，摸出一把软糖来。

"给茶场的小孩子带的。"叶崇磐说。

屹湘递给陈太两颗，默不作声地剥开糖——是橘子口味的，柔软，绵甜，还有一点儿尖细的酸，从舌尖弥散开来，非常美味。

"你要不要？"屹湘这才想起给叶崇磬吃一点儿。

"不要。"叶崇磬转头看她一眼，微笑道。

"你看前面！"屹湘叫道。

"好。"他说，依旧微笑。

屹湘觉得窘迫，又说不出什么来。

"屹湘喜欢这种糖果。"陈太笑着说，"我记得的，这回又给她带了两盒。家本笑我夸张，说这边买得到的。"屹湘口中含着糖，不好开口说话，想起上回跟叶崇磬一起去潘家园，她带上的那盒糖就是陈太给的。

"确实有，我们小时候常吃，不过那时常常是外国朋友带来的。"叶崇磬笑着说，看看屹湘，"你家里是不会少的。"

屹湘点头，橘子糖突然钻出一股尖锐的酸味，让她的脸微微变形，陈太和叶崇磬都笑了。

远处出现灯光，前面的两辆车先停了下来。

"咱们得换车。"叶崇磬也停了车。

车子熄了火，陈太往外看着，说："都五月了，这里还冷得像深秋。"

屹湘裹了裹围巾，陈太形容得没错，其实说是初冬也不为过。她这么一想，就觉得更冷了。手心里还剩下几颗糖，她又放回原位，把羽绒服递给叶崇磬。

叶崇磬接了衣服就穿上，说："这儿就算是夏天，山里也常常不见日光，很凉。"

"难怪你穿得那么厚，早上见到你的时候，还觉得奇怪。"陈太说着便笑了。

屹湘看外面，黑黢黢的，远处的点点灯光就像海面的渔火，雨已经成了蒙蒙细雨。

叶崇磬先下车去，给她们拿来了羽绒服。

屹湘借着车灯看看，一样是孔雀蓝色，还是大码的，穿上就像道袍。

屹湘站着抖了抖，见叶崇磬拎起她们的大包走到了前面，忙追上去。

叶崇磬看她一眼，把她的还了，依旧拎着陈太的。

陈太在后面瞧见，忍不住笑出声——小巧的屹湘背着大包，穿着晃晃荡荡的羽绒服走在叶崇磬的身后，像个淘气的小孩子。

屹湘听到，明知道这儿黑乎乎的，瞪眼也白搭，还是回头瞪了陈太一眼——也不知叶崇磬是不是故意的，给陈太那件羽绒服倒是合身得很，显得暖和又有精神。

她轻轻"哼"了一声，叶崇磬刚好把电瓶车门拉开，回头看了看她。

她清了清喉咙，拉着陈太上了车。

本以为换上了电瓶车，应该很快就到了，可越往前开，屹湘才意识到他们此刻距离那灯光还有很远的距离。电瓶车在路上快速行进，翻山越岭的，往森林深处去，那灯火始终是远远的。她坐在了最前面的位置，山里的风凉，吹到身上，还是有点儿冷。她将羽绒服裹紧一些，茶场的负责人老杨说："很快就到了，等会儿吃点儿热饭菜，喝点儿酒，就暖和啦！山里没有别的，山货是最新鲜的，在城里绝对吃不到的。"

屹湘握着车顶的扶手，点点头，问："我们到了以后要注意点儿什么？"她猜等下茶场里也许有土家人，来湘西前她做了一点儿点儿功课，包里也有一本厚厚的英文版湘西旅行指南。可到了这会儿，这是完全陌生的地方，又不像那很开化的凤凰，她有点儿拿不准了。

老杨笑了，说："可不是，等下到了，会有人夹道欢迎，鸣枪开炮。"

屹湘"咦"了一声："这么隆重吗？"听后面几位都笑了起来，她才明白老杨是在开玩笑，也笑了。

老杨笑道："放心。我们土家人好客，你只要肯吃，就没什么不对的。"他笑着跟屹湘介绍了下茶场的情况，原来他们要去的，其实算是茶场的办公区，并不是什么山寨，"那要再往里走很远才到，到了那里，您可就真的得注意点儿什么了。"

前面的路上忽然出现两个黑影，电瓶车本来开得就不快，这下干脆停了——窄窄的路中央，有一大一小两只像鹿的动物。它们看到灯光，像是被吓到了，过了好一会儿，大的那只叫了一声，带着小的那只迅速地往坡上爬去，迅速消失在林中。

"好漂亮的动物。"屹湘半晌才出声，"好险。"

"这里的珍稀动植物很多的，山下入口那里有警示牌，车子进来也要限速，免得不小心撞到它们。"老杨重新启动车子，笑眯眯地说，"叶先生从一来就说，场区里，尽量减少污染。宁可低效率低产出，不可图那点儿利而采用高污染的生产方式。少机械，多人工，维护生态平衡。"

屹湘笑了下，过一会儿才说："你们的茶叶得卖多贵才能回本。"

老杨笑而不语。

叶崇磐坐在后面，听屹湘跟老杨有来有往地闲聊，并没插话，这时低头看看表。

车子爬上了一个陡峭的坡，青石板路面有些湿滑，前面的灯光渐渐密集了些，已经看到了依山而建的那排高高的吊脚楼的影子，也听到了人声。

屹湘眼看着前面有人推开了一扇大铁门，电瓶车开进去，里面是一个宽阔的院子。车子一停，原来在院子里玩耍的几个小孩子呼啦一下子跑过来，而在楼上的人也纷纷走了出来，站在廊下眺望。

叶崇磐扶陈太下了车，还没等转身，就被那几个大的七八岁、小的只有两三岁的小孩子围了起来。他高高大大的一个人，被扯着衣襟、抱着腿，动弹不得。小孩子们叫着喊着，大概是喊他叔叔或者伯伯吧……

叶崇磬被孩子们缠着，一点儿都不恼，从口袋里掏出了糖。孩子们的笑声更响了，屹湘也不禁笑了出来。

"孩子们都喜欢叶先生。"老杨笑道，四五十岁的黑脸汉子，此时目光也柔和起来，"下车吧。"

虽然此时没有老杨之前开玩笑说的什么鸣枪列队，但茶场里的男男女女也都跑过来欢迎客人了，加上那些活泼的孩子，也足够热闹了。

老杨赶快给陈太和屹湘介绍，屹湘先记住了那个个子高高的女人。

老杨说："这是我家里的。"

她知道这是老杨的妻子，姓徐，她称呼一声"徐阿姨"。

徐阿姨在前面带路，请陈太和屹湘上楼去。

屹湘听到小孩子们不断发出尖笑声，于是扶着楼梯回头看一眼。叶崇磬走在最后，此时肩上扛了一个，一只手夹了一个，带着三个小孩一起爬楼梯。他脸上有种她没见过的笑容，并不是很明显，但让人觉得他是从心底里往外地开心，简直比大笑还要愉悦。

屹湘微笑，继续上楼。

陈太挽了她的手，轻声说："吊脚楼真美。"

"可不是。"屹湘由衷地说。这吊脚楼样式古朴，但看得出年代并不久。它是木结构的，走在里面甚至闻得到木头的香气。堂屋里早摆好了桌子，老杨招呼他们坐下，每人面前一个茶碗，盛着油茶。

屹湘大口喝着油茶。突然，从桌子下面钻出来一个毛茸茸的小脑袋。

屹湘放下碗，看着这个黑乎乎又胖乎乎的小男孩。小男孩穿着土家族的服饰，不过袄子并不十分干净，袖口处磨得锃亮，小脸上也不知从哪儿蹭的灰，显得有点儿滑稽。

他趁着她发愣，爬到她的膝上来。

屹湘生怕孩子摔个跟头，赶忙抓住他圆滚滚的手臂。

她对付小孩从来没招，这会儿更显得束手无策。一双大手从旁边伸过来，拎起小男孩背后的扣绊，像大熊叼小熊似的，将踢蹬着腿的小男孩拎走了。

屹湘转眼看着叶崇磬，他轻而易举地将小男孩的身子翻过来伏在他的腿上，虚虚地拍了两巴掌，也说了两句她听不懂的话。

那个小男孩笑得嘎嘎作响，仍是踢蹬着小胖腿，快活极了……那双穿着手工鞋的小脚踢到屹湘的腿上，借力使力，在叶崇磬的膝上翻了身，攀住了他的脖子，吧唧一下亲了一口。

叶崇磬笑起来，下巴伸出去，拿胡子扎孩子的小脏脸，惹得他笑得更大声了。

屹湘看得傻眼，低头看了眼自己腿上那两个泥乎乎的小脚印，片刻之后，也不禁笑了笑。陈太笑得更厉害，说："真看不出来，小叶平时那么古板的人，这么招孩子爱。"

屹湘自然也想不到。

老杨从叶崇磬手里把小男孩接过去，丢给了一个在旁边微笑着的年轻女子。小男孩仍恋恋不舍地看着他们，叶崇磬笑着说没关系，让他在这儿玩。

老杨却笑着说："这样调皮，闹得你们吃不好。"他笑着，特别跟屹湘说"见笑了，郗小姐"。

他的普通话很好，听得出来是受过很好的教育的人，但语速一快，也还是带着口音。

屹湘笑着摇头。

老杨去招呼上菜，叶崇磬又给屹湘倒了一碗油茶。这碗茶焖的时间稍久，味道更浓更香。她慢慢地喝着茶，热茶驱散了身上的寒气，让她从心里觉得舒服了起来。

菜不停地端上来，全是大碗大盆。屹湘和陈太都是第一次见识地道的土家人宴客的场面，不时赞叹。老杨笑着拎起酒坛，把面前一排黑陶的大碗斟满了，说："这是敬你们远道而来的第一碗酒。"

屹湘看着这直爽憨厚的汉子，晓得这一碗酒不能不喝。她端起来嗅了下……这醉人的香气啊！一声长叹，几乎从她心底溢出来，她不禁握紧了酒碗。

叶崇磬默默地看着她，每当面前有了酒，她脸上总有些特别的表情……

"屹湘，老杨的意思，你稍喝一点儿就可以。"叶崇磬微笑地说着。

老杨把酒坛子放到桌角，听了这话就笑起来，说："叶先生，郗小姐一看就是能喝两口的姑娘，您就别这么护着了。"他目光炯炯地看着屹湘。其他人也看过来，都很好奇这个看起来纤弱美好的女子，接下来会怎么做。

陈太一直没出声，这时轻声问："你行吗？不要勉强。"她是知道的，屹湘不喝酒，潇洒的屹湘，素日大事小事不拘什么，唯独在对待含酒精的饮品时，如僧徒般严格遵守戒律。

屹湘笑笑，谁也不看，不声不响，嘴唇就贴到了碗沿上。一碗酒，也就无声无息地落了肚。清凉的酒一路下滑，却似一颗火种落了下去，所经之处瞬间便被点燃。那火苗连带着热量在周身游走，很快，她身上就发热了。

饮罢，她双手捧着碗，向老杨亮了下底，摆在了桌上。

老杨连连说好，又给她满上。只是这回，他看看叶崇磬，眉开眼笑地说："郗小姐跟陈家大姐一路辛苦，接下来随意，叶先生今天就放开肚子喝吧，您打来了，可就只顾着忙了——今年咱们茶场比神农架那边的不赖，两线告捷，您该高兴。"

叶崇磬笑着，静静地将一碗米酒喝了。他用手背轻轻地抹了一下嘴角流下来的酒滴，将碗一放："来！"

屹湘眉一挑，心想看这样子，叶崇磬来了这里，也是大口吃肉、大碗喝酒惯了的，非常豪爽。

老杨哈哈大笑，问："叶先生还记得上次来茶场喝酒的事吗？那次酒喝得多痛快，董先生不是说过今年还要来的？"

"怎么不记得。"叶崇馨微笑，看向屹湘，轻声说上回带几个朋友一起来的，亚宁也在。

说话间，他见陈太的酒碗空了，从老杨手里接过酒坛，过去给陈太添了酒："有亚宁在，那场面绝对小不了。"

老杨笑着点头。

"那一次，喝得真是痛快。"叶崇馨说。他拿了碗跟同桌的男人们示意，干了这一碗，才说，"亚宁那家伙，嘴巴、鼻子、眼睛，没有一样不是毒的。老杨热情啊，说这儿有的是好酒，董先生您尽管挑。亚宁也实在，跟着就去了。他随便挑一坛子，就是好的，心疼得老杨直跳脚，又不好意思反悔，由着他往外搬，可把我们高兴坏了。"

"哪个要反悔！"老杨笑着，满面红光。

"去年那是宾主尽欢，亚宁也说要再来的。可惜他今年特别忙，没空过来。老杨，你还惦记着他，不怕他惦记你的好酒？"

屹湘的手触着碗，凉凉的。四周都是笑声，听在耳中，只觉得遥远。

老杨点头，笑道："董先生在这儿的几天，最怕他去挑酒。我真佩服他，我生平就没见过那么能喝酒的人。他干脆、豪爽、枪法准，空酒坛子老远摆一溜儿，看着明明是醉了吧，一端起猎枪来，弹无虚发，稳、准、狠，讲话做事都痛快。"他说得激动起来，啪地一拍桌子，手落之处，碗里的米酒溅起老高，"真是条汉子。"

叶崇馨喝了口酒，笑。似乎觉得热了，他将连帽衫的拉链往下拉了拉，露出雪白的 T 恤衫。

屹湘看一眼，那 T 恤上印着他声名赫赫的校名。她蘸着木桌上的酒滴，画下几个字母，心想：叶崇馨，真是个奇怪的人……指尖湿乎乎的，她攥起来，揣进衣兜里，兜里还有一颗软糖。她仍裹着羽绒服，此时也有些受不住热，只是不愿意当众脱衣。

面前的苞谷饭白的白，黄的黄，喷香。就是谷物香和桌上大块的肉香，也盖不住米酒的香气了……她的手指有点儿发颤，心头的弦像是在被什么慢慢拨动，有一点儿热，从脚底往上升，渐渐身上变得热乎乎的。

她知道，这是久违了的酒意……

陈太跟叶崇馨一样，这会儿都是斯文人露了真相，挽起袖子来吃肉喝酒。她一口软糯的台湾腔，虽不高声，但在这桌人的语音里也出挑得很。

屹湘很容易就听到陈太在说些什么，也依稀能辨认出在此地混杂而难懂的湘音和不太标准的汉语里，叶崇馨那偶尔冒出来的文绉绉的京片子……而她只是沉默不语。不知过了多久，她觉得头越来越沉，四肢也越来越乏力。

她知道自己是有些醉了，将酒碗稍稍推开些，看看表。男人们的酒才至半酣，这一顿酒还有得喝，但时候也不早了，陈太毕竟是有点儿年纪的人了，况且昨晚还不舒服。

屹湘于是跟陈太提议早点儿去休息。

陈太跟新认识的朋友们正聊得不亦乐乎，竟有点儿不情愿这就离席。

屹湘挠挠头。

"请早些休息吧，阿姨。"叶崇馨看看屹湘，和陈太说。

陈太知道他是给屹湘帮腔，心里是高兴的，嘴上却故意说："不要，我还想请杨太太带我去四处参观下。"

"明天也是可以的。"屹湘见陈太面上绯红，显然是喝了不少米酒，总有些担心她。

"好了，不逗你了，再逗你，又要把家本抬出来了。"陈太玩笑开够了，这才起身。酒也是喝了不少，但她稳得很，没有一丝醉意。

老杨特地嘱咐徐阿姨好好照顾客人，屹湘同陈太跟着徐阿姨走出了堂屋下楼，才知道给她们安排的住处并不在这里。

徐阿姨带着她们走到旁边那座更新一些的吊脚楼下，听着她说这里面的设施齐全些，要是还有什么需要的，就尽管跟她讲。

屹湘便想，这肯定是经过现代化了的吊脚楼。

走进去一看，果然如此。屋里木香缭绕，宽阔而温暖。徐阿姨跟她们介绍了下楼里的基本分区。屹湘靠着中柱，看陈太饶有兴味地摸摸这里、问问那里，不住地称赞，忍不住笑出声来，叫声徐阿姨，问自己住哪一间。

徐阿姨笑着带她去看。屹湘的房间跟陈太的相邻，房里的门窗、帘子、床帐、床单……连窗前桌上的桌布和椅子上的靠垫都是崭新的——花纹独特，色泽鲜艳，正是土家有名的"西兰卡普"。屹湘还没进门，先把门帘抓在手里。她立即判断出这是质地上佳的棉线编织的，纹路极细密，有点儿硬，显得很有棱角和性格，并不像先前市上卖的那种，带着机织的柔润均匀，却少了手工出来的原始韵味。这本是足以与湘绣一较高下的绣功，就应是用时间打磨和堆积出来的精美……

果然，屹湘一问，徐阿姨就笑着说，这是她的儿媳妇自己动手织的："闲了就织，也攒下了这么多。"

屹湘回头看看那个微笑的年轻女子，她有点儿腼腆，拿来一个布包递给屹湘，说："给。"

"给我的？"屹湘接过来打开，里面居然是一套土家族姑娘的民族服装——火红的，左开襟，滚着黑边，嵌着彩色的牙子，那绣功极好，密实而又细巧，显然是花了大量的心思和时间才弄好的。

她展开来铺在床上，竟是看一眼、叹一句："我就说嘛，若是肯花时间多走些地方，咱们的手工编织饰品，绝不输给 Burano 那样的顶级产出……我太喜欢了！"她拿起上衣搭在身上，兴奋得脸上发光。

陈太见屺湘开心，笑问："咦，为什么没有我的？杨太太，厚此薄彼。"

"您要是不嫌弃，也给您做一套，只是要多费些时候。这是叶先生赔给郗小姐的，他的小狗弄脏了郗小姐一件衣服。这次要是郗小姐不来，他是要带回北京去的。"徐阿姨说话间已经帮屺湘铺好了床，让儿媳妇儿去给陈太收拾下。

她笑嘻嘻的，手搭在腰间的围裙上，眼睛直直地看着屺湘。

陈太惊奇道："还有这样的事？"

屺湘笑起来，就把那天的事一五一十地说了："其实我也没什么损失……那工装裤本来就耐脏，洗洗照旧穿。这个……这可是工艺品，怎么好意思？"她嘴上说着不好意思，心里着实喜欢，把衣服拥在怀里，就再也舍不得放手了。

门外踢踢踏踏一阵脚步声响，有人送来火盆熏笼，屋子里又多了些暖意，屺湘忙道费心。徐阿姨却笑着说："你们初来乍到，恐怕不适应这里的潮气，夜里也冷。叶先生心细，特地嘱咐的。"

她时时提到叶先生，从她的言谈神态间便看得出来，叶崇磬在此地极受尊敬。

屺湘微笑，有这样的朋友，与有荣焉，然而此刻除了说谢谢，也并没有其他的话可说。陈太看了她，只管笑，也不多话。

徐阿姨看时候不早，带着儿媳走了。

屺湘送走她们，跟陈太各自回了房间，进去坐在床沿上，咣当一下倒了回去。床上铺得极厚，躺上去可真舒服，她长出了一口气。原以为来到住处，她该是迫不及待倒头就睡的，可这会儿，瞌睡不知被赶到哪里去了。她盯着屋顶，发起呆来……外面隐隐约约传过来喝酒行令的声音，不久那声音便消弭了。还有人在大声说话，一两句之后，也没了动静。隔壁陈太在用水，水流哗哗响，不一会儿，也安静了。

她也该去洗漱了，却懒懒的，并不想动。突然听到雨声，她坐起来，走去拉开了窗帘。

此处的吊脚楼依山而建，透过花格窗子，能看见近在咫尺的山坡上密密的竹林。风吹过，雨点子落下来，竹叶沙沙作响，十分悦耳。她轻轻叹口气，似乎听到了一阵脚步声，再细一听，又不是。她放松下来，靠在窗上，借着屋内的灯光，看这雨打竹叶。

屋子里暖烘烘的，火盆里的火极旺，一时让人觉得没有什么可挑剔的了……她微笑。想起那套漂亮的衣服，她忍不住转头看了几眼——衣服被她放在桌上。那鲜艳的设色，在暖暖的灯光下，仍然给人强烈的视觉刺激。她越发没有了睡意，索性拿出素描本来，就在窗前的书桌边坐下来，临摹衣服上的纹样。也不知过了多久，她闻到一点儿点儿烟草的味道。

她犹豫了下，抬手推开了南窗，稍一探头出去，便看到外面围廊的另一头，一个高高的身影和一小团红色的光……

她开窗的动作并不算大，窗子只发出轻微的吱呀声，却也惊动了那个站在光影中的人。其实她一眼就认出来那是叶崇磬，却仍然开口问了句："谁？"她问得有些恶狠狠的，被惊吓和打扰的不快情绪都表现了出来。

叶崇磬转了下身，看着光亮中露出来的那颗小脑袋瓜，挥了下手里的烟，沉声道："是我。"

屹湘合上窗子，心忍不住突突乱跳了两下。看着自己手绘的图样，出神愣了一会儿，她听到那脚步声近了，于是又推了下窗扇。

这次，整扇窗都被她推开了，叶崇磬便站在了明亮处。烟已经被掐灭了，他手插在口袋里，看着她，问："怎么还不休息？"

台灯的光很柔和，她坐在灯影里，脸上又有些许气恼的模样。

"本来是要休息的。"屹湘嘴硬不肯承认自己是失眠了。寒夜风雨，围炉独坐，画几笔画……若这是在家中，不，即便不是在家中，这样的夜晚，其实也是非常美好的，她当然不愿意错过。

这还用问吗？她在心里嫌弃了叶崇磬一下，略不自在。

可是，叶崇磬眼下明明什么都没说，也什么都没有做，她这是在做什么呢？这么想着，她语气不期然便慢慢柔和下来："这里又不要按时熄灯，对吧？"

叶崇磬平静地看着屹湘脸上的表情变化，他笑了笑，点头。

他眼神很好，稍往窗子里一扫，就看到了桌上屹湘的画稿，心莫名地一动，问："在画画？能给我看看吗？"

屹湘看看画稿，说："随便画的，没什么的。"时间已近午夜，隔着窗子的一男一女传递画稿，她总觉得哪里不对劲儿，但看叶崇磬微笑着看着自己，她也笑了笑。不管怎么样，这个人就是会让人产生可以信任、做点儿不合常理的事也没什么关系的感觉。

"真的没什么，我看到好的纹样就想保存下，做资料用，将来或许能给我灵感。"这么说着，她到底还是把画稿递给了叶崇磬。

她往外看看，这窗台并不算高，她灵活地撑着窗台，翻了出去。叶崇磬头都没抬，倒是适时地向后退了一步，给她让出了空间。在她飘然落地的一刻，他的手臂恰好伸了一下，正好给她拢出一个安全的空间……

屹湘站稳，才看到叶崇磬的这个小动作。她愣了下，发现自己还在他的保护范围内，忙走开两步，转身靠在了围栏上。

叶崇磬看她一眼。外面雨丝急落，随着微风飘进来，她却是不理的。

"冷不冷？"他问。

"不冷。"屹湘说。从喝了酒开始，她身上就一直是暖暖的。

叶崇磬将画稿放了回去，走过来，学了她的样子，也靠在围栏上。不过两人之间，隔了一个手臂那么长的距离。谁也不先开口说话，只静静地立着，像是约好了一起在这里发会儿呆。

院子里的灯一盏一盏地熄灭了，只剩下楼前高高的木柱子上挑着的指明灯还亮着，也照得不太远。再远处，便是重重叠叠的黑暗，什么也看不清了。屹湘向远处望着，只觉得若是看得久了，这样的黑暗寒冷，心头身上的热，实在是无法长期抵御的……

"进去休息吧。"叶崇磬说。

"嗯。"屹湘答应着，却是没有立即就行动，叶崇磬也没有动。

屹湘望着远处。人从繁华都市来到这深山老林，尽管风景好，至深夜也难免觉得孤寂荒芜……出了会儿神，她问："你怎么会选中这儿？"

叶崇磬也望着远处，说："喜欢。"

屹湘半晌才说："这理由……"

"怎么？"他问。

语气和这夜色一样沉，有些微醺然。今晚的酒，他喝得不算尽兴，却带给他恰到好处的舒适和自在。而这一切，很难用准确的语言来形容。

"不像是你会给的理由。"屹湘搓了下手，手有点儿冷，不过不妨碍。

叶崇磬伸手过来，手心里有两颗软糖。屹湘犹豫下，拿了一颗。糖上带着一点儿暖意，是他手心的温度。

"可我想，就算是只为了这里的安静，也值得。"她说。雨丝随风扑进来，扑到脸上，凉意顿生，头脑就越发清明起来。

叶崇磬的确不像是会做赔本买卖的人，这般投资与回报不太成正比的事业，他一做还做了好几项……仅仅这一样，就实在对不起他衣上印的那个名号。可也许这才是真正的浪漫主义者，在她这个挂着艺术家名头的现实主义者看来，这是奢侈至极的事了——真正的奢侈。

叶崇磬因为她说的话，心里起了波澜，在波澜下却又变得沉默。

屹湘剥了糖纸。

鼻尖凉凉的，她摸了摸，真该回去休息了。吃着糖，她看看叶崇磬。

叶崇磬将手里剩下的那颗糖也塞给她，说："这么贪甜，小心蛀牙。"

软糖在她的嘴里含着，柔腻的甜味便填满了嘴巴。对叶崇磬这虽是淡淡的，却像教孩子的口吻，她本应立即反驳，但这甜黏住了双唇，于是只轻轻哼了一声表示不满。偏偏这一声在她自己听起来又有点儿撒娇的味道，自己也不知道为什么就这样起来，于是只好抬头看了看头顶。

叶崇磐却似乎并未在意，见她抬头看，也跟着看了一眼，说："是腊肉和干鱼。"

"嗯。"屺湘点头。

这些食物挂在廊檐下，散发着独特的气味，给这潮湿的深夜凭空添了几丝烟火气，让人心里有种说不出的感觉。她看看面前那扇敞开的窗子和窗子里的安静温暖。这次她不再做翻窗而入的动作，跟叶崇磐道了晚安，从堂屋穿过。

她回了房，却见叶崇磐仍站在那里，看到她，点了点头，示意她关好窗。他的身影跟夜色融合在一起，这么近，看起来却又那么远，远到让她很难分辨清楚。

屺湘关窗的一刹那，听到他叫了声"屺湘"。待窗子关得只剩下一道缝隙时，只听他说："屺湘，别总那么辛苦熬着，该休息时就好好休息。"

屺湘站在窗前，听得脚步声远了，消失了……再响起来，是吱吱嘎嘎楼梯的动静，往楼上去了，不一会儿，脚步声又近了些，落在她头顶上方的位置。很快，整栋楼完全安静了下来。透过花格子窗，她依旧看着外面。黑漆漆的夜色里，已经没有了那个身影。

她把窗帘合拢。橘色的土布上，"野鹿衔梅"的图案艳丽而喜庆。

看得久了，眼眶竟又酸痛起来，她坐下来，重拾画笔，一笔一笔地将屋内西兰卡普的图案描摹在素描本上。

鼻端有一丝如何也消散不去的味道，细嗅，似是一点儿点儿古龙水混着烟草气……她就在这若有若无的味道里睡了过去，睡了这些日子以来最安稳的一个觉，温暖又安逸。

直到被窸窸窣窣的声音吵醒，屺湘睁眼看看表，已经九点半了。

她起床后的第一件事就是将窗户推开，见外面雨早已经停了，却起了大雾。雾气浓浓的，她听到马匹嘶鸣，偶尔有低低的呼喝声。马蹄踏着青石板，声音清脆悦耳，在这样的早晨，如阳光穿破云雾一般，令人怦然心动。

屺湘听了一会儿，才去洗脸。

吊脚楼里安静极了，她以为陈太和叶崇磐都还没有起床，一举一动都放轻了些。等出了堂屋，她从围廊上往下一看，发现院子里骑着马绕院子遛弯的竟是叶崇磐，在一边拿着燕麦喂马的则是陈太。

浓雾里有工人在收拾骡马，粗略一看，有十几匹。叶崇磐骑在一匹无鞍的灰底白花马上。那膘肥体壮的灰花马优雅健美，听着叶崇磐的口令，时而小跑，时而漫步，时而漂亮、连续地腾跃，姿态好看极了。在雾气迷蒙中，自信的骑士和骏马配合得天衣无缝，美得梦幻，让人禁不住赞叹。

叶崇磐一抬头，便看到了坐在木梯上、托着腮的屺湘。他一提缰绳，灰花马停了下来。

"早。"他说。

"好漂亮的马。"屺湘说着站起来，走了两步，从木梯上下来。

叶崇磬微笑，翻身下马。

屹湘看了他一眼——黑色的马裤马靴。

他的脚踏在青石板地上，铮铮作响，人也显得神清气爽，与昨日大不相同。她也微笑，转而看向这匹骏马。

叶崇磬拍了拍灰花马的颈子，他戴着黑色小羊皮手套的手扶在那里，轻轻抚摸，衬得灰花马皮毛越发光可鉴人，如缎子一般。

"好马。"屹湘赞道。

叶崇磬莞尔。

"我们早上骑马出去跑了一大圈。"陈太往这边走来，大声说。

屹湘看看她脚上的马靴，微笑道："又不叫我一起。"

"知道你昨晚睡得晚，这两天你都没休息好，想让你多睡一会儿嘛。"陈太笑道。她身旁的枣红马，贪嘴地吃着她手心里的燕麦。

屹湘看这匹马，也非常漂亮，心里不由得赞了一句。可见这里山清水秀，物产丰富，连马儿也能养得油光水滑，健美极了。她伸手轻轻摸了摸马背，很有点儿羡慕陈太出去跑马了，说："你也很辛苦啊，还不是早起了。"

"我还好啊，一早山后竹林里的小鸟就叫我起床了，正好可以散散步，哪儿知道小叶起得比我还早。屹湘，这儿真是美，美得你没法子想象。原始森林、峡谷、溪水、瀑布……小动物……精灵似的小动物，好可爱。"陈太越讲越开心，枣红马早吃光了她手里的燕麦，拱拱她，继续撒娇讨吃的。

屹湘忍不住笑出来，伸手拍拍枣红马："贪吃鬼。"

"你也喂喂它。"陈太把手里一小袋子燕麦递给屹湘。

屹湘掏了一小把给枣红马，叶崇磬身边的灰花马看见了，也拱过来抢吃的。马儿的唇贴着她的手心，又暖又痒的。

屹湘笑着，抚摸着两匹骏马的鼻梁，听陈太继续说："最不可思议的是那茶园，真的是穿过峡谷，别有洞天，美极了……你看这里是这个样子的，已经美极了，对吧？这么大的雾，朦朦胧胧的，反而更有美感……可到了茶园里，又是另一番模样，人间仙境不过如此，太美了！"

屹湘笑，陈太平常讲话并没有这样夸张过，此时她极尽溢美之词，可信度可以加上几成……她点头，笑着说："那我等下也要好好看看去。"

"你一定要快些去！我可没有一点儿点儿夸张——真的，我好想在这里多住些日子。"陈太说，"太美了！太美、太美……若是三四月的采茶季，你能想象吗，美丽的采茶女唱着山歌？"

叶崇磬也忍不住微笑。

"我要上去喝茶……杨太太答应了我，给我泡好茶……小叶的茶园只采一季，现在那些工人正在给茶树培养肥料，你绝对猜不到是什么——蜜蜂屎！一麻袋一麻袋的蜜蜂屎！"

屹湘惊奇地看着叶崇磬："什么？"

"山上有蜂场，蜜蜂粪便是茶树最好的养料之一。"叶崇磬说。

"还真没听说过。"屹湘仍惊奇，叶崇磬笑起来，她也笑，咕哝着道，"我们来了这儿之后总是'大惊小怪'的，一副没见过世面的样子，要被笑了欤。"

"那怎么会，很可爱啊。"叶崇磬说。

屹湘看他。

陈太已经上了楼，问："上来吃早点？"

屹湘笑道："想待会儿再吃。"她摸摸枣红马，叶崇磬递了方糖过来，她喂给它吃。枣红马吃了糖，整张马脸蹭过来撒娇。

"要出去散散步吗？早起是不容易有胃口的。"叶崇磬问。

"好。"她答应，看着枣红马温柔的大眼睛。叶崇磬的提议，让她心动不已。

"去换了……"叶崇磬刚开口，就见屹湘后退半步，干脆利落地骑上了马。

马背上的屹湘，神气极了，眼神里出现一种他甚少见的光彩。他忽然有些担心，马上提醒她："小心些！"

"知道！"屹湘答应。

叶崇磬紧跟着飞身上马，控马立在院中央。灰花马驮着他，原地倒着小碎步。

枣红马脚步轻快，屹湘攥着缰绳，不住地拍抚着它，轻声细语地跟它说着话，先是慢走，接着就慢跑了起来。

叶崇磬的目光紧紧地跟随着跑起来的枣红马，看屹湘很内行地跟初识的枣红马交流，这才放心些——屹湘的马尾辫随着马步的颠簸甩动起来，在雾气中飘飘然，姿态优美极了。他偶尔提醒一句，但看她骑马的架势，娴熟的动作，知道自己没必要太担心。

过了一会儿，屹湘喝住枣红马，停在了院门口。叶崇磬以为她要折回来了，不想她看看远处，忽然回头，问："我可以出去跑跑吗？"

叶崇磬愣了下，屹湘没等他开口，已经掉转马头。她一声轻喝，枣红马欢快地扬起了前蹄。叶崇磬看着那一人一马，在乳白色的、如梦似幻的浓雾中，他们的姿态漂亮得不可思议，然而他的直觉是"不好"，于是大声喊道："屹湘，等等！"他策马就追。

枣红马驮着屹湘如离弦的箭一般出了院门，楼上的陈太也失声喊道："屹湘！不可以！让她慢些，小叶！小叶快追，不能这么跑，外面的山路太险了……"

叶崇磬早已追了出去，他能听到前方马蹄声响，从声音判断，枣红马跑得很快，而且距离他不近。他不禁焦急，伏下身，一夹马肚："驾！"他催促着灰花马，在迷雾中往前追去。

这条路是新修的，陡峭但平整，还算好。只是进了密林，叶崇磐不得不一再低下身子，防止树枝打到头和脸。灰花马的速度也慢了下来，爬上了一个坡，再往下，进了山谷……叶崇磐勒住了缰绳。

前面是一个三岔路口，这里他是极熟的，知道这三条路，一条通往山谷深处，尽头是茶园；一条通往山上，是林场和蜂场；另一条……他猛地攥了一下缰绳，粗糙的皮子在他的手心磨着。前两个路，他都不担心，顶多路窄一些，但方向是明确的，走过这一段险路也就好了，最可怕的是最后一条。

枣红马是匹两岁的小马，正是性子活泼的时候，也不像他这匹灰花马，年岁大些，能记路。

此时已经完全听不到马蹄声了，他拽着缰绳在原地转了几圈，大声叫着 "屹湘"，没有回应，只听到山谷中回声阵阵。他再喊，还是如此，心知：这时候后悔和着急已经没用。他稳了一下心神，果断地往设想中最差的那个方向跑去。

他随手从衣兜里取了几面明黄色的小三角旗，跑一段丢一面。山路高高低低、起起伏伏，灰花马多数时候只能费力而缓慢地跑着，他越来越着急。山谷里，云雾在迅速聚集。他看看天，应该很快就要下雨了。

当枣红马终于肯慢下来的时候，屹湘已经完全失去了方向感。她并不是存心想要甩下叶崇磐，自己在这陌生的山里狂奔的。出了院门不久，随着山路变得狭窄而陡峭，她意识到跑远了，很可能会迷路，就让枣红马慢下来，想等叶崇磐追上来。哪知她刚勒住缰绳，枣红马不知道踩到了什么，猛地一个跳跃，发出尖锐的嘶鸣，差点儿把她从马上掀下来。她使出浑身的力气抓紧缰绳，想让它镇静下来，它连续几个跳跃之后，竟慌不择路地疯跑了起来。

那会儿她只觉得脑中一片空白，死死地拽住缰绳，上半身几乎完全贴在了马背上。马背上的颠簸、不停碰到头和肩背的树枝或藤萝，以及从眼前掠过的一团团云雾，让她无数次以为自己要被甩下去了。雾太浓，她看不清四周，只知道左边是峭壁，右边就是悬崖，随时都有可能连人带马跌下去，粉身碎骨。

直到此刻，屹湘看着这匹身上渗出汗来的幼齿马，仍惊魂未定。她精疲力竭地靠在树上，枣红马在她身前不远处悠闲地吃着草。她抬头看看四周。迷雾笼罩，能见度极低，她像是被浸泡在了牛奶中。她低头看看腕表，指针指向了十点半。这时间本应该烈日高悬，天色却越来越暗。她知道恐怕就要变天了，必须在变天之前带着枣红马找到安全的栖身之所。

她挣扎着站起来，拽起枣红马的缰绳，拉着它试着原路返回。可是他们没走几步，就下起了雨，原本就有些湿滑的路更加难走。

枣红马开始不听指挥，冲着她直打响鼻儿，不停地昂起头试图甩开缰绳。

山里骤风急雨，屹湘身上的衣服单薄，她打着哆嗦，更用力地拽住缰绳继续往前走。无论如何，她都不能等在这里。

突然，缰绳被猛力甩了一下之后便脱了手，屹湘脚下一滑，顷刻之间，眼前的所有东西都倒了过来。她拼命想要抓住点儿什么，怎奈向下滑落的速度过快，当她终于被什么东西绊住，下意识地抓住了一样东西，身体仍像钟摆一样不停大幅地摇晃起来，才知道自己跌落山崖，悬在了半空中。

她完全控制不住自己的身体，只能拼命地握紧手。随她一道滚落的石块土块，哗啦啦直往下落，要好久，才听到扑通一声。接着，扑通、扑通声不绝于耳，在山谷间形成了连绵不断的回音。

屹湘紧闭双眼，等身子终于稳定下来，才慢慢睁眼。眼前是布满青苔的石壁、褐色的粗粗的藤萝……她头晕目眩，动都不敢动，心里渐渐明白过来此时是怎么一个境况，不禁出了一身冷汗。

冷雨顺着她的颈子流进去，让她浑身发抖。向下看，是云雾；向上，则是团团更加阴暗的迷雾。她盯着自己抓住藤萝的手，苍白而细弱。这双手，只要有一丝一毫的松懈，等待她的，就是粉身碎骨……时间并没有过去多久，她的手仿佛已经攥成死扣，疼痛到麻木。

她仰起头，想看看头顶的天空。雨滴落进眼睛里，视线开始模糊。她闭上眼，再睁开，视线就更加模糊了，甚至她的意识也有短暂的凝滞，她再次闭上了眼睛。

她好累……仿佛长途跋涉了太久、太久了……这么累，她一个人，是不是也到时候松开手了呢？

"湘湘……湘湘！你醒醒！"

她的眼睛闭得更紧。

"你不要偷懒！师傅留的作业，你完成了吗？"

这声音无比清晰，是年轻而强悍的人，嗓音里透着刚刚割过的青草地在阳光下散发出的强烈的富有侵略性的气息。她不敢睁眼，耳边呼呼吹过的冷风，很快就会把这股气息吹散的。

峡谷中的寂静死死地缠着她，就像兜住她的藤萝。身上的血液好像已经冻住了，只有鼻尖还有一丝知觉，针刺一般酸痛。

"湘湘，把你的手给我。"

她猛地睁开了眼，可是除了石壁、青苔和藤萝，其他什么都没有，没有人来救她。

石壁似乎在晃动，她眩晕得厉害，她知道这是因为恐惧。她的心在抖，身子也在抖，可是她必须告诉自己不要害怕、不能害怕。她还有好多事情没有来得及做，有好多人在等着她回去，她不能这么交待在这里。

"救命！"她终于喊了出来。

叶崇磬牵着马走在湿滑的山路上，路崎岖不平，越走，他就越心惊——他来过这里，知道前面有多险。以前他每一次来都是探险，每向前走一段，都带来更加愉悦的心情，那是一种征服高山和险境的快感。眼下，虽然远远没到最险的地方，但，他在寻找的是屹湘。对这里毫不熟悉，还骑着一匹快马，在并不适合马行走的地方奔跑到不知何处去的屹湘。

她甩着马尾辫对他回眸一笑，就是刚刚才发生的，转眼她就不见了……他望了望天。

雨下得大了，雾气消散了些，山上的空气开始稀薄，他的胸口像是被什么在挤压，闷痛到难以言表。可他不能停下来休息，一刻也不能拖延。他锐利的目光在有限的空间里搜索着可能的线索。哪怕是一点儿点儿的痕迹，他都不能错过。也许这样的错过……他停住，不肯再往下想。

她是个聪明而又坚强的女子，即便遭遇险境，她也还是聪明又坚强的女子。

灰花马紧跟在他身后，马蹄不时打滑。

叶崇磬拍了拍它，以示安抚。此处树林密密的，雨被遮挡了一些，而且树冠如盖，正好给它遮雨，可以把它留在这里。他从马背上取下一套绳索，万分庆幸马上还带着这个。绳索并不算长，是茶场用来捆箩子的麻绳。他将绳索套在手臂上，继续往前走。

只走了几步，他突然发现一个红色的小物件。他精神一振，蹲下去，一把抓起来。他立即辨认出来，这是屹湘的一方印花棉颈巾。早上看到她的时候，这颈巾就在她身上，土红色，映得她脸上的气色极好……他的心跳瞬间加速。

"屹湘！"他对着山谷大喊，"屹湘！"

他继续往前走，走几步，喊一声，听着空谷里的回音，一下一下撞在石壁上，又弹回来。他手中紧握着这块颈巾，上面似乎带着她的体温，虽然这已是不可能的。前面的路越走越窄，他一步步，小心翼翼。

突然，他听到了马蹄声。他心神一滞，几乎以为是自己听错，但紧接着，听到一声响鼻儿。

没错，是马！

他还没来得及打一声呼哨，笃笃笃，轻捷有力的马蹄声密集起来，越来越响，越来越近。

"屹湘？"他试着叫道，加快脚步往前方跑去，"屹湘！"

很快，薄雾浓雨中出现了一团影子，仍是伴着那笃笃笃的马蹄声，越来越近了……待看清是枣红马，叶崇磬差点儿喊出来。可当他看到马背上空空如也，心里顿时咯噔一下，人就立在了当场，手不由自主地攥紧。

枣红马见了他，很亲热地过来蹭他。

叶崇磐扣住缰绳，看着它来时的方向。

没有，没有脚步声。

她的脚步声总是轻柔而快捷……他抹了一把脸，紧紧肩上的绳索，将那条土红色的颈巾系在了手腕上。他还得继续往前走，马在这里，说明他寻找的方向没有错。

"救命！"

叶崇磐几乎以为自己听错了，可他并没有浪费一点儿时间，紧接着大喊起来："屹湘！屹湘！"

他冲到前面，趴在地上接连喊出屹湘的名字，然后停下来，久久地，他等着，哪怕是一个回音。

"叶崇磐！"清晰、非常清晰的三个字，从低处传了上来。

"屹湘！"叶崇磐猛地拂开帽子，向前紧走几步，靠经验判断着具体的方位。

"叶崇磐！"又是一声。

叶崇磐几乎能感觉到自己心头的血一下子涌了上来，逼得额头上的汗珠滚滚而落。他发现地上有两条长长的拖动过的痕迹，且这痕迹越来越深，朝着下面去了——屹湘滑下了悬崖！

他顿时紧张得全身的毛孔都炸开了。这是他猜测到的最坏的情况，竟然真的发生了。万幸的是，他及时找到了她。

"你怎么样？受伤没有？"他扶着树干，大声问。

"没有！"过了一会儿，她的声音传了上来。

叶崇磐急速转着身子，查看附近的地形。他站稳了，一边想着词汇，想要说出来安慰她，让她不要害怕，可是这会儿，脑子里已经完全没有可以用的词……他只能说："别怕，有我在。"

"好！"

听到这一声镇定的回应，叶崇磐忍不住捶了下树干："你等我！"

"……好！"又一声镇定的回应。

此时在悬崖下面，屹湘正仰头往上看。刚才听到叶崇磐声音的一刻，她以为自己是被在这里吊得久了，太过绝望而出现了幻觉。

是的，最先找到她的能有谁，此刻，也只有他了……

她有点儿想哭，却笑了出来。能见度在渐渐加大，她已经能看清楚悬崖上方那枝繁叶茂的树冠……

叶崇磐在跟她说话，让她别怕，让她不要担心，让她等等……她的四肢早已僵硬，心里却真的不再害怕，只是猛然间想到了什么，又着急起来，叫道："你不要下来！叶崇磐，你不要下来！你回去叫人……我能坚持……"

他没有再出声，她也没有那么多的力气再喊。她能听到细细的声音，像是马鞭滑过空气，但只觉得距离好远好远，获救似乎是遥不可及的了……这是多么漫长的时间，她好像在这里已经等了一生，等到自己成了化石。

她不觉叹了口气。

噗嗒的响声由远及近，她伸了下僵直的脖子——她看到一个黑色的身影，好像是从树冠中钻出来的猿猴，矫健地、小心翼翼地、沉稳地、缓慢地移动着。叶崇磐双脚踩着石壁，松一下绳子，人就往下落一点儿……就在她模糊的视野中，他长而柔韧的身子，像展翅的蝙蝠般，姿态准确而又犀利地飞到她的头顶——带着风声。

峡谷里没有一丝风，可他带来了风……

叶崇磐终于落到了距离屹湘只有一个手臂的位置，他向下看着她。她也看着他，只是这目光比之前她每一次看向他，都要专注，也更加坦诚——她显然是很害怕、很惶恐。也不知道这害怕和惶恐，到底是因为她自己身处险境中，还是看到他这样下来，却比她独自面对危险的时候更加紧张。总之现在，她的睫毛都在颤，脸色惨白到让人不忍直视。

他没有说话，尽管他很想对她说句什么，可是他没说，反而提着气，更加缓慢而稳妥地向下移动。

屹湘的目光跟着他，在自己能活动的有限的范围内，看着他。经过她身边的时候，他平和而深邃的眼神，给了她一种温暖而振奋的力量。她吸了一口气，喃喃地说："不是……不让你下来吗？"

她眼中只是模糊，模糊得几乎要看不清他的脸……

叶崇磐在从石壁向下降的过程里随时判断所处的真实境况，他看清了屹湘的位置，也看清了周围的环境和险情。他思索片刻，果断改变计划，没有冒险接近屹湘，而是先行下降，在距离她不远的地方，踩到了一块大约只有七八平方米大小的突出的崖石上。

他终于落稳，紧贴着石壁，慢慢地蹲下去，俯身查看。这不是一块单薄悬空的崖石，足以承担他们两人的重量。他慢慢地起身，检查着身上的绳索，确定仍然牢固，才深吸了一口气，仰起头看着屹湘，问："你现在能动吗？"

屹湘低头，看向叶崇磐，点了点头。其实，她并不确定自己能不能动，但是她想她必须做到。

"好，等下你听我的。"叶崇磐说。

她看到他开始朝她所在的位置移动，这短短的距离，如果在平地，甚至在攀岩俱乐部的模拟石壁上，她都敢踢腿伸脚，松了手悬空舞动。可是……雨停了，云雾的高度在降低。崖石就像浮在海上的小小冰块，随时可以被激流冲走，让她眩晕。

叶崇磐却极为镇定，显得很有信心。他身高臂长，来到近前，已经够到了屹湘的脚踝。

"试着荡过来，我会接着你。"他说。他紧贴着石壁站立，目光坚定沉着地看着她，指着她旁边的那根粗壮的藤萝示意，又点了点头。

屹湘回过了头，她盯着石壁上的青苔。那是一种说不出来的颜色，像褐色，又带着一点儿点儿绿，就像调色板边缘日积月累的痕迹。她从不讨厌任何一种色彩，只是此时此刻，这颜色让她在眩晕中多了一份难受，像有什么东西在顶着她的喉。可也就是一会儿，她知道自己别无选择。她抓住身下那根婴儿手臂般粗细的藤萝，艰难地转动着身子。

叶崇磐呼吸轻而浅，仿佛这会儿他的呼吸稍稍重了些，缠在屹湘身上的藤萝就会崩断。他咬紧牙关，看着屹湘一寸一寸地挪着手，在缠绕她的藤萝弹开、向他荡过来的一瞬，他的牙都快要咬碎了！他抓住了她的脚踝，借着这股力量，将她一把拽到了身边，顺势将她拦腰抱住。

一股巨大的力量让她撞向他，他的身体被她压到石壁上，后脑勺咣地一下撞到了石头……他听到一声巨响，顾不得随之而来的剧痛和耳朵里轰然炸响的鸣叫，只是死死地踏着崖石、死死地靠着石壁、死死地抱住她……直到确定一切都稳定下来，他才将她放下。即便如此，他的手臂也没有马上放松，仍把她紧紧地搂在怀里。心脏开始以他完全没办法控制的速度疯狂地跳动着，呼吸也粗重急促起来……他只好将她湿漉漉的脑袋按在他的胸口处，就在那里。

屹湘也一动不动。他稍稍低下头，下巴抵在她的头顶，她身体的颤动也传递给了他。

起了一点儿风，云雾在脚下流动，他看着，心跳渐渐趋于和缓，手臂松开了一点儿点而，但也只是一点儿点儿。她觉察他放松了一点儿，抬头看着他。她的眼睛和她的额发一样湿，但是她没有哭，竟然没有哭。

叶崇磐轻缓地将她的身体转过去，让她背靠着自己，双臂牢牢地箍着她。

"好了，安全了。"他说。

屹湘吸着鼻子，叶崇磐低沉沙哑的嗓音听起来很让人安心。她抬手揉了下眼睛，再垂下手时，抓住了他的衣袖。

"安全了"三个字固然是非常美妙的……然而他们仍然身处险境。如果不是因为她，他完全可以不必在这里的……她艰难地咽了口唾沫，正要开口，听见他说："你看。"他说着，看了看她的手。

屹湘的脖子僵硬，只看着前方，崖壁、古树、云雾……

叶崇磐扶了她的后脑勺，让她往天上看。

"彩虹。"他说。

乌云在轻缓地移动着，露出了一片晴朗的天空，而就在这窄窄的一线之间，就像是贴着峡谷的顶端，出现了一道弯弯的彩虹，淡淡的，却是明亮的。

"多美。"他箍在她身前的手臂收了一下。隔着衣衫，他能感受到她在颤抖，也许是因为冷，也许不是。

他不去想那到底是什么缘故，只要她暂时是安全的，只要她现在是安定的，只要……他的手抚在她的额角，轻声说："别再受伤了，屹湘。"

"叶崇磬……"屹湘有些哽咽。她想拉下叶崇磬的手，他的手微凉，只有掌心是灼热的，熨着她的额头。

"嘘！"叶崇磬凝神细听，"是不是有人来了？"他的手掌自她的额角滑下。

屹湘摇头，她什么都没听到。

"像口哨，可能是猿猴。"叶崇磬判断着。

屹湘还是摇头，猿啼她也没听到，只是此时心里安定了些，倒是听到了鸟鸣，大概是雨停了，动物们又都出来活动了。而她似被冰冻了的四肢百骸，在叶崇磬温暖的怀里也暖和了些。她能动了，但是没有动。她也不敢看脚下，没了那片氤氲流动着的云雾做屏障，深不见底的峡谷只会令她更加眩晕。

她从来不知道自己有恐高症，在阿尔卑斯山滑雪，从最陡峭的滑雪道上俯冲下来的令人窒息的速度，是她迷恋高山滑雪的理由，而站在迪拜那甚至会随着风晃动的高楼上看夜景，也没让她失语。可是此刻，她只觉得一股软弱将她紧紧抓住——这让她厌憎和恐慌的软弱啊！

"没有人来，我们就得靠自己上去。"叶崇磬轻声说，好似在说最简单易做的事，轻描淡写的。

屹湘听着，点头。

叶崇磬看了看天色。乌云在合拢，美丽得令人赞叹的彩虹变得更淡了些，天又阴了。即便不再下雨，山里的温度也会逐渐降低，他必须在自己的体力足够支撑的时候，护她周全。

"有信心吗？"他转头看着石壁上方，从这个角度看，好像没有那么险似的。

"有。"屹湘说。她的手指灵活多了，仍然紧抓着叶崇磬的衣袖。

她费力地笑笑："小看我的胆量，有你在，我当然有信心。"

叶崇磬好一会儿没说话，呼吸深重，让屹湘听起来，倒是另一种稳定心神的力量。

"机会难得，你再好好看看这里。也许回去之后，可以把眼前的山水画出来。多美啊！"叶崇磬竟然微笑着说。

屹湘忽然也想笑，还美呢，不知道会不会变成梦魇，闭上眼睛就是绝境。

"我的山水画总画不好。"屹湘说。

"不，你画得很好。不过，我觉得你的山水画还可以更好。我看你画的马，就能知道你是喜欢马的，骨骼、肌肉、神态都画得很好。"他说着，停了停，才说，"我很喜欢。"

屹湘望着对面的石壁，距离他们很近，虽不至于说近在咫尺，但若是在谷底仰望，能看到的恐怕也只是一线之天。山是层叠的，森林是茂密的，崖石是陡峭的，垂缀的古藤缠绕其间，再加上云雾缭绕，的确像是人间仙境。如果不是身处此地，她应该会有足够的心情和时间欣赏这难得一见的美景。可也恰恰是因为身处此地，她才能见到独属于这里的美。她仰头，头顶的彩虹只剩下一抹淡淡的明光。

"又要下雨了。"叶崇磐说。

"嗯。"屹湘点头。

"学过攀岩吗？"他问。

"玩过，当时真该认真些。"她说。

叶崇磐听她这么说，知道她此时已经不慌了，于是松开手臂让她靠紧石壁，自己则转过身去开始解身上的绳索。

"你干吗？"屹湘看到他的举动，急忙问。

"你记着，上去的时候只看眼前，其他什么都别想。"叶崇磐说。绳索系得太结实，他解起来还挺费劲儿。

"叶崇磐……"屹湘看着叶崇磐将绳索抖开，蹲下去，让她伸脚入套。

"别拖延时间，趁现在还有体力，快上去。"他说，绳套又靠近了她的小腿，示意她抬脚。

屹湘终于踩进了绳套，叶崇磐将绳套提上来，熟练地在她的腰间打了个双结。

"记住我说的了？"他打好结，使劲儿扯了扯绳索，确保安全。

紧接着，他又将另一条绳索拉过来，塞进屹湘手里，见她点头，就说："上去吧。"

"你呢？"屹湘看着除了一身黑衣身上已经空无一物的叶崇磐，咬了下嘴唇。

叶崇磐给她紧了紧外衣，将拉链拉至顶端，笑着问："你总不会扔下我不管吧？"

"你还开玩笑！"屹湘吸着鼻子，又有液体从鼻腔里流了出来，她狼狈地抹了一下。外套不吸水，抹也没用，叶崇磐只好扯了自己棉质连帽衫的袖子，替她擦了一下。

他笑着说："你这个小脏猫……"然后他将她推转过身去，说，"你就想，这只是进行了一次野外生存训练，只要再坚持五分钟，你就能拿十分。"

屹湘知道眼下她必须先上去，他才会考虑自己。她的鼻子又开始流水，眼睛也不争气地开始模糊了。她吸着气，给自己鼓鼓劲儿，说："好！加油！"

叶崇磐的手扶在她的腰间，托着她踩上了崖壁。五分钟，不过是他用来鼓励她的。他原本是想驮着她上去的，可这样做更好，假如不幸再出现什么意外，他至少还能在下面接住她。

叶崇磬眼睛一眨不眨地盯着屹湘，后脑勺的疼痛开始加剧。

屹湘爬至中途，突然停了下来。

叶崇磬忙问："怎么？"

"有人来了！"屹湘回头向下，大声喊道。

叶崇磬侧耳细听，不一会儿便听到了一声呼哨。是的，的确有人来了，而且是以他熟悉的联络方式——辨别着呼哨里的信息，他知道那是老杨带着搜救队来了。刚才他只顾盯着屹湘，竟然都没听到他们发出的信号。

他马上提醒屹湘不要分神。

在半壁上的屹湘听得更加真切，她只觉得额头忽地冒出一层热汗来，原本被麻绳勒得又麻又疼的手上，重新有了力气。她使劲儿拽着麻绳，吸着鼻子。此时向下看去，叶崇磬原本高大的身影，被幽深的峡谷衬托得竟然有些单薄，可是她清晰地看到他一直仰望的姿势，固定住了一般——在险峻的山水之间，坚定而沉着的男人叶崇磬。

她眨了眨眼，忽然转回头去，尖叫起来："我们在这里！"

叶崇磬这时手都抬了起来准备拢好呼救，不料屹湘这一声尖细而高亢的叫声钻进耳中，似要穿透人的耳膜般，接着便在峡谷中荡起回声，震得他心中一颤，他不由得摸了摸后脑勺，笑了。等她的声音消散，他才将手指压在唇上，吹了一个响亮的口哨。

屹湘抑制着心头的激动，听叶崇磬打着口哨，和上面一应一答。她停了一会儿，继续以蜗牛的速度攀岩，虽然已经累得浑身没有几分力气，湿滑的石壁却已不再可怕。

耳边口哨声停歇，窸窸窣窣的，崖顶的树丛中，渐渐出现了几条绳索，像草丛中钻出来的蛇般，灵活地顺着石壁下滑。屹湘停下，再回头，看到叶崇磬镇定地站在原地。

这时，悬崖边上出现了两个身影。他们打了个手势让她原地等待，之后便迅速转身降下来。他们动作灵活又熟练，显然是经过训练的高手。最先降到屹湘身边的这位停住，用随身携带的工具将钉子钉进岩石中做好固定支点，另一位则继续向下去帮助叶崇磬。

屹湘松了口气。接下来，她已经不太用自己使力气，身边这个装备精良的小伙子，将一条宽宽的皮带绕过她的腰，转而扣在自己身上，牵引着她，爬完了后半程。在上面等着的人，在他们到达崖顶的时候，将她拉了上去。

屹湘稍稍一稳心神，看清楚面前的人，其中一位正是老杨。她急切间没有顾上说什么，就想回头去看，老杨却让人先将她带到安全地带，自己和同伴留在原地等着叶崇磬被救上来。

屹湘没有坚持，此处正是她之前滑下山崖的斜坡，她知道这个位置有多危险。她腿一软，一下子坐在了地上。风吹过，一阵急雨降下，密密地打在她的身上。有人给她披上了羽绒服，又披上了雨衣，而她并不觉得很冷，但也许是冷的，只是她顾及不到了。

她死死地盯着刚刚自己被救上来的地方，林子里静极了，谁都不出声，使得她心里又慌起来。终于，她看到守在悬崖边的两个人伸出手，一把抓住了最先伸上来的一只手，用力将人拉了上来。她的手猛地撑在地上，想要起来，却在看到叶崇磬的那一刻，又跌坐了回去，心头如重锤猛敲般无法发声。

山崖下的三个人全都安全返回，林子里一声接一声的叹息这才发出来。

屹湘看着男人们站在林中，互相拥抱、捶打着后背，很用力地捶打，砰砰作响。而后，叶崇磬站在离她不远的正前方，看着她。雨一丝丝地落下，打湿了他的脸，他脸上的笑却是灿烂无比的。

叶崇磬穿上雨衣，走到屹湘面前伸出手来。

"把你的手给我。"他说。

她没有动，只是看着自己面前的这只手，又看向他的面孔。他脸上的汗水混着雨水，湿湿的，下巴有雨水一滴滴地落了下来。

他也没动，在等着她。

其他人早就收拾好了带来的工具集合完毕，并且极有默契地和他们保持了相当一段距离。

屹湘抬起手来，奇脏无比的一只小手上沾着泥土、青苔，还有血迹，而叶崇磬的手比她的好不到哪儿去。就这样，两只脏兮兮的、看上去丑丑的手碰到了一起，然后他将她冰凉的手攥在了手里。他的手也凉，但很快就会温暖起来。他的眼睛里聚集了越来越多的笑意，这是真正的劫后余生的快活吧！

"我们该回去了。"他说。

屹湘呆呆地看着他。

叶崇磬没等她回神，弯身捉住她另一只带着怯意的脏手，用力将她拉了起来。

眩晕感再次袭来，屹湘站在叶崇磬的身前，看着迷彩色的雨衣，斑斓得让她眼前一花。只有半秒，或许更短，叶崇磬就将她抱在了怀里，紧紧地拥抱着。

屹湘的心，在这一刻，狂跳。

第十三章　花开旖旎的时光

即使记忆抹不去，如果真的割舍了过去，就不要再追问她的消息。

——题记

桌子上，紫砂茶杯里的茶水随着机身颠簸剧烈地摇晃，屹湘抬眼看看坐在斜对面的叶崇磐。

他正在看书。此刻广播里机长在说天气状况不佳，遇到气流云云，他翻了一页书，丝毫不受影响。

屹湘舒了口气，转头看看陈太。陈太上飞机便睡着了，正轻轻地打着鼾。她在睡梦中也皱着眉头，将她身上盖着的薄毛毯裹得紧紧的，像是还在为什么事担忧……

屹湘看着陈太，劫后余生的她和叶崇磐回到茶场，陈太差点揍她一顿。

她可从未见过陈太发那么大的脾气，简直吓呆了。

陈太教训过她之后，又念叶崇磐，边念边仔仔细细查看他们两人有没有受伤，立刻就发现了他的后脑勺肿了……

他们获救后，叶崇磐显得情绪非常好，回程一路谈笑风生，丝毫未见异样，没人发现他不妥，她就更没有留意到。见他伤到后脑勺，大家突然都紧张起来，他却说没关系的，只是碰了一下而已——碰一下会肿得那么老高吗？谁信呢！

她马上就急了，满脑子都是可能会出现的不良后果。而且因为她，他才受的伤，她心理负担更重。她跟叶崇磐说，伤在头部不敢大意，我们必须马上回长沙。你要是出点儿事，我回去没办法跟家里交代的。除了他自己，所有的人同意她的意见，坚持他们该立即返程。他看了她一眼，才说："好的，我们这就返回……"

屹湘看着舷窗外面，黑漆漆的，一点儿光线都没有。飞机已经到了城市上空，可是天气原因，暂时无法降落。

陈太还在沉睡，叶崇磐照旧翻着书，只有她，心浮气躁。

叶崇磐又翻了一页书，慢吞吞地说："放心吧，机场又不会跑。"

屹湘听了，扭头回来看着气定神闲的他。她为什么沉不住气？还不是……她的目光落在他拿书的手上。手背上蹭伤的位置呈深红色，异常刺目。他脸上也有点儿擦伤，只是颜色没有其他位置那么深，倒意外给他添了几分野性。

她沉默，经此一事，她彻底了解叶崇磐的胆子有多大了……

叶崇磐抬眼看看屹湘，将书扣在桌上，端起小巧的茶杯来，说："喝口茶，定定神。"那小茶杯在他指间转了半圈，重新被放回到桌上。四方壶、四方杯、四方的茶盘，什么都是四四方方的，稳妥而安定。

两人都看得出神。

机身又一阵颠簸，这回茶都洒了出来，屹湘按了白毛巾在茶盘上。不久，副驾驶员从前舱出来特地解释，说接到地面的批准，十分钟后可以降落。陈太醒来，刚好听到，说："幸好，刚刚我还在想，再不降落，我要打开舷窗把你们俩空投到医院去了。"

叶崇磬跟屹湘同时笑出来。

空乘过来收好了茶具，飞机在十分钟后安全降落。

已是午夜，还在下着雨，叶崇磬坚持不让屹湘跟陈太陪同去医院，吩咐司机将他在医院门口放下来，直接送她们回下榻的酒店。不料在他下车之后，屹湘回身跟陈太说了几句话，便如灵猫一样紧跟着钻出了车子。

屹湘站在车边，抬眼看着医院的大门，一时没有动，也没有出声。静静地伫立在夜色中的医院大楼沉默而肃穆，威严到令人生出些恐惧来。她看着医院的名字，轻轻打了个寒战。

车子离开了，她转头看着叶崇磬，见他看着自己，她也睁大了眼睛瞅着他，问："还不走，站在这里干什么？"

叶崇磬轻咳了一下，屹湘已经走在了前面。他忙撑好伞跟上去。

屹湘双腿酸软，这是骑马和坠崖的后遗症。她尽量保持正常的样子，还好从医院大门到急诊部，距离不远。急诊部有点儿忙碌，等了一会儿才轮到他们。

值班医生对这对深夜就诊的病患格外有耐心，先给屹湘做了检查，看了她的伤口处理状况，表示处理得当，开了消炎药和止痛药，说明白消炎药要吃，但止痛药备用。

轮到叶崇磬，医生的检查就要仔细得多了，屹湘只得在急诊室外等候。隔着布帘子，她既看不清里面的状况，也听不到这对医患的交谈内容，未免不安。等了快二十分钟，护士才拉开布帘子。医生一脸严肃地回到桌边坐下来，开了几样单子。

叶崇磬坐在诊床上，看屹湘在门口站着，脸上的表情颇有些紧张，轻轻摇了下头，示意她放松。

医生转头看看他，和屹湘说："怎么这么晚才送医？"

屹湘见医生神色不佳，急忙问："伤得严重吗？"

医生皱皱眉，说："还得看报告。"医生说着话，目光在她的周身打量了一圈，隔着亮晶晶的镜片，那目光格外犀利。

屹湘的心又一沉。

叶崇磬从诊床上下来，见屹湘脸都发白了，微笑着和医生说："您吓唬我一下得了，就别吓她了。"

屹湘瞪着叶崇磬。

医生拉下口罩，微笑道："我可没吓唬人，脑震荡呢，可大可小——去检查吧，报告出来，给我看了再说。"

出了诊疗室，屹湘还在发愣。叶崇磬要从她那里拿了单据，自己去交钱，她才反应过来说不用。

交钱的时候，叶崇磬一直站在她身边，看着她一言不发，只不时瞅他，那眼神里的忧虑，真让人……他有些尴尬——他向来自诩堂堂大男人，受了一点儿小伤还得来医院，还让她担心成这样……未免尴尬，还有点儿窝囊。

"我真没事。"他说。

屹湘摇摇头，不出声。到这个时候，她身上所有的不适已经全被抛在了脑后。交钱、换单据、找 CT 室……她跟上足了发条似的走在前面带路，然后送他进去做检查，独自在门外等候。

叶崇磬终于做完所有项目从检查室出来，就看到屹湘靠在墙边，正盯着她的靴尖出神。为了争取时间，她上了飞机才换了干净的衣服。这一整天，她简直没有一刻休息，更不要说她才是今天受到惊吓最严重的人了。此刻走廊里很阴冷，她应该很累了，却不肯坐下来……他快步朝她走过去，将检查结果放到她面前。

屹湘正想事情想得入神，没有听到叶崇磬出来，突然手里被塞进一沓报告，愣了下才翻开看。报告里术语很多，单词又长又复杂，这些连起来究竟是不是她理解的意思，她拿不准。

她抬眼看他，低声问："这意思，是正常吧？"

叶崇磬点了下头，说："我就说没事。"

"你说了不算，得医生说了才算。"

叶崇磬没有多话，他拉着她的小臂，照着原路返回。急诊室这会儿竟忙得不可开交，医生等抢救告一段落，才有空理会他们。

她过来将片子放到灯箱上，又看看其他的报告，挥挥手，说："好了，可以走了。"

"这就行了？"屹湘脱口问出。

"可不就行了，你还真想有点儿事啊？"医生说着，竟笑出来，再挥挥手，"我这儿忙着呢！那儿有个腿断了在等着，你们俩既然没伤筋动骨的，赶快走！照医嘱回去养着，这几天戒酒、戒烟、戒色……"

屹湘瞪眼睛。

医生敲了下桌面，点点头走开，准备去抢救下一个伤员了。走了没几步，他又回身指指屹湘，说："还有你，去外面药房给他买点儿田七片吃就好了——亲自去买哈！"

屹湘一把从灯箱上抽下那个片子，不料护士阻止她，说这个是医院要存档的，不能带走。她只好把片子还给护士，看着护士将片子封存，又拜托其保存好。

护士被她的啰唆惹得笑了，有些不耐烦地说："你还不快去买药，在这儿干吗？"

屹湘微笑，一回头，叶崇磐已经不在身边了。她走出诊疗室，左右看看，发现他正站在不远处讲电话。他面朝这边，看到她出来，点点头，并没走过来。她见他还在通话中，便将自己的药揣在衣兜里，安静地等他。

外面的雨小了些，隔着厚厚的玻璃，室内的灯光投到外面，地面上全是积水，偶尔大雨滴落下，树叶便乱颤动起来。

她看着雨，有点儿出神。这几日，雨也是下得太多了些……消毒水味似乎越来越浓，浓到令她的呼吸有些阻滞。她推开门，走到外面。潮湿的空气扑面而来，她只觉得呼吸越加湿重、黏滞，眼前一阵发黑，不得不靠住玻璃门……

叶崇磐发现她的异状，挂断电话，疾步跟出来，叫道："屹湘！"

屹湘点头，抹了一把额上的冷汗。

叶崇磐握紧她的手臂，就要往回走，却被屹湘拽住了。

"我没事，里面空气不太好。"她摇头。

看到有出租车，她抬手示意："我……就是有点儿讨厌医院的味道。"

"真没事？"叶崇磐看着她惨白的脸，问。

屹湘点头，避开他的目光。出租车停在了面前，她快步上车。

叶崇磐见她急于离开，也就跟着上了车。

他跟司机说了酒店的名字，看了屹湘说："你回去好好休息，我有急事，必须马上回北京。你跟陈太还有没有其他安排？要不要一起走？"

"不，你先回吧，我们再待两天。"她转过头去，看着车窗外。她忽然看到一家亮着灯的药房，立即说，"师傅，麻烦停一下车。"

司机师傅反应特别快，马上刹住了车。屹湘开了车门就下去，小步跑着，上台阶的时候脚下一滑，差点儿摔了，幸而手恰好扶住了店门，很快稳住了脚步，转眼就进了药店——叶崇磐看着，心一提，跟着下了车，却没有追过去。

在这里，他也能看到她伏在柜台上，拍醒正趴着睡觉的店员，比画着说着什么……

他摸了摸后脑勺，痛感很清晰。他吸口凉气，轻轻摇了摇头……平时总是他照顾别人，没想到自己也有被照顾的时候。他不喜欢处于弱者的位置，可对象如果是屹湘……那就另当别论。

他转过头去看看店内，屹湘已经买好药，推开店门走了出来。这回她小心翼翼地下台阶，他微笑。

"你这是买了多少天的药？"他看她手里这个大大的袋子，这个药量，至少够他吃一个月的。

"医生又没推荐药厂，我就都买了一些。"她说着，把袋子塞到他的手里去，"你先吃一种，回去以后，你问问你家的医生，怎么吃更好——不是，你还是再检查检查。你一说，家里肯定急死了，还不得兴师动众地搂着你查呀……"

叶崇磬将袋子握在手里，说："不是什么大事儿，哪儿至于惊动家里呢。我不说，你也别说。"

屹湘抿了下唇。

"走吧，快回酒店休息。"叶崇磬催她。

屹湘点头，就算她不急着回去休息，他也得抓紧时间赶回北京呢。此时天已拂晓，再耽搁一下，天就彻底亮了。

她扶了车门，正要上车，一抬头间，就愣了一下——她一门心思找药店，没有留意周围的环境，竟然这么巧。

"怎么？"叶崇磬问。

见屹湘只是望着对面，他跟着看了看周边，说："哦，这儿啊。"他明白了些，这里是屹湘父母曾经工作过的地方。

屹湘摇摇头，说："没什么。小时候我在这儿住过。哦，从这儿看不到，那边才是家属区，从这里进去要拐几个弯。"

"你还记得以前的事？"叶崇磬问。

屹湘看了一会儿，才说："记得。"她说着，吸了下鼻子。

"你们还走不走？"司机忽然探身过来问。

叶崇磬跟司机说了声"抱歉"，然后看屹湘。

屹湘黑黑的眸子里，有些什么在闪。

他沉吟片刻，才说："改日吧。等你养足精神，再去看看。"他能猜到她大概是想去看看的，可眼下她这身体和精神，不太适合就这么去。

他将车门拉开，等屹湘上去。

屹湘刚坐稳，就听叶崇磬对司机说："麻烦您绕着这里走一圈。"

她转头看他，他点了下头，没有出声，朝窗外抬了抬下巴。

屹湘看着外面曾经很熟悉、此时看来仍然觉得极亲切的建筑，细细地辨认着，这是哪儿、那是哪儿……她絮絮地念着地名，听起来像是在跟叶崇磬说话，但其实更像是自言自语。

叶崇磬并不打断她，只偶尔给她一两个字的回应。

车子平稳地行驶，屹湘的语调也平稳极了。就在这平稳之中，她只觉得一颗心起起伏伏的，被什么围拢了似的……是这儿，从呱呱坠地到上小学前，六年多的时间，她在这里生长。那时父母都在这里工作，此后，父母分别升迁，长时间分居两地，甚至两国。所以这段时间，大概也是她记忆里，关于他们四口之家最温馨、最甜蜜、最完整的时日。

那又恰好是她生命最初的快乐时光，那时候父亲工作就很忙，见母亲一个人带她和潇潇辛苦，外公外婆为了减轻母亲的负担，还曾经将潇潇带到身边去照顾了一段时间。母亲却始终把她留在身边，坚持自己带她……

"妈妈说，女孩子尤其在小时候，不要跟妈妈分开太久。"她说。

叶崇磐听着。

屹湘说着她的母亲，声音很低——回忆令她放松了些吧，至少不像在医院里那么紧张了。

"……其实她对待我跟潇潇，在教育上，根本不曾区分过性别，对我比对潇潇还严格……"屹湘吸着鼻子。

叶崇磐从药袋子里拿出一包纸巾给她，她抽了一张，擦鼻子。她再抬头，在那蒙蒙亮起的晨光中，建筑群已经远了……再远些，就看不到了……

"我没有想过，会再回来。"她喃喃地说。

她不再说话，车子里就安静了下来。后侧车窗留了一点儿缝隙，凉风钻进来，叶崇磐摇上车窗。

他再看她，已经靠在车座上睡着了，歪着头，颈子随着车子晃动而轻轻摇摆……堆领的棉衫齐着下巴，纤细的颈子被包裹得很严实。其实她的颈子非常美，只是不常露出来。

事实上，她的美丽，也不常露出来……

叶崇磐扶住她，让她靠在自己的肩上，她是真的太累了。

他朝司机做了个慢些的手势，司机在后视镜中，对他微微一笑，点头。车速就慢了下来。到了酒店大门外，他也没有急着下车，司机也没有催促他们下车。计价器上的数字不住地跳着，他想，就这么跳一会儿吧……至少跳完一张百元钞票……他再叫醒她，送她上去休息。

他摸出手机来，调了静音。

她的双手原本是搭在腿上，睡梦中动了一下，无意识地抓了抓外套，似乎是睡得有些热了。袖口滑了一小截下来，她的手便停在襟口处，满是擦伤的手指，微微颤动着，梦里大概也是有些疼的。她的手生得细巧、柔美，可是，并不像一般娇生惯养的女孩子，一双手是柔滑若无骨、细嫩若凝脂的。这是双经受过磨砺的手，因此就更想让人握在手心里，给她温暖、呵护。

叶崇磐只是看着，并没有动。

不知睡了多久，屹湘突然醒了过来。她的腿抽筋了，从脚指头到大腿根，疼得她差点儿喊出来。等这阵疼痛缓解，她也完全清醒了。

房里漆黑，她扭亮床头灯，看看时间，已经六点多了。早上在出租车里睡的那一会儿，好像将她身体里所有的疲劳都激发出来了。叶崇磐叫醒她的时候，她四肢酸软，腿脚都抬不起来，根本不想下车。她咬牙坚持回到房间爬上了床，睡得天昏地暗。

她突然想起已经两天没有跟家里报平安了，急忙拨电话回去。竟是潇潇接的电话，他告诉她家里都好，没什么事不用急着回来。后面这句有点儿画蛇添足，她听了倒觉得有些异样，就问父亲身体怎样。

潇潇笑了，说挺好。

她担心潇潇骗她，让他把电话转给父亲。

好一会儿，直到听到父亲那温和的声音，她才放了心。

父亲问她什么时候回去，她笑着说明天就回。

父亲好像很满意她的回答，只说在外面注意安全。

她笑着答应。

挂断电话，她听见外面有动静，正要起身，看到床头柜上摆了几样东西——田七片两盒，药酒一瓶。她看着这些东西，发了会儿呆，才走出房间。陈太正在沙发上坐着看电视，听见动静回头，微笑着问："睡醒了？"

屹湘点点头，活动着仍然酸软的手臂。陈太回手递给她一张便笺，说："给你的。中午有人送过来的。"

屹湘接过便笺，虽是便笺，印得却讲究——友禅纸，叠成方块，俏秀的台阁体小楷写着"郗屹湘小姐启"。她打开，素雅的纸面上印着樱花和蝴蝶，书着几行小字，落款是"汪瓷生"，时间是今日。

屹湘拍了下额头，说："幸好还来得及。"回长沙来最重要的日程之一就是 Laura 的邀宴，她被意外搅得心神不宁，一时竟忘了。

"我替你记得呢。"陈太看着电视里那个留着一撇小胡子的男主持人，说着，又笑，"他偶尔插一句长沙话，怪有意思，也怪好听的。"

屹湘笑，说："约了晚上七点半，完全来得及，我先陪你吃晚饭。"

"不用，你只管去。"陈太正看到兴头上，"酒店的湘菜就很好吃，或者我出去吃也好。小叶早上走之前，我们还一起出去吃了顿早饭。小叶可真是美食家，跟他一起吃东西就错不了。他买了药酒给你，看到了？"

没听到回应，陈太回头看看。

屹湘拿着那张便笺，看看，叠起来，打开，再看看，再叠起来……合着根本就没将她刚刚说的听进去呢。

陈太莞尔，转回脸，继续看节目。

屹湘伏在沙发上，看着便笺的内容，越看越觉得美。汪瓷生，名字也美……没想到，Laura 开口邀约，竟是汪瓷生亲笔写邀请函，这老式的做派……

"是个连背影都风姿绰约的人呢。"她叹道，对晚宴竟多了几分期待。不知今晚近距离看她本人又会怎样？对的，她美，Laura 美，Josephina 也美，可美得各不相同——汪家是专门出产美人吗？

陈太余光瞥见她这迷迷糊糊的样子，伸手摸她的额头，问："孩子呀，你是不是中邪了？"

屹湘笑，抖开手里的便笺，展示给陈太看，道："你瞧，都说字如其人，这么美的字，人该美到什么地步去？"

陈太却转开脸，笑着说："能美到什么地步去？再美，照你说的，也是快六十岁的人了。你看看我，保养得再好，也阻止不了地心引力，皮肤还不是一个劲儿地松弛下去了？速度堪比百米冲刺！"

屹湘笑弯了腰，顺手将便笺放在电话机边，说："我去洗澡，真的不用我陪你吃晚饭？"

"不用，记得擦药酒。"陈太微笑着说，"小叶特意买给你的，你看在人家背你回来、那么上心的分上，也要记得用。"

屹湘脸唰地一下就红了，她虽然有点儿迷糊，但也没忘了早上那让她无比尴尬的场景——她腿部肌肉酸疼得厉害，走路都成问题，本来跟叶崇磬道别了，他的车也在等着他，谁知道她走进大堂，连到电梯那段距离都走不了了。她坐到大堂的圈椅上，连个让自己坐得舒服点儿的姿势都没力气调整。

正不知该怎么办，叶崇磬再次出现在了她面前。他既没征得她的同意，也没理会她的反应，弯身将她背起来，直接乘电梯，把她送回了房间。

屹湘揉着乱糟糟的头发，她当时既累又慌，叶崇磬也不说话。他沉默的时候特别固执，她拒绝都显得无力。

陈太见屹湘脸红成那样，笑着说："快去准备吧，晚了不好。"

屹湘巴不得听到这句提醒，立刻回了房间。

陈太忍不住又笑，摇了摇头，叹口气，说："窈窕淑女，君子好逑。家本啊，我看你要是有心，还得加把劲儿才行。"她笑着将遥控器放下，恰好瞥见那个便笺，便看了一眼。她皱起眉，拿到手里，戴上了颈间的老花镜……

屹湘去匆匆冲了个澡，出来检视着随身的衣箱。衣服带得不少，可她半晌都没挑出一件合适的，她惊觉自己的紧张，在床边坐下。这几天，她就没有放松过吧。

一转头，她看到了放在床头的布包，这是从湘西带回来的那套土家服装。手指触到布包，自然又看到了床头的药酒。带着药味赴宴恐怕失礼，她决定回来再上药。

差不多一整天了，叶崇磬没有来电话，也没有发消息，不知道他是不是平安到了，有没有不舒服？以他的从容不迫，若不是真有急事，应该不至于走得那么急……

外面门响了一下，她立刻回神，再看看衣箱里的那些衣服，又好像也没有那么差劲儿了，于是挑出一条土红色的长裤、茶绿色的衬衫，丝巾绕颈后堆在身前，蹬上靴子往镜子前一站，上上下下打量自己一番后，从衣箱夹层里摸出一枚胸针别上。有了这枚胸针，她再随性的装束，应该也能赚回些印象分。

她摸了摸小小的胸针上温润的象牙雕，轻轻拍了拍，挎上包，出了房间就喊陈太。对方没有回应，客厅里空荡荡的。

便笺落在沙发上，屹湘拿起来看看，再确定一遍地址和时间，收好。她去敲陈太的房门，半响无人应，于是推了门进去，房中也无人。想到刚刚那声门响，她皱了下眉。她在房里等了一会儿，拨打陈太的手机，竟然是在陈太的卧室里响起来的。

屹湘拿起纸和笔写了张留言条，放在醒目的位置，就赶紧赴约去了。

到达约定的华天金阁，屹湘没急着进去，在门外又拨了一通电话给陈太，仍然是没有人接听。她有些奇怪，陈太从不是这么没交代的人。

经理看见她，立即走过来问她是不是郗屹湘小姐。她说是，经理便说汪女士一行已经到了，然后在前面带路，请她入内。

屹湘进了门，立即发现了今晚要见的人。

此时汪氏三姐妹正在闲聊，笑意盈盈的，看起来感情融洽，心情也十分畅快。

屹湘远远地看着她们，不知为何心里竟涌出些感动的情绪。

Laura 先看到她，微笑着向她点点头。

坐在 Laura 身旁的 Josephina 发觉，转过脸来，目光稍稍一停，也点了点头。屹湘见 Josephina 一身亚麻色的棉布衫裤，看上去比平时要"邋遢"得多——这种装束，顿时让她觉得自己先前的紧张完全没有必要。

屹湘放松了些，目光落在背对她的汪瓷生身上。

汪瓷生正说着话，手放在桌上。

再走近了些，屹湘看着那只手，白皙而柔润。餐桌上方垂下一盏圆灯，光洒下来，笼住整张桌子。

那只手在柔光里像是随时会融掉似的——连手都这么美……屹湘甫一站定，汪瓷生恰在此时转过脸来。

屹湘不由自主地屏住了呼吸。

经理向汪氏姐妹问过好，请屹湘就座，屹湘站在原地没有动。她只顾看着汪瓷生，像是忽然之间失去了语言能力。

Laura 原本想请她先坐下，见状，微微一笑，没作声。

Josephina 端起酒杯，轻轻抿了一口，也没作声。

汪瓷生微微抬起下巴，看着自己面前这个美好的女子，轻声道："是屹湘吗？终于见面了。"她说着，那只原本放在桌上的手，便抬了起来。

"是，我是郗屹湘。"屹湘双手托了一下汪瓷生的手，并没有用力去握。

汪瓷生微笑着，看了屹湘片刻，拉着她的手，让她坐在自己身边的位置，道："来，快坐下——我们，这是第几次见面了？"

汪瓷生含笑的眼，星星般闪烁，看着人的时候，是那么专注，仿佛眼里再也没有其他。屹湘像被她眸子里的星光再次摄住了魂魄，"嗯"了一声，才说："第三次。"

汪瓷生身上淡淡的檀香味，轻轻地荡过来，这让人安心的熟悉气息让她的意识稍稍凝滞了片刻。

"不，不止。还有一次，我见到了你，你没有见到我。"汪瓷生畅快地笑起来。她仍握着屹湘的手，转脸向妹妹们道，"筠生是不知道的，陶生，你还记得吗？"

"那一次啊？"Laura 看看屹湘，笑出来，"大姐，让 Vanessa 先喝口茶好不好？"

汪瓷生笑着点头，这才松开屹湘的手，示意她喝茶。

屹湘留意到汪瓷生穿的是香云纱的长衫长裤，餐厅里的温度并不算高，她披了件披肩，翠色的，映得她的面色十分好——虽然她颈间的饰物早已不是那挂珠子，可屹湘只要一想，眼前便仍是那日珠子散落一地的场景……

屹湘见汪瓷生看着她微笑，便回了一个笑容，把茶杯端到唇边，轻抿一口。

Laura 说："要说到那一次，我怎么会不记得——Vanessa 好大的脾气！"

屹湘赧然。

"她进公司几年，偶尔工作有接触，我只道她是个温和的人，不料拗起来九头牛都拉不回来。"Laura 笑着，抬手示意侍应生过来，说，"点菜，筠生，今天罚去你的点菜权，每次点都失败。"

Josephina 笑了笑，仍没作声，只管绕着手上一串细细的珠子。

屹湘跟她共事多日，领教多了她咄咄逼人的脾气，今日见她在姐姐们面前的温柔、乖顺，虽不觉得太意外，但多少还是有些不适应。

Josephina 发现屹湘在看自己，于是缓缓地抬了下眉。

屹湘笑了笑。

菜陆续上来，她们边吃边聊。汪家姐妹和气，屹湘也大方，饭桌上的气氛非常融洽。

汪家姐妹其实都健谈，尤其是 Laura。上菜前的这段时间，她已经将屹湘这几天的行程事无巨细问遍了。

屹湘拣着重要的答了，除了明处的擦伤掩饰不住，要解释一番，其他的，她想还是不说为好。即便是这样，她仍觉得 Josephina 的目光里带着几许探究的味道。

汪瓷生倒不像 Laura 一样有很多话讲，只一味地催促屹湘多吃。

"身上有伤，这段时间就不要吃刺激性的食物了。"汪瓷生笑着说。点菜的时候，她特地留了余地，以清淡为主。

Josephina 看了屹湘一眼，屹湘点头，说："这点儿小伤没关系。"

"还是注意些，陶生说你也时常喉咙不舒服？"汪瓷生又给屹湘夹了菜，看着她，笑道，"陶生还嘱我抄两个方子给你，你记得跟她要。那方子制成药膏，清肺润喉最有效果，我常年用的。"

屹湘低头吃汪瓷生布的菜，应了一声。

"大姐，这么喜欢 Vanessa，干脆认个干女儿好了。"Laura 开玩笑。

屹湘抬头，正好碰上 Josephina 的目光。

"我倒是不介意，可是屹湘平白就降了辈分，怕是不合适。"汪瓷生笑眯眯地看着屹湘。

那么温柔的目光，不但看得屹湘心里瞬时一酥软，连她的两个妹妹也有些发怔。一时桌上没有人说话，她自己又先笑了，说："屹湘的家世家教都非常好，被我捡了个便宜，屹湘的母亲该不乐意了——来，屹湘尝尝这个。来了这些日子，我专拣有名的地方吃。这几家大酒店的湘菜都极好，可苍蝇馆里也别有滋味，只可惜美食是吃不完的，这就要走了。"

见她悄然转了话题，屹湘松了口气。

Laura 笑道："我算是怕了你了！Vanessa，你不知道，你身边坐着的这位，昨日硬是拉着我们出去吃了一顿小店里的菜，真是辣！我才知道，原来前些日子吃的那些，都是为了昨天做铺垫呢。若不是怕你吃不惯，这一顿该带你去吃那活色生香的。是不是，筠生？"

Josephina 拿了烟盒出来，听了笑道："那你还不是日日吃得高兴？一天一碗酱香方肉，亏你吃得下。"

屹湘听着忍不住笑，看着桌上这道酱香方肉，立即拿起勺子来。

Josephina 看她，道："你们二位，吃也是能吃到一处去的。"Josephina 的语气淡淡的，转头点燃了烟。

"筠生，公共场合呢。"汪瓷生说。

Josephina 笑笑，吸一口，就掐灭了烟。大半截烟被掐灭在烟灰缸里，冒着小股的青烟。看着满桌子菜，她小皱了下眉，说："太辣。"

"不能吃辣，算什么湘人？"Laura 瞟了眼 Josephina。

Josephina 做了个"投降"的手势，很有点儿俏皮的样子。Laura 笑了，说："也难怪，你离开这儿的时候，年纪还小。不像我们，从小吃辣是吃惯了的。不过，去了美国，你适应得也最快……一晃这么多年了。"

Josephina 出了会儿神，说："很久很久了。"

姐妹三人沉默了。

屹湘敏感地觉察，她们大概是陷入了同一段回忆当中。

她于是慢慢地吃着碟子里的菜，不吱声，还是有点儿奇怪的感觉。明明这是老板邀宴，却自始至终，她们不管聊什么话题，哪怕听起来是只限于家人之间的，也没有刻意避忌，没有让她觉得像个外人。

只是很快，Laura 又说起了这次的发布会，大约是怕冷落了屹湘。话题一回到工作上，不止屹湘，Josephina 也提起了精神。汪瓷生侧着脸看着兴致勃勃的妹妹们和屹湘，不时给她们布菜。她尤其喜欢看身边这个笑容甜美的女孩子，不管这个女孩子说什么，好像都格外有趣，格外吸引她。

屹湘无意中一转头，见汪瓷生含笑望着自己，稍稍一怔，抬手触了下鼻尖，问："我的话是不是太多了？"

汪瓷生笑了，说："不会，这样听你们聊聊很好。"

"不嫌我们闷啊？一直在聊工作。"Laura 说着，看下时间。

"怎么会。"汪瓷生笑着说。

屹湘见 Laura 看表，也赶紧撸了下袖子，低声地说："已经这么晚了。"她抬眼看看她们，"我已经吃好了。"

"只顾着说话了，你根本没吃多少东西。"汪瓷生笑道。

Laura 笑起来，说："我们大姐就这脾气，最看不得人节食。说句玩笑话，你若能把一桌子菜吃得点滴不剩，她就能放心地把公司交给你。"

屹湘被 Laura 逗笑，说："早知道，我真应该再多吃些。夫人，我可是人家说的'大胃王'。"她称呼汪瓷生为"夫人"，既是因为汪瓷生左手无名指上的那枚金指坏，也是记得，上次见面，Laura 对汪瓷生身边的人交代事情，就是这么称呼的。

虽然汪瓷生一来就让屹湘称呼自己 Anna，但她一时还叫不出口。

不知为何，对汪瓷生，她还不能像对 Laura 和 Josephina 那样自然。

汪瓷生听她这么称呼自己，心里倒有些异样。

汪瓷生看着屹湘，像是之前都还没有好好看过她似的——她下巴上有颗小痣，险些被一片擦伤盖住了，可笑起来，仍别样的动人……

汪瓷生微笑，说："以后有机会，让我好好见识见识，或者等你回美国去，来舍下一坐。"她说着，拍了拍屹湘的手。

她的手很温暖，屹湘微笑。

汪瓷生的手并没有立即挪开，所以那份温暖也便多停了一会儿。这只手实在是好看，屹湘不禁多看了一眼。汪瓷生发现，便笑着抬了抬手，说："曾经我一度要靠这双手拍摄广告养活自己。"

Laura 和 Josephina 一齐叫了声"大姐"。汪瓷生笑着，轻轻一耸肩膀，漂亮的手合在一处，说："这有什么，谁不是靠自己的双手养活自己和家人的呢？"

屹湘听着她用"养活"这个词，莫名有些心酸，掩饰了一下。

汪瓷生不料自己闲闲的一两句话，惹得这个孩子露出了纤细而敏感的一面，不禁有些动容。想着刚刚大妹开的玩笑，她畅快地笑了，说："真是个实心眼的孩子。"她说着，摸了摸屹湘的发梢，语气里，有一丝异乎寻常的宠爱。

Laura 和 Josephina 好一会儿没出声，目光却都在姐姐跟屹湘身上左右摇摆。Laura 随后轻咳了一下，待要说该走了，突然听到一阵急促的脚步声近了，她皱眉，转头看去。

这一阵脚步声急促、细碎，带着凌厉的风，屹湘也留意到了，莫名心里一惊。她跟着回头，看清那是陈太，愣了一下，才叫道："阿姨？"

听屹湘打招呼，Laura 问："是你的朋友？"她打量着来到眼前的这位已经有点儿年纪的妇人。

"是。"屹湘马上起身。她立刻发现陈太不对劲儿，陈太黑而冷的眸子里闪着可怕的光，目光越过她，盯住她身后的人。她转了下脸，发现陈太看的是汪瓷生。

她握住陈太的手臂，忙问："您怎么来这儿了？出什么事了？"

陈太一把推开屹湘，屹湘没提防，连退了两步，差点儿摔倒。汪瓷生手疾眼快地抬手托了屹湘的腰。

屹湘站稳，忙看向陈太——她手里挽着的皮包棱角分明。那包底的金属尖角闪着些微寒光，倒像是冷兵器……这个念头一闪而过，她更觉得事情不对。

"汪瓷生？"陈太问。

"我是。"汪瓷生从容地应答，"请问您是？"

"你不认得我。"陈太说。

"的确。"汪瓷生点头。

"我来，就是想问你一句话。"陈太眼睛一眨不眨地盯着汪瓷生。

汪瓷生再点头，手轻轻一拍，示意侍应生添张座椅，说："请坐下来慢慢讲。"

"不了，我怎么敢跟你这样的人同席？"陈太冷冷地道。

"你到底是什么人？"Josephina 沉不住气，忽然插口问道，"一把年纪，不懂什么是礼貌吗？"

汪瓷生摆手制止小妹，温和地看着陈太，说："您请问。"

"你怎么还能活得这么心安理得？"陈太问。

汪瓷生那黑而柔亮的眉，一扬。

"你说什么呢！"Josephina将餐巾一把扔在桌上，呼地一下便站了起来。她跟陈太的身高不相上下，此时浑身上下充满着怒气，就像发怒的母狮，整个人立即显得非常暴躁，只是陈太也不遑相让。

屹湘见状，忙向前挪了挪。她没有挡在两人中间，可也使对峙的双方之间出现了一个明显的缓冲带。Josephina立即瞪了她一眼，警告的意思也很明显。

屹湘默默地咽了口唾沫，Josephina的脾气，她是见识过的，并不担心，反而稳如泰山的汪瓷生与Laura，平常便是极有气度、极从容的人，此时会如何反应，她完全摸不准。

她见Josephina抬起手来，不知要招呼经理还是随行，额上顿时冒出汗来。

"筠生！"汪瓷生的声音虽轻，Josephina的手却停了下来，"不需要。"她仍平静地看着陈太，两人四目相对，一个眼神怨毒，一个眼神冷静，像角力似的。

"如果您不反对的话，我们换个地方聊，这里毕竟是公共场合。"汪瓷生和缓地说。

"就是公共场合才好！怎么，你怕吗？"陈太刻薄地问。

屹湘知道她有高血压的毛病，看她脸上青筋毕露，情绪极为激动，忙握住她的手，却被甩开了。

"汪瓷生！Anna Wong, Anna Wong，就是你！"陈太咬牙切齿，每一个字都咬得清清楚楚，仿佛淬了毒液的箭头，吐出来便想见血封喉，"你害人妻离子散，你害人家破人亡……你这个妖精！我终于等到今天了，我这就打死你这个妖精！"不等说完，她拿起手包，朝汪瓷生打过去。

屹湘急忙拦住她："阿姨，有话慢慢讲……"

陈太听见，抬手先对着她打过来。

"你让开！你助纣为虐！"陈太一步向前，抬手就把餐桌掀翻在地，餐具、酒器哗啦啦落地，碎成一片。

周围的食客受到惊扰，纷纷起身避开，安静高雅的就餐环境顿时变得嘈杂、混乱。

"阿姨！"屹湘被陈太对着头和脸打了好几下，忍着疼，想法子将她拦住。

陈太的皮包沉重，尖角锋利，打到哪里就是一道血痕。汪瓷生见屹湘受伤，急忙推开挡在自己身前的Josephina，过去护住屹湘，Laura和Josephina立刻阻止姐姐。

"大姐！"Josephina火冒三丈地冲上前，一把扭住了陈太的手臂，将她往前一推。

屹湘担心陈太受伤，抢先一步将陈太的身子扶住。

陈太的身体失去平衡，抓着屹湘，试图站稳，还是滚倒在地，把屹湘压在了身下。

屹湘的下巴、胸口撞在地板上，疼得眼前一黑。

汪瓷生见屹湘倒地，心里发急，上前拉起她。

陈太趁机抓起手拿包，便向汪瓷生扔了过去，正好砸中了她。

Laura 上前护住大姐，屹湘拦腰搂住陈太。

陈太气急，撕扯着屹湘的衣服猛拍了她几下。此时满地狼藉，陈太抓住什么就扔什么。

"你这个疯子！" Josephina 气得脸都要变形了，"来人！给我把她拖出去！"随行这才上来，将陈太拉开。

陈太破口大骂，整个餐厅里都充斥着她尖厉的骂声。

"笃生！不要伤害她，叫人来处理好就可以了。"汪瓷生顾不得自己，先看屹湘，"屹湘，你没事吧？"

"没事。"屹湘匆促地说。

Laura 立即过来将姐姐搀住，顺手将屹湘也拉了一把。汪瓷生倒是松了妹妹的手，也来扶屹湘。

屹湘身上的衣服被撕扯得凌乱不堪，她胡乱拢着衣襟领口，免得暴露身体，失礼于人前。

汪瓷生只觉得眼前莹光一耀，下意识就伸手过去。

屹湘吃惊地看着汪瓷生，手按在领口上。

"大姐！" Laura 顿时觉得家姐失态，忙叫道。

此时那莹光消失，汪瓷生回过神来，她的目光仍停在屹湘的脸上。

屹湘的心突突乱跳，慌忙后退几步，听到一阵急促的脚步声，知道餐厅的保安已经到了。她抬眼一看，不光餐厅的经理和保安，汪家的随行也站在一边。

屹湘回身看向喘着粗气、发髻散乱而脸色苍白的陈太。她心里一团火，不知该往哪里发泄。

陈太看着她，颤着声音道："屹湘，你好好的女孩子，为什么要跟这样的妖精搅和在一处……"

屹湘也看着陈太，喘着粗气，说："不管发生了什么事，我们好好解决。我在这里，跟你在一起。"

陈太说："你闪开，这事儿和你没关系。我就算今天进警局，也要把这口恶气出了！"

屹湘被陈太的表情骇住，她吸口气，果断地将陈太拦在了身后。

她背着手，扣着陈太的手腕，看着静默的汪氏三姐妹——此时身旁围绕着按兵不动的保镖和保安，她们就像是被关在铁笼里的困兽。

屹湘的心一阵乱颤，极力让自己冷静。她没作声，汪氏三姐妹也都在看着她，似乎她才是始作俑者，在等她下一步的举动。她想说这里面一定有什么误会，可是踌躇片刻，正要开口，就听一旁的随行低声说了句什么，Josephina 说"还愣着干吗"。

汪瓷生看了看屹湘，轻声说："等等。"

屹湘看着她，她也看着屹湘。

四周完全静了下来，汪瓷生这才看向陈太，说："这样吧，既然是屹湘的朋友……这位太太，我并不记得跟您有什么往来，以致您要这样不顾体面……"

"体面？不记得？汪瓷生，你健忘，真健忘——你忘了自己有多少垫脚石？"陈太冷冰冰地说，"还是，你这样的女人，根本就没有良心和记性？你忘了为你倾家荡产的那些男人了？你忘了因为你介入婚姻以泪洗面最后发疯的女人了？你是忘了，还是根本就不敢承认你就是这样一种烂污货色？！"

"你住口！"Josephina 被陈太激得暴跳如雷。

Josephina 两步跨过来，陈太将屹湘一拨，一下挡住了 Josephina 挥过来的手掌。这种碰撞就在屹湘的耳边，肌肉相撞的那种清脆声音，听起来让她心惊。

她听着陈太冷冷地问："这算什么？作为她的亲妹妹，你难道不了解她是什么人？那些钱是怎么来的，敢一笔笔算清楚吗？"

Josephina 一把揪住陈太的衣襟，阴狠地说："不准你侮辱我姐姐，她是世上最好的女人。你再说一句，我……"

"Josephina！"Laura 一把将 Josephina 扯了回来，目光冷静中带着凶狠，"大姐在这儿，你这是干什么？"

Josephina 甩开 Laura 的手，指着陈太。她本来就瘦极了的手，像鸡爪子一样，手腕上的珠子滚到手肘处，零散碎乱。

屹湘听见陈太冷笑，咬了牙关。

"汪瓷生，你说你不记得……那我有必要提醒你一下，你的'功劳簿'上，有一个冤魂，叫金素兰！"陈太说到"金素兰"三个字，咬牙切齿中带了颤音，"现在记得了吗？！"

屹湘看向汪瓷生，汪瓷生眼睛里，寒光一闪，屹湘几乎打了个冷战。

"二十年前，你勾引她的丈夫，使他抛弃妻子。你骗光他的财产，害他孤苦离世，让他留下的孤儿寡妇悲苦度日……你呢，你却摇身一变，一变再变，变到今日，享受荣华富贵！"陈太到此时，已经越来越冷静，"汪瓷生，像你这种人，若不是在这里遇到，这一辈子我也不会去找你。偏偏冤家路窄，我既然知道了你近在咫尺，不能不来会会你。我倒要看看，像你这种坏事做尽的女人，还能心安理得地享乐到几时！"

汪瓷生始终平静的脸上，到此刻，终于有些松动。她的睫毛微颤，但不是看着陈太，而是看着屹湘。

屹湘微微转了下脸，汪瓷生的注视，令她觉得些许难堪，这感觉难受极了。

汪瓷生垂在身侧的手，攥了起来。片刻，她微笑，说："我竟忘了……二十年了，太久了。"她语气淡淡的，仿佛这是无关紧要的小事。

"你……"陈太看到她脸上那凉薄的微笑，喉头像被什么噎住了，抬手按了胸口，脸色铁青。屹湘连忙扶住她，见她面色难看之极，强制地将她按在了旁边的椅子上。

汪瓷生在这片刻的宁静中，已经转身取了自己的手袋。她姿态极优雅从容，仿佛眼下的乱象完全不存在。她重新看向陈太，目光沉静。

"这些往事……陶生，留张名片给这位太太。"她的目光如清水一般，"我欢迎您随时登门指教。您想怎么样，我都奉陪。"

陈太狠狠地瞪着她，气急难言。

"大姐，走吧。"Josephina 说。

汪瓷生却看着屹湘，目光仍然温柔，轻声说："抱歉，屹湘，我们改日见。"她并没有等着屹湘回应，便转了身。

屹湘只觉得她的目光是在自己身上又转了一番的，心就沉了一下。她看着 Josephina 搀着汪瓷生往外走，那翠色的披肩罩在汪瓷生的肩头……那一层绿，在灯影下，将香云纱的色泽，衬出了一层深重的孤独……

她忙转开了眼。

此时餐厅里的客人早已经走光了，只剩下她们几人。留下来处理后续的 Laura 显得不急不躁，她先跟经理示意，清退了保安，随后屏退了留下来保护她的随行。Laura 看看像是经过一场激战后精疲力竭的斗士一般的陈太，又看看呆若木鸡的屹湘，好一会儿才说："我让司机送你们。"

屹湘虽然头脑有点儿发木，也知道不能接受这个提议，马上说："我们自己回。"

Laura 料到屹湘会这么说，她从手袋里拿出两张名片，给陈太，说："作为妹妹，我无条件地相信，我大姐绝不会像你说得那么不堪。"她说完，扶了屹湘的手臂一下，说，"照顾好她，有事随时给我电话。抱歉，这事情让你为难了。"

Laura 也没有等屹湘回应，转身便走。

屹湘虚脱了似的，半蹲下身。她颈间的玉坠滑出来，轻轻地晃动着。

"阿姨，你能不能走？"她问。

陈太盯着桌上那两张名片，猛然间转身，有些跌跌撞撞的，往餐厅外走去。

"阿姨！"屹湘急忙追了上去。

玉坠钻回她的颈间，冰凉冰凉的，她从地上捡起丝巾来护住颈子——陈太走得非常快，她追到门口，正好看着汪氏姐妹的车子先后驶离，留下一辆轿车等候，司机见她出来，行礼说"郗小姐，请上车"。

屹湘摆手表示不用，道过谢，她紧跟上陈太，见陈太步履不稳，想搀扶陈太，却被一次又一次地推开⋯⋯

汪瓷生在车子上回了下头，看着那个瘦小的女孩子，脚步凌乱地跟着那个怒气冲冲的老太太⋯⋯她的心像被什么牵住了，目光难以移转。

"大姐。"Josephina 叫她。

车子转弯了，将那两个身影抛下了。汪瓷生仍一动不动，半晌才回应妹妹："什么？"

"没什么。"Josephina 转开脸。她的表情有些凄惶，心头更是激荡。刚刚的场面，对她来说，比她自己遭受羞辱更难接受。然而，她更不能接受的是，她就那么让事情发生了，轻飘飘地放过了。

汪瓷生自然知道妹妹的心情，但此刻，她的心思没有在这里。

"屹湘⋯⋯"她喃喃地叫着这个名字。

好一会儿，她终于还是靠在了车的座椅上，颓然地，甚至是痛苦地说了一句："那是个男孩啊，筠生。"

Josephina 眼里含泪，猛然间爆发了，说："对，是男孩！是男孩！不要看着哪个有一星半点儿像的孩子，你就⋯⋯你别找了，求你了，算我求你了，行不行？别找了⋯⋯别找了！这些年，你受的罪还不够多？大姐，醒醒吧⋯⋯醒醒好不好？已经死了，那是个死了的孩子！生下来就死了、死了⋯⋯"

啪地一下，Josephina 的肩膀上挨了一巴掌。

Josephina 像被定住了，她极力克制住自己的情绪。

"我要屹湘的详细资料。"汪瓷生冷静地说。

Josephina 沉默，眼里的泪始终在打转，并没有涌出来。

"筠生！"汪瓷生的声量稍大。

"没有用的。"Josephina 转开脸，恰好看见二姐乘坐的车子超过去。

她一阵气结，负气道："她那种出身，除了想让人知道的，根本不可能有什么详细资料。我们用人也有足够充分的背景调查，可查不到她的家世。要想知道什么，除非去问她本人。"

汪瓷生摸着颈间的这挂珠子，手掌兀自发麻。刚刚那一下，她很用力。这是她素来疼爱纵容的妹妹，她从未想过自己会跟其动手，此时未免有些悔意，轻声细语地问："打疼了？"

Josephina 摇了下头，说："没有。"

汪瓷生伸过手去，将 Josephina 揽在怀里，温暖的手摩挲着她的面颊。

"筠生，我不是成心的。"

Josephina 在这样的温存里，意识有些恍惚："我知道，可是，大姐⋯⋯"

"筼生。"汪瓷生轻声叫着妹妹的名字。

Josephina 抬起眼来，光影流转，大姐的眼中有点点星光。Josephina 看着她，心疼如受重锤，听大姐说："我一定要弄清那个孩子的下落。就是死了，我也要找到他。"

叶崇磐拿着手机，手指在键盘上轻按，过了一会儿，显示发送信息成功。

他一抬眼，崇碧正默默地瞅着他呢，见他得了空，便将文件推到他的面前来。他拿起文件上搁着的笔，签了几个字，问："怎么我一回来就弄这个？"

"这就是专门等着你回来才能办的事儿嘛。"崇碧确认无误之后，才封起来放进随身带的文件包里。

她把包放到一边，看着哥哥，问："你脸上的伤是怎么回事？"

叶崇磐斜靠在沙发上，懒懒地说："山里嘛，擦破点儿皮，是常事儿。"

"这叫擦破点儿皮？"崇碧抬手，轻轻松松就点了几处他的伤，"我早劝你别老是去那儿，有什么好？耗时耗力还不见利润。你就在这儿等着爷爷说你不务正业是吧？"

叶崇磐浓眉一展，显然并不把崇碧的话当回事儿。

崇碧忍不住气恼，拍了他一下，接着话锋一转，说："哥，我跟你说正经的，你也该郑重考虑下自己的事儿了。你不为自己想，也要为妈想想。她因为你，在奶奶那儿顶了多大的压力啊！奶奶那脾气，你又不是不知道。"

叶崇磐又"嗯"了一声，他这反应只能算是平淡，不过较之他之前谈到这个话题根本不接茬儿的做派，这不能说没有进步，倒让崇碧意外了。

"哥？"崇碧看着哥哥。

"啰唆，还不快回去休息？"叶崇磐催她。

"我陪你坐会儿。"崇碧坐到哥哥身边，瞅了下眼，"还是，我在这儿，妨碍你了？"

"什么话。"叶崇磐微笑，手机被他放在了身边。

这个细微的动作自然没有逃过崇碧的眼。

见她意味深长地笑了笑，叶崇磐只当没领会她目光中的好奇和探究："这么快就开始工作了？我还以为你真要休息个一年半载的。"

崇碧突然提前回国，一副专心筹备婚礼的样子，每天兴致勃勃地跑进跑出，让人觉得她嫁做人妇之后就会远离职场，没想到峰回路转，悄无声息地就将律师事务所开了起来。她很能沉住气，预备挂牌了才跟家里提，真让人大吃一惊。

当然，不管怎么样，他这做哥哥的，很愿意看到妹妹的才能有用武之地，毕竟在京筹办 L&G 分所可不是简单的小事。

崇碧有头脑，也有胆量……他微笑，这才是叶家的女儿，他的妹妹。

"机会难得嘛，这次错过了，不知道下次什么时候来。"崇碧说。这项计划，她在回国之前已经着手了，本来是有枣没枣打三竿的，预备着等婚后再慢慢谋划去执行，原本对可能会遇到的阻碍有了足够的心理准备，不料回来后审批意外地顺利，她索性就放开手脚干。开张的头一单大生意，是自家的事务——她拍了拍案上的文件包。

叶崇磬说："你只管做好你分内的事。按说，家里的事，你最好不要插手。"

"哥，你要这么说，我可不爱听了啊。对外人，我是叶家人；对你，我是亲妹子，谁敢欺负你，我才不会客气呢。"

叶崇磬无声地笑着，说："欺负我？谁能？"

"哥……"崇碧缓和了语调。

"嗯？"

"这回……"崇碧说了俩字出来，就看着哥哥的眼，顿住了。

"觉得我下手狠了？"

"这不大伯心脏病都犯了。"崇碧说着，整理了两下头发，"真假且不论。"

叶崇磬站起来，光着脚走在地毯上，随意溜达了几步，去开了一瓶酒。

崇碧说他，身上有伤还喝酒。他不理会，只问："这些日子，你在家听说什么了？"

"咱家里自然是没什么，爸忙死了，哪儿顾得上；妈呢，一向是知道也当不知道。其他人啊，三叔从来是骑墙的；四叔虽然不骑墙，但这回是打太平拳的，横竖少不了他那份儿，他明白；五叔嘛，他从来但凡是能说上话，必然是支持你的，更甭说奶奶和大姑小姑了……你算算这账，换了你，是不是也得气出病来？"

叶崇磬啜了口酒，抬手揉着颈后。

"这倒也没什么，不过……"崇碧看着哥哥，笑。

"不过什么？"

"不过你这下，怕是越走越险了。"崇碧说着，想起什么来，又说，"我跟你说个笑话啊，昨儿小姑说，只跟家里几个人斗有什么意思呢，都知根知底的，底牌什么样，闭着眼都推得出来。若是跟茂茂走到一起，就粟家那深水潭，才施展得开呢……我那日听人传话，有人放口风，说你贪，吃着碗里的，看着锅里的。"

叶崇磬口中含着酒，妹妹说，他听。

"哥。"

"嗯。"

"这些乱七八糟的，过耳就算，甭往心里去。这又不是旧社会，动不动就提什么联姻，平白让人笑话。我想单跟你聊聊茂茂，茂茂呢，还不错，主要是对你，真心实意。"叶崇碧斟酌着词句，在哥哥这儿，这类话题都是禁忌。难得他今天心情不错，她也不能过分。

"碧儿。"叶崇罄又斟了一杯酒，晃着酒杯，嗅了一下。

"欸。"

叶崇罄却没有立即接下去，他看着杯中的酒液，对着光，酒液的色泽说紫不紫，说红不红，有点儿稠，流动起来都不灵活，粘在杯壁上，染了色。

"你没法接受她，是不是怪她长得太像菁菁？其实，不像的。"崇碧慢慢地说，也盯着那杯酒，"她们完全不是一个类型。菁菁那么文气，画好，字也好，性情也温柔，茂茂这些方面就没有一样能行的。可她的好，也不在于这些，不是吗？看得出来，她真的喜欢你。我也算是看着她长起来的，她身上没有坏毛病。再说，哥，菁菁再好，也是去了……这些年，你一直单着，也算对得起她了。不管她生前，还是过世后，你对她，对她父母和他们家，都是尽心尽力的。那天小姑说了句话，害我难受好几天。她说多少恩爱夫妻都走不到头，这本是最寻常不过的事，这里头又有多少是念着旧情不肯往前再走一步的？多的是死了个老婆就跟家里倒了堵墙似的，砌一砌，就又见新人笑了……况且现如今年代跟从前又不一样了，人寿命长了，生活节奏快了，一个人一辈子像是能过从前几辈子的日子，要是一个人，多半难熬。毕竟人过得再忙、再充实，也有一个人难扛的时候。"

崇碧看看哥哥，叶崇罄将杯子里的酒喝光。

"哥……"崇碧见他如此，还是有些担心自己话说得过了。

"小姑让你来劝我的？"

"不是。不过，这回我跟潇潇去见奶奶，奶奶又问了，我这不多嘴说几句吗。"崇碧走过来，夺了哥哥手里的酒瓶，自己另拿了个杯子。

"是不是结了婚的女人，就开始恨不得所有的人都结束单身？"

崇碧说："对。我就是看不得你们还单身，还贵族，还自由。等我解决了你，再解决湘湘。上次给你的扇子，是我去求湘湘，是她画的。"

叶崇罄缓慢地点了下头。

"那时候我总跟你急，是心疼你，恨不得你立时三刻就恢复过来，那是我不对。"崇碧喝了一大口酒，但愿哥哥闪电般忘了所有的前尘往事，重回金刚不坏身，"我总觉得……"

"碧儿，"叶崇罄从她手里拿过酒杯，"行了。"

叶崇碧的喉头哽了一下，吸吸气，笑道："好。"

叶崇罄看着妹妹，听见手机响，轻轻碰了下她的手臂，放下酒杯，过去接听。

崇碧还是把那杯酒喝光了。她等了一会儿，见这个电话不像是能很快结束的样子，收拾好自己的东西，站在那里等——他低声讲话，似乎心情很不错，待发现她拎了包在等候了，浓眉舒展开，大概以为她是要走了，就点了点头，却仍没有挂断电话的意思。

崇碧等到这时，反而不着急了。她不出声，含着笑等他收线——就这么安静地等着，听着哥哥低沉的声音，看着他很松弛的状态……她总觉得哥哥最好的状态，就该是这样的。而她，已经很久没有见到他真正的松弛。

不知什么时候哥哥就变成了现在的样子，她一想到哥哥，就觉得他是强大的，可以信赖的，永远是不倒翁，也总能绝处逢生。恐怕哥哥自己也拿自己当罗汉，他老早就习惯了自立，也习惯了他必然长成大树，为她遮风挡雨……

她总记得很久以前出国去的时候，还以为跟以前每一次出国一样，是习惯且自然而然的事，一点儿也不觉得紧张，没心没肺地跟母亲告别。直到母亲上了车，车门关好的一刹那，她突然明白过来……追着远去的车子跑，跑在安静的街区里，车子开得不快，但始终没停下来。直到距离越拉越远，她精疲力竭，蹲在地上大口地喘气、痛哭。

泪眼蒙眬之间，长手长脚的哥哥蹲下来，拿干净的手帕给她擦眼泪，说："碧儿，我们回去吧，有哥哥在呢，你怕什么。"她哭得更凶了，哥哥背起她，带她回到住处，一点儿一点儿地熟悉环境，亲手给她做饭……到如今，她已经忘了自己过了多久才适应新生活，只记得在那之前她总是黏着哥哥，几乎寸步不离。

兄妹俩一起上学，一起放学，不管去哪儿，哥哥总是带着她。她从来不是乖巧的学生，还会被罚留堂——因为吃不惯餐厅里难吃的薯条——也是哥哥陪着她。他见了她就是笑笑，不曾责备过她。

哥哥不光是陪伴她成长，他做好自己的事，还要照顾好她，推着她积极地往前走，鼓励她勇敢去做想做的事情……时至今日，她想起来，今天这骄傲、倔强、不知畏惧而且还一意孤行的脾气，有多少是哥哥给惯出来的？她不知道。只是偶尔，她想想，在她孤独和难过的时候，哥哥总是在她身边，可他又是怎么对付那些难熬的时间的？她从来没有问过，也许问，他也只会一笑置之……她多么希望，从今往后也会有一个哥哥喜欢的人，无论什么时候都陪在他身边，爱他、支持他呀！

"我一会儿到。"叶崇磐收了线，见崇碧出神地看着自己，"怎么还不走？刚才不是还抱怨最近又是装修新办公室又是有业务上门，忙得睡眠不足？"

崇碧却反问："这又是谁啊？大半夜拉你出去？"

叶崇磐拎了件薄薄的西装、上衣搭在手臂上，笑道："还有谁，不就是那几个。金戈今儿生日，我忙得都给忘了。"

"他生日？又疯了吧？一准没好事儿。"崇碧皱眉。她太知道这帮人凑在一处，有时候玩起来那是无法无天。

叶崇磐已经走到门边，先开了门，笑着让崇碧先走，问："奶奶还好？"

"好。"崇碧说着，像是想到了什么，无声地笑了。

叶崇磐看到，问："奶奶喜欢潇潇吧？"

崇碧想了想，才说："瞧着还好。可奶奶要喜欢谁、不喜欢谁，哪儿是一日两日能看出来的？她倒是说了不少话，还跟我们说了些旧事。连潇潇也不大知道，她跟邱家奶奶共事过，也一起在西北待过几年……我没太往心里去。潇潇说奶奶记性好，有些事不单年月日，连钟点时刻都记得分毫不差，太厉害。他说，总算知道咱们家这些人精都是怎么来的了。"

叶崇磬笑了。

崇碧看着哥哥微微含笑的眼睛，忍不住攀着他的胳膊，在他的脸上亲了一下。

"哥，不管你做什么，我都支持你。"

叶崇磬在妹妹的背上拍了一下，说："我知道。"

他顺道送崇碧回了房，穿过廊子走出去。槐花开了，那香气甜丝丝的，不必深嗅，便自觉地渗进了五脏六腑似的，等他到了金戈那里，好像还绕在他的身上。

他原以为这会儿到场，这帮人必然已经东倒西歪在酒浪之中不知所以了，不想他一敲门，佟金戈竟亲自来开了门，半点儿醉态都无。他挺意外，问："怎么着，这是还没开始？"说着，他已经往里走。

经过餐厅，他瞥了一眼，桌上杯盏盘碟还没收，屋子里有残留的食物香味。很干净的味道，不像通常这类聚会，总是从热闹开始，以混乱结束。他本是有点儿意兴阑珊，进门见是这般状况，意外是意外的，倒让他觉得舒服了。

金戈在他身后笑，还没回话，便看到了嘴角叼着半截子烟正在摸牌的董亚宁。

董亚宁穿着黑色的衬衫，挽着半截袖子，显得人格外清瘦精壮，听见他的话，便说："这不是等你呢吗？"

"叶哥。"坐在董亚宁对面的是芳菲，此时也笑着打招呼，说话间便站了起来。

叶崇磬笑着和她点头，让她快照旧坐了，说："怎么这么清静，金戈，这不是你的做派啊。"

董亚宁拍拍旁边的座位，说："快坐下。金戈一早说要叫你，我拦了下。知道这几日你劳心劳力，人一多，你会烦，等着这会儿清静了，再招呼你来，没错吧？"他笑嘻嘻的。

叶崇磬一笑，点点头。

牌桌上真的就是三缺一，看起来他来之前，这三个人是玩着骰子聊天呢。他看看金戈，问："你们家的老爷子又修理你了吧？"

一听这话，董亚宁先就乐了。这一笑，烟卷在嘴角不住地颤着，眼看要掉，他抬手取下来，眼梢一提，斜着看看金戈，笑而不语。

"您真是我亲哥哥，您不提这码子事儿就当我疼我了，成不？"金戈笑道，"我这姥姥不疼、舅舅不爱的，过个生日而已，怎么就这么惨呢？还提早半个月让人告诉我，不准我铺张浪费，我怎么就铺张，怎么就浪费了？哪儿跟哪儿啊！我一气之下，就躲这儿来了。"

"矫情，是你爷爷没给你红包，你大伯没让你回去吃面，还是你二哥没请吃饭？都让你随便提要求，这会儿抱怨上了？净胡说八道。"芳菲不客气地说。

"你别提我二哥，我还指着他家那俩宝跟我一日生呢，好家伙到现在半点儿动静都没有。他叫我一起吃饭，我寻思关心一下吧。好家伙，我一问，他还跟我急。你们说他得紧张成什么样子？得亏不是他生。"佟金戈笑。

"我看他也是恨不得自个儿生去，知道这回是男孩，还是女孩吗？"芳菲问。

"只知道是俩，不知道是啥。我倒希望是男孩，多带劲儿。"金戈笑着说。

"男孩有什么好，保准长大了又是祸害。这一来还是一对，以后大闹天宫都没他们家热闹。"董亚宁嗤笑了一声，将烟掐灭了，拍拍手，说，"打牌！"

几个人都笑了，知道他跟金戈的二堂哥佟铁河不对付，逮住机会就损人家。芳菲瞪了他一眼，他也只当没看到，拎起桌上的空酒瓶，晃了下。

金戈忙又去开了瓶酒。四个人坐在一处是有一搭没一搭地聊着天，打牌倒成了次要的。

叶崇磬的手机放在桌角，跟他的酒杯在一起。他偶尔啜口酒，看一眼。

董亚宁终于忍不住斜了他一眼，问："你什么时候开始爱发短信了？"

董亚宁知道，叶崇磬这人跟他一样，向来嫌编辑信息浪费时间，哪怕就一个字，一个电话打过去了事了。

叶崇磬盯着面前的牌，笑笑，说："我乐意，不成啊？"这话就带着点儿无赖的意思了，他说得很自然，听在其他三个人的耳里却不同了，一齐看了他一眼。

董亚宁先笑了，说："成！"他咳了一下，这两天抽烟有点儿狠，喉咙发紧。虽是这样，他还是又拿了一根点上。

叶崇磬看了会儿牌，打出一张。这会儿他也觉得有点儿热了，跟芳菲说了句"抱歉"，理了理袖子。

芳菲点头表示不介意，笑了笑。

叶崇磬挽起袖子，继续看牌。芳菲留意到他手上的擦伤，不禁抬眼看他，发现他脸上也有伤，不由得又多看了几眼。

这一留心观察，她发觉几日不见，叶崇磬显得有些不太一样了。但究竟是哪儿不一样，她说不出。也许是因为身上这点儿小伤，或者还有点儿什么别的，叶崇磬向来沉稳谨慎、儒雅温和……动不动挂彩，这不是他的风格。这么想着，她抬眼看自己的哥哥，那才是隔几日不带点儿伤就不对劲儿的人呢。

她看着哥哥，此时正吞烟吐雾，偏又一身黑衣，乍一看上去，他似乎跟后面的阴影完全融合在了一处，只剩下一团浓浓的、缓慢扩散的烟雾。

"这牌你要不要啊？叶哥的四万。"金戈见芳菲只顾着看董亚宁看得出神，催促她。

芳菲没好气地说了句"你急什么"，叶崇磬也笑笑，说"就是"。

"好，不急……叶哥，这几天心里美吧？自个儿待着的时候，笑得嘴巴也跟四万似的了吧？哟，话说回来，合着这回你是两线战事都要大获全胜吧？今儿你们家崇碁、崇岩迟到早退，旁人问他们什么都三缄其口，只管打哈哈。末了，要走了，他们就跟我说了句'大局已定'，我才踏实了，打电话约你出来。"金戈笑嘻嘻的，拿眼瞅着叶崇磬。

芳菲趁着摸牌，不着痕迹地看了看叶崇磬，也看了看他放在桌角的手机。她胡乱打了张牌出去，坐在她下手的金戈嘴角一扯，她发觉，瞪了他一眼。

金戈被她一瞪，索性笑出了声，说："你再这么打下去，今儿可就输掉底了啊。"他摸牌出牌，手极利索。

叶崇磬淡淡地笑了笑，看看金戈打出来的牌，说："崇岩和崇碁吗，这俩家伙。"语气是不加褒贬的味道，他倒不料家里的消息，外面知道得这么快，看样子也都还很关心，都盯着最后的结果呢。想想也不奇怪，于是他又笑了下。

董亚宁看他静水无波的模样，抽了口烟。屋子里安静得很，就麻将桌上方有团光，被他燃起的烟罩了一层薄薄的雾，让几个人的面容都有点儿模糊。

董亚宁挥了下手，薄雾流动了一下，像扯不开的纱，又罩住了，他有点儿烦躁地清了下喉。

"什么大局已定，大局哪儿是到这会儿才定的？大局在叶老把他送去美国就已经定了好不好。现在说这些，净瞎扯淡。"董亚宁说着，指了指自己的杯子，要金戈给他倒酒。

他瞟了眼叶崇磬，问："磬哥在大戏院的戏码可是照旧上？"

"没说不上就是上，只管去就是了，不是请了你？"叶崇磬说，他心一动，"我有阵子没看见他了。"他下午还去医院探望大伯了，在病房里逗留的时间不短，陆续有人去探望，连许久未见的四叔都碰到了，这探视群体的规模不算小了。他本以为会遇到崇磬，但没有。他知道大伯的忌讳，当然不会当面问起。

他不问，自然有别人关心，隐约听到说是崇磬为了近日的公演在闭门练功，来趟医院也只是略站一站……

"你大伯这回犯病，倒不一定不是给你气的，八成是给他气的。"董亚宁说着，笑笑。

看叶崇磬没反驳，知道他心里未必不是这么想，董亚宁脸上的笑意越发深了，说："其实这就是大伯想不开了，从前说一代看吃，二代看穿，三代看读书，有条件有天赋搞艺术，这不是好事儿吗？"

"话是这么说……"佟金戈拖了长腔,"但要是觉得是自己打下的江山,不传给儿子,传给侄子,心里到底不那么痛快吧?"

"说句难听的,这几年脏活、累活都是侄子做,论功行赏了,把儿子推上来,不是这么论的。"董亚宁依旧笑吟吟的。

叶崇磬也一笑,不出声。

金戈看看他,说:"对了,想起一件事来——叶哥,新茶还有吗?我上次回家去看我姥爷,带了从你那儿得的茶,老爷子可喜欢了,前儿还问我,说哪儿来的。我跟他一提,他就笑,说难怪叶家那老东西——姥爷原话——横竖不待见小磬,原来是真的惯会干烧钱的买卖。"

董亚宁一乐,笑着说:"听见没?你算是臭名远扬了。烧钱?那是玩着乐着,悄无声息地把钱挣了,还没耽误了韬光养晦,再一回身儿,那权也收了……六筒。"

叶崇磬只是笑,看着董亚宁打出来的这张牌,他大手一推面前的牌,说:"和了!"说着,他也不理他们笑着说算银码子,示意自己去下卫生间,顺手拿起手机,一边走,一边拨了号码出去。

金戈洗着牌,看了眼他的背影,说:"瞅这样子,真有情况啊,不是开玩笑的。"

芳菲不语。

董亚宁喝了口酒,酒杯已经见了底。芳菲拿了酒瓶给他斟上,淡淡地说:"也不知道会是什么人,能把这万年冰山给融了。"

金戈码牌的手停了下,没出声。隔了一会儿,他却看了眼董亚宁,问:"你呢,这几天怎么这么静?Jessica可是连推两部巨制在家静养呢,她这么办,接下来不怕没有其他的风声往外传吧?"

董亚宁左手无名指在眉心轻轻地揉了揉,指间的烟气近了眉目,眼睛眯了起来。

芳菲看着他手上那枚素戒,忍了又忍,还是说:"你还是悠着点儿吧,她可不是配得上这枚戒指的人。"

董亚宁似是没听见芳菲的话,一口烟吸下来,剩下的那半截子烟竟全燃成了灰烬。那红通通的一簇火迅速地退到尽头,终于到了不可再退的境地,他才一下子将烟蒂摁在了烟灰缸里。他一言不发,将所有的烟都咽了下去,一丝不露。

芳菲咬了下牙,金戈一看气氛不对,急忙打岔,恰好叶崇磬回来,他们都收了声。

几个人各怀心事,接下来的牌打得索然无味。四圈过后,董亚宁就提议说散了吧。金戈留他们再坐会儿,准备吃夜宵。董亚宁却已经站了起来,叶崇磬见他喝了酒,就说带了司机来的,让司机送他们回去。

董亚宁摇着手,拿了车钥匙,先走出了门。

芳菲不放心,紧跟着出来,见叶崇磬不由分说地将董亚宁关在了自己的车后排,才松了口气。

叶崇馨知道芳菲担心，就说："我会把他安全送到家的，回见。"他说着，跟金戈一挥手，说句"礼物后面补"，也上了车。

车子开走，芳菲还站在原地，看着董亚宁留在这儿的乌黑的轿跑——他最近很爱开这辆模样真算不上太拉风的车——看着看着，她突然没好气地对准车轮子就来了一脚。

"让你装蒜！装！我看你装到什么时候！"她一连踹了好几脚，仍是不解气，车上的报警器呜呜地响，声声刺耳。突然，她的手臂被人拉住了。

此时春深，衣衫单薄，那手心灼热，烫人的肌肤，她大叫："佟金戈！"

金戈被她一吼，松了手："你这是干什么！"

"气死我了！"芳菲扯了下衣袖，待要走，想起自己一着急跟着董亚宁就出来了，包还没拿，拂了下耳边的散发，说："我都气糊涂了。"

"你瞎着急有什么用啊。"金戈手插在裤袋里，懒洋洋地说。

芳菲没好气地看他一眼，那对跟董亚宁极相似的眼睛里，在这暗暗的影子中，都火花四射。

"不跟你废话了，我得走了。"她说着便折回去，金戈这处所安静起来能让人发慌。她一边走，一边觉得心里是有些发慌，脚步就越来越快。包仍放在那里，她伸手拿起来，看了眼凌乱的麻将桌。刚刚四个人还坐在这里聊天、喝酒、打牌，看上去是多么惬意。

她叹了口气，转回身，就看到金戈正倚在门边，静静地看着自己。

金戈那样子有点儿随意，好像也有点儿无奈。

"你也别上火，感情的事，万般皆是命，半点儿不由人。"金戈说。

芳菲站在灯下，他看她看得清楚，她却未必看得到他的表情。她长发如瀑，齐着腰，大大的卷跟海浪似的，随着她的呼吸，真的如同海浪，一起一伏……

"不上火？气不死我就是了，你看董亚宁那死样子了没？这几年，从谈恩施、顾嘉琳，一直到现在的陈月皓，投资银行家有，大学老师有，金牌经纪人有，连作家都有。说长相，也都是一等一的美人，论身家，哪个也不弱，提人品，谁还辱没了谁？可凭他再一时兴起、凭他再头脑发热，也不过是多上演几回头天晚上求婚、第二天一早悔婚的戏码。"芳菲握着手里的坤包，她涂着黑色蔻丹的手指，印在淡金色花纹的小包上，有种邪魅的美。她一低头，看见这个坤包，包角有个隐没在暗花纹里的商标，在这有点儿昏暗的屋子里，仍散着微光，往人眼里跳……她又叹了口气，说："冤家呀！"

她叹口气，这一烦躁，人就有些恍惚，耳边嗡嗡作响，听着像是麻将碰在一起发出的脆响，凌乱极了。她深吸了口气，听见金戈说："别人的事儿，你倒是看得通透。"

芳菲气恼，几步走到门口，出门时故意撞了金戈一下，没好气地说："这是别人的事儿吗？这要不是我哥的事，我犯得着吗？我……"走廊上灯光明亮，她眼前忽地被一片阴影遮住，心跳突然停了一下，因为佟金戈的脸就在瞬间离她只有寸许的距离了。

她忽然忘了呼吸，只微微张着嘴，瞧着佟金戈那大大的眼睛、浓而长的睫毛……连睫毛都看得清楚的距离间，猛然挤满了温柔旖旎而暧昧的味道，她正要抬脚走人，这浓而长的睫毛便扫到了她的脸上。

很痒，这是她的第一个念头。

佟金戈的亲吻跟他的人完全不搭调，温柔而有力，又很有耐心。因此，这个亲吻便绵长而又带着一丝倔强的味道。这是他们的第一次亲吻，毫无预兆，既不合情，看起来，也不合理，但就这么发生了，似乎是又合情又合理。

佟金戈将芳菲抱在怀里，在这个绵长的亲吻之后。

"技术不错，佟金戈。"芳菲轻轻地在他的耳边说。他身上带着一点儿酒香气，是层次复杂的香。

"还可以更好。"金戈的声音里带了一点儿点儿的怒意。

芳菲笑了。

"这我不怀疑。你喝多了，金戈，早点儿休息吧。"她拍拍他的背，"生日快乐。"

她要推开金戈，那力气好像全都回到了她自己身上似的，反而被禁锢得更紧。她仰头看到金戈那有些执拗的表情，也就是这个表情，让她有些慌了阵脚。手里的坤包不知何时已经滑落，她抬手抵着他的胸口。

佟金戈松开了圈着她的手臂，正如他的拥抱亲吻来得毫无预兆，放开也很利落。他静静地站在她对面，呼吸都没有半分变急促，冷静得像石雕。

这份收放自如的冷静，令芳菲背上起了鸡皮疙瘩。也许她实在是小瞧了这个在她心里比自己年纪小了太多的男人，她看着他的面孔，以一种从前从没有过的认真，问："你到底要干吗？"

"对你，我想要的很多，董芳菲。"佟金戈说完这话，弯身替芳菲捡起了包……

此时坐在叶崇磬的车里，董亚宁还气哼哼的，说："我这才喝了几杯酒啊，你们就至于这样。"

叶崇磬笑了下。

董亚宁转了下身，抬腿就占了整排后座，接着竟然跷起腿来，踏着那柔软的座椅，还特意踏着蹭了两下。其实脚底下也没有什么泥土，他就是故意的。

叶崇磬也不恼，他微笑着，手指在搁板上，手机的尖角抵着搁板，转了一圈。

董亚宁的姿势固定下来，柔软的靠垫贴着背，舒服极了。他抚摸了一下下巴处的那条疤痕，偶尔喝了酒，或者天气不好的时候，这条疤痕会痒。他老顶着这么一条疤，偶尔有人看不下去，就会劝他，要不要去掉，他总是嗤之以鼻。

　　他有些时候，是很嫌弃自己的长相的。他固执地认为男人一漂亮，难免就少些阳刚气。打小时候起，朦朦胧胧刚有了性别意识，他就最讨厌人家说他好看，尤其是说他长得像女孩，他便会大发一通脾气，以致每添一条疤，他都有点儿莫名的兴奋。好似破除了什么咒似的，满身的疤对他来说全是勋章。

　　下巴上这条疤，其实可以避免，当时他只是被划了一下，伤得并不算厉害。只是他没听医生的话避水，导致感染，恶化了些。他自己心里倒是不在乎，看着这丑丑的疤，还暗暗有点儿得意——才不管妈妈说的那些什么整容磨皮的。有几次妈妈甚至都已经约好了手术，硬是被他给搅黄了，他才不要把它去掉呢……当然他也不愿意尝试什么去疤的偏方。这些年，任何人、任何试图改变这拣迹的努力，都被他轻易抹除了。

　　但有一个偏方，他记得很清楚，说是用生姜坚持擦疤痕，不但会恢复原来的肤色，而且可以促进血液循环，日久，毛孔会重新生出来。他也只是记得而已，从没实践过。他原以为是自己没那个耐性，其实不是。有一阵子，他每看到生姜，都会记起这个偏方，也会记起用红色的塑料小桶装了满满一桶生姜，提着来看他，却对着他一言不发的女孩子……他的手不知不觉握成了拳头，轻轻捶了下眉心。

　　叶崇磬见董亚宁说完了那句话，就只顾着出神了，他本想说句什么，不料手机就在这时候忽然嘟嘟响了一下，有信息进来。他打开，看看，又放下。

　　是崇碧。

　　董亚宁被手机铃声给吵醒，发现他的手机也在闪动。

　　他拿起来一看，有好几个未接来电。他就单拣着李晋的那个回过去，时候不早，不是急事，李晋也不会打扰他，何况李晋还在休假。

　　接通了，李晋先跟他道歉，说祖母病重，想要延长几日假期。

　　董亚宁听着这个素来干练的助理沙哑得已经不像是他的声音，有好一会儿都没出声，他便也沉默着在那头等着董亚宁的指示。

　　过一会儿，董亚宁坐端正了，手肘撑在膝上，低沉地说："处理好家事再回来，省得你魂不守舍，再给我办砸了事。"说到这儿，也许是觉得自己语气太生硬了些，缓了下，他才又说，"需要什么，尽管开口。"他说完就收了线，手机屏幕在十五秒之后变暗了，小指上的那缕淡金色却亮了起来……

　　他挠着后脑勺，低声嘟哝着："真闹心。他不回来，赶明儿上班，那一堆事儿交给谁啊？"

　　他拿着手机往外拨电话，有好几个电话都是几分钟后才接通，也都是还没等他开口，那边就说李晋刚刚已经打电话安排工作了。

　　他攥着手机又骂："这小子懒一会儿会死啊，显得我跟生活不能自理似的。"

　　叶崇磬听着他这一通连骂带抱怨，明明是挺关心他那个总是不声不响替他把事儿办好的下属，说出来的话却是怎么听怎么不像话。

叶崇磬默默地看了看董亚宁，亚宁今晚有些烦躁……

这时，叶崇磬的手机响了。

董亚宁听到叶崇磬先低低地"喂"了一声，好像绷了很久的弦，在这一声之后，终于松了一点儿似的。

这个电话只有持续了很短的时间，董亚宁特意忽略叶崇磬那简洁的话语，便也就真的没有听到内容。

遮光帘被董亚宁拉上拉下，细细微微的唰唰声也像起了屏障的作用，窗外的流光一会儿进来，一会儿被割断，眼前便一会儿明，一会儿黑……车子转进小区大门，司机跟门卫打招呼时，他才发觉自己这个很傻的动作已经持续有一会儿了，而叶崇磬的电话也早已挂断。

叶崇磬默默地坐在那里，手机扣在膝上。车内的灯没开，他在阴影中。

董亚宁摸了烟盒出来，递给叶崇磬一支，他接了。

车子停下来，董亚宁按开打火机，一簇小火苗亮起来，叶崇磬稍稍靠近些。

点烟的片刻，董亚宁看到他眸子里映着的，也有两簇小小的火苗，而他面上的擦伤，蒙了一层淡彩似的……董亚宁的手指停在半空中，半晌，才又按了一下。

两人在车里坐了片刻，才推开车门。

叶崇磬下了车，还没站稳，便看见旺财已经顶着大头立在董亚宁家的栅栏后，没叫，只是看着他们。

他先走过去，摸了摸旺财的头，想起自己家的那只，说："毛球连吃喝拉撒睡的礼貌都还没弄清楚呢。"

董亚宁扯了下嘴角，门一开，旺财的大爪子对准了他的肩膀便摁上来，热乎乎的舌头恶狠狠地舔着他的脸。他忍不住笑，又呵斥几句。

叶崇磬站在一边，微笑，说："快带你儿子回去歇着吧。"

董亚宁拍了旺财一下，说："这会儿没人，让它跑两圈再回。"他说着，去门内工具箱里拿出嘴罩给旺财一戴，示意它去跑一跑。

叶崇磬打算抽完这支烟再回去，他静默地和董亚宁一起顺着路边慢慢地走着，旺财在前面空阔的路上跑起来，身上的毛像缎子一样闪着光……

午夜的空气开始清凉和洁净，也许多亏了这里面积不小的湖，有微风。湖面上吹来的微风，带着潮润的气息。

叶崇磬掐灭了烟头，望着静谧的湖面，有点儿出神。这一处住所，他最爱这个湖。

这会让他想起曾经念书和执教过的大学，也会让他想起老橡树……而这会儿，竟然也想得起来，在湖边散步的时候，那不时快速经过身边的自行车发出的声音和骑车女生那欢快的话语与笑容……还有在图书馆临窗的位置上，那暖暖的阳光下，打开的一本书和书桌边坐着的人，明眸皓齿，抬眼间温柔一笑——明明是一动一静截然相反的状态，却给人同样的美感……他不禁叹息，一转眼，触到董亚宁的目光。

董亚宁淡淡地说：“我以为你再也不愿意想起。”

叶崇馨想了想。他分明没有说什么。即使说了，也只有一个影子似的，但好似他不说，亚宁也能了解。

他默默地叹了口气。那些过往，怎么一一地去述说呢？那早已远离的校园，依然宁静的湖泊，随着菁菁的离世，都沉进了他记忆的深处。

那年春末夏初，早起时，天气就有些热了。在那个时节的新泽西，那种难以忍耐的热并不常见，也因此令人记忆格外深刻。他睡不着，早早就去了图书馆。可那一天，他固定的座位上，已经被一个亚裔女生占据。

他温和地告诉她，那个位置是他的。

她却有点儿迷糊地说：“不对啊，就是这个位置。”

他耐心地帮她查看预约卡片，跟她解释：“不，外校临时借阅不是在这里的。”看着她脸上布满红晕，看着她尴尬地收拾东西，他忽然不忍心，再多看一眼，又觉得她有些眼熟。

慌乱间，她的东西落在地上，他蹲下身去帮她捡起。零碎的小东西，无非是文具，只有一样稀罕物，让他断定这个英文流利得让人判断不出来自哪里的女孩子一定是华人——那是一把很小巧的纸扇。

扇子散了，她别的都不顾，看到扇子坏了着急起来，于是两个人就在那里讨论扇子怎么会坏掉。他说要是用普通的黄铜扣，而不是名贵的白玉扣，反而结实得多。她低头果然看到明亮的地板上有两截细小的白玉柱，她捡了起来。检查扇面有没有损坏时，他才看到扇面的全貌——扇面素雅而清秀，兰花蛱蝶栩栩如生，就像她的人，也有一点儿灵动、活泼透出来。

后来，他送她出了图书馆；后来，他跟她聊了一会儿天；后来，他问了她姓名；后来，他请她喝咖啡；再后来，过了好久，她才答应做了他的女朋友，也只差一点儿点儿，就成了他的妻子。

那个春末夏初，他若有心，到后来，他若胆敢，回想起来，是一团又一团的热烈和一片又一片的花团锦簇。尽管最初，那也只是他自己的热烈和花团锦簇，但那毕竟是他忙碌却又单调的生活里，一段旖旎时光的开始……

叶崇馨仰头看了看月亮，今晚接近满月，亮得很。他抬手抚了抚后脑勺，撞得还是挺严重的，轻轻一碰就疼得厉害。

他双手交握，手上的伤口也疼，心里却有种说不出的感觉，沉甸甸的，可同时也感到轻松了许多。

董亚宁的目光从叶崇磐的脸上移开，远远地盯着旺财。就这会儿工夫，旺财跑远了，成了一个小黑点。

董亚宁拍了一下手，那个小黑点听到，刹住了脚步，马上折回来，于是小黑点在视野中越来越大、越来越大……他听到自己问："因为一个人？"

湖面上吹来了微风，原本就低沉的声音，似乎被风吹散了。

"确实，有一个人……"叶崇磐缓缓地说。他话没有说完，就停了。他没有说完，董亚宁或许也可以领会到。

叶崇磐轻轻攥了下手。

董亚宁看到，问："你在古丈是怎么受伤的？"

叶崇磐顿了顿，说起了前两日在湘西的经历，不过悬崖上的历险记，被他一语带过了。

董亚宁慢慢地走着，不知不觉落后了两步。

心里仿佛有一个寂静的舞台，呼地一下，大幕被拉开了。

屹湘已经跟在陈太身后走了不知多少条街道，发现陈太的脚步开始慢下来，她才松了口气，回了叶崇磐的电话。因为这时既不太方便，也没有心情，她就没有讲几句话。

她没有告诉他这会儿她还在街上游荡，去往一个她都不是很清楚的方向，也不知何时会折返。

叶崇磐也没有多问，似乎她隔了这么久才回电话也挺正常的，他只是说："时候也不早了，快回去休息吧。"

她反而有些抱歉，他缓缓的语调，跟这里温暖、湿润的空气似乎是亲密无间了，也让她的心头有些暖暖的。她想说什么，终究也没有说出口。收了线，她才想起来，她该问他现在身体怎么样、有没有不舒服……她想再拨回去，想了想，还是先不要。

时间不过晚上十一点多，街边的小吃店还都热火朝天，街上不时有摩托车经过，一辆接着一辆，似是飙车，引擎的声音巨大，让人心跳加速。

屹湘见陈太快走到路口了，紧追了几步，问："你到底还要走多久？"

为了晚上的宴请，她特意穿了高跟的靴子，此时为这个决定付出了代价。这一晚，她走这许多路，就跟负重行军一样，双腿酸软，两只脚又被鞋子磨得疼痛难忍，每走一步都像是上刑。

陈太没有回头。

她又大声问道："是不是要走到天亮？"

陈太继续往前走，只是步子更慢了些。

屹湘叹口气，紧紧地跟在她身后，生怕一不留神她就出了什么意外。

在这烟火气十足的街头，屹湘像一个追着自己赌气的女朋友的少年，只知道她生气、只知道她反常，却不知道该如何去把她哄回家，这个样子看起来一定是又可笑又滑稽，还有那么些愚蠢的。

屹湘开始觉得自己这个比喻很是幼稚，也很无聊，可也不知怎的，渐渐心头就有些发酸。她几乎从没有过这样的经验：走在一个人背后，如此不知所措，不知道前面那个人到底怀着怎样的心意，究竟会不会停下来，停下来的时候，又会不会转回身来，即便是转回身，又到底是哭还是笑，还是……面目模糊的？而自己，又要怎么面对……

也许是太累了，她渐渐有些分不清自己此时究竟身处何方。即便是空气中有着湿润的、潮热的和复杂的味道，仍会让她有那么一时半刻误以为自己在万里之外的什么地方。这样的场景曾经出现过，不止一回。只是，那都是什么时候的事情了？

陈太终于停下了脚步，屹湘也站住了。她们正在一个十字路口处，快速经过的车辆尾灯将夜色犀利地划开一道又一道的裂痕，看起来像是随时会有鲜血喷涌出来似的，让人心惊。

屹湘走到陈太身边，她抬手握住陈太那微凉的手。握住这只手的瞬间，她忽然间感受到了柔软和虚弱，她觉得已经什么都不必说。她只需要将这个已经接近精疲力竭的老太太安全地带回酒店，让其睡一觉，只需要这样做就好。

坐进出租车，屹湘目不斜视。她的姿势甚至有些僵硬，导致她身上每一寸骨、每一寸肌肉都更加地酸痛。但是她也不在乎，因为，可以不用看陈太的脸，也就不会看到陈太的泪……

回到酒店里，屹湘让陈太坐好，自己进了她的房间，去给她放热水。

浴室里很快便氤氲了水雾，水雾附着在屹湘的身上，衣服便软了些，像怪物一样缠住了她的手和脚。

屹湘觉得难受，由内而外的，可也不得不强打精神。浴缸里的水放满了，她走了出去。

陈太依旧坐在沙发上，姿势都没变。藏青色的衫裤，在暗暗的光线中，越发显得孤寒。

屹湘清了下喉，还没有开口，就听见陈太说："我这辈子没有那么恨过人。"

屹湘不语，她看到了陈太完全失控的样子。老实说，她害怕那样的陈太。她见过更加疯魔的人，但对她来说，那冲击力远没有这么大。在她心里，这个老太太，她的老房东，简直是她胸口的这枚胸针上的优雅安闲女皇。

"去泡个热水澡吧，"她说，"您该休息了。"

"我妹妹，最会照顾人。"陈太似是没有听到她的话，自顾自地往下说。

屹湘再次沉默，会照顾人的陈太，更会照顾人的……金素兰？

她似是被这个名字再次刺了一下，因为瞬间，她想起了汪瓷生。就在这安静的房间里，她看着陈太，竟然想起了从容微笑的汪瓷生。

她咬了下唇。

"……素兰像个小妇人，她生来就是做人女儿、妻子和母亲的，温柔、美丽、懂事、体贴，善良得不可思议。她永远不会忤逆父母，也永远不会令人尴尬。她顺风顺水地在我们家里长到十八岁，从北一女直升台大，名副其实的才貌双全。她还很听父母的话，在大学里不谈恋爱。我后来想，她这样一路走来，似乎为的就是赴美留学，遇到她的初恋……"

屹湘坐了下来，周围并没有合适的椅子或者凳子，她索性就坐在了地毯上，背靠着房门。这里距离沙发只有三五米，她却不想多挪动一步，也实在是没有力气了。地毯厚厚的，坐上去倒不觉得地板硬，倒是背后靠着的木门，硌着背，微微有些疼。她却终于像是找到了支撑和依靠一般，松了一口气。

陈太并没有理会屹湘在做什么，此刻周遭的环境和人似乎都被她摒弃了，她已经完全沉浸在自己的回忆当中。

屹湘看得出来她状态非常不好，但她并不打算打断她的话——这样的回忆必然让陈太痛苦不堪，然而，这种梳理，会让她找回一点儿点儿平静。

她知道的。

"素兰纤细、敏感而又浪漫。她曾对我说，遇到邬载文是她一生中最美好的遭遇，那是她的幸运。可我但愿她这辈子从未见过这么一个人，也许不会有大富大贵，可也绝不会结局悲惨……她聪明、勤奋，会在实验室里施展才华，而不是像只金丝雀似的，只需收拾利落，最大的事情似乎就是做好邬家派对的女主人——那不是她该处的位置——可她一直别扭地、尽力地扮演着那些并不适合的角色，还努力想要做到最好，竭尽全力地在邬家做到'优等生'。这一切，都拜她那自以为是的爱情所赐……"说到这里，陈太似是从鼻腔里硬挤出来了那么一股子气。

屹湘的手指在颈间滑动，细细的链子在指甲边缘磨着，磨着……指尖的酥麻渐渐变成疼痛。自以为是的爱情……她眼皮有点儿发沉，强撑着。

陈太沉默了良久。

"闪电一般地爱上，都没有深入地了解一下那个男人到底是怎样的一个人，就一头栽了进去。这些本来无可厚非，任何婚姻都不是简单的一加一等于二。邬家的复杂固然超出我们这种小康人家女儿的想象，可日久天长，以素兰的聪敏和用心，也并非不能应付。更何况只要他们两情相悦，付出就是值得的。但在我的记忆里，最麻烦的，不是怎么做好邬家的媳妇儿；而是明里暗里，她几乎从未停止过与各种各样的女人的缠斗。邬载文……邬载文是邬家的独生子，有能力，有魄力，更不要说模样生得又是那般好——看看家本就知道，家本像极了他父亲——邬载文不但将家族纺织业经营得风生水起，从事的成衣制造也是一流的。鼎盛时期，邬家单单在东南亚的工厂，一只手都是数不过来的。这样的男人，大概天生不会属于一个女人。就算是这个女人对他来说，是妻子，是他儿子的母亲，是他婚姻的另一半，应该从道德到法律一以贯之地给予其尊重和爱护……他也并非没有做，但是做得不够，也不够好。当然，在那个女人出现之前，他还算是个好丈夫，也是个好父亲。他并非不爱素兰，他爱素兰，直到那个女人出现……"

屹湘觉得陈太的声音并不冷，即便是提到"那个女人"的时候，也并不冷，而是温婉的、淡淡的、柔和的……很符合她记忆中的声音了。

耳朵里似是有点儿杂音，她甩了下头发，后脑勺碰了一下木门，发出咚的一声轻响。这一声响提醒她，这并不是幻觉。

"……那个女人，到哪里带来的都是灾难……素兰第一次提到她的时候，叹着气说怎么会有经历那么复杂可眼神仍那么清澈的女人呢？像少女一般的气质，也像少女一般的温雅……我并没有太在意她的形容，但这些形容词在后来就越来越清晰……你看看今日的她，就算我恨她，也得承认，她简直就是妖精。别的女人在老去、在变丑，她却只会越来越美。"

屹湘想，是的。不带任何感情色彩地评价，从任何一个角度，汪瓷生都是美人。

"那时候，她已经积累了相当多的财富，身边有也不知已是她第几任的丈夫，年迈而纵容她，由她掌管他的企业，由她出面代理他的生意，于是跟邬氏的接触，顺理成章。邬载文，就像素兰当年一头栽进了他的天罗地网一样，栽进了那个女人的温柔陷阱……他为了讨好她，不知干了多少蠢事。在那个女人的丈夫去世之后，为了追求成为寡妇的她，他正式向素兰提出离婚。素兰当然不能同意，换了谁，也不能轻易同意……可是面对她的恳求和深情，变了心的男人啊……素兰逼于无奈，曾经去见过那个女人一面。"

屹湘心头一跳，她仰起脸来，看着陈太的侧脸。

朦胧的灯光中，陈太的下颌忽然颤了一颤……那是不受控制的抽搐。

屹湘微微张了张口，却没能够出声。她咽了口唾沫，倚在木门上，不动了。

"多过分呢，那个女人得有多过分，才说得出那种话——她说，我已经尽力让他不要骚扰我，可是他不听。我们有生意上的往来，不见面是不可能的，所以，邬太太，你最好找你的先生谈，而不是来找我。你听听，她说得多么轻巧，又是何等无耻！明明就是她勾引人家的丈夫，却把自己撇得干净，好像一切都是因为男人的鬼迷心窍，男人的妻子得了失心疯，与她毫无干系……被邬载文知道了素兰去见过那个女人，素兰就更难做了……那邬载文逼着素兰离婚，逼着素兰把儿子的监护权给他，素兰当然不同意……离婚官司打了很久，素兰就在这个过程里精神渐渐不好了……"陈太有些哽咽，"我们都劝她放弃，离开那一团糟的生活，重新开始，她不肯。就算是什么都没有了，至少，她还得有儿子吧？没想到，都没等到离婚案的终审判决，邬载文就自杀了……自杀了，在他终于发现，他像女神一般供奉着的那个女人，将他的公司蚕食之后，还令他负债累累，几乎不可能翻身……报应吗？是不是报应？现世报……可是报应他一个人就好了，素兰和家本有什么错？他一死，素兰完全崩溃了。

"素兰去找那个女人，不停地找，用各种方式。那个女人做贼心虚，就是做贼心虚……她换住所、不去公司办公、报警……素兰被法庭判决禁止接近那个女人；因为精神有问题，她又必须接受治疗。那个时候，我们的父母先后离世，临终前都在担心他们的小女儿，交代我千万照顾好她……我和陈先生带着素兰母子回了台北，我以为回到熟悉的环境能让她的病情有所好转，可是没有用，不到半年，她就……"

哽咽终于变成了啜泣，听起来，这啜泣声有些远……

屹湘摸了一下脸，脸上凉凉的，心里也发冷。

沙发边的台灯被关掉了，那一处都成了浓浓的黑影……屹湘闭上了眼睛。

良久，她听到一声叹息，深深的叹息。

"……我怎么能够不恨她……那是我唯一的妹妹……我花了多少时间去忘记……好好的，怎么又遇上……"

梦呓一般重复着这些话，屹湘想说句什么，但没能够说出口。四周昏暗极了，她渐渐闭上眼睛，光渐渐退去，声音也渐渐消弭……

不知过了多久，屹湘活动了下。她蜷缩在门边，身上盖着毯子，非常暖和，可手脚都麻了，一时动弹不得。电话铃响，声音似乎很遥远，她的意识有些混沌——电话铃响……有人接电话……有讲话声……她挪了下身子。

"……你怎么可以瞒我这么多年……我不想听你说……"电话很快便挂断了。

屹湘闭着眼睛，蜷缩在毯子下，一动不动。有脚步声，似也是从很远的地方过来，其实不过是从沙发那里。一只微凉的手放在她的额头上，摸了摸。好一会儿，那只手才摇晃她。

"屹湘？"陈太看着沉睡未醒的屹湘。她那令自己心神巨耗的述说终于告一段落，人似被掏空了一般，既觉得清醒，又觉得痛快。这个孩子始终没有打岔……她才发现屹湘已经累极而眠。她没有移动屹湘，固然是已经没有半分力气了，也是不忍心再打扰屹湘的睡眠。这一天一夜，她已经给屹湘添了很多的麻烦。这些日子，屹湘的辛苦，她最该知道。

屹湘睁开惺忪的睡眼，看到了陈太苍白憔悴的面孔。

"早。"她说。

"早……我叫了早点。"陈太和缓地说。

说了几乎是一整宿的话，她嗓子哑了："洗洗脸，吃过东西上床睡一觉吧。"她伸手过来，犹豫了一下，没有立刻挽住屹湘的手臂扶起她，似是忽然之间，她们变得生疏。

屹湘看得出来，却一把拉住了她的手，说："我现在又累又饿又困，我们在这里大睡三天吧。"

"可我们下午的飞机……"陈太愣了一下，才反应过来，屹湘是想缓和气氛。

"说的是啊。"屹湘的腿几乎不会打弯了，尾骨处也疼得钻心。

她努力站直了，攀着陈太的手臂，嘟哝着说："我不管啊，你害我现在变成这样的，这次旅行的费用，你给我出……所有的花销，我都一笔一笔记得很清楚呢，到时候跟你算总账——不过，你放心，我不会讹你的钱……"

"屹湘……"陈太红肿的眼里，泪光在打转。

"少啰唆啦！我去洗脸，等下带你出去吃早点。昨晚回来的时候，我发现对街有家小店，客人都排长队准备就餐。本地人都要挤破头的小苍蝇馆子，东西肯定没错儿。咱们离开长沙就要倒计时，合着还没正经吃一顿货真价实、滋味十足的早餐呢，太亏了……"她说着话，也不看陈太的神情，往自己的房间去了。

陈太站在那里，看着她的背影。此时此刻，陈太从心里往外地觉得安慰，又有些难过。

屹湘进了卫生间，放了大半盆的冷水，一下子把脸埋了进去……好一会儿，她才抬起头来，抓住叫嚣着的手机，也不管脸上是不是还有水，就按到了腮上。水珠顺着下巴往下滴，流到脖子。

她听着电话，眯了下眼，一滴水珠滚进眼中，眼睛有点儿疼。手指顺着眉毛拂了一下，弹开水滴。

直到听筒里没了动静，她才说："知道了。"

手机被她按在了大理石台面上，看了一眼镜子中那个睁大眼睛的自己，她再次将脸埋进冷水中。

第十四章　悄悄别离的笙箫

不管醉得有多深，迟早都要醒来。醒来继续面对这残酷的世界。

——题记

叶崇碧把屹湘面前那杯冷掉的咖啡拿走，给她换了热可可回来，见她仍是沉默，便问："还生气呢？"

屹湘接过杯子，摇了下头。事情已经过去一段时间，她冷静多了，何况并不是生气，只是提起这件事来，不知该从何说起，何况此时她的心情着实复杂。这一趟湖南之行，影响不可谓不大，以致已经回来数日，情绪始终起起伏伏，需要用点儿心思才能抑制住那莫名的烦躁和不安。

她下午刚刚送走陈太，从长沙回京，陈太只做了短暂的休整。若不是陈太于情于礼都不便拒绝她父母的邀请，按照她的心意，该立即返回纽约的。她很了解陈太的心情，原本是想打消父母在家中设宴招待陈太的念头，怎奈父母尤其是父亲执意如此，她只好从命促成此事。

去送机，她难得地动用了下关系，一路将陈太护送出关。从机场返回的途中，邬家本特地致电感谢她这段时间尽心照顾姨母。她听了，心里颇有些不是滋味。恰好崇碧找她说有重要的事情，她便直接来了崇碧的事务所。

事务所地处繁华地段，写字楼漂亮摩登，粗粗一看，仿佛置身于曼哈顿。待进了崇碧的办公室，看到在办公室里等她的崇碧，她的眼前又是一亮——崇碧的衣着虽然不像在纽约工作时那样正式，一副随时要去见法官的架势，但那精英派头完美地体现出来，着实令人倾倒。

她站在办公室窗前看着外面的街景和四周的建筑，说单看你选的办公地点，就知道你在这一行野心有多大。

崇碧只是笑，开门见山地跟她谈公事。顺理成章地，回了京城，LW 依旧是崇碧事务所的大客户，交给崇碧处理的第一宗事务，就是跟滕洛尔解约。

在长沙时，屹湘已经接到了消息。得知滕洛尔不能担任环保主题秀的模特，安德烈对公司的决定相当不满，在 Josephina 办公室大发了一番脾气。

Josephina 并没有对此特别做出解释，但顺水推舟，把事情交给了屹湘来解决。

屹湘自然知道这个时候自己该怎么做，她将责任揽下，回到公司就开始预备善后。这段时间，她既要安抚安德烈，又要保证时装周的发布会不受此影响，忙得不可开交。

昨晚发布会顺利举行，反应良好，她总算能够稍稍松口气。

崇碧跟她交代了解约的细节，问她有没有什么要补充的。整个过程非常完美，每道程序都无懈可击，可以说是很周到细致了，她并没有什么意见可提。

对崇碧，屹湘没什么情绪，也知道崇碧这么跟她细致地交代，对于崇碧来说，原本是多此一举。

之所以如此，崇碧必定是已知内情，也知道她因此不痛快。

果然，两人谈完这桩公事，崇碧说："Josephina 倒跟我说得很坦白。到如今，滕洛尔用是错，不用也是错，不如索性不用，一时麻烦些，省了日后更麻烦——照我看，她的决定不可谓不明智。你也是知道的，冲着亚宁和芳菲，也该早些撂下。我的意见，你就坡儿打滚儿，下来算了。他们兄妹，也不是糊涂人。"

屹湘看她一眼，她会意地笑笑，说："潇潇说你左性，我总不信。领教了几回，我不信也得信了——从此我可也得看着你些，我倒要看看，你还能怎样？"

屹湘哼了一声，说："这还有几天就举行婚礼了，你倒是越忙越来劲儿了。"

崇碧又笑笑，说："越到最后越没我们什么事儿了——横竖有一大堆人等着出力，不给他们事情做，还要抱怨呢。"

屹湘把手里的热可可喝光，她心想可不是吗，两家一边一个婚礼筹备小组，中间还有个够级别的联络员，随时保持信息畅通，以便协调双方的行动。办个婚礼，跟办场国际会议似的，让人看着都觉得累。

"哪天彩排？"屹湘问。她早已把礼服准备好，只等着派上用场。

"提早两天通知你。"崇碧看到她脸上还有残留的瘀痕，问，"你这次出差的出差，度假的度假，怎么都那么不顺当呢？叶崇磐也带着伤回来的，你去看了他那茶场？该不会，那不是茶场，而是角斗场吧？"

玻璃杯底有一点儿点儿残留的液体，屹湘看着，点头，说："货真价实的茶场，货真价实的原始森林……"她语气和缓，心头却重重地一顿，抬起头来。

回来有些日子了，每当她想起那里，闭上眼，山崖间浓密缥缈的白雾就好像仍围绕在她身畔般。她偶尔做梦，人就悬在半空中，惊醒了，梦中手里紧攥着的藤萝或者衣袖，不过是被角。

"也货真价实地勾魂吧？"崇碧看她这神情，笑了，"我哥总说那儿多好多好，每次回来，都神清气爽的，这次心情尤其好。"

屹湘放下杯子。

"你晚上怎么安排的？一起吃饭吧？"崇碧收拾着桌上的文件。

"晚上公司有庆功宴，不能不去。你有空吗，一起吧？"屹湘问。

"得了，我就不凑热闹了，等会儿我让人送餐吧……这儿一堆事情呢，我做得差不多再回家。"崇碧笑着说。

屹湘走之前倒是又嘱咐了崇碧几句，让她注意休息。

也许是太忙了，她们才几天不见，崇碧这阵子竟消瘦好些。出了办公室，屹湘略站了一会儿——崇碧斜倚在办公桌上，抬眼见她还没有走，两道黑而亮的秀眉扬了起来，无声地问她是不是还有什么事。

那眉眼间的神态，颇有几分像叶崇磐……屹湘摆了摆手，迅速走开了。

崇碧看着空荡荡的门口，轻轻摇了下头，也不知道为什么屹湘会看着她出了神。她低头继续翻着手里的文件，沉吟片刻，心一动，再抬眼，看了看屹湘刚刚站立的位置，笑了一下，又摇了下头。她这也是职业病吧，习惯什么事儿都往多了、复杂了想一想，不过她还是觉得屹湘从湖南回来之后，似乎多了点儿心事的样子。

她刚要继续工作，看到手机屏幕亮了，显示的头像是结婚证上的标准照，是潇潇打来的。她看了一会儿照片，才笑着接听……

屹湘虽然有心理准备，今晚这场庆功宴必然是"连轴转"，也没想到这帮年轻设计师玩得是这么疯。正经地吃完了大餐之后，他们拉着她去一早就定好的酒吧继续庆祝，说是还有活动。

安德烈说是家老牌的酒吧："Vanessa，你是老北京，不可能不知道这里。"

她问："哪里？"

Josephina 提早走了，那屹湘她就无论如何都得奉陪到底。

冯程程抢着回答："是 Susie Su 啦。"

屹湘听到这个名字，说："那还真是老牌的酒吧了。"她说这话的时候，人已经上了车，其他人早迫不及待地发动了车子。

冯程程看看她的脸色，问："怎么了，是不是地方选得不好？可是那儿场地大，而且气氛好，酒水棒，很适合这种规模的 party。"

屹湘说："挺好的，这地方选得挺合适的。"她这么说着，握着方向盘的手，却有点儿打滑。

他们一大队人马到达 Susie Su，各色的车子就将原本还空落落的巷子塞了个满满当当。屹湘开车慢，待她到了，只剩下位于两辆豪华轿车中间的一个窄窄的车位。她知道这帮家伙故意捉弄她，他们聚在大门前等着看她停车。

屹湘看他们笑嘻嘻地等她闹笑话的顽皮样子，反被勾起了好胜心，提着一口气将小车缓慢地、一寸一寸地挪进狭小的空间里。待她从车里出来，大家起哄给她鼓掌。

屹湘看着这些玩闹起来跟幼稚园小朋友没两样的同事，忍不住好笑，挥手让他们先进去。

进大门之前，她回头瞄了一眼自己的车子，脚步一顿，突然想起紧挨着的前面那辆轿跑，感觉哪里不对劲儿。可从这个角度看不全车牌号，她只看得到尾数是一个"4"……她目光凝了一下，转身一脚跨进了 Susie Su 的大门。

院子很浅，一东一西两棵百年金桂，眼下除了冒出来的叶子，显得枝繁叶茂不减当年，还多了许多类似许愿签似的挂饰。屹湘走到树下，一伸手就够到了一片红色的绸布条子，上面用蹩脚的中文写着"我爱 Susie"。她松了手，绸布条弹开，在风里飘扬起来。从里面传出的音乐声，是淡而忧郁的钢琴曲。

冯程程说安德烈是这里的熟客，今晚地下那层就是他们包的场子……能在这里有这样的待遇，说明安德烈确实是这里的熟客。

屹湘想，可是，Susie Su 会不会是易主了？Susie Su 已经有些年头了，它在这一区的酒吧还没有泛滥成灾的时候就已经存在了。她无法准确地说出 Susie Su 的前生，只记得她那年去留学，待假期再回来，便已经是能堂而皇之地出入酒吧的年纪，在 Susie Su 的这棵桂花树下，不知道醉倒过多少次……

冯程程见屹湘在桂花树下看得出神，在门口等了她好一会儿，直到里面的同事催促她们快些进去，才叫她。

"来了。"屹湘答应。树上低垂的布条拂过她的头顶，痒痒的。

进门的一刻，她就确定，Susie Su 还是那个 Susie Su，连酒保都还是那两个老酒保——一个是秃了头的瘦子，一个是浓发披肩的胖子。

两人正在那个圆形的吧台里晃悠着招呼客人，神态、姿势看起来都垮得不得了，手上的活却一点儿都不耽误。胖子看到屹湘进来，便碰了下瘦子，两人将手里的酒杯推给眼前的客人，暂时停下手上的事，借着明亮的灯光看着恰好站在一团黑影中的屹湘。

屹湘让程程先下去，自己往吧台走去。一旁的客人原本拿了酒要走，看见她，停了停，特地打量了几眼，露出惊艳的神情，一副想要立即搭讪的样子。

屹湘没理会，在吧台前坐了下来："Hi！"

她自然地跟两位老酒保打了招呼，熟络得像是昨天她还来过。她目光转开，靠着栏杆往下面的场子里看去，从这里能看到地下一层的全景。舒缓的琴声在这时候停了下来，早到的同事们已经在张罗着摆开阵仗，她在攒动的人头中间发现了一个红头发的女子——Susie，她眉尖一挑。

"喝点儿什么？"瘦子双手撑在吧台上，顺着屹湘的目光看下去，"Susie 还是老样子，对吧？"

屹湘点头，说："没错，还是老样子。"

她注视着 Susie，看安德烈过去，搂过 Susie 耳语。

不知他说了什么，逗得 Susie 开怀大笑……

屹湘微笑，转过脸来先看到瘦子手里那块洁净的抹布，说："给我杯苏打水。"

瘦子愣了一下，"哈"了一声，说："小胖，过来。"

胖子背对着他们在凿冰，耳朵却竖着呢，这会儿听见哥们儿这一嗓子，一侧脸，看着屹湘一笑，故意问："怎么了，老瘦？"

"这姑娘跟咱要苏打水。"瘦子手里的抹布啪地一下应声落了下去。

"那就给她苏打水。"胖子笑着，从底下拿了一只玻璃杯，灌了半杯冰块，浇了点儿苏打水进去，顺着吧台一推，见屹湘啪地一下扬手接住，就竖了下大拇指，说，"她架势还有呢，你大惊小怪个鬼哦！"

屹湘大口喝了点儿冰水，把玻璃杯一放。

瘦子挥了下手，好像他背后那排得满满的酒柜是他麾下的千军万马似的，说："这么多好东西呢？"

屹湘晚餐吃得并不多，喝了点儿冰水之后，倒开了胃，说："我记得这儿的薯条最好——厨师换了没？"

胖子扑哧一声笑出来，从后面碰了一下脸都绿了的瘦子，对屹湘说："厨师没换，薯条还是很好吃，我给你拿两碟。"

瘦子瞪着屹湘，用手里的抹布狠狠地擦了擦吧台，说："我说，那什么……"

"DJ换了。"屹湘打断他。音乐响起来，动感十足。她跷着脚，跟着音乐的节拍点着地。胖子真给她送了两碟薯条，刚炸出来的薯条热乎乎的，她捏了一根，没蘸番茄酱，一口咬了半根。

"你都多少年没来了，还能全都是原先的样子啊？这些年啊，DJ、驻唱的乐队和歌手走马灯似的换，Susie说，我们是铁打的营盘流水的兵——至少说明生意不错，还撑得下去是吧？现在当红的歌手有好几位都是从这儿被挖去的。"瘦子说，他歪了下身子，靠着吧台，抻着头往下看了一眼，说，"你这帮同事也都是玩家，尤其那澳大利亚小子。"

屹湘赞成，尤其赞成那个"尤其"。

她跟瘦子有一搭没一搭地闲聊，待安德烈站在中央舞台上拿了话筒要屹湘开场，她接了瘦子丢过来的一杯苏打水喝光了，对准下面一松手，啪的一声脆响，乐队配合地来了一串直戳人心尖的音符，底下立时跟炸锅了似的，闹腾起来……

屹湘笑着，看他们在下面热舞。她的小助理冯程程，一改平日里的乖巧模样，甩了外套跟设计师加藤舞在一处，薄薄的衫子随着身体的扭动飞舞起来，称得上是"衣不蔽体"……奇怪的是，看着并不碍眼，这大概就是年轻的好。

她轻叹。

"都没有你当年跳得好。"一个低沉的女声响起在她的耳后，仿佛幽灵一般。这声音宛若灵蛇，绕耳郭一周，钻入人心里，一路带来酥麻。

屹湘又叹。

"是吗？"她嚼着冰块，看看坐到她身边的 Susie。

说是没有变，可没变的大概是做派，而不是容颜——染了红头发的 Susie，常年日夜颠倒的生活，让她脸上岁月的痕迹更为明显，尤其她根本又没想要隐瞒。

"是。当初你技惊四座，我以为你是专业舞者。"Susie 笑笑，也依样要了一杯苏打水。

看着端坐在吧台前，十足十成熟淑女状的屹湘，她说："前阵子听说你回来了。"

屹湘想，听说……也不知是听谁说的？不过，听说她回来，并没有想到会在这里再见到她，这大概才是 Susie 想说的。

冰块在嘴里融化，半边舌要被都冻上了，她没言语。

Susie 也是识趣的，只是陪坐在她身旁。

下面的霓虹光和喧嚣声涌上来，酒吧里的气氛也越来越热烈。上层的人慢慢地聚过来，人群密集了起来。屹湘便把位置挪到里面去，尽量避开些人群。她安静地占据了这个角落，不停有同事上来找她喝酒，大家就聊几句，干一杯，也不过是以水代酒。他们喝得多了，以为这就是酒，竟也有些醺醺然。当然，这一定是错觉，都是空气里那些酒气和酒意在作怪。

屹湘手扶着栏杆，灵巧的手指敲着节拍。此时 Susie 早已不知去向，也没有出现在下面的舞池里，也许是耽搁在某个包间里了——Susie 坐在她身边听她跟同事聊天很乐此不疲，被人叫走时，神情似有点儿无奈，尽管这里是 Susie 的生意，打理好里里外外是 Susie 的本职。

Susie 离开前特地问过她要不要换一处清静地，里面还有空闲的包间。

她谢绝了，她才不要去什么包间。她是跟同事们来玩乐的，坐在这里刚刚好——离门口很近，要走随时都可以走；离内场也很近，站起来走下去不过几步……何况在吧台里还有她熟悉的、会自觉帮她挡驾的酒保。比如走进门来的客人，一眼看到独自坐在这里喝东西的单身女子如她这般的，有些难免要来跟她搭讪，但多数都在瘦子的提醒下打消了念头。很快，她这里便成了孤岛……美丽而又自在的孤岛。

她的手机放在吧台上，叶崇磬的电话一进来，她便接了。高脚凳下有一张矮矮的方凳，是笨笨的榆木疙瘩雕成的，用得日久，表面光滑得很。她的芭蕾鞋踏着凳子，原本是跟着音乐节拍轻点的，电话一通，便停在了那里。

她这边嘈杂一些，说话的声音就稍大，倒是耳机里叶崇磬的声线极清晰而轻缓。她顿了顿，问他这几天身体怎么样。

叶崇磬就笑了，他应该是听见了这边的吵闹，问她在哪儿。她说了地点，开玩笑地问他要不要来。

"我还在加班……"他刚说到这儿，那边有人催他，他又问，"等下有没有时间一起吃夜宵？有个地方的东西很好吃，晚点儿我过去接你。"

她没想到这会儿他还在工作，停了一会儿才说："我自己过去吧。"

收了线，她盯着玻璃杯里的小气泡……忽然听到下面嘈杂动感的音乐又换了风向，安德烈在用别扭的中文缓慢地说什么，有人开始叫"Vanessa"，此起彼伏，一浪高过一浪。

屹湘探了下身，看到安德烈跟另外三位设计师站在一处，一起朝她这边大喊，她挥了下手。

安德烈说："下面我们唱首歌送给可爱的 Vanessa。"

酒吧里七零八落地响起了快活的掌声和口哨声，屹湘笑着，有点儿尴尬地清了下喉。可爱的，她被下属形容为"可爱的"，尽管是在这样不正式的场合，多少也有点儿威风扫地的意思。

一旁忙着擦杯子的瘦子就哧的一声笑出来，屹湘瞪他一眼，他鼻子一皱，继续笑。

"有一个女孩，她叫 Vanessa。她很爱笑，她很爱吵……"是 Bing Band 的歌。汉语都说得不利索的四个人，唱起歌来，咬字倒是清楚不少……只是不知练了多久。她看着时不时抬手看歌词的安德烈跟加藤，哑然失笑。

虽然是一首连名字都还不知道的歌，但不论谁唱，都令她动容。她仰起头来，按了下眼角，随后站起来，越过用来划界的丝带。台阶并不长，她轻巧地迈着步子，很快走下去，站在人群里，一起听他们唱歌。

冯程程挤过来，站在她身边，低声说："安德烈他们想给你一个惊喜，这首歌又没有收录在 Bing Band 的专辑里，找起来很麻烦。是 Vincent 帮了忙，听说 Bing Band 还给他们在线指导过排练呢……"

屹湘点头，原来如此……这是她第二次听这首歌。演唱者换了，曲风也变了，带给她的感觉也很不一样。Bing Band 永远不会这样中规中矩地站着唱歌，即便是在他们还只是名不见经传的地下乐队的时候。他们多数时候都像是火，能随时让接近他们的人热血沸腾，但有时也能像这样，用一首优美的歌，令人柔肠百转……东京一别，她没有再与 Bing Band 联络。那段时间，她惊魂初定，难以顾及其他，之后又太忙，不特意去记在心里的事，就会忽略，她也就暂时忘了跟那一次东京之行有关的人和事……也忘了，这是一首多美的歌。没想到，还有人会特意记得。

一曲终了，稍稍平静了片刻，似乎大家都没有从歌曲营造出来的舒缓的气氛中走出来。

屹湘拍手，带头鼓掌致谢。

"谢谢，谢谢 Vanessa。"安德烈的右手放在胸口处，向屹湘微微鞠躬。

他话音未落，加藤便凑到话筒边，怪里怪气地叫道："请 Vanessa 来一个节目！"这个提议立即得到热烈响应，屹湘两手拍到一处，顿在那里。

从舞台中央到她身后的人群，忽然间开始齐刷刷地叫着"来一个"。冯程程趁机推着她往前走，安德烈也立即将麦克风塞到了她的手里。灯光迫不及待地聚在了她身上，周遭的温度迅速上升，很快她的脸上便多了一层晶莹的水光，看起来柔光潋滟、魅力夺人。

她拿着麦克风站在那明亮的一处，身上的深色衣衫被强光一映，姣好的身段若隐若现，那么好看……四周几乎完全安静下来，人人都在看着她。她的目光慢慢地扫过这些同事的面孔，这些逐渐熟悉起来的、可爱的人。

"节目嘛……"她认真想了一下，"我还是唱歌吧……已经很久没有唱过歌了……"她回头跟乐队低声说了自己的要求，贝斯手先做了个略显夸张的后仰动作，随即笑了，点头。

很快，在这灯红酒绿的酒吧里，便响起了欢快版的《两只老虎》。

屹湘的声音其实很甜，此时略带沙哑，唱起这首儿歌来，又很有趣。满屋子的人，从地下到上层，竟然都开始跟着她唱："两只老虎，两只老虎，跑得快，跑得快……一只没有耳朵，一只没有尾巴，真奇怪、真奇怪……"

她原本打算唱完这首就溜，哪知道乐队顽皮，紧接着便又起了前奏，她不由自主地跟着欢快的节奏唱《小毛驴》："我有一头小毛驴，我从来也不骑，有一天我心血来潮骑着去赶集……"

她边唱边笑，乐队成员更是笑得东倒西歪的，伴奏也越来越快。他们一遍接一遍地重复着这首歌，几乎所有的人都开始跟着唱。欢乐的人们纷纷聚到屹湘身边来跳起了舞，安德烈的舞步华丽而优美，冯程程的姿态惹火而性感。

屹湘索性扔了麦克风跟他们舞在一处。音乐声如此令人震颤，令她的脚下发烫，整个人像变成了一团火球……

"这才像她嘛。"Susie 说。她倚在栏杆上，看了眼董亚宁。

董亚宁从吧台上拿了 Wisky。Susie 的话，他听到，但没反应。他远远地看着，在舞池里的一众人颇有些跳得极好的，她仍然是最出挑的一个。不怪乎总有人误以为她是专业舞蹈演员出身，她总是柔软的、纤巧的，最重要的是，她有着极好的乐感，人像是能跟音乐缠在一处。她脚踏舞步，看似随意，却是丝丝入扣的，一扣一扣地收着，将人的目光缠紧，再也不放松。

此时音乐声明明很吵，吵得令这平时以喧闹著称的酒吧，都充满了一种让人难以忍耐的燥热，他却好像并不觉得。他一把拧开酒瓶盖，Wisky 的香气涌出来。他的鼻子抽了抽，倒了一杯，没加冰。

"这妞儿真不赖。"一旁有人说。

"哪个？哦……那个，条儿顺，盘儿也靓。"同行者嬉笑着附和。

"我一眼看上的，那还有错？"

"你们说那个？哥儿几个别乱来啊，看这样今儿内场是包下来的，不是一般人……"

"那又怎么样啊？我就想拿下不行？"

"那可不是明码标价说拿得下就拿得下的……省省吧……"

"小看我？瞧我的啊，今儿我不把这妞儿带走，算白来！哈哈哈……Susie！"那些人嘻嘻哈哈的，又跟Susie套近乎，惹来她半真半假的一顿骂，笑得就更加放肆了。

董亚宁将手里的空杯子重重地掼在了吧台上，瘦子一看，又给他添了杯，看看他的脸色，问："给您把酒送进去？"董亚宁原本在包厢里喝酒，中间出来送了个朋友，顺便在吧台找他存的酒，耽误了这么一会儿。

董亚宁把杯中的酒喝光，空杯子照旧放到面前。他坐下来，点了烟。瘦子给他的杯子里加了冰块，倒酒时，像是很随意地说："刚才邱小姐就坐在这个位子上。"

董亚宁盯着面前空了的盘子，番茄酱一动没动，椭圆的一团，如干了的颜料，残留的薯条渣散在盘底……她粗心大意的，手机都没拿走，小巧的坤包则挂在吧台中央一个树形的小挂钩上……

当乐声终于告一段落，屹湘长出一口气。她走到一边，坐下来休息。霓虹灯不停地转动，舞池里人们的身影在这奇幻色彩里更加迷离，也添了几分野性和美感…她玩了这么半晌，越发有些热，汗流下来，渗进脸上的伤口，有点儿疼，也有点儿痒。有人递过来一瓶啤酒，她接住，转头要道谢，身边却没了人。瓶盖已经开了，因为晃动，酒液冒着气泡，几乎涌出来……她看了看，没喝，只是将酒瓶拿在手里。湿漉漉的瓶子在手里打滑，她顺手把瓶子搁下，抬了下头，一眼看到了Susie的红头发。

这时，侧着身跟Susie说话的那个人，略略地歪了一下头。

她认出是董亚宁，微微怔了怔，转回脸来，盯着桌上那瓶啤酒，有一会儿没有动。

她再抬眼，他仍坐在那里，没有离开。吧台处光影绰绰，他的身影朦朦胧胧。

冯程程跳得累了，气喘吁吁地跑出来。她坐到屹湘身边，拿起那瓶酒就要喝。屹湘手疾眼快，伸手夺过来，从冰桶中另取了一瓶没开封的啤酒拧开给她。

程程嘻嘻笑着，吐了吐舌尖，说："忘了规矩了，这不都是公司的同事嘛……"

"那也还是小心些好。"屹湘淡淡地说，然后看了下时间。

"要走了？"程程这一会儿的工夫已经喝光了一瓶酒。

屹湘抬手替她将下巴处的几滴酒液抹去，说："我还有事。"她说着站起来，交代了程程几句，悄悄从暗处上去了。

她在楼梯口处停了片刻，没有立即走到吧台边。此时董亚宁正坐在她原先的座位上，她的手机和坤包就在他身前，还在她离开时候的位置——他的手肘撑在台上，一副舒适自在的模样。他不知说了什么，Susie和瘦子被逗笑了。他轻轻点了下烟，也笑了。那一团和气中，烟雾袅袅的，带着些暖意……她看了一会儿，极难得的，她遇到他，是在这么一种随意又舒服的状态下。

Susie先发现她上来了，朝她一笑，说："快来！董少又在吹牛，愣说今儿打赌赢了一打人，就靠……就靠那把什么来着？"

屹湘也一笑，走了过去，伸手取包。她的身子几乎贴着吧台，余光甚至能看到他胸前的纽扣。她本以为她一上前，他会让开些，但是并没有，他稳稳地坐着呢。两人的距离如此之近，她的手肘似乎是蹭到了他的。

听得他一声轻笑，她看了他一眼。他微微笑着，吸了口烟，说："M29二型，也是改良款。"说着话，他对她略点了下头，算是打招呼了。

她将手机和包都拿在手里，迅速而轻巧地往后退了小半步，离他远了些。

M29二型……他还是嗜枪如命。Susie大约是外行，不晓得这东西的好，她却是知道的。这么想着，她不禁又看他一眼。他的身子没动，反手轻轻在烟灰缸边缘轻轻一磕，眼睛微微眯了眯，神情似有些倦怠。

屹湘正想说自己该走了，瘦子却已经给她重新拿了杯子，倒了水，笑道："您的苏打水。"

董亚宁细长的眼睛，眼角飞起一线，是向着那杯子的。

"牛吧？邱小姐现在喝苏打水了。"瘦子的手扶着吧台，看着董亚宁，笑着摇头。

董亚宁却没有什么反应。

瘦子仍笑着，说："不知道哪天有幸参观一下您那枪房，上回您说新得的那把M1，光听您形容，我就羡慕得肝儿颤。合着您老几位玩一次，简直就是名枪展啊。"

董亚宁笑着点头，反手又磕了一下烟灰。屹湘的手扶在吧台上，白皙的手指按着光滑的、颜色深到近乎黑的木头上，泛着粉润的珠光……她一口气喝光了水，放下杯子，见瘦子还要给她倒，忙摆手说："谢谢，不用了，我得走了。"

"这么早？"Susie笑着问，见屹湘抽了钞票压在杯底，Susie比她动作还快，抽了钱塞回去，说，"就喝了几杯苏打水，你这是打我的脸呢？再说，你们今晚还包场呢！"

屹湘本是不惯于跟人推搡客套的脾气，见Susie执意如此，也罢了，只说改日再来，便匆匆地走了。出门的时候，她没提防，跟一个壮汉迎面撞上。这一下好像撞在了生铁柱上，她吃痛，忍不住出声。那人急忙道歉，称呼她一声"郗小姐"。她认出这是董亚宁的人，含糊地应了一声就走了出去。

目送她出门，那人才转身，定睛寻到董亚宁的位置，疾步向他走去。

"董先生……"他一开口，董亚宁回了身。

"说。"董亚宁道。

"人已经到外面了。"那人说着，看着董亚宁喝了酒之后，看上去显得温和红润的面色和淡淡的、凉凉的眼神，犹豫了一下，说，"喝酒了。"

"嗯。"董亚宁啜了口酒，半点儿不意外的样子。

"郗小姐刚出去，可能会遇上……"

"你出去看着些。"董亚宁说。

"是。"那人走了。

等跟前没有别人了，Susie看看董亚宁的神色，忍不住问："是不是那位又犯了？"

"也憋了好久了，这火不发出来，那还得了。"董亚宁转回身，盯着盘中那一团红，暗暗的红色，黏稠得让人看着有些反胃。

"您不用出去看看啊？"Susie问。

"看。"他慢条斯理地说，"这不专门发给我看的吗，我不等着看，成吗？"

Susie看着他棱角分明的侧脸，那极好看的眉眼，至少在此刻半点儿不显得柔和，尽管他周围一团暖光，而他的语气听上去又那么从容不迫，甚至有些慵懒的味道。

她熟悉董亚宁的"少爷"脾气，不是说他像"少爷"，而是这脾气，就是他自个儿的路数——越是这样的时候，越是不妙……她叹了口气，跟瘦子说："邱小姐的苏打水记在董少的账上。"

董亚宁拎了两瓶酒正要起身，听到这话，又坐了片刻，到底咕哝了一句，起身便要往里走。地下场子里的喧嚣有愈演愈烈的趋势，他晃着颈子，边走边回手指了指下面，说："吵死了——你要是让你那小情人消停点儿，今儿的酒水钱就都算我的了——横竖我今儿赢了，不差这点儿。"他说完，也不管Susie在背后喊什么，只顾着往自个儿的包厢去，这时候就听到外面传来一阵尖锐的车子警报声……

董亚宁一脚踏上了楼梯，听到这动静，接着就爆了句粗口。近前有熟悉他的人，看见他那俊脸上瞬间腾起红云的模样，都识相地转开了身；略有不识相的，随口接了话，说："董总这是怎么了，难不成是刚刚没得手，搓火啦？也有您上不了手的妞儿哇……"

董亚宁一直压着的火这会儿噌地一下就蹿了上来，也不管这是谁说的话，抬脚就是一下子，正好踹在那人的凳子上。那榆木凳子原本是极沉实的，被他大力地一踹，那人又没防备，顿时连凳子带人都翻了过去。

他往前一步，看清说话的人，微微眯了下眼。一般人看他来意不善都晓得避其锋芒，可偏偏那人也有些醉了，都倒在人堆里了，嘴里还没停："……哎哟，生气啦？真让我说中了啊？有邪火儿，您照着我撒没用，找那妞儿撒去呀……"

董亚宁眯着眼吸了口烟，又是从从容容且势大力沉的一脚踹了过去。这下连桌子都要翻了，桌上的酒瓶、酒杯都蹦起来，稀里哗啦一阵乱响。

"嘿！"那人也火了，蹦起来就要上，"这叫什么事儿啊，不就说说嘛，怎么着，还真动手啊？谁怕谁啊……"

董亚宁将酒瓶子扣在指间，手指轻轻一动，酒瓶叮叮响了两声。他单边眉挑了下，将酒瓶子一撂，搁在吧台上，磨得起茧子的手掌一亮。旁边有人发觉苗头不太对，一边急忙拦住那人，免得他真不知深浅上前动手，一边打着哈哈跟董亚宁说："董总……董总、爷！爷……您大人有大量啊，别跟醉汉一般见识……他今儿有点儿高了……"

"走、走、走……咱那边去……怎么喝着酒也堵不住你的嘴……"推推搡搡的，几个人就往别处去了。

一会儿的工夫，董亚宁的四周就清静了，外面的警报声却又响了起来。他握了下拳，倒不是存心想跟人干一架，可若是这会儿能跟人干一架，最好。

他将酒瓶握在手里。

"您瞅瞅您这吓人的架势，人家不过说了句玩笑话。"胖子过来收拾桌椅板凳，董亚宁喝起酒来，是出了名的翻脸不认人。

董亚宁一会儿能跟人打得火热，一会儿就能动手。这冷面冷心的模样，看了让人觉得犯怵。

胖子摆好椅子，就要替董亚宁拎了酒进包间去。

董亚宁手一抬，没让。

两瓶酒在空中画了条弧线，被猛地冲地板上砸了过去。他使的力气很大，但是木地板，瓶子又厚实，落地只发出巨响，并没有碎。

旁边的人已经不多，看着这个场面，也吓了一跳，赶紧躲避。

Susie 正在柜台里盘点，见状，急忙跟胖子使眼色。

胖子摇了下头，反而退了两步，继续去收拾桌上的酒瓶了。

Susie 忍不住低声骂他一句，正想亲自出去劝解，就见董亚宁甩开大步子便往外走去，很快就出了门……她心知不妙，指着胖子说："要你们有什么用啊，还不拦着些！真出了事儿，倒霉的还是咱们……"

"今儿晚上这火也憋了这么久了，让他发发呗。"胖子低声说，他把一堆酒瓶子抱在怀里，憨厚地笑着。Susie 还没走出柜台，听到这话，又停了脚步。

地下室那边的音乐仍旧动感十足，她抽了条白毛巾擦着吧台上的一团水渍，听听外面的动静，原先此起彼伏的警报声，已经销声匿迹了……

董亚宁刚刚走到院子中央，就见屹湘一把将滕洛尔拽了进来。滕洛尔趔趄一下，整个人就像个布袋一样砸在了桂花树干上，砸得那树花枝乱颤。这一下可不是不疼，要在平常，她不疼也不会放过虚张声势的机会，这会儿她却没出声，咬着牙死盯着屹湘，像是下一秒就要把屹湘撕成碎片……

　　董亚宁站住了，刚刚在舞场看着像一团火的屺湘，此刻看起来依旧是一团火。她手里还多了一根高尔夫球杆，他一眼看过去，就知道那是根精致的女士用的挖起杆。若是没看错，应是滕洛尔去年生日的时候得的那一套量身打造的球杆礼物。她很喜欢，总带着去打球，原来拿来砸场子也很趁手。

　　董亚宁不动声色，看着眼前这两个女人。

　　这时，屺湘看了他一眼，他没反应，她一时也没有动。

　　刚才，她从嘈杂的环境里出来，走进灯光昏暗的小巷子里，仿佛所有的污浊和躁动都被抽离了，静静的，倒隐约可见相邻院落里的丝竹声。她长出了一口气，巷子里的老国槐枝杈繁密，把路灯射出来的暖融融的一团光切割成细碎的阴影。肩膀上被撞的地方隐隐作痛，她轻轻揉着，往自己的车边走去。

　　身后有车声，车灯光扫过来，越来越近，她快走几步上了车。正待发动，一辆车子开过来，正好堵在了她的车边。她微微皱眉，正打算喊那司机稍微把车往前开一点儿，好容她出去，就这会儿工夫，那司机已经下了车。见是个漂亮高挑的女孩子，她仔细一看，马上认出是滕洛尔，便愣了下。

　　看滕洛尔的步态，她立即意识到对方喝酒了。

　　她盯着眼前这辆车，想象着醉酒的滕洛尔开车飙出高速，禁不住额上冒汗、心里冒火。她的目光下意识地左右扫了扫，发现滕洛尔车后跟着车，附近停着的车子里也有人盯着这边。

　　她的胸口不禁一紧，滕洛尔却根本没有留意周遭，掀开后备厢，拽了一根球杆出来，拎着直奔了前面那辆黑色的轿跑。她的心猛地一跳，顿时有了不祥的预感。她盯着前方的车牌，总算看清楚了那个车牌号——全部都是"4"。

　　这车牌，她要是再不知道是谁的，未免就太迟钝。通常人都忌讳的，他偏不忌讳，以毒攻毒似的，信这样的负负得正。

　　滕洛尔拎着"武器"直奔目标，对方显然有备而来，她当然不会客气。就听着砰的一声响，球杆砸在了轿跑上……轿跑尖啸报警。

　　一旁的车子里马上就下来人了，但像是接到了指示，并没有上前阻止，只是分散开来卡住位置，形成了一个包围圈。

　　她看着滕洛尔，滕洛尔挥杆的动作非常标准。就这样标准的动作，一下一下挥出去，连续发出砰砰的响声……精确，漂亮，残忍。

　　她轻轻摸了摸额头，也就是这样的女孩子吧，就算被藏在不见人处，接受的教养和享有的待遇，仍然是公主般的。

　　滕洛尔轻一下重一下地挥着球杆，她身上的衣服是雪纺短衫，短衫的下沿齐着热裤，穿着雪地靴的两条长腿乱踢着——那车子的后挡风玻璃看上去是特制的，她那么用力地击打，也没见出了毛病。可她还是锲而不舍，好像那车子是只怪兽，此刻她一定要消灭它。

屹湘突然有些理解滕洛尔的愤怒，那么努力，都化了泡影，伤心是必然的。

滕洛尔似乎是打累了，收了球杆，一转身的工夫，就看到了屹湘的车子。

屹湘愣了片刻，就是片刻，球杆猛然间掉转了方向，朝她的车子砸过来……她眼睁睁地看着那球杆在昏暗的灯光中闪着微弱的银光，流星一般撞到了前挡风玻璃上。玻璃在中了第一下之后，尚且安然无恙，而第二下、第三下接踵而至，玻璃便碎了。

她深吸了口气。

守在一边的壮汉见势头不妙，才赶紧上前拦滕洛尔。

屹湘趁机开了车门下来，听着滕洛尔大声骂着："……骗子……骗子……都是骗子……"

球杆乱舞，屹湘想都没想，上手直接抓住了杆子。

"郗小姐！"那壮汉叫道。

这一下硬碰硬，她手腕生疼，却没松手，趁着壮汉架住滕洛尔，一把将球杆夺了过来。

"骗子！你这个大骗子！"滕洛尔声嘶力竭，根本不管周围有没有旁人，"……董亚宁呢？他在这里对吧？让他……给我滚出来！让那个浑蛋滚出来见我！"

屹湘握了球杆，把手那里已经被滕洛尔握得滚烫。滚烫的热度从她的手心钻进来，直让她的心也被烫得一哆嗦。

"麻烦你们放开她。"她说。

见他们并没有要松手的意思，她又说："董先生在里面，出了事，我会找他的——我有话跟滕小姐说。"

她走近了些，又看了他们一眼，他们这才放手。

滕洛尔差点儿没站稳，一把按住车顶，歪歪斜斜地靠在了车上。

"你喝了多少酒？"屹湘嗅了下。

滕洛尔身上有酒味，不过酒味很淡，于是她盯着滕洛尔的眼睛。

滕洛尔冷冷地哼了一声，这副表情极似一个人。她恶狠狠地说："你管我？你算什么东西？骗子……"

屹湘一把握住滕洛尔的手腕，滕洛尔尖叫起来。她回身踢上车门，拖着滕洛尔就往回走。滕洛尔挣扎着想要甩掉她，她使劲儿攥着其手腕，没有松开。两人的身高有些差距，可论力量，她可远胜滕洛尔……

此时她看着滕洛尔靠住桂花树勉强站稳，那模样确实有些狼狈，可嘴上一点儿都不输。她知道，滕洛尔是存心来惹怒董亚宁的……

屹湘浅浅地吸了口气，目光转向董亚宁："看到了？"

她不等董亚宁回答，目光又转回滕洛尔的脸上，说："你说得没错，我就是骗子，你跟我来。"她拉起滕洛尔的手就要往酒吧里去，身量比滕洛尔小一圈的她，怒火腾腾，又极其冷静。这两种冰火交替的情绪缠绕在她身上，让她看起来火暴且强有力。

滕洛尔的后背抵住树干，往屹湘的背后看了一眼。

董亚宁立在一片阴影中，静静地看着她们。

好一会儿了，滕洛尔被屹湘推来搡去的，酒劲儿越发上来了，头脑有些混沌，但看到董亚宁这个样子，还是不寒而栗。也正因如此，她越发生气。

她既气董亚宁，又气自己的无能。她忍住就要涌出来的眼泪，使劲儿抽了下手臂。

屹湘力大，她没能成功，恶狠狠地盯着屹湘。

"我说，跟我来。"屹湘一字一句。

滕洛尔仍发死力不挪动，屹湘握紧她的手，硬是将她拖了过来。

她拖着滕洛尔往酒吧里走去。

董亚宁一伸手，拉住了她的手臂。

屹湘这只手里攥着球杆，被董亚宁一拉，她条件反射般手一挥，球杆对着董亚宁的面门就过去了……她发觉危险，料到以董亚宁的机敏，不可能躲不开。

不想，董亚宁根本没躲，她怔了下，急忙抽回手。球杆贴着亚宁的鼻尖掠了过去，发出呜的一声响。

两人的目光撞在一处，她的心猛跳起来，他却仍是不动声色。

她看了看他张开的那只手，院中昏暗斑驳的阴影中，他的手静静地停在那里，却像一道铁闸。他没有再伸手阻拦，她也明白了他的意思。

"你放心，我不会怎么着她的。"屹湘看着亚宁的眼睛，说。

滕洛尔趁她跟董亚宁说话，冷不丁向后一缩手。

屹湘早就料到滕洛尔会有这招，根本没松懈，这下更用力地拽住她，清清楚楚地说："Susie 这里什么酒都有，你能喝是吧？今天，就今天，滕洛尔，我陪你喝个够！"

董亚宁再次拉住屹湘的手臂，屹湘也再次抽手。但这回没那么容易，他的手腕纹丝不动。她的眼中火星四射，盯着他的眸子。

"这是我跟她之间的事，你不要插手。"她说。

"换个地方。"他说。

屹湘看着他，他背后昏暗的灯影中，Susie 的红头发一闪而过。她还没有说话，就听滕洛尔阴冷地道："你这会儿知道丢脸了……"

"你闭嘴。"屹湘回头，瞪了滕洛尔一眼，滕洛尔扭开脸。

酒吧里有人走了出来，屹湘转身，拖起滕洛尔，先往院外走去。

门口停着滕洛尔开来的车子，已经掉过头了。屹湘将滕洛尔推上车，自己过去刚要开驾驶室的门，门却被一只大手咣地推了一下。

"我来。"董亚宁说。

屹湘转过脸来，看着他平静的面孔，没有反对。她先上了车，坐到滕洛尔旁边，将球杆撑在身前。董亚宁也很快上了车，车门一关，车子里的空气像是瞬间被抽走了大半，连声音也消失了，但周围弥漫着酒气，烘得人周身发热，像随时会被点燃。

屹湘转了下脸，抬手触到车门，还没等她摸到按键，车窗降下来一半。她没有动，指尖停在按键上，盯着外面灰色的砖墙。车灯光打在砖墙上，呈现一片惨白……她慢慢地吸了口新鲜空气。

那堵墙在慢慢移动。

车里的三个人都一言不发，董亚宁把车开得很快，在街巷里钻来钻去，寻找着最快捷的路线。屹湘没有问他要开去哪里，她目不斜视地盯着前方。

大约一刻钟后，董亚宁将车停在了路边，正对面就是一间小馆子。

"下车。"他说，连后视镜都不看，"她后备厢里什么酒都有，能让她喝到死的量。"

靠在座椅上的滕洛尔似乎是瑟缩了一下，她这一路上被晃得恶心，此时一脸铁青，像再略一动弹，就会吐出来。

屹湘跳下车，利落地打开了后备厢。借着明亮的路灯光，她看着后备厢里丰富的储备——里面并排放着两只大木箱，塞满了大大小小的酒瓶。她粗略一估摸，董亚宁的话一点儿都不假。她只要能想得到的烈性酒，这里面都有。至于数量，的确能把她和滕洛尔都交待了，还大大地有富余……她拿了一个结实的购物袋子，挑了几样酒拎在手里，转身回去，朝车内兀自一脸想吐模样的滕洛尔说："我在里面等你。"

她拎着袋子，往小馆子里去了。

董亚宁坐在那里，看着街上的行人，余光瞥见屹湘走远了。她身形原本就瘦小，走得极快，像瞬间就会消失。他转过脸去看了一眼，小馆子门口那烤肉串的腾腾烟火，有种不太真实的、热乎乎的感觉。

"还不去？"他冷淡地开了口。

滕洛尔死盯了他一眼，推开了车门。

此时屹湘已经进了馆子，她站了一下，先定了定神。老板看见，过来招呼她。她往墙上的菜单看了两眼，迅速点了菜，补充道："麻烦您多给我几个杯子。"

老板看了看她从袋子里拎出来的酒，二话没说，给她上了大大小小的一堆杯子。她将杯子摆成均等的两排，抬头看到滕洛尔进来了，示意她坐到自己对面去："请坐。"

滕洛尔坐了下来，屹湘也不用开瓶的工具，几下便拧开了酒瓶。

滕洛尔看到她熟练的动作，心一顿——那纤巧的手指上还有伤痕，却也不怕这样会再添几道伤痕似的，竟有种破釜沉舟的气势。

"你这算什么呢?"屹湘看了洛尔一眼,拿稳酒瓶就往玻璃杯里倒酒。这边一杯,那边一杯,挨个都倒满……这瓶酒空了,她再开一瓶。她开酒瓶的动作很利落,倒酒的姿势更是潇洒,就看酒液在杯瓶之间来回流动,一滴都没浪费。

滕洛尔原本就有点儿犯晕,这会儿眼都看得直了。

老板过来上菜,看着这豪华的酒阵,忍不住啧啧两声。

他抬眼看到刚刚进来的董亚宁,赶快过去招呼。店门一开一合,凉风吹进来。屹湘恰好一瓶酒倒空,往桌上一掷,换了瓶新酒继续倒,只觉得背上一阵寒意,余光便扫到董亚宁坐在了旁边的那一桌,低声跟老板交谈几句,老板就走开了。

他坐在那里,无声无息的,可是像一团巨大的阴影,让人无法忽略。

滕洛尔斜了他一眼,不自觉地往里挪了挪。

屹湘既不看董亚宁,也不看滕洛尔,她只管倒酒。手上这一瓶再倒空,面前的酒杯也恰好全满了。

"我开始喝酒的时候,你还不知道在哪儿呢!"她轻声说着,便将外衫脱了下来。

她的肌肤,在黑色的樽领无袖衫里,显得愈加白皙。其实她真不能算很白,但这种对比的效果,令人难免产生些错觉——她白得发光。这就使得她的手上、腕上,还有脸上那尚未完全消除的瘀痕,也愈加地触目。

她面前一溜的杯子,滕洛尔面前也一溜的杯子。透明的、色泽各异的酒液,只有少量的气泡,不一会儿,也就消失了。

"你习惯怎么喝?"屹湘的手在半空中画了一道线,依次经过酒杯,问。

滕洛尔隔着桌子看着屹湘,她的眼又忍不住要转向董亚宁所在的位置。

屹湘突然抽了球杆,一下子顶在墙上,强迫滕洛尔的视线转移到自己这边。

"我问你,你习惯怎么喝?"她将球杆搁在两人的酒杯中间,"我知道你觉得我不可信。喝酒前,咱还是得说好了,今儿照你的规矩来。你怎么喝,我怎么喝。"

"……"

"你不敢?"

"……"

"那就我怎么喝,你怎么喝?行吗?这一轮酒喝完了,有什么话,当面说了,过去的恩怨,一笔勾销。"屹湘低了头,将面前小酒杯里的酒都灌进那个最大的玻璃杯中。金酒、伏特加、威士忌、路易十三……各色的酒液混在一起,气泡乱窜了好一会儿。沉静下来的酒液呈一种好看的暗黄色,琥珀一般,如此美丽,又如此可怕。

滕洛尔看着,抿了唇。

屹湘示意她。

滕洛尔将那一大杯酒拖近些,手有点儿发颤。

"既然你做不了主，就不该给我希望……我真讨厌你，真恨你。"

屹湘看着洛尔，两个人四目相对，半晌无言。滕洛尔在屹湘的注视下，脸渐渐红透了，汗水和泪珠不住地往下滚落。

"亏我之前那么喜欢你、相信你……"

"滕洛尔，你活着到底为了什么？"屹湘看着她，面无表情地问。

滕洛尔的双手都扶在酒杯上，修长纤细的手指，指甲跟贝母似的圆润。

屹湘问她的这个问题，直戳到了她的心窝子。这明明不是个很难回答的问题，她却张着嘴，好一会儿，仍无言以对。面前琥珀色的酒液像深深的海，从未如此刻般，让她觉得有重量，仿佛一头栽进去，就万劫不复。

她的手抖了一下，身子也跟着颤了颤。

"为了讨债？"屹湘轻轻撬动着球杆，漂亮的球杆上漂亮的商标，还有同样漂亮的名字缩写，是"滕洛尔"三个字的拼音，好看的花体字，古典又雅致——

"挥着这样的球杆在绿草茵茵的球场打球的时候，你怎么不想想，是沾了谁的光？是花的谁的钱？怎么好意思转回头来，在大庭广众之下，借酒装疯，乱埋汰人？真有志气的，是不是应该早就半点儿光都不沾呢？"她语气淡淡的，球杆在她手里挥了一下，带着轻巧的风声。她转了下眸子，对上滕洛尔的。

滕洛尔的脸白了，她的眸子里冒着火星，拿起手里这杯烈酒就想对准屹湘的脸泼过去。

屹湘抬起球杆别了一下，直接按住了滕洛尔的手臂，说："我说的要是不对，你尽管反驳。"

"你知道什么！"滕洛尔怒道。

"我不用往深了知道什么，滕洛尔。"屹湘挪开球杆，放回桌子上，她拿起自己面前这只大玻璃杯，连犹豫都没有，咕咚咕咚喝起来。她微微抬着下巴，半透明的肌肤下，暗青色的血管随着吞咽的动作，微微起伏。

一大杯酒没多久就全被她吞了下去，她将空杯撂在桌上，说："你已经喝了不少，我不欺负你。这一轮，算你轮空。"她说着，拿了威士忌的瓶子，往杯子里倒。她倒得急了，手有点儿抖。吞下去的酒，在胃里烧着，她的脸已经红了。

滕洛尔看着她的手发抖，自己捧着玻璃杯的手也在抖。

"你这样活着，辛不辛苦？"屹湘吸了下鼻子。酒喝下去，汗冒出来，她脸上泛起一层莹润的珠光，一对眼睛更是水汪汪的，直瞅着滕洛尔。

酒让她整个人都在发热，热到说出来的话也带了暖意似的。她意识到，顿了顿，声音的温度便降了些，问："谁对不起你你就讨回来？那么，你自己呢？你又算什么？"

"我……"滕洛尔转开脸，一眼看到了坐在一边默默地喝着酒的董亚宁，她咬了下牙关，"我就是不甘心。"

"不甘心什么？不甘心没让你姓董？那是个什么好姓，那是个什么好人家，你那么想进去？"屹湘的手指拨着桌面上的一滴酒，手指滑开，圆圆的一团酒渍，成了一条线，渐渐地薄了、淡了……

滕洛尔被屹湘的话刺了一下，她依旧对着董亚宁的方向——他明明是听得到的，却好像充耳不闻，这边发生的一切跟他没半点儿关系似的。只不过，他面前的菜动都没动，酒杯却已经空了——

洛尔转过脸来，看着屹湘，说："你不会明白的。"

"对，我不会明白的……"屹湘低头，桌上的这条线，消失了，"那说点儿我明白的——今日你做不成模特，是不是就没有别的活路了？你戒酒又是为了什么？就只是为了这一份工作？"

"就是为了这份工作，你说的，要是想在这行走得远，我必须戒了坏毛病。"滕洛尔毫不犹豫地说，"这么久了，我书没好好读，日子没好好过，恋爱都没好好地谈……我就是喜欢这份工作，那让我觉得我的日子过得有意思，也有了意义……"

屹湘点了下头。

"可你……怎么可能明白我？你就和他们一样，觉得我是个麻烦。一知道我什么来路，恨不得马上甩掉我……还……还有人动不动就想把我给弄没了——董亚宁，有本事你真把我弄没了！"

屹湘手里的杯子砰地一下撞在滕洛尔的杯子上，拿起来，又咕咚咕咚喝了起来……末了，她将空杯子砸在桌上，盯着滕洛尔："把你弄没了？你这样自甘堕落，还用谁动手？"

滕洛尔咬了咬牙，照着她那样端起了杯子。这酒是苦的，难喝极了，且沾了唇齿，有股说不出的麻，像有虫子在咬……她拼命往下咽，喝到一半，就听屹湘说："喝不下去就别喝。明明不是真的玩家，这么糟践自己做什么呢？"

滕洛尔倔强地坚持继续喝……苦涩的酒咽下去，混着眼泪，变得更苦。

终于有只手伸过来，夺了她的杯子。手里一空，她忍不住哭出了声，但随即又憋了回去，憋得整个人颤抖起来。

"行了。"屹湘看着滕洛尔脸上的泪痕，"出身，是不能选的；怎么活，到底还是要看你自己的。"

滕洛尔伏在桌上，整张脸贴在桌面上，头顶撞到那一排酒杯，哗啦啦一阵响。

"别的，我可能不明白你……这个，我还是知道点儿的。"屹湘的语气缓缓的。

滕洛尔猛地抬起头来，她发红的眼睛里一闪而过的光，让屹湘顿住了。

"别用你自己都不信的道理来蒙我，你不是我，你怎么会懂？"

屹湘怔了一下，无声地笑了。

她点点头，说："说的也是，有些道理，我自己都不信。可是，滕洛尔，有一点，你听着——不管你醉得多么厉害，迟早要醒。醒过来，不管你幸运的是在自己的床上，还是不幸地倒在了垃圾箱旁边，甚至更肮脏不堪的地方，你会发现，一切照旧。所有的坏事都没有消失，可好的那些……也在变坏。期待的奇迹还是没来，厌恶的东西一样不会少。如果不想面对糟糕的自己、糟糕的境况，就只好继续喝，越喝越多，好让自己清醒的时间越缩越短，直到消失。这，我总说得没错吧？"

滕洛尔那双如猫一样的眼睛，亮闪闪地盯着屹湘。

"还有一样，我也不会说错。那就是，总有一天你会为此后悔……当然更可能的是，你来不及后悔，就已经完蛋了。"屹湘嘴角有笑，笑得有点儿残忍。

滕洛尔看着这笑，不寒而栗。

屹湘轻轻拍了下桌面，说："你想一下，这样醉死了，后果是什么？是，这样也好，对不对？你自己是不会再难过了，可是还有谁会为你难过呢？"

滕洛尔不出声。

"有的，对吧？别让会为你难过的人以你为耻，人活着如果能仅仅为了自己，那是再好不过的，可没有几个人有这样的福分。我没有，但愿你有。"屹湘说着，站了起来，"这回赔给你的违约金，够你喝一阵子酒的，当然也够付你在养和全程的戒酒治疗费用，你起码有一阵子靠自己就能衣食无忧……要怎么选，自己看着办。"

滕洛尔仰头看着屹湘，屹湘慢慢地收拾着自己的东西，看上去还算清醒。

"Vanessa，"滕洛尔有些不安，伸过手来就想扶她。

屹湘喝了那么多烈酒，有多危险，滕洛尔很清楚："Vanessa……"

屹湘摆了下手，推开她，转身踩着直线往外走，走了两步，又折回来，往柜台走去。老板见她拉开坤包拿钱，忙说："董先生说算在他账上……"

屹湘说了声"谢谢"，对老板嫣然一笑，回身便走，在经过董亚宁位子的时候，将手里的钞票准确地拍在了他的面前。她以为自己手劲儿拿捏得当，该是不轻不重的，哪儿想到砰的一声，好像拍了一下惊堂木似的，发出了巨响。可此刻她倒也不在乎，看都不看他，拎着坤包的带子，仍往手腕上缠了两圈，娉娉婷婷地往外走去。

董亚宁纹丝不动，滕洛尔倒被那一声巨响惊得眼皮一跳，看到董亚宁的目光扫向了那两张粉色的票子……她晃了下开始发沉的脑袋，想站起来，腿有些软，她知道自己酒劲儿上来了……就这会儿工夫，她眼看着董亚宁推了下椅子，一转身，如鬼影子一样敏捷地飘向了邹屹湘。

"董亚宁！"

随着滕洛尔的一声惊叫，董亚宁已经抓住了屹湘的手臂。他的动作丝毫没有停顿，拉起她便往回走。

屹湘给他抓得失去平衡，倒退着疾走几步，大声道："你放开我！"

随着这声怒喝，她身上的毛孔突然张开了，身体里的水分争先恐后往外跑，整个人顿时氤氲在一团湿气里。

董亚宁不吭声。

"你放开她！董亚宁，你要干吗！"滕洛尔摇晃着站起来要挡住董亚宁的去路，被他伸手拂了一下，就倒回了椅子上，"董亚宁！"

董亚宁拖着手脚并用试图挣脱他钳制的屹湘往后走，柜台的一侧是道小门，推开便是一间极小的卫生间——跟任何苍蝇馆子里的卫生间一样，狭小而逼仄，阴暗且潮湿，有种不明不白的味道，那是合成的廉价熏香在试图盖住恶臭……

屹湘被董亚宁推进去，这味道顶在鼻端，立刻便有些反胃。

酒精尚未完全麻醉她的神经，她的意识还很清楚，她马上转过身，面对着他，说："让开。"她要出去，即使明白他这是要干吗，她也不愿意被他逼着待在这里。可门本来就很窄，只容得下一人进出。他挡在门口，她就根本出不去。

"你让不让？不让，我喊人了。"她脸上滚烫，嘴唇就像烧着火似的，绷着一兜热血，随时会涌出来。

"吐。"他说。

她闭上嘴巴，咬着牙关，偏不。

"吐出来！"他又说。

她牙关咬得更紧，此时胃里翻江倒海，逼得她额上直冒冷汗。她强忍着不适，绝不退让。下巴上的擦伤在那颗微蓝的痣下，颤得令人触目惊心……

董亚宁看着她红得要滴血的嘴唇，一抬手，扣了她的下巴。她下巴滚烫，细滑柔腻得像要融掉的奶油似的，只需他再稍一用力，就化为乌有了……他真的用了一下力气，卡住了她的喉咙。他手指的茧子很厚，磨着她的伤口，微微发疼。

她捏住手里镶满了亮晶晶的水钻的坤包，对着董亚宁的头和脸就招呼过去。

董亚宁手快，挡住她的手腕，只盯着她脸上的瘀痕和伤口，目光阴沉沉的……她胡乱挣扎着，试图获得一点儿空间来好逃走。

董亚宁扣着屹湘喉咙的手稍松一下，几乎是贴紧了她的身子，闪出一块空间来，将卫生间的门狠狠地关上，自己背靠着木门，一下子将她摁在洗手池边。

屹湘此时就是想忍，也忍不住了。她就像一只被倒过来的酒瓶子，背上被一团沉重的灼热压住，口一张，酒液就汩汩地往外冒……口鼻像是被堵住了很久，因为有很久她完全不能呼吸。胸腔像压着石头似的，从里到外地灼痛……她吐到眼前发黑，只知道手是死死地攥着什么东西，耳边是杂乱的响声，有水流声、有喊声，砰砰的巨响像是在她的头顶一样……直到眼前慢慢亮了，那团灼热也消失了，她才松开手，胡乱地拧着水龙头，开到最大。她伸手兜着冷水，往脸上泼着。清凉的水携着冷透的气，赶跑了污浊。

水渐渐从冷的变成温的，她漱口的时候，竟然感觉有些烫。

坤包被甩到水中，浸湿了半边。她拿起来抖了下，将水珠甩出去，甩了董亚宁一身。

董亚宁没有躲避的意思，背仍倚住身后这扇破门。

门也仍然在砰砰地响着，伴着滕洛尔含混不清的骂声，着实令人烦躁。

屹湘抹了把脸，从镜子里看着身后的董亚宁。

董亚宁也从镜子里看着她，她脸上湿漉漉的，一张小脸，此时白处更白，红处更红，沾了水的发丝，紧贴着面颊，眉青发乌的……他开了门。

滕洛尔一拳砸空，人都差点儿扑进来，一看两人的模样，立时哑了火。她就算是被酒泡到了头顶，这会儿也觉得不对了——她看看屹湘，看看董亚宁，再看看屹湘……

"董亚宁，你疯了吧！你干什么……"

董亚宁先走了出来，冷着脸说："出去，上皮三儿的车，让他送你。"

"我才不！"滕洛尔说着，赶忙过来看屹湘，"你怎样……董亚宁没怎么你吧……"她上下打量着屹湘，见其衣衫完整，松了口气。

屹湘走出来，伸手扶了下墙。脚底下的地面像是会动，她还有些理智，知道再耽搁下去，处境就不妙了。她得趁着自己还能走，快些离开这里。包里的手机响起来……她挥了下手，坤包在身侧摇摇摆摆，不管她怎么想抓稳，都无法实现。

滕洛尔看她酒劲儿还是上来了，心里着急，忙拉住她："我送你。"

屹湘歪着头看滕洛尔，笑了，问："送我？你？不……用！我不怕，我没事……"她声音低沉，带着笑意。

滕洛尔看着她，眼眶又酸又胀，一时也不知心里是什么滋味，愣住了。

"对了，教你一招，用牙刷、牙刷最好用……嘘……吐出来，就当没喝了——好丢人，我太久没喝酒了……也不，前些天开斋了……湘西的米酒，好喝极了！"屹湘扶住滕洛尔的肩膀，低声说，"有机会你要试试，别让医生知道就行……"

滕洛尔点头，说："走，我……我送你。"

屹湘抽出手来，说："不用，我自己能回去。"她晃了下头，越晃越晕，不得不极力保持平衡，才能像正常人那样走出去。

隔了饭馆子那布满了客人指纹的玻璃门，能看到外面街上的灯光，像流火一般闪过。就是一瞬间，她觉得自己是一只飞蛾。就这么飞出去，冲着火光飞去，会不会死掉啊……她竟笑出来。

玻璃门一推开，午夜清凉的风吹了过来，她深吸一口气，下了台阶，踏着歪歪扭扭的小碎步子，往街边走去。

董亚宁就在前面，背对着她，走得并不快。她视若无睹，与他保持着距离，走了不同的方向。

滕洛尔追着她的脚步往前赶，喊着"Vanessa 等等我"……她尽量加快脚步，此时她只想尽快离开这里，离开这一团污糟。

饭馆门前的街边早停了几辆车，看到董亚宁出来，车上的人都下来了。董亚宁一抬手，冲领头的那位示意了下。

这时滕洛尔来到董亚宁身后，他头都没回，伸手过去，极精准地一把拎起了她的衣领子，老鹰捉小鸡似的，把她丢给过来的随行。他的目光跟着那个小小的身影——屹湘正迈过花坛的短栏杆，跷着脚看着来车的方向……

"她的车呢？"他问。

"在这儿。"一旁有人应声，"就前挡风玻璃给砸坏了，其他的都好。"

董亚宁斜了滕洛尔一眼，说："今儿的事到此为止，我让老三送你回去——老三！"

"在。"皮云波就在董亚宁身后，忙走上前来。

"你把她送回去，没我的话，这几天不准她出来。"董亚宁说着，又看向屹湘。

她还没有拦到车，她挥着手臂，身前的车灯光如流火般滑过，仿佛是她指尖抛出的火团……他眯了下眼。

"我不回去……董亚宁，你！"滕洛尔看着董亚宁的神情，怔了怔，忽然厉声喝道，"你别碰 Vanessa ！"

"你不是恨她恨得要死？"董亚宁收回目光，看着她。

"没错！可我更恨的是你好吗！你滚……别碰她……我告诉你……你要是敢碰她，信不信我杀了你！你这个浑蛋！"滕洛尔想到董亚宁刚刚对屹湘那凶狠而暴戾的模样，有些胆寒，站虽是站不稳，可这会儿急火攻心，手上的力气倒是越发大了。她拼了全身的力气挣脱皮云波，冲上来猛推了董亚宁一把，抬脚狠踢他两下，就要去追屹湘。

董亚宁晃了下身子躲开，又拎住了她的衣领，轻易地制住她，说："你给我老实点儿！"

"董亚宁！"身上的衣服成了绳索，滕洛尔一着急，干脆去撕自己的衣服。她本来穿得就少，这么一扯，衣不蔽体。

皮云波他们是知道滕洛尔的脾气的，生起气来什么都做得出，可是这样一来仍然觉得尴尬，眼睛就不知道该往哪儿搁……

董亚宁看这情形，原本已经铁青的脸色就更难看了。

"皮三儿！我让你们看住她——总算知道了，你们这拨人，全都是不肯对女人下手的。踩死蚂蚁的劲儿就能让她们服帖，就不动手，一次又一次让这个丫头给我丢脸！

你跟我说，我要你们干吗吃的？！"董亚宁说完，一松手。

皮云波被他骂狠了，脸上的神情并没有什么变化，看他把滕洛尔丢过来，急忙接住，免得她受伤。

皮云波行动倒是利落，可得保持着适当的力道和距离，还得保证滕洛尔跑不掉，实在是有点儿犯难。

"看着她，别让她乱跑。看不住，你们也给我滚！"

董亚宁拍了拍手，往那个小小的身影所在的方向走去——她仍在拦车，亮晶晶的坤包在她的手臂弯处晃着，两条细长的手臂，光裸着，在夜色里，显得纤薄极了……那本是个极美的身影，他却看得脸色更阴沉。

"董亚宁，你到底要干吗……你没安好心吧？！你别碰她……死老三，你松开我……"滕洛尔暴躁起来，舌尖打绊子，烈酒在血管里肆虐，烧得她浑身像块炭。

董亚宁听着滕洛尔骂，知道这块炭要不蹦着甩干净了火星子、甩冷了身子，是无论如何不会消停的。

他走得更快了。

"董先生！郗小姐的衣服！"有人追上来。

董亚宁攥在手里，挥了下手。那衫子更纤薄，攥在手里，轻飘飘的。

一辆出租车停在屹湘面前，她走上前，刚要打开车门，董亚宁一把将她拉回来，挥手让出租车开走。

司机说了句什么，他一脚踹在车门上，指了下司机。

紧跟在董亚宁身后的人上来扔了两张红色钞票给司机后，便退了一步。司机见董亚宁一身戾气，背后又是一些彪形大汉，没再吭声就开走了车。

屹湘冷眼看着面前发生的这一幕。

车子一辆一辆地经过，凡是空着的出租车，都放慢了速度看看他们，但再没有一辆停下来搭客。

"你可真有本事。"屹湘冷着脸，讥讽地说，"这算什么？有本事你再封了路！"

一阵酒气涌上来，她身子打着晃。董亚宁的手略一用力，撑住她。待她站稳，有力气想甩开他了，他便拽着她穿过自行车道。

她甩开他的手，走得跌跌撞撞的，一会儿往这边，一会儿往那边，显然不单是因为酒精的作用，也气得多少有点儿糊涂……

董亚宁跟在她身后，看她略一站，往她那辆被砸坏了的车子走去，也跟了过来。她走到车边，拉住了把手，就要上车。

车子上了锁，她没能一下子打开车门，一着急，身上又渗出一层汗来，人就清醒些。可是心里一股气仍在四处乱窜，她使劲儿拉着车把手。

董亚宁根本就没打算让她上这辆车，也没打算在这里虚耗时间。他掰开她的手，硬是不管她怎么挣扎，把她拖过去塞到了自己的车上，连安全带都系好。

"董亚宁！"她气血上涌。

董亚宁指着她，说："闭嘴。"

屺湘瞪着他，一双眼睛含着水盈盈的光，胸口剧烈起伏。

董亚宁关了车门，朝身后挥了下手，上车就将车子开走了。速度一起来，屺湘只觉得好像被突然摁在了车座上，一阵头晕、恶心……

滕洛尔看着绝尘而去的董亚宁的新车和紧跟上的两辆车一起开走，忽然就没了力气似的，眼神无光，说："老三。"

"滕小姐。"

"董亚宁要是犯了法，你是不是都会替他顶包？"滕洛尔浑身虚软，一屁股坐在了马路牙子上。

皮云波不回答。

"来，你今儿帮他收拾我也累了吧？坐。"滕洛尔拍了拍身边的位置，醉醺醺的。

皮云波脸上又显出了为难和尴尬来，他站着没动，当然仍不说话，尽量保持着平静。

"你这条忠实的门下走狗……他给了你多少好处……"滕洛尔看着刚刚董亚宁离开的方向。车子是早就不见影了，可是他的人好像还在这儿，那挣不脱也扯不烂的阴影也仍然在这。

她苦笑一下："想不通，为什么……为什么死心塌地地给他卖命、帮他做坏事……他是坏人，你知道吗！"

"董先生是好人。"皮云波打断了她，说出这话，他的脸就红了。可是在夜晚，谁也看不见。

滕洛尔笑了，说："好人？董亚宁是……好人……你要笑死……笑死我啊？"

"他不会对郗小姐怎么样的。"皮云波说。

"为什么？"滕洛尔打了个酒嗝，挥挥手，"哇……这酒真毒辣……那女人！为什么……你怎么敢肯定……他不会对她怎么样……董亚宁那浑蛋，什么事做不出来……"

皮云波却没接茬儿，看着车子开走的方向。

他再回头，发现滕洛尔躺在了地上，以一种很不雅观的姿势。

皮云波叹了口气，接过手下人递过来的薄毯子，给滕洛尔盖上，一卷一裹，两个人像抬珍贵的物件似的，将她抬上了车……

在车子里，屺湘扶着额头，好久没有动。车里冷风强劲，她的身上一阵又一阵起着鸡皮疙瘩。

董亚宁扫了她一眼，把衣服扔给她。

"穿上。"他说。

屹湘没有动，就让衣服摊在膝上。

他斜了她一眼，车座宽大，显得她愈加小了一号，跟裹在蛋壳里的小鸡似的……

红灯，他把手搁在方向盘上，手指轻轻移动，磨着茧子。

"住在哪儿？"他问。这是个十字路口，东西南北，该往何处去，就在她一句话之间。

屹湘也看着前面这个宽阔的十字路口，红灯的时间这么漫长，足够她说清楚自己住哪儿。

"哪儿？"董亚宁又问。她的声音很轻，说第一遍，他没听清楚，她于是又说了一遍。

信号灯从红变黄，从黄变绿，董亚宁的大手从前额往后，捋了一下自己短短的圆寸。头发短，且硬，这一蹭，手掌心都酥麻——佟金戈啊佟金戈！

"绿灯了。"屹湘提醒董亚宁。后面的车子是他们自己的，不敢催。可再后面的，就不理会他们了，开始鸣笛。

董亚宁发动车子，在路口掉头。

董亚宁故意把车开得特别快，而且越来越快。屹湘只觉得前面的路像一条黑色的丝带，在不停地卷起来，忽远忽近的，像是随时会被卷走。她的呼吸急促了些，意识多少有点儿混沌。她使劲儿攥住安全带，指甲抠住手心，痛感能让她清醒些。

董亚宁熟门熟路，没多久就到达目的地。进大门也没费什么力气，他很快就把车停在了她的公寓楼下。

午夜的大院，宁静怡人。他降了车窗下来，坐在那里，没出声，也没动。

带着些寒凉的新鲜空气从窗外涌来，让已经很冷的车厢里变得更冷了些。屹湘拿起自己的东西就要下车，把手已经掀到底了，车门却没打开。她再掀，车门还是不开。她要反应一下才意识到，车门是落了锁的。她心里就有些发急，背上立时冒了汗。

"董亚宁！"她叫道。

董亚宁看着夜色中的公寓楼和院落，目光放到了远处。听到叫他的名字，他才收回目光，扫了她一眼，目光冰冷。她扒着车门，瞪着他，那样子，对他好像厌烦和不耐烦到了极点，恨不得马上离开。这眼神，让他联想到了那个词：如避蛇蝎。

他开了锁，仍旧看着远处，冷冷地说："以后，大晚上的，要是非得在街边拦车，还是穿得整齐点儿——从夜店出来，再穿成这样，难道你就是想要那效果？"

屹湘半开了车门，脚还悬在半空，听他这么说，停了下来。她的手扣在把手上，半晌，就保持着那个姿势，没有回过身来。

董亚宁转过脸来，看着她，那窄窄的背，就这会儿工夫，似乎缩了半寸。他发动了车子，等她离开。

听见引擎声响，屹湘像是被惊醒，转过身来。她将春衫搭在了手臂上，微微眯了下眼，再睁开，已是媚态横生。她那眉梢眼角，连微微颤动的嘴角都满是春风和春意。

"我说呢……你这么好心，送我回来……原来是在这儿等着我呢！"她身子摇晃了一下，坐了回来，春衫从臂上往下滑，落在手肘处。

董亚宁看着她这满不在乎的劲儿，冷笑了下。

"你也真奇怪。"她低声说。这婉转低回的嗓音，在车厢里绕着，是如此惊人地……撩拨人心。她甚至故意靠近了些，大眼睛忽闪忽闪地看着他。

董亚宁没动。他们呼吸相闻，她身上浓浓的酒气和体香混合在一起，一层层漫上来。

她笑了，看着他的目光更加迷离，轻声问："你这算什么？说好了一别两宽，你管我穿什么衣服、怎么拦车？"她越说，声音越低，但那声音像是能钻进人心底的小虫子，一口咬住了肉，不住地扭来扭去。

"你这样的，怎么好意思那样教滕洛尔？"他讽刺地问。

"不好意思……是想说我没资格吧？"屹湘缓缓地吐了一口气，胸脯随着呼吸缓慢起伏，好像她体内的血液流动都随之慢了下来，问，"那么你也是因为不好意思，才不教她，只会压制她？不惜毁她前途，逼她发疯？"就算醉着酒，她也牙尖嘴利。

董亚宁的舌根都硬了，冷冷地看着她。

屹湘默默地承受着他目光里的冷意，有一会儿没出声。缓过这口气，她漂亮的眉眼舒展开，轻轻吸了一下嘴唇。那对饱满而红润的嘴唇，像风里的花苞一样变换着形状……

"董亚宁，我为什么会那么说，我为什么会跟她说那些，你是不知道吗？"她的眼睛水盈盈的，望着他。

董亚宁怔了怔。

这会儿工夫，屹湘已经下了车。

"走吧，董亚宁。我不想跟你说话，你总知道，我也知道，哪句话说出来，刺刀就会见了红……"她说着，手腕上有什么东西崩开了。

她不耐烦地甩了下，那个东西就落在了地上。她懒得马上去看，往后退了退，离远一些。

手机在包里响起来，已经不知道是第几次了。她看了眼挂在手臂上的包，扶住车门，往前一推。

董亚宁看到她的手腕，眉头顿时一皱。他刚要探身，她立即意识到什么，手用力一推，车门砰地一下就关上了。

隔了淡青色的玻璃窗，两个人的目光对峙着。董亚宁看到她的嘴唇动了一下，分明是说了一个字。

滚。

他坐直了，紧咬着牙关，克制着自己，不要下车。

他冷冷地瞥了她一眼，迅速驱车驶离。

她仍倔强地站在楼前。直到他的车子开出大院，她都一动不动地站在那里……那倔强而单薄的影子，刀锋一般，看一眼，便直直地扎进人的胸口。

过了好一会儿，他才觉得，不对劲儿。可车子疾驰在路上，他一时之间，回不了头。

小店要打烊了，叶崇磬从服务员手里接过两个纸袋，微笑着说："抱歉，耽误你们下班了。"

服务员笑着摇头，替他推开店门。

车在路边等他。

他拎着纸袋，看了一会儿手里安静的手机。电话已经打了很多通，屹湘始终没有接听。他抬头看看街上，午夜，车辆已开始稀少。他有些担心，再次拨打了她的号码。电话还没接通，他的车门突然开了，粟茂茂从车上下来。

他站住，看着茂茂。跟他一样，她也穿得很整齐，却蹦蹦跳跳的，站到他面前来。

"叶崇磬！"她嗓音清脆，人看上去极快活。

听筒里还在重复那首老歌，并没有人接听。叶崇磬向粟茂茂轻轻点了下头，直到听筒传出"您拨打的电话暂时无法接通"，他才握着手机，目光越过自己的车子，看到不远处，粟茂茂那辆银色的车，问："你什么时候来的？"

从会议室出来，他马不停蹄地回办公室处理了几个文件，收拾好了就离开，直接乘专用电梯下行。他在停车场遇到过刚刚结束培训课的粟茂茂，她问他要去哪儿，他只说约了人。当时她什么都没说，很痛快地跟他说再见了。他没有想到，她会跟着自己来这儿。

"早来了，本来一直在我车上猫着等你出来呢。"粟茂茂直白地说。叶崇磬显然因她的行为不快，她抿了下唇。

"茂茂，"叶崇磬低了下头，望着粟茂茂的眼睛，说，"我来见朋友，如果你有兴趣，可以介绍给你认识。但你这样，不合适。"

"我知道不合适啊，这不马上跟你承认错误了吗……你来见谁？男的女的？"粟茂茂微笑着问。她试图化解叶崇磬的客气疏离和语气里的界限分明。

"很晚了，茂茂，回家吧。回去晚了，家里人会担心的。"叶崇磬耐心地说。

"没事，我就说跟你在一起呢，他们对你可放心了。"粟茂茂说。

"茂茂，不可以。"叶崇磬说。

粟茂茂咬了下嘴唇，问："你是不是另外有女朋友？"

叶崇磬沉默片刻，说："茂茂，不是'另外'，也不是女朋友。"

粟茂茂顿时松了口气，说："那不就得了吗！鬼鬼祟祟的，还不让人看……好了，你拿的什么？等了这半天，饿死我了……"她说着，过来看叶崇磬手里的纸袋。

叶崇磬便松了手，把吃的都给了她。

"是我喜欢的人。"叶崇磬说。

粟茂茂的动作定住了，她盯着手里敞开的袋子，只一会儿，仰起脸来，看着叶崇磬，问："你说什么？"她将纸袋合上，紧紧地抓在手里，盯着他的面孔。

叶崇磬并不打算跟茂茂在午夜的街头讨论他的私事，温和地说："我还有事情，这就得走了。"

粟茂茂看着他，纸袋已经被捏得变了形，可见她此时情绪波动之剧烈。

粟茂茂忽然又笑了，举起袋子来，说："好，我不耽误你——这个我就拿走了，回家要是被盘问，我就说是跟你一起去吃夜宵了，我走了！"她说着，转了身。

"茂茂！"叶崇磬叫她，"开车小心！"

"知道啦！"粟茂茂爽脆地答着，"到家会给你电话的。"

叶崇磬一直到看着粟茂茂开着车子离开，才上了车。他没发话，司机就等着。他坐了一会儿，才又打了一遍电话过去。已经过了约定时间这么久，屹湘却连一通电话都没有接起来，也没有一条信息，这让他有点儿担心。

他看了看表，时间还不算太晚，他也还记得她在电话里提起的那间酒吧……

"喂……"软绵绵的声音从听筒里传了出来。

叶崇磬险些要看看自己是不是拨错了号码，屹湘从来不曾用这种语气跟他讲过话，随即他便意识到：她喝醉了。

他问："你现在在哪儿？"听筒里除了她的声音，几乎没有其他一丝杂音。

她含含糊糊地咕哝了两句什么，他越想听清楚，越听不清。

她半晌才说："……秋千……"

"你等着我。"叶崇磬挂了电话，对司机说了地址。

司机应了一声"是"，发动了车子。一路上倒是很顺利，在大门口登了记，车子开进寂静的大院，但没等开到屹湘的公寓楼前，叶崇磬看到她的车子，便让司机停了车。

叶崇磬下了车，走到屹湘的车边，定睛一瞧，先吃了一惊。车子前挡风玻璃碎成了蜘蛛网。他心里一阵紧张，忙仔细看车身。车子的其他部分完好无损，而玻璃破碎的方式，很显然是被什么砸的……

他极为罕见地更加紧张起来，定定神，往大院南面走去——那儿，有秋千架——他一路急行，没走多远，脚步就慢下来……高高的秋千架下，有一团小小的黑影。

"屹湘？"他叫出声，再走近些，果然是她，抱着秋千的屹湘。

叶崇磬蹲下来，顿时闻到了浓烈的酒味。她坐在地上，牢牢地抱着秋千，下巴贴着秋千的坐垫，看到他，挣扎着想坐直了，却把秋千弄得乱晃起来，人也跟着翻倒在一边。她却呵呵笑着，两条修长的小腿乱舞着……他一把拉住了她。

"叶崇磬！"她看清他的脸，笑，"你来啦！"她的声音好大，叫他的名字还带着回音。

崇磬看了看四周，她喝醉了，这是……怎么回来的？车子成了那样，还就扔在楼前。

"喝酒了呀？"他轻声问。

"嗯！就……别告诉我妈……我喝酒了……"她乱糟糟的小脑袋，凑过来，只差一点儿点儿，就拱到了他的胸口处，然后又缩回去，捂着嘴，"喝了……不过，我可没喝醉。"

叶崇磬无奈地看着她，糊涂成了这样，还是这么……惹人怜爱。他已经知道，通常她是不喝酒的，喝那么一点米酒，又勉强，又无状……

她的手机响了。

"喂……"她不知怎么就把掉在地上的手机抓了起来，"喂……秋千……我在秋千这里……"手机被拿反了，还在继续响，她只顾自己说起来。

叶崇磬哭笑不得，把手机从她的手里抽出来。看是潇潇打来的，他便没接。待铃音断了，将手机先装在了自己的口袋里，把她拉起来，问："能走吗？"

屹湘看着他，重重地点头，每一下，都很重。

"能。"她说。她说完便转身，这一转，就像乏力的陀螺一样，歪向了一边。

叶崇磬叹了口气，想要扶她，她笑着摆手，走出了"之"字形路线，一溜邪风往前去，脚步完全没有了平时的轻盈。

叶崇磬只好跟着她，为防止她跌倒，还得不时伸手把她拉回直线上来。

踏上楼前的青石板路，突然，她"哎哟"了一声，站住了。

"怎么了？"他问。

"疼。"她跷起了脚。

叶崇磬看着她脚上那只黑色缎面芭蕾鞋，还没反应过来应该怎么做，她就单脚跳着挪动了半步，坐在了楼前的台阶上。这还不算，她一伸手就将鞋子脱了下来，竖起鞋子一抖，一颗豆大的沙子，便滚落在地上。

"看！"她捏起那沙粒，给他瞧，像是找到了一颗珍珠。

他怔了下，看着她发红发光的面孔，笑出来。他上前一步，伸手想拉她起来。她却推开他的手，干脆连另一只鞋也脱了下来。光着的一双脚，踩在石阶上，那圆嘟嘟的小巧脚趾，嫩豆瓣似的……他移开目光，只说："屹湘，地上凉。"

"凉吗？"她随口应着。她却觉得热，全身都热烘烘的。光脚踏着石板，清凉舒适，对她来说，这是刚刚好……可就这么坐着，她也清醒了一些。

叶崇磬看她慢悠悠地晃着腿和脚，显然很舒服，看看时间，暂时没催促她。

屹湘握着手，手心痒痒的。那颗沙粒还在她手中，并没有扔出去……她张开手掌，出神地看着它。

"干吗不扔掉？"叶崇磬也坐了下来。

"嗯……"她拖着长音，"留着生珠。"

他无声地笑了："调皮。"

她举起沙粒，吸了下鼻子："欸，我给你……讲个故事吧？"

叶崇磬浓眉耸动一下。

她又吸了下鼻子，说："不想听就算了。"

"想听。"他说。

"嗯……在很久很久以前……有一个公主……她可娇贵了……"她的手不动了，沙粒也在她的手心固定住了，她的喉咙有点儿发紧。

"然后呢？"叶崇磬问。

"然后……我忘了。"屹湘眨眼。她呼了口气，头没有那么沉了，但还是晕。鼻子像是被什么塞住了，堵得心慌气短，她抬手揉了下眼眶。

叶崇磬看看屹湘，又看看她手里的沙子，慢条斯理地说："在很久很久以前，有一个王子，想要娶一位真正的公主做妻子。他找了好久，走了很多国家，都没有找到符合他心中标准的那样一个'真正的'公主。他很不开心地回到自己的王国，以为自己这辈子都找不到了。有一天晚上，风也大，雨也大，城堡里来了一位要投宿的美丽姑娘。她说自己是公主，来自遥远的王国。可是她的模样很狼狈，没有人相信她的话。老国王知道了，还是动了恻隐之心，收留了姑娘。他还想了一个办法，试试她是不是一位真公主。因为一个真正的公主，可不是靠嘴上说，而是要看她怎么做。老国王让宫女给姑娘准备房间，在她要休息的床上放了一颗豌豆，又铺上十二层褥子。第二天早上，他们问姑娘，昨晚睡得舒不舒服啊。姑娘说，一点儿都不舒服！他们问，为什么呢？她说，褥子下面好像有什么东西，硌得我身上疼死了，都睡不好觉了……于是，大家就知道了，她没有撒谎。她的确是位公主，还是'真正的'公主。王子也终于得偿所愿，娶到了他想要的新娘。"

他讲得很慢，已经有很多年不曾听过这个故事，却完全凭着记忆，组合出了头尾。他讲完了，自己都觉得好笑。在这么一个晚上，身边只有醉意朦胧的她。她起了头的那个故事，到底是不是这一个，他也不清楚，可心里像是被触动了什么机关。他微微一笑，侧过脸去。屹湘正直愣愣地瞅着他，他伸手揉了揉她的额发。

"故事听完了，上去休息吧，公主殿下。"他说着就要拉她起来。

屹湘攥住了他的衣袖，她面色绯红，呼吸有些急促。

他看着她的模样，有瞬时的怔忡，待缓过来些，心跳又骤然加速……

她的睫毛在簌簌发颤，攥着他衣袖的手指，一分一分地揉着，揉到她的手心里去。

叶崇磬将屹湘托了起来，又轻又快的，她像坐了升降机似的，飘飘然起了身，却不动身，望着他，目光迷离而朦胧，温柔得几乎能滴出水来……

叶崇磬的衣袖被她攥着，那脆弱的一线牵绊，本是很好挣脱，他却完全没有这个想法，任她无意识地揉搓着他的袖子钮子，揉搓得一塌糊涂……他就在她细碎的动作里，抑制着自己的呼吸和心跳。

她是醉了的……

屹湘目不转睛地瞅着面前这个男人，高高的、直直的、像白杨树一样的男人……这么高，她得踮起脚，站在石阶上，才能够到他吧？

十只嫩豆瓣似的脚指头支撑着身子，多半的重量都朝着他倾过去。她松开攥着他袖口的手，轻轻地抬起头来，抚在了他的下巴上。

手指下，那温热绷了一下。

她笑了，踮起脚来，是了，这样，她就和他一样高了。

和他一样高了……

她滚烫的脸，滚烫的嘴唇，一下子印在了他的脸、他的唇上……他微凉的脸，微凉的唇，让她亲起来，觉得无比舒服。一下一下，她柔软水润的唇瓣，调皮地啄啄这里、啄啄那里……

叶崇磬先是被她弄得怔住，紧接着脸上便像被留下了火苗，一处一处地燃起来，她呼吸的微风一吹，便连成了片。

他拉住她的手臂，她却使了蛮力出来，索性钩住他的颈子，半张半闭的眼睛，泻出了星光似的，美而诱惑……他顿了一下。

屹湘趁机随势而上，柔柔的唇便含了他的下唇……这一吻便没有了尽头似的，她用力地吸着他身上的那一点儿点儿微凉，微凉的气息越来越弱，取代而来的是灼热……这灼热跟她身上的热，像两股角逐的力道，一进一退，一退一进……这力道逐渐缠在了一起，他却猛地将她推开。她迷糊地看着他，似乎是不明白。

"你……"她喃喃的，眼睛里充满了泪。

他带着她往旁边一挪，她便靠在了凉凉的墙壁上。

"屹湘，你看着我。"他扳过她的脸，低声道，"我是叶崇磬。"

"叶崇磬……"她重复着这三个字，"我知道，叶崇磬……知道……"她含混不清地回答。她身上的味道有些浑浊，酒气浓烈，浓烈中又有她独特的香气，这么混着，竟又是深深的诱惑……叶崇磬将她抵在墙壁上，吻了下去……她的手臂下意识地缠紧了他的颈子，开始是怯怯的，渐渐地便是带着些蛮力的，回应着他的亲吻……而他的唇齿极为有力，她的唇很快燃起了火辣辣的痛感，这痛感在迅速地扩散……她的手扯着他的后襟，明明是痛着，却倔强地不肯放弃。仿佛此刻，她便只有这样，才觉得自己是好好的，好好的一个人，好好的一个女人……

他将她搂在怀里，转了个身，让她的脚，踩在他的脚背上。隔着他柔软的皮鞋，他灼热的体温传过来，传到她的身上去。

她抱着他的腰，有力的、柔韧的腰肢，她细细的手臂，恰好能够合抱。她的手扣在一起，像只小树熊一样，挂在他的身上，她的半边面颊，恰好贴在他胸口的位置，几乎能感受到那有力的心跳。

她不知怎的，眼前突然黑了一下，立即松开手臂，往后退去。

叶崇磐拉住她的手腕。

她光着脚，在门前的石板上倒退，砰地一下磕在铁门上，冰冷的铁门，激得她一哆嗦。她喘着气，混乱地摇头。

他走近她，她推开他，不住地摇头，一只手握成拳，狠狠地捶着胸口。

叶崇磐抓了她的手。

她摇头，凌乱的发丝甩着，扫过他的下颌，刺痒。

"对不起……"她说，艰难地说。她头晕得厉害，也有些不清醒，唯一知道的是，她不能这么做。此时她想走开，身上的力气又好像不够了，于是只能被他这样扶着……她摇头，眩晕，再摇头，眩晕得更厉害了……眼前是有些重重的人影，黑的、灰的，向她压过来，重重叠叠地围绕着她。她的手乱拨着，想要把这些人影都拨开……

叶崇磐定定地瞅着她，她的手臂在身前乱舞，眼神混乱，混乱得不成样子。他胸口发闷，无声地将她拉近，试着将她抱在怀里。

她的手肘立刻撑在他的胸前。

叶崇磐看着她，她的身子在发抖，在他手下的细瘦的身子骨，总蕴含着无穷的勇气和力气似的身子骨，此时在发抖。

"没关系的。"他低声哄她，让她不要难过——她看起来既难过，又委屈和愤懑。

"……嘘……别出声……"屹湘瑟缩了一下，手指比在唇间，那红得不可思议的嘴唇，一张一合，"不能说……"她刹住了，似是有些惊恐。

她抬眼看着他，片刻，小心地转动着脑袋，左右看着，似是疑心有什么人在暗处盯梢。因为恐惧，她的身子也颤抖起来。

叶崇磐轻轻拍着她的肩膀安抚着她，可并不见效。她呻吟一声，抬手抓住自己的头发："头疼……我头疼……"

"屹湘。"叶崇磐身上的热已经退了，头脑渐渐冷静下来。

屹湘这样子，绝不像是简单的醉酒。他心头震颤，想把她整个人抱在怀里，可她使劲儿地推拒着他。

"你这是怎么了？"他低声抚慰她。

"怎么了……不，不能说……不让说出去……"她断断续续地说着，身子抖得更厉害了，牙齿相撞，咯咯作响，"……你也会嫌弃我的……"

叶崇馨抚着她汗湿的额头和面颊，低声说："好了，不说……好了……我在这里，别怕。没关系的……真的没有关系。"他的声音尽量低缓，免得再刺激她。

他平和的声音，起到了安抚的作用。

她精疲力竭，冷汗浸透了身上的衣衫。

他怀抱着她，只觉得自己是被什么缠住了，如此紧密，让他觉得闷且热。他想要扯开，却密不透风，心里是觉得有种危险在靠近似的不安定，可无论如何，此时他是不能放开的……他静静地将她拥抱。

他说："屹湘，别怕。"

她想抬起头来看他一眼，却是没有了力气。终于，她迷迷糊糊地倒在了他的怀里，如此安定温暖，而似曾相识……

远远地隐在灌木丛后车上的那双眼睛，始终一眨不眨地看着那对依偎在一处的身影。那身形高大的男人，将轻盈娇小的女人抱了起来，腾出一只手来，按着电子锁。一楼亮着灯的人家应了门，男人轻松地打开了铁门，小心翼翼地走了进去。门在他们身后合拢，将他的视线阻挡住了。

楼梯间的灯一盏盏慢慢地接连亮起来，又一盏盏慢慢地灭掉。好一会儿，又有一个窗口亮了灯，紧接着，是旁边的窗口……

董亚宁的手搁在方向盘上，真皮的纹路，跟掌纹摩擦着。缓缓地，他抬手摸着自己脸上的那道伤疤……伤疤的纹路，总是那么清晰。

他又看一眼，窗帘被拉上了，于是窗口暗了……他冷笑了一下，转动了车钥匙。

车子引擎声响起，细微的，像女子清透的呼吸声。

他出大门的时候，门卫向他敬了个礼。

他扬长而去。

陈月皓听着浴室里的水流声，微笑。她抬眼看看浴室门，停了下，继续轻轻柔柔地说这、说那。已经好久了，她总也听不到董亚宁的一句回应。不过，那水流声好像就是回应。

"……对了，我明天要去一个品牌旗舰店的开幕仪式，你给我点儿意见，看我穿哪件礼服合适吧？"她原本是坐在化妆台旁，说到这儿，兴奋起来，赶忙跳下来，"我先穿那件给你看……也是这几件里我最喜欢的，要是你也觉得好，我就穿它去……这是我第一次穿郗小姐设计的裙子呢……"

董亚宁关了花洒，正好听到这句话。

他扶着墙。

过了一会儿，他才抹了一把脸。水渗进眼眶，眼睛微痛。他走出来，抽了毛巾。

陈月皓拉开浴室门，问他："好看吗？"

董亚宁晃了下脖子。

"好看吗？"她又问。

董亚宁擦着脸上的水，看她低头摆弄身上的礼服。她的身子轻轻转动着，动作轻缓温柔，好像很珍视身上这件礼服。

这是她穿惯了的嫩黄色，柔亮的色泽，柔软的质地，很贴身。她像忽然想起什么，说了声"你等等啊"，马上跑到衣帽间去拿了一双板鞋来，蹲在地上换，笑着说："看我这样混搭……这鞋子不错吧？明天要去的就是这家鞋店……郗小姐说，要是这样穿，别致有趣……怎样？"她站起来，脚踩在地毯上，轻轻踏着步子。但是好一会儿，她都没听到董亚宁的回应。

她意识到什么，将裙摆放下，抬起头来，才发现他正瞅着自己。那眼神，直勾勾的……她停住了，问："是……不好看吗？"

董亚宁脸上的神情没有变化，仍沉默着。

她的心却怦然而动，目不转睛地看着他。

他抱着手臂，靠在门边，只一条浴巾围在腰间，身上的肌肉紧实，看上去是性感极了。

"剪刀呢？"他问。

她怔了一下，不明白为什么他突然要剪刀，但还是说："我去给你拿。"

她迅速转身离开，脸上不自觉地烧了起来，她忍不住以手作扇，急速扇了两下，让自己冷静一点儿，可无济于事，鼻尖还是冒出了细密的汗。她走进卧室，在梳妆桌的抽屉间慌乱地扒拉着，终于找到了剪刀，正要转身，发现他已经悄无声息地来到了她身后。

"给。"她说，然后将剪刀递给他。

他只盯着她身上，那眼神让她躁动，也让她紧张。他的动作很慢，但也不过几秒钟，就从她手中抽走了剪刀。

她手心一空，还停在那里，像木偶一样站着。

董亚宁后退了半步，从上至下看着她身上的这件礼服。他看得极仔细，好像要格外花费些工夫研究一番，好将这件礼服看明白似的。

陈月皓的颈上、肩头都渗出了汗，她轻摸一下锁骨处。

"别动。"他说。

裙摆随着她的动作微微颤动着，软绸的宽腰带上细碎的水晶闪闪发光。

他空着的那只手，沿着她的肩、胸、腰际线一路游走，渐渐向下……分明是如羽毛拂过般的轻缓，却让她的呼吸慢慢地紧了起来，大气不敢出半分。他靠近了，呼吸声近在耳边，身上带着刚刚出浴的清水味道，清晰却又浓烈，让她心里发慌。

他看了她一眼，慢慢地、慢慢地竖起剪刀，尖锋向下，贴着她的皮肤，从上面轻轻一下，剪了一道口子。

陈月皓张了嘴。

董亚宁的手一松，剪刀就落在地板上，发出一声巨响。他低头，手指捏在那道口子上，狠狠地一用力，丝绸在他的手间哧的一声脆响，裂开了……

陈月皓不由自主地发出惊呼。

董亚宁充耳不闻，仿佛还不够，再一用力，裂口到了底……他手一撒，两片裙子撒向了两边。

陈月皓身上只剩一条衬裙，看着被扯烂的礼服，呆若木鸡，还没有意识到怎么回事，就被董亚宁一下子掀倒在了床上。

她听着他粗重的喘息，晕了一样，脑中那条碎掉的美丽裙子，就像催情的药似的，让她的身体瞬间燃起了火。

她急喘，胸口剧烈起伏，如风吹过麦浪。

董亚宁专注地看着她，纹丝不动。

好一会儿，他说："记住，在我面前，永远别那么穿。"

然后，他站了起来，踩着那件碎掉的礼服，从容地换上了自己来时穿的衣服。

陈月皓傻了一样，躺在床上，动都动不了，听着董亚宁离去。

脚步声越来越远，门关上了，公寓里静了下来。

陈月皓盯着天花板，床头灯的影子投在天花板上，圆圆的一团光影。她盯着盯着，从床上翻身起来，迅速地提起那条浴巾裹在自己身上，慌乱间脚下一绊，她跪在了地上。

膝盖酸痛。

她抚着膝盖，坐在地上，身下是那条被撕碎的裙子，她握住，明黄的色泽，向日葵般明媚。

郗屹湘说，过去，她的设计极少用这样明艳的色。但一个设计师，即便有了鲜明的、很有辨识度的风格，也永远不会拒绝做出新的尝试。

最近，陈月皓就在试着使用自己不太常用的颜色，郗屹湘说："这件明黄色的礼服很适合陈小姐。"她说话的时候语气淡淡的。

郗屹湘的助理说，郗小姐最近很忙，很少亲自照顾客人，可她去选礼服的时候，也是巧合，郗屹湘恰好有十几分钟的空闲时间。

十几分钟而已，说不了多少话，也做不了多少事……陈月皓的记性其实不算好，台词稍微长一点儿，就要下苦功夫去记，可是很奇怪，郗屹湘那会儿说的话，她竟字字句句都记住了。

郗屹湘说她穿着好看的，她都带回来了。

陈月皓看着、看着，两行泪就流了下来……

董亚宁走进电梯，一路下行，身子始终绷得紧紧的，像一张拉满的弓。待到上了车，他拿了手机出来。等着电话接通，他说："出来，我在俱乐部等你。"

他丢开手机，发动车子，疾驰而去。

佟金戈到了俱乐部，一看到坐在吧台边喝着酒的董亚宁，就叫了声"董哥"，没照往常那样不打招呼就坐下。

董亚宁倒了一杯酒，推给他，说："坐。"

佟金戈清了下喉，坐下来，等着董亚宁先开口。他正襟危坐，手扶着酒杯，但没喝。

董亚宁发觉金戈今天特别安静，转头看了看，果然穿得也特别整齐，便问："你这是刚开完会出来？"

佟金戈心想：凌晨一两点了叫我出来……什么开会，开西半球的会呢？

他看董亚宁脸色不善，赔着笑，说："不是，哥哥您叫我出来，我不得穿整齐点儿？"他舰着脸笑，心里多少有点儿打鼓，不知道董亚宁大半夜把他提溜到射击俱乐部，是何用意。

通常董亚宁就只在需要静心的时候才来这儿，董亚宁的这个习惯，他是知道的。所以有什么正经事，又不想正经谈，他们都乐意陪着董亚宁在这儿消磨一下。通常，事也就谈成了。

"哦……"董亚宁拉长了腔调，"见我，得穿整齐点儿？你还挺拿我当回事。"

"那是。"虽然听着这话不那么对劲儿，但金戈还是正正经经地说，"这么晚叫我出来，到底有什么事儿啊？"

"我扰着你春梦了？"董亚宁喝了口酒，问。

"瞧您说的，我今儿在我们老爷子跟前呢。"金戈微笑道。

"好，那就好。"董亚宁又喝一口酒。

佟金戈摸不着头脑，也不往下说了。

董亚宁停了一会儿，说："也不是什么大事儿。"

金戈看着董亚宁，点了下头。

金戈摸了摸酒杯，心想：这语气，这么淡、这么平……要是搁别人，他也就信了，在董亚宁这儿，听着可不像是小事儿。

"我要跟你说什么，你有数吧？"

金戈摇了下头。

"好，你来和我说说，她怎么就住到那老宿舍楼去了？"董亚宁问。

佟金戈"啊"了一声，说："这事儿啊……你怎么知道了？"他好像是松了口气，正要端酒杯，就听董亚宁咣地一下，将手里的酒杯重重地一拍。

他顿了顿，才端起酒杯来，看看董亚宁那张阴沉的脸和那双发红的眼，喝了口酒，问："怎么？"

"你干的好事儿！"董亚宁一字一句地说。

他捏着手里的杯子，就快要捏碎了："芳菲知道？"

佟金戈没回答。

"芳菲主使。"董亚宁自问自答。

金戈放下酒杯，说："不关芳菲的事，当时湘湘正在找住处，我琢磨着，你那儿闲着不也闲着？又说不卖，租给谁不是租？别人租得，就她租不得？再说了，亲是亲，财是财，另说另道嘛！我不就……自作主张了吗……"

董亚宁头顶滋滋地冒着汗。

他不出声，金戈才越觉得心惊，小心翼翼地问："出什么事儿了？"

董亚宁双手扣在一起，撑在鼻尖处。

静默良久，金戈才说："这事儿要是办得不对了，你尽管说。大不了我唱白脸，给你撑人就是了……总不至于到这一步吧？打她回来，你们不都面子上挺过得去的吗？你跟潇潇又那么和和气气的……前回我还琢磨，说不定哪天你们又歌舞升平了……"

"金戈。"

"嗯？"佟金戈就见董亚宁慢慢地转向了自己，不禁愣住了——董亚宁的脸上的表情，他从未见过——阴冷是阴冷极了，可是，分明有种很痛苦的情绪，硬是被压在了那阴冷之下。

董亚宁是极力地不想表现出来，但显然此刻是有些压制不住了。

金戈看着他，忍不住捶了下桌，说："这到底是怎么回事儿啊？我就知道你放不下她，放不下就抓回来！要死要活，在你这里就是一句话的事儿。这么不干不脆的，什么意思？让我们看着都累。"

"我放不下她……"董亚宁笑了，那阴冷到发青的脸上，笑意一现，很是骇人。

金戈只觉得心惊。

"不是吗？要真是放下了，你何至于看见她跟叶哥亲近一点儿，就跟被踩了尾巴似的。人家那边才有点儿捕风捉影的苗头，你这边就火烧连营了，又何至于她干点儿什么，你都看不顺眼？哥哥，有些话，我从来没敢问过你，今儿话说到这儿了，你能让我明白明白吗？"佟金戈喝光了酒。

董亚宁给他倒酒。

"我一直在国外，也只是零打碎敲地知道点儿，都不知道是隔了几个人的话了，只知道她那时候不太像话。我想，那个时候，她的人像不像话其实也无关紧要，一定是有其他的缘故。这我明白，不管我猜得对不对，这会儿咱们不提。就算是全因为她，她哪儿过火了，我们谁也不是没有那样的时候，真不用太在意。叫我说，既然你喜欢了，就别计较，就算家里那关难过，也总会过去。世事难料，上一回斗得你死我活的，下一回未必不通力合作，哪有什么永远的阵营，对吧，哥哥？"

董亚宁不语。

金戈看着他，继续道："说实话，她是挺招人的。从她回国，我也接触过几次，冷眼看着，也看出来了，她是狠角色，想必发起狠来，能把人弄疯了……她可给你做绝了？"

狠角色，做绝了。

董亚宁无声地笑了笑。

"金戈，"他慢吞吞地说，"我不会原谅她。"

佟金戈不客气地笑了，他看着酒杯里的酒，轻声说："你这就不爷们儿了。我看你什么事也不犯难，牵涉到了她，你就犯糊涂——不原谅？不原谅，这辈子你都放不下，放不下的话，你怎么办？又不是十万八千里，这要是巧了，一天能见八回！你不累，她不累，我们也累。哥哥，放开点儿吧，这圈子就这么大，你们瞒得也算好了，我这么瞎眼笨嘴的，也瞅着不对了，何况那些猴精八怪？都不明说就是了。我呢，也是多余这张嘴，你呢，省省事儿，再省省事儿，说穿了，什么样的女人，也就是女人……"

砰的一声，董亚宁将手里的玻璃杯扔了出去，正好砸进酒柜里。酒瓶稀里哗啦地往下掉，酒液和玻璃碴子四处溅开。

佟金戈住了嘴。

董亚宁的火像是发出去了一些，气息渐渐平了。

金戈咂吧着嘴，心说又砸东西，敢情谁不会砸啊？

可他没出声，好在董亚宁也没继续扔东西撒气。等把剩下的半瓶酒也喝得差不多了，他才问："气喘匀了没？走吧？我的车在外面。去哪儿？我送你。"

董亚宁站起来，有些摇晃。金戈要扶他，他不让，走在了前面。

在车上，董亚宁仍旧一言不发，金戈也有些心事重重。将董亚宁送回住处，他看着董亚宁往里走，叫了声"董哥"。

董亚宁回头，金戈沉吟片刻，原本想说的话，在舌尖打了转，到底没出口，却说："好好睡一觉去吧——听我句劝，哥哥，就算湘湘跟你在一起的时候再浑蛋，现在，也是跟你毫无关系的人了。你自个儿也说，该怎么着就怎么着，别特地跟她过去，更别跟自己过不去。我走了，你上去好好睡一觉，咱回见。"

金戈上了车，却没让司机马上开走。他隔着窗子看到董亚宁推门进去了，才吩咐开车。临走时，他倒又看了眼叶崇磬那里，黑灯瞎火的，他的心里莫名就有些烦躁。

董亚宁回身坐在了台阶上，旺财从狗洞钻出来，蹲在了他的身边。

旺财静静地坐着，陪着他，隔一会儿，大脑袋拱他一下……他总不理它，它也就安静下来。

他看着手上那枚金色的素环，拧着、拧着……指上的血肉都被拧到了一处去似的，酸、痛、胀。

他深呼吸。

原谅？怎么能原谅？那样的背叛，那样的不堪……即便他曾经试过将自己最真的心给她，她都踩在了脚底下。这，该怎么原谅？

他当日追她到伦敦，要带她回来，带她回来结婚。他对她说过，无论她做过什么样的糊涂事，无论家里怎么反对，无论外面的传言是怎样的，他都不在乎。

他拉着她的手站在那里，跟她说他不在乎那些，就要她。那是他爱了多年还在爱着的姑娘，他总相信她只是一时糊涂，才闹出了惊人的丑闻。那也不能只怪她，谁让他没有照顾好她，谁让他们正在冷战，谁让他当时自顾不暇？可再乱再难，他还是爱她……

一盘子裸钻，像星星一样。他说："我知道那些现成的，你都未必满意，那就另选，这家不满意，选下家。"她一抬手，所有的星星都滚落天际。

他白了脸，她也白了脸，说："董亚宁，你不在乎？你现在说你不在乎，你忘了一个月前你跟我说过的话了？还有，以后呢？你不在乎……我告诉你，到今天，你在乎，那是你的事情；不在乎，也是你的事——我不稀罕。你不用纡尊降贵来原谅我。我不需要你原谅我。"

他问她："你是不是真的这么想？这么多年了，湘湘，我们这么多年了……"

她说："这么多年又怎样？"

他反问："难道对你来说没有意义吗？"

她说："不再有意义。董亚宁，我不拦着你走阳关道，你也别阻着我上那独木桥。我们闹掰了不正好吗？你尽管娶那高贵的公主，照那说法，我这种乞丐姑娘，是配不上你家那门庭……这个不用你们家来告诉我，我家也先有了自知之明。别说你们家反对，我们家也不同意——省了这一步不是更好？"

她说话得有多毒呢，一点儿余地都不给他留。什么公主、乞丐，他什么时候有过这样的想法？看着她那副样子，他真想掐死她。无数次，他都有那么个念头，想着干脆掐死她算了，一了百了，再也不会有这么个人，让他难受起来是求生不得，求死不能。

她问："我话都说清楚了，可以走了吧？"

他拦在那里，说："这些不说了。我来，就是已经想明白，过去那些，都不计较。我想告诉你的是，无论如何，无论谁反对，我都能顶住……湘湘，我从霍克斯海德回去，有两个月，我的日子是怎么过的，你不知道吧？你知道的都是从别人那儿听来的，我自己从来没有跟你提过我的难处……湘湘，我不告诉你，是不想你跟我一起烦，现在……"

她说："你别说了，我不想听。咱俩都分手了，你说这些和我没关系了。"

她撇得一干二净，她常常说那句"我不想听"，却没有哪次让他像那一刻觉得可恨至极。是的，有些话，他不用出口，她也能明白。那是他们的互相了解，那种了解有多深，只有他们自己知道。最深、最深的痛苦，哪怕对父母都不能言说的痛苦，他们彼此也坦诚面对和共同承担过。可她真的全明白吗？不是的。

后来，太多的分离、太多的误会，他都会觉得她时常令他看不懂，她又怎么能全明白他的处境？

他们靠猜度、靠信任撑着，一旦猜错了，不信了，就塌了。比如眼下，他想解释的时候，她已经"不想听"……

他问："那你告诉我这次为什么回去？不是特意回去找我的吗？"

他不死心，总觉得她不会对他那么绝情。霍克斯海德一别，那渐渐加深的疏离和隔膜，他意识到了，但他总觉得那也会是暂时的，也必须是暂时的。

他顶得住家里的压力，打得住别处的诱惑……都会过去的，只要他肯等，她一定会懂得和珍惜他等待的那份心意。

可不是他不等了，而是她真的不要了。他等来的是一场混乱，还有她的摊牌。他质问她，那些指控是不是真的，她没有否认。天杀的她竟然没有一字否认……他为她找了无数理由、也为自己找了无数理由，然而全都被她的清醒和决绝击碎了。他气疯了，真的气疯了，什么话都说了，什么都骂了……可最后还是放不下她。

他不断地告诉自己，她就是一时糊涂，因为一时糊涂才做错事。他追过来，想把她带回去……

他眼看着她笑了。她说："为什么特意回去？你忘了，我外公生日呢。分手的事，本来跟你在电话里说说就行了，可我既然回去了，还是当面跟你说吧……结果……出了那么严重的状况，我以为连说都不用说了呢。你是个有洁癖的人，恨死了人乱来……哪儿想得到……更没想到，你居然还会来跟我说，原谅我，还要跟我结婚？董亚宁，你脑子出问题了吗？我可是坐实了……"

"你住嘴！"

"看，你听都听不得。原谅？"她看着他，忽然语气就软了下来，说，"董亚宁，我了解你，你不会原谅我的……我太知道你了，与其让你一辈子心里有根刺，不如就此分开。"

他沉默良久，总觉得哪儿不对劲儿。

他问："湘湘，外公生日？"

"对。"

"可你们家的规矩从来都是做九不做十，外公七十九岁，你都没空回去，他八十岁，你回去？"

她说："那你以为呢？我难道是特意掐准了时辰打算把我外公气死？"

他怔了半天，突然袭击似的问："你是不是怀孕了？"

她却连个愣儿都没打，笑着问："天哪，你该不会是要问这个，才这么远追来的吧？谁跟你说的？粟菁菁？她还当真了呢！你当我可能是你孩子他妈？怕我瞒着你，还是怎么着了？你放心，我是多么会算计的人，你清楚，有这样的王牌，我不用你提醒，自然会跟董伯母说——我就算再不稀罕嫁进你们家，能让他们难堪一下的机会，我是不会放过的。"

他看着她的眼睛，不像是撒谎。自己也觉得是没有可能的，可心里也不知怎么，就又特别失落和疼痛。

她说："这下没问题了吧？难为你追到这么远来，其实大可不必。在医院那天，咱俩的话就都说完了。无论如何，是我对不住你在先……可既然家里都反对，就算了吧。你也知道，感情，对我来说，从来不是第一位的……孩子，别说是没有，就算有了，你以为我会要吗？要了，跟你结婚啊？别开玩笑了，我可不是为了这么早就生孩子、带孩子才拼到今天的啊。"

她说得轻松无比。是，她不是为了这些才拼得那么狠的。她计划好的路上是容不得有这些阻碍的。他知道，一直都知道，所以一直在等她，也一直在纵容她。

他听着，却问："你是不是有别人了？你告诉我，在这边是不是有别人了？有人了，才打算回去跟我分手？"

她扭开脸，说："你别问了。"

他说："你回答我。"

她说："没有。"

他说："你看着我，说没有。"

在她的手上和脸上，一个月前在北京的那场混乱中落下的痕迹还都在，提醒着他，他们经历了一段怎样困难的日子。可即便这样，他也不管不顾了，只要她从此以后完全地属于他。

他问出这句话的时候，其实想的是，如果她回答"是"，那么他也原谅她，无论如何都原谅。他就是要把她留在身边，他会想办法把她夺回来。

她转过头来看着他，说："没有，我只是不爱你了，烦你了，不想再被你绊住了，跟有没有其他人没关系。你的家庭，你家的那些人……没出事前，不喜欢我；出事之后，轮番地羞辱我，也让我恶心。就冲他们，我也不能跟你在一起。我说得够清楚了吧？董亚宁，你得是多大的宝贝，他们才能把我当成脚底泥？我若还爱你，那也无所谓，可我不爱了！"

他站在那里，问："你再说一遍？"

她说："你要是再纠缠我，我会瞧不起你的，董亚宁。你不是最有范儿、最带劲儿、最利落的爷们儿吗？你就从此离开我吧——何况我现在，不就是真的成了脚底泥？"

他只觉得身上的血都在慢慢地凉下去。

她走开，他都没反应。等他回过神来追出去，她已经不见了。

后来，他还是在她住的公寓外面等了半宿。他有她公寓的钥匙，可她已经把门锁换掉，他再也打不开她的房门了。

她的屋子一直亮着灯，他就看着她的窗子，也看着奇形怪状的艺术家们在那公寓楼里进进出出。在夜里，公寓楼里反而更热闹。

他记得自己从一开始就不喜欢这里的环境，因为住客的情况特别复杂。他给她安排过高级住宅区的住处，她还特别不高兴，说他不尊重她的生活方式、不懂她，最后也只能是他妥协。他来，就住在她这里，偶尔她也去他那里。她很喜欢去他住处附近的一家蛋糕店，每次经过，都要他停下车来，去买上几块。

他抽着烟，想着她吃蛋糕时的甜蜜样子。很多很多的画面，都美好得不可思议。

他抽了多少烟，自己都不记得了。

心就像被放在火上煎熬，那种疼到麻木的感觉，其实到现在，他都不记得了，因为再也没有机会体会，也不愿意再去回想。他那样狼狈，那样用力，那样低姿态到了把什么都抛却……还是要不死心地再上去见她一面，哪怕，她眼睛里还有一丝的留恋、不舍和温柔……只要有那么一丝，他绝对不会再放开她。

公寓管理员告诉他，Vanessa 今天没有回来。她经常会忘记关灯，已经提醒过她很多次，她总是不记得。

他的手机一直在响，不得不先走，第二天再去，她的窗口果然还亮着灯。他在楼下站了好久才上去，发现她的房门没关好。

现在想想，该是怎样的放浪形骸，门都不关好……她的屋子里，不是，而是她的床边，有个赤条条的男人。

看到他，她翻身从床上坐起，下来走到他面前——睡衣飘飘，带子都没系好。她的脸色是苍白的，像见到鬼。她怒气冲冲地问他："进人家房间不知道该敲门？"她理直气壮，她对他，真的翻脸不认了人。

他还没开口，就一个耳光抽了过去。那个男人马上叫喊着过来，被她一把推开。

她的右脸上有红印子立即跳了出来，她半晌没动，好像都喘不过气来了。

他也动不了，手掌疼，火辣辣地疼，然而比不了心里的疼。他从不知道人的心脏可以那样疼……都说心脏没有痛感，可她就是会让他的心脏痛到无以复加。

当屋子里就只剩下他们俩，她扬手一个耳光抽了回来，抽得他半边脸都木了。

她笑着说："董亚宁，你怎么能打我……我不是早和你说清楚了吗？你都不是我男人了，我跟谁，你管得着吗？你凭什么打我？"

他浑身发冷，说："你怎么能骗我！你怎么能……这么贱呢？"

她擦了下嘴角的血，说："我骗你，就是不想，到最后，你和我要这样结束，董亚宁，你怎么就不明白？"

他觉得分明是什么都不用说了，可还是说出来了，他说："邱湘湘，从今以后，我们恩断义绝。"

她说，他们再相见，就是陌生人。

他转身走了，下楼时走得快极了，他离开她的公寓从来没有这么快过。他听到身后有动静，脚步声混乱，人声渐响，那个鬼佬在喊什么，他听不清，也跟他没有关系了……

回国的飞机上，他喝了一路的酒，不停地笑，不住地按键。调戏空姐？不是，他只是想，他也可以马上重新开始。虽然如此，他还是觉得不甘心，她怎么就能骗他……在他不知道的那些日子里，她过的是怎样糜烂的日子，又到底有过多少人，到底有过多少呢？这种猜测简直让他觉得摘胆剜心般地痛……她该知道他有多么恨介入者，她该知道他有多么地珍惜她……正因如此，就更加地可恨……有什么，不就是女人吗，他要什么样的得不到？

结果，他还没下飞机就被空警扣住了，下了飞机，就进了机场公安局。父亲没出面，连他的秘书都没来，只打了个电话，让他的人接了他回去。可到了家，他开口第一句话却是："不管怎么样，我都要娶她，我就是不能没有她。"

结果，父亲操起一把死沉的椅子对准他的膝盖骨就砸过去了，他疼得死去活来，父亲就一句话问他："醒了没有？"

那么疼，也比不过心里的疼。

父亲说："我安排好了，你去古巴。想通了，再回来；想不通，就死在外面好了。"

母亲抱着他痛哭，说："你这孩子怎么这么死心眼啊……"

她哭得气断声吞的，多少年没见过母亲那么哭了。他上回见她哭，还是姥姥去世时呢。

他昏过去前最后的念头，就是要怎么着，才能不死心眼呢？还是究竟要怎么着，才能把那么长的一段时间留在生命里的印子，乃至身体的记忆，全都销毁了呢？哪怕，他残了也行，只要不再疼了……

伤还没好，他就被送去古巴，一去，就是那么久。有些印子，渐渐地也就淡了……

明明应该淡了的，明明应该的。

他以为他能做到，再见她便形同陌路。

几乎是做到了的……

董亚宁站起来。

天快亮了，他居然又这样坐到了天亮。

第十五章　依依沉默的康桥

裹着红丝绒的秋千，曾经载满我的爱。如今它落满灰尘。落满灰尘的还有我的爱。静置一边。

——题记

有哗哗的水声，是船篙在划过水面。潺潺的河流，绿色的水波纹，一圈一圈地散开……窄窄的小船，随着水波一晃，人几乎要倾进河里去了，一只有力的手臂，将她圈住，那笑声就在耳边，真响亮……

小船平滑地穿过桥下，她舒服地靠在垫子上，在那温暖的臂弯间，仰头看着头顶的石桥，一片阴影投下来，桥底斑驳的印记，一晃，而过。

"好看吗？这就是康桥……也叫太息桥……"

好看吗？

好看，整条康河都是美的。

可那太息桥……她回过头去看，渐渐地远了，还是美的，于是真的叹了一声气。又听到响亮的笑声，笑得那么肆无忌惮，笑得那么毫无负担……她却觉得太响亮了，刺得她头痛不已。

水声渐渐消失了……一只温暖的手覆在额上，头痛似乎缓解了些……

屹湘翻了个身。

床头的闹钟忽然响了起来，她伸手过去胡乱按掉。有什么东西被她抢到了地上，发出一声细微的脆响。她头痛加头沉，这一声轻细的声响仍让她觉得烦躁，睡意终于渐渐消失了……屋子里有人。

她忽然惊出了一身冷汗，半撑着身子起来，头沉得跟顶了个缸似的，还没等那句"是谁"从喉间抛出去，就听见有脚步声到了卧室门口。门被推开，有人懒洋洋地问："醒了啊？"

屹湘憋在喉咙里的那声尖叫在看清楚门边的人是邱潇潇的时候，化成了一句简单的"哦"，浑身骨节和肌肉的酸痛席卷了她。她重新倒在了床上，她的心跳趋缓……原来是潇潇在呢。

潇潇站到床尾，弯身看着她。

"你怎么在这儿？"屹湘问。

潇潇回身拉开窗帘，阳光一下子进来，屹湘闭了下眼睛。潇潇看了她一眼，把纱帘合拢，说："妈刚也在这儿。"

"什么？"屹湘的反应有点儿迟钝，妈……"妈妈走了？"

潇潇在床边坐下来，说："刚走。她今天还有重要的外事活动，也不能等你醒了，让我在这儿看着你、看着灶上那锅汤。妈妈嘱咐说，等你醒了，再热一下，让你喝点儿汤、吃点儿东西再睡。要是你哪儿不舒服，让我带你去看医生。"

屹湘抽了下鼻子，鼻子有点儿塞，隐隐约约地还能闻到一点儿香味。她想起刚那只温暖的手……她拥着被子，歪在床上看潇潇。

兄妹俩沉默地看着对方，好一会儿，潇潇才问："能起来吗？"

"潇潇……"屹湘含混地叫着哥哥，慵懒地伸了下腿，四肢百骸在这一伸展之间，忽然有了一种难以言表的舒服。

"少来。"潇潇扯着屹湘的衣领就把她给揪了起来，顺便把她的被子也没收了，扔在床位长凳上。他往外走着，说，"先起来洗脸，喝了汤再睡。"

"臭潇潇。"屹湘等他出了门，咕哝了一句。

"我可听见了！"隔着门，潇潇在外面大声说。

"臭潇潇！"屹湘抓着枕头捂在脸上。潮润的呼吸返回面上，一会儿，她就喘息困难了……她扔开枕头，使劲儿摇晃着脑袋。柔软的睡衣面料蹭着脸，她抓了一下衣领，猛地坐了起来——她穿着自己的睡衣。

腕子上有点儿痒，她拨了下袖子。看清手腕的瞬间，背上猛地一阵又热又刺痒的感觉滚过去。

她回过神来，赶紧摸着枕下。没有。

枕头被她拨拉到一边，才终于在另一边的床头柜上看到了她的表。她一把抓在手里，往腕子上缠着表带，下了床，只觉得喉头干涩，拿了床头柜上的玻璃杯便喝水——清凉的蜂蜜柚子水……她头脑渐渐清醒。昨晚的事情尽管还想不清楚，可是……她出了卧室门，站在客厅里，打着转。

她的东西都整齐地放在茶几上，包、衣服……她只觉得汗出如浆。

她走到厨房门边，潇潇背对着她，砂锅在灶上，冒着白汽。

"哥……"屹湘开口。

潇潇回了下头，看她满脸的汗，光着脚站在那儿，挑挑眉："怎么了？傻站在这儿干吗？你怎么不穿鞋？"

"哥……"屹湘叫他。

潇潇嗯了一声，说："放心，衣服是妈给你换的。"他转过身去，继续看着火。

"哥……"屹湘看着潇潇的背影。

"去洗脸。"潇潇说。

她吸了下鼻子，鼻子塞得更厉害了……

洗好脸坐到餐桌前，盛好的一碗汤就放在她面前。潇潇坐下来，等她把这一碗喝光，又给她盛一碗。

"清醒点儿了？"他问。

"嗯。"她点头，有些躲避潇潇的目光。她直觉哥哥是有什么要问，但看了她一会儿，却没有问出口。在她喝第三碗汤的时候，却伸手过来，轻轻地，给她拨了一下刘海儿，并在那里停了一下，才说："湘湘……你该剪刘海儿了。"

她抬手摸了摸额头，可不是，额发长了，快遮住眼睛了。潇潇递过毛巾来，说："你还记得，爸以前，在咱俩很小的时候，特爱给咱俩理发吗？"

"记得。"屹湘点头。

"先给我理，剃得溜儿短。爸要给你剪童花头，你不愿意，非说要跟我一样。爸拗不过你，就给你也剃了个光头，结果……"

"结果我一照镜子，就哭了。"屹湘把毛巾按在眼睛上，笑。

"你小时候就不太爱哭，我能记住的就那么几次，其中就有这回——爸昨天还讲这笑话呢，说湘湘头发本来就少，长得又慢，花了大半年时间才把头发留起来，以后都没怎么敢给她使劲儿剪……舍不得。"潇潇拿起砂锅的盖子来，问，"还喝吗？"

屹湘摇头，她摸了摸颈后的细碎头发。父亲理发的手艺，还是少年时在国外练就的。据说那时候他们同学为了省钱，常常互相剪发，虽然他们其实并不怎么缺钱。但那时候，还是讲个"艰苦奋斗"的。父亲心思细腻，手也巧，不久就掌握了窍门，不但男生的发他能理，女生的也可以对付。据母亲说，父亲给女生剪个漂亮清爽的"赫本头"是没有问题的……能想象吗，俊美少年的父亲，那随和可爱的性子，多受人欢迎……她看看潇潇。潇潇这点儿也随了父亲。

潇潇看她不语，似是知道她在想什么，就说："那你睡觉去吧。"

"嗯。睡起来，我回去让爸给我剪刘海儿。"她说着，轻拨了下额发。

潇潇笑了下，点点头，说："只管回去撒娇，爸说很怀念你跟他撒娇时候的样子。你快去斑衣戏彩吧，跟爸说，让他老老实实地听张医生的话。我说一万句，都不见得顶你说一句管用……"

"怎么了？"屹湘一惊。

"最近他脾气不太好，可能是换了药，病情又见好转，开始不听话了。他一忙一累，病情就反复，这是恶性循环。你知道爸，脾气上来，妈绝对拿爸没办法……你前阵子忙，我没跟你说。"潇潇想了下，说，"你婉转一点儿说。"

"知道。"

"妈还给你做了点儿吃的，你用微波炉热下吃了再回家——车就别开了，等下我让人开去换挡风玻璃。"

屹湘舔了下唇，潇潇点了一下她的鼻尖，说："回头你醒透了酒，我再跟你算账。去。"他下巴一偏，朝她卧室方向示意。

屹湘问他："妈……说什么了没？"

"什么都没说。"潇潇说。

屹湘一时没出声，什么都没说……

潇潇看着她的表情，低声说："只是有点儿担心你，不是还在吃药？怕你忽然喝这么多酒，伤了肠胃。"

被潇潇一说，屹湘觉得胃里难受。好一会儿，她反应过来，不只胃里，还有心里。

"我以后会注意啦。"她说着，已经站起来。她其实还是有点儿怕潇潇的，看看潇潇那副样子，知道他肯定日后还有话好讲，太阳穴就一跳一跳的……她清了下喉咙，问，"你今天都要干吗？"

"好多事儿。一样样都跟你说清楚了，就得一晌午。"潇潇说。

屹湘便不再多问，回了房。

潇潇坐在餐桌前良久，姿势都没变……他看了看时间，准备离开。临走他推开妹妹的房门，站在门口看了一眼——屹湘蜷缩在沙发上，握着手机——他轻轻关好了房门。

屹湘这一觉睡得深沉，醒过来已经是下午。她好好地洗了个澡，出来开始收拾东西，打算回家看父亲。她正忙着，手机屏闪动。她拿起来看，是个陌生的号码。她想了想，接通。

对方报上名字，她一时没有弄清楚是谁，但听他说此时在公寓楼下，她就走到了阳台上。往下看，楼前的空地上的确有个正在打电话的男人。他站在一辆黑色的车旁，跟车子一样，对这寂静而又深邃的院落来说，出挑而显眼，像一张漂亮面孔上黑色的痦子。

似乎是有预感，在她站到窗前的一刻，他仰起头来。屹湘认出来这个清俊的男人，也就知道眼下是什么情形，她说"麻烦您等我几分钟"。

很简单地收拾了一下自己，她拿了钥匙和包就出门，很快下了楼。此时日头偏西，可阳光仍盛。面前的李晋比起上次见面，清减了些。一身黑色的衣服，雪白的衬衫，站在那里，极修边幅的样子。只是不知怎的，屹湘觉得他有些忧郁，她的态度也就不由得变得客气了些。

李晋将一个信封双手递过来，说："董先生说，昨晚您损失的，他会补偿。这车子给您暂时代步，或者您另有中意的车型……"

"李先生是吗？"屹湘伸手，挡了一下李晋手里的信封，温和地问。

"是，李晋。"李晋说。

"跟董先生说，不必。"屹湘说着，拢了一下肩头的包带，看看那只雪白信封，和李晋身后那辆黑色的车子。车子的确是好车子，又漂亮又帅气。她淡淡地笑着，跟李晋点点头，"还真是好车……都还没有上市呢吧？"

"是的，要三个月后才会在法兰克福车展露面……董先生说，您要是喜欢，这车算他替滕小姐赔您的。"李晋马上说。他留意着屹湘的反应，从信封中抽出车匙，按了一下，车子"嘟嘟"响。

屹湘走到了车边，李晋便替她开了车门。

屹湘看着车内，装饰豪华，功能齐全，车座上包裹的那层膜已经被去除，奶油色座椅上搭的是夏季的套垫，清爽的淡绿色，看上去很舒服。车内还有点儿竹叶的清香，尽管是新车，皮革味却很轻，几乎闻不出来。

李晋说："您请试试车。"

屹湘摇头道："不了。辛苦你，跑这一趟。"

"不会。"李晋仍扶着车门，似乎早预料到她的反应，因此显得更平静，只是接下来问道："您要去哪儿？我送您吧。"

屹湘说："也不用，我出门坐地铁就可以的。"

李晋却坚持，说："周末这个时间，地铁也比较挤。"

屹湘看看他那有些执拗的表情，说："我不着急的，谢谢你。"她没有说再见，转身便走。

李晋站在楼前，看着她离开，快步出了大铁门。他看了看面前这辆黑色的泛着蓝幽幽的光膜的车子，关上车门。

这静默的车子，让他想起董先生交代他的时候，那静默的眼睛——当时，董先生从一排各式各样的防滑手套里反复挑拣，极耐心，好像在干什么大事儿，其实不过是从尺寸一模一样的、清一色的白手套里，仍然挑出他最习惯用的那一只罢了。

李晋默默叹口气。此时他看着这车子，竟显得很是寂寞似的。

上了车，他给董亚宁打了个电话。

此时董亚宁正在发球区，接到李晋的电话，他往一旁踱了两步。

通话很简短，李晋向来没有废话。挂断电话，他举目远眺了片刻，将手机随手交给球童。球杆拎在手中，站稳了，他悠了两下，小白球被挑了一个小小的弧线，飞了出去……他的目光跟过去，摇了下头。待球落下，看那位置，果然不佳。

"今天状态不怎样嘛。"叶崇岩拄着球杆站在他身后，说。

董亚宁耸了下肩。

叶崇岩心知他是刚刚那个电话分了神，说："幸亏刚刚没答应你那赌注——就你今儿这状态，我不成欺负人了吗？"他说着先起步，走在了前头。

董亚宁换了根球杆，看叶崇岩站定位，只是抬头看了前方几眼，并没有过多的准备动作，便麻利地击球了。看他这非常漂亮的一杆挥出去，他说："谁信你好几个月没摸过球杆了呢？"

叶崇岩笑了下，有点儿得意，董亚宁骂了句"德行"，他笑得更厉害了。

"这状态，赢你不是稳的？"叶崇岩笑嘻嘻地说。走了几步，他往远处看了看，"我刚突然想起来，好久没见着潇潇了……他自打去了那边，跟咱们就没怎么聚过。"说着瞟了董亚宁一眼。

"他眼下哪儿有空打球？"董亚宁嘴角一牵，"跟他打球，有意思吗？十个你也不顶一个他。"

"不至于吧？"叶崇岩哈哈一笑，道，"人嘛，都是那样，百密还有一疏呢。"

"他那一疏，你们家崇碧加倍给补上。"董亚宁想起来，跟球童招了下手，拿过手机来，转过身去停了下，开始打电话。

叶崇岩走在前面，听着董亚宁说起车子来。

"……对不住了……到时候让人提醒我下……不就是彩排吗，告诉崇碧，我这儿她就甭担心了。"

崇岩停下脚步，蹲下来看着球位，见董亚宁挂了电话，问："婚礼彩排的事儿吗？"

董亚宁往远处瞄了瞄击球路线，一回头，后面出发的那组人，已经站在发球区。他有些不耐烦地皱了下眉，周末，打球的人当然多一些，可今天来的人似乎特别吵闹。

叶崇岩跟他示意，他也便往前走。脚底的草皮柔软，有点儿潮湿。

董亚宁低头，拿球杆拨了一下草皮，说："草皮保养得够差劲儿的……要不是不用除草剂这些东西的也就这一家，我真不来。"

叶崇岩笑道："怎么跟你打个球，事儿就那么多呢……哟，这可真巧了，你看那是谁？"

董亚宁头都没抬："谁？小猫跟她大伯联合给老叶下套呢不是？"

叶崇岩笑出来，说："早看见了啊？真是神枪手的眼。你这话给我二哥听到，鼻子不得气歪喽？"

董亚宁一个利落的击球，修长的身体伸展开来，顺势抻了一下手臂，跟崇岩并排往前走。他看了看前方——远处，叶崇磐正跟粟茂茂和她的大伯父粟孟华在一起。再仔细看，其中竟然还有茂茂的父亲粟仲华。不一会儿，四个人上了电瓶车。

他笑笑，抬手朝电瓶车方向挥手示意。听见崇岩叹了口气，他问："怎么？"他见那电瓶车缓缓往这边驶来，显见是要跟他们会合的意思，便跟崇岩一起往那边走去。既然遇见了，毕竟有长辈在，不能不打个招呼。

崇岩边走边说："不知道得说我们二哥命太好，还是命太不好……小猫的意思很明确，粟家也未必不支持小猫的意愿，不然小猫能到我们二哥身边儿去上班啊？怎么也拦下了。"

董亚宁点头，这倒是："不过是份工作，接触接触实务，小猫不会待久了的。老叶也不会让她长待。"

"那是。看他的意思，倒是真不稀罕；可他不稀罕，人家可稀罕他呢！"崇岩语气里都有点儿无奈，"要说我们二哥，能力人品确实没话说，搁哪儿都是好样儿的。你就寻一个职业经理人，这么好用的哪儿找去？谁家有机会也不能轻易放过这样的女婿人选呢。"

"你倒是会说。"董亚宁"味"的一声，但他也赞成崇岩的看法。

两人一时心情都有点儿复杂，半晌不言语。眼看着那几位走近了，亚宁脸上又堆出些笑容来。

"粟伯伯，粟叔叔。"

董亚宁还没开口，就听见叶崇岩已经打上了招呼。想到前头还在说着闲事，后头一扬声，丝毫不见刚才那无奈和不情愿，他不禁看了崇岩一眼。崇岩眨了下眼，满脸笑容地跟粟孟华兄弟寒暄。董亚宁忍不住哼了一声，低声在崇岩耳后说了句"我看你这本事也不次，要不拿你填馅儿得了"。他没管崇岩听没听见，往前走了几步，先看了站在最旁边的叶崇磬。

叶崇磬点了下头，比起其他三人溢于言表的好心情，他的表情只能算平淡。以他向来喜怒不形于色的做派，这太正常。倒是粟茂茂，站在叶崇磬身边，听着伯父跟崇岩说笑，没有平时那样活泼——只这么一会儿的工夫，已经瞅了叶崇磬两眼，也许是被阳光晒得很久了，她脸上红扑扑的，墨镜架在头顶，一双大眼里心事表露无遗。

董亚宁看着，心一动，听粟孟华问他们："我们打算上去喝杯咖啡再走——你们才开始吧？"

董亚宁笑着回答："是啊，粟伯伯，您跟我们再来一场？难得跟您讨教。"他深知粟孟华是极好打高尔夫的。

这话说出来，就见叶崇磬低了下头。

粟孟华则笑着说："我们这把老骨头，能打一场就很不错了，哪儿还架得住再来一场？不过，"他转向叶崇磬，一脸的慈祥和亲近，"小磬今儿是没有施展开，就甭跟我们一道这么早走，留下来吧。你们年轻人，平时工作忙，也该多玩一会儿，散散心。"

叶崇磬顺着他的意思，点了下头。

粟茂茂要说什么，粟仲华微笑着说："还不快上来？"

粟茂茂见叶崇磬接了球童递过来的包，知道叶崇磬是不会跟他们一起先回去的了。她只好瞅着董亚宁和叶崇岩，小声说了句"再见"，上车就坐在前面，不再看他们，明摆着是有些不高兴了。

粟孟华爽朗地笑着，说："小磬，过两天到家里去，粟妈妈老惦着你。她总和我说，都说上电视人脸都往胖了去，怎么小磬还是那样子，不见胖……看看，我体重上升几两她都唠叨着要控制饮食，偏就心疼你长不胖。"叶崇磬正站在车边，粟孟华说着，便拍了他肩膀一下。极细小的一个动作，却显出格外的疼惜和爱护来。叶崇磬高而挺拔的身姿，也因这轻轻的一下，柔软了些。他背对着亚宁和崇岩，他们俩听不清他说了什么，但看粟孟华那表情，也知道他必然是哄得老头儿高兴了。

粟孟华吩咐了一声"开车吧"，电瓶车便沿着蜿蜒的小路开走了。

叶崇磬待车子离开，还没转身，就听后面叶崇岩先笑了出来，问："逃不过了吧？小猫挺有办法啊，连粟伯伯都抬出来了。"

叶崇磬面色沉沉的，说："瞎说什么呢。"

"不见得是瞎说吧，要不是碰到我们，你还不得陪着喝完咖啡吃晚饭，吃完晚饭又……"叶崇岩举着手，拇指食指依次合了，说到这儿他都绷不住笑了，说，"你瞅着小猫那表情，我们拉着你打会儿球，都跟抢了她蛋糕似的。你这是被锁定了啊！"

叶崇磬看了眼沉默不语的董亚宁，由着堂弟调侃他，淡淡地说："没有的事，茂茂小孩子，不懂事。"他看看球场内的形势，问，"你们俩这是打到哪一步了？"

崇岩明知道堂哥有意岔开话题，却不打算就这么放过他，接着说："我们俩打到哪一步先不说——你是什么意思？单小猫自己的小心思还好说，要是粟家大伯的意思都明朗了，你要是不干，可也挺难办的。我听那话儿的意思……"

"这事儿，你听谁的意思啊？"叶崇磬抽了球杆出来，夹在胁下，整理了下手套。他边擦着杆头，边对董亚宁说，"你今儿打得也太烂了。"

董亚宁懒洋洋的，球杆横在肩上，手臂两头一搭，抻着腰，没做声。

崇岩被崇磬那句反问噎了一会儿，才说："你甭跟我来劲，别人我不知道，反正小猫能进恒泰，家里肯定就是有人点过头的。这人是谁，我不知道，你还不知道吗？"

叶崇磬比画了一下，球杆呼呼带风。

"刚没打痛快。"他说。

叶崇岩见他怎么也不接茬儿，气得扭了扭脖子。

董亚宁见崇磬脸上有了颜色，皱了下眉，忍不住看崇岩，崇岩偏没看见。

"能打痛快了才怪，我说，你是欠他们家还是怎么着啊？当初又没结婚又没生子的，都这么些年了，还当你是他们家女婿是吧？有什么事儿，都得牵上你……"崇岩说着，就见堂哥脸阴了一下，收了下话头，"我说的是不是吧？粟伯伯整天当着二伯也一口一个小磬的，当不成女婿当儿子是吧？这会儿倒好，当不成亲女婿，当侄女婿？要不是他们这样，我看你也不至于说到这会儿了，人都去了那么久了，还……"

"崇岩，"董亚宁开了口，"你差不多得了啊。"他往前走了两步，仰脸看看前面球洞的位置。

崇岩说了那一长串，也怕堂哥真翻脸，但见叶崇磬脸上依旧淡淡的，倒真的叹了口气，说："二哥，真是好性子。菁菁已然是去了，你还真的当她父母依旧是……我呀，算是服了你。"

"滚远些。"叶崇磬挂着球杆。远处吵吵嚷嚷的，夹杂着笑声。他回头一看，几个球童静静地跟着，再远处，几个打球的正在大声喧哗。他略皱了下眉，说："太吵。"

"就这素质。这也就是少爷看上的地儿，要不我才不来呢。"叶崇岩笑着说。

叶崇磬站在亚宁身后侧，看他那准备动作——有点儿懒散，击球的时候，动作有些变形，可是散漫中自有那么一种不在乎的潇洒劲儿……"铮"的一声击球，球直接就落了水，董亚宁脱口就来了句京骂。

叶家兄弟就算是嘴仗正酣，也被他这一下子逗乐了。

董亚宁摇摇头，又扛了球杆，左右抻着腰。

崇岩拿球杆敲了一下他的腰杆子，似笑非笑地说："怎么着，腰出毛病了？昨儿用得太狠了，今儿使不上劲儿？难怪呢！早说啊，我让你一程……"

"放屁！"董亚宁没好气，"还不是你这嘴碎糟糠的，老干扰我？打球就打球，哪儿那么多废话！"

叶崇磬说："明明是你今儿打得臭，骂这东西干什么？"

"嘿，什么叫'这东西'呀！"叶崇岩不乐意了，"亚宁你要不别打了吧，你今儿这烂球，我也打得不过瘾。"

董亚宁今天原本就有些心不在焉，这会儿更是无可无不可的。他走在叶家兄弟身边，有一搭没一搭地跟他们俩聊着天。

从水里救回了球，叶崇磬续上亚宁的路线，跟崇岩小斗一局。许是他状态更好，也许是精神更集中，几杆下来，看上去波澜不惊，跟崇岩的差距就缩小了。这么一来，崇岩更显出斗志来了。打来打去，两人都是越来越出彩，最终还是叶崇磬占了上风。

就在叶崇磬预备着最后一击的时候，崇岩忽然问："二哥，从前也没见你跟小猫撇得那么清。你是不是有情况了？难道是看上谁了？"

叶崇磬击球的动作稍稍顿了一下，他再看了眼球洞，将球杆重新归位，轻轻的一下击出去。小球缓缓地往球洞那儿滚去，平稳而顺畅地"咕噜"一下进了洞。叶崇磬抽起球杆，摇了下头，似是并不满意。待崇岩打完最后一杆，他和亚宁说："今儿赢的都算你的。"

董亚宁笑了下，回手将球杆丢给球童，听着叶崇岩大呼小叫的，仍在逼问他堂哥呢，便说了声："先回去坐下喝一杯吧——等会儿找个地儿吃饭去。"

此时日头已经西斜，红通通的云彩挂在天际。

叶崇磐看着略显沉默的亚宁，也不作声。只有崇岩，虽是输了球，心情却好得不得了，边走边追问叶崇磐到底"什么状况""是不是真有对象了""谁呀，我认识吗"……直到叶崇磐不耐烦，他才收敛了些。待进了室内坐下来，趁着叶崇磐去洗手尚未回来，他神秘兮兮地跟董亚宁说："我觉得吧，八九不离十，就是她了。"

董亚宁正要点烟，叶崇岩敲了敲桌上禁烟的牌子。董亚宁眼皮耷拉着，拿起标牌来，倒着就放进了烟灰缸里。

崇岩拿他没辙。

"我就说他最近这状态有点儿意思。"崇岩笑了笑。

董亚宁点了烟。

"你就不好奇他看上谁了？"叶崇岩见他心不在焉的，笑着问。

"你有时候，真跟女人一样。佟金戈就够烦人的了，比你也没边儿。"董亚宁丢了火柴盒在桌上。叶崇岩拿起来，翻过来复过去地研究那小火柴盒。董亚宁吞云吐雾间，就见那火柴盒上洁白的莲花在崇岩手中跳跃着，才想起这盒火柴，也是从叶崇磐那里顺过来的——究竟是哪天的事了，他倒是记不得了。

"我这叫关心。"崇岩叹了口气，心情倒显见着是不错的，可能也有点儿高兴，"我们二哥啊，就算什么都是假的，唯独一样，长情，是真的。"

董亚宁看他。

"我呢，就是一个大俗人，真不信这世上有什么会是天长地久，尤其是感情这回事儿——你就算是做得了自己的主，也做得了别人的主？别瞎扯淡了。"叶崇岩说到这儿，转了一下脸。他手里捏着火柴盒，隔着阔大的玻璃窗，望向夕阳下的球场。

董亚宁以为崇岩是把话说尽了，却又听他说："有些东西没变，只不过，是因为没有来得及而已。"

火柴盒被叶崇岩一下捏碎了，里面仅剩的几根火柴"扑啦啦"落了地。素色的地毯上，火柴横七竖八地躺着。猩红点点，血滴似的，董亚宁看了，顿时觉得刺目。

叶崇岩弯身捡起这几根火柴，他白皙的脸上有些发红，看着走过来的堂哥，低声说："也就是他吧。"

董亚宁有些不懂崇岩这话是什么意思，怎么就"也就是他"了呢？待要问，却又觉得问不出口，况且也不是时候，叶崇磐已经走过来了。他转过脸去看了坐下来的叶崇磐，这人去洗手顺便也理了下仪容，比刚才看上去更显得器宇轩昂。他夹着烟，一时忘了抽。

"在聊什么呢？"叶崇磐将手机放在桌上，拿了杯子喝水，看看这两人。

董亚宁往烟灰缸里弹了下烟灰，就弹在那"禁止吸烟"的牌子上。叶崇磐眉挑了下。

崇岩把碎了的火柴盒拆开，平整地放在桌上，问："哥，你要是从此戒了烟，或是从此不再用这种火柴——这厂子会不会倒闭？"

叶崇磬一口气喝掉大半杯水，反问："你这算是什么问题？"虽是这么问着，看到那火柴盒和图案，也明白了崇岩的意思。

"老看着你用这款火柴盒，关心下。"崇岩眨眼，故意点着那白莲花，"现如今，最流行的就是定制，只要想得出，只要付得起，没有做不到。可若叫我说，都不如你这个，这才是独一无二的。"他说着，拿起一根火柴来，划了一下，那一小团火苗燃着⋯⋯火柴棒红了，弯了，尽了，灰了。

崇岩将燃尽的木灰扔进烟灰缸，也落在那"禁止吸烟"的标牌上。三个人都看着，有好一会儿，谁都不开口说话。

董亚宁慵懒地靠在沙发上，指间的烟已经有好一会儿没有动过一下。烟灰积了这么多，再沉一些，就会落下去了⋯⋯他看着，手指却动也不动一下。

休息室里恰在这时换了音乐，从清脆的钢琴曲，换成了低哑的大提琴⋯⋯怎么听，都像是谁在低低地吟唱。琴弓在细细弦上那每一下的推拉，都推拉在了心上似的，有种说不出的感觉。

叶崇磬从烟灰缸里拿出那标牌来放好，说："去洗个澡，该回了。"

"一起吃饭？"叶崇岩问。

"我得回家吃。"叶崇磬说着，看了看时间，"我刚往家里打了电话，说跟你们俩在一处呢，我们老太太说，让叫上你们。她说了好几回要请屹湘吃饭，都没成。今儿好不容易都有空，她亲自做拿手的佛跳墙。"

"请谁？"董亚宁还没有回应，叶崇岩故意先抢着问。他那对跟叶崇磬几乎一模一样的大眼盯着堂哥，露着促狭的笑。

"屹湘。"叶崇磬干脆地回答。

"哦！屹湘！跟她用得着那么客气吗？还是，得格外客气客气？"崇岩笑着，碰了一下董亚宁，说，"你还记得那天，我们去你那儿？我们一群人瞅着屹湘从我二哥院子里出来的，我那会儿就觉得有点儿不对劲⋯⋯说说吧，二哥，先别急着走！"他架起腿来，笑吟吟地瞅着叶崇磬。

董亚宁摁灭了烟头，先站起来，说："那你慢慢儿问，我先去收拾。"

"嘿，你这人，一点儿不配合。"叶崇岩说着，自己也忍不住乐了，想一想，又笑，看着叶崇磬说，"得了，不开玩笑了。我就不去了，我怕二大妈唠叨我。还有，碰上大姑小姑那不是要了我的小命儿嘛⋯⋯"他见堂哥站起来，自己也跟着起身。

叶崇磬"嗯"了一声，见董亚宁在前方往更衣间走，走的速度很快。只一会儿，已经把他们俩都甩开了一段。叶崇磬说："小姑不知道，大姑肯定在——亚宁？"

董亚宁正开了衣柜，这时回了下头，笑道："我倒是想去，可晚上另外还有约，怕来不及，替我谢谢叶伯母。"他脱下身上的T恤衫，换了件新的。干爽的棉衫，一换上，让他觉得舒服很多。

"怎么还客气上了，今儿不成，改天再来。"叶崇磐说。

"哎，你不去可就亏了啊！我二大妈那佛跳墙，可不是一般人儿能吃到的。那是得了奶奶真传的。一年到头，也就是爷爷生日，她无论如何都会给做一回。"叶崇岩笑着，做了流口水的模样出来，"好嘛，二大妈招待屹湘，这可不是一般的规格！"

董亚宁整理着腕表，动作停了一下，问："潇潇和崇碧办喜事，奶奶来吗？"

叶崇磐说："没动静。"

崇岩跟着叹了口气，说："那边没动静，这边爷爷整天发脾气甩脸子，闹得谁都不敢回去见他——董哥，你晚上在哪儿吃？不是什么秘密勾当的话，算我一个吧。我虽然馋也怕回家，自个儿吃又没味道。"

"滚，我成了陪你吃饭的了？"董亚宁关了柜门。

叶崇岩大笑，说："不带我就算了，谁知道你晚上又要干吗呢。稀罕！我自个儿解决去……干吗？"后脑勺挨了一记，他回头瞪着板着面孔的堂哥，"我不回去啊，万一……"

"有本事你躲一辈子。"叶崇磐说着，便往外走。他知道崇岩因为把小姑给安排的相亲搅黄了，最近无论如何是不肯见小姑的。他见崇岩那副模样，本来是想说两句，却又看在他吊儿郎当中又无忧无虑的，那几句话也就没有出口，只摇了下头。叶崇岩原本是打算挨堂哥两句说的，见堂哥这样，他倒觉得有点儿难为情。他拎着包袋，低声笑道："心情好就是心情好，这要搁了往日，不唠叨我也得剜我两眼。"

董亚宁斜了他一眼，没出声。

"可是，二哥，"崇岩一本正经地说，"亲上加亲可是犯忌的啊，你问下二大妈的意思？要不回头棒打鸳鸯，你哭都来不及。"

叶崇磐回手就是一下子，崇岩笑着躲开了，倒也没再说笑。

他们一路往停车场去，叶崇岩走着，拿出手机连续打了两个电话，便搞定了饭局，跟董亚宁和叶崇磐打过招呼，先开着车走了。车起速就非常快，看得叶崇磐皱眉头，到底打电话过去骂了句"臭小子，车子别开太快"，挂断了电话，转身见董亚宁还靠着他的车站在那里，一副不怎么着急走的样子。他也走过去，从亚宁那烟盒里抽了一根烟出来，弹一弹。看到他这很熟练的小动作，董亚宁眉眼一展，说："这可是土包子抽的土烟。"

"知道。"叶崇磐搓了下烟卷，"不是我还不要呢。"

确实是地地道道的旱烟卷，卷得很紧实，一头粗一头细，呈圆锥形。用的纸是上好的卷烟纸，绝没有被过度的熏染过的那种雪白，一看就知道是董亚宁的私房货。叶崇磬撕开一头，马上看到里面那黄褐色的细细烟丝，闻一下，有种辛辣钻进鼻中，顺鼻腔直上，催得泪腺都发颤。

他说："好烟。"

董亚宁手掌轻轻一抬，示意他试试。他吸了一口，旱烟劲儿大，这一口只是浅浅尝了一下，就差点儿呛到。猛咳嗽两下，他将烟卷拿得远些，看看，忍不住摇了下头。劲儿大，味很冲，有种微苦的、浓烈的味道，过后，却又觉得甘香无穷。

"乍一抽，恐怕是抽不惯。我是隔阵子不来点儿，想得慌。"董亚宁说。他自己倒没点这种，从烟盒里另抽了一支出来，清了下喉。烟抽得凶了，喉咙便时常难受。可不抽吧，是无论如何也忍不住的。

叶崇磬仰头吐了口烟，松动着肩膀的肌肉和关节。这样浓烈的烟味，让人不得不放松下来。有细小的虫子飞过他们头顶，董亚宁身上是件嫩绿色的棉衫，最招小飞虫。他却也不在乎，任新衫上粘了一只又一只。

叶崇磬却忍不住挥了下手，说："走吧。"正好一支烟抽完了，他将烟蒂拈在手里。天色微微暗了，董亚宁手上那点红光一明一暗的，对着他，挥了一下，他便走开，先上了车。烟蒂扔进了烟灰缸，他抬眼看看后视镜，董亚宁一个侧影，瘦削而孤独地立着……不过也就那么一会儿，董亚宁一闪身也上了车，敏捷若灵猫。

叶崇磬不知怎的就想起上次董亚宁说的，谁要把他钓回家、那可是钓回去一只金钱豹的话来……

董亚宁在后面按了下喇叭，叶崇磬正查看油表，一抬头，董亚宁的车已经上来。他将耳机挂上，听着那边懒洋洋地提议，赛一段儿吧？我也试试车，一个人跑没劲。

这时间，外面的高速路上，车少，空旷，他们以往也常常这样玩儿一段。

"好。"叶崇磬答应着。

两辆车子一先一后地开出了球场大门，经过一条不短的小路，上了高速路入口。几乎是没有停顿的，董亚宁的车在鸣笛一声之后，离弦的箭一般冲了出去；叶崇磬也没犹豫，脚下油门一踩，照准前方奋起直追……一灰一蓝两辆轿跑，风驰电掣，距离最近的时候，就仿佛交错在一处的两道闪电，看上去，是惊心动魄的。

没有开空调，车厢里有点儿闷，叶崇磬额角渐渐冒了汗。电话始终是通着的，却不似往日，无论是领先还是落后，董亚宁都会恣意地说笑——不管是赛马还是赛车，只要是能拼一拼力道和速度的场合，总让他格外兴奋些——嬉笑怒骂间，路上时间会过得格外快。但今日，董亚宁始终领先，却也始终沉默……叶崇磬想，今天亚宁根本就是沉默的时候居多。反而是他自己，话多了些。

前方是收费站，董亚宁的车速终于降下来些。叶崇磬也终于听到耳机里一声骂，说的是"磨车胎、杠底盘的破路，也好意思三步一岗、五步一哨地收费"，他嘴角牵了一下，终于还是笑出来。

"笑！我说得不对？"董亚宁没好气。通过了收费通道，两辆车一前一后，恢复正常速度。

"人家就不是照您那娇贵车需求设计的路面。"叶崇磐说。前面是十字路口，红灯，他看董亚宁打了转向灯，跟他去相反的方向，又问，"真不跟我回去吃饭是吧？"

"真不去。代我向叶伯伯、叶伯母问好。"董亚宁的声音里含着笑，说，"我先去趟玉梨巷——放心，我准能蹭到饭。"

"又去艾老那里蹭饭啊？"叶崇磐微笑着问，"你们师徒的感情真好，真让人羡慕。"

"嗯？"董亚宁似有些意外。

"上回送屹湘去过嘛，那天，艾师寿辰吧。"叶崇磐盯着那倒计的秒数——红灯还有二十多秒呢。

"哦，那是上个月的事了。"董亚宁淡淡地说，说完，也再没有话。两人沉默了一会儿，绿灯亮了，停顿的车辆缓慢开始移动，过了路口，便分道扬镳了。

董亚宁瞥了眼后视镜，叶崇磐那辆灰色跑车，汇入车流中，一会儿，就看不到了……

屹湘正在家里跟父亲商量着剪刘海，叶夫人亲自打来了电话。

电话接到了父亲书房，她撑着手臂趴在父亲桌边，都能听到叶夫人那温和而略带磁性的声音——崇碧就有这么一把好听而又独特的嗓音，极似她母亲。还有，叶崇磐的嗓音也很好听，在他缓缓地、沉沉地说着什么的时候——她突然想到了这里，立即坐直了。正在通电话的父亲被她扰了一下，给了她一个询问的眼神。

屹湘忙摇摇头，又趴下去，就听父亲说，晚上他另有安排，他们妈妈也不在家，既然您家里有好吃的，就让湘湘过去吧……父亲说得很自然，正是跟亲家讲话的语调。是有些客气的，又不会客气到疏离的程度。

这顿饭呢，是老早便约下的。只是回来近半个月，她忙得连家门都没有进几次，也就耽搁下来。像她母亲，像叶夫人，亲自下厨待客是极稀罕的事儿，不能不重视的。

邱亚非放下听筒，手还按在电话机上，问女儿："晚上去叶伯伯那里吃饭吧？"

窗子向上推了半扇，隔着纱窗，窗外月季花的香气随着微风飘进来。屹湘抽了下鼻子，连续打了两个喷嚏，顶着黑眼圈，眼泪汪汪地看着父亲。她也知道自己这副模样实在是很够人瞧的，就这么着去叶伯伯家吃饭、去见那素来以高贵优雅著称的叶伯母？

若在往日她并不怕，但今天她有些说不出的心慌意乱，也许是胆怯。

邱亚非看出来，有些奇怪地问："崇碧不是说，你早就答应过了？叶伯母是特地请你吃饭，说谢谢你为崇碧做了那么多事。"

"还不都是应该做的，谁让她是我嫂子呢？"屹湘扭了一下。

邱亚非看着女儿别扭的样子，哑然失笑。

屹湘揉着额前的头发。

"你这孩子，今天怎么这么别扭？"邱亚非含着笑，端坐在椅子上，望住女儿，"就是嫌刘海长了不是？这就给你剪——去，拿工具。"邱亚非说着，看了看自己的手，说，"好多年没动过剪刀了……当年家里连外公理发都是我来，到后来理发师傅反而伺候不了老爷子……"他说到这儿，笑了。

屹湘原本是因为鼻子难受而眼泪汪汪，这会儿听父亲提到外公，却真有了泪意。她担心自己情绪影响到父亲，只说这就去拿工具，站起来就往外走。

屹湘一走，邱亚非脸上的笑容渐渐地敛了。他把手放在身上手术刀口的位置，缓缓地揉着。到屹湘回来，也不过是几分钟，他却觉得好像过了很久似的，很多的东西都在脑海里闪现，细细碎碎、密密麻麻的。他的心像沉寂的深海，这些闪现的光影和片段虽然不至于掀起大浪来，可多了，也推起微澜……他有些不平静，慢慢地舒了口气，再看屹湘，笑着点了点头。

屹湘笑着将一包久而不用的工具打开，甩着她那软软的、柔若春水的刘海儿，问："爸爸，工具都没锈，您的手锈了没？"

邱亚非笑出来。

屹湘坐在方凳上，邱亚非展开那大大的围兜，一甩，走过去替女儿围上。颈上绕得很紧，屹湘"哎哟"一声，围兜下的手就钻到了领口处，撑了一线空隙，说："喘不过气来了，爸，您这手还是那么狠。再用点儿力气，可不是得勒死我了……"后脑勺被父亲推了一下，她笑了。听着剪刀在父亲手里"嚓嚓"作响，就像自己拿着剪刀对准布料下手的时刻，那声音是令人愉悦的……她回了下头，看到父亲拿了花镜戴上，便呆了一下。

邱亚非从花镜上方看着发愣的屹湘，说："还不坐好了？回头车子来接我，给你剪了一半我就得走，可别哭鼻子给我看。"他说着，右手上扣着剪刀，两手的无名指往屹湘耳边一固定，让她保持在一个合适的位置。

屹湘的头发细软，垂下来，柔顺地齐着肩膀。邱亚非挑了女儿一缕发，对着光仔细看，说："……难怪你妈妈心疼你，整天要给你补营养，看看这头发……就知道你这孩子是没有好好儿照顾自己……"

屹湘笑着，想摇头却不能动。她看着父亲转到了自己正前方，拿了梳子梳着头发。温润的牛角梳滑过头皮，这边、再这边一些……头发就这么被归拢着。她微微低了头，看着父亲在这么暖的天气，衬衫外还穿着薄薄的毛背心，鼻子又发酸了。

几点细碎的头发落到了毛背心上，她脖子不敢乱动，手却忍不住伸出去，拨开那点儿碎头发。

"您还穿着毛背心。"她缩回手来。

"老屋子深，坐久了，还挺凉。"邱亚非说着，仔细而缓慢地剪着头发，不时用梳子梳理下。没多久，那刘海儿出了崭新的形状，弯月一般，服帖而柔顺地覆在屹湘额头上。邱亚非拿着梳子的手，拨了拨这刘海儿，他沉默良久，只看着女儿。屹湘抬起头来，看着父亲乌沉沉的眼睛，复又低头，说："爸，我可能，又做错事了……"

她看着父亲那对圆口鞋。潇潇说，身体不好的父亲，有时候腿会肿，穿鞋就爱穿那种"一脚蹬"……她摇了下头，感觉到父亲那温暖的手抚在她的额头上。她不动了，就只盯着那鞋子——鞋子挺旧了，牛皮底子的边缘，跟粗布接合处，有些磨损。

邱亚非摸摸女儿的额头，说："可不是'又'做错了嘛。"屹湘听着父亲那温和的声音，抬头。

邱亚非说："怎么能一下子喝那么多酒？"他拿了软毛刷子，顺着围兜的领口刷着碎头发屑。细碎的软毛刷扎着屹湘颈后的肌肤，有一点儿刺痛。在围兜被解开的一瞬，她下意识地用手掌遮住了颈子，手指灵巧地拉高了衣领。

邱亚非就当没看到女儿这个小动作，叠着围兜，说："现在知道错了？喝酒就罢了，毕竟回国了，有时不比在国外，不能不应酬。可是喝那么凶，得多少天才能缓过来？年轻的时候，无限度地透支健康，总有一天会……"

"爸！"屹湘叫道。脸立刻涨得通红，烧得不像样，心跳得更急。

邱亚非看女儿着急的模样，微笑了下，将剪刀和梳子放回去，在椅子上坐下来，说："急什么！我还怕这一两句犯忌讳的话吗？"他拍了拍桌沿，又说，"去吧，洗洗去，等下我出门，顺道送你过去——叶伯母是好意，不可失礼。"

屹湘见父亲拿起了笔，知道他要在出门前抓紧时间再工作一会儿。她便站了起来，先把地上扫干净，再收拾好工具。

窗外吹进来的风已经有些凉意，屹湘轻手轻脚地走过去，将窗子关好，窗帘拉上，转眼看到案头上一摞红色的信封，是哥哥喜宴的帖子。

"还没有送完呀？"她自言自语的。

"只有这几份了，得我和你妈妈亲自送去。偏偏我们俩这些天总凑不到一处去……还好之前已经打过电话。"邱亚非低头在文件上勾画着。

屹湘拿起最上面的一封，打开来。看那抬头，心想这的确是得父母亲自登门送的帖子——看帖子上的字，倒是潇潇动笔写的。蝇头小楷，工整中透着刚劲有力，非常好看，形神之间，都很得师傅的真传，却又有他自己的风格。单看潇潇的字，也能看出这几年他的积淀。她收起帖子来，问："爸爸，您当年写给妈妈的信，妈妈还都留着吧？"

"留着呢，说是等我什么时候翘了辫子，她好在给我结集出书的时候，凑上一两篇。"邱亚非开着玩笑，边说边将文件收起来，"难得你妈还有这幽默感——我倒是不介意人家都知道邱亚非也有这么浪漫的年轻时代，就怕她自己先不好意思了。"

屹湘走到父亲椅子背后，从背后使劲儿拥抱着父亲。父亲新生出的发，银色的，还像以前那样又短又硬，却是稀疏了很多，贴着她的腮和耳——热乎乎的，让她觉得刺痛，又让她心头沉甸甸的。

"爸。"她收了下手臂。

"嗯？"邱亚非抬手拍拍女儿细瘦的手臂。

"对不起……"她眼睛盯着父亲办公桌上的玻璃板。那儿，早年间一家四口的黑白照片，端正地压在墨绿色的薄呢子上——父亲工作的时候，一低头，就能看到这张照片吧……她这样从背后拥抱着父亲，说着这句话。知道自己假如看着父亲的脸，是无论如何也说不出来的。

邱亚非沉默着，女儿的手臂在说出这句话的时候松了一下，似乎是想要马上离开，却又犹豫着没有进一步的行动，而是在等着他的回答，这让他心头震颤。

"湘湘。"他也看着那张照片。

"爸。"

"别再跟爸爸说对不起，行吗？"

"爸……"

"你没有什么对不起爸爸的地方，倒是爸爸做爸爸做得不太成功。"

"没有，爸爸是最好的爸爸。"

"湘湘是最好的女儿。"邱亚非空着的那只手，点着照片里剪着童花头的那个小脑袋瓜儿，说，"若是条件允许，爸爸很想一直给你剪刘海儿，剪到爸爸拿不动剪刀的那天。"

屹湘的额头越来越低，靠上父亲的肩头……她没有再说什么，在傍晚的时候，听话地按时出门，跟着父亲一起上了车。

在车上，她嘱咐父亲记得按时吃药和休息。邱亚非答应着，却在她下车之前，说："湘湘，不要担心爸爸的身体。爸爸还有很多事情没做，不会轻易倒下的。"

屹湘抿了抿唇，握住父亲温暖的手，她觉得心里安定些，她极害怕父亲的手冰冷。可她忽然又有点儿怕，不知是因为父亲的话，还是父亲说这些话时，那与平时稍显不同的语气……

"爸爸，我现在很好，爸爸也别为我担心。"她像是强调什么，说。

邱亚非微笑点头，挥手让女儿下车，说："高兴一点儿。去吧。"

屹湘站在叶家门前，望着父亲的车子远去，才定了定心神，拎着袋子往里走。

天已经黑透，院子里各处的灯都已经亮起来了。院内安静，虽不时有人影，还是静的，只是这安静丝毫不让人觉得不舒服，而此刻温暖明亮的灯光，更是补足了这安静带来的可能的孤寂感——她站在二进院里，望着高高的宝塔松上缠绕的彩灯，那细小的灯泡闪闪发光，像好看的圣诞树，喜庆得很——想必，是为了即将到来的喜事准备的呢。

屹湘看着，往上房走。见叶夫人已经从房内走了出来，她快走几步。

叶夫人微笑着说："湘湘快点儿进来坐。"

"叶伯母。"屹湘站到叶夫人的面前，说，"我来了。"

叶夫人微笑着，高高的鼻梁上还架着细巧的金丝边眼镜，薄薄的镜片后是一双大而有神的眼。她取下眼镜，望着面前这个小巧的女孩子——笑容里那一点儿往日没见过的腼腆和拘谨，让她看着，就觉得喜欢——她应答着屹湘的问候，也问她是不是最近工作很忙，"碧儿说你连续出差。"

她转身请屹湘往里走，屹湘跟随她进了屋，刚站定，听到里屋有说话声，便没有立即坐下，而是用询问的眼光看着她——她听出其中有叶居贤的声音。

叶夫人朝她摆手说"没关系，先坐"，她还是问："叶伯伯在家？我去见伯伯，得打个招呼……"

"不急，不急，先坐坐。你叶伯伯原来是说要出门的，听说家里有好吃的，临时改主意了，这会儿跟姑姑谈事情呢——你叶伯伯，嘴馋着呢。"叶夫人微笑着说。

屹湘笑出来，她果然坐下来，听叶夫人笑眯眯地说着家常话。明明是很平常的，大约是原先她每次来，都是匆匆的，并没有机会跟他们聊天。这会儿，她竟觉得特别温和亲切。

叶家的阿姨泡了茶来，叶夫人亲自斟茶，说："不知道会不会合你口味，今晚都是家常菜。听碧儿说，你做得一手好菜？上回在你那里吃过饭，碧儿回来赞不绝口。"

"也没有做得很好，我只是有时候会想自己做做菜。"她说。

"都说留学生没有不被逼着学会做饭的。"叶夫人笑，"可我们家这些从小就出去的孩子，学会了也是西餐，中餐都有限。有几个，连口味也都西化得很。"

"我是有阵子很有兴趣学。"她停了停，"一学起来，恨不得会做天下所有的美味。后来才知道，烹饪也是门很高深的学问。有一两样拿手菜，就已经很难得了。"

叶夫人听着，那颇有些英气的眉微微一扬，脸上的笑意加深了，问："现在呢？"

"现在比较没有时间，可有空了，也愿意动手。"屹湘端了茶杯在手里，并没有喝，微笑着说。

叶夫人细细地打量着屹湘——穿着是简单而又素净的，大约是因为要来这里，脸上化了一点儿淡妆。今日尽管腼腆了些，态度也还是大方从容的——她笑着，说："总算是很难得了，看看我家碧儿，总说自己是事业女性，用我们爷爷的话来说，真正是解放也解放得很彻底了，简直巾帼超过须眉，外人提起来，做父母的都倍儿有面子——可不是物极必反？连泡碗方便面都掌握不好时间，全仰仗家务助理，有时也让人担心。"

屹湘听叶夫人无奈的语气说崇碧，想到崇碧在做事时候那种英姿飒爽，和私底下对着家务的那种手足无措，也觉得有趣。她微笑，其实崇碧根本不需要会这些的。

"真怕她以后亏待潇潇。"叶夫人叹了一句。

屹湘仍是笑着，瞥见自己带来的纸袋，忙说："叶伯母，这是给您的礼物。"

"怎么这么客气呢，见外了不是？"叶夫人嗔怪地说。礼物已经送到她面前，她接住。

屹湘笑，只说："不成敬意的，就是不知道您会不会喜欢。"

叶夫人这才打开来，掀了薄纱，才露出里面叠成几叠的一方灰色的柔软织物。她手指一拂，将披肩抖开，扬手披在肩头，称赞不已，说："正好要去冷地方呢，这礼物正合我心意。"

屹湘心想，叶夫人不见得真用得上这礼物，可是那种周到和体贴真让人觉得温暖。她不禁又想到崇碧，崇碧的性子和行事真像足了叶夫人……

叶夫人看看屹湘，轻声问她的意见："好看吗，湘湘？"

屹湘被她一声"湘湘"叫得愣了一下神，她来过几次叶家，叶夫人每次都很客气地、温和地跟她讲话，印象里，也都是叫她"屹湘"的。

"嗯？"叶夫人笑着，整理着披肩。白皙丰腴的面庞，脸颊红润饱满，这银灰色的披肩，又将她的脸色衬得更好了。看上去，实在是好极了。

"好看。"屹湘由衷地说。

叶夫人显然挺高兴的，她倒真不见得稀罕什么贵重的礼物。只是这样一下子便摸准她的喜好，让她觉得屹湘这个看起来不拘小节的、偶尔犯点儿迷糊的孩子，很有人情味——她仔细收好披肩，开玩笑道："我得快些收好了，省得等会儿被姑姑看到，收缴了去——我们家两位姑姑，可是出了名的……"

"出了名的什么？"东间门一开，叶居善先一脚踏出来，笑嘻嘻地瞪了一眼弟妹，才对站起来打招呼叫她"叶阿姨"的屹湘笑着说"坐着"。她过来便将叶夫人还没来得及收好的盒子拿在手里，叶夫人笑了，往外看了看，问："怎么就你自己过来了？湘湘刚才还说要去跟叶伯伯问好，我想着你们事情也快谈完了。"

"马上就来，另外还有点儿事情，要打几个电话——刚刚你不是话还没说完吗，出了名的什么？"叶居善笑问。

"出了名的爱美，出了名的眼光好。"叶夫人笑着看自己的大姑子将那披肩拿在手里，稍稍一握，偌大一条披肩，缩成小小一团。

"好东西呢。"叶居善说着看向屹湘，笑着问，"是你们公司的新品不是？也给我留一件可好？"手里还攥着那披肩不肯还给叶夫人。

"这是限量版的，我拿的已是最后一件。"屹湘解释，"我明儿让人给您送画册去好不好？看看别的款式有没有中意的。"

　　叶居善看屹湘认真的样子，将披肩还给叶夫人，笑着说"湘湘可真老实，跟她敲竹杠一敲一个准"。她说笑着，熟不拘礼地拍了拍屹湘的手，说："好！你可得记住了——对了，我最近又没有合适的衣服了，改天约时间一起去，你帮我参谋参谋。"

　　屹湘答应。

　　叶夫人笑道："离上次做衣服才几天哪，又没有衣服穿了。"

　　"女人衣柜里，永远缺一件衣服。"叶居善不服气地说。她年纪较叶夫人稍长，可是性子极爽快活泼，倒显得更年轻些。她微笑着看了屹湘，说，"最近穿出去的，都是从你那里来的。"

　　叶夫人笑着说："连母亲都说好看呢。"

　　"可见是真的好了！"叶居善笑着拍手。

　　屹湘听着这位叶家的大姑姑嘴里蹦豆子似的说了一堆她母亲的话，总算明白了一点儿，敢情这位叶老太太，是顶不待见自己这个大女儿整日抛头露面"做些有的没的，还穿得花里胡哨，又贵又不合适的衣服，去现眼""这阵子好像灵光一闪，穿对了衣服"……叶居善笑着跟屹湘说："她老人家总说我这种青春期完全在部队度过的女孩子，少年时又跟她聚少离多，审美完全不行，等有了穿衣自由，就一味地往杂了去了，简直惨不忍睹，她都不忍心看。"

　　屹湘笑。

　　"往后在你这儿啊，我可就不客气了，随时招呼你帮我做参谋。"叶居善笑着说。屹湘点头说随时恭候。叶居善越发高兴起来，"乖！咦，孩子们呢？湘湘都来了，小磬他们怎么还没回来？"

　　"刚刚来电话说在路上了，可能堵车。"叶夫人看了眼座钟，"也该到了，都半个钟头了——不用管他们的，本来就没算他们的份儿。湘湘饿了吧？咱们先吃……"

　　"不用的，叶伯母。"屹湘忙说。

　　叶居善笑道："你今儿是主客，旁人不论。"她话音未落，就听外面说说笑笑的，崇碧他们回来了。

　　"这饭点儿赶的，啧啧。"叶居善笑道。

　　恰好叶居贤也过来了，屹湘又站起来打招呼。叶居贤见到她仿佛是很高兴，和蔼地同她说起话来，笑道："湘湘，今天尝尝你叶伯母的手艺——托你的福，叶伯伯很久没吃到叶伯母做的菜喽！"

　　叶夫人笑着看了丈夫一眼，说："我得去厨房看看——湘湘，马上就吃饭了。"她说着拿起那雪白的围裙来，起身出去了。

　　屹湘欠身，心里不由得一叹。原来叶夫人在家也是这样的，她与母亲是那么不同，可有些地方，又极相似。

"你的叶伯母,神的地儿多了去了,可不只是一样两样。"叶居善看出屹湘的小心思,未免开开玩笑。

屹湘点头。

叶居贤笑着,不久,起身带她们入席去。

刚出了门,就看潇潇跟崇碧从外面进来。崇碧看见家里人,身子顿时软了下来,叫道:"今儿可要累死我了!"她作势往旁边一倒,靠在潇潇的肩上。

叶居贤点着崇碧,叶居善笑着说:"撒娇!还不快点儿进去换了衣服?"她说着,跟叶居贤先走开了。

"我不,要先吃饭,好饿。"崇碧笑着,冲屹湘眨眨眼,小声问,"早来啦?"

屹湘点头。

"哎,你今天好漂亮。"崇碧像是发现了什么新鲜事儿,扯了下潇潇的手,"是不是?"

"走啦,走啦……"屹湘听崇碧这么一说,已经看到潇潇那略沉下去的嘴角,头皮顿时麻麻的。崇碧也看看潇潇的脸色,笑得厉害。

他们说笑着往餐厅走,一路上崇碧就开始说着今天都干了什么。待落了座,她仍说个不停。她的父亲和姑姑很有耐心地听她讲那些琐碎的小事情,屹湘安静地坐在一边,看着同样安静地坐在一边听崇碧说话的哥哥,觉得心里暖暖的。大概幸福,要简单的时候,便是很简单的,就是一个爱说,而另一个,爱听吧。

"是小磬嘛?"叶居善耳尖,在这样稍显热闹的聊天的时候,还能听到外面的响动。

屹湘抬头。

时已近夏,叶家餐厅的门窗早已换了细竹帘。此时的竹帘垂下来,门前灯光映出一个高高的身影,正在慢慢走近。屹湘看着那身影,手轻轻攥了攥。那身影到了门前,笑着答应:"是我,姑姑。"竹帘一掀,他人就出现了。

外面是热了,他一路走进来,额上已见了汗,进来一一打过招呼,才坐到他的位子上——正在屹湘旁边。他跟屹湘点点头,面上淡淡的,并没有多看她。

"对不起,回来晚了。"他从容地说着,拿起筷架边的湿毛巾,开始擦手。

"赶得早也不如赶得巧,小磬就是脚头好。"叶居善开着玩笑。

此时恰好叶夫人指挥着两名厨师将一个肚大口小的青瓷坛子抬了上来,坛子又大又沉又高,屹湘正觉得这坛子若是搁在桌上,很不方便取食,就见叶夫人伸手将桌子中央的一块圆板掀起,下面有一个托架,两个壮汉便把坛子放在了托架上,这样一来,高度恰好。

"这个设计好吧?"崇碧坐在屹湘的旁边,见她留意餐桌的机关,笑着说,"可见我们家有多重视吃饭这回事。这是妈妈特别要求设计的——吃火锅啊什么的,也都很方便呢。现在天热,等天气冷了,咱们一起吃火锅……妈妈会熬很棒的汤底……哎呀,到时候但愿妈妈有多点儿空闲哦……"

崇碧说着把屹湘的碗先递过去，等着叶夫人盛菜——叶夫人将坛子上封口的铝箔揭开，原本隐隐约约透出来的味道，随着热腾腾的水汽大团大团地散出来，很快，满屋子都是香气了……

屹湘专注地看着叶夫人的一举一动。

叶居善听到崇碧这么说，瞪了侄女一眼，说："真好意思的呀，叶崇碧？你忘了上回奶奶说你什么了？小心奶奶教训你！"

"奶奶教训吗……"崇碧左右看看，看到潇潇脸上去，讷讷地说，"……你不会因为我没做到奶奶的要求……就悔婚吧？"

潇潇还没有回答，叶居善隔着潇潇，用筷子狠狠地抽了崇碧的手一下，说："让你胡说八道！"

崇碧立即搓着自己的手背："明明是您先说的……"

叶居善撇了下嘴，说："我就说，真不该把这帮孩子打小儿就送出去，到这会儿，有一个算一个的都成了'香蕉人'。一张口，说露怯就露怯，都不带含糊的。"

崇碧委屈地看着姑姑："我说什么了啊，瞧瞧招您这一通说。我哥也会露怯啊，您就不说他。"

"你哥什么时候跟你似的满嘴跑火车了？"叶居善眼瞪得更大。

"肯定有！"崇碧不服气。

"顶嘴。"叶夫人看了崇碧一眼，说。

屹湘正在叶夫人对面的位置，就听叶夫人说这两个字的时候，语气甚是柔和，眼神也是闲闲的，可没来由地，让她觉得假如叶夫人生气，那态度，其实也不过如此，她便坐正了些。

叶崇磬留意到她的小动作——有时候，她真是敏感，敏感得让人心疼。他不动声色地拿起她的勺子，从面前的冷盘里给她挑了一点儿凉菜放到碗里。

屹湘轻声道谢，他微笑，示意她尝尝。

那边叶夫人且不理女儿，往小碗里盛着菜，让崇磬递给屹湘；崇磬照着做了，屹湘却不肯先接着。

叶居贤笑着，说："湘湘别拘束，你也看到了，我们家不是那么讲究礼数的——你们也都别说碧儿了，也不怕湘湘笑话。"

屹湘放下碗，笑着摇头。

叶居贤拿起手边的酒杯，简单地说了两句话，大体上，是欢迎湘湘来做客、也谢谢妻子辛苦准备一餐饭。待他的祝酒词讲完，大家才开始动筷子。除了这道麻烦至极的"佛跳墙"，叶夫人还准备了很多菜，满满一桌子，非常丰盛。

屹湘面前的碟子里总是不空，每道菜都好吃，她尤其喜欢"佛跳墙"那作为配菜的芋头。吸足了各种汤汁的芋头含在口中，那味道之浓郁、口感之松软实在是让人难以抗拒。她吃了一块又吃一块……吃到第三块的时候，发现盘子里又多了两块，忙说："好了，好了……"发现这回替她夹菜的是叶崇磬，便不知不觉又对着那芋头咬了下去，不再出声。

"慢慢吃。"他说。

屹湘脸上颈上同时热了起来，只好点头。他等她吃完，又替她添了两块。她没作声，就默默地吃东西，听着他们谈论那场即将举行的婚礼的筹备情况。从餐桌边转移到客厅里，话题始终没有变。屹湘听着，这可以预见的热闹，近在眼前了……

"……准备好了？"崇碧冷不丁地问屹湘。

屹湘被问得发愣："什么准备好了？"

"我们刚刚在说的你没听到啊？我是说彩排，那天不用穿礼服，你是不是累了？"崇碧关心地问，她凑近屹湘一点儿，"刚我们还夸你今儿格外漂亮，这也没听见？"

"是格外漂亮。"叶居善坐在屹湘的正对面，崇碧这么一说，她先附和了。她笑眯眯的，说，"本来就漂亮。"

屹湘就觉得屋子里所有人的目光都聚到自己身上来，顿时发窘。叶崇磬坐得远些，默默地喝着茶。此时看着屹湘那因为休息不够显得气色不太好的面孔，站起来出了房间。

崇碧笑着说："这几天千万睡足了觉，不然到那天你会累坏的。"她说着握了屹湘的手，摇了一下。

"知道。"屹湘笑笑。她看看时间，觉得差不多该告辞了，便说，"叶伯伯、叶伯母，我该走了，谢谢你们的晚饭。"

"再坐一会儿吧，这才几点。"叶夫人笑道。

屹湘又再坐了一刻钟，还是告辞离开。这一回，叶居贤夫妇才没有再挽留。屹湘坚持着不肯让他们送，叶居善看了，帮忙拦着叶居贤夫妇，笑着说："让小磬他们送送就好了。你们这么客气，小心以后湘湘不敢轻易上门吃饭了。"虽是这么说着，他们也都走到了院子里。

"你们几个一起吧，路上小心开车。潇潇跟碧儿还要出去送东西，小磬，由你送湘湘回去。"叶居善吩咐着。

屹湘刚想说"没关系的，我自己回去就好"，叶崇磬已经答应了。他站在垂花门外，跟父母和姑姑道过别，说："放心吧。"

屹湘是背对着他的，但觉得他讲话的时候，声音就在耳边似的。待回头，看到他其实站得蛮远的。他也在看她，等她走出了垂花门，一先一后，二人一起往大门外走去。

潇潇倒站在垂花门那里等了一会儿，跟岳父母和姑姑说着话，一边等崇碧回房拿东西，一边看了先走出去的那两个沉默的背影。很快，崇碧风风火火地跑出来，推了他就走。出大门看到屹湘，她问："湘湘，你车子坏掉了不是？这几天用车不方便吧？你怎么着？开我的车好吗？"

屹湘说："不碍事。还不够你忙的呀？这些小事也放心上。我另有专车的，忘了？"

"没忘，但私事不好总用你公司的车吧。"崇碧笑着说。

潇潇在一边听着，也笑了，说："这倒是，不过车子应该很快就能修好——湘湘上车，还是我送你，我们边走边说。"

叶崇磐看看屹湘，问潇潇道："还得去两家吧？你们俩跑了一天，别折腾了。我送屹湘，我们俩顺路。"他说着，又看看屹湘。

潇潇也看屹湘，说："我们晚点儿没关系。"

屹湘沉吟片刻，对哥哥笑笑，说："我麻烦叶大哥一回好了，你们俩快去快回，这几天你们俩得格外休息好。"

"我哥又不是外人，让他送送你算什么麻烦呀。"崇碧笑道。

屹湘点了下头，潇潇见她如此，也没再坚持。他看着妹妹走到叶崇磐车边，叶崇磐给她开了车门。

屹湘跟哥嫂挥挥手说再见，先上了车。

"哥，那我们走了。"崇碧笑着说，"这几天也辛苦你了。"

叶崇磐听妹妹这么说，点点头，说："还算有良心。"

崇碧笑，等哥哥车开走，才回身跟潇潇上车。车子是她来开的，等到出了巷口，她才发现潇潇半晌没出声了，问："怎么不说话？累了？"

潇潇看前面叶崇磐那辆银灰色的车子右转了，说："没有。"

崇碧看看他，打开了收音机，开的音量并不大。电台里播的是首曲调很熟的歌，她心情很好，跟着哼唱了几句。潇潇过了一会儿才听出来，这是首挺耳熟的英文歌。崇碧说："就是上回，哥跟湘湘合奏的那支曲子。"

潇潇"嗯"了一声。

前方红灯，崇碧停了车，伸手关了收音机。曲子戛然而止，车厢里沉寂下来。红灯时间有点儿久，两个人都不说话，就有点儿沉闷。崇碧转脸看向潇潇，忽然她松了一下安全带，倾身过去，在潇潇腮上亲了一下。亲完，并没有立即坐回去，而是盯着潇潇的眼睛。

潇潇看着她，瞥了一眼前方的红灯，回吻她。比她蜻蜓点水似的吻，他这一亲可是猛烈而且霸道，崇碧倒被他吓了一跳似的，待要往回撤，哪儿还撤得了，况且也没有绝对要撤的道理……她耳边好像在响着什么，突然意识到是后方车子在鸣笛。她急忙推潇潇，潇潇拖延着，硬是又偷了几秒钟，才松开她。

崇碧心如小鹿乱撞，急忙启动车子。嘴唇火辣辣的，她抿了一下，狠狠地瞪着潇潇，过了路口，才说："你干吗……"

"我只是一时忘了。"潇潇说。

崇碧愣了一下，问："什么？"

"这是你最喜欢的歌之一。"潇潇回答。

"你不用记得啦，这不是什么大事。"崇碧说。这么说着，也不知为何，心里酸酸涩涩的，眼眶也就热了。

潇潇把手伸过来，握住她的手，说："谢谢你。"

"干吗，你今儿怎么这么奇怪。"崇碧盯着前方。一只手掌握方向盘，另一只手被潇潇握在手心里，潇潇的手热乎乎的，"你手真热，松开啦。"

"我的誓词写好了。"潇潇说。手并没有松开，反而握得更紧，"从没写过这么难写的演讲稿。"他开玩笑。

崇碧笑出来："也有你做不来的事情？"

"以后你会知道，有很多事，我都做不来。"潇潇慢慢地说。

崇碧沉默着。

"很多，只不过，如果必须做，我还是会试试，全力以赴。"

崇碧点了点头，她懂。

"现在在想什么？"潇潇问。

"在想，下一个红灯什么时候来呢……"崇碧也慢慢地说。

"嗯？"

"我还想亲你。"崇碧反手握住潇潇的手，"很想、很想、很想……很想。"

到收音机里的 *Rolling in the Deep* 放送完毕，叶崇磬的车上，两个人都没有说过一句话。

屹湘侧了下脸，从自己身旁的玻璃窗里，不但看得到自己，也看得到叶崇磬一个模糊的侧影。车子里充满了他的味道，清爽，同时也是温暖的，甚至也有说不出的一丝温柔……也就是这味道，令她那如同碎片一样的记忆，有几片，额外地清晰起来。她不由自主地闭了下眼，放在身前的手，攥了攥，就出了汗。

"能不能，在前面停一下车？"她终于开口，喉咙有些发干，"我走进去就好了。"

"我会把你安全送到家的。"叶崇磬马上就知道了她的意思。

"叶大哥……"屹湘有些艰难地说，"我……"

"我还是挺喜欢你叫我叶崇磬的。"叶崇磬和缓地说。他知道，有些称呼，只是为了迅速而清晰地划清界限。他不反感她叫他叶大哥，但不希望是在这个时候，甚至可以说，尤其是在这个时候。

屹湘停住，一时不知道该怎么继续说下去。可她决定要上叶崇磐的车子，心里想的便是要在这短短的一程里，和他说点儿什么。至少，关于昨天晚上的事，她该说点儿什么。那不过，是一场意外。

"屹湘，你能帮我一个忙吗？"叶崇磐问。

"什么？"屹湘头脑有点儿发木。

"你的车子拿去修了，是吧？"他问。

屹湘点了点头。

"嗯，所以我说，不知道你能不能帮我个忙——是这样的，我那儿有辆小车子，比 Smart 略大一点儿，是一个合作方送我的。车子自从到我手上，就一直搁在车库，不知道该怎么处置——你若是不嫌弃，我让人给你送过来。"叶崇磐将车子开进了小区大门。收音机还在响，低低的，给叶崇磐的话配着背景音乐似的。

"我不能再接受你的好意。"屹湘转过脸来，望着叶崇磐。

车子停稳了。

叶崇磐抬手抚了下眉，说："其实我不惯送人贵重礼物——所以，只是借给你。车子虽然是白得来的，老扔在那儿不用也浪费。"

屹湘听着，他巧妙而不动声色地将话题换到了车子上。

"你要是开得顺手可以留下，我也算小赚一笔。开着不顺手，也反馈一下问题，我转告他们，让他们改进改进。你也算支持国产车发展了，怎么样？"叶崇磐说着，看看屹湘的样子，微笑，"他们研发还算用心，我试过，性能很不错的。虽然看着轻巧得跟小玩具似的，发动机棒，动力足，开起来像个小坦克，油耗却不大，很适合在市区内代步用。"

屹湘听他又介绍了几句那个型号的小车子性能，仿佛这是眼下最重要的事情。

听起来车是很不错，大马拉小车，配置很好，动力应该相当足，而且北京这样的路况，开辆这么灵巧的小车，还是很有优势的。叶崇磐的周到细致，真是让人没话说。

"叶大哥。"她看着他，"我有话想说。"

叶崇磐终于是点了下头。

"……我……昨天，对不起，我……"不能算没有做足了心理建设，可真的开口了，屹湘仍说得磕磕绊绊的，"我必须跟你道歉，昨晚是我不对……我肯定是做了很多不该做的、也说了很多不该说的……你能……替我保密吗？不管，你看到了什么、听到了什么？"

"屹湘，"叶崇磐叫她，"你这样，让我很难堪。"

屹湘不出声了。

"如果必须有人道歉，也应该是我。我是清醒的，但我不会跟你道歉。"他的目光，从她的额头，看到她的手上。目光慢慢地移动着，像是要把她看仔细，又像是要小心翼翼怕惊扰了她……最后，他的目光停在她脸上。

这是温暖的，也是疼惜的目光。他看向她的目光里，越来越有种，让人忍不住想要贪图的热度。就像在悬崖上，他用他的手，托着他们那么脆弱的生还希望。在很危险的时候，他仍给她坚定的信心，让她相信无论如何都会好的……只要他在，就会好。

可屹湘摇头，道："不，你不清醒。"下意识地，她抬手按在锁骨处，手指微微地颤动着。想遮挡，却没有遮挡在最合适的位置，因此便有了些欲盖弥彰的味道。

叶崇磬移开目光。

"何况，你并不了解我……"屹湘说着，手臂落回去，紧握着包带，"无论如何，就算……再怎样，你或许也该听过一些闲话……"

"屹湘。"叶崇磬打断她，"先别说了。"

她吸着鼻子，发干的嘴唇一撇，唇上倏然出现裂纹，疼。

叶崇磬静静地坐了片刻，开车门下去。

屹湘看着他稳步走到自己这边，将车门打开。她起了身，从车子里出来，站在叶崇磬的面前，仍看着他。那并不躲闪的眼神里有很多的歉意，也有更多的倔强。

叶崇磬转了下脸，似乎唯有这样，不被她那目光锁定，他的面颊才不会发热。可面上仍绷得紧紧的——他看到前面不远处停放的新车。只是片刻，他说："我明白你的意思。"

屹湘顺着他的目光看过去，心头就猛地一震。她只顾了跟叶崇磬讲话，并没有留意到，董亚宁让李晋给她送来的那辆车子，赫然停放在那里，并没有移走。有什么东西逼进了她的眼睛里来，眼眶涨到酸痛……她使劲儿忍着，盯着那车。车子在灯光斜照下，反射着幽幽的光，冷冽而又刺目。像董亚宁看着她的时候，那阴冷而充满恨意的目光。

她舔着干裂的嘴唇，一丝血腥味在嘴里蔓延开来。

她转身背对着那个方向，说："我们……本来不该这样，我不是成心的。"

她说着笑了下，笑容让她的眼睛亮晶晶的，很美，很美。可在叶崇磬看来，这笑容比起往日，却更让人看得心里发紧。

"我也会有这样那样的虚荣心……何况被人喜欢，总是开心的。不管在什么年纪，也不管自己是什么状况——恐怕，我这毛病，是再也改不了了的。但相信我，这一回，我真不是成心的，因为是你……你，能原谅我吗？"她将包带挂在肩上。

叶崇磬看着那薄薄的肩膀，薄得，像一把能捏碎了。他没有回答她，却说："我送你上去休息。"

屹湘摇头，说："我自己可以的。"

叶崇磐仍先转身，走到了门边，等着她。屹湘的脚步却凝滞了似的，好一会儿，才跟着走过去，按着门锁。叶崇磐站在她旁边，望进去，楼梯间里黑洞洞的，她坚持不要他送上去，轻声跟他道晚安，说："回去路上小心开车。"

他点头，说："我看你进去再走。"她这才走了进去。

门在她身后关上，楼梯间里灯亮了。她走了两步，回头看一眼，隔着雕花铁门，不出所料，他仍站在那里，目送她……她陡然间鼻尖发酸，硬着心肠，不能再对他说一句话、一个字。

屹湘见她这回眸一瞥，叫了她一声，一步跨向前来。屹湘却已经急急忙忙上楼去了，叶崇磐的手扶在铁门上。她的脚步声细碎缠绵，踏在石板楼梯上，声音传过来，是那般清晰……忽然，那声音停止了。

他凝神细听，还是没有一丝声响。心提起来，又重重地落下，那巨大的落差，让他再强悍的心脏此时也有些受不住。他转了下身，背对着铁门。

楼梯间里，她的脚步，停在了哪儿？他不知道，只是重重地叹了口气。

屹湘站在楼梯的转角处，呼吸都放浅了。突如其来的心跳加速，瞬间让胸腔的压力增大数倍，她必须停下来……而在黑暗中，她浅浅碎碎的呼吸，生怕惊动了光线似的。偏偏手机在这时候响了，她抹了一下脸，在突然而至的明光中接起电话。

电话那一头的女声"喂"了好几次，她才分辨出对方是姑妈。

邱亚拉却立即听出侄女声音不对劲，马上问她是不是不舒服、最近是不是很忙。

"没有不舒服，我很好。"屹湘坐在楼梯上，低低地说，"忙是忙了点儿，不过忙得算有成果……"她扶着额头，新修的刘海齐着眉尾，"等您回来再详细说吧……您好吗？"她靠在冰凉的墙边，磨得很光滑了的花岗岩墙壁让她冷静也让她平静。

邱亚拉说："我啊，如果 Allen 乖一点儿我就不能再好了，现如今我每天都要跟那小子斗心眼子，还常常斗不过他——你父亲前些日子不是说这次我不回来也可以，但 Allen 一定要回来？我就说，那会儿他八成是觉得自己不成了，恨不得所有人都拢回身边好好看看才放心……我说的是吧？"

"没有。他身体还可以。"屹湘默默地叹了口气，问，"您什么时间到？我去接机。"

邱亚拉说不用，你父亲都安排好了。老规矩，姑奶奶回娘家还是座上客呢，虽然这辈子他也没待见我几日……

屹湘沉默。

邱亚拉说自己赶着出门，过两天回北京见面再详谈。

"湘湘，我回去有重要事情跟你说。"邱亚拉说完就挂了电话。

"姑姑！"屹湘叫道。电话挂得快，她没机会多问一句。她攥着手机，手臂有些无力地垂下去，落在膝上。楼道里的灯明明暗暗的，这会儿又黑了。

姑姑要跟她说什么？

她忐忑，一瞬间的，脑海里好多个念头闪了过去。

手机突然又亮了，她看看显示的号码，是叶崇磐的，忙从楼梯上站了起来。鞋跟又高又细，她起得太急没能站稳，狠狠地崴了一下，差点儿跌下来，她急忙抓住了扶手。

"喂？"她忍着脚踝处的疼，慢慢往上走，"我马上……到了。"

"怎么这么久？"他问。

黑暗中他稳定的声音让她有种踏实可靠的感觉，似乎瞬间就回到那青山白云间，是他说的，说屹湘，别再受伤了……只往上走了两阶，她站住了。也许是脚踝上的疼痛来得太突然，她只觉得一股难以抗拒的脆弱，将她裹住了。

她停顿了片刻，转身下楼梯，脚步放得轻而又轻。看到他，她停下来。

他站在门外，背对着这边。那里，明亮极了；而她脚下，是浓重的黑。

"你怎么了？"大约是因为她有一会儿没有出声，他又问。声音里有一丝紧张，在他，是不常见的。他总是从容不迫，所以听起来，就有些别扭。

"我很好。"她说，"只是刚刚接了个电话，耽搁了一会儿没进门。我真的很好，等下进门就休息了，你回去吧，放心。"她轻声细语的。

听筒里沉默了，她也沉默。

他静默的背影，磐石般的稳妥。可也有淡淡的忧伤，在这样的夜晚。

"屹湘。"他开了口。

"……"她没出声。

"你很不好。"

心像是被什么重重地捶了一下，屹湘挂断了电话。她还没有来得及走开，他便回了身。大手拍在铁门上，楼道里的灯一亮，尚站在原地的她，顿时无所遁形。

叶崇磐其实看不到全部的屹湘，只看到她垂在体侧的手、手中的电话、窄窄的裙、细细的腿、好看的高跟鞋中那好看的脚……此刻那双脚大约是想要逃跑的，不知为何竟没有跑掉。于是他也知道，她正在看着他。他仍然对着话筒，抬高些音量，说："你也很会伪装。"

她定定地看着他，颌骨处咬合得用力，耳中有声响。

"却还是骗不了人。"

灯熄了，叶崇磐再次重重地拍了一下铁门。

屹湘仍没有动，她静默地看着这个男人。

整栋楼里没有一点儿声音。

"什么人？"突然，一声呼喝划破了这份沉寂，伴着急促的脚步声和移动的光柱。

屹湘听出是小区保安的声音,急忙往下跑。门外,叶崇磐转回身去。强光照在他脸上,他避了一下,习惯性地,手向两边微微一撤。只是瞬间回过神来,意识到自己并不是在美国,而且面对的也不是带有枪械的警察。

他看着面前的两位保安,没有立刻出言解释。

"请出示您的证件。"强光在他周围扫来扫去,两个保安都拿警惕的眼神盯住他,虽然叶崇磐一转身,他们已经认出他来。其中一位指着他的车子问:"这车是您的吧?"

"是。"叶崇磐说,"我证件在车上。"

此时屹湘拉开铁门走了出来,两位保安见了她,问:"郗小姐,您没事吧?有没有受到骚扰?"

叶崇磐抿了唇。

"没有,你们误会了。我们……"屹湘抬眼看看叶崇磐,他也恰好低头看她。两人的目光一碰,她顿了顿,轻声说,"我们刚刚就是有点儿小争执,抱歉。"

两位保安看看他们,静默片刻,其中一位先笑了,说:"原来是这样,我们俩刚巡逻到这儿,怕有什么事儿,过来问问。"虽然是这么说着,并没有立即离开。

屹湘微笑着说:"谢谢你们,真没事。"她说着,抬手握住了叶崇磐的衣袖。叶崇磐的手中原本握着手机,于是换了只手,握住她的,并不出声。

两位保安再看看面前这对男女,男的刚正,女的温柔,看上去的确没有什么可疑之处。

"没事就好,要是有事儿啊,您言语一声儿,我们随时过来。不耽误你们。"两位保安中年长的那位先发话,离开前,特意又看了看叶崇磐,像是要把他的模样再印证一下似的。

屹湘等他们走开了一段距离,才看了叶崇磐,说:"他们也是很负责任……你没生气吧?"

叶崇磐没答话,她再抬眼,见叶崇磐低头看着什么,这才回神,原来她依旧攥着他的衣袖。她忙松开手,叶崇磐却比她速度更快,一下握住了她的手。他带着她快走了几步,进了单元门。屹湘想要抽手,他却没有让她得逞,而是一直拉着她的手,一级一级楼梯走上去。他没有其他的举动,也没有废话。他走得并不算快,几乎是就着她的步速。但那种不容拒绝的、有些霸道的力量,充斥在他的步幅中。

屹湘几乎忘了自己脚踝处的疼,站到公寓门前,额上已经冒出了汗。她抽手,多少有点儿急,说:"我到了!"

叶崇磐却顺势将她搂入了怀中,屹湘脑中"嗡"的一下,大骇。她随即用力想要把他推开。

"别动。"叶崇磐只用比她稍稍多一点儿的力道,就成功地将她稳稳地拥抱在怀里,他缓缓地说,"他们的怀疑很合理。我对你,的确不怀好意。"

"叶崇磬……"屹湘被他怀里灼热的温度烫到了似的，有些许的头晕目眩。

"我不是一个随便的人，你也不是。在我面前，你也不用伪装成坏女人。"叶崇磬说着，松开了她。

屹湘倒退了两步，用一种说不出的纷乱眼神，盯着叶崇磬。

叶崇磬非常平静："刚才你说，或许我听说过一些什么闲话……如果这会儿一定要表态，那我可以告诉你。那些所谓的闲话，我听得很少，即便有那么一两句，对我而言，也完全无关紧要。我自己会看人，你是什么样的人，我不需要别人告诉我。"

"要是你错了呢？"她问。

"不会错。"叶崇磬说。他看着她，因为激动和克制，眉睫瑟瑟发颤，她其实是如此不善于掩饰情绪，色厉内荏的时候，连一点儿点儿的慌乱恐惧都藏不住。

屹湘闭了下眼，有些艰涩地说："你错了，总有一天你会明白，也会后悔的。我不想跟你解释什么，但我们是没有任何可能性的。"

"屹湘，我现在是不够了解你，但你对我至少不是无动于衷，这就够了。"叶崇磬停了一会儿。即便是在壁灯的暖光下，他也看得出来因为他说出这句话，屹湘脸色大变。她哽住了似的，说不出话来，眼睛里那种纷乱，映得他心里反而万籁俱寂。他说，"我知道重新开始很难，就当给你自己一个机会，也给自己一段时间考虑——我们，起码现在还是朋友。"

"叶崇磬，你知不知道自己在做什么？"

"再清楚不过。"叶崇磬微笑了一下，"现在你进去吧，睡个好觉。以后的事，以后再说。"

叶崇磬没有等屹湘进门，便转了身。屹湘在他背后究竟是什么样的表情、什么样的眼神，他都不想再看下去，再面对她，他的心只会更沉。

倒车的时候，车灯打在前方。那辆挂着崭新车牌的车子，静静地守候在楼前。他也没有多看一眼，就驱车离开了……

屹湘也不知道自己是怎么进的屋子。站在门厅里，好久，她既没有换鞋，也没有移动。直到脚踝酸软，她也没有换掉，而是走进了厨房里。灯是开了，煤气灶上有一只砂锅。她拧开了煤气，橙色和蓝色混起来的火苗舔着锅底。她手扶着灶台，看着那跳动的火苗。

也不知看了多久，砂锅里的汤沸了，汩汩的热气冒出来，香味是这么浓烈。她取了一只碗，从锅里舀出热汤，喝了一口。滚烫的汤顺着喉咙下去，从嘴巴里到胃里，一路烫着，烫到发疼……她搁下碗，疼痛催着她的泪腺，却刺激不出一滴眼泪来。可眼睛这么涩，她多想，来一场雨。

董亚宁坐在枪房里，拿着麂皮擦着他新近的收藏品，一把罕见的史密斯·韦森

4505 型手枪。转手给他的人明确告诉他：这是一把高仿。虽是按照高仿的名义入手的，价格却是比真品都不差。

假的？他哈了一口气，那么这一屋子、四面墙置顶分门别类挂着的枪支，没有一样是真的了。

趁着哈出的那一点儿水雾还附着在枪体上，他擦了两下。拿远些看看，便把麂皮丢在桌上。银色的枪体上刻着伊斯兰风格的花纹。枪管空白处，Smith&Wesson 的标码清晰可见。可毕竟经过了二十年，几经转手，磨得标码都浅了许多，木质枪托也温润异常。

他端详了好久，拿起枪，脚下一蹬，椅子下的滑轮"嗖嗖"转动，磕在门上，停下来，他瞄准了对面墙上的靶子。

"啪！"他唇间逸出轻轻的一声，似乎有子弹随着这一声便射了出去，正中标靶。

手枪收回来，贴在耳边，凉凉的。

他重复着这个射击的动作，直到手臂酸了，额头上也热气腾腾。他站起来，将这把 4505 放在了墙上它应该在的位置。他瞄了一眼搁置 4505 这一区，这里还有一处空白。这一个系列，就只缺一把了，只是不知道什么时候能遇到。

他的手指滑过去，点到哪一把，他闭上眼睛，默念一会儿。它们的资料早已深深印在他的脑海中，他想调用的时候，很容易就能调出来。当然偶尔也会有脑筋卡壳的时候……最近他好像进来的时间少了些，卡壳的时候就多了起来。

他搔了搔头顶，头发还是极短，又硬，刺猬刺似的钻进指甲缝里去。

他这枪房是个密闭空间。在这里，他往往一坐就能坐很久，却也擦不了几把枪。不过擦枪通常不是他进来这里的目的，就像进去烟窖，有时候并不是为了找好烟抽。他只是在想办法消磨一段时间。

桌上那只旧旧的小牛皮箱子被他收拾好，放在了下边柜子里。柜中密密麻麻、整整齐齐地码着一些枪盒，有些装着枪，有些没有，但每一个盒子里面都有弹夹和子弹，有的还附着消声器。他随意抽了一个出来，里面是两个九发子弹的弹夹，沉甸甸的。

他灵巧的手指轻轻一磕那弹夹，一颗黄澄澄的子弹便弹了出来。子弹的线条极美，他能想象出它从弹膛里发射出去时那轻灵美好的样子……这想象让他通体舒坦。

不记得自己从什么时候开始对枪械产生兴趣的，大约每个男孩子在童年都对兵器有着莫名的情结。他如今只记得从很早开始，他就对这些东西很熟了，就像爷爷那船舱里的舵、甲板上的绳索、渔网上的浮子一样。不过这个毕竟不是渔网，就像爷爷不会轻易让他掌舵，他也不会被允许随意动枪械。

他倒还能清楚地记得自己第一次摸到枪时的情形。

那阵子，他刚刚被从爷爷家接回来，以后要在北京上学和生活了，正在这个家里经历着各种各样的不适应。因为以前每次被送回来，他都能想发设法逃跑，所以又都被送回爷爷身边，很让父母头疼。跟父母的矛盾，从那时开始一直存在。他们工作忙，把他和芳菲放在姥爷这边，还专门让人看着他。他被拘束得厉害，逆反心理就特别强，故意什么都不好好儿做。越是被人看得紧，越是想尽办法逃跑。他小时候鬼心眼儿还是很多的。那一次他偷跑回老家，进门一喊"爷爷、奶奶"，先看到的却是姥爷和姥姥，立时傻了眼。要是他父亲在，少不了一顿胖揍，不过幸好是不在的，还有一顿特别好吃的渔家饭在等着他。无论如何，都得吃饱了再说……爷爷奶奶的家比起自己的家更像一个家、像他安全而可以信赖的栖身之所，这种感受，他几乎无法准确描述。虽然从某些角度来说，自己的家、有父母妹妹和姥爷姥姥的地方，都更令人羡慕甚至仰望，但他从未觉得有什么了不得。他极想爷爷想奶奶，极想那自由自在的生活……

关于他的问题，姥爷和爷爷有过深谈。他们都不怕他读书晚、读书不好，就怕他这性子不好好约束，以后会闯祸，当然也担心约束过多，日后他不得伸展。

他后来乖乖跟着姥爷回北京了，答应爷爷和奶奶会好好读书，再不逃跑。他也不是想通了，而是两位老人告诉他，他们确实不能一直照顾他，他有他必须走的路。他那时候也不大，但忽然觉得自己该长大了，并且要快点长大到能够照顾他们。

那段时间过得真不愉快，偏偏面对的是极力想要把他宠爱好了的姥姥和姥爷、在这个已经开始长大的他面前常不知所措想接近关心却有些无从下手的妈妈、调皮捣蛋的霸王似的妹妹、总是对他很严厉的父亲……纷繁复杂的人和事，都让他不适应。他们不是不爱他，只是用的方式都有些生硬，难免越发让他明白他们的确爱他，却又远远没有办法令他在爷爷奶奶身边那样觉得温馨和舒服。这种不自由和不舒服，在年幼的他来说，也是朦朦胧胧地感觉到，尚没有办法排解的。他越长大，越是了解，这是从生活环境到性情整体上的格格不入，而这些才是以后长久的时光里他必须的归属，他就越觉得难过。

那个时候，在姥爷他们眼里，他应该是个很不好对付的孩子吧。有点儿古怪、敏感而又暴躁。因为是左利手，在乡下小镇的小学里，甚至因为被老师强迫矫正着要用右手写字而拒绝上学——硬是读了三次小学一年级。其实他没有少念书，也没有少学东西。爷爷将他带在身边，老早将自己会的字都教给他，教给他每一种鱼的名字，怎么念、怎么写……直到今天他仍会念会写很多生僻的鱼字旁的字，都是那时候留下来的印记。还有他的三叔，三叔比他大不了很多，作为爷爷奶奶的老儿子，三叔的聪明超乎想象，调皮捣蛋也少有，放学回来就跟他这个小侄子一起玩儿，直到出远门念大学去之前，几乎每天都跟他玩、教他很多东西。爷爷他们从来没有觉得小时候的他是个怪孩子，甚至包括街坊四邻在内，觉得他这个从北京放到渔村里养、每年只是定期被接回去"疗养"一段时间的孩子，是不同寻常、非常可爱的，后来，也是值得骄傲和尊重的。他们给了他太多的纵容，以至于浇灌出了他一生也用不光的骄傲和不驯……

　　而他好像天然地一直对"规矩"有种抗拒，从抗拒试图矫正他行为的学校开始，到京城这种条框紧密的生活。他记不清后来又有过有多少次"逃跑"，不过他不能往爷爷家里跑，而是越跑越远，坐上火车或者汽车随便去一个陌生的地方，那经历可让他兴奋了……结局当然是轻而易举地被发现。回来之后逃不了的是一顿打，若是父亲恰好在家，而姥爷姥姥又恰好不在家。

　　心里常常因此产生些怨恨，觉得那干净的、会随着季节有不同海味飘在四周的地方才是自己的家，而不是这个有着高高的院墙、说话都不让大声、吃饭快慢都有人提醒、随时要看长辈脸色的地方。虽然他们也非常爱他，只是方式不同。他用了很久才想明白这回事。那已经等到他成了少年——在那之前，他的童年，一半是色彩斑斓的，一半是灰暗阴沉的。尽管红墙和大海相比，其实红色更抢眼。

　　他不太能理解那些在红墙内长大的孩子，比如妹妹。他们总是吃着墙外的孩子们还难得一见的高级糖果、出入都是轿车、随时跟大人出国、在专机上钻来钻去……这种日子对他来说一回两回还有新鲜感，时间一久便索然无味，远没有他钻沙子掏蛤蜊、下海摸鱼、在沙滩上疯玩暴晒来得痛快。

　　妹妹芳菲小时候也娇气，曾跟父亲一起回过老家。他挺喜欢妹妹的，抓了小鱼小虾哄她高兴。谁知道，她伸手探进盆里，被小虾弹一下身子崩到手，都能疼得大哭……真娇气。还有，沙滩上的沙子多干净多细，他后来走遍全世界的沙滩，都觉得没有家乡的沙滩干净细密，妹妹走两步鞋子里进了沙，就撒娇让父亲背着……娇气，一点儿都不可爱——可他看到父亲毫不犹豫地将妹妹抱起来，还是看得有些发呆。

　　这是种很奇怪的感觉，甚至到后来他跟父亲的交流，有一段时间完全是一个会犯错、一个就会动手打。他心里都觉得有些怪异，好像这样的接触，反而令他觉得坦然，就像这才是正常的。

　　爷爷说，也许当初并不应该答应他姥爷姥姥和父母，也不该依着奶奶，将他带在身边养。只是那时候爸爸妈妈工作都很忙，生下来体弱多病的他，也是要靠保姆和更忙的姥爷姥姥帮忙照顾，反而不如跟着爷爷奶奶好。爷爷一时不忍也就答应照顾一段时间，哪儿知道到后来一再地送回北京，却一再地送不下，只好一再地延期……他却觉得好，他始终觉得没有谁的童年比他享受过更多的自由了。

　　最后一次私自回乡被接回北京后有好久，他都是姥姥亲自照顾的。从前他几次逃跑被送回北京，不是大闹就是大病一场，那一次大家下了决心，一定要让他彻底适应北京的生活，他也断了念想，没有再反抗，然而仍然病了一阵子。姥姥不放心他，日夜守护，祖孙俩的感情大概是从那时起，比起旁人来就多了几分亲密和理解。优雅的大家闺秀般的姥姥跟奶奶是完全不同的女性，对他却有着如出一辙的宠爱，只是宠爱中多一两分理性。比如送他去学字画，就是姥姥的主意——当时并不觉得这个枯燥的学习会有什么乐趣产生，直到后来。如果说影响了他一生可能太严重，但至少至今为止的几十年，他受用无穷，更何况……

董亚宁将弹夹插回去，蹲在地上好像有点儿久，腿有点儿麻，他站了起来。桌子上除了几个小型的枪械模型，还有几个相片架子。他拿了一个过来看，正是年幼的他，站在那时还算年轻的姥爷姥姥身前，这是第一次打靶之后的留念。姥姥去世后，出了纪念文集，其中有一册录入了这张照片。他偶尔会翻出姥姥的文章来看，有些议题相当晦涩难懂，然而他还是会认真地读，仿佛这样便可以跟姥姥有了精神上的交流。

他将相架拿近些，相片里的姥姥衣着朴素。他记得姥姥温和地和他说，阿宁，姥姥跟你一样是左手将。他的手型很像姥姥的。

就是那天，他耐心而理性的姥姥亲自教会他射击。姥姥握着他的手，打出了第一颗子弹。后坐力很强，他尚稚嫩的骨骼被震得酥麻，虽然戴着耳套，但仍觉得这声音是难以抗拒的令人震撼。更神奇的是，就在子弹射穿靶心的那一刻，他忽然觉得，跟握着自己手的这个年老的女子、她身后那严肃的老者——他的姥爷以及他们代表的另一个家族，产生了共鸣。只是一个很细微的感受，他知道他们血脉相通。当然那时候想不到这么深刻，却大概从那之后，他渐渐并不抗拒他们的给予。接受，然后回馈，是从那时开始的吧……

他看着相片。姥姥脸上有种淡然却又坚毅的表情。家里有很多姥姥各个时期的照片，从年轻时候作闺秀打扮的洋装照，到中年时期的列宁装，步入晚年仍保持着干净整洁，即便是满头银发，也还是好看的老人——他独独喜欢这一张照片。

他手指擦着镜面，姥姥去世早了些，他没有来得及孝敬她。他也曾经想过，假如那时候，姥姥还活着，她会不会帮助他？

姥姥是个经历了无数大风大浪的女人，而她的大智慧里，总是有些慈悲跟善良的。也许她的考虑中，会少些利益和荣耀，会少些盘桓和算计。就如同姥爷几起几落她始终不离不弃，也许对于她唯一的外孙，会多一点儿怜惜……但这也仅仅是一个"假如"。

所有的假如背后，都是一连串的无奈，他再明白不过。他转了下身，靠在桌上。

那次之后，姥姥后来再去练习，都愿意把他带在身边。有时姥爷会陪他们一道去，就在一边看着姥姥指点他。跟姥姥只是有针对性地指点不同，姥爷不会放过任何一个机会教导他，即使在玩儿的时候，也会考他各种功课。大概就是那时候姥爷同他讲的：文无第一，武无第二。

这些年，他总会在关键时刻想起姥爷说这句话时候的表情来——微笑着，看着是云淡风轻，其实最是狠辣——所以他很容易理解姥爷在一些事情上的选择，也很容易在自己面对问题时作出同样果断的决定。

姥爷说书画和射击都能磨练他的性子。早些时候，他还是更喜欢射击，至于书画，那是后来的事了。

他们高中的时候,有军训,也会打靶。给他们用的是旧步枪,旧到什么程度呢?枪托简直都能掉渣子。他看着没摸过步枪的同学们兴奋极了,觉得很有意思,也有点儿小小的自得和骄傲——虽然,虽然被那个仍然跟他分在一个班里、打靶还在一个组里的邱湘湘斜着眼睛看,很扫兴——但那种感觉还是很好。

他们那一级的军训是去了野外的一个新兵营,靶场的青草地很杂乱,但天很蓝,也很热。夏末秋初,只有早晚有些凉意,白天还是很热。可军训足足有十天,粟菁菁老早就请了病假不去。他其实以为邱湘湘也不会去,虽然是军训,并不会太认真地操练他们这些城里孩子,但毕竟风吹日晒,还是累。有点儿门路的家长让孩子逃过这个,并不是难事。他妈妈就问他,要去吗?他毫不犹豫地说"去啊,怎么不去",芳菲在一边说哥哥一时不被晒就会皮痒。那时候芳菲已经是他宠爱备至的妹妹,她胡乱编派他什么,他都并不会真生气。

他自己打了背包拎着东西去学校集合的,在学校门口碰到了只背了一个大包的邱湘湘——竟然也没有大人来送她。当然小人儿还是有一个的,就是她那个哥哥潇潇。潇潇见他就说,哎,湘湘要是出了毛病坚持不下去还死要面子不请假,你千万想办法打个电话回来给我……潇潇话还没说完,湘湘一拐肘子给哥哥捣在了胸口上,说了句"再见"就先进去了。那马尾辫一甩一甩的,他现在还能记得她穿的是雪白雪白的裙子,所以背上的大背包就显得更加惨绿惨绿的。天生有活力的邱湘湘,个子小小的却从来很有力量的邱湘湘,生病了也会坚持去画画写大字的邱湘湘——她怎么可能"出毛病"?

还没开学,她就凭着初中时候的良好记录被指定为临时班长了,军训的前半程表现优异得让男生们都甘拜下风,不好意思叫苦喊累。直到那天打靶结束回营房的路上,出了问题。

本来他是排头兵,她那小个子,是排尾。他们两个是够不着的头尾,倒也正好。但是巧就巧在那天他早上喝多了水,总想上厕所。野外又没有公厕,请示教官,教官干脆利落地说:"男左女右!"

于是他等着队伍都过去了,乖乖在路左边的树林里解决问题。树林里凉快,他偷懒乘了会儿凉,才去追赶队伍。追上去的时候,他跟他们那位可爱的教官多说了两句话,很不经意地瞥见队尾的她脚步有些沉。那蔫儿了吧唧的样子,很不像她。他走过她身旁的时候看了她一眼,那时候他已经比她高很多了,低头一看,也只看到她白色棒球帽,看不清她脸,但是她乌黑的鬓角已经被汗水浸湿,汗水直流到颈上,那样子很不寻常。于是他问:"喂,你水壶里还有水吗?"

她头都没抬,从背包一侧抽出个绿色的行军壶来给他。他还没接到手里,那壶就"咣"

地一下落了地，跟壶一起落地的还有她。

晕倒了。

他看着白色帽檐下她紧闭的眼，急忙把她放平了，大喊来人。教官招呼着老师一起过来，随行的卫生员赶过来一看，语气很轻松地说了句"没事儿，中暑而已"。

他也不知道为什么，对那样一句轻描淡写完全不当回事儿的话突然来了气，冷冰冰地说："中暑也是会死人的。"

老师和教官都瞪他，却因为情况紧急没说他什么。幸好那次中暑不算严重，紧急处理之后，她很快就醒了。但是老师跟教官比较紧张，教官提出背她，她不让。年轻的教官红了脸，很尴尬。班主任是个五十多岁的女老师，只是问湘湘自己能走吗？她说能。

他看着她那煞白的脸，冒着虚汗，额头鬓角的汗根本止不住，像头顶有个花洒一样往下流，下巴上那颗痣，简直都融在了水中……他拨开教官，一声不吭拎起她的胳膊就背到了背上，又吓了人一大跳。她好像也吓到了，在他背上一动不动。反应过来想抽手臂，被他牢牢地箍住小腿。他没吭声，只是侧了下脸。腮蹭到她额头，不知是不是因为她的脸被晒得滚烫，烫了他一下。可能也是因为头昏脑胀没有什么力气，她就那么软软地伏在他背上了……他也没再犹豫，箍紧她的腿，快步往前走。他的肩上背上很快湿透了，也分不清到底是他的汗还是她的，总之满鼻子都是汗水的味道。

她那天是病了，倒显得特别乖，不知是不是印象里仅有的有些柔弱且柔软的时刻，虽然是那么短暂……

后来，她搂着他脖子的手臂不再是虚软无力的，他就知道她恢复了些体力，自然他也就放心了些。虽然她瘦小，大热的天他背着她走在日头底下还是挺累的。他在想她什么时候会开口说自己能走了，可她就是没开口。当然，他也不是不能坚持。有男同学担心他受不了，想要帮忙背，他拒绝了。看起来，就是那么有勇气和担当，足足有二里地呢，他背着她走了下来，始终没撒手。

湘湘后来问他，"你当时是怎么想的？"

他想了想，"什么都没想。"

"真的？"

"你那时候第二性征都不明显，我能想什么啊？"

结果被她掐得疼到跳起来……

倒不是他赖皮不肯说自己的真实想法，确实没多想。但不知为什么，印象却始终很深。

他后来几乎没有背过她，她从来不是娇弱的女孩子，有时候独立到堪称逞强或专横。撒娇和依靠，大约是她最做不来的事之一。实在需要依靠的时候，那大约是真的没有别的选择了。或者，是她愿意。比如，她伤到脚，就肯让潇潇背着她走……她的脚踝特别脆弱，很容易受伤。

那天她被特许休息半天。也因为她中暑晕倒，后来几天，到了下午的训练，其实教官们都领着他们往树荫里一坐，只管聊天了。教官们其实都是顶多二十几岁的大孩子，跟他们差不了多少，大家说说笑笑，很能说到一起。奇怪的是，很多无关的人和事，他常常会过滤掉，那个下午他却记得始终很清晰。包括那天后勤部长来调研，问同学们对伙食有什么要求没有满意不满意？其他同学都说满意。就他，直说了"还算可以，就是肉少"……结果晚上就每人加一条鸡腿——他没什么胃口，鸡腿放在饭盒里，还有他们桌上她的那一份，他也放到了饭盒里。带回营房去，却不知道这是要干吗，坐了半天才想起来潇潇说过要他有事儿就给他打电话回去，于是就出去了。

那几天是全封闭训练，照规定是不准学生们打电话的，也不是每个营房都有电话。他在营区里找不到可打的电话，教官就给他出主意说要不你去营部试试。

他没去营部，直接去敲带队来军训的副校长那宿舍门，报上名字就问我能借您房间的电话用一下吗？副校长很客气，让他用了电话。

潇潇不在家，是他们家洪阿姨接的电话，他也就没有多说。挂了电话，副校长倒特别关心了他一下，问是不是想家了。他想了想，说可不是嘛，然后很有礼貌地告辞了。想了下又回去跟校长说，请他跟营地协调，如果再拉练，务必也配备医疗救护车。

出来以后觉得该去看看邱湘湘，他就回宿舍拿饭盒，因为觉得不能空手去——却看见那几个饿鬼似的新同学在瓜分他饭盒里的俩鸡腿，看到他，满嘴流油地嘻嘻笑……半真半假地打了半天架，鸡腿还是只剩下了骨头。他只好从床头柜里找他带来的两盒巧克力，那是妈妈嘱咐他带上的。她刚从比利时回来，带了当地产的巧克力给他。可是天这么热，他拿出来的时候发现巧克力已经软了。那帮饿鬼男生说我们不嫌弃，又一把抓走了。盒子里只剩下几颗幸免于难，看上去可怜巴巴的——于是他就攥着去女生宿舍了。

她的床在上铺，紧靠着窗。窗子大开着，帘子也还没拉上。所以他能很轻易地就看到她正趴在床头跟下面的女生说话，笑眯眯的，懒洋洋的。柔软的发丝垂下来，遮了眼睛，她就拨开，抿在耳后……可头发丝实在是软，一会儿，又垂下来了。她那样拨弄着，忽然看到窗外的他，愣了一下就问："董亚宁？你站在那儿干吗？"

嘿！那一声底气十足，绝不像是病秧子。

他索性走近了那窗子，仰着头看她，说没什么，路过呢，你好点儿了吗？

好多了。她从床上下来，站到窗边。她穿着小碎花的衫裤，其实类似睡衣，他觉得不合适。她身后的女生们则好奇地看着他，他平日里脸皮可厚了，不管什么人看，他都不在乎。可那些探头探脑窃窃私语的小女生，却让他有点儿不自在。他于是只跟她说了几句话就走了。刚走开，摸到裤袋里的几颗巧克力，想折回去吧，又觉得尴尬，就听见那些女生嘻嘻哈哈地笑，他想还是这么走掉吧。

天那么黑，只有一轮清明的月。那时他还是少年，不过也马上十八岁了……是，还有两天就十八岁了。

也是后来，他问湘湘："那天你们笑什么？"

"笑你笨。"她说。

"哪里笨？"

"哪里都笨。"

真的吗……他看着她，看到她脸上红透。

她说："她们问，喂，董亚宁跟你什么关系？"

"你怎么回答的？"

"我说我跟董亚宁没关系。"

"什么？没关系？"他捏着她的小下巴，不敢太使劲儿，他总觉得自己手劲儿一大，能捏碎了她。他都能想出来，她当时说那句话时候那副自然而然又撇得一干二净的样子。

"就是没关系啊……"她歪着头，眨眼。

哦，是，没有什么"关系"，没什么特殊关系。不承认、不否认，这是一贯的，她对他这个身份的态度。竟然，其实，是从那时候起，就是这样的……

中暑是个意外，本来她没事了，这篇儿也就算揭过去了。哪儿料得到他往回打了那个电话之后，邱潇潇却是个在十六岁的时候就已经显示出超强分析力和办事能力的家伙。潇潇仅从他跟洪阿姨含糊其词的对话中便分析出他妹妹一定是出了什么问题。邱家父母那时候不在国内，潇潇兄妹由外公照顾。邱潇潇竟然都没有惊动外公，直接拨电话到了营地。值班室大半夜的接到转来的电话，怎一个鸡飞狗跳了得！也因为这事儿潇潇挨了他外公一顿胖揍。当然，老爷子对外孙女毕竟是很上心的，隔天还是亲自带着外孙来了。只是探望下，并没有要带走外孙女的意思。事实上就算老爷子发了话，邱湘湘也绝不可能走。老爷子留下来跟他们一起吃了顿饭才离开。

他站在她身边，送走了她外公和潇潇。潇潇上车前摸了摸妹妹的头，说注意你的小身板儿啊，有麻烦让董亚宁帮着顶着。湘湘瞪着潇潇说哪儿有什么麻烦啊，还不都是你，硬找出麻烦来的。潇潇笑着越过妹妹看着他，说走了啊。

等他们车子走了，他也跟老师、教官道了别。他们俩一起往回走，她一声不吭地走在他前面。他什么时候拐弯的，大概她也没发现。

他想起来，邱湘湘可是一句谢谢都没跟他说过哦，瞧那架势，不会是觉得他是狗拿耗子吧？想想也是，虽然这一通折腾，同学们是不知道内情，老师和教官却有不少人了解了情况，往后看他们的眼神儿还真说不定就哪儿不对……这可算是犯了湘湘的忌讳，话是这么说，他还是觉得有点儿委屈。毕竟，他也没想把事儿办砸了不是？

不过，那天晚上她却到男生宿舍来了，还带了一大包吃的过来，都是她外公给她捎来的。她拿来之后往桌子上一放，可没特别说是给他的。他倒也不稀罕，外公也给他带了一份。另外，外公周到地在来之前问过他家里，也有东西带来。只不过这些到了男生宿舍，绝对是猛虎架不住群狼啊。

男生们一起边吃边跟她聊天，还打起了扑克。打着扑克她顺道把几个男生参加最后联欢会表演的事情给敲定了。他在一边看着，没参与，她还真会折腾。

到熄灯前她该走了，一大帮男生送她回宿舍。有那么多人送，也不差他一个，他本来是不想去的，但架不住大伙儿都招呼他一起去。路上，他们一大群人嘻嘻哈哈的，特别热闹，只有他不怎么说话。她在男生群里向来受欢迎得很，换了个新环境，这么快，新的哥们儿又有一大堆了。

到了她的宿舍门外，她让他们快点儿回去，他们让她先进去。她进去的时候回头笑了笑，最后眼神却是落在他身上。她的脸那时候还圆嘟嘟的，显得特别的孩子气，而且嘴角总是弯弯上翘。就算是不特意笑，也让人觉得是笑眯眯的模样，很喜相的。所以他没有觉得她是在对他专门露笑脸。

但等大家一起往回走了，他走在最后，莫名其妙地回了下头，看到她还站在宿舍门口前。

他站住了。

她说："哎，生日快乐哦！"然后就跑没影儿了。

哦，对了，那一天，是他的生日。她那一声很轻，只有他听得到。因此他听着就觉得她是故意那么干的。两个人瞬间就像是有了共同的小秘密，虽然微不足道。

走远了的男生们大呼小叫地喊着董亚宁你快点儿，回去晚了就熄灯了我们可还没洗脚呢！

他笑出来。

等他们回到营房，离熄灯只有不到十五分钟了，教官催着他们这些晚回来的男生快些去洗漱。他匆忙去冲了个凉，一群男生在水房里嬉笑打闹，依稀听得到有人提她的名字。他待要仔细听，又只剩下嬉笑打闹了……他想他应该是听错了。

他回到营房收拾着床上的东西，忽然发现叠得方方正正的夏被旁有一个小盒子。他只来得及看清那是一盒水果糖，灯就熄了。他躺下来，过了一会儿，把糖盒拿在手里晃着，听着水果糖敲着盒子，发出脆响。

上铺的赵晓晓翻了个身，说董亚宁，你不睡觉，敲拨浪鼓呢？

他笑了，将糖盒放在枕边，跟手表放在一起。天气很热，营房里没有空调，像个闷罐子，但他还是很快就睡着了。睡前最后一个念头是：不晓得她是怎么记得的，他挺爱吃这种水果糖……

董亚宁将桌上的相框摆好，整理了一下，还是摆回原来的位置，觉得最合适。

墙上的灯闪了下，他回头看，芳菲在外面按铃。他开了门。芳菲一只手撑在门框上，往里看了一眼，问："饿不饿？"枪房里的兵器总让她觉得不安而且危险，因此她最反感哥哥动不动就在里面待很久——他还真会给自己找些消磨时间的嗜好。其他的都还好，唯有这一样，让她不舒服。

她说："我去煮碗面，好饿。"

他回手关了门，门锁在背后吱吱扭扭地响了半天，最后才咔嗒一下稳了。他听到这一声才问："醒酒了？"

"哦。"芳菲回答。

董亚宁斜了妹妹一眼。她已经换了存在他这里的居家服，很随意闲适。并不像刚进来的时候，穿得那么火爆而且性感，让他这个做哥哥的很看不下去——但芳菲喝醉了能找到他这里来，倒让他觉得宽慰。

他从师傅家出来的路上接到了芳菲电话，电话里就嚷嚷得一塌糊涂。他到家，看到芳菲憨态可掬地坐在院门外的台阶上，见到他，张着手叫："董亚宁！"

没得到回应，还是一声一声叫着，说："董亚宁！抱抱来！"

他本来一肚子火准备骂她，听到那一声，竟然一句话都说不出来了。看了她半晌，拉起她进了屋子。由她一头栽倒在客厅沙发里，还没等他给倒水回来喝几口，便打起了呼噜。她满身的酒气，沉沉郁郁的，看上去，是怎么也称不上快活的。这会儿她醒了酒，那闹腾劲儿也没了。脸上的神情有几分颓废，又不掩饰、也不在乎的样子。

董亚宁扯了下芳菲的发辫，说："煮什么面，方便面啊？"

芳菲看着哥哥，眉尖一蹙，问："那你到底吃不吃？"

"吃倒是可以吃。"董亚宁跟芳菲一起往楼下去。旺财蹲在厨房门口，姿势很端正，眼神很憨厚，他朝旺财拍了拍手，"不过，好像没有方便面了吧？"

"你连自己厨房里有什么都不知道吗？"芳菲眉皱得紧，"有，没有就让人送来。"

他想起来，上次家里没了吃的，还是叶崇馨让 Sophie 顺路带上来的，那之后他好像就没在家里开过火。

芳菲见他发呆，先进了厨房翻出两包方便面来。

"你要什么味道的？"她抖得袋子哗啦哗啦响。

"随你。"董亚宁又朝旺财拍了拍手，旺财才晃着身子走到他脚边，蹲下来。

芳菲给锅里注水，回头看看，说："旺财长得越来越像你了——你就没事儿老对着它吧。"

　　董亚宁歪着头看旺财，看得旺财也歪了头回应他。他拍拍旺财，示意它出去，才说："什么话。"他说着从餐台上拿了杯子喝水，芳菲瞅了眼那只杯子，若有所思。锅开了，她才回过头去撕面袋子。水沸腾起来，那响声吵得人有些心烦意乱。

　　董亚宁见芳菲几下子都没撕开，便说："抽屉里有剪刀。"

　　芳菲拉开抽屉，从格子里抽剪刀出来，唰唰剪开了袋子，一股脑把面饼和碎渣都扔进沸水里，有一只调料袋也蹦进了锅里。

　　董亚宁看着，也不帮忙。

　　芳菲"啪"的一下关了火："不吃了。"她把台子上的东西都抓起来统统扔进了旁边的不锈钢垃圾桶里去。然后站在那里，不动了，那高挑的身影在四周冰冷的银色里显得柔弱些，很不像她平时的模样。

　　董亚宁也不去问她别的，只是问："还饿不饿？"

　　芳菲过了一会儿才转回身来，拂了一下散发，也坐到餐台边的高脚凳上，抓了水杯大口地喝起水来。喝了大半杯，她才说："饿也不吃了。"

　　"那就去睡吧。"董亚宁说。

　　芳菲捏着杯子，忽然咬牙切齿地问："你妹子心情这么差，你关心一下会死啊？"

　　"会骂人就还有救，还有救就不用浪费我时间。"董亚宁说。

　　芳菲嘴角抽搐："真是活该你到现在还是孤家寡人，女人是要宠要哄要关心要安慰的你不知道么？浪费时间？"

　　"你说的这是哥哥对妹妹？"董亚宁手对手揉着掌心，抬了抬眼皮，说："我还有事做，在等电话。你既然不吃了，就上去睡觉，爱睡到什么时候就睡到什么时候，我不管你。"

　　芳菲纤薄而俏丽的嘴唇并拢在一处不到两秒，又问："你这么过日子有意思吗？赚钱，赚了钱再烧钱？"

　　董亚宁沉默了。

　　芳菲站起来，不声不响地，拿起董亚宁用过的那只杯子，放到水池里，也不戴手套，将水龙头开到最大。乳白色的水流冲击力很大，溅起的水珠，洒在她身上。

　　"你这是说我呢，还是说你自己？"董亚宁抱了手臂。他看一眼手表，离约好通电话的时间还有一会儿。

　　芳菲关了水，转身靠了台子，沉默地看着哥哥，兄妹俩脸色都有些阴沉。董亚宁偏了下头，说："回你房间休息去，我今天没心情跟你斗嘴。"

　　"哥！"

　　"你什么状况你自己知道，我早说了，让你安下心来跟人好好交往。男人虽说十个里面九个半浑蛋，剩下那个半人半鬼的，你要降得住也铁定能过上好日子。"

"是呀！就跟你们看着好的，尤其是连妈妈都夸奖的那种人交往……潇潇那样的是吧？潇潇多好，人品、学识、家境、背景都无懈可击，跟他搭伙过日子，稳赚不赔。"董芳菲刻薄地说。

董亚宁阴沉着脸。

"你真以为潇潇跟我有可能？哪怕一丁点儿的可能？你认真想过？"芳菲语速极快。

董亚宁被芳菲这样一问，倒笑了下，说："不。"

"那不结了。"芳菲抽了条干毛巾擦着杯子，"这种话，说来说去，都是场面话。你们够精，我也不傻。"她也笑了笑，笑容里有些讽刺。

"那金戈呢？"董亚宁出其不意地问。

芳菲擦杯子的动作顿了一下，接着更加用力地擦了几下。她对着光看看杯子，洁净而有光泽。杯底的金鱼好像会摇头摆尾，煞是好看。她说："佟金戈也是个八竿子打不着的，他能跟你称兄道弟，那还不是因为隔了老叶那保护屏，难不成还能背了他父亲和伯父的心思给咱爹磕头做女婿？当这是开玩笑呢？动了身家性命，哪一个是真笨的。"

"山不转水转，谁知道下一刻是什么形势？"董亚宁似乎早料到芳菲会这么说，"我总不希望，你一直定不下来。"

董芳菲微笑："你自个儿还单着，操心我定不下来？你可笑不？"

"你跟我不一样。"董亚宁说。

"有什么不一样？"芳菲盯了亚宁一眼。

亚宁不出声。

芳菲捏着杯子，轻声说："你倒来说我……我明白得很，不像你。到了我这个年纪的女人，说尴尬有点儿尴尬，可是也有另一种自由了。比如我，说没钱有点儿，说没脾气也有点儿，四周一踅摸，再放眼一望，合适的一只手能数过来，但谁说就一定得在这只手里拔一根儿呢？"

董亚宁看着她。

"金戈是不错，可我跟金戈……"她把"戈"字儿化音说得极轻，那个字在舌尖上舞蹈着，轻灵而又姿态美好，"不可能。"她把杯子放回餐台的盘中，茶壶和杯子都精致，是她花了好久的工夫做的。

董亚宁想想，这话题似乎进行不下去了，他也看着杯子上栩栩如生的金鱼。

芳菲倒问："你最近是不是有什么事儿不大顺利？"

"没有。"董亚宁回答，他微笑一下。

"我倒听说了点儿。"芳菲低了头，说，"别犟，该退就退，该收就收。"

董亚宁这回真是笑了。

"放心。"他说。卧在餐厅门口的旺财忽然昂起了头，朝外面呜了一声。果然不一会儿，便听到了车声。"老叶回来了。"

芳菲抿了一下有些发干的唇，还没说什么，就听见门铃响了。

第十六章　淡影空蒙的山河

站在红毯的两端，看到彼此的容颜。隔着别人的婚礼，想起你从前的誓言。

——题记

来的确实是叶崇磬。

门一开，看到董亚宁，他微笑着，将手里提着的袋子稍稍一举。

董亚宁并没有立即请他进来，撸了撸短发，歪着头，看着叶崇磬，看了一会儿，不出声。叶崇磬径自从亚宁身边的空隙进了屋，看地上有双女鞋，才问："有客人？"

"还是女客。"董亚宁打鼻孔里出了声。

叶崇磬无声地一笑，听到身后有声响，回头一看，便说："我就说嘛，是芳菲在这儿。"

"叶哥。"芳菲探出身跟叶崇磬打招呼，"这早晚还能上这儿来的女人，除了我不做第二人想，有好吃的啊？"

"回来路上觉得饿。"叶崇磬对着芳菲点点头，把袋子交给董亚宁，弯身换鞋。

旺财昂头用它那大鼻子碰了下纸袋。被董亚宁伸手揉了下头，很不乐意地甩甩毛。

芳菲站在一边笑着，问道："旺财，来一碗粥呗？"

"你要能给它喂进食儿去，我以后不管去哪儿也都放心了。这小子戒心忒强了。"董亚宁打量一眼叶崇磬，见叶崇磬也看着旺财，问："你是花了多长时间才喂熟了它的？"

芳菲招呼他们俩进餐厅，给每个人盛了一碗粥。

"谢谢。"叶崇磬坐下来。芳菲对他笑笑。他看着亚宁，"忘了。"

芳菲笑道："听我哥说过。你为了让它信任，那些牛肉块，你都先吃一口。"

"旺财跟别的狗不一样。"叶崇磬搅着碗里的清粥。

"我哥连养只狗都会养成跟他一样的德行。"芳菲吃着热乎乎的粥，心情好多了。她看看笑微微的叶崇磬，又看看坐在一边慢慢喝粥的哥哥，捧着碗说，"我去楼上房间里吃。"

"等下要下来洗碗。"董亚宁说。

芳菲举高了碗，踢了他一脚，说："想得美！"她单跟叶崇磬打了招呼便离开了。

"芳菲有时候也跟小孩儿似的。"叶崇磬笑着说。

"能气死人。"董亚宁咂咂嘴，"今儿这粥怎么不是很好吃？"

叶崇磬尝了尝，说："有吗？我吃着挺好的。"

董亚宁没再说话，他慢慢吃着，也把一碗皮蛋瘦肉粥都吃光了，然后坐在那里，并不出声。往日他一闲下来，总是点上一支烟。这会儿，他手指头敲着烟盒，没有要动的意思。

"你今天去艾老那里，劝他搬迁？"叶崇磬问。他吃得慢。半晌，才吃了小半碗。

董亚宁没否认，也没解释。他拿起烟盒来，像是无意识般盘弄着。漂亮的烟盒在手掌和桌面之间慢慢地旋转……他想着一整晚，在师傅家里，跟师傅和师母待在一起，其实他们说的话加起来，总共可能也不超过十句。师傅专心地临摹最近收入囊中的抄本，师母在一边看着，偶尔起身去一下厨房，看看灶上炖的汤——书香、纸香、墨香，加上排骨汤香，居所里处处温暖。

"你怎么也说这些有的没的？"他笑笑。终于打开烟盒，点上了一支烟。见叶崇磬仍慢条斯理地吃着粥，他往旁边吐了口烟。

"亚宁，"叶崇磬也不抬头，"心急是吃不了热豆腐。可热豆腐放冷了再吃，可能味道就不对了啊。"

董亚宁想了想，说："是这么个理儿。"

"N37 那块地……"

"怎么？"董亚宁眉一展，似笑非笑的。

叶崇磬点了下头，说："你说放就放了，就很利落。"

"所以，那边捡了那回大便宜还不算，又惦记上玉梨巷了？"董亚宁抬了抬身，将烟灰缸拖过来放在手边，却并不弹烟灰。他笑眯眯的。那对细长的眼睛，眼角上扬，看上去，笑容美好而恬淡。

叶崇磬放下瓷勺。

"真当我是软柿子呢？"董亚宁笑出了声，像是真心实意觉得好笑了。"捏软柿子不要紧，吃软柿子也不要紧，要太贪了，过了量、冰了肚，落下什么病，可怪不得别人。"

叶崇磬眉眼间也全是笑意。他看着董亚宁，没有开口。

董亚宁笑了一会儿，说："我明白。"

"我不是怕你不明白，是怕你太明白了。有时候，糊涂点儿不是坏事。"叶崇磬将董亚宁的碗也收了。

"又给我上课。"董亚宁略有些不耐烦，"再怎么糊涂呀？人家都敢太岁头上动土了，我还不让他知道知道什么是犯太岁？"

"不看僧面看佛面。"叶崇磬将洗碗机调到合适的挡位。

董亚宁哼了一声，将手里的烟盒拿起来朝叶崇磬扔了过去。叶崇磬一把接住，眼睛却转到别处，扫了一周，问："有开了的酒吗？"

"你也有半夜找酒喝的时候，这多新鲜。"董亚宁撇下嘴，说，"昨儿晚上开了一瓶，我就喝了一杯，太难喝了。什么东西啊，好意思说是 2003 年性价比最高的新世界酒，能酸掉牙——不信？不信你尝尝。"他说着站起来，打开空荡荡的酒柜，拿了那唯一的一个酒瓶出来，放在餐台上。

叶崇磬回手拿了玻璃杯放过去，董亚宁开了酒瓶，两只酒杯里分别倒入浅浅的一点儿，一手一只，递给叶崇磬一只。

"叮"的一声，两只酒杯碰到一处。

董亚宁抿了口酒，眉头颤了颤，忍住没有再抱怨这酒难喝。

"亚宁。"叶崇磬晃着酒杯。

董亚宁又抿一口酒，叶崇磬叫了他一声之后，目光炯炯地看着他。这眼神，令他没来由地有种特别的预感，他听到叶崇磬："还真难为情……我有点儿事跟你说。"

董亚宁的酒杯又碰了下叶崇磬手里的杯子，在这余音袅袅的嗡嗡声中，他问："崇岩下午说得对？"说着，他将杯中的酒全都倒入了口中，然后看着叶崇磬。

叶崇磬微微愣了一下，董亚宁问得如此直白，既在意料之外，又在情理之中。两人的目光隔了短短的距离，交缠在一起。

"是。"叶崇磬说，他这才喝了口酒。

董亚宁点了点头。

好一会儿，两个人都握着空空的酒杯，不发一语。董亚宁低了头，拿着酒瓶，稳稳地，给叶崇磬添酒，问："你看上她了，她呢？"

酒瓶旋转了九十度，掂在手里，停了一会儿，他才往自己面前的酒杯里倒酒。

"这酒倒没有你说得那么差。"叶崇磬将酒杯拿起。

董亚宁看着瓶贴，旧旧的色彩，虽是新世界的酒，却是老旧的姿态，矫情也是矫情到了一定份儿上。

"她的事，以后你会知道的，我要跟你说的不是这个。"叶崇磬说。

董亚宁把空酒瓶放下，看了叶崇磬。

"你的 Money，也是匹栗色马，跟暴龙同种同源，又都是从英格兰来的。"叶崇磬说。

董亚宁笑了，说："还以为你要说什么……这有什么难为情。没错儿，Money 是最好的种马，你看霹雳那小崽儿——小霹雳的模样，多俊，活广告。"

"不过，我可听好多马主说，跟你联系，都被你一口回绝了，连商量的余地都没有。"叶崇磬微笑着，"当初不是你跟我说，这门生意一本万利？"

"那是当初，我买了 Money 回来，的确是冲着它的纯种血统，那可是英格兰 Top 10 的种马。在原来的马场，等着让它配种的，就能排到三年后去。"董亚宁笑吟吟的，"可我真养了 Money，就没那么财迷了，Money 和霹雳是自由恋爱啊……要它跟暴龙配嘛，得看 Money 喜不喜欢暴龙。"

叶崇磬说:"暴龙就是脾气不好。"

"Money 脾气就好?我头回飞过去看它,见面儿就尥蹶子给了我一下。说到这,暴龙当年也给我过一下子,要不,让 Money 替我报个仇?"董亚宁说着,似是在认真琢磨这事儿的可能性。

叶崇磬笑微微地看着他,时间到了,他回手关了洗碗机,屋子里安静下来。

"Money 对霹雳是一见钟情,现在天天黏糊在一起。看着它们一家三口,我就觉得这门生意算是砸了。"董亚宁笑,他擦了下下巴,说,"这畜牲怎么也就有这样的。静等着它移情别恋吧,反正暴龙不是没机会,起码暴龙比霹雳年轻漂亮呢。"

叶崇磬有点儿哭笑不得,半晌才说:"人看马,跟马看马,能一样吗?"

"那你还替暴龙惦记着 Money?"董亚宁将最后一点儿酒都倒给了叶崇磬,笑着问。

"驯马师说,暴龙还就看 Money 顺眼一些。"叶崇磬看董亚宁瞪眼,摆手说,"不勉强。"他抬腕子看看时间,"我该回了——这事儿你记着啊。"

"忘不了。"董亚宁手插在裤袋里,送叶崇磬。

叶崇磬出门的时候在门厅里略站了下,电梯上来发出提示音,他慢吞吞地转身。回身关门前,他说:"亚宁,我是认真的。"

"好。"董亚宁看着他,点头。

"还有,崇碧让见了你再提醒一句,明天六点整,千万别耽误了彩排。"叶崇磬没等预料中董亚宁那句骂溜出来,便说了句晚安,关了门。

走进电梯,等轿厢门合上,他才放松了一下筋骨。天气热了,他穿了薄薄的亚麻外套,背上还是湿透了,黏糊糊的,很难受。

仔细想想,今天自打从球场出来,他好像就没有断了出汗。

亚宁的公寓里温度也有些高。

他脱了外衣,仍觉得热。

电梯停了下来,他仍靠着扶手,站在轿厢里,半晌没有挪地方。

董亚宁,从头至尾,没有说出那个名字,只用"她"来代替……

董亚宁送了叶崇磬回来,又去倒了杯红酒。

他想着叶崇磬那句话的意思,很西洋。用英文说呢 ,就是 I'm serious。对,他不怀疑叶崇磬是认真的。但是,他到底指的是什么?

他喝了一大口酒。酒液的酸涩刺激极了,他眼睑颤动,漱了下口,歪头吐掉了。他拿起瓶子来,把酒倒进水池里。浓稠的血液似的酒,汩汩地流着……

"你们两个打一晚上哑谜,累不累?"芳菲的声音忽然冒出来。

董亚宁一回身,看到芳菲靠在楼梯扶手上。也不知道她在那儿站了多久,因为他自己，也不知道站在这儿多久了。

"你怎么跟鬼似的，走路都没动静的？"董亚宁晃了晃他的长手长脚，吊儿郎当的。

"我叫你，你也未必听得见。"芳菲说。

亚宁以为芳菲接下来又要呛他几句，却不料从她的语气里，听不出一丝一毫火药味，这反而让他多看了芳菲一眼。他看了看时间，往书房走去。在意识到自己要开始工作的一瞬，他已经切换了状态。

"哥。"就在他推门的一刹那，芳菲叫住他。

董亚宁的脸，被屋子里的明光跟廊上的暗影分成了两半，看上去，俊美得有些诡异。他看着芳菲，芳菲有一会儿没开口。他就一直等着，罕见地、十分地有耐心。

芳菲看着哥哥，心里不知道怎么就发酸。

"他的意思，难道真的是想跟你说给马配种？"芳菲问。

董亚宁的嘴唇动了一下。

"你是他最好的朋友之一，要是不得不与你为敌，事先通知一声，是道义，也是他厚道的地方。"芳菲说得慢。跟她平时同哥哥讲话完全不用组织言辞的作风相比，此时的遣词造句已经显得过于慎重了，"我不想说'我早提醒过你'这种话，毕竟现在，还不算晚。我就想问你句话，哥。"

书房里电话铃响起来，董亚宁没急着去接，示意芳菲说下去。

到铃声停了，芳菲才接下去说："谈恩施有她的眼睛，顾嘉琳有她的鼻子，逄晓苏有她的嘴唇……陈月皓有三分像她，莫怡然更邪，下巴上有那么一颗痣，简直是在同一个位置。"

芳菲一个字一个字地咬清楚，只觉得自己胸口先钝钝地疼了起来，哥哥还是静默。这对他来说，显然是不正常的，如果她戳中了他的心事；然而也可能是最正常的，如果恰恰也是她说出了他最不愿意承认的事实……

"我就想问你，你拼了那么久，可凑起一个完整的她来了没有？"她问完了，安静地站着。

电话铃恰在这时又响了，董亚宁这回毫不犹豫地转了身。门没有关紧，芳菲听到里面亚宁接了电话，语调平稳而又有力。她走近了些，替他关好房门，转身离开时，默默叹了口气。

里面董亚宁看到芳菲走过来关好房门，他想叫住芳菲，却没出声。正在电话里讲的事情很重要，他没办法分神。

早上刚进公司，郗屹湘便在办公室里接待了到访的陈月皓。来访没有提前预约，这令她多少有些不快。

陈月皓甫一进门便满脸歉意地说："郗小姐，我对不起您。"

屹湘请她坐，让程程准备咖啡，说："有什么话，慢慢说。"她打量着陈月皓。陈月皓的精神有些不太好。其实她自己也好不到哪里去，头仍剧烈地疼，疼到令她清楚地计算出自己有多久没吃止疼片了。像昨晚那样难熬的疼痛，她硬是扛了过来……

陈月皓犹豫了一下，才让自己的助理将带来的袋子打开，她小心翼翼地说："郗小姐，我想电话里也跟您说不清楚，就贸然来了。礼服毁成这样，我必须当面跟您道歉，这次真的非常对不起。

屹湘暂没出声。陈月皓的助理手脚很麻利，她将衣袋打开，把用薄纱仔细包裹好的黄色礼服取出来，轻手轻脚地抖开、举高，被严重破坏的礼服就呈现在大家面前。像是被轰炸过的城市，过去的文明和繁华只剩下了断壁残垣，满目疮痍。

良久没有人开口。

屹湘黑沉沉的眸子在平光镜后盯着礼服，心想这是怎么了，她可不是专门的织补师傅，怎么今年接二连三的，净出这样的事故？

她看得出来，这是有人蓄意为之。这件礼服从她的手中交出去的时候是完好无损的。它是那么可爱，而此时却像一堆残肢，散发着死亡的气息。她盯着这堆残肢，目光越来越沉，越来越冷。她身上传递出强烈的信号，在场的人不由得都紧张了起来，陈月皓尤其紧张。

此时冯程程端了咖啡进来，进门一看这情形，不禁倒吸一口凉气，连咖啡都没有放下，马上转眼看向自己的老板。毫无疑问，那脸色是相当难看。

陈月皓非常局促，也很难堪，说："我知道，说对不起是没有用的。我愿意把这件礼服买下来……愿意赔偿您和公司的一切损失，包括物质的和精神的……我完全能理解作品对设计师的重要性……"

"不卖。"屹湘说。她极力平抑着自己的心情。

要怎么样的愤怒和力气才能把布料毁成这样，她很清楚。碎边上丝丝缕缕的丝线脱出来，像是跟她控诉那罪行。如果此时手里有刀，她会毫不犹豫地砍掉那双作恶的手。

"郗小姐，"陈月皓因为屹湘的断然拒绝更加局促不安，不过还是想设法转圜，"我很喜欢这件礼服，你能不能想办法修补好？"

"不能。而且，从今往后，我的设计，不再提供给陈小姐您。"屹湘说。

"郗小姐，这件事确实是我的错……您能听我解释一下吗？"陈月皓不死心。

"抱歉，我今天很忙。我公司有专人处理类似情况，他们会跟进的。如果陈小姐没有别的事情，我们再会。"屹湘站起来，"程程，替我送陈小姐。"

陈月皓不得不站了起来，她还想说什么，却被屹湘眼神里的冷淡阻止了，于是只好转身往外走。在出门的一刻，她又回身，对着屹湘深深鞠了一躬，屹湘无动于衷。

办公室门一关，屹湘把拿在手中的资料啪的一下拍在桌上，忍了半晌的怒火终于发泄出来，可胸口的闷痛并没有缓解。她站到窗前，一把推开窗子，深吸两口气。

有人敲门。

"请进。"屹湘回身，见站在门口的是 Josephina，她道，"早，Jose。"她看了下桌上，一边请 Josephina 坐，一边收拾着散落的资料。

"早。"Josephina 看着屹湘忙碌的身影——薄衫长裤，闲适优雅，窄窄的背，看上去，柔美极了……她一时忘了开口。

屹湘见 Josephina 不出声，停了下来："有事？"

她打量了下 Josephina。Josephina 才从纽约回来，她们仅在开会时碰过两次面。也许是她多心，她总觉得 Josephina 看她的眼神比以前还多了一层探究的意味。她想或许是那晚陈太大闹汪家宴席的余波，这也是无可奈何的事。

"我刚刚在外面遇到 Jessica，她拜托我跟你求情。"Josephina 说着，走了进来。她戴上眼镜仔细看着那被毁损的礼服。远处看已是惊心，近了看更觉惨不忍睹。她叹口气，说，"难怪你生气。"

屹湘不语，怒火消退了些，她仍心疼。尤其，是有些原本不该做出的猜测，不由自主地从心底冒出来的时候，更令她觉得疼痛不已。

"Jessica 是性子最温柔的人，这一定不是她做的，你不要因为别人的错误来惩罚她。"Josephina 说着，坐到了屹湘对面的椅子上，并且示意屹湘也坐。

"她还是公司最重要的客户之一。"屹湘说。

Josephina 淡淡地笑了笑，说："你跟公司怎么能分开？你在气头上，说什么都可以理解。不过，如果你实在是不愿意，那么这段时间，Jessica 这边只好仍由我负责。"

屹湘注意到 Josephina 今天对自己特别有耐心，心不由得一动。Josephina 也意识到自己的失常，沉默了片刻，才说："我过来占用你一点儿时间，是想跟你说件事。"

屹湘点头。

Josephina 看着屹湘的眼睛。看着看着，不由得想起另一双眼睛来，她心尖儿一颤。

"Jose？"屹湘见 Josephina 走神了，轻声叫道。

Josephina 回神，说："我来，是为上次的事情，我为那晚的态度跟你道歉。"

屹湘看着 Josephina。

"另外转告你，有人想单独见你一面，不知道你什么时候方便？"

屹湘这才明白 Josephina 为什么态度是如此迂回婉转。她感慨，骄傲不羁的 Josephina，也有她自己在意的人。

"是……"她拖了一点儿音。

"是我大姐。她原本想尽快跟你见面，但，美国那边有要紧事，必须她本人处理，当时必须马上赶回去。"Josephina 留意屹湘的反应。屹湘今天的脸色很不好看，她细细地观察着。不得不承认，自从郗屹湘调职来这里，她每一次的打量，无不是出于职业或者是挑剔的目的，并没有真正认真地看过她，直到不久前。越看，她越觉得惊心。她轻轻吐了一口气，把自己的情绪稳住。

"我觉得，没有这个必要。"屹湘慢慢地说。她心里有些异样，本能地拒绝这个提议。

"她很喜欢你。"Josephina 见屹湘毫不掩饰自己的情绪，眉头说皱就皱了起来，低声道，"Laura 也让我转达她的意思，如果并不算太勉强，请你见一见我们大姐。很遗憾她此时人在东京走不开，不然会亲自陪大姐过来见你。"

"坦白说，我有点儿不知所措。"屹湘说。Josephina 搬出了 Laura，又给她添了一层压力，似乎这一见势在必行。

"不只是你，我也是。"Josephina 说。她叹口气，拍了下椅子扶手，"但她是我尊敬的大姐，她有什么意愿，我都乐于帮她达成——你手上的事，让安德烈他们替你分担。有什么我能做的，也可以交代给我。"她很自然地放低了自己的姿态，这是在跟屹湘商量的意思。但意思表达到这个地步，倒叫人觉得，再不答应，简直是太不通情理了。

屹湘就算是头再疼也能理清楚 Josephina 话中的逻辑关系。她点了头，说："好。"

Josephina 没有给她反悔的机会，停了片刻便说不打扰她工作，自己会安排好会面时间再通知她。她边说着已经走到了门边，似是不经意地问："三月里，你确实曾经到过瑞严寺？"

屹湘点头，说："是，我确实去过。"她说着摸了摸头顶上，隔着柔软服帖的发，摸不到那光滑的伤痕。不过就是在那里，她知道。

"怎么会想到去那里？一般的旅行，不太会去那么偏僻的地方。"

"只是想去。"屹湘说。她心一动，看着 Josephina，不知为何她要再次确认此事。

Josephina 慢慢点了点头，说："那真不巧，遇到地震了。"

"幸免于难，我很感恩。"屹湘说。

"必有后福。"Josephina 说完又点了点头，走出了办公室。

Josephina 离开后，屹湘坐在那里发了一会儿呆。

为什么要去瑞严寺？

她没有继续想这个问题。头已经很疼，再想，她怕一颗阿司匹林镇不住这在跳动的神经。她深吸口气，开始处理手上的工作。

不一会儿，冯程程敲门进来，跟她说："您的衣服我取来了。"

"放在那里吧，谢谢。"屹湘看着程程，"借我一片阿司匹林。另外，你把这件垃圾处理掉。"

程程麻利地给她取来了药，收走礼服，出去前还不忘提醒她今天最重要的日程："下午提早走，婚礼彩排不要迟到。"

屹湘含混地答应着，药片已经吞了下去，还没有见效。就在剧烈的头疼中，她接到 Josephina 的电话——会面安排在两天后。有时候麻烦接踵而来，并不懂得给人喘息的机会。她看着程程拿进来的那件式样简单的礼服，是极淡极淡的绿色，近乎白。几天之后，她将穿着这条裙子，见证一场一生相守的誓言。比起这个来，其他的事情，似乎都不重要。

董亚宁到婚礼彩排地点，比约定的时间早了半个钟头。到得过于早了些，主角配角一个都还没登场，他懒洋洋地坐在了礼堂里。这座老礼堂安静而又有些昏暗，与外面已经显出燥热的温度相比，简直是两个世界。他也拿不准为什么这两人会选准了这座偏僻的老礼堂举行婚礼，大而空旷，帘幕低垂，中世纪的教堂一般。

以前这里常常举行舞会，有时也放映内参电影，不过等他长大些，对这些产生兴趣时，舞会已经失色，外国电影早不是禁忌，礼堂利用率低下来，后来便荒废成了他们抽烟喝酒、偶尔打架的地方——夏天再没有比这里更阴凉舒适的地方了……

灯忽然亮了。

他已经适应了黑暗的眼睛合了一下。就这会儿工夫，窸窸窣窣的，脚步声和人声都响了起来，潮水般渐渐漫上来。一些人从幕布后走出来，在舞台上来回走动着。其中有几个人应该是专门负责灯光的，对着亮起来的灯指指点点。他们很专心地做事，看样子并没有发现他。

董亚宁借着光打量着礼堂内部重新布置过的样子，这应该是新娘子的品位。陈旧肃穆的礼堂，尽管红毯还没有铺就，百合还没有摆好，客人也还没有来，但已经有了婚礼举办场所该有的一切氛围和味道，弥散在空气中，呼吸可闻。

灯光在一番调试之后又熄了，只余了一排射灯，恰好照亮整条红毯。

董亚宁歪着头，顺着这道明亮的灯光一直看过去。

从大门口，到舞台上。从这头走到那头。将缠绕在一处的两个人，从此缠得更紧些。

他想着这些年自己也参加过无数次的婚礼，简洁者有之，繁复者有之，隆重者有之，怪诞者亦有之。他总提不起兴趣来认真观礼，不是迟到，就是早退，从未完整融入这样的热闹。也许这一场会不一样。当然，他也必须奉陪到底。

他回过头去，看了好一会儿那道关得紧紧的大门。门上锃亮的透明玻璃外，半个人影也无。他正不知自己要等的主角什么时候会出现，从舞台上传来了脚步声。高跟鞋踩着木地板，发出嗒嗒声，很响。

　　他转脸看去，叶崇碧在台子中央站了片刻，顺着旁边的阶梯走下来。她远远地冲他微笑着说了句"来了也不说一声，我刚从控制室的监控看见你"。他微笑，不以为意。

　　"说了让你早点儿来，也不带这么早的吧？"崇碧笑着说。她手里拿着两部手机，挽了一只大大的包，头发高高地梳起，样子俏丽极了。颈上的纱巾随着她的步幅飘动，飘到下巴处，她手指拂开，人已经走到董亚宁旁边，二话没说，先坐下来，拿着手机的手敲打着小腿。

　　"好累。"她说着，便靠在了椅背上。

　　董亚宁看她脚上那对"恨天高"，嘴角一动，说了句："这不是找罪受吗。"

　　"忽然换了平底鞋我不会走路。"崇碧笑容明媚。

　　董亚宁笑了笑，也是，别看叶崇碧整个人是累散了架的模样，举止还是端庄的，这就是叶家的教养。叶家不止她如此，叶崇磐更是如此，就连时时无状的崇磐、崇岩也是大谱不离，骨子里透出端直。

　　董亚宁摇了下头，嘴角的笑意更深了。

　　崇碧目光四处一转，大约目之所及，已没有什么纰漏，她便略松了一口气。

　　董亚宁依旧懒洋洋的，说："会有个完美的婚礼的。"

　　崇碧一笑，歪着头看董亚宁，说："不能理解为什么我这么紧张吧？"

　　"有什么不好理解的。你不是紧张婚礼，是紧张那个人。"董亚宁朝台前的圣坛位置抬了抬下巴，仿佛那里已经站了一位盛装等候的新郎，"这种找罪受的事儿，还真得是心甘情愿。"

　　崇碧笑着说："甘之如饴。"

　　"甘拜下风。"董亚宁看着崇碧这笑，莫名有些感动。他开着玩笑，拱手。

　　"你手怎么了？"崇碧问。董亚宁右手掌外侧，有一道鲜红的伤痕。

　　董亚宁不在意地说："刚刚从后座拿东西，碰了一下。"车停的位置有点儿别扭，他莫名其妙地被弹开的车门将手挤在了墙上。他晃了下手，伤口还渗着血，倒不觉得怎么疼，他几乎都忘了。

　　"我说呢，进来的时候看你那车子停那位置就不太对。你该不是怕碰了车漆，拿手当垫子了吧？"崇碧皱眉。

　　董亚宁笑出来，叶崇碧这张利嘴，只有在潇潇面前才略收敛些。

　　崇碧翻了下包，说："没带创可贴……我车上应该有，等下找给你。"她说着，看了下时间。

　　"还早呢。"董亚宁说话间，将手掌边裂开的皮肤撕掉一片，血又冒出一点儿。他面不改色。

　　崇碧瞪着他，"瞧对自己这狠劲儿。"

董亚宁握了下拳，擦伤的位置经这样一握，恰成了一朵花的形状。他反手也看了下时间，问："几点结束？别耽误了晚上磐哥那戏开台……"他转着手腕子，见崇碧忽然直了眼的样子，笑道，"别跟我说你忘了。磐哥早一个多月就嚷嚷着他在大戏院连唱三天。"

崇碧拍了一下额头，说："我发誓，真不是成心。"

"反正我不管，你这边彩排结不结束我都得走。我得按时到场，还要票戏呢。你知道磐哥那脾气，我要敢误场，他准能撕了我。"董亚宁笑着说。

"我也不敢误啊，哪怕点个卯呢。"她说得有点儿咬牙切齿，显然是跟自己生气呢。

亚宁大笑。

崇碧不敢怠慢，马上开始打电话。她取消了晚上的一个约，又问亚宁："我都安排好晚饭了，本来想咱们彩排结束，从从容容地一起坐着吃顿饭，这下好……你有什么建议没？"

"客气什么，彩排过了我直奔戏园子了，那儿有的是好吃的。"董亚宁笑着。

"那怎么行，咱换简单的，去吃寿司好不好？我知道你跟潇潇都喜欢西村……"崇碧说着，转头看了下门口，"他说顺路去接湘湘的，怎么还不来？"

董亚宁忍不住打趣崇碧，说："难怪你累，操这么多心。也难怪你跟潇潇走一处，都爱操那么多心。"

崇碧原本是要拨电话给潇潇的，听了董亚宁这话，竟是愣了一下，瞅着他。

"我说错了呀？"董亚宁问。

崇碧默默地坐了一会儿，才说："没错，我哥也这么说过。这种事，总是旁观者清。"

"什么叫这种事？"董亚宁忽然觉得不对，"你怎么了？"

崇碧笑了笑，说："没事。"

董亚宁哈哈一笑，说："叶崇碧，要逃可趁早，都到这会儿了，千万别胡思乱想。"

崇碧白了他一眼，说："什么呀，你以为我是你？"她说完，停了停。

董亚宁看出她的尴尬来，笑道："没关系，这虽然不是好事儿，可也不是秘密。我可没避讳我干的那些事儿。"他笑着，笑容在暗暗的光线下，并不见一丝的愧疚和不安。

叶崇碧也笑了："你呀！"

两个人相视一笑，董亚宁站起来，活动下腿脚。

参与彩排的人陆陆续续抵达礼堂。负责协调指挥的人把他们召集到台前，给他们分别讲解程序和站位。

崇碧给潇潇拨电话，见他没有接，就说："肯定是马上进门。"果然她话音未落，会堂大门就被推开了，先走进来的却是屹湘，"你们俩可算来了。"

"堵车，潇潇还走错路了。"屹湘忙说。

崇碧笑，看一眼董亚宁，问："对了，湘湘，你包里有创可贴吗？"

"啊？我找找。"屹湘走得很快，来到崇碧跟前，才看到董亚宁站在一边。她低头拨着包里的东西，不着痕迹地避开。董亚宁的目光落下去，看她脚尖的方向，那是随时准备远离他的。

"谁伤了？"潇潇问，他先看看崇碧。

崇碧指了下亚宁，潇潇跟屹湘同时看向亚宁。屹湘手里捏着药盒，听潇潇问道："伤在哪儿了？"

那边在请崇碧过去问意见，崇碧顺手拉了下潇潇，说："湘湘，你帮亚宁处理一下伤口，等下快过来。"

屹湘答应。她打开那小药盒，问："手上吗？"

董亚宁没应声，屹湘也就没动。她粗粗一打量他，发现他拳头上有暗红的血迹。她似乎闻到了血腥味，喉咙一紧。她忍住不适，又走近一步。

她手上捏着创可贴，默默地站在他面前。两人就在这淡淡的阴影之中立着，好像谁都不愿意接下去的那句话是自己先说出来。

潇潇往这边望了一眼，屹湘立即注意到了，于是说："去那边？这里看不太清。"她说着往前挪了挪脚步，站在了红毯上。刚刚赶得急，她额头上早蒙了一层汗。她抬手抹了一下刘海儿，修得短短的刘海便被捋顺到了一侧。

董亚宁看着，默不作声地将手伸过去。

屹湘变换着角度，才看清楚他手掌边的伤口。有两块硬币大小的擦伤，一部分血渍干了，一部分还在渗血。她比量了一下，说："面积有点儿大，最好清理下再包扎，不然这样很容易感染……"

"不用。"他语气淡淡的，说着就要收回手来。

她手快，一下就扯住了他的手。手指恰好碰在了他的伤口上，又急忙松开些。他却连眉头都没皱一下，只是看着她。

"稍等。"她迅速从药盒里抽了一个更小的薄纸袋出来，确认过是消毒药棉，看了他一眼，撕开袋子将药棉取出来直接按在他伤口上。药水渗进伤口，那一瞬间身上所有的毛孔像被针尖同时扎了一下……他伸展了一下手掌，掩饰疼痛导致的肌肉痉挛，看着她将伤口揩抹干净。她细巧的手指处理伤口的方式显得非常专业，完全没有多余的动作。

他的视线稍稍抬了抬，看到她的发顶。刘海垂下来，从这个角度看去，看不到她的眉眼……他的手指抽动了下。

"再忍一下。"屹湘捏住他手指，换了块药棉，又迅速擦了一遍伤处，才将药棉收了，翻过他的手掌来看了看。顶棚的灯都已经亮了，一层的窗帘也都拉开了，此时光线好极了，她可以看得更清楚些。好在伤口不算深，虽然这处理只能算应急，可也说得过去了。

"晚点儿再让医生好好处理一下，你这几天小心些……"她说。

她的手指碰到他的掌心，嫩叶扫过面颊似的，有点儿痒。

他一翻手握住了她的手，她的指尖有薄薄的茧子，也有针痕，因此触上去，硬而毛躁。

屹湘被他突如其来的动作弄得一愣，之后才像是被惊到一样迅速反应，用力抽手。他手握得很紧，她这么用力，扯不动分毫。但见他小手指上一枚闪着淡淡金光的素戒，随着两人的角力，那光如微风下的水波纹一般，让人炫目。

屹湘咬着牙，并不妥协。

董亚宁盯着她的眼睛，有那么几秒，看着她乌黑的瞳仁里，迅速聚集了恼怒。恼怒中还有一丝慌乱，脸便涨红了。他从容不迫地松了手，同样迅速地，从她另一只手里拿过来那大片的创可贴，撕开胶纸便贴在了掌侧，说："这样就行。"

屹湘蹲下去，捡起董亚宁丢在地上的零碎，攥在手里。她站起来，人也往后退了一步，看着他，心跳骤然加速。

董亚宁空闲的那只手，摁了摁创可贴，瞥了她一眼，目光在她手腕上停了下——她换了一只表，窄窄的金色蛇皮带子，一圈圈缠绕着腕子。

屹湘发觉，手抓住包带，腕子便被掩在了包带后。董亚宁却仍然看着她的手腕，若有所思。

"湘湘，你们好了没？快点儿过来！"崇碧喊道。

屹湘朝崇碧举了下手示意知道了，抬脚就走。董亚宁的目光追着她，她绾起来一个小巧的发髻，细碎的发丝在鬓边飞着，毛茸茸的。她在礼堂成排的座椅间穿行，双臂抬起来保持着平衡。腕上的表带缠得紧紧的，显得手臂是那样细，而那表带更像是一条活灵活现的金蛇，随时会动起来般。

他盯着那表带。

她像是不经意般，收了一下手，避开了他的目光。她也没有再管他，迅速走上通道，往舞台那边去了。他停了停，也跟了上去，看着她稳稳地走在通道上，这条不久之后会铺上红毯的路……接下来，他看着她，一切的行动都小心谨慎，不再让她自己和她自己的任何部分，再引起人的过度注目。她像是早已习惯了这样的隐藏，驾轻就熟地，就让自己成为这对璧人的背景。可也许是太习惯了，她已经忘了，她就像是一颗珍珠，即便是在黑暗当中，只要有一点儿光，就会自动自觉地钻进人的眼睛里来。

他手上的伤口隐隐作痛，不知是因为比他想象中伤得要深还是怎么了。他记得从前她处理简单的伤口就很熟练的，因为有个能打架、爱闯祸的哥哥，还有他，都经常挂彩。他们身上那些简单的创口处理，都不用麻烦医生的。虽然免不了要挨她几句抱怨，那也比闹大发了，让大人们知道强得多。

邱潇潇见董亚宁出神，胳膊肘碰碰他，问他伤口怎么样？董亚宁笑笑，抬手给邱潇潇看，说："挂着彩还坚持彩排，够意思吧？"

邱潇潇也笑了。

彩排的过程并不复杂，按照婚礼的程序，准确地走了两遍。第一遍，参演的几位主角因为没有经验，有些莫名的紧张和慌乱，都有行差踏错的地方；第二遍便顺利多了，气氛变得轻松而愉快，有种接近成功的喜悦。

屹湘站在圣坛一侧，看着潇潇跟崇碧手拉着手相视而笑。

她有点儿恍惚，忍不住望向远处——在深邃而空阔的礼堂里，曾经有过非常快乐的童年时光。时光的长河里堆满了密密麻麻的记忆的贝壳，跟潇潇有关、跟她有关、跟很多人有关。那时候她也许想过，将来跟潇潇一起站在圣坛前的会是谁。而此时，所有的想象，都成了崇碧的样子。

她听着崇碧斯文地念着她的誓词，开着玩笑说，今天只念一半。潇潇问另一半呢，另一半也要听，崇碧说不，要留到那个重要的时刻。至于眼下，就亲你一下来代替……虽众所瞩目，崇碧大方而亲密地在潇潇的腮上亲了一下。

潇潇那么从容的一个人，被崇碧出乎意料的行为也弄得一窘。他只是静静地看了她一会儿，然后，在她耳边说了一句话。

仍是众所瞩目，崇碧拥抱了他……

这个拥抱有点儿久，可谁也没想打断他们。

圣坛已经变成礼堂中热度最高的位置，让人觉得热，让人觉得幸福，也让人觉得，有轻微的痛苦。

屹湘转开眼，就在这目光流转的一瞬，她触碰到了董亚宁的目光。她也不知道他这样深沉地看着自己有多久了，但她没有让两人的目光再有片刻粘连……

彩排一结束，崇碧便着急地说："咱们得赶紧去吃饭，不然赶不及八点的开台。"

屹湘猛地记起今晚有叶崇磐的演出，看到她的表情，崇碧笑着说："终于有个人忘得比我还干净了——湘湘你打算怎么办？反正我是取消了约会。"

"磐哥的专场，票一早就被抢了个光。你们倒好，特意给你们留了位子，还能忘了。"董亚宁揶揄道，他开了车门，"你们去吃饭吧，我先走，等下戏园子见。"

"吃顿饭能花几分钟啊。"潇潇喊他。

董亚宁一只脚已经踏上车，回头笑笑："那我先去个地方，来得及我就过来。"

"我们预备你的份儿，一定来啊。对了，今晚董伯伯来吗？"叶崇碧问。董亚宁向来不矫情，要不是真有事儿不会推的。

"他不来，不过，爷爷会来的。爷爷住城外呢，我已经让人去接了。"董亚宁说完，上车就走了。

"瞧这说一不二的性子……"叶崇碧摇头。她开了车门坐进去，随口问道，"这么说，今儿晚上能见到董家爷爷了。你们见过吗？"

潇潇发动车子，从后视镜里看一眼坐在后排沉默的屹湘，说："好多年没见了。"

"老爷子特神吧？听我哥说过他好多有意思的事儿……"崇碧笑着，并且果真说起了一些道听途说的趣事，都是跟董家爷爷有关的。她并没有意识到只有潇潇附和着跟她一应一答，而屹湘自从上了车，便像装了消音器似的。"……崇岩说，这回董爷爷是发了狠催婚来的，亚宁是真孝顺，尤其拿爷爷没辙。老爷子一挤对他，他真格儿跟老爷子说'一定快点儿、一定快点儿'，谁知道老爷子就是不受糊弄，非让他说出个子丑寅卯来不行——崇岩开玩笑说，弄不好董亚宁这回得拉 Jessica Chen 充数去。我倒觉得未必，听说最近那位投资银行家有意求复合，反倒她像是靠谱一点儿。亚宁嘛，虽然不像是在乎这些的，可是在董家那儿，门第身家应该是加分项。唉，我瞎猜呢，不知道亚宁打什么主意。反正我遇见他们俩一起吃墨西哥菜，那气氛很不错……"

潇潇又看一眼后视镜，打了下方向盘，车子往右侧靠边停住，已经到了西村。他准备下车，见屹湘还坐在那里没动，叫了她一声。屹湘下了车，也没停，看看西村的门头，先往门口走去。潇潇见屹湘走得那么快，本想让她等等，看崇碧下了车低头在手机上不知查找什么，等了她一下。崇碧单手挽着他，皱眉咕哝了一句"这些天要操心的事儿太多了，是不是真的一直要忙到婚礼结束"。

潇潇听着，嗯了一声，问："你刚说到墨西哥菜，我好久没吃了——你跟谁去的？怎么不叫上我？"

潇潇问得随意，崇碧却没有立即回答。她看着潇潇，挽着他的手不知不觉地松开，站住了。潇潇那乌黑的眉动了动，并没有追问，示意她快点儿。走了两步，见崇碧仍站着不动，他说："走啊。"

前面屹湘见两人没跟上来，回身一看，就看他们静静地立在那里，对视着，定住了似的。

她略停了停，转身先走了。

门童来替她开了门，服务生将她引导着往里走，说："叶小姐有定位子。"

和室宽敞明净，屹湘进去坐下等。

五分钟过去了，十分钟过去了……餐齐了，又五分钟过去了，仍只有她一个人。

她看看时间，又看看手机，毫无动静。她分别拨了潇潇和崇碧的号码，都是通的，却都没接听。她坐了片刻，拿起筷子来，开始吃东西。琳琅满目的食物摆满了桌子，毫无疑问崇碧是照着四人份点的。原本一张桌上该有四人在座、谈笑风生，却只剩下她一个……蘸多了芥末酱，一股难言的辛辣催得她涕泗俱下，赶忙拿了餐巾按上去。

和室门一开，她以为是服务生进来，忙擦了下眼睛。转头一看，却是董亚宁。

虽然他没有说一定不来，她却认定他是不会再折回来的，突然看见他，多少有些不相信。她僵了下，眼里温热的泪仍在滚落，她忙擦拭。

他好像也没料到只有她一个人在这儿用餐，而且还红着一双眼睛，好像哭得很凶的样子。门在他身后关上，他没有立即走过来，脸上虽不见尴尬之色，看着她的眼神却也没有平时那么冷漠，不过仍有审视的意味。

"请坐……潇潇和崇碧……"屹湘开口，就带了鼻音。她想解释下，却意识到她也不知道那两位究竟发生什么事了。

董亚宁一点头，脱了外套，拎起来挂到衣架上，过来坐下。屹湘发现董亚宁换了衣服，应该是为晚上的演出准备的。虽然只是票一出戏，他还是挺重视的。他这人，表面上看着是什么都不太在乎，其实对他上心的事最认真。当然，厌烦什么，他也不会假以辞色。

她的目光落下来，眼前迅速晃过那一堆"残肢"。她眉心一痛，压下了这个念头。

"他们是吵架了吗？"董亚宁问。他坐下来，看了眼屹湘面前的小碟子，明白过来她应该是吃多了芥末，嘴角弯了弯，"很多人都在这个时候来一架。"他语气轻松，略带着调侃的味道。

屹湘没出声，她回想刚才的情形，好像真是这么回事，不禁有点儿发急。

董亚宁看她一眼，说："放心，他们俩是打不散的。"

屹湘盯着他握着筷子的手，他先用右手握了筷子，手上的伤口让他觉得不便，就换到了左手，灵活地将寿司夹到盘中。

她垂下眼帘，静默地吃着饭。

董亚宁的手机一会儿一响，他都只瞥一眼没有接，后来大概是烦了，干脆关了机。

屹湘看看他那变成石头的手机，想他也不怕人有急事找不到他。这念头方一转，她就想起来，他以前就特别讨厌在吃饭的时候被打扰，有时候脾气一上来，能几天都不开机，简直会把人逼疯。

突然，她的手机也响了。她轻声说了句"抱歉"同时起身，一看是姑姑在波士顿家里的电话，身子起了半截，却忽然意识到什么，犹豫了一下，没有立即接通，重又坐了下来。她犹豫的神色如此明显，简直像是手里抓的是个刺猬。

董亚宁原本并没在意，这样一来反而看了她一眼。他的目光过于锐利，屹湘顿如芒刺在背。

她马上接了电话，轻轻"喂"了一声，接着又一声"Hi"。

董亚宁又看了她一眼。

她的语气很温柔，虽然在跟对方讲英文，董亚宁也没特别留意讲了什么，还是觉察她语气瞬间就化成了氤氲缭绕的雾。

三文鱼卷了大块的芥末放进口中，吃下去，他也要被辣出眼泪来了。

屹湘低着头，并不看董亚宁。电话是Allen打来的，姑姑此时正在飞往北京的班机上，Allen没能够一起来，正在和她讲，要她见了Mummy，记得嘱咐Mummy给自己买邮票。邮票要有小猴子的，因为Mummy说过他出生那年，中国的农历年是猴年。

屹湘怕自己记不住，有点儿慌乱地翻包找笔，好一会儿没找到。对面递过来一支笔，她接了，说声"谢谢"，仍然低着头，在面前的餐巾上写着邮票、猴子、Allen……"还要什么吗？我去买给你。"屹湘轻声问。

这个电话打得有点儿久，他有点儿舍不得立即挂断，Allen难得跟她讲这么多，他其实不是很爱跟她聊天的。想想这段时间他要一个人在波士顿，照顾他的只有姑姑的老朋友和他的保姆，她还是有些不安，"Allen，Mummy很快回去。有什么事，马上给我打电话好吗？"

Allen很乖巧地答应了，问她在做什么？她说在吃晚饭。他又问她跟谁一起吃饭呢？她低声说是朋友。

她没有抬头，但看到董亚宁夹寿司的筷子尖在盘子上方顿了顿，她看向别处。

波士顿现在天还没有亮，Allen说他醒得太早，因为惦记Mummy睡不踏实，想等Mummy平安落地后的电话。

屹湘停了一会儿没有说话，Allen问她怎么了，她说："Mummy会很快打给你的，你再睡一会儿，不然今天上课会没有精神。"她看了看时间，想着Allen在被窝里拿着手机的样子，忽然心口像被连续戳了几下般酸痛。

姑姑说Allen是最聪明的小恶魔，可也是最贴心的小天使。

他真的是。

Allen懂事地说："Vanessa你吃晚饭吧！我不打扰你了。"

"不打扰的……再见。"屹湘说完"再见"，电话就挂断了。她盯着餐巾上的几个零星的字，说了声，"对不起，我出去一下。"

董亚宁看她迅速站了起来，什么都没拿就出去了。他慢慢吃着，瞥了一眼她留在桌上的餐巾。这么倒着看，也能看出来字还是很漂亮，不过也许是不常写中文字了，笔画有点儿扭曲。

他今天胃口不错，她回来的时候他还在吃，几乎桌上的每一样食物都尝过了。

屹湘坐下来时，他抬眼看了看她。她沾了一身水汽，像是从六月海边的雾里走出来似的，头发梢儿都有点儿湿润。这么近了看，才发现她气色不佳。

"Allen是个男孩儿吧？"他问。

这像是没话找话，叫Allen的当然是男孩子。不过也有可能是女孩子，英文名字嘛，有时不那么明显地表明性别。

"姑姑的孩子？"他又问。

屹湘点点头，说："是姑姑的孩子。"

"哦，是吗？没想到。"他说。

屹湘不语，听起来，董亚宁并没有惊讶。

"几岁了？"董亚宁看看她，问。

"七岁……不，六岁。"屹湘回答。

董亚宁听了，微微皱眉，像是忍了忍，才说："怎么连他几岁你都搞不清。"

屹湘没说话，小口喝着清水。董亚宁看看她的手腕，又看了眼她的脸。屹湘放下杯子，垂下手，于是她的手又被桌子挡住了。

屋子里静了下来，两人都没有什么可说的了。屹湘背上涔涔地冒着汗，低头看了下腕表，说："对不起，我得先走……你慢用。"她匆忙收拾了下东西，就起了身。

"你等等。"董亚宁说着，也站起来，"去大戏院吗？那就顺路……"

"不用！"屹湘忽然大声说。

董亚宁眉尖蹙起，他注视着她，她那气色并不好的脸上泛了红。

"谢谢，不用……我已经预约了车子，再见。"屹湘转身出门，换了鞋子就走。

她也不管董亚宁是不是还在看着她，也顾不得自己这样子是不是太过于失态了。她快步走出西村，坐上已经等在门口的出租车。车子驶离，董亚宁并没有出来。她额头上的汗流下来，在包里摸手帕时，看到了收起来的餐巾，餐巾里还裹着一支笔，是董亚宁刚才借给她的。她握着笔，发呆地看着窗外。

此时暮色四合，街上的车川流不息。

司机跟她确认目的地。

屹湘回神，说："是，去大戏院。"

叶崇磐到了大戏院，停车场里的车还没有被占三分之一。他扫了一眼，看到了董亚宁的车。

自停车场进侧门是最方便的，叶崇磐却绕了个大圈子走了正门。远远就看到大戏院气派的门楼，门前挑挂着大红灯笼，巨大的电子屏幕上滚动着今晚的演出信息。前厅入口处立了牌子，上头隶书大字写着今夜的剧目名称：《锁麟囊》，主演大名随后列上，规矩严整，派头十足。

他左右看看，大厅里只有早到的零星观众，四处溜达。但往里一走，门内浓郁的香气扑面而来，跟他撞了个满怀。他留心看了看，从大门口往内依次排开的是各色的花篮，一眼望不到头。花篮上系着红色绸条，写满祝演出圆满成功之类的贺词。整个大厅看上去既隆重，又喜气洋洋的。

叶崇磐留意着那些署名。多是业界赫赫有名的人物，有限的几个业外的人士，也都是文化界大名鼎鼎的。他不禁莞尔，崇磐是那样的脾气性格，人缘是如此好。

他正笑着，有人轻轻拍了拍他的肩膀。他一回头，看到粟茂茂那活泼清澈的眼睛。茂茂眨眨眼，微笑地看着他。他还没出声，就听身后有人说："茂茂又调皮了。"

那声音低低的，带着宠爱和无奈，又是温柔而慈爱的，却是像极了另一个嗓音。他听得心一惊，没有立即回身。

"发什么愣啊？"粟茂茂挽了他的胳膊，笑嘻嘻地回身便说，"娘娘，我们总经理这些天忙得脚不沾地。您瞅瞅，这会儿人都恍惚了……"她絮絮叨叨地说着话，虽是对着她的大伯母粟孟华夫人说的，眼睛却只顾看着叶崇磐。

叶崇磐转了个身，不太着痕迹地将粟茂茂的手轻轻摆脱，收了下手臂，对粟夫人郑重行了个礼。

"粟妈妈，您来了。"他说。

粟夫人自然看到叶崇磐的小动作和粟茂茂脸上那一丝失望，微笑着说："来了。阿磐的好戏，怎么能不来瞧？茂茂，去看看你妈妈，怎么那么慢呢？"她说着话便走过来，握着叶崇磐的手臂。见茂茂嘟嘴，她笑了笑，但仍看着茂茂，"嗯？"

茂茂跺了下脚，往大门外走去。

粟夫人同叶崇磐缓步走开，笑道："茂茂这孩子。"她看看叶崇磐，一笑。

叶崇磐却问："这阵子忙了些，总没去看望您。您身体还好？"

"我好得很，你不用总惦着。倒是你，工作是要紧，身体更要紧，得多加注意。"

"是。"叶崇磐答应。

两人走至签到处，叶崇磐站下，陪粟夫人签了名，知道她的座位在楼上包厢，一路送她上去。

在楼梯转弯处，粟夫人略站了站，看着面前这英伟的青年。他年轻而又强壮，正是生气勃勃的时候，有着无可限量的未来……她这样看着，轻声说："小磐，我们茂茂是个好孩子，我想你知道。"她的目光比她的声音还要温柔，温柔，而又带着不容忽视的力量。

叶崇磐点头："是的，粟妈妈，我知道。"

粟夫人看着他的眼，看了一会儿，才说："我想，我也知道了——别太伤她的心。"

"粟妈妈。"叶崇磐扶了她。

粟夫人在这一瞬间，那端庄华贵的气度，像是忽然被撕开了一个小小的缝隙，有一种疲态硬是钻了出来。可也就是一瞬间，她又打起精神来，微笑着对叶崇磐说："我一向欣赏你，小磐。"

叶崇磐低头，他怎么会不知道这一点。

"合适的时候，带给我看看。"粟夫人拍了拍叶崇磐的手，回头看了一眼，粟茂茂跟她父母亲粟仲华裴秀启走近了，她轻声说："我跟你粟爸爸，早就把你当成儿子一样的——到时候备一份大礼给你……"

"什么大礼啊？"粟茂茂抢着问伯母。

叶崇磐回身，看着茂茂母亲叫了声"裴阿姨"，裴秀启笑着应了。

粟夫人等到了她们，便抬脚上楼梯，听见茂茂又追问了句刚才娘娘说什么大礼呢？她笑道："偏偏就是你这孩子耳朵尖——就惦着大礼，你大伯下个礼拜六生日，准备了礼物没有？千万记得！省得他唠叨说白疼你了。"

"茂茂不会忘的。"裴秀启笑着说，"昨天还在跟她爸爸商量怎么给大伯惊喜呢。"

"还是别给惊喜，大伯心脏不好，回头再给吓着。"粟夫人开着玩笑。

"放心，大伯每天玩儿的就是心跳，不刺激他才不高兴呢——您瞧昨儿美元汇率跟过山车似的，人都吓死，他跟我说太过瘾了，恨不得天天都是过山车。"茂茂笑着，看叶崇磐一眼，那对秀美灵动的眼睛光芒四溢。

叶崇磐请两位粟夫人走在前头，自己走在后头。粟茂茂也落后一点儿，跟他同步，这会儿跟他笑模笑样地说着话，可爱、灵巧还聪明。

是这么好……他放松地笑了下。

茂茂的确是好的。人人都是火眼金睛。

粟茂茂见叶崇磐无缘无故地笑出来，转了转眼珠，颇有些疑惑："笑什么呀，叶崇磐？"

叶崇磐摇了下头，没开腔，只顾往上走。

"咦，茂茂，怎么这么没礼貌？这太不像话了。"裴秀启听女儿连名带姓地称呼叶崇磐，颇有些吃惊，"崇磐，你怎么能这么纵容她？"

"他们朋友之间，爱怎么称呼随他们去吧。真不高兴，小磐会说她的。可是有一点啊，茂茂，在家改了你这毛病，让大伯听见你这么称呼你叶哥哥，可不得了。"粟夫人说到这儿，认真板了脸。

粟茂茂正后悔一不留神说溜了嘴，被伯母一吓，脸都僵了。

叶崇磐见她这样，对粟夫人微笑道："没关系的，粟妈妈。请这边走……"他转身，引着她们往东边的包厢去，前方有佩戴工牌的工作人员上前来询问，在前面领路。

一行人轻松地聊着天，进了粟家的包厢。叶崇磐替两位粟夫人分别拉开座椅，待她们坐下，自己却没有坐，站着说了几句话，便表示要下去看看。

"去后台看看有什么要帮忙的。"他解释道。

"我也去。"粟茂茂小孩子一样举手，早没了刚刚受惊的样儿。

她母亲立即瞪了她一眼，喝道："老实待着，别跟去添乱。"

粟夫人笑道："听你妈妈的。你去吧，小磬。下周六你若是有空，就过来吃饭，粟爸爸一定很高兴。"

"是。"叶崇磬说完告辞出来。

门合上，他转身走了两步，遇上来送茶的服务员，问道："是给三号包厢上茶吗？上的什么茶？"他扫了两眼盘中的茶点。

"是。碧螺春。"那女服务员蓦地被叶崇磬叫住，愣了一下，机敏地回答，"茶是今天的主演叶崇磬先生私人提供的。"

叶崇磬点点头。

仔细到了这般田地。若不是崇磬太用心，就是他的职员太卖力。

"先生？"女服务员见他不语，问道。

"换了吧。"叶崇磬说。

"换了？"

"若有的话，换成印度红茶。"叶崇磬人已经走了出去。

女服务员站在原地发了会儿愣，才去敲了三号包厢的门，被允许进入后，将茶盘放在包厢中央的方桌上。

"什么茶？"粟夫人正同茂茂说笑，随口一问。

茂茂手快，掀开盖碗茶一嗅，说："好香哦！是绿茶，龙井或碧螺春？我喝来都差不多。"

"你哟！"粟夫人笑着看茂茂，"难怪小磬拿你当孩子看待。这些东西他很通的。"

"我也可以学啊！服务员，这个到底是什么？"粟茂茂问。

"是碧螺春。"女服务员回答。

粟夫人听到，伸向茶碗的手落在了桌沿上。她的目光转向楼下那明亮而宽大的戏台子，空空的戏台子上聚了灯光，台下那排得满满的座位上，陆陆续续地坐了人，戏院内开始热闹了，却无端让人也觉得有些心烦。她轻声说："我不喝这个，请给我换一杯清水来。"

"好的。"女服务员出去了。

包厢里安静下来，只听得到戏园子里的嘈杂。

茂茂起身去接电话了，裴秀启才问："大嫂，看着崇磬，难受了吧？"

"倒也不至于说难受，"粟夫人伸手摸了摸茶杯，轻声说，"菁菁呢，是没有这个福气了，我但愿小磬能过得更舒心快活些。"

"是。"裴秀启点头。

粟夫人看了看她，沉默片刻，才道："今儿我看着，茂茂对小磬是太热心了些。

茂茂是个聪明孩子，只这一样，大约是看不太透的。当然这不能怪她，毕竟是这个年纪，还小嘛……弟妹，不是我说，咱们也不要太鼓励茂茂了。"她掀开盖碗茶，虚虚地拨了拨，沉默下来。

裴秀启半晌才叹了口气，低声道："道理我自然知道，也不是看不清楚，崇磬呢，按我的想法，单单年龄也比小猫实在是大得多了些……只是小猫自己喜欢，拗不过她，有什么办法……小猫要能像菁菁那么懂事该多好。"

"菁菁也不是没有过糊涂时候……姐妹俩不单是长得像……"粟夫人无奈地笑笑。此时有人敲门进来，是刚刚那位女服务员。这次她端上来的却不单是一杯清水，另有一杯红茶。粟夫人抬眼，服务员小声说："先前我进来之前，有位先生就说过，最好给您换成印度红茶。"

粟夫人顿时心里一暖。她道了谢，端了红茶在手里，并不喝，看看裴秀启。两人交换了下眼神，不约而同地摇头叹息。

粟夫人说："只是今日话说到这里，我得给你提个醒儿罢了。茂茂自然是不愁遇不到好的……小磬嘛，很好、很好的，茂茂确实有眼光。"

裴秀启点了下头，她摸着指甲上的一圈碎钻，出了神……

粟茂茂自外面回来，见伯母跟母亲安静地坐着，立时觉得气氛有异。她笑问："吵架了？争糖吃吧？别争，我这有的是……"她打开背包，摸出一把巧克力来放在桌上。

粟夫人笑着捡起一颗巧克力来："小猫啊。"

"娘娘。"茂茂也给她母亲剥了一颗巧克力放在手边，然后看着伯母，"要说我什么？"

粟夫人笑笑，只点了下她的鼻尖，说："真乖。"

茂茂笑了。她拿了盖碗茶，抿一口润润喉，刚刚那个电话，她说得有些久，喉咙发干："你们放心啦。"

"你这话奇怪，我们有什么不放心的？"她母亲问。

茂茂定定地看了她母亲两眼，眼神很冷静，全无娇憨之态。

"我有分寸。"她说完从桌上拿起画册来，翻看着，淡淡地说，"都说磬哥戏好，今晚跟他配戏的这位，据说都退出舞台、安心教戏好几年了，不知道他怎么请得动……但再难请也得下功夫请来，因为配戏这回事，越大牌的角儿越不愿意将就。毕竟 A 角色再好，也要有个绝好的 B 角色衬得起才更好。"

"你什么时候开始懂戏了？听你这小假洋鬼子讲起戏来，真是让人起鸡皮疙瘩。"裴秀启说着，低声问道，"你刚才跟谁讲电话讲那样久？不是那个丫头吧？最近没见你跟她一起了，是瞒着我们私下往来呢，还是怎么着？"

"什么那个丫头啊？您就对我的朋友这样的态度啊？"茂茂合上画册，语带不满，有心再驳几句，她见母亲皱了眉，便说，"我不是最近工作忙吗？她是生病了，在休养身体。"

"小猫，交朋友的事情上，我们从来没限制过你。虽然说，朋友讲究的是各交各个，不论什么，可你也别让我没法儿见那位。"

"我又没干什么出格的事儿，您有什么没法儿见的？养外室的又不是您丈夫。"茂茂的眼神倏地变冷，也不理会母亲脸色骤变，只对伯母说了声"闷，出去透口气"，将画册一丢，起身走出了包厢。

她看看手机屏上的时间，还有四十多分钟才开场……还早着呢。手机上挂着两串翡翠珠链，她无意识地拨弄着。好一会儿，她停下来，看着这两串珠链。

翡翠珠子是用朱砂色的丝绦编缀起来，红的红，绿的绿，缠在手机上，十分好看。这些年她换了无数款手机，挂饰却从来没换过，看到的人都说好，见挂了两个，也有想讨一个的，也有夸这是意头好、好事成双的……再好的朋友，她也没答应过分人家一个。

这好意头是姐姐给她的。

那一次，姐姐是跟叶崇磬一起回家的。

伯母问姐姐："定了吗？"当着全家人的面。

文弱的姐姐没说一个字，只重重点了下头。

伯母便看了伯父一眼，说："准备嫁女儿吧。"言语里是高兴的。

姐姐在家住了一段时间，姐姐走到哪里，她便跟到哪里，姐姐也不嫌她烦。

"姐姐，这个好看。"她第一眼看到这翡翠珠链就爱不释手。

"喜欢？我自己做的。"漂亮的姐姐有一双灵巧的手，不单画得一手好画，写得一手好字，拉得好琴，还能做数不清的让她艳羡却学也学不来的事。

"喜欢。"她拽着朱砂色的流苏。想必是心底的贪念早从眼睛里钻了出去，被姐姐逮了个正着。姐姐看着她笑了笑，伸手解下来，放在她手上。她推辞，却也舍不得往坚决了推辞。姐姐在笑，被叶崇磬看到，将他自己的那一个也摘下来给她。原本是一对的，在她手里，又成了一对。

她攥着这对翡翠珠链，看那两人十指相扣，心里说不出的感动。很久以后，她才想明白，原来那就是她心目中的：执子之手，与子偕老；安稳度日，岁月静好……

粟茂茂靠在楼梯栏杆上，看向戏台子。

那是她最后一次见到姐姐。

几个月后，从纽约传来的噩耗，姐姐因车祸往生。

叶崇磬一进后台，就差点儿被一顶"花轿"撞了个正着，举着花轿大旗的演员忙跟他道歉。他笑着问叶崇磐在哪儿，那人指给他，说直着往前走到底儿左手最后一间。
他忙往里走，留神避让着正在准备的演员们。经过一间一间化妆间，有密闭着门的、
有敞着门的，里面是一个个的"角儿"，大多是在上妆。

他走到尽头那间，两侧的化妆间门前也一个紧挨一个地摆着花篮。

叶崇磐这间关着门，对面那间门大敞着，里面上了妆的那位演员正踱着四方步，
看到他，拱拱手，称呼了声："叶先生。"

叶崇磐微笑着打招呼："瑜老板，您今儿去老管家呀？有劳。"这瑜老板其实是
个瘦小的女子，却是眼下最红、最好的老生。

瑜老板甩了一下袖子，抖一抖，将着胡须亮给叶崇磐，又拱拱手，依旧踱她的四
方步去了。

叶崇磐抬手敲门。门虚掩着，里面有人在说话。他叫了叶崇磐一声，正要进去，
就见一个小巧的身影从几个穿了戏服、涂了油彩的演员中间钻了出来，是屹湘。他站
了下来，喊她一声。

屹湘捧了一束铃兰在手里，看到他，加快了脚步，过来问道："磐哥在里面？"

屋子里传出的是悠扬舒缓的小提琴曲，她惊奇。

"肯定是。"叶崇磐说。他是知道叶崇磐有这个习惯的，越是重要的公演，越是
要做些与演出毫无关系的事情来减压。

"有趣儿。"屹湘说。

叶崇磐看着她手中的花，说："进去吧。"

屹湘脸上薄施粉黛，看上去容光焕发，只是她的眼睛过于水润了些。

叶崇磐心一动，仔细看看她。

屹湘略低了低头，说："这后台可真热闹。"

"是啊。"叶崇磐知道她有意掩饰，微笑着说。听里面有人叫他，他应了一声，
里头人高声道："刚说起你呢，这就来了。"

一听是董亚宁，屹湘站住了。

叶崇磐看看她，笑道："亚宁来得真早，我刚看他车在下面。"

屹湘点头。两人说话的工夫，董亚宁已经踱了出来，往门前一站，看到叶崇磐的同时，
也看到了屹湘。

他笑眯眯的，瞅着叶崇磐道："那你来得可真不早。"

屹湘见董亚宁没打算跟自己说话，也就没出声。

叶崇磐笑着说："屹湘，你先进去。"

董亚宁往旁边一让，屹湘就进了门。

她听见叶崇磐笑着跟董亚宁说："要不还能早点儿，刚刚在外头耽搁了会儿……"

屹湘边往里走，边打量着房内。外面这间高高低低挂的都是行头，里面一间应该是化妆室。她走到里间门前抬手敲了敲门，先看见门内一排崭新的戏服，戏服镶着闪耀的水钻、绣着精美的图样，好看极了。

音乐戛然而止，里面几个人的笑声也随即停住。

"叶大哥。"屹湘微笑着看向正在对镜勾脸的叶崇磐。

叶崇磐也走进来，笑着叫了声"大哥"。

里头除了叶崇磐还有别人，见郗、叶二人到来，小小化妆间里顿时显得局促多了，便借故告辞，董亚宁却没走。

迎着叶崇磐从明净宽大的镜子里投过来的目光，屹湘摇了摇手里的铃兰。花裹在深绿的再生纸中，清淡素雅。

叶崇磐"嗯"了一声，勾脸的动作停下来。他的妆已经完成了大部分，只剩下一点朱唇尚未点上，但笔悬着，胭脂也蘸饱了。他转了转黑白分明的眼睛，忽然将笔递过来，说："湘湘来帮我画！"

"我？"屹湘惊讶地问。

"可不就是你嘛！"叶崇磐劈手从她手中拿过那束花，把笔塞过来。

叶崇磐见状微笑道："你这不是难为她吗？"他闹不清堂兄这到底唱的是哪一出，只见对方有些执拗又有些促狭的眼神只管盯了屹湘看。他看看屹湘，又看看堂兄，一侧脸看到一旁站着不出声的董亚宁，也在这时候，盯了屹湘。

"什么难为！我教过她的。"叶崇磐说着，下巴朝着董亚宁一偏，"还有这小子——我刚提了一嘴，他就好意思觍着脸说他早把这事儿忘了个一干二净！哟，忘啦？可没忘了我当年教你们俩那段儿戏！到如今唱起来，咬字、发声都还是我传授的技巧，打量能蒙了我？德行样儿！"

董亚宁被他教训，也不回嘴，半倚半靠在化妆台边，双手插在裤袋里，一直保持着那个姿势。他一身西服，衬衫雪白，裤线分明，庄重是庄重的，却并不死板拘谨。屋子里热，他暂且把西服外套脱下放在一边。

屹湘看看他，没作声。

他也瞥了屹湘一眼，见她并不接叶崇磐的笔，嘴角一弯，眼角也挂了微微的笑意，道："本来嘛，都多少年了。我再给画砸了，回头又落埋怨，只好老实说我忘了。"

叶崇磐看看他，伸手将旁边一张高背椅拉了过来，笑着把屹湘按在椅子上："屹湘先坐。"

屹湘只得坐下来。

近了看崇磐，更是妆容精致、扮相绝美。她几乎看呆了，此刻心里只有一个念头，手里这支笔，怎么能随意地点在这么一张脸上？

"你老实？呸！"叶崇磐的动作、身形早已入戏，一抬手，跷起了兰花指拨弄着铃兰，眉眼中的骄横飞扬直上。

董亚宁笑。

崇磐哼了一声，拨开台子上那几束鲜花，只将这一小束铃兰搁在那儿，回眸对屹湘道："这浑蛋说他忘了，湘湘，你要是也忘了，我可就权当没有那回事。以后，你们也不准说受过我指点。我年轻，开门纳徒的事儿绝不干，今儿晚上这小子也不准登台！"

屹湘听这一通说，明白了首尾。忘，自然是没忘的。

她轻声说："我还会的，就是涂不好，叶大哥别怪我笨。"她接过那笔来，看了看刷头红得似血的胭脂。

叶崇磐漂亮的眉扬了扬，朝叶崇磐和董亚宁道："瞧见没？这才像话。"

屹湘小心翼翼地捏着笔管。细弱的一支化妆笔，力气大了一点儿都似能折断，却怎么再去那柔软的唇上涂朱……

董亚宁看那一点红随着屹湘的手颤动着，就仿佛有一颗血珠儿迫不及待地要从笔锋滚落下来，拎起外套搭在肩上，说："早知道要挨这顿臭骂，我不会也说会，横竖刷上颜色就成了，有什么难的？"

崇磐闻言白了他一眼，手掌微曲，并拢的四指按着额上勒得紧紧的带子，将额角一点浮白用指尖剔了去，说："还不快滚？"

董亚宁爆出一阵大笑来："就不滚，你拿我怎样？"

叶崇磐又白他一眼，说："小浑蛋！还是湘湘好，湘湘才是真老实……"

"是，我老实。"屹湘口里应着，脸上却是无奈。

叶崇磐看着她的表情，忍住笑，从她手里抽出笔来，道："大哥跟你开玩笑呢，还能真让你来画吗？大哥，时候可不早了，快些吧？"

屹湘抬头看他，他站得很近，一抬眼就能看见浓眉如墨、眸如点漆，含着笑意的眼睛每眨一下，都抖落一点儿清辉。她瞬时愣怔，叶崇磐微笑的模样，真是让人心安又心动。她抿了下唇，眼里的光闪闪烁烁。

叶崇磐看见，心里顿时亮了一团。

屹湘于是卷了下袖子，看看崇磐，问："确实相信我，是吧？"

崇磐还没有回答，就见她抬手，那小巧灵活的手伸向了叶崇磐："拿来！我能画仕女图，还搞不定这'点绛唇'？磐哥你坐好，我这就动手了。"

叶崇磐此时已领会屹湘的意思，马上将笔管放在她手心处，往旁边一闪，给她闪出一些空间来。屹湘似模似样地在胭脂匣里又抹了两下子，再撸一下袖子，左手一伸便摁在了崇磐的肩上。崇磐早已敛了笑容，眼睛骨碌碌一转。屹湘一本正经地说："不要动了哦……"

崇磐果然连眼珠都不动了。

屹湘举着化妆笔便朝崇磐那饱满的上唇"戳"去，就在笔尖要触到他嘴唇的一瞬，他猛地往后一撤。

叶崇磐终于忍不住放声大笑，董亚宁笑得更是大声。

"咦？"屹湘做出诧异的神情来。

"手法不对！"崇磐嘟了嘟嘴，竟是娇滴滴的模样。

"怎么不对？"屹湘立刻问。她心突突一跳。只因崇磐这模样，美得当真令人惊叹……"这一招一式、一笔一画，可都是你教的——从这里开始，轻轻上旋……"

她隔空，悬腕，一边讲述，一边在空中画着，仿佛她是真的将笔头的胭脂落在了实处，画出了一朵艳若桃李的唇上之花——这动作极致柔美，一截皓腕一管细笔，一点朱红一抹轻灵……画毕，再轻轻地，将笔搁在了妆台上——胭脂盛在青花胭脂匣里，嫣红青白，美艳至极。

屋子里有短暂的静默。

董亚宁抹了下下巴。

空气里有一股淡淡的香气，不知是胭脂味，还是什么香，又氤氲着油彩味。那油彩涂在脸上、揉进肌肤中，总能添一点儿额外的热度，想起来，便觉得痒痒的热度，让人想要搔一下，却无论如何不知从何处下手才合适。他轻咳了一下。崇磐察觉，看了他一眼。他转开了脸。

"当日你教我，就说，总有一日会考我。"屹湘轻声说，"我没敢忘。不过今天，不敢再造次。日后有机会，一定交一张看得过去的答卷。"

声音虽轻，却很清晰。仿佛有什么东西，在周围滑过。仔细听，那该是弹指一挥间的岁月和岁月里携带的什么东西。

崇磐轻轻点了点头："那就改日再考。"

叶崇磐笑道："其实上妆这事，大哥从不假手他人，他真是跟你开玩笑的。"

屹湘也笑道："知道叶大哥就是拿我们寻开心。"

"时候可真不早了。再耽搁，就耽误亮相了。"叶崇磐说。

屹湘马上站了起来。

叶崇磐右手无名指挼着左半边眉毛走了一下，点点叶崇磐，道："有你在就好没意思！想逗逗她吧，都逗不成。"

叶崇磐笑笑。

叶崇磐在叶崇磐和屹湘的脸上来回看着，兰花指点了叶崇磐一下，微微一笑。

屹湘被他这指点和微笑弄得脸上顿时热了，她后退一步，不想正撞在董亚宁身上。

她站着没动，他却也没有立即移开，片刻，才缓缓地，一侧身，拉开了距离。呼吸声相闻的距离，离得并不算远。她没有去看他的神情，也没有看别人的，只知道她若是能看看那光亮明净的大镜子里的自己，必然是局促的、面红耳赤的……狼狈的。

崇磬开始动手勾画唇妆，血红的胭脂被雪白的底妆衬着，整个妆容更显得甚为艳丽，且艳而不俗。

屹湘看着，心里不禁又一叹。叶崇磬见她看得入神，等了片刻，悄悄示意她。屹湘回过神来，见他无声地转身往外走，而董亚宁也走到了门边，便跟上来。三个人轻手轻脚地退了出来。

屹湘回身关门，手心里已攥出一把汗来。手机在包里响，她拿出来一看，轻声交代一句"我接听一下电话"，快走几步便甩开了董亚宁和叶崇磬，往走廊那头去了……

董亚宁的手机也在振动，他看一眼，迅速接听，道："我这就来。"

叶崇磬立即会意，问："爷爷到了？"

"马上。"董亚宁说，"我得赶紧过去，陪他坐一会儿也好。他今儿肯来，就是听说我会登台。"

"你票哪出？"叶崇磬问。他也觉得董家爷爷不会是爱听京戏的人，能来，的确是出于这份儿疼爱孙子的心意。

"《武家坡》。"董亚宁笑笑，他们俩走到了门口，并不见屹湘的踪影，"我拿得出手的也就这一两出，真让我唱，还得靠今儿这位'王宝钏'压住阵……"

叶崇磬一笑，今晚来登台的，都是名角儿。董亚宁的功力他也见识过，虽然不能说跟谁都旗鼓相当，但凭他，绝不拖累任何人让人跌份儿，是定了的。只是叶崇磬忽然心里有些异样。

"……瞧这上座率……"董亚宁笑着，"搁六七十年前，磬哥怕是风头不让四大名旦……你是回包厢？"他视线一抬，扫了一圈楼上三面的包厢，也就顺带清点了一遍那些面孔。这里头大半的人是熟悉的，其中又有几位平日里王不见王的人物，此时各据一方，都是能看到舞台的好位置，却又不至于碰面。显然这座次安排，主办方也是费尽了心思。

他看了一会儿，心里有数，不禁又笑了笑，看了叶崇磬一眼。叶崇磬跟亚宁站在一处，自然看到的相差无几，有些事，恐怕也想到了一处。见亚宁看着自己，笑得有点儿意思，他坦然地说："在家里再怎么反，在外总要给他撑足了场面的。"

董亚宁深知他讲的是实话，说："我的座位在大堂。"

"我得上去。"叶崇磬看到自家两个包厢里早已座无虚席，少不得是得上去点个卯。他惦记着屹湘——上下左右看了几圈，都没有看到她的身影，他微皱了下眉。

这当儿，董亚宁已经走到了门边，跟他打了个招呼，就要先离开。

走廊里忽然一阵骚乱，有人在惊叫"快来人""叫救护车"。董亚宁跟叶崇磬几乎是同时转身，往声音传来的方向看过去。董亚宁马上松了手，木门弹了回来，正砸在他后背上。他眉都没皱一下，跟着便和叶崇磬一起往那混乱处疾步而去。

一群人聚在那里，从缝隙间隐约可以看到倒在地上的是个女子，灰色的衬衫黑色的裤子，身子团在地上……

叶崇磬心一沉，拔腿就跑。他起速太快，猛撞了亚宁一下，也来不及理会。他身高腿长，跑起来就冲到了前面。

董亚宁没料到叶崇磬反应这么迅速，一愣神的工夫，就见他已经拨开观望的人群钻了进去。他的脚步迟滞了一下，清楚地听到叶崇磬叫了一声"屹湘"。董亚宁直觉这女子不会是屹湘，心跳还是猛然间加速，一时间逼得他眼都花了一下，真以为这个躺在地上的就是她："湘湘！"

身边的人呼啦一下都闪开了，他冲到跟前就看到叶崇磬已经蹲下去在帮忙。叶崇磬的后背高而阔，挡住了女子的面容。董亚宁见叶崇磬脱下外套一叠，放在了女子的头下，然后伸手将女子扶稳、放平。女子脸上的发丝散开，露出惨白的脸来——不，并不是她。

"叫救护车了吗？"董亚宁问。

"已经打了120。"旁边有人回答。

"怎么样？要不别等，马上送医院？我来开车。"董亚宁问的是叶崇磬。

身后传来急促的脚步声，有人问："董先生、叶先生。"董亚宁见是叶崇磬工作室的负责人和经纪人刘奔，点了下头。

叶崇磬俯身听了一下女子的呼吸，沉吟片刻，对董亚宁说："我试试。"

董亚宁挥手让围观的众人后退，皱着眉说："该干吗干吗去，保持空气畅通。大奔，你保证演出顺利就行，这儿交给我们。"

周围的人纷纷后退了一些。

叶崇磬双手一叠，在女子胸口用力按压，开始做心肺复苏。只消几下，那女子便有了反应。

叶崇磬抬头问道："救护车来了没有？"

"来了。"

"医生来了。"

众人都闪到两边，留出医生进来的通道。叶崇磬和董亚宁都让开了，让医生去处理，他们只在一边跟医生解释下刚才的情况。医生迅速地处理着，吩咐人将女子抬到担架上送上车，临走前回头看看叶崇磬和董亚宁，说："谢谢你们能在黄金时间内施救。"

大伙儿这才都松了一口气，刚刚还静悄悄的走廊里，瞬间恢复了活力似的，远远的，有人高呼"好样儿的"。

欢声笑语间，叶崇磐紧绷的脸上，放松了一点儿。董亚宁一拳敲在了叶崇磐的肩头，他没说话，叶崇磐也没说，两人都有些心不在焉。

叶崇磐往四下看了看，目光定住。屹湘刚刚从大门外走了进来——浅灰色的长款棉衬衫、黑色的瘦腿裤、窄窄的芭蕾鞋，也是那样一把柔软而稍显凌乱的头发。他见她有些茫然地看着惊魂初定、脸色不佳的人们，微笑了下。

这释然的微笑没有逃过董亚宁的眼睛。

屹湘走过来，问："怎么救护车都来了？出什么事了吗？"

"你刚刚去哪儿了？"叶崇磐一开口，语气有点儿硬。

屹湘怔了怔，解释道："就在外面厅里，接了个电话，一回身就不见你们了。"

叶崇磐沉默，定定地瞅着她。屹湘被他的眼神锁住，一时间不知道该说什么好，不由得愣在了那儿。周围的嘈杂和喧哗似乎都跟他们无关了，直到一阵凉风从她身边刮过，那是董亚宁离开了。他只挥了下手，示意自己得先走了，甚至没有多看她、也没有再看叶崇磐一眼。这一阵凉风，却直直地往人心里钻。

屹湘下意识地抚了抚手臂，对叶崇磐笑笑，叶崇磐拉了她就走。手心里她的手臂僵硬，不用看她的表情也知道她一脸窘意。董亚宁的身影已经消失，叶崇磐看着前方，有那么一股说不出来的心绪，让他的手越攥越紧。

"叶崇磐！"屹湘叫道。

叶崇磐看了她一眼。

"叶大哥在叫我。"屹湘站了。

叶崇磐也站住了，是的，的确是叶崇磐在叫她。他们回头一看，叶崇磐此刻已经披挂整齐，正端着手站在他们不远处，叫的是"湘湘"。

屹湘转身，顺势轻轻从叶崇磐略松了些的手中抽出了手臂，说了声"就来"，朝着叶崇磐走去。

叶崇磐见刘奔在崇磐身边耳语几句后急匆匆地往他这边走，走到他身边说："大先生想让郗小姐帮个忙，送医的是他的御用服装师，临时换了别人他不放心，说郗小姐是个信得过的妥当人……大先生还说让您等儿下跟家里诸位说，要是他今儿晚上演砸了，明后两天他可就摞挑子了……叶先生，我得去前面招呼媒体朋友去，还有好多杂事儿，对不起，先走一步。"他说着拿手帕擦着脸上的汗，一张脸红得发紫还冷汗直冒，很显然是被叶崇磐给臭骂过了。他跟刘奔说你忙你的去吧，料着没什么事儿，大先生什么场面没见过。

刘奔急匆匆地走了，叶崇磐再回头看，崇磐跟屹湘已经不在原地。时针指向了七点五十分，距离开场也不过十分钟了，他甚至已经听到了暖场的锣鼓声……

屹湘跟着崇磐进了休息室，不声不响地坐在离崇磐不远的位子上。叶崇磐在走廊上跟她只消说了一句话——"今日需你帮我看顾戏服"——她便没有丝毫犹豫地接下了这差事。

此刻崇磐坐在椅子上闭目养神，身旁一对折叠的小音箱，将小提琴曲放到了最大音量。

屹湘专注地检视着挂在衣架上这些戏服，她手里拿着一本工作笔记，上面有详细的记录。这是那位被送医的服装师的工作日志，她的工作做得极其细致，照着她的安排来，完全不会出错。看着这些，屹湘知道此刻她能帮崇磐的并不是十分具体的事务，很可能他只是需要这份安定。

她看看时间，戏已开场。听得到外面有人报场次、利落地应答准备出场，井然有序。

就在这时，叶崇磐睁开了眼睛。

屹湘看着他，那一对大眼中，露出了明媚温柔的光。他站起来，轻轻地叹了口气，说："奴家这就去了。"他轻轻抖着衣袖，看都不看屹湘，从她身边款款经过，走了出去。

屹湘默默地跟在他身后，陪着他走到了幕后——此刻她看到的，已经不是叶崇磐，而是那个娇纵的大家闺秀"薛湘灵"。

崇磐站定，气息调匀，便坐在了一早替他准备好的高背椅子上。片刻之后，待扮演丫鬟梅香的女演员在台上念出来"你怎么这么啰唆"，他便开了腔，一声"梅香"娇啼婉转地出了喉，屹湘便听到外面轰然起了掌声和叫好声，用盖过崇磐念白的力度，持续了好一会儿。

这显然是不符合常规的，哪儿有角儿还没亮相便叫了好的呢？屹湘换了一下站立的位置，轻轻推开幕布，从缝隙中看着台下的观众。最前排中间的方桌边，起劲儿地叫好的那个，恰是董亚宁。

他的衬衫白得耀眼，映得他的脸格外亮，笑容是淡淡的，眼神是专注的，叫好声是响亮的。这让他整个人在看戏的人群中既出众又特别——他倾身，隔了八仙桌对坐在那边老人说了句什么，在等待回应的工夫，那满脸的笑容，温和得甚至到了温柔的程度……

屹湘的手顺着幕布往下滑，幕布被这重力拉直，缝隙小了些。她看那老人，老人笑得很慈祥。

台上戏正热闹，丫头婆子管家吵作一团；台下人们聚精会神，等着主角的登场——老人只管笑眯眯地看着他的孙子。他说着什么，轻轻摇着头，似有些感慨，也有点儿得意。嘴唇一动，露出整齐的牙齿，对于耄耋之年的老人来说，那是难得一见的一口好牙；还有那短短的白发，也是根根直竖，有这样的坚硬直发，让人不由得不联想到他该是有着怎样刚直硬朗的脾气……可他看向孙子的眼神是如此慈爱，让人也不由得不被他的慈祥感动。

董亚宁抱着手臂，也看着爷爷，微笑。恰好戏园子里的茶倌过来替爷爷斟杯茶，那套烦琐的表演逗得老人越加高兴。待他离开，董亚宁将茶杯贴心地推到爷爷手边去。从他一张一翕的唇，可以知道必定是在说这茶不错，润润喉，今晚的戏时候可久了……他笑得天真无邪的模样，好像正在做的事情是天下第一等重要的大事，并且发自内心地轻松和愉悦。

手中湖水绿色的柔软幕布涩涩地缠着手指，屹湘只觉得鼻端似有海上微风吹过时那微咸的味道——海风吹过总带着湿湿的雾，让皮肤也变得涩涩的。缥缈的笑声和叫声在耳边回旋，踩在沙上的脚印很快被潮水扑灭，木船上老人慈爱的眼神，隔多远都会让人觉得温暖……会有一餐饱饱的渔家饭，粗瓷碗碟里的食物有世间最美的味道。

屹湘不自觉便嘴角弯起，带出细细的笑纹来……

一道电一般的目光扫过来，准确地投向她站立的位置。

她动都不动一下。

这缝隙是如此小，角度是如此刁，任何人都看不到她隐藏的身影。

那目光终于转开，她紧握的手这才放开，口袋里的手机振动了一次又一次，她只等着叶崇磐登场——穿着华贵典雅的桃红色衫子的"薛湘灵"缓慢地从椅子上起身，一手搭在丫鬟的手臂上，一手抖着水袖，高贵端直地迈开步子，轻轻地、踏着鼓点，用比人心跳更慢更缓、却逼着人的心跳跟上他步点的姿态，一步步走出幕后……掌声和叫好声比先前更加急切和热烈。

"怕流水年华春去渺，一样心情别样娇……"

屹湘听着这娇啼婉转、黄莺出谷，心下跟着念的却是"不是我苦苦寻烦恼，如意珠儿手未操"。她呆站了好久，才转身，回到那间小小的休息室去了，并且在演出结束之前，她都不想再出去。

所以叶崇磐疾步回来换服装时，便看到屹湘独坐在室内，用她随身携带的纸笔，安静地临摹着他戏服上精美的图样。见他进门，她马上丢了画笔，帮他拿起下一场要换的戏服，站在一边看着他换上。偶尔搭把手，不过是帮他看一眼扣襻是不是系得合适……真是个精灵般妥帖的女子，值得信赖，也让人安心。

中场休息的时候，崇磐在休息室耽搁得久些。他坐在那儿，端着一把紫砂壶喝着温乎的茶水，听着外面传进来的《武家坡》选段。

薛平贵同王宝钏一唱一和，风趣中又有辛酸的唱白，在这里听起来，有些朦胧。董亚宁演绎的薛平贵的唱腔，总带着些铿锵有力和桀骜不驯，随他心情改动的样式字句，恰如其分。

崇磐看着正在整理换下来的戏服、似是对戏充耳不闻的屹湘，心里莫名一动。他盘弄着紫砂壶，轻声说："苦守寒窑十八年，只为了等一个人回来——这种事，现如今想必只在戏文里才能有了。"

"就算有十八年，也没有寒窑了嘛。"屹湘听了，淡淡地笑道。她将那件葱心绿的戏服挂起来，衣襟上绣的并蒂莲栩栩如生。她仔细看着那纹样，似乎要从眼睛里印到心里。

叶崇磐"哧"的一声笑出来，说："也是——不亲眼见，是再也不会信的了。"

"没有经历过，再怎样都是虚浮的。譬如薛大小姐，直到遇风雨躲入春秋亭，听了赵守贞的悲声，才知道'世上何尝尽富豪'。"屹湘笑着说，"叶大哥，你也是吃过一点儿苦的，才能唱好薛湘灵。"

"怎么见得？"叶崇磐故意抬了下眉。

"我坐在这里，耳朵可没闲着。"听前面那掌声雷动，她指了指房门说道，"快去吧。"

"你还没说清楚。"崇磐整理下身上朴素的青衣，这是落了难的装束。

"学戏的人，怎么会没吃过苦？"屹湘避重就轻。

"其实，你想说的是，没从高处跌下来过，唱不明白七情、参不透酸辛。"崇磐不笑了。他看了屹湘一会儿，才意味深长地说，"你听得出'薛湘灵'吃过一点儿苦，会听不出'薛平贵'这些年的高低起伏？"

屹湘直了背，从刚才开始，崇磐的话，句句有所指。

"人常谓：人生如戏、戏如人生。你明白戏文、明白角色，也不是糊涂人了。"叶崇磐离去前，秋波一转，平和地说，"他们都是有眼光的男人，又是过命的交情，拎出来哪一个都是好样的。两强相遇，势必有一伤。湘湘，你的心跟明镜儿似的，不会看不清。"崇磐面上一扫柔媚之气，目光炯炯然。

屹湘问："你是想跟我说这个，才让我留下来帮忙的？"

"别误会，你要这么说，我成什么人了？话赶话儿说到这儿，免不了想多句嘴。总有些事，当局者迷，是不是？"叶崇磐微笑。屹湘面上仍是淡淡的，眼中也看不出此刻是否对他的话产生了反感和愠怒——如此聪敏的女孩子，陡然间让他生出怜惜和羡慕来。

屹湘没有立即回应。

于是崇磐眼中笑意深深，转眸间又是那副柔媚的样子，笑着说："剩下的，我可以应付了，你去玩吧——这个人情我记着，改天重重谢你。"他说着，关上了门。

屹湘背转身去，扶住妆台。好半晌，她才发现自己一直抓着那件葱心绿色的袍子，柔软的袍子在不住地抖动。她看了一会儿，才意识到，那是她的手在抖……眼前交替出现的两张面孔，两对眸子都深深地注视着她；忽然间又是叶崇磐那似笑非笑的眼——她深深吸了口气。

手机在桌上闪动起来，她接听电话。

"喂，湘湘，潇潇怎么回事？说好了来接我，我在机场等他半个小时了，他人影不见。"听筒里姑姑的声音里有些愠怒。

屹湘"呀"了一声："潇潇没到吗？姑姑，您等等，我这就去接您……"

"不用了，我自己会回来的。你还是找找潇潇，那小子从来不会这样，电话怎么打都打不通，我担心他是不是出什么事了……我这儿干着急，又不好打电话回家问，再让你爸爸妈妈着急。"邱亚拉说着又骂一句，"这个臭小子，看找到他以后我不揍他！"

屹湘猛地意识到，的确，把她丢下这么长时间了，潇潇也没有给她一个电话解释原委。

"是，姑姑，我这就联系他，姑姑真不用人去接吗？"

"不用，我已经上车了。你先别管我，先找找潇潇——告诉他，让他等着挨巴掌吧，挂了。"

电话挂断了，屹湘赶忙收拾好自己的东西，写了一张字条，挂在叶崇磐最后一折戏要换的那件枣红色戏服上，将门关好。她脚步匆匆，穿过长长的走廊，出门转弯，上了楼梯。

给潇潇的电话打通了，却没有人接起。

她狠狠挂断，待走到包厢外，往里一探头，只见母亲坐在里面，戏正看到津津有味处。陪在母亲身边的，不是潇潇、也不是崇碧，而是高秘书。

屹湘一恼，刚要推门进去，转念想想，回身往楼下走去。

叶崇磐此时恰好从包厢里走出来接电话，他一眼看到那个熟悉的背影，想要叫住她，听筒里却传来混乱的响动。他一愣神，问："碧儿嘛，你怎么了？"他的目光追着屹湘的步子。

崇碧隔了好一会儿才开口讲话，他已走到扶栏处，正能看着屹湘下楼——木楼梯被她踏得响声雷动，边走边拨打电话，显见着此时她的脾气已经上来了。虽然不知道到底是什么事，可一定有事情发生。也许，跟他要解决的，是同一件事。他问："碧儿，你现在在哪儿？"

那边屹湘已经下了楼梯，她咬牙切齿地念着："邱潇潇，你要是敢给我这褃节儿上出什么幺蛾子……邱潇潇，你接电话！"

她站在巨大的廊柱跟前，听着一声接一声单调的铃音，胸口乱蹿的无名火越来越旺，以致于有人叫她"湘湘"的时候，她都不胜其烦，转身时那句"我早不是邱湘湘了，别这么叫我"几乎脱口而出。

然而幸亏没有，她呆住似的看着出声叫她的董家爷爷董贤贵，喉咙怎么也发不了声。她无论如何也没有想到，会在这里与老人碰面。

电话已经接通，潇潇在说话，她却顾不上回一句。

董贤贵比屹湘更意外，他打量着屹湘，似乎是在迟疑要不要再确定一下，眼前这个跟多年前模样并没有太大变化的女孩子，到底是不是他印象中的那一个了。

他的目光令屹湘觉得难受，她平抑了一下瞬间涌上来的情绪，给董贤贵行了个礼。

"是湘湘啊。"几乎是叹息，董贤贵念出这几个字。他浓重的乡土音听起来苍老而又混沌，沉沉的、夹杂了无数的含义和情感似的，"真的是湘湘……"

"爷爷，是我。"屹湘逼着自己笑出来，可脸上的肌肉是僵硬的，这笑，应该是难看至极的。她没有往老人身边去，只是看着老人，又行了个礼，说，"爷爷，我……还有事情赶着去办，这就得走……再见！"她不待老人再说什么，便转身就走。

董贤贵站在原地，缓缓地，背起手来，踱了两步。

"爷爷！"董亚宁叫道，"您这速度也太快了吧，我说让您在里头等等我，好嘛，我还没提上裤子您就不见影了，害我在里面挨扇门乱拍……卫生间地上水渍那么多，万一跌了跤怎么办……"

他抱怨着走到祖父身边，见祖父正出神地看着大门口。

"您看什么呢？"他顺着祖父的目光看过去，恰见那个灰色的纤瘦身影钻进了出租车。他心一顿，转脸一看，祖父正一眨不眨地盯着他。他笑了，说，"进去吧，快结束了，这会儿正热闹呢……"他说着过来扶祖父。

"湘湘什么时候回来的？你怎么没跟我提？我不是还打听过她现在在哪儿吗？"董贤贵问。

董亚宁搀住爷爷，就要请他回去，不料一把没拉动。

"爷爷，"董亚宁赔着笑。老人家手臂微凉，肉都有些松软，依旧倔强的姿态，是不给个说法儿绝不放过去的样子。他避开老人探寻的目光，笑着说："回来有一阵子了吧。"

"多少天算'一阵子'？"董贤贵问。

"爷爷，"董亚宁说着，一双手握了老人粗糙的大手，"我真不知道，我现在跟她完全没联系了，她回来也犯不着特意通知我。"他做出老老实实的神情来，认真地回答。

董贤贵看了亚宁一会儿，那目光平静深沉，点了点头，说："你小子，好！"

"爷爷……"

董贤贵从亚宁手中抽了手回来，背着一双手，走在前面。他年事虽高，但高瘦挺直，走起路来，腿脚十分灵便。

"爷爷！"董亚宁忙追上去，"您等等我。"他又要搀扶老人。

董贤贵甩了一下手，瞪了亚宁说："我又不缺胳膊少腿儿，扶什么扶？！"

"您这都哪儿跟哪儿啊？"董亚宁眼见着爷爷是动了气，为了什么，他心知肚明，又不得不揣着明白装糊涂。

"不跟哪儿！就跟你！"董贤贵晒得黑黑的脸膛上，此时因为生气而发红发光，看上去很有些吓人。他气呼呼地一味往前走，走到了入场口，突然刹住脚步，回身往戏院大门走。

"爷爷！不看戏啦？马上又开场了……您去哪儿啊？"董亚宁大声问。

董贤贵仍背着手，噔噔噔地往外走，头都不回地说："不看了！回去！"

董亚宁左右看看，无奈跟上。他拨电话让李晋快点儿过来，哪知道出门去，爷爷根本连等都不等就要徒步离开，他追上去拽着爷爷，"要回也不急这一时半会儿的，车马上来……"

爷爷走得很快，眼见着已经到了大马路上。

"你那车我坐着犯晕。"董贤贵张口就没好气地堵了亚宁一句。

董亚宁张着嘴，正不知道该怎么劝的当儿，一辆银灰色的跑车停在他们旁边。祖孙俩站住，董贤贵往车里一看，里面的人笑着叫道："爷爷，您这是要去哪儿？要不要我送您？"

"是小叶啊。"董贤贵笑眯眯地对叶崇磬点点头。

"不麻烦你。"董亚宁正被爷爷搞得心烦意乱，不知如何是好，不耐烦地跟叶崇磬挥挥手。

叶崇磬笑笑，说："我这会儿是有点儿急事，得赶紧去——爷爷，我先走了啊。"

"好、好、好。"董贤贵挥着手，点头答应。

叶崇磬虽说着要走，却没立即开车，又问："那您不着急回老家吧？改天我请您吃饭好不好？金戈也老惦记您呢。"

"明天就回了。"董贤贵仍旧笑眯眯的，也不理身旁的孙子"嘿"那一声，说，"等哪天有空了，你和金戈儿还是去我那里吃鱼——刚离水儿的活虾活鱼活蟹子，管够儿！"

"好嘞！您老多保重！这两天实在脱不开身，下回来，我们哥几个请您吃饭。"叶崇磬笑着，跟老人道别，这才离开。

董亚宁看到自己的车子追了上来，拉了爷爷说："我这就送您回去。"他这回使足了力气，董贤贵到了这份儿上，也不再跟亚宁别扭着，顺从地上了车。董亚宁坐稳了便问："怎么就说明儿就回呢？不是刚来……"

"我爱啥时候回就啥时候回，你个兔崽子敢管我。"董贤贵说着从口袋里掏出烟袋子，一根旱烟卷拿在手里，瞪着坐在对面的董亚宁，"你又要说什么？你也嫌我抽旱烟有味啊？"

密闭的空间里，老人常年抽旱烟那沁入肌肤间的烟气浓烈得有些呛鼻子，这是无论怎么清洗都洗不掉的味道，也是有些人会嫌臭，却让董亚宁觉得异常亲切的味道。

他夸张地吸吸鼻子，笑道："我可什么都没说。"

在车子轻微晃动中，老人点燃了烟卷。

董亚宁默默地看了爷爷一会儿，问："明天真走啊？"

"不走咋的？你成天花样那么多，没一样让我看了心里头舒坦的——真是哪只眼看见你哪只眼不亮。"

被爷爷骂了一通，董亚宁笑出来，又问："那我姥爷说一起吃饭的事儿呢？"

董贤贵吧嗒吧嗒嘴巴，闭上眼，清癯的面孔上，一丝笑容也无。半晌，才说："我们俩是他看不上我邋里邋遢、我看不上他拿腔拿调，正是吃也吃不到一起、说也说不到一起，非得讲究虚礼，到一处吃顿饭，这是何苦来的？"虽是这么讲，他倒也没反对。

董亚宁心知不管爷爷怎么不乐意，外祖父那一面，他肯定还是会去见的。尽管每次见面，两个人都不甚自在，让他也跟着浑身不舒服。

"有几句话，我也想问问他。"董贤贵继续吧嗒着嘴。

董亚宁看看爷爷，就因为这句话，突然觉得不安。想问，张了张嘴，却没问出来。

老人抽完了烟，才睁开眼，问："我问你，湘湘结婚了吗？有孩子了吗？"

董亚宁倒了杯温水给爷爷。

"还没有。"他回答。他分明看到了爷爷刚刚还有些无神的眼中迅速闪过的光芒，那光芒却让他陡然间胸口发闷。

"要在咱们乡下，跟她一般大的，孩子都该上学了。"董贤贵念着。

董亚宁拿着水杯，不出声。

"湘湘跟你是没关系了，可见了我还叫一声'爷爷'呢。你给我问问她，愿不愿意和我见个面？"

"爷爷，您这不是多余吗？"董亚宁憋了半晌，终于憋不住，但他从来不会对爷爷大声说话，"没见面的必要。"

"兔崽子，什么话！"董爷爷瞪眼，"你去给我问问，她不愿意见我，那不怪你。你是让我自己找去？"

董亚宁把水杯放在爷爷手边，好一会儿也没有回答。

屹湘坐上出租车后回头看了一眼。戏院大厅里灯火通明，老人仍站在原地，很快，身边出现了一个酷似他的身影——祖孙俩都是高瘦挺拔，并立一处，仿佛一个模子刻出来的似的……

"你想看我三十年以后的模样，请看我爹；你想看我六十年以后的模样，就看我爷……"他笑嘻嘻的，一点儿正经也没有。

"我怎么觉得你老了的时候得是另一个版本……"她慢条斯理地说，"老早就佝偻腰，佝偻得跟个问号儿似的了。"

"怎么可能！"他鬼叫。

"怎么不可能？爷爷的状态，用那句广告词说的就是——六十岁的人，三十岁的心脏——到你三十岁，恐怕就是六十岁的心脏……"她也笑，伸手揪着他的耳朵。凉凉的耳垂，被她扯着，一会儿就扯红了，热乎乎的，他也不恼。

"这么看衰我？"他的面庞靠近她一些。

"你这么会糟蹋身体，怪我看衰你？"她在他耳垂上吻了一下，叹口气。

彼时他常常因超时工作熬夜，有时黑眼圈比她都严重。她是真的为他担心，可他总不在意。听她损他，就坏笑着说："那我可得好好保养，到时候也让你知道知道，什么叫老当益壮……哈哈哈……"那一刻他笑得不怀好意且恣意张狂，抱着她的手臂有力极了，要扫去她的担忧。

他说别担心，我常运动，不为了健康也为了好身材，省得还没怎么着呢，你就嫌弃我。她瞪眼的时候，他就笑，在她耳边说："我知道你每天看到的，都是极品身材。不过，许看不许动，让我知道你动歪心思，看我怎么收拾你……"

"恶狠狠"的威胁，从言语到行动。

"太忙了就别来了，要飞这么久。有时间都不如睡个好觉，休息好了最重要……钱是赚不完的，财迷先生。"她回过身手指戳着他的腮，他鼓着腮的样子，让她想起从前他还有些婴儿肥的时候，白白的面孔，有多么好看……

"看着你，就是度假了。"他说。这话他说过好几次，有时候就在她身边忙着看图纸，头都不抬，说得理所当然。

她有时候想，这个人不管做什么，总有些拼尽全力的执着，哪怕有一分力气也不想攒着留下回用。他四处飞、八方跑，为了亲自摸查在非洲的承建项目，打那么多种疫苗发烧到都快烧糊涂了，还能坚持着开会。他一点儿时间都舍不得浪费，却总在想她的时候，挥霍起他舍不得浪费的时间……

每当她担心他太拼命了身体吃不消的时候，他总有一句"我家有长寿基因"在等着她，还坏笑着说"你才要多研究点儿养生秘籍"……

出租车猛地刹住，屹湘坐在后排没系安全带，幸亏反应快，她一把撑住前排座。这一下手腕子被杵得生疼，她立时额上冒汗。听着司机骂了一句斜刺里从巷口转出来的那辆车，她惊魂未定地呆坐在那儿，过了好久才长出一口气，掏出手机来给潇潇回电话。

听潇潇语气平静如常，她放下心来。潇潇告诉，他已经从半路接到了姑姑，现在正载姑姑回家。

屹湘应了一声，马上听见姑姑在潇潇旁边说自己要去住酒店不回家，被潇潇毫不犹豫地打断说哪怕是看在他结婚的分上呢，这回也请姑姑回来别住外面了。她料着以姑姑疼爱潇潇的心，应该可以商量。姑姑没有再坚持。

她又松口气。

潇潇接着对她说："我跟姑姑直接回家，等会儿咱们家里见吧。"

屹湘从潇潇的语气里听不出异常，可她想想还是觉得不妥，便问："崇碧呢？"

潇潇沉默了一会儿才说："先回家了。"

"回哪个家？"屹湘问。

潇潇顿了顿，屹湘便没有再追问，挂断了电话。她停了下，才跟司机重新报了地址。车子掉头往回走，她握着手机，琢磨着这会儿给崇碧打电话合不合适……这一琢磨，竟琢磨了一路，眼看就到家了。

她让司机停了车，下来只走了两步，就远远看见前面路边停了辆车，正是崇碧的。路边的树影下，那车就像个蹲在路边的忧郁的孩子。

屹湘查验过证件，走到车边，敲了敲车窗。崇碧转过脸来，就算是再暗的光线，她也能看出崇碧脸上有一丝失望。

她拉开车门上了车，崇碧没出声，她也没有。

又坐了一会儿，她问："有没有兴趣一起喝一杯？"

"有。"崇碧发动车子，"去我家吧。"

屹湘没反对。崇碧将车子开到叶家大门口停下，屹湘就看见叶崇磬的车停在外头。进了大门往崇碧房间去，果然就遇见了叶崇磬。屹湘看看他的神情，多少有点儿严肃，跟她说话还很温和，转而问崇碧"怎么回事"，就已经皱了眉。

崇碧没出声，屹湘看看崇碧，说："我找崇碧有点儿事。"

叶崇磬沉默片刻，没有问下去。

屹湘跟着崇碧一路到了她的房间，看着她踢掉脚上的高跟鞋，钻到里间去，好一会儿才拎着两瓶香槟酒出来，一把放在长条桌案上。屹湘看着眼睛发红的崇碧，她不确定崇碧是不是哭过了。能确定的只是，崇碧现在不光是情绪不好，而且根本也没想在她面前掩饰。

此时崇碧脱了衬衫，又连胸衣一并扯掉，只穿了一件小背心，还没有喝酒，额上就已经出了汗，仿佛刚刚经过了一番长途跋涉。她往两只高脚杯里倒满了香槟，先喝了一大口，见屹湘没拿酒杯，问："怎么不喝？"

屹湘转着手里的高脚杯，说："我只喝这一杯。"

"今晚的演出怎么样？"崇碧问。

"很成功。"屹湘盯着杯中的小气泡。

"嗯。"崇碧笑了下，有些意味深长，"成功了……也是个挺好的告别演出。"

屹湘心一动。

崇碧抬抬眉，像是没有心绪多讲别人的事，又一气连喝了三杯。屹湘看她口渴似的灌酒，并没阻拦，她是知道崇碧的酒量的。崇碧的脸上一层薄汗，两朵红云似含着雨意。屹湘呆看了一会儿，才问："跟潇潇吵架了吧？"

崇碧转开脸。

"吵到说取消婚礼了？"屹湘看着崇碧那纤长的颈子，细细的项链在颈上随着身体微微颤动，闪着微微的光……她叹了口气，"难不成，连离婚的话都说出来了？"

"没有。"崇碧吐出这两个字，低了头。

屹湘眉尖一挑。

"没有，我不会说，他也不会说。"崇碧干脆拿了酒瓶过来，对着瓶口直接喝起来，很快一瓶香槟便被她喝光了。

"那你们……"

"湘湘，"崇碧忽然转过脸来，"我真想掐死潇潇。"

"……"屹湘往后一靠。柔软的沙发让她觉得背后无依。她轻轻挪动了下，仍然觉得有种不太踏实的感觉。她看着崇碧。

崇碧显是被气狠了，语气恶狠狠的。可越是这样，越让人觉得她惹人怜爱。

"他从来没瞒过我什么，我也没有瞒过他什么……可我就是想……"

"想什么？"屹湘有些明白了。

她默默叹口气……潇潇极聪明，不晓得为什么仍是会犯这样的错误。

"别让我有种，我不管做什么他都不在意的感觉。我可以不问他这些天出神是在担心谁、担心什么，但是我去约会前男友，作为我先生，他怎么可以知道后都不深问一句？"崇碧又开了一瓶酒。

两人半天都不说话，崇碧一杯接一杯地喝酒，很快，新开的这一瓶又见了底。

"阿端身体不好，以我们那么多年的感情，有些担心她是应该的。"屹湘说。

"我知道。不是因为这个生气，我只是突然有点儿难过。"崇碧轻声道。

"那你为什么不先深问一句？"屹湘离开沙发，坐到地毯上，跟崇碧面对面，"崇碧，我以前没问过你，你是怎么对潇潇动了心的。他们说，你看上潇潇，是因为他前途无量。"她装作没看到崇碧那被烫了一下似的的神色，把自己这杯没动过的酒，放到崇碧手边去，继续说，"这个问题，我是这么想的。潇潇的能力是他这个人的一部分，就算是看重这个，我觉得也没什么错。何况你们走到一起，你愿意，而且，潇潇值得。"

崇碧看着屹湘，她们，其实还不能算是朋友，也从未把话说得这么透彻。崇碧想，也许，自己一直以来还是忽略了这个看上去什么都不太在意的小姑子，她的敏锐远超她所表现出来的。

屹湘自然猜得到崇碧在想什么，何况崇碧也没想掩饰。她微笑，看看屋角的落地钟，说："你们俩，明明是一根绳上的蚂蚱，怎么蹦跶也甩不脱了，到这会儿还矫情上了！"

"谁矫情……"崇碧嘴硬，闷到麻木的心头，有一点儿刺痛。

"不矫情，好，不矫情——早知道这样，我才不担心这一晚上呢……我得走了啊，潇潇去接姑姑了，这会儿恐怕到了家了。今儿晚上，潇潇把都姑姑晾在机场了，说不准这会儿姑姑已经揍了他一顿。"屹湘站起来，"你跟我一起回家不？"

崇碧不出声。

"嗯，这回咱怎么也得端着，就不先服软。到时候没新娘子上花轿，看谁先急眼，是吧？"屹湘故意说。

崇碧"扑哧"一声笑出来，不知想到什么，脸上那两朵红云更红了。

屹湘看着她，无奈地说："两个人加起来都六七十岁了，怎么还跟小孩儿似的。过家家呀？我走了啊——那个，别喝酒了，回头肿了脸，要多难看有多难看。"她说着，扫了一眼崇碧，啧啧出声，"真是一火起来什么都干得出来啊，这得亏是跟我在一起，没有外人。可让潇潇知道了，不定怎么气呢。你好好睡一觉，醒了快变回良家妇女啊……"

崇碧愣了一下，听出屹湘调侃什么，"哇"的一声大叫，急忙抓了衬衫套上。

屹湘大笑。

崇碧被她笑得又羞又恼，扑过来掐她。屹湘喊痒，躲着。姑嫂俩笑作一团，两个人原本都憋了一腔的闷气，这会儿，不知不觉间都消散开来……待笑得没了力气，屹湘拉了崇碧的手，小声说："别生他的气了。"

崇碧轻轻叹了口气……

屹湘独自走出叶家大门，还没站下，就看到了叶崇磬。叶崇磬正靠在车边抽烟，见她出来，他丢了手里的烟。他没开口，只是用询问的眼神看她。

屹湘轻声说："别担心，让她自己静一静，会好的。"

叶崇磬点了点头，他确实有些不放心。不过看着她脸上那有些疲劳的神色，他什么都不想问了。

"我送你回去。"他说着开了车门。

屹湘没拒绝。她坐上车才知道此刻她有多累，只有短短的一程，她实在没有力气走回家了。她转头看叶崇磬，看他紧闭的嘴唇和线条刚毅的下巴……她有点儿出神，一言不发，叶崇磬的话在耳边响起，她冷不丁抖了一下。

叶崇磬发觉她的异样，然而也没有问什么。

车子停下来，他才说："我就不送你进去了。"

屹湘点头，说："晚安。"

叶崇磬看着屹湘，出其不意地，他伸手过来，揉了揉她的头发。缓缓地，轻轻地。

屹湘只觉得他手上的温暖是那么沉，沉得在他的手离开之后，那温暖仍不住地往下落、一直往下落……

"晚安。"他说。

"晚安。"屹湘下车，低头走进门。过一会儿，才听见他的车子离开……她低着头慢慢往里走，突然觉察到什么，抬头一看，愣了一下，才叫道："妈？"

郗广舒显然是刚进门，她看着女儿，答应一声，又看看她身后，问："你这是从哪儿回来？"

屹湘顿了顿，抬眼看着母亲的脸色，她想母亲刚刚一定是看到了送她回来的是叶崇馨。

"叶大哥只是顺路送我。"她知道这一定不是母亲想听到的答案，但并不打算提起潇潇和崇碧这个时候闹脾气的事。

郗广舒看了屹湘，倒并没有再追问，说："姑姑回来了。"

"嗯，我知道。我看到哥哥的车了。"屹湘同母亲一起转身往上房走。上房灯光明亮，姑姑和哥哥应该是去见父亲了。

"湘湘。"郗广舒在推门的瞬间，叫了女儿一声。

"嗯？"屹湘看着母亲欲言又止，站下来。

"进去吧。"郗广舒拍了女儿的手臂一下，似有什么话，却又咽了下去。

屹湘呆站了片刻，才走进去。

屋子里只有潇潇一个人，他站在父亲书房门口，回头看见母亲和妹妹，摇了下头，母女俩立即感觉到了气氛有些异样。

果然片刻之后，书房里传出争执声。听得出双方都已尽量控制，依旧没控制住。

郗广舒微微皱了下眉，走过去敲了敲书房门，不等里面回应，就一把推开了房门，书房里霎时安静了下来。她笑着问："亚拉回来了？"

"回来了。"邱亚拉那铿锵有力的女中音响了起来，"嫂子。"

"怎么一回来就跟你哥哥怄气？"

"我哪儿是跟他怄气，我是气潇潇，说去接我，结果差点儿让我在机场过夜。"邱亚拉的声音在短短的时间里便掺进了笑意，"湘湘呢？湘湘回来了没有？"

屹湘走到门边，探身进去，笑着说："姑姑，我在这儿。"书房里只亮了一盏台灯，她只见父亲坐在书桌前，板着脸。母亲和姑姑都坐在他对面，两人倒是笑意盈盈的。看到屹湘，邱亚拉招了招手。

潇潇忍不住拍了屹湘后脑勺一下，低声说："还不快去，姑姑唯一的开心果儿就是你了，爸爸等着你救场呢。"

屹湘抬起脚来，照准他身后踹了一下，低声说："你可真没用。"

潇潇笑起来。

屹湘进去，邱亚拉打量了她片刻，不满地说："怎么回来以后，气色反而不好了。你回来吃苦头了是吧？看看瘦成什么样了！"

"哪有。"屹湘弯身靠近姑姑，要让她看清楚些，"仔细瞧瞧？"她说着话，只在邱亚拉面前一晃，绕到桌子后面，搂着邱亚非，对姑姑笑道，"您是成心气我爸吧？"

邱亚非脸色缓和了些，问："你怎么一身乱七八糟的味道？"

屹湘吐了吐舌尖，跟母亲和姑姑说："我爸跟克格勃似的，什么都甭想瞒过他。我呀，今晚可是去了不少地方……"

"都去哪儿了？"邱亚非问。

"去……我不告诉您！"屹湘笑着，"这都几点了，快去休息，明天再说——这几天您可得好好休息，快去，快去……"邱亚非便顺着女儿的意思起了身。

父女俩经过门口，屹湘剜了潇潇一眼，回头低声对他说："你还杵在这儿，还不赶紧去？再不去，我看你到时候怎么办。"

潇潇不出声。

"什么事？"邱亚非问。

屹湘笑而不语，只管推着父亲往前走。

郗广舒跟邱亚拉目送着父女俩走远，几乎是同时，转头看着对方。

"亚拉，"郗广舒开了口，"因为什么事不痛快？亚非说什么了？听你们两个你一句我一句的，谁都不让谁。"

"这事儿先不提，有件事我得先跟你说。嫂子，我今天在机场，看到一个人。"邱亚拉声音低沉。

"谁？"郗广舒问。

"但愿是我看错了。"邱亚拉摇头。

郗广舒看着她的侧脸，微微皱眉。邱亚拉转过脸来，看了她，她脑中电光石火一般闪过一个念头，"你是说……汪瓷生？"

"是，我但愿是看错的，可我这次回来，总有一种不太好的预感。"邱亚拉说。

从隔壁房间里传来屹湘的笑声，听起来，是那么无忧无虑……姑嫂二人对视良久，郗广舒点了点头。

"有些事，迟早要来的。"郗广舒倒是处之泰然。

"不知道会惹出什么风波来。"邱亚拉叹气。

"也可以先查查入境记录。"郗广舒道。

"也许改过名字了呢？"

郗广舒点头，心想可不是吗。

　　"所以，还是别把事情一下子就搞复杂了吧。潇潇的婚礼就够忙的了，这事不急，从容着些办吧。"邱亚拉说。

　　郗广舒出了会儿神，问："Allen呢？亚非挺想Allen的。"

　　邱亚拉皱眉道："要不是说起Allen，哪儿至于就吵起来了？该回来的时候，会让他回来的……也得问问湘湘的意见。"

　　郗广舒待要说什么，门被敲响，高秘书进来了。邱亚拉体谅她这么晚还得辛苦工作，只说有时间再聊。

　　郗广舒走了，邱亚拉坐在那里，良久未动。她环顾这间书房。阔大的空间里只剩她一人，坐得久了，顿生落寞……她站起来走到窗边，推开了窗子，她已经多年不曾站在这里看这院中的风景了。从前就已经很粗壮的那些老树，现在变得更粗壮了……她眼前是一幕一幕的过往。

　　一张清丽脱俗的脸忽然出现在她视野中，她屏住呼吸。那面容渐渐清晰起来，背景高远壮阔，渐渐往后退去，似是许多年前，那淡影空蒙的山河。

　　"姑姑？"屹湘晃着手。

　　邱亚拉回神，背景和面容同时消逝，眼前只有侄女一个人。她一把抓住了屹湘的手："湘湘！"

　　"嘘……"屹湘指指远处。

　　邱亚拉看过去，月洞门里，一对人影拥抱在一起。她笑了笑，低声道："这就和好了呀？"

　　屹湘笑，往后仰了仰身子，靠在姑姑身上，侧脸亲了她一下。

　　"潇潇会幸福的。"屹湘轻声说。

　　邱亚拉的眼前有些模糊，她抬手摸摸屹湘的颈子。

　　"好痒。"屹湘轻笑。

　　大颗大颗的雨滴撒豆似的从天而降，月洞门里的人影被惊动，手拉着手，一闪而逝，空留下一阵笑声……屹湘笑着往前走，伸手出去。雨点落在掌心，凉凉的，痒痒的。

　　邱亚拉看着屹湘，一动不动。听到身后有响动，她回了下头，看到郗广舒。

　　"湘湘也会幸福的。"郗广舒说。

　　邱亚拉点头，回手关好了窗。

番外一　缘

　　乌鸦叫了一整个傍晚，"啊——啊——"，此起彼伏，连绵不绝。

　　董亚宁提起笔，在砚台里蘸饱了墨，每写下一笔，都伴随着数声悠长高亢的鸣叫。他伸手将窗子推了推，强劲的寒风钻了进来，靠近窗边的宣纸被风吹起来，他忙按住。还是有两张像蝴蝶一样被吹到了半空，飘飘摇摇地落下去，他没有立即去关窗。

　　屋子里稀稀拉拉地四处有声响，笔架上的毛笔风铃一样相互碰撞，那轻细的"叮叮"声，将悠长高亢的鸣叫声带来的孤寂和孤独感，敲散了些……他看着窗外，有些出神。此时暮色四合，树影在天空下成了更灰暗的所在，乌鸦也安静了。

　　听到脚步声，他将毛笔放下，把窗子关好，起身将落在地上的宣纸捡了起来。

　　"阿宁啊。"

　　"师母。"他应声。

　　老人出现在书房门口，洁净的蓝布衫、同色的包头，衬得那银发越发醒目。

　　董亚宁看着老人的面容。那慈祥的微笑和目光，让他的心也随着柔软下来。忙了一整天，开会开得心烦，没到下班时间，他推掉所有的日程，开车直奔了这里。到楼下时，恰好乌鸦归巢，扑棱棱飞个不停，叫个不停……可是，他的心竟开始平静。

　　楼前空地上，添了一层新鲜的、还没来得及清洁的鸟粪，过不久，他那崭新的车子，车篷和玻璃上恐怕也会有这么一层。这些都没有让他产生不适，就好像，在这里，这些才是理所应当的。它们的繁衍和生存，跟它们有关的一切，比他这个闯入者都要理所当然，都要长久。

　　他走得很快，衣服上还是落了一星半点。待进了门，师傅和师母看到他的样子都笑了。他不在意，尽管衣服昂贵，可也无所谓，脱了外套便扔在一边。

　　他立即发现师傅感冒了，硬是让师傅赶紧上床躺下。他坐在师傅床边，听师傅说不能休息，今儿的字还没练呢，他大笑。耄耋之年的老人，每日的功课不完成，仿佛是天大的事。他劝师傅安心休养，师傅却骂他懒，写字的时间早就让给了数钱。师母进来坐下，笑眯眯地说阿宁还是练字的，你看他写的字就知道，他是真的会练。

　　师傅小小的卧室里堆满了字画和书籍，一张床也要让出一部分给字帖。就在那小小的空间里，他和师傅师母闲聊，已经是很久没有过的事——师傅说得对，如今他写字的时间少之又少，只是，一有机会，他仍要动动笔的。

师傅说着话打起瞌睡来，他悄悄退出来。师母留他吃晚饭，他答应了。

他想给师母打打下手，被师母赶了书房。师母说哪里指望你小子能帮忙，有空来陪我们吃顿饭，就开心了……师母小声念着，说老头子这辈子教了那么多学生，最惦着、最疼爱，也是最在心上的就是你们几个。说是关门弟子也好，什么也好，总之，是关在心里头了。师母念着念着又叹气，虽然他不在跟前儿，可这房子小小的，出了厨房一转头就是书房，说什么都听得见。

师母的自言自语，跟外头的鸦声呼应着，彼此像是在闲聊，听习惯了，别有一番趣味。

他坐在书桌前临摹着师傅的字，心想这些习惯也是会传承的，不单单是运笔、勾描、布局……这些技巧会被继承下来。

"又发呆，写了几个字？"艾师母看董亚宁只管看着自己，笑问，"师傅醒了，喊饿，我们吃饭去。"

董亚宁将桌上的两张宣纸拎起来给师母看，艾师母笑着点头。

他献宝一样走去给师傅看，艾功三却皱着眉，指指这里、指指那里，说："重写。"

"吃过饭再写。"艾师母说。

老伴开了口，艾功三没有反对。董亚宁笑着，将宣纸收在一旁。

吃饭时，看到桌上有一碗酒酿圆子，他立时眉开眼笑。接着，师母拿出来亲手制作的桂花酿，一看是五年陈，更是笑得眉眼都弯了。师傅感冒不能喝，他跟师母一人一杯，又将师傅那一杯也蹭来喝了。被师傅骂"好酒无度"，他觍着脸嘻嘻笑。

"让他喝一两口嘛，这都要骂。"艾师母瞪了老爷子一眼。

艾功三就不骂了，董亚宁笑得厉害。

桂花酿的香气在四周氤氲，是极令人心醉的美酒。

"……这些孩子里，就是他和湘湘是好这一口儿的。有一年这俩小魔怪偷喝桂花酿，醉得从中午睡到晚，急得潇潇跳来跳去……"艾师母轻声和老爷子念叨。

艾功三点头，笑了笑。

"这俩孩子最能闹笑话，湘湘的笑话更多……她会和外头的乌鸦吵架呢，记得吗？小丫头记仇，单记得小时候刚来上课，天降鸟粪淋了一头一身，再忘不了。"艾师母说着，笑得流泪。

艾功三轻咳一声。

饭桌上静了片刻，艾功三问亚宁："前些日子听英老师说你订了婚？有这事儿？"

艾师母擦着眼角，看着亚宁："咦？"

董亚宁低下头，额头磕在饭桌上。艾功三拿拐杖敲了他一下，跟老太太说："我就说这事儿准是瞎传，这小子是没正经，可订婚这么大的事不会不告诉咱们的。"

艾师母看了亚宁的后脑勺，和老爷子交换了个眼光，想了想，才说："阿宁啊，缘分到了，你心里会明白的，不要犹豫。"

亚宁的额头还抵在桌上，好一会儿没动。艾师母伸手摸摸他后脑勺，又转头骂老爷子："人家说，狗吃饭都不打，你这死老头！"

董亚宁"扑哧"一声笑出来，直起身，不声不响把一碗酒酿圆子吃了。

吃过饭，艾功三到底还是去书房写了几个字。董亚宁看师傅稳稳当当地拿笔，知道老人家身体无大碍，便放心了些。他才跟师傅说，等师傅身子骨好了、心情好了，给题个匾额。

"吃人家嘴短。"他笑着说，这两年间常去吃饭的那家私房菜馆一直没有个匾额。那一日他和叶崇磬吃过饭，跟老板闲聊，说起来这事儿。叶崇磬说不如你来给题吧，你的字好极了。

情人眼里出西施，朋友眼里出豪杰，叶崇磬眼里他的字就很不错了。他笑了好一会儿，说这个头不能开，小时候他们就笑话我姥爷就爱到处给人题字，别临了我也走这条道儿。玩笑归玩笑，老板再提这事儿，他也没十分拒绝。可他心里，想的还是人家多年经营的馆子，照着百年老店去的，匾额这事儿也大意不得，故此还是来跟师傅开这个口。

艾功三听了这事情的首尾，笑眯眯地问："店名叫什么？"

"缘缘斋。"董亚宁说。

艾功三笑着点头，让他研磨。

董亚宁答应，研着墨，看师母将桌案上的杂物清理了下，师傅拿出了上好的老宣纸、新开的毛笔，准备就绪。师傅拉了他一把，让他站在桌前，把毛笔塞到他手上。

"写。"艾功三说。

亚宁拿着笔，一时没动。

艾功三不催他，艾师母却悄悄出去，不一会儿，端了一杯桂花酿回来。

桂花香一层一层地晕染开，像一滴墨入了水。董亚宁拿起杯子来，一饮而尽。酒杯一放，提笔就写。酒落进身子里，火种撒下去，一路走到脚底，字也一气呵成——缘缘斋，三个草书大字，洒脱中带三分沉稳，飘逸中又含三分端直。他长出一口气，放下笔来，额头上沁了汗。

艾功三细看了看，只说："看得过去，还需努力。"

"是，师傅。"董亚宁答应。

"三个字中，这个写得最好。"艾师母轻轻点了点中间那个"缘"字，她轻轻抚了抚亚宁的手臂，"望你珍惜。"

良久，董亚宁才说："是，师母。"

离开时，他带走了师母给的一提五年陈桂花酿和这幅字。站在车前，他看着车篷上落的一层新鲜的乌鸦屎，轻轻叹了口气。

司机开了车，他闭目养神。鼻端若有若无的桂花香，让他意识到自己是有些醉了。可其实，不过是三杯淡酒而已……许多年了，再浓的酒他也喝过，只有桂花酿，哪怕只有浅浅一杯，也会马上让他露出醉态。

是的，许多年了。

那一天，师母厨房里的小半瓶桂花酿，被他们俩一人一口给喝光了。从午后睡到天黑，睁开眼，他的额头碰到她的手。她还在沉睡，但他已经清醒了，记起来这事儿是怎么发生的了。

"敢不敢？"她拿着那小瓷瓶，眼睛闪闪发光。

"……敢！"他说。其实还是有点儿胆怯，因为偷喝，因为是酒。但也很高兴，因为可以和她一起闯祸——挨揍也有人分担了。

那一年，他们才几岁？

十岁？十一岁？正是爱玩的年纪。

她的胆子可真是大啊，邱湘湘。

番外二　乞力马扎罗的雪

机舱门一打开，董亚宁拎起行李包，第一个下了飞机。出海关的队伍排得有点长，他站在那里，不时看表。他的航班延误了，两个小时前，他就应该到达这里的。

海关的官员看到他，微微一笑。他也一笑，这大半年来他在非洲大陆奔波，最常接触的就是各国海关和空乘了。两周前他就是从这里出发去了约翰内斯堡，巧合的是，当时也是这位官员值班。

"欢迎回来。"这位官员微笑道，用英文讲了一遍，用斯瓦希里语讲了一遍。

"谢谢。"董亚宁也微笑。他脚步匆匆地出了闸，一刻都不停地往前走，越来越快。

出口接机的人很多，游客也很多，到处都是旅行团，嘈杂而扰攘。幸而他个子高，往那里一站，稍稍一抬下巴，四周的人多半在他眼皮底下。他的目光像精密的仪器，过滤着无关的人群——亚裔面孔很多，中文、日语、朝鲜话，不绝于耳。好一会儿，他都没有发现他的目标。

公司有专人来接他，看到他便迎了上来。他将行李交了过去，让对方稍等。他拿出手机来，看了下，没有来电和消息，电话打出去，也无人接听。两个小时了……他喉咙有点发干，但稍稍一站，果断走进了人群。走在穿着鲜艳服饰的男男女女之间，他的白衬衫牛仔裤反而非常显眼。他不时驻足，举目四望，渐渐有些发急。

突然，他脑海中电光石火般闪过一个念头，起步急速往候机厅入口处去。距离很远，他就看到了安置在大厅里的一处临时景观——非洲象群。游客们在象群周围驻足拍照，显得异常兴奋，也异常热闹。他站在一旁，细看着这逼真的象群，几头母象带着两头小象，正跋涉在草原上，寻找水草丰美的栖息地……两只小象做奔跑状，大耳朵飞起来，极是可爱。他的目光从象群上移开，缓慢地扫过四周的游客，转身往远处看去。

他的目光停了下来，正前方的一组长椅旁，有个小小的、瘦瘦的女孩子，正靠在她巨大的背包上休息。他的心剧烈地跳了起来，立即跑了过去。越来到近前，他的脚步越轻，仿佛怕惊醒了她。他在她身前蹲了下来，看着她的面容——她坐在地上，背包就在身前，手臂架起来，搭在包上，脸贴在手臂上，呼呼大睡……是的，呼呼大睡。那呼吸又沉又匀，显然她睡沉了。他没有立即叫醒她，就这么看着她。

晒黑了……十二天半，她一个人从肯尼亚去了坦桑尼亚又回到这里，爬雪山、过草地，从一个伦敦来的奶油娃娃，变成了手臂晒成小麦色、一头脏辫、满身披挂着显眼的当地服饰的姑娘了。但是，不管她变成什么样，他还是能一眼认出她来。

他靠近她些，看着她的脸。

"湘湘。"他低声喊。

她没有动，仍睡着。这么嘈杂、人来人往的地方，她不但睡着了，还睡得这么好……真不愧是你呀，湘湘。

他忍住笑，抬手扯住了她一条小辫子，又叫了声"湘湘"。她嗯了一声，半睁开眼，迷迷糊糊地抬起头来，揉了下眼。"你到啦。"声音沙哑又和缓，懒洋洋的，透着那么一丝丝的甜蜜和性感……他的心酥软了一下，轻轻嗯了一声，手扶住她的脖子，将她轻轻带过来，深吻她……直到她呼吸困难，他才放开。

"想死我了。"他说。

她握着他的手，轻轻在他唇上啄了一下："嗯。"然后，她伸出手臂，搂住了他的颈子，紧紧拥抱他……三个月没有见面了，好像有三辈子那么久。五月里他去伦敦看过她，可那时她正忙着期末考试，而他也有报告要赶，匆匆的一个周末，两人待在公寓里，背靠背各忙各的，话都没有说几句，就匆匆分开了。

他来了肯尼亚之后工作特别忙，因为目的就是来锻炼的，他比别人做的事要多一些。身兼数职，是实实在在地做事。又因为做得真不错，就有了更多的任务，每天都忙得不可开交。她记挂他，他又走不开，于是两人约好，她来探望他，到时他也许可以请几天假，加上周末，一起去旅行几天，草原上看看动物，看看雪山，看看彼此……哪里知道，就在她抵达之前三天，他奉命随上司去了南非。他们有项目在南非，要定期去检查，另外还有一个大的工程项目要考察。他曾问她要不要取消行程，他的归期并不确定。她说没关系，十七天假期，不信等不到你，我要跟你一起看乞力马扎罗山。

在约翰内斯堡的每一天，除了工作时，他都在想她。每天打开邮箱里她发来的邮件，都会在喜悦之余，加深他对她的思念和渴望。可是分明，邮件里那一张张的照片、一段段影像、一篇篇游记，连她自己的一根手指都不曾出现。可那全是她的视野，她的心情，她的每一天、每一秒……从湖面上腾空而起的火烈鸟，像粉红色的风暴；跨过河流的角马群，像奔腾的黑色浪潮；悠闲的长颈鹿、飞奔的猎豹……懒洋洋地晒太阳，却在看到猎物时随时扑上去的狮群……可是再看到她眼中的这一切，他只会觉得更美更震撼。

他不知道为什么会如此，大概，那是因为他的心是和她在一起吧，因此所有的一切都是加倍的，美丽、快乐、喜悦……其实很多地方他都去过了，很多的景色也看过了。去年秋天，父母亲出访来到这边，正好他们要派员随行，一家三口短暂团聚，就住在库纳鲁湖畔。他特地订了他曾入住过的房间，她独自前往，用毛巾作出火烈鸟的形状，摆在床上……真好像他跟她一起在旅行，每一时每一刻，他都在她身边。

董亚宁紧紧拥抱着湘湘。

"我们俩要变成新雕塑了，刚才我是'望夫石'，现在我们是'久别重逢'。"她笑。

"你是什么？"他低声问。湘湘不出声，使劲儿推了他一下。他不松手，"再说一遍，你刚才是什么？"

她一急，手臂松开，胳肢了他两下。他怕痒，但就是不松手。这一刻，恨不得把她给揉进他的身子里……她轻轻抚着他的肩膀，极温柔。这样的"久别重逢"，他真想日日都有。

他起身，将她的背包背在身上，把她拉起来。她轻轻"哎呀"一声，站立不稳。原来坐在那里这么久，腿麻了。她握住他的手小声说"等一会儿"，他扶她重新坐下来，脱掉她的鞋子，轻轻按摩着她的脚趾。她的脚趾柔软极了，可是按着、按着，她的脸红了。

"好啦！"她轻声说。

他松开手，扶住膝盖看着她急忙将鞋袜穿上，笑着站起来，没等她的腿脚落地，弯身将她抱了起来。

"喂！"她笑出来，"董亚宁！"

四周围全是人，尽管大家素不相识，可都在看着他们笑。董亚宁就这样抱着她，走出了机场。走到车边，他才把她放下来。湘湘看着车子里微笑点头的司机，有点窘。送她来的包车司机就在不远处，那是当地的青年人 Victor。他看到湘湘出现，使劲儿挥着手臂。

"我们现在去哪儿？"湘湘问。往左走，上他的车；往右走，上她的车。

"你有多少自由活动时间？"她又问。知道他忙，周末也可能加班，而这次回来，是上司体谅他辛苦，给他两天假期，他已经几个月没有好好休过假了。

"三天。"董亚宁说。

"先回宿舍，你得好好休息下。"她说。顿了顿，她想，跟她在一起，是不方便回单身宿舍的……她的脸红了，他笑了。几乎同时，他问："这些日子，你最喜欢哪里？我们一起去，好吧？"

"我哪里都喜欢，没有最，你得先休息。"她轻声说。

"不，跟我一起去，就有了'最'。"他说。

没等她出声，他转身走到司机小秦那里，低声跟他交代几句，从车上拿下自己的旅行包，拍了下车身。小秦没有立即走，反而下了车，把后备箱打开，从里面搬了些饮料、日用品还有一个应急帐篷，帮忙放到 Victor 的车上去。小秦跟 Victor 也是熟识的，Victor 是他们经常介绍给国内亲友的可靠可爱的、忠厚老实的导游。

董亚宁和湘湘上了 Victor 的车，才跟小秦告别。

"所以我们去哪里？"湘湘不知道下面会去哪里，但笑眯眯的，一点都不担心。

亚宁扣住她的手，在她唇上亲了一下，低声说："说好一起旅行的，只在内罗毕睡也太不像话。"他笑着跟 Victor 说开车吧，随便你把我们送到哪儿，我只要跟我亲爱的人在一起，能看到草原，能看到蓝天，能看到自由自在的生灵……Victor 大笑。

当然，随便送到哪这句话是他临时发挥的，实际上是，还在约翰内斯堡，他就订了好几家酒店，预备回来让湘湘选一个最喜欢的，就作为他们的目的地，到那里完完整整地住上三天三夜。他想好好地抱一下他亲爱的湘湘，近在咫尺却远隔天涯，这相思太让人煎熬……

湘湘让他决定，他选了安博塞利。因为，那里可以看到湘湘喜欢的大象，也可以一抬头就看到乞力马扎罗山。

湘湘靠在他身边，很快又睡了过去。等到达安博塞利，天已擦黑，漫天红霞，映亮了他们的面孔。睡了一路的湘湘很有精神，董亚宁却有点儿犯困。湘湘拉着他的手，办理入住，带着他回到房间。看到床上毛巾叠成的大象，湘湘高兴极了。她把大象抱起来，在房间里来来回回地走着，走到观景台上，看着夕阳下的草原，轻声说："董亚宁，你快点洗澡，我们等下去吃晚饭……"她满头的小辫子甩来甩去，可爱得不得了。

董亚宁走过去，从背后拥抱她。她回头，在他唇上亲了亲，看着他被红霞映亮的漂亮面孔。她看得入神，只觉得他的拥抱越来越紧……

"等等。"她说。

他低声在她耳边说："太想你了，一秒钟都不愿意等。"这样的时候，一秒钟也是漫长的。

鲜艳的衣衫从她身上滑落，漂亮的小象还在怀里，她和他一起滚到了床上。床铺柔软而洁净，空气里带着青草香……他的身体温暖而结实，被她的双臂圈紧，又变得柔软而有弹性。有那么一会儿，是被他送上了巅峰，她似乎感觉到了一丝清凉……她扣住他的手，山巅覆盖的皑皑白雪，就在眼前。

她沉沉睡去，就在他身边。夜里听见过几声呜咽，她醒来，朦胧中他说那是鬣狗。她起身走到平台上，看到远处明亮得像灯泡一样的眼睛。他跟过来，小声说，是猎豹。

她以为是真的，就要去拿相机，哪知道回身撞在他怀里。他笑得厉害，说你怎么这么好骗……她气得抓住他的手臂狠狠咬了两口。他把她抱起来，将望远镜塞到她手上，轻声说："快看，这回是真的。"

她大气不敢出，只看到树丛中慢悠悠地经过一群身上有着美丽的斑点、身形极为优雅的动物，无声无息，于夜间潜行。

好久，他们一动不动，直到身上冷起来，才一齐哆哆嗦嗦地回到房间内。两人钻到被子里，开心得笑起来，笑得床垫也颤抖了。

　　这一晚，他们是那么兴奋，那么幸运，又是那么幸福……以至于第二天清晨，他们一起醒来，要使劲儿捏一下对方的脸，才能确定这是真的。

　　三天，他们在安博塞利待了整整三天。白天去草原上看大象家族的日常生活，夜晚回到酒店相拥而眠，清晨用一个热吻叫醒心爱的人，一起看那乞力马扎罗山。

　　他问，这是不是我们最幸福的时刻了？

　　她说，只是此刻的最幸福。

　　他们相信，未来很长久，而他们只要想，就会重回幸福的巅峰。

　　乞力马扎罗的雪，会永远在心上。